JN192594

昭和の作家

歴史時代小説
文庫総覧

日外アソシエーツ

Guide to Japanese Historical Novels in Paperback Edition 1945-2016

200 Writers in Showa Period

Compiled by
Nichigai Associates, Inc.

●編集担当● 比良 雅治／城谷 浩／森岡 浩
装 丁：赤田 麻衣子

刊行にあたって

近年、空前の歴史・時代小説ブームが続いている。その根幹を支えているのが、佐伯泰英らに代表される、文庫書き下ろし時代小説のシリーズで、毎月数十冊の新刊が刊行されている。

かつて、昭和30年代から40年代にかけても時代小説ブームがあった。颯手達治、大栗丹後、角田喜久雄といった大衆作家が、春陽文庫などを舞台に数々の作品を刊行した。文庫という手軽な形態をとることで、時代小説は大衆文学の中で大きな比重を占めるようになった。こうした作品の中には近年再評価され復刊している作品もあるが、多くはそのまま埋もれているといってもよく、その全容を把握することは難しい。

どこまでが歴史小説か、という線引きも難しい。今回は日本を舞台とした小説に限定し、三国志や水滸伝など中国を舞台とした作品は対象外とした。司馬遼太郎の「翔ぶが如く」は歴史小説だが、夏目漱石や森鷗外といった明治の作家が同時代を舞台とした作品は時代小説とはいわないだろう。山岡荘八の「小説太平洋戦争」を歴史小説と考えるかどうかも意見がわかれるところだ。本書では概ね大正時代頃までとし、戦記ものは対象外とした。もう一つ悩んだのが、SFなど他ジャンルとの融合小説である。これについては、現代人が主人公となっている作品は対象外にした。

本書「昭和の作家」に収録したのは、昭和期から作家活動をしている200人である。ここには「写楽道行」わずか1冊で戦後歴史小説界において一定の存在感を示しているフランキー堺のような人物も入っている。一方、すでに推理小説などで地位を築いている作家が、晩年になって時代小説を書き始めることも珍しくなく、姉妹編「現代の作家」と合わせて利用していただければ幸いである。

収録にあたっては原本の確認、各種文庫目録などで遺漏の調査につとめたが、原本を確認できず未収録となってしまったものもある。網羅は次回への検討課題としたい。

2016年11月

日外アソシエーツ

凡　例

1．本書の内容

本書は、文庫本として出版された日本の歴史小説・時代小説を作家ごとに集めた図書目録である。

2．収録対象

(1) 昭和期までに作家活動を始めた日本の作家200人を選定した。
(2) 作家の小説作品のうち、1945年から2016年11月までに国内で文庫本として出版された図書を対象とし、小説の舞台は日本、時代は江戸時代までを主に、明治時代・大正時代までを描く作品を収録した。収録図書数は7,843点である。
(3) 複数の作家の作品を1冊に収録したアンソロジーは収録対象外とした。

3．見出し

(1)〈作家名見出し〉作家名を見出しとし、姓の読み→名の読みの五十音順に排列した。
(2)〈文庫名見出し〉作家名の下は文庫ごとにまとめ、文庫名の五十音順に見出しを立てた。
(3)〈シリーズ名見出し〉文庫の下では、小説のシリーズ名があれば出版開始年順に見出しを立てた。シリーズに入らない作品は末尾にまとめた。

4．図書の排列

文庫名、シリーズ名見出しのもとに、出版年月順に排列した。

5．記載事項

(1)〈作家名見出し〉作家名／読み／生(没)年／作家紹介

(2)〈文庫名見出し〉文庫名／出版者

(3)〈シリーズ名見出し〉シリーズ名　(先頭に◇を付した)

(4) 図書の記述

書名／副書名／巻次／各巻書名／シリーズ名／版表示／編者等／出版年月／ページ数／注記／ISBN（①で表示）

収録作品細目

6．作品名索引

各図書の書名（作品名）のほか、シリーズ名（先頭に◇を付した）、シリーズの下の各冊タイトルを索引項目とし、改題等の元書名からも参照を立てた。作品名を五十音順に排列し、本文での掲載ページを示した。

7．書誌事項

本目録に掲載した各図書の書誌事項等は、主に次の資料に拠っている。

データベース「bookplus」

JAPAN/MARC

各社の文庫目録

作家名目次

阿井 景子……1
赤木 駿介……2
芥川 龍之介……3
阿部 牧郎……8
安部 龍太郎……8
荒川 法勝……11
有明 夏夫……11
有吉 佐和子……12
泡坂 妻夫……13
安西 篤子……15
井口 朝生……16
池波 正太郎……17
石森 史郎……27
五木 寛之……27
一色 次郎……28
伊藤 桂一……28
井上 ひさし……30
井上 靖……32
岩井 護……33
岩下 俊作……33
内田 康夫……34
梅本 育子……34
江崎 俊平……35
円地 文子……38
遠藤 周作……38
大栗 丹後……40
太田 蘭三……44
大谷 羊太郎……45
大原 富枝……46
岡本 綺堂……47
尾崎 士郎……51
長部 日出雄……52
大佛 次郎……52
海音寺 潮五郎……56
加賀 乙彦……63
笠原 和夫……63
風巻 絃一……64
勝目 梓……64
川口 松太郎……65
菊池 寛……66
北方 謙三……68
北園 孝吉……70
北原 亞以子……70
木屋 進……74
楠木 誠一郎……75
邦枝 完二……77
国枝 史郎……78
邦光 史郎……78
黒岩 重吾……81
黒部 亨……83
群司 次郎正……83
神坂 次郎……84
郡 順史……87
小島 政二郎……88
小松 重男……89
五味 康祐……90
小山 龍太郎……94
今 東光……94
斎藤 吉見……95
佐江 衆一……96
早乙女 貢……97
堺屋 太一……105
榊山 潤……106
坂口 安吾……107
桜田 晋也……109
左近 隆……110
佐々木 味津三……111
笹沢 左保……112
佐竹 申伍……123
颯手 達治……124
佐藤 雅美……126
澤田 ふじ子……131
篠田 達明……143
芝 豪……144
司馬 遼太郎……144
柴田 錬三郎……151
嶋津 義忠……160
島田 一男……161

清水 義範……163
子母沢 寛……164
下村 悦夫……167
城 昌幸……167
白井 喬二……169
白石 一郎……171
城山 三郎……174
新宮 正春……175
陣出 達朗……176
杉本 章子……179
杉本 苑子……180
杉森 久英……184
瀬戸内 寂聴……185
高木 彬光……186
高野 澄……187
高橋 克彦……188
高橋 義夫……191
高橋 和島……195
多岐川 恭……196
滝口 康彦……202
竹田 真砂子……204
武田 八洲満……205
太宰 治……205
田中 光二……206
田辺 聖子……207
谷崎 潤一郎……209
田宮 虎彦……211
檀 一雄……211
陳 舜臣……212
辻 真先……213
都筑 道夫……214
綱淵 謙錠……217
角田 喜久雄……218
津本 陽……220
典厩 五郎……229
童門 冬二……229
徳永 真一郎……235
土橋 治重……236
戸部 新十郎……237
富田 常雄……242
伴野 朗……244
直木 三十五……245
永井 路子……246
長尾 宇迦……249
永岡 慶之助……249
中里 介山……250
中島 道子……252
中津 文彦……253
中村 整史朗……254
中山 義秀……255
夏堀 正元……256
南條 範夫……256
南原 幹雄……264
西野 辰吉……272
西村 京太郎……272
西村 望……273
新田 次郎……275
仁田 義男……277
丹羽 文雄……278
野上 弥生子……279
野村 胡堂……279
野村 敏雄……283
土師 清二……284
長谷川 伸……285
長谷川 卓……287
浜野 卓也……289
林 不忘……290
林 真理子……291
羽山 信樹……292
原田 康子……293
半村 良……293
樋口 茂子……295
久生 十蘭……296
平岩 弓枝……296
広瀬 仁紀……303
藤沢 周平……304
舟橋 聖一……309
船山 馨……311
フランキー堺……311
古川 薫……312
星 新一……314
星 亮一……314
堀 和久……316
本庄 慧一郎……317
松永 義弘……320
松本 清張……321
三浦 綾子……325
三上 於菟吉……326
三田 誠広……327
光瀬 龍……327

皆川 博子 …… 328
峰 隆一郎 …… 329
宮尾 登美子 …… 340
三好 京三 …… 342
三好 徹 …… 342
睦月 影郎 …… 345
村上 元三 …… 351
村上 浪六 …… 356
村雨 退二郎 …… 356
村松 梢風 …… 357
村松 友視 …… 357
森 鷗外 …… 358
森村 誠一 …… 360
森本 繁 …… 365
八剣 浩太郎 …… 365
八尋 舜右 …… 369
山岡 荘八 …… 370
山田 智彦 …… 376
山田 風太郎 …… 377
山手 樹一郎 …… 388
山本 周五郎 …… 398
結城 昌治 …… 401
夢枕 獏 …… 402
横溝 正史 …… 405
吉岡 道夫 …… 408
吉川 英治 …… 410
吉村 昭 …… 416
吉屋 信子 …… 418
隆 慶一郎 …… 418
鷲尾 雨工 …… 421
渡辺 淳一 …… 422
和巻 耿介 …… 422

阿井 景子
あい・けいこ
1932〜

長崎県生まれ。本名・浦順子。佐賀大卒。高校教師、編集者、家事評論家を経て作家となる。動乱の時代を生きた女性をテーマとした小説が多い。代表作に「龍馬の妻」「華頂の花—日野富子」など。

講談社文庫（講談社）

『築山殿無残』 1986.11 243p〈付：参考文献〉
①4-06-183863-6

『火怨の城 信長の叔母』 1987.11 230p
①4-06-184093-2

『濃姫孤愁』 1996.3 259p
①4-06-263183-0
〔内容〕濃姫孤愁, 義元の首級, 冑の的

『真田幸村の妻』 2016.4 322p〈光文社文庫 2001年刊の再刊〉
①978-4-06-293378-0

光文社文庫（光文社）

『秀吉の野望 長編時代小説』 2000.4 286p
①4-334-72996-7

『真田幸村の妻 文庫書下ろし/長編歴史小説』 2001.10 316p
①4-334-73224-0

『武田勝頼の正室 長編歴史小説』 2002.8 319p〈『涙、らんかんたり』(講談社 1999年刊)の改題〉
①4-334-73363-8

『龍馬の姉・乙女 傑作歴史小説』 2004.1 298p
①4-334-73627-0
〔内容〕龍馬の姉・乙女, 天誅始末

『高台院おね 長編歴史小説』 2006.2 276p
①4-334-74025-1

『信玄の正室 長編歴史小説』 2007.3 293p
①978-4-334-74211-9

『和宮お側日記 長編歴史小説』 2008.6 277p
①978-4-334-74439-7

『お菊御料人 景勝の正室 長編歴史小説〔光文社時代小説文庫〕』 2009.10 281p〈文献あり〉
①978-4-334-74673-5

『御台所江 長編歴史小説 〔光文社時代小説文庫〕』 2011.5 294p〈文献あり〉
①978-4-334-74940-8

『情愛 大山巖夫人伝：長編歴史小説〔光文社時代小説文庫〕』 2012.1 284p〈文献あり〉
①978-4-334-76353-4

集英社文庫（集英社）

『龍馬の妻』 1985.5 249p
①4-08-750888-9

成美文庫（成美堂出版）

『会津鶴ケ城 物語・日本の名城』 1995.8 310p〈1987年刊の増訂〉
①4-415-06426-4

ちくま文庫（筑摩書房）

『龍馬の妻』 1998.6 286p
①4-480-03408-0

『龍馬の妻』 2009.9 286p

①978-4-480-03408-3

文春文庫（文藝春秋）

『西郷家の女たち』 1989.8 254p〈参考文献：p252～253〉
①4-16-751301-3

『龍馬のもう一人の妻』 1990.5 254p
①4-16-751302-1

赤木 駿介

あかぎ・しゅんすけ

1929～

神奈川県生まれ。本名・白井三千雄。横浜二中卒。出版社勤務を経て、テレビ「競馬中継」の解説者となり、のち時代小説作家に転向。代表作に「石川五右衛門」がある。

光文社文庫（光文社）

『吟遊直九郎内探記』 1991.7 297p
①4-334-71365-3
〔内容〕夏桜―主なき馬に名残りの夏桜, 春の別れ―便りにて知りたる春の別れ哉, わらべ唄―夏行や耐えて朝のわらべ歌, 恋蛍―伝へてし伊那の蛍の薄明かり, 御家老乱心―奥飛騨の困にきく真実かな, てんもうかいかい―行春や枯山水の石の青, 南蛮飛礫―唐船の澪の白さにいわし雲

『大利根任俠伝』 1991.11 240p〈付：参考文献〉
①4-334-71431-5

『南蛮馬春砂』 1993.1 274p
①4-334-71645-8
〔内容〕春砂, 花のうてな, 信長の馬, くたばれ関白, 大御所様お困り, 邪宗門の冬, 獄中の筆

『石川五右衛門 長編時代小説 上』 2005.7 327p
①4-334-73917-2

『石川五右衛門 長編時代小説 下』 2005.7 356p
①4-334-73918-0

時代小説文庫（富士見書房）

『馬よ波濤を飛べ 上』 1994.3 358p
①4-8291-1253-0

『馬よ波濤を飛べ　下』 1994.3　389p
①4-8291-1254-9

大陸文庫（大陸書房）

『失われた犯科帳』 1989.3　302p
①4-8033-2006-3
〔内容〕失われた犯科帳, マードレ・デ・デウス号の匣, 白骨の投影, 蟻と麝香

『春潮記』 1989.10　269p
①4-8033-2372-0

芥川 龍之介

あくたがわ・りゅうのすけ
1892～1927

東京生まれ。東大卒。1915年「鼻」で文壇にデビュー、第一短編集「羅生門」で大正時代を代表する文豪となった。「鼻」「芋粥」など中世の説話集に題材をとった作品が多い。他に「奉教人の死」「戯作三昧」などがある。

芥川龍之介文学館 名著複刻（日本近代文学館）

『煙草と悪魔』 名著複刻全集編集委員会〔編〕　1977.7　161p〈新進作家叢書 8（新潮社大正6年刊の複製）　発売：ほるぷ〉
〔内容〕煙草と悪魔, 或日の大石内蔵之助, 野呂松人形, さまよへる猶太人, ひよっとこ, 二つの手紙, 道祖問答, Mensura Zoili, 父, 煙管, 片恋

『鼻』 名著複刻全集編集委員会〔編〕　1977.7　254p〈新興文芸叢書 8（春陽堂大正7年刊の複製）　発売：ほるぷ〉
〔内容〕鼻, 羅生門, 猿, 孤独地獄, 運, 手巾, 尾了斎覚え書, 虱, 酒虫, 貉, 忠義, 芋粥, 西郷隆盛

岩波文庫（岩波書店）

『地獄変』 1946　71p

『羅生門・鼻・芋粥』 1946.8　76p

『羅生門・鼻・芋粥』 再版　1949　75p

『地獄変』 再版　1949　71p

『羅生門・鼻・芋粥』 1950　75p

『地獄変・邪宗門・好色・藪の中』 1956.1　240p

『羅生門　鼻　芋粥　偸盗』 1960.11 174p

『地獄変・邪宗門・好色・藪の中』 1980.4 243p

〔内容〕運, 道祖問答, 袈裟と盛遠, 地獄変, 邪宗門, 竜, 往生絵巻, 好色, 藪の中, 六の宮の姫君, 二人小町

『蜘蛛の糸・杜子春・トロッコ他十七篇』 1990.8 293p

①4-00-310707-1

〔内容〕父, 酒虫, 西郷隆盛, 首が落ちた話, 蜘蛛の糸, 犬と笛, 妖婆, 魔術, 老いたる素戔嗚尊, 杜子春, アグニの神, トロッコ, 仙人, 三つの宝, 雛, 猿蟹合戦, 白, 桃太郎, 女仙, 孔雀

『大導寺信輔の半生・手巾・湖南の扇　他12篇』 1990.10 291p

①4-00-310708-X

〔内容〕手巾, 毛利先生, 疑惑, 秋, 南京の基督, お律と子らと, 一塊の土, 文章, 寒さ, 少年, 大導寺信輔の半生, 海のほとり, 湖南の扇, 点鬼簿, 彼 第二

『或日の大石内蔵之助・枯野抄　他十二篇』 1991.2 287p

①4-00-310709-8

〔内容〕世之助の話, 或日の大石内蔵之助, 戯作三昧, 開化の殺人, 枯野抄, 開化の良人, 鼠小僧次郎吉, 舞踏会, 秋山図, 山鴫, 俊寛, 将軍, お富の貞操, 馬の脚

『奉教人の死・煙草と悪魔　他十一篇』 1991.8 190p

①4-00-310705-5

〔内容〕煙草と悪魔, 尾形了斎覚え書, さまよえる猶太人, 奉教人の死, るしへる, きりしとほろ上人伝, じゅりあの・吉助, 神神の微笑, 報恩記, おぎん, おしの, 糸女覚え書, 誘惑

『奉教人の死・煙草と悪魔・他十一篇』 2002.12 190p

①4-00-310705-5

〔内容〕煙草と悪魔, 尾形了斎覚え書, さまよえる猶太人, 奉教人の死, るしへる, きりしとほろ上人伝, じゅりあの・吉助, 神神の微笑, 報恩記, おぎん, おしの, 糸女覚え書, 誘惑

『或日の大石内蔵之助・枯野抄 他十二篇』 2004.12 287p

①4-00-310709-8

〔内容〕世之助の話, 或日の大石内蔵之助, 戯作三昧, 開化の殺人, 枯野抄, 開化の良人, 鼠小僧次郎吉, 舞踏会, 秋山図, 山鴫, 俊寛, 将軍, お富の貞操, 馬の脚

旺文社文庫（旺文社）

『羅生門・鼻・侏儒の言葉』 1965 195p

『地獄変・戯作三昧』 1966 254p

『奉教人の死・邪宗門』 1967 252p

海王社文庫（海王社）

『羅生門』 2014.6 158p〈朗読：宮野真守〉

①978-4-7964-0562-1

〔内容〕羅生門, 蜘蛛の糸, 煙草と悪魔, 忠義, 地獄変, 片恋

角川文庫（角川書店）

『羅生門・偸盗・地獄変　他四篇』 1950 190p 図版

『邪宗門・奉教人の死　他十三篇』 1954 223p〈第2版　芥川龍之介切支丹物全集（日夏耿之介編）〉

〔内容〕煙草と悪魔, 尾形了斎覚え書, さまよへる猶太人, 奉教人の死, るしへる, 邪宗門, きりしとほろ上人伝, じゅりあの・吉助, 黒衣聖母, 神神の微笑, 報恩記, おぎん, おしの, 糸女覚え書, 誘惑

『お富の貞操・戯作三昧　他十一篇』 1958 209p

〔内容〕煙管, 忠義, 世之助の話, 或日の大石内蔵助, 戯作三昧, 開化の殺人, 枯野抄, 開化の良人, 鼠小僧次郎吉, お富の貞操, 三右衛門の罪, 伝吉の敵打ち, 古千屋

『六の宮の姫君　他八篇』 1958　186p

『蜘蛛の糸・地獄変　他十五篇』 1968　319p

『偸盗・戯作三昧』 1968　300p

『羅生門・鼻・芋粥』 改訂版　1968　308p

『羅生門・鼻・芋粥』 1989.4　213p

『羅生門・鼻・芋粥　改編』 1989.4　213p
①4-04-103313-6
〔内容〕老年, ひょっとこ, 仙人, 羅生門, 鼻, 孤独地獄, 父, 野呂松人形, 芋粥, 手巾, 煙草と悪魔, 煙管, MENSURA ZOILI, 運, 尾形了斎覚え書, 日光小品, 大川の水, 葬儀記

『蜘蛛の糸・地獄変　改編』 1989.4　313p
①4-04-103314-4
〔内容〕袈裟と盛遠, 蜘蛛の糸, 地獄変, 奉教人の死, 枯野抄, 邪宗門, 毛利先生, 犬と笛

『芥川龍之介の「羅生門」「河童」　ほか6編　角川ソフィア文庫 ビギナーズ・クラシックス　近代文学編』 角川書店〔編〕　2006.10　364p〈発売：角川書店　年譜あり　文献あり〉
①4-04-357415-0

『河童　戯作三昧』 2008.7　317p〈発売：角川グループパブリッシング　年譜あり〉
①978-4-04-103316-6
〔内容〕或日の大石内蔵之助, 戯作三昧, 開化の殺人, 開化の良人, 糸女覚え書, 大導寺信輔の半生, 点鬼簿, 玄鶴山房, 蜃気楼, 河童

河出文庫（河出書房新社）

『奉教人の死』 1955　256p 図版
〔内容〕ひょっとこ, 孤独地獄, 酒虫, さまよへる猶太人, 奉教人の死, 枯野抄, 舞踏会, 秋, お律と子等と, 山鴫, 藪の中, 将軍, 庭, 三つの宝, あばばばば, 一塊の土, 桃太郎

講談社文庫（講談社）

『藪の中』 2009.8　155p
①978-4-06-276459-9
〔内容〕藪の中, 羅生門, 地獄変, 蜘蛛の糸, 杜子春, 鼻

集英社文庫（集英社）

『地獄変』 1991.3　262p〈著者の肖像あり〉
①4-08-752011-0
〔内容〕大川の水, 羅生門, 鼻, 芋粥, 地獄変, 蜘蛛の糸, 奉教人の死, 蜜柑, 舞踏会, 秋, 藪の中, トロッコ

春陽文庫（春陽堂書店）

『羅生門』 1966　320p

小学館文庫（小学館）

『羅生門　地獄変』 2000.8　311p
①4-09-404108-7
〔内容〕羅生門, 鼻, 芋粥, 偸盗, 地獄変, 蜘蛛の糸, 藪の中, 俊寛

新潮ピコ文庫（新潮社）

『羅生門・蜘蛛の糸』 1996.3　93p
①4-10-940006-6
〔内容〕羅生門, 鼻, 芋粥, 蜘蛛の糸, 杜子春, トロッコ

新潮文庫（新潮社）

『羅生門』 1949　193p

『地獄変・奉教人の死』 1960 271p

〔内容〕地獄変, 奉教人の死, るしへる, 枯野抄, 毛利先生, 犬と笛, あの頃の自分の仕事, 開化の良人, きりしとほろ上人伝, 蜜柑, 沼地, 竜, 魔術, 東京小品, 沼, 東洋の秋, 動物園, 人物記

『邪宗門・杜子春』 1960 272p

〔内容〕邪宗門, 葱, 鼠小僧次郎吉, 舞踏会, 秋, 黒衣聖母, 或敵打の話, 老いたる素戔鳴尊, 杜子春, 小品随筆, 骨董羹他4篇, *解説(吉田精一)

『偸盗・蜘蛛の糸』 1960 267p

〔内容〕偸盗, 二つの手紙, 或日の大石内蔵助, 戯作三昧, 西郷隆盛, 首が落ちた話, 袈裟と盛遠, 蜘蛛の糸, 開化の殺人, 小品随筆8篇

『山鴫・藪の中』 1960 285p

〔内容〕南京の基督, 影, お律と子等と, 秋山図, 山鴫, アグニの神, 往年絵巻, 母, 好色, 藪の中, 小品・随筆 LOS CAPRICHOS, 他5篇

『大導寺信輔の半生・一塊の土』 1961 266p

『六の宮の姫君・お富の貞操』 1961 260p

〔内容〕俊寛, 将軍, 神神の微笑, トロッコ, 報恩記, 庭, 六の宮の姫君, お富の貞操, おぎん, 百合, 三つの宝, 雛, 猿蟹合戦, 二人小町, 漱石山房の冬, わが散文詩, 森先生, 長崎日録

『羅生門 鼻』 1968.7

『奉教人の死』 1968.11

『地獄変・偸盗』 1974.3 190p

〔内容〕偸盗, 地獄変, 竜, 往生絵巻, 藪の中, 六の宮の姫君

ダイソー文学シリーズ 近代日本文学選（大創出版）

『芥川龍之介 1 鼻 河童─ほか』 2004 223p〈年譜あり〉

〔内容〕鼻, 芋粥, トロッコ, 舞踏会, 蜜柑, 河童

『芥川龍之介 2 羅生門 奉教人の死─ほか』 2004 223p〈年譜あり〉

〔内容〕地獄変, 羅生門, 藪の中, 奉教人の死, 歯車

ちくま文庫（筑摩書房）

『芥川龍之介全集 1 羅生門・鼻・芋粥ほか』 1986.9 430p

①4-480-02081-0

〔内容〕老年, 青年と死, ひょっとこ, 仙人, 羅生門, 鼻, 孤独地獄, 父, 虱, 酒虫, 野呂松人形, 芋粥, 猿, 手巾, 煙草と悪魔, 煙管, MENSURA ZOILI, 運, 尾形了斎覚え書, 道祖問答, 忠義, 貉, 世之助の話, 偸盗, さまよえる猶太人, 二つの手紙

『芥川龍之介全集 2 蜘蛛の糸・地獄変・奉教人の死 ほか』 1986.10 467p

①4-480-02082-9

〔内容〕或日の大石内蔵助, 片恋, 女体, 黄粱夢, 英雄の器, 戯作三昧, 西郷隆盛, 首が落ちた話, 袈裟と盛遠, 蜘蛛の糸, 地獄変, 開化の殺人, 奉教人の死, るしへる, 枯野抄, 邪宗門, 毛利先生, 犬と笛, あの頃の自分の事, 開化の良人

中央公論社作品文庫（中央公論社）

『芥川龍之介文庫 第1 羅生門・地獄変他』 1953 272p

〔内容〕ひよつとこ, 羅生門, 鼻, 孤独地獄, 酒虫, 芋粥, 手巾, 尾形了斎覚え書, 世之助の話, さまよえる猶太人, 或日の大石内蔵助, 戯作三昧, 西郷隆盛, 首が落ちた話, 袈裟と盛遠, 蜘蛛の糸, 地獄変

『芥川龍之介文庫 第2 枯野抄 他』 1954 284p

〔内容〕開化の殺人, 奉教人の死, 枯野抄, 邪宗門, あの頃の自分の事, 開化の良人, 蜜柑, 竜, 疑惑, 鼠小僧次郎吉, 舞踏会, 秋, 黒衣聖母, 老いたる素戔鳴尊

ハルキ文庫（角川春樹事務所）

『地獄変』 2012.4 116p〈底本：「芥川龍之介全集」第3巻 第5巻 第8巻 第9巻（岩波書店 2007年刊） 年譜あり〉
①978-4-7584-3649-6
〔内容〕地獄変, 藪の中, 六の宮の姫君, 舞踏会

必読名作シリーズ（旺文社）

『羅生門・地獄変』 1989.4 277p
①4-01-066025-2
〔内容〕羅生門, 芋粥, 或る日の大石内蔵助, 戯作三昧, 地獄変, 枯野抄, 藪の中

文春文庫（文藝春秋）

『羅生門・蜘蛛の糸・杜子春 外十八篇』 1997.2 484p
①4-16-711305-8
〔内容〕羅生門, 鼻, 芋粥, 或日の大石内蔵助, 蜘蛛の糸, 地獄変, 枯野抄, 奉教人の死, 杜子春, 秋, 舞踏会, 南京の基督, 藪の中, トロッコ, 雛, 六の宮の姫君, 一塊の土, 玄鶴山房, 点鬼簿, 河童, 歯車

ランダムハウス講談社文庫（ランダムハウス講談社）

『王朝小説集』 2007.8 462p
①978-4-270-10117-9
〔内容〕羅生門, 青年と死と, 鼻, 芋粥, 運, 道祖問答, 偸盗, 袈裟と盛遠, 地獄変, 邪宗門, 龍, 往生絵巻, 俊寛, 好色, 藪の中, 六の宮の姫君

ワイド版岩波文庫（岩波書店）

『羅生門・鼻・芋粥・偸盗』 改版 2012.12 182p〈岩波文庫 2002年刊の再刊 年譜あり〉
①978-4-00-007357-8
〔内容〕羅生門, 鼻, 芋粥, 偸盗

『蜘蛛の糸・杜子春・トロッコ他十七篇』 2013.1 293p〈岩波文庫 1990年刊の再刊〉
①978-4-00-007358-5
〔内容〕父, 酒虫, 西郷隆盛, 首が落ちた話, 蜘蛛の糸, 犬と笛, 妖婆, 魔術, 老いたる素戔嗚尊, 杜子春, アグニの神, トロッコ, 仙人, 三つの宝, 雛, 猿蟹合戦, 白, 桃太郎, 女仙, 孔雀

『地獄変・邪宗門・好色・藪の中 他七篇』 2013.2 243p〈岩波文庫 1980年刊の再刊〉
①978-4-00-007359-2
〔内容〕運, 道祖問答, 袈裟と盛遠, 地獄変, 邪宗門, 竜, 往生絵巻, 好色, 藪の中, 六の宮の姫君, 二人小町

SDP bunko（SDP）

『蜘蛛の糸』 2008.7 93p
①978-4-903620-29-9
〔内容〕蜘蛛の糸, 杜子春, 地獄変

阿部 牧郎

あべ・まきお

1933～

京都府生まれ。京大卒。1988年、8回目の候補となった「それぞれの終楽章」で直木賞を受賞。以後、エンタテインメント作家として活躍する一方、歴史小説も手がけた。

講談社文庫（講談社）

『後家長屋　町之介慕情』 2002.11　314p
①4-06-273584-9
〔内容〕艶本, 縁結び, 後家長屋, 抓られた女, 間男, 筆おろし, なんでもあり

『出合茶屋』 2003.12　321p
①4-06-273901-1
〔内容〕出合茶屋, 村から来た娘, 旦那替え, 蔵の中, 隠居の恋, ひたむき, 廻し祝い

『艶女犬草紙』 2006.2　469p
①4-06-275068-6

『回春屋直右衛門秘薬絶頂丸』 2007.6　317p
①978-4-06-275722-5

徳間文庫（徳間書店）

『大坂炎上　大塩平八郎「洗心洞」異聞』 2005.7　409p
①4-19-892265-9

『春情おかげ参り』 2008.9　394p
①978-4-19-892842-1
〔内容〕旅立ち, 道づれ, 大厄の女, 出会い旅, 人攫い, 解き放ち, 布団部屋, 天国は暗闇に, 悦楽, 空に浮かぶ小舟, 旅の終り

安部 龍太郎

あべ・りゅうたろう

1955～

福岡県生まれ。本名・安部良法。久留米高専卒。1987年「師直の恋」でデビュー。「血の日本史」で話題となり2015年、「等伯」で直木賞を受賞した。他に「彷徨える帝」「関ヶ原連判状」「天下布武」など。

角川文庫（角川書店）

『神々に告ぐ　戦国秘譚　上』 2002.10　312p
①4-04-365901-6

『神々に告ぐ　下』 2002.10　334p
①4-04-365902-4

『彷徨える帝　上』 2005.2　428p
①4-04-365903-2

『彷徨える帝　下』 2005.2　458p
①4-04-365904-0

『浄土の帝』 2008.12　508p〈発売：角川グループパブリッシング〉
①978-4-04-365905-0

『天下布武　夢どの与一郎　上』 2009.12　412p〈発売：角川グループパブリッシング〉
①978-4-04-365906-7

『天下布武　夢どの与一郎　下』 2009.12　405p〈発売：角川グループパブリッシング〉
①978-4-04-365907-4

『密室大坂城』 2014.5　328p〈講談社文庫 2000年刊の加筆修正〉
①978-4-04-101772-2

『幕末開陽丸　徳川海軍最後の戦い』 2014.12　346p〈『開陽丸、北へ』(講談社文庫 2002年刊）の改題〉
①978-4-04-101781-4

『佐和山炎上』 2015.4 384p 〈『忠直卿御座船』(講談社文庫 2001年刊) の改題〉
①978-4-04-101774-6
〔内容〕峻烈, 玉のかんざし, 伏見城恋歌, 佐和山炎上, 忠直卿御座船, 魅入られた男, 雷電曼陀羅, 斬奸刀, 難風

講談社文庫 (講談社)

『密室大阪城』 2000.6 305p
①4-06-264923-3

『忠直卿御座船』 2001.8 345p 〈『難風』(1998年刊) の改題〉
①4-06-273237-8
〔内容〕峻烈, 玉のかんざし, 伏見城恋歌, 佐和山炎上, 忠直卿御座船, 魅入られた男, 雷電曼陀羅, 斬奸刀, 難風

『開陽丸、北へ 徳川海軍の興亡』 2002.12 329p
①4-06-273613-6

集英社文庫 (集英社)

『風の如く水の如く』 1999.3 340p
①4-08-747030-X

『海神 孫太郎漂流記』 2002.7 389p
①4-08-747464-X

『生きて候 上』 2006.1 346p 〈2002年刊の増補〉
①4-08-746004-5

『生きて候 下』 2006.1 311p 〈2002年刊の増補〉
①4-08-746005-3

『恋七夜』 2009.10 414p
①978-4-08-746488-7

『関ケ原連判状 上巻』 2011.3 494p
①978-4-08-746680-5

『関ケ原連判状 下巻』 2011.3 494p
①978-4-08-746681-2

『天馬、翔ける源義経 上』 2012.10 486p 〈『天馬、翔ける 上・下』(新潮文庫 2007年刊) の改題〉
①978-4-08-746894-6

『天馬、翔ける源義経 中』 2012.11 469p 〈『天馬、翔ける 上・下』(新潮文庫 2007年刊) の改題〉
①978-4-08-745005-7

『天馬、翔ける源義経 下』 2012.12 460p 〈『天馬、翔ける 上・下』(新潮文庫 2007年刊) の改題〉
①978-4-08-745019-4

『風の如く水の如く』 2013.11 406p 〈1999年刊の新編集〉
①978-4-08-745133-7

小学館文庫 (小学館)

『薩摩燃ゆ』 2007.10 473p
①978-4-09-408209-8

『五峰の鷹』 2016.2 684p 〈2013年刊の加筆・修正〉
①978-4-09-406270-0

新潮文庫 (新潮社)

『血の日本史』 1993.8 624p
①4-10-130511-0
〔内容〕大和に異議あり, 蘇我氏滅亡, 長屋王の変, 応天門放火, 鉄身伝説, 北上燃ゆ, 陸奥の黄金, 比叡おろし, 鎮西八郎見参, 六波羅の皇子, 鬼界ガ島, 木曽の駒王, 奥州征伐, 八幡宮雪の石階, 王城落つ, 異敵襲来, 大峰山奇談, 霧に散る, 山門炎上, 道湍暗殺, 末世の道者, 松永弾正, 余が神である, 沈黙の利休, 性, 姦淫, 大坂落城, 忠長を斬れ, 浪人弾圧, 男伊達, 雛形忠臣蔵, お七狂乱, 団十郎横死, 絵島流刑, 加賀騒動, 世直し大明神, 外記乱心, 大塩平八郎の乱, 銭屋丸難破, 寺田屋騒動, 孝明天皇の死, 龍馬暗殺, 俺たちの維新

『黄金海流』 1995.4 654p
①4-10-130512-9

『彷徨える帝』 1997.3 774p
①4-10-130513-7
『関ヶ原連判状 上巻』 1999.12 461p
①4-10-130514-5
『関ヶ原連判状 下巻』 1999.12 449p
①4-10-130515-3
『信長燃ゆ 上巻』 2004.10 481p
①4-10-130516-1
『信長燃ゆ 下巻』 2004.10 555p
①4-10-130517-X
『天馬、翔ける 上巻』 2007.8 622p
①978-4-10-130519-6
『天馬、翔ける 下巻』 2007.8 653p
①978-4-10-130520-2
『蒼き信長 上巻』 2012.12 367p〈毎日新聞社 2010年刊の再刊〉
①978-4-10-130523-3
『蒼き信長 下巻』 2012.12 362p〈毎日新聞社 2010年刊の再刊〉
①978-4-10-130524-0
『下天を謀る 上巻』 2013.5 455p
①978-4-10-130525-7
『下天を謀る 下巻』 2013.5 487p〈文献あり〉
①978-4-10-130526-4

日経文芸文庫
(日本経済新聞出版社)

『黄金海流』 2013.10 681p〈新潮社 1991年刊の再刊〉
①978-4-532-28003-1
『葉隠物語』 2014.4 422p〈エイチアンドアイ 2011年刊の再刊〉
①978-4-532-28034-5

文春文庫(文藝春秋)

『バサラ将軍』 1998.5 312p
①4-16-759701-2
〔内容〕兄の横顔, 師直の恋, 狼藉なり, 知謀の淵, バサラ将軍, アーリアが来た
『金沢城嵐の間』 2000.9 301p
①4-16-759702-0
〔内容〕残された男, 伊賀越えの道, 義によって, 金沢城嵐の間, 萩城の石, 生きすぎたりや
『お吉写真帖』 2004.3 305p
①4-16-759703-9
〔内容〕ヘダ号建造, お吉写真帖, 適塾青春記, オランダ水虫, まなこ閉ぢ給ふことなかれ, 贋金一件
『等伯 上』 2015.9 374p〈日本経済新聞出版社 2012年刊の再刊〉
①978-4-16-790442-5
『等伯 下』 2015.9 406p〈日本経済新聞出版社 2012年刊の再刊〉
①978-4-16-790443-2

PHP文芸文庫(PHP研究所)

『レオン氏郷』 2015.11 557p
①978-4-569-76450-4

PHP文庫(PHP研究所)

『太閤の城 結城虎之介・残月剣』 1996.11 389p
①4-569-56950-1

荒川 法勝

あらかわ・のりかつ

1921～1998

岩手県生まれ。慶大卒。詩人で多摩美大教授をつとめる傍ら、歴史小説も執筆。著書に「長宗我部元親」などがある。

PHP文庫（PHP研究所）

『長宗我部元親　信長・秀吉に挑んだ南海の雄』 1995.12　358p
①4-569-56833-5

有明 夏夫

ありあけ・なつお

1936～2002

大阪府生まれ。本名・斉藤義和。同志社大中退。1978年明治初期の大阪を舞台に目明しの活躍を描いた「耳なし源蔵召捕記事・大浪花諸人往来」で直木賞を受賞。同作品は桂枝雀の主演で「なにわの源蔵事件帳」としてテレビドラマ化された。

角川文庫（角川書店）

『大浪花諸人往来』 1980.6　352p

講談社文庫（講談社）

◇なにわの源蔵事件帳

『蔵屋敷の怪事件　なにわの源蔵事件帳』
1988.1　276p
①4-06-184133-5
〔内容〕人力車は往く, 石油のような男, 蔵屋敷の怪事件, 艶女衣裳競べ, エレキ恐るべし

『脱獄囚を追え　なにわの源蔵事件帳』
1988.2　266p
①4-06-184149-1
〔内容〕絵図面盗難事件, 恋の鞘当て異聞, 輸入薬のゆくえ, 善人の仮面, 脱獄囚を追え

『不知火の化粧まわし　なにわの源蔵事件帳』 1988.3　277p
①4-06-184174-2
〔内容〕灯台の火, 不知火の化粧まわし, 浪花富士の計画, 印度からきた猿

『京街道を走る　なにわの源蔵事件帳』
1988.4　290p
①4-06-184202-1

〔内容〕桔梗は見ていた, 消えた土地, 月へ旅する日, 京街道を走る, 猫の災難

小学館文庫（小学館）

◇なにわの源蔵事件帳

『大浪花別嬪番付　なにわの源蔵事件帳1』 細谷正充〔編著〕　2008.10　393p〈『大浪花諸人往来』(角川書店1978年刊)の改訂〉
①978-4-09-408313-2
〔内容〕西郷はんの写真, 天神祭の夜, 尻無川の黄金騒動, 大浪花別嬪番付, 鯛を捜せ, 人間の皮を剝ぐ男

『新春初手柄　なにわの源蔵事件帳　2』 細谷正充〔編〕　2008.12　360p
①978-4-09-408333-0
〔内容〕新春初手柄, 異人女の目, 召捕夢物語, 灯台の光, 不知火の化粧まわし

『艶女衣装競べ　なにわの源蔵事件帳　3』 細谷正充〔編〕　2009.2　316p
①978-4-09-408352-1
〔内容〕月へ旅する日, 京街道を走る, 猫の災難, 人力車は往く, 艶女衣裳競べ

『絵図面盗難事件　なにわの源蔵事件帳4』 細谷正充〔編〕　2009.3　312p
①978-4-09-408373-6
〔内容〕絵図面盗難事件, 脱獄囚を追え, 扇子は届いたか, 穴をあけた理由, 汚名をそそげ

文春文庫（文藝春秋）

『東海道星取表』 1984.7　316p
①4-16-732702-3
〔内容〕東海道星取表, 葵と芋, 最後の伊賀者たち

『幕末早春賦』 1986.2　328p
①4-16-732703-1

有吉 佐和子
ありよし・さわこ
1931～1984

和歌山県生れ。東京女子大短大卒。芥川賞候補となった「地唄」で文壇にデビュー。以後,「華岡青洲の妻」「出雲の阿国」「和宮様御留」と歴史小説の話題作を次々と発表。晩年は「恍惚の人」「複合汚染」など社会派小説で活躍した。

講談社文庫（講談社）

『和宮様御留』 1981.7　407p〈年譜：p396～407〉

『和宮様御留』 新装版　2014.4　507p
①978-4-06-277811-4

新潮文庫（新潮社）

『助左衛門四代記』 1965　327p

『助左衛門四代記』 改版　2014.10　418p
①978-4-10-113203-7

中公文庫（中央公論新社）

『出雲の阿国　上』 1974　303p

『出雲の阿国　中』 1974　288p

『出雲の阿国　下』 1974　383p

『ふるあめりかに袖はぬらさじ』 1982.2　229p
〔内容〕ふるあめりかに袖はぬらさじ, 華岡青洲の妻

『出雲の阿国　上』 改版　2002.8　501p
①4-12-204080-9

『出雲の阿国　下』 改版　2002.8　511p

ⓘ4–12–204081–7

『ふるあめりかに袖はぬらさじ』 改版 2012.9 285p

ⓘ978–4–12–205692–3

〔内容〕ふるあめりかに袖はぬらさじ, 華岡青洲の妻, *有吉佐和子と『ふるあめりかに袖はぬらさじ』(坂東玉三郎〔執筆〕)

『出雲の阿国　上』 改版 2014.6 534p

ⓘ978–4–12–205966–5

『出雲の阿国　下』 改版 2014.6 539p

ⓘ978–4–12–205967–2

泡坂 妻夫

あわさか・つまお

1933〜2009

東京生まれ。本名・厚川昌男。九段高卒。紋章上絵師の家に生まれ、1976年に推理作家としてデビュー。90年には直木賞を受賞。のち時代小説も手がけ、テレビドラマ化された「宝引の辰捕者帳」シリーズや、「夢裡庵先生捕物帳」シリーズがある。

光文社文庫（光文社）

『からくり東海道　長編時代小説』 1999.6 340p

ⓘ4–334–72835–9

新潮文庫（新潮社）

『写楽百面相』 1996.10 356p

ⓘ4–10–144507–9

創元推理文庫（東京創元社）

『亜智一郎の恐慌』 2004.1 280p

ⓘ4–488–40218–6

〔内容〕雲見番拝命, 補陀落往生, 地震時計, 女方の胸, ばら印篭, 薩摩の尼僧, 大奥の曝頭

徳間文庫（徳間書店）

◇夢裡庵先生捕物帳

『びいどろの筆　夢裡庵先生捕物帳』 1992.11 285p

①4-19-567356-9

〔内容〕びいどろの筆, 経師屋橋之助, 南蛮うどん, 泥棒番付, 砂子4千両, 芸者の首, 虎の女

『からくり富　夢裡庵先生捕物帳』 1999.7 318p

①4-19-891134-7

『飛奴　夢裡庵先生捕物帳』 2005.1　308p

①4-19-892179-2

〔内容〕風車, 飛奴, 金魚狂言, 仙台花押, 一天地六, 向い天狗, 夢裡庵の逃走

双葉文庫（双葉社）

『亜智一郎の恐慌』 2000.7　283p

①4-575-50737-7

〔内容〕雲見番拝命, 補陀楽往生, 地震時計, 女方の胸, ばら印籠, 薩摩の尼僧, 大奥の曝頭

文春文庫（文藝春秋）

◇宝引の辰捕者帳

『鬼女の鱗　宝引の辰捕者帳』 1992.2 253p

①4-16-737806-X

〔内容〕目吉の死人形, 柾木心中, 鬼女の鱗, 辰巳菩薩, 伊万里の杯, 江戸桜小紋, 改三分定銀

『自来也小町　宝引の辰捕者帳』 1997.6 283p

①4-16-737809-4

〔内容〕自来也小町, 雪の大菊, 毒を食らわば, 謡幽霊, 旅差道中, 夜光亭の一夜, 忍び半弓

『凧をみる武士　宝引の辰捕者帳』 1999.8 237p

①4-16-737810-8

〔内容〕とんぼ玉異聞, 雛の宵宮, 幽霊大夫, 凧をみる武士

『朱房の鷹　宝引の辰捕者帳』 2002.7 265p

①4-16-737811-6

『鳥居の赤兵衛　宝引の辰捕者帳』 2007.8 251p

①978-4-16-737813-4

〔内容〕鳥居の赤兵衛, 優曇華の銭, 黒田狐, 雪見船, 駒込の馬, 毒にも薬, 熊谷の馬, 十二月十四日

『写楽百面相』 2005.12　365p

①4-16-737812-4

安西 篤子
あんざい・あつこ
1927～

兵庫県生まれ。神奈川県立第一高女卒。中山義秀に師事して1964年「張少子の話」で直木賞を受賞。以後、「女人紋様」「悲愁中宮」など歴史小説を中心に発表。また神奈川県立神奈川近代文学館長もつとめる。

学研M文庫（学研パブリッシング）

『柴田勝家　ひたむきに戦国乱世を駆け抜けた男』 2002.3　254p〈年表あり〉
①4-05-901119-3

講談社文庫（講談社）

『千姫微笑』 1983.7　510p
①4-06-183066-X
『愛の灯籠』 1985.11　377p〈『愛染灯籠』（1981年刊）の改題〉
①4-06-183614-5
『淀どの哀楽　上』 1987.12
①4-06-184114-9
『淀どの哀楽　下』 1987.12　290p
①4-06-184115-7
『武家女夫録』 1993.9　233p
①4-06-185478-X
〔内容〕夏萩，寒椿，糸瓜，木槿，山樝子，臘梅，桔梗，山百合
『不義にあらず』 1995.9　289p
①4-06-263048-6
〔内容〕黄水仙，山吹，夏茱萸，百日紅，曼珠沙華，秋海棠，紫苑，いろは紅葉，山茶花
『龍を見た女』 1997.5　568p
①4-06-263327-2
『恋に散りぬ』 1997.9　265p
①4-06-263606-9
〔内容〕紅梅，蘇芳，菖蒲，著莪，金雀児，山梔子，南天，万両
『花あざ伝奇』 2000.9　248p
①4-06-264967-5
〔内容〕花あざ伝奇，妲己伝，仲父よ蜀におれ，烏孫公主，朝焼け，甘露の変，張少子の話

光文社文庫（光文社）

『卑弥呼狂乱』 1991.5　261p
①4-334-71331-9
〔内容〕卑弥呼狂乱，死霊の都・怨霊の都，袈裟と盛遠，消えた野望，孤島の薔薇，おふく変身，名君孤愁，雪崩れて春来る，戯作三昧
『色に狂えば』 1991.12　300p
①4-334-71448-X
〔内容〕緋寒桜，紫陽花，夕顔，鷺草，芙蓉，女郎花，犬蓼，柊の花，侘助

集英社文庫（集英社）

『悲愁中宮』 1987.8　297p
①4-08-749247-8
『家康の母』 1988.8　220p
『義経の母』 1989.10　510p
①4-08-749510-8
『壇の浦残花抄』 1995.12　254p
①4-08-748414-9
〔内容〕壇の浦残花抄，室町魔女伝，喜多川殿日記抄，幻影の妻，暁の楼閣，美女，咲く花散る花，乱世の百合，栄光の乳，妻を殺す男，生き晒しの女
『安西篤子の南総里見八犬伝　わたしの古典』 1996.8　281p
①4-08-748445-9

井口 朝生
いぐち・あさお
1925～1999

東京生まれ。山手樹一郎の長男。日大卒。時代小説「狼火と旗と」が直木賞候補となり、ついで「雑兵伝」「すみだ川余情」で第1回日本作家クラブ賞を受賞。多くの大衆時代小説を発表した。

小学館文庫（小学館）

『油小路の血闘』 1999.12 276p
①4-09-403761-6
〔内容〕恨みぞ深き花倉の乱, 桶狭間の合戦, 風林火山消ゆ天目山, 利口過ぎた男, 非情なる銃声, 礫柱まかり通る, 守り通した家門, 乱世の寝返り豪商, 長岡京の怨霊, 宇治の合戦, 浄瑠璃坂の仇討, 油小路の血闘, 草莽の血涙

河出文庫（河出書房新社）

『完本直江山城守 愛と鬼謀の軍師』 2008.10 584p〈春陽文庫1999年刊の増補〉
①978-4-309-40925-2

時代小説文庫（富士見書房）

『江戸は花曇り』 1988.5 292p
①4-8291-1145-3
〔内容〕江戸は花曇り, こわれた夜, ほくろ供養, 秋化粧, 鬼退治, 泥の街

『戦国武州むらさき帳』 1988.9 324p
①4-8291-1153-4
〔内容〕兜の白菊, 戦国武州むらさき帳, 妖童記, 桃影抄, 高嶺の霞, 野の花と軍師

『真田幸村 上』 1989.2 267p
①4-8291-1163-1

『真田幸村 下』 1989.2 283p
①4-8291-1164-X

『武田雑兵伝』 1989.7 367p
①4-8291-1179-8

『伊達政宗』 1990.2 324p
①4-8291-1193-3

春陽文庫（春陽堂書店）

『剣に夢あり』 1970 189p

『人情おぼろ風』 1981.10 276p

『すみだ川余情』 1982.11 303p

『岡場所の女』 1983.12 324p

『綺羅の女』 1984.10 246p

『戦国はぐれ獅子』 1985.12 265p

『剣に夢あり 北辰一刀流・千葉周作』 新装版 1986.11 189p

『直江山城守 愛と鬼謀の軍師』 新装 1999.7 326p〈『青雲乱雲』(1976年刊) の改題〉
①4-394-12910-9

人物文庫（学陽書房）

『真田幸村 戦国太平記』 2015.4 520p〈光風社出版 1984年刊の再刊〉
①978-4-313-75295-5

成美文庫（成美堂出版）

『軍師真田幸村』 1996.3 517p〈『真田幸村』(光風社出版刊) の増訂〉
①4-415-06437-X

大陸文庫（大陸書房）

『山姫の砦』 1988.6 351p
①4-8033-1505-1

池波 正太郎

いけなみ・しょうたろう

1923〜1990

東京・浅草生まれ。長谷川伸に師事し「錯乱」で直木賞を受賞。以後、歴史・時代両方にわたって多くの作品を発表、「鬼平犯科帳」「剣客商売」「必殺仕掛人」の三大シリーズは映画・テレビで高い人気を得た。長編「真田太平記」を中心に、「恩田木工」など真田物の作品も多い。

角川文庫（角川書店）

『近藤勇白書』 1972 562p

『にっぽん怪盗伝』 1972 331p

『人斬り半次郎 賊将編』 1972 492p

『人斬り半次郎 幕末編』 1972 550p

『堀部安兵衛 上巻』 1973 478p

『堀部安兵衛 下巻』 1973 448p

『戦国幻想曲』 1974 542p

『英雄にっぽん』 1975 408p

『夜の戦士』 1976 2冊

『仇討ち』 1977.10 284p
〔内容〕うんぷてんぷ, 仇討ち七之助, 顔, 仇討ち狂い, 金ちゃん弱虫, 熊田十兵衛の仇討ち, あばた又十郎, 出刃打お玉

『江戸の暗黒街』 1979.2 308p

『西郷隆盛』 1979.4 259p〈西郷隆盛略年表：p256〜259〉

『炎の武士』 1979.9 268p
〔内容〕炎の武士, 色 (いろ), 北海の猟人, ごろんぼ佐之助

『卜伝最後の旅』 1980.5 280p
〔内容〕卜伝最後の旅, 南部鬼屋敷, 権臣二千石, 深川猿子橋, 北海の男, 剣客山田又蔵従軍

『侠客』 1999.9 678p
①4-04-132318-5
『賊将』 1999.11 421p
①4-04-132320-7
〔内容〕応仁の乱, 刺客, 黒雲峠, 秘図, 賊将, 将軍
『闇の狩人 上』 2000.8 414p
①4-04-132321-5
『闇の狩人 下』 2000.8 390p
①4-04-132322-3
『忍者丹波大介』 2001.1 510p
①4-04-132323-1
『にっぽん怪盗伝』 新装版 2012.12 390p〈発売：角川グループパブリッシング〉
①978-4-04-100603-0
〔内容〕江戸怪盗記, 白浪看板, 四度目の女房, 市松小僧始末, 喧嘩あんま, ねずみの糞, 熊五郎の顔, 鬼坊主の女, 金太郎蕎麦, 正月四日の客, おしろい猫, さざ浪伝兵衛

講談社文庫（講談社）

◇仕掛人・藤枝梅安

『殺しの四人 仕掛人・藤枝梅安』 1980.3 249p
『梅安蟻地獄 仕掛人・藤枝梅安』 1980.12 310p
『梅安最合傘 仕掛人・藤枝梅安』 1982.3 316p
①4-06-131766-0
『梅安針供養 仕掛人・藤枝梅安』 1983.12 277p
①4-06-183134-8
『梅安乱れ雲 仕掛人・藤枝梅安』 1986.11 325p
①4-06-183864-4
〔内容〕梅安雨隠れ, 梅安乱れ雲
『梅安影法師 仕掛人・藤枝梅安』 1990.10 247p
①4-06-184768-6
『梅安冬時雨 仕掛人・藤枝梅安』 1993.9 248p〈著者の肖像あり〉
①4-06-185482-8
〔内容〕鰯雲, 師走の闇, 為斎・浅井新之助, 左の腕, 襲撃
『殺しの四人 仕掛人・藤枝梅安 1』 新装版 2001.4 282p
①4-06-273135-5
〔内容〕おんなごろし, 殺しの四人, 秋風二人旅, 後は知らない, 梅安晦日蕎麦
『梅安蟻地獄 仕掛人・藤枝梅安 2』 新装版 2001.4 358p
①4-06-273136-3
〔内容〕春雪仕掛針, 梅安蟻地獄, 梅案初時雨, 闇の大川橋
『梅安最合傘 仕掛人・藤枝梅安 3』 新装版 2001.4 361p
①4-06-273137-1
〔内容〕梅安鰹飯, 殺気, 梅安流れ星, 梅安最合傘, 梅安迷い箸, さみだれ梅安
『梅安針供養 仕掛人・藤枝梅安 4』 新装版 2001.6 304p
①4-06-273169-X
『梅安乱れ雲 仕掛人・藤枝梅安 5』 新装版 2001.6 352p
①4-06-273170-3
『梅安影法師 仕掛人・藤枝梅安 6』 新装版 2001.7 264p
①4-06-273192-4
『梅安冬時雨 仕掛人・藤枝梅安 7』 新装版 2001.7 269p〈肖像あり〉
①4-06-273193-2
〔内容〕梅安冬時雨, 池波正太郎「梅安余話」

『忍びの女』 1978.2 2冊
『近藤勇白書』 1979.1 547p
『近藤勇白書』 1979.1 547p
『まぼろしの城』 1983.1 241p
①4-06-131816-0
『殺しの掟』 1985.12 349p

①4-06-183615-3
〔内容〕おっ母、すまねえ, 夜狐, 顔, 梅雨の湯豆腐, 強請, 殺しの掟, 恋文, 夢の茶屋, 不忍池暮色

『抜討ち半九郎』 1992.11 293p
①4-06-185268-X
〔内容〕奸臣, 霧に消えた影, 妻を売る寵臣, 清水一角, 番犬の平九郎, 猿鳴き峠, 抜討ち半九郎

『剣法一羽流』 1993.5 315p
①4-06-185391-0
〔内容〕そろばん虎之助, 闇討ち十五郎, 冬の青空, 小泉忠男の手, 土俵の人, 仇討ち街道, 剣法一羽流

『若き獅子』 1994.1 201p
①4-06-185541-7
〔内容〕「忠臣蔵」奇人・北斎, 若き獅子, 悲運の英雄, 壮烈なる孤忠, 新選組敗走記, 明治元年の逆賊

『近藤勇白書 上』 新装版 2003.12 322p
①4-06-273902-X

『近藤勇白書 下』 新装版 2003.12 320p
①4-06-273903-8

『忍びの女 上』 新装版 2007.1 530p
①978-4-06-275605-1

『忍びの女 下』 新装版 2007.1 498p
①978-4-06-275606-8

『まぼろしの城』 新装版 2007.3 294p
①978-4-06-275661-7

『殺しの掟』 新装版 2007.5 405p
①978-4-06-275723-2
〔内容〕おっ母、すまねえ, 夜狐, 顔, 梅雨の湯豆腐, 強請, 殺しの掟, 恋文, 夢の茶屋, 不忍池暮色

『抜討ち半九郎』 新装版 2007.7 347p
①978-4-06-275777-5
〔内容〕女と奸臣に滅ぶ沼田城, 間諜—蜂谷与助, 妻を売る寵臣—牧野成貞, 清水一学, 番犬の平九郎, 黒雲峠, 抜討ち半九郎

『剣法一羽流』 新装版 2007.9 372p
①978-4-06-275842-0
〔内容〕そろばん虎之助, 闇討ち十五郎, 冬の青空, 小泉忠男の手, 土俵の人, 仇討ち街道, 剣法一羽流

『若き獅子』 新装版 2007.11 233p
①978-4-06-275882-6
〔内容〕消防士浅野内匠頭の見参, 台所に隠れていた吉良上野介, 自由放奔の天才画家・葛飾北斎, 若き獅子—高杉晋作, 悲運の英雄—河井継之助, 壮烈なる孤忠—松平容保, 新選組敗走記, 明治元年の逆賊—小栗忠順

『近藤勇白書 上 レジェンド歴史時代小説』 2016.2 390p〈新装版 2003年刊の改訂〉
①978-4-06-293254-7

『近藤勇白書 下 レジェンド歴史時代小説』 2016.2 388p〈新装版 2003年刊の改訂〉
①978-4-06-293255-4

集英社文庫（集英社）

『スパイ武士道』 1977.6 318p

『幕末遊撃隊』 1977.11 304p

『英雄にっぽん』 1979.2 386p

『英雄にっぽん 小説山中鹿之介』 改版 2002.7 468p
①4-08-747468-2

『幕末遊撃隊』 改訂新版 2009.6 404p
①978-4-08-746451-1

春陽文庫（春陽堂書店）

『仇討ち物語』 1967 195p

『錯乱』 1968 224p

『仇討ち物語』 1987.5 195p
〔内容〕運の矢, 火消しの殿, うんぷてんぷ, あばた又十郎, 荒木又右衛門, よろいびつ, かたきうち

『錯乱』 1996.5 224p〈新装〉
①4-394-12102-7
〔内容〕錯乱, 碁盤の首, 刺客, 秘図, 賊将

新潮文庫（新潮社）

◇剣客商売

『剣客商売』 1985.3 332p
①4-10-115623-9

『辻斬り 剣客商売』 1985.3 289p
①4-10-115624-7
〔内容〕鬼熊酒屋, 辻斬り, 老虎, 悪い虫, 三冬の乳房, 妖怪・小雨坊, 不二楼・蘭の間

『陽炎の男 剣客商売』 1986.9 308p
①4-10-115629-8
〔内容〕東海道・見付宿, 赤い富士, 陽炎の男, 嘘の皮, 兎と熊, 婚礼の夜, 深川十万坪

『天魔 剣客商売』 1988.9 348p
①4-10-115649-2
〔内容〕雷神, 箱根細工, 夫婦浪人, 天魔, 約束金二十両, 鰻坊主, 突発, 老僧狂乱

『白い鬼 剣客商売』 1989.9 348p
①4-10-115653-0
〔内容〕白い鬼, 西村屋お小夜, 手裏剣お秀, 暗殺, 雨避け小兵衛, 三冬の縁談, たのまれ男

『新妻 剣客商売』 1990.9 332p
①4-10-115656-5
〔内容〕鷲鼻の武士, 品川お匙屋敷, 川越中納言, 新妻, 金貸し幸右衛門, いのちの畳針, 道場破り

『隠れ簑 剣客商売』 1991.9 353p
①4-10-115661-1
〔内容〕春愁, 徳どん、逃げろ, 隠れ簑, 梅雨の柚の花, 大江戸ゆばり組, 越後屋騒ぎ, 決闘・高田の馬場

『狂乱 剣客商売』 1992.9 317p
①4-10-115664-6

『待ち伏せ 剣客商売』 1993.6 318p
①4-10-115666-2
〔内容〕待ち伏せ, 小さな茄子二つ, 或る日の小兵衛, 秘密, 討たれ庄三郎, 冬木立, 剣の命脈

『春の嵐 剣客商売』 1993.8 338p
①4-10-115667-0

『勝負 剣客商売』 1994.6 319p
①4-10-115669-7
〔内容〕剣の師弟, 勝負, 初孫命名, その日の三冬, 時雨蕎麦, 助太刀, 小判二十両

『十番斬り 剣客商売』 1994.10 315p
①4-10-115670-0

『波紋 剣客商売』 1995.9 315p
①4-10-115672-7
〔内容〕消えた女, 波紋, 剣士変貌, 敵, 夕紅大川橋

『暗殺者 剣客商売』 1996.10 260p
①4-10-115674-3

『二十番斬り 剣客商売』 1997.3 257p
①4-10-115675-1
〔内容〕おたま, 二十番斬り

『浮沈 剣客商売』 1998.4 262p
①4-10-115676-X

『剣客商売 剣客商売 1』 2002.9 365p
①4-10-115731-6

『辻斬り 剣客商売 2』 2002.9 316p
①4-10-115732-4

『陽炎の男 剣客商売 3』 2002.10 337p
①4-10-115733-2

『天魔 剣客商売 4』 2002.10 380p
①4-10-115734-0

『白い鬼 剣客商売 5』 2002.11 380p
①4-10-115735-9
〔内容〕白い鬼, 西村屋お小夜, 手裏剣お秀, 暗殺, 雨避け小兵衛, 三冬の縁談, たのまれ男

『新妻 剣客商売 6』 2002.11 363p
①4-10-115736-7

『隠れ簑 剣客商売 7』 2002.12 386p
①4-10-115737-5
〔内容〕春愁, 徳どん、逃げろ, 隠れ簑, 梅雨の柚の花, 大江戸ゆばり組, 越後屋騒ぎ, 決闘・高田の馬場

『狂乱 剣客商売 8』 2002.12 349p
①4-10-115738-3
〔内容〕毒婦, 狐雨, 狂乱, 仁三郎の顔, 女と男, 秋の炬燵

『待ち伏せ 剣客商売 9』 2003.1 346p

①4-10-115739-1
『春の嵐　剣客商売　10』 2003.1　369p
①4-10-115740-5
『勝負　剣客商売　11』 2003.1　351p
①4-10-115741-3
『十番斬り　剣客商売　12』 2003.1　345p
①4-10-115742-1
『波紋　剣客商売　13』 2003.2　345p
①4-10-115743-X
『暗殺者　剣客商売　14』 2003.2　287p
①4-10-115744-8
『二十番斬り　剣客商売　15』 2003.2　282p
①4-10-115745-6
『浮沈　剣客商売　16』 2003.2　301p
①4-10-115746-4

◇剣客商売番外編

『黒白（こくびゃく）　上　剣客商売番外編』 1987.5　501p
①4-10-115631-X
『黒白（こくびゃく）　下　剣客商売番外編』 1987.5　491p
①4-10-115632-8
『ないしょないしょ　剣客商売番外編』 1992.6　343p
①4-10-115663-8
『黒白　上巻　剣客商売番外編』 2003.5　543p
①4-10-115747-2
『黒白　下巻　剣客商売番外編』 2003.5　535p
①4-10-115748-0
『ないしょないしょ　剣客商売番外編』 2003.5　376p
①4-10-115749-9

◇真田太平記

『真田太平記　第1巻　天魔の夏』 1987.9　474p
①4-10-115634-4
『真田太平記　第2巻　秘密』 1987.9　484p
①4-10-115635-2
『真田太平記　第3巻　上田攻め』 1987.10　539p
①4-10-115636-0
『真田太平記　第4巻　甲賀問答』 1987.10　540p
①4-10-115637-9
『真田太平記　第5巻　秀頼誕生』 1987.11　486p
①4-10-115638-7
『真田太平記　第6巻　家康東下』 1987.11　498p
①4-10-115639-5
『真田太平記　第7巻　関ケ原』 1987.12　467p
①4-10-115640-9
『真田太平記　第8巻　紀州九度山』 1987.12　575p
①4-10-115641-7
『真田太平記　第9巻　二条城』 1988.1　498p
①4-10-115642-5
『真田太平記　第10巻　大坂入城』 1988.1　510p
①4-10-115643-3
『真田太平記　第11巻　大坂夏の陣』 1988.2　518p
①4-10-115644-1
『真田太平記　第12巻　雲の峰』 1988.2　523p
①4-10-115645-X
『真田太平記　第1巻　天魔の夏』 改版 2005.1　519p〈第47刷〉
①4-10-115634-4
『真田太平記　第2巻　秘密』 44刷改版 2005.1　526p
①4-10-115635-2
『真田太平記　第3巻　上田攻め』 45刷改版　2005.1　586p
①4-10-115636-0

『真田太平記　第4巻　甲賀問答』 43刷改版　2005.1　595p
①4-10-115637-9

『真田太平記　第5巻　秀頼誕生』 43刷改版　2005.1　534p
①4-10-115638-7

『真田太平記　第6巻　家康東下』 41刷改版　2005.1　545p
①4-10-115639-5

『真田太平記　第7巻　関ケ原』 41刷改版　2005.5　512p
①4-10-115640-9

『真田太平記　第8巻　紀州九度山』 40刷改版　2005.5　626p
①4-10-115641-7

『真田太平記　第9巻　二条城』 38刷改版　2005.7　545p
①4-10-115642-5

『真田太平記　第10巻　大坂入城』 改版　2005.7　557p
①4-10-115643-3

『真田太平記　第11巻　大坂夏の陣』 改版　2005.7　567p
①4-10-115644-1

『真田太平記　第12巻　雲の峰』 改版　2005.7　573p
①4-10-115645-X

『編笠十兵衛』 1977.3　721p

『忍者丹波大介』 1978.4　496p

『男振』 1978.11　399p

『侠客』 1979.3　651p

『剣の天地』 1979.8　617p

『闇の狩人』 1980.9　2冊

『上意討ち』 1981.5　380p
①4-10-115609-3
〔内容〕激情, 上意討ち, 恋文, 刃傷, 雨の杖つき坂, 卜伝最後の旅, 剣友渡辺昇, 色, 竜尾の剣, 疼痛二百両, 晩春の夕暮れに

『闇は知っている』 1982.1　229p
①4-10-115611-5

『雲霧仁左衛門』 1982.6　2冊
①4-10-115612-3

『さむらい劇場』 1982.12　567p
①4-10-115614-X

『おとこの秘図』 1983.9　3冊
①4-10-115616-6

『忍びの旗』 1983.9　586p
①4-10-115619-0

『真田騒動　恩田木工』 1984.9　377p
①4-10-115621-2
〔内容〕信濃大名記, 碁盤の首, 錯乱, 真田騒動, この父その子

『あほうがらす』 1985.3　375p
①4-10-115625-5
〔内容〕火消しの殿, 運の矢, 鳥居強右衛門, 荒木又右衛門, つるつる, あほうがらす, 元禄色子, 男色武士道, 夢の茶屋, 狐と馬, 稲妻

『おせん』 1985.9　396p
①4-10-115626-3
〔内容〕蕎麦切おその, 烈女切腹, おせん, 力婦伝, 御菓子所・壺屋火事, 女の血, 三河屋お長, あいびき, お千代, 梅屋のおしげ, 平松屋おみつ, おきぬとお道, 狐の嫁入り

『男の系譜』 1985.11　501p
①4-10-115627-1

『編笠十兵衛』 1988.4　2冊
①4-10-115646-8

『あばれ狼』 1989.2　403p
①4-10-115651-4
〔内容〕さいころ虫, あばれ狼, 盗賊の宿, 白い密使, 角兵衛狂乱図, 幻影の城, 男の城

『谷中・首ふり坂』 1990.2　361p
①4-10-115654-9
〔内容〕尊徳雲がくれ, 恥, へそ五郎騒動, 舞台うらの男, かたきうち, 看板, 谷中・首ふり坂, 夢中男, 毒, 伊勢屋の黒助, 内藤新宿

『まんぞくまんぞく』 1990.6　306p
①4-10-115655-7

『秘伝の声　上巻』 1990.12　231p
①4-10-115657-3

『秘伝の声　下巻』 1990.12　264p
①4-10-115658-1

『黒幕』 1991.6 410p
①4-10-115660-3
〔内容〕雲州英雄記, 猛婦, 勘兵衛奉公記, 霧の女, 夫婦の城, 紅炎, 黒幕, 槍の大蔵, 命の城, 獅子の眠り, 開化散髪どころ

『賊将』 1992.12 413p
①4-10-115665-4
〔内容〕応仁の乱, 刺客, 黒雲峠, 秘図, 賊将, 将軍

『武士の紋章』 1994.10 293p
①4-10-115671-9
〔内容〕智謀の人—黒田如水, 武士の紋章—滝川三九郎, 三代の風雪—真田信之, 首討とう大阪陣—真田幸村, 決闘高田の馬場, 新選組生残りの剣客—永倉新八, 三根山, 牧野富太郎

『夢の階段』 1996.3 333p
①4-10-115673-5
〔内容〕厨房にて, 禿頭記, 機長スタントン, 娘のくれた太陽, あの男だ！ , 母ふたり, 踏切は知っている, 夢の階段, 忠臣蔵余話おみちの客

『人斬り半次郎 幕末編』 1999.8 610p
①4-10-115678-6

『人斬り半次郎 賊将編』 1999.8 548p
①4-10-115679-4

『堀部安兵衛 上巻』 1999.12 526p
①4-10-115680-8

『堀部安兵衛 下巻』 1999.12 505p
①4-10-115681-6

『江戸の暗黒街』 2000.4 332p
①4-10-115682-4
〔内容〕おみよは見た, だれも知らない, 白痴, 男の毒, 女毒, 殺, 縄張り, 罪

『戦国幻想曲』 2000.9 603p
①4-10-115684-0

『剣の天地 上巻』 2002.1 433p
①4-10-115685-9

『剣の天地 下巻』 2002.1 384p
①4-10-115686-7

『俠客 上巻』 2002.9 433p
①4-10-115687-5

『俠客 下巻』 2002.9 427p
①4-10-115688-3

『獅子』 2016.11 294p
①978-4-10-115689-7

中公文庫（中央公論新社）

『獅子』 1975 246p

双葉文庫（双葉社）

『熊田十兵衛の仇討ち』 2000.10 425p
①4-575-66110-4
〔内容〕熊五郎の顔, あばた又十郎, 喧嘩あんま, おしろい猫, 顔, 鬼火, 首, 寝返り寅松, 舞台うらの男, 熊田十兵衛の仇討ち, 仇討ち狂い

『元禄一刀流 池波正太郎初文庫化作品集』 細谷正充〔編〕 2007.5 268p
①978-4-575-66281-8
〔内容〕上泉伊勢守, 幕末随一の剣客・男谷精一郎, 兎の印篭, 賢君の苦渋, かたき討ち, 奇人・子松源八, 元禄一刀流

『熊田十兵衛の仇討ち 人情編』 新装版 2013.10 250p〈2000年刊を再編集し、分冊〉
①978-4-575-66631-1
〔内容〕熊五郎の顔, あばた又十郎, 喧嘩あんま, おしろい猫, 顔

『熊田十兵衛の仇討ち 本懐編』 新装版 2013.10 270p〈2000年刊を再編集し、分冊〉
①978-4-575-66632-8
〔内容〕鬼火, 首, 寝返り寅松, 舞台うらの男, 熊田十兵衛の仇討ち, 仇討ち狂い

文春文庫（文藝春秋）

◇鬼平犯科帳

『鬼平犯科帳 1』 1974 301p

『鬼平犯科帳　2』 1975　302p

『鬼平犯科帳　3』 1975　301p

『鬼平犯科帳　4』 1976　317p

『鬼平犯科帳　5』 1978.5　286p

『鬼平犯科帳　6』 1978.12　282p

『鬼平犯科帳　7』 1980.2　299p

『鬼平犯科帳　8』 1980.10　281p

『鬼平犯科帳　9』 1981.3　295p

『鬼平犯科帳　10』 1981.11　297p

『鬼平犯科帳　11』 1982.5　315p

『鬼平犯科帳　12』 1983.1　333p
①4-16-714230-9

『鬼平犯科帳　13』 1984.3　279p
①4-16-714232-5

『鬼平犯科帳　14』 1984.7　295p
①4-16-714233-3

『鬼平犯科帳　15』 1985.8　350p
①4-16-714235-X

『鬼平犯科帳　16』 1987.1　301p
①4-16-714237-6
〔内容〕影法師, 網虫のお吉, 白根の万左衛門, 火つけ船頭, 見張りの糸, 霜夜

『鬼平犯科帳　17』 1988.10　327p
①4-16-714239-2

『鬼平犯科帳　18』 1989.9　252p
①4-16-714241-4
〔内容〕俄か雨, 馴馬の三蔵, 蛇苺, 一寸の虫, おれの弟, 草雲雀

『鬼平犯科帳　19』 1990.10　312p
①4-16-714244-9
〔内容〕霧の朝, 妙義の団右衛門, おかね新五郎, 逃げた妻, 雪の果て, 引き込み女

『鬼平犯科帳　20』 1991.4　293p
①4-16-714245-7
〔内容〕おしま金三郎, 二度ある事は, 顔, 怨恨, 高萩の捨五郎, 助太刀, 寺尾の治尾衛

『鬼平犯科帳　21』 1991.4　274p
①4-16-714246-5
〔内容〕泣き男, 瓶割り小僧, 麻布一本松, 討ち入り市兵衛, 春の淡雪, 男の隠れ家

『鬼平犯科帳　22　迷路　特別長篇』 1992.1　353p
①4-16-714247-3

『鬼平犯科帳　23　炎の色　特別長篇』 1993.2　270p
①4-16-714248-1

『鬼平犯科帳　24　誘拐　特別長篇』 1994.1　216p
①4-16-714249-X
〔内容〕女密偵女賊, ふたり五郎蔵, 誘拐

『鬼平犯科帳　1』 新装版　2000.4　317p
①4-16-714253-8
〔内容〕唖の十蔵, 本所・桜屋敷, 血頭の丹兵衛, 浅草・御厩河岸, 老盗の夢, 暗剣白梅香, 座頭と猿, むかしの女

『鬼平犯科帳　2』 新装版　2000.4　319p
①4-16-714254-6
〔内容〕蛇の眼, 谷中・いろは茶屋, 女掏摸お富, 妖盗葵小僧, 密偵, お雪の乳房, 埋蔵金千両

『鬼平犯科帳　3』 新装版　2000.4　316p
①4-16-714255-4
〔内容〕麻布ねずみ坂, 盗法秘伝, 艶婦の毒, 兇剣, 駿州・宇津谷峠, むかしの男

『鬼平犯科帳　4』 新装版　2000.5　331p
①4-16-714256-2
〔内容〕霧の七郎, 五年目の客, 密通, 血闘, あばたの新助, おみね徳次郎, 敵, 夜鷹殺し

『鬼平犯科帳　5』 新装版　2000.5　300p
①4-16-714257-0
〔内容〕深川・千鳥橋, 乞食坊主, 女賊, おしゃべり源八, 兇賊, 山吹屋お勝, 鈍牛

『鬼平犯科帳　6』 新装版　2000.5　295p
①4-16-714258-9
〔内容〕礼金二百両, 猫じゃらしの女, 剣客, 狐火, 大川の隠居, 盗賊人相書, のっそり医者

『鬼平犯科帳　7』 新装版　2000.6　313p
①4-16-714259-7
〔内容〕雨乞い庄右衛門, 隠居金七百両, はさみ撃ち, 掻掘のおけい, 泥鰌の和助始末, 寒月六間堀, 盗賊婚礼

『鬼平犯科帳　8』 新装版　2000.6　296p

Ⓘ4–16–714260–0
〔内容〕用心棒, あきれた奴, 明神の次郎吉, 流星, 白と黒, あきらめきれずに

『鬼平犯科帳　9』 新装版　2000.7　310p
Ⓘ4–16–714261–9
〔内容〕雨引の文五郎, 鯉肝のお里, 泥亀, 本門寺暮雪, 浅草鳥越橋, 白い粉, 狐雨

『鬼平犯科帳　10』 新装版　2000.7　312p
Ⓘ4–16–714262–7
〔内容〕犬神の権三, 蛙の長助, 追跡, 五月雨坊主, むかしなじみ, 消えた男, お熊と茂平

『鬼平犯科帳　11』 新装版　2000.8　330p
Ⓘ4–16–714263–5
〔内容〕男色一本饂飩, 土蜘蛛の金五郎, 穴, 泣き味噌屋, 密告, 毒, 雨隠れの鶴吉

『鬼平犯科帳　12』 新装版　2000.8　349p
Ⓘ4–16–714264–3
〔内容〕いろおとこ, 高杉道場・三羽烏, 見張りの見張り, 密偵たちの宴, 二つの顔, 白蝮, 二人女房

『鬼平犯科帳　13』 新装版　2000.9　290p
Ⓘ4–16–714265–1
〔内容〕熱海みやげの宝物, 殺しの波紋, 夜針の音松, 墨つぼの孫八, 春雪, 一本眉

『鬼平犯科帳　14』 新装版　2000.9　303p
Ⓘ4–16–714266–X
〔内容〕あごひげ三十両, 尻毛の長右衛門, 殿さま栄五郎, 浮世の顔, 五月闇, さむらい松五郎

『鬼平犯科帳　15』 新装版　2000.10　363p
Ⓘ4–16–714267–8
〔内容〕特別長篇 雲竜剣

『鬼平犯科帳　16』 新装版　2000.10　311p
Ⓘ4–16–714268–6
〔内容〕影法師, 網虫のお吉, 白根の万左衛門, 火つけ船頭, 見張りの糸, 霜夜

『鬼平犯科帳　17』 新装版　2000.11　337p
Ⓘ4–16–714269–4

『鬼平犯科帳　18』 新装版　2000.11　261p
Ⓘ4–16–714270–8
〔内容〕俄か雨, 馴馬の三蔵, 蛇苺, 一寸の虫, おれの弟, 草雲雀

『鬼平犯科帳　19』 新装版　2000.12　322p
Ⓘ4–16–714271–6
〔内容〕霧の朝, 妙義の団右衛門, おかね新五郎, 逃げた妻, 雪の果て, 引き込み女

『鬼平犯科帳　20』 新装版　2000.12　303p
Ⓘ4–16–714272–4
〔内容〕おしま金三郎, 二度ある事は, 顔, 怨恨, 高萩の捨五郎, 助太刀, 寺尾の治兵衛

『鬼平犯科帳　21』 新装版　2001.1　284p
Ⓘ4–16–714273–2
〔内容〕泣き男, 瓶割り小僧, 麻布一本松, 討ち入り市兵衛, 春の淡雪, 男の隠れ家

『鬼平犯科帳　22』 新装版　2001.1　335p
Ⓘ4–16–714274–0

『鬼平犯科帳　23』 新装版　2001.2　261p
Ⓘ4–16–714275–9
〔内容〕隠し子, 炎の色

『鬼平犯科帳　24』 新装版　2001.2　205p
Ⓘ4–16–714276–7
〔内容〕女密偵女賊, ふたりの五郎蔵, 誘拐

『蝶の戦記』 1977.8　2冊

『おれの足音　大石内蔵助』 1977.12　2冊

『火の国の城』 1978.8　2冊

『幕末新選組』 1979.2　366p

『忍びの風　1』 1979.5　382p

『忍びの風　2』 1979.5　374p

『忍びの風　3』 1979.6　366p

『剣客群像』 1979.9　314p
〔内容〕秘伝, 妙音記, かわうそ平内, 柔術師弟記, 弓の源八, 寛政女武道, ごろんぼ佐之助, ごめんよ

『忍者群像』 1979.11　254p

『仇討群像』 1980.6　392p
〔内容〕よろいびつ, 興奮, 坊主雨, 波紋, 敵,

情炎, 大石内蔵助, 逆転, 深川猿子橋

『その男』 1981.7 3冊

『旅路』 1982.10 2冊
①4-16-714228-7

『夜明けの星』 1983.12 284p
①4-16-714231-7

『夜明けの星』 1983.12 284p
①4-16-714231-7

『雲ながれゆく』 1986.1 350p
①4-16-714236-8

『乳房』 1987.12 330p
①4-16-714238-4

『秘密』 1990.1 342p
①4-16-714242-2

『蝶の戦記 上』 2001.12 457p
①4-16-714277-5

『蝶の戦記 下』 2001.12 461p
①4-16-714278-3

『火の国の城 上』 新装版 2002.9 501p
①4-16-714279-1

『火の国の城 下』 新装版 2002.9 443p
①4-16-714280-5

『忍びの風 1』 新装版 2003.2 446p
①4-16-714281-3

『忍びの風 2』 新装版 2003.2 434p
①4-16-714282-1

『忍びの風 3』 新装版 2003.2 432p
①4-16-714283-X

『幕末新選組』 新装版 2004.1 426p
①4-16-714284-8

『雲ながれゆく』 新装版 2006.2 437p
①4-16-714285-6

『夜明けの星』 新装版 2007.2 319p
①978-4-16-714286-5

『乳房』 新装版 2008.2 370p
①978-4-16-714287-2

『剣客群像』 新装版 2009.3 345p
①978-4-16-714288-9
〔内容〕秘伝, 妙音記, かわうそ平内, 柔術師弟記, 弓の源八, 寛政女武道, ごろんぼ佐之助, ごめんよ, *解説（小島香〔著〕）

『忍者群像』 新装版 2009.11 325p
①978-4-16-714289-6
〔内容〕鬼火, 首, 寝返り寅松, 闇の中の声, やぶれ弥五兵衛, 戦陣眼鏡, 槍の忠弥, *解説（ペリー荻野〔著〕）

『仇討群像』 新装版 2010.1 484p
①978-4-16-714290-2
〔内容〕よろいびつ, 興奮, 坊主雨, 波紋, 敵, 情炎, 大石内蔵助, 逆転, 深川猿子橋, *解説（佐藤隆介〔著〕）

『おれっちの「鬼平さん」 池波正太郎「鬼平犯科帳」傑作選』 山本一力〔編〕 2010.5 295p
①978-4-16-767011-5
〔内容〕盗法秘伝, 狐火, 白い粉, 土蜘蛛の金五郎, 穴, 瓶割り小僧

『おれの足音 大石内蔵助 上』 新装版 2011.11 469p
①978-4-16-714294-0

『おれの足音 大石内蔵助 下』 新装版 2011.11 468p
①978-4-16-714295-7

『秘密』 新装版 2013.2 399p
①978-4-16-714296-4

PHP文庫（PHP研究所）

『霧に消えた影 池波正太郎傑作歴史短編集』 1992.2 268p
①4-569-56441-0
〔内容〕関ヶ原の間諜—蜂谷与助, 戦国無頼—真田ゲリラ隊, 一代の栄光—明智光秀, 妻を売る寵臣—牧野成貞, 釣天井事件—本多正純, 実説鏡山—女仇討事件, 三代将軍の座—駿河大納言始末, 幕末の孤児—彰義隊, 動乱の詩人—西郷隆盛, 明治の剣聖—山田次朗吉

『信長と秀吉と家康』 1992.8 301p
①4-569-56488-7

『さむらいの巣』 1995.9 226p
①4-569-56804-1
〔内容〕さむらいの巣, 無惨やな 猿子橋母子の仇討ち, 真田信之の妻—小松, 真説 決戦

川中島, 関ヶ原古戦場を往く, 豊臣秀吉, 実録・鬼平犯科帳

石森 史郎

いしもり・ふみお

1931～

北海道生まれ。日大卒。シナリオライター、映画プロデューサーとして活躍。「必殺仕事人」「遠山の金さん」などテレビ時代劇の脚本も多くてがけ、「助っ人三匹事件帖」など小説も発表した。

ベスト時代文庫（ベストセラーズ）

『弔い師　助っ人三匹事件帖』 2010.11 297p
①978-4-584-36690-5
〔内容〕「隅切り角に笹竜胆」の守り袋,「丸に三ツ葵」の妖刀,「糸輪に六ツ唐花」の端切れ

五木 寛之

いつき・ひろゆき

1932～

福岡県生まれ。早大中退。作詞家・放送作家などを経て小説家に転身、1966年「蒼ざめた馬を見よ」で直木賞受賞。「四季」「青春の門」でベストセラー作家となった。仏教大で仏教史を学び、蓮如や親鸞をテーマとして歴史小説を発表している。

角川文庫（角川書店）

『蓮如物語』 1997.11 237p
①4-04-129428-2

講談社文庫（講談社）

『親鸞　上』 2011.10 365p
①978-4-06-277060-6
『親鸞　下』 2011.10 371p
①978-4-06-277061-3
『親鸞　激動篇上』 2013.6 340p
①978-4-06-277571-7
『親鸞　激動篇下』 2013.6 375p〈2012年刊の一部加筆〉
①978-4-06-277572-4
『親鸞　完結篇上』 2016.5 380p
①978-4-06-293351-3
『親鸞　完結篇下』 2016.5 408p〈2014年刊の一部加筆〉
①978-4-06-293352-0

中公文庫（中央公論新社）

『蓮如　われ深き淵より』 1998.4 290p
①4-12-203108-7

一色 次郎

いっしき・じろう

1916～1988

鹿児島県沖永良部島生まれ。本名・大屋典一。1967年「青幻記」で太宰治賞を受賞、また早乙女勝元らと「東京大空襲・戦災誌」を編集して菊池寛賞も受賞した。時代小説としては、剣豪物などを執筆している。

春陽文庫（春陽堂書店）

『孤雁一刀流』 1986.6 370p

『実録西郷隆盛』 1987.10 272p

伊藤 桂一

いとう・けいいち

1917～2016

三重県生れ。世田谷中卒。1961年「蛍の河」で直木賞受賞、以後戦争小説を次々と発表し、83年には「静かなノモンハン」で芸術選奨文部大臣賞。詩人として日本現代詩人会会長もつとめる一方、「風車の浜吉・捕物綴」シリーズなど時代小説も発表した。

学研M文庫（学研パブリッシング）

◇風車の浜吉・捕物綴

『病みたる秘剣 風車の浜吉・捕物綴』
2005.1 370p
①4-05-900335-2
〔内容〕風車は廻る, 絵師の死ぬとき, 人魚の言葉, 旅姿の心中者, 病みたる秘剣, ハゼ釣りのころ, 七福神参上, 花かんざしの女, 狐に似た男, もぐら組異聞, 枯葉の散るとき, 鯉抱き人夫

『隠し金の絵図 風車の浜吉・捕物綴』
2005.6 275p
①4-05-900355-7
〔内容〕甲州屋の犬, 頚に巻いた扱帯, 牡丹のような女, 冥途から来た男, 青磁の花瓶, 隠し金の絵図, 銀の鴬, 幽霊からの文, ムササビが飛ぶ

『月夜駕籠 風車の浜吉・捕物綴』 2006.2 261p
①4-05-900395-6
〔内容〕第1話 狐憑きの娘, 第2話 月夜駕篭, 第3話 月明りの渡し場, 第4話 鴉の呪文, 第5話 かんざし釣り, 第6話 塀の外の化物, 第7話 あの世で婚礼, 第8話 狐の嫁入り, 第9話 似顔絵の女

『仇討月夜　矢車庄八風流旅』 2004.9 290p〈『旅ゆく剣芸師』(光風社出版 1996年刊) の改題〉
①4-05-900311-5
〔内容〕かるわざ剣法, 奉納・美女神楽, 竹藪にいた女, 用心棒志願, 山犬屋敷の美女, 仇討月夜, 旅ゆく剣芸師, 木枯し寺の浪人, 一夜の伽, 宿場の幽霊屋敷

講談社文庫 (講談社)

『秘剣やませみ』 1993.9 237p
①4-06-185483-6
〔内容〕秘剣 やませみ, 女敵討の秘剣, 花売り剣法, 勝者の獲物, 亡霊の剣法者, 犬神乙女, 狼討ち, 異邦の剣

光文社文庫 (光文社)

『鈴虫供養』 1991.1 266p
①4-334-71275-4
〔内容〕河岸の靄, 鈴虫供養, 大川端十三夜, 秋草灯篭, 菜の花畑の絵, 波の女, 大川端早駈け始末, 月夜の旅立ち, 出戻りお千代

新潮文庫 (新潮社)

◇風車の浜吉・捕物綴

『病みたる秘剣　風車の浜吉・捕物綴』 1991.6 336p
①4-10-148606-9
〔内容〕風車は廻る, 絵師の死ぬとき, 人魚の言葉, 旅姿の心中者, 病みたる秘剣, ハゼ釣りのころ, 七福神参上, 花かんざしの女, 狐に似た男, もぐら組異聞, 枯葉の散るとき, 鯉抱き人夫

『隠し金の絵図　風車の浜吉・捕物綴』 1994.10 272p
①4-10-148607-7
〔内容〕甲州屋の犬, 頸に巻いた扱帯(しごき), 牡丹のような女, 冥土から来た男, 青磁の花瓶, 隠し金の絵図, 銀の鶯, 幽霊からの文, ムササビが飛ぶ

『月夜駕籠　風車の浜吉・捕物綴』 1998.3 261p
①4-10-148611-5
〔内容〕狐憑きの娘, 月夜駕籠, 月明りの渡し場, 鴉の呪文, かんざし釣り, 塀の外の化物, あの世で婚礼, 狐の嫁入り, 似顔絵の女

『淵の底』 1986.9 288p
①4-10-148601-8
〔内容〕鷺, 兎罠, 十二単衣, 夕顔の女, 虹, こおろぎの庭, 竹光, 小さな幟, 淵の底

『椿の散るとき』 1987.9 268p
①4-10-148602-6

『藤の咲くころ』 1988.6 301p
①4-10-148603-4
〔内容〕川止め, 藤の咲くころ, 草の声, あやつりの糸, 引継ぎ, 背中の新太郎, 紅い魚, 枯れ野菊, 山雀, 七夕の夢

『深山の梅』 1989.2 265p
①4-10-148604-2
〔内容〕深山の梅, 朝の雀, 虫の鳴く道, 旅路の縁, ふたりだけの祭, ふたりの新太郎, 河岸は夕焼け, 一本の蔓, 花かげの女

『秘剣・飛蝶斬り』 1989.9 270p
①4-10-148605-0
〔内容〕秘剣・飛蝶斬り, 芒の中, 集腕の剣法者, 神の霊験, 風来の魔剣, 影の伝鬼坊, 三人の討手, 死神の男, 剣士の遺言状, 山小屋剣法

『花ざかりの渡し場』 1996.4 262p
①4-10-148609-3

『月下の剣法者』 1997.1 327p
①4-10-148610-7
〔内容〕見世物剣法, 八咫烏の巫女, 漂泊者の剣, 旅路の剣法者, 助太刀の秘剣, 河畔の鶯, 湯靄の中, 魚刺し剣法, "岩燕"飛ぶ, 月下の剣法者, 参宮みちの仇討, 山犬剣法, 礫

撃ち, 河原の剣法者

徳間文庫(徳間書店)

『かるわざ剣法』 1988.4 282p
①4–19–598503–X
〔内容〕白い椿, 時の司〈つかさ〉, 蛍篭, 柳の枝, 蜆, 河明り, 牡丹の絵, かるわざ剣法, 簪

『亡霊剣法』 1989.5 283p〈『水の天女』(東方社1963年刊)の改題〉
①4–19–598776–8
〔内容〕藤娘, 山女魚剣法, 押絵の女, 虫篭, 月が知っている, 海底の天女, 草の褥, 椿の咲くころ, 亡霊剣法, 水の天女

『河鹿の鳴く夜』 1990.12 317p
①4–19–599224–9
〔内容〕春日遅々, 芒の中の夢, 逃げる甚内, 煙草畑のふたり, 浪人妻, 浪人神楽, 秘曲「滝落し」, 川岸の家, 雪の夜がたり, 河鹿の鳴く夜

井上 ひさし
いのうえ・ひさし
1934〜2010

山形県生まれ。本名・井上廈。上智大卒。NHKテレビの人形劇「ひょっこりひょうたん島」の台本で話題となり、以後日本を代表する劇作家として活躍。一方、伊能忠敬を扱った大作「四千万歩の男」など、時代小説作品も多い。

朝日文庫(朝日新聞出版)

『馬喰八十八伝』 1989.12 475p
①4–02–260573–1

講談社文芸文庫(講談社)

『京伝店の烟草入れ 井上ひさし江戸小説集』 2009.4 279p〈著作目録あり 年譜あり〉
①978–4–06–290046–1
〔内容〕京伝店の烟草入れ, 戯作者銘々伝・抄(半返舎一朱, 三文舎自楽, 平秩東作, 松亭金水, 式亭三馬, 唐来参和, 恋川春町, 山東京伝), *解説(野口武彦〔著〕)

講談社文庫(講談社)

『四千万歩の男 1』 1992.11 663p
①4–06–185266–3

『四千万歩の男 2』 1992.12 634p
①4–06–185267–1

『四千万歩の男 3』 1993.1 605p
①4–06–185292–2

『四千万歩の男 4』 1993.2 677p
①4–06–185293–0

『四千万歩の男 5』 1993.3 711p〈年

譜：p686～711〉
①4-06-185340-6

光文社文庫（光文社）

『戯作者銘々伝』 2016.2 278p〈ちくま文庫 1999年刊の修正〉
①978-4-334-77245-1
〔内容〕鼻山人, 半返舎一朱, 三文舎自楽, 平秩東作, 松亭金水, 式亭三馬, 唐来参和, 恋川春町, 山東京伝, 芝全交, 馬場文耕, 烏亭焉馬

『馬喰八十八伝』 2016.3 481p〈朝日文庫 1989年刊の修正〉
①978-4-334-77263-5

集英社文庫（集英社）

『不忠臣蔵』 1988.10 439p〈不忠臣蔵年表：p411～429〉
①4-08-749394-6

『不忠臣蔵』 2012.12 445p〈1988年刊の新編集 年表あり〉
①978-4-08-745017-0
〔内容〕小納戸役中村清右衛門, 江戸留書役岡田利右衛門, 大阪留守居役岡本次郎左衛門, 江戸家老安井彦右衛門, 江戸賄方酒寄作右衛門, 馬廻橋本平左衛門, 江戸給人百石小山田庄左衛門, 江戸歩行小姓頭中沢弥市兵衛, 江戸大納戸役毛利小平太, 小姓鈴木田重八, 浜奉行代行渡辺半右衛門, 在々奉行渡部角兵衛, 武具奉行灰方藤兵衛, 馬廻片山忠兵衛, 近習村上金太夫, 江戸留書役大森三右衛門, 舟奉行里村津右衛門, 元ノ絵図奉行川口彦七, 江戸給人百石松本新五左衛門

新潮文庫（新潮社）

『表裏源内蛙合戦』 1975 367p

『道元の冒険』 1976 383p

『腹鼓記』 1988.6 505p
①4-10-116821-0

ちくま文庫（筑摩書房）

『戯作者銘々伝』 1999.5 270p
①4-480-03477-3
〔内容〕鼻山人, 半返舎一朱, 三文舎自楽, 平秩東作, 松亭金水, 式亭三馬, 唐来参和, 恋川春町, 山東京伝, 芝全交, 馬場文耕, 烏亭焉馬

中公文庫（中央公論新社）

『戯作者銘々伝』 1982.10 243p

文春文庫（文藝春秋）

『手鎖心中』 1975 238p

『江戸紫絵巻源氏』 1985.6 2冊
①4-16-711112-8

『手鎖心中』 新装版 2009.5 260p
①978-4-16-711127-4
〔内容〕手鎖心中, 江戸の夕立ち, *解説（中村勘三郎〔著〕）

『東慶寺花だより』 2013.5 472p〈文献あり〉
①978-4-16-711131-1
〔内容〕梅の章―おせん, 桜の章―おぎん, 花菖蒲の章―おきん, 岩莨の章―おみつ, 花槐の章―惣右衛門, 柳の章―おせつ, 蛍袋の章―おけい, 鬼五加の章―おこう, 白萩の章―おはま, 竹の章―菊次, 石蕗の章―おゆう, 落陽の章―珠江, 黄櫱の章―おゆき, 蓼の章―おそめ, 藪椿の章―おゆう, *東慶寺とは何だったのか（井上ひさし）

井上 靖

いのうえ・やすし

1907～1991

北海道生まれ。京大卒。1949年「闘牛」で芥川賞を受賞。「氷壁」など現代小説が中心だが、「楼蘭」「敦煌」「蒼き狼」「孔子」など中国を舞台とした作品も多い。国内を扱った歴史小説には「おろしや国酔夢譚」「本覚坊遺文」などがある。

学研M文庫（学研パブリッシング）

『西行・山家集』 2001.10 180p
①4-05-902050-8

角川文庫（角川書店）

『戦国無頼』 1955 2冊

『楼門 他七篇』 1956 208p
〔内容〕早春の墓参, 鵯, 落葉松, 氷の下, 楼門, 末裔, 湖上の兎, 楕円形の月

『異域の人 他五篇』 1957 176p
〔内容〕信康自刃, 天目山の雲, 利休の死, 桶狭間, 漂流, 異域の人

『真田軍記 他四篇』 1958 186p

『戦国無頼』 1958 428p

『風と雲と砦』 1960 344p

『淀どの日記』 1964 396p

『風と雲と砦』 改版 2007.8 388p〈発売：角川グループパブリッシング〉
①978-4-04-121634-7

『淀どの日記』 改版 2007.11 494p〈発売：角川グループパブリッシング〉
①978-4-04-121637-8

『戦国無頼』 改版 2009.12 494p〈発売：角川グループパブリッシング〉
①978-4-04-121639-2

講談社文芸文庫（講談社）

『補陀落渡海記 井上靖短篇名作集』 2000.11 311p〈著作目録・年譜あり〉
①4-06-198234-6
〔内容〕波紋, 雷雨, グウドル氏の手套, 姨捨, 満月, 補陀落渡海記, 小磐梯, 鬼の話, 道

『本覚坊遺文』 2009.1 233p〈著作目録あり 年譜あり〉
①978-4-06-290036-2

講談社文庫（講談社）

『本覚坊遺文』 1984.11 231p〈年譜：p221～231〉
①4-06-183383-9

集英社文庫（集英社）

『楼門』 1979.7 269p
〔内容〕楼門, 司戸若雄年譜, 春寒, 北国の春, 錆びた海, 斜面, ある日曜日, 七夕の町, 夜の金魚, 七人の紳士

春陽文庫（春陽堂書店）

『戦国無頼 前篇』 1953 170p

『戦国無頼 中篇』 1954 159p

『戦国無頼 後篇』 1954 170p

新潮文庫（新潮社）

『風林火山』 1958 280p

『天平の甍』 1964 182p

『後白河院』 1975.9　190p

正進社名作文庫（正進社）

『天平の甍』 1970.7　206p

中公文庫（中央公論新社）

『故里の鏡』 1982.8　254p

徳間文庫（徳間書店）

『おろしや国酔夢譚』 1991.12　396p
①4-19-599358-X

必読名作シリーズ（旺文社）

『天平の甍』 1990.3　256p

文春文庫（文藝春秋）

『おろしや国酔夢譚』 1974　382p
『紅花』 1980.2　476p
『戦国城砦群』 1980.12　348p
『遠い海』 1982.1　195p
『兵鼓』 1982.6　246p
『おろしや国酔夢譚』 新装版　2014.10　415p
①978-4-16-790208-7

岩井 護
いわい・まもる
1929～2013

福岡県生まれ。西南学院大卒。九州大学附属図書館に勤務を経て作家となる。松平健主演で舞台上演された「花隠密」の作者。他に、小説現代新人賞を受賞した「雪の日のおりん」や「踏絵奉行」など。

講談社文庫（講談社）

『花隠密』 1979.3　224p

岩下 俊作
いわした・しゅんさく
1906～1980

福岡県生れ。本名・八田秀吉。小倉工卒。1940年「富島松五郎伝」が直木賞候補となって文壇にデビュー、「無法松の一生」として映画化されて大ヒットした。他の作品に「縄」「焔と氷」「明治恋風」などがある。

中公文庫（中央公論新社）

『富島松五郎伝』 1981.9　253p
〔内容〕富島松五郎伝, 聖・もうれん, 西域記

内田 康夫
うちだ・やすお
1934～

東京生まれ。東洋大卒。コピーライターなどを経て、46歳でデビュー。以後、「浅見光彦」シリーズなど、日本を代表するミステリー作家として活躍。2006年に初の歴史小説「地の日 天の海」を刊行した。

角川文庫（角川書店）

『地の日天の海　下』 2011.12　394p〈発売：角川グループパブリッシング　文献あり〉
①978-4-04-100072-4

『地の日天の海　上』 2011.12　398p〈発売：角川グループパブリッシング〉
①978-4-04-100073-1

梅本 育子
うめもと・いくこ
1930～

東京生まれ。本名・矢萩郁子。昭和女子大学附属高女中退。詩人から小説に転じ、江戸時代を舞台とした時代小説を多数執筆。代表作に「川越夜舟」「萩灯籠」など。

集英社文庫（集英社）

『川越夜舟』 1990.12　279p
①4-08-749663-5
〔内容〕七里の渡し, 夢ごこち, 濡れ花のいろ, ぴんしょ舟, 枕屏風睦がたり, 恋の秘戯, どぐろの女, 川越夜舟

『桃色月夜』 1991.12　270p
①4-08-749767-4

『御殿孔雀　絵島物語』 1993.12　286p
①4-08-748106-9

『浮寝の花』 1994.12　258p
①4-08-748257-X
〔内容〕浮寝の花, 五助の親切

徳間文庫（徳間書店）

『赤い金魚』 2001.10　292p
①4-19-891584-9
〔内容〕恋雀, 俎上の恋, 恋比目魚, 恋うさぎ, 恋狐, 恋かげろう, 笹紅, 蚊帳のたるみ

双葉文庫（双葉社）

『乱れ恋』 1998.9　288p〈『紋四郎の恋』（青樹社1993年刊）の改題〉
①4-575-66099-X
〔内容〕乱れ恋, 赤い蛍, 蛇の肌, 鵜の真似, 妬

心のすえ, ちょろの唄, 肌狂い, 紋四郎の恋

『情炎冷えず』 1999.2 347p 〈『花菖蒲』(光風社出版1993年刊)の改題〉
①4-575-66101-5
〔内容〕花菖蒲, 熱田狐, 口入屋半兵衛, 仮宅のあやめ, 情炎冷えず, なずな遊び, 鶺鴒, 潮風の呻き, ひと筋の煙, 蓮のつぼみ, 貝が泣く, おもんの口説き

『春情浜町川 江戸人情噺』 2000.1 318p
①4-575-66105-8
〔内容〕虫の鳴く宿, 手燭の明り, 裾のしめり, 久兵衛と子供達, 春情袂の風, 鈴の音, 手習子の家, 春情浜町川, 蛭(ひる), ふりそで暦, 波の色床

『邪恋梅雨』 2000.9 349p
①4-575-66109-0
〔内容〕坂をのぼる車, 帯を結ぶ部屋, 雨宿りの出来事, 橋の下の男と女, 深川慕情, 邪恋梅雨, 影ぼうし, お源の恋, 浅き夢みし, 醒めてあとなし―夜嵐お絹

『恋の濡れ刃 板前弥吉修業旅』 2001.4 349p
①4-575-66115-5
〔内容〕恋の囮, 恋の迷路, 恋の道草, 相性ぼくろ, 菜種のお堂, おぼろ駕篭, 新枕, 恋あやめ, 船に寝る夜は, 恋の濡れ刃

『天璋院敬子 長編歴史小説』 2001.12 347p
①4-575-66123-6

『竹久夢二 長編大正ロマン』 2002.3 302p
①4-575-66125-2

『萩灯籠 珠玉時代小説短篇集』 2002.6 390p
①4-575-66129-5
〔内容〕萩灯篭, 色仕掛け, 秋色出合妻, 水影, 袖時雨, 萱刈の庄, 吉原鐘四ツ, 雨降花, たそや行灯, 揺れる川, 帯のわらしべ

『浮寝の花 江戸情念小説』 2003.1 310p
①4-575-66139-2
〔内容〕浮寝の花, 五助の親切

江崎 俊平

えざき・しゅんぺい

1926～2000

福岡県生まれ。本名・卜部祐典。福岡商卒。歌人から小説家となり、多くの時代小説を書く一方、城郭研究や人物評伝を執筆した。代表作に映画化された「闇法師変化」や、「剣は流れる」「夕雲峠」などがある。

コスミック・時代文庫

(コスミック出版)

『素浪人大名 超痛快! 時代小説』 2012.12 342p 〈大和出版 1957年刊の再刊〉
①978-4-7747-2580-2

『江戸っ子大名纏の半次 超痛快! 時代小説』 2013.10 282p 〈『江戸っ子大名』(春陽文庫 1971年刊)の改題〉
①978-4-7747-2668-7

春陽文庫(春陽堂書店)

『赤穂浪士』 1968 257p

『消えた若殿』 1969 241p

『素浪人大名』 1969 254p

『名城物語』 1969 299p

『江戸っ子大名』 1971 209p

『月の素浪人』 1971 281p

『忍者往来』 1971 243p

『気まぐれ大名』 1972 247p

『おもかげ大名』 1973 265p

『黒百合秘帖』 1973 239p

『闇法師変化』 1973 401p

『夕雲峠』 1973 365p

『朝姫夕姫』 1974 233p
『江戸の野獣たち』 1974 262p
『まぼろし絵図』 1974 416p
『影法師推参』 1975 269p
『江戸の風来坊』 1976 264p
『白面剣士』 1976 278p
『孤剣街道』 1977.7 255p
『江戸の小天狗』 1977.8 354p
『恋残月』 1977.10 267p
『月夜に来た男』 1977.12 272p
『ひとり鷹』 1978.2 262p
『振袖伝奇』 1978.8 266p
『孤剣士峠』 1979.6 315p
『三日月悲帖』 1979.7 258p
『闇姫伝奇』 1979.8 274p
『花の素浪人』 1979.10 388p
『千両鷹』 1980.5 234p
『剣は流れる』 1980.6 380p
『黒十字秘文』 1980.9 256p
『姫人形絵図』 1981.5 252p
『捨扶持一万石』 1981.7 227p
『黒風組秘文』 1981.9 245p
『赤穂浪士』 1981.12 257p〈昭和43年刊の復刊〉
『黒雲岳秘帖』 1982.4 267p
『月の素浪人』 1982.6 281p
『若殿恋しぐれ』 1982.9 219p
『むらさき剣士』 1982.10 219p
『神変天狗剣』 1983.3 217p
『恋月江戸暦』 1983.7 237p
『振袖おんな大名』 1983.10 261p
『恋風無明剣』 1984.3 243p
『三匹の鼠 ねずみ小僧次郎吉外伝』 1985.3 229p
『かげろう使者 『村上党縁起』綺談』 1985.9 243p
『若さま紅変化』 1985.12 243p
『素浪人大名』 1986.3 254p
『鍔鳴り抜刀流』 1986.6 252p
『花の武士道』 1986.8 227p
『幽霊谷異聞』 1986.10 244p
『闇法師変化』 改装版 1987.4 401p ①4-394-12509-X
『素浪人只今推参』 1987.6 245p
『闇変化』 1987.11 227p
『消えた若殿』 改装版 1988.2 241p ①4-394-12503-0
『変幻去来坂』 1988.3 226p
『江戸っ子大名』〔新装版〕 1988.4 209p ①4-394-12505-7
『気まぐれ大名』 改装版 1988.6 247p ①4-394-12508-1
『大江戸暴れん坊』 1989.9 230p ①4-394-12551-0
『若殿千両笠』 1989.11 241p ①4-394-12552-9
『夕雲峠』 改装 1990.3 365p ①4-394-12512-X
『みだれ無念流』 1990.6 240p ①4-394-12553-7
『花の無頼剣』 1990.9 242p ①4-394-12554-5
『若さま太平記』 1990.12 246p ①4-394-12555-3
『黒百合秘帖』〔新装版〕 1991.4 239p ①4-394-12510-4
『江戸の恋浪人』 1991.8 215p ①4-394-12556-1
『気まぐれ侍』 1991.10 209p ①4-394-12557-X
『忍者往来』 1991.12 243p ①4-394-12506-5
『まぼろし絵図』 改装版 1992.4 416p ①4-394-12515-4
『影法師推参』 改装版 1992.5 269p

①4-394-12516-2
『江戸の野獣たち』 改装版 1992.7 262p
①4-394-12514-6
『浪人街道』 1992.9 261p
①4-394-12558-8
『流離の剣』 1992.11 264p
①4-394-12559-6
『江戸の風来坊』 1993.1 264p
①4-394-12517-0
『千両鷹』 改装版 1993.4 234p
①4-394-12529-4
『美女系図』 1993.6 236p
①4-394-12560-X
『江戸ぶし変化』 1993.9 279p
①4-394-12561-8
『黒十字秘文』 新装版 1994.4 256p
①4-394-12531-6
『月夜の使者』 1994.9 258p
①4-394-12562-6
『なりひら侍』 1995.5 282p
①4-394-12563-4
『日月剣士』 1995.12 252p
①4-394-12564-2
『血汐絵図』 1996.2 275p
①4-394-12565-0
『浪人三国志』 1996.4 284p
①4-394-12566-9
『かげろう峠』 1996.6 260p
①4-394-12567-7
『戦国無情』 1996.8 309p
①4-394-12568-5
『剣俠一代』 1996.9 275p
①4-394-12569-3
『江戸の素浪人』 1996.11 258p
①4-394-12570-7
『無頼の灯 ねずみ小僧行状記』 1997.4 262p
①4-394-12571-5
〔内容〕鬼の罠, 歪んだ秘剣, 女狐月夜, 魔性の宿, 逢魔の街, 比翼の雨, ねずみ独白, 寒さ橋
『鬼面の辻』 1997.7 269p
①4-394-12572-3
『闇姫伝奇』 新装 1998.4 274p
①4-394-12527-8
『孤剣街道』 新装 1998.7 255p
①4-394-12519-7

円地 文子
えんち・ふみこ
1905～1986

国語学者上田万年の娘として東京に生まれる。本名・円地富美。日本女子大附属高女中退。「源氏物語」の現代語訳で有名。代表作に「なまみこ物語」「遊魂」などがある。

講談社文芸文庫（講談社）

『なまみこ物語　源氏物語私見』 2004.4 394p〈年譜あり　著作目録あり〉
①4-06-198366-0
〔内容〕なまみこ物語, 源氏物語私見

遠藤 周作
えんどう・しゅうさく
1923～1996

東京生まれ。慶大卒。1955年「白い人」で芥川賞を受賞。以後、「海と毒薬」「イエスの生涯」などの純文学の傍ら、ユーモア小説、歴史小説、エッセイ「狐狸庵閑話」シリーズなど多彩な作品を発表した。

角川文庫（角川書店）

『宿敵　上』 1987.9　275p
①4-04-124521-4
『宿敵　下』 1987.9　266p
①4-04-124522-2

講談社文庫（講談社）

『最後の殉教者』 1984.12　236p
①4-06-183389-8
〔内容〕最後の殉教者.コウリッジ館.ジュルダン病院.異郷の友.男と猿と.従軍司祭.肉親再会.夏の光.船を見に行こう.役たたず, 年譜 広石廉二編：p223～236
『決戦の時　上』 1994.9　334p
①4-06-185755-X
『決戦の時　下』 1994.9　369p
①4-06-185756-8

新潮文庫（新潮社）

『沈黙』 1981.10　256p
①4-10-112315-2
『女の一生』 1986.3　2冊
①4-10-112323-3
〔内容〕1部 キクの場合, 2部 サチ子の場合

『女の一生　1部　キクの場合』 1986.3 517p
①4-10-112323-3
『女の一生　2部　サチ子の場合』 1986.3 494p
①4-10-112324-1
『侍』 1986.6 422p
①4-10-112325-X
『王の挽歌　上巻』 1996.1 291p
①4-10-112333-0
『王の挽歌　下巻』 1996.1 298p
①4-10-112334-9
『沈黙』 36刷改版 2003.5 312p
①4-10-112315-2
『女の一生　2部　サチ子の場合』 改版 2013.5 581p
①978-4-10-112324-0
『女の一生　1部　キクの場合』 改版 2013.9 609p
①978-4-10-112323-3

中公文庫 (中央公論新社)

『鉄の首枷　小西行長伝』 1979.4 286p 〈年譜：p267～279〉
『鉄の首枷　小西行長伝』 改版 2016.8 306p〈初版：中央公論社 1979年刊　年譜あり〉
①978-4-12-206284-9

日経文芸文庫 (日本経済新聞出版社)

『男の一生　上』 2014.1 378p〈日本経済新聞社 1991年刊の再刊〉
①978-4-532-28024-6
『男の一生　下』 2014.1 370p〈日本経済新聞社 1991年刊の再刊〉
①978-4-532-28025-3

ぶんか社文庫 (ぶんか社)

『鉄の首枷　小西行長伝』 2009.5 309p〈中央公論社1977年刊の再編集　年譜あり〉
①978-4-8211-5238-4

文春文庫 (文藝春秋)

『女　上』 1997.11 317p
①4-16-712021-6
『女　下』 1997.11 319p
①4-16-712022-4
『無鹿』 2000.5 173p
①4-16-712024-0
〔内容〕無鹿, 取材日記, あの世で, 御飯をたべる会

大栗 丹後

おおぐり・たんご

1928～

本名･板井丹後。テレビ局のプロデューサーの傍ら、多くの時代小説を執筆。「裏隠密」「二条左近無生剣」シリーズなどで知られる。「赤胴鈴之助」の作詞も手がけた。

学研M文庫（学研パブリッシング）

◇葵の裏隠密二条左近

『情炎関八州路　葵の裏隠密二条左近』 2003.10　325p
①4-05-900259-3
〔内容〕冷え肌悲し上州館林，濡れ肌恨みの下総佐倉，人肌芳し武州川越

『悲恋伊勢桑名路　葵の裏隠密二条左近』 2004.4　293p
①4-05-900282-8

『哀愁人肌恋路　葵の裏隠密二条左近』 2004.7　322p
①4-05-900300-X
〔内容〕真珠肌妖し鳥羽潮騒，黒潮肌艶やか紀伊新宮

『慕情小夜時雨路　葵の裏隠密二条左近』 2004.12　283p
①4-05-900317-4
〔内容〕みちのく磐城恋時雨，十和田錦繡夢時雨

『江戸恋闇路　葵の裏隠密二条左近』 2005.6　302p
①4-05-900358-1
〔内容〕呪怨神田祭り，紅蓮池上万灯会

◇直参旗本裏御用

『京女の義理立て　直参旗本裏御用』 2005.11　302p
①4-05-900383-2

『氷雨肌の女　直参旗本裏御用』 2006.4　295p
①4-05-900402-2
〔内容〕氷雨肌刺す越前敦賀，哀恋の城下町武生

『埋もれ火の女　直参旗本裏御用』 2006.7　301p
①4-05-900424-3

『明智光秀　謀叛にあらず』 2007.10　418p
①978-4-05-901206-1

『蜂須賀小六　野盗にあらず』 2009.6　382p
①978-4-05-901242-9

コスミック・時代文庫（コスミック出版）

◇逆手斬り隠密無頼

『逆手斬り隠密無頼　書下ろし長編時代小説　逆手斬り隠密無頼』 2004.3　301p 〈東京 コスミックインターナショナル（発売）〉
①4-7747-0767-8

『血煙宿無道剣　書下ろし長編時代小説　逆手斬り隠密無頼　2』 2004.11　262p 〈東京 コスミックインターナショナル（発売）〉
①4-7747-0798-8

『あばれ街道情艶剣　書下ろし長編時代小説　逆手斬り隠密無頼　3』 2005.7　303p〈東京 コスミックインターナショナル（発売）〉
①4-7747-2033-X
〔内容〕淫靡奥州街道千住宿，色漁り水戸街道松戸宿

『あばれ街道阿修羅剣　書下ろし長編時代

小説　逆手斬り隠密無頼　4』　2006.2　326p〈発売：コスミックインターナショナル〉
①4-7747-2067-4
〔内容〕妖艶淫舞秩父の絹街道, 淫謀花散る大山路

春陽文庫（春陽堂書店）

◇二条左近無生剣

『裏隠密発つ　二条左近無生剣』　1984.6　260p

『裏隠密斬る　二条左近無生剣』　1984.12　334p

『裏隠密舞う　二条左近無生剣』　1985.12　224p

『裏隠密急く　二条左近無生剣』　1987.11　266p
〔内容〕虚艶佐倉白鷺（きょえんさくらのしらさぎ）, 濃艶沼津残菊（のうえんぬまずのざんぎく）, 憎艶若狭路氷雨（ぞうえんわかさじのひさめ）

『裏隠密駆る　二条左近無生剣』　1989.4　233p
①4-394-16109-6
〔内容〕惑艶博多人形, 恨艶哀別館林

『裏隠密冴ゆ　二条左近無生剣』　1990.11　266p
①4-394-16110-X
〔内容〕愁艶秩父夜祭, 乱艶下野別雪, 芳艶信州秘湯里

『裏隠密衝く　二条左近無生剣』　1991.9　258p
①4-394-16111-8
〔内容〕深艶彦根走梅雨, 酔艶厄除大師, 楚艶富山蛍火

『裏隠密吼ゆ　二条左近無生剣』　1992.6　260p
①4-394-16112-6
〔内容〕清艶川越仮の宿, 妙艶広島一朝の花

『裏隠密逐う　二条左近無生剣』　1993.8　264p
①4-394-16114-2
〔内容〕媚艶大利根悲情, 麗艶尾張虎落笛

『裏隠密燃ゆ　二条左近無生剣』　1994.6　287p
①4-394-16116-9
〔内容〕雅艶江戸の春風, 幽艶小田原の紅梅

『裏隠密裂く　二条左近無生剣』　1995.9　296p
①4-394-16121-5

『裏隠密撃つ　二条左近無生剣』　1996.10　248p
①4-394-16125-8

『裏隠密翔ぶ　二条左近無生剣』　1997.4　256p
①4-394-16127-4
〔内容〕讐艶琵琶湖悲愁, 夢艶浪花春疾風

『裏隠密映ゆ　二条左近無生剣』　1997.9　234p
①4-394-16128-2
〔内容〕愛艶大江戸乱れ萩, 幻艶姫路城呪怨

『裏隠密活つ　二条左近無生剣』　1998.7　283p
①4-394-16130-4
〔内容〕盛艶備後三次霧夢幻, 花艶上州太田命燦燦

『裏隠密射す　二条左近無生剣』　1998.9　287p
①4-394-16131-2
〔内容〕誘艶四谷新宿憂き世花, 淑艶水戸の恋蛍

『裏隠密漂く　二条左近無生剣』　1998.11　286p
①4-394-16132-0
〔内容〕光艶忍浮き城命の里, 強艶前橋哀愛しぐれ

『裏隠密徂く　二条左近無生剣』　1999.1　284p
①4-394-16133-9
〔内容〕爽艶飯田天竜しぶき, 輝艶愛深甚野沢の湯

『裏隠密灼く　二条左近無生剣』　1999.4

309p
①4-394-16134-7
〔内容〕秀艶情火炎々益子の里, 美艶愁風白河挽歌

『裏隠密貫く　二条左近無生剣』 1999.6 252p
①4-394-16135-5
〔内容〕凛艶鈴鹿の椿久遠, 幸艶筑波紫雲渺々

『裏隠密牽く　二条左近無生剣』 1999.9 263p
①4-394-16137-1
〔内容〕包艶紀伊勝浦遣らずの雨, 澄艶愛深淵長良川

『裏隠密澄む　二条左近無生剣』 1999.12 291p
①4-394-16138-X

『裏隠密照る　二条左近無生剣』 2000.4 314, 1p
①4-394-16139-8
〔内容〕彩艶大江戸日本晴れ, 装艶結城見返り紬

『裏隠密秘す　二条左近無生剣』 2000.7 300p
①4-394-16140-1

『裏隠密繋ぐ　二条左近無生剣』 2000.12 216p
①4-394-16141-X

『裏隠密笑む　二条左近無生剣』 2001.10 291p
①4-394-16142-8

『裏隠密解く　二条左近無生剣』 2002.6 225p
①4-394-16143-6
〔内容〕純艶下野壬生国谷埋蔵金, 明艶信州松本名残り雪

『裏隠密詰む　二条左近無生剣』 2002.10 261p
①4-394-16144-4

『裏隠密踏む　二条左近無生剣』 2003.7 271p
①4-394-16145-2

『裏隠密魅す　二条左近無生剣』 2003.7 254p
①4-394-16146-0

◇呑螻念仏破戒旅

『女恨みの中山道　呑螻念仏破戒旅』 1985.8 258p

『女泣かせの甲州道　呑螻念仏破戒旅　2』 1986.9 253p

『女哀しの東海道　呑螻念仏破戒旅　3』 1992.10 258p
①4-394-16113-4
〔内容〕品川宿・苦界観音, 川崎宿・小町時雨, 神奈川宿・邪宗哀婉

『女情けの日光道　呑螻念仏破戒旅　4』 1993.11 279p
①4-394-16115-0
〔内容〕川口宿・愛染地蔵, 岩槻宿・情炎人形, 幸手宿・晩秋渺々

『女淋しの奥州道　呑螻念仏破戒旅　5』 1994.10 290p
①4-394-16117-7

『女恨みの中山道（再）　呑螻念仏破戒旅　6』 1996.6 301p
①4-394-16123-1
〔内容〕板橋宿・寂寥おんな唄, 蕨宿・悲愁恨み花, 大宮宿・鬼女閨怨

『女泣かせの甲州道（再）　呑螻念仏破戒旅　7』 1996.12 267p
①4-394-16126-6

◇異説大岡政談

『極道隠密　東海道の巻　異説大岡政談』 1998.5 327p
①4-394-16129-0
〔内容〕品川宿・淫謀厄払い, 川崎宿・小町時雨, 神奈川宿・哀哀雪時雨

『江戸城風雲録』 1986.12 226p
〔内容〕情艶大奥鑑・卯浪, 秘剣柳生十兵衛・鬼薊, 魍魎忠長謀反・狐火, 怨念大奥秘話・幽月

『華燃ゆ　小説・春日局』 1988.12　328p
①4-394-16108-8
『将軍盗り　小説・徳川吉宗』 1994.12 307p
①4-394-16119-3
『副将軍天下を糾す　小説・水戸光圀』 1995.4　418p〈『小説・水戸光圀』(栄光出版社平成3年刊) の増訂〉
①4-394-16118-5
『大盗乱世を奔る　小説・北条早雲』 1995.7　587p
①4-394-16120-7
『走れ！ 藤吉郎　小説・青春太閤記』 1996.1　362p
①4-394-16122-3
『彦左、まかり通る　小説・大久保彦左衛門』 1996.8　342p
①4-394-16124-X
『徳川風雲録』 新装　1998.4　226p〈『江戸城風雲録』(1986年刊) の改題〉
①4-394-16106-1
『戦国武将まんだら　秘本三十六人伝』 1999.8　244p
①4-394-16136-3
〔内容〕織田信長, 武田信玄, 豊臣秀吉, 徳川家康, 上杉謙信, 明智光秀, 伊達政宗, 毛利元就, 北条早雲, 前田利家, 石田三成, 斎藤道三, 蜂須賀小六, 福島正則, 加藤清正, 蒲生氏郷, 黒田長政, 井伊直政, 池田輝政, 上杉景勝, 小西行長, 小早川隆景, 島津義弘, 立花宗茂, 津軽為信, 長宗我部元親, 藤堂高虎, 鍋島直茂, 南部信直, 松永久秀, 最上義光, 細川忠興, 山内一豊, 竹中半兵衛, 真田幸村, 柳生宗矩
『一豊と千代』 2005.7　302p〈『風の峠』(2000年刊) の増補〉
①4-394-16147-9

大洋時代文庫 時代小説

（ミリオン出版）

『腰掛茶屋お銀事件帖　人情大岡裁き』 2005.6　301p〈東京 大洋図書 (発売)〉
①4-8130-7031-0
〔内容〕二人半兵衛, 菩薩と夜叉, 縛られ地蔵

太田 蘭三

おおた・らんぞう

1929～

三重県生まれ。本名・太田等。中央大卒。1956年太田瓢一郎名義で時代小説でデビューし、78年に太田蘭三として推理小説作家として再デビューした。山岳推理小説が多い。

講談社文庫（講談社）

『葦が泣く　平手造酒異聞』 1994.9　384p
①4-06-185588-3

光文社文庫（光文社）

『葦が泣く　平手造酒異聞：長編時代小説』 2010.12　412p
①978-4-334-74885-2

祥伝社文庫（祥伝社）

『若様侍政太郎剣難旅　長編時代小説』 2000.1　275p〈『やくざ若様』（小説刊行社1961年刊）の改題〉
①4-396-32733-1

『葦が泣く　平手造酒異聞：長編時代小説』 2001.3　410p
①4-396-32851-6

『若様侍隠密行　長編時代小説』 2004.7　265p〈『将棋若様』（小説刊行社1961年刊）の改題〉
①4-396-33177-0

『旗本けんか侍　長編時代小説』 2005.1　272p〈『退屈ざむらい』（小説刊行社1960年刊）の改題〉
①4-396-33206-8

『袈裟斬り怪四郎　長編時代小説』 2005.12　273p
①4-396-33264-5

『無宿若様剣風街道　長編時代小説』 2006.4　275p〈『無宿大名』（小説刊行1958年刊）の改題〉
①4-396-33286-6

『無宿千両男　袈裟斬り怪四郎：長編時代小説』 2008.4　302p
①978-4-396-33425-3

ノン・ポシェット（祥伝社）

『鯉四郎事件帖　浪人釣り師 傑作時代小説』 1988.6　329p〈『浪人釣り師』（廣済堂出版 1982年刊）の改題〉
①4-396-32094-9
〔内容〕大鯉と仇討, フナと水茶屋の女, タナゴと辰巳芸者, ヤマメのような娘, ハゼと神隠し, イワナと女と死と, 寒バヤ釣りと消えた女

『遠山金四郎女難旅』 1993.4　281p〈『はだか侍』（三洋出版社1961年刊）の改題〉
①4-396-32311-5

『真三郎捕物帖　若様侍女難剣』 1993.10　307p〈『若さま用心棒』（三洋出版社1961年刊）の改題〉
①4-396-32340-9

『傘張り侍恋情剣』 1994.4　291p〈『浪人鴉』（小説刊行社1960年刊）の改題〉
①4-396-32374-3

『幽四郎仇討ち帖』 1994.10　288p〈『浪人長屋』（三洋出版 1961年刊）の改題〉
①4-396-32405-7

大谷 羊太郎
おおたに・ようたろう
1931～

大阪府生まれ。本名・大谷一夫。慶大中退。1970年「殺意の演奏」で江戸川乱歩賞を受賞、以後推理小説作家として活躍。代表作に「悪人は三度死ぬ」など。近年は時代小説も手がけている。

学研M文庫（学研パブリッシング）

◇天狗剣ご隠居捕物帖

『花道　天狗剣ご隠居捕物帖』 2012.1 268p〈発売：学研マーケティング〉
①978-4-05-900731-9

『千里眼　天狗剣ご隠居捕物帖』 2012.5 282p〈発売：学研マーケティング〉
①978-4-05-900756-2

静山社文庫（静山社）

◇紫同心江戸秘帖

『紫同心江戸秘帖　吉原哀切の剣』 2009.12 293p
①978-4-86389-024-4

『紫同心江戸秘帖　浅草無人寺の罠』 2010.2 301p
①978-4-86389-032-9

『紫同心江戸秘帖　両国秘仏開眼』 2010.4 299p
①978-4-86389-041-1

『紫同心江戸秘帖　姿見橋魔の女』 2010.7 299p
①978-4-86389-057-2

『紫同心江戸秘帖　庚申信仰密事』 2010.9 299p
①978-4-86389-067-1

『紫同心江戸秘帖　深川女狐妖艶』 2011.1 297p
①978-4-86389-093-0

『火盗改特命同心一網打尽』 2011.5 301p
①978-4-86389-116-6

『火盗改特命同心怪盗仁義』 2011.10 270p
①978-4-86389-136-4

二見時代小説文庫（二見書房）

◇変化侍柳之介

『奇策神隠し　変化侍柳之介　1』 2010.10 295p
①978-4-576-10142-2

『御用飛脚　変化侍柳之介　2』 2011.7 294p
①978-4-576-11084-4

ベスト時代文庫（ベストセラーズ）

◇隠密美剣士坂神姫治郎

『隠密美剣士坂神姫治郎　〔書き下ろし長編時代小説〕』 2012.6 302p
①978-4-584-36710-0

『隠密美剣士坂神姫治郎　踊る埋蔵金』 2013.1 348p
①978-4-584-36723-0

大原 富枝

おおはら・とみえ

1912～2000

高知県生まれ。高知女子師範中退。1935年「氷雨」で文壇デビュー。代表作「婉という女」で毎日出版文化賞、野間文芸賞を受賞した。他に「於雪―土佐一条家の崩壊」など。

朝日文芸文庫（朝日新聞社）

『建礼門院右京大夫』 1996.6 473p
①4-02-264109-6

角川文庫（角川書店）

『婉という女　他一篇』 1964 178p

講談社文芸文庫（講談社）

『婉という女　正妻』 2005.4 383p〈年譜あり　著作目録あり〉
①4-06-198401-2
〔内容〕婉という女, 正妻, 日陰の姉妹

講談社文庫（講談社）

『建礼門院右京大夫』 1979.4 448p

集英社文庫（集英社）

『大原富枝の平家物語　わたしの古典』 1996.6 280p
①4-08-748442-4

新潮文庫（新潮社）

『婉という女』 1963 211p

岡本 綺堂
おかもと・きどう

1872〜1939

東京生まれ。本名・岡本敬二。東京府中学校卒。1911年戯曲「修禅寺物語」が上演され、以後劇作家として活躍。16年には「半七捕物帳」を発表、捕物帳の先駆となった。他に「修禅寺物語」「鳥辺山心中」など。

旺文社文庫（旺文社）

◇半七捕物帳

『半七捕物帳　1』 1977.5　375p
『半七捕物帳　2』 1977.5　371p
『半七捕物帳　3』 1977.5　351p
『半七捕物帳　4』 1977.7　373p
『半七捕物帳　5』 1977.7　372p
『半七捕物帳　6』 1977.8　342p

『箕輪の心中　岡本綺堂情話集』 1978.5　330p
〔内容〕籠釣瓶, 箕輪の心中, 両国の秋, 不孝者

学研M文庫（学研パブリッシング）

『岡本綺堂妖術伝奇集　伝奇ノ匣　2』 2002.3　822p〈下位シリーズの責任表示：東雅夫編　年譜あり〉
①4-05-900120-1
〔内容〕玉藻の前, 小坂部姫, クラリモンド, 平家蟹, 蟹万寺縁起, 人狼, 青蛙神, 蟹, 五色蟹, 木曽の旅人

角川文庫（角川書店）

◇半七捕物帳

『半七捕物帳　第1』 1957　310p
『半七捕物帳　第2』 1957　296p
『半七捕物帳　第3』 1957　282p
『半七捕物帳　第4』 1957　270p
『半七捕物帳　第5』 1957　274p
『半七捕物帳　第6』 1957　302p
『半七捕物帳　第7』 1957　282p

光文社文庫（光文社）

◇半七捕物帳

『半七捕物帳　時代小説　1』 1985.11　382p
①4-334-70254-6
『半七捕物帳　時代小説　2』 1986.3　378p
①4-334-70324-0
『半七捕物帳　時代推理小説　3』 1986.5　353p
①4-334-70348-8
『半七捕物帳　時代推理小説　4』 1986.8　375p
①4-334-70398-4
『半七捕物帳　時代推理小説　5』 1986.10　371p
①4-334-70437-9
〔内容〕新カチカチ山, 唐人飴, かむろ蛇, 河豚太鼓, 幽霊の観世物, 菊人形の昔, 蟹のお角, 青山の仇討, 吉良の脇指, 歩兵の髪切り
『半七捕物帳　時代推理小説　6』 1986.12　348p〈付：半七捕物帳作品年表〉
①4-334-70472-7
〔内容〕川越/次郎兵衛, 廻り燈篭, 夜叉神堂,

地蔵は踊る, 薄雲の碁盤, 二人女房, 白蝶怪

『半七捕物帳　時代推理小説　1』 新装版
2001.11　453p
①4-334-73229-1
〔内容〕お文の魂, 石灯篭, 勘平の死, 湯屋の二階, お化け師匠, 半鐘の怪, 奥女中, 帯取りの池, 春の雪解, 広重と河獺, 朝顔屋敷, 猫騒動, 弁天娘, 山祝いの夜

『半七捕物帳　時代推理小説　2』 新装版
2001.11　450p
①4-334-73230-5
〔内容〕鷹のゆくえ, 津の国屋, 三河万歳, 槍突き, お照の父, 向島の寮, 蝶合戦, 筆屋の娘, 鬼娘, 小女郎狐, 狐と僧, 女行者, 化け銀杏

『半七捕物帳　時代推理小説　3』 新装版
2001.11　421p
①4-334-73231-3
〔内容〕雪達磨, 熊の死骸, あま酒売, 張子の虎, 海坊主, 旅絵師, 雷獣と蛇, 半七先生, 冬の金魚, 松茸, 人形使い, 少年少女の死, 異人の首, 一つ目小僧

『半七捕物帳　時代推理小説　4』 新装版
2001.12　447p
①4-334-73244-5
〔内容〕仮面, 柳原堤の女, むらさき鯉, 三つの声, 十五夜御用心, 金の蠟燭, ズウフラ怪談, 大阪屋花鳥, 正雪の絵馬, 大森の鶏, 妖狐伝

『半七捕物帳　時代推理小説　5』 新装版
2001.12　445p
①4-334-73245-3
〔内容〕新カチカチ山, 唐人飴, かむろ蛇, 河豚太鼓, 幽霊の観世物, 菊人形の昔, 蟹のお角, 青山の仇討, 吉良の脇指, 歩兵の髪切り

『半七捕物帳　時代推理小説　6』 新装版
2001.12　413p
①4-334-73246-1
〔内容〕川越次郎兵衛, 廻り灯篭, 夜叉神堂, 地蔵は踊る, 薄雲の碁盤, 二人女房, 白蝶怪

『鎧櫃の血　岡本綺堂巷談集』 1988.5
296p
①4-334-70745-9
〔内容〕三浦老人昔話（桐畑の太夫, 鎧櫃の血, 人参, 置いてけ堀, 落城の譜, 権十郎の芝居, 春色梅ごよみ, 旗本の師匠, 刺青の話, 雷見舞, 下屋敷, 矢がすり）, 新集巷談（鼠, 魚妖, 夢のお七, 鯉, 牛, 虎）

『白髪鬼　岡本綺堂怪談集』 1989.7　267p
①4-334-70976-1
〔内容〕こま犬, 水鬼〈すいき〉, 停車場の少女, 木曽の旅人, 西瓜, 鴛鴦鏡〈おしどりかがみ〉, 鐘ケ淵, 指輪一つ, 白髪鬼, 離魂病, 海亀, 百物語, 妖婆

『蜘蛛の夢　時代推理傑作集』 1990.4
265p
①4-334-71132-4
〔内容〕火薬庫, 蜘蛛の夢, 放し鰻, 平造とお鶴, 穴, 有喜世新聞の話, 慈悲心鳥, 女侠伝, 馬妖記, 廿九日の牡丹餅, 真鬼偽鬼, 恨みの蠑螺〈さざえ〉

『鷲　傑作怪奇小説』 1990.8　270p
①4-334-71196-0
〔内容〕鷲, 兜, 鰻に呪われた男, 怪獣, 深見夫人の死, 雪女, マレー俳優の死, 麻畑の一夜, 経帷子の秘密, くろん坊

『修禅寺物語　傑作伝奇小説』 1992.3
317p
①4-334-71495-1
〔内容〕玉藻の前, 修禅寺物語

『江戸情話集』 1993.12　366p
①4-334-71819-1
〔内容〕鳥辺山心中, 篭釣瓶, 心中浪華の春雨, 箕輪心中, 両国の秋

『白髪鬼　怪談コレクション』 新装版
2006.6　309p
①4-334-74085-5
〔内容〕こま犬, 水鬼, 停車場の少女, 木曾の旅人, 西瓜, 鴛鴦鏡, 鐘ケ淵, 指輪一つ, 白髪鬼, 離魂病, 海亀, 百物語, 妖婆, *解題（縄田一男〔著〕）

『鷲　怪談コレクション』 新装版　2006.7
309p
①4-334-74101-0
〔内容〕鷲, 兜, 鰻に呪われた男, 怪獣, 深見

夫人の死, 雪女, マレー俳優の死, 麻畑の一夜, 経帷子の秘密, くろん坊, *解題（縄田一男〔著〕）

『鎧櫃の血　巷談コレクション』 新装版
2006.9　335p
①4-334-74131-2
〔内容〕三浦老人昔話（桐畑の太夫, 鎧櫃の血, 人参, 置いてけ堀, 落城の譜, 権十郎の芝居, 春色梅ごよみ, 旗本の師匠, 刺青の話, 雷見舞, 下屋敷, 矢がすり）, 新集巷談（鼠, 魚妖, 夢のお七, 鯉, 牛, 虎）

『江戸情話集　傑作時代小説』 新装版
2010.7　434p
①978-4-334-74820-3
〔内容〕鳥辺山心中, 籠釣瓶, 心中浪華の春雨, 箕輪心中, 両国の秋

『女魔術師　傑作情話集』 2015.11　313p
①978-4-334-77205-5
〔内容〕海賊船, 磯部のやどり, 子供役者の死, 怪談一夜草紙, 庄内の仇討, 岩井紫妻の死, 女魔術師

『狐武者　傑作奇譚集　〔光文社時代小説文庫〕』 2016.8　329p
①978-4-334-77342-7
〔内容〕うす雪, 最後の舞台, 姉妹（きょうだい）, 眼科病院の話, 勇士伝, 明智左馬助, 狐武者

春陽文庫（春陽堂書店）

◇半七捕物帳

『半七捕物帳　1　お文の魂　他9編』
1999.10　323p
①4-394-17901-7
〔内容〕お文の魂, 石灯籠, 鷹のゆくえ, 津の国屋, 湯屋の二階, お化け師匠, 広重と河獺, 三河万歳, 海坊主, 化け銀杏

『半七捕物帳　2　半鐘の怪　他12編』
1999.11　326p
①4-394-17902-5
〔内容〕弁天娘, 山祝いの夜, 冬の金魚, 雷獣と蛇, 一つ目小僧, 勘平の死, 雪達磨, 鬼娘, 槍突き, 猫騒動, 春の雪解, むらさき鯉, 半鐘の怪

『半七捕物帳　3　筆屋の娘　他11編』
2000.1　319p
①4-394-17903-3
〔内容〕旅絵師, 女行者, 朝顔屋敷, 帯取の池, 異人の首, 奥女中, あま酒売, 半七先生, 蝶合戦, 筆屋の娘, 人形使い, 小女郎狐

『半七捕物帳　4　十五夜御用心　他11編』
2000.2　319p
①4-394-17904-1
〔内容〕狐と僧, 松茸, 仮面, 柳原堤の女, 張子の虎, お照の父, 向島の寮, 三つの声, 少年少女の死, 熊の死骸, 十五夜御用心, 金の蠟燭

『半七捕物帳　5　河豚太鼓　他7編』
2000.7　299p
①4-394-17905-X
〔内容〕ズウフラ怪談, 大阪屋花鳥, 正雪の絵馬, 大森の鶏, 妖狐伝, 新カチカチ山, 唐人飴, 河豚太鼓

『半七捕物帳　6　かむろ蛇　他7編』
2000.8　289p
①4-394-17906-8
〔内容〕かむろ蛇, 幽霊の観世物, 菊人形の昔, 蟹のお角, 青山の仇討, 吉良の脇差, 歩兵の髪切り, 川越次郎兵衛

『半七捕物帳　7　白蝶怪　他5編』 2000.9　303p
①4-394-17907-6
〔内容〕廻り灯籠, 夜叉神堂, 地蔵は踊る, 薄雲の碁盤, 二人女房, 白蝶怪

『三浦老人昔話』 1952　191p

大衆文学館（講談社）

◇半七捕物帳

『半七捕物帳』 1995.5　445p
①4-06-262008-1

〔内容〕十五夜御用心, 金の蠟燭, 正雪の絵馬, 新カチカチ山, 河豚太鼓, 菊人形の昔, 青山の仇討, 吉良の脇指, 歩兵の髪切り, 二人女房

『半七捕物帳　続』 1997.3　405p
①4-06-262089-8
〔内容〕お文の魂, 石灯籠, 勘平の死, 湯屋の二階, お化け師匠, 春の雪解, 三河万歳, 熊の死骸, 張子の虎, 弁天娘, 冬の金魚, むらさき鯉, 三つの声

ちくま文庫（筑摩書房）

◇半七捕物帳傑作選

『読んで、「半七」！　半七捕物帳傑作選1』 北村薫, 宮部みゆき〔編〕 2009.5　471p
①978-4-480-42596-6
〔内容〕お文の魂, 石燈籠, 勘平の死, 奥女中, 帯取の池, 春の雪解, 津の国屋, 山祝の夜, 槍突き, 向島の寮, 蝶合戦, 筆屋の娘, ＊解説対談 江戸のシャーロック・ホームズ（北村薫, 宮部みゆき）

『もっと、「半七」！　半七捕物帳傑作選2』 北村薫, 宮部みゆき〔編〕 2009.6　470p
①978-4-480-42597-3
〔内容〕小女郎狐, 海坊主, 冬の金魚, 松茸, 一つ目小僧, むらさき鯉, 三つの声, かむろ蛇, 歩兵の髪切り, 川越次郎兵衛, 二人女房, ＊解説対談 極めつきの、悪い奴（北村薫, 宮部みゆき）

中公文庫（中央公論新社）

『三浦老人昔話　岡本綺堂読物集　1』 2012.6　249p〈底本：綺堂讀物集 1（春陽堂 1932年刊）〉
①978-4-12-205660-2
〔内容〕三浦老人昔話（桐畑の太夫, 鎧櫃の血, 人参, 置いてけ堀, 落城の譜, 権十郎の芝居, 春色梅ごよみ, 旗本の師匠, 刺青の話, 雪見舞い, 下屋敷, 矢がすり）, 附録（黄八丈の小袖, 赤膏薬）

白泉社招き猫文庫（白泉社）

『半七捕物帳リミックス！』 2015.3　220p
①978-4-592-83109-9
〔内容〕石燈籠, あま酒売, 雪達磨, 熊の死骸, 女行者

ハルキ文庫（角川春樹事務所）

◇半七捕物帳

『半七捕物帳　初手柄編　時代小説文庫』 2014.11　263p
①978-4-7584-3856-8
〔内容〕お文の魂, 石燈籠, 熊の死骸, 冬の金魚, 津の国屋, 広重と河獺

尾崎 士郎

おざき・しろう

1898〜1964

愛知県生まれ。早大中退。1921年に「獄中より」でデビュー。33年から「人生劇場」を「都新聞」に連載してベストセラーとなり、以後流行作家として活躍した。代表作に「篝火」など。

角川文庫（角川書店）

『石田三成』 1955 306p

『篝火 他一篇』 1957 246p
〔内容〕篝火, 雲悠々

河出文庫（河出書房新社）

『私学校蜂起 小説・西南戦争』 1989.12 261p
Ⓘ4-309-40258-5

『真田幸村』 2015.12 374p〈春陽文庫1966年刊の再刊〉
Ⓘ978-4-309-41424-9

光文社文庫（光文社）

『石田三成 長編歴史小説』 1988.10 327p
Ⓘ4-334-70831-5

『篝火 傑作歴史小説』 1990.1 268p
Ⓘ4-334-71083-2
〔内容〕篝火, 雲悠々

春陽文庫（春陽堂書店）

『真田幸村』 1966 270p

『吉良の仁吉』 1967 167p

大衆文学館（講談社）

『うそ八万騎』 1996.5 365p
Ⓘ4-06-262046-4

長部 日出雄
おさべ・ひでお
1934～

青森県生まれ。早大中退。1973年「津軽じょんから節」「津軽世去れ節」で直木賞を受賞。郷里・津軽を舞台とした作品を多く発表する。代表作に芸術選奨文部大臣賞を受賞した「鬼が来た―棟方志功伝」など。

時代小説文庫（富士見書房）

『津軽風雲録』 1988.5 275p
①4-8291-1143-7
『源義経』 1990.11 289p
①4-8291-1218-2

新潮文庫（新潮社）

『まだ見ぬ故郷 高山右近の生涯 上巻』 2002.10 507p
①4-10-132403-4
『まだ見ぬ故郷 高山右近の生涯 下巻』 2002.10 478p
①4-10-132404-2

文春文庫（文藝春秋）

『密使支倉常長』 1989.8 540p
①4-16-735004-1

大佛 次郎
おさらぎ・じろう
1897～1973

神奈川県生れ。本名・野尻清彦。東大卒。1940年「照る日曇る日」を連載して作家の地位を確立。24年から59年まで35年間「鞍馬天狗」を連載した。代表作は「ドレフュース事件」「天皇の世紀」（未完）など。

朝日文庫（朝日新聞出版）

◇鞍馬天狗

『鞍馬天狗 4 角兵衛獅子』 1981.10 406p
『鞍馬天狗 5 山岳党奇談』 1981.10 430p
『鞍馬天狗 6 雁のたより』 1981.10 330p
『鞍馬天狗 7 天狗廻状』 1981.10 446p
『鞍馬天狗 8 女郎蜘蛛』 1981.11 365p
『鞍馬天狗 9 地獄の門』 1981.11 406p
『鞍馬天狗 10 江戸の夕映』 1981.11 305p
『鞍馬天狗 1 鬼面の老女』 1981.12 326p
『鞍馬天狗 2 御用盗異聞』 1981.12 396p
『鞍馬天狗 3 小鳥を飼う武士』 1981.12 310p

角川文庫（角川書店）

『乞食大将』 1952 223p
『霧笛』 1955 172p〈第7版〉

『赤穂浪士　上巻』 1961　538p
『赤穂浪士　下巻』 1961　544p

時代小説文庫（富士見書房）

『赤穂浪士』 1981.7　2冊

集英社文庫（集英社）

『赤穂浪士　上』 1998.10　619p
①4-08-748866-7
『赤穂浪士　下』 1998.10　613p
①4-08-748867-5

小学館文庫（小学館）

◇鞍馬天狗

『角兵衛獅子　鞍馬天狗　1』 2000.3　332p
①4-09-404231-8
『地獄の門　宗十郎頭巾　鞍馬天狗　2』 2000.4　307p
①4-09-404232-6
『新東京絵図　鞍馬天狗　3』 2000.5　300p
①4-09-404233-4
『雁のたより　鞍馬天狗　4』 2000.6　366p
①4-09-404234-2
『地獄太平記　鞍馬天狗　5』 2000.7　516p
①4-09-404235-0

『ごろつき船　上　北上次郎選「昭和エンターテインメント叢書」　1』 2010.3　553p
①978-4-09-408486-3
『ごろつき船　下　北上次郎選「昭和エンターテインメント叢書」　1』 2010.3　537p
①978-4-09-408487-0

新潮文庫（新潮社）

『照る日くもる日　上巻』 1959　356p
『照る日くもる日　下巻』 1959　368p
『赤穂浪士　上巻』 1964　545p
『赤穂浪士　下巻』 1964　551p
『赤穂浪士』 1979.4　2冊
『赤穂浪士　上巻』 1998.10　545p 〈第11刷〉
①4-10-108304-5
『赤穂浪士　下巻』 11刷　1998.10　550p
①4-10-108305-3

人物文庫（学陽書房）

『織田信長　炎の柱　上』 2006.2　353p 〈『炎の柱』（毎日新聞社 1962年刊）の改題〉
①4-313-75213-7
『織田信長　炎の柱　下』 2006.2　353p 〈『炎の柱』（毎日新聞社 1962年刊）の改題〉
①4-313-75214-5

大衆文学館（講談社）

『霧笛・花火の街』 1996.8　417p
①4-06-262054-5

中公文庫（中央公論新社）

◇鞍馬天狗

『鞍馬天狗　時代小説英雄列伝』 縄田一男〔編〕 2002.9 261p
①4-12-204085-X
〔内容〕鬼面の老女, 黒い手型, 西国道中記, 「夜の恐怖」金扇, 鞍馬天狗と三十年

『四十八人目の男』 1991.11 593p
①4-12-201852-8

中公文庫ワイド版（中央公論新社）

◇鞍馬天狗

『鞍馬天狗　時代小説英雄列伝』 縄田一男〔編〕 2003.12 261p〈年譜あり〉
①4-12-551432-1
〔内容〕鞍馬天狗：鬼面の老女, 黒い手型, 西国道中記, 翻訳：「夜の恐怖」金扇, 随筆：鞍馬天狗と三十年

徳間文庫（徳間書店）

◇鞍馬天狗

『鞍馬天狗　鞍馬の火祭り』 1988.10 250p
①4-19-598625-7
『鞍馬天狗　地獄太平記　上』 1988.12 247p
①4-19-598662-1
『鞍馬天狗　地獄太平記　下』 1988.12 254p
①4-19-598663-X
『鞍馬天狗　江戸日記　上』 1989.2 309p
①4-19-598703-2
『鞍馬天狗　江戸日記　下』 1989.2 314p
①4-19-598704-0
『鞍馬天狗　天狗廻状』 1989.5 476p
①4-19-598775-X
『鞍馬天狗　夕立の武士』 1989.9 478p
①4-19-598880-2
『鞍馬天狗　新東京絵図』 1990.5 318p
①4-19-599070-X
『鞍馬天狗　御用盗異聞』 1990.12 444p
①4-19-599226-5
〔内容〕奇怪な覆面武士の巻, 江戸騒がせの巻, 千代田城地下道の巻, 水底地獄の巻, 怪賊竜造寺浪右衛門, 戸棚の中の鞍馬天狗, 両雄一騎討の巻, 善福寺竜攘虎搏の巻, 獅子乱刀の巻, 薩摩屋敷焼討ちの巻, お高祖頭巾の女の巻, 水上霹靂火の巻, 柳橋侠艶録

『炎の柱織田信長』 1987.9 2冊〈『炎の柱』(毎日新聞社 1962年刊) の改題〉
①4-19-598361-4
『炎の柱 織田信長　上』 1987.9 342p
①4-19-598361-4
『炎の柱 織田信長　下』 1987.9 347p
①4-19-598362-2
『乞食大将後藤又兵衛』 1987.10 285p〈『乞食大将』の改題〉
①4-19-598382-7
『水戸黄門』 1987.12 536p
①4-19-598421-1
『大久保彦左衛門　上』 1988.2 350p
①4-19-598462-9
『大久保彦左衛門　下』 1988.2 318p
①4-19-598463-7
『日蓮　上』 1988.4 381p
①4-19-598500-5
『日蓮　下』 1988.4 382p
①4-19-598501-3
『四十八人目の男　上』 1988.6 247p

①4-19-598544-7
『四十八人目の男　下』 1988.6　253p
①4-19-598545-5
『鼠小僧次郎吉』 1988.8　349p
①4-19-598584-6
『おぼろ駕籠』 1988.9　413p
①4-19-598605-2
『月の人豊臣秀頼　上』 1988.11　376p
①4-19-598639-7
『月の人 豊臣秀頼　下』 1988.11　349p
①4-19-598640-0
『照る日くもる日　上』 1989.1　414p
①4-19-598682-6
『照る日くもる日　下』 1989.1　382p
①4-19-598683-4
『霧笛』 1989.4　414p
①4-19-598751-2
〔内容〕霧笛, 幻燈
『薩摩飛脚　上』 1989.7　407p
①4-19-598825-X
『薩摩飛脚　下』 1989.7　411p
①4-19-598826-8
『激流　渋沢栄一の若き日』 1989.11　283p
①4-19-598928-0
『安政の大獄』 1990.1　601p
①4-19-598978-7
『細谷十太夫　からす組　上』 1990.3　375p
①4-19-599025-4
『細谷十太夫　からす組　下』 1990.3　382p
①4-19-599026-2
『その人最後の旗本』 1990.8　379p
①4-19-599138-2
『大楠公楠木正成』 1990.10　414p
①4-19-599183-8
『桜子　湖上の姫』 1991.3　477p
①4-19-599276-1
『逢魔の辻　上』 1991.10　286p
①4-19-599396-2
『逢魔の辻　下』 1991.10　286p
①4-19-599397-0
『ごろつき船　上』 1992.7　494p
①4-19-567222-8
『ごろつき船　下』 1992.7　477p
①4-19-567223-6
『ゆうれい船　上』 1992.12　348p
①4-19-577390-3
『ゆうれい船　下』 1992.12　347p
①4-19-577396-2
『赤穂浪士　上』 1993.12　605p
①4-19-890036-1
『赤穂浪士　下』 1993.12　605p
①4-19-890037-X
『由比正雪　上』 1995.7　541p
①4-19-890341-7
『由比正雪　下』 1995.7　526p
①4-19-890342-5
『源実朝』 1997.10　284p
①4-19-890765-X

文春文庫（文藝春秋）

◇天皇の世紀

『天皇の世紀　1』 2010.1　476p
①978-4-16-777339-7
『天皇の世紀　2』 2010.2　457p
①978-4-16-777345-8
『天皇の世紀　3』 2010.3　425p
①978-4-16-777356-4
『天皇の世紀　4』 2010.4　501p
①978-4-16-777362-5
『天皇の世紀　5』 2010.5　416p
①978-4-16-777371-7
『天皇の世紀　6』 2010.6　438p
①978-4-16-777381-6
『天皇の世紀　7』 2010.7　451p
①978-4-16-777387-8
『天皇の世紀　8』 2010.8　453p

①978-4-16-777391-5

『天皇の世紀　9』 2010.9　380p
①978-4-16-777397-7

『天皇の世紀　10』 2010.10　385p
①978-4-16-779901-4

『天皇の世紀　11』 2010.11　427p
①978-4-16-779902-1

〔内容〕天皇を中心とした国体の確立を急ぐ明治新政府は、神道国教化政策を推進、公然とキリスト教徒の弾圧を続けていた。浦上切支丹の迫害を通じて、日本人が初めて自覚した人権の様相を描いた「旅」は、全巻を通じて極めて特異な一章である。奥羽越列藩同盟の成立過程を詳述した「武士の城」と、渾身の二篇を収める。

『天皇の世紀　12』 2010.12　198, 247p
〈索引あり〉
①978-4-16-779903-8

海音寺 潮五郎

かいおんじ・ちょうごろう

1901～1977

鹿児島県生まれ。本名・末富東作。国学院大卒。1922年「天正女合戦」で直木賞を受賞。以後、日本を代表する歴史小説作家として活躍する一方、「武将列伝」「悪人列伝」など史伝作家の第一人者でもあった。「西郷と大久保」など薩摩藩ものが多い。

朝日文庫（朝日新聞出版）

『西郷隆盛　1　島津斉彬』 1980.1　322p

『西郷隆盛　2　井伊大老登場』 1980.1　355p

『西郷隆盛　3　大弾圧』 1980.2　366p

『西郷隆盛　4　寺田屋の惨劇』 1980.2　349p

『西郷隆盛　5　血風の季節』 1980.3　348p

『西郷隆盛　6　公使館焼打ち』 1980.3　332p

『西郷隆盛　7　大政奉還の初声』 1980.4　339p

『西郷隆盛　8　薩英戦争』 1980.4　354p

『西郷隆盛　9　奉勅始末記』 1980.5　366p

『西郷隆盛　10　高杉挙兵』 1980.5　346p

『西郷隆盛　11　薩長連合成る』 1980.6　341p

『西郷隆盛　12　岩倉の策謀』 1980.6　322p

『西郷隆盛　13　鳥羽・伏見の戦い』 1980.7　327p

『西郷隆盛　14　江戸城受け渡し』 1980.7　295p〈付：西郷隆盛略年譜〉

『西郷と大久保と久光』 1989.12 247p
①4-02-260576-6

旺文社文庫(旺文社)

『史伝西郷隆盛』 1985.11 315p
①4-01-061635-0
『柳沢騒動』 1986.5 371p
①4-01-061636-9
『本朝女風俗 絵島の恋』 1987.1 248p
①4-01-061638-5
『宗春行状記』 1987.4 321p
①4-01-061639-3

学研M文庫(学研パブリッシング)

『敬天愛人西郷隆盛 1』 2001.2 526p
〈『西郷隆盛』(1969年刊)の改題〉
①4-05-901036-7
『敬天愛人西郷隆盛 2』 2001.3 460p
①4-05-901037-5
『敬天愛人西郷隆盛 3』 2001.4 442p
①4-05-901038-3
『敬天愛人西郷隆盛 4』 2001.5 440p
〈『西郷隆盛』(1977年刊)の改題〉
①4-05-902043-5

角川文庫(角川書店)

『王朝』 1965 430p
『天と地と』 1966 2冊
『蒙古来たる 上巻(流離の巻), 下巻(円覚の巻)』 1967 2冊
『明治太平記』 1968 443p
『海と風と虹と 上巻』 1968 428p
『海と風と虹と 下巻』 1968 466p
『天と地と 1』 1986.9 306p〈年表1:p302〜306〉
①4-04-127310-2
『天と地と 2』 1986.9 318p〈年表2:p317〜318〉
①4-04-127311-0
『天と地と 3』 1986.9 307p〈年表3:p305〜307〉
①4-04-127312-9
『天と地と 4』 1986.9 315p〈年表4:p311〜315〉
①4-04-127313-7
『天と地と 5』 1986.9 323p〈年表5:p311〜316〉
①4-04-127314-5
『新太閤記 1』 1987.7 342p
①4-04-127315-3
『新太閤記 2』 1987.7 332p
①4-04-127316-1
『新太閤記 3』 1987.8 324p
①4-04-127317-X
『新太閤記 4』 1987.8 346p
①4-04-127318-8
『西郷隆盛 1』 1988.9 291p
①4-04-127319-6
『西郷隆盛 2』 1988.9 245p
①4-04-127320-X
『西郷隆盛 3』 1988.10 380p
①4-04-127321-8
『西郷隆盛 4』 1988.10 363p
①4-04-127322-6
『西郷隆盛 5』 1988.11 421p
①4-04-127323-4
『真田幸村 上』 1989.11 341p
①4-04-127324-2
『真田幸村 下』 1989.11 343p
①4-04-127325-0
『蒙古来たる 1』 1990.4 311p
①4-04-127326-9
『蒙古来たる 2』 1990.4 307p
①4-04-127327-7
『蒙古来たる 3』 1990.4 292p
①4-04-127328-5

『蒙古来たる　4』　1990.4　306p
①4-04-127329-3

『南国回天記』　1990.6　277p
①4-04-127330-7

河出文庫（河出書房新社）

『大化の改新』　2008.4　358p
①978-4-309-40901-6

『新名将言行録』　2009.2　254p
①978-4-309-40944-3
〔内容〕源頼義, 源義家, 源為朝, 源義朝, 北条時頼, 北条時宗, 北条高時, 竹中半兵衛, 島津家久, 堀秀政, 黒田如水, 山内一豊, 池田輝政, 宇喜多秀家, 島津義久, 立花宗茂

講談社文庫（講談社）

◇海音寺潮五郎短篇総集

『海音寺潮五郎短篇総集　1』　1978.4　409p
〔内容〕うたかた草紙, 千石鶉, 大老堀田正俊, 南風薩摩歌, 唐薯武士, 柚木父子, 風塵帖, 太田の源さん, 千石角力, 淵兄弟, 黄昏の丘, 白菊

『海音寺潮五郎短篇総集　2』　1978.5　348p
〔内容〕父祖の道, 残月の賦, 白日夢, 宮本造酒之助, つぼくろ日記, 雪山を攀ずる人々, 駿河ばなし, 筑波嶺, 遙州畸人伝

『海音寺潮五郎短篇総集　3』　1978.6　391p
〔内容〕人斬り新兵衛, 風流才媛伝, はやり唄五千石, 梅花の契, 行くえも知らず, 浅き夢見し, 日本行進曲, 木に花咲く頃, 男一代の記

『海音寺潮五郎短篇総集　4』　1978.8　422p
〔内容〕キンキラキン物語, 玉瀾母娘, 天公将軍張角, 椎の夏木立, 竹志田熊雄, お伽腹, 隼人族の叛乱, 乞食大名, バクチ天国, 極楽急行, 貧富問答, 室の梅ケ枝

『海音寺潮五郎短篇総集　5』　1978.10　435p
〔内容〕太郎死せず, 梅白し, 河鹿の宿, かたみの月, 兵児行状記, 矢野主膳, 美女と鷹, 村山東安, 大江山, 人斬り彦斎, 兵児一代記, 越前騒動

『海音寺潮五郎短篇総集　6』　1979.4　403p
〔内容〕末次平蔵, 田原坂, 戦国兄弟, かぶき大名, 豪傑組, 酒と女と槍と, 日もすがら大名, 立花宗茂

『海音寺潮五郎短篇総集　7』　1979.7　423p
〔内容〕小次郎と武蔵の間, 南部十左衛門, 羽川殿始末記, 坂崎出羽守, 老狐物語, 阿呆豪傑, 善助と万助, 名槍日本号, うたかたの記, 万石茶坊主, 腹切桜, 忠直卿行状記, 鳶沢甚内聞書

『海音寺潮五郎短篇総集　8』　1979.12　416p
〔内容〕喧嘩.和田平介.大聖寺伽羅.田村騒動.阿波の屋形.剣と笛.剛兵.一色崩れ.奥方切腹.三代数奇伝.雪の茶の湯.昼の月, 年譜 尾崎秀樹編：p401～416

『列藩騒動録　上』　1976　391p

『列藩騒動録　下』　1976　332p

『江戸城大奥列伝』　1988.11　237p
①4-06-184324-9
〔内容〕御側御用人と大奥, 春日の局の威力, お万の方旋風, 矢島の局の明暗, 桂昌院の栄達, お伝の方と右衛門佐の局, 桂昌院の信仰, 悪法の背景, 北の丸殿の登場, 御台所の博識, 左京の方の提言, 堂上家の隆盛, 絵島のとりなし, 内政と外交に関する白書, 大奥を巻き込む訴訟, 大奥女中の影響力

『列藩騒動録　上』　新装版　2007.5　521p
①978-4-06-275729-4
〔内容〕島津騒動, 伊達騒動, 黒田騒動, 加賀騒動, 秋田騒動, 越前騒動, 越後騒動

『列藩騒動録　下』 新装版　2007.5
455p〈年譜あり〉
①978-4-06-275730-0
〔内容〕仙石騒動, 生駒騒動, 桧山騒動, 宇都宮騒動, 阿波騒動

『江戸城大奥列伝』 新装版　2008.2　283p
①978-4-06-275961-8
〔内容〕御側御用人と大奥, 春日の局の威力, お万の方旋風, 矢島の局の明暗, 桂昌院の栄達, お伝の方と右衛門佐の局, 桂昌院の信仰, 悪法の背景, 北の丸殿の登場, 御台所の博識

『赤穂義士』 新装版　2009.10　387p〈文献あり〉
①978-4-06-276478-0
〔内容〕民族の大ロマン, 元禄時代, 元禄男, 江戸の巻, 赤穂の巻, 山科の巻, また江戸の巻, 義士の身分と一挙の時の年齢, 浅野内匠頭分限牒, 赤穂義士関係書目解題

『列藩騒動録　上　レジェンド歴史時代小説』 2016.4　518p〈新装版　2007年刊の改訂〉
①978-4-06-293324-7
〔内容〕島津騒動, 伊達騒動, 黒田騒動, 加賀騒動, 秋田騒動, 越前騒動

『列藩騒動録　下　レジェンド歴史時代小説』 新装版　2016.4　547p〈2007年刊の改訂　文献あり〉
①978-4-06-293325-4
〔内容〕越後騒動, 仙石騒動, 生駒騒動, 檜山騒動, 宇都宮騒動, 阿波騒動

光文社文庫（光文社）

『武道伝来記』 1990.11　377p
①4-334-71244-4
〔内容〕武道伝来記, 元禄侍気質, 戦雲, 法皇行状録, さくら太平記, 兵部少輔父子, 蝦夷天一坊

時代小説文庫（富士見書房）

『海と風と虹と』 1981.7　2冊

『明治太平記』 1986.11　481p
①4-8291-1119-4

『王朝』 1987.4　469p
①4-8291-1123-2
〔内容〕まぼろしの琴, 蘆刈, しずのおだまき, 和泉式部, 妖術, 有為の奥山, 守護神, 好忠の怒り, つわもの, 東夷, 愛欲と陰謀, 法皇行状録, 春宮怨, 曠野の恋

『盗賊大将軍』 1987.9　377p
①4-8291-1131-3
〔内容〕半蔀女〔はじとみめ〕, 妻を奪わる, 盗賊大将軍, 雲のかけ橋, 嫗〔おうな〕物語, 筑波嶺〔つくばね〕, 隼人族の叛乱, 大江山

『哀婉一代女　上』 1988.4　364p
①4-8291-1140-2

『哀婉一代女　下』 1988.4　352p
①4-8291-1141-0

『風流才媛伝』 1988.5　262p
①4-8291-1144-5
〔内容〕風流才媛伝, 本朝女風俗

『梅花の契』 1988.9　282p
①4-8291-1152-6
〔内容〕木に花咲く頃, 浅き夢見し, はやり唄五千石, 玉瀾母娘, 奥方切腹, 室の梅ヶ枝, 梅花の契

『柳沢騒動』 1989.1　326p
①4-8291-1162-3

『宗春行状記』 1990.1　309p
①4-8291-1194-1

『戦国風流武士』 1990.6　281p
①4-8291-1208-5

春陽文庫（春陽堂書店）

『天正女合戦』 1954　160p
〔内容〕天正女合戦, 天公将軍張角

新人物文庫（中経出版）

『執念谷の物語』 2009.6 319p〈1967年刊の増補〉
①978-4-404-03709-1
〔内容〕執念谷の物語, 蝦夷天一坊, ただいま十六歳, 平将門, 西郷隆盛, 西郷隆盛と勝海舟, 殿様の限界, 鹿児島は西郷王国か, *解説（高橋千劔破〔著〕）

新潮文庫（新潮社）

『茶道太閤記』 1959 320p
『平将門 上巻』 1967 606p
『平将門 中巻』 1967 600p
『平将門 下巻』 1967 655p
『西郷と大久保』 1973.6 499p
『幕末動乱の男たち 上巻』 1975.1 360p
『幕末動乱の男たち 下巻』 1975.1 317p
『おどんな日本一』 1978.12 229p
『二本の銀杏』 1979.10 669p
『江戸開城』 1987.11 317p
①4-10-115709-X

人物文庫（学陽書房）

『真田幸村 上』 2005.11 396p
①4-313-75205-6
『真田幸村 下』 2005.11 399p
①4-313-75206-4
『伊達政宗』 2006.12 704p
①4-313-75221-8
『立花宗茂』 2015.8 430p〈講談社 1975年刊の再刊〉
①978-4-313-75297-9
〔内容〕立花宗茂, 男一代の記, お伽腹, 剛兵, 矢野主膳, かたみの月, 兵児行状記, 太郎死せず, 村山東安, 末次平蔵, 豪傑組

大衆文学館（講談社）

『鷲の歌 上』 1995.9 324p
①4-06-262020-0
『鷲の歌 下』 1995.9 330p
①4-06-262021-9

ちくま日本文学全集（筑摩書房）

『ちくま日本文学全集 48 海音寺潮五郎 1901-1977』 1993.1 477p
①4-480-10248-5
〔内容〕唐薯武士, 千石角力, 人斬り彦斎〈げんさい〉, 善助と万助, 酒と女と槍と, 東夷〈あずまえびす〉, 極楽急行, 弓削道鏡, 平将門, 足利義満

中公文庫（中央公論新社）

『赤穂浪士伝 上』 1988.12 336p
①4-12-201571-5
『赤穂浪士伝 下』 1988.12 313p
①4-12-201572-3

利根文庫（利根書房）

『赤穂浪士伝 上』 1960 219p〈（史伝文学新書 第1）〉
『赤穂浪士伝 中巻 史伝文学新書 第2』 1960
『赤穂浪士伝 下巻 史伝文学新書 第3』 1960

文春文庫（文藝春秋）

◇悪人列伝

『悪人列伝　1』　1975　330p

『悪人列伝　2』　1975　265p

『悪人列伝　3』　1976　263p

『悪人列伝　4』　1976　286p

『悪人列伝　古代篇』　新装版　2006.11　375p
①4-16-713548-5
〔内容〕蘇我入鹿，弓削道鏡，藤原薬子，伴大納言，平将門，藤原純友

『悪人列伝　中世篇』　新装版　2006.12　284p
①4-16-713549-3
〔内容〕藤原兼家，梶原景時，北条政子，北条高時，高師直，足利義満

『悪人列伝　近世篇』　新装版　2007.1　285p
①978-4-16-713550-8
〔内容〕日野富子，松永久秀，陶晴賢，宇喜多直家，松平忠直，徳川綱吉

『悪人列伝　近代篇』　新装版　2007.2　301p
①978-4-16-713551-5
〔内容〕大槻伝蔵，天一坊，田沼意次，鳥居耀蔵，高橋お伝，井上馨

◇武将列伝

『武将列伝　1』　1975　286p
〔内容〕悪源太義平，平清盛，源頼朝，木曽義仲，源義経

『武将列伝　2』　1975　334p
〔内容〕楠木正成，足利尊氏，楠木正儀，北条早雲，斎藤道三，毛利元就，武田信玄

『武将列伝　3』　1975　318p
〔内容〕織田信長，豊臣秀吉，竹中半兵衛，大友宗麟，山中鹿之介，明智光秀，信長・秀吉のこと

『武将列伝　4』　1975　334p
〔内容〕武田勝頼，徳川家康，前田利家，黒田如水，蒲生氏郷

『武将列伝　5』　1975　301p
〔内容〕真田昌幸，長曽我部元親，伊達政宗，石田三成，加藤清正，真田幸村

『武将列伝　6』　1975　318p
〔内容〕立花一族，徳川家光，西郷隆盛，勝海舟

『武将列伝　源平篇』　新装版　2008.3　354p
①978-4-16-713553-9
〔内容〕悪源太義平，平清盛，源頼朝，木曾義仲，源義経，楠木正成

『武将列伝　戦国揺籃篇』　新装版　2008.4　448p
①978-4-16-713554-6
〔内容〕足利尊氏，楠木正儀，北条早雲，斎藤道三，毛利元就，武田信玄，織田信長，豊臣秀吉

『武将列伝　戦国爛熟篇』　新装版　2008.5　403p
①978-4-16-713555-3
〔内容〕竹中半兵衛，大友宗麟，山中鹿之介，明智光秀，武田勝頼，徳川家康，前田利家

『武将列伝　戦国終末篇』　新装版　2008.6　438p
①978-4-16-713556-0
〔内容〕黒田如水，蒲生氏郷，真田昌幸，長曾我部元親，伊達政宗，石田三成，加藤清正

『武将列伝　江戸篇』　新装版　2008.7　384p
①978-4-16-713557-7
〔内容〕真田幸村，立花一族，徳川家光，西郷隆盛，勝海舟

『新太閤記　1』　1979.6　360p

『新太閤記　2』　1979.6　347p

『新太閤記　3』　1979.7　334p

『新太閤記　4』　1979.7　357p

『加藤清正　上』　1986.6　373p
①4-16-713519-1

『加藤清正　下』 1986.6　366p
①4-16-713520-5
『寺田屋騒動』 1987.3　366p
①4-16-713521-3
『さむらいの本懐』 1988.4　300p
①4-16-713522-1
〔内容〕勝海舟, 源頼朝, 献上の虎, 随想
『史伝西郷隆盛』 1989.9　317p
①4-16-713523-X
〔内容〕郷中教育, 『近思録』くずれ, 明治維新と尊王論, 島津斉彬, お家騒動, 斉彬襲封, 初上り, 藤田東湖, 将軍世子問題, 斉彬の死, 内勅降下, 逃避行, 平野国臣, 月照入薩, 入水事件, 土中の死骨
『茶道太閤記』 1990.2　332p
①4-16-713524-8
『田原坂　小説集・西南戦争』 1990.7　315p
①4-16-713525-6
〔内容〕南風薩摩歌, 唐薯武士, 柚木父子, 風塵帖, 千石角力, 黄昏の丘, キンキラキン物語, 椎の夏木立, 兵児一代記, 田原坂
『赤穂義士』 1994.5　331p
①4-16-713530-2
〔内容〕民族の大ロマン, 元禄時代, 元禄男, 江戸の巻, 赤穂の巻, 山科の巻, また江戸の巻, 「あとがき」より, 義士の身分と一挙の時の年齢, 浅野内匠頭分限牒, 赤穂義士関係書目解題
『吉宗と宗春』 1995.4　312p〈『宗春行状記』(旺文社1987年刊) の改題〉
①4-16-713532-9
『二本の銀杏　上』 1998.2　421p
①4-16-713534-5
『二本の銀杏　下』 1998.2　388p
①4-16-713535-3
『赤穂浪士伝　上』 1998.10　308p
①4-16-713536-1
〔内容〕養父の押売り―堀部安兵衛, 無筆祐筆―堀部弥兵衛, 武骨有情―奥田孫太夫, 逆戻り武士―不破数右衛門, 脱盟の槍―高田郡兵衛, 別れ紅葉―矢頭右衛門七, 大高源五
『赤穂浪士伝　下』 1998.10　289p
①4-16-713537-X
〔内容〕あさき夢みし―神崎与五郎, 白菊の賦―片岡源五右衛門, さむらい魂―三村次郎左衛門, 小野寺十内, 惜別の赤穂城―間新六, 近松勘六, 田中貞四郎
『蒙古来たる　上』 2000.9　556p
①4-16-713538-8
『蒙古来たる　下』 2000.9　541p
①4-16-713539-6
『剣と笛　歴史小説傑作集』 2002.1　324p
①4-16-713540-X
〔内容〕剣と笛, 大聖寺伽羅, 老狐物語, 南部十左衛門, 羽川殿始末記, 宮本造酒之助, 極楽急行, 奥方切腹, 立花宗茂
『かぶき大名　歴史小説傑作集　2』 2003.2　410p
①4-16-713541-8
〔内容〕かぶき大名, 日もすがら大名, 乞食大名, 阿呆豪傑, 戦国兄弟, 酒と女と槍と, 小次郎と武蔵の間, 男一代の記
『戦国風流武士前田慶次郎』 2003.8　284p
①4-16-713542-6
『天と地と　上』 2004.3　482p
①4-16-713543-4
『天と地と　中』 2004.3　444p
①4-16-713544-2
『天と地と　下』 2004.3　470p
①4-16-713545-0
『豪傑組　歴史小説傑作集　3』 2004.12　402p
①4-16-713546-9
〔内容〕豪傑組, 一色崩れ, 越前騒動, 忠直卿行状記, 坂崎出羽守, 村山東安, 末次平蔵, はやり唄五千石, 白日夢
『寺田屋騒動』 新装版　2007.12　390p
①978-4-16-713552-2
『田原坂　小説集・西南戦争』 新装版　2011.10　410p
①978-4-16-713559-1
〔内容〕戦袍日記, 南風薩摩歌, 唐薯武士, 柚木父子, 風塵帖, 千石角力, 黄昏の丘, キンキラキン物語, 椎の夏木立, 兵児一代記, 田原坂, *解説 (磯貝勝太郎〔著〕)

『茶道太閤記』 新装版 2012.8 347p
①978-4-16-713560-7

加賀 乙彦
かが・おとひこ
1929～

東京生まれ。本名・小木貞孝。東大卒。精神医学者の傍ら小説を発表、「フランドルの冬」は芸術選奨新人賞に選ばれる。また、「高山右近」が創作能化されて海外公演も行われている。他に「帰らざる夏」など。

講談社文庫（講談社）

『高山右近』 2003.1 397p
①4-06-273638-1
『ザビエルとその弟子』 2008.2 223p
①978-4-06-275939-7
『高山右近』 新装版 2016.6 443p
①978-4-06-293391-9

笠原 和夫
かさはら・かずお
1927～2002

東京生まれ。日大卒。東映の脚本家として、マキノ雅弘監督の「日本侠客伝」シリーズや、深作欣二監督の「仁義なき戦い」シリーズを執筆。書籍は昭和史ものが多いが、晩年には時代小説も書いた。

時代小説文庫（富士見書房）

『真田幸村の謀略』 1985.3 249p
①4-8291-1111-9

集英社文庫（集英社）

『福沢諭吉 日本を世界に開いた男』
1991.7 225p
①4-08-749730-5

風巻 絃一
かざまき・げんいち
1924～

東京生まれ。法政大中退。新聞・雑誌記者などを経て作家となる。日本史上の人物伝が中心だが、時代小説作品もある。代表作に「ある海援隊士」など。

春陽文庫（春陽堂書店）

『ぐでん流剣士』 1971 239p

『竜馬とその女』 1980.4 290p

『斬りすて浪人』 1983.10 245p

『おんな刺客卍』 1988.4 267p

『めおと大名』〔新装版〕 1989.8 270p
①4-394-13202-9

『青春坂本竜馬』 1990.4 450p
①4-394-13201-0

『竜馬とその女』 改装版 1990.7 290p
①4-394-13206-1

『ぐでん流剣士 新選組藤堂平助』 新装版 1990.11 239p
①4-394-13203-7

『闘将織田信長』 1992.1 277p
①4-394-13210-X

『春の鷹 小説・上杉鷹山』 1993.5 254p
①4-394-13211-8

『燃える黄金王国 奥州藤原一族の野望』 1993.7 295p
①4-394-13212-6

『大乱妖花伝 小説・日野富子』 1994.8 253p
①4-394-13213-4

『暗闘斬魔の剣 小説・徳川吉宗』 1995.2 266p
①4-394-13214-2

『大暴れ太閤記』 1996.2 288p
①4-394-13215-0

勝目 梓
かつめ・あずさ
1932～

東京生まれ。「マイ・カアニヴァル」で芥川賞、「花を掲げて」で直木賞候補となり、「獣たちの熱い眠り」でベストセラー作家となる。バイオレンス小説を中心に、極めて多くの作品を発表している。

光文社文庫（光文社）

『冥府の刺客 長編時代小説』 1999.1 304p
①4-334-72743-3

小学館文庫（小学館）

『影裁き 蘭方医・石庵事件帳』 2005.11 408p
①4-09-405322-0

双葉文庫（双葉社）

『天保枕絵秘聞』 2004.4 308p
①4-575-66169-4

川口 松太郎

かわぐち・まつたろう

1899～1985

東京生まれ。本名・松田松一。1935年「風流深川唄」「明治一代女」などで第1回直木賞を受賞。以後大衆文学作家として人気を博し、「愛染かつら」は映画化されて爆発的な人気となった。戦後は映画プロデューサーとして活躍した。代表作に「しぐれ茶屋おりく」。

講談社文庫（講談社）

『一休さんの門　上』 1990.10　320p
　Ⓘ4-06-184769-4
『一休さんの門　下』 1990.10　342p
　Ⓘ4-06-184770-8
『一休さんの道　上』 1990.12　351p
　Ⓘ4-06-184817-8
『一休さんの道　下』 1990.12　357p
　Ⓘ4-06-184818-6

嶋中文庫（嶋中書店）

『新吾十番勝負　1（美女丸の巻）』 2005.11　467p
　Ⓘ4-86156-349-6
『新吾十番勝負　2（お鯉の巻）』 2005.12　325p
　Ⓘ4-86156-350-X
『新吾十番勝負　3（流離の巻）』 2006.1　339p
　Ⓘ4-86156-351-8
『新吾十番勝負　4（柳生の巻）』 2006.2　404p
　Ⓘ4-86156-352-6
『新吾十番勝負　5（剣聖の巻）』 2006.3　409p
　Ⓘ4-86156-353-4

春陽文庫（春陽堂書店）

『蛇姫様　上』 1958　229p
『蛇姫様　上』 新装　1998.6　229p
　Ⓘ4-394-17401-5
『蛇姫様　下』 新装　1998.6　256p
　Ⓘ4-394-17402-3

新潮文庫（新潮社）

『鶴八鶴次郎・明治一代女　他風流深川唄一篇』 1962　242p
『新吾十番勝負　上巻』 1965　539p
『新吾十番勝負　中巻』 1965　578p
『新吾十番勝負　下巻』 1965　533p

大衆文学館（講談社）

『しぐれ茶屋おりく』 1997.11　409p
　Ⓘ4-06-262099-5

中公文庫（中央公論新社）

『鶴八鶴次郎』 1979.8　252p
　〔内容〕鶴八鶴次郎, 風流深川唄, 明治一代女
『しぐれ茶屋おりく』 1980.2　374p

徳間文庫（徳間書店）

『皇女和の宮』 1988.4　376p
　Ⓘ4-19-598502-1
『女人武蔵　上』 1989.1　445p
　Ⓘ4-19-598684-2

『女人武蔵　下』 1989.1　441p
①4-19-598685-0
『悪源太郎　上』 1990.2　469p
①4-19-599001-7
『悪源太郎　下』 1990.2　475p
①4-19-599002-5

菊池 寛
きくち・かん
1888〜1948

香川県生まれ。京大卒。「新思潮」創刊から同人として活躍し、多くの戯曲や小説を発表した。「藤十郎の恋」「父帰る」が代表作だが、「忠直卿行状記」「恩讐の彼方に」など歴史小説も多い。文藝春秋社の創立者でもある。

岩波文庫（岩波書店）

『恩讐の彼方に・忠直卿行状記　他八篇』 1952　227p
『恩讐の彼方に・忠直卿行状記　他八編』 改版　1970　223p
〔内容〕三浦右衛門の最後, 忠直卿行状記, 恩讐の彼方に, 藤十郎の恋, 形, 名君, 蘭学事始, 入れ札, 俊寛, 頸縊り上人
『恩讐の彼方に・忠直卿行状記 他八篇』 1993.7　223p〈第33刷（第1刷：52.5.26）〉
①4-00-310631-8
〔内容〕三浦右衛門の最後, 忠直卿行状記, 恩讐の彼方に, 藤十郎の恋, 形, 名君, 蘭学事始, 入れ札, 俊寛, 頸縊り上人

旺文社文庫（旺文社）

『父帰る・恩讐の彼方に』 1966　290p

角川文庫（角川書店）

『父帰る・藤十郎の恋　他九編』 1953　214p
『恩讐の彼方に　他八篇』 1957　204p
〔内容〕恩讐の彼方に, 藤十郎の恋, 恩を返す

話, 忠直卿行状記, 形, 蘭学事始, 入れ札, 俊寛, 三浦右衛門の最後

『恩讐の彼方に』 改版 1968 222p 図版

『父帰る・藤十郎の恋』 改版 1968 222p 図版

河出文庫(河出書房新社)

『恩讐の彼方に・忠直卿行状記』 1955 217p 図版
〔内容〕忠直卿行状記, 恩讐の彼方に, 笑ひ, 義民甚兵衛, 蘭学事始, 入れ札, 仇討三態, 船医の立場, 信康母子

春陽堂文庫(春陽堂)

『藤十郎の恋』 1949 174p

小学館文庫(小学館)

『藤十郎の恋 忠直卿行状記』 2000.4 252p
①4-09-404104-4
〔内容〕忠直卿行状記, 三浦右衛門の最後, 恩讐の彼方に, 入れ札, 父帰る, 藤十郎の恋

新潮文庫(新潮社)

『忠直卿行状記』 1948 264p
〔内容〕忠直卿行状記, ほか9篇

『藤十郎の恋 恩讐の彼方に』 1970.3
〔内容〕三浦右衛門の最後, 忠直卿行状記, 恩讐の彼方に, 藤十郎の恋, 義民甚兵衛, 形, 蘭学事始, 入れ札, 恩を返す話, 俊寛

創元文庫(創元社)

『恩讐の彼方に 他九篇』 1952 214p 図版

大衆文学館(講談社)

『仇討小説全集』 1996.2 401p
①4-06-262037-5
〔内容〕恩讐の彼方に, 仇討三態, 吉良上野の立場, 下郎元右衛門—敵討天下茶屋, 仇討兄弟鑑, 敵討順逆かまわず, 返り討崇禅寺馬場, 敵討二重奏—石井兄弟亀山譚, 敵討愛慾行, 堀部安兵衛, 敵討母子連れ, 仇討禁止令, 仇討出世譚, ある敵打の話

ダイソー文学シリーズ 近代日本文学選(大創出版)

『菊池寛 父帰る・恩讐の彼方にほか』 2004 223p〈年譜あり〉
〔内容〕父帰る, 藤十郎の恋, ゼラール中尉, 忠直卿行状記, 恩讐の彼方に

ちくま日本文学(筑摩書房)

『菊池寛 1888-1948』 2008.11 475p〈年譜あり〉
①978-4-480-42527-0
〔内容〕勝負事, 三浦右衛門の最後, 忠直卿行状記, 藤十郎の恋, 入れ札, ある抗議書, 島原心中, 恩讐の彼方に, 仇討三態, 仇討禁止令, 新今昔物語より(弁財天の使, 好色成道), 好色物語より(大力物語, 女強盗), 屋上の狂人, 父帰る, 話の屑籠, 私の日常道徳

文春文庫(文藝春秋)

『日本武将譚』 1986.3 265p

①4-16-741001-X
〔内容〕平将門, 八幡太郎義家, 木曾義仲, 源義経, 楠木正成, 太田道灌, 北条早雲, 明智光秀, 黒田如水, 伊達正宗, 加藤清正, 石田三成, 謙信と信玄, 秀吉と伊達正宗

『新今昔物語』 1988.10 201p
①4-16-741003-6
〔内容〕六宮姫君, 馬上の美人, 心形問答, 三人法師, 竜, 伊勢, 大雀天皇, 学者夫婦, 狐を斬る, 弁財天の使, 偸盗伝, 奉行と人相学, 好色成道

北方 謙三
きたかた・けんぞう
1947〜

佐賀県生まれ。中大卒。1970年に作家デビュー。冒険小説で人気を得た後、「武王の門」で歴史小説に転じ、「悪党の裔」「林蔵の貌」「破軍の星」などを次々と発表。他に「水滸伝」「楊令伝」「岳飛伝」など。

幻冬舎文庫(幻冬舎)

『黒龍の柩 上』 2005.10 493p
①4-344-40703-2
『黒龍の柩 下』 2005.10 461p
①4-344-40704-0
『望郷の道 上』 2013.5 427p
①978-4-344-42017-5
『望郷の道 下』 2013.5 373p
①978-4-344-42018-2

講談社文庫(講談社)

『活路』 1998.9 799p
①4-06-263884-3
『余燼 上』 1999.9 448p
①4-06-264700-1
『余燼 下』 1999.9 451p
①4-06-264701-X
『活路 上』 新装版 2009.12 411p
①978-4-06-276533-6
『活路 下』 新装版 2009.12 412p
①978-4-06-276534-3
『余燼 上』 新装版 2010.12 492p
①978-4-06-276832-0
『余燼 下』 新装版 2010.12 493p
①978-4-06-276833-7

集英社文庫（集英社）

『破軍の星』 1993.11 485p
①4-08-748094-1
『林蔵の貌　上』 1996.11 404p
①4-08-748535-8
『林蔵の貌　下』 1996.11 382p
①4-08-748536-6
『波王の秋』 1998.11 559p
①4-08-748873-X
『草莽枯れ行く』 2002.5 700p
①4-08-747442-9

新潮文庫（新潮社）

◇日向景一郎シリーズ

『風樹の剣　日向景一郎シリーズ　1』
1996.12 452p
①4-10-146408-1
『絶影の剣　日向景一郎シリーズ　3』
2002.10 466p
①4-10-146410-3
『鬼哭の剣　日向景一郎シリーズ　4』
2006.4 506p
①4-10-146413-8
『寂滅の剣　日向景一郎シリーズ　5』
2012.10 513p
①978-4-10-146414-5

『武王の門　上巻』 1993.8 510p
①4-10-146404-9
『武王の門　下巻』 1993.8 460p
①4-10-146405-7
『陽炎の旗』 1995.9 430p
①4-10-146407-3
『降魔の剣』 2000.3 329p
①4-10-146409-X
『林蔵の貌』 2003.3 841p
①4-10-146411-1

中公文庫（中央公論新社）

『悪党の裔　上巻』 1995.12 341p
①4-12-202486-2
『悪党の裔　下巻』 1995.12 289p
①4-12-202487-0
『道誉なり　上巻』 1999.2 356p
①4-12-203346-2
『道誉なり　下巻』 1999.2 324p
①4-12-203347-0
『楠木正成　上』 2003.6 268p
①4-12-204217-8
『楠木正成　下』 2003.6 317p
①4-12-204218-6
『絶海にあらず　上』 2008.6 464p
①978-4-12-205034-1
『絶海にあらず　下』 2008.6 444p
①978-4-12-205035-8

文春文庫（文藝春秋）

『杖下に死す』 2006.9 492p
①4-16-741910-6
『独り群せず』 2010.7 472p
①978-4-16-741911-0

北園 孝吉
きたぞの・こうきち
1914〜1984

東京生れ。1937年「明日はお天気で」がサンデー毎日大衆文芸賞に入選。風俗小説、時代小説、ユーモア小説で活躍した。代表作に「おとぼけ侍」「江戸最期の日」など。

春陽文庫（春陽堂書店）

『剣風長七郎』 1970 193p

『おとぼけ侍』 1971 241p

『剣風長七郎』 〔改版〕 1988.7 193p
①4-394-13101-4

『おとぼけ侍』 新装 1998.11 241p
①4-394-13102-2

北原 亞以子
きたはら・あいこ
1938〜2013

東京生まれ。本名・高野美枝。千葉二高卒。コピーライターから小説家になる。1989年「深川澪通り木戸番小屋」で泉鏡花文学賞を受賞して、以後は時代小説で活躍した。代表作はテレビドラマ化された「慶次郎縁側日記」シリーズ。

角川文庫（角川書店）

『小説春日局』 1993.5 246p
①4-04-188401-2

『いのち燃ゆ』 2016.3 237p
①978-4-04-104018-8
〔内容〕ひとこと―北政所, いのち燃ゆ―安濃津城の戦い, 乱れ火―吉原遊女の敵討ち, 土方歳三―北の果てに散った新選組副長, 降りしきる, 呪縛, 女子豹変す

ケイブンシャ文庫（勁文社）

『花冷え』 1994.3 229p
①4-7669-1969-6
〔内容〕花冷え, 虹, 片葉の葦, 女子豹変す, 胸突坂, 古橋村の秋, 待てば日和も

講談社文庫（講談社）

◇深川澪通り木戸番小屋

『深川澪通り木戸番小屋』 1993.9 270p
①4-06-185484-4
〔内容〕深川澪通り木戸番小屋, 両国橋から, 坂道の冬, 深川しぐれ, ともだち, 名人かたぎ, 梅雨の晴れ間

『新地橋　深川澪通り木戸番小屋』 1998.9 263p
①4-06-263882-7
〔内容〕新地橋, うまい酒, 深川育ち, 鬼の霍乱, 親思い, 十八年

『夜の明けるまで　深川澪通り木戸番小屋』 2007.6　275p〈2004年刊の増訂〉
①978-4-06-275770-6
〔内容〕女のしごと, 初恋, こぼれた水, いのち, 夜の明けるまで, 絆, 奈落の底, ぐず

『澪つくし　深川澪通り木戸番小屋』 2013.9　301p
①978-4-06-277647-9
〔内容〕いま、ひとたびの, 花柊, 澪つくし, 下り闇, ぐず豆腐, 食べくらべ, 初霜, ほころび

『たからもの　深川澪通り木戸番小屋』 2015.10　285p
①978-4-06-293237-0
〔内容〕如月の夢, かげろう, たからもの, 照り霞む, 七分三分, 福の神, まぶしい風, 暗鬼

『降りしきる』 1995.9　300p
①4-06-263052-4
〔内容〕降りしきる, 証, 満開の時, 関宿の女, たかが六里, 埋もれ木, 粉雪舞う

『風よ聞け　雲の巻』 1996.10　188p
①4-06-263350-7

『深川澪通り燈ともし頃』 1997.9　466p
①4-06-263609-3

『贋作天保六花撰』 2000.6　340p
①4-06-264925-X
〔内容〕罪な女, 忍び逢う, みそっかす, 逃げた魚, 喧嘩屋市之丞, 逢引上手, 思惑のほか, 川の流れ, のるか、そるか, 一期一会

『花冷え』 2002.2　255p
①4-06-273352-8
〔内容〕花冷え, 虹, 片葉の葦, 女子豹変す, 胸突坂, 古橋村の秋, 待てば日和も

『歳三からの伝言』 2004.8　396p〈文献あり〉
①4-06-274830-4

『その夜の雪』 2010.5　283p
①978-4-06-276649-4
〔内容〕うさぎ, その夜の雪, 吹きだまり, 橋を渡って, 夜鷹蕎麦十六文, 侘助, 束の間の話, *解説(末國善己〔著〕)

『江戸風狂伝』 2013.5　285p〈中公文庫 2000年刊の加筆・修正〉
①978-4-06-276579-4
〔内容〕伊達くらべ, あやまち, 憚りながら日本一, 爆発, やがて哀しき, 臆病者, いのちがけ

光文社時代小説文庫（光文社）

『恋情の果て』 2016.11　473p
①978-4-334-77389-2
〔内容〕退屈の虫, 寒紅, 雁の帰る日, 哀怨花火, 恋情の果て, 三年目の菊, 捨てた女, 困ったやつ, 伊勢町堀, 秋の扇, 師走の風, 朧月夜

新潮文庫（新潮社）

◇慶次郎縁側日記

『傷　慶次郎縁側日記』 2001.4　398p
①4-10-141414-9
〔内容〕その夜の雪, 律儀者, 似たものどうし, 傷, 春の出来事, 腰痛の妙薬, 片付け上手, 座右の銘, 早春の歌, 似ている女, 饅頭の皮

『おひで　慶次郎縁側日記』 2002.10 437p
①4-10-141416-5
〔内容〕ぬれぎぬ, からっぽ, おひで一 油照り, おひで二 佐七の恋, 秋寂びて, 豊国の息子, 風のいたずら, 騙し騙され一 空騒ぎ, 騙し騙され二 恵方詣り, 不惑, 騙し騙され三 女心, あと一歩

『峠　慶次郎縁側日記』 2003.10　414p
①4-10-141417-3
〔内容〕峠, 天下のまわりもの, 蝶, 金縛り, 人攫い, 女難の相, お荷物, 三分の一

『蜩　慶次郎縁側日記』 2004.10　431p
①4–10–141418–1
〔内容〕綴じ蓋, 権三回想記, おこまの道楽, 意地, 蜩, 天知る地知る, 夕陽, 箱入り娘, 逢魔ヶ時, 不老長寿, 殺したい奴, 雨の寺

『隅田川　慶次郎縁側日記』 2005.10　285p
①4–10–141419–X
〔内容〕うでくらべ, かえる, 夫婦, 隅田川, 親心, 一炊の夢, 双六, 正直者

『やさしい男　慶次郎縁側日記』 2007.10　298p
①978–4–10–141421–8
〔内容〕理屈, 三姉妹, 断崖絶壁, 隠れ家, 悔い物語, やさしい男, 除夜の鐘, 今は昔

『赤まんま　慶次郎縁側日記』 2008.10　289p
①978–4–10–141422–5
〔内容〕三日の桜, 嘘(うそ), 敵(かたき), 夏過ぎて, 一つ奥, 赤まんま, 酔いどれ, 捨てどころ

『夢のなか　慶次郎縁側日記』 2009.10　348p
①978–4–10–141423–2
〔内容〕師走, 水光る, ふたり, 夢のなか, 帚木, 棚から盗人, 入聟, 可愛い女, *解説(冨士眞奈美〔著〕)

『ほたる　慶次郎縁側日記』 2011.3　316p
①978–4–10–141424–9
〔内容〕みんな偽物, 惑い, 長い道, 水の月, 付け火, 春の風吹く, 五月雨るる, ほたる, *解説(佐藤光信〔著〕)

『月明かり　慶次郎縁側日記』 2011.10　286p
①978–4–10–141426–3

『白雨　慶次郎縁側日記』 2013.5　314p
①978–4–10–141427–0
〔内容〕流れるままに, 福笑い, 凧, 濁りなく, 春火鉢, いっしょけんめい, 白雨, 夢と思えど

『あした　慶次郎縁側日記』 2014.10　365p
①978–4–10–141429–4
〔内容〕春惜しむ, 千住の男, むこうみず, あした, 恋文, 歳月, どんぐり, 輪つなぎ, 古着屋, 吾妻橋

『祭りの日　慶次郎縁側日記』 2015.10　367p
①978–4–10–141430–0
〔内容〕祭りの日, 目安箱, 黒髪, かぐや姫, 御茶漬蓬莱屋, 冬ざれ, そばにいて, 風光る, 福きたる

『雨の底　慶次郎縁側日記』 2016.10　346p
①978–4–10–141431–7
〔内容〕はこべ, 一人息子, 雨の底, 唐茄子かぼちゃ, 旅路, 柿紅葉, 横たわるもの

『まんがら茂平次』 1995.9　445p
①4–10–141411–4
〔内容〕まんがら茂平次, 朝焼けの海, 嘘八百, 花は桜木, 去年の夢, 御仏のお墨附, 別れ, わが山河, 女の戦争, 正直茂平次, そこそこの妻, 東西東西

『その夜の雪』 1997.9　272p
①4–10–141412–2
〔内容〕うさぎ, その夜の雪, 吹きだまり, 橋を渡って, 夜鷹蕎麦十六文, 侘助, 束の間の話

『脇役　慶次郎覚書』 2006.10　302p
①4–10–141420–3
〔内容〕一枚看板, 辰吉, 吉次, 佐七, 皐月, 太兵衛, 弥五, 賢吾

『誘惑』 2013.10　582p〈文献あり〉
①978–4–10–141428–7

中公文庫(中央公論新社)

『江戸風狂伝』 2000.8　263p
①4–12–203693–3
〔内容〕伊達くらべ, あやまち, 憚りながら日本一, 爆発, やがて哀しき, 臆病者, いのちがけ

徳間文庫（徳間書店）

『贋作天保六花撰』 2004.11 329p
Ⓘ4-19-892149-0

『まんがら茂平次』 2010.2 475p
Ⓘ978-4-19-893112-4
〔内容〕まんがら茂平次, 朝焼けの海, 嘘八百, 花は桜木, 去年の夢, 御仏のお墨附, 別れ, わが山河, 女の戦争, 正直茂平次, そこそこの妻, 東西東西, *解説（池上冬樹〔著〕）

文春文庫（文藝春秋）

◇爽太捕物帖

『昨日の恋 爽太捕物帖』 1999.4 233p
Ⓘ4-16-757602-3
〔内容〕おろくの恋, 雲間の出来事, 残り火, 終りのない階段, 頬の傷, 昨日の恋, 師走の風

『消えた人達 爽太捕物帖』 2010.3 318p
Ⓘ978-4-16-757606-6

『恋忘れ草』 1995.10 254p
Ⓘ4-16-757601-5

『埋もれ火』 2001.9 310p
Ⓘ4-16-757604-X

『妻恋坂』 2007.11 275p
Ⓘ978-4-16-757605-9
〔内容〕妻恋坂, 仇討心中, 商売大繁昌, 道連れ, 金魚, 返討, 忍ぶ恋, 薄明り

『あんちゃん』 2013.4 266p
Ⓘ978-4-16-757608-0
〔内容〕帰り花, 冬隣, 風鈴の鳴りやむ時, 草青む, いつのまにか, 楓日記 窪田城異聞, あんちゃん

『ぎやまん物語』 2015.12 333p〈2014年刊の増補〉
Ⓘ978-4-16-790513-2
〔内容〕妬心, 因果, 制覇, 葛藤, かりがね, 赤穂義士, 奥女中の甥, 醜聞, 御改革

『あこがれ ぎやまん物語 続』 2016.1 347p
Ⓘ978-4-16-790527-9
〔内容〕反骨, あこがれ, 嵐の前, 浮き沈み, 阿蘭陀宿長崎屋, 黒船, 落日, 終焉

『初しぐれ』 2016.6 249p
Ⓘ978-4-16-790634-4
〔内容〕初しぐれ, 老梅, 海の音, 犬目の兵助, 捨足軽, アーベル ライデル

PHP文芸文庫（PHP研究所）

『こはだの鮓』 2016.7 269p
Ⓘ978-4-569-76599-0
〔内容〕楽したい, こはだの鮓, 姉妹, 十一月の花火, たき火―本所界隈（一）, 泥鰌―本所界隈（二）, ママは知らなかったのよ, 新選組、流山へ

木屋 進

きや・すすむ

1920〜2001

千葉県生まれ。本名・清家藤雄。佐原中卒。山手樹一郎に師事して「新樹」同人となり、時代小説を発表。1980年「花情記」で日本作家クラブ賞を受賞。他に「忍者霧隠才蔵」「赤穂の塩影」「死闘川中島—武田信玄伝」など。

春陽文庫（春陽堂書店）

『忍者霧隠才蔵』 1970 251p

『江戸の朝晴れ』 1972 208p

『忍法おぼろ陣』 1978.9 212p

『仇夢ごよみ』 1979.11 243p

『赤獅子秘文』 1980.11 348p

『神変きらら頭巾』 1981.12 198p

『おまん千両肌』 1982.12 234p

『風盗伝奇 卍銭は殺しの手形』 1984.8 248p

『猿飛佐助漫遊記 新講談』 1985.10 273p

『もう一つの忠臣蔵 塩影・柘植疾人』 1986.12 222p

『忍者霧隠才蔵』 改装版 1990.7 251p
①4-394-13001-8

『江戸の朝晴れ』 改装 1990.12 208p
①4-394-13002-6

『魔道犯科帳 慶安綺談』 1991.11 252p
①4-394-13015-8

『金さん事件帳』 1992.9 267p
①4-394-13016-6
〔内容〕夜桜懺悔, 伝法恋暖簾, 肌絵供養, 露月簪, 猫股屋敷, 女狐月夜, 人肌屏風, 刺青御殿, 仇花風鈴, 殺しの艶黒子, 変化雛

『春風あばれ街道 旅姿水戸黄門』 1992.12 219p
①4-394-13017-4

『東海の暴れん坊 清水の次郎長と森の石松』 1993.11 212p
①4-394-13018-2

『妖花乱魔剣 上』 1994.11 394p
①4-394-13019-0

『妖花乱魔剣 下』 1994.11 401p
①4-394-13020-4

『若さま黄金伝奇』 1996.4 268p
①4-394-13021-2

ハード・ラブ・ストーリーズ（あまとりあ社）

『ぽるの太閤記 時代ポルノ』 1982.6 240p
①4-87042-113-5

飛天文庫（飛天出版）

『女悦犯科帳』 1996.5 263p
①4-89440-027-8

『色好み濡れ草紙』 1997.7 289p
①4-89440-072-3

楠木 誠一郎
くすのき・せいいちろう
1960～

福岡県生まれ。日大卒。歴史雑誌の編集を経て、1984年「糸屋随右衛門」を発表。代表作に「武蔵三十六番勝負」「子分は将軍様」など。

学研M文庫（学研パブリッシング）

◇よろず引受け同心事件帖

『手助け桜　よろず引受け同心事件帖』　2011.4　282p〈発売：学研マーケティング〉
①978-4-05-900691-6
〔内容〕嗤う老人, 鶏百羽, 旗本の家出

『招き猫　よろず引受け同心事件帖』　2011.9　282p〈発売：学研マーケティング〉
①978-4-05-900711-1
〔内容〕猫婆, ぐりはま娘, 絵馬盗人

角川文庫（角川書店）

『武蔵三十六番勝負　1（地之巻）　激闘！関ケ原』　2010.12　259p〈発売：角川グループパブリッシング〉
①978-4-04-394398-2

『武蔵三十六番勝負　2（水之巻）　孤闘！吉岡一門』　2010.12　257p〈発売：角川グループパブリッシング〉
①978-4-04-394399-9

『武蔵三十六番勝負　3（火之巻）　暗闘！刺客の群れ』　2011.3　235p〈発売：角川グループパブリッシング〉
①978-4-04-394423-1

『武蔵三十六番勝負　4（風之巻）　決闘！巌流島』　2011.6　251p〈発売：角川グループパブリッシング〉
①978-4-04-394448-4

『武蔵三十六番勝負　5（空之巻）　死闘！大坂の陣』　2011.9　226p〈発売：角川グループパブリッシング〉
①978-4-04-394471-2

河出文庫（河出書房新社）

『戦国の尼城主井伊直虎』　2016.9　215p〈文献あり〉
①978-4-309-41476-8

講談社文庫（講談社）

◇立ち退き長屋顚末記

『火除け地蔵　立ち退き長屋顚末記』　2012.3　330p
①978-4-06-277223-5
〔内容〕神隠し, 獅子身中の虫, 立て籠もり, 解説（細谷正充〔著〕）

『聞き耳地蔵　立ち退き長屋顚末記』　2012.7　279p
①978-4-06-277312-6

コスミック・時代文庫（コスミック出版）

◇相棒同心左近と伸吾

『相棒同心左近と伸吾　書下ろし長編時代小説』　2010.5　299p
①978-4-7747-2333-4

『相棒同心左近と伸吾　同心の涙　書下ろし長編時代小説』　2010.11　262p
①978-4-7747-2367-9

〔内容〕座頭の目, 三笠付の罠, 同心の涙

『相棒同心左近と伸吾　はつもの食い　書下ろし長編時代小説』 2011.5　254p
①978-4-7747-2406-5
〔内容〕はつもの食い, 下り酒, 二八蕎麦

『あやかし裁き　ご隠居同心探索異聞：書下ろし長編時代小説』 2011.11　255p
①978-4-7747-2457-7

『子分は将軍様　信弥と吉宗 書下ろし長編時代小説』 2014.10　249p
①978-4-7747-2772-1
〔内容〕病の代金, 葵の紋所, 銀子三十枚

『子分は将軍様　書下ろし長編時代小説〔2〕　天下無双剣』 2015.2　249p
①978-4-7747-2804-9
〔内容〕酔い香, 人捨て, 亡き霊

『子分は将軍様　書下ろし長編時代小説〔3〕　因縁の血闘』 2015.6　248p
①978-4-7747-2832-2
〔内容〕夜鷹殺し, 色仕掛け, 母情の冬

静山社文庫（静山社）

◇北町裏同心

『賄賂斬り　北町裏同心』 2010.6　267p
①978-4-86389-052-7
〔内容〕瓦版屋, 鼠小僧, 父の遺言, 囮, 陰謀, 刺客

『謀略斬り　北町裏同心』 2010.8　283p
①978-4-86389-062-6
〔内容〕贋者, 貧乏長屋, 探索, 仕掛け, 疑惑, 真贋

『老中斬り　北町裏同心』 2010.10　272p
①978-4-86389-075-6
〔内容〕家捜し, 卑怯, 潜入, 脅し, 救出, 捕縛

◇　◇　◇

『鬼面同心隠剣家斉御落胤』 2011.2　262p
①978-4-86389-099-2

『鬼面同心隠剣家慶幽閉』 2011.6　260p
①978-4-86389-123-4

だいわ文庫（大和書房）

◇甲子夜話秘録

『鼠狩り　甲子夜話秘録』 2008.11　265p
①978-4-479-30208-7
〔内容〕鼠の予知, 踊る猫, 養老酒, のろま人形

『狐狩り　甲子夜話秘録』 2008.12　269p
①978-4-479-30213-1
〔内容〕狐蠱し, 豆腐屋の女房, 鎌鼬, 邪法の家

『天狗狩り　甲子夜話秘録』 2009.1　263p
①978-4-479-30218-6
〔内容〕火焰の風, 天狗界, 消えた兎, 衣を剝ぐ鬼

二見時代小説文庫（二見書房）

◇もぐら弦斎手控帳

『逃がし屋　もぐら弦斎手控帳』 2008.1　315p
①978-4-576-07236-4
〔内容〕老人の死, 遺品の日記, 囀りの重蔵, 旅籠駿河屋, 日本橋通油町, 拷問, 逃がし屋

『ふたり写楽　もぐら弦斎手控帳　2』 2008.5　295p
①978-4-576-08055-0

『刺客（しきゃく）の海　もぐら弦斎手控帳　3』 2009.1　295p
①978-4-576-08207-3

二見wai wai文庫（二見書房）

『義経の野望　異説「藤原四代記」　鎌倉攻略篇』 1992.11　334p
①4-576-92156-8

ベスト時代文庫

（ベストセラーズ）

◇若衆髷同心推理帖

『囮なめくじ長屋　若衆髷同心推理帖』 2012.4　292p
①978-4-584-36703-2
〔内容〕父の死, なめくじ長屋, 娘の行方, 口封じ, 下手人の痕, 同心殺し

『箱入り娘　若衆髷同心推理帖』 2012.8　275p
①978-4-584-36714-8
〔内容〕箱入り娘, 梅の屋敷, 札差の手首

『春画を拾った男　浮き世語り推理帖』 2009.3　232p
①978-4-584-36657-8
〔内容〕春画を拾った男, 逃げた女房と妾, ぐうたら息子の道楽

PHP文芸文庫（PHP研究所）

『大江戸からくり推理帖』 2011.3　231p
①978-4-569-67616-6
〔内容〕野良息子, 三日坊主, 痩せ我慢, 箱入り娘

邦枝 完二

くにえだ・かんじ

1892～1956

東京生まれ。本名・国枝莞爾。東京外語中退。1912年「三田文学」に発表した「廓の子」でデビュー。昭和以降は主に大衆文学を書き、流行作家となった。

河出文庫（河出書房新社）

『小説子規』 2010.10　245p
①978-4-309-41040-1

新潮文庫（新潮社）

『お伝地獄』 1958　518p

大衆文学館（講談社）

『お伝地獄　上』 1996.11　312p
①4-06-262062-6

『お伝地獄　下』 1996.12　272p
①4-06-262065-0

国枝 史郎
くにえだ・しろう
1888〜1943

長野県生まれ。早大を中退して大阪朝日新聞社演劇担当記者となり、のち大衆文学作家として独立。「蔦葛木曽桟」「神州纐纈城」など伝奇小説で知られ、「国枝史郎伝奇文庫」(全28冊)も刊行されている。

学研M文庫(学研パブリッシング)

『国枝史郎ベスト・セレクション　伝奇ノ匣　1』　2001.11　734p〈年譜あり〉
①4-05-900067-1
〔内容〕八ヶ嶽の魔神, 幼虫奇譚高島異誌, 弓道中祖伝, 日置流系図, 大鵬のゆくえ, レモンの花の咲く丘へ, *解説(東雅夫著)

河出文庫(河出書房新社)

『神州纐纈城』　2007.11　455p〈年譜あり〉
①978-4-309-40875-0

大衆文学館(講談社)

『神州纐纈城』　1995.3　425p
①4-06-262002-2
『蔦葛木曽桟　上』　1996.12　379p
①4-06-262067-7
『蔦葛木曽桟　下』　1997.1　365p
①4-06-262068-5

邦光 史郎
くにみつ・しろう
1922〜1996

東京生まれ。本名・田中美佐雄。高輪学園卒。放送ライターから小説家となり、主に企業小説を発表、「社外極秘」は直木賞候補となった。歴史小説では古代史や商人をテーマとしたものが多い。

ケイブンシャ文庫(勁文社)

『幕末の暗殺者田中新兵衛』　1986.5　321p〈『おとこ新兵衛』(サンケイ新聞社 1970年刊)の改題〉
①4-7669-0277-7
『戦国夢幻帖』　1987.1　377p
①4-7669-0440-0
『決戦・関ガ原』　1987.7　268p
①4-7669-0575-X
『怨霊伝奇』　1988.3　281p
①4-7669-0688-8
〔内容〕泥絵草紙, おどろ草紙, 比丘尼草紙, 無惨草紙, ばてれん草紙, 人魚草紙
『怨霊の地』　1988.8　222p
①4-7669-0778-7
〔内容〕鬼火草紙, 小車草紙, 獄門草紙, むらさき草紙, 白狐草紙, 八百姫草紙

光文社文庫(光文社)

『信長を操った男』　1991.6　378p〈『戦国夢幻帖』(勁文社1987年刊)の改題〉
①4-334-71346-7
『異端の殺し屋』　1992.7　270p
①4-334-71554-0
〔内容〕異端の殺し屋, 春盗伝, 最後の剣客, 伝八郎遺恨, 淫邪立川流, 楠木正成の首, 姫人形

集英社文庫（集英社）

『近江商人』 1986.7 544p
①4-08-749122-6
『まぼろしの女王卑弥呼 上』 1989.6 261p
①4-08-749464-0
『まぼろしの女王卑弥呼 下』 1989.6 238p
①4-08-749465-9
『坂本竜馬』 1993.12 223p〈坂本竜馬年譜：p218〜223〉
①4-08-748108-5
『利休と秀吉』 1996.7 378p
①4-08-748505-6
『坂本龍馬』 2010.2 258p〈年譜あり〉
①978-4-08-746553-2
『利休と秀吉』 改訂新版 2010.12 486p
①978-4-08-746643-0

祥伝社文庫（祥伝社）

◇小説日本通史

『黄昏の女王卑弥呼 小説日本通史 黎明—飛鳥時代』 2000.3 647p
①4-396-32755-2
『聖徳太子の密謀 小説日本通史 飛鳥—平安遷都』 2000.5 722p
①4-396-32764-1
『呪われた平安朝 小説日本通史 武士の抬頭』 2000.7 609p
①4-396-32783-8
『怨念の源平興亡 小説日本通史 鎌倉開幕』 2000.9 571p
①4-396-32799-4
『後醍醐復権の野望 小説日本通史 鎌倉幕府—室町幕府』 2000.12 601p
①4-396-32829-X
『信長三百年の夢 小説日本通史 戦国—元禄の繁栄』 2001.2 568p
①4-396-32845-1
『明治大帝の決断 小説日本通史 黒船来航—維新騒擾』 2001.5 690p
①4-396-32859-1

人物文庫（学陽書房）

『源九郎義経 上巻』 2004.8 585p
①4-313-75183-1
『源九郎義経 下巻』 2004.8 510p
①4-313-75184-X

大陸文庫（大陸書房）

『妻たちの明治維新』 1988.7 229p
①4-8033-1531-0
〔内容〕寺田屋おとせ, 坂本龍馬の妻, 武市半平太の妻, 高杉晋作の妻, 桂小五郎の妻, 西郷隆盛の妻, 勝海舟の妻, 井伊直弼の妻, 佐久間象山の妻, 梅田雲浜の妻, 梁川星巌の妻, 太田垣蓮月尼, 将軍家茂の妻
『波瀾万丈 井上馨伝』 1989.1 301p
①4-8033-1869-7

徳間文庫（徳間書店）

『源九郎義経 上』 1986.3 574p
①4-19-568029-8
『源九郎義経 下』 1986.3 504p
①4-19-568030-1
『由比正雪』 1986.11 510p
①4-19-568167-7
『飛鳥残影』 1988.5 350p
①4-19-568509-5
『江戸剣花帖 上』 1988.10 380p
①4-19-568612-1
『江戸剣花帖 下』 1988.10 350p
①4-19-568613-X

『幕末創世記　1　黒船来航』 1989.7　478p
①4-19-568809-4
『幕末創世記　2　安政の大獄』 1989.7　510p
①4-19-568810-8
『幕末創世記　3　桜田門外の変』 1989.8　407p
①4-19-568837-X
『幕末創世記　4　新選組光芒』 1989.8　478p
①4-19-568838-8
『楠木正成　上　青雲篇』 1990.6　286p
①4-19-569094-3
『楠木正成　下　風雲篇』 1990.6　316p
①4-19-569095-1
『紀伊国屋文左衛門　元禄豪商伝』 1991.7　507p
①4-19-569344-6
『物語海の日本史　上』 1993.3　477p
①4-19-567497-2
『物語海の日本史　下』 1993.3　473p
①4-19-567498-0

ノン・ポシェット（祥伝社）

『陽炎の女』 1992.12　254p〈『傀儡一族』（桃源社 1969年刊）の改題〉
①4-396-32291-7

ベスト時代文庫

（ベストセラーズ）

『弥太郎伝　龍を喰った巨人　上』 2010.2　350p〈『三菱王国 上』（集英社1982年刊）の改題、加筆修正〉
①978-4-584-36679-0
『弥太郎伝　龍を喰った巨人　中』 2010.3　378p〈『三菱王国 上～下』（集英社1982年刊）の改題、加筆修正〉
①978-4-584-36680-6
『弥太郎伝　龍を喰った巨人　下』 2010.3　403p〈『三菱王国 下』（集英社1982年刊）の改題、加筆修正〉
①978-4-584-36682-0

黒岩 重吾
くろいわ・じゅうご
1924～2003

大阪府生れ。同志社大卒。1961年「背徳のメス」が直木賞を受賞、社会派推理小説を次々と発表した。80年に「天の川の太陽」で吉川英治文学賞を受賞して以降は歴史小説に軸足を移し、以後は古代史小説の第一人者として活躍した。

角川文庫（角川書店）

◇白鳥の王子ヤマトタケル

『白鳥の王子ヤマトタケル　大和の巻』
2000.8　495p
①4-04-126857-5
『白鳥の王子ヤマトタケル　西戦の巻 上』
2001.11　317p
①4-04-126858-3
『白鳥の王子ヤマトタケル　西戦の巻 下』
2001.11　333p
①4-04-126859-1
『白鳥の王子ヤマトタケル　東征の巻 上』
2002.10　351p
①4-04-126860-5
『白鳥の王子ヤマトタケル　東征の巻 下』
2002.10　349p
①4-04-126861-3
『白鳥の王子ヤマトタケル　終焉の巻』
2003.9　443p〈『孤影立つ』(平成12年刊) の改題〉
①4-04-126862-1

講談社文庫（講談社）

『磐舟の光芒　物部守屋と蘇我馬子　上』
1996.5　382p
①4-06-263233-0
『磐舟の光芒　物部守屋と蘇我馬子　下』
1996.5　386p
①4-06-263234-9
『天風の彩王　藤原不比等　上』 2000.10
439p
①4-06-264990-X
『天風の彩王　藤原不比等　下』 2000.10
428p
①4-06-264991-8
『中大兄皇子伝　上』 2004.5　373p
①4-06-274770-7
『中大兄皇子伝　下』 2004.5　370p
①4-06-274771-5

集英社文庫（集英社）

『闇の左大臣　石上朝臣麻呂』 2006.11
479p
①4-08-746098-3

新潮文庫（新潮社）

『女龍王神功皇后　上巻』 2002.3　522p
①4-10-114805-8
『女龍王神功皇后　下巻』 2002.3　537p
①4-10-114806-6
『役小角仙道剣』 2005.12　665p
①4-10-114807-4

中公文庫（中央公論新社）

『紅蓮の女王　小説推古女帝』 1981.8
244p
『天の川の太陽』 1982.9　2冊
『天翔る白日　小説大津皇子』 1986.6
463p
①4-12-201329-1

『北風に起つ　継体戦争と蘇我稲目』
1991.11　637p
①4-12-201851-X
『茜に燃ゆ　小説額田王　上巻』 1994.8
291p
①4-12-202121-9
『茜に燃ゆ　小説額田王　下巻』 1994.8
300p
①4-12-202122-7
『紅蓮の女王　小説推古女帝』 改版
1995.8　301p
①4-12-202388-2
『天の川の太陽　上巻』 改版　1996.4
664p
①4-12-202577-X
『天の川の太陽　下巻』 改版　1996.4
650p
①4-12-202578-8
『天翔る白日　小説大津皇子』 改版
1996.10　604p
①4-12-202713-6
『斑鳩王の慟哭』 1998.9　574p
①4-12-203239-3

文春文庫（文藝春秋）

『落日の王子　蘇我入鹿』 1985.4　2冊
①4-16-718219-X
『聖徳太子　日と影の王子　1』 1990.4
406p
①4-16-718223-8
『聖徳太子　日と影の王子　2』 1990.4
376p
①4-16-718224-6
『聖徳太子　日と影の王子　3』 1990.5
376p
①4-16-718225-4
『聖徳太子　日と影の王子　4』 1990.5
405p
①4-16-718226-2
『剣は湖都に燃ゆ　壬申の乱秘話』 1993.1
238p
①4-16-718229-7
『弓削道鏡　上』 1995.6　429p
①4-16-718230-0
『弓削道鏡　下』 1995.6　445p
①4-16-718231-9
『影刀　壬申の乱ロマン』 1997.2　232p
①4-16-718232-7
『鬼道の女王卑弥呼　上』 1999.11　376p
①4-16-718233-5
『鬼道の女王卑弥呼　下』 1999.11　341p
①4-16-718234-3
『斑鳩宮始末記』 2003.1　315p
①4-16-718235-1
〔内容〕子麻呂道, 川岸の遺体, 子麻呂の恋, 『信』の疑惑, 天罰, 憲法の涙, 暗殺者
『ワカタケル大王　上』 2003.12　399p
①4-16-718236-X
『ワカタケル大王　下』 2003.12　428p
①4-16-718237-8
『子麻呂が奔る』 2004.8　339p
①4-16-718238-6
〔内容〕子麻呂と雪女, 二つの遺恨, 獣婚, 新妻は風のごとく, 毒茸の謎, 牧場の影と春

黒部 亨
くろべ・とおる
1929〜2014

鳥取県生まれ。鳥取師範卒。兵庫県で中学校教師の傍ら小説を発表、「砂の関係」は芥川賞候補にもなった。兵庫県を舞台とした「播磨妖刀伝」「荒木村重惜命記」などの時代小説もある。

PHP文庫（PHP研究所）

『荒木村重　命惜しゅうて候』 1996.6 501p〈『荒木村重惜命記』（講談社1988年刊）の改題〉
①4-569-56904-8

『後藤又兵衛　大坂の陣に散った戦国きっての勇将』 2000.7 490p〈『勇将・後藤又兵衛』（1997年刊）の改題〉
①4-569-57428-9

『松永弾正久秀　梟雄と称された知謀の将』 2001.4 384p
①4-569-57538-2

『宇喜多直家　秀吉が恐れた希代の謀将』 2002.8 454p
①4-569-57790-3

『荒木又右衛門　「鍵屋の辻の決闘」を演じた伊賀の剣豪』 2004.7 348p
①4-569-66229-3

群司 次郎正
ぐんじ・じろうまさ
1905〜1973

群馬県生まれ。本名・郡司次郎。水戸中卒。1930年から発表した「侍ニッポン」四部作がブームとなり、「侍ニッポン」は度々映画化されてヒットした。戦時中は陸軍報道班員をつとめ、戦後はあまり作品を発表しなかった。

春陽文庫（春陽堂書店）

『侍ニッポン』 新装 1998.12 225p
①4-394-12801-3

大衆文学館（講談社）

『侍ニッポン』 1997.9 271p
①4-06-262097-9

神坂 次郎
こうさか・じろう

1927〜

和歌山県生まれ。本名・中西久夫。陸軍航空学校卒。1984年「元禄御畳奉行の日記」が大ヒットした他、「縛られた巨人―南方熊楠の生涯」もベストセラーとなった。地元和歌山を舞台とした作品が多い。

朝日文芸文庫（朝日新聞社）

『走れ乗合馬車　由良守応の生涯』 1995.9 312p
①4-02-264080-4

河出文庫（河出書房新社）

『おかしな侍たち』 1985.4 245p
①4-309-40114-7
〔内容〕武者右衛門行状, なんじゃもんじゃ軍談, 鯛一枚, 天下大変記, 天正馬合戦, 豚とさむらい, おれ

『花咲ける武士道』 1985.11 223p
①4-309-40135-X
〔内容〕花咲ける武士道, おしゃべり剣士, おれは豪傑, 靴を履く武士

『秘伝洩らすべし』 1986.2 203p
①4-309-40143-0

ケイブンシャ文庫（勁文社）

『猿飛佐助　草書本』 1999.4 248p
①4-7669-3180-7

『秘伝洩らすべし』 1999.9 333p
①4-7669-3320-6
〔内容〕南蛮又九郎の飛行, 伊賀の蟹八, 城へ, あだうち行進曲, 乞食はんの芋虫, おんぼろ剣士, 秘伝洩らすべし

講談社文庫（講談社）

『海の伽耶琴　雑賀鉄砲衆がゆく　上』 2000.1 290p
①4-06-264713-3

『海の伽耶琴　雑賀鉄砲衆がゆく　下』 2000.1 309p
①4-06-264714-1

『海の稲妻　根来・種子島衆がゆく　上』 2001.6 378p
①4-06-273174-6

『海の稲妻　根来・種子島衆がゆく　下』 2001.6 362p
①4-06-273175-4

『おれは伊平次』 2002.8 309p 〈『波瀾万丈』（新潮社1997年刊）の改題〉
①4-06-273516-4
〔内容〕ほろんこ伊平次, 朝顔丸の出帆, 根無草の唄, 花も嵐も, 日本男児ここにあり, 十人の花嫁, からゆき貿易, 婦女誘拐団潜入, 国王殿下に日本娘献上, トアン・ブッサ・伊平次, 末五郎真珠唄, タカテドン国王 伊平次殿下, われ、ロシア軍艦三隻を鹵獲せり

春陽文庫（春陽堂書店）

『空を駆ける盗賊』 1966 200p

『おれは豪傑』 1968 291p

『花咲ける武士道』 新装 1999.1 225p
①4-394-11701-1
〔内容〕南蛮又九郎の飛行, おしゃべり剣士, 百六十三里目の峠, 靴を履く武士, 花咲ける武士道, おんぼろ剣士

『空を駆ける盗賊』 新装 1999.2 200p
①4-394-11702-X
〔内容〕西瓜を喰う武士, 城へ, あだうち行進曲, 手の中の顔, 乞食（あわしま）はんの芋

虫, 虱の唄, 空を駆ける盗賊

小学館文庫（小学館）

『天馬空をゆく』 1999.1　282p
①4-09-403501-X

『だまってすわれば』 1999.12　344p〈新潮社平成4年刊の増訂〉
①4-09-403502-8

新潮文庫（新潮社）

『天馬空をゆく』 1992.4　277p
①4-10-120913-8

『だまってすわれば　観相師・水野南北一代』 1992.8　326p
①4-10-120914-6

『今昔おかね物語』 1994.7　259p
①4-10-120916-2

『千人斬り』 1996.3　197p
①4-10-120918-9
〔内容〕金玉百助の来歴, 掌のなかの顔, 賭, 私刑, 寧府譚, 八兵衛の幽霊, 千人斬り, 井戸の底, 九百年生きた男の話, おなら殺人事件, 魂のいれかわり, 伊賀の蟹八, 宰相甦る, 東京けんぶつ, 娘さんよく聞けよ, 不運な男, 2と3の距離, 泣虫小僧, ちんぴら, 少年たちの光景, ながいながいお話, 原見坂の美女, 小栗判官, 髪とき岩, 七色の櫛, 一つだたら, お柳やなぎ, 蛇性の婬, 極楽へ行った男

『兵庫頭の叛乱』 1996.11　260p
①4-10-120919-7
〔内容〕兵庫頭の叛乱, 牛斬り加卜, ばてれん兜, 宿命の好敵手—吉宗と宗春, 道糞流伝—荒木村重, 怪盗ひょぼくれ, 意地, 後光譚

『勝者こそわが主君』 1998.3　275p
①4-10-120921-9
〔内容〕勝者こそわが主君, 戦国の風見鶏, 宿命のライバル, 明智光秀, 戦国、根来鉄砲軍団の興亡, 鴉屋敷の怪, 海魔風雲録, 女賊お紐の冒険, 花の頓狂島, 熊野怪異譚

中公文庫（中央公論新社）

『黒潮の岸辺』 1985.6　265p〈『黒潮のろまん』（有馬書店 1971年刊）の改題〉
①4-12-201225-2
〔内容〕おちょろ丸, 餌, すこたん猪兵衛, 鬼打ち猿丸, かれいの砦, 斑, 狼, 虱の唄, さんずん

『草書本猿飛佐助　熊野篇』 1986.4　235p
①4-12-201317-8

『幕末を駆ける』 1989.10　219p
①4-12-201652-5
〔内容〕たった一人の攘夷党, 影（シャドウ・ボーイ）男, 幕末赤軍派, 西郷暗殺の密使, 暴れ道竜, 猛女記, 開化乗合馬車

『戦国を駆ける』 1993.10　363p
①4-12-202037-9
〔内容〕最後の忍者—天正伊賀の乱, 戦国鉄砲無頼—的場源四郎, 根嶺燃ゆ—根来鉄砲軍団の滅亡, ひょうたん軍記—藤吉郎出世譚, 死を売る茶人—今井宗久, 奥羽の鬼姫—伊達政宗の母, 不運を“買う”男—茶屋四郎次郎, ゴマをするなら藤堂高虎, 村上水軍戦記, 売られた家康, 血みどろの父子相剋—斎藤道三と義龍, われ友誼に殉ず—大谷刑部の場合, 海賊大将九鬼嘉隆, 水と月と鎌と—宝蔵院流開眼, 山崎合戦の雨—光秀と内蔵助, 炎の中の葬送—大坂落城, 雑賀孫市は三人いた

『天鼓鳴りやまず　北畠道竜の生涯』 1994.4　387p
①4-12-202085-9

『江戸を駆ける』 1994.10　331p
①4-12-202157-X
〔内容〕大久保彦左衛門筆記, 家康の天下をとる健康学, 自由を追いつづける流浪の僧桃水, 犬公方綱吉の娘鶴姫, 一発勝負師紀伊国屋文左衛門, 元禄の伊達男尾形光琳, 御畳奉行朝日文左衛門殿の献立, 臆病な“悪役”大野九郎兵衛, 赤馬にのった吉良上野介, 尾張六十二万石の意地徳川宗春, やりくり将軍徳川吉宗, 処刑された講釈師馬場文耕, 世界の医聖華岡青洲, 昏い眸をした剣士高柳又四郎, 井伊大老の黒幕水野忠央, 南国よさこい悲恋純信とお馬, 豪商柏屋の

女あるじ栄長

『おかしな大名たち』 1995.11 401p
①4-12-202465-X
〔内容〕鰤の首, 城を売る話, 大殿様年代記, かなしい暴君, 強淫大名, ドンジョンのある風景, 猪鹿一揆, もらいもす大名, 大名志願, 毒婦お百の伝, うつけ殿騒動, 檻のなかの墓, 鬼舐役宗八, 軍艦おいらん丸と蠅打鉄砲

『鬼打ち猿丸』 改版 1996.8 485p
①4-12-202666-0
〔内容〕おちょろ丸, 餌, すこたん猪兵衛, 鬼打ち猿丸, かれいの砦, 斑, 狼, 凧の唄, さんずん, 豚とさむらい, おれ

『地球上自由人』 1997.12 327p
①4-12-203020-X
〔内容〕はやりか行秀, 異風いて候, 山城守殿始末, ちょんまげ伝記, お馬は六百八十里, 橋の上で, 権兵衛の恋, ぽこぺん戦争, 地球上自由人

『奇妙な侍たち』 2008.2 349p
①978-4-12-204972-7
〔内容〕豚とさむらい―豚の世話・殿浦孫八, 天正馬合戦―御手水奉行・志染梅介, なんじゃもんじゃ軍談―御濠改方同心・大芋来助, 鯛一枚―御賄寸打ち役・鳴滝運八, 風呂桶を運ぶ武士―風呂桶人足の宰領・和田平助, 天下大変記―用便後の手水・軽子杢之助, 武者右衛門行状―御書物揺さぶり役・内地武者右衛門, 靴をはく侍―戦陣に臨んで法螺貝を吹く役目・宇磨谷欣介

『猫大名』 2009.1 319p 〈『猫男爵』(小学館2002年刊)の改題〉
①978-4-12-205109-6

徳間文庫 (徳間書店)

『狼』 1990.4 344p
①4-19-599047-5
〔内容〕斑, おちょろ丸, さんずん, 狼〈たいしょう〉, 凧の唄, かれいの砦〈しろ〉, すこたん猪兵衛, 豚とさむらい, おれ

『熊野風濤歌』 1991.11 249p
①4-19-599411-X
〔内容〕黒鯨記, 海賊大将―九鬼嘉隆, 餌, トンガ丸の冒険, 皇帝とペテン師―秦の始皇帝と徐福, 熊野灘讃歌

『定本おかしな侍たち』 1994.9 702p
①4-19-890185-6
〔内容〕豚とさむらい, おれ, 天正馬合戦, なんじゃもんじゃ軍団, 鯛一枚, すこたん猪兵衛, おれは豪傑, 掌の中の顔, 風呂桶を運ぶ武士, 金玉百助の来歴, 風の唄, 花咲ける武士道, 討ちてしやまん物語, 天下大変記, たった一人の攘夷党, 武者右衛門行状, 影男〈シャドウ・ボーイ〉, 靴をはく侍, さんずん, 幕末赤軍派

『復讐党始末』 2000.11 282p
①4-19-891401-X

PHP文庫 (PHP研究所)

『討ちてしやまん物語』 1989.3 297p
①4-569-26190-6
〔内容〕伊賀の蟹八, 討ちてしやまん物語, あだうち行進曲, おんぼろ剣士, にんげん鑑札, 百五十三里目の峠, 城へ

郡 順史

こおり・じゅんし

1922～2015

東京生まれ。本名・高山恂史。明大専門部卒。娯楽雑誌編集者を務めたのち、山手樹一郎主宰の「新樹」同人となって作家デビュー。多くの時代小説をてがけた。また、「葉隠」の研究でも知られる。

光文社文庫（光文社）

『介錯人』 1991.4 298p
①4-334-71321-1
〔内容〕介錯人, 鬼の道, 左利き, 折れた刀, 苦い金, 厄年, 絡繰, 八百長試合, 鬮

『助太刀』 1993.2 268p
①4-334-71657-1
〔内容〕助太刀, 下級武士, 醜女の知恵, 駈け込み, 不義密通始末, 首斬り浅右衛門, 最後の謀りごと

『上意討ち 傑作士道小説』 2001.7 300p
①4-334-73182-1
〔内容〕青武者堂々, 嘯風の剣, いざ、新天地へ, 淫して漏さず, お下賜妻, 上意討ち, 「死に役」参上, 老いらくの恋, 身代り切腹

コスミック・時代文庫（コスミック出版）

『江戸の闇将軍 花札浪人隠密帳』 2003.8 253p〈東京 コスミックインターナショナル（発売）〉
①4-7747-0728-7

時代小説文庫（富士見書房）

◇松平右近事件帳

『怪盗暗闇吉三 松平右近事件帳』 1982.3 285p

『はぐれ鳥の唄 松平右近事件帳 2』 1982.12 262p

『怪盗暗闇吉三 松平右近事件帳』 再版 1990.5 285p
①4-8291-1063-5
〔内容〕怪盗暗闇吉三, 花の吉原・花魁殺し, 恨みのかんざし, 大当り千両くじ, お店者無惰, 大奥女中殺し

『忍法水戸漫遊記』 1990.5 266p
①4-8291-1207-7
〔内容〕忍法水戸漫遊記, 戦国風来坊―三好清海入道

『修羅剣魂』 1992.9 376p
①4-8291-1240-9

春陽文庫（春陽堂書店）

『風流天狗剣』 1975 240p

『恋ぶみ侍』 1977.4 309p

『剣豪対剣客 寛永御前試合』 1987.4 227p〈『寛永御前試合』（1974年刊）の改題〉

『風流天狗剣』 新装版 1988.3 240p

『柘植七忍衆 忍法水滸伝』 1988.10 246p
①4-394-14104-4

『江戸の闇将軍 花札浪人隠密帳』 1990.3 236p

『葉隠士魂死狂い』 1991.5 315p
①4-394-14106-0
〔内容〕死化粧, 忍恋, 赤い血, 夫婦, 一期一

会, 剣の花, 士道恋愛記, 宗像門兵衛の生涯

『抜刀剣流れ旅』 1993.10　274p
①4-394-14107-9

『士、意気に感ず　小説・竹中半兵衛』
1995.11　320p
①4-394-14108-7

ワンツー時代小説文庫
（ワンツーマガジン社）

『風流天狗剣』 2008.2　308p〈春陽堂書店1975年刊の増訂〉
①978-4-86296-079-5

PHP文庫（PHP研究所）

『佐々成政　己れの信念に生きた勇将』
1996.2　334p〈付：関係年表〉
①4-569-56861-0

小島 政二郎
こじま・まさじろう
1894～1994

東京生まれ。慶大卒。「赤い鳥」編集を経て、作家デビュー。大衆作家としても活躍する一方、古典鑑賞でも知られた。葛飾北斎や三遊亭円朝を題材とした作品も発表している。

旺文社文庫（旺文社）

『円朝』 1978.7　2冊

『葛飾北斎』 1979.4　567p〈年譜：p557～567〉

河出文庫（河出書房新社）

『円朝　上』 2008.7　462p
①978-4-309-40910-8

『円朝　下』 2008.7　444p
①978-4-309-40911-5

小松 重男

こまつ・しげお

1931～

新潟県生まれ。新潟中卒。1977年「年季奉公」がオール読物新人賞を受賞してデビュー。「鰈の縁側」「シベリヤ」が直木賞候補となったのち、時代小説作家に転じた。代表作は「幕末遠国奉行の日記」「御庭番秘聞」など。

廣済堂文庫（廣済堂出版）

『ずっこけ侍　痛快長篇時代小説　特選時代小説』 2001.9　375p
①4-331-60884-0

『間男三昧　特選時代小説』 2002.2　293p
①4-331-60918-9
〔内容〕間男三昧, お狂言師, 一本の髪の毛, うってんばってん, くじりぼけ, 無用の短物, 愚図麿の枕絵, 千両蜜柑異聞, あらまら虫

『やっとこ侍　特選時代小説』 2002.8　250p
①4-331-60948-0
〔内容〕やっとこ侍, 三毛猫侍, ぺつぽつ侍, 田沼恋しき, おとぼけ侍, 足軽殿様, 耳切り剣法

『御庭番秘聞　特選時代小説』 2003.2　458p〈新潮社1994年刊の増訂〉
①4-331-60987-1

『秘伝陰の御庭番　特選時代小説』 2003.7　355p
①4-331-61020-9

『維新の御庭番　特選時代小説』 2004.2　261p
①4-331-61069-1
〔内容〕一大事, 荒淫将軍, 維新の御庭番, ずっこけ師匠, 座敷牢, 追善興行, よがり泣き

『桜田御用屋敷　特選時代小説』 2004.11　236p
①4-331-61129-9
〔内容〕桜田御用屋敷, 曲者, 晦まし文, のどぐろ, 大砲奉行, 弥彦代参

光文社文庫（光文社）

『のらねこ侍　傑作時代小説』 2000.6　304p〈『羅漢台』の改題〉
①4-334-73023-X
〔内容〕羅漢台, 筵破, とっくり侍, のらねこ侍, 十三ぱっかり, 毒殺, 国事犯脱獄, びすかうと, 一生不犯異聞

『蚤とり侍　傑作時代小説』 2002.5　319p
①4-334-73321-2
〔内容〕蚤とり侍, 唐傘一本, 一世一代, 鰈の縁側, 代金百枚, 年季奉公

『でんぐり侍　傑作時代小説』 2002.12　318p
①4-334-73423-5
〔内容〕けつめど, おんみつ侍, 唐変木, 陰の御庭番, といちはいち, おどろ, 鎌いたち, 二百石, 饅頭の皮

『川柳侍　長編時代小説』 2003.8　316p
①4-334-73538-X

『喧嘩侍勝小吉　長編時代小説』 2004.6　289p
①4-334-73705-6

小学館文庫（小学館）

『迷走大将上杉謙信』 1999.10　471p〈『聖将上杉謙信』（毎日新聞社1997年刊）の増訂〉
①4-09-403641-5

新潮文庫（新潮社）

『ずっこけ侍』 1986.9　364p
①4-10-148701-4

『蚤とり侍』 1989.7　291p

ⓘ4-10-148702-2
〔内容〕蚤とり侍, 唐傘一本, 一世一代, 蝶の縁側, 代金百枚, 年季奉公

『でんぐり侍』 1991.7 298p
ⓘ4-10-148703-0
〔内容〕けつめど, おんみつ侍, 唐変木, 陰の御庭番, といちはいち, おどろ, 鎌いたち, 二百石, 饅頭の皮

『川柳侍』 1992.9 297p
ⓘ4-10-148704-9

『やっとこ侍』 1993.3 250p
ⓘ4-10-148705-7
〔内容〕やっとこ侍, 三毛猫侍, ぺつぽつ侍, 田沼恋しき, おとぼけ侍, 足軽殿様, 耳切り剣法

『御庭番秘聞』 1994.3 469p〈新人物往来社平成2年刊の改訂〉
ⓘ4-10-148706-5

『秘伝陰の御庭番』 1995.4 370p〈『御庭番秘聞外伝』(新人物往来社1990年刊)に加筆したもの〉
ⓘ4-10-148707-3

『間男三昧』 1995.10 303p
ⓘ4-10-148708-1
〔内容〕お狂言師, 一本の髪の毛, うってんばってん, くじりぼけ, 無用の短物, 愚図磨の枕絵, 千両蜜柑異聞, うらまら虫, 間男三昧

『桜田御用屋敷』 1997.3 237p
ⓘ4-10-148709-X

『喧嘩侍勝小吉』 1997.9 286p
ⓘ4-10-148710-3

ベスト時代文庫 (ベストセラーズ)

『唐傘一本』 2011.3 283p
ⓘ978-4-584-36697-4
〔内容〕おんみつ侍, 唐傘一本, 蝶の縁側, シベリア

五味 康祐
ごみ・やすすけ
1921～1980

大阪府生まれ。明大中退。1953年「喪神」で第28回芥川賞受賞。以後、「柳生連也斎」「柳生武芸帳」などを次々と発表、剣豪作家の第一人者として活躍した。

角川文庫 (角川書店)

『二人の武蔵 上巻』 1959 330p

『二人の武蔵 下巻』 1960 405p

河出文庫 (河出書房新社)

『無刀取り』 1984.3 253p
〔内容〕無刀取り, 刺客, 兵法流浪, 村越三十郎の鎧, 少年連也と十兵衛, 柳生連也

『剣には花を』 1984.7 2冊
ⓘ4-309-40083-3

『無明斬り』 1984.12 269p
ⓘ4-309-40100-7
〔内容〕火と剣と女と一柳生武芸帳外伝, 秘し刀霞落し, 無明斬り一附ス志奈女生立チノ事, 居斬り, 新陰崩し, 曙に野鵐は鳴いた一“袖摺返し”奇譚

ケイブンシャ文庫 (勁文社)

『剣 其の弐』 1985.6 246p
ⓘ4-7669-0230-0
〔内容〕血槍藤九郎, 山吹の槍, 奏者斬り, 秘刀霞落し, 兵法流浪, 刺客, 縁切り久兵衛, 村越三十郎の鎧

『人斬り彦斎』 1985.7 297p〈『斬るな彦斎』(サンケイ新聞社出版局 1970年刊)

の改題〉
①4-7669-0234-3
『二人の武蔵』 1986.2 2冊
①4-7669-0265-3
『乱世群盗伝』 1986.8 314p
①4-7669-0293-9
『秘玉の剣』 1987.4 222p
①4-7669-0528-8
〔内容〕秘玉の剣, 盲刃, 切腹, 天心独明流・無拍子, 備前武士, 伊賀者大由緒, 鏖塚
『国戸団左衛門の切腹』 1987.8 200p
①4-7669-0589-X
〔内容〕高松城陥つ, 片桐釆女, 彦左衛門の初陣, 大坂城砲撃のこと, 国戸団左衛門の切腹, 別木一件触書, 山岡鉄舟
『一刀斎忠臣蔵異聞』 1988.2 197p
①4-7669-0674-8
〔内容〕忍田勘介の恋, 朱鞘坊主, 隠剣〔かくし〕, 葵の風, 松林蝙也斎, 雪の宴, 一刀斎忠臣蔵異聞

集英社文庫（集英社）

『色の道教えます』 1978.12 376p
『風流使者』 1979.7 769p

小説文庫（新潮社）

『柳生連也斎』 1955 212p

新潮文庫（新潮社）

『秘剣・柳生連也斎』 1958 356p
『柳生武芸帳 上巻』 1962 477p
『柳生武芸帳 中巻』 1962 471p
『柳生武芸帳 下巻』 1963 453p
『薄桜記』 1965 538p
『秘剣 柳生連也斎』 48刷改版 2003.3 450p
①4-10-115101-6
〔内容〕喪神, 秘剣, 猿飛佐助の死, 寛永の剣士, 桜を斬る, 二人の荒木又右衛門, 柳生連也斎, 一刀斎は背番号6, 三番鍛冶, 清兵衛の最期, 小次郎参上
『薄桜記』 29刷改版 2007.10 695p
①978-4-10-115105-2

中公文庫（中央公論新社）

『柳生十兵衛 時代小説英雄列伝』 縄田一男〔編〕 2003.2 248p〈年譜あり〉
①4-12-204163-5
〔内容〕火と剣と女と―柳生武芸帳外伝, 居斬り, 十兵衛と栗山大膳, 好色ひざ枕, 対談・映像でとらえた剣客たち（五味康祐, 山田宗睦）, *解説・「雅」と「もののふの心ばえ」そして「影」（縄田一男）

中公文庫ワイド版（中央公論新社）

『柳生十兵衛 時代小説英雄列伝』 縄田一男〔編〕 2003.12 248p〈年譜あり〉
①4-12-551429-1
〔内容〕小説：火と剣と女と, 居斬り, 十兵衛と栗山大膳, 好色ひざ枕, 対談：映像でとらえた剣客たち（五味康祐, 山田宗睦述）

徳間文庫（徳間書店）

『如月剣士 上』 1986.10 478p
①4-19-598156-5
『如月剣士 下』 1986.10 407p
①4-19-598157-3
『柳生天狗党 上』 1987.1 382p
①4-19-598213-8
『柳生天狗党 下』 1987.1 378p
①4-19-598214-6

『柳生稚児帖』 1987.4 540p
①4-19-598269-3
『黒猫侍』 1987.9 568p
①4-19-598354-1
『柳生十兵衛八番勝負』 1988.2 381p
①4-19-598461-0
〔内容〕柳生十兵衛八番勝負, 好色ひざ枕, 夕映え剣士, 月の舞, 手裏剣お艶, 難波一刀斎自殺す
『不知火隼人武辺帖　上』 1988.5 442p
①4-19-598521-8
『不知火隼人武辺帖　下』 1988.5 414p
①4-19-598522-6
『上意討ち』 1988.9 377p
①4-19-598599-4
〔内容〕雪の刺客, 天守炎上, 軍師哭く, 天翔け童子, 仙術「女を悦ばす法」, 美髯先生聞書, 女の味教えます, 清兵衛の肖像, 上意討ち
『剣法秘伝』 1989.1 344p
①4-19-598678-8
〔内容〕霜を踏むな, 鐔師, ささら、ささら…, 殺人鬼, 坊主になった剣豪, 燕落し, 柄師, 鞘師, 火術師, 後鞘
『風流使者　上』 1989.5 476p
①4-19-598768-7
『風流使者　下』 1989.5 440p
①4-19-598769-5
『兵法柳生新陰流』 1989.9 542p
①4-19-598873-X
〔内容〕村越三十郎の鎧, 兵法流浪, 無刀取り, 新陰崩し, 刺客, 曙に野鴉は鳴いた, 火と剣と女と, 居斬り, 無明斬り, 秘し刀霞落し, 少年連也と十兵衛, 柳生連也の伜たち
『色の道教えます』 1990.1 412p
①4-19-598977-9
〔内容〕馬蛤貝, 灰またぎ, 蛇めし, 丸に釘抜, 中汲, 様あそび, 仏えらび, さらさらの賦, 上意討ち, 泥鰌泣き, 陰地蕨, 一本俵, 股さがり, 小原三杯, 綾狂い, うわなり打ち, かずのこ天井
『色の道教えます　続』 1990.2 380p
①4-19-599000-9
〔内容〕ねこざめ, 海月どり, 艾ぜめ, 早乗り, 不覗の井戸, てぐす, 新枕, 三ノ巾, 壷涙かせ, 音なしの構え, あんずの核, 指きり, けそり女, 猫ぐるま, 悲しきソラマメ, 鈴鳴き, うなぎ攻め
『剣聖深草新十郎』 1990.5 316p
①4-19-599071-8
〔内容〕西濃の剣譚, 縁切り久兵衛, 夜啼き石—或る日の武蔵, 血槍藤九郎, 松永立斎聞書, 銘刀 当麻友則, 奏者斬り, 山吹の槍, 筒井白雲斎, 剣聖 深草新十郎, 剣術 陽炎
『神妙剣音無しの構え』 1990.9 285p
①4-19-599164-1
〔内容〕音無しの構え, 内濠と大筒, 弥太さんと寝たい, 汐の涙, 閨紙, 絵筆成敗, 犬に牽かれた盲剣士, お手前が不憫じゃ
『掏摸名人地蔵の助』 1991.1 284p
①4-19-599245-1
〔内容〕鞢師, 巫山に雨ふる, 忍者が骰子をふった, 掏摸名人地蔵の助
『剣には花を　上』 1991.5 379p
①4-19-599310-5
『剣には花を　下』 1991.5 376p
①4-19-599311-3
『二人の武蔵　上』 1992.5 405p
①4-19-597158-6
『二人の武蔵　下』 1992.5 381p
①4-19-597159-4
『人斬り彦斎』 1993.2 317p〈『斬るな彦斎』(サンケイ新聞社1970年刊)の改題〉
①4-19-567471-9
『まん姫様捕物控』 1993.9 318p
①4-19-567698-3
『まん姫様捕物控　2』 1993.12 237p
①4-19-890041-8
〔内容〕艶書, 燈心, 雛祭り, 白山太鼓, 千里眼, 床盃, 怪盗, 薫香, 洋妄, 日本晴れ
『乱世群盗伝』 1994.9 318p
①4-19-890184-8
『国戸団左衛門の切腹』 1995.7 254p
①4-19-890343-3
〔内容〕高松城陥つ, 片桐采女, 彦左衛門の初陣, 大坂城砲撃のこと, 国戸団左衛門の切腹, 別木一件触書, 山岡鉄舟, 抜かずのお島

『秘玉の剣』 1997.2 218p
①4-19-890635-1
〔内容〕秘玉の剣, 盲刃, 切腹, 天心独明流・無拍子, 備前武士, 伊賀者大由緒, 塵塚

『剣法奥儀』 2000.2 285p
①4-19-891257-2
〔内容〕心極流「鷹之羽」, 知心流「雪柳」, 天心独明流「無拍子」, 一刀流「青眼崩し」, 先意流「浦波」, 風心流「畳返し」, 柳生流「八重垣」

文春文庫（文藝春秋）

『柳生宗矩と十兵衛』 1984.2 269p

『剣法奥儀』 1985.1 215p
①4-16-733502-6

『十二人の剣豪』 1986.8 279p
①4-16-733503-4

『真田残党奔る』 1987.9 556p
①4-16-733504-2

『陽気な殿様』 1988.3 426p
①4-16-733505-0

『密偵ワサが来た』 1988.12 469p
①4-16-733506-9

『刺客』 1989.3 309p
①4-16-733507-7
〔内容〕男色・宮本武蔵, 験術チャット始末, 小次郎と義仙, 山吹の槍, 小鳥の餌, 切腹する話, 通り魔は女を, 朱鞘坊主, 密書, 刺客〈せっかく〉, 自日没〈にちぼつより〉

『いろ暦四十八手』 1989.12 254p
①4-16-733508-5
〔内容〕遣らずの雨, 妻よ許せ, 紅帳, 死なしてたも, 乱れ牡丹, しぼり芙蓉, 横笛, 鶺鴒, こぼれ松葉

『一刀斎忠臣蔵異聞』 1998.7 280p
①4-16-733509-3
〔内容〕一刀斎忠臣蔵異聞, お手前が不憫じゃ, 雪の刺客, 剣術 陽炎, 兵法流浪, 曙に野鵐は鳴いた―“袖摺返し”奇譚, 上意討ち, 高松城陥つ

『二人の武蔵 上』 2002.11 395p
①4-16-733510-7

『二人の武蔵 下』 2002.11 378p
①4-16-733511-5

『剣法奥儀 剣豪小説傑作選』 新装版 2004.11 237p
①4-16-733512-3
〔内容〕心極流「鷹之羽」, 知心流「雪柳」, 天心独明流「無拍子」, 一刀流「青眼崩し」, 先意流「浦波」, 風心流「畳返し」, 柳生流「八重垣」

『柳生武芸帳 上』 2006.4 688p
①4-16-733513-1

『柳生武芸帳 下』 2006.4 692p
①4-16-733514-X

小山 龍太郎
こやま・りゅうたろう
1918～1995

兵庫県生まれ。本名・川越嵬。東京府立九中卒。詩人として出発、戦後は「小説文庫」編集長となり、傍ら小山龍太郎などいくつかの筆名を用いて時代小説を書いた。代表作に「若殿一刀流」「真説・日本剣豪伝」など。

廣済堂文庫（廣済堂出版）

『吉宗風雲録』 1995.3 293p
①4-331-60450-0

春陽文庫（春陽堂書店）

『隠密変化』 1977.6 358p
『隠密変化』〔新装版〕 1991.3 358p
①4-394-15201-1
『若ぎみ風来坊』 1991.10 210p
①4-394-15202-X
『若ぎみ一刀流』 1992.2 200p
①4-394-15203-8
『若ぎみ風流剣』 1992.7 224p
①4-394-15204-6
『若ぎみ天狗殺法』 1992.12 220p
①4-394-15205-4
『若ぎみ暴れ剣法』 1993.5 243p
①4-394-15206-2

今 東光
こん・とうこう
1898～1977

神奈川県生まれ。関西学院中等部中退。大正時代に新感覚派の作家としてデビューしたが、1930年に得度して文壇から離れた。戦後復帰して「河内物」で人気作家となり、「お吟さま」で直木賞を受賞した。

角川文庫（角川書店）

『山椒魚 上巻』 1959 374p
『山椒魚 下巻』 1959 378p
『お吟さま』 1960 158p
『春泥尼抄』 1962 504p

新潮文庫（新潮社）

『お吟さま』 1960 164p
『春泥尼抄』 1961 518p

大衆文学館（講談社）

『お吟さま』 1996.1 330p
①4-06-262029-4
〔内容〕お吟さま, 弱法師

徳間文庫（徳間書店）

『弓削道鏡』 1985.2 346p
①4-19-597798-3
『武蔵坊弁慶 1』 1985.10 382p
①4-19-597950-1

『武蔵坊弁慶　2』 1985.10　376p
①4-19-597951-X

『武蔵坊弁慶　3』 1985.11　350p
①4-19-597968-4

『武蔵坊弁慶　4』 1985.11　346p
①4-19-597969-2

『北斎秘画』 1986.4　413p〈『人斬り彦斎』(双葉社 1964年刊)の改題〉
①4-19-598056-9
〔内容〕人斬り彦斎, 北斎秘画, 写楽の腕, 森蘭丸, 甘い匂いをもつ尼, 信長を刺した女, 八尾別当

『太平記　1』 1987.5　508p
①4-19-598284-7

『太平記　2』 1987.5　503p
①4-19-598285-5

『太平記　3』 1987.6　534p
①4-19-598306-1

『太平記　4』 1987.6　508p
①4-19-598307-X

『蒼き蝦夷の血　1　藤原四代・清衡の巻』
1993.2　411p
①4-19-567469-7

『蒼き蝦夷の血　2　藤原四代・基衡の巻』
1993.2　340p
①4-19-567470-0

『蒼き蝦夷の血　3　藤原四代　秀衡の巻上』 1993.3　461p
①4-19-567499-9

『蒼き蝦夷の血　4　藤原四代　秀衡の巻下』 1993.3　446p
①4-19-567500-6

斎藤 吉見

さいとう・よしみ

1934～2005

静岡県生まれ。早大卒。1979年「倒産」が日経経済小説賞に佳作入選し、経済小説でデビュー。のち時代小説も手がけた。代表作に「武田信玄」「濁れる田沼」など。

PHP文庫(PHP研究所)

『大久保長安　家康を支えた経済参謀』
1996.11　405p〈付：関係年表〉
①4-569-56959-5

佐江 衆一

さえ・しゅういち

1934～

東京生まれ。本名・柿沼利招。文化学院卒。5回の芥川賞候補を経て、「闇の向うへ跳ぶ者」で注目を集める。近年は歴史・時代小説に進出、代表作に新田次郎文学賞を受賞した「北の夜明け」がある。

講談社文庫（講談社）

『子づれ兵法者』 1996.9 321p
①4-06-263333-7
〔内容〕子づれ兵法者, 菖蒲の咲くとき, 峠の伊之吉, 鼻くじり庄兵衛, 猪丸残花剣, 女鳶初纏, 装腰綺譚

『神州魔風伝』 1997.1 567p
①4-06-263434-1

『江戸は廻灯籠』 2000.8 333p
①4-06-264946-2
〔内容〕縁の五十両, 落花一輪の剣, いぶし銀の雪, いぬふぐり, 千住大橋五月闇, 風の鬼灯, 老木の花

『からたちの記　女剣士道場日誌』 2001.8 251p 〈『女剣』(PHP研究所1997年刊)の改題〉
①4-06-273227-0
〔内容〕春嵐, 鬼面, 五月雨の剣, 秘太刀浮雲, 江戸の刺客, 雪のぬくもり

『北海道人　松浦武四郎』 2002.12 369p
①4-06-273617-9

『江戸の商魂』 2008.1 253p 〈『商魂』(PHP研究所2003年刊)の改題〉
①978-4-06-275940-3
〔内容〕命をはった賭け―大坂商人天野屋利兵衛, ホイアンの日本橋―貿易商角屋七郎兵衛, 紅花の岸―紅花商柊屋新次郎, 現銀安売り掛値なし―呉服商三井越後屋八郎兵衛高利, 獄死した政商―廻船業銭屋五兵衛, 千両天秤―近江商人中井源左衛門, 金唐革の煙草入れ―戯作者商人山東京伝, 士魂商才の人―薩摩藩士五代才助(友厚)

『士魂商才　五代友厚』 2009.10 432p
〈文献あり〉
①978-4-06-276480-3

新潮文庫（新潮社）

『捨剣　夢想権之助』 1995.9 391p
①4-10-146602-5

『北の海明け』 1996.9 406p
①4-10-146604-1

『江戸職人綺譚』 1998.9 324p
①4-10-146605-X
〔内容〕解錠綺譚―錠前師・三五郎, 笑い凧―凧師・定吉, 一会の雪―葛籠師・伊助, 雛の罪―人形師・舟月, 対の鉋―大工・常吉, 江戸の化粧師―化粧師・代之吉, 水明り―桶師・浅吉, 昇天の刺青―女刺青師・おたえ, 思案橋の二人―引札師・半兵衛

『江戸職人綺譚　続』 2003.10 392p
〈『自鳴琴からくり人形』(2000年刊)の改題〉
①4-10-146609-2
〔内容〕一椀の汁―庖丁人・梅吉, 江戸鍛冶注文帳―道具鍛冶・定吉, 自鳴琴からくり人形―からくり師・庄助, 風の匂い―団扇師・安吉, 急須の源七―銀師・源七, 闇溜りの花―花火師・新吉, 亀に乗る―張型師・文次, 装腰綺譚―根付師・月虫

『わが屍は野に捨てよ　一遍遊行』 2005.2 298p
①4-10-146610-6

『動かぬが勝(かち)』 2011.10 275p
〈タイトル：動かぬが勝〉
①978-4-10-146612-5
〔内容〕動かぬが勝, 峠の剣, 最後の剣客, 江戸四話, 木更津余話, 水の匂い, 永代橋春景色, *解説(縄田一男〔著〕)

徳間文庫（徳間書店）

『風狂活法杖』 1998.3 349p
①4-19-890855-9

ハルキ文庫（角川春樹事務所）

『五代友厚 士魂商才 時代小説文庫』 2016.2 385p〈『士魂商才』(講談社文庫 2009年刊) の改題、修正 文献あり〉
①978-4-7584-3977-0

『女剣士 時代小説文庫』 2016.3 234p〈『からたちの記』(講談社文庫 2001年刊) の改題、修正〉
①978-4-7584-3989-3
〔内容〕春嵐, 鬼面, 五月雨の剣, 秘太刀浮雲, 江戸の刺客, 雪のぬくもり

『子づれ兵法者 時代小説文庫』 2016.6 307p〈講談社文庫 1996年刊の一部修正〉
①978-4-7584-4008-0
〔内容〕子づれ兵法者, 菖蒲の咲くとき, 峠の伊之吉, 鼻くじり庄兵衛, 猪丸残花剣, 女鳶初纏, 装腰綺譚

早乙女 貢

さおとめ・みつぐ

1926～2008

旧満州生れ。慶大中退。本名・鐘ケ江秀吉。1968年「僑人の檻」で直木賞を受賞。会津藩士の末裔で、敗者の視点から明治維新を描いた大河小説「会津士魂」が代表作。他に「血槍三代」「由比正雪」など。

旺文社文庫（旺文社）

『死神伝奇』 1985.4 405p
①4-01-061476-5

『猫魔岳伝奇』 1985.6 283p
①4-01-061470-6

『かげろう伝奇』 1985.8 304p
①4-01-061472-2

『妖刀伝奇』 1985.10 292p
①4-01-061475-7

『八幡船伝奇』 1985.12 373p
①4-01-061473-0

『花笛伝奇』 1986.2 302p
①4-01-061474-9

『まぼろし伝奇』 1986.4 280p
①4-01-061477-3

『緋牡丹伝奇』 1986.6 497p
①4-01-061471-4

『山彦伝奇』 1986.11 297p
①4-01-061478-1

『夢幻の城』 1987.3 283p
①4-01-061479-X
〔内容〕夢幻の城, 地獄の門, 夜を歩く男, 亜媽港奇譚, マカロニ野郎, 美少年

学研M文庫（学研パブリッシング）

『大奥秘図　絵島生島』 2002.6　435p
①4-05-900162-7

『悪党伝　婆娑羅一平』 2002.8　401p
①4-05-900183-X

『風魔忍法帖　風魔小太郎　上』 2003.3　538p〈『風魔小太郎』（学陽書房1999年刊）の増補〉
①4-05-900212-7

『風魔忍法帖　風魔小太郎　下』 2003.3　559p〈『風魔小太郎』（学陽書房1999年刊）の増補〉
①4-05-900213-5

角川文庫（角川書店）

『大坂城炎上』 1988.9　283p
①4-04-138002-2

『戦国青春記』 1989.1　277p〈『妖花の城』（青樹社 1985年刊）の改題〉
①4-04-138003-0
〔内容〕妖花の城, うたかたの恋

『風魔忍法帖　上』 1989.11　513p
①4-04-138004-9

『風魔忍法帖　下』 1989.11　534p
①4-04-138005-7

ケイブンシャ文庫（勁文社）

『真説遠山金四郎』 1988.10　394p
①4-7669-0809-0

『無惨妻敵討』 1989.5　314p
①4-7669-0951-8
〔内容〕無惨妻敵討, 淫雨ふたたび, 赤い蛍, 爛れる, 痣のある女, 淫らな血, 黒い乳房, 若衆髷は女の匂い, 一両の夢, 千鳥河岸, 高麗橋に雉が哭く

『地獄の走狗』 1990.5　247p
①4-7669-1181-4
〔内容〕地獄の走狗, 灯が暗い, 汚された花道, 乳房祭, 江戸の羽衣, 夜の仇花

『色に死にけり』 1990.9　223p
①4-7669-1253-5

『おんな七色』 1991.9　263p
①4-7669-1476-7
〔内容〕梅の宿, おりえ, 魔粧, ほくろ, 湯島の女, 柘榴, 悶え, まよい蛍, 恋花火

『緋ぼたんの女』 1993.2　235p
①4-7669-1750-2

『乱菊の太刀』 1993.12　311p
①4-7669-1927-0
〔内容〕乱菊の太刀, 千鳥の群盗, 白夜の群盗, 武蔵野の群盗, 伊予の群盗, 魔性の笛, 百合若奇譚, 啾々あずま歌

『剣鬼葵紋之介』 1999.1　313p〈『秘剣波の千鳥』（桃源社1971年刊）の改題〉
①4-7669-3127-0

『塔十郎無頼剣』 1999.9　297p〈『御家人無頼』（桃源社1973年刊）の改題〉
①4-7669-3322-2

『柳生天誅剣』 2000.3　317p〈『浪人街』（日本文華社1970年刊）の改題〉
①4-7669-3435-0

講談社文庫（講談社）

『風塵』 1978.3　2冊

『沖田総司』 1979.5　2冊

『おれは日吉丸　新太閤記』 1985.11　2冊
①4-06-183616-1

『おれは藤吉郎　新太閤記　上』 1985.12　330p
①4-06-183639-0

『おれは藤吉郎　新太閤記　中』 1986.1　299p
①4-06-183658-7

『おれは藤吉郎　新太閤記　下』 1986.2　320p〈年譜：p307～320〉
①4-06-183691-9

『独眼竜政宗　上』 1986.11　470p

Ⓘ4-06-183915-2
『独眼竜政宗　下』 1986.11　499p
Ⓘ4-06-183916-0
『春日局』 1994.5　428p〈年譜：p409～428〉
Ⓘ4-06-185672-3
『ザンギリ愚連隊』 1994.9　312p〈年譜：p292～312〉
Ⓘ4-06-185759-2
『からす組』 1995.12　812p
Ⓘ4-06-263122-9
『会津啾々記　脱走人別帳』 1996.5　279p〈年譜：p258～279〉
Ⓘ4-06-263248-9
〔内容〕脱走人別帳, 啾々母成峠, 天誅越後街道, 泣血氈, 白鳥は哭く, 旅路の果て, 風雪の丘
『秘剣柳生十兵衛　隻眼一人旅』 1996.9　909p〈年譜：p888～909〉
Ⓘ4-06-263326-4
『江戸の夕映え』 1997.9　697p〈年譜あり〉
Ⓘ4-06-263608-5
『新選組斬人剣　小説・土方歳三』 1998.9　841p〈年譜あり〉
Ⓘ4-06-263880-0
『淀君』 1999.12　419p〈年譜あり〉
Ⓘ4-06-264735-4

光文社文庫（光文社）

『武蔵を斬る　長編剣豪小説』 1985.12　349p
Ⓘ4-334-70268-6
『おれは伊賀者　傑作時代小説』 1986.7　257p
Ⓘ4-334-70382-8
〔内容〕おれは伊賀者, 夜の蜘蛛は殺せ, 葦の中, くぐつの城, 押花帖
『叛臣伝　傑作時代小説』 1987.5　280p
Ⓘ4-334-70549-9
〔内容〕天下を盗る, 松永弾正, 天流艶る, 白い鳥, 叛臣伝

コスミック・時代文庫

（コスミック出版）

『斬らずの若殿　超痛快！ 時代小説』 2012.9　358p〈東方社 1963年刊の再刊〉
Ⓘ978-4-7747-2550-5
『浪人若殿恭四郎　超痛快！ 時代小説』 2013.3　389p〈『まぼろし若殿』（浪速書房 1961年刊）の改題〉
Ⓘ978-4-7747-2605-2
『葵の浪人紋之介　超痛快！ 時代小説』 2013.9　356p〈『剣鬼葵紋之介』（ケイブンシャ文庫 1999年刊）の改題〉
Ⓘ978-4-7747-2659-5

時代小説文庫（富士見書房）

『忍法川中島』 1984.8　254p
Ⓘ4-8291-1100-3
『南海に叫ぶ』 1984.8　270p
Ⓘ4-8291-1102-X
〔内容〕若き日の助左衛門, 南蛮つむじ風, 山田長政, 天竺美少年, 密貿易二代, 亜媽港奇譚
『秘剣鱗返し　新剣豪伝』 1984.9　269p
Ⓘ4-8291-1101-1
〔内容〕秘剣鱗返し, 弦月、雲を斬る, 野ざらし鉄砲衆, 狂刃系図, 蟹眼の大事, 怨み兜の八幡座, 秘伝闇の蜘蛛
『忍法くノ一』 1988.9　401p
Ⓘ4-8291-1156-9
『忍法くノ一　続』 1988.12　382p
Ⓘ4-8291-1160-7
『甲賀くノ一　上』 1989.4　506p
Ⓘ4-8291-1168-2
『甲賀くノ一　下』 1989.4　334p

①4-8291-1169-0
『死神伝奇』 1989.8 403p
①4-8291-1183-6
『かげろう伝奇』 1989.11 297p
①4-8291-1184-4
『花笛伝奇』 1990.3 269p
①4-8291-1185-2
『緋牡丹伝奇』 1990.5 487p
①4-8291-1186-0
『猫魔岳伝奇』 1990.10 280p
①4-8291-1187-9
『くノ一秘図』 1991.4 290p
①4-8291-1220-4
『妖刀伝奇』 1991.11 304p
①4-8291-1230-1
『まぼろし伝奇』 1992.4 277p
①4-8291-1235-2
『うつせみ忍法 上』 1994.9 291p
①4-8291-1260-3
『うつせみ忍法 下』 1994.9 299p
①4-8291-1261-1

集英社文庫（集英社）

『奇兵隊の叛乱』 1977.6 269p
『維新の旗風』 1978.2 259p
『血槍三代 青春編』 1980.1 558p
『血槍三代 愛欲編』 1980.2 573p
『血槍三代 風雲編』 1980.3 600p
『泰平の底』 1981.1 526p
『海の琴 上（火焰城の章），下（恋渦巻の章）』 1981.10 2冊
『城之介非情剣』 1982.12 474p
『百万両伝奇』 1985.5 2冊
①4-08-750886-2
『暗殺』 1988.12 255p
①4-08-749413-6
『志士の肖像 上』 1995.4 497p
①4-08-748319-3
『志士の肖像 下』 1995.4 486p
①4-08-748320-7
『会津士魂 1 会津藩京へ』 1998.8 343p〈年表あり〉
①4-08-748816-0
『会津士魂 2 京都騒乱』 1998.8 335p〈年表あり〉
①4-08-748817-9
『会津士魂 3 鳥羽伏見の戦い』 1998.9 327p〈年表あり〉
①4-08-748818-7
『会津士魂 4 慶喜脱出』 1998.10 347p〈年表あり〉
①4-08-748819-5
『会津士魂 5 江戸開城』 1998.11 335p〈年表あり〉
①4-08-748820-9
『会津士魂 6 炎の彰義隊』 1998.12 333p
①4-08-748821-7
『会津士魂 7 会津を救え』 1999.1 331p
①4-08-748822-5
『会津士魂 8 風雲北へ』 1999.2 327p〈年表あり〉
①4-08-748823-3
『会津士魂 9 二本松少年隊』 1999.3 345p
①4-08-748824-1
『会津士魂 10 越後の戦火』 1999.4 335p〈年表あり〉
①4-08-748825-X
『会津士魂 11 北越戦争』 1999.5 295p
①4-08-748826-8
『会津士魂 12 白虎隊の悲歌』 1999.6 289p
①4-08-748827-6
『会津士魂 13 鶴ヶ城落つ』 1999.7 357p
①4-08-748828-4
『続会津士魂 1』 2002.7 319p
①4-08-747469-0

〔内容〕艦隊蝦夷へ

『続会津士魂　2』 2002.7　303p
①4-08-747470-4
〔内容〕幻の共和国

『続会津士魂　3』 2002.8　337p
①4-08-747480-1
〔内容〕斗南への道

『続会津士魂　4』 2002.9　267p
①4-08-747492-5
〔内容〕不毛の大地

『続会津士魂　5』 2002.10　293p
①4-08-747501-8
〔内容〕開牧に賭ける

『続会津士魂　6』 2002.11　323p
①4-08-747515-8
〔内容〕反逆への序曲

『続会津士魂　7』 2002.12　317p〈年表あり〉
①4-08-747523-9
〔内容〕会津抜刀隊

『続会津士魂　8』 2003.1　391p〈年表あり〉
①4-08-747532-8
〔内容〕甦る山河

『竜馬を斬った男』 2009.9　309p
①978-4-08-746482-5
〔内容〕竜馬を斬った男, 若き天狗党, 周作を狙う女, ある志士の像, 最後の天誅組, 近藤勇の首, 逃げる新選組, *解説(高橋千劔破〔著〕)

『奇兵隊の叛乱』 2015.2　304p〈1977年刊の再編集〉
①978-4-08-745287-7

春陽文庫（春陽堂書店）

『うつせみ忍法帳』 1968　392p
『まぼろし若殿』 1968　290p
『暗殺剣』 1969　202p
『伊賀忍法』 1969　257p
『江戸まだら蛇』 1969　370p
『忍法秘巻』 1969　231p
『忍法無情』 1969　233p
『さみだれ無頼』 1970　194p
『忍法系図』 1970　239p
『斬らずの若殿』 1971　266p
『残酷の河』 1971　254p
『忍法女笛』 1972　216p
『忍法関ガ原』 1972　225p
『此村大吉無頼帖』 1973　258p
『忍法雪月花』 1973　207p
『さむらい鴉』 1974　194p
『江戸浪人街』 1975　273p
『大江戸花暦』 1975　235p
『きまぐれ剣士』 1975　175p
『黒潮姫』 1975　198p
『青春の剣』 1975　265p〈『千葉の小天狗』の改題〉
『忍法紅絵図』 1975　240p
『江戸の小鼠』 1976　239p
『剣客往来』 1976　245p
『剣鬼秘伝』 1976　256p
『戦国恋編笠』 1976　262p
『忍法車一族』 1976　229p
『慶長水滸伝』 1977.1　229p
『八幡船伝奇』 1978.7　250p
『鶴千代血笑』 1978.10　276p
『風流剣士』 1979.5　248p
『江戸の恋とんび』 1979.8　232p
『志士の女たち』 1979.12　267p
『幕末の刺客』 1980.4　194p
『竜馬を斬った男』 1980.6　287p
『さむらいの詩』 1980.9　268p
『御家人無頼』 1980.10　242p
『魔笛大名』 1980.12　209p
『斬らずの若殿』 新装　1998.8　266p
①4-394-12210-4

『江戸まだら蛇』 新装 1998.9 370p
①4-394-12207-4
『まぼろし若殿』 新装 1998.10 291p
①4-394-12202-3
『うつせみ忍法帳』 新装 1998.12 392p
①4-394-12201-5
『伊賀忍法』 新装 1999.3 257p
①4-394-12240-6
『忍法車一族』 新装 1999.5 229p
①4-394-12241-4
『忍法秘巻』 新装 1999.6 231p
①4-394-12204-X
『忍法無情』 新装 1999.7 233p
①4-394-12206-6
『きまぐれ剣士』 新装 1999.8 175p
①4-394-12216-3

小学館文庫（小学館）

『七人目の刺客』 2006.11 302p
①4-09-408126-7
〔内容〕七人目の刺客, 伏刃記, 一夜の客, 雁鍋の娘, 虎の尾, 噴血, 世良斬殺, 竹子の首

新潮文庫（新潮社）

『悪霊 松永弾正久秀』 1989.6 665p
①4-10-115511-9
『若き獅子たち 上巻』 1991.3 611p
①4-10-115512-7
『若き獅子たち 下巻』 1991.3 605p
①4-10-115513-5

人物文庫（学陽書房）

『新太閤記 1 おれは日吉丸 上』 1999.3 380p〈『おれは日吉丸』(講談社1991年刊）の増補〉
①4-313-75081-9
『新太閤記 2 おれは日吉丸 下』 1999.3 387p〈『おれは日吉丸』(講談社1991年刊）の増補〉
①4-313-75082-7
『新太閤記 3 おれは藤吉郎 上』 1999.4 360p〈『おれは藤吉郎』(講談社1991年講談社刊）の増補〉
①4-313-75083-5
『新太閤記 4 おれは藤吉郎 中』 1999.5 324p
①4-313-75084-3
『新太閤記 5 おれは藤吉郎 下』 1999.6 350p
①4-313-75085-1
『風魔小太郎 風魔忍法帖 上』 1999.9 506p〈『風魔忍法帖』(角川書店1989年刊）の増訂〉
①4-313-75076-2
『風魔小太郎 風魔忍法帖 下』 1999.9 532p〈『風魔忍法帖』(角川書店1989年刊）の増訂〉
①4-313-75077-0
『新選組原田左之助 残映』 2001.8 430p〈『残映』(読売新聞社1976年刊）の改題〉
①4-313-75147-5

だいわ文庫（大和書房）

『戦国秘曲信虎と女』 2008.1 396p
①978-4-479-30152-3
『戦国秘曲信玄と女』 2008.1 408p
①978-4-479-30153-0

中公文庫（中央公論新社）

『新門辰五郎伝』 1998.6 302p
①4-12-203159-1

徳間文庫（徳間書店）

『おれが天一坊　青春篇，怒濤篇』 1982.12　2冊
①4-19-597396-1

『見習い同心獄門帳』 1985.4　284p
①4-19-597839-4

『残映』 1985.11　442p
①4-19-597971-4

『新選組銘々伝』 1987.10　349p
①4-19-598379-7

『八丈流人帖』 1990.2　349p
①4-19-598999-X
〔内容〕怨念流人舟，御赦免花は咲かず，黄八丈を裂け，海鳴り心中，渡り鳥は帰ってこない，人買舟は沖を漕ぐ，最後のおんな舟

『忍法かげろう斬り』 1991.2　474p
①4-19-599263-X

『忍法かげろう斬り　2　不知火の忍者』 1991.8　473p
①4-19-599363-6

『忍法かげろう斬り　3　忍びの鷹』 1992.2　475p
①4-19-599458-6

『血刃街道』 1992.12　379p〈『東海道をつっ走れ』（1972年刊）の改題〉
①4-19-577401-2

『忍法秘巻』 1993.7　279p
①4-19-577646-5

『忍法無情』 1993.10　281p
①4-19-890007-8

『忍法系図』 1994.1　285p
①4-19-890055-8

『忍法女笛』 1994.7　246p
①4-19-890150-3

『忍法関ケ原』 1994.11　284p
①4-19-890216-X

『忍法雪月花』 1995.6　254p
①4-19-890327-1

『忍法紅絵図』 1996.4　286p
①4-19-890488-X

『妖刀伝奇』 2004.11　313p
①4-19-892152-0

双葉文庫（双葉社）

『伊賀忍法』 1985.4　273p

『忍法秘巻』 1985.6　265p

『忍法無情』 1985.8　269p

『忍法系図』 1985.10　263p

『忍法女笛』 1986.1　249p
①4-575-66014-0

『忍法関ケ原』 1986.3　261p
①4-575-66017-5

『忍法雪月花』 1986.5　255p
①4-575-66019-1

『忍法紅絵図』 1986.7　276p
①4-575-66021-3

『忍法車一族』 1986.9　264p
①4-575-66023-X

『忍法乱れ雲』 1986.11　284p
①4-575-66025-6

『忍法無惨帖』 1987.1　305p
①4-575-66027-2

『忍法赤い城』 1987.3　283p
①4-575-66028-0

『黒虫忍法帖』 1987.7　300p
①4-575-66030-2

『血卍忍法帖』 1987.9　283p
①4-575-66031-0

『竜馬を斬った男』 1987.10　278p
①4-575-66032-9
〔内容〕竜馬を斬った男，若き天狗党，周作を狙う女，ある志士の像，最後の天誅組，近藤勇の首，逃げる新選組

『うつせみ忍法帖』 1988.3　288p
①4-575-66036-1

『魔笛大名』 1988.7　258p
①4-575-66038-8
〔内容〕魔笛大名，影の女，かげろう姫，冷たい手，赤い痣，枕絵の女，江戸の悪霊

『傀儡忍法帖』 1988.9 286p
①4-575-66039-6
『風流剣士』 1988.11 291p
①4-575-66041-8
『きまぐれ剣士』 1989.5 284p
①4-575-66045-0
〔内容〕きまぐれ剣士, 花の風来坊
『江戸の恋とんび』 1989.10 254p
①4-575-66050-7
『さむらい鴉』 1990.2 278p
①4-575-66054-X
『大吉無頼帖』 1990.7 279p
①4-575-66058-2
『千葉の小天狗』 1990.10 276p
①4-575-66059-0
『残月浪人街』 1991.2 277p
①4-575-66062-0
〔内容〕さむらいの詩〈うた〉, 叛逆の槍, 残月浪人街, 江戸の黒い霧, 甲子〈きのえね〉変, 恋ぐるま, 裏切りの谷
『戦国恋編笠』 1991.7 291p
①4-575-66066-3
『大江戸花暦』 1991.9 275p
①4-575-66067-1
『江戸怪盗伝』 1992.2 237p
①4-575-66072-8
〔内容〕次郎吉紅梅, 次郎吉囃子, 次郎吉肌卍, 次郎吉恋纏, 次郎吉闇夜
『斬らずの若殿』 1992.10 286p
①4-575-66076-0

文春文庫(文藝春秋)

『権謀』 1979.12 2冊
『北条早雲 1』 1980.6 485p
『北条早雲 2』 1980.6 478p
『北条早雲 3』 1980.7 476p
『北条早雲 4』 1980.7 453p
『北条早雲 5』 1980.8 472p
『由比正雪 1』 1985.8 428p
①4-16-723010-0
『由比正雪 2』 1985.8 428p
①4-16-723011-9
『由比正雪 3』 1985.9 423p
①4-16-723012-7
『由比正雪 4』 1985.9 429p
①4-16-723013-5
『由比正雪 5』 1985.10 462p
①4-16-723014-3
『由比正雪 6』 1985.10 445p
①4-16-723015-1
『由比正雪 7』 1985.11 404p
①4-16-723016-X
『由比正雪 8』 1985.11 397p
①4-16-723017-8
『由比正雪 9』 1985.12 369p
①4-16-723018-6
『由比正雪 10』 1985.12 444p
①4-16-723019-4
『夜の蜘蛛は殺せ』 1988.7 283p
①4-16-723020-8
『天下の糸平 上』 1989.4 459p
①4-16-723021-6
『天下の糸平 下』 1989.4 462p
①4-16-723022-4
『幕末愚連隊』 1991.2 574p
①4-16-723023-2
『明智光秀』 1991.8 392p
①4-16-723024-0

PHP文庫(PHP研究所)

『竜馬暗殺』 1988.7 349p
①4-569-26157-4
〔内容〕龍馬暗殺, テロリスト, 世良斬殺, 第二奇兵隊, 筑紫の志士, 龍五郎切腹, 狂瀾
『戦国武将国盗り秘話』 1989.10 217p
①4-569-56226-4
〔内容〕望蜀の炎—石田三成, 咆えよ暁に—北条早雲, 走れ独眼竜—伊達政宗, 大友二階崩れ—大友宗麟, 甲斐の若虎—武田勝頼,

われこそ戦鬼—徳川四天王・酒井忠次, 城井谷崩れ—宇都宮鎮房

『ばさらい奴』 1991.7 253p
①4-569-56410-0
〔内容〕呂宋助左衛門, 平蜘蛛の釜, 博多商人, 南蛮無頼, ホラ吹き武勇伝—大鳥逸平, 棕櫚柄組, 刃風走馬灯

堺屋 太一
さかいや・たいち
1935～

大阪府生まれ。本名・池口小太郎。東大卒。通産官僚の傍ら、ベストセラー「油断！」「団塊の世代」「巨いなる企て」などを刊行。退官後は経済評論家として活躍する一方で、大河ドラマとなった「峠の群像」など歴史小説も発表した。

文春文庫（文藝春秋）

『峠の群像　1』 1986.12 376p
①4-16-719307-8
『峠の群像　2』 1986.12 390p
①4-16-719308-6
『峠の群像　3』 1987.1 360p
①4-16-719309-4
『峠の群像　4』 1987.1 387p
①4-16-719310-8
『豊臣秀長　ある補佐役の生涯　上』 1993.4 341p
①4-16-719314-0
『豊臣秀長　ある補佐役の生涯　下』 1993.4 343p
①4-16-719315-9
『秀吉　夢を超えた男　1』 1998.11 386p
①4-16-719316-7
『秀吉　夢を超えた男　2』 1998.11 360p
①4-16-719317-5
『秀吉　夢を超えた男　3』 1998.12 379p
①4-16-719318-3
『秀吉　夢を超えた男　4』 1998.12 406p
①4-16-719319-1

NHKライブラリー

（日本放送出版協会）

『秀吉　夢を超えた男　上』1998.5　413p
①4-14-085007-8

『秀吉　夢を超えた男　中』1998.5　485p
①4-14-085008-6

『秀吉　夢を超えた男　下』1998.6　530p
①4-14-085009-4

PHP文庫（PHP研究所）

『豊臣秀長　ある補佐役の生涯』1988.4　2冊
①4-569-26143-4

『豊臣秀長　ある補佐役の生涯　下巻』1988.4　345p
①4-569-26144-2

『鬼と人と　信長と光秀　上』1993.5　253p
①4-569-56546-8

『鬼と人と　信長と光秀　下』1993.5　253p
①4-569-56547-6

『豊臣秀長　ある補佐役の生涯』2015.3　761p〈『豊臣秀長 上巻・下巻』（PHP文庫 1988年刊）の合本〉
①978-4-569-76343-9

榊山 潤

さかきやま・じゅん

1900〜1980

神奈川県生まれ。1932年「蔓草の悲劇」を発表して注目され、以後創作に専念。風俗小説、私小説、ルポルタージュ、社会小説、歴史小説と幅広い作品を手がけた。

時代小説文庫（富士見書房）

『毛利元就　1』1983.9　356p

『毛利元就　2』1983.9　339p

『毛利元就　3』1983.9　355p

『毛利元就　4』1983.10　329p

『毛利元就　5』1983.10　284p

『明智光秀』1986.4　342p
①4-8291-1116-X

『戦国無情　築山殿行状』1987.2　350p〈『築山殿行状』（文祥社 1958年刊）の改題〉
①4-8291-1120-8

『戦国艶将伝』1987.5　328p
①4-8291-1127-5
〔内容〕秀吉と秀次, 家康と築山殿, 信康とお松の方, 格式時代, 島原の乱前夜, 南蛮絵師異聞―日本のユダ, 長崎の港, 生きていた吉良上野, 久米の仙人, あこや珠, 小野小町

『歴史　二本松藩士の維新』1990.1　355p
①4-8291-1192-5

『歴史　続　福島事件の悲劇』1990.5　288p
①4-8291-1204-2

大陸文庫（大陸書房）

『天草』 1988.9 271p
①4-8033-1609-0
〔内容〕天草, 島原の乱, 日本のユダ

坂口 安吾

さかぐち・あんご

1906～1955

新潟県生まれ。本名・坂口炳五。東洋大卒。戦後、「堕落論」と小説「白痴」を発表して一躍人気作家となった。さらに推理小説「不連続殺人事件」では日本探偵作家クラブ賞を受賞している。

岩波文庫（岩波書店）

『桜の森の満開の下　白痴―他十二篇』
2008.10 413p
①978-4-00-311822-1
〔内容〕風博士, 傲慢な眼, 姦淫に寄す, 不可解な失恋に就て, 南風譜, 白痴, 女体, 恋をしに行く, 戦争と一人の女（無削除版）, 続戦争と一人の女, 桜の森の満開のした, 青鬼の褌を洗う女, アンゴウ, 夜長姫と耳男, *解説（七北数人〔著〕）

角川文庫（角川書店）

『道鏡・二流の人　他三篇』 1957 222p
〔内容〕二流の人, 家康, 道鏡, 梟雄, 狂人遺書

『明治開化安吾捕物帖』 改版 2008.6
404p〈発売：角川グループパブリッシング〉
①978-4-04-110021-9
〔内容〕舞踏会殺人事件, 密室大犯罪, ああ無情, 万引一家, 血を見る真珠, 石の下, 時計館の秘密, 覆面屋敷

『明治開化安吾捕物帖　続』 2012.5
604p〈底本：坂口安吾全集 12、13（ちくま文庫 1990年刊） 発売：角川グループパブリッシング〉
①978-4-04-100244-5
〔内容〕魔教の怪, 冷笑鬼, 稲妻は見たり, 愚妖, 幻の塔, ロッテナム美人術, 赤罠, 家族

は六人・目一ッ半, 狼大明神, 踊る時計, 乞食男爵, トンビ男

河出文庫（河出書房新社）

『安吾史譚』 1988.2 222p〈安吾史譚・坂口安吾年譜：p198〜222〉
①4-309-40213-5
〔内容〕天草四郎, 道鏡童子, 柿本人麿, 直江山城守, 勝夢酔, 小西行長, 源頼朝, 付録 安吾下田外史, 著者ノート 講談先生, 回想 坂口安吾の思い出（大井広介）, 解説 歴史という人間の自然（関井光男）, 安吾史譚・坂口安吾年譜

講談社文芸文庫（講談社）

『桜の森の満開の下』 1989.4 453p
①4-06-196042-3
〔内容〕桜の森の満開の下, 梟雄, 花咲ける石

『信長・イノチガケ』 1989.10 517p
①4-06-196057-1
〔内容〕イノチガケ, 島原の乱雑記, 鉄砲, 信長

時代小説文庫（富士見書房）

『織田信長』 1987.5 379p
①4-8291-1128-3
〔内容〕信長, 織田信長

『道鏡・家康』 1987.9 323p
①4-8291-1132-1
〔内容〕道鏡, 梟雄, 二流の人, 狂人遺書, 家康, イノチガケ

『明治開化安吾捕物帖』 1988.1 351p
①4-8291-1135-6
〔内容〕舞踏会殺人事件, ああ無情, 万引一家, 石の下, 覆面屋敷, ロッテナム美人術, 乞食男爵

人物文庫（学陽書房）

『勝海舟捕物帖』 2006.9 336p
①4-313-75219-6
〔内容〕舞踏会殺人事件, 密室大犯罪, 魔教の怪, ああ無情, 万引家族, 血を見る真珠, 石の下

宝島社文庫（宝島社）

『信長』 2008.6 413p
①978-4-7966-6410-3

ちくま文庫（筑摩書房）

『坂口安吾全集 10』 1991.4 678p
①4-480-02470-0
〔内容〕目立たない人, 握った手, 曾我の暴れん坊, 女剣士, 文化祭, 保久呂天皇, 左近の怒り, お奈良さま, 真書太閤記, 花咲ける石, 裏切り, 人生案内, 桂馬の幻想, 狂人遺書, 青い絨毯, 紫大納言, 島原の乱草稿, 猿飛佐助草稿, わが血を追う人々, 焼夷弾のふりしきる頃

PHP文庫（PHP研究所）

『安吾史譚 七つの人生について』 1993.9 204p
①4-569-56577-8
〔内容〕柿本人麿, 道鏡童子, 源頼朝, 小西行長, 直江山城守, 天草四郎, 勝夢酔

『安吾戦国痛快短編集』 2009.5 266p
①978-4-569-67247-2
〔内容〕梟雄, 決戦川中島 上杉謙信の巻, 狂人遺書, イノチガケ

桜田 晋也
さくらだ・しんや
1949〜2011

北海道生まれ。本名・今野哲男。評論「三島由紀夫その悲劇」でデビューし、1980年小説「南朝記」で歴史小説に転じた。代表作に「足利高氏」「明智光秀」など。

角川文庫（角川書店）

『足利高氏　上』 1988.8　336p
①4-04-172901-7
『足利高氏　下』 1988.8　330p
①4-04-172902-5
『明智光秀　上』 1989.10　512p〈『叛将明智光秀』改題書〉
①4-04-172903-3
『明智光秀　中』 1989.10　468p〈『叛将明智光秀』改題書〉
①4-04-172904-1
『明智光秀　下』 1989.10　520p〈『叛将明智光秀』改題書〉
①4-04-172905-X
『尼将軍北条政子　1　頼朝篇』 1993.11　455p〈『尼将軍政子』(1991年刊) の増訂　略年表：p453〜455〉
①4-04-172906-8
『尼将軍 北条政子　2 頼家篇』 1993.11　385p
①4-04-172907-6
『尼将軍北条政子　3　実朝篇』 1993.11　365p〈『尼将軍政子』(1991年刊) の増訂　略年表：p363〜365〉
①4-04-172908-4
『尼将軍北条政子　4　承久大乱篇』 1993.11　368p〈『尼将軍政子』(1991年刊) の増訂　略年表：p356〜358〉
①4-04-172909-2

祥伝社文庫（祥伝社）

『足利尊氏　長編歴史小説』 1999.9　628p〈『足利高氏』(角川書店1988年刊) の改訂〉
①4-396-32714-5
『元就軍記　歴史小説』 2000.7　620p
①4-396-32785-4
『大軍師黒田官兵衛　歴史小説』 2000.12　441p
①4-396-32831-1

人物文庫（学陽書房）

『武神　八幡太郎義家』 1997.11　484p
①4-313-75042-8
『明智光秀　上』 1998.11　514p
①4-313-75064-9
『明智光秀　中』 1998.11　479p
①4-313-75065-7
『明智光秀　下』 1998.11　540p
①4-313-75066-5

左近 隆
さこん・たかし
1925〜

東京生まれ。業界紙編集長を経て、商業デザイン制作会社を経営する傍ら時代小説を発表。代表作に「俺は斬る」「御用留秘帖」などがある。

春陽文庫（春陽堂書店）

『かげろう伝奇』 1981.8 238p
『御用留秘帖 蝦夷地売却陰謀始末』 1982.5 276p
『お控さま始末』 1983.4 263p
『商ン人侍 和製鉄砲鋳造事情』 1983.6 230p
『虹太郎活殺剣』 1983.8 259p
『隠密秘帖』 1984.7 243p
『隼人魔道剣 献上黄金香炉紛失始末』 1985.7 246p
『隠密御用承り候』 1986.4 237p
『江戸の落日』 1986.8 237p
『素浪人峠』 1986.10 224p
『鍔鳴り剣士』 1987.6 214p
『隠密素浪人』 1987.8 203p
『血笑の辻』 1987.11 241p
『気まぐれ若殿』 1988.7 217p ①4-394-15614-9
『いれずみ若殿』 1989.5 223p ①4-394-15615-7
『濡れがみ若殿』 1989.6 223p ①4-394-15616-5
『さすらい若殿』 1989.12 207p ①4-394-15617-3
『恋かぜ浪人』 1990.5 213p ①4-394-15618-1
『すっとび若殿』 1990.8 216p ①4-394-15619-X
『江戸の野良犬』 1990.10 211p ①4-394-15620-3
『やさぐれ若殿』 1991.5 214p ①4-394-15621-1
『おんみつ若殿』 1991.8 219p ①4-394-15622-X
『紅だすき若殿』 1992.2 211p ①4-394-15623-8
『隠密大名』 1992.4 211p ①4-394-15624-6
『夜鷹大名』 1992.8 247p ①4-394-15625-4
『逢魔街道』 1992.10 238p ①4-394-15626-2
『おしどり大名』 1992.12 248p ①4-394-15627-0
『緋ぼたん大名』 1993.4 233p ①4-394-15628-9
『孔雀大名』 1993.8 242p ①4-394-15629-7
『緋ざくら若殿』 1994.4 262p ①4-394-15630-0
『そよかぜ若殿』 1994.5 247p ①4-394-15631-9
『用心棒若殿』 1994.6 238p ①4-394-15632-7
『気まぐれ奉行』 1994.9 232p ①4-394-15633-5
『若さま春街道』 1995.4 242p ①4-394-15634-3
『風来坊奉行』 1995.6 233p ①4-394-15635-1
『若さま恋慕剣』 1995.9 235p ①4-394-15636-X
『若さま黄金絵図』 1995.12 239p ①4-394-15637-8
『若さま江戸姿』 1996.1 240p ①4-394-15638-6
『若さま箱根裏街道』 1996.7 245p

Ⓘ4-394-15639-4
『若さま恋しぐれ』 1996.10 241p
Ⓘ4-394-15640-8
『江戸の若鷹』 1996.12 261p
Ⓘ4-394-15641-6
『着流し若殿』 1997.4 266p
Ⓘ4-394-15642-4
『隠密若さま』 1997.8 252p
Ⓘ4-394-15643-2
『老炎 佐伯右馬之介無明抄』 1999.4 309p
Ⓘ4-394-15644-0
『風来坊事件控 麻生右近事件帖』 2000.5 264p
Ⓘ4-394-15645-9
『老いを斬る 若林采女奥州飢餓秘録』 2000.9 294p
Ⓘ4-394-15646-7

佐々木 味津三

ささき・みつぞう

1896～1934

愛知県生まれ。明大卒。本名・佐々木光三。「文藝春秋」「文芸時代」同人として出発したのち大衆文学に転じ、1928年「右門捕物帖」、翌年「旗本退屈男」を連載して人気作家となった。

春陽文庫（春陽堂書店）

◇右門捕物帖

『右門捕物帖 第3』 1953 220p
『右門捕物帖 第4』 1954 216p
『右門捕物帖 第5』 1956 285p
『右門捕物帖』 新装版 1982.9 4冊

『旗本退屈男 後篇』 1951 203p
『旗本退屈男』 1959 2冊
『旗本退屈男』 新装版 1982.7 398p

新潮文庫（新潮社）

◇右門捕物帖

『右門捕物帖 第1巻』 1958
『右門捕物帖 第2巻』 1958
『右門捕物帖 第3巻』 1958
『右門捕物帖 第4巻』 1958

『旗本退屈男』 1958 439p

大衆文学館（講談社）

『小笠原壱岐守』 1997.2 322p
①4-06-262072-3
〔内容〕小笠原壱岐守, 老中の眼鏡, 十万石の怪談, 流行暗殺節, 山県有朋の靴

文春文庫（文藝春秋）

『旗本退屈男』 2011.9 558p〈春陽堂書店1982年刊の新装版〉
①978-4-16-780150-2
〔内容〕旗本退屈男, 続旗本退屈男, 後の旗本退屈男, 京へ上った退屈男, 三河に現れた退屈男, 身延に現れた退屈男, 仙台に現れた退屈男, 日光に現れた退屈男, 江戸に帰った退屈男, 幽霊を買った退屈男, 千代田城へ乗り込んだ退屈男

笹沢 左保

ささざわ・さほ

1930～2002

神奈川県生まれ。本名・笹沢勝。関東学院高等部卒。ミステリー作家として活躍した後に股旅物を手がけ、「木枯し紋次郎」シリーズがドラマ化されて大ヒットした。他に「宮本武蔵」など多数。

角川文庫（角川書店）

『軍師竹中半兵衛』 1988.9 529p
①4-04-130646-9

『浅井長政の決断 賢愚の岐路』 1990.10 406p
①4-04-130666-3

『新・一茶捕物帳 三日月に哭く』 1993.1 272p
①4-04-130677-9
〔内容〕若竹の後ろ姿, 問答は秋の空, 握りしめた指, 三日月に哭く

『新・一茶捕物帳 青い春の雨』 1993.11 277p
①4-04-130678-7
〔内容〕遠くの道の泥, 大声に罪なし, 青い春の雨, 虻は一匹なり, 菜の花心中, 嫉妬して涼風

『軍師竹中半兵衛 上』 新装版 2013.8 303p〈発売：KADOKAWA〉
①978-4-04-100969-7

『軍師竹中半兵衛 下』 新装版 2013.8 297p〈発売：KADOKAWA〉
①978-4-04-100970-3

ケイブンシャ文庫（勁文社）

◇俳人一茶捕物帳

『俳人一茶捕物帳　痩蛙の巻』 2001.3 290p
①4-7669-3752-X

廣済堂文庫（廣済堂出版）

◇俳人一茶捕物帳

『俳人一茶捕物帳　痩蛙の巻　特選時代小説』 2004.5 321p
①4-331-61091-8

光文社文庫（光文社）

◇地獄の辰・無残捕物控

『地獄の辰・無残捕物控　時代推理小説　首なし地蔵は語らず』 1985.11 330p
①4-334-70258-9

『地獄の辰・無残捕物控　時代推理小説　岡っ引きが十手を捨てた』 1985.12 354p
①4-334-70269-4

『地獄の辰・無残捕物控　時代推理小説　明日は冥土か京の夢』 1986.6 417p
①4-334-70366-6

◇女無宿人・半身のお紺

『女無宿人・半身のお紺　傑作時代小説　お怨み申しません』 1986.11 321p
①4-334-70452-2

『女無宿人・半身のお紺　さだめが憎い　傑作時代小説』 1986.12 324p
①4-334-70470-0
〔内容〕さだめが憎い, 束の間の夢にて候, 虫の音も消えました, 天罰でしょう, 龍は昇天致し候, 聞こえませぬ

『女無宿人・半身のお紺　醒めて疼きます　傑作時代小説』 1987.1 296p
①4-334-70489-1

◇鼠小僧と遠山金四郎

『夢と承知で　上　鼠小僧と遠山金四郎』 1991.11 283p
①4-334-71432-3

『夢と承知で　下　鼠小僧と遠山金四郎』 1991.11 264p
①4-334-71433-1

◇俳人一茶捕物帳

『俳人一茶捕物帳　痩蛙の巻』 1995.5 307p
①4-334-72056-0

『俳人一茶捕物帳　名月の巻』 1996.1 327p
①4-334-72172-9

◇木枯し紋次郎

『木枯し紋次郎　1　赦免花は散った』 1997.1 272p
①4-334-72340-3

『木枯し紋次郎　2　女人講の闇を裂く』 1997.2 285p
①4-334-72364-0
〔内容〕女人講の闇を裂く, 一里塚に風を断つ, 川留めの水は濁った, 大江戸の夜を走れ, 土煙に絵馬が舞う

『木枯し紋次郎　3　六地蔵の影を斬る』 1997.3 246p
①4-334-72378-0
〔内容〕六地蔵の影を斬る, 噂の木枯らし紋次郎, 木枯しの音に消えた, 雪灯籠に血が燃えた

『木枯し紋次郎　4　無縁仏に明日をみた』 1997.4 253p
①4-334-72391-8

『木枯し紋次郎　5　夜泣石は霧に濡れた』 1997.5　251p
①4-334-72404-3

『木枯し紋次郎　6　上州新田郡三日月村』 1997.6　279p
①4-334-72421-3

『木枯し紋次郎　7　木枯しは三度吹く』 1997.7　271p
①4-334-72436-1

『木枯し紋次郎　8　命は一度捨てるもの』 1997.8　263p
①4-334-72452-3

『木枯し紋次郎　9　三途の川は独りで渡れ』 1997.9　258p
①4-334-72470-1
〔内容〕鴉が三羽の身代金, 四つの峠に日が沈む, 三途の川は独りで渡れ, 鬼が一匹関わった

『木枯し紋次郎　10　虚空に賭けた賽一つ』 1997.10　271p
①4-334-72482-5

『木枯し紋次郎　11　お百度に心で詫びた紋次郎』 1997.11　288p
①4-334-72504-X

『木枯し紋次郎　12　奥州路・七日の疾走』 1997.12　272p
①4-334-72525-2

『木枯し紋次郎　13　人斬りに紋日は暮れた』 1998.1　269p
①4-334-72533-3

『木枯し紋次郎　14　女の向こうは一本道』 1998.2　262p
①4-334-72553-8

『木枯し紋次郎　15　さらば峠の紋次郎』 1998.3　288p
①4-334-72571-6

『木枯し紋次郎　傑作時代小説　上　生国は上州新田郡三日月村　〔光文社時代小説文庫〕』 2012.1　571p
①978-4-334-76354-1
〔内容〕赦免花は散った, 童唄を雨に流せ, 川留めの水は濁った, 木枯しの音に消えた, 女郎蜘蛛が泥に這う, 夜泣石は霧に濡れた, 上州新田郡三日月村, 命は一度捨てるもの, 年に一度の手向草, 生国は地獄にござんす, *編者解説（山前譲〔著〕）

『木枯し紋次郎　傑作時代小説　下　長脇差（ながどす）一閃！　修羅の峠道　〔光文社時代小説文庫〕』 2012.2　579p
〈各巻タイトル：長脇差一閃！　修羅の峠道〉
①978-4-334-76374-9
〔内容〕湯煙に月は砕けた, 一里塚に風を断つ, 土煙に絵馬が舞う, 噂の木枯し紋次郎, 雪燈籠に血が燃えた, 海鳴りに運命を聞いた, 駈入寺に道は果てた, 唄を数えた鳴神峠, 雷神が二度吼えた, お百度に心で詫びた紋次郎, *編者解説（山前譲〔著〕）

『さすらい街道　連作時代小説』 1988.8　576p
①4-334-70794-7

『日本遊侠伝　傑作時代小説』 1988.11　354p
①4-334-70845-5
〔内容〕最後の火に哭いた男―新門辰五郎の場合, 流星を受けとめた男―竹居の吃安の場合, 韋駄天に賭けた男―大前田栄五郎の場合, 血槍に哄笑した男―日光の円蔵・国定忠治の場合, 天命に背を向けた男―幡随院長兵衛・水野十郎左衛門の場合

『真田十勇士　長編時代小説　巻の1』 1989.1　352p
①4-334-70881-1

『真田十勇士　長編時代小説　巻の2』 1989.2　282p
①4-334-70897-8

『真田十勇士　長編時代小説　巻の3』 1989.3　287p
①4-334-70914-1

『真田十勇士　長編時代小説　巻の4』 1989.4　343p
①4-334-70931-1

『真田十勇士　長編時代小説　巻の5』 1989.5　289p

①4-334-70945-1

『夢剣　傑作時代小説』 1990.6　300p
①4-334-71164-2
〔内容〕夢剣, 闇の鈴, 夏の焚火, 雪の追分, 桑畑の中の栄五郎, 裏街道を往く人々, 雪の観音寺峠, 早立ち妻篭追分, 七里の渡し月見船, 春の雪に散った花

『玄白歌麿捕物帳』 1993.2　302p
①4-334-71656-3
〔内容〕酔った養女, 街道の柔肌, 粗忽な悪人, 大川端心中, 雪の判じ絵, 裏切りの紅梅

『旅鴉』 1993.11　250p
①4-334-71792-6
〔内容〕血しぶきに煙る信州路, 頬かぶり街道, 洗い髪仁義, 悲しい旅鴉の唄, 千本松の利三郎, 房の川戸の御関所

『女人切腹』 1995.1　309p
①4-334-71991-0
〔内容〕女人は二度死ぬ, 女人切腹, おんな無情, 遺書欲しや, 影のない男, 腹切り石仏, 運命の宴, 陰謀

『地獄の女殺し　玄白歌麿捕物帳』 1995.9　284p
①4-334-72108-7
〔内容〕伝通院の参詣人, 怪談を恐れる男, 回向院の下屋敷, 鬼の仏心, 地獄の女殺し, 女が登れる木

『直飛脚疾る　連作時代小説』 1999.2　308p〈『一千キロ、剣が疾る』(光文社 1990年10月刊)の改題〉
①4-334-72766-2
〔内容〕火刑, 茶壺非情, 肩の涙, 師の影を踏む, 盗賊に燃えた, 北国に消える

『江戸の人生論　木枯し紋次郎のことわざ漫歩』 1999.10　243p
①4-334-72902-9
〔内容〕予定―日暮れて道を急ぐ, 大酒飲み―下戸と化け物はいない, 夫の言い訳―疑いは詞で解けぬ, 下の句―それにつけても金の欲しさよ, 相手の立場―上げ舟に物を問え, 妻の実家―嫁の朝立ち娘の夕立ち, 世間―河童の川流れ, 完全犯罪―頭隠して尻隠さず, 手紙―腹の立つ事は明日言え, 腹が立つ―飯の上の蠅, 宿命―袖振り合うも多生の縁, 不機嫌―げらげら笑いのどん腹立て, 許せない―朝雨は女の腕まくり, 自説―這っても黒豆, 明るい人生―物は祝いから, お金や就職―足を洗う, 長寿―命は天に在り, 対立関係―頭おさえりゃ尻ゃ上がる, 気楽―わが家 楽の釜盥, 親馬鹿―甘やかし子を捨てる, 中身―人は見かけによらぬもの, 無限の欲―亀も上上, 人格者―威あって猛からず, とんとん―五十歩百歩, 無節操―朝題目に夕念仏, 家康の夢――富士二鷹三茄子, 日本語―唐紙唐紙仮名で書け, 人生―うかうか三十きょろきょろ四十, 女嫌い―矛盾, 正体―秋の鯱と娘の粗は見えぬ, 賢明―口をして鼻の如くせよ, 離婚の条件―七去, 失敗後―羹に懲りて膾を吹く, 思い込み―卵を見て時夜を求む, 同情―案じてたもるより銭たもれ, 男と女―漬け物ほめれば嬶ほめる, 楽な仕事―鮟鱇の待ち喰い, おトイレ―雪隠の錠前, 復縁―覆水盆に返らず, 捜し物―背中の子を三年捜す, 本能―見たいが病い, 無駄な年月―故の黙阿弥, 親の利用法―苦しいときには親を出せ, 金持ち―金は三欠くに溜まる, 人の噂―下馬評

『家光謀殺　東海道の攻防十五日 長編歴史小説』 2000.5　567p
①4-334-73010-8

『お不動さん絹蔵捕物帖　時代推理小説』 2005.1　320p
①4-334-73608-4
〔内容〕血染めの情け, 鬼の眼に涙なし, 飛び回る短刀, 裂けた朧月, 殺された幽霊, 女に生まれて

『海賊船幽霊丸　長編時代小説』 2006.3　275p〈著作目録あり〉
①4-334-74040-5

『浮草みれん　時代推理小説　お不動さん絹蔵捕物帖』 笹沢左保〔原案〕;小葉誠吾〔著〕　2006.7　262p
①4-334-74100-2
〔内容〕道成寺の簪, 万朶の花, 挿した柳

コスミック・時代文庫

（コスミック出版）

『姫四郎流れ旅　東海道つむじ風 超痛快！ 時代小説』 2010.10　696p
①978-4-7747-2364-8
〔内容〕桜が消えた戸塚宿, 命を競う小田原宿, 女郎が唄う三島宿, 肌が溺れた島田宿, 縁が切れた掛川宿, 波が叫んだ新居宿, 夢が流れた岡崎宿, 潮に棹さす桑名宿, 噂が泣いた府中宿, 闇が怒った小仏宿, 心が走った大月宿, 顔が凍った甲府宿

『姫四郎流れ旅　超痛快！ 時代小説　中仙道はぐれ鳥』 2011.4　681p
①978-4-7747-2401-0

『北町奉行・定廻り同心　蘭之介心形剣：超痛快！ 時代小説』 2013.2　406p
〈『同心暁蘭之介』(サンケイ出版 1982年刊) の改題〉
①978-4-7747-2598-7

『八丁堀お助け同心　超痛快！ 時代小説』 2013.10　304p 〈『八丁堀・お助け同心秘聞 不義密通編』(ノン・ポシェット 1995年刊) の改題〉
①978-4-7747-2669-4

『豪剣お庭番竜之介　超痛快！ 時代小説』 2014.5　451p 〈『寛政・お庭番秘聞』(祥伝社 1988年刊) の改題〉
①978-4-7747-2730-1

時代小説文庫 (富士見書房)

◇木枯し紋次郎

『赦免花は散った　木枯し紋次郎』 1981.7　261p

『女人講の闇を裂く　木枯し紋次郎』 1981.9　278p

『六地蔵の影を斬る　木枯し紋次郎』 1981.12　211p

『無縁仏に明日をみた　木枯し紋次郎』 1983.2　252p

『上州新田郡三日月村　木枯し紋次郎』 1983.5　261p

『木枯しは三度吹く　木枯し紋次郎』 1983.6　254p

『命は一度捨てるもの　木枯し紋次郎』 1983.7　250p

『三途の川は独りで渡れ　木枯し紋次郎』 1984.1　253p

『虚空に賭けた賽一つ　木枯し紋次郎』 1984.4　254p

『お百度に心で詫びた紋次郎　木枯し紋次郎』 1984.7　282p
①4-8291-1082-1

『奥州路・七日の疾走　木枯し紋次郎』 1985.10　253p
①4-8291-1114-3

『人斬りに紋日は暮れた　木枯し紋次郎』 1985.11　253p
①4-8291-1115-1

◇音なし源捕物帳

『花嫁狂乱　音なし源捕物帳　1』 1987.12　339p
①4-8291-1134-8
〔内容〕光る闇, 夜桜の涙, 暗夜の花道, 鶴の八番, “さ”の字殺し, 遠い音, 花嫁狂乱, 鬼の貌, 黄金の仏像, 雨吹き風降る

『湯治場の女　音なし源捕物帳　2』 1988.2　330p
①4-8291-1136-4
〔内容〕賭けた浪人, 霜柱は笑う, 木枯しの辻, 湯治場の女, 凍った三日月, 赤い初雪, 罪なお年玉, 藪入りの留守, 死の初伊勢, 梅の声

『盗まれた片腕　音なし源捕物帳　3』 1988.3　298p
①4-8291-1137-2
〔内容〕消えた花嫁, 甘い毒薬, 夜の花吹雪, 子の刻参り, 斑らの蝶, 盗まれた片腕, 長屋の賭け, 飛ぶ稲妻, 笛の女

『猫の幽霊　音なし源捕物帳　4』 1988.4 302p
①4-8291-1138-0
〔内容〕革財布の中身, 捨子のお恵, 江戸を去る朝, 盗人嵐, 嘲笑（わら）う墓, 猫の幽霊, 歓喜の辻君, 逃げた七百両, 塒（ねぐら）のない男

『浮世絵の女　音なし源捕物帳　5』 1988.5 303p
①4-8291-1139-9
〔内容〕野良犬と蝶, 宿場女郎, 浮世絵の女, キツネ憑き, 女難の纏, 満月に怒る, 女房殺し, 人質騒動, 師走の血

集英社文庫（集英社）

『日暮妖之介流れ星破れ編笠』 1981.10 668p

『大江戸火事秘録』 1982.12 334p〈付：参考文献〉

『野望将軍　上』 1986.12 327p
①4-08-749167-6

『野望将軍　下』 1986.12 313p
①4-08-749168-4

祥伝社文庫（祥伝社）

◇半身のお紺

『半身のお紺　女無宿人非情旅　時代小説』 2000.6 320p〈『女無宿人・半身のお紺』（光文社1986年刊）の改題〉
①4-396-32772-2

『半身のお紺　女無宿人無残剣　時代小説』 2000.8 328p〈『女無宿人・半身のお紺 さだめが憎い』（光文社1986年刊）の改題〉
①4-396-32792-7

『半身のお紺　女無宿人愛憎行　時代小説』 2001.6 299p〈『女無宿人・半身のお紺』（光文社1987年刊）の改題〉
①4-396-32865-6
〔内容〕醒めて疼きます, 紅が眼にしみます, 吹雪は去りました, 鈴も一緒に棄てました, 果てなき旅にて候

◇徳川幕閣盛衰記

『野望の下馬将軍　長編歴史小説　徳川幕閣盛衰記　上巻』 2002.1 495p
①4-396-33019-7

『将軍吉宗の陰謀　長編歴史小説　徳川幕閣盛衰記　中巻』 2002.3 499p〈年譜あり〉
①4-396-33031-6

『黒船擾乱　長編歴史小説　徳川幕閣盛衰記　下巻』 2002.5 492p
①4-396-33045-6

『地獄の辰犯科帳　傑作時代小説』 1999.4 398p〈『地獄の辰・無残捕物控―首なし地蔵は語らず』（光文社1985年刊）の改題〉
①4-396-32679-3
〔内容〕首なし地蔵は語らず, 夜鷹が水を欲しがった, 縁切寺で女は死んだ, 水茶屋の闇を突く, 半鐘が赤い雪に鳴る, 瓦版に娘が欠けた, 賽は知っていた

『地獄の辰無残帳　時代小説』 1999.9 425p〈『地獄の辰・無残捕物控』（光文社 1985年刊）の改題〉
①4-396-32705-6
〔内容〕地下牢の水は凍てた, 水子が雨に死を招く, 流人が川に憎悪を呼んだ, 一に叩かれ二に縛られ, 刀懸けが女湯にあった, 小判二十枚が重かった, 花魁の煙管が折れた, 岡っ引きが十手を捨てた

『地獄の辰非道帳　時代小説』 1999.12 501p〈『地獄の辰・無惨捕物控』（光文社 1986年刊）の改題〉
①4-396-32726-9

『定廻り同心　謎解き控 長編時代小説』 2001.1 318p

Ⓘ4-396-32834-6
〔内容〕奇怪な恩返し, 謎の落とし物, 殺し損・殺され損, 姦婦の遺言, 無言の美女, 抜けば玉散る

『定廻り同心　最後の謎解き 時代小説』 2002.12　263p〈著作目録あり〉
Ⓘ4-396-33080-4
〔内容〕殺害の時刻, 棒手振が行く, 密室, 江戸艶女図絵 代理の花嫁, 笹沢左保が自ら綴る節目エッセイ, 追悼 笹沢左保

新潮文庫（新潮社）

◇帰って来た紋次郎

『帰って来た木枯し紋次郎』 1997.9　261p
Ⓘ4-10-132906-0
〔内容〕生きている幽霊, 泣き笑い飯盛女, 諸行無常の響き, 舞い戻った疫病神, 新たなる旅立ち

『帰って来た紋次郎　同じく人殺し』 1998.9　262p
Ⓘ4-10-132907-9
〔内容〕仏前の握り飯, 同じく人殺し, 割れた鬼の面, 反魂丹の受難, 何れが欺く者

『帰って来た紋次郎　かどわかし』 1999.5　283p
Ⓘ4-10-132908-7
〔内容〕峠だけで見た男, 十五年の沈黙, かどわかし, 三人と一匹の別れ, 観世音菩薩を射る, 折鶴に甘い露を

『帰って来た紋次郎　さらば手鞠唄』 1999.9　300p
Ⓘ4-10-132909-5
〔内容〕まぼろしの慕情, 顔役の養女, 死出の山越え, 名月の別れ道, さらば手鞠唄, 追われる七人

『帰って来た紋次郎　悪女を斬るとき』 2000.9　322p
Ⓘ4-10-132910-9

『帰って来た紋次郎　最後の峠越え』 2001.11　329p
Ⓘ4-10-132911-7
〔内容〕最後の峠越え, 夕映えの嫁入り, 悪党のいない道, 死は遠い空の雲, 桜の花を好んだ男, 霧の中の白い顔

『剣士燃え尽きて死す　人間・沖田総司』 1984.1　329p〈参考文献：p322〉
Ⓘ4-10-132901-X

『新大岡政談』 1984.9　489p
Ⓘ4-10-132902-8

『旗本奴一代』 1988.12　612p〈『大江戸無頼』（広済堂出版 1980年刊）の改題〉
Ⓘ4-10-132903-6

『花落ちる　智将・明智光秀』 1989.9　283p〈『山崎の電撃戦』（新人物往来社 1970年刊）の解題〉
Ⓘ4-10-132904-4

『天鬼秘剣』 1991.9　336p
Ⓘ4-10-132905-2

大衆文学館（講談社）

『見かえり峠の落日』 1996.9　294p
Ⓘ4-06-262058-8
〔内容〕見かえり峠の落日, 中山峠に地獄をみた, 地蔵峠の雨に消える, 暮坂峠への疾走, 鬼首峠に棄てた鈴

中公文庫（中央公論新社）

◇木枯し紋次郎中山道を往く

『木枯し紋次郎中山道を往く　上』 1983.6　345p

『木枯し紋次郎中山道を往く　下』 1983.7　309p

『木枯し紋次郎中山道を往く　1（倉賀野～長久保）』 改版　2007.11　281p
Ⓘ978-4-12-204942-0

〔内容〕虚空に賭けた賽一つ, 駈入寺に道は果てた, 鬼が一匹関わった, 流れ舟は帰らず, 雪灯籠に血が燃えた

『木枯し紋次郎中山道を往く　2（塩尻〜妻籠）』改版　2008.1　253p
Ⓘ978-4-12-204965-9
〔内容〕命は一度捨てるもの, 白刃を縛る五日の掟, 一里塚に風を断つ, 暁の追分に立つ

『木枯し紋次郎中山道を往く　3（大井〜今須）』改版　2008.3　255p
Ⓘ978-4-12-205007-5
〔内容〕冥土の花嫁を討て, 明日も無宿の次男坊, 四つの峠に日が沈む, 鴉が三羽の身代金

『私説国定忠治』1980.10　255p

徳間文庫（徳間書店）

◇潮来の伊太郎

『大利根の闇に消えた　潮来の伊太郎　1』1988.6　284p
Ⓘ4-19-568529-X
〔内容〕大利根の闇に消えた, 笹子峠の月に映えた, 沓掛宿で女が酔った, 木曽路を嵐が走った, 三度笠は朝に去った

『決闘・箱根山三枚橋　潮来の伊太郎　2』1988.7　278p
Ⓘ4-19-568550-8

◇追放者・九鬼真十郎

『江戸の夕霧に消ゆ　追放者・九鬼真十郎　1』1989.5　345p
Ⓘ4-19-568759-4

『美女か狐か峠みち　追放者・九鬼真十郎　2』1989.6　349p
Ⓘ4-19-568784-5
〔内容〕師走の風に舞う, 雪に桜の影法師, 美女か狐か峠みち, 禁じられた助太刀, 死んだ女の用心棒, 鉄火場に鶯が啼く

◇姫四郎医術道中

『嘉永二年の帝王切開　姫四郎医術道中　1』1990.3　382p〈『裏街道片われ月』（光風社出版1982年刊）の改題〉
Ⓘ4-19-569011-0
〔内容〕利根川に孤影を斬った, 天竜川に椿が散った, 大井川を命が染めた, 久慈川に女が燃えた, 笛吹川に虹が消えた, 吾妻川に憎悪が流れた, 千曲川に怨霊を見た

『嘉永三年の全身麻酔　姫四郎医術道中　2』1990.4　319p〈『東海道つむじ風』（光風社出版1980年刊）の改題〉
Ⓘ4-19-569048-X
〔内容〕命を競う小田原宿, 女郎が唄う三島宿, 肌が溺れた島田宿, 波が叫んだ新居宿, 夢が流れた岡崎宿, 潮に棹さす桑名宿

『嘉永四年の予防接種　姫四郎医術道中　3』1990.5　285p〈『中仙道はぐれ鳥』（光風社出版1980年刊）の改題〉
Ⓘ4-19-569072-2
〔内容〕水子が騒ぐ追分宿, 仏が逃げた馬篭宿, 娘が燃えた塩尻宿, 炎が仇の松井田宿, 情が死んだ深谷宿, 風が慕った浦和宿

『嘉永五年の人工呼吸　姫四郎医術道中　4』1990.6　316p〈『日光道狂い花』（光風社出版1981年刊）の改題〉
Ⓘ4-19-569097-8
〔内容〕昔を売った粕壁宿, 息吹が若い鹿沼宿, 音が砕けた梁田宿, 涙が散った矢板宿, 雪が笑った氏家宿, 掟を棄てた岩槻宿

『嘉永六年のアルコール中毒　姫四郎医術道中　5』1990.7　379p〈『甲州街道しぐれ笠』（光風社出版1981年刊）の改題〉
Ⓘ4-19-569121-4
〔内容〕噂が泣いた府中宿, 闇が怒った小仏宿, 心が走った大月宿, 顔が凍った甲府宿, 桜が消えた戸塚宿, 縁が切れた掛川宿, 鬼怒川を冥土へ越えた

◇疫病神捕物帳

『疫病神捕物帳』1997.2　318p〈『疾病神

呑太』(1991年刊)の改題〉
①4-19-890636-X
〔内容〕人を信じない男,黒猫を恐れる女,幽霊を追った男,甘い声を出す女,十両もらった男

『降って来た赤ン坊　疫病神捕物帳』
1998.7　302p
①4-19-890924-5
〔内容〕情は役立たず,身を捨ててこそ,裏白の紺足袋,甘酒盗賊,降って来た赤ン坊

『無宿人御子神の丈吉　1』1987.10　311p
①4-19-568367-X
〔内容〕峠路は遠かった,牙は引き裂いた,女は雨に煙った,銀色の命に哭いた,雪降る里に消えた

『無宿人御子神の丈吉　2』1987.11　284p
①4-19-568387-4

『無宿人御子神の丈吉　3』1987.12　311p
①4-19-568407-2
〔内容〕人形は野分に舞った,地獄へ影は走った,土砂降りの天を突く,街道は死を待った

『無宿人御子神の丈吉　4』1988.1　279p
①4-19-568427-7
〔内容〕脇本陣の娘が追った,用心棒は裏切った,幻の太陽は沈んだ

『女人狂乱　延命院事件 官能長篇絵巻』
2000.5　410p
①4-19-891304-8

『狂恋　二人の小町』2000.10　412p
〈『狂乱春の夜の夢』(読売新聞社1986年刊)の改題〉
①4-19-891390-0

『天鬼秘剣』2002.1　378p
①4-19-891641-1

『剣鬼啾々』2002.7　557p
①4-19-891736-1

『剣士燃え尽きて死す』2003.10　357p
①4-19-891954-2

『夕映えに死す』2007.8　349p
①978-4-19-892645-8
〔内容〕夕映えに明日は消えた,夕映えはあの日も見た,夕映えに涙が笑った,夕映えの道は遠かった,夕映えが過去を染めた,夕映えに命を売った,夕映えに狼が死んだ

『地獄の辰無残捕物控　捕物帳傑作選』
2008.2　333p〈下位シリーズの責任表示:縄田一男監修〉
①978-4-19-892746-2
〔内容〕首なし地蔵は語らず,賽は知っていた,流人が川に憎悪を呼んだ,刀懸けが女湯にあった,花魁の煙管が折れた,岡っ引きが十手を捨てた

ノン・ポシェット(祥伝社)

◇闇狩り人犯科帳

『闇狩り人犯科帳』1996.12　362p
①4-396-32535-5

『闇狩り人犯科帳　盗まれた片腕編　傑作時代小説』1997.7　398p
①4-396-32580-0
〔内容〕罪なお年玉,藪入りの留守,死の初伊勢,梅の声,消えた花嫁,甘い毒薬,夜の花吹雪,子の刻参り,斑らの蝶,盗まれた片腕

『闇狩り人犯科帳　嘲笑う墓編　傑作時代小説』1997.12　401p
①4-396-32601-7
〔内容〕長屋の賭け,飛ぶ稲妻,笛の女,革財布の中身,捨子のお恵,江戸を去る朝,盗人嵐,嘲笑う墓,猫の幽霊,歓喜の辻君

『闇狩り人犯科帳　浮世絵の女　傑作時代小説』1998.6　447p
①4-396-32630-0
〔内容〕逃げた七百両,塒のない男,満月に怒る,野良犬と蝶,宿場女郎,浮世絵の女,キツネ憑き,女難の纏,女房殺し,人質騒動,師走の血

◇鼠小僧と遠山金四郎

『大江戸龍虎伝　長編時代小説　鼠小僧と遠山金四郎』1998.10　597p〈『夢と承

知で』（光文社1991年刊）の改題〉
①4-396-32652-1

『江戸女人絵巻　傑作時代小説』 1987.12 329p
①4-396-32078-7
〔内容〕行かず後家, 旅の留守, 小町娘の十手, 妾の目に涙, 蚊帳の夜風, 重箱は売らない, 初夜の仇討ち, 流転の果て, 長屋の心中, 石女狂乱

『寛政・お庭番秘聞　長編時代小説』 1988.3　384p〈『影は走る』（潮出版社 1975年刊）の改題〉
①4-396-32083-3

『文政・八州廻り秘録　傑作時代小説』 1988.5　279p〈『朝霧に消えた男』（毎日新聞社 1972年刊）の改題〉
①4-396-32086-8
〔内容〕1 "闇の四天王"の罠—八州廻り・浅野新兵衛仕事控, 2 魔性の肌—八州廻り・大西平八郎仕事控, 3 "雷神"を殺した女—八州廻り・伊那源内仕事控, 4 女色の代償—八州廻り・小田切主膳仕事控, 5 甘い餌—八州廻り・柴田外記仕事控, 6 お旗本の秘め事—八州廻り・風間伊八郎仕事控

『北町奉行・定廻り同心控　傑作時代小説』 1988.11　364p〈『同心暁蘭之介』（サンケイ出版 1982年刊）の改題〉
①4-396-32108-2
〔内容〕不義密通の代償, 妖しい彫り物, 盗賊『闇の六地蔵』, 弓師の娘, 寛保元年の日傘

『天保・怪盗鼠小僧次郎吉　長編時代小説』 1988.12　539p〈『風のように走った』（東京文芸社 1987年刊）の改題〉
①4-396-32113-9

『文久・清水の小政無頼剣　長編時代小説』 1989.4　490p〈『血臭の男』（1974年刊）の改題〉
①4-396-32124-4

『天保・国定忠治無頼録　長編時代小説』 1989.7　268p〈『私説国定忠治』（中央公論社 1973年刊）の改題〉
①4-396-32142-2

『江戸大火・女人地獄　傑作時代小説』 1989.12　348p〈『大江戸火事秘録』（新潮社1975年刊）の改題〉
①4-396-32160-0
〔内容〕ふたり十右衛門, お情け火盗改め, お救い小屋の淫, 二千三百両の草鞋, 浅草小町の嘲笑, 千代田城の醜女, 十四代目の祝言

『裏切り街道　暗闇に泣く女 傑作時代小説』 1990.4　287p〈『雪に花散る奥州路』（文藝春秋1971年刊）の改題〉
①4-396-32173-2

『地獄街道　月夜に待つ女 傑作時代小説』 1990.7　288p〈『地獄を嗤う日光路』（文藝春秋 1972年刊）の改題〉
①4-396-32184-8
〔内容〕背を陽に向けた房州路, 月夜に吼えた遠州路, 飛んで火に入る相州路, 地獄を嗤う日光路

『八丁堀・お助け同心秘聞　不義密通編』 1995.10　291p〈『お助け同心巡廻簿』（産経新聞社平成4年刊）の改題〉
①4-396-32465-0

『八丁堀・お助け同心秘聞　御定法破り編』 1996.2　336p〈『お助け同心巡廻簿』（産経新聞社平成4年刊）の改題〉
①4-396-32490-1

双葉文庫（双葉社）

『真田十勇士　巻の1　猿飛佐助諸国漫遊』 1997.2　367p
①4-575-66094-9

『真田十勇士　巻の2　大暴れ三好清海入道』 1997.3　292p
①4-575-66095-7

『真田十勇士　巻の3　才蔵宮本武蔵を破る』 1997.4　300p
①4-575-66096-5

『真田十勇士　巻の4　真田幸村大坂城入城』 1997.5　359p
①4-575-66097-3

『真田十勇士　巻の5　戦場に散った勇士たち』 1997.5　303p
①4-575-66098-1

『小早川秀秋の悲劇』 2000.6　284p
①4-575-66108-2

『文政八州廻り秘録』 2012.6　300p〈ノン・ポシェット 1988年刊の再編集〉
①978-4-575-66568-0
〔内容〕“闇の四天王”の罠—八州廻り浅野新兵衛仕事控, 魔性の肌—八州廻り大西平八郎仕事控, “雷神”を殺した女—八州廻り伊那源内仕事控, 女色の代償—八州廻り小田切主膳仕事控, 甘い餌—八州廻り柴田外記仕事控, お旗本の秘め事—八州廻り風間伊八郎仕事控

文春文庫（文藝春秋）

『雪に花散る奥州路』 1982.1　266p
〔内容〕雪に花散る奥州路, 狂女が唄う信州路, 木っ端が燃えた上州路, 峠に哭いた甲州路

『地獄を嗤う日光路』 1982.4　260p
〔内容〕背を陽に向けた房州路, 月夜に吼えた遠州路, 飛んで火に入る相州路, 地獄を嗤う日光路

『剣鬼啾々』 1987.11　478p
①4-16-723812-8

『家光謀殺　東海道の攻防十五日』 1996.3　620p
①4-16-723813-6

『宮本武蔵　1　天の巻』 1996.10　450p
①4-16-723814-4

『宮本武蔵　2　地の巻』 1996.10　442p
①4-16-723815-2

『宮本武蔵　3　水の巻』 1996.11　445p
①4-16-723816-0

『宮本武蔵　4　火の巻』 1996.11　452p
①4-16-723817-9

『宮本武蔵　5　風の巻』 1996.12　403p
①4-16-723818-7

『宮本武蔵　6　空の巻』 1996.12　407p
①4-16-723819-5

『宮本武蔵　7　霊の巻』 1997.1　406p
①4-16-723820-9

『宮本武蔵　8　玄の巻』 1997.1　381p
①4-16-723821-7

佐竹 申伍

さたけ・しんご

1921～2005

東京生まれ。本名・佐藤静夫。日大卒。映画関係の仕事を経て、文筆活動に入り、時代小説を多く発表した。代表作に「闘将島左近」「真田幸村」など。

光風社文庫（光風社出版）

『太閤記の女たち』 1995.11 302p
①4-87519-930-9

コスミック・時代文庫（コスミック出版）

『密命―魔性剣― 超痛快！ 時代小説』 2012.3 809p〈『秘説妖雲の辻』（光風社出版1990年刊）の改題〉
①978-4-7747-2495-9

春陽文庫（春陽堂書店）

『濡れ髪剣士』 1968 280p
『まぼろし忍法帳』 1968 198p
『かげろう天狗』 1970 244p
『花の無法剣』 1971 502p
『変化若君』 1974 241p
『若殿まかり通る』 1974 461p
『真田軍団はゆく』 1980.8 386p
『まぼろし忍法帳』 1982.8 198p
『濡れ髪剣士』 1985.5 280p
『黄門東海道を行く』 1987.3 243p
『かげろう天狗』 新装版 1987.9 244p
『変化若君』 改装版 1988.2 241p
①4-394-12306-2
『妖説魔性の剣 上』 1994.1 345p〈『秘説妖雲の辻』（光風社出版1990年刊）の改題〉
①4-394-12309-7
『妖説魔性の剣 下』 1994.1 359p〈『秘説妖雲の辻』（光風社出版1990年刊）の改題〉
①4-394-12310-0

人物文庫（学陽書房）

『猛虎武田信玄』 2006.8 305p〈『武田信玄』（PHP研究所 1992年刊）の改題〉
①4-313-75218-8

PHP文庫（PHP研究所）

『大石内蔵助』 1988.11 275p
①4-569-26174-4
『島左近 義を貫いた闘将の生涯』 1990.1 573p〈『闘将島左近』（光風社出版1986年刊）の改題〉
①4-569-56240-X
『蒲生氏郷 信長の愛弟子とよばれた名将』 1990.9 418p〈参考資料：p411〉
①4-569-56278-7
『真田幸村 家康が怖れた男の生涯』 1992.2 516p
①4-569-56451-8
『武田信玄』 1992.7 301p
①4-569-56483-6
『加藤清正 太閤の夢に殉ず』 1994.3 588p
①4-569-56624-3
『塙団右衛門 意地を貫いた戦国の風雲児』 1994.10 621p〈『剛勇塙団右衛門』（光風社出版1989年刊）の改題〉
①4-569-56701-0

颯手 達治

さって・たつじ

1924〜2009

北海道生まれ。本名・吉田満。慶大中退。新聞記者のかたわら同人雑誌に作品を発表し、のち時代小説作家として独立。「若さまもの」の作品を多数発表した。他に「ひょうたん侍」など。

春陽文庫（春陽堂書店）

◇若さま紋十郎事件帖

『挿替奈落の殺人　若さま紋十郎事件帖』1988.5　280p
①4-394-12453-0

『「百物語」殺人事件　若さま紋十郎事件帖』1989.9　271p
①4-394-12455-7
〔内容〕「百物語」は死者の声, 今宵も幽鬼がやって来る, 殺しの予告は正確に, 旅篭から消えた男たち, 寺は地獄への通り道, 首吊り息子は謎の中, 夜喰い烏が命を狙う, 黒い魔の手が忍び寄る, 誰かが何処で何かをしている, 深く広がる悪の穴, 身代わり人形は霧の中, 悪の世界には悪の華が咲く, 七大名家から消えた金, 殺し屋たちも必死の動き, 悪道の巣窟を打ち壊せ, 天の裁きは十五将

『蜘蛛の巣殺人事件　若さま紋十郎事件帖』1990.10　294p
①4-394-12456-5

『やまざる大名』1969　221p
『若さま隠密帳』1971　263p
『ひょうたん侍』1971　206p
『若さま影法師』1972　258p
『若さま恋頭巾』1972　250p
『若さま風来坊』1973　229p
『若さま青春記』1974　264p
『若さま居候』1975　266p
『若さま鬼面帳』1975　287p
『若さま犯科帳』1975　255p
『若さま獄門帳』1977.9　274p
『若さま包丁控』1977.11　296p
『若さま東海道』1977.12　309p
『若さま地獄旅』1978.5　233p〈『地獄飛脚』の改題〉
『若さま人別帳』1978.8　424p
『若さま御朱印帳』1978.11　374p
『若さま秘殺帳』1979.7　337p
『若さま中山道』1979.12　333p
『若さま退屈帳』1980.4　282p
『若さま幽霊帳』1980.8　295p
『若さま箱根八里』1980.10　287p
『若さま死神帳』1981.6　307p
『若さま独歩行』1981.8　274p
『若さま幻魔帳』1981.10　276p
『女たちの忠臣蔵』1981.12　251p
『若さま人生峠』1982.6　285p
『若さま大福帳』1982.8　260p
『おれは小次郎だ』1982.10　289p
『若さま白昼堂々』1983.5　296p
『若さま隠れん坊』1983.7　272p
『若さま拳骨伝』1983.9　228p
『若さま名奉行』1983.11　302p
『若さま奥州街道』1983.12　288p
『若さま殺人事件帳』1984.5　306p
『若さま妖怪退治』1984.9　290p
『若さま凱風快晴』1984.11　293p
『若さま陣太鼓』1985.4　231p
『若さま黄金大名』1985.7　236p
『若さま紋十郎伝奇　永楽堂殺人事件』1985.12　282p

『むらさき若殿』 1986.4　217p
『若さま隠密三代目』 1986.7　201p
『若さま居眠り将棋　菊堂殺人事件』 1986.9　287p
『若さま昼寝隠密』 1986.12　233p
『若さま隠密帳』 改装版　1987.3　263p
『若さま江戸の一日』 1987.5　190p
『若さま勇往邁進』 1987.7　229p
『やまざる大名』 改装版　1988.2　221p
①4-394-12402-6
『ひょうたん侍』 改装版　1988.9　206p
『鳥が啼けば人が死ぬ　燕万太郎浮世節』 1988.11　211p
①4-394-12454-9
『若さま影法師』〔新装版〕　1989.8 258p
①4-394-12406-9
『若さま風来坊』 改装版　1990.3　229p
①4-394-12408-5
『若さま伝法旅』 改装版　1990.5　301p
①4-394-12411-5
『若さま恋頭巾』 改装版　1990.8　250p
①4-394-12407-7
『若さま卍変化』 改装版　1990.12　309p
①4-394-12410-7
『若さま居候』〔新装版〕　1991.7　266p
①4-394-12416-6
『若さま青春記』 新装版　1991.9　264p
①4-394-12414-X
『若さま鬼面帳』〔新装版〕　1991.11 287p
①4-394-12417-4
『若さま旅日記』 1991.12　253p
①4-394-12413-1
『若さま犯科帳』 改装版　1992.1　255p
①4-394-12415-8
『若さま退屈帳』 改装版　1992.4　282p
①4-394-12427-1
『若さま東海道』 改装版　1992.6　309p
①4-394-12422-0
『若さま御朱印帳』 改装版　1992.10 374p
①4-394-12424-7
『若さま運命峠』 1992.11　346p
①4-394-12457-3
『若さま幽霊帳』 1993.6　295p〈新装〉
①4-394-12428-X
『若さま秘殺帳』 1994.7　337p〈新装〉
①4-394-12425-5
『若さま地獄旅』 1995.6　233p〈新装〉
①4-394-12403-4
『若さま旅愁峠』 1995.10　338p
①4-394-12458-1
『若さま刺客帳』 新装　1998.7　506p
①4-394-12418-2

佐藤 雅美
さとう・まさよし
1941～

兵庫県生まれ。早大卒。週刊誌記者から作家となり、1985年「大君の通貨」でデビュー。94年「恵比寿屋喜兵衛手控え」で直木賞を受賞した。「八州廻り桑山重兵衛」シリーズ「物書同心居眠紋蔵」シリーズなどがある。

角川文庫（角川書店）

◇町医北村宗哲

『町医北村宗哲』 2008.12 371p〈発売：角川グループパブリッシング〉
①978-4-04-392501-8
〔内容〕欠落女みつの錯乱, 小塚原の蟬時雨, お向かいさんの鬼瓦, ひょっとこの亀, 跡をゆるりと尋ね三省, 御医師村田宕庵の逆襲, 縫物ぎらい, 泡と消えた巨万の富, 解説（縄田一男〔著〕）

『やる気のない刺客 町医北村宗哲』 2010.12 350p〈発売：角川グループパブリッシング〉
①978-4-04-394401-9
〔内容〕おもん婆さんの頼み事, 十一年前の男, 手にしそこなった軍資金千両, 修験竜閑院の正体, やる気のない刺客, 縄張り争いの潮目, 死んだ振り黒門の逆襲, 明暗さまざまだった良順の一言

『口は禍いの門 町医北村宗哲』 2011.12 361p〈発売：角川グループパブリッシング〉
①978-4-04-100066-3
〔内容〕町医田川吶庵の失言, 獄門を危うく逃れた男と女, 竜次が涙した千人力の助っ人, 補中益気湯, 戦慄させた政吉の一言, 口は禍いの門, 町医雨森春風のぼやき, 桑原浩之進思いやりの比翼塚

『男嫌いの姉と妹 町医北村宗哲』 2012.12 379p〈発売：角川グループパブリッシング〉
①978-4-04-100620-7
〔内容〕隠岐守と唐崎心中, 宮川仙九郎のこれも人生, 戸川玄丹怒りの一撃, 月明かりに消えた一網打尽, 御殿山、廃屋茶屋前の決闘, 棕櫚の葉紋様藍染めの風呂敷, 生き返った娘と黒門の発心, 男嫌いの姉と妹

『覚悟の人 小栗上野介忠順伝』 2009.12 455p〈発売：角川グループパブリッシング〉
①978-4-04-392502-5

『知の巨人 荻生徂徠伝』 2016.4 405p〈文献あり〉
①978-4-04-104213-7

講談社文庫（講談社）

◇半次捕物控

『影帳 半次捕物控』 1995.9 315p
①4-06-263053-2

『揚羽の蝶 上 半次捕物控』 2001.12 346p
①4-06-273329-3

『揚羽の蝶 下 半次捕物控』 2001.12 369p
①4-06-273330-7

『命みょうが 半次捕物控』 2005.7 393p
①4-06-275130-5
〔内容〕蟋蟀小三郎の新手, 博多の帯, 斬り落とされた腕, 関東の連れション, 命みょうが, 用人山川頼母の陰謀, 朧月夜血塗骨董, 世は太平、事もなし

『疑惑 半次捕物控』 2006.1 391p
①4-06-275293-X
〔内容〕芭蕉が取り持つ復縁, 疑惑, 小三郎のいつもの手, 迷子札を見る女, 浜御殿沖慮外法外の報い, 小三郎の放心, 働き者の女なかの悩み, 一難去ってまた一難

『泣く子と小三郎　半次捕物控』 2009.3 395p〈『半次捕物控泣く子と小三郎』(2006年刊) の改題〉
①978-4-06-276300-4
〔内容〕御奉行の十露盤, お姫様の火遊び, 天網恢恢疎にして漏らさず, 疫病神が神の神, 小三郎の無念, 泣く子と小三郎, 伊豆の伊東の上品の湯, ちよ女の仇, 解説 (細谷正充〔著〕)

『髻塚不首尾一件始末　半次捕物控』 2010.7 393p
①978-4-06-276699-9
〔内容〕ちよ殿の知恵, 助五郎の大手柄, 強請りの報酬, 銘水江戸乃水出入一件, 鬼の目にも涙, 髻塚不首尾一件始末, 小三郎罔惚れのとばっちり, 命あっての物種, 解説 (縄田一男〔著〕)

『天才絵師と幻の生首　半次捕物控』 2011.11 406p
①978-4-06-277105-4
〔内容〕膏薬と娘心, 柳原土手白昼の大捕物, 玉木の娘はドラ娘, 真田源左衛門の消えた三十日, 殺人鬼・左利きの遣い手, 奇特の幼女と押し込み強盗, 取らぬ狸の皮算用, 天才絵師と幻の生首, 解説 (末國善己〔著〕)

『御当家七代お祟り申す　半次捕物控』 2013.7 401p
①978-4-06-277598-4
〔内容〕恨みを晴らす周到な追い込み, 灯心をむく姉と妹, 破落戸兄弟家族愛の底力, 人相書の男と毒婦みち, 明神下料理茶屋恐怖の一突き, 侠女おまきの意地と度胸, 御当家七代お祟り申す, 命がけの仲裁

『一石二鳥の敵討ち　半次捕物控』 2015.5 401p
①978-4-06-293122-9
〔内容〕小三郎の罵倒, 王子稲荷結願の御利益, 稀代の悪党和田山龍円, 外し忘れた魚籠の値札, 物ぐさ女房の恩返し, 丸亀塩商人怨霊の祟り, 一石二鳥の敵討ち, 日笠源之進、返り討ちの後始末

◇物書同心居眠り紋蔵

『物書同心居眠り紋蔵』 1997.9 367p
①4-06-263599-2
〔内容〕お奉行さま, 不思議な手紙, 出雲の神さま, 泣かねえ紋蔵, 女敵持ち, 浮気の後始末, 浜爺の水茶屋, おもかげ

『隼小僧異聞　物書同心居眠り紋蔵』 1999.6 360p
①4-06-264659-5
〔内容〕落ちた玉いくつウ, 沢瀉文様べっ甲蒔絵櫛, 紋蔵の初手柄, 罪作り, 積善の家, 隼小僧異聞, 島帰り, 女心と秋の空

『密約　物書同心居眠り紋蔵』 2001.1 381p
①4-06-273070-7

『お尋者　物書同心居眠り紋蔵』 2002.6 376p
①4-06-273463-X
〔内容〕まあ聞け、雛太夫, 越後屋呉服物廻し通帳, お乳の女, 乗り逃げ, お尋者, 三行半, 明石橋組合辻番, 左遷の噂

『老博奕打ち　物書同心居眠り紋蔵』 2004.7 379p
①4-06-274824-X
〔内容〕早とちり, 老博奕打ち, 金吾の口約束, 春間近し, 握られた弱み, 呪われた小袖, 烈女お久万, 伝六と鰻切手

『四両二分の女　物書同心居眠り紋蔵』 2005.2 409p
①4-06-275004-X
〔内容〕男運, 制外の役, 四両二分の女, 銀一枚, 猫ばば男の報復, 腐儒者大東桃昏, 湯島天神一の富, 名誉回復の恩賞

『白い息　物書同心居眠り紋蔵』 2008.2 399p
①978-4-06-275963-2
〔内容〕蘭長者簑吉の名誉, 時の物売りと卵の値, それでも親か, 大坪本流馬術達者のしくじり, 坊主びっくり貂の皮, そそっかしい御武家, 落ち着かぬ毎日, 白い息

『向井帯刀の発心　物書同心居眠り紋蔵』 2010.1 402p
①978-4-06-276552-7
〔内容〕与話情浮貸横車, 歩行新宿旅籠屋, 逃げる文吉, 黒川静右衛門の報復, 韓信の胯くぐり, どうして九両三分二朱, 旗本向井帯刀の発心, 解説 (郷原宏〔著〕)

『一心斎不覚の筆禍　物書同心居眠り紋蔵』 2011.8　392p
①978-4-06-277028-6
〔内容〕女心と妙の決心, 江戸相撲八百長崩れ殺し一件, 御奉行御手柄の鼻息, 文吉の初恋, 天網恢々疎にして漏らさず, 一心斎不覚の筆禍, 糞尿ばらまき一件始末, 十四の娘を救ったお化け, 解説（細谷正充〔著〕）

『魔物が棲む町　物書同心居眠り紋蔵』 2013.2　413p
①978-4-06-277467-3
〔内容〕十四の俠客岩吉の本音, 独断と偏見と冷汗三斗, 親殺し自訴、灰色の決着, 御三家付家老五家の悲願, 魔物が棲む町, この辺り小便無用朱の鳥居, 仁和寺宝物名香木江塵の行方, 師走間近の虎が雨

『ちよの負けん気、実の父親　物書同心居眠り紋蔵』 2014.5　408p
①978-4-06-277835-0
〔内容〕真冬の海に舞う品川の食売女, 象牙の撥と鬼の連れ, みわと渡し守, 礫になる孕んだ女, 取り逃がした大きな獲物, 中秋の名月、不忍池池畔の謎, 孰か微生高を直なりと謂うや, ちよの負けん気、実の父親

『へこたれない人　物書同心居眠り紋蔵』 2016.3　410p
①978-4-06-293302-5
〔内容〕音羽者の知恵, へこたれない人, 夢見る夢之助, 牛込原町名主支配離れ願い一件始末, へこたれない人（その二）, 帰ってきた都かへり, 青菜に塩の冷汗三斗, それぞれの思いやり

『大君の通貨　幕末「円ドル」戦争』 1987.9　323p
①4-06-184065-7

『薩摩藩経済官僚　回天資金を作った幕末テクノクラート』 1989.6　334p
①4-06-184458-X

『幕末「住友」参謀　広瀬宰平の経営戦略』 1990.8　314p
①4-06-184731-7

『主殿の税　田沼意次の経済改革』 1991.7　315p
①4-06-184941-7

『恵比寿屋喜兵衛手控え』 1996.9　407p
①4-06-263340-X

『無法者』 1996.10　249p
①4-06-263352-3

『開国　愚直の宰相・堀田正睦』 1997.11　814p
①4-06-263656-5

『手跡指南神山慎吾』 1999.9　437p
①4-06-264666-8

『樓岸夢一定　蜂須賀小六』 2001.9　560p
①4-06-273209-2

『啓順凶状旅』 2003.12　365p
①4-06-273911-9
〔内容〕立場茶屋の女, 牢番の正体, 頼朝街道, 下田の旅芸人, 波浮の湊, 伊三郎の声, 江戸の一日, 消えた証拠人

『百助嘘八百物語』 2004.3　352p
①4-06-273971-2

『お白洲無情』 2006.5　435p〈『吾、器に過ぎたるか』（2003年刊）の改題〉
①4-06-275399-5

『啓順地獄旅』 2006.11　384p
①4-06-275555-6
〔内容〕浦賀番所の小役人, 後の祭り, 千本松原春まだ遠し, 自業自得, 甲府の朝靄, 水子供養, 遠くに聞こえる祭囃子, 三界に家なし

『江戸繁昌記　寺門静軒無聊伝』 2007.4　391p
①978-4-06-275477-4

『啓順純情旅』 2007.9　384p
①978-4-06-275848-2
〔内容〕油屋の若女将, お人よしの頓馬, 大野山本遠寺の出入, 伊勢古市からの便り, 情けは人の為ならず, 安五郎の大名行列, 春のそよ風, 神明前のお助け医者

『青雲遥かに　大内俊助の生涯』 2009.1　781p
①978-4-06-276246-5

『十五万両の代償　十一代将軍家斉の生涯』 2010.12　621p

Ⓘ978-4-06-276820-7
『千世と与一郎の関ケ原』 2012.2 479p
Ⓘ978-4-06-277184-9

実業之日本社文庫

(実業之日本社)

『戦国女人抄おんなのみち』 2011.2 295p
Ⓘ978-4-408-55027-5
〔内容〕小田原後家の割り込み先, 秀頼の忘れ形見駆込寺の尼の復讐, 新婚夫婦を翻弄した家康の苛酷な命, 夫を餓死させられた満天姫の恨みと運命, 夫への愛を貫きとおしたガラシアの娘, 奔放に好き勝手に生きた猛女おごう, 謂れのない汚名を後世に晒した悲劇の女, 解説(末國善己〔著〕)

人物文庫(学陽書房)

『調所笑左衛門 薩摩藩経済官僚』 2001.7 349p〈『薩摩藩経済官僚』(講談社1989年刊)の増訂〉
Ⓘ4-313-75146-7
『田沼意次 主殿の税』 2003.5 336p〈『主殿の税』(講談社1988年刊)の増訂〉
Ⓘ4-313-75165-3
『幕末「住友」参謀 広瀬宰平』 2003.11 335p〈講談社1990年刊の増訂〉
Ⓘ4-313-75170-X

文春文庫(文藝春秋)

◇八州廻り桑山十兵衛

『八州廻り桑山十兵衛』 1999.6 410p
Ⓘ4-16-762701-9
〔内容〕拐かされた女, 木崎の喜三郎, 怯える目, 密命, 密通女の高笑い, 山下左馬亮の不覚, 平川天神の決闘, 霜柱の立つ朝
『殺された道案内 八州廻り桑山十兵衛』 2001.6 369p
Ⓘ4-16-762703-5
〔内容〕木崎の色地蔵, 小幡に七蔵なければいい, 順休さんの変死, 三筋立結城縞の子供着, 殺された道案内, 公方様の気まぐれ, 途方に暮れた顔, 春の野に夢
『劇盗二代目日本左衛門 八州廻り桑山十兵衛』 2003.12 349p
Ⓘ4-16-762709-4
〔内容〕大山鳴動馬一匹, 劇盗日本左衛門の嘲笑い, 浪人喬四郎の笑み, 彫物大名の置き土産, 女手形の女, 虚無僧の後ろ姿, 蔑みの視線, 斂堂の陰謀
『江戸からの恋飛脚 八州廻り桑山十兵衛』 2006.8 346p
Ⓘ4-16-762712-4
〔内容〕高原新田笹ノ沢の霊風, 白旗村への誘い, 五つで売られた飯盛女, 江戸からの恋飛脚, 十と一つの花嫁の涙, 隠すより現る, 勢至堂宿の馬泥棒, 思い立ったが吉日
『花輪茂十郎の特技 八州廻り桑山十兵衛』 2008.4 336p
Ⓘ978-4-16-762714-0
〔内容〕博奕打ち三之助の祟り, 足尾銅山異聞・足の字四文銭, 末恐ろしい悪党, 憎まれ口が命取り, 津宮河岸で迎えた初雪, 見えぬ手がかり, 勢至堂宿三人の生き残り, 花輪茂十郎の特技
『六地蔵河原の決闘 八州廻り桑山十兵衛』 2009.10 359p
Ⓘ978-4-16-762716-4
〔内容〕十年ぶり娘との再会, 六地蔵河原の決闘, 暗闇に消えた影, 灯台下暗し, 因果の小車, 関所破り, 瓢簞から駒, 八州廻り原小兵衛の失態, 解説(ペリー荻野〔著〕)
『たどりそこねた芭蕉の足跡 八州廻り桑山十兵衛』 2012.2 351p
Ⓘ978-4-16-762719-5
〔内容〕野州真岡の六斎市, 蓑笠軍兵衛戸田の渡しの不名誉譚, 死罪覚悟の入墨者の自訴, 大盗っ人藤八と三人の爆睡, たどりそこねた芭蕉の足跡, この金よく一家を支持するに足るか, 三度の火事と多生の縁, 手代小川万蔵の復讐

『私闘なり、敵討ちにあらず　八州廻り桑山十兵衛』 2014.5　362p
①978-4-16-790092-2
〔内容〕関八州はおれが縄張り, 怨讐ははるか彼方に, 私闘なり、敵討ちにあらず, 公方様の手抜かり, 長命寺当住女犯の後始末, 笹倉村、手柄の横取り, 篝火に浮かぶ横顔, 足掛け二十六年の絶望

◇縮尻鏡三郎

『縮尻鏡三郎　上』 2002.6　350p
①4-16-762705-1
『縮尻鏡三郎　下』 2002.6　345p
①4-16-762706-X
『首を斬られにきたの御番所　縮尻鏡三郎』 2007.6　327p
①978-4-16-762713-3
〔内容〕天に口無し, 護持院ガ原逢魔が時の大捕り物, 舞う桜, 首を斬られにきたの御番所, 吝嗇之助は吝嗇之助, 妲己のおせん, いまどき流行らぬ忠義の臣, 春を呼び込むか、百日の押込
『浜町河岸の生き神様　縮尻鏡三郎』 2008.10　381p
①978-4-16-762715-7
〔内容〕破鍋に綴蓋, さりとはの分別者, お構い者の行く末, 思い立ったが吉日, 似た者どうしの放蕩の血, 踏み留まった心中者の魂魄, 浜町河岸の生き神様, 御家人花房菊次郎の覚悟
『捨てる神より拾う鬼　縮尻鏡三郎』 2010.10　384p
①978-4-16-762717-1
〔内容〕知穂の一言, 陰徳あれば陽報あり, 捨てる神より拾う鬼, 剣相見助左衛門剣難の見立て, 届いておくれ涙の爪弾き, 母は獄門、祖母は遠島, 過ぎたるは猶及ばざるが如し, 絹と盗人の数を知る事, 解説（細谷正充〔著〕）
『当たるも八卦の墨色占い　縮尻鏡三郎』 2011.5　382p
①978-4-16-762718-8
〔内容〕元表坊主加納栗園の大誤算, 当たるも八卦の墨色占い, 不義密通のふしだら女, 吉剣粟田口康光がとりもつ縁, おさまらない知穂の怒り, 御家人田岡元次郎殺しの真相, 寺田将監御呼出吟味の顚末, 命取りになった二本の張形, 解説（末國善己〔著〕）
『老いらくの恋　縮尻鏡三郎』 2012.11　378p
①978-4-16-762720-1
〔内容〕ご隠居武部九郎右衛門の正体, 九郎右衛門の謎の一言, 瞼の母, 妾奉公の女と男狂いの女, 江戸では死んでいる男, 風水・家相師平沢一鶴の木剋土, 男雛と女雛, 老いらくの恋
『夢に見た娑婆　縮尻鏡三郎』 2014.12　382p
①978-4-16-790242-1
〔内容〕川面に揺れる朧月, 隠鳥密売密告の理不尽, 片輪車の車長持ち, 空を舞う鷲, 真っ昼間の押し込みと人質の女, 降り止まぬ雨, 船盗っ人竜蔵の遺言, 夕立降って地固まる
『頼みある仲の酒宴かな　縮尻鏡三郎』 2016.9　395p
①978-4-16-790697-9
〔内容〕敵は本能寺にあり, 北の御番所、門前の紫電一閃, 手妻遣いの思いもよらぬ手, 二度あることは三度ある, 月に叢雲、花に嵐, 遠江守の奇妙な一言, 修験竜鬼院の正体, 頼みある仲の酒宴かな

『官僚川路聖謨の生涯』 2000.12　488p
①4-16-762702-7
『幽斎玄旨』 2001.12　472p
①4-16-762704-3
『大君の通貨　幕末「円ドル」戦争』 2003.3　307p
①4-16-762707-8
『槍持ち佐五平の首』 2004.4　341p
①4-16-762708-6
〔内容〕小南市郎兵衛の不覚, 槍持ち佐五平の首, ヨフトホヘル, 重怨思の祐定, 身からでた錆, 見栄は一日恥は百日, 色でしくじりゃ井上様よ, 何故一言諫メクレザルヤ
『信長　上』 2006.2　383p
①4-16-762710-8

『信長　下』 2006.2　345p
①4-16-762711-6

澤田 ふじ子
さわだ・ふじこ
1946～

愛知県生まれ。愛知県立女子大卒。1973年作家デビュー。「石女」で小説現代新人賞、「陸奥甲冑記」「寂野」で吉川英治文学新人賞を受賞。主に時代小説を執筆、代表作に「公事宿事件書留帳」「高瀬川女船歌」各シリーズがある。

ケイブンシャ文庫（勁文社）

『黒染の剣』 2000.11　609p
①4-7669-3652-3

『淀どの覚書』 2001.7　263p
①4-7669-3854-2
〔内容〕葦笛, 淀どの覚書, 千姫絵図, 御火役の妻, 雁渡る

『千姫絵姿』 2002.3　482p
①4-7669-4077-6

幻冬舎時代小説文庫（幻冬舎）

◇公事宿事件書留帳

『千本雨傘　公事宿事件書留帳　16』 2010.6　405p
①978-4-344-41491-4
〔内容〕千本雨傘, 千代の松酒, 雪の橋, 地獄駕籠, 商売の神さま, 奇妙な僧形, 解説（縄田一男〔著〕）

『遠い椿　公事宿事件書留帳　17』 2011.6　389p
①978-4-344-41692-5
〔内容〕貸し腹, 小さな剣鬼, 賢女の思案, 遠い椿, 黒猫, 鯰大変, 解説（縄田一男〔著〕）

『奇妙な賽銭　公事宿事件書留帳　18』

2011.12　388p
①978-4-344-41781-6
〔内容〕かたりの絵図, 暗がりの糸, 奇妙な賽銭, まんまんちゃんあん, 虹の末期, 転生の餅, 解説(縄田一男〔著〕)

『血は欲の色　公事宿事件書留帳　19』
2012.12　400p〈著作目録あり〉
①978-4-344-41954-4
〔内容〕闇の蛍, 雨月の賊, 血は欲の色, あざなえる縄, 贋の正宗, 羅刹の女

『鴉浄土　公事宿事件書留帳　20』 2013.12　412p〈著作目録あり〉
①978-4-344-42128-8
〔内容〕蜩の夜, 世間の鎖, 鴉浄土, 師走駕籠, 陣屋の椿, 木端の神仏

『虹の見えた日　公事宿事件書留帳　21』
2015.6　406p〈著作目録あり〉
①978-4-344-42356-5
〔内容〕牢舎の冬, 弥勒の報い, 鬼面の女, 阿弥陀の顔, 赤緒の下駄, 虹の見えた日

『冤罪凶状　公事宿事件書留帳　22』
2016.12
①978-4-344-42558-3

幻冬舎文庫(幻冬舎)

◇公事宿事件書留帳

『闇の掟　公事宿事件書留帳　1』 2000.12　348p
①4-344-40044-5
〔内容〕火札, 闇の掟, 夜の橋, ばけの皮, 年始の始末, 仇討ばなし, 梅雨の蛍

『木戸の椿　公事宿事件書留帳　2』 2000.12　346p
①4-344-40045-3
〔内容〕木戸の椿, 垢離の女, 金仏心中, お婆とまご, 甘い罠, 遠見の砦, 黒い花

『拷問蔵　公事宿事件書留帳　3』 2001.2　321p
①4-344-40069-0
〔内容〕拷問蔵, 京の女狐, お岩の最期, かどわかし, 真夜中の口紅, 中秋十五夜

『奈落の水　公事宿事件書留帳　4』 2001.4　347p
①4-344-40093-3
〔内容〕奈落の水, 厄介な虫, いずこの銭, 黄金の朝顔, 飛落人一件, 末の松山, 狐の扇

『背中の髑髏　公事宿事件書留帳　5』
2001.8　350p
①4-344-40141-7
〔内容〕背中の髑髏, 醜聞, 佐介の夜討ち, 相続人, 因業の滝, 蝮の銭, 夜寒の辛夷

『ひとでなし　公事宿事件書留帳　6』
2002.6　357p
①4-344-40243-X
〔内容〕濡れ足袋の女, 吉凶の蕎麦, ひとでなし, 四年目の客, 廓の仏, 悪い錆, 右の腕

『にたり地蔵　公事宿事件書留帳　7』
2003.12　341p
①4-344-40465-3
〔内容〕旦那の凶状, にたり地蔵, おばばの茶碗, ふるやのもり, もどれぬ橋, 最後の銭

『恵比寿町火事　公事宿事件書留帳　8』
2004.12　323p
①4-344-40587-0
〔内容〕仁吉の仕置, 寒山拾得, 神隠し, 恵比寿町火事, 末期の勘定, 無類の酒

『悪い棺　公事宿事件書留帳　9』 2005.6　318p
①4-344-40659-1
〔内容〕釣瓶の髪, 悪い棺, 人喰みの店, 黒猫の婆, お婆の御定法, 冬の蝶

『釈迦の女　公事宿事件書留帳　10』
2005.11　310p
①4-344-40721-0
〔内容〕世間の鼓, 釈迦の女, やはりの因果, 酷い桜, 四股の軍配, 伊勢屋の娘

『無頼の絵師　公事宿事件書留帳　11』
2006.12　317p
①4-344-40874-8
〔内容〕右衛門七の腕, 怪しげな奴, 無頼の絵師, 薬師のくれた赤ん坊, 買うて候えども, 穴の狢

『比丘尼茶碗　公事宿事件書留帳　12』

2007.10　309p
①978-4-344-41027-5
〔内容〕お婆の斧, 吉凶の餅, 比丘尼茶碗, 馬盗人, 大黒さまが飛んだ, 鬼婆

『雨女　公事宿事件書留帳　13』 2008.6　348p
①978-4-344-41141-8
〔内容〕牢屋敷炎上, 京雪夜揃酬, 幼いほとけ, 冥府への道, 蟒の夜, 雨女

『世間の辻　公事宿事件書留帳　14』 2008.10　350p
①978-4-344-41207-1
〔内容〕ほとけの顔, 世間の辻, 親子絆騙世噺, 因果な井戸, 町式目九条, 師走の客

『女衒の供養　公事宿事件書留帳　15』 2009.6　348p
①978-4-344-41314-6
〔内容〕奇妙な婆さま, 牢囲いの女, 朝の辛夷, 女衒の供養, あとの憂い, 扇屋の女, 解説（縄田一男〔著〕）

◇高瀬川女船歌

『高瀬川女船歌』 2003.4　302p
①4-344-40343-6
〔内容〕中秋の月, 冬の蛍, 鴉桜, いまのなさけ, うなぎ放生, かどわかし, 長夜の末日

『いのちの螢　高瀬川女船歌　2』 2003.4　310p
①4-344-40344-4
〔内容〕夜の黒髪, 短夜の蓮, 秋陰の客, 背中の影, 討たれの桜, いのちの螢, 流れの蕪村, 夜寒の船

『銭とり橋　高瀬川女船歌　3』 2004.8　305p
①4-344-40550-1

『篠山早春譜　高瀬川女船歌　4』 2006.10　357p
①4-344-40851-9
〔内容〕蛇, 幼い客, 朧夜斬殺, 梅雨の衣, 在京十日余, 陰の糸, 篠山早春譜

『木戸のむこうに』 2000.4　278p〈『竹のしずく』（PHP研究所1995年刊）の増訂〉
①4-87728-862-7
〔内容〕木戸のむこうに, 雁の絵, 二人雛, 憲法の火, 病葉の笛, 竹のしずく, 戦国地蔵

『惜別の海　上』 2002.2　380p
①4-344-40194-8

『惜別の海　中』 2002.2　414p
①4-344-40195-6

『惜別の海　下』 2002.2　459p
①4-344-40196-4

『螢の橋　上』 2002.8　309p
①4-344-40265-0

『螢の橋　下』 2002.8　332p
①4-344-40266-9

『黒染の剣　上』 2002.12　342p
①4-344-40301-0

『黒染の剣　下』 2002.12　350p
①4-344-40302-9

『幾世の橋』 2003.6　798p
①4-344-40370-3

『大蛇の橋』 2003.8　363p
①4-344-40407-6

『雁の橋　上』 2007.4　317p
①978-4-344-40943-9

『雁の橋　下』 2007.4　302p
①978-4-344-40944-6

廣済堂文庫（廣済堂出版）

◇公事宿事件書留帳

『闇の掟　公事宿事件書留帳　特選時代小説』 1995.7　324p
①4-331-60464-0

『木戸の椿　公事宿事件書留帳　2　特選時代小説』 1996.7　323p
①4-331-60506-X
〔内容〕木戸の椿, 垢離の女, 金仏心中, お婆とまご, 甘い罠, 遠見の砦, 黒い花

『拷問蔵　公事宿事件書留帳　3　特選時代小説』 1996.8　298p
①4-331-60518-3

『歴史に舞った女たち　特選時代小説』 1993.2　289p
①4-331-60348-2
〔内容〕濃姫—蝮の娘, お市の方—戦国の佳人, 淀君—豊臣家を滅ぼした悪女, 徳川千姫—汚名伝説に泣く家康の孫娘, 本阿弥妙秀—清貧浄福・本阿弥光悦の母, 吉野太夫—太夫から豪商の妻へ, 細川ガラシヤ—愛と信仰の狭間で, 東福門院和子—公武和合を背負う, 桂昌院—犬公方綱吉の母, 小野寺十内の妻—仇討ちの陰に咲いた夫婦愛, 清原雪信—一門に背き愛を貫いた閨秀画家, 池玉瀾—池大雅と逸格夫妻, 貞心尼—良寛と聖愛唱和, 太田垣蓮月—幕末の女流歌人, 三世井上春子—都おどりの創始者, 乃木静子—軍神の妻

『花暦　珠玉時代短篇集　特選時代小説』 1997.9　255p
①4-331-60601-5
〔内容〕寒椿, 転生の梅, 月の鬘, 桜狐, 重畳の藤, みどりのつるぎ, 蓮見船, 定家狂乱, 夏花比翼図, 野ざらし, 菊日和, 雪の花

『海の螢　伊勢・大和路恋歌　特選時代小説』 1998.3　265p
①4-331-60645-7
〔内容〕伊勢の椿, 多度の狐, 神贄斎王, やぶれ袋, 海底の旗, 斑鳩の雨, 寒夜の酒, 菊の門, 磯笛の玉, 父娘街道, 鬼桜, 哀しい宿, 奈良の団扇, 伊勢の聖, 霧の中, 海の蛍, 野宮の恋, 炎の遷宮

『瀧桜　珠玉時代短篇集　特選時代小説』 1998.10　251p〈『閻魔王牒状』(朝日新聞社1994年刊)の改題〉
①4-331-60694-5
〔内容〕熊野の絵師, 仏の橋, 天賦冬旅図, 嘘は好けれ, 天空妙音, 滝桜, 壺中山居, 美濃の聖, 比良の水底, 閻魔王牒状, わくらば蕪村, 水面の顔

『雪椿　小説江戸女流画人伝　特選時代小説』 1999.3　294p〈『絵師の首』(新潮社1994年刊)の改題　著作目録あり〉
①4-331-60737-2
〔内容〕扇の鮎, 菊の枕, 蚊帳の蛍, 絵師の首, 織田桜, 足許の霜, 雪椿, 戊辰の門

『七福盗奇伝　長篇時代小説　特選時代小説』 1999.8　336p
①4-331-60766-6

『狐火の町　長篇時代小説　特選時代小説』 2000.3　300p〈著作目録あり〉
①4-331-60806-9

『有明の月　豊臣秀次の生涯 長篇時代小説　特選時代小説』 2001.2　320p
①4-331-60856-5

『村雨の首　傑作歴史小説集　特選時代小説』 2001.7　295p
①4-331-60878-6
〔内容〕凶運の妻—藤原薬子, むなしく候—小倉宮挙兵, 村雨の首—松永弾正, 故地はるかなり—村上義清, 浅井興亡私語—浅井氏, 琴瑟の妻—ねね, 人形の日々—千姫, 暮冬の雪—仙石騒動, 夢去来—龍馬の恋

『風浪の海　特選歴史読物』 2001.11　309p
①4-331-60896-4
〔内容〕鑑真—信念の人, 角倉了以—非凡の豪商, 石田三成—清涼の士, 吉岡憲法—幻の剣豪, 宮本武蔵—狂悖の人, 空海—勤念のかなた, 親鸞と恵信尼—信仰と愛

講談社文庫(講談社)

『羅城門』 1983.1　200p
①4-06-131817-9

『陸奥甲冑記』 1985.5　424p
①4-06-183507-6

『天平大仏記』 1985.11　236p
①4-06-183632-3

『寂野』 1987.3　274p
①4-06-183944-6
〔内容〕石女, 無明記, 寂野, 栗落ちて, 世間の棺, 鮎

『利休啾々』 1987.12　258p

①4-06-184132-7
〔内容〕無明の宿, 暗闇心中, 冬の虹, 弥助の首, 狐蕪村, 利休啾々

光文社文庫（光文社）

◇土御門家・陰陽事件簿

『大盗の夜　連作時代小説　土御門家・陰陽事件簿』 2004.11　375p
①4-334-73785-4
〔内容〕闇の猿, 夜叉神堂の女, 鬼火, 鵜塚, 大盗の夜, 縞揃女油地獄, 朧夜の橋

『鴉婆　連作時代小説　土御門家・陰陽事件簿　2』 2005.11　362p
①4-334-73981-4
〔内容〕鴉婆, 赤い夏, 狐の眼, 闇の茶碗, 冥府の鈴, 親心因果手鑑, 鉄輪の女

『狐官女　連作時代小説　土御門家・陰陽事件簿　3』 2008.2　365p
①978-4-334-74385-7
〔内容〕因業な髪, 闇の言葉, 奇瑞の鞠, 狐官女, 吉凶第九十一段, 畜生塚の女, 浄衣の仇討

『逆髪　連作時代小説　土御門家・陰陽事件簿　4　〔光文社時代小説文庫〕』 2009.11　365p
①978-4-334-74687-2
〔内容〕夜の釜, 嫗の人形, 異本の骸, 師走念仏, 逆髪, 朱蛇地獄変, 解説（菊池仁〔著〕）

『雪山冥府図　連作時代小説　土御門家・陰陽事件簿　5　〔光文社時代小説文庫〕』 2010.11　349p
①978-4-334-74875-3
〔内容〕土蔵の妖剣, 丑刻の夜, 祈占からの賊, のぞいた顔, 雪山冥府図, 喪神, 解説（縄田一男〔著〕）

『冥府小町　連作時代小説　土御門家・陰陽事件簿　6』 2013.5　346p
①978-4-334-76572-9
〔内容〕背中の蜘蛛, 媼の鬘, 冥府小町, 冥加な銭, 禍福の暖簾, 髑髏の絵

◇真贋控帳

『これからの松　傑作時代小説　真贋控帳』 2006.11　292p
①4-334-74159-2
〔内容〕これからの松, 天路の枕

『霧の罠　長編時代小説　真贋控帳　2』 2007.2　307p
①978-4-334-74205-8

『地獄の始末　連作長編時代小説　真贋控帳　3』 2007.11　360p
①978-4-334-74343-7
〔内容〕雪村の絵, 利休の判形, 二天の鵙, 暗がりの土地, 世間の罠, 地獄の始末

◇京都市井図絵

『花籠の櫛　傑作時代小説　京都市井図絵　〔光文社時代小説文庫〕』 2011.10　359p
①978-4-334-76316-9
〔内容〕辛い関, 花籠の櫛, 扇の蓮, 夜寒の釜, 雪の鴉, 色鏡因果茶屋, 雨月, 解説（大野由美子〔著〕）

『やがての螢　傑作時代小説　京都市井図絵　〔光文社時代小説文庫〕』 2012.2　363p
①978-4-334-76373-2
〔内容〕猿投の剣, 雪の鼓, 仲春二十五日, やがての螢, 色世間怪一幕, 闇の影, ぬごうぞ仮面, 解説（大野由美子〔著〕）

『短夜の髪　傑作時代小説　京都市井図絵』 2014.4　349p
①978-4-334-76723-5
〔内容〕野楽の茶碗, 危ない橋, 短夜の髪, 暗がりの音, 世間の篝火, 誰の徳利

『青玉の笛　傑作時代小説　京都市井図絵』 2016.4　358p
①978-4-334-77279-6
〔内容〕因果な茶杓, 紙背の帯, 来迎図焼亡, 空海の妙薬, 四年目の壺, 青玉の笛

『けもの谷　長編歴史小説』 2001.3　295p
①4-334-73134-1

『夕鶴恋歌　傑作時代小説』 2001.11 297p
①4-334-73233-X
〔内容〕花篭に月を入れて, うらのまつやま, 水の蛍, 夏の囃子, 半蔵泣くな, 夕鶴恋歌, 師走狐, 川端の宿

『花篝　小説日本女流画人伝 傑作時代小説』 2002.7 418p
①4-334-73354-9
〔内容〕悲の枕—狩野屋左女, 戊辰の月—池旭女史, 夜の鶴—大橋女, 軒端の竹—妙性尼, 野狐—お栄, 熊野の帖—絵式部・定子, 祇園茶店の女—池玉蘭, 夫婦の鼓—清原雪信, 千代のさかえ—狩野千代女, 寒椿—土岐願西尼, 花篝—三上玉蓮女, あしたの雲—勾当内侍・妙子

『闇の絵巻　長編歴史小説　上』 2003.3 311p
①4-334-73464-2

『闇の絵巻　長編歴史小説　下』 2003.3 310p
①4-334-73465-0

『修羅の器　長編歴史小説』 2003.11 356p
①4-334-73592-4

『森蘭丸　長編歴史小説』 2004.2 420p
①4-334-73641-6

『千姫絵姿　長編歴史小説』 2005.2 512p
①4-334-73834-6

『淀どの覚書　傑作歴史小説』 2006.2 289p
①4-334-74024-3
〔内容〕葦笛, 淀どの覚書, 千姫絵図, 御火役の妻, 雁渡る

『将監さまの橋　傑作時代小説』 2008.11 320p
①978-4-334-74505-9
〔内容〕重籐の弓, 将監さまの橋, 短日の菊, 花鋏, たつみ橋, 心中雪早鐘, 朧夜の影, 名付け親, 蓮台の月

『黒髪の月　傑作時代小説　光文社時代小説文庫』 2009.2 310p
①978-4-334-74551-6
〔内容〕黒髪の月, ひとりの側室, 花の絵, 蜜柑庄屋・金十郎, 十寸髪, 青玉の笛, 解説(菊池仁〔著〕)

『火宅の坂　長編時代小説　〔光文社時代小説文庫〕』 2010.4 448p
①978-4-334-74768-8

『はぐれの刺客　長編時代小説』 2012.11 324p
①978-4-334-76496-8

『宗旦狐　茶湯にかかわる十二の短編 傑作時代小説』 2013.10 308p〈徳間書店 2003年刊の再刊〉
①978-4-334-76642-9
〔内容〕蓬莱の雪, 幾世の椿, 御嶽の茶碗, 地蔵堂茶水, 戦国残照, 壺中の天居, 大盗の籠, 宗旦狐, 中秋十五日, 短日の霜, 愛宕の剣, 師走の書状, 仲冬の月

『もどり橋　長編時代小説』 2014.11 372p〈中央公論社 1990年刊の再刊〉
①978-4-334-76834-8

集英社文庫(集英社)

『蜜柑庄屋・金十郎』 1985.6 280p
①4-08-749002-5
〔内容〕黒髪の絵, ひとりの側室, 花の絵, 蜜柑庄屋・金十郎, 十寸髪, 青玉の笛

『修羅の器』 1988.12 328p
①4-08-749414-4

新潮文庫(新潮社)

◇高瀬川女船歌

『高瀬川女船歌』 2000.9 283p〈著作目録あり〉
①4-10-121016-0
〔内容〕中秋の月, 冬の蛍, 鴉桜, いまのなさけ, うなぎ放生, かどわかし, 長夜の末日

『千姫絵姿』 1990.9　493p
①4-10-121011-X

『冬のつばめ　新選組外伝・京都町奉行所同心日記』 1992.9　295p
①4-10-121012-8
〔内容〕冬のつばめ, 夜寒の寺, 池田屋の虫, 高瀬船, 人斬り, あいらぶゆう, 七条月夜, 御用盗

『空蝉の花　池坊の異端児・大住院以信』 1993.8　502p
①4-10-121013-6

『見えない橋』 1996.10　284p
①4-10-121014-4

『幾世の橋』 1999.9　718p〈著作目録あり〉
①4-10-121015-2

中公文庫（中央公論新社）

◇祇園社神灯事件簿

『奇妙な刺客　祇園社神灯事件簿』 2001.12　304p〈著作目録あり〉
①4-12-203946-0
〔内容〕八坂の狐, おけらの火, 花篭の絵, 奇妙な刺客

『夜の腕　祇園社神灯事件簿　2』 2004.3　319p〈著作目録あり〉
①4-12-204337-9
〔内容〕祇園の賽客, 夜の腕, 暗い桜, 牢屋絵師

『真葛ヶ原の決闘　祇園社神灯事件簿　3』 2006.4　321p〈著作目録あり〉
①4-12-204678-5

『お火役凶状　祇園社神灯事件簿　4』 2009.1　333p〈著作目録あり〉
①978-4-12-205104-1
〔内容〕悲運の賊, 赤い雪, お火役凶状, 高下駄の女, 解説（縄田一男〔著〕）

『神書板刻　祇園社神灯事件簿　5』 2010.1　333p〈著作目録あり〉
①978-4-12-205262-8
〔内容〕醜の絵馬, 奈落の鍵, 精舎の僧, 神書板刻, 解説（縄田一男〔著〕）

◇高瀬川女船歌

『高瀬川女船歌』 2010.9　301p〈著作目録あり〉
①978-4-12-205362-5
〔内容〕中秋の月, 冬の螢, 鴉桜, いまのなさけ, うなぎ放生, かどわかし, 長夜の末日, 解説（縄田一男〔著〕）

『いのちの螢　高瀬川女船歌　2』 2010.10　300p
①978-4-12-205375-5
〔内容〕夜の黒髪, 短夜の蓮, 秋陰の客, 背中の影, 討たれの桜, いのちの螢, 流れの蕪村, 夜寒の船, 解説（縄田一男〔著〕）

『銭とり橋　高瀬川女船歌　3』 2010.11　295p
①978-4-12-205394-6
〔内容〕短夜の笛, やぶからし, 密かの藪, 扇塚, 八坂の剣, 銭とり橋, 解説（縄田一男〔著〕）

『篠山早春譜　高瀬川女船歌　4』 2010.12　352p〈著作目録あり〉
①978-4-12-205407-3
〔内容〕蛇, 幼い客, 朧夜斬殺, 梅雨の衣, 在京十日余, 陰の糸, 篠山早春譜, 解説（縄田一男〔著〕）

『あんでらすの鐘　高瀬川女船歌　5』 2012.10　317p〈著作目録あり〉
①978-4-12-205705-0
〔内容〕奇僧の桜, 螢の夜, 厄介な客, 三日坊主, 兄ちゃんと呼べ, あんでらすの鐘

『仇討ちの客　高瀬川女船歌　6』 2013.9　336p〈著作目録あり〉
①978-4-12-205840-8
〔内容〕仇討ちの客, 親のなさけ, 濁世の剣, 悔悟の蘭行李, 大炊助開眼, 安五郎の最期

『討たれざるもの』 1985.10　251p
①4-12-201262-7

〔内容〕霧の中の刺客, 闇の音, 討たれざるもの, 冬の鼓, 扇の月, 鬼火

『葉菊の露　上』 1987.8
①4–12–201443–3

『葉菊の露　下』 1987.8　417p
①4–12–201444–1

『花篝　小説日本女流画人伝』 1989.5　415p
①4–12–201611–8
〔内容〕悲の枕—狩野屋左女, 戊辰の月—池旭女史, 夜の鶴—大橋女, 軒端の竹—妙性尼, 野狐—お栄, 熊野の帖—絵式部・定子, 祇園茶店の女—池玉蘭, 夫婦の鼓—清原雪信, 千代のさかえ—狩野千代女, 寒椿—土岐願西尼, 花篝—三上玉蓮女, あしたの雲—勾当内侍・妙子

『花僧　池坊専応の生涯』 1989.11　573p
①4–12–201659–2

『虹の橋』 1993.8　270p
①4–12–202020–4

『天涯の花　小説・未生庵一甫』 1994.12　498p
①4–12–202200–2

『もどり橋』 1998.4　355p
①4–12–203114–1

『遍照の海』 1998.9　279p
①4–12–203241–5

『流離の海　私本平家物語』 2000.8　642p
①4–12–203694–1

『空蝉の花　池坊の異端児・大住院以信』 2002.10　515p〈著作目録あり〉
①4–12–204108–2

『狐火の町』 2003.2　292p〈著作目録あり〉
①4–12–204167–8

『七福盗奇伝』 2003.9　355p〈著作目録あり〉
①4–12–204255–0

『陸奥甲冑記』 2004.9　471p〈講談社1985年刊の増補　著作目録あり〉
①4–12–204417–0

『天平大仏記』 2005.3　268p〈講談社1985年刊の増補　著作目録あり〉
①4–12–204500–2

『天の鎖　第1部　延暦少年記』 2005.12　307p
①4–12–204625–4

『天の鎖　第2部　応天門炎上』 2006.1　318p
①4–12–204642–4

『天の鎖　第3部　けものみち』 2006.2　340p〈著作目録あり〉
①4–12–204653–X

『嫋々の剣』 2007.6　329p〈著作目録あり〉
①978–4–12–204870–6
〔内容〕末期の茶碗, 安兵衛の妻, 破鏡の妻, 嘘じゃとて, 真贋の月, 鳴弦の娘, 世外の剣, 嫋々の剣, 凶妻の絵, 不義の御旗

『惜別の海　上』 2008.6　360p
①978–4–12–204988–8

『惜別の海　中』 2008.7　390p
①978–4–12–205089–1

『惜別の海　下』 2008.8　444p〈著作目録あり〉
①978–4–12–205038–9

『天空の橋』 2009.11　323p〈著作目録あり〉
①978–4–12–205226–0

『冬のつばめ　新選組外伝・京都町奉行所同心日記』 2010.3　316p〈著作目録あり〉
①978–4–12–205292–5
〔内容〕冬のつばめ, 夜寒の寺, 池田屋の虫, 高瀬船, 人斬り, あいらぶゆう, 七条月夜, 御用盗, 解説（縄田一男〔著〕）

『これからの橋　雪』 2011.11　405p〈著作目録あり〉
①978–4–12–205559–9
〔内容〕冬の虹, 雨あがる, 雪提灯, あとの桜, 鬼あざみ, 冬の鼓, 雁渡る, 師走狐, 野狐, 在京十日余, 澤田ふじ子の世界（前）（縄田一男〔著〕）

『これからの橋　月』 2012.1　357p〈著作目録あり〉
①978–4–12–205586–5

〔内容〕花籠に月を入れて, 悲の枕, 戊辰の月, 寒椿, 将監さまの橋, 雁の絵, 無頼の絵師, 暗がりの土地, 寒夜の酒, 菊の門, 磯笛の玉, 澤田ふじ子の世界(中)(縄田一男〔著〕)

『これからの橋　花』 2012.3　404p〈著作目録あり〉
①978-4-12-205616-9
〔内容〕短日の菊, いのちの螢, 閻魔王牒状, 比良の水底, 夜の腕, 地蔵堂茶水, 宗旦狐, 冥府の鈴, 辛い関, 世間の河, はぐれの茶碗, 澤田ふじ子の世界(後)(縄田一男〔著〕)

『深重の橋　上』 2013.2　462p
①978-4-12-205756-2

『深重の橋　下』 2013.2　541p〈文献あり 著作目録あり〉
①978-4-12-205757-9

徳間文庫(徳間書店)

◇真贋控帳

『これからの松　傑作時代小説　真贋控帳』 1999.4　286p〈著作目録あり〉
①4-19-891084-7
〔内容〕これからの松, 天路の枕

『霧の罠　真贋控帳』 2003.7　313p〈著作目録あり〉
①4-19-891912-7

『地獄の始末　真贋控帳』 2004.1　342p〈著作目録あり〉
①4-19-891999-2
〔内容〕雪村の絵, 利休の判形, 二天の鵙, 暗がりの土地, 世間の罠, 地獄の始末

◇足引き寺閻魔帳

『足引き寺閻魔帳』 2000.5　301p〈著作目録あり〉
①4-19-891305-6
〔内容〕地蔵寺の犬, 唐橋屋の賊, 冬の刺客, 比丘尼坂, 吉凶の駕籠, 通夜の客, 閑吟の鐘

『女狐の罠　足引き寺閻魔帳』 2002.5　314p
①4-19-891703-5

『聖護院の仇討　足引き寺閻魔帳』 2003.1　317p〈著作目録あり〉
①4-19-891821-X
〔内容〕土中の顔, ふたり狼, 陰の軍師, 闇の坂, かねづる, 聖護院の仇討, 白狐の銭

『嵐山殺景　足引き寺閻魔帳』 2005.7　343p〈著作目録あり〉
①4-19-892274-8
〔内容〕白い牙, 嵐山殺景, 仲蔵の絵, 色がらみ銭の匂い, 盗みの穴, 世間の河

『悪の梯子　足引き寺閻魔帳』 2006.9　326p〈著作目録あり〉
①4-19-892484-8

『山姥の夜　足引き寺閻魔帳』 2009.1　365p〈著作目録あり〉
①978-4-19-892911-4
〔内容〕夜寒の賊, 鬼畜, 菩薩の棺, 無間の茶碗, 闇の扇, 山姥の夜, 解説(縄田一男〔著〕)

『暗殺の牒状　足引き寺閻魔帳』 2009.10　379p〈著作目録あり〉
①978-4-19-893049-3
〔内容〕御衣の針, 俗世の輩, 秋の扇, 六角牢屋敷, 雪の桜, 暗殺の牒状, 解説(縄田一男〔著〕)

『亡者の銭　足引き寺閻魔帳』 2010.1　381p〈著作目録あり〉
①978-4-19-893097-4
〔内容〕蛇の辻子, お婆狂乱, 無慈悲な証文, 義盗の仕置, 亡者の銭, 騙りの末期, 解説(縄田一男〔著〕)

『妻敵にあらず　足引き寺閻魔帳』 2011.1　381p〈著作目録あり〉
①978-4-19-893285-5
〔内容〕世間の鳳, 老いへの加勢, 思案の仇討, 忘八の子, 妻敵にあらず, 四十九日の客, 解説(縄田一男〔著〕)

『再びの海　足引き寺閻魔帳』 2013.5　381p〈著作目録あり〉
①978-4-19-893689-1

◇京都市井図絵

『花籠の櫛　京都市井図絵』 2006.1 365p〈著作目録あり〉
①4-19-892360-4
〔内容〕辛い関, 花籠の櫛, 扇の蓮, 夜寒の釜, 雪の鴉, 色鏡因果茶屋, 雨月

『やがての螢　京都市井図絵』 2008.1 363p〈著作目録あり〉
①978-4-19-892721-9
〔内容〕猿投の剣, 雪の鼓, 仲春二十五日, やがての螢, 色世間怪一幕, 闇の影, ぬごうぞ仮面

◇祇園社神灯事件簿

『奇妙な刺客　祇園社神灯事件簿』 2011.8 343p〈著作目録あり〉
①978-4-19-893415-6
〔内容〕八坂の狐, おけらの火, 花籠の絵, 奇妙な刺客, 解説（縄田一男〔著〕）

『夜の腕　祇園社神灯事件簿　2』 2012.1 349p〈著作目録あり〉
①978-4-19-893486-6
〔内容〕祇園の賽客, 夜の腕, 暗い桜, 牢屋絵師, 解説（縄田一男〔著〕）

『真葛ケ原の決闘　祇園社神灯事件簿　3』 2012.4 375p〈中央公論新社 2004年刊の再刊　著作目録あり〉
①978-4-19-893532-0
〔内容〕僧兵の塚, 真葛ケ原の決闘, 梟の夜, 鳥辺山鴉心中

『お火役凶状　祇園社神灯事件簿　4』 2012.8 365p〈著作目録あり〉
①978-4-19-893589-4
〔内容〕悲運の賊, 赤い雪, お火役凶状, 高下駄の女

『神書板刻　祇園社神灯事件簿　5』 2013.1 365p〈中央公論新社 2007年刊の再刊　著作目録あり〉
①978-4-19-893646-4
〔内容〕醜の絵馬, 奈落の鍵, 精舎の僧, 神書板刻

◇高瀬川女船歌

『高瀬川女船歌』 2014.10 329p〈新潮社 1997年刊の再刊　著作目録あり〉
①978-4-19-893898-7
〔内容〕中秋の月, 冬の螢, 鴉桜, いまのなさけ, うなぎ放生, かどわかし, 長夜の末日

『いのちの螢　高瀬川女船歌　2』 2014.11 311p〈新潮社 2000年刊の再刊〉
①978-4-19-893908-3

『銭とり橋　高瀬川女船歌　3』 2015.1 329p〈幻冬舎 2003年刊の再刊　著作目録あり〉
①978-4-19-893929-8
〔内容〕短夜の笛, やぶからし, 密かの藪, 扇塚, 八坂の剣, 銭とり橋

『篠山早春譜　高瀬川女船歌　4』 2015.3 356p〈幻冬舎 2005年刊の再刊〉
①978-4-19-893949-6
〔内容〕虵, 幼い客, 朧夜斬殺, 梅雨の衣, 在京十日余, 陰の糸, 篠山早春譜

『あんでらすの鐘　高瀬川女船歌　5』 2015.5 349p〈中央公論新社 2011年刊の再刊　著作目録あり〉
①978-4-19-893970-0
〔内容〕奇僧の桜, 螢の夜, 厄介な客, 三日坊主, 兄ちゃんと呼べ, あんでらすの鐘

『仇討ちの客　高瀬川女船歌　6』 2015.7 339p〈中央公論新社 2011年刊の再刊〉
①978-4-19-893989-2
〔内容〕仇討ちの客, 親のなさけ, 濁世の剣, 悔悟の藺行李, 大炊助開眼, 安五郎の最期

『奈落の顔　高瀬川女船歌　7』 2015.9 362p〈中央公論新社 2012年刊の再刊　著作目録あり〉
①978-4-19-894012-6
〔内容〕因果な夜, 二本の指, 始めの他人, 奈落の顔, 喜寿の鮎, 師走船歌

『偸盗の夜　高瀬川女船歌　8』 2015.11 347p〈中央公論新社 2013年刊の再刊〉
①978-4-19-894033-1
〔内容〕冬の鼓, おわりの雪, 幼児の橋, 因果応報, 佐七町番屋日録, 偸盗の夜

◇　◇　◇

『淀どの覚書』 1987.3　245p
①4-19-598252-9
〔内容〕葦笛, 淀どの覚書, 千姫絵図, 御火役の妻, 雁渡る

『黒染の剣』 1987.9　540p
①4-19-598360-6

『七福盗奇伝』 1988.10　344p
①4-19-598623-0

『夕鶴恋歌』 1989.1　286p
①4-19-598681-8
〔内容〕花篭に月を入れて, うらのまつやま, 水の蛍, 夏の囃子, 半蔵泣くな, 夕鶴恋歌, 師走狐, 川端の宿

『闇の絵巻　上』 1989.7　310p
①4-19-598822-5

『闇の絵巻　下』 1989.7　312p
①4-19-598823-3

『けもの谷』 1990.5　286p
①4-19-599073-4

『森蘭丸』 1990.9　381p
①4-19-599167-6

『忠臣蔵悲恋記』 1991.12　251p
①4-19-599428-4
〔内容〕後世の月―小野寺十内の妻, しじみ河岸の女―橋本平左衛門とはつ, うそつき―内蔵助の娘, 幾世の鼓―礒貝十郎左衛門と多佳

『嫋々の剣』 1995.5　285p
①4-19-890313-1
〔内容〕末期の茶碗, 安兵衛の妻, 破鏡の妻, 嘘じゃとて, 真贋の月, 鳴弦の娘, 世外の剣, 嫋々の剣, 凶妻の絵, 不義の御旗

『禁裏御付武士事件簿　神無月の女』 1997.5　253p
①4-19-890685-8
〔内容〕短夜の首, 神無月の女, はかまだれ, 名椿の壺, 野狐, 鬼の火, 風がくれた赤ん坊

『禁裏御付武士事件簿　朝霧の賊』 1997.10　283p〈著作目録あり〉
①4-19-890770-6
〔内容〕春の扇, 朝霧の賊, かどわかし, おばの銭, 危ない橋, 天鼓の狐, 雪の碑

『遠い螢』 1998.3　313p
①4-19-890854-0
〔内容〕雨あがる, 春の坂, あとの桜, 夜の鯛, ひとごろし, 遠い蛍, 鉄のわらじ, ろくでなし, 雪の鐘

『忠臣蔵悲恋記』 新版　1998.10　298p〈著作目録あり〉
①4-19-890978-4

『冬の刺客』 1999.8　318p〈著作目録あり〉
①4-19-891158-4

『寂野』 1999.12　333p〈著作目録あり〉
①4-19-891226-2
〔内容〕石女, 無明記, 寂野, 栗落ちて, 世間の棺, 鮎

『黒髪の月』 2000.8　313p〈『蜜柑庄屋・金十郎』(集英社1985年刊)の改題　著作目録あり〉
①4-19-891355-2
〔内容〕黒髪の月, ひとりの側室, 花の絵, 蜜柑庄屋・金十郎, 十寸髪, 青玉の笛

『将監さまの橋』 2001.1　318p〈『重籐の弓』(1996年刊)の改題　著作目録あり〉
①4-19-891436-2
〔内容〕重籐の弓, 将監さまの橋, 短日の菊, 花鋏, たつみ橋, 心中雪早鐘, 朧夜の影, 名付け親, 蓮台の月

『冬のつばめ　新選組外伝・京都町奉行所同心日記』 2001.5　329p〈著作目録あり〉
①4-19-891504-0
〔内容〕冬のつばめ, 夜寒の寺, 池田屋の虫, 高瀬船, 人斬り, あいらぶゆう, 七条月夜, 御用盗

『羅城門』 2001.9　253p〈著作目録あり〉
①4-19-891573-3

『天空の橋』 2002.1　341p〈著作目録あり〉
①4-19-891642-X

『はぐれの刺客』 2002.9　334p
①4-19-891762-0

『見えない橋』 2003.5　315p〈著作目録

ありく〉
①4-19-891887-2

『利休啾々』 2003.10 285p〈著作目録あり〉
①4-19-891956-9
〔内容〕無明の宿, 暗闇心中, 冬の虹, 弥助の首, 狐蕪村, 利休啾々

『火宅の坂』 2004.5 470p〈著作目録あり〉
①4-19-892059-1

『閻魔王牒状 滝にかかわる十二の短篇』 2004.7 283p〈著作目録あり〉
①4-19-892092-3
〔内容〕熊野の絵師, 仏の橋, 天賦冬旅図, 嘘は好けれ, 天空妙音, 瀧桜, 壺中山居, 美濃の聖, 比良の水底, 閻魔王牒状, わくらば蕪村, 水面の顔

『女人絵巻』 2004.10 350p〈著作目録あり〉
①4-19-892140-7
〔内容〕神功皇后—神がかりの女傑, 孝謙女帝と道鏡—皇統を揺さぶった盲愛の女帝, 清少納言—宮中に花開いた知性, 成尋阿闍梨の母—歌日記に綴る母の哀しみ, 松下禅尼—鎌倉の賢母, 建礼門院平徳子—平家滅亡の悲劇のヒロイン, 平維盛と新大納言局—悲運の純愛カップル, 親鸞の妻・恵信尼—配流地で連れそった終生の支え, 大姫—木曽義高との悲恋, 牧ノ方—和製マクベス夫人〔ほか〕

『王事の悪徒 禁裏御付武士事件簿』 2005.1 347p〈著作目録あり〉
①4-19-892182-2
〔内容〕蜘蛛の糸, 印地の大将, 王事の悪徒, やまとたける, 左の腕, 呪いの石

『宗旦狐 茶湯にかかわる十二の短編』 2005.5 283p〈著作目録あり〉
①4-19-892240-3
〔内容〕蓬莱の雪, 幾世の椿, 御嶽の茶碗, 地蔵堂茶水, 戦国残照, 壺中の天居, 大盗の籠, 宗旦狐, 中秋十五日, 短日の霜, 愛宕の剣, 師走の書状, 仲冬の月

『海の螢 伊勢・大和路恋歌』 2005.9 315p〈著作目録あり〉
①4-19-892303-5
〔内容〕伊勢の椿, 多度の狐, 神贄斎王, やぶれ袋, 海底の旗, 斑鳩の雨, 寒夜の酒, 菊の門, 磯笛の玉, 父娘街道, 鬼桜, 哀しい宿, 奈良の団扇, 伊勢の聖, 霧の中, 海の蛍, 野宮の恋, 炎の遷宮

『江戸の鼓 春日局の生涯』 2006.5 454p〈著作目録あり〉
①4-19-892422-8

『花暦 花にかかわる十二の短篇』 2007.1 281p〈著作目録あり〉
①978-4-19-892537-6
〔内容〕寒椿, 転生の梅, 月の鬘, 桜狐, 重畳の藤, みどりのつるぎ, 蓮見船, 定家狂乱, 夏花比翼図, 野ざらし, 菊日和, 雪の花

『遍照の海』 2007.5 311p〈著作目録あり〉
①978-4-19-892601-4

『高札の顔 酒解神社・神灯日記』 2007.9 363p〈著作目録あり〉
①978-4-19-892660-1
〔内容〕酒解神社・神灯日記, 生死の町, 雪の狼, 若冲灯籠, 雪提灯, 哀れな中納言

『木戸のむこうに』 2008.5 299p〈著作目録あり〉
①978-4-19-892780-6
〔内容〕木戸のむこうに, 雁の絵, 二人雛, 憲法の火, 病葉の笛, 竹のしずく, 戦国地蔵

『討たれざるもの』 2008.9 301p〈著作目録あり〉
①978-4-19-892851-3
〔内容〕霧の中の刺客, 闇の音, 討たれざるもの, 冬の鼓, 扇の月, 鬼火

『虹の橋』 2009.5 299p〈文献あり 著作目録あり〉
①978-4-19-892975-6

『螢の橋 上』 2010.9 347p
①978-4-19-893220-6

『螢の橋 下』 2010.9 363p〈著作目録あり〉
①978-4-19-893221-3

『天皇(みかど)の刺客 上 〔徳間時代小説文庫〕』 2016.6 413p

①978-4-19-894112-3

『天皇(みかど)の刺客　下　〔徳間時代小説文庫〕』 2016.6　441p〈文献あり 著作目録あり〉
①978-4-19-894113-0

ワンツー時代小説文庫
(ワンツーマガジン社)

『暗闇心中』 2005.12　311p〈著作目録あり〉
①4-903012-26-3
〔内容〕病葉の笛, うらのまつやま, 暗闇心中, 扇の月, 月の鬟, 青玉の笛, 雪椿, 葦笛

篠田 達明
しのだ・たつあき
1937〜

愛知県生まれ。名大卒。医師の傍ら小説を書き、5回直木賞候補となった。医学を題材にしたユニークな歴史ものを得意とする。代表作に歴史文学賞を受賞した「にわか産婆・漱石」がある。

新人物文庫(中経出版)

『にわか産婆・漱石』 2009.11　343p〈昭和59年刊の増補、再構成〉
①978-4-404-03772-5
〔内容〕にわか産婆・漱石, 大御所の献上品, 本石町長崎屋, 乃木将軍の義手, 平手打ち鷗外

文春文庫(文藝春秋)

『にわか産婆・漱石』 1989.10　267p
①4-16-751401-X
〔内容〕にわか産婆・漱石, 大御所の献上品, 本石町長崎屋, 乃木将軍の義手

『元禄魔胎伝』 1990.8　350p〈主要参考資料：p343〉
①4-16-751402-8

芝 豪

しば・ごう

1944～

北海道生まれ。金沢大卒。三重県職員の傍ら、歴史小説の執筆を始める。代表作に「士魂の海―桑名藩戊辰外記」「河井継之助」「太宗李世民」「宝永・富士大噴火」「小説 王陽明」など。

学研M文庫（学研パブリッシング）

『銀之介活殺剣　風花の仇』 2003.5 344p〈『士魂の海』（海越出版社1994年刊）の改題〉
①4-05-900217-8

『江戸の残照　二人三郎奮闘始末』 2010.1 316p〈発売：学研マーケティング〉
①978-4-05-900608-4

光文社文庫（光文社）

『宝永・富士大噴火　長編歴史小説』 2001.11 297p
①4-334-73232-1

PHP文庫（PHP研究所）

『河井継之助　信念を貫いた幕末の俊英』 1999.4 515p
①4-569-57263-4

司馬 遼太郎

しば・りょうたろう

1923～1996

大阪府生まれ。本名・福田定一。大阪外語卒。産経新聞在職中から時代小説を執筆、「梟の城」で直木賞を受賞して作家に専念した。以後司馬史観といわれる独自の解釈で次々と歴史小説を発表、国民的作家となった。代表作は「竜馬がゆく」「国盗り物語」「飛ぶが如く」など多数。

朝日文庫（朝日新聞出版）

『宮本武蔵』 1999.11 251p
①4-02-264214-9

『宮本武蔵　〔朝日時代小説文庫〕』 2011.10 248p〈朝日新聞社1999年刊の新装版〉
①978-4-02-264625-5

角川文庫（角川書店）

『新選組血風録』 1969 520p

『尻啖え孫市』 1969 650p

『北斗の人』 1970 520p

『豊臣家の人々』 1971 442p

『新選組血風録』 新装版 2003.11 635p
①4-04-129007-4

『北斗の人』 新装版 2004.2 631p
①4-04-129008-2

『豊臣家の人々』 新装版 2008.2 520p〈発売：角川グループパブリッシング〉
①978-4-04-129009-5
〔内容〕殺生関白, 金吾中納言, 宇喜多秀家, 北ノ政所, 大和大納言, 駿河御前, 結城秀康, 八条宮, 淀殿・その子

『尻啖え孫市　上』 新装版　2008.10　395p〈発売：角川グループパブリッシング〉
①978-4-04-129012-5
『尻啖え孫市　下』 新装版　2008.10　414p〈発売：角川グループパブリッシング〉
①978-4-04-129013-2

講談社文庫（講談社）

『歳月』 1971　724p
『王城の護衛者』 1971　357p
『北斗の人』 1972　553p
『俄　浪華遊俠伝』 1972　809p
『妖怪』 1973　636p
『尻啖え孫市』 1974　671p
『播磨灘物語　1』 1978.3　288p
『播磨灘物語　2』 1978.4　295p
『播磨灘物語　3』 1978.4　302p
『播磨灘物語　4』 1978.5　301p〈年譜：p290～301〉
『おれは権現』 1982.12　278p
①4-06-131806-3
〔内容〕愛染明王.おれは権現.助兵衛物語.覚兵衛物語.若江堤の霧.信九郎物語.けろりの道頓, 年譜：p265～278
『真説宮本武蔵』 1983.7　285p
①4-06-183071-6
〔内容〕真説宮本武蔵.京の剣客.千葉周作.上総の剣客.越後の刀.奇妙な剣客, 年譜：p272～285
『風の武士』 1983.11　2冊
①4-06-183121-6
『戦雲の夢』 1984.11　423p〈年譜：p408～423〉
①4-06-183370-7
『軍師二人』 1985.8　374p
①4-06-183569-6
〔内容〕雑賀の舟鉄砲.女は遊べ物語.嬖女守り.雨おんな.一夜官女.侍大将の胸毛.割って、城を.軍師二人, 年譜：p359～374
『大坂侍』 1985.11　268p
①4-06-183617-X
〔内容〕和州長者.難波村の仇討.法駕籠のご寮人さん.盗賊と間者.泥棒名人.大坂侍, 年譜：p252～268
『最後の伊賀者』 1986.11　320p
①4-06-183865-2
〔内容〕下請忍者, 伊賀者, 最後の伊賀者, 外法仏（ゲボトケ）, 天明の絵師, 蘆雪を殺す, けろりの道頓
『箱根の坂　上』 1987.4　332p
①4-06-183962-4
『箱根の坂　中』 1987.5　350p
①4-06-183981-0
『箱根の坂　下』 1987.6　395p〈年譜：p378～395〉
①4-06-184000-2
『アームストロング砲』 1988.11　342p〈年譜：p324～342〉
①4-06-184329-X
〔内容〕薩摩浄福寺党, 倉敷の若旦那, 五条陣屋, 壬生狂言の夜, 侠客万助珍談, 斬ってはみたが, 大夫殿坂, 理心流異聞, アームストロング砲
『播磨灘物語　1』 新装版　2004.1　367p
①4-06-273932-1
『播磨灘物語　2』 新装版　2004.1　381p
①4-06-273933-X
『播磨灘物語　3』 新装版　2004.1　388p
①4-06-273934-8
『播磨灘物語　4』 新装版　2004.1　402p〈年譜あり〉
①4-06-273935-6
『箱根の坂　上』 新装版　2004.6　400p
①4-06-274801-0
『箱根の坂　中』 新装版　2004.6　422p
①4-06-274802-9
『箱根の坂　下』 新装版　2004.6　480p〈年譜あり〉
①4-06-274803-7
『アームストロング砲』 新装版　2004.12

396p
①4-06-274932-7
〔内容〕薩摩浄福寺党, 倉敷の若旦那, 五条陣屋, 壬生狂言の夜, 侠客万助珍談, 斬ってはみたが, 大夫殿坂, 理心流異聞, アームストロング砲

『歳月　上』 新装版　2005.2　468p
①4-06-274996-3

『歳月　下』 新装版　2005.2　482p〈年譜あり〉
①4-06-274997-1

『おれは権現』 新装版　2005.4　312p
①4-06-275064-3
〔内容〕愛染明王, おれは権現, 助兵衛物語, 覚兵衛物語, 若江堤の霧, 信九郎物語, けろりの道頓

『大坂侍』 新装版　2005.12　299p
①4-06-275242-5
〔内容〕和州長者, 難波村の仇討, 法駕籠のご寮人さん, 盗賊と間者, 泥棒名人, 大坂侍

『北斗の人　上』 新装版　2006.2　379p
①4-06-275320-0

『北斗の人　下』 新装版　2006.2　313p
①4-06-275358-8

『軍師二人』 新装版　2006.3　427p
①4-06-275345-6
〔内容〕雑賀の舟鉄砲, 女は遊べ物語, 嬖女守り, 雨おんな, 一夜官女, 侍大将の胸毛, 割って、城を, 軍師二人

『真説宮本武蔵』 新装版　2006.4　343p〈年譜あり〉
①4-06-275371-5
〔内容〕真説宮本武蔵, 京の剣客, 千葉周作, 上総の剣客, 越後の刀, 奇妙な剣客

『戦雲の夢』 新装版　2006.5　513p〈年譜あり〉
①4-06-275401-0

『最後の伊賀者』 新装版　2007.2　381p〈年譜あり〉
①978-4-06-275646-4
〔内容〕下請忍者, 伊賀者, 最後の伊賀者, 外法仏, 天明の絵師, 蘆雪を殺す, けろりの道頓

『俄　浪華遊侠伝　上』 新装版　2007.6　533p
①978-4-06-275758-4

『俄　浪華遊侠伝　下』 新装版　2007.6　519p
①978-4-06-275759-1

『尻啖え孫市　上』 新装版　2007.8　441p
①978-4-06-275814-7

『尻啖え孫市　下』 新装版　2007.8　421p〈年譜あり〉
①978-4-06-275815-4

『王城の護衛者』 新装版　2007.9　428p〈年譜あり〉
①978-4-06-275833-8
〔内容〕王城の護衛者, 加茂の水, 鬼謀の人, 英雄児, 人斬り以蔵

『妖怪　上』 新装版　2007.10　385p
①978-4-06-275786-7

『妖怪　下』 新装版　2007.10　454p〈年譜あり〉
①978-4-06-275879-6

『風の武士　上』 新装版　2007.11　362p
①978-4-06-275889-5

『風の武士　下』 新装版　2007.11　384p〈年譜あり〉
①978-4-06-275890-1

『戦雲の夢　レジェンド歴史時代小説』 新装版　2016.3　539p〈2006年刊の改訂〉
①978-4-06-293331-5

光文社文庫（光文社）

『城をとる話　長編時代小説』 2002.11　411p
①4-334-73399-9

『侍はこわい　時代小説短編集』 2005.1　291p
①4-334-73809-5
〔内容〕権平五千石, 豪傑と小壺, 狐斬り, 忍者四貫目の死, みょうが斎の武術, 庄兵衛

稲荷, 侍はこわい, ただいま十六歳

春陽文庫（春陽堂書店）

『上方武士道』 1966 402p

『梟の城』 1967 424p

『風神の門』 1968 556p

『梟の城』 新装版 1996.3 424p
①4–394–11802–6

『風神の門』 新装版 1996.3 556p
①4–394–11803–4

『上方武士道』 新装版 1996.7 402p
①4–394–11801–8

新潮文庫（新潮社）

『梟の城』 1965 532p

『人斬り以蔵』 1969.12 390p

『国盗り物語 第1巻 斎藤道三 前編』 1971.11 425p

『国盗り物語 第2巻 斎藤道三 後編』 1971.11 411p

『国盗り物語 第3巻 織田信長 前編』 1971.11 421p

『国盗り物語 第4巻 織田信長 後編』 1971.11 563p

『燃えよ剣 上巻』 1972.5 457p

『燃えよ剣 下巻』 1972.5 438p

『新史太閤記』 1973.5 2冊

『関ケ原 上巻』 1974.6 420p

『関ケ原 中巻』 1974.6 421p

『関ケ原 下巻』 1974.6 390p

『城塞』 1976 3冊

『花神』 1976.8 3冊

『果心居士の幻術』 1977.10 235p
〔内容〕果心居士の幻術, 飛び加藤, 壬生狂言の夜, 八咫烏, 朱盗, 牛黄加持

『馬上少年過ぐ』 1978.11 335p
〔内容〕英雄児, 慶応長崎事件, 喧嘩草雲, 馬上少年過ぐ, 重庵の転々, 城の怪, 貂の皮

『覇王の家』 1979.11 567p

『胡蝶の夢 第1巻』 1983.11 407p
①4–10–115227–6

『胡蝶の夢 第2巻』 1983.11 435p
①4–10–115228–4

『胡蝶の夢 第3巻』 1983.12 405p
①4–10–115229–2

『胡蝶の夢 第4巻』 1983.12 412p
①4–10–115230–6

『覇王の家 上巻』 2002.4 376p
①4–10–115238–1

『覇王の家 下巻』 2002.4 367p
①4–10–115239–X

『峠 上巻』 2003.10 511p
①4–10–115240–3

『峠 中巻』 2003.10 571p
①4–10–115241–1

『峠 下巻』 2003.10 445p
①4–10–115242–X

『風神の門 上巻』 49刷改版 2005.10 488p
①4–10–115234–9

『風神の門 下巻』 48刷改版 2005.10 451p
①4–10–115235–7

『果心居士の幻術』 2009.11 265p
①978–4–10–115223–3
〔内容〕果心居士の幻術, 飛び加藤, 壬生狂言の夜, 八咫烏, 朱盗, 牛黄加持

中公文庫（中央公論新社）

『豊臣家の人々』 1973 444p

『言い触らし団右衛門』 1974 287p

『空海の風景 上巻』 1978.1 341p

『空海の風景 下巻』 1978.2 380p

『花の館・鬼灯』 1981.5 281p

『ひとびとの跫音　上』 1983.9　276p
『ひとびとの跫音　下』 1983.10　275p
①4-12-201063-2
『一夜官女』 1984.1　273p
①4-12-201087-X
〔内容〕一夜官女, 雨おんな, 女は遊べ物語, 京の剣客, 伊賀の四鬼, 侍大将の胸毛
『韃靼疾風録　上巻』 1991.1　542p
①4-12-201771-8
『韃靼疾風録　下巻』 1991.1　556p
①4-12-201772-6
『新選組血風録』 改版　1996.4　635p
①4-12-202576-1
『花咲ける上方武士道』 1999.1　687p
①4-12-203324-1

文春文庫（文藝春秋）

『最後の将軍』 1974　254p
『十一番目の志士』 1974　2冊
『酔って候』 1975　318p
『世に棲む日日　1』 1975　286p
『世に棲む日日　2』 1975　286p
『世に棲む日日　3』 1975　286p
『世に棲む日日　4』 1975　300p
『竜馬がゆく　1』 1975
『竜馬がゆく　2』 1975
『竜馬がゆく　3』 1975
『竜馬がゆく　4』 1975
『竜馬がゆく　5』 1975
『竜馬がゆく　6』 1975
『竜馬がゆく　7』 1975
『竜馬がゆく　8』 1975
『故郷忘じがたく候』 1976　206p
『功名が辻　1』 1976
『功名が辻　2』 1976
『功名が辻　3』 1976
『功名が辻　4』 1976
『幕末』 1977.1　478p
『夏草の賦』 1977.6　2冊
『義経』 1977.10　2冊
『坂の上の雲　1』 1978.1　342p
『坂の上の雲　2』 1978.1　393p
『坂の上の雲　3』 1978.2　341p
『坂の上の雲　4』 1978.2　398p
『坂の上の雲　5』 1978.3　394p
『坂の上の雲　6』 1978.3　349p
『坂の上の雲　7』 1978.4　349p
『坂の上の雲　8』 1978.4　377p
『殉死』 1978.9　174p
『翔ぶが如く　1』 1980.1　323p
『翔ぶが如く　2』 1980.1　318p
『翔ぶが如く　3』 1980.2　302p
『翔ぶが如く　4』 1980.2　309p
『翔ぶが如く　5』 1980.3　310p
『翔ぶが如く　6』 1980.3　302p
『翔ぶが如く　7』 1980.4　282p
『翔ぶが如く　8』 1980.4　291p
『翔ぶが如く　9』 1980.5　275p
『翔ぶが如く　10』 1980.5　312p
『菜の花の沖　1』 1987.3　387p
①4-16-710552-7
『菜の花の沖　2』 1987.3　408p
①4-16-710553-5
『菜の花の沖　3』 1987.4　408p
①4-16-710554-3
『菜の花の沖　4』 1987.4　382p
①4-16-710555-1
『菜の花の沖　5』 1987.5　403p
①4-16-710556-X
『菜の花の沖　6』 1987.5　414p
①4-16-710557-8
『最後の将軍　徳川慶喜』 新装版　1997.7　286p
①4-16-710565-9
『竜馬がゆく　1』 新装版　1998.9　446p

①4-16-710567-5
『竜馬がゆく　2』 新装版　1998.9　441p
①4-16-710568-3
『竜馬がゆく　3』 新装版　1998.9　430p
①4-16-710569-1
『竜馬がゆく　4』 新装版　1998.9　425p
①4-16-710570-5
『竜馬がゆく　5』 新装版　1998.10　430p
①4-16-710571-3
『竜馬がゆく　6』 新装版　1998.10　437p
①4-16-710572-1
『竜馬がゆく　7』 新装版　1998.10　426p
①4-16-710573-X
『竜馬がゆく　8』 新装版　1998.10　441p
①4-16-710574-8
『坂の上の雲　1』 新装版　1999.1　350p
①4-16-710576-4
『坂の上の雲　2』 新装版　1999.1　413p
①4-16-710577-2
『坂の上の雲　3』 新装版　1999.1　361p
①4-16-710578-0
『坂の上の雲　4』 新装版　1999.1　414p
①4-16-710579-9
『坂の上の雲　5』 新装版　1999.2　413p
①4-16-710580-2
『坂の上の雲　6』 新装版　1999.2　375p
①4-16-710581-0
『坂の上の雲　7』 新装版　1999.2　365p
①4-16-710582-9
『坂の上の雲　8』 新装版　1999.2　397p
①4-16-710583-7
『菜の花の沖　1』 新装版　2000.9　403p
①4-16-710586-1
『菜の花の沖　2』 新装版　2000.9　430p
①4-16-710587-X
『菜の花の沖　3』 新装版　2000.9　426p
①4-16-710588-8
『菜の花の沖　4』 新装版　2000.9　400p
①4-16-710589-6
『菜の花の沖　5』 新装版　2000.9　421p
①4-16-710590-X
『菜の花の沖　6』 新装版　2000.9　435p
①4-16-710591-8
『ペルシャの幻術師』 2001.2　368p
①4-16-710592-6
〔内容〕ペルシャの幻術師, 戈壁の匈奴, 兜率天の巡礼, 下請忍者, 外法仏, 牛黄加持, 飛び加藤, 果心居士の幻術
『幕末』 新装版　2001.9　534p
①4-16-710593-4
〔内容〕桜田門外の変, 奇妙なり八郎, 花屋町の襲撃, 猿ケ辻の血闘, 冷泉斬り, 祇園囃子, 土佐の夜雨, 逃げの小五郎, 死んでも死なぬ, 彰義隊胸算用, 浪華城焼打, 最後の攘夷志士
『翔ぶが如く　1』 新装版　2002.2　346p
①4-16-710594-2
『翔ぶが如く　2』 新装版　2002.2　378p
①4-16-710595-0
『翔ぶが如く　3』 新装版　2002.3　361p
①4-16-710596-9
『翔ぶが如く　4』 新装版　2002.3　331p
①4-16-710597-7
『翔ぶが如く　5』 新装版　2002.4　369p
①4-16-710598-5
『翔ぶが如く　6』 新装版　2002.4　361p
①4-16-710599-3
『翔ぶが如く　7』 新装版　2002.5　336p
①4-16-766301-5
『翔ぶが如く　8』 新装版　2002.5　345p
①4-16-766302-3
『翔ぶが如く　9』 新装版　2002.6　322p
①4-16-766303-1
『翔ぶが如く　10』 新装版　2002.6　383p
①4-16-766304-X
『大盗禅師』 2003.2　525p
①4-16-766305-8
『世に棲む日日　1』 新装版　2003.3　313p
①4-16-766306-6
『世に棲む日日　2』 新装版　2003.3　311p
①4-16-766307-4

『世に棲む日日　3』 新装版　2003.4　311p
①4-16-766308-2

『世に棲む日日　4』 新装版　2003.4　324p
①4-16-766309-0

『酔って候』 新装版　2003.10　340p
①4-16-766310-4
〔内容〕酔って候, きつね馬, 伊達の黒船, 肥前の妖怪

『義経　上』 新装版　2004.2　490p
①4-16-766311-2

『義経　下』 新装版　2004.2　498p
①4-16-766312-0

『故郷忘じがたく候』 新装版　2004.10　234p
①4-16-766314-7
〔内容〕故郷忘じがたく候, 斬殺, 胡桃に酒

『功名が辻　1』 新装版　2005.2　313p
①4-16-766315-5

『功名が辻　2』 新装版　2005.2　347p
①4-16-766316 3

『功名が辻　3』 新装版　2005.3　336p
①4-16-766317-1

『功名が辻　4』 新装版　2005.3　327p
①4-16-766318-X

『夏草の賦　上』 新装版　2005.9　343p
①4-16-766319-8

『夏草の賦　下』 新装版　2005.9　319p
①4-16-766320-1

『十一番目の志士　上』 新装版　2009.2　401p
①978-4-16-766331-5

『十一番目の志士　下』 新装版　2009.2　388p
①978-4-16-766332-2

『花妖譚』 2009.4　146p
①978-4-16-766333-9
〔内容〕森の美少年, チューリップの城主, 黒色の牡丹, 烏江の月—謡曲「項羽」より, 匂い沼, 睡蓮, 菊の典侍, 白椿, サフラン, 蒙古桜, *解説（菅野昭正〔著〕）

『殉死』 新装版　2009.8　220p
①978-4-16-766334-6

PHP文庫（PHP研究所）

『戦国の女たち　司馬遼太郎・傑作短篇選』 2006.3　343p
①4-569-66591-8
〔内容〕女は遊べ物語, 北ノ政所, 侍大将の胸毛, 胡桃に酒, 一夜官女, 駿河御前

『戦国の忍び　司馬遼太郎・傑作短篇選』 2007.4　234p
①978-4-569-66822-2
〔内容〕下請忍者, 忍者四貫目の死, 伊賀者, 伊賀の四鬼, 最後の伊賀者

柴田 錬三郎

しばた・れんざぶろう

1917～1978

岡山県生まれ。本名・斎藤錬三郎。慶大卒。戦後、書評誌「書評」編集長の傍ら通俗小説の執筆を始め、1952年「イエスの裔」で直木賞を受賞。「眠狂四郎無頼控」で人気作家となり、五味康祐とともに剣豪小説ブームを牽引した。

旺文社文庫(旺文社)

『徳川三国志』 1986.12 514p
①4-01-061657-1

ケイブンシャ文庫(勁文社)

『南国群狼伝』 1985.5 244p
①4-7669-0225-4

『柳生但馬守』 1986.4 261p
①4-7669-0273-4

『清河八郎』 1986.12 300p
①4-7669-0373-0

『抜打ち侍』 1987.5 227p
①4-7669-0540-7
〔内容〕抜打ち侍, 金四郎日和, 鼠小僧次郎吉

『おらんだ左近』 1990.8 350p
①4-7669-1236-5
〔内容〕海賊土産, 仇討異変, 江戸飛脚, 白髪鬼, 暗殺目付, 血汐遺書

廣済堂文庫(廣済堂出版)

『人間勝負 特選時代小説』 2014.4 988p
①978-4-331-61577-5

講談社文庫(講談社)

◇柴錬立川文庫

『異説幕末伝 日本男子物語 柴錬立川文庫』 1998.9 354p〈『日本男子物語』(集英社文庫1988年刊)の改題〉
①4-06-263873-8
〔内容〕「等々呂木神仙」紹介, 会津白虎隊, 上野彰義隊, 函館五稜郭, 水戸天狗党, 網走囚徒, 異変桜田門, 大和天誅組, 日本人苦学生, カラフト隠密, 純情薩摩隼人

◇柴錬痛快文庫

『由井正雪 柴錬痛快文庫』 2001.10 301p
①4-06-273275-0

『異常の門』 1978.12 2冊

『岡っ引どぶ 柴錬捕物帖 続』 1979.8 655p

『源氏九郎颯爽記』 1980.12 261p

『秘剣揚羽蝶 源氏九郎颯爽記』 1981.3 404p

『血汐笛』 1982.12 475p
①4-06-131807-1

『お江戸日本橋』 1983.11 2冊
①4-06-183123-2

『おれは侍だ』 1984.12 244p
①4-06-183392-8

『顔十郎罷り通る』 1986.1 2冊
①4-06-183659-5

『主水血笑録』 1986.12 261p〈年譜：p254～261〉
①4-06-183866-0
〔内容〕青い右腕, 伊賀屋敷, 白狗(しろいぬ)斬り, 因果図絵, 裸女駕篭, ゆらぐ時代, 如法闇夜剣, 夜の柔肌, 御鷹野異変, 黄塵街道

『剣と旗と城 剣の巻』 1988.11 339p

①4-06-184330-3
『剣と旗と城　旗の巻』 1988.12　344p
①4-06-184331-1
『剣と旗と城　城の巻』 1989.1　352p
①4-06-184332-X
『木乃伊館』 1989.11　330p
①4-06-184557-8
〔内容〕木乃伊館, 下郎君平, 八代目団十郎, 片耳奴, 寺田屋兇変
『血太郎孤独雲』 1990.10　204p
①4-06-184772-4
『鈴姫異変』 1991.11　277p
①4-06-185019-9
〔内容〕鈴姫異変, 初冬物語, 金四郎日和, 鼠小僧次郎吉, 抜打ち侍
『明治一代男』 1992.11　359p
①4-06-185272-8
『江戸八百八町物語』 1993.9　309p〈中央公論社1975年刊の増補〉
①4-06-185486-0
〔内容〕江戸っ子由来, 赤穂浪士異聞, 御落胤, ゆすり旗本, 仇、討たれず記, 異変護持院原, 有馬猫騒動, 女中・妾・女郎, 大奥女中, 五代将軍, 武士というもの, 賄賂, 江戸っ子, 紀伊国屋文左衛門
『毒婦四千年』 1994.9　282p
①4-06-185761-4
〔内容〕毒婦四千年, 皇后狂笑, 女官, 敗北, 凶星, 叛乱, 日露戦争を起した女, 魯迅幼年記
『柴錬大岡政談』 1995.9　244p〈『私説大岡政談』(集英社1989年刊) の改題　年譜：p236～243〉
①4-06-263054-0
〔内容〕発端篇, 鶴の巣騒動, かくれ鐘, 変化御殿
『英雄・生きるべきか死すべきか　柴錬三国志　上』 1996.9　700p
①4-06-263388-4
『英雄・生きるべきか死すべきか　柴錬三国志　下』 1996.9　701p
①4-06-263389-2
『首斬り浅右衛門　あるいは憑かれた人々の物語』 1997.9　377p
①4-06-263603-4
〔内容〕殺生関白, 謀叛, 邪法剣, 首斬り浅右衛門, 座頭国市, 怪談累ケ淵, 四谷怪談・お岩, 一心不乱物語
『浪人列伝』 1999.9　264p
①4-06-264665-X
〔内容〕血まみれ浪人, 妄執浪人, どもり浪人, 片腕浪人, 仇討浪人, 学問浪人, 乞食浪人, 発明浪人, 幕末浪人, 誤説浪人
『剣鬼宮本無三四　柴錬剣豪譚』 2000.9　446p〈『無念半平太』(新潮社1990年刊) の改題〉
①4-06-264966-7
〔内容〕塚原彦六, 宮本無三四, 侠客閑心, 願流日暮丸, 無念半平太, 平手造酒
『江戸っ子侍　上』 2004.10　506p
①4-06-274887-8
『江戸っ子侍　下』 2004.10　531p
①4-06-274888-6
『貧乏同心御用帳』 2005.3　447p
①4-06-275023-6
〔内容〕南蛮船, 埋蔵金十万両, お家騒動, 流人島
『岡っ引どぶ　柴錬捕物帖』 新装版　2006.6　585p
①4-06-275423-1
〔内容〕名刀因果, 白骨御殿, 大凶祈願
『顔十郎罷り通る　上』 新装版　2006.8　400p
①4-06-275478-9
『顔十郎罷り通る　下』 新装版　2006.8　380p
①4-06-275479-7
『岡っ引どぶ　柴錬捕物帖　続』 新装版　2009.2　749p
①978-4-06-276279-3
〔内容〕火焰小町, 御殿女中, 京洛殺人図絵, *解説 (清原康正〔著〕)
『江戸っ子侍　上　レジェンド歴史時代小説』 2015.12　630p〈2004年刊の改訂〉
①978-4-06-293260-8
『江戸っ子侍　下　レジェンド歴史時代小説』 2015.12　665p〈2004年刊の改訂〉

①978-4-06-293261-5

光文社文庫（光文社）

『怪談累ケ淵』 1992.5 335p
①4-334-71519-2
〔内容〕わが体験，座頭国市，怪談累ケ淵〈かさねがふち〉，首斬り浅右衛門，四谷怪談・お岩，高橋お伝，天皇屋敷，君子非命譚

『戦国旋風記』 1992.10 286p
①4-334-71602-4
〔内容〕戦国旋風記，塚原卜伝，海賊往来，謀叛，孤身漂流記，殺生関白

コスミック・時代文庫（コスミック出版）

『遊太郎巷談 超痛快！ 時代小説』 2011.8 801p
①978-4-7747-2433-1

『お江戸日本橋 超痛快！ 時代小説 上巻』 2012.7 443p〈講談社 1964年刊の再刊〉
①978-4-7747-2532-1

『お江戸日本橋 超痛快！ 時代小説 下巻』 2012.7 499p〈講談社 1964年刊の再刊〉
①978-4-7747-2533-8

『江戸群盗伝 超痛快！ 時代小説』 2013.4 424p〈桃源社 1954年刊の再刊〉
①978-4-7747-2615-1

さくら文庫（山王書房）

『白衣の剣士 熱血面白小説』 1951.6 128p
〔内容〕黄金鬼女，暗殺，誘拐，正剣と邪剣，忠義の老人，鬼女の面は誰の手に，秘密の文字，鬼女ガ嶽へ、鬼女ガ嶽へ，さっそうたり白頭巾，百万両のかくし場所

時代小説文庫（ランダムハウス講談社）

『運命峠 1 夕陽剣推参』 2008.4 407p〈新潮社1965年刊の改訂〉
①978-4-270-10178-0
〔内容〕南の果て，夕陽剣，火，必死舟，みだれ月，地獄嶽，恋慕小袖，悲運母子，何処へ？，兵法魂，しがらみ風，道，花かげ，光ある日に

『運命峠 2 一死一生』 2008.4 354p〈新潮社1965年刊の改訂〉
①978-4-270-10179-7
〔内容〕野の人，月のある家，執念鬼，宿敵，めくら杖，修羅草，風の祈り，一死一生，流れる，無心剣，灯，血汐の座，忍者往来

『忍者からす』 2008.4 404p
①978-4-270-10180-3
〔内容〕忍者からす，一休禅師，山中鹿之介，塚原卜伝，丸目蔵人，由比正雪，幡随院長兵衛，蜀山人，国定忠治

『運命峠 3 乱雲』 2008.5 374p〈新潮社1965年刊の改訂〉
①978-4-270-10182-7
〔内容〕街，柳生道場，夜あらし，露の身，乱雲，生と死と，非命，目，霧の中，権勢，浪士決起，母恋い

『運命峠 4 暗夜剣』 2008.5 341p〈新潮社1965年刊の改訂〉
①978-4-270-10183-4
〔内容〕涯なき闇，天魔の夜，忍者三人組，別れ行く，暗夜剣，その朝，鷹野試合，奇襲陣，花のいのち，めぐり会う日，運命峠

『もののふ』 2008.5 362p〈新潮社1999年刊の改訂〉
①978-4-270-10184-1
〔内容〕もののふ，生命の糧，戦国武士，武士気質，斎藤道三残虐譚，本能寺，乱闘・高野街道，浪士組始末，梅一技，志士，明治忠臣蔵，竹橋血闘譚

『決闘者宮本武蔵　1　修業虫』 2008.6 269p〈集英社1989年刊の改訂〉
①978-4-270-10202-2

『決闘者宮本武蔵　2　残党』 2008.6 333p〈集英社1989年刊の改訂〉
①978-4-270-10203-9

『決闘者宮本武蔵　3　阿修羅』 2008.7 325p〈集英社1989年刊の改訂〉
①978-4-270-10213-8

『決闘者宮本武蔵　4　慟哭』 2008.7 278p〈集英社1990年刊の改訂〉
①978-4-270-10214-5

『決闘者宮本武蔵　5　不意撃ち』 2008.8 286p〈集英社1990年刊の改訂〉
①978-4-270-10223-7

『決闘者宮本武蔵　6　剣二道』 2008.8 324p〈集英社1990年刊の改訂〉
①978-4-270-10224-4

『剣魔稲妻刀』 2008.9 388p〈1994年刊の改訂〉
①978-4-270-10233-6
〔内容〕北畠具教, 剣魔稲妻刀, 小野次郎右衛門, 丸橋忠弥, 実説「安兵衛」, 刺客, 平山行蔵, 浪人祭

『浪人列伝』 2008.9 445p〈新潮社1988年刊の改訂〉
①978-4-270-10234-3
〔内容〕浪人列伝（血まみれ浪人, 妄執浪人, どもり浪人, 片腕浪人, 学問浪人, 乞食浪人, 発明浪人, 幕末浪人, 誤説浪人）, 日本男子物語（上野彰義隊, 函館五稜郭, 水戸天狗党, 網走囚徒, カラフト隠密, 純情薩摩隼人）

『剣は知っていた　1』 2008.10 282p
①978-4-270-10244-2

『剣は知っていた　2』 2008.10 307p
①978-4-270-10245-9

『剣は知っていた　3』 2008.11 302p
①978-4-270-10252-7

『裏返し忠臣蔵』 2008.11 334p
①978-4-270-10253-4
〔内容〕吉良上野介, 浅野内匠頭, 大石内蔵助, 堀部安兵衛, 松の廊下, お軽勘平, 高田郡兵衛, 大石主税, 千坂兵部, 討入, 切腹, 高輪泉岳寺

『剣は知っていた　4』 2008.12 262p
①978-4-270-10261-9

『一の太刀』 2008.12 436p
①978-4-270-10262-6
〔内容〕河内山宗俊, 刺客心中, 異変助太刀記, 一の太刀, 若武者最期, カステラ東安, 生田伝八郎, かたくり献上, 殺生関白, 血汐弁天, 豪傑, 雪の炎, あげまき助六

『南国群狼伝』 2009.1 274p
①978-4-270-10268-8

『美男城』 2009.3 342p
①978-4-270-10282-4

『江戸八百八町物語』 2009.5 238p
①978-4-270-10296-1

時代小説文庫（富士見書房）

◇柴錬立川文庫

『日本男子物語　柴錬立川文庫』 1983.4 294p

『裏返し忠臣蔵　柴錬立川文庫』 1983.5 282p

『毒婦伝奇　柴錬立川文庫』 1983.5 290p

『忍者からす　柴錬立川文庫』 1983.8 302p
〔内容〕忍者からす, 一休禅師, 山中鹿之介, 塚原卜伝, 丸目蔵人, 由比正雪, 幡随院長兵衛, 蜀山人, 国定忠治

『風魔鬼太郎　柴錬立川文庫』 1983.11 249p
〔内容〕竹中半兵衛, 佐々木小次郎, 抜刀義太郎, 清酒日本之助, 風魔鬼太郎, 山田長政, 徳川家康, 伊藤一刀斎, 大阪夏の陣

『剣と旗と城　剣の巻, 旗の巻, 城の巻』 1982.4 3冊

『最後の勝利者』 1982.7 2冊

『素浪人江戸姿』 1986.7 334p
①4-8291-1118-6

『風雲稲葉城』 1987.5 263p
①4-8291-1129-1
〔内容〕風雲稲葉城, 本能寺, 謀叛, 戦国旋風記, 塚原卜伝, 海賊往来, 初冬物語

『復讐・志士』 1987.9 254p
①4-8291-1133-X
〔内容〕復讐, 平山行蔵, 真説鼠小僧次郎吉, 実説「安兵衛」, 奇人, 志士, 学問浪人, 寺田屋兇変, 怪談累ケ淵〈かさねがふち〉, 孤身漂流記

『徳川三国志』 1988.5 494p
①4-8291-1146-1

『抜打ち侍』 1988.7 236p
①4-8291-1151-8
〔内容〕抜打ち侍, 金四郎日和, 鼠小僧次郎吉

『柳生但馬守』 1988.9 262p
①4-8291-1155-0
〔内容〕真田大助, 後藤又兵衛, 木村重成, 真田十勇士, 柳生但馬守, 名古屋山三郎, 曽呂利新左衛門

『南国群狼伝』 1989.2 235p
①4-8291-1165-8

『貧乏同心御用帳』 1989.5 372p
①4-8291-1174-7

集英社文庫（集英社）

◇柴錬立川文庫

『毒婦伝奇　柴錬立川文庫』 1987.12 284p
①4-08-749278-8
〔内容〕遊女松笠, 千人於梅, 勇婦桜子, 側妾3代・お万篇, 側妾3代・おもん篇, 側妾3代・お市篇, 四谷怪談・お岩, 妲己の於百, 高橋お伝, 明治一代女

『日本男子物語　柴錬立川文庫』 1988.5 306p
①4-08-749332-6
〔内容〕会津白虎隊, 上野彰義隊, 函館五稜郭, 水戸天狗党, 網走囚徒, 異変桜田門, 大和天誅組, 日本人苦学生, カラフト隠密, 純情薩摩隼人

『忍者からす　柴錬立川文庫』 1989.3 323p
①4-08-749442-X
〔内容〕忍者からす, 一休禅師, 山中鹿之介, 塚原卜伝, 丸目蔵人, 由比正雪, 幡随院長兵衛, 蜀山人, 国定忠治

◇真田十勇士

『真田十勇士　1　運命の星が生れた』 2016.6 340p〈『真田十勇士 巻の1～巻の5』（日本放送出版協会 1975～1976年刊）の再編集〉
①978-4-08-745464-2

『真田十勇士　2　烈風は凶雲を呼んだ』 2016.7 361p〈『真田十勇士 巻の1～巻の5』（日本放送出版協会 1975～1976年刊）を3分冊に再編集〉
①978-4-08-745471-0

『真田十勇士　3　ああ！ 輝け真田六連銭』 2016.8 355p〈『真田十勇士 巻の1～巻の5』（日本放送出版協会 1975～1976年刊）を3分冊に再編集〉
①978-4-08-745485-7

『英雄・生きるべきか死すべきか　柴錬三国志　上』 1977.5 493p

『英雄・生きるべきか死すべきか　柴錬三国志　中』 1977.8 408p

『英雄・生きるべきか死すべきか　柴錬三国志　下』 1977.10 457p

『生死の門』 1978.9 382p

『大将』 1978.10 301p

『地獄の館』 1979.8 330p
〔内容〕わが体験, 幻の魚, 黄色いマフラー, 座頭国市, 怪談累ケ淵, 恐怖屋敷, 兵隊と幽霊, 首切り浅右衛門, 赤い鼻緒の下駄, 白い戦慄

『曲者時代』 1979.12 637p

『乱世流転記』 1980.12 622p

『貧乏同心御用帳』 1981.10 367p

『江戸っ子侍』 1982.8 2冊

『遊太郎巷談』 1982.12 574p

『生きざま 柴錬歴史譚』 1983.12 378p
①4-08-750698-3

『おらんだ左近』 1984.12 357p
①4-08-750831-5

『うろつき夜太』 1985.12 2冊
①4-08-749061-0

『花の十郎太 戦国心意気物語』 1986.12 569p
①4-08-749169-2

『われら旗本愚連隊 上』 1988.12 280p
①4-08-749410-1

『われら旗本愚連隊 下』 1988.12 270p
①4-08-749411-X

『南国群狼伝/私説大岡政談』 1989.3 377p
①4-08-749443-8

『清河八郎』 1989.11 308p
①4-08-749520-5

『夜叉街道』 1991.12 199p
①4-08-749760-7
〔内容〕乱れ白菊, 夜叉街道

『牢獄』 1992.11 218p
①4-08-749868-9
〔内容〕牢獄, 蝦夷館の決戦, 鮭, 刺客心中, 野口男三郎, 桜田門

『源氏九郎颯爽記 火焔剣・水煙剣の巻』 1994.11 277p
①4-08-748246-4

『源氏九郎颯爽記 秘剣揚羽蝶の巻』 1994.12 426p〈『秘剣揚羽蝶』(講談社1981年刊)の改題〉
①4-08-748259-6

『復讎四十七士 柴錬忠臣蔵 上』 1996.11 429p
①4-08-748539-0

『復讎四十七士 柴錬忠臣蔵 下』 1996.11 409p
①4-08-748540-4

『おれは侍だ』 1998.12 247p
①4-08-748891-8

『宮本武蔵 決闘者 1』 2000.8 485p
①4-08-747227-2

『宮本武蔵 決闘者 2』 2000.8 482p
①4-08-747228-0

『宮本武蔵 決闘者 3』 2000.8 496p
①4-08-747229-9

『江戸群盗伝 全一冊』 2001.8 680p
①4-08-747352-X
〔内容〕江戸群盗伝, 続・江戸群盗伝

『徳川太平記 吉宗と天一坊 上』 2003.7 550p
①4-08-747598-0

『徳川太平記 吉宗と天一坊 下』 2003.7 533p
①4-08-747599-9

『われら九人の戦鬼 上』 2005.7 517p
①4-08-747841-6

『われら九人の戦鬼 下』 2005.7 507p
①4-08-747842-4

『新篇眠狂四郎京洛勝負帖』 2006.8 313p
①4-08-746068-1
〔内容〕眠狂四郎京洛勝負帖, 消えた兇器, 花嫁首, 悪女仇討, 狐と僧と浪人, のぞきからくり, 贋者助太刀—眠狂四郎市井譚の内, 義理人情記—眠狂四郎市井譚の内, 武蔵・弁慶・狂四郎(エッセイ), 眠狂四郎の生誕(エッセイ), わが小説2「眠狂四郎無頼控」(エッセイ)

『かく戦い、かく死す 新編武将小説集』 2007.8 253p
①978-4-08-746204-3
〔内容〕斎藤道三, 北畠具教, 武田信豊, 明智光秀, 豊臣秀次, 直江兼続, 戦国武士, 明智光秀について

『梅一枝 新編剣豪小説集』 2008.8 337p
①978-4-08-746341-5
〔内容〕斑三平, 狼眼流左近, 一の太刀, 柳生五郎右衛門, 月影庵十一代, 花の剣法, 邪法剣, 梅一枝, 生命の糧

『徳川三国志』 2009.8 522p
①978-4-08-746470-2

『男たちの戦国 新編武将小説集』 2010.8 293p
①978-4-08-746603-4
〔内容〕傀儡, 奇蹟の武将, 片腕浪人, 竹中半兵衛, どもり浪人, 切支丹剣士, 小野次郎右衛門, 五郎正宗、実在せず, *解説 痛快きわまりないフィクション(細谷正充〔著〕)

『花は桜木 柴錬の「大江戸」時代小説短編集』 2011.8 338p
①978-4-08-746731-4
〔内容〕花は桜木, 豪傑, 助六一代, かたくり献上, 怪談累ケ淵, 学問浪人, 河内山宗俊, 座頭国市, 孤独な剣客, 辞世, *解説(縄田一男〔著〕)

『眠狂四郎異端状』 2013.6 621p 〈新潮文庫 1982年刊の再刊〉
①978-4-08-745085-9

『貧乏同心御用帳』 2014.6 412p 〈1981年刊の再編集〉
①978-4-08-745202-0
〔内容〕南蛮船, 埋蔵金十万両, お家騒動, 流人島

『御家人斬九郎』 2015.6 425p 〈新潮文庫 1984年刊の再刊〉
①978-4-08-745330-0
〔内容〕第1篇 片手業十話(男ってえ奴はこんなものさ, 二兎を追ったら二兎を獲るさ, 隻腕でやるかたてわざだぜ, 柳生但馬守に見せてやりてえ, 直参旗本の死にざまだぜ, 良人を殺した気持が判るぜ, 女の怨念はおそろしいやな, 寺で新仏をつくってやらあ, 正義の味方にだってなるぜ, 女の嫉妬はこうして斬るのさ), 第2篇 箱根の山は越えにくいぜ, 第3篇 あの世で金が使えるか, 第4篇 美女は薄命だぜ, 第5篇 座敷牢に謎があるぜ, 第6篇 青い肌に謎があるぜ

春陽文庫(春陽堂書店)

◇柴錬立川文庫

『日本男子物語 柴錬立川文庫』 1983.7 265p

『毒婦伝奇 柴錬立川文庫』 1983.11 264p

『江戸っ子侍』 1980.4 2冊

『明治一代男』 1980.5 317p

『風魔鬼太郎』 1980.10 245p

『剣豪にっぽん』 1980.11 264p

『裏返し忠臣蔵』 1980.12 250p

『大峰の善鬼』 1981.4 341p

『霞の半兵衛』 1981.5 349p

『人斬り斑平』 1981.6 348p

『おらんだ左近』 1982.3 319p

『人間勝負』 1982.7 2冊

『血太郎孤独雲』 1982.11 192p

新潮文庫(新潮社)

◇眠狂四郎無頼控

『眠狂四郎無頼控 第1』 1960 401p

『眠狂四郎無頼控 第2』 1960 394p

『眠狂四郎無頼控 第3』 1960 378p

『眠狂四郎無頼控 第4』 1960 361p

『眠狂四郎無頼控 第5』 1960 348p

『眠狂四郎無頼控 第6』 1965 493p

『眠狂四郎無頼控 2』 改版 2009.8 493p
①978-4-10-115007-9

◇　◇　◇

『剣は知っていた　上巻』 1958　479p

『剣は知っていた　下巻』 1958　458p

『江戸群盗伝』 1960　332p

『美男城』 1960　292p

『江戸群盗伝　続』 1960　329p

『孤剣は折れず』 1962　645p

『赤い影法師』 1963　396p

『運命峠』 1965　2冊

『眠狂四郎独歩行　上巻』 1968　394p

『眠狂四郎独歩行　下巻』 1968　386p

『眠狂四郎殺法帖　上巻』 1970.8　371p

『眠狂四郎殺法帖　下巻』 1970.8　252p

『剣鬼』 1976　418p
〔内容〕狼眼流左近, 大峰ノ善鬼, 刃士丹後, 人斬り斑平, 素浪人忠弥, 通し矢勘左, 裏切り左近

『眠狂四郎孤剣五十三次』 1978.7　750p

『眠狂四郎虚無日誌』 1979.9　657p

『眠狂四郎無情控』 1981.2　639p
①4-10-115023-0

『眠狂四郎異端状』 1982.7　543p
①4-10-115024-9

『徳川浪人伝』 1983.10　2冊
①4-10-115025-7

『御家人斬九郎』 1984.9　387p
①4-10-115027-3

『邪法剣』 1985.9　325p
①4-10-115028-1
〔内容〕木乃伊館, 一心不乱物語, 贋者助太刀—眠狂四郎市井譚の内, 義理人情記—眠狂四郎市井譚の内, 無刀の志士, 長崎奉行始末, 辞世, 柳生五郎右衛門, 邪法剣

『人間勝負　上』 1987.4　449p
①4-10-115029-X

『人間勝負　下』 1987.4　471p
①4-10-115030-3

『一の太刀』 1987.9　436p
①4-10-115031-1
〔内容〕河内山宗俊, 刺客心中, 異変助太刀記, 一の太刀, 若武者最期, カステラ東安, 生田伝八郎, かたくり献上, 殺生関白, 血汐弁天, 豪傑, 雪の炎, あげまき助六

『孤独な剣客』 1987.12　356p
①4-10-115032-X
〔内容〕微笑剣, 孤独な剣客, 妬心, 比翼の果て, 奇蹟の武将, 花の剣法, 助六一代, 忠臣, 修羅長脇差, 斑三平, 花は桜木, 血の果て, 男伊達

『浪人列伝』 1988.9　382p
①4-10-115033-8
〔内容〕浪人列伝（血まみれ浪人, 妄執浪人, どもり浪人, 片腕浪人, 学問浪人, 乞食浪人, 発明浪人, 幕末浪人, 誤説浪人）, 日本男子物語（上野彰義隊, 函館五稜郭, 水戸天狗党, 網走囚徒, カラフト隠密, 純情薩摩隼人）

『最後の勝利者　上巻』 1989.11　350p
①4-10-115034-6

『最後の勝利者　下巻』 1989.11　363p
①4-10-115035-4

『無念半平太』 1990.9　413p
①4-10-115036-2
〔内容〕塚原彦六, 宮本無三四, 俠客閑心, 願流日暮丸, 無念半平太, 平手造酒

『眠狂四郎京洛勝負帖』 1991.9　254p
①4-10-115037-0
〔内容〕眠狂四郎京洛勝負帖, 消えた兇器, 花嫁首, 悪女仇討, 孤と僧と浪人, のぞきからくり, 武蔵・弁慶・狂四郎

『決闘者宮本武蔵　上巻』 1992.7　481p
①4-10-115038-9

『決闘者宮本武蔵　中巻』 1992.7　478p
①4-10-115039-7

『決闘者宮本武蔵　下巻』 1992.7　496p
①4-10-115040-0

『隠密利兵衛』 1993.8　402p
①4-10-115041-9
〔内容〕霞の半兵衛, 叛臣十内, 隠密利兵衛, いのしし修蔵, 白猿剣士, 会津の小鉄

『剣魔稲妻刀』 1994.9　361p
①4-10-115042-7
〔内容〕北畠具教, 剣魔稲妻刀, 小野次郎右衛

門, 丸橋忠弥, 実説「安兵衛」, 刺客, 平山行蔵, 浪人祭

『剣魔稲妻刀』 1994.9 361p
①4-10-115042-7
〔内容〕北畠具教, 剣魔稲妻刀, 小野次郎右衛門, 丸橋忠弥, 実説「安兵衛」, 刺客, 平山行蔵, 浪人祭

『弱虫兵蔵』 1995.8 404p
①4-10-115043-5
〔内容〕助太刀佐兵次, 月影庵十一代, 弱虫兵蔵, 切支丹剣士, 四足流兵馬, 海に消えた竜神流

『南国群狼伝 続赤い影法師』 1996.1 263p
①4-10-115044-3

『剣鬼』 1996.5 348p
①4-10-115045-1
〔内容〕狼眼流左近, 大峰ノ善鬼, 刃士丹後, 人斬り斑平, 通し矢勘左, 裏切り左近

『心形刀』 1996.10 283p
①4-10-115046-X
〔内容〕虎徹, 烈女, 傀儡, 美しい日本の少年, 奇人, 異説おらんだ文, 名人, 幕臣一代, 復讐, 心形刀

『忍者からす』 1997.12 349p
①4-10-115047-8

『もののふ』 1999.1 375p
①4-10-115048-6
〔内容〕もののふ, 生命の糧, 戦国武士, 武士気質, 斎藤道三残虐譚, 本能寺, 乱闘・高野街道, 浪士組始末, 梅一枝, 志士, 明治忠臣蔵, 竹橋血闘譚

『眠狂四郎孤剣五十三次 上巻』 2003.11 478p
①4-10-115049-4

『眠狂四郎孤剣五十三次 下巻』 2003.11 462p
①4-10-115050-8

『眠狂四郎虚無日誌 上巻』 2006.8 442p
①4-10-115051-6

『眠狂四郎虚無日誌 下巻』 2006.8 467p
①4-10-115052-4

『眠狂四郎無情控 上巻』 2006.10 432p
①4-10-115053-2

『眠狂四郎無情控 下巻』 2006.10 454p
①4-10-115054-0

『一刀両断 剣豪小説傑作選』 2013.10 439p
①978-4-10-115056-7
〔内容〕塚原彦六, 小野次郎右衛門, 宮本無三四, 霞の半兵衛, 実説「安兵衛」, 平山行蔵, 孤独な剣客, 心形刀

大衆文学館（講談社）

『異常の門』 1997.3 615p
①4-06-262075-8

文春文庫（文藝春秋）

◇柴錬立川文庫

『裏返し忠臣蔵 柴錬立川文庫』 1985.12 286p
①4-16-714311-9

『柳生但馬守 柴錬立川文庫』 1992.8 270p
①4-16-714313-5
〔内容〕柳生但馬守, 名古屋山三郎, 曾呂利新左衛門, 竹中半兵衛, 佐々木小次郎, 抜刀義太郎, 清酒日本之助, 伊藤一刀斎

『毒婦伝奇 柴錬立川文庫』 1995.4 286p
①4-16-714314-3
〔内容〕遊女松笠, 勇婦桜子, 側妾三代・お万篇, 側妾三代・おもん篇, 側妾三代・お市篇, 四谷怪談・お岩, 妲己の於百, 高橋お伝, 明治一代女

◇真田十勇士

『真田幸村 真田十勇士』 新装版 2014.1 283p
①978-4-16-790010-6
〔内容〕真田大助, 後藤又兵衛, 木村重成, 真田十勇士, 風魔鬼太郎, 山田長政, 徳川家

康, 大阪夏の陣

『猿飛佐助　真田十勇士』 新装版　2014.4　309p
①978-4-16-790074-8
〔内容〕猿飛佐助, 霧隠才蔵, 三好清海入道, 柳生新三郎, 百々地三太夫, 豊臣小太郎, 淀君, 岩見重太郎

『われら九人の戦鬼』 1976　3冊

『徳川太平記』 1977.9　2冊

『徳川三国志』 1989.10　469p
①4-16-714312-7

Tokyo books（東京文芸社）

『真紅の瞳』 1968　320p

嶋津 義忠
しまづ・よしただ
1936～

大阪府生まれ。京大卒。化学工業会社社長の傍ら、新聞、雑誌に歴史小説を発表。著書に「半蔵の槍」「わが魂、売り申さず」「上杉鷹山」などがある。

講談社文庫（講談社）

『半蔵の槍』 1996.9　340p
①4-06-263331-0

『天駆け地徂く　服部三蔵と本多正純』 1998.6　392p
①4-06-263839-8

小学館文庫（小学館）

『半蔵幻視』 1999.12　301p
①4-09-403751-9
〔内容〕半蔵幻視, 重兵衛彷徨

『入内遺聞』 2002.1　349p
①4-09-410008-3

PHP文芸文庫（PHP研究所）

『賤ケ岳七本槍』 2011.5　397p〈文献あり〉
①978-4-569-67653-1
〔内容〕賤ヶ岳の合戦, 水軍の将─加藤左馬助嘉明, 伏見城攻撃─糟屋内膳正武則, 寝返りの秋─脇坂中務少輔安治, 武人の誇り─福島左衛門大夫正則, 二条城の会見─加藤肥後守清正, 五千石─平野遠江守長泰, 落城─片桐東市正且元, 星霜

『平家武人伝』 2012.1　379p〈文献あり〉
①978-4-569-67784-2

〔内容〕早過ぎる死—平重盛, 文と武—平忠度, 小枝の冴え—平敦盛, 次なる戦い—平重衡, 嫡流の血—平維盛, 五人張りの弓—平教経, 最後の一兵—平知盛, 誇りと恐れ—平宗盛

『幸村』 2015.7 477p〈文献あり〉
①978-4-569-76396-5

PHP文庫（PHP研究所）

『上杉鷹山　財政危機を打開した名君の生涯』 2002.1 392p
①4-569-57675-3

『明智光秀　なぜ「本能寺」に向かったか』 2005.2 405p〈年譜あり〉
①4-569-66345-1

『竹中半兵衛と黒田官兵衛　秀吉に天下を取らせた二人の軍師』 2006.2 426p
①4-569-66590-X

『小説松平三代記　清康・広忠・家康、三河から天下へ』 2007.1 523p
①978-4-569-66759-1

『柳生三代記　石舟斎・宗矩・十兵衛』 2008.1 488p
①978-4-569-66965-6

『上杉三代記　為景・謙信・景勝、北国の覇者の系譜』 2008.9 507p
①978-4-569-67095-9

『楠木正成と足利尊氏　大きな字』 2009.6 450p〈文献あり〉
①978-4-569-67270-0

『信之と幸村　真田疾風録』 2010.7 476p〈文献あり〉
①978-4-569-67478-0

島田 一男
しまだ・かずお

1907～1996

京都府生まれ。明大中退。「満州日報」記者を経て戦後作家となり、1958年からのNHK連続テレビドラマ「事件記者」の脚本で一躍有名になった。傍ら、時代小説も執筆している。

光文社文庫（光文社）

『お耳役桧十三郎捕物帖　時代小説』 1985.11 340p
①4-334-70258-9

コスミック・時代文庫（コスミック出版）

『影姫参上　超痛快！ 時代小説　上巻』 2011.6 568p
①978-4-7747-2416-4

『影姫参上　超痛快！ 時代小説　下巻』 2011.6 525p
①978-4-7747-2417-1

『ふたり同心捕物帳　超痛快！ 時代小説』 2011.12 553p〈『江戸上方同心双六』（春陽堂書店1986年刊）の改題〉
①978-4-7747-2469-0
〔内容〕あぶな絵地獄, 藪の中, 狛犬に食われる女, 五月雨の女, 美女食い屋敷, 幽霊の手紙, さそり女, 媚薬屋敷, 唐傘後家, きせる娘

『定町回り同心事件帖　超痛快！ 時代小説』 2013.8 412p〈『同心部屋御用帳 1』（春陽文庫 1983年刊）の改題〉
①978-4-7747-2651-9
〔内容〕はだぬぎ弁天, 尻かんざし, かみそり地獄, まぼろし若衆, 女敵討たれ, 口紅の

矢, おんな絵だこ, やぶ入り女房, 二百両の女, おいろけ茶屋

『斬り捨て御免　傑作長編時代小説』 2014.11　347p〈春陽文庫 1986年刊の再刊〉
①978-4-7747-2783-7
〔内容〕鉛の弾, 仇討ち後家, 一国正宗の罪, お部屋さま御用, 人参騒動, 女狩り小路

春陽文庫（春陽堂書店）

◇寺社方諸国目付

『黒雲街道　寺社方諸国目付』 1983.3　325p

『竜巻街道　寺社方諸国目付』 1983.3　345p

『仮面の花嫁』 1961　208p

『風姫八天狗』 1982.3　2冊

『山姫隠密帖』 1982.4　260p〈『山姫道中記』続〉

『山姫道中記』 1982.4　253p

『影姫参上』 1982.5　2冊

『月姫血笑記』 1982.6　218p

『仮面の花嫁』 新装版　1982.7　208p

『天明むざん絵図』 1982.9　271p

『競艶八剣伝』 1982.11　422p

『十手を磨く男　御朱印銀次捕物帳』 新装版　1982.12　206p

『東国竜虎伝』 1982.12　244p

『同心部屋御用帳』 新装版　1983.1　4冊

『刃影青葉城』 1983.4　257p

『江戸巌窟王』 1983.9　292p

『お耳役秘帳』 1983.10　284p

『素浪人無惨帖』 1983.11　245p

『斬り捨て御免　江戸三十六番所』 1986.10　265p
〔内容〕鉛の弾, 仇討ち後家, 一国正宗の罪, お部屋さま御用, 人参騒動, 女狩り小路

『江戸上方同心双六』 1986.12　323p

天山文庫（天山出版）

『斬り捨て御免』 1992.5　318p〈発売：大陸書房〉
①4-8033-3498-6

徳間文庫（徳間書店）

『月姫八賢伝』 1988.8　539p〈『競艶八犬伝』（東京文芸社1958年刊）の改題〉
①4-19-568570-2

『江戸巌窟王』 2003.3　472p
①4-19-891854-6

『同心部屋御用帳　捕物帳傑作選』 2007.12　397p〈下位シリーズの責任表示：縄田一男監修〉
①978-4-19-892709-7
〔内容〕はだぬぎ弁天, おんな絵だこ, 夜桜の女, 矢取り女, 女難同心, 位牌間男, 艶説破れ傘, 駆け落ち裁き, 春情遠島船, 入れ札女郎

清水 義範
しみず・よしのり
1947～

愛知県生まれ。愛知教育大卒。広告会社勤務の傍らSFを書いていたが、のち「永遠のジャック&ベティ」などでパスティーシュ作家として人気作家となった。「尾張春風伝」など歴史小説も発表している。

幻冬舎文庫（幻冬舎）

『尾張春風伝　上』 2000.8　437p
①4-344-40012-7
『尾張春風伝　下』 2000.8　438p
①4-344-40013-5

講談社文庫（講談社）

『大剣豪』 2000.5　299p
①4-06-264857-1
〔内容〕大剣豪, 笠地蔵峠, 大江戸花見侍, 山から都へ来た将軍, 三劫無勝負, 天正鉄仮面, どえりゃあ婿さ, 山内一豊の隣人, 尾張はつもの, ザ・チャンバラ
『源内万華鏡』 2001.10　283p
①4-06-273280-7

集英社文庫（集英社）

『金鯱の夢』 1992.7　311p
①4-08-749830-1
『偽史日本伝』 2000.10　519p
①4-08-747250-7
〔内容〕おそるべき邪馬台国, 大騒ぎの日, 封じられた論争, 苦労判官大変記, 嵐, 日本一の頑固親父, 種子島であったこと, 転がらぬ男, 戦国情報ウォーズ, 人殺し将軍, 天保ロック歌撰, どうにでもせい, 人生かし峰太郎, 開化ツアー団御一行様
『開国ニッポン』 2002.11　299p
①4-08-747511-5
『龍馬の船』 2009.12　245p〈文献あり〉
①978-4-08-746516-7
『信長の女』 2011.2　318p〈文献あり〉
①978-4-08-746670-6
『会津春秋』 2012.11　387p〈文献あり〉
①978-4-08-745008-8
〔内容〕青春の二人, 京洛激動, 血涙の鶴ケ城, 明暗の田原坂
『ifの幕末』 2013.9　340p〈『幕末裏返史』（2008年刊）の改題　文献あり〉
①978-4-08-745115-3

文春文庫（文藝春秋）

『上野介の忠臣蔵』 2002.10　257p
①4-16-755107-1

子母沢 寛

しもざわ・かん

1892～1968

北海道生まれ。本名・梅谷松太郎。明大卒。彰義隊残党の孫で、1928年「新選組始末記」で注目を集めた。代表作は「父子鷹」「おとこ鷹」「勝海舟」の三部作で、「勝海舟」はNHK大河ドラマとなった。他に「逃げ水」「遺臣伝」など。

旺文社文庫（旺文社）

『游俠奇談』 1981.2 307p
〔内容〕飯岡の助五郎.笹川の繁蔵.佐原の喜三郎.国定忠治.相模屋政五郎.清水の次郎長.遊俠譚, 年譜 尾崎秀樹編：p301～307

講談社文庫（講談社）

『父子鷹 上』 1973 457p

『父子鷹 下』 1973 434p

『父子鷹 上』 新装版 2006.7 573p
①4-06-275453-3

『父子鷹 下』 新装版 2006.7 511p
①4-06-275454-1

光文社文庫（光文社）

『すっ飛び駕 傑作時代小説』 1987.10 374p
①4-334-70625-8

『弥太郎笠 傑作時代小説』 1988.11 271p
①4-334-70846-3
〔内容〕弥太郎笠, 次郎太川止め, あばれ行灯, 紋三郎の秀, さんど笠

時代小説文庫（富士見書房）

『遺臣伝』 1981.8 275p

『新選組始末記 決定版』 1982.11 509p

嶋中文庫（嶋中書店）

『父子鷹 1』 2005.3 525p
①4-86156-320-8

『父子鷹 2』 2005.3 517p
①4-86156-321-6

『おとこ鷹 1』 2005.4 385p
①4-86156-322-4

『おとこ鷹 2』 2005.5 393p
①4-86156-323-2

『おとこ鷹 3』 2005.6 395p
①4-86156-324-0

『逃げ水 1』 2005.7 488p
①4-86156-334-8

『逃げ水 2』 2005.7 497p
①4-86156-335-6

春陽文庫（春陽堂書店）

『さんど笠』 1951 155p
〔内容〕さんど笠, 他5篇

『投げ節弥之』 1951 170p
〔内容〕投げ節弥之, 他5篇

『弥太郎笠』 1951 152p

『さんど笠』 1959 155p

『弥太郎笠』 1961 138p

新人物文庫（中経出版）

『新選組始末記』 2013.7 621p〈底本：万里閣書房 昭和3年刊〉
①978-4-8061-4809-8

〔内容〕近藤勇の道場, 勇の家、歳三の家, 清河八郎策動す, 八郎の腹の中, 老中板倉周防守, 木曾路を行く浪士隊, 祐天仙之助, 水府脱藩芹沢鴨, 壬生の屯営, 憤然袂をわかった勇の一味〔ほか〕

新潮文庫（新潮社）

『弥太郎笠・すっ飛び駕』 1958 510p

『国定忠治』 1959 390p

『お坊主天狗』 1960 421p

『父子鷹』 1964 2冊

『おとこ鷹 上巻』 1964 494p

『おとこ鷹 下巻』 1964 491p

『勝海舟 第1巻 黒船渡来』 1968 497p

『勝海舟 第2巻 咸臨丸渡米』 1968 529p

『勝海舟 第3巻 長州征伐』 1968.11 594p

『勝海舟 第4巻 大政奉還』 1968.11 492p

『勝海舟 第5巻 江戸開城』 1969 526p

『勝海舟 第6巻 明治新政』 1969 526p

『おとこ鷹 上』 2008.6 581p
①978-4-10-115303-2

『おとこ鷹 下』 2008.6 593p
①978-4-10-115304-9

大衆文学館（講談社）

『行きゆきて峠あり 上』 1995.6 326p
①4-06-262011-1

『行きゆきて峠あり 下』 1995.6 345p
①4-06-262012-X

大陸文庫（大陸書房）

『鴨川物語』 1990.4 421p
①4-8033-2759-9

中公文庫（中央公論新社）

『新選組始末記 新選組三部作』 1977.3 297p

『新選組遺聞 新選組三部作』 1977.4 272p

『新選組物語 新選組三部作』 1977.5 314p

『よろず覚え帖』 1980.7 264p

『逃げ水 上巻』 1996.1 522p
①4-12-202512-5

『逃げ水 下巻』 1996.1 541p
①4-12-202513-3

『新選組始末記 新選組三部作』 改版 1996.12 363p
①4-12-202758-6

『新選組遺聞 新選組三部作』 改版 1997.1 330p
①4-12-202782-9
〔内容〕象山の悴, 原田左之助, 芹沢鴨, 篠崎慎八郎の死, 沖田総司房良, 木曾路の春, 壬生屋敷, 池田屋斬込前後, 伊東兄弟, 近藤の最後, 勇の屍を掘る

『新選組物語 新選組三部作』 改版 1997.2 376p
①4-12-202795-0
〔内容〕新選組物語, 新選組, 新選組聞書, 流山の朝

『遺臣伝』 2006.3 362p
①4-12-204663-7

『雨の音 子母澤寛幕末維新小説集』 2006.6 417p
①4-12-204700-5
〔内容〕三味線堀, 剣客物語, 脇役, 蝦夷物語, 厚田日記, 玉瘤, 雨の音

徳間文庫（徳間書店）

『逃げ水　上』 1986.12　446p
①4-19-598198-0
『逃げ水　下』 1986.12　442p
①4-19-598199-9
『からす組　上』 1987.2　350p
①4-19-598235-9
『からす組　下』 1987.2　348p
①4-19-598236-7
『父子鷹　上』 1987.7　478p
①4-19-598323-1
『父子鷹　下』 1987.7　478p
①4-19-598324-X
『おとこ鷹　上』 1987.9　471p
①4-19-598358-4
『おとこ鷹　下』 1987.9　471p
①4-19-598359-2
『昼の月』 1988.1　441p
①4-19-598441-6
『駿河遊侠伝　上』 1988.6　446p
①4-19-598541-2
『駿河遊侠伝　中』 1988.6　446p
①4-19-598542-0
『駿河遊侠伝　下』 1988.6　440p
①4-19-598543-9
『花の雨』 1988.9　538p
①4-19-598604-4
『河内山宗俊』 1989.6　285p
①4-19-598801-2
『お坊主天狗』 1990.7　406p
①4-19-599122-6
『江戸五人男』 1995.1　318p
①4-19-890248-8
『鴨川物語　哀惜新選組』 2003.10　492p
①4-19-891958-5

文春文庫（文藝春秋）

『剣客物語』 1988.1　265p
①4-16-746401-2
〔内容〕雪の中の燕, 今紫物語, おじ様お手が, 奇女のぶ, 彰義隊の井, むかし小判の落葉, 宵のしらたま, 剣客物語, 落葉, 謙道老師年譜
『脇役』 1989.3　254p
①4-16-746403-9
〔内容〕脇役, 厚田日記, 名月記, 丁斎塾始末, 南へ向いた丘, 玉瘤
『幕末奇談』 1989.12　344p
①4-16-746404-7
〔内容〕幕末研究, 露宿洞雑筆（小金井小次郎の臨終, 14歳の介錯人, 桜下に人を斬る, 名君, 小便, 旅人, 小笠原壱岐守, 妓夫仁義, 戸ケ崎熊太郎, 大石進とちんばの孝吉, 近藤周助邦武, あたけ丸事件, 皿屋舗弁疑録, 権助、女中、行水, のっぺらぼう, 小平次因果噺, 小豆ばかり屋敷, 貞女お岩, 池田侯分家, 甲斐屋敷の血糊餅, 武兵衛家出, 宇治の間, 女中自害, 武林唯七と蝦, 頻霞荘雑記, 古老ばなし, 新徴組雑事, 佐久間象山の伜, 南窓閑話, 逃げる旗本の記）

下村 悦夫
しもむら・えつお
1894～1945

和歌山県生まれ。本名・下村悦雄。高小卒。歌人を目指して上京し、生活のために「悲願千人斬」など数多くの講談作品を書いた。

春陽文庫（春陽堂書店）

『悲願千人斬　後篇』 1952　211p
『松平長七郎青春記』 1954　214p
『松平長七郎青春記』 1957　208p
『松平長七郎青春記』 新装　1998.5　194p
①4-394-10901-9

大衆文学館（講談社）

『悲願千人斬　上』 1997.4　246p
①4-06-262077-4
『悲願千人斬　下』 1997.5　225p
①4-06-262080-4

城 昌幸
じょう・まさゆき
1904～1976

東京生まれ。本名・稲並昌幸。日大中退。詩人・城左門としてデビューしたのち、城昌幸の名前で小説を発表。「若さま侍捕物手帖」で人気作家となった。戦後は「宝石」編集長をつとめている。

光文社文庫（光文社）

◇若さま侍捕物手帖

『若さま侍捕物手帖　時代推理小説』
1986.11　419p
①4-334-70453-0
〔内容〕双色渦巻, 生霊心中, 埋蔵金お雪物語, 幽霊駕篭, 十六剣通し, 金梨子地空鞘判断
『百鬼夜行　長編時代小説　上　若さま侍捕物手帖』 1990.5　430p
①4-334-71148-0
『百鬼夜行　長編時代小説　下　若さま侍捕物手帖』 1990.5　427p
①4-334-71149-9
『若さま侍捕物手帖　時代推理小説傑作選』 新装版　2003.3　455p
①4-334-73463-4
〔内容〕双色渦巻, 生霊心中, 埋蔵金お雪物語, 幽霊駕篭, 十六剣通し, 金梨子地空鞘判断

時代小説文庫
（ランダムハウス講談社）

◇若さま侍捕物手帖

『若さま侍捕物手帖　1』 2009.1　366p
①978-4-270-10267-1

〔内容〕舞扇の謎, おんな白浪, 猿まわし, 千姫もどき, 尺八巷談, かすみ八卦, 娘太夫, 恋の投げ銭, 影の恋人, 二人こうすけ, 甘利一族, 乙女の瞳, 色恋の道, *解説(御雄太郎〔著〕)

『若さま侍捕物手帖 2』 2009.2 374p
①978-4-270-10275-6
〔内容〕もののけ娘, 妻恋い凧, まぼろし力弥, 花見ながれ, 半分幽霊, 情狂い, 金怨み, 袈裟御前, 別れ言葉

『若さま侍捕物手帖 3』 2009.3 349p
①978-4-270-10283-1
〔内容〕まんじ笠, 恋の闇路, 一文惜しみの百知らず, 威しぶみ, 猫の弁当, 濡れごと幽霊, ビルゼン昇天, 罪つくり

『若さま侍捕物手帖 4』 2009.4 381p
①978-4-270-10289-3
〔内容〕武者絵隠し, 風の神お宿, 人形恋慕, きつね女房, 藤八拳殺し, 手長島, 宙ぶらりん, 玉の肌地獄, 一夜妻, 神かくし, 人魚

『若さま侍捕物手帖 5』 2009.5 390p
①978-4-270-10295-4
〔内容〕浮世やみ夜, 三人甚内, 暗がり問答, 幽霊ごろし, 大屋根私案, あやふや人形, 死神おりん, おきん狐, 濡衣神

『若さま侍捕物手帖 6』 2009.6 374p
①978-4-270-10303-6
〔内容〕地獄変相図, 嘘つき人情, 千両河童, 恋慕ごろし, 変化恋, 艶福寺ばなし, 月夜笛, 乱れ五菊, お色屋敷, 首くくり指南, 殺された手紙

春陽文庫(春陽堂書店)

◇若さま侍捕物手帖

『若さま侍捕物手帖 第1』 1951 172p

『若さま侍捕物手帖 第2』 1951 174p

『若さま侍捕物手帖 第3』 1951 176p

『若さま侍捕物手帖 第4』 1951 156p

『若さま侍捕物手帖 第5』 1951 162p

『双色渦巻 若さま侍捕物手帖』 1951.5 214p

『五月雨ごろし 若さま侍捕物手帖』 1963 199p

『若さま侍捕物手帖 人化け狸』 1963 194p

『若さま侍捕物手帖 幽霊駕籠』 1963 173p

『虚無僧変化 若さま侍捕物手帖』 1966 302p

『双色渦巻 若さま侍捕物手帖』 1985.4 259p

『五月雨ごろし 若さま侍捕物手帖』 新装版 1985.6 264p

『人化け狸 若さま侍捕物手帖』 1985.10 255p

『天を行く女 若さま侍捕物手帖』 1985.11 239p

『虚無僧変化 若さま侍捕物手帖』 1986.4 302p

『新十郎捕物帳 第1』 1951 164p

『新十郎捕物帳 第2』 1951 165p

『一剣立春 桜田門外ノ変遺聞 上』 1994.2 273p
①4-394-10806-3

『一剣立春 桜田門外ノ変遺聞 下』 1994.2 272p
①4-394-10807-1

『江戸っ子武士道 海舟と南洲』 1995.5 245p
①4-394-10808-X

中公文庫(中央公論新社)

『若さま侍 時代小説英雄列伝』 縄田一男〔編〕 2003.1 247p〈年譜あり〉
①4-12-204149-X
〔内容〕『若さま侍捕物手帖』より(舞扇の謎,

首くくり指南, 天守閣の狸, かいやぐら, 振袖猫), 『居候剣法』より (べらんめえ十万石)

中公文庫ワイド版

(中央公論新社)

『若さま侍　時代小説英雄列伝』 縄田一男〔編〕　2003.12　247p〈年譜あり〉
①4-12-551430-5
〔内容〕若さま侍捕物帖より：舞扇の謎, 首くくり指南, 天守閣の狸, かいやぐら, 振袖猫, 居候剣法より：べらんめえ十万石

徳間文庫 (徳間書店)

◇若さま侍捕物手帖

『若さま侍捕物手帖　捕物帳傑作選』 2008.8　379p〈下位シリーズの責任表示：縄田一男監修〉
①978-4-19-892838-4
〔内容〕紅鶴屋敷, 五月雨ごろし

『人魚鬼　若さま侍捕物手帖　捕物帳傑作選』 2009.2　701p〈シリーズの監修者：縄田一男〉
①978-4-19-892932-9
〔内容〕闇勝負, 二千五百石, うつぼ姫, 用心棒, 辰巳芸者, 娘買い, 女ごころ, 人魚島, 岐れ道, 宿命, 波の上, 八百姫明神, 春宵千金, 狐と狸, 唐人服, たくらみ, 東海道, 影送り, 旅は道づれ, 襲撃, 擦れ違い, 二転三転, 姫守り, 汐待ち, 闇道中, 姫盗人, 雲水ごろも, 第三の人, 京屋敷, 乱れ雲, めくらまし, 人落し, 悲願血願, 西院の経蔵, 修羅道, 土産話

白井 喬二

しらい・きょうじ

1889～1980

神奈川県生まれ。本名・井上義道。日大卒。雑誌「家庭之友」編集者を経て、大衆小説を執筆。1924年から連載した「富士に立つ影」は、中里介山「大菩薩峠」と並び称される。他に「天海僧正」など。

時代小説文庫 (富士見書房)

◇富士に立つ影

『富士に立つ影　1　裾野篇』 1981.11　493p

『富士に立つ影　2　主人公篇』 1981.11　440p

『富士に立つ影　3　新闘篇』 1981.12　474p

『富士に立つ影　4　帰来篇』 1982.1　452p

『富士に立つ影　5　運命篇』 1982.2　461p

『富士に立つ影　6　幕末篇』 1982.3　450p

『富士に立つ影　7　明治篇』 1982.5　468p

新潮文庫 (新潮社)

◇富士に立つ影

『富士に立つ影　第1巻』 1958　453p

『富士に立つ影　第2巻』 1958　472p

『富士に立つ影　第3巻』 1958　446p

『富士に立つ影　第4巻』 1958　481p
『富士に立つ影　第5巻』 1959　460p
『富士に立つ影　第6巻』 1959　451p
『富士に立つ影　第7巻』 1959　468p

◇　◇　◇

『盤獄の一生』 1960　502p

大衆文学館（講談社）

『新撰組　上』 1995.3　428p
①4-06-262003-0
『新撰組　下』 1995.3　418p
①4-06-262004-9

大陸文庫（大陸書房）

『怪建築十二段返し』 1990.8　332p
①4-8033-3020-4
〔内容〕江戸天舞教の怪殿, 全土買占の陰謀, 白雷太郎の館, 怪建築十二段返し

ちくま日本文学全集（筑摩書房）

『ちくま日本文学全集　50　白井喬二 1889-1980』 1993.3　701p
①4-480-10250-7
〔内容〕富士に立つ影

ちくま文庫（筑摩書房）

◇富士に立つ影

『富士に立つ影　1（裾野篇）』 1998.6 371p
①4-480-03461-7
『富士に立つ影　2（江戸篇）』 1998.7 331p
①4-480-03462-5
『富士に立つ影　3（主人公篇）』 1998.8 343p
①4-480-03463-3
『富士に立つ影　4（新闘篇）』 1998.9 345p
①4-480-03464-1
『富士に立つ影　5（神曲篇）』 1998.10 348p
①4-480-03465-X
『富士に立つ影　6（帰来篇）』 1998.12 365p
①4-480-03466-8
『富士に立つ影　7（運命篇）』 1999.1 349p
①4-480-03467-6
『富士に立つ影　8（孫代篇）』 1999.2 404p
①4-480-03468-4
『富士に立つ影　9（幕末篇）』 1999.3 495p
①4-480-03469-2
『富士に立つ影　10（明治篇）』 1999.4 316p
①4-480-03470-6

白石 一郎

しらいし・いちろう

1931～2004

旧朝鮮生まれ。早大卒。1987年8回目の候補となった「海狼伝」で直木賞を受賞、「戦鬼たちの海」「怒濤のごとく」など、海洋歴史小説の分野を開拓した。他にテレビドラマ化された「十時半睡」シリーズが有名。

朝日文庫（朝日新聞出版）

『異人館　上』 1999.11　381p
①4-02-264215-7
『異人館　下』 1999.11　309p
①4-02-264216-5

幻冬舎文庫（幻冬舎）

『航海者　上』 2001.8　437p
①4-344-40143-3
『航海者　下』 2001.8　426p
①4-344-40144-1

講談社文庫（講談社）

◇十時半睡事件帖

『庖丁ざむらい　十時半睡事件帖』 1987.10　322p〈年譜：p316～322〉
①4-06-184098-3
〔内容〕鴫と蛤は漁師がとる, 虫けらの怨, 庖丁ざむらい, 玄界島, 鉋ざむらい, さむらい志願
『観音妖女　十時半睡事件帖』 1988.11　287p〈年譜：p281～287〉
①4-06-184348-6
〔内容〕老狂恋道行, 逃げる女, 奉行たちの宴, 観音妖女, 奇妙な仇討, 女たらし, 枕絵ざむらい, お蔵番
『刀　十時半睡事件帖』 1990.10　238p
①4-06-184773-2
『犬を飼う武士　十時半睡事件帖』 1994.9　241p
①4-06-185762-2
〔内容〕犬を飼う武士, 桜散る, 千本旗, 暴風雨, 勘当むすこ, 弥七郎の恋
『出世長屋　十時半睡事件帖』 1996.9　251p
①4-06-263332-9
『おんな舟　十時半睡事件帖』 2000.9　277p
①4-06-264971-3
〔内容〕空っ風, 御船騒動, 小名木川, おんな舟, 駈落ち者, おんな宿, 叩きのめせ
『東海道をゆく　十時半睡事件帖』 2006.2　349p〈年譜あり〉
①4-06-275321-9
〔内容〕旅立ち, 泉岳寺, 東海道, 小田原, 箱根越え, 薩埵峠, 大井川越え, 海の関所
『庖丁ざむらい　十時半睡事件帖　レジェンド歴史時代小説』 2016.6　427p〈1987年刊の改訂〉
①978-4-06-293406-0
〔内容〕鴫と蛤は漁師がとる, 虫けらの怨, 庖丁ざむらい, 玄界島, 鉋ざむらい, さむらい志願, 丁半ざむらい, 水馬の若武者, 合わせて一つ, 人形妻, 人まね鳥

『火炎城』 1978.2　494p
『鷹ノ羽の城』 1981.2　347p
『銭の城』 1983.12　440p
①4-06-183137-2
〔内容〕銭の城, さいころ武士道
『びいどろの城』 1985.9　387p〈『長崎隠密坂』（昭和44年刊）の改題〉
①4-06-183584-X
『戦国を斬る』 1992.11　265p

①4-06-185273-6
〔内容〕墓を見た男, 改易, 妖医譚, 戦国を斬る, 謀殺, 城下の月, 長崎まんだら, やって来た男

『海将　上』 1999.9　446p
①4-06-264669-2

『海将　下』 1999.9　420p
①4-06-264670-6

『異人館　上』 2001.2　427p
①4-06-273085-5

『異人館　下』 2001.2　350p
①4-06-273086-3

『蒙古襲来　海から見た歴史』 2003.12　327p
①4-06-273914-3
〔内容〕大草原の王, 鎌倉幕府, クビライ・カアン, 北条時宗, 異国合戦（文永の役, 弘安の役）, 戦役以後

光文社文庫 (光文社)

『夫婦刺客　傑作時代小説』 1989.3　300p
①4-334-70913-3
〔内容〕伊賀の兄弟, 戦雲に散る, 三河武士道, てれん〈衒商〉, 恋女房, 悪党たちの海, 夫婦刺客

『天上の露　傑作時代小説』 2003.12　322p
①4-334-73609-2
〔内容〕鬼姫, 宝島, 出合茶屋, 海の挽歌, 花つつじ, 天馬, 天上の露

『孤島物語　傑作歴史小説』 2004.5　273p
①4-334-73689-0
〔内容〕江戸山狼—佐渡島, 鳥もかよわぬ—八丈島, 三年奉公—五島列島, 金印—志賀島, 悪童—能島, 倭館—対馬, 入墨—隠岐島

コスミック・時代文庫 (コスミック出版)

『いねむり目付恩情裁き　超痛快！　時代小説』 2013.7　376p〈『庖丁ざむらい　十時半睡事件帖』（青樹社 1982年刊）の改題〉
①978-4-7747-2641-0

集英社文庫 (集英社)

『南海放浪記』 1999.12　258p
①4-08-747138-1

新潮文庫 (新潮社)

『天上の露』 1986.9　297p
①4-10-141802-0
〔内容〕鬼姫, 宝島, 出合茶屋, 海の挽歌, 花つつじ, 天馬, 天上の露

『足音が聞えてきた』 1987.9　272p
①4-10-141803-9
〔内容〕足音が聞えてきた, 小麦さま, お駒の虹, くすり繁昌記, 筑前狂想曲

『幽霊船』 1988.9　381p
①4-10-141804-7
〔内容〕幽霊船, 元禄武士道, 竹篦の女, 月と老人, 勇士、還る, 新九郎推参, 閉門志願, 落花譚, 明日をも知らね, 血の池

『弓は袋へ』 1991.7　263p
①4-10-141805-5
〔内容〕弓は袋へ, 武辺の旗, ゆめの又ゆめ, 台南始末, 怨霊譚, まっしぐら, 阿波の狸

『海将　若き日の小西行長』 1996.10　804p
①4-10-141806-3

『孤島物語』 1998.1　251p
①4-10-141807-1
〔内容〕江戸山狼—佐渡島, 鳥もかよわぬ—八丈島, 三年奉公—五島列島, 金印—志賀島, 悪童—能島, 倭館—対馬, 入墨—隠岐島

徳間文庫（徳間書店）

◇黒い炎の戦士

『黒い炎の戦士　1　謎の虹彩剣』 1991.5　318p
①4-19-599314-8

『黒い炎の戦士　2　田沼暗殺計画』 1991.6　315p
①4-19-599332-6

『黒い炎の戦士　3　黒白の死闘』 1991.7　313p
①4-19-599347-4

『黒い炎の戦士　4　太陽丸出帆』 1991.8　349p
①4-19-599367-9

『黒い炎の戦士　5　クリスタルの戦士』 1991.9　310p
①4-19-599381-4

『鳴門血風記』 1990.10　413p
①4-19-599191-9

『風来坊』 1992.10　346p〈『足音が聞えてきた』(立風書房1977年刊)の増補〉
①4-19-577325-3
〔内容〕風来坊, 秋風の女, 足音が聞えてきた, 小麦さま, お駒の虹, くすり繁昌記, 筑前狂想曲

文春文庫（文藝春秋）

『天翔ける女』 1985.1　267p
①4-16-737001-8

『幻島記』 1987.1　302p
①4-16-737002-6
〔内容〕幻島記, 蝸牛の城, 消えた男, 一炊の夢, 孤島の騎士

『サムライの海』 1987.5　552p
①4-16-737003-4

『島原大変』 1989.2　286p
①4-16-737004-2
〔内容〕島原大変, ひとうま譚, 凡将譚, 海賊たちの城

『海狼伝』 1990.4　478p
①4-16-737005-0

『長崎ぎやまん波止場　若杉清吉捕物控』 1991.1　330p〈『ぎやまん波止場』(青樹社昭和60年刊)の改題〉
①4-16-737006-9
〔内容〕遥かな国の父, 水神の秘密, おんな無宿

『蒙古の槍　孤島物語』 1991.5　282p
①4-16-737007-7
〔内容〕蒙古の槍―肥前鷹島, 人名の墓―塩飽諸島(本島), 巨船―答志島, 長すぎた夢―小笠原諸島, 三十人目の女―大崎下島, 鉄砲修業―種子島, 献上博多―伯方島

『オランダの星』 1991.10　275p
①4-16-737008-5
〔内容〕オランダの星, モンゴルの海, いれずみ国姓爺, オランダ胡弓, 名人, もう一人の爆死者

『海峡の使者』 1992.12　247p
①4-16-737010-7
〔内容〕遠い火, 開運, 脱走兵, 父の影像, さいごの一人, 涙い海, 海峡の使者

『海王伝』 1993.7　482p
①4-16-737011-5

『戦鬼たちの海　織田水軍の将・九鬼嘉隆』 1995.3　516p
①4-16-737013-1

『江戸の海』 1995.6　296p
①4-16-737014-X
〔内容〕江戸の海, 島火事, 十人義士, 海の御神輿, 勤番ざむらい, 夕凪ぎ, 悪党たちの海, 人呼びの丘, 海の一夜陣, トトカカ舟

『切腹』 1996.10　238p
①4-16-737016-6
〔内容〕切腹, 朱印船の花嫁, 鄭成功

『投げ銛千吉廻船帖』 1997.8　286p
①4-16-737017-4
〔内容〕家船, 初日の出, 三保の松原, 子連れ

船, 新七の夢, 流人船, 江戸芝居

『風雲児　上』 1998.1　366p
①4-16-737018-2

『風雲児　下』 1998.1　333p
①4-16-737019-0

『玄界灘』 2000.9　293p
①4-16-737020-4
〔内容〕妖女譚, 鎖ざされた海, 魔笛, 玄界灘, 霧の中, さいごの奉行, シャムから来た男, 三浦按針

『怒濤のごとく　上』 2001.12　357p
①4-16-737021-2

『怒濤のごとく　下』 2001.12　342p
①4-16-737022-0

『横浜異人街事件帖』 2003.9　311p
①4-16-737023-9
〔内容〕岡っ引, ハンカラさん, わるい名前, 南京さん, とんでもヤンキー, 阿片窟, エゲレスお丹

『航海者　三浦按針の生涯　上』 2005.4　383p
①4-16-737025-5

『航海者　三浦按針の生涯　下』 2005.4　371p
①4-16-737026-3

『生きのびる　横浜異人街事件帖』 2006.9　326p
①4-16-737027-1

『島原大変』 新装版　2007.8　332p
①978-4-16-737028-2
〔内容〕島原大変, ひとうま譚, 凡将譚, 海賊たちの城

『海狼伝』 新装版　2015.12　558p
①978-4-16-790514-9

『海王伝』 新装版　2016.2　558p
①978-4-16-790552-1

城山 三郎

しろやま・さぶろう

1927～2007

愛知県生まれ。本名・杉浦英一。東京商大卒。1959年「総会屋錦城」で直木賞を受賞、経済小説の第一人者として活躍した。その後、経済の視点から見た歴史小説も執筆、代表作にNHK大河ドラマの原作となった「黄金の日日」や、「雄気堂々」「落日燃ゆ」など。

新潮文庫（新潮社）

『黄金の日日』 1982.11　331p
①4-10-113314-X

『秀吉と武吉　目を上げれば海』 1990.12　411p〈折り込図1枚　主な参考文献：p402～404〉
①4-10-113322-0

文春文庫（文藝春秋）

『望郷のとき　侍・イン・メキシコ』 1989.7　253p
①4-16-713916-2

新宮 正春
しんぐう・まさはる

1935～2004

和歌山県生まれ。本名・瀬古正春。神奈川大中退。報知新聞記者の傍ら時代小説作家としてデビュー。剣豪小説や伝奇小説を執筆した。代表作に「不知火殺法」「鷹たちの砦」など。

角川文庫（角川書店）

『将軍暗殺』 2004.11 463p〈『将軍要撃』（1999年刊）の改題〉
①4-04-377401-X

廣済堂文庫（廣済堂出版）

◇剣客列伝

『秘剣影法師 剣客列伝 特選時代小説』
1998.7 321p
①4-331-60672-4
〔内容〕小太刀崩し, 左目の銃痕, 創傷九か所あり, 隻腕の剣, 無頼の剣, 秘剣影法師, 甲子太郎の策謀

『柳生殺法帳 剣客列伝 特選時代小説』
1999.3 308p
①4-331-60731-3
〔内容〕柳生石舟斎の拳, 柳生五郎右衛門の足, 柳生如雲斎の鼻, 柳生友矩の歯, 柳生十兵衛の眼, 柳生列堂の肘, 柳生兵助の胸板

講談社文庫（講談社）

『抜打ち庄五郎』 2005.6 349p
①4-06-275104-6
〔内容〕首獲り新介, 二十万石の礫, 抜打ち庄五郎, 九箇の太刀, 吹毛の剣, 秘剣笠の下, 水野忠央の蹉跌, 左兵衛様ご無念

集英社文庫（集英社）

『鷹たちの砦』 1986.12 446p
①4-08-749171-4

『不知火殺法』 1987.12 297p
①4-08-749280-X
〔内容〕不知火殺法, 少林寺殺法, 紀州鯨銛殺法, バスク流殺法, 韋駄天殺法, 妖異南蛮殺法

『忍法鍵屋の辻』 1989.12 367p
①4-08-749532-9
〔内容〕殺ったぞ、石舟斎, 秘剣！ 三十六人斬り, 忍法鍵屋の辻, 隠密神妙剣, 殺法たけくらべ, 善国寺坂の血闘, 首, 猫目の手裏剣, 強弓十左の指, 秘剣逆返し, 介殿異心あり

『陰の剣譜 青葉城秘聞』 1991.12 388p
①4-08-749766-6

『ゼーランジャ城の侍』 1993.12 316p
①4-08-748107-7

『陰の絵図 上』 2005.1 322p
①4-08-747781-9

『陰の絵図 下』 2005.1 333p
①4-08-747782-7

『島原軍記海鳴りの城 上』 2006.8 357p
①4-08-746071-1

『島原軍記海鳴りの城 下』 2006.8 334p
①4-08-746072-X

祥伝社文庫（祥伝社）

『巌流 小次郎剣鬼伝 長編時代小説』
2000.3 291p
①4-396-32757-9

徳間文庫（徳間書店）

『信玄狙撃』 1992.6 254p
①4-19-597202-7
〔内容〕典厩御うち死, 修理亮の左文字, 捨てかまりのお蘭, 信玄狙撃, 久蔵の赤褌, 突き目のお小夜

『西郷暗殺行』 1995.7 279p〈『戦乱軍記 頸を獲る』(1991年刊) の改題〉
①4-19-890345-X
〔内容〕ひなげし外記, 霧ヶ城落つ, 高天神攻防, 今川義元の歯型, 西郷暗殺行

福武文庫

（ベネッセコーポレーション）

『武蔵を仆した男』 1995.11 262p
①4-8288-5748-6
〔内容〕武蔵を仆した男, 長良川の血闘―斎藤道三, 板垣信方の首級, かげろうの剣, 霞の剣, 井手ノ判官の死, ピンチヒッター・武蔵

『江戸城炎上』 1995.12 286p
①4-8288-5755-9

『芭蕉庵捕物帳』 1996.5 295p
①4-8288-5772-9
〔内容〕黒鍬者又七の死, 鎌いたち, 野ざらし, 初しぐれ, 旅の笈, 薄紅葉, みなし栗, 花かつみ, 本所松坂町の雪

陣出 達朗

じんで・たつろう

1907～1986

石川県生まれ。本名・中村達男。映画のシナリオライターから、戦時中に時代小説家に転身。「伝七捕物帖」シリーズで知られる他、「遠山の金さん」が片肌を脱いで桜吹雪をみせて見えを切る名場面を考案したといわれる。

光文社文庫（光文社）

◇伝七捕物帳

『伝七捕物帳 時代推理小説傑作選』 1986.2 401p
①4-334-70299-6

『伝七捕物帳 時代推理小説傑作選』 新装版 2003.2 497p
①4-334-73451-0
〔内容〕女狐が来る, 黒猫の謎, 夜叉牡丹, 帯解け盗賊, 変身, 美女観音, 色道用心棒, 女郎蜘蛛, 幽霊飛脚, おれが殺された

春陽文庫（春陽堂書店）

◇伝七捕物帳

『伝七捕物帳』 1968 282p
『伝七捕物帳 1』 1976
『伝七捕物帳 2』 1976
『伝七捕物帳 3』 1976 278p
『伝七捕物帳 1』 1985.3 282p
『伝七捕物帳 2』 1985.5 289p
『伝七捕物帳 3』 1985.7 278p

◇騎馬奉行まかり通る

『騎馬奉行まかり通る』 1978.11 393p
『七人の武士 騎馬奉行まかり通る』 1982.6 313p
『盗賊奉行 騎馬奉行まかり通る』 1982.8 375p
『七人の武士 騎馬奉行まかり通る』 新装 1997.7 313p
①4-394-10445-9
〔内容〕人馬飛ぶ, 当たりくじ坐, 内蔵助一存, 人形殺法, 女房纒, くさり姫, 大根魔殿, 女盗むささび, 美女蛇, 朱槍江戸守
『騎馬奉行まかり通る』 新装 1997.8 393p
①4-394-10434-3
『盗賊奉行 騎馬奉行まかり通る』 新装 1997.9 375p
①4-394-10446-7

『飛竜無双』 1957 271p
『富岳秘帖 上』 1959 225p
『富岳秘帖 中』 1959 232p
『富岳秘帖 下』 1959 225p
『逢魔天狗』 1960 303p
『たつまき奉行』 1960 256p
『長脇差奉行』 1961 228p
『火の玉奉行』 1961 233p
〔内容〕火の玉奉行, 荒獅子奉行
『はやぶさ奉行』 1961.7
『喧嘩奉行』 1962 244p
『九官鳥侍』 1963 205p
『鍔鳴り天狗』 1964 276p
『粗忽活人剣』 1965 283p
『わんぱく大名』 1966 221p
『魔像殺法』 1968 289p
『わんぱく三度笠』 1969 226p
『すっとび奉行』 1970 395p
『まぼろし奉行』 1970 273p
『よさこい奉行』 1970 261p
『東海の顔役』 1972 316p
『復讐の美女鬼』 1973 258p
『孔雀駕籠』 1974 549p
『隠密将軍と喧嘩大名』 1975 376p
『隠密姫』 1975 225p
『らんまん剣士』 1975 555p
『鬼姫悲願』 1976 389p
『隠密奉行』 1977.1 317p
『影の人形師』 1977.8 347p
『世直し魔剣』 1977.9 276p
『犬姫様』 1977.10 209p
『黄金万花峡』 1977.11 209p
『逆立ち大名』 1978.3 302p
『たつまき奉行』 新装版 1978.5 256p
『はやぶさ奉行』 新装版 1978.5 257p
『火の玉奉行』 新装版 1978.5 233p
『けんか奉行』 新装版 1978.7 244p
『長脇差奉行』 新装版 1978.7 228p
『わんぱく剣士』 1978.10 424p
『わんぱく将軍』 1979.6 341p
『くろかみ秘蝶』 1979.9 266p
『鳴門美女剣』 1979.10 346p
『夕立けんか旅』 1980.5 256p
『わんぱく東海道』 1980.8 265p
『鍔鳴美剣士』 1980.11 244p
『投げ縄お銀捕物帳』 1981.4 353p
『風来坊侍』 1981.9 351p
『うきぐさ浪人』 1981.11 2冊
『花の一万石』 1982.10 278p
『新五捕物帳』 1982.11 306p
『魔像殺法』 1983.4 289p
『鬼姫活人剣』 新装版 1983.6 283p
〈『粗忽活人剣』改題〉
『鍔鳴り天狗』 1983.8 276p

『逢魔天狗』 新装版 1983.10 303p

『東海の顔役』 1984.3 316p

『忍び殺法』 1984.8 248p

『縁切寺千一夜』 1984.12 273p

『わんぱく姫奉行』 1986.5 251p

『侠骨 花の幡随院長兵衛』 1986.11 197p

『わんぱく大名』〔新装版〕 1987.12 221p
①4-394-10414-9

『わんぱく三度笠』〔新装版〕 1988.1 226p
①4-394-10416-5

『九官鳥侍』 1988.4 205p

『世直し魔剣』 改装版 1991.3 276p
①4-394-10429-7

『くろかみ秘蝶』〔新装版〕 1991.6 266p
①4-394-10436-X

『鍔鳴美剣士』 改装版 1991.11 244p
①4-394-10440-8

『黄金万花峡』 改装版 1992.3 209p
①4-394-10431-9

『夕立けんか旅』 改装版 1992.5 256p
①4-394-10438-6
〔内容〕夕立けんか旅, 花祭りけんか状

『わんぱく東海道』 1992.8 265p
①4-394-10439-4

『犬姫様』 改装版 1992.11 209p
①4-394-10430-0

『隠密将軍と喧嘩大名』 1995.7 376p
①4-394-10424-6

『隠密姫』 新装 1999.2 225p
①4-394-10423-8

徳間文庫（徳間書店）

◇伝七捕物帳

『伝七捕物帳 捕物帳傑作選』 2007.10 314p〈下位シリーズの責任表示：縄田一男監修〉
①978-4-19-892680-9
〔内容〕笑いざる, 美女観音, 帯解け盗賊, 花水後日, 飛脚幽霊, 雪の足跡, 女狐小判

杉本 章子
すぎもと・あきこ
1953～2015

福岡県生まれ。ノートルダム清心女子大卒。1979年にデビューし、89年「東京新大橋雨中図」で直木賞を受賞。「信太郎人情始末帖」シリーズはベストセラーとなった。他に「写楽まぼろし」「名主の裔」など。

講談社文庫（講談社）

◇お狂言師歌吉うきよ暦

『お狂言師歌吉うきよ暦』 2008.12 353p
①978-4-06-276224-3
〔内容〕鋸の小町, 藤娘の夜, 出合茶屋, その夜の客, お糸の祝言, 罠, 仕掛け花火, 消し幕

『大奥二人道成寺 お狂言師歌吉うきよ暦』 2011.12 439p〈文献あり〉
①978-4-06-277117-7

『精姫様一条 お狂言師歌吉うきよ暦』 2014.11 348p
①978-4-06-277974-6
〔内容〕厄介嫁, 火花, 女客, 精姫様一条, 孝五郎様一条, 不忍池暮雪, 男二人, 江戸の友

『東京影同心』 2013.12 375p〈文献あり〉
①978-4-06-277715-5

中公文庫（中央公論新社）

『間諜 上』 1997.3 364p
①4-12-202812-4

『間諜 下』 1997.3 425p〈文献あり〉
①4-12-202813-2

文春文庫（文藝春秋）

◇信太郎人情始末帖

『おすず 信太郎人情始末帖』 2003.9 284p
①4-16-749707-7
〔内容〕おすず, 屋根舟のなか, かくし子, 黒札の女, 差しがね

『水雷屯 信太郎人情始末帖』 2004.3 307p
①4-16-749708-5
〔内容〕水雷屯, ほうき星の夜, 前触れ火事, 外面, うぐいす屋敷

『狐釣り 信太郎人情始末帖』 2005.9 294p
①4-16-749711-5
〔内容〕闇の筋書き, きさらぎ十日の客, 第十四番末吉, 狐釣り, 死一倍

『きずな 信太郎人情始末帖』 2007.7 317p
①978-4-16-749712-5
〔内容〕昔の男, 深川節, ねずみ花火, 鳴かぬ蛍, きずな

『火喰鳥 信太郎人情始末帖』 2009.3 302p
①978-4-16-749713-2
〔内容〕火喰鳥, 見えない, 雪暗, 晴れ姿, 女中おぬい, 解説（村田喜代子〔著〕）

『その日 信太郎人情始末帖』 2010.5 315p
①978-4-16-749714-9
〔内容〕越後からきた男, 別家召し放ち状, 五月の空の下, 凪の日, その日, 千代結び, 解説（出久根達郎〔著〕）

『銀河祭りのふたり 信太郎人情始末帖』 2011.2 296p
①978-4-16-749715-6
〔内容〕父の昔, 秘めごと, 銀河祭りのふたり, 日日草, 兄さん, 解説（縄田一男〔著〕）

◇ ◇ ◇

『写楽まぼろし』 1989.1 363p
①4-16-749701-8

『東京新大橋雨中図』 1991.11 339p
①4-16-749702-6

『名主の裔』 1992.5 236p
①4-16-749703-4
〔内容〕名主の裔, 男の軌跡

『爆弾可楽』 1993.9 263p
①4-16-749704-2
〔内容〕爆弾可楽, ふらふら遊三

『妖花』 1995.9 269p
①4-16-749705-0
〔内容〕妖花, 朱唇, 夕化粧, 出陣, 疑惑, げんまん

『残映』 1998.7 228p
①4-16-749706-9
〔内容〕残映, 影男, 供先割り

『間諜 洋妾おむら 上』 2004.9 316p
①4-16-749709-3

『間諜 洋妾おむら 下』 2004.9 380p
①4-16-749710-7

『春告鳥 女占い十二か月』 2013.3 399p〈文献あり〉
①978-4-16-749716-3
〔内容〕一文獅子, 冬青, 春告鳥, 空木, つばめ魚, あした天気に, 卜一のおれん, 秋鯖, ごんぱち, 夕しぐれ, お玉, 万祝

杉本 苑子
すぎもと・そのこ
1925～

東京生まれ。吉川英治に師事し、1962年「孤愁の岸」で直木賞を受賞。NHK大河ドラマ「春の波濤」の原作となった「マダム貞奴」「冥府回廊」の他、代表作に「玉川兄弟」「鳥影の関」「滝沢馬琴」「穢土荘厳」などがある。

朝日文庫（朝日新聞出版）

『月宮の人 上』 1992.1 416p
①4-02-260682-7

『月宮の人 下』 1992.1 355p
①4-02-260683-5

旺文社文庫（旺文社）

『海の翡翠』 1986.11 253p
①4-01-061665-2
〔内容〕海の翡翠, みちのく戦記, 朝焼け, 罠, 船と将軍

『珠の段』 1987.2 258p
①4-01-061666-0
〔内容〕秋の海, 主従, 珠の段, 冬の蟬, ゆずり葉の井戸

『蝶の谷』 1987.4 260p
①4-01-061667-9
〔内容〕蝶の谷, 乾いたえくぼ, 蛇, 嫦娥, 鳥獣戯画, 礼に来た幽霊, 三つぼくろの男

『残照』 1987.5 240p
①4-01-061668-7
〔内容〕墓石を打つ女, 菜摘ます児, 残照, 影絵, みぞれ, 癖馬, ああ三百七十里

角川文庫（角川書店）

『海の翡翠』 1988.12 247p
①4-04-140203-4
〔内容〕海の翡翠, みちのく戦記, 朝焼け, 罠, 船と将軍

講談社文庫（講談社）

『今昔物語ふぁんたじあ 続』 1978.5 267p
〔内容〕沼のほとり, 出離, 犬がしらの絹, 馬にされた商人, 鷲の爪, 婢女, 碁仙人, 榎屋敷の女, 狩人と僧, 銅の精, 笛を砕く, 指の怪, 父を喰った男, きつね妻, 五位の休日, あともどり谷
『玉川兄弟 上』 1979.2 302p
『玉川兄弟 下』 1979.3 295p
『今昔物語ふぁんたじあ 続々』 1980.4 259p
〔内容〕打ち臥しの巫女, 穴に落ちた花嫁, 歯がゆい男, 陰火の森奇譚, 板きれの謎, 女と山伏, 雨夜の声, 浄願坊の一日, 万志良, 小百合の床, 空を飛ぶ首, 花かげの井戸
『長勝院の萩 上』 1981.8 516p
『長勝院の萩 中』 1981.9 555p
『長勝院の萩 下』 1981.10 540p〈年譜：p531～540〉
『孤愁の岸』 1982.2 2冊
①4-06-131745-8
『江戸芙蓉堂医館』 1983.4 295p
①4-06-183028-7
〔内容〕天狗の辻.春の雪.腹の中で猫が啼く.花はさくら木.両国橋は長い.菊なます.師走の幽霊, 年譜：p286～295
『元禄歳時記』 1983.11 2冊
①4-06-183126-7
『虚空を風が吹く』 1984.11 257p
①4-06-183372-3
〔内容〕かえる役者.祇園ぎつね.団十郎の死.手前味噌.虚空を風が吹く, 年譜 磯貝勝太郎編：p247～257
『絵島疑獄 上』 1986.11 343p
①4-06-183867-9
『絵島疑獄 下』 1986.11 363p
①4-06-183868-7
『胸に棲む鬼』 1987.11 257p
①4-06-184099-1
〔内容〕鴨のくる沼, 傀儡, 悲歌観世音寺, 鞭を持つ女, 紙の鞭, 胸に棲む鬼, 彩絵花鳥唐櫃, 鄭兄弟
『滝沢馬琴 上』 1989.11 315p
①4-06-184558-6
『滝沢馬琴 下』 1989.11 332p〈年譜：p320～332〉
①4-06-184559-4
『引越し大名の笑い』 1991.9 307p
①4-06-184985-9
〔内容〕逆臣の座, 武蔵野の虹, 詐術, 悲歌 上月城, 野望消えず, 働き蜂, 医者どの従軍記, 誰〈た〉がために舞う, 引越し大名の笑い, 南竜公ご謀叛
『埠頭の風』 1992.9 286p
①4-06-185233-7
〔内容〕千亀亭事始め, 埠頭の風, 蛍のかんざし, ぶち割れ皿を, ひっぺがし物語, 逢魔の辻―相州露木騒動
『秋蘭という女』 1992.11 234p
①4-06-185274-4
〔内容〕大乱の火種, 光源院殿始末記, 初陣, 鎧われた花,「名君」の史筆, 獄門に死す, ある悲劇, 稲田騒動, 秋蘭という女
『新とはずがたり』 1993.9 553p
①4-06-185488-7
『悲劇の風雲児』 1994.2 282p
①4-06-185595-6
〔内容〕瑪瑙の鳩, 太子の恋, 影の男, 野の帝王, 血と恋の物語, 身中の虫, 火焔浄土, 悲劇の風雲児
『汚名』 1995.9 360p〈年譜：p346～360〉
①4-06-263055-9
『利休破調の悲劇』 1996.11 181p〈1990年刊の増補 年譜：p167～181〉

①4-06-263381-7
〔内容〕利休 破調の悲劇, 老い木の花—海北友松について, 家康と茶屋四郎次郎, 「綺麗さび」への道

『風の群像　小説・足利尊氏　上』 2000.9 423p
①4-06-264995-0

『風の群像　小説・足利尊氏　下』 2000.9 457p〈年譜あり〉
①4-06-264996-9

集英社文庫（集英社）

『マダム貞奴』 1980.10 206p

『隠々洞ききがき抄』 1983.3 308p
①4-08-750606-1

『孔雀茶屋心中』 1985.5 305p
①4-08-750885-4
〔内容〕花冷え, ひばり笛, 仙女ろまんちか, 恐ろしい笑顔, 浪人とねずみ, 遠山がすみ, 真説かがみやま, 孔雀茶屋心中

『雪中松梅図』 1985.10 317p〈『蚤さわぐ』(毎日新聞社昭和46年刊) の改題〉
①4-08-749042-4
〔内容〕眠れドクトル, 雪中松梅図, 反古庵と女たち, やどかり屋敷, そばの花, 智恵の瑞賢, 蚤さわぐ

『春日局』 1986.8 285p
①4-08-749131-5
〔内容〕春日局, ひとだま半之丞, 女形の歯, 耳塚のすみれ, 世は春じゃ

『鶴渡る』 1988.12 305p
①4-08-749412-8
〔内容〕濡れ藻の花, じじばばの記, 片えくぼ, 売った恩, 班女塚, 女はこわい, 鶴渡る

『二条の后』 1989.12 313p
①4-08-749531-0
〔内容〕二条の后, 焔の果て, 尼と人魚, 雪うさぎ, わびすけ, 西鶴置きみやげ, ほたるの庭, 緋ざくら, 草ひばり

『夜叉神堂の男』 1990.12 442p
①4-08-749661-9
〔内容〕穴の底, 肌のかおる女, 最後に笑う者, 鳴るが辻の怪, 秋の銀河, 鬼っ子, ざくろ地獄, くちなわ髪, 残りの霜, 孕み石, 山の上の塔婆, 夜叉神堂の男

『逆髪』 1991.12 396p
①4-08-749768-2
〔内容〕浮き氷, 逆髪〈さかがみ〉, 白い淵, 薮かげの塚, ふぶきの夜, カナリヤ昇天, 痣のある女, 神田悪魔町夜話, 葵の散るとき, 無礼討ち始末, 鬼面谷伝説, 奴刑された女たち

『橋のたもと』 1992.12 411p
①4-08-749876-X
〔内容〕上総屋の嫁, 困ったおふくろ, 玉笛抄, 地獄がはじまる, 泣けよミイラ坊, 山で拾った赤ン坊, 火焰浄土, おれは阿呆だ, たぢからお, ひろった金, ギヤマンの櫛, 南畝ゆめの記, 橋のたもと

『春日局』 2010.6 318p〈1986年刊の再編集〉
①978-4-08-746579-2
〔内容〕春日局, ひとだま半之丞, 女形の歯, 耳塚のすみれ, 世は春じゃ

人物文庫（学陽書房）

『春日局』 2001.8 283p
①4-313-75148-3
〔内容〕春日局, ひとだま半之丞, 女形の歯, 耳塚のすみれ, 世は春じゃ

中公文庫（中央公論新社）

『華の碑文　世阿弥元清』 1977.8 405p

『終焉』 1981.4 211p

『檀林皇后私譜』 1984.11 2冊
①4-12-201168-X

『二条院ノ讃岐』 1985.11 237p
①4-12-201269-4

『鳥影の関　上』 1986.4 379p
①4-12-201313-1

『鳥影の関　下』 1986.4　342p
①4-12-201314-3
『姿見ずの橋』 1987.11　333p
①4-12-201467-0
〔内容〕隣人, 顔料, 睡蓮, 野末の虹, 庭の藤棚, たたらを踏む女, 夢の浮橋, 鉤, 姿見ずの橋
『永代橋崩落』 1992.5　300p
①4-12-201900-1
〔内容〕風ぐるま, 姉と妹, 二人の母, 蜂, 椿の墓所, 岸和田屋の娘, 家訓, 砂村心中
『散華　紫式部の生涯　上』 1994.1　567p
①4-12-202060-3
『散華　紫式部の生涯　下』 1994.2　498p
①4-12-202075-1
『竹ノ御所鞠子』 1994.11　255p
①4-12-202176-6
『太閤さまの虎』 1995.6　323p
①4-12-202336-X
〔内容〕粥と綿, 三方原ののう戦記, 書きこぼし宗湛日記, 太閤さまの虎, さそり沢奇譚, 北野大茶湯余録, 嫌じゃの於六どの, 菊若の茶入れ
『汚名　本多正純の悲劇』 1998.5　392p
①4-12-203132-X
『銀の猫』 1998.9　239p
①4-12-203240-7
〔内容〕銀の猫, 少女、名は筑, 多介の鳶, ご馬前で討死, 櫟の根かた, 尾花の櫛, 軍扇

双葉文庫（双葉社）

『鶴渡る』 1985.3　318p
〔内容〕濡れ藻の花, じじばばの記, 片えくぼ, 売った恩, 班女塚, 女はこわい, 残り香, 鶴渡る

文春文庫（文藝春秋）

『埋み火』 1979.10　2冊
『滝沢馬琴』 1983.6　2冊
①4-16-722403-8
『影の系譜　豊臣家崩壊』 1984.3　490p
①4-16-722405-4
『開化乗合馬車』 1985.1　217p
①4-16-722406-2
〔内容〕大きな迷子, 骸骨哄笑, 阿修羅の妻, 魔女に食われた男
『冥府回廊』 1985.2　2冊
①4-16-722407-0
『冬の蟬』 1988.9　302p
①4-16-722409-7
〔内容〕墓石を打つ女, 菜摘ます児, 礼に来た幽霊, 冬の蟬, ゆずり葉の井戸, 嫦娥, 仇討ち心中, 仲蔵とその母
『穢土荘厳』 1989.5　2冊
①4-16-722410-0
『残照』 1989.12　297p
①4-16-722414-3
〔内容〕乾いたえくぼ, 蛇〈くちなわ〉, ああ三百七十里, 三つぼくろの男, 鳥獣戯画, みぞれ, 癖馬, 残照, 影絵
『鶴屋南北の死』 1990.11　296p
①4-16-724115-3
〔内容〕娘ふたり, 残り香, くじら裁き, 河内山宗春という男, あべこべ物語, 桃を好く男, 鶴屋南北の死, 青井戸屋敷
『雪中松梅図』 1991.12　296p〈『蚤さわぐ』（毎日新聞社昭和46年刊）の改題〉
①4-16-722416-X
〔内容〕眠れドクトル, 雪中松梅図, 反古庵と女たち, やどかり屋敷, そばの花, 智恵の瑞賢, 蚤さわぐ
『隠々洞ききがき抄　天和のお七火事』 1992.7　312p
①4-16-722417-8
〔内容〕ぎやまん蠟燭, 緋色のかげろう, からみ童子, 痩男, 瓢箪と醜女, ござ一枚, 犀の角, 水に書く文字, うつくしき明日
『大江戸ゴミ戦争』 1994.6　284p
①4-16-722419-4
〔内容〕くくり猿, 瓜長者の野望, 苦笑仏, 春のうららの十万坪, 芝浦海戦記, 瘤, ひら

めき息子

『玉川兄弟　江戸上水ものがたり』 1994.12　600p
①4-16-722420-8

『虚空を風が吹く』 1995.12　267p
①4-16-722421-6
〔内容〕かえる役者, 祇園ぎつね, 団十郎の死, 手前味噌, 虚空を風が吹く

『天智帝をめぐる七人』 1997.5　285p
①4-16-722423-2
〔内容〕風鐸―軽皇子の立場から, 琅玕―有間皇子の立場から, 孔雀―額田女王の立場から, 華鬘―常陸郎女の立場から, 胡女―鏡女王の立場から, 薬玉―中臣鎌足の立場から, 白馬―鵜野皇女の立場から

『一夜の客』 2001.12　213p
①4-16-722427-5
〔内容〕一夜の客, 杖, 帰って来た一人, 笹鳴き, 花児とその兄, 小さな恋の物語, 傷痕

『山河寂寥　ある女官の生涯　上』 2002.10　312p
①4-16-722428-3

『山河寂寥　ある女官の生涯　下』 2002.10　366p
①4-16-722429-1

『冬の蟬』 新装版　2006.1　295p
①4-16-722430-5
〔内容〕墓石を打つ女, 菜摘ます児, 礼に来た幽霊, 冬の蟬, ゆずり葉の井戸, 嫦娥, 仇討ち心中, 仲蔵とその母

PHP文庫（PHP研究所）

『落とし穴　鎌倉釈迦堂の僧たち』 2003.5　261p
①4-569-57943-4
〔内容〕落とし穴, 流れ星, 笑顔, 負け犬, つくも髪, きのこ汁

杉森 久英

すぎもり・ひさひで

1912～1997

石川県生まれ。東大卒。「文芸」編集長を経て、1962年「天才と狂人の間」で直木賞を受賞し、伝記小説作家として高い評価を得る。代表作に「辻政信」「小説坂口安吾」「天皇の料理番」などがある。

人物文庫（学陽書房）

『明治天皇　上巻』 1997.5　349p
①4-313-75029-0

『明治天皇　下巻』 1997.5　373p
①4-313-75030-4

『新渡戸稲造』 2000.8　356p
①4-313-75097-5

瀬戸内 寂聴
せとうち・じゃくちょう

1922～

徳島県生まれ。本名・瀬戸内晴美。東京女子大卒。「田村俊子」「かの子撩乱」で伝記小説作家として地位を築いたが、1973年得度。以後は多彩な活動を続ける。「源氏物語」の全訳でも知られる。

講談社文庫（講談社）

『白道』 1998.9 387p〈年譜あり〉
①4-06-263881-9

『藤壺』 2008.6 93p
①978-4-06-276073-7
〔内容〕源氏物語と幻の一帖, 藤壺, 藤壺（古語版）

『月の輪草子』 2015.10 186p
①978-4-06-293119-9

集英社文庫（集英社）

『女人源氏物語　第1巻』 1992.9 265p
①4-08-749848-4

『女人源氏物語　第2巻』 1992.9 265p
①4-08-749849-2

『女人源氏物語　第3巻』 1992.10 250p
①4-08-749861-1

『女人源氏物語　第4巻』 1992.11 250p
①4-08-749865-4

『女人源氏物語　第5巻』 1992.12 269p
①4-08-749875-1

新潮文庫（新潮社）

『手毬』 1994.12 286p
①4-10-114427-3

『髪』 2002.8 277p
①4-10-114434-6
〔内容〕花, 海, 紙, 幻, 灰, 露, 鱗, 枕, 声, 風, 髪

高木 彬光

たかぎ・あきみつ

1920～1995

青森県生まれ。本名・高木誠一。京大卒。「刺青殺人事件」で注目を集め、「神津恭介」シリーズで人気作家となった。古代史を扱った推理小説「邪馬台国の秘密」「成吉思汗の秘密」の他、時代小説も執筆している。

角川文庫(角川書店)

『ミイラ志願』 1979.1 308p

〔内容〕ミイラ志願, 偽首志願, 乞食志願, 妖怪志願, 不義士志願, 飲醤志願, 首斬り志願, 女賊志願, 渡海志願

『蛇神様』 1979.4 372p

光文社文庫(光文社)

『「横浜」をつくった男 易聖・高島嘉右衛門の生涯』 2009.9 410p〈『大予言者の秘密』(角川書店1982年刊)の改題〉

①978-4-334-74649-0

春陽文庫(春陽堂書店)

◇千両文七捕物帳

『刺青の女 千両文七捕物帳』 1983.8 272p

『どくろ観音 千両文七捕物帳』 1983.8 300p

『どくろ観音 千両文七捕物帳』 新装 1998.11 300p

①4-394-16007-3

〔内容〕天狗の仇討ち, 妖異雛人形, 女天一坊, 火炎太鼓, 白鬼草紙, 新牡丹燈籠記, 怪談一つ家, 荒寺の鬼, 離魂病, 首なし役者, 娘将棋師, どくろ観音

『刺青の女 千両文七捕物帳』 新装 1999.1 272p

①4-394-16008-1

〔内容〕羽子板娘, 雪おんな, 和蘭陀かるた, 白首大尽, 花嫁の死, 刺青の女, 私版天保六花選

『妖説地獄谷』 1983.5 2冊

『素浪人屋敷』 1983.6 227p

『あばれ振袖』 1983.7 2冊

『血どくろ組』 1983.9 249p

『振袖剣光録』 1983.9 265p

『折鶴秘帖 天保毒花撰』 1983.10 241p

『振袖夜叉』 1983.10 305p

『御用盗変化』 1983.11 237p

『なりひら盗賊』 1983.11 259p

『長脇差大名』 1983.12 232p

『鬼来也』 1984.3 2冊

『人肌変化』 1984.4 263p

『白鬼屋敷』 1984.4 278p

『隠密独眼竜』 1984.5 227p

『隠密飛竜剣』 1984.5 232p

『振袖変化』 1984.6 2冊

『人斬り魔剣』 1984.7 228p

『隠密月影帖 月の巻』 1985.3 2冊

『隠密月影帖 影の巻』 1985.4 2冊

『たつまき街道』 1985.5 2冊

『続たつまき街道 上』 1985.6 211p

『続たつまき街道 下』 1985.6 203p

『まぼろし姫』 1985.7 340p

『隠密愛染帖』 1985.8 230p

『江戸の夜叉王』 1985.9 277p

『江戸悪魔祭』 1985.10 2冊

『青竜の剣』 1985.11 2冊
『風来浪人 上』 1986.3 250p
『風来浪人 下』 1986.3 253p
『風雲の旗』 1986.5 246p
『雪姫絵図』 1986.7 2冊
『蛇神様』 1987.8 337p
『長脇差大名』 新装 1998.12 232p
①4-394-16015-4
〔内容〕花の千両肌, 大名五郎蔵, 名月安宅丸, 異聞髑髏屋敷, 長脇差あらし, 妖説鬼女屋敷
『まぼろし姫』 新装 1999.3 340p
①4-394-16048-0
『素浪人奉行』 新装 1999.6 217p
①4-394-16049-9

大衆文学館（講談社）

『ミイラ志願』 1996.8 330p
①4-06-262055-3
〔内容〕ミイラ志願, 偽首志願, 乞食志願, 妖怪志願, 不義士志願, 飲醤志願, 首斬り志願, 女賊志願, 渡海志願

Popular books（桃源社）

『隠密柳生剣』 1981.1 257p

高野 澄
たかの・きよし
1938～

埼玉県生まれ。同志社大卒。立命館大助手をつとめたのち、在野の歴史研究家として多くの歴史関係書を執筆。「藤堂高虎」「井伊直政」など歴史小説も書いた。

学研M文庫（学研パブリッシング）

『藤堂高虎』 2002.3 317p
①4-05-901120-7
『北条早雲』 2002.11 293p
①4-05-900211-9

徳間文庫（徳間書店）

『勝海舟』 1989.7 254p
①4-19-598828-4
『徳川慶喜評判記 同時代人が語る毀誉褒貶』 1997.12 253p
①4-19-890800-1

PHP文庫（PHP研究所）

『井伊直政 逆境から這い上がった勇将』 1999.12 352p
①4-569-57351-7
『日蓮 法華一乗に生きた孤高の傑僧』 2000.12 436p
①4-569-57486-6

高橋 克彦
たかはし・かつひこ
1947～

岩手県生まれ。早大卒。浮世絵研究家の傍ら、「写楽殺人事件」で作家デビュー。「緋い記憶」で直木賞を受賞、「時宗」はNHK大河ドラマの原作となった。他に「炎立つ」「風の陣」「京伝怪異帖」など。

角川文庫（角川書店）

『火城』 2001.11 366p
①4-04-170410-3
『紅蓮鬼』 2008.8 300p〈発売：角川グループパブリッシング〉
①978-4-04-170426-4

角川ホラー文庫（角川書店）

『紅蓮鬼』 2003.1 300p
①4-04-170422-7
〔内容〕淫鬼, 怨鬼, 憤鬼, 紅蓮鬼

幻冬舎文庫（幻冬舎）

『えびす聖子』 2003.8 411p
①4-344-40409-2

講談社文庫（講談社）

『炎立つ 1 北の埋み火』 1995.9 375p
①4-06-185763-0
『炎立つ 2 燃える北天』 1995.9 406p
①4-06-185764-9
『炎立つ 3 空への炎』 1995.9 438p
①4-06-185926-9
『炎立つ 4 冥き稲妻』 1995.10 451p
①4-06-185927-7
『炎立つ 5 光彩楽土』 1995.10 404p
①4-06-263100-8
『白妖鬼』 1996.10 218p
①4-06-263351-5
『四谷怪談 高橋克彦版』 2000.8 283p
①4-06-264955-1
『鬼』 2002.2 213p
①4-06-273242-4
〔内容〕髑髏鬼, 絞鬼, 夜光鬼, 魅鬼, 視鬼
『火怨 北の燿星アテルイ 上』 2002.10 494p
①4-06-273528-8
『火怨 北の燿星アテルイ 下』 2002.10 555p
①4-06-273529-6
『時宗 巻の1』 2003.4 336p
①4-06-273723-X
〔内容〕乱星
『時宗 巻の2』 2003.4 316p
①4-06-273724-8
〔内容〕連星
『時宗 巻の3』 2003.5 323p
①4-06-273745-0
〔内容〕震星
『時宗 巻の4』 2003.5 400p
①4-06-273746-9
〔内容〕戦星
『京伝怪異帖 巻の上』 2003.10 363p
①4-06-273865-1
〔内容〕天狗髑髏, 地獄宿, 生霊変化
『京伝怪異帖 巻の下』 2003.10 284p
①4-06-273879-1
〔内容〕悪魂, 神隠し
『天を衝く 1』 2004.11 492p
①4-06-274915-7
『天を衝く 2』 2004.11 520p
①4-06-274916-5

『天を衝く　3』 2004.11　438p
Ⓘ4–06–274917–3

『刻謎宮　3（渡穹篇）』 2006.11　404p
Ⓘ4–06–275557–2

『高橋克彦自選短編集　3（時代小説編）』 2010.1　630p
Ⓘ978–4–06–276555–8
〔内容〕かぐや御殿（完四郎広目手控シリーズ），変生男子（完四郎広目手控シリーズ），天狗殺し（完四郎広目手控シリーズ），筆合戦（完四郎広目手控シリーズ），幻燈国家（完四郎広目手控シリーズ），長兵衛獄門首（舫鬼九郎シリーズ），重ね十兵衛（舫鬼九郎シリーズ），天狗髑髏（京伝怪異帖），神懸かり（だましゑシリーズ），ばくれん（だましゑシリーズ），がたろ（だましゑシリーズ），夏芝居（だましゑシリーズ），隠れ唄（だましゑシリーズ），血流し本尊，解説（道又力〔著〕）

集英社文庫（集英社）

◇完四郎広目手控

『完四郎広目手控』 2001.12　347p
Ⓘ4–08–747388–0
〔内容〕梅試合，花見小僧，化物娘，雨乞い小町，花火絵師，悪玉放生，かぐや御殿，変生男子，怪談茶屋，首なし武者，目覚まし鯰，大江戸大変

『天狗殺し　完四郎広目手控』 2003.12　327p
Ⓘ4–08–747645–6
〔内容〕日本大曲り，鬼の面，はぐれ独楽，お岩怪談，斬魔剣，広芥屋異助，白魔王，竜の穴，首化粧，冥途案内，天狗殺し，白雪火事

『いじん幽霊　完四郎広目手控』 2006.12　362p
Ⓘ4–08–746104–1
〔内容〕夜明け横浜，ふるあめりかに，夜の写真師，娘広目屋，いこくことば，横浜天狗，火の雨，遠眼鏡，いじん幽霊，筆合戦，虎穴，横浜どんたく

『文明怪化　完四郎広目手控　4』 2010.9　356p
Ⓘ978–4–08–746611–9
〔内容〕帰ってきた男，文明怪化，人生双六，怪談指南，びっくり箱，ニッポン通信，絵空事，死人薬，かどわかし，手口，番茶組，幻燈国家，解説（縄田一男〔著〕）

『不惑剣　完四郎広目手控　5　完四郎広目手控』 2014.12　357p
Ⓘ978–4–08–745260–0
〔内容〕揺り戻し，たたり，バルーン，辻斬り，報道隊，錦の店，右か左か，不惑剣，連れ星，だんまり，あばれ狼

祥伝社文庫（祥伝社）

『空中鬼　伝奇ホラー』 2000.11　176p
Ⓘ4–396–32803–6

新潮文庫（新潮社）

◇舫鬼九郎

『舫鬼九郎』 1996.2　349p
Ⓘ4–10–144711–X

『鬼九郎鬼草子　舫鬼九郎　第2部』 1998.7　415p
Ⓘ4–10–144712–8

『鬼九郎五結鬼灯　舫鬼九郎　第3部』 2001.3　338p
Ⓘ4–10–144713–6
〔内容〕長兵衛獄門首，女難徳兵衛，怪談高尾，重ね十兵衛，九郎非情剣

『鬼九郎孤月剣』 2013.10　812p
Ⓘ978–4–10–144714–8

日経文芸文庫

（日本経済新聞出版社）

『鬼』 2013.10 211p〈角川春樹事務所 1996刊の再刊 著作目録あり〉
①978-4-532-28004-8
〔内容〕髑髏鬼, 絞鬼, 夜光鬼, 魅鬼, 視鬼

『紅蓮鬼』 2013.10 317p〈角川ホラー文庫 2003年刊の再刊 著作目録あり〉
①978-4-532-28005-5
〔内容〕淫鬼, 怨鬼, 憤鬼, 紅蓮鬼

『白妖鬼』 2013.12 257p〈講談社文庫 1996年刊の再刊 著作目録あり〉
①978-4-532-28022-2

『長人鬼』 2014.1 219p〈ハルキ・ホラー文庫 2000年刊の再刊 著作目録あり〉
①978-4-532-28026-0

『空中鬼・妄執鬼』 2014.2 261p〈『空中鬼』（祥伝社文庫 2000年刊）に「妄執鬼」を合わせて加筆修正 著作目録あり〉
①978-4-532-28028-4
〔内容〕空中鬼, 妄執鬼

ハルキ文庫（角川春樹事務所）

『鬼』 1999.5 205p
①4-89456-524-2
〔内容〕髑髏鬼, 絞鬼, 夜光鬼, 魅鬼, 視鬼

ハルキ・ホラー文庫

（角川春樹事務所）

『長人鬼』 2000.8 214p
①4-89456-737-7

文春文庫（文藝春秋）

『だましゑ歌麿』 2002.6 650p
①4-16-716409-4

『おこう紅絵暦』 2006.3 327p
①4-16-716411-6
〔内容〕願い鈴, 神懸かり, 猫清, ばくれん, 迷い道, 人喰い, 退屈連, 熊娘, 片腕, 耳打ち, 一人心中, 古傷

『春朗合わせ鏡』 2009.1 346p
①978-4-16-716412-6
〔内容〕女地獄, 父子道, がたろ, 夏芝居, いのち毛, 虫の目, 姿かがみ, 解説（ペリー荻野〔著〕）

『京伝怪異帖』 2009.7 587p
①978-4-16-716413-3
〔内容〕天狗髑髏, 地獄宿, 生霊変化, 悪魂, 神隠し

『火城 幕末廻天の鬼才・佐野常民』 2010.2 363p
①978-4-16-716414-0

『えびす聖子（みこ）』 2010.12 377p
〈タイトル：えびす聖子〉
①978-4-16-716415-7
〔内容〕継ぐ者, 試練行, 聖王

『蘭陽きらら舞』 2011.9 406p
①978-4-16-716416-4
〔内容〕きらら舞, はぎ格子, 化物屋舗, 出で湯の怪, 西瓜小僧, 連れトンボ, たたり, つばめ, 隠れ唄, さかだち幽霊, 追い込み, こうもり, 解説（ペリー荻野〔著〕）

『源内なかま講』 2013.9 366p
①978-4-16-716417-1
〔内容〕打ち水, 源内焼, 船幽霊, 鬼ケ島, でれすけ, 香具若衆, 玉櫛笥, 屋島のたぬき, 手長, 厄介講

『かげゑ歌麿』 2016.3 377p
①978-4-16-790569-9
〔内容〕さやゑ歌麿, かげゑ歌麿, 判じゑ歌麿, “特別座談会”歌麿の魅力（水谷豊, 岸部一徳, 中村橋之助〔述〕）

PHP文芸文庫（PHP研究所）

『風の陣　風雲篇』 2010.10　407p
①978-4-569-67547-3
『風の陣　裂心篇』 2012.10　556p
①978-4-569-67883-2

PHP文庫（PHP研究所）

『火城　幕末廻天の鬼才・佐野常民』
1995.9　364p
①4-569-56802-5
『風の陣　立志篇』 2001.7　404p
①4-569-57586-2
『風の陣　大望篇』 2004.12　524p
①4-569-66311-7
『風の陣　天命篇』 2007.7　440p
①978-4-569-66881-9

高橋 義夫
たかはし・よしお
1945～

千葉県生まれ。早大卒。編集者から作家となり、1992年「狼奉行」で直木賞を受賞した。代表作に「御隠居忍法」シリーズ、「けんか茶屋お蓮」シリーズなど。

学研M文庫（学研パブリッシング）

『大江戸あぶれ者』 2002.8　213p
①4-05-900179-1

廣済堂文庫（廣済堂出版）

『江戸鬼灯　書下ろし長篇時代小説　特選時代小説』 1998.3　271p
①4-331-60647-3
『鶴が舞う湊　特選歴史小説』 2003.2
239p
①4-331-60992-8
〔内容〕渤海の妖術, 鮭延越前, 御案内, 鶴が舞う湊
『渤海王の使者　特選歴史小説 特選歴史読物』 2003.5　324p
①4-331-61009-8
『五稜郭の兄弟　特選歴史小説』 2003.11
268p
①4-331-61045-4
『吹きだまり陣屋　特選時代小説』 2004.5
302p
①4-331-61092-6

講談社文庫（講談社）

『闇の葬列　広沢参議暗殺犯人捜査始末』

1990.4　273p
①4-06-184659-0
『メリケンざむらい』 1994.9　276p
①4-06-185832-7
『御聞番　会津藩・最後の隠密』 1996.3　275p
①4-06-263195-4
『泣き夜叉』 1996.10　195p
①4-06-263354-X

光文社文庫（光文社）

『南海血風録　長編時代小説』 1999.1　281p
①4-334-72745-X

時代小説文庫（富士見書房）

『花影の刺客』 1994.10　254p〈参考資料：p246～247〉
①4-8291-1259-X
『幕末怪商伝』 1995.2　248p
①4-8291-1266-2

集英社文庫（集英社）

『日本大変　小栗上野介と三野村利左衛門』 1999.12　471p
①4-08-747141-1
『佐々木小次郎』 2003.4　284p
①4-08-747566-2

新人物文庫（中経出版）

『五稜郭の兄弟』 2009.9　287p〈文献あり〉
①978-4-404-03746-6

大陸文庫（大陸書房）

『花影の刺客』 1989.12　252p〈参考資料：p244～245〉
①4-8033-2457-3
『幕末怪商伝』 1990.6　246p
①4-8033-2922-2

中公文庫（中央公論新社）

◇御隠居忍法

『御隠居忍法』 2001.2　294p
①4-12-203781-6
『不老術　御隠居忍法』 2001.10　266p〈『黄金谷秘録』(実業之日本社1997年刊)の改題〉
①4-12-203911-8
『鬼切丸　御隠居忍法』 2002.4　293p
①4-12-204002-7
〔内容〕鬼切丸, 闇の羅刹, 地下法門, 火勢鳥の怪, 犬抱峠, びいどろ天狗, ただしい隠居道, 虎の牙
『唐船番　御隠居忍法』 2005.7　283p
①4-12-204550-9
〔内容〕今戸の鳩笛, 鉄人流日月の太刀, からくり獅子, 亡者踊りの夜, 海賊・ばはん九十九, おっつけ舞い, 女郎蜘蛛のお政, 胡蝶変
『亡者の鐘　御隠居忍法』 2008.10　269p
①978-4-12-205059-4
〔内容〕亡者の鐘, 長生き歌, 忍の隠れ里, 胸の呪文, 蛙の卵, 黄泉の衆
『恨み半蔵　御隠居忍法』 2010.4　294p
①978-4-12-205258-1
〔内容〕踊る早乙女, 贋医者, 判官流暗殺拳, 浮島遊女, 謎文字, 解説(縄田一男〔著〕)
『魔物　御隠居忍法』 2012.1　291p
①978-4-12-205587-2
『振袖一揆　御隠居忍法』 2012.4　248p
①978-4-12-205625-1

〔内容〕さかさま芝居, 立烏帽子, 御軍師, 莚旗, 願人踊り

『刺客百鬼　御隠居忍法』 2014.10　271p
Ⓘ978-4-12-206024-1

『しのぶ恋　御隠居忍法』 2015.4　268p
Ⓘ978-4-12-206107-1

◇けんか茶屋お蓮

『けんか茶屋お蓮』 2013.3　254p
Ⓘ978-4-12-205769-2
〔内容〕阿蘭陀金魚, アヒル長屋, 仇討ち相撲, 猫の盗賊, 虚無僧行列

『あやかしの花　けんか茶屋お蓮』 2013.6　275p
Ⓘ978-4-12-205805-7
〔内容〕昨日の花, 南蛮媚薬, 母の力石, 深川水鳥会

『深川おんな祭り　けんか茶屋お蓮』 2013.10　272p
Ⓘ978-4-12-205846-0
〔内容〕鳩笛を吹く女, 蝙蝠娘, 白鷺の果し状, おんなの祭り

『江東美人競　けんか茶屋お蓮』 2014.3　271p
Ⓘ978-4-12-205917-7
〔内容〕紅絵金魚, 美女の園, 公界三年, お蓮逃亡, 辰巳怪動

『意休ごろし　投げ節お小夜捕物控』 2000.1　248p
Ⓘ4-12-203566-X
〔内容〕腐れ縁, 意休ごろし, どでごんす, 謎坊主, 初穂勧進, 三筋の鳴子

『湯けむり浄土　花輪大八湯守り日記』 2006.5　265p
Ⓘ4-12-204684-X
〔内容〕火花の大八, 狸の腹投げ, 父と旅する子, 紅葉山蔦之助, すっとび天狗, さんげさんげ

『若草姫　花輪大八湯守り日記』 2007.7　270p
Ⓘ978-4-12-204896-6
〔内容〕若草姫, 雪の墓場, 道場破り, 花の放下師, 蝶を吐く, 鼠穴の狼

『艶福地獄　花輪大八湯守り日記』 2009.5　296p
Ⓘ978-4-12-205149-2
〔内容〕狐の嫁入り, 雛祭り, 湯治養生訓, 子を盗ろ, 女難と剣難

中公文庫ワイド版

（中央公論新社）

◇御隠居忍法

『不老術　御隠居忍法』 2004.1　266p
Ⓘ4-12-551097-0
〔内容〕烏骨鶏の卵, 碁盤岩, 微塵流霞の太刀, 明暗, 銅山浄土, 天狗の落とし文, 天狗かのか

『鬼切丸　御隠居忍法』 2004.1　293p
Ⓘ4-12-551220-5
〔内容〕鬼切丸, 闇の羅刹, 地下法門, 火勢鳥の怪, 犬抱峠, びいどろ天狗, ただしい隠居道, 虎の牙

『御隠居忍法』 2004.1　288p
Ⓘ4-12-551222-1
〔内容〕御庭番・鹿間狸斎, 見世物小屋の剣客, 霊薬妓王丹, 秘剣夜光の玉, 謙信の首, 不死身の男, 黒手組, 冬人夏草

『魔物　御隠居忍法』〔オンデマンド〕 2012.11　283p〈印刷・製本：デジタルパブリッシングサービス〉
Ⓘ978-4-12-553615-6
〔内容〕奉納試合, 空飛ぶ剣, 夢占い, 舞い舞い鬼, 土蜘蛛の裔

『振袖一揆　御隠居忍法』〔オンデマンド〕 2012.11　241p〈印刷・製本：デジタルパブリッシングサービス〉
Ⓘ978-4-12-553671-2
〔内容〕さかさま芝居, 立烏帽子, 御軍師, 莚旗, 願人踊り

徳間文庫（徳間書店）

『武器商人』 1992.4 283p
①4-19-599494-2
『十六夜小僧』 1999.8 311p
①4-19-891161-4
〔内容〕十六夜小僧, 牡丹小僧, 形見おくり, 家出の若殿, 奴さん, 小さん金五郎, キヨ命, 伊勢の松風, 横浜ホテルの客

文春文庫（文藝春秋）

◇鬼悠市風信帖

『眠る鬼 鬼悠市風信帖』 2003.5 326p
①4-16-757205-2
『かげろう飛脚 鬼悠市風信帖』 2006.12 271p
①4-16-757209-5
『猿屋形 鬼悠市風信帖』 2007.5 254p
①978-4-16-757210-5
〔内容〕けやき兄弟, めっけ小僧, 雪鬼, 羽織の紐, おちかはん, 阿呆ばらい, 猿屋形
『どくろ化粧 鬼悠市風信帖』 2008.2 212p
①978-4-16-757211-2
〔内容〕蜂の巣献上, 目黒の怨霊, 牡丹屋敷, 鬼西行, 験くらべ
『雪猫 鬼悠市風信帖』 2010.2 276p
①978-4-16-757212-9
〔内容〕黒塚の女, 天狗にらみ, 立ち帰り新左, 闇の烏, 猫の繰り言, 地吹雪街道, 雪猫

『狼奉行』 1995.6 285p
①4-16-757201-X
〔内容〕狼奉行, 厦門心中, 小姓町の噂
『風魔山嶽党』 2000.9 490p
①4-16-757203-6
『浄瑠璃坂の仇討ち』 2001.7 549p
①4-16-757204-4
『天保世なおし廻状』 2005.5 559p
①4-16-757207-9
『海賊奉行』 2005.12 377p 〈『密命』(毎日新聞社2002年刊) の改題〉
①4-16-757208-7

ベスト時代文庫

（ベストセラーズ）

『夕映えの剣 日本剣客列伝』 2005.2 280p
①4-584-36521-0
〔内容〕旋風の剣, 影の剣, 立つ波の剣, 浮雲の剣, 夕映えの剣

高橋 和島
たかはし・わとう
1937～

旧樺太生まれ。本名は和島(かずしま)。中央大卒。業界紙記者を経て作家となり、時代小説を多く発表。代表作に「風炉のままに」がある。

学研M文庫(学研パブリッシング)

『竹中半兵衛』 2005.7 293p
①4-05-900359-X

廣済堂文庫(廣済堂出版)

◇もぐら同心

『もぐら同心 姫道中 特選時代小説』 2005.8 333p
①4-331-61179-5
『もぐら同心 千両旅 特選時代小説』 2007.9 284p
①978-4-331-61293-4
『もぐら同心 野分旅 特選時代小説』 2007.12 286p
①978-4-331-61306-1
『もぐら同心 草笛旅 特選時代小説』 2008.5 293p
①978-4-331-61328-3
『もぐら同心 残月旅 特選時代小説』 2008.10 267p
①978-4-331-61343-6
『もぐら同心 晴嵐旅 特選時代小説』 2009.4 273p
①978-4-331-61357-3
『もぐら同心 帰雲旅 特選時代小説』 2009.10 289p
①978-4-331-61375-7

◇草侍のほほん功名控

『草侍のほほん巧妙控 特選時代小説』 2010.6 286p
①978-4-331-61399-3
『梅の里兵法指南 草侍のほほん功名控 特選時代小説』 2011.8 286p〈正編の出版者:廣済堂あかつき〉
①978-4-331-61437-2
『破れ寺用心棒 草侍のほほん功名控 特選時代小説』 2012.1 286p〈出版者:廣済堂あかつき出版事業部から廣済堂出版へ改名〉
①978-4-331-61454-9
『ばさら姫 草侍のほほん功名控 特選時代小説』 2012.7 283p
①978-4-331-61482-2
『春愁姫 草侍のほほん功名控 特選時代小説』 2014.1 291p
①978-4-331-61567-6

『ねむり姫 鷹同心道中控 特選時代小説』 2006.4 348p
①4-331-61220-1
『浅き夢見し 明智光秀物語 特選時代小説』 2006.6 350p
①4-331-61229-5
『安兵衛桜 番町旗本屋敷物語 特選時代小説』 2014.10 286p
①978-4-331-61604-8

コスミック・時代文庫
(コスミック出版)

『おたすけ侍活人剣 書下ろし長編時代小説』 2013.6 294p
①978-4-7747-2632-8

小学館文庫（小学館）

『朱帆　鄭成功青雲録』 1999.10　282p
①4-09-403651-2
『怒帆　鄭成功疾風録』 1999.10　279p
①4-09-403652-0

人物文庫（学陽書房）

『黒田官兵衛』 2006.6　373p〈『新史黒田官兵衛』（PHP研究所1997年刊）の改題〉
①4-313-75217-X

PHP文庫（PHP研究所）

『斎藤道三　信長が畏れた戦国の梟雄』 1996.1　297p
①4-569-56854-8
『福島正則　秀吉天下取りの一番槍』 2000.5　370p〈『闘将福島正則』（1996年刊）の改題〉
①4-569-57398-3

多岐川 恭

たきがわ・きょう

1920～1994

福岡県生まれ。本名・松尾舜吉。東大卒。毎日新聞記者を経て作家デビュー、「落ちる」で直木賞を受賞した。推理小説がメインだが、時代小説も多数執筆している。

講談社文庫（講談社）

『異郷の帆』 1977.11　251p

光文社文庫（光文社）

『居座り侍　傑作時代小説』 1990.7　350p
①4-334-71179-0
〔内容〕居座り侍, 身代り稼ぎ, 万引き, 悪僧日記, 寒い橋, 夢の女, 後生安楽, 老いての楽しみ, 武家女房, お丹
『お丹浮寝旅』 1991.4　560p
①4-334-71320-3
『目明しやくざ』 1992.8　315p
①4-334-71569-9
〔内容〕目明しやくざ, 力士の妾宅, 裸屋敷, 蟻地獄, 心中者は花の香り, 狂った長屋, 居候の失敗
『ご破算侍』 1993.5　312p
①4-334-71706-3
〔内容〕ご破算侍, 茶店にいた男, かんざし, 仕返し, 出世ばなし, 鋳掛け屋, 永代橋落ちた, 突きの一手, 剣術道場始末, つつもたせ
『江戸妖花帖』 1993.12　271p
①4-334-71818-3
〔内容〕餌差しの辰, 髪結い藤吉, 斬る, 雪と月と花, 同病三人, 夢の新左衛門, 貞女の淫
『出戻り侍』 1994.4　293p〈『深川売女

宿』(桃源社1972年刊)の改題〉
①4-334-71870-1
〔内容〕深川売女宿, 上州からの客人, 牢の女, 出戻り侍, 宿場の大盗, 討たれる男, お半呪縛

『駈落ち』 1995.1 390p〈『無頼の残光』(桃源社1969年刊)の改題〉
①4-334-71989-9
〔内容〕無頼の残光, 戌年の寵臣, 天一坊断罪, お七追慕, 駈落ち, 望郷戦歌, 首, 東海道島田宿, 生きのびて, 新島の流人, あれよ、あれよ

『闇与力おんな秘帖 連作時代小説』 1997.11 294p
①4-334-72503-1

『岡っ引無宿 連作時代小説』 1998.1 264p
①4-334-72532-5

『べらんめえ侍 傑作時代小説』 1998.6 294p〈『江戸智能犯』(大陸書房1989年刊)の改題〉
①4-334-72627-5
〔内容〕江戸智能犯, 新景牡丹灯籠, 黒頭巾, 焼芋屋の娘, 逃げ込んだ流れ者, べらんめえ侍, 足軽義士

『馳けろ雑兵 長編時代小説』 1998.12 349p
①4-334-72736-0

『叛臣 傑作時代小説』 2000.7 244p〈『異端の三河武士』(人物往来社1967年刊)の改題〉
①4-334-73033-7
〔内容〕異端の三河武士, 叛臣, 投げられた賽, 腹中の敵, 異説 慶安事件, 春の城, 末期の手記

『武田騎兵団玉砕す 長編時代小説』 2001.2 316p
①4-334-73119-8

『開化怪盗団 長編時代小説』 2001.11 353p〈『開化回り舞台』(双葉社1977年刊)の改題〉
①4-334-73236-4

『出戻り侍 傑作時代小説』 新装版 2016.3 315p
①978-4-334-77265-9
〔内容〕深川売女宿, 上州からの客人, 牢の女, 出戻り侍, 宿場の大盗, 討たれる男, お半呪縛

コスミック・時代文庫

(コスミック出版)

『仇討ち御用帳 超痛快! 時代小説』 2012.11 695p〈『江戸三尺の空』(東京文芸社 1968年刊)の改題〉
①978-4-7747-2569-7

時代小説文庫

(ランダムハウス講談社)

◇ゆっくり雨太郎捕物控

『ゆっくり雨太郎捕物控 1 土壇場の言葉』 2008.4 390p〈徳間書店1987年刊の改訂〉
①978-4-270-10181-0
〔内容〕ふさぎの虫, 釣堀のとんび, 土壇場の言葉, 初陣の功名, 情人, 鬼婆あ, かくしごと, 迷子のお安, 江戸みやげ, 二人の浪人, 植木売る御家人, 濡れた肌, 凧を揚げる, 妖女の宿, 蛇の地獄, 雲がくれ, 金十両以上, 木母寺の喧嘩

『ゆっくり雨太郎捕物控 2 生霊騒ぎ』 2008.5 398p〈徳間書店1987年の改訂〉
①978-4-270-10185-8
〔内容〕犬を飼う侍, 心中狂い, 火付けの訴人, 化かされる, 放蕩息子, 甘酒屋, 賭けられた娘, 雛市の女, 嘘吐き寅松, 残り火, 居候, 魅入られた男, 生霊騒ぎ, 雲水が去る, 長い濡れ場, お杉の願い, 宿さがり, 田舎のすし

『ゆっくり雨太郎捕物控 3 るりの恩人』 2008.6 334p〈徳間書店1987年の改

訂〉
①978–4–270–10204–6
〔内容〕しかぞ住む, 入墨者の迷惑, 逃げた妾, みぞれ, るりの恩人, 疑い晴れて, 大川の河童, 牢の娘, 長い道具, からくり茶屋, 二つの心, 河豚食って, ひげの男, 犯された娘, 金蔵に死す, 打明け話, 悪い連中, 道場主の妻

『ゆっくり雨太郎捕物控　4　人形屋お仙』2008.7　334p〈1988年の改訂〉
①978–4–270–10215–2
〔内容〕宝さがし, 白蛇, 人形屋お仙, 投げ釣りの男, 高みの見物, 力士の心中, 女たち, 舞い戻り, 足跡なし, 捕物上手, 取り憑かれた女, おかめの面, 坊主道中, やせた娘, 畳針, 女牢仕置, へびの池, 醜い婿殿

『ゆっくり雨太郎捕物控　5　つららの宿』2008.8　338p〈1988年の改訂〉
①978–4–270–10225–1
〔内容〕魔性, 男禁制, 橋場のボヤ, つららの宿, ダチ, 天狗の使い, 九官鳥が語る, 浮気な女房, 厄日の女, 殺したか, 地震かみなり, 痛くないやつ, 二人の御家人, 淫乱医者, けしかける, 刺青, 殺された善人, お手討ち

『ゆっくり雨太郎捕物控　6　刀の錆』2008.9　338p〈1988年の改訂〉
①978–4–270–10235–0
〔内容〕網の中の男, 痛い足, 蔦屋の心中, てんぷら屋, 火事場泥棒, 隣りのじいさん, 忘れた昔, 消えた家, 押込み, 犬の土産, 災いの女, 按摩の怨み, なぞなぞ, 読む娘, しゅうと殺し, 刀の錆, 迷い猫, 眠い昼

新潮文庫（新潮社）

『用心棒』1988.9　651p
①4–10–109911–1

『闇の絵草紙　色仕掛』1989.9　381p
①4–10–109912–X
〔内容〕あぶな絵の女, 筋書は狂った, 心中者比べ, カモが来た, 絵絹は玉の肌, 女按摩お京, 塩から仁兵衛, 蜜の滴り, 若衆人形は雪の肌, 責め絵草紙

『深川あぶな絵地獄　色仕掛』1990.7　342p
①4–10–109913–8
〔内容〕箱入娘はお目の毒, 女が回る水車, 死んだ夜鷹が福の神, 夢路の果ては地獄の図, 行き暮れて雀のお宿, 心の闇に狂い花, 極楽浄土を逆落し, 怨みの的は生人形

『鼠小僧盗み草紙　色懺悔』1991.7　308p〈『鼠小僧の冒険』(双葉社昭和56年刊) の改題〉
①4–10–109914–6
〔内容〕岡っ引き又五郎の失敗, 大工兼七の危難, 義賊蝶吉の改心, 浪人百之助の目算, 奥方寿々の好色, 座頭九郎市の心眼

『練塀小路の悪党ども』1992.4　276p〈『練塀小路のやつら』(講談社昭和48年刊) の改題〉
①4–10–109915–4
〔内容〕薬研堀の狼, 石町の銀鼠, 池之端の蝮, 鉄砲洲の小猿, 向島の傷千鳥

『暗闇草紙』1992.9　650p
①4–10–109916–2

『春色天保政談』1993.11　414p
①4–10–109917–0

『江戸の一夜』1995.12　499p
①4–10–109918–9
〔内容〕江戸の一夜, 出戻りぐせ, ペテン師たち, 笑くぼの女, 淪落, 不義の部屋, ある御落胤, 隣りも妾宅, みれん, 渡し場, 酔眼の友, 夜逃げ家老, 権八伊右衛門, 欺し欺され, 夫の首, 蛇

『追われて中仙道』1996.8　355p
①4–10–109919–7

『江戸の敵』1997.8　318p
①4–10–109920–0
〔内容〕餌屋の客人, 忘れていた女, 雨宿り, おびき出し, 岡っ引無頼, 寝ものがたり, 生き返った男, 身がわり, 江戸の敵, 三河屋, 斬また斬

『江戸三尺の空』1998.7　580p
①4–10–109921–9

大陸文庫（大陸書房）

『江戸三尺の空』 1988.5 525p
①4-8033-1445-4
『追われて中仙道』 1988.9 319p
①4-8033-1610-4
『江戸智能犯』 1989.6 262p
①4-8033-2024-1
〔内容〕江戸智能犯, 新景牡丹灯篭, 黒頭巾, 焼芋屋の嬢, 逃げ込んだ流れ者, べらんめえ侍, 足軽義士

徳間文庫（徳間書店）

◇ゆっくり雨太郎捕物控

『ゆっくり雨太郎捕物控 1』 1987.6 342p
①4-19-568299-1
〔内容〕ふさぎの虫, 釣堀のとんび, 土壇場の言葉, 初陣の功名, 情人（いろ）, 鬼婆あ, かくしごと, 迷子のお安, 江戸みやげ, 二人の浪人, 植木売る御家人, 濡れた肌, 凧を揚げる, 妖女の宿, 蛇の地獄, 雲がくれ, 金十両以上, 木母寺の喧嘩
『ゆっくり雨太郎捕物控 2』 1987.7 349p
①4-19-568314-9
〔内容〕犬を飼う侍, 心中狂い, 火付けの訴人, 化かされる, 放蕩息子, 甘酒屋, 賭けられた娘, 雛市の女, 嘘吐き寅松, 残り火, 居候, 魅入られた男, 生霊騒ぎ, 雲水が去る, 長い濡れ場, お杉の願い, 宿さがり, 田舎のすし
『ゆっくり雨太郎捕物控 3』 1987.8 317p
①4-19-568332-7
〔内容〕しかぞ住む, 入墨者の迷惑, 逃げた妾, みぞれ, るりの恩人, 疑い晴れて, 大川の河童, 牢の娘, 長い道具, からくり茶屋, 二つの心, 河豚食って, ひげの男, 犯された娘, 金蔵に死す, 打明け話, 悪い連中, 道場主の妻
『ゆっくり雨太郎捕物控 4』 1988.5 315p
①4-19-568512-5
〔内容〕宝さがし, 白蛇, 人形屋お仙, 投げ釣りの男, 高みの見物, 力士の心中, 女たち, 舞い戻り, 足跡なし, 捕物上手, 取り憑かれた女, おかめの面, 坊主道中, やせた娘, 畳針, 女牢仕置, へびの池, 醜い婿殿
『ゆっくり雨太郎捕物控 5』 1988.6 317p
①4-19-568536-2
〔内容〕魔性, 男禁制, 橋場のボヤ, つららの宿, ダチ, 天狗の使い, 九官鳥が語る, 浮気な女房, 厄日の女, 殺したか, 地震かみなり, 痛くないやつ, 二人の御家人, 淫乱医者, けしかける, 刺青, 殺された善人, お手討ち
『ゆっくり雨太郎捕物控 6』 1988.7 315p
①4-19-568552-4

◇首打人左源太事件帖

『首打人左源太事件帖』 1995.5 314p
〈『首打人左源太』（双葉社1983年刊）の改題〉
①4-19-890314-X
『偽りの刑場 首打人左源太事件帖』 1995.7 317p
①4-19-890346-8
『片手斬り同心 首打人左源太事件帖』 1996.3 307p
①4-19-890478-2
〔内容〕小塚原のさらし首, おれに似た浪人, 金貸しのお常, 泣きぼくろの女, 片手斬り同心, 空白の旅路

『柳生の剣』 1989.1 249p
①4-19-568671-7
『女人用心帖 上』 1989.8 438p
①4-19-568845-0
『女人用心帖 下』 1989.8 412p

①4-19-568846-9

『闇与力おんな秘帳』 1990.1 283p
①4-19-568970-8
〔内容〕女囚お葉初仕事, 奥御殿無残絵, 女けもの道, お葉流れ花, 黄金色の闇, 甲斐熊1件の始末, かつがれた裸身

『明暦群盗図』 1990.7 380p
①4-19-569123-0

『悪の絵草紙』 1991.1 283p
①4-19-569249-0
〔内容〕平河町の隠居, 淡路屋の用心棒, 叶屋の毒花, 蓮華庵の隠者, 牡丹屋敷の奥女中

『悪の絵草紙』 1991.5 283p
①4-19-569249-0

『岡っ引無宿』 1991.5 248p
①4-19-569316-0
〔内容〕女の上に猿がいた, 朱唇の怨み, なまくら刀が譲られた, 旅の半太, 降り止んだ雪, 今戸橋のほとり

『闇与力おんな秘帖』 1991.6 283p
①4-19-568970-8

『元禄葵秘聞 上』 1992.2 406p
①4-19-569461-2

『元禄葵秘聞 下』 1992.2 412p
①4-19-569462-0

『四方吉捕物控 1 後家ごろし』 1992.7 318p
①4-19-597230-2

『四方吉捕物控 2 後家の愉しみ』 1992.11 276p
①4-19-597373-2

『四方吉捕物控 3 肌に覚えが』 1993.3 349p
①4-19-567509-X
〔内容〕影の通り魔, 切り裂かれた女, お仙ごろし, 裸坊主が死んでいた, 肌に覚えが, むごい夢, 怨霊ばなし, 色からくり

『お夏太吉捕物控』 1993.9 317p
①4-19-587705-9
〔内容〕太吉売り出す, 突き当った男, お夏の恋心, 飼われた男, 二人で芝居を, 太吉冬ごもり, 花かんざし, 昔の仲間, 田舎の親爺, いつか見た顔

『お江戸探索御用 上 迷路の巻』 1994.1 428p
①4-19-890056-6

『お江戸探索御用 下 悪道の巻』 1994.1 440p
①4-19-890057-4

『江戸悪人帖』 1994.9 280p
①4-19-890189-9

『目明しやくざ』 1997.11 312p
①4-19-890786-2
〔内容〕目明しやくざ, 力士の妾宅, 裸屋敷, 蟻地獄, 心中者は花の香り, 狂った長屋, 居候の失敗

『江戸妖花帖』 1998.2 254p
①4-19-890839-7
〔内容〕餌差しの辰, 髪結い藤吉, 斬る, 雪と月と花, 同病三人, 夢の新左衛門, 貞女の淫

『かどわかし 八丁堀同心控』 1998.5 342p 〈『晴れ曇り八丁堀』(双葉社1989年刊)の改題〉
①4-19-890886-9

『紅屋お乱捕物秘帖』 1998.9 378p
①4-19-890962-8
〔内容〕葛飾の心中者, 露草寺の客, 通り魔ばなし, 消えた井戸掘り, 男子禁制, おもかげの女

『紅屋お乱捕物秘帖 心中くずし』 1999.1 350p
①4-19-891030-8
〔内容〕心中くずし, 血まみれ地獄, 巻きこまれ, 野良犬騒ぎ, 仇討ち親子, 暗闇で一突き, 質屋の妾

『情なしお源金貸し捕物帖』 1999.5 345p
①4-19-891099-5
〔内容〕五両の行方, 身売り娘, 失せもの探し, 三十郎は不在, 煮売り酒屋, 不吉な影絵, 虎の子が消えた

『江戸犯科帖』 1999.11 281p 〈『小説江戸の犯科帳』(人物往来社1968年刊)の改題〉
①4-19-891210-6
〔内容〕無礼討ち, 密通始末, 乗込み, 老賊の帰還, 心中ばなし, 新入り, 夜鷹の宿

『五右衛門処刑』 2000.9 281p
①4-19-891372-2
〔内容〕雪の下—源実朝, おねの夫—木下藤吉郎, 五右衛門処刑—石川五右衛門, 付け人—赤穂浪士, ある苦行僧—僧禅海, 紅, 痣, 道場破り, 四人の勇者

『練塀小路の悪党ども』 2001.2 293p
①4-19-891454-0
〔内容〕薬研堀の狼, 石町の銀鼠, 池之端の蝮, 鉄砲洲の小猿, 向島の傷千鳥

『色懺悔鼠小僧盗み草紙』 2001.7 345p
①4-19-891537-7
〔内容〕岡っ引又五郎の失敗, 大工兼七の危難, 義賊蝶吉の改心, 浪人百之助の目算, 奥方寿々の好色, 座頭九郎市の心眼

『色仕掛闇の絵草紙』 2002.1 396p
①4-19-891645-4
〔内容〕あぶな絵の女, 筋書は狂った, 心中者比べ, カモが来た, 絵絹は玉の肌, 女按摩お京, 塩から仁兵衛, 蜜の滴り, 若衆人形は雪の肌, 責め絵草紙

『春色天保政談』 2003.7 444p
①4-19-891915-1

『色仕掛深川あぶな絵地獄』 2004.1 333p
①4-19-892002-8
〔内容〕箱入娘はお目の毒, 女が回る水車, 死んだ夜鷹が福の神, 夢路の果ては地獄の図, 行き暮れて雀のお宿, 心の闇に狂い花, 極楽浄土を逆落し, 怨みの的は生人形

『江戸の敵』 2004.7 331p
①4-19-892095-8
〔内容〕餌屋の客人, 忘れていた女, 雨宿り, おびき出し, 岡っ引き無頼, 寝ものがたり, 生き返った男, 身がわり, 江戸の敵, 三河屋, 斬また斬

『用心棒』 2005.3 695p
①4-19-892216-0

ノン・ポシェット（祥伝社）

◇お江戸捕物絵図

『闇十手 お江戸捕物絵図』 1994.10 315p〈『お江戸捕物絵図』(光風社出版平成元年刊)の改題〉
①4-396-32406-5

『鬼十手 お江戸捕物絵図』 1995.4 291p〈『お江戸捕物絵図』(光風社出版平成元年刊)の改題〉
①4-396-32436-7

双葉文庫（双葉社）

『江戸悪人帖』 1984.5 237p

『首打人左源太』 1985.2 285p

『首打人・偽りの刑場』 1988.2 298p
①4-575-66035-3

『片手斬り同心』 1989.2 284p
①4-575-66043-4
〔内容〕小塚原のさらし首, おれに似た浪人, 金貸しのお常, 泣きぼくろの女, 片手斬り同心, 空白の旅路

『晴れ曇り八丁堀』 1991.6 298p
①4-575-66065-5
〔内容〕娘さがし, かどわかし, 転がりこみ, 押込み, 探りの手伝い, 仕掛けゆすり

『紅屋お乱捕物秘帖』 1994.4 292p
①4-575-66087-6
〔内容〕葛飾の心中者, 露草寺の客, 通り魔ばなし, 消えた井戸掘り, 男子禁制, おもかげの女

『心中くずし 紅屋お乱捕物秘帖』 1994.12 291p
①4-575-66090-6
〔内容〕心中くずし, 血まみれ地獄, 巻きこまれ, 野良犬騒ぎ, 仇討ち親子, 暗闇で一突き, 質屋の妾

『情なしお源 金貸し捕物帖』 1996.8 319p

Ⓘ4-575-66093-0

ポピュラー・ブックス

（桃源社）

『無頼の残光』 1969 231p

『深川売女宿』 1972 260p

滝口 康彦

たきぐち・やすひこ

1924〜2004

長崎県生まれ。本名・原口康彦。高小卒。1957年「高柳父子」でデビュー。以来、九州を舞台とした歴史小説を多く発表した。代表作に「かげろう記」「主家滅ぶべし」「粟田口の狂女」など。

角川文庫（角川書店）

『拝領妻始末 他7篇』 1974 322p

講談社文庫（講談社）

『落日の鷹』 1980.2 288p

『薩摩軍法』 1981.12 300p

Ⓘ4-06-131735-0

〔内容〕薩摩軍法, 秋雨の首, 仲秋十五日, 白梅月夜, 鶴姫, かげろう記, 奸臣と人のいう

『拝領妻始末』 1982.9 306p

Ⓘ4-06-131797-0

〔内容〕拝領妻始末, 下野さまの母, 千間土居, 上意討ち心得, 異聞浪人記, 三弥ざくら, 綾尾内記覚書, 非運の果て

『葉隠無残』 1983.11 318p

Ⓘ4-06-183128-3

〔内容〕その心を知らず, 名の重くして, 下郎首, 貞女の櫛, みれんの裏を見候え, 血染川, 権平けんかのこと, 一夜の運

『遺恨の譜』 1984.12 319p

Ⓘ4-06-183398-7

〔内容〕青い落日―沖田総司, 遺恨の譜, 古心寺の石, 酔小楠

『恨み黒髪』 1985.11 328p

Ⓘ4-06-183642-0

〔内容〕秋月の桔梗, 遺恨戸次川, 恨み黒髪, 名将死す, 関ケ原の風, 風の名残, 知る人

もなし

『謀殺』 1987.11 328p
①4-06-184100-9
〔内容〕謀殺, 与四郎涙雨, 埋もれ木の譜, 汚名, 鼓峠, 朝鮮陣拾遺, 高柳父子, 朽ち葉の記

『流離の譜』 1988.11 502p〈参考文献：p496〉
①4-06-184334-6

『粟田口の狂女』 1989.11 288p
①4-06-184560-8
〔内容〕花のようなる秀頼さまを, 大野修理の娘, 粟田口の狂女, 燃えなかった蠟燭, 坂崎乱心, 孫よ、悪人になれ, 国松斬られ

『猿ケ辻風聞』 1990.10 326p
①4-06-184797-X
〔内容〕萩の雨, 小隼人と源八, 折鶴さま, 猿ケ辻風聞, 松木騒動書留, 琴の調べ, 勝頼に責めありや, 侍ばか, 命のお槍, 敬老の宴

『一命』 2011.6 240p
①978-4-06-277009-5
〔内容〕異聞浪人記, 貞女の櫛, 謀殺, 上意討ち心得, 高柳父子, 拝領妻始末, *解説（末國善己〔著〕）

『粟田口の狂女 レジェンド歴史時代小説』 2016.5 361p〈1989年刊の改訂〉
①978-4-06-293395-7
〔内容〕花のようなる秀頼さまを, 大野修理の娘, 粟田口の狂女, 燃えなかった蠟燭, 坂崎乱心, 孫よ、悪人になれ, 国松斬られ

新潮文庫（新潮社）

『権謀の裏』 1992.2 299p
①4-10-124311-5
〔内容〕曽我兄弟, 倭寇王秘聞, ときは今, 権謀の裏, 旗は六連銭, 幻の九番斬り, 返り討ち無情剣, くらやみ無限, 薩摩兄弟飛脚, 桜田門外の雪

『鬼哭の城』 1994.9 307p
①4-10-124312-3
〔内容〕蛍橋上流, 花散りて後, 乱れ雪, 寒月雪見橋, 放し討ち柳の辻, 鬼哭の城, その名は常盤

『上意討ち心得』 1995.9 323p
①4-10-124313-1
〔内容〕異聞浪人記, 上意討ち心得, 拝領妻始末, 血染川, その心を知らず, 下郎首, 小隼人と源八, 綾尾内記覚書

『遺恨の譜』 1996.9 378p
①4-10-124314-X
〔内容〕高柳父子, 仲秋十五日, 青葉雨, 下野さまの母, 昔の月, 鶴姫, 一夜の運, 千間土居, 遺恨の譜

人物文庫（学陽書房）

『立花宗茂と立花道雪』 2008.1 495p
①978-4-313-75232-0

『西の関ケ原』 2012.7 306p〈『悪名の旗』（中公文庫 1987年刊）の改題 文献あり〉
①978-4-313-75279-5

中公文庫（中央公論新社）

『悪名の旗』 1987.10 338p〈参考文献：p328〉
①4-12-201460-3

文春文庫（文藝春秋）

『主家滅ぶべし』 1985.2 346p〈参考文献：p340〉
①4-16-737101-4

『乱離の風 若き日の立花宗茂』 1986.9 390p
①4-16-737102-2

『非運の果て』 2011.12 275p
①978-4-16-737103-6
〔内容〕その心を知らず, 青葉雨, 綾尾内記覚書, 下野さまの母, 鶴姫, 非運の果て, *解説（宇江佐真理〔著〕）

PHP文庫（PHP研究所）

『天目山に桜散る』 1989.4 268p
①4-569-56198-5
〔内容〕春暗けれど－家康の竹千代時代, 遺恨阿井の渡し－山中鹿之介の最期, 遠征哀歓あり－秀吉の中国攻め, 天目山に桜散る－武田勝頼の末路, 決死の伊賀越え－忍者頭目服部半蔵, 捨て殺しの城―鳥居元忠, 引越し大名―楽になりたや, 木の葉の城―石州浜田藩の悲劇, 人斬りにあらず－河上彦斎, 球磨川の雨―西南の役秘聞

竹田 真砂子

たけだ・まさこ

1938～

東京生まれ。本名。川俣昌子。法政大卒。1982年オール読物新人賞を受賞して作家デビュー。「白春」で中山義秀文学賞を受賞した。他に「あとより恋の責めくれば 御家人大田南畝」など。

集英社文庫（集英社）

『小説・十五世羽左衛門』 1995.2 274p 〈『花は橘』（1992年刊）の改題 十五世市村羽左衛門の肖像あり〉
①4-08-748283-9
〔内容〕花は橘, 秘密ぎらい, あいちゃんへ, ずぼら, ひとりぼっち, 信州湯田中

『牛込御門余時』 2008.8 277p
①978-4-08-746339-2
〔内容〕千姫と乳酪, 九枚の皿, おすが, 奥方行状記, 献上牡丹, 繁昌の法則, やせ男, 本多様の大銀杏

『あとより恋の責めくれば 御家人大田南畝』 2013.2 276p
①978-4-08-745039-2

祥伝社文庫（祥伝社）

『志士の女 恋と革命高杉晋作 長編歴史小説』 1998.12 351p 〈『三千世界の烏を殺し』（1991年刊）の改題〉
①4-396-32663-7

武田 八洲満
たけだ・やすみ
1927～1986

宮城県生まれ。東京商大専門部中退。1963年「大事」でオール読物新人賞を受賞。長谷川伸に師事し、71年から「紀伊国屋文左衛門」「信虎」「炎の旅路」「生麦一錠」が直木賞候補となった。

光文社文庫（光文社）

『信虎　長編歴史小説』 1987.8　309p
①4-334-70595-2
『信玄　長編歴史小説』 1987.10　294p
①4-334-70621-5
『勝頼　長編歴史小説』 1987.11　305p
①4-334-70646-0
『紀伊国屋文左衛門　長編歴史小説』
1988.3　396p
①4-334-70710-6

太宰 治
だざい・おさむ
1909～1948

青森県生まれ。本名・津島修治。東大中退。今なお人気の高い、戦前から戦後直後にかけての日本を代表する無頼派作家。近習の目から見た三代将軍源実朝を描いた「右大臣実朝」がある。

近代文庫（近代文庫）

『太宰治全集　第9巻　右大臣実朝』 1955
302p 図版
〔内容〕右大臣実朝, 鉄面皮, 作家の手帖, 佳日, 散華, 雪の夜の話, 東京だより, 竹青, 薄明

新潮文庫（新潮社）

『惜別』 1973.5　309p

ちくま文庫（筑摩書房）

『太宰治全集　6』 1989.2　450p
①4-480-02256-2
〔内容〕鉄面皮, 赤心, 右大臣実朝, 作家の手帖, 佳日, 散華, 雪の夜の話, 東京だより, 新釈諸国噺, 竹青

田中 光二

たなか・こうじ

1941～

旧朝鮮生まれ。早大卒。テレビディレクターの傍ら作家デビュー。SF、冒険活劇、ハードボイルドなどが中心だが、時代小説作品もある。

徳間文庫（徳間書店）

◇一心剣

『一心剣』 2004.9 315p
　Ⓘ4-19-892123-7
『薩摩隠密行　一心剣』 2005.2 295p
　Ⓘ4-19-892199-7
『秘剣独眼竜　一心剣』 2005.6 249p
　Ⓘ4-19-892258-6
『霧丸斬妖剣　一心剣』 2005.11 267p
　Ⓘ4-19-892339-6

『大脱出　浮田秀丸行状記』 2007.5 283p
　Ⓘ978-4-19-892604-5

ハルキ文庫（角川春樹事務所）

『鬼ノ剣　十兵衛刺客始末　時代小説文庫』 2005.6 235p
　Ⓘ4-7584-3178-7

ベスト時代文庫

（ベストセラーズ）

『五人武蔵』 2007.8 249p
　Ⓘ978-4-584-36604-2

田辺 聖子

たなべ・せいこ

1928～

大阪府生まれ。樟蔭女専卒。1964年「感傷旅行（センチメンタル・ジャーニイ）」で芥川賞を受賞。代表作に「虹」「道頓堀の雨に別れて以来なり」など。古典に題材をとった作品も多い。

角川文庫（角川書店）

『むかし・あけぼの　小説枕草子　上』
1986.6
①4-04-131416-Xa

『むかし・あけぼの　小説枕草子　下』
1986.6　512p
①4-04-131417-8

『おちくぼ姫』　1990.5　230p
①4-04-131423-2

『光源氏ものがたり　上』　2009.8　339p
〈『源氏がたり 1』（新潮社2002年刊）の改題、修正　発売：角川グループパブリッシング〉
①978-4-04-131435-7
〔内容〕京はるあき, 王朝まんだら, 光源氏の生いたち「桐壷」「帚木」, 青春の恋と悲しみ「空蟬」「夕顔」, 青春彷徨「若紫」「末摘花」, 宴は果てず「紅葉賀」「花宴」, 車争い「葵」, 秋のわかれ「賢木」「花散里」, 流人のあけくれ「須磨」「明石」, 都へ—春たちかえる「澪標」「蓬生」「関屋」, 明石のちい姫「絵合」「松風」

『光源氏ものがたり　中』　2009.9　336p
〈『源氏がたり 2』（新潮社2003年刊）の改題、修正　発売：角川グループパブリッシング〉
①978-4-04-131436-4

『光源氏ものがたり　下』　2009.10　297p
〈『源氏がたり 3』（新潮社2003年刊）の改題、修正　発売：角川グループパブリッシング〉
①978-4-04-131437-1

講談社文庫（講談社）

『ひねくれ一茶』　1995.9　651p
①4-06-263056-7

集英社文庫（集英社）

『春のめざめは紫の巻　新・私本源氏』
1987.1　286p
①4-08-749177-3

『恋のからたち垣の巻　異本源氏物語』
1990.6　278p
①4-08-749590-6
〔内容〕恋の松明の巻, 恋の式部の巻, 恋のにごり酒の巻, 恋の妻観音の巻, 恋のにんにくの巻, 恋の変生男子の巻, 恋のからたち垣の巻

『姥ざかり花の旅笠　小田宅子の「東路日記」』　2004.1　462p
①4-08-747654-5

『春のめざめは紫の巻　新・私本源氏』
2011.7　317p〈1987年刊の再編集〉
①978-4-08-746722-2

『恋のからたち垣の巻　異本源氏物語』
2011.7　301p〈1990年刊の再編集〉
①978-4-08-746723-9

新潮文庫（新潮社）

『新源氏物語』　1984.5　3冊
①4-10-117514-4

『霧ふかき宇治の恋　新源氏物語　上巻』
1993.11　364p
①4-10-117522-5

『霧ふかき宇治の恋　新源氏物語　下巻』
1993.11　391p

①4-10-117523-3

『源氏がたり　1』　2002.12　371p
①4-10-117525-X
〔内容〕京はるあき, 王朝まんだら, 光源氏の生いたち（「桐壷」「帚木」）, 青春の恋と悲しみ（「空蟬」「夕顔」）, 青春彷徨（「若紫」「末摘花」）, 宴は果てず（「紅葉賀」「花宴」）, 車争い（「葵」）, 秋のわかれ（「賢木」「花散里」）, 流人のあけくれ（「須磨」「明石」）, 都へ—春たちかえる（「澪標」「蓬生」「関屋」）, 明石のちい姫（「絵合」「松風」）

『源氏がたり　2』　2003.1　347p
①4-10-117526-8
〔内容〕あるかなきかの朝顔（「薄雲」「朝顔」）, 稚いはつ恋（「少女」）, 忘れがたみの姫（「玉鬘」）, 六条院・春から夏へ（「初音」「胡蝶」「蛍」）, 六条院・夏から秋へ（「常夏」「篝火」「野分」）, うたかたびとの運命（「行幸」「藤袴」「真木柱」）, 栄える一族（「梅枝」「藤裏葉」）, 女三の宮（「若菜」一）, 恋の唐猫（「若菜」二）, 女楽の夕（「若菜」三）, 柏木の恋（「若菜」四）, 美しい尼宮（「柏木」「横笛」「鈴虫」）, すべてまぼろし（「夕霧」「御法」「幻」）

『源氏がたり　3』　2003.2　300p
①4-10-117527-6
〔内容〕匂宮と薫の君（「匂兵部卿」「紅梅」「竹河」「橋姫」）, 美しい姉妹（「橋姫」「椎本」）, 恋のたくらみ（「総角」）, 雪降りしきる宇治（「総角」「早蕨」）, 匂宮のご婚儀（「宿木」）, 忘れられぬ面影（「宿木」「東屋」）, いなか乙女・浮舟（「東屋」）, たちばなの小島（「浮舟」）, 浮舟よ、いずこ（「浮舟」「蜻蛉」）, かげろうよりはかなく…（「蜻蛉」）, 救われた浮舟（「手習」）, この世は夢の浮橋か（「手習」「夢浮橋」）

『新源氏物語　上』　改版　2015.9　542p
①978-4-10-117514-0

『新源氏物語　中』　改版　2015.9　574p
①978-4-10-117515-7

『新源氏物語　下』　改版　2015.9　525p
①978-4-10-117516-4

『霧ふかき宇治の恋　上　新源氏物語　4』　改版　2015.10　430p
①978-4-10-117522-5

『霧ふかき宇治の恋　下　新源氏物語　5』　改版　2015.10　457p
①978-4-10-117523-2

中公文庫（中央公論新社）

『隼別王子の叛乱』　1978.4　335p

『隼別王子の叛乱』　改版　1994.9　358p
①4-12-202131-6

文春文庫（文藝春秋）

『舞え舞え蝸牛　新・落窪物語』　1979.10　331p

『私本・源氏物語』　1985.2　270p
①4-16-715324-6

『王朝懶夢譚』　1998.1　238p
①4-16-715339-4

『私本・源氏物語』　新装版　2011.5　308p
①978-4-16-715345-8
〔内容〕何とも夕顔なき恋の始末の巻, 北山のすずめっ子の巻, 雪の朝の丸太ん棒の巻, 森の下草老いぬればの巻, おぼろ頭の春の夜の巻, 色けの花は散り散りの里の巻, 六条のオバハンの巻, 夜あかし潮汲みの巻, *解説（金田元彦〔著〕）

『おちくぼ物語』　2015.4　404p〈『舞え舞え蝸牛』（1979年刊）の改題、新装版〉
①978-4-16-790350-3

『むかし・あけぼの　小説枕草子　上』　2016.4　499p〈角川文庫 1986年刊の再刊〉
①978-4-16-790595-8

『むかし・あけぼの　小説枕草子　下』　2016.4　529p〈角川文庫 1986年刊の再刊〉
①978-4-16-790596-5

PHP文庫（PHP研究所）

『恋する罪びと』 2003.7 291p
①4-569-57986-8
〔内容〕つくも髪, ゆらぐ玉の緒, 焦がれる舎人, お通純情, 露とこたえて, 黒骨の扇, 銀盆に黄金橘, 月冴の妻, 天の沼琴, 美しい女武者, 恋は式部の昔から, 忍ぶれど, 定家かずら, 恋する罪びと, 霧立ちわたる, 小春とおさん, 巨人の恋, あかざりし昔, 山へよする, 我が恋は行雲のうはの空, 死の恋, 不知火の恋, 深草の煙, 恋という真珠

谷崎 潤一郎
たにざき・じゅんいちろう
1886～1965

東京生まれ。東大中退。戦前から戦後にかけての日本を代表する作家の一人で、退廃的な作品を多く発表した。「武州公秘話」「少将滋幹の母」など、歴史に題材をとった作品もある。

朝日文庫（朝日新聞出版）

『信西　他』 1950 447p 図版

岩波文庫（岩波書店）

『盲目物語・春琴抄』 1951 210p

角川文庫（角川書店）

『乱菊物語』 1951 338p

『お国と五平・恐怖時代　他二篇』 1952 190p
〔内容〕象, 恐怖時代, 十五夜物語, お国と五平

『少将滋幹の母　他一篇』 1953 209p
〔内容〕少将滋幹の母, 乳野物語

『盲目物語・聞書抄』 1955 230p

『武州公秘話　他一篇』 1956 198p
〔内容〕武州公秘話, 三人法師

『お艶殺し・おオと巳之介』 1960 198p

河出文庫（河出書房新社）

『乱菊物語』 1954 324p 図版

新潮文庫（新潮社）

『少将滋幹の母』 1953　146p 図版
『武州公秘話』 1953　179p
『乱菊物語』 1956　330p
『少将滋幹の母』 18刷改版　1967.7　159p
『少将滋幹の母』 改版　2001.3　218p
①4–10–100509–5

創元文庫（創元社）

『お才と巳之介』 1951　129p 図版
『乱菊物語』 1953　324p 図版

中央公論社作品文庫

（中央公論社）

『谷崎潤一郎文庫　第10　少将滋幹の母他』 1953　281p
〔内容〕少将滋幹の母, 乳野物語, 小野篁妹に恋する事, 月と狂言師, 雪, 磯田多佳女のこと

中公文庫（中央公論新社）

『武州公秘話・聞書抄』 1984.7　328p
①978–4–12–201136–6
『盲目物語』 1993.5　189p
①4–12–202003–4
『お艶殺し』 1993.6　175p
①4–12–202006–9
〔内容〕お艶殺し, 金色の死
『乱菊物語』 1995.6　406p
①4–12–202335–1
『潤一郎ラビリンス　16　戯曲傑作集』 千葉俊二〔編〕　1999.8　314p
①4–12–203487–6
〔内容〕恋を知る頃, 恐怖時代, お国と五平, 白狐の湯, 無明と愛染
『少将滋幹の母』 2006.3　201p
①4–12–204664–5

田宮 虎彦

たみや・とらひこ

1911～1988

東京生まれ。東大卒。1947年に発表した「霧の中」が出世作となり、以後歴史小説・現代小説を執筆した。歴史小説の代表作として「落城」がある。

岩波文庫（岩波書店）

『落城・霧の中　他四篇』 1957　223p
〔内容〕鷺, 忠義物語, 物語の中, 落城, 末期の水, 霧の中

角川文庫（角川書店）

『落城　他9篇』 1953　225p
〔内容〕物語の中, 落城, 前夜, 末期の水, 菊の寿命, 槍沢市左衛門の最後, 暴力, 梟首, 落人, 落城聞書

新潮文庫（新潮社）

『落城・足摺岬』 1953　272p
〔内容〕落城, 末期の水, かるたの記憶, 天路遍歴, 土佐日記, 絵本, 足摺岬

『霧の中』 1956　277p

檀 一雄

だん・かずお

1912～1976

山梨県生まれ。東大卒。戦後、「リツ子・その愛」「リツ子・その死」でベストセラー作家となり、1951年「長恨歌」「真説石川五右衛門」で直木賞を受賞した。他に「真説 国定忠治」など。

角川文庫（角川書店）

『石川五右衛門　上巻』 1955　338p

『石川五右衛門　中巻』 1955　368p

『石川五右衛門　下巻』 1956　334p

河出文庫（河出書房新社）

『新説国定忠治』 1984.5　2冊

春陽文庫（春陽堂書店）

『狼煙』 1951　185p
〔内容〕狼煙, 五右衛門の恋, 熊山の女妖, 長恨歌

『石川五右衛門　上巻』 1957　276p

『石川五右衛門　中巻』 1957　292p

『石川五右衛門　下巻』 1957　266p

大衆文学館（講談社）

『石川五右衛門　上』 1996.7　583p
①4-06-262050-2

『石川五右衛門　下』 1996.8　601p
①4-06-262053-7

徳間文庫（徳間書店）

『戦国名将伝』 1988.5 315p
①4-19-598525-0
〔内容〕武田信玄, 上杉謙信, 伊達政宗, 明智光秀, 豊臣秀吉

『真説石川五右衛門　上』 1989.4 574p
①4-19-598752-0

『真説石川五右衛門　下』 1989.4 539p
①4-19-598753-9

『新説国定忠治　上』 1990.5 407p
①4-19-599074-2

『新説国定忠治　下』 1990.5 410p
①4-19-599075-0

陳 舜臣

ちん・しゅんしん

1924～2015

兵庫県生まれ。大阪外語卒。家業の貿易業の傍ら小説を書き、「青玉獅子香炉」で直木賞を受賞。中国を舞台にした小説が多いが、1993年のNHK大河ドラマ「琉球の風」の書き下ろしを手がけている。

講談社文庫（講談社）

『戦国海商伝　上』 1992.11 401p
①4-06-185275-2

『戦国海商伝　下』 1992.11 419p
①4-06-185276-0

『琉球の風　1　怒濤の巻』 1995.9 285p
①4-06-263057-5

『琉球の風　2　疾風の巻』 1995.9 293p
①4-06-263058-3

『琉球の風　3　雷雨の巻』 1995.9 313p
〈年譜：p301～313〉
①4-06-263059-1

『山河在り　上』 2002.11 454p
①4-06-273599-7

『山河在り　中』 2002.11 445p
①4-06-273600-4

『山河在り　下』 2002.11 473p
①4-06-273601-2

『琉球の風　上　レジェンド歴史時代小説』 2016.3 533p〈『琉球の風 1～3』（1995年刊）の改訂、上下2分冊〉
①978-4-06-293335-3

『琉球の風　下　レジェンド歴史時代小説』 2016.3 549p〈『琉球の風 1～3』（1995年刊）の改訂、上下2分冊〉
①978-4-06-293336-0

集英社文庫（集英社）

『曼陀羅の人　空海求法伝　上』 1997.12
431p
①4-08-748718-0
『曼陀羅の人　空海求法伝　下』 1997.12
460p
①4-08-748719-9

中公文庫（中央公論新社）

『鄭成功　旋風に告げよ　上巻』 1999.6
441p 〈『旋風に告げよ』（講談社1982年刊）の改題〉
①4-12-203436-1
『鄭成功　旋風に告げよ　下巻』 1999.6
431p 〈『旋風に告げよ』（講談社1982年刊）の改題〉
①4-12-203437-X

徳間文庫（徳間書店）

『紅蓮亭の狂女』 1989.1　316p
①4-19-568669-5
〔内容〕紅蓮亭の狂女, スマトラに沈む, 空中楼閣, 76号の男, 角笛を吹けど, ウルムチに消えた火, 鉛色の顔
『曼陀羅の人　空海求法伝　上』 1990.10
284p
①4-19-569196-6
『曼陀羅の人　空海求法伝　中』 1990.11
282p
①4-19-569214-8
『曼陀羅の人　空海求法伝　下』 1990.12
286p
①4-19-569233-4

辻 真先

つじ・まさき

1932～

愛知県生まれ。名大卒。アニメ脚本家の第一人者で「エイトマン」「ジャングル大帝」「巨人の星」「サザエさん」「ドラえもん」などを手がける一方、推理小説や時代小説の作品も発表している。

学研M文庫（学研パブリッシング）

『北辰挽歌　土方歳三海に戦う』 2004.1
286p
①4-05-900274-7

都筑 道夫

つづき・みちお

1929〜2003

東京生まれ。本名・松岡巌。早実中退。「エラリイ・クイーンズ・ミステリ・マガジン」日本語版編集長を経て推理作家となり、「退職刑事」や「雪崩連太郎」シリーズを発表。時代小説では「なめくじ長屋」シリーズで知られる。

角川文庫（角川書店）

◇なめくじ長屋捕物さわぎ

『血みどろ砂絵　なめくじ長屋捕物さわぎ』 1981.9　290p

『血みどろ砂絵　なめくじ長屋捕物さわぎ』 1981.9　290p

『くらやみ砂絵　なめくじ長屋捕物さわぎ』 1982.1　332p

『からくり砂絵　なめくじ長屋捕物さわぎ』 1982.3　288p

『あやかし砂絵　なめくじ長屋捕物さわぎ』 1982.6　308p

『きまぐれ砂絵　なめくじ長屋捕物さわぎ』 1982.7　278p

『かげろう砂絵　なめくじ長屋捕物さわぎ』 1982.11　292p

『まぼろし砂絵　なめくじ長屋捕物さわぎ』 1985.9　305p
①4-04-142535-2

『おもしろ砂絵　なめくじ長屋捕物さわぎ』 1986.5　280p
①4-04-142536-0

『神変武甲伝奇』 1989.10　489p
①4-04-142538-7

講談社文庫（講談社）

『新顎十郎捕物帳』 1988.6　273p
①4-06-184231-5
〔内容〕児雷也昇天, 浅草寺消失, えげれす伊呂波, からくり土佐衛門, きつね姫, 幽霊旗本, 闇かぐら

『新顎十郎捕物帳　2』 1988.10　248p
①4-06-184317-6
〔内容〕三味線堀, 貧乏神, 亀屋たばこ入, 離魂病, さみだれ坊主, 閻魔堂橋

光文社文庫（光文社）

◇なめくじ長屋捕物さわぎ

『いなずま砂絵　連作時代本格推理　なめくじ長屋捕物さわぎ』 1988.7　287p
①4-334-70778-5

『おもしろ砂絵　なめくじ長屋捕物さわぎ』 1991.10　275p
①4-334-71419-6
〔内容〕雪うさぎ, 地ぐち悪口あいた口, 大目小目, いもり酒, はてなの茶碗, けだもの横丁, 楽屋新道

『まぼろし砂絵　なめくじ長屋捕物さわぎ』 1992.2　298p
①4-334-71478-1
〔内容〕熊坂長範, 人ごろし豆蔵, ばけもの寺, 両国八景, 坊主めくり, かっちんどん, 菊人形の首

『かげろう砂絵　なめくじ長屋捕物さわぎ』 1992.7　288p
①4-334-71555-9
〔内容〕酒中花, ぎやまん燈篭, 秘剣かいやぐら, 深川あぶら堀, 地獄ばやし, ねぼけ先生, あばれ纒

『きまぐれ砂絵　なめくじ長屋捕物さわぎ』 1996.4　274p

①4-334-72223-7
〔内容〕長屋の花見, 舟徳, 高田の馬場, 野ざらし, 擬宝珠, 夢金

『あやかし砂絵　なめくじ長屋捕物さわぎ』 1996.7　311p
①4-334-72261-X
〔内容〕張形心中, 夜鷹ころし, 不動の滝, 首提灯, 人食い屛風, 寝小便小町, あぶな絵もどき

『からくり砂絵　なめくじ長屋捕物さわぎ』 1996.10　287p
①4-334-72302-0
〔内容〕花見の仇討, 首つり五人男, 小梅富士, 血しぶき人形, 水幽霊, 粗忽長屋, らくだの馬

『くらやみ砂絵　なめくじ長屋捕物さわぎ』 1997.3　323p
①4-334-72377-2
〔内容〕不動坊火焔, 天狗起し, やれ突けそれ突け, 南蛮大魔術, 雪もよい明神下, 春狂言役者づくし, 地口前灯

『血みどろ砂絵　なめくじ長屋捕物さわぎ』 1997.6　279p
①4-334-72420-5
〔内容〕第1席 よろいの渡し, 第2席 ろくろっ首, 第3席 春暁八幡鍾, 第4席 三番倉, 第5席 本所七不思議, 第6席 いのしし屋敷, 第7席 心中不忍池

『さかしま砂絵　連作時代本格推理　なめくじ長屋捕物さわぎ』 1999.1　291p
①4-334-72746-8
〔内容〕白魚なべ, 置いてけ堀, はて恐しき, 六根清浄, がらがら煎餅, 蚊帳ひとはり, びいどろ障子

『ちみどろ砂絵　くらやみ砂絵　連作時代本格推理　なめくじ長屋捕物さわぎ　1〔光文社時代小説文庫〕』 2010.10　603p
①978-4-334-74866-1
〔内容〕ちみどろ砂絵(よろいの渡し, ろくろっ首, 春暁八幡鐘, 三番倉, 本所七不思議, いのしし屋敷, 心中不忍池), くらやみ砂絵(不動坊火焔, 天狗起し, やれ突けそれ突け, 南蛮大魔術, 雪もよい明神下, 春狂言役者づくし, 地口行燈)

『からくり砂絵　あやかし砂絵　連作時代本格推理　なめくじ長屋捕物さわぎ　2〔光文社時代小説文庫〕』 2010.11　571p
①978-4-334-74879-1
〔内容〕花見の仇討, 首つり五人男, 小梅富士, 血しぶき人形, 水幽霊, 粗忽長屋, らくだの馬, 張形心中, 夜鷹ころし, 不動の滝, 首提灯, 人食い屛風, 寝小便小町, あぶな絵もどき

『きまぐれ砂絵　かげろう砂絵　連作時代本格推理　なめくじ長屋捕物さわぎ　3〔光文社時代小説文庫〕』 2010.12　585p
①978-4-334-74894-4
〔内容〕長屋の花見, 舟徳, 高田の馬場, 野ざらし, 擬宝珠, 夢金, 酒中花, ぎやまん燈籠, 秘剣かいやぐら, 深川あぶら堀, 地獄ばやし, ねぼけ先生, あばれ纏

『まぼろし砂絵　おもしろ砂絵　連作時代本格推理　なめくじ長屋捕物さわぎ　4〔光文社時代小説文庫〕』 2011.1　571p
①978-4-334-74902-6
〔内容〕熊坂長範, 人ごろし豆蔵, ばけもの寺, 両国八景, 坊主めくり, かっちんどん, 菊人形の首, 雪うさぎ, 地ぐち悪口あいた口, 大目小目, いもり酒, はてなの茶碗, けだもの横丁, 楽屋新道

『ときめき砂絵　いなずま砂絵　連作時代本格推理　なめくじ長屋捕物さわぎ　5〔光文社時代小説文庫〕』 2011.2　572p
①978-4-334-74916-3
〔内容〕羽ごろもの松, 本所へび寺, 待乳山怪談, 子をとろ子とろ, 二十六夜待, 水見舞, 雪達磨おとし, 鶴かめ鶴かめ, 幽霊床, 入道雲, 与助とんび, 半鐘どろぼう, 根元あわ餅, めんくらい凧, *かいせつ(紺野豊〔著〕)

『さかしま砂絵　うそつき砂絵　連作時代本格推理　なめくじ長屋捕物さわぎ　6〔光文社時代小説文庫〕』 2011.3　585p
①978-4-334-74920-0
〔内容〕さかしま砂絵(白魚なべ, 置いけ堀, はて恐しき, 六根清浄, がらがら煎餅, 蚊帳ひとはり, びいどろ障子), うそつき砂絵(百物語, 二百年の仇討, 羅生門河岸, 藤八五文奇妙！, 河川戸心中, 湯もじ千両, ばけもの屋敷, もどり駕籠, 本所割下水, 開化

横浜図絵, うえすけ始末), *かいせつ(新保博久〔著〕)

◇ ◇ ◇

『魔海風雲録　都筑道夫コレクション　時代篇』 2003.11　539p〈下位シリーズの責任表示：都筑道夫著〉
①4-334-73588-6
〔内容〕魔海風雲録, 善亭武升なぞ解き控, 犬むすめ, 壁龍, 茨木童子, 西郷星

『女泣川ものがたり　連作時代小説』 2013.8　554p〈『べらぼう村正』(文春文庫 1988年刊)と『風流べらぼう剣』(文春文庫 1990年刊)の改題、合本〉
①978-4-334-76615-3
〔内容〕べらぼう村正, 泣かぬお北, おばけ燈篭, 六間堀しぐれ, 舌だし三番叟, 玉屋でござい, 深川めし, あばれ熨斗, やらずの雨, 猫じゃらし, 麦藁へび, 笑い閻魔, 小弥太は死なず

時代小説文庫(富士見書房)

『神州魔法陣』 1981.8　2冊

『変幻黄金鬼』 1982.1　299p
〔内容〕変幻黄金鬼, 赤銅御殿, 地獄屋敷, 妖説横浜図絵, からくり念仏, 矢がすり菩薩, 髑髏かんざし, 首なし地蔵

大陸文庫(大陸書房)

『幽鬼伝』 1988.11　301p
①4-8033-1652-X

中公文庫(中央公論新社)

『砂絵くずし　「なめくじ長屋捕物さわぎ」傑作選』 1979.6　216p

文春文庫(文藝春秋)

『捕物帳もどき』 1984.10　253p
①4-16-732002-9

『チャンバラもどき』 1988.3　268p
①4-16-732004-5
〔内容〕鞍馬天狗もどき, 座頭市もどき, 丹下左膳もどき, 紋次郎もどき, 眠狂四郎もどき, 梅安もどき

『べらぼう村正　女泣川ものがたり』 1988.12　253p〈『女泣川ものがたり』(昭和60年刊)の改題〉
①4-16-732005-3
〔内容〕べらぼう村正, 泣かぬお北, おばけ燈篭, 六間堀しぐれ, 舌だし三番叟, 玉屋でござい

『風流べらぼう剣』 1990.12　254p
①4-16-732006-1
〔内容〕深川めし, あばれ熨斗, やらずの雨, 猫じゃらし, 麦藁へび, 笑い閻魔, 小弥太は死なず

綱淵 謙錠

つなぶち・けんじょう

1924～1996

旧樺太生まれ。東大卒。中央公論社に入社し、「婦人公論」編集長を経て、退職後の1972年に「斬」で直木賞を受賞。他に「戊辰落日」「越後太平記」などがある。

人物文庫（学陽書房）

『幕末維新列伝』 1998.8 316p
①4-313-75054-1
〔内容〕水野忠邦, 栗本鋤雲, 勝海舟, 大久保利通, 坂本龍馬, 福沢諭吉

中公文庫（中央公論新社）

『苔』 1977.11 307p
〔内容〕冤（えん）, 朔（さく）, 苔（たい）

『狄』 1979.9 280p
〔内容〕狄, 夷

『越後太平記』 1983.12 2冊
①4-12-201080-2

『幕臣列伝』 1984.5 264p
①4-12-201121-3

『剣』 1995.1 317p
①4-12-202222-3
〔内容〕剣, 刀, 変, 義, 孤, 艶, 龍, 難, 憎, 瞬

『乱 上巻』 2000.4 549p
①4-12-203626-7

『乱 下巻』 2000.4 563p
①4-12-203627-5

文春文庫（文藝春秋）

『斬（ざん）』 1975 414p

『戊辰落日』 1984.7 2冊
①4-16-715702-0

『殺』 1985.8 314p
①4-16-715705-5
〔内容〕殺, 傾, 空, 怨, 憑, 訟, 順, 律, 幽, 念

『刑』 1992.10 254p
①4-16-715714-4
〔内容〕刑, 怯, 嗛, 慣, 妍, 讐, 咲

『島津斉彬』 1995.7 221p
①4-16-715716-0

『斬』 新装版 2011.12 445p
①978-4-16-715719-7

角田 喜久雄
つのだ・きくお
1906～1994

神奈川県生まれ。東京高等工芸卒。1922年「毛皮の外套を着た男」でデビュー、以後推理小説で活躍する傍ら、時代小説も執筆した。代表作に「髑髏銭」など。

岡倉文庫（岡倉文庫刊行会）

『黒潮鬼　前篇』 1951　200p

時代小説文庫（富士見書房）

『風雲将棋谷』 1981.10　407p
『妖棋伝』 1985.7　2冊
①4-8291-1051-1
『髑髏銭』 1985.9　2冊
①4-8291-1112-7

春陽文庫（春陽堂書店）

『妖棋伝　前, 後篇』 1951　2冊
『鍔鳴浪人　後篇』 1951　190p
『髑髏銭　前篇』 1952　218p
『髑髏銭　後篇』 1952　254p
『寝みだれ夜叉』 1975　2冊
『半九郎闇日記』 1975　2冊
『将棋大名』 1975　416p
『恋慕奉行　上』 1975　383p
『恋慕奉行　下』 1975　324p
『妖異忠臣蔵』 1976　261p
『折鶴七変化』 1976　303p
『春風まぼろし谷』 1976　2冊
『闇太郎変化』 1976　265p
『緋牡丹盗賊』 1977.1　369p
『月姫系図』 1977.3　403p
『まぼろし若衆』 1977.4　500p
『酔いどれ牡丹』 1977.5　571p
『姫夜叉行状記』 1977.6　300p
『元禄太平記』 1977.7　275p
『変化如来』 1977.8　380p
『振袖地獄』 1977.9　275p
『緋鹿子伝法』 1977.10　303p
『霧丸霧がくれ』 1977.11　511p
『虹に立つ侍』 1978.2　310p
『兵之介闇問答』 1978.3　2冊
『耳姫三十五夜』 1978.5　377p
『悪霊の城』 1978.9　392p
『影丸極道帖』 1979.3　2冊
『海風山風』 1979.4　2冊
『白蠟小町』 1980.3　303p
『舟姫潮姫』 1980.5　273p
『お小夜悲願』 1980.6　261p
『神変八咫烏』 1980.9　225p
『雪太郎乳房』 1980.11　198p
『赤姫秘文』 1980.12　271p
『怪塔伝』 1981.3　2冊
『妖花伝』 1981.7　294p
『月姫系図』 改装版　1988.1　403p
①4-394-10226-X
『白蠟小町』 改装版　1988.3　303p
『緋鹿子伝法』 改装版　1988.4　303p
①4-394-10233-2
『妖花伝』 改装版　1988.5　294p
①4-394-10252-9
『霧丸霧がくれ』 改装版　1988.6　511p
①4-394-10234-0
『黒潮鬼』 1988.7　343p
①4-394-10224-3

『虹に立つ侍』 改装版 1988.8 310p
①4-394-10235-9
『元禄太平記』 改装版 1988.9 275p
①4-394-10230-8
『変化如来』 改装版 1988.11 380p
①4-394-10231-6
『お小夜悲願』 1989.5 261p
①4-394-10246-4
『舟姫潮姫』 1989.6 273p
①4-394-10245-6
『兵之介闇問答 上』 〔新装版〕 1989.7 312p
①4-394-10236-7
『兵之介闇問答 下』 〔新装版〕 1989.7 287p
①4-394-10237-5
『影丸極道帖 上』 〔新装版〕 1989.10 349p
①4-394-10240-5
『影丸極道帖 下』 〔新装版〕 1989.10 319p
①4-394-10241-3
『怪塔伝 上』 改装版 1989.11 319p
①4-394-10250-2
『怪塔伝 下』 改装版 1989.11 304p
①4-394-10251-0
『妖異忠臣蔵』 改装版 1989.12 261p
①4-394-10221-9
『恋慕奉行 上』 新装版 1990.5 383p
①4-394-10210-3
『恋慕奉行 下』 〔新装版〕 1990.5 324p
①4-394-10211-1
『寝みだれ夜叉 上』 新装版 1990.5 334p
①4-394-10214-6
『寝みだれ夜叉 下』 新装版 1990.5 306p
①4-394-10215-4
『折鶴七変化』 〔新装版〕 1990.7 303p
①4-394-10219-7
『赤姫秘文』 改装版 1990.8 271p
①4-394-10249-9
『春風まぼろし谷 上』 改装版 1990.9 312p
①4-394-10222-7
『春風まぼろし谷 下』 改装版 1990.9 313p
①4-394-10223-5
『海風山風 上』 改装版 1990.10 353p
①4-394-10242-1
『海風山風 下』 改装版 1990.10 344p
①4-394-10243-X
『半九郎闇日記 上』 〔新装版〕 1990.11 315p
①4-394-10212-X
『半九郎闇日記 下』 新装版 1990.11 284p
①4-394-10213-8
『振袖地獄』 改装版 1990.12 275p
①4-394-10232-4
『雪太郎乳房』 〔新装版〕 1991.6 198p
①4-394-10248-0
『闇太郎変化』 〔新装版〕 1991.7 265p
①4-394-10220-0
『神変八咫烏』 改装版 1991.8 225p
①4-394-10247-2
『妖棋伝』 新装版 1991.9 364p
『将棋大名』 改装 1992.1 416p
①4-394-10209-X
『風雲将棋谷』 2版 1994.7 293p
①4-394-10207-3
『鍔鳴浪人』 1996.9 374p
①4-394-10203-0
『髑髏銭』 新装 1999.5 461p
①4-394-10253-7

小学館文庫（小学館）

『半九郎闇日記 上 北上次郎選「昭和エンターテインメント叢書」 3』 2010.5 449p

①978-4-09-408507-5

『半九郎闇日記　下　北上次郎選「昭和エンターテインメント叢書」　3』 2010.5　408p
①978-4-09-408508-2

大衆文学館（講談社）

『怪異雛人形』 1995.8　431p
①4-06-262019-7
〔内容〕怪異雛人形, 鬼面三人組, 美しき白鬼, 恋文地獄, 自殺屋敷, 悪魔凧, 逆立小僧

『髑髏銭』 1997.10　641p
①4-06-262094-4

中公文庫（中央公論新社）

『黒岳の魔人』 1983.7　300p

『神変白雲城』 1993.2　206p
①4-12-201977-X

『黒岳の魔人』 山口将吉郎〔絵〕　改版　2007.3　307p
①978-4-12-204827-0

津本 陽
つもと・よう
1929～

和歌山県生まれ。東北大卒。1978年「深重の海」で直木賞を受賞。以後「塚原卜伝十二番勝負」「南海の龍」「巨人伝」など、地元和歌山の人物や剣豪を主人公とした作品を多く発表。他に「下天は夢か」「お庭番吹雪算長」など。

朝日文庫（朝日新聞出版）

『風流武辺』 2002.2　526p
①4-02-264286-6

角川文庫（角川書店）

『修羅海道　清水次郎長伝　上』 1988.9〈『清水次郎長』（昭和62年刊）の改題〉
①4-04-171302-1

『修羅海道　清水次郎長伝　下』 1988.9　237p〈『清水次郎長』（昭和62年刊）の改題〉
①4-04-171303-X

『密偵　幕末明治剣豪綺談』 1991.11　242p
①4-04-171304-8
〔内容〕喉の傷痕, 弥太郎ざんげ, 密偵, 唐竹割り, 小栗上野介遺聞, 弥兵衛斬り死に, 風樹, 北の狼

『天翔ける倭寇　上』 1993.11　305p
①4-04-171306-4

『天翔ける倭寇　下』 1993.11　284p
①4-04-171307-2

『火焔浄土　顕如上人伝』 1995.2　231p
①4-04-171309-9

『鬼骨の人』 1995.6　219p
①4-04-171310-2

〔内容〕鬼骨の人老の坂を越えて, 百舌と雀鷹, 影像なし, 雨の晴れ間, 刃傷, 春の稲妻, 饅頭屋長次郎の切腹, 五寸釘寅吉

『武神の階』 1997.2 580p
①4-04-171313-7

『千葉周作 上』 1998.9 297p
①4-04-171315-3

『千葉周作 下』 1998.9 312p
①4-04-171316-1

『鉄砲無頼伝』 2000.2 301p〈『鉄砲無頼記』(実業之日本社1996年刊)の改題〉
①4-04-171318-8

『胡蝶の剣』 2000.8 253p
①4-04-171320-X

『龍馬 1(青雲篇)』 2005.4 419p
①4-04-171324-2

『龍馬 2(脱藩篇)』 2005.4 391p
①4-04-171325-0

『龍馬 3(海軍篇)』 2005.4 399p
①4-04-171326-9

『龍馬 4(薩長篇)』 2005.5 415p
①4-04-171327-7

『龍馬 5(流星篇)』 2005.5 454p
①4-04-171328-5

『巌流島 武蔵と小次郎』 2006.3 227p〈『武蔵と小次郎』(2003年刊)の改題〉
①4-04-171330-7

『信長の傭兵』 2006.9 281p〈『続・鉄砲無頼記』(実業之日本社2003年刊)の改題〉
①4-04-171331-5

『武神の階 上』 新装版 2006.12 379p
①4-04-171332-3

『武神の階 下』 新装版 2006.12 326p
①4-04-171333-1

『下天は夢か 1』 2008.10 449p〈発売：角川グループパブリッシング〉
①978-4-04-171335-8

『下天は夢か 2』 2008.10 418p〈発売：角川グループパブリッシング〉
①978-4-04-171336-5

『下天は夢か 3』 2008.11 460p〈発売：角川グループパブリッシング〉
①978-4-04-171337-2

『下天は夢か 4』 2008.11 492p〈発売：角川グループパブリッシング〉
①978-4-04-171338-9

『虎狼は空に 小説新選組 上』 2009.7 308p〈発売：角川グループパブリッシング〉
①978-4-04-171339-6

『虎狼は空に 小説新選組 下』 2009.7 311p〈発売：角川グループパブリッシング〉
①978-4-04-171340-2

『独眼龍政宗 上』 2009.12 384p〈発売：角川グループパブリッシング〉
①978-4-04-171341-9

『独眼龍政宗 下』 2009.12 382p〈発売：角川グループパブリッシング〉
①978-4-04-171342-6

幻冬舎時代小説文庫(幻冬舎)

『松風の人 吉田松陰とその門下』 2010.6 446p〈文献あり〉
①978-4-344-41493-8
〔内容〕樹々亭, 兵学師範, 脱藩, 東北遊歴, 遊学の旅, 海外脱出ならず, 下田踏海, 雄図挫折す, 入獄, 野山獄, 火を点じる者, 杉家の日々, 国士養成, 皇天后土, 獅子の心, 獅子の道, 死ぬべきとき, 涙松, 評定所, 露の命, 志士の魂

『大わらんじの男 八代将軍徳川吉宗 1』 2011.2 314p
①978-4-344-41634-5

『大わらんじの男 八代将軍徳川吉宗 2』 2011.4 238p
①978-4-344-41665-9

『大わらんじの男 八代将軍徳川吉宗 3』 2011.6 283p
①978-4-344-41694-9

『大わらんじの男 八代将軍徳川吉宗 4』 2011.8 361p

①978-4-344-41731-1

『大わらんじの男　八代将軍徳川吉宗　5』2011.10　360p
①978-4-344-41760-1

『夢のまた夢　1』2012.6　478p〈文春文庫 1996年刊の再刊〉
①978-4-344-41877-6

『夢のまた夢　2』2012.8　486p〈文春文庫 1996年刊の再刊〉
①978-4-344-41912-4

『夢のまた夢　3』2012.10　485p〈文春文庫 1996年刊の再刊〉
①978-4-344-41941-4

『夢のまた夢　4』2012.12　501p〈文春文庫 1996年刊の再刊〉
①978-4-344-41956-8

『夢のまた夢　5』2013.2　534p〈文春文庫 1996年刊の再刊〉
①978-4-344-41989-6

『加藤清正虎の夢見し』2013.6　406p
①978-4-344-42035-9

幻冬舎文庫（幻冬舎）

『剣に賭ける』1997.4　215p
①4-87728-428-1
〔内容〕天吹, 睡り猫, 桜田門外の血闘, 桜田門外・一の太刀―森五六郎, 道場剣法, 血戦, 小太刀の冴え, 真田ひも

『暗殺の城　上』2001.4　308p
①4-344-40097-6

『暗殺の城　下』2001.4　294p
①4-344-40098-4

『小説渋沢栄一　上』2007.2　422p
①978-4-344-40912-5

『小説渋沢栄一　下』2007.2　422p
①978-4-344-40913-2

『勝海舟　私に帰せず　上』2007.10　486p
①978-4-344-41031-2

『勝海舟　私に帰せず　下』2007.10　459p
①978-4-344-41032-9

『開国』2007.12　429p
①978-4-344-41053-4

『覇王の夢』2008.8　374p
①978-4-344-41176-0

『椿と花水木　万次郎の生涯　上』2009.2　538p
①978-4-344-41258-3

『椿と花水木　万次郎の生涯　下』2009.2　494p〈文献あり〉
①978-4-344-41259-0

講談社文庫（講談社）

『塚原卜伝十二番勝負』1985.11　374p〈年譜：p369～374〉
①4-06-183621-8

『明治兜割り』1986.11　218p〈年譜：p212～218〉
①4-06-183871-7
〔内容〕明治兜割り, 野に死する魂, 剣光三国峠, うそつき小次郎と竜馬, 紀伊のはやぶさ, 近藤勇、江戸の日々

『日本剣客列伝』1987.11　232p〈年譜：p225～232〉
①4-06-184101-7
〔内容〕塚原卜伝, 小野次郎右衛門, 東郷重位, 柳生宗矩, 宮本武蔵, 千葉周作, 男谷信友, 仏生寺弥助, 近藤勇, 榊原鍵吉

『拳豪伝』1988.11　509p
①4-06-184340-0

『修羅の剣　上』1989.11　300p
①4-06-184563-2

『修羅の剣　下』1989.11　299p〈年譜：p291～299〉
①4-06-184564-0

『千葉周作　上』1991.11　290p
①4-06-185024-5

『千葉周作　下』1991.11　318p〈年譜：p308～318〉

①4-06-185025-3
『下天は夢か　1』 1992.6　399p
①4-06-185058-X
『下天は夢か　2』 1992.6　366p
①4-06-185059-8
『下天は夢か　3』 1992.7　406p
①4-06-185060-1
『下天は夢か　4』 1992.7　439p
①4-06-185061-X
『鎮西八郎為朝』 1992.11　409p〈年譜：p399〜409〉
①4-06-185277-9
『幕末剣客伝』 1994.9　357p
①4-06-185767-3
『武田信玄　上』 1996.9　276p
①4-06-263328-0
『武田信玄　中』 1996.9　285p
①4-06-263329-9
『武田信玄　下』 1996.9　309p〈年譜：p296〜309〉
①4-06-263330-2
『乱世、夢幻の如し　上』 1997.3　377p
①4-06-263464-3
『乱世、夢幻の如し　下』 1997.3　368p〈年譜：p355〜368〉
①4-06-263465-1
『前田利家　上』 1997.9　317p
①4-06-263592-5
『前田利家　中』 1997.9　294p
①4-06-263593-3
『前田利家　下』 1997.9　317p〈年譜あり〉
①4-06-263594-1
『加賀百万石』 1999.9　467p〈年譜あり〉
①4-06-264661-7
〔内容〕疾風, 加賀百万石, 前田三代
『真田忍俠記　上』 2000.1　345p
①4-06-264748-6
『真田忍俠記　下』 2000.1　341p〈年譜あり〉
①4-06-264749-4
『おおとりは空に』 2004.5　358p
①4-06-274777-4
〔内容〕童子, 相伝, 庵主, 国学, 武家茶道, 五常の茶
『本能寺の変』 2005.4　239p
①4-06-275065-1
『幕末御用盗』 2006.11　277p
①4-06-275575-0

光文社文庫（光文社）

『千葉周作不敗の剣』 1991.2　276p
①4-334-71292-4
〔内容〕他流試合, 旅の災難, 伊香保の騒動, 蟻地獄, 遺恨試合, 下段青眼, 長しない, 露の位
『真剣兵法』 1991.10　225p
①4-334-71418-8
〔内容〕道場剣法, 血戦, 小太刀の冴え, 天狗狩り, 拾った聯隊旗, 真田ひも
『幕末大盗賊』 1992.10　266p
①4-334-71601-6
『新忠臣蔵』 1994.12　443p
①4-334-71986-4
『朱鞘安兵衛』 1996.1　399p
①4-334-72170-2
『焼刃のにおい　〔光文社時代小説文庫〕』 2010.3　446p〈文献あり〉
①978-4-334-74751-0

集英社文庫（集英社）

『北の狼　津本陽自選時代小説集』 1989.12　261p
①4-08-749530-2
〔内容〕祇園石段下の血闘, 捨身の一撃, うそつき小次郎と竜馬, 明治兜割り, 道場剣法, 北の狼, 長しない
『月とよしきり』 2008.11　447p
①978-4-08-746370-5

『龍馬　1（青雲篇）』 2009.9　452p
①978-4-08-746484-9
『龍馬　2（脱藩篇）』 2009.9　420p
①978-4-08-746485-6
『龍馬　3（海軍篇）』 2009.10　429p
①978-4-08-746496-2
『龍馬　4（薩長篇）』 2009.11　446p
①978-4-08-746508-2
『龍馬　5（流星篇）』 2009.12　478p〈文献あり〉
①978-4-08-746519-8
『最後の武士道　幕末維新傑作選』 2010.5　332p
①978-4-08-746572-3
〔内容〕うそつき小次郎と龍馬, 野に死する魂, 祇園石段下の血闘, 死に番, 弥兵衛斬り死に, 煙管入れ奇聞, 明治撃剣会, 明治兜割り
『巨眼の男西郷隆盛　1』 2010.9　420p
①978-4-08-746609-6
『巨眼の男西郷隆盛　2』 2010.10　430p
①978-4-08-746622-5
『巨眼の男西郷隆盛　3』 2010.11　405p
①978-4-08-746633-1
『巨眼の男西郷隆盛　4』 2010.12　437p〈文献あり〉
①978-4-08-746641-6
『深重の海』 2012.11　469p〈文献あり〉
①978-4-08-745006-4
『下天は夢か　1』 2014.7　478p〈日本経済新聞社 1989年刊の再刊〉
①978-4-08-745211-2
『下天は夢か　2』 2014.8　446p〈日本経済新聞社 1989年刊の再刊〉
①978-4-08-745219-8
『下天は夢か　3』 2014.9　492p〈日本経済新聞社 1989年刊の再刊〉
①978-4-08-745231-0
『下天は夢か　4』 2014.10　526p〈日本経済新聞社 1989年刊の再刊〉
①978-4-08-745240-2

新潮文庫（新潮社）

『深重の海』 1982.12　387p
①4-10-128001-0
『幕末巨竜伝』 1987.9　349p
①4-10-128002-9
『新陰流小笠原長治』 1990.9　339p
①4-10-128003-7
『鬼の冠』 1991.5　263p
①4-10-128004-5
『人斬り剣奥儀』 1992.9　279p
①4-10-128005-3
〔内容〕小太刀勢源, 松柏折る, 身の位, 肩の砕き, 抜き、即、斬, 念流手の内, 天に消えた星, 抜刀隊, 剣光三国峠, ボンベン小僧
『椿と花水木　万次郎の生涯　上巻』 1996.7　479p
①4-10-128007-X
『椿と花水木　万次郎の生涯　下巻』 1996.7　440p
①4-10-128008-8
『大悲の海に　覚鑁上人伝』 1999.4　276p
①4-10-128009-6
『深重の海』 改版　2006.2　470p〈12刷〉
①4-10-128001-0
『巨眼の男西郷隆盛　上巻』 2006.8　434p
①4-10-128010-X
『巨眼の男西郷隆盛　中巻』 2006.8　499p
①4-10-128011-8
『巨眼の男西郷隆盛　下巻』 2006.8　574p
①4-10-128012-6

中公文庫（中央公論新社）

『南海の竜　若き日の徳川八代将軍吉宗』 1986.2　279p
①4-12-201299-6
『海商岩橋万造の生涯』 1987.1　382p
①4-12-201387-9
『春風無刀流』 1990.5　253p

①4–12–201713–0

『南海の竜若き吉宗』 1995.3 334p〈『南海の竜』(1983年刊) の改題〉
①4–12–202267–3

『波上の館 加賀の豪商・銭屋五兵衛の生涯』 1999.1 299p
①4–12–203325–X

『忍者月輪』 2016.11 472p
①978–4–12–206310–5

徳間文庫(徳間書店)

『明治剣俠伝』 1986.10 277p
①4–19–598155–7

『嵐の日々』 1987.5 285p
①4–19–598286–3
〔内容〕嵐の日々, 昭和20年1月19日, 花散りがてに, 蝗追い, 幻の土地, 土曜日の午後

『乾坤の夢 上』 2009.9 460p
①978–4–19–893039–4

『乾坤の夢 中』 2009.10 532p
①978–4–19–893052–3

『乾坤の夢 下』 2009.11 423p
①978–4–19–893069–1

『身命を惜しまず 安藤帯刀と片倉小十郎』 2011.1 250p
①978–4–19–893292–3
〔内容〕安藤帯刀 武人の生涯, 片倉小十郎 智謀の人

『幸村去影』 2015.11 381p
①978–4–19–894037–9

日経ビジネス人文庫(日本経済新聞出版社)

『商人龍馬』 2009.11 318p〈文献あり〉
①978–4–532–19518–2

双葉文庫(双葉社)

『幕末剣客(けんきゃく)伝』 2009.3 365p〈講談社1994年刊の加筆訂正〉
①978–4–575–66371–6

『幕末巨龍伝』 2009.7 378p〈新潮社1984年刊の加筆訂正〉
①978–4–575–66389–1

『鬼の冠 武田惣角伝』 2010.1 309p〈新潮社1991年刊の加筆訂正〉
①978–4–575–66424–9

『名臣伝』 2010.6 315p〈文藝春秋1995年刊の加筆訂正〉
①978–4–575–66446–1

『柳生兵庫助 1 刀閃の刻(とき)』 2010.10 312p〈タイトル:刀閃の刻『柳生兵庫助 1』(文藝春秋1991年刊) の加筆訂正〉
①978–4–575–66467–6

『柳生兵庫助 2 烈刃の刻(とき)』 2011.1 289p〈タイトル:烈刃の刻『柳生兵庫助 1・2』(文藝春秋1991年刊) の加筆訂正〉
①978–4–575–66479–9

『柳生兵庫助 3 桜斬の刻(とき)』 2011.3 341p〈タイトル:桜斬の刻『柳生兵庫助 2〜3』(文藝春秋1991年刊) の加筆訂正〉
①978–4–575–66489–8

『柳生兵庫助 4 活眼の刻(とき)』 2011.6 282p〈タイトル:活眼の刻『柳生兵庫助 3〜4』(文藝春秋1991年刊) の加筆訂正〉
①978–4–575–66505–5

『柳生兵庫助 5 刃鳴の刻(とき)』 2011.9 259p〈タイトル:刃鳴の刻『柳生兵庫助 4』(文藝春秋1991年刊) の加筆訂正〉
①978–4–575–66522–2

『柳生兵庫助 6 両雄の刻(とき)』 2011.12 267p〈タイトル:両雄の刻『柳生兵庫助 5』(文藝春秋1992年刊) の

加筆訂正〉
①978-4-575-66538-3

『柳生兵庫助　7　迅風の刻（とき）』 2012.3　306p〈タイトル：迅風の刻『柳生兵庫助 5〜6』（文藝春秋1992年刊）の加筆訂正〉
①978-4-575-66552-9

『柳生兵庫助　8　勇躍の刻』 2012.8　314p〈『柳生兵庫助 6・7』（文春文庫 1992年刊）の改題, 加筆訂正〉
①978-4-575-66576-5

『柳生兵庫助　9　斬照の刻』 2012.11　276p〈『柳生兵庫助 7、8』（文春文庫 1992年刊）の改題, 加筆訂正〉
①978-4-575-66589-5

『柳生兵庫助　10　翔天の刻（とき）』 2013.2　265p〈『柳生兵庫助 8』（文春文庫 1992年刊）の改題, 加筆訂正〉
①978-4-575-66603-8

文春文庫（文藝春秋）

『闇の蛟竜』 1983.8　392p
①4-16-731401-0

『明治撃剣会』 1984.6　268p
①4-16-731402-9
〔内容〕孤独な武者振り, 血ぬられた日, 宵宮の五人斬り, 隼人の太刀風, 祇園石段下の血闘, 闇を奔る, 明治撃剣会, 橋本皆助の奮戦

『前科持ち』 1985.7　283p
①4-16-731403-7
〔内容〕前科持ち, 血痕, 腕時計をくれた女, 八つの罪名, わくら葉が散った, 強い星, 三河童, おとなしい死体

『薩南示現流』 1986.3　294p
①4-16-731404-5
〔内容〕薩南示現流, 桜田門外の光芒, 寺田屋の散華, 煙管入れ奇聞, 最後の殺陣

『黄金の天馬』 1987.3　478p
①4-16-731406-1

『雑賀六字の城』 1987.7　316p
①4-16-731407-X

『薩摩夜叉雛』 1987.11　444p
①4-16-731408-8

『剣のいのち』 1988.10　413p
①4-16-731410-X

『宮本武蔵』 1989.2　408p
①4-16-731411-8

『虎狼は空に　小説新選組』 1989.9　478p
①4-16-731412-6

『富士の月魄』 1990.3　542p
①4-16-731414-2

『幕末新人類伝』 1991.3　222p
①4-16-731416-9

『柳生兵庫助　1』 1991.11　343p
①4-16-731417-7

『柳生兵庫助　2』 1991.11　290p
①4-16-731418-5

『柳生兵庫助　3』 1991.12　279p
①4-16-731419-3

『柳生兵庫助　4』 1991.12　325p
①4-16-731420-7

『柳生兵庫助　5』 1992.1　332p
①4-16-731421-5

『柳生兵庫助　6』 1992.1　285p
①4-16-731422-3

『柳生兵庫助　7』 1992.2　274p
①4-16-731423-1

『柳生兵庫助　8』 1992.2　348p
①4-16-731424-X

『黄金の海へ』 1992.11　446p
①4-16-731427-4

『お庭番吹雪算長　上』 1993.3　333p
①4-16-731428-2

『お庭番吹雪算長　下』 1993.3　318p
①4-16-731429-0

『のるかそるか』 1994.4　294p
①4-16-731430-4
〔内容〕明智光秀, 蜂須賀小六, 木下藤吉郎, 竹中半兵衛, 前田利家, 黒田官兵衛, 佐々成政, 織田信長, 豊臣秀吉, 徳川家康, 宮本武蔵, 塚原卜伝, 近藤勇, 坂本龍馬, 山岡鉄舟, 清水次郎長, 紀伊国屋文左衛門, 渋沢

栄一, 徳川慶喜
『名臣伝』 1995.10 286p
①4-16-731413-4
『夢のまた夢 1』 1996.1 365p
①4-16-731431-2
『夢のまた夢 2』 1996.1 375p
①4-16-731432-0
『夢のまた夢 3』 1996.1 374p
①4-16-731433-9
『夢のまた夢 4』 1996.2 381p
①4-16-731434-7
『夢のまた夢 5』 1996.2 413p
①4-16-731435-5
『開国』 1996.8 396p
①4-16-731436-3
『大わらんじの男 八代将軍徳川吉宗 1』 1998.6 349p
①4-16-731438-X
『大わらんじの男 八代将軍徳川吉宗 2』 1998.6 323p
①4-16-731439-8
『大わらんじの男 八代将軍徳川吉宗 3』 1998.7 291p
①4-16-731440-1
『大わらんじの男 八代将軍徳川吉宗 4』 1998.7 284p
①4-16-731441-X
『独眼龍政宗 上』 1999.4 332p
①4-16-731442-8
『独眼龍政宗 下』 1999.4 328p
①4-16-731443-6
『乾坤の夢 上』 1999.12 426p
①4-16-731444-4
『乾坤の夢 中』 1999.12 493p
①4-16-731445-2
『乾坤の夢 下』 1999.12 396p
①4-16-731446-0
『草笛の剣 上』 2000.5 319p
①4-16-731447-9
『草笛の剣 下』 2000.5 345p
①4-16-731448-7
『龍馬残影』 2000.12 204p
①4-16-731449-5
『宇喜多秀家 備前物語』 2001.4 699p
①4-16-731450-9
『青雲士魂録』 2002.1 263p
①4-16-731451-7
〔内容〕淀の川船, 睡り猫, 御付家老, 一矢参らすべし, 三年坂の決闘, 広隆昔語り, 黒熊武兵衛, 佐武伊賀守功名書き, 炎の軍法, 剛力伝, 家康伊賀越え, 公事宿新左
『弥陀の橋は 親鸞聖人伝 上』 2004.1 450p
①4-16-731452-5
『弥陀の橋は 親鸞聖人伝 下』 2004.1 403p
①4-16-731453-3
『春風無刀流』 2004.5 251p
①4-16-731454-1
『明治撃剣会』 新装版 2005.1 283p
①4-16-731455-X
〔内容〕孤独な武者振り, 血ぬられた日, 宵宮の五人斬り, 隼人の太刀風, 祇園石段下の血闘, 闇を奔る, 明治撃剣会, 橋本皆助の奮戦
『薩南示現流』 新装版 2006.2 303p
①4-16-731456-8
〔内容〕薩南示現流, 桜田門外の光芒, 寺田屋の散華, 煙管入れ奇聞, 最後の殺陣
『柳生十兵衛七番勝負』 2007.1 253p
①978-4-16-731457-6
〔内容〕剣士孤影, 無拍子の太刀, 馬の首, 当る拍子, 風水の声, 鬼の剣, 速死一本
『薩摩夜叉雛』 新装版 2008.2 499p
①978-4-16-731458-3
『剣のいのち』 新装版 2010.3 462p
①978-4-16-731460-6
『獅子の系譜』 2010.6 457p
①978-4-16-731461-3
『無量の光 親鸞聖人の生涯 上』 2011.4 385p
①978-4-16-731463-7
『無量の光 親鸞聖人の生涯 下』 2011.4 378p

①978-4-16-731464-4
『雑賀六字の城』 新装版 2011.7 347p〈1987年刊の新装版〉
①978-4-16-731465-1
『お庭番吹雪算長 上』 新装版 2012.2 351p
①978-4-16-731466-8
『お庭番吹雪算長 下』 新装版 2012.2 343p
①978-4-16-731467-5
『宮本武蔵』 新装版 2012.11 486p
①978-4-16-731468-2
『龍馬の油断 幕末七人の侍』 2013.10 269p
①978-4-16-731469-9
〔内容〕龍馬の油断, 小次郎の直刀, 情義の男, 武術の天性, 武士の魂, 気魄の人, 蒼天に去る
『信長影絵 上』 2015.7 312p
①978-4-16-790401-2
『信長影絵 下』 2015.7 345p
①978-4-16-790402-9

PHP文芸文庫（PHP研究所）

『剣豪血風録』 2012.1 314p〈2007年刊の再編集〉
①978-4-569-67785-9
〔内容〕塚原卜伝―飯綱使い, 富田勢源―小太刀勢源, 伊藤一刀斎――刀に断つ, 佐野祐願寺―法体の兵法名人, 東郷重位―上意討ち, 小野次郎右衛門―睡り猫, 柳生兵庫助―身の位, 宮本武蔵―巌流島, 柳生十兵衛―速死一本, 堀部安兵衛―高田馬場の血闘, 解説（清丸恵三郎〔著〕）
『天狗剣法 法神流須田房之助』 2013.2 276p
①978-4-569-67954-9
『荒ぶる波濤 坂本龍馬と陸奥宗光の青春』 2013.11 349p〈文献あり〉
①978-4-569-67937-2
『伊賀忍び控え帖』 2014.1 389p〈年表あり〉
①978-4-569-76152-7
『人斬り剣奥儀』 2015.1 290p〈新潮文庫 1992年刊の再刊〉
①978-4-569-76294-4
〔内容〕小太刀勢源, 松柏折る, 身の位, 肩の砕き, 抜き、即、斬, 念流手の内, 天に消えた星, 抜刀隊, 剣光三国峠, ボンベン小僧
『真田忍俠記 上』 2015.5 359p
①978-4-569-76374-3
『真田忍俠記 下』 2015.5 330p
①978-4-569-76375-0

PHP文庫（PHP研究所）

『修羅の剣 幕末の天才剣士・仏生寺弥助 上』 2009.8 343p
①978-4-569-67344-8
『修羅の剣 幕末の天才剣士・仏生寺弥助 下』 2009.8 327p
①978-4-569-67345-5
『黄金の天馬 合気道を創始した男』 2009.12 613p
①978-4-569-67377-6
『塚原卜伝十二番勝負』 2010.7 422p〈講談社1985年刊の加筆・修正〉
①978-4-569-67477-3

典厩 五郎

てんきゅう・ごろう

1939～

東京生まれ。本名・宮下教雄。立命館大卒。日活に入社し、映画・テレビのシナリオライターとして活躍、時代劇を得意とした。推理小説や時代小説の作品も発表している。

時代小説文庫（富士見書房）

『小栗上野介の秘宝』 1995.12 316p
①4-8291-1272-7

童門 冬二

どうもん・ふゆじ

1927～

東京生まれ。本名・太田久行。東海大附属中卒。東京都庁勤務の傍ら、歴史・時代小説を多数執筆した他、テレビ「新選組始末記」などのシナリオも執筆。代表作に「小説 上杉鷹山」など。

朝日文庫（朝日新聞出版）

『異聞・新撰組 幕末最強軍団、崩壊の真実』 2008.12 353p
①978-4-02-264453-4

旺文社文庫（旺文社）

『新撰組の女たち』 1985.6 222p
①4-01-061491-9

『新撰組が行く 上』 1987.6
①4-01-061494-3a

『新撰組が行く 下』 1987.6 315p
①4-01-061495-1

学研M文庫（学研パブリッシング）

『国僧日蓮 上』 2002.11 283p
①4-05-900199-6

『国僧日蓮 下』 2002.11 263p
①4-05-900200-3

河出文庫（河出書房新社）

『軍師黒田如水』 2013.10 308p〈『黒田如水』（小学館文庫 1999年刊）の改題〉
①978-4-309-41252-8

『伊能忠敬　日本を測量した男』 2014.2 270p〈底本：人物文庫 1999年刊〉
①978-4-309-41277-1

講談社文庫（講談社）

『小説蜂須賀重喜　阿波藩財政改革』 1996.2　597p〈『修羅の藍』(1987年刊) の改題〉
①4-06-263169-5

『小説海舟独言』 1997.2　314p
①4-06-263455-4

『冬の火花　上田秋成とその妻』 1998.12 286p〈著作目録あり〉
①4-06-263885-1

『水戸黄門異聞』 2000.2　389p〈『新・水戸黄門異聞』(1995年刊) の改題〉
①4-06-264751-6

『偉物伝』 2001.6　307p
①4-06-273189-4
〔内容〕金印を鑑定した男―亀井南冥, 問題児使いの名人―河合寸翁, 小歌一休, 失業武士の心得―吉村又右衛門, 可愛気のない男―大崎長行, ガラシャ余聞―小笠原玄也, 漏水の学者―土井聱牙, 夢追い大名―亀井茲矩, 天草の神々になった男―鈴木重成・正三・重辰

『夜明け前の女たち』 2006.9　660p
①4-06-275516-5

光文社文庫（光文社）

『もうひとつの忠臣蔵　傑作時代小説』 2000.1　326p
①4-334-72939-8
〔内容〕佐賀の菊, 鬼の眼に涙, 対馬から来た男, 倒れふすまで萩の原, 長崎の忠臣蔵, 二代目, 適塾のお母さん, もつれる男, 水戸の三人, 八助のこと

時代小説文庫（富士見書房）

『新篇座頭市』 1991.11　312p
①4-8291-1231-X
〔内容〕波を斬る座頭市, 月を斬る座頭市, 浮草を斬る座頭市, シジミを斬る座頭市, 平手造酒を斬る座頭市

『足利尊氏』 1994.12　272p
①4-8291-1258-1

『風雲織田信長』 1995.12　330p
①4-8291-1270-0

集英社文庫（集英社）

『明日は維新だ』 1992.12　309p
①4-08-749879-4
〔内容〕瓢よわれ汝を愛す, 鷺知らず, 密謀の里, 血で消えた野火, 蛍よ死ぬな, 戦いの美学, 海に降る雪, 江戸最後の日, 天なお寒し, 北の果ての陽炎

『新撰組が行く　上』 1994.12　291p
①4-08-748253-7

『新撰組が行く　下』 1994.12　285p
①4-08-748254-5

『小説上杉鷹山』 1996.12　684p〈年譜：p676～684〉
①4-08-748546-3

『小説大久保彦左衛門』 1997.12　291p〈『老虫は消えず』(1994年刊) の改題〉
①4-08-748724-5

『小説直江兼続　北の王国』 1999.8 676p〈年譜あり〉
①4-08-747087-3

『小説蒲生氏郷』 2000.12　689p〈年譜あり〉
①4-08-747264-7

『大奥追放　異聞吉宗と絵島』 2001.8 318p〈年譜あり〉
①4-08-747351-1

『小説二宮金次郎』 2001.12　680p〈年譜あり〉

①4-08-747389-9
『小説平将門』 2002.7 682p 〈『平将門』（学陽書房1996年刊）の改題〉
①4-08-747462-3
『小説新撰組』 改版 2003.12 589p 〈『新撰組が行く』（1994年刊）の改題〉
①4-08-747647-2
『小説伊藤博文 幕末青春児』 2004.12 717p 〈年譜あり〉
①4-08-747765-7
『銭屋五兵衛と冒険者たち』 2005.12 665p 〈『海の街道』（学陽書房1997年刊）の改題 年譜あり〉
①4-08-747893-9
『小説小栗上野介 日本の近代化を仕掛けた男』 2006.8 671p 〈2002年刊の増訂〉
①4-08-746067-3
『小説立花宗茂』 2006.12 602p 〈年譜あり〉
①4-08-746106-8
『小説吉田松陰』 2008.12 649p 〈『吉田松陰』（学陽書房2003年刊）の改題〉
①978-4-08-746384-2
『上杉鷹山の師細井平洲』 2011.12 407p 〈『へいしゅうせんせえ』（潮出版社2009年刊）の改題〉
①978-4-08-746780-2
『巨勢入道河童平清盛』 2012.7 288p 〈年譜あり〉
①978-4-08-746857-1
『小説田中久重 明治維新を動かした天才技術者』 2013.3 342p 〈集英社インターナショナル 2005年刊の再刊 文献あり〉
①978-4-08-745046-0

春陽文庫（春陽堂書店）

『異説新撰組』 1968 196p
『維新の女たち』 1982.12 238p
『竜馬暗殺集団』 1996.5 196p 〈新装〉
①4-394-12601-0

小学館文庫（小学館）

『黒田如水』 1999.1 318p
①4-09-403531-1
『前田利家』 2006.11 316p
①4-09-408127-5
『妖怪といわれた男 鳥居耀蔵』 2007.3 337p
①978-4-09-408155-8

祥伝社文庫（祥伝社）

『人生を二度生きる 小説榎本武揚』 2000.1 481p
①4-396-32732-3

人物文庫（学陽書房）

『北の王国 智将直江兼続 下巻』 1996.2 345p
①4-313-75004-5
『小説二宮金次郎 上』 1996.3 376p
①4-313-75007-X
『小説二宮金次郎 下』 1996.3 339p
①4-313-75008-8
『小説上杉鷹山 上』 1996.4 370p
①4-313-75001-0
『小説上杉鷹山 下』 1996.4 347p
①4-313-75002-9
『近江商人魂 蒲生氏郷と西野仁右衛門 上』 1996.4 366p
①4-313-75005-3
『小説伊藤博文 幕末青春児 上』 1996.5 369p 〈『幕末青春児』（学陽書房1985年刊）の改題〉
①4-313-75009-6

『小説伊藤博文　幕末青春児　下』 1996.5　395p〈『幕末青春児』(学陽書房1985年刊)の改題〉
①4-313-75010-X
『北の王国　智将直江兼続　上巻』 1996.6　359p
①4-313-75003-7
『平将門　湖水の疾風　上』 1996.9　361p〈『湖水の疾風』(1993年刊の)改題〉
①4-313-75011-8
『平将門　湖水の疾風　下』 1996.9　365p〈『湖水の疾風』(1993年刊)の改題〉
①4-313-75012-6
『小説河井継之助』 1996.11　363p
①4-313-75016-9
『近江商人魂　蒲生氏郷と西野仁右衛門　下』 1997.2　363p
①4-313-75006-1
『小説徳川吉宗』 1997.2　324p
①4-313-75021-5
『海の街道　銭屋五兵衛と冒険者たち　上』 1997.7　348p
①4-313-75031-2
『海の街道　銭屋五兵衛と冒険者たち　下』 1997.7　355p
①4-313-75032-0
『ジョン万次郎』 1997.11　317p
①4-313-75040-1
『渋沢栄一　人間の礎』 1998.5　273p
①4-313-75049-5
『伊能忠敬　生涯青春』 1999.6　282p〈『生涯青春』(三笠書房1994年刊)の改題〉
①4-313-75075-4
『小林一茶』 2000.6　270p
①4-313-75100-9
『小早川隆景　毛利一族の賢将』 2001.1　302p
①4-313-75116-5
『小説立花宗茂　上巻』 2001.5　311p
①4-313-75139-4
『小説立花宗茂　下巻』 2001.5　333p
①4-313-75140-8
『小説山中鹿介』 2001.7　293p
①4-313-75130-0
『小説中江藤樹　上』 2001.9　419p
①4-313-75141-6
『小説中江藤樹　下』 2001.9　434p
①4-313-75142-4
『細川重賢　熊本藩財政改革の名君』 2002.5　422p
①4-313-75154-8
『小説山本常朝　葉隠入門』 2002.7　325p〈致知出版社1998年刊の増補〉
①4-313-75145-9
『吉田松陰　上巻』 2003.4　347p
①4-313-75163-7
『吉田松陰　下巻』 2003.4　334p
①4-313-75164-5
『小説徳川秀忠』 2004.7　315p
①4-313-75185-8
『長州藩大改革　幕末維新の群像』 2004.9　316p〈『大改革』(日本経済新聞社1999年刊)の改題〉
①4-313-75186-6
『鍋島直茂　葉隠の名将』 2004.12　417p
①4-313-75192-0
『武田信玄　危機克服の名将』 2005.3　394p〈『危機克服の名将武田信玄』(実業之日本社2002年刊)の改題〉
①4-313-75196-3
『新撰組山南敬助』 2007.6　323p
①978-4-313-75226-9
『直江兼続　北の王国　上』 2007.10　395p〈『北の王国』(1996年刊)の新装版〉
①978-4-313-75229-0
『直江兼続　北の王国　下』 2007.10　379p〈『北の王国』(1996年刊)の新装版〉
①978-4-313-75230-6
『石田三成』 2007.12　347p〈『小説石田三成』(成美堂出版1999年刊)の改題〉
①978-4-313-75231-3

『蒲生氏郷　上』 2008.4 393p〈1996年刊の改題新装版〉
①978-4-313-75234-4

『蒲生氏郷　下』 2008.4 391p〈1996年刊の改題新装版〉
①978-4-313-75235-1

『新撰組近藤勇』 2009.5 327p〈『小説近藤勇』(潮出版社2003年刊)の改題〉
①978-4-313-75246-7

『山中鹿介』 2009.8 320p〈『小説山中鹿介』(2001年刊)の改題新装版〉
①978-4-313-75249-8

『ジョン万次郎』 2009.12 339p〈1997年刊の新装版〉
①978-4-313-75254-2

『小説徳川秀忠』 2010.6 315p〈2004年刊の新装版〉
①978-4-313-75261-0

『小説西郷隆盛』 2010.8 606p
①978-4-313-75263-4

『小早川隆景』 2012.3 302p〈2001年刊の新装版〉
①978-4-313-75275-7

成美文庫（成美堂出版）

『小説北畠親房　南北朝の梟』 1998.2 291p〈『南北朝の梟』(日本経済新聞社刊)の増訂〉
①4-415-06489-2

『小説石田三成』 1999.4 315p
①4-415-06836-7

『小説徳川秀忠』 1999.11 311p〈1999年刊の増訂〉
①4-415-06832-4

徳間文庫（徳間書店）

『覇者の条件　小説徳川家康』 1999.10 282p〈『小説徳川家康』(光栄1995年刊)の改題〉
①4-19-891193-2

『大江戸豪商伝』 2001.1 376p
①4-19-891440-0

〔内容〕紀の海の大鯨―元禄の豪商・紀伊国屋文左衛門, 天井の池に錦鯉の群れ―大坂商人・淀屋父子, ワラジを釣る男―明治の怪技術者・服部長七, 風はのれんで―三越始祖・三井高利, 夢の居酒屋―享保の酒・豊島屋十右衛門, 叛骨―博多商人・島井宗室, 陸に上がった鯨―加賀商人・銭屋五兵衛, 運はつくるものだ―江戸商人・河村瑞賢, 幕末明治の女元就―高島屋三代・飯田歌, 学者商人と娘仕事人―桐生商人・吉田清助

日経ビジネス人文庫（日本経済新聞出版社）

『織田信長破壊と創造』 2006.5 476p〈『信長』(日経BP社2003年刊)の改題〉
①4-532-19346-X

『大御所家康の策謀』 2007.1 343p
①978-4-532-19377-5

ノン・ポシェット（祥伝社）

『奇兵隊燃ゆ　志士の海峡』 1992.12 291p〈『志士の海峡』(朝日新聞社昭和60年刊)の改題〉
①4-396-32289-5

『慶喜を動かした男　小説知の巨人・横井小楠 長編歴史小説』 1998.2 343p〈『小説横井小楠』の改題　年譜あり〉
①4-396-32621-1

歴史ポケットシリーズ

（光栄）

『信長の野望』 1999.1 300p
①4-87719-651-X

PHP文庫（PHP研究所）

『ばさらの群れ』 1993.12 267p
①4-569-56606-5
『小説太田道灌』 1994.7 283p
①4-569-56596-4
『遠山金四郎 小説』 1997.6 315p
①4-569-57018-6
『小説千利休 秀吉との命を賭けた闘い』 1999.2 268p
①4-569-57242-1
『家康と正信 戦後最強の主君と補佐役』 2003.5 347p
①4-569-57942-6
『渋沢栄一人生意気に感ず "士魂商才"を貫いた明治経済界の巨人』 2004.6 355p〈関連タイトル：論語とソロバン『論語とソロバン』（祥伝社2000年刊）の増訂〉
①4-569-66207-2
『小説葉隠』 2004.9 297p〈『葉隠の人生訓』（2002年刊）の改題〉
①4-569-66275-7
『毛利元就 鬼神をも欺く智謀をもった中国の覇者 大きな字』 2009.3 342p〈『小説毛利元就』（1996年刊）の改題、加筆・修正〉
①978-4-569-67261-8
『米沢藩の経営学 直江兼続・上杉鷹山・上杉茂憲─改革者の系譜 小説』 2009.7 249p〈文献あり〉
①978-4-569-67269-4
『高杉晋作 吉田松陰の志を継いだ稀代の風雲児』 2014.11 284p〈『疾走の志士高杉晋作』（ベストセラーズ 2002年刊）の改題〉
①978-4-569-76270-8

徳永 真一郎
とくなが・しんいちろう
1914〜2001

香川県生まれ。本名・徳永真一。高松中卒。毎日新聞勤務の傍ら歴史小説を発表。代表作に「寺田屋お登勢日記」「影の大老」など。また歴史紀行でも知られた。

光文社時代小説文庫（光文社）

『影の大老　上』 1988.2　326p
①4-334-70697-5
『影の大老　下』 1988.2　294p
①4-334-70698-3

光文社文庫（光文社）

『影の将軍　長編歴史小説』 1988.10　303p〈付：参考文献〉
①4-334-70828-5
『寺田屋おとせ　長編歴史小説』 1989.5　257p〈付：参考文献〉
①4-334-70944-3
『大久保利通　長編歴史小説』 1989.7　313p
①4-334-70975-3
『黒田長政　長編歴史小説』 1989.10　309p〈付：参考文献〉
①4-334-71031-X
『幕末列藩流血録　傑作歴史小説』 1990.2　538p
①4-334-71100-6
〔内容〕悲愁薩摩歌 薩摩藩, 虎と鷲 福岡藩, 野山獄の惨劇 長州藩, 悲剣神風流 鳥取藩, “渋徳利”暗殺 高松藩, 稲田騒動始末 徳島藩, 土佐勤王党壊滅 高知藩, 暗殺者の末路 赤穂藩, 紫ちりめん騒動 柳生藩, 湖畔の嵐 膳所藩, 揺れる剣梅鉢 金沢藩, 青松葉事件 尾張藩, 惨風悲雨 水戸藩, 討って討たれて 松前藩
『浅井長政　長編歴史小説』 1990.4　404p
①4-334-71131-6
『婆娑羅大名　長編歴史小説』 1990.10　293p〈道誉関係年表：p285〜286〉
①4-334-71229-0
『毛利元就』 1991.1　403p〈付：参考文献〉
①4-334-71276-2
『明治叛臣伝』 1991.7　452p
①4-334-71366-1
〔内容〕檻の中の妖怪 鳥居耀蔵, 最後の徳川武士 小栗忠順, 龍馬暗殺にあらず 今井信郎, 戊辰ゲリラ隊 細谷十太夫, 月暗し、彰義隊 天野八郎, 政府転覆の夢 雲井龍雄, 清教徒・神風連 太田黒伴雄, 萩の乱始末 前原一誠, 血風、紀尾井坂 島田一良, 最後の攘夷者 津田三蔵
『長宗我部元親　長編歴史小説』 1992.1　374p
①4-334-71462-5
『島津義弘』 1992.12　424p
①4-334-71629-6
『東福門院和子』 1993.4　352p
①4-334-71691-1
『淀君』 1994.8　279p
①4-334-71927-9
『三好長慶』 1996.3　362p〈『妖雲』（青樹社1992年刊）の改題〉
①4-334-72208-3

人物文庫（学陽書房）

『三好長慶』 2010.5　379p
①978-4-313-75260-3
『島津義弘』 2010.9　420p
①978-4-313-75264-1
『黒田長政』 2012.8　290p〈光文社文庫1989年刊の再刊　文献あり〉
①978-4-313-75280-1

徳間文庫（徳間書店）

『三代将軍家光』 1989.1 317p〈家光略年譜：p311〜312〉
①4-19-598688-5

『後醍醐天皇』 1991.2 310p
①4-19-599266-4

『太閤秀吉』 1992.7 414p〈『豊臣秀吉』（青樹社1986年刊）の改題〉
①4-19-567234-1

『江戸妖女伝』 1995.5 407p
①4-19-890318-2

PHP文庫（PHP研究所）

『家康・十六武将』 1987.12 330p
①4-569-26131-0
〔内容〕井伊直政, 本多忠勝, 酒井忠次, 榊原康政, 本多正信・正純, 大久保忠世, 石川数正, 平岩親吉, 鳥居元忠, 渡辺守綱, 峰屋貞次, 内藤正成, 板倉勝重, 服部半蔵, 藤堂高虎

『明智光秀』 1988.8 391p
①4-569-26162-0

『石田三成 「義」に生きた智将の生涯』 1989.5 381p〈参考文献：p375〉
①4-569-56202-7

『徳川吉宗』 1990.5 301p
①4-569-56258-2
〔内容〕徳川吉宗, 徳川宗春

『藤堂高虎 家康晩年の腹心、その生涯』 1990.10 364p〈『影の人・藤堂高虎』（毎日新聞社1987年刊）の改題〉
①4-569-56287-6

『賤ケ岳七本槍 秀吉を支えた勇将たちの生涯』 1992.6 292p
①4-569-56473-9

『滝川一益 信長四天王の雄、波乱の生涯』 1993.1 332p〈『忍の人・滝川一益』（毎日新聞社1990年刊）の改題〉
①4-569-56518-2

土橋 治重

どばし・じじゅう

1909〜1993

山梨県生まれ。本名は治重（はるしげ）。朝日新聞記者の傍ら詩人としてデビュー。傍ら、歴史小説も発表した。代表作に「真田三代記」「武田信玄」など。

時代小説文庫（富士見書房）

『武田信玄』 1987.6 270p〈武田信玄略年譜：p255〜260〉
①4-8291-1130-5

成美文庫（成美堂出版）

『山本勘助』 2006.11 300p
①4-415-40009-4

知的生きかた文庫（三笠書房）

『武田信玄 上 春秋篇』 1987.6 253p
①4-8379-0168-9

『武田信玄 下 戦国篇』 1987.6 270p
①4-8379-0169-7

PHP文庫（PHP研究所）

『真田三代記』 1989.7 297p
①4-569-56208-6

『楠木正成 「大義」に生きた武将の実像』 1991.5 248p〈『史伝楠木正成』（1990年刊）の改題 楠木正成関係略年表：p245〜248〉
①4-569-56363-5

『若き日の明智光秀』 1992.1 286p

Ⓘ4-569-56446-1
『真田三代記』 新装版 2015.4 349p
Ⓘ978-4-569-76334-7

戸部 新十郎
とべ・しんじゅうろう
1926～2003

石川県生まれ。早大中退。1973年「安見隠岐の罪状」が直木賞候補となり、以後歴史・時代小説作家として活躍。代表作に長編「服部半蔵」がある他、前田家を題材としたものが多い。

朝日文庫（朝日新聞出版）

『忍者の履歴書』 1989.4 285p
Ⓘ4-02-260558-8
〔内容〕最後の忍者―黒船みやげ, 上忍たち（藤林長門と伊賀諸豪, 百地丹波と伊賀の乱, いくつもの顔, 服部半蔵とその生涯）, 忍家の源流―服部氏族と氏神, 忍術の祖型―散楽、仙術、絹の道, 忍術と能楽―景教と風姿花伝, 鬼の行方―怨念と国つ神々, 忍者の最後―甲賀衆と伊賀組同心

旺文社文庫（旺文社）

『伊賀組同心』 1985.9 283p
Ⓘ4-01-061454-4
『安見隠岐の罪状』 1986.3 294p
Ⓘ4-01-061455-2
『妖説五三ノ桐』 1986.10 311p
Ⓘ4-01-061457-9
『風盗 戦国野望への道』 1987.4 610p
Ⓘ4-01-061456-0

河出文庫（河出書房新社）

『総司残英抄』 1985.5 289p
Ⓘ4-309-40115-5

廣済堂文庫（廣済堂出版）

『秀吉・見果てぬ夢　特選歴史ロマン』　1996.4　333p〈豊臣秀吉関係略年譜：p329～333〉
①4-331-60517-5

『俠客』　1998.10　236p〈『裏街道の男虚像の英雄』(日本書籍1979年刊)の改題〉
①4-331-65266-1
〔内容〕1 男伊達の系譜, 2 あぶれ者の横行, 3 町奴と旗本奴, 4 江戸の遊民, 5 博徒と博奕, 6 上州長脇差, 7 大前田栄五郎の慈悲, 8 天保水滸伝, 9 東海遊俠伝, 10 神農の道

『伊賀者始末　特選時代小説』　2002.8　387p
①4-331-60954-5

『風盗　特選時代小説』　2003.2　604p
①4-331-60990-1

光文社時代小説文庫（光文社）

『前田利家　上』　1986.6　316p
①4-334-70364-X

『前田利家　下』　1986.6　277p
①4-334-70365-8

『日本剣豪譚　戦国編』　1989.8　354p
①4-334-70993-1
〔内容〕塚原卜伝〈新当流〉, 上泉伊勢守信綱〈新陰流〉, 富田勢源〈中条流〉, 根岸兎角〈微塵流〉, 柳生三代〈柳生新陰流〉, 伊東一刀斎景久〈一刀流〉, 小野次郎右衛門忠明〈一刀流〉, 東郷肥前守重位〈示現流〉, 宮本武蔵〈二天一流〉

『日本剣豪譚　江戸編』　1989.8　342p
①4-334-70994-X
〔内容〕林崎甚助〈神夢想林崎流〉, 樋口又七郎定次〈馬庭念流〉, 富田越後守重政〈富田流〉, 針ケ谷夕雲〈無住心剣流〉, 松山主水〈二階堂流〉, 柳生連也斎〈柳生新陰流〉, 荒木又右衛門〈新陰流〉, 寛永御前試合, 堀部安兵衛〈堀内流〉, 辻月丹〈無外流〉, 平山行蔵〈真貫流〉

光文社文庫（光文社）

『前田利家　長編歴史小説』　1986.6　2冊
①4-334-70364-X

『蜂須賀小六　長編歴史小説　1　草賊の章』　1987.4　418p
①4-334-70535-9

『蜂須賀小六　長編歴史小説　2　卍旗の章』　1987.5　414p
①4-334-70548-0

『蜂須賀小六　長編歴史小説　3　西海の章』　1987.6　407p
①4-334-70565-0

『服部半蔵　長編歴史小説　1　花の章』　1987.10　338p
①4-334-70620-7

『服部半蔵　長編歴史小説　2　草の章』　1987.12　336p
①4-334-70664-9

『服部半蔵　長編歴史小説　3　石の章』　1988.2　314p
①4-334-70696-7

『服部半蔵　長編歴史小説　4　木の章』　1988.4　334p
①4-334-70727-0

『服部半蔵　長編歴史小説　5　風の章』　1988.6　329p
①4-334-70760-2

『服部半蔵　長編歴史小説　6　波の章』　1988.8　326p
①4-334-70793-9

『服部半蔵　長編歴史小説　7　雲の章』　1988.10　328p
①4-334-70829-3

『服部半蔵　長編歴史小説　8　月の章』　1988.12　313p
①4-334-70866-8

『服部半蔵　長編歴史小説　9　炎の章』　1989.2　315p

①4-334-70896-X
『服部半蔵　長編歴史小説　10　空の章』1989.4　334p〈著者の肖像あり〉
①4-334-70929-X
『日本剣豪譚　戦国編, 江戸編』1989.8　2冊
①4-334-70993-1
『伊東一刀斎　長編剣豪小説　上　孤の章』1989.10　317p
①4-334-71030-1
『伊東一刀斎　長編剣豪小説　中　念の章』1989.12　311p
①4-334-71067-0
『伊東一刀斎　長編剣豪小説　下　絶の章』1990.2　316p
①4-334-71099-9
『鬼剣　傑作剣豪小説』1990.8　334p
①4-334-71195-2
〔内容〕甚四郎剣—草深甚四郎, 九内剣—美濃九内, とかくこの世は—根岸兎角, 秘太刀“放心の位”—柳生兵庫助, 樹下石上の剣—宮本武蔵
『最後の刺客』1992.10　311p
①4-334-71603-2
〔内容〕軍役, 加賀からかさ連判始末, 影は窈窕, 綿津屋政右衛門, 北越の風, 最後の刺客
『日本剣豪譚　幕末編』1993.3　347p
①4-334-71674-1
〔内容〕白井亨—中西派一刀流, 千葉周作—北辰一刀流, 斎藤弥九郎—神道無念流, 伊庭一門—心形刀流, 男谷精一郎—直心影流, 大石武楽と島田見山, 近藤勇—天然理心流, 河上彦斎, 桂小五郎と坂本竜馬
『日本剣豪譚　維新編』1995.4　342p
①4-334-72040-4
『明治剣客伝　日本剣豪譚』1996.6　327p
①4-334-72243-1
〔内容〕剣道復活, 警視庁時代, 学校剣道, 大日本武徳会, 幕末剣客の明治, 高野佐三郎, 中山博道, 山田次朗吉
『前田太平記　長編歴史小説　上（雪の章）』1998.6　375p
①4-334-72628-3
『前田太平記　長編歴史小説　中（月の章）』1998.7　379p
①4-334-72648-8
『前田太平記　長編歴史小説　下（花の章）』1998.8　375p
①4-334-72664-X
『前田利家　長編歴史小説　上』新装版　2001.8　400p
①4-334-73194-5
『前田利家　長編歴史小説　下』新装版　2001.8　347p
①4-334-73195-3
『忍法新選組　長編痛快時代小説』2004.7　416p
①4-334-73720-X
『前田利常　長編歴史小説　上』2005.10　511p
①4-334-73964-4
『前田利常　長編歴史小説　下』2005.10　486p
①4-334-73965-2
『寒山剣　傑作時代小説』2007.1　288p
①978-4-334-74191-4
〔内容〕胡蘆子の剣, 寒山剣, 一期は夢よ, 蜂右衛門の横道, バッコの九郎, 加賀だいそうどう, 金平糖
『最後の忍び　忍者小説セレクション』2015.2　404p
①978-4-334-76875-1
〔内容〕金剛鈴が鳴る, 玄妙・収気の忍, 身は錆刀, 忍の道茫々, 生死輪転, ずンと切支丹, 潜み猿, 越ノ雪, かたしろの甍

時代小説文庫（富士見書房）

『妖説五三ノ桐』1988.12　302p
①4-8291-1158-5

春陽文庫（春陽堂書店）

『忍法五三の桐』 1971　256p

祥伝社文庫（祥伝社）

『幻剣蜻蛉　時代小説』 2000.9　303p
①4-396-32800-1
〔内容〕頓閑, 嵐勢, 白露, 手向, 遊雲, 蜻蛉, 鏡見

新潮文庫（新潮社）

『秘剣花車』 1998.9　315p
①4-10-141921-3
〔内容〕大捨, 八寸, 栴檀, 花車, 仏手, 笹葉, 玉光, 音無, 逆髪

人物文庫（学陽書房）

『蜂須賀小六　上』 2010.1　641p
①978-4-313-75255-9
『蜂須賀小六　下』 2010.1　601p
①978-4-313-75256-6

大陸文庫（大陸書房）

『秘曲』 1988.7　285p
①4-8033-1532-9
〔内容〕雲母子〈きららこ〉, 梅林の下には, 秘曲, 一期は夢よ, 連理返し, 肉桂の唄, 朱い法楽

中公文庫（中央公論新社）

『加賀風雲録　前田家の幕末維新』 2001.10　338p
①4-12-203910-X
『松永弾正　上』 2002.1　365p
①4-12-203956-8
『松永弾正　下』 2002.1　347p
①4-12-203957-6
『総司はひとり』 2002.9　347p
①4-12-204084-1
『総司残英抄』 2003.2　301p
①4-12-204164-3
〔内容〕大望の身, 木娘, 郷愿, 流亡, 美人画, 京の夢, 病葉

中公文庫ワイド版（中央公論新社）

『総司残英抄』 2003.12　301p
①4-12-551433-X
『総司はひとり』 2003.12　347p
①4-12-551434-8
『忍者と忍術』 2004.1　347p
①4-12-550533-0
『加賀風雲録　前田家の幕末維新』 2004.1　338p
①4-12-551471-2
『松永弾正　上』 2004.1　365p
①4-12-551472-0
『松永弾正　下』 2004.1　347p
①4-12-551473-9

徳間文庫（徳間書店）

『伊賀者始末』 1988.11　380p
①4-19-598645-1
〔内容〕江戸の草笛, 笹金, あしの功名, 切左衛門の訴状, 釣り独楽, 遊行, 伊賀黒の森, 霞の水, 善知鳥〈うとう〉, ずンと切支丹
『伊賀組同心』 1989.2　380p
①4-19-598705-9

『風盗』 1989.9 571p
①4-19-598881-0

『総司はひとり』 1990.5 346p
①4-19-599079-3

『総司残英抄』 1990.9 315p
①4-19-599171-4
〔内容〕大望の身, 木娘, 郷愿, 流亡, 美人画, 京の夢, 病葉

『安見隠岐の罪状』 1991.7 282p
①4-19-599350-4

『秘曲』 1994.1 285p
①4-19-890061-2
〔内容〕雲母子, 梅林の下には, 秘曲, 一期は夢よ, 連理返し, 肉桂の唄, 朱い法楽

『徳川秀忠　上』 1995.1 468p
①4-19-890251-8

『徳川秀忠　中』 1995.2 476p
①4-19-890272-0

『徳川秀忠　下』 1995.3 427p
①4-19-890282-8

『北辰の旗』 1996.8 347p
①4-19-890549-5

『秘剣水鏡』 1998.3 377p
①4-19-890857-5
〔内容〕夢明, 善鬼, 岩柳, 大休, 水月, 無外, 牡丹, 水鏡, 空鈍, 花影

『秘剣龍牙』 1999.8 286p
①4-19-891163-0
〔内容〕睡猫, 浮舟, 燕飛, 陽炎, 足譚, 龍牙, 芥子

『秘剣埋火』 2000.5 346p
①4-19-891307-2
〔内容〕吹毛, 必勝, 微塵, 埋火, 南蛮, 双六, 柳雪, 参差(かたたがえ), 餓鷹, 松葉

『鬼剣』 2000.12 366p
①4-19-891421-4

『秘剣花車』 2002.8 348p
①4-19-891751-5
〔内容〕大捨, 八寸, 栴檀, 花車, 仏手, 笹葉, 玉光, 音無, 浮鳥, 逆髪

『秘剣 虎乱』 2003.9 302p
①4-19-891943-7
〔内容〕六華, 茶巾, 夢枕, 風水, 虎切, 面影, 虎乱, 山影, 鎊捨

『野望の峠』 2004.5 282p
①4-19-892063-X
〔内容〕野望の峠―新宮十郎行家、源氏棟梁への非望, 破顔―最後に笑った国盗りの雄・北条早雲, 一眼月の如し―名参謀・山本勘介の誤算, けむりの末―戦国の鬼・服部半蔵の涙, 天下と汚名の間―明智光秀、無謀な行動の結末, 感状―渡り奉公人・結解勘兵衛の最期, 放れ駒―関ケ原の行方を決めた小早川秀秋の裏切り

『日本異譚太平記』 2004.12 334p
①4-19-892170-9

『徳川秀忠　上』 新装版 2010.8 750p
①978-4-19-893210-7

『徳川秀忠　下』 新装版 2010.8 742p
①978-4-19-893211-4

双葉文庫(双葉社)

『総司はひとり』 1984.8 322p

PHP文庫(PHP研究所)

『野望の峠』 1989.7 248p
①4-569-56209-4
〔内容〕野望の峠―新宮十郎行家、源氏棟梁への非望, 破顔―最後に笑った国盗りの雄・北条早雲, 一眼月の如し―多参謀・山本勘介の誤算, けむりの末―戦国の鬼・服部半蔵の涙, 天下と汚名の間―明智光秀、無謀な行動の結末, 感状―渡り奉公人・結解勘兵衛の最期, 放れ駒―関ケ原の行方を決めた小早川秀秋の裏切り

『戦国史譚徳川家康』 1990.6 296p〈『若き日の家康』(光風社出版1983年刊)の改題〉
①4-569-56261-2
〔内容〕家康像の虚実, 徳川前史, 岡崎進出, 竹千代, 人質時代, 桶狭間, 元康から家康へ, 三河一向一揆, 三河武士団編成, 東海

一の弓取り, 開けた“わが道”

富田 常雄
とみた・つねお
1904～1967

東京生まれ。明大卒。脚本家をつとめたのち、1942年に発表した「姿三四郎」が大ベストセラーとなり映画化。戦後、49年には「面」「刺青」で直木賞を受賞、以後大衆文学作家として活躍した。

講談社文庫（講談社）

『武蔵坊弁慶　1　玉虫の巻』 1986.4　355p
①4-06-183793-1

『武蔵坊弁慶　2　女難の巻』 1986.4　316p
①4-06-183794-X

『武蔵坊弁慶　3　疾風の巻』 1986.5　327p
①4-06-183795-8

『武蔵坊弁慶　4　旅立の巻』 1986.5　304p
①4-06-183796-6

『武蔵坊弁慶　5　一の谷の巻』 1986.6　307p
①4-06-183797-4

『武蔵坊弁慶　6　扇の巻』 1986.6　308p
①4-06-183798-2

『武蔵坊弁慶　7　二都の巻』 1986.7　295p
①4-06-183799-0

『武蔵坊弁慶　8　流転の巻』 1986.7　329p
①4-06-183800-8

『武蔵坊弁慶　9　静の巻』 1986.8　320p
①4-06-183801-6

『武蔵坊弁慶　10　衣川の巻』 1986.8　332p
①4-06-183802-4

時代小説文庫（富士見書房）

『坂本竜馬　土佐海援隊』 1991.5　214p
　Ⓘ4-8291-1222-0

市民文庫（河出書房）

『姿三四郎』 1953　314p

春陽文庫（春陽堂書店）

『猿飛佐助』 1951　200p
『緑の風』 1951　172p
『白虎　前編』 1951　214p
『白虎　中篇』 1951　228p
『白虎　後篇』 1952　236p
『姿三四郎　第1』 1953　149p
『姿三四郎　第2』 1953　151p

新潮文庫（新潮社）

『姿三四郎　第1』 1959　438p
『姿三四郎　第2』 1959　391p
『姿三四郎　第3』 1959　426p

大衆文学館（講談社）

『姿三四郎　天の巻』 1996.4　452p
　Ⓘ4-06-262042-1
『姿三四郎　地の巻』 1996.5　425p
　Ⓘ4-06-262044-8
『姿三四郎　人の巻』 1996.6　449p
　Ⓘ4-06-262047-2

徳間文庫（徳間書店）

『鳴門太平記　上』 1986.11　414p
　Ⓘ4-19-598179-4
『鳴門太平記　中』 1986.11　414p
　Ⓘ4-19-598180-8
『鳴門太平記　下』 1986.11　442p
　Ⓘ4-19-598181-6
『風雲真田軍記　上』 1987.5　406p
　Ⓘ4-19-598288-X
『風雲真田軍記　下』 1987.5　344p
　Ⓘ4-19-598289-8
『天狗往来』 1987.9　541p
　Ⓘ4-19-598357-6
『寛永独妙剣　上』 1988.3　478p〈『河岸の朝霧』改題書〉
　Ⓘ4-19-598478-5
『寛永独妙剣　下』 1988.3　442p〈『河岸の朝霧』改題書〉
　Ⓘ4-19-598479-3
『剣俠阿ノ一番　上』 1988.9　409p〈『不知火抄』改題書〉
　Ⓘ4-19-598602-8
『剣俠阿ノ一番　下』 1988.9　349p〈『不知火抄』改題書〉
　Ⓘ4-19-598603-6
『忍者 猿飛佐助　上』 1989.5　310p
　Ⓘ4-19-598773-3
『忍者 猿飛佐助　下』 1989.5　316p
　Ⓘ4-19-598774-1
『江戸無情　上』 1990.5　510p
　Ⓘ4-19-599078-5
『江戸無情　中』 1990.7　538p
　Ⓘ4-19-599127-7
『江戸無情　下』 1990.8　508p
　Ⓘ4-19-599149-8
『春色江戸巷談』 1991.7　317p
　Ⓘ4-19-599349-0
　〔内容〕小町とひょっとこ, 惜しの弥次郎, 女

ひでり, 宵闇, 雨夜の窓, ひとつ覚え, 青菜の塩, 巴, 大潮, 半刻, 踏まれた草, 屑

『天保美剣士録　上』 1992.9　382p
①4-19-597293-0

『天保美剣士録　下』 1992.9　377p
①4-19-597294-9

伴野 朗

ともの・ろう

1936〜2004

愛媛県生まれ。東京外大卒。朝日新聞記者の傍ら小説を発表、1976年「五十万年の死角」で江戸川乱歩賞を受賞。以後、推理作家として活躍、歴史小説も執筆した。中国を舞台とした作品が多い。

講談社文庫（講談社）

『南海の風雲児・鄭成功』 1994.9　238p
①4-06-185831-9

『元寇』 1996.9　715p
①4-06-263337-X

祥伝社文庫（祥伝社）

『国士無双　長編歴史小説』 1999.12　498p
①4-396-32723-4

新潮文庫（新潮社）

『坂本竜馬の写真　写真師彦馬推理帖』 1987.9　312p
①4-10-104711-1

〔内容〕坂本龍馬の写真, ビーナスの写真, 人斬り半次郎の写真, 幽霊の写真, 凧の写真, 丁汝昌の写真, ニコライ皇太子の写真

直木 三十五

なおき・さんじゅうご

1891～1934

大阪府生まれ。本名・植村宗一。早大中退。1930年から東京日日新聞に「南国太平記」を連載して時代小説の人気作家となった。以来数多くの時代小説を発表、代表作に「荒木又右衛門」「黄門廻国記」などがある。

角川文庫（角川書店）

『南国太平記』 1979.7 2冊

『益満休之助』 1979.11 266p

河出文庫（河出書房新社）

『日本剣豪列伝』 1986.7 271p

①4-309-40156-2

〔内容〕日本剣豪列伝, 剣法の起源, 剣法の発達

春陽文庫（春陽堂書店）

『黄門廻国記　前篇』 1951 223p

『黄門廻国記　中篇』 1951 226p

『南国太平記　第1』 1953 177p

〔内容〕呪殺篇

『南国太平記　第2』 1953 180p

〔内容〕刺客篇

『南国太平記　第4』 1953 185p

『南国太平記　第5』 1953 173p

〔内容〕完結篇

『荒木又右衛門』 1955 301p

『黄門廻国記』 1961 3冊

新潮文庫（新潮社）

『南国太平記　上巻』 1960 345p

『南国太平記　中巻』 1960 348p

『南国太平記　下巻』 1960 359p

大衆文学館（講談社）

『仇討二十一話』 1995.3 466p

①4-06-262005-7

〔内容〕仇討に就て, 鍵屋の辻, 高田馬場, 鏡山, 崇禅寺馬場, 相馬の仇討, 討入, 槍の権三重帷子, 黒石の乱闘, 総穏寺の相討, 近藤源太兵衛, つづれの錦, 波の鼓, 岩見重太郎, 浄瑠璃阪物語, 巌流島, 娘巡礼形見笈摺, 傾城買虎之巻, 安達元右衛門, 芥川虚無僧記, 敵討亀山譚

『南国太平記　上』 1997.3 603p

①4-06-262074-X

『南国太平記　下』 1997.4 609p

①4-06-262078-2

永井 路子

ながい・みちこ

1925～

東京生まれ。本名・黒板擴子。東京女子大卒。編集者の傍ら歴史小説を執筆し、1964年「炎環」で直木賞を受賞。代表作にNHK大河ドラマ「毛利元就」の原作となった「山霧」の他、「氷輪」「乱紋」など。

角川文庫（角川書店）

『王朝序曲　上』 1997.2　274p〈1993年刊の増訂〉
①4-04-137204-6

『王朝序曲　下』 1997.2　280p〈1993年刊の増訂〉
①4-04-137205-4

『絵巻』 2000.8　282p
①4-04-137208-9
〔内容〕すがめ殿―静賢法印日記その（一），寵姫―静賢法印日記その（二），打とうよ鼓―静賢法印日記その（三），謀臣―静賢法印日記その（四），乳母どの―静賢法印日記その（五）

講談社文庫（講談社）

『王者の妻』 1978.4　2冊

『長崎犯科帳・青苔記　ほか五篇』 1979.1　266p
〔内容〕長崎犯科帳，みのむし，死ぬということ，青苔記，下剋上，さなだ虫，応天門始末

『執念の家譜』 1985.11　274p
①4-06-183622-6
〔内容〕執念の家譜.裾野.信貴山落日.群猿図―白蔵主聞き書.裏切りしは誰ぞ.関ケ原別記.刺客，年譜：p265～274

集英社文庫（集英社）

『寂光院残照』 1985.1　238p〈『右京局小夜がたり』（読売新聞社昭和53年刊）の改題〉
①4-08-750843-9
〔内容〕右京局小夜がたり，土佐房昌俊，寂光院残照，ばくちしてこそ歩くなれ，頼朝の死，后ふたたび

『恋のうき世　新今昔物語』 1986.2　315p〈『新今昔物語』（朝日新聞社昭和46年刊）の改題〉
①4-08-749079-3
〔内容〕貧しき男天女に逢える事 第1，近衛の舎人神かくしにあう事 第2，検非違使友武白拍子を見る事 第3，油屋富貴を得る事 第4，逢坂地蔵奇験をあらわせる事 第5，くぐつ一座盛衰せる事 第6，男馬に乗るを望みたる事 第7

新潮文庫（新潮社）

『絵巻』 1984.3　282p
①4-10-129202-7

『からくり紅花』 1985.2　275p〈『雪の炎』（毎日新聞社昭和47年刊）の改題〉
①4-10-129205-1
〔内容〕雪の炎，卯三次のウ，春の狂気，からくり紅花，わいろ，竜華寺みち，眠れる美女―ある屍蠟への記憶

『この世をば　上』 1986.9
①4-10-129206-X

『この世をば　下』 1986.9　464p
①4-10-129207-8

『わかぎみ』 1989.9　304p
①4-10-129208-6
〔内容〕わかぎみ，母子かづら，夢の声，海の月，海から来た側女，大きなお荷物，ミサンサイ物語，声なき村からの便り

中公文庫（中央公論新社）

『氷輪』 1984.10 2冊
Ⓘ4–12–201159–0
『波のかたみ 清盛の妻』 1989.2 467p
Ⓘ4–12–201585–5
『雲と風と 伝教大師最澄の生涯』 1990.6 410p〈参考文献：p401〜402〉
Ⓘ4–12–201715–7
『望みしは何ぞ 王朝—優雅なる野望』 1999.4 347p
Ⓘ4–12–203392–6
『元就、そして女たち』 2000.3 232p
Ⓘ4–12–203615–1

文春文庫（文藝春秋）

『炎環』 1978.10 311p
『朱なる十字架』 1978.12 268p
『乱紋』 1979.8 2冊
『流星 お市の方 上』 1982.9 330p
Ⓘ4–16–720010–4
『流星 お市の方 下』 1982.10 298p〈付：参考文献〉
Ⓘ4–16–720011–2
『つわものの賦』 1983.7 339p〈付：参考文献〉
Ⓘ4–16–720012–0
『銀の館』 1983.12 2冊
Ⓘ4–16–720013–9
『一豊の妻』 1984.4 277p
Ⓘ4–16–720015–5
〔内容〕御秘蔵さま物語, お江さま屛風, お菊さま, あたしとむじなたち, 熊御前さまの嫁, 一豊の妻
『美貌の女帝』 1988.8 398p〈史料および参考文献：p378〜379〉
Ⓘ4–16–720017–1
『北条政子』 1990.3 603p
Ⓘ4–16–720021–X
『太平記 古典を読む』 1990.10 276p〈太平記略年表：p269〜276〉
Ⓘ4–16–720023–6
〔内容〕風雲の世紀, 乱世の炎, 骨肉の戦い, はてしなき相剋, 太平記主要人物小事典, 太平記略年表
『噂の皇子』 1991.9 283p
Ⓘ4–16–720024–4
〔内容〕噂の皇子, 桜子日記, 王朝無頼, 風の僧, 双頭の鵺（ぬえ）, 二人の義経, 六条の夜霧, 離洛の人
『恋のうき世 新今昔物語』 1992.1 317p〈『新今昔物語』（朝日新聞社1971年刊）の改題〉
Ⓘ4–16–720025–2
〔内容〕貧しき男天女に逢える事, 近衛の舎人神かくしにあう事, 検非違使友武白拍手を見る事, 油屋富貴を得る事, 逢坂地蔵奇験をあらわせる事, くぐつ一座盛衰せる事, 男馬に乗るを望みたる事
『裸足の皇女』 1992.11 302p
Ⓘ4–16–720027–9
〔内容〕冬の夜、じいの物語, 裸足の皇女, 殯の庭, 恋の奴, 黒馬の来る夜, 水城相聞, 古りにしを, 火の恋, 妖壷招福
『長崎犯科帳』 1993.12 317p
Ⓘ4–16–720030–9
〔内容〕長崎犯科帳, みのむし, 死ぬということ, 青苔記, 下剋上, さなだ虫, 応天門始末
『山霧 毛利元就の妻 上』 1995.11 359p
Ⓘ4–16–720032–5
『山霧 毛利元就の妻 下』 1995.11 397p
Ⓘ4–16–720033–3
『うたかたの』 1996.7 219p
Ⓘ4–16–720035–X
〔内容〕寒椿, 春の狐, 樹影, 角のない牛, かくれみの, 薄闇の桜
『姫の戦国 上』 1997.7 357p
Ⓘ4–16–720036–8
『姫の戦国 下』 1997.7 363p
Ⓘ4–16–720037–6

『闇の通い路』 1998.6 301p
①4-16-720038-4
〔内容〕お告げ, その眼, わが殿, 重忠初陣, 闇の通い路, 猪に乗った男, 雨の香り, 宝治の乱残葉

『朱なる十字架』 新装版 2004.7 281p
①4-16-720042-2

『流星 お市の方 上』 新装版 2005.3 345p
①4-16-720043-0

『流星 お市の方 下』 新装版 2005.3 317p
①4-16-720044-9

『乱紋 上』 新装版 2010.8 470p
①978-4-16-720046-6

『乱紋 下』 新装版 2010.8 460p〈文献あり〉
①978-4-16-720047-3

『炎環』 新装版 2012.6 348p
①978-4-16-720050-3

『美貌の女帝』 新装版 2012.12 447p〈文献あり〉
①978-4-16-720051-0

『山霧 毛利元就の妻 上』 新装版 2013.6 358p
①978-4-16-720052-7

『山霧 毛利元就の妻 下』 新装版 2013.6 398p〈文献あり〉
①978-4-16-720053-4

『葛の葉抄 只野真葛ものがたり』 2016.8 365p〈PHP研究所 1995年刊の再刊 文献あり〉
①978-4-16-790678-8

PHP文庫（PHP研究所）

『王者の妻 秀吉の妻おねね 上巻』 1996.4 363p
①4-569-56884-X

『王者の妻 秀吉の妻おねね 下巻』 1996.4 344p
①4-569-56885-8

『葛の葉抄 あや子、江戸を生きる』 1996.12 354p〈参考史料・参考文献：p348～349〉
①4-569-56964-1

長尾 宇迦

ながお・うか

1926～

旧満州生まれ。本名・長尾豊。国学院大卒。高校教師の傍ら、同人誌「東北文脈」に小説を発表。1988年「幽霊記」が直木賞候補となる。他に「山風記」「善知鳥の鼓」など。

PHP文庫（PHP研究所）

『西行法師北行抄』 2004.10 273p
①4-569-66241-2

永岡 慶之助

ながおか・けいのすけ

1922～

福島県生まれ。東洋大卒。「新樹」同人となり、デビュー作「斗南藩子弟記」が直木賞候補となる。他に、「紅葉山」「会津藩の怨念」など。史伝やノンフィクションも多い。

学研M文庫（学研パブリッシング）

『北条氏康』 2001.11 303p
①4-05-901081-2

『山本勘助 異形の軍師』 2003.7 307p
①4-05-900202-X

『はぐれ鷹 用心棒三十郎』 2007.4 395p
①978-4-05-900471-4

春陽文庫（春陽堂書店）

『風狂鬼譜 小説・日本名匠伝』 1985.12 256p

『隻眼柳生十兵衛』 1987.9 253p〈『柳生十兵衛』（1970年刊）の改題 新装版〉

『武将の階段 謙信と直江山城』 新装版 1988.3 245p

『元禄惜春譜 赤穂浪士銘々伝』 1988.12 224p〈背・表紙の書名（誤植）：元録惜春譜〉
①4-394-14504-X

人物文庫（学陽書房）

『源義経』 1998.3 585p
①4-313-75047-9

『上杉謙信と直江兼続』 2006.4 378p

〈『上杉謙信』(青樹社1995年刊) の改題〉
①4-313-75215-3
『北条氏康』 2007.2 325p
①978-4-313-75223-8
『上泉 (かみいずみ) 信綱』 2009.6 334p
〈『上泉伊勢守信綱』(叢文社1997年刊) の改題〉
①978-4-313-75247-4
『最上義光』 2009.11 394p
①978-4-313-75253-5
『片倉小十郎と伊達政宗』 2011.6 341p
①978-4-313-75270-2

青樹社文庫 (青樹社)

『上杉謙信』 1995.7 376p
①4-7913-0895-6
『伊達政宗 上』 1996.7 485p
①4-7913-0964-2
『伊達政宗 下』 1996.7 493p
①4-7913-0965-0
『柳生十兵衛』 1998.1 309p
①4-7913-1069-1

文春文庫 (文藝春秋)

『斗南藩子弟記』 1986.3 391p
①4-16-740701-9
『伊達政宗 上』 1986.11
①4-16-740702-7
『伊達政宗 下』 1986.11 456p
①4-16-740703-8

PHP文芸文庫 (PHP研究所)

『数奇の織部』 2012.3 357p 〈文献あり〉
①978-4-569-67814-6

中里 介山

なかざと・かいざん

1885～1944

東京生まれ。本名・中里弥之助。様々な職業を経て都新聞社に入社し、1913年から大作「大菩薩峠」の連載を開始。「隣人之友」などに書きつがれたが、44年に急逝して未完の大作となった。

角川文庫 (角川書店)

◇大菩薩峠

『大菩薩峠 決定版 第1巻』 1955 320p
『大菩薩峠 決定版 第2巻』 1955 300p
『大菩薩峠 決定版 第3巻』 1955 278p
『大菩薩峠 決定版 第4巻』 1955 290p
『大菩薩峠 決定版 第5巻』 1955 318p
『大菩薩峠 決定版 第6巻』 1955 280p
『大菩薩峠 決定版 第7巻』 1955 320p
『大菩薩峠 決定版 第8巻』 1955 297p
『大菩薩峠 決定版 第9巻』 1955 286p
『大菩薩峠 決定版 第10巻』 1955 241p 図版
『大菩薩峠 決定版 第11巻 他生の巻』 1955 270p
『大菩薩峠 決定版 第12巻 流転の巻』 1955 279p
『大菩薩峠 決定版 第13巻 大菩薩峠既刊別梗概, みちりやの巻』 1956 261p 図版
『大菩薩峠 決定版 第14巻 めいろの巻』 1956 299p
『大菩薩峠 決定版 第15巻 鈴慕の巻, Oceanの巻』 1956 260p 図版
『大菩薩峠 決定版 第16巻』 1956

290p
『大菩薩峠　決定版　第17巻　年魚市の巻（つづき），畜生谷の巻』 1956　274p
『大菩薩峠　決定版　第18巻　勿来の巻，弁信の巻』 1956　339p
『大菩薩峠　決定版　第19巻』 1956　378p
『大菩薩峠　決定版　第20巻』 1956　339p
『大菩薩峠　決定版　第21巻』 1956　347p
『大菩薩峠　決定版　第22巻』 1956　372p
『大菩薩峠　決定版　第23巻』 1956　351p
『大菩薩峠　決定版　第24巻』 1956　299p
『大菩薩峠　決定版　第25巻』 1956　294p
『大菩薩峠　決定版　第26巻』 1956　312p
『大菩薩峠　決定版　第27巻』 1956　305p

時代小説文庫（富士見書房）

◇大菩薩峠

『大菩薩峠　1　甲源一刀流の巻』 1981.7　439p
『大菩薩峠　2　龍神の巻』 1981.7　403p
『大菩薩峠　3　女子と小人の巻』 1981.8　410p
『大菩薩峠　4　如法闇夜の巻』 1981.8　432p
『大菩薩峠　5　道庵と鰡八の巻』 1981.9　429p
『大菩薩峠　6　小名路の巻』 1981.9　435p
『大菩薩峠　7　無明の巻』 1981.10　413p
『大菩薩峠　8　他生の巻』 1981.10　410p
『大菩薩峠　9　流転の巻』 1981.12　410p
『大菩薩峠　10　めいろの巻』 1981.12　413p
『大菩薩峠　11　鈴慕の巻』 1982.1　425p
『大菩薩峠　12　畜生谷の巻』 1982.1　423p
『大菩薩峠　13　勿来の巻』 1982.2　400p
『大菩薩峠　14　不破の関の巻』 1982.3　393p
『大菩薩峠　15　白雲の巻』 1982.5　409p
『大菩薩峠　16　胆吹の巻』 1982.6　441p
『大菩薩峠　17　恐山の巻』 1982.8　449p
『大菩薩峠　18　農奴の巻』 1982.8　433p
『大菩薩峠　19　京の夢おう坂の夢の巻』 1982.9　459p
『大菩薩峠　20　椰子林の巻』 1982.12　487p

ちくま文庫（筑摩書房）

◇大菩薩峠

『大菩薩峠　1』 1995.12　458p
①4-480-03221-5
『大菩薩峠　2』 1995.12　430p
①4-480-03222-3
『大菩薩峠　3』 1996.1　445p
①4-480-03223-1
『大菩薩峠　4』 1996.1　461p
①4-480-03224-X
『大菩薩峠　5』 1996.2　482p
①4-480-03225-8
『大菩薩峠　6』 1996.2　462p
①4-480-03226-6
『大菩薩峠　7』 1996.3　456p
①4-480-03227-4

『大菩薩峠　8』 1996.3　438p
①4-480-03228-2
『大菩薩峠　9』 1996.4　452p
①4-480-03229-0
『大菩薩峠　10』 1996.4　446p
①4-480-03230-4
『大菩薩峠　11』 1996.5　460p
①4-480-03231-2
『大菩薩峠　12』 1996.5　440p
①4-480-03232-0
『大菩薩峠　13』 1996.6　431p
①4-480-03233-9
『大菩薩峠　14』 1996.6　441p
①4-480-03234-7
『大菩薩峠　15』 1996.7　451p
①4-480-03235-5
『大菩薩峠　16』 1996.7　479p
①4-480-03236-3
『大菩薩峠　17』 1996.8　487p
①4-480-03237-1
〔内容〕新月の巻（承前），恐山の巻
『大菩薩峠　18』 1996.8　471p
①4-480-03238-X
〔内容〕恐山の巻（承前），農奴の巻
『大菩薩峠　19』 1996.9　509p
①4-480-03239-8
『大菩薩峠　20』 1996.9　505p
①4-480-03240-1

『法然行伝』 2011.2　346p
①978-4-480-42804-2
〔内容〕法然行伝，黒谷夜話，＊解説（橋本峰雄〔著〕）

JP文庫（浄土宗）

『黒谷夜話』 浄土宗出版〔編〕　2010.6　225p
①978-4-88363-049-3

中島 道子
なかじま・みちこ
1928～

福井県生まれ。実践女子大卒。国語教師を経て歴史作家となる。代表作に「越前三国湊の俳人、遊女哥川」「武田勝頼の母、諏訪御寮人」など。

PHP文庫（PHP研究所）

『前田利家と妻まつ　「加賀百万石」を築いた二人三脚』 2001.9　381p
①4-569-57611-7
『松平忠輝　幕府に反抗しつづけた「家康の息子」』 2002.10　369p
①4-569-57821-7
『柳生石舟斎宗厳　戦国を戦い抜いた柳生新陰流の祖』 2003.2　354p〈年譜あり〉
①4-569-57891-8
『松平春嶽　「幕末四賢侯」と称された名君』 2003.10　378p〈年譜あり〉
①4-569-66060-6
『源義経と静御前　源平合戦の華若き勇者と京の舞姫』 2004.9　391p
①4-569-66250-1
『山内一豊と妻千代　「土佐二十四万石」を築いた夫婦の物語』 2005.9　401p
①4-569-66451-2
『小説信玄と諏訪姫』 2006.9　362p
①4-569-66683-3

中津 文彦

なかつ・ふみひこ

1941～2012

岩手県生まれ。本名・広嶼文彦。学習院大卒。岩手日報社記者の傍ら「黄金流砂」で江戸川乱歩賞を受賞し、以後作家に専念。歴史小説「山田長政の密書」などがある。

ケイブンシャ文庫（勁文社）

『元禄討入り異聞』 1990.6 291p
①4-7669-1201-2
〔内容〕元禄討入り異聞, ものを言う馬, お犬殺し, 淫風止まず, 死一倍の陥し穴, 団十郎外伝, 遊蕩無残

講談社文庫（講談社）

『山田長政の密書』 1992.11 375p
①4-06-185280-9

光文社文庫（光文社）

◇塙保己一推理帖

『亥ノ子の誘拐（かどわかし） 連作時代小説 塙保己一推理帖 〔光文社時代小説文庫〕』 2009.12 315p〈『塙保己一推理帖』(2002年刊) の改題〉
①978-4-334-74705-3
〔内容〕観音参りの女, 五月雨の香り, 亥ノ子の誘拐

『枕絵の陥し穴 連作時代小説 塙保己一推理帖 〔光文社時代小説文庫〕』 2010.1 323p〈『移り香の秘密』(2006年刊) の改題〉
①978-4-334-74719-0
〔内容〕移り香の秘密, 三番富の悲劇, 枕絵の陥し穴

『つるべ心中の怪 連作時代小説 塙保己一推理帖 〔光文社時代小説文庫〕』 2010.10 305p
①978-4-334-74865-4
〔内容〕つるべ心中の怪, 赤とんぼ北の空, 夏の宵、砕け星

『闇の本能寺 信長殺し、光秀にあらず』 1993.11 297p
①4-334-71793-4

『闇の竜馬』 1995.6 308p
①4-334-72069-2

『政宗の天下 長編奇想歴史小説 上』 2000.6 494p
①4-334-73021-3

『政宗の天下 長編奇想歴史小説 下』 2000.6 455p
①4-334-73022-1

『龍馬の明治 長編奇想歴史小説 上』 2003.9 416p
①4-334-73556-8

『龍馬の明治 長編奇想歴史小説 下』 2003.9 426p
①4-334-73557-6

『義経の征旗 長編奇想歴史小説 上』 2004.8 443p〈『秀衡の征旗』(1998年刊) の改訂〉
①4-334-73737-4

『義経の征旗 長編奇想歴史小説 下』 2004.8 469p〈『秀衡の征旗』(1999年刊) の改訂〉
①4-334-73738-2

『謙信暗殺 長編歴史推理小説』 2005.2 401p
①4-334-73833-8

祥伝社文庫（祥伝社）

『秘刀　長編歴史小説』 2002.1　315p
①4-396-33018-9

人物文庫（学陽書房）

『山田長政の密書』 2000.5　405p〈講談社1992年刊の増訂〉
①4-313-75111-4

徳間文庫（徳間書店）

『闇の天草四郎』 1994.7　311p
①4-19-890156-2

ノン・ポシェット（祥伝社）

『闇の弁慶　花の下にて春死なむ』 1994.10　311p
①4-396-32401-4

PHP文芸文庫（PHP研究所）

『天明の密偵　小説・菅江真澄』 2013.5　429p〈文藝春秋 2004年刊の再刊　文献あり〉
①978-4-569-67991-4

PHP文庫（PHP研究所）

『消えた義経』 1996.10　310p
①4-569-56943-9

『闇の関ヶ原』 2000.9　365p〈実業之友社1994年刊の増訂〉
①4-569-57456-4

『おりょう残夢抄』 2001.6　298p
①4-569-57571-4

『最後の御大将平重衡　義経が最も恐れた男』 2005.1　486p〈『平家慕情』（実業の日本社1999年刊）の増訂〉
①4-569-66320-6

中村 整史朗

なかむら・せいしろう

1926～

埼玉県生まれ。早大卒。産経新聞記者を経て作家となる。著書に「北方千里をゆく」「海の長城―林子平の生涯」「小説 高野長英」「尼子経久」など。

PHP文庫（PHP研究所）

『本多正信　家康に天下をとらせた男』 1995.10　327p
①4-569-56814-9

『尼子経久　毛利が挑んだ中国の雄』 1997.2　342p〈付：関係年表〉
①4-569-56983-8

中山 義秀
なかやま・ぎしゅう
1900～1969

福島県生まれ。本名・中山議秀。早大卒。1938年「厚物咲」で芥川賞を受賞。戦後は歴史小説も手がけ、「咲庵」で野間文芸賞を受賞した。他に「平手造酒」「芭蕉庵桃青」などがある。

講談社文芸文庫（講談社）

『土佐兵の勇敢な話』 1999.7 329p〈年譜, 著作目録あり〉
①4–06–197673–7
〔内容〕厚物咲, 華燭, テニヤンの末日, 魔谷, 土佐兵の勇敢な話, 碑, 信夫の鷹

『芭蕉庵桃青』 2002.9 458p
①4–06–198307–5

光文社文庫（光文社）

『斎藤道三　戦国史記 傑作歴史小説』 1988.3 309p
①4–334–70711–4
〔内容〕斎藤道三―戦国史記, 松永弾正

春陽文庫（春陽堂書店）

『平手造酒』 1955 187p
〔内容〕平手造酒, 他6篇

小説文庫（新潮社）

『新剣豪伝』 1955 168p

『新剣豪伝　続』 1956 214p

新潮文庫（新潮社）

『露命・月魄』 1957 237p
〔内容〕仇し野, 信夫の鷹, 露命, 日本の美しき侍, 春日, 月魄

『新剣豪伝』 1958 315p
〔内容〕諸岡一羽の三人の弟子, 土子泥之助, 根岸莵角, 伊藤一刀斎, 活人剣, 寒夜の霜, 風薫る, 小野治郎右衛門忠明, 林崎甚助重信, 富田勢源, 斎藤節翁, 山岡鉄舟, *剣の鬼、文学の鬼（安部龍太郎〔著〕）

大衆文学館（講談社）

『戦国史記―斎藤道三』 1995.9 383p
①4–06–262022–7
〔内容〕戦国史記―斎藤道三, 松永弾正, 月魄, 春日

中公文庫（中央公論新社）

『芭蕉庵桃青』 改版 2012.1 406p〈初版：中央公論社1975年刊〉
①978–4–12–205581–0

『咲庵』 2012.3 220p
①978–4–12–205608–4

徳間文庫（徳間書店）

『山中鹿ノ介』 1988.7 440p
①4–19–598567–6

『塚原卜伝』 1989.6 565p
①4–19–598803–9

『新剣豪伝』 1990.3 314p
①4–19–599027–0
〔内容〕諸岡一羽の三人の弟子, 土子泥之助, 根岸莵角, 伊藤一刀斎, 活人剣, 寒夜の霜, 風薫る, 小野治郎右衛門忠明, 富田勢源, 斎藤節翁, 平手造酒

『戦国無双剣　上』 1993.5　472p
①4-19-597578-6
『戦国無双剣　下』 1993.5　409p
①4-19-597580-8

夏堀 正元
なつぼり・まさもと
1925〜1999

北海道生まれ。早大中退。新聞記者を経て作家となり、社会派推理小説作家として活躍。「蝦夷国まぼろし」などの歴史小説もある。

中公文庫（中央公論新社）

『勲章幻影　小説大津事件』 1996.9　398p
①4-12-202685-7
『蝦夷国まぼろし　上巻』 1998.3　390p
①4-12-203087-0
『蝦夷国まぼろし　下巻』 1998.3　456p
①4-12-203088-9

南條 範夫
なんじょう・のりお
1908〜2004

東京生まれ。本名・古賀英正。東大卒。経済学者の傍ら歴史小説を執筆し、1956年「灯台鬼」で直木賞を受賞。75年にはNHK大河ドラマ「元禄太平記」を書き下ろしている。代表作に「武士道残酷物語」や「月影兵庫」シリーズなど。

旺文社文庫（旺文社）

『無惨や二郎信康』 1984.7　277p
①4-01-061441-2
〔内容〕無惨や二郎信康, 奇妙な武将, 戦国武士, 武将奸謀, 管領を狙う剣士, 小少将の墓は何処ぞ, 美童ありて
『第三の陰武者』 1984.9　269p
①4-01-061442-0
〔内容〕第三の陰武者, 被虐の系譜, 時姫の微笑, 未完の藩史, 飛騨の鬼姫
『刺殺』 1985.1　282p
①4-01-061444-7
〔内容〕刺殺, 梟首, 加藤清正を殺した男, 命を売る武士, 東海道を走る剣士, 背の高い浪人, 雷神谷の鬼丸
『復讐鬼』 1985.3　287p
①4-01-061445-5
〔内容〕復讐鬼, 暗殺を請負う剣士, 女人と人形, 傷痕, 六弥太の報酬, ハナノキ秘史, 奇怪な花嫁
『一族自刃、八百七十名』 1985.5　269p
①4-01-061446-3
〔内容〕一族自刃、八百七十名, 灯台鬼, 右大将暁に死す, 悪源太奮戦, 遊女地蔵, 花の色は
『夜叉と菩薩』 1985.9　248p
①4-01-061447-1
〔内容〕問屋の跡取り, 夜叉と菩薩, 女犯外道,

富貴楼の色男, 蕩児, 父と子

『剣の舞』 1986.3 672p
Ⓘ4-01-061641-5

『斬首ただ一人』 1986.5 264p
Ⓘ4-01-061449-8

『花開く千姫』 1986.8 300p
Ⓘ4-01-061650-4

『慶安太平記』 1986.10 377p
Ⓘ4-01-061651-2

『第三の浪士 上』 1986.12 423p
Ⓘ4-01-061652-0

『第三の浪士 下』 1986.12 410p
Ⓘ4-01-061653-9

『十五代将軍 沖田総司外伝 上』 1987.2 452p
Ⓘ4-01-061654-7

『十五代将軍 沖田総司外伝 下』 1987.2 397p
Ⓘ4-01-061655-5

『遺臣の群』 1987.5 297p
Ⓘ4-01-061658-X

学研M文庫（学研パブリッシング）

『三百年のベール 異伝徳川家康』 2002.2 276p
Ⓘ4-05-901118-5

角川文庫（角川書店）

『暁の群像 豪商岩崎弥太郎の生涯 上』 1972 348p

『暁の群像 豪商岩崎弥太郎の生涯 下』 1972 442p

『戦国残酷物語』 1974 321p

『わが恋せし淀君』 1978.5 262p

『あやつり組由来記』 1978.12 252p
〔内容〕あやつり組由来記, 乞食会社と泥棒会社, 閨房禁令, 戦国外方滅方党, 天保瘋癲族

『屈み岩伝奇』 1979.2 256p
〔内容〕屈み岩伝奇, 月は沈みぬ－戦国妖怪譚, おらんだ鏡, 緑の谷の孫康, 義親見参, 蓬莱島, 森の茂みを抜けて

『生きている義親』 1979.12 270p

『元禄太平記』 1980.7 2冊

河出文庫（河出書房新社）

『駿河城御前試合』 1983.4 402p

『鳩笛を吹く剣士』 1983.9 310p
〔内容〕女に嫌われる剣士, 手毬をつく剣士, 鳩笛を吹く剣士, 妻を怖れる剣士, 乞食と交わる剣士, 山を護る剣士, 篆刻をする剣士, 二つの魂を持つ剣士

『廃城奇譚』 1984.8 352p
Ⓘ4-309-40090-6

『古城秘話』 1985.1 244p
Ⓘ4-309-40105-8

『雪姫伝説』 1985.6 281p
Ⓘ4-309-40119-8
〔内容〕陰と陰と陰と陰と－ 影薄れゆく一益殿, 十六代様の幻想, 宇良よ、宇良！ 消えた時間から来た手紙, 目付妻木頼矩はパラノイア, 双生児の夢入り, 入れ替った妻, 二人の侍, 雪姫伝説

『海賊商人』 1986.1 238p
Ⓘ4-309-40142-2

『傍若無人剣』 1986.8 233p
Ⓘ4-309-40161-9
〔内容〕傍若無人剣, 手裏剣を打つ娘

講談社文庫（講談社）

『細香日記』 1986.11 241p〈主要参考文献：p235〉
Ⓘ4-06-183739-7

『牢獄』 1991.2 324p
Ⓘ4-06-184854-2

『室町抄』 1991.7 390p
①4-06-184946-8
『天保九年の少年群』 1994.9 292p
①4-06-185768-1

光文社時代小説文庫（光文社）

◇月影兵庫

『月影兵庫 極意飛竜剣』 1986.4 368p
①4-334-70334-8
『月影兵庫 秘剣縦横』 1986.7 358p
①4-334-70383-6
『月影兵庫 独り旅』 1986.10 304p
①4-334-70436-0
『月影兵庫 一殺多生剣』 1986.12 407p
〈『月影兵庫旅を行く』改題書〉
①4-334-70471-9

『士魂魔道 上』 1987.10 402p
①4-334-70626-6
『士魂魔道 下』 1987.10 422p
①4-334-70627-4
『変人武士道 上』 1988.1 325p
①4-334-70681-9
『変人武士道 下』 1988.1 332p
①4-334-70682-7
『無頼武士道 上』 1988.6 356p
①4-334-70761-0
『無頼武士道 下』 1988.6 331p
①4-334-70762-9
『さむらい一匹 上』 1989.1 367p
①4-334-70882-X
『さむらい一匹 下』 1989.1 379p
①4-334-70883-8

光文社文庫（光文社）

◇月影兵庫

『月影兵庫 長編剣豪小説 上段霞切り』
1985.12 386p
①4-334-70267-8
『月影兵庫 長編剣豪小説 上段霞切り』
1985.12 386p〈第17刷：2007.7〉
①978-4-334-70267-0
『月影兵庫 長編剣豪小説 極意飛竜剣』
1986.4 368p〈『片腕の男』(東京文芸社昭和38年刊) の改題〉
①4-334-70334-8
『月影兵庫 長編剣豪小説 極意飛竜剣』
1986.4 368p〈第16刷：2007.7 『片腕の男』(東京文芸社昭和38年刊) の改題〉
①978-4-334-70334-9
『月影兵庫 傑作剣豪小説 秘剣縦横』
1986.7 358p
①4-334-70383-6
『月影兵庫 傑作剣豪小説 秘剣縦横』
1986.7 358p〈第14刷：2007.7〉
①978-4-334-70383-7
〔内容〕不運な逢いびき, 贋金使いの女, 身がわり弁之介, 大名の失踪, 牡豹の恋
『月影兵庫 長編剣豪小説 独り旅』
1986.10 304p
①4-334-70436-0
『月影兵庫 長編剣豪小説 独り旅』
1986.10 304p〈第11刷：2007.7〉
①978-4-334-70436-0
〔内容〕二百両嫌疑, 傷だらけの宿駅, 高崎の怒り虫, 次郎太仇を討つ, 軽輩の恋, 森の中の男, 義兄の正体, 偉いお奉行様, 帰ってきた小町娘, 花嫁人形
『月影兵庫 長編剣豪小説 一殺多生剣』
1986.12 407p〈『月影兵庫旅を行く』(双葉社1968年刊) の改題〉
①4-334-70471-9
『月影兵庫 長編剣豪小説 一殺多生剣』

1986.12　407p〈第11刷：2007.7　『月影兵庫旅を行く』(双葉社1968年刊)の改題〉
①978-4-334-70471-1

『月影兵庫　長編剣豪小説　放浪帖』1987.4　413p
①4-334-70536-7

『月影兵庫　長編剣豪小説　放浪帖』1987.4　413p〈第10刷：2007.7〉
①978-4-334-70536-7

『士魂魔道　長編剣豪小説』1987.10　2冊
①4-334-70626-6

『変人武士道　長編時代小説』1988.1　2冊
①4-334-70681-9

『無頼武士道　長編時代小説』1988.6　2冊
①4-334-70761-0

『さむらい一匹　長編剣豪小説』1989.1　2冊
①4-334-70882-X

『隠密くずれ　剣光一閃 連作時代小説』1989.4　342p
①4-334-70930-3

『隠密くずれ　剣鬼放浪 連作時代小説』1989.10　384p
①4-334-71032-8
〔内容〕銀礼騒動, 莪かぶり騒動, お城修復, 福山城下の黒頭巾, 川のせせらぎ, 仁義なき悪党, 巡見使騒動, 変なさむらい

『海賊商人　長編時代小説』1990.3　277p
①4-334-71115-4

『隠密くずれ　悪党狩り』1990.11　309p
①4-334-71243-6
〔内容〕上田城下は春爛漫, 飯田城下の女狐, 岡崎城下の女二人, 桑名の女出入り, 彦根城下の狸と狐, 徳島城下のすり, 賎しき素町人なれど, 福岡城下の兄妹

『裁きの石牢』1991.3　294p
①4-334-71306-8
〔内容〕六弥太の報酬, 草鞋の墓碑, 逃げろ！多兵衛, 願人坊主家康, 高山城前史, 亀洞城廃絶記, 月は沈みぬ, 裁きの石牢

『灯台鬼』1991.8　232p
①4-334-71382-3
〔内容〕燈台鬼,「あやつり組」由来記, 畏れ多くも将軍家, 水妖記, 不運功名譚, 子守りの殿

『武魂絵巻　上』1992.1　454p
①4-334-71460-9

『武魂絵巻　下』1992.1　418p
①4-334-71461-7

『妻を怖れる剣士』1992.6　351p
①4-334-71541-9
〔内容〕妻を怖れる剣士, 暗殺を請負う剣士, 女に嫌われる剣士, 手毬をつく剣士, 東海道を走る剣士, 鳩笛を吹く剣士, 眼〈まなこ〉を突く剣士, 輦台をかつぐ剣士, 二つの魂を持つ剣士

『上杉謙信』1993.4　228p
①4-334-71690-3

『幕府パリで戦う』1994.2　404p
①4-334-71843-4

『血風峠』1995.1　268p
①4-334-71992-9

『華麗なる割腹　傑作歴史小説』1998.3　294p
①4-334-72572-4
〔内容〕一族自刃、八百七十名, 小少将の墓は何処ぞ？ , 三木城陥つ, 華麗なる割腹, 渡辺崋山の自害, 河内介の切腹

『元禄絵巻』1998.10　252p
①4-334-72702-6
〔内容〕柳沢殿の内意, 世継物語, 犬医師と犬寺, 浪士慕情, 下馬将軍

『応天門の変　傑作時代小説』2003.2　264p
①4-334-73450-2
〔内容〕応天門の変, 暗殺者, 戦国惨殺, 六百七十人の怨霊, 戦国とりかえばや物語

『慶安太平記　長編時代小説』2005.7　387p
①4-334-73916-4

コスミック・時代文庫

(コスミック出版)

『さむらい一匹　超痛快！　時代小説　上巻』 2012.6　454p
①978-4-7747-2524-6

『さむらい一匹　超痛快！　時代小説　下巻』 2012.6　468p
①978-4-7747-2528-4

時代小説文庫 (富士見書房)

『戦国残酷物語』 1988.9　322p
①4-8291-1154-2
〔内容〕復讐鬼, ハナノキ秘史, 裁きの石牢, 草鞋の墓碑, 第三の陰武者, 雷神谷の鬼丸

『武士道残酷物語』 1988.12　246p
①4-8291-1159-3
〔内容〕時姫の微笑, 梟首〈さらしくび〉, 天主閣の久秀, 憎悪の生涯―大久保石見守長安, 名君無用, 被虐の系譜―武士道残酷物語

『わが恋せし淀君』 1989.4　267p
①4-8291-1166-6
〔内容〕大坂城のシメオン, 美女と武将, 几帳の陰の淀君, 鎧を着た淀君, 天守閣の千姫, わが恋せし淀君

『暁の群像　豪商岩崎弥太郎の生涯　上』 1989.9　353p
①4-8291-1181-X

『暁の群像　豪商岩崎弥太郎の生涯　下』 1989.9　447p
①4-8291-1182-8

『古城物語』 1990.7　307p
①4-8291-1209-3
〔内容〕安土城の鬼門櫓, 大坂城の天守閣, 春日山城の多聞堂, 名古屋城のお土居下, 稲葉山城の一の門, 熊本城の空井戸, 姫路城の廊下橋, 鹿児島城の蘇鉄

『古城物語　続』 1990.7　255p
①4-8291-1210-7
〔内容〕七尾城の桜の馬場, 福井城の鼠牢, 金沢城の百間堀, 松山城の石垣, 江戸城の大奥, 人吉城の巡見使, 宇都宮城の間道, 亀洞城の廃絶

『鉄砲商人』 1991.11　302p
①4-8291-1232-8
〔内容〕抛銀商人, 鉄砲商人, 人買商人, 材木商人, 堕胎商人, 御用商人, 士族商人, 呉服商人

集英社文庫 (集英社)

『古城物語』 1977.7　304p
〔内容〕安土城の鬼門櫓, 大坂城の天守閣, 春日山城の多聞堂, 名古屋城のお土居下, 稲葉山城の一の門, 熊本城の空井戸, 姫路城の腹切丸, 彦根城の廊下橋, 鹿児島城の蘇鉄

『古城物語　続』 1979.9　274p

春陽文庫 (春陽堂書店)

『傍若無人剣』 1960　186p

『秘剣流れ星』 1961　215p
〔内容〕秘剣流れ星, 隠密大阪城, のっそり剣士, 恋風戦国武者, 手裏剣を打つ娘

『虹之介乱れ刃』 1964　230p

『青雲を指す剣』 1964　284p

『江戸乱れ草紙』 1968　199p

『念流合掌くずし』 1968　264p

『念流合掌くずし』 新装　1998.8　264p
①4-394-11106-4

『青雲を指す剣』 新装　1998.9　284p
①4-394-11104-8

『傍若無人剣』 新装　1998.10　186p
①4-394-11101-3

『虹之介乱れ刃』 新装　1999.2　230p
①4-394-11103-X
〔内容〕虹之介乱れ刃, 竹光浪人, 珊瑚かんざし

『秘剣流れ星』 新装　1999.3　215p

①4-394-11102-1
〔内容〕秘剣流れ星, 隠密大坂城, のっそり剣士, 恋風戦国武者, 手裏剣を打つ娘

『江戸乱れ草紙』 新装 1999.4 199p
①4-394-11105-6
〔内容〕金のなる樹, 雨の中の死体, 姉は善人, 不気味な旗本屋敷, 証拠のない殺人, 家出した亭主, 攫われた子供

新潮文庫（新潮社）

『幾松という女』 1993.8 259p
①4-10-130611-7

青樹社文庫（青樹社）

『残酷の系譜』 1996.3 375p
①4-7913-0939-1
〔内容〕女人と人形, 霞の太刀, 石垣の中の二人, 丹田斬法, 管領を狙う剣士, 女城主, 藩主消失, 悲恋の系譜, 梟雄の子, 二人の人間天皇, 浪人部隊, 首に殺された男

『幻の百万石』 1996.10 284p
①4-7913-0990-1
〔内容〕最後に笑う禿鼠, 光秀と二人の友, 一瞬の気怯れ, 姫君御姉妹, 逆心の証拠, 太閤の養子, 幻の百万石, 悲願二百六十年

『第三の陰武者』 1997.9 302p
①4-7913-1051-9
〔内容〕第三の陰武者, 雷神谷の鬼丸, 時姫の微笑, 美童ありて, 脱走, 被虐の系譜

大衆文学館（講談社）

『わが恋せし淀君』 1996.5 268p
①4-06-262045-6

中公文庫（中央公論新社）

『残酷物語』 1975 296p
『城下の少年』 1980.11 300p

徳間文庫（徳間書店）

『からみ合い』 1981.6 253p
『仮面の人』 1985.2 281p
①4-19-567792-0
『見えない鎖』 1985.10 318p
①4-19-567940-0
『南国武道』 1986.3 254p
①4-19-568028-X
『元禄小源太 上』 1986.8 414p
①4-19-568112-X
『元禄小源太 下』 1986.8 407p
①4-19-568113-8
『右京介巡察記』 1987.3 446p
①4-19-568239-8
『剣光斜めに飛べば』 1987.7 541p
①4-19-568310-6
『兵衛介見参』 1988.1 315p
①4-19-568430-7
『おれは半次郎』 1988.5 313p
①4-19-568508-7
『孤剣二十六万石 上』 1988.9 313p
①4-19-568588-5
『孤剣二十六万石 下』 1988.9 317p
①4-19-568589-3
『戦国若衆』 1989.3 282p
①4-19-568711-X
『十五代将軍 沖田総司外伝 上』 1989.9 446p
①4-19-568863-9
『十五代将軍 沖田総司外伝 下』 1989.9 380p
①4-19-568864-7
『第三の浪士 上』 1990.1 444p

①4-19-568965-1
『第三の浪士　下』 1990.1　409p
①4-19-568966-X
『鶴千之介』 1990.5　476p
①4-19-569080-3
『剣士流転　上』 1990.9　410p
①4-19-569172-9
『剣士流転　下』 1990.9　411p
①4-19-569173-7
『鶴千之介』 1991.1　476p
①4-19-569080-3
『侍八方やぶれ　上』 1991.3　381p
①4-19-569285-7
『侍八方やぶれ　下』 1991.3　347p
①4-19-569286-5
『織田信長　上』 1991.9　283p
①4-19-599384-9
『織田信長　下』 1991.9　283p
①4-19-599385-7
『豊臣秀吉』 1992.5　318p〈『秀吉覇権への道』(講談社1983年刊)の改題〉
①4-19-567163-9
『元禄太平記　前編』 1992.11　467p
①4-19-587376-2
『元禄太平記　後編』 1992.11　494p
①4-19-587377-0
『夢幻の如く』 1993.4　510p
①4-19-577533-7
『駿河城御前試合』 1993.10　510p
①4-19-890011-6
『孤高の剣鬼』 1994.3　413p
①4-19-890091-4
〔内容〕塚原卜伝, 不肖の弟子, 霞の太刀, 丹田斬法, 伊藤一刀斎, 剣獣, 孤高の剣鬼, 江戸ッ子旗本, 欅三十郎の生涯
『徳川家康』 1995.1　276p
①4-19-890252-6
『落城無残』 1995.5　281p〈『落城ものがたり』(旅行読売出版社1975年刊)の改題増補〉
①4-19-890319-0
〔内容〕小田原城, 小谷城, 原城, 会津若松城, 鳥取城
『剣の舞』 1995.9　668p
①4-19-890385-9
『遺臣の群』 1996.1　313p
①4-19-890450-2
『いじめ刃傷』 1997.1　286p
①4-19-890625-4
〔内容〕いじめ刃傷, 銀杏の実, 殉死よりは, 情事の人々, ただ一度、一度だけ, おんなと助六, 堀家廃絶記, 京狂い, から俥, 会いに来た伜
『元禄太平記　前篇』 新版　1998.12　467p
①4-19-891014-6
『元禄太平記　後篇』 新版　1998.12　492p
①4-19-891015-4
『駿河城御前試合』 新装版　2005.10　541p
①4-19-892321-3
『素浪人月影兵庫　捕物帳傑作選』 2008.4　469p〈下位シリーズの責任表示：縄田一男監修〉
①978-4-19-892772-1
〔内容〕掏摸にもすれないものがある, 生きる為には忘れろ, やっぱり女は怖い, おれは盛岡には来なかった, 鬼の眼に涙があった, 好きで好きで堪らない, 理窟っぽい辻斬り, 弱い女が一番強い, 安、大いにたたかう, 悪事は自然に大きくなる, 機会のある時機会を摑め, 江戸の女は良かった

双葉文庫(双葉社)

『念流合掌くずし』 1985.9　323p
『五代将軍』 1986.2　438p
①4-575-66015-9
『虹之介乱れ刃』 1987.11　282p
①4-575-66033-7
〔内容〕虹之介乱れ刃, 竹光浪人, 珊瑚かんざし
『青雲を指す剣』 1988.4　348p

①4-575-66037-X

『逃げる侍』 1988.10 274p〈『逃げる修次郎』(実業之日本社昭和49年刊)の改題〉
①4-575-66040-X

『江戸御用帳』 1989.3 271p
①4-575-66044-2
〔内容〕通り魔は誰？, 消えた御新造, 3度殺された女, 伝法院裏門前, 捕えられた岡っ引, 三つ巴, 雛市の夜

『悪女の系譜』 1989.12 295p
①4-575-66052-3

『江戸乱れ草紙』 1990.5 237p
①4-575-66057-4

『秘剣流れ星』 1990.11 245p
①4-575-66060-4
〔内容〕秘剣流れ星, のっそり剣士, 手裏剣を打つ娘

『傍若無人剣』 1991.9 276p
①4-575-66064-7
〔内容〕傍若無人剣, 隠密大坂城, 恋風戦国武者

『無惨や二郎信康』 1991.10 279p
①4-575-66068-X
〔内容〕無惨や二郎信康, 奇妙な武将, 戦国武士, 武将奸謀, 管領を狙う剣士, 小少将の墓は何処ぞ, 美童ありて

『鳩笛を吹く剣士』 1992.5 301p
①4-575-66074-4
〔内容〕女に嫌われる剣士, 手毬をつく剣士, 鳩笛を吹く剣士, 妻を怖れる剣士, 山を護る剣士, 篆刻をする剣士, 二つの魂を持つ剣士

『廃城奇譚』 1993.1 354p
①4-575-66078-7
〔内容〕宇都宮城の間道, 亀洞城の廃絶, 高山城前史, 横尾城の白骨, 地獄城, 霧の城, 奇怪な城主, 三度死んだ城主, 藩主消失, 帰雲城三代, 戦国謀殺

文春文庫(文藝春秋)

『山岡鉄舟』 1982.3 3冊

『桔梗の旗風 上』 1983.3 291p
①4-16-728204-6

『桔梗の旗風 下』 1983.3 285p
①4-16-728205-4

『燈台鬼』 1983.6 222p
①4-16-728206-2
〔内容〕燈台鬼,「あやつり組」由来記, 畏れ多くも将軍家, 水妖記, 不運功名譚, 子守りの殿

『出雲の鷹』 1984.12 2冊
①4-16-728207-0

『幻の観音寺城』 1986.9 299p
①4-16-728209-7

『武家盛衰記』 1989.10 446p
①4-16-728210-0

『英雄色を好む 小説伊藤博文』 1990.5 522p
①4-16-728211-9

『鎮西八郎為朝 上』 1990.12 346p
①4-16-728212-7

『鎮西八郎為朝 下』 1990.12 334p
①4-16-728213-5

『三世沢村田之助 小よし聞書』 1992.4 222p
①4-16-728215-1

『十五代将軍徳川慶喜 上』 1998.1 440p〈『十五代将軍』(徳間書店1989年刊)の改題〉
①4-16-728217-8

『十五代将軍徳川慶喜 下』 1998.1 395p〈『十五代将軍』(徳間書店1989年刊)の改題 年表あり〉
①4-16-728218-6

『おのれ筑前、我敗れたり』 2002.3 311p
①4-16-728219-4
〔内容〕蝮の道三—斎藤山城守道三, 京狂いの果て—大内左京大夫義隆, 影薄れゆく一益殿—滝川左近将監一益, 奸悪無限の武将—宇喜多和泉守直家, 殿は領民の敵—龍造

寺山城守隆信, 関白に頭を下げなかった男—吉川治部少輔元春, おのれ筑前、我敗れたり—丹羽五郎左衛門長秀, 薩摩の士性骨—島津兵庫頭義弘, さらさら越え—佐々陸奥守成政, 徳川軍を二度破った智将—真田安房守昌幸, 名誉の敗戦—石田治部小輔三成, 口惜しや悴の愚昧—加藤左馬助嘉明

『一十郎とお蘭さま』 2003.7 303p
①4-16-728220-8

『暁の群像 豪商岩崎弥太郎の生涯 上』 2010.1 404p
①978-4-16-728222-6

『暁の群像 豪商岩崎弥太郎の生涯 下』 2010.1 398p
①978-4-16-728223-3

『武家盛衰記』 新装版 2010.6 523p
①978-4-16-728224-0

PHP文庫 (PHP研究所)

『高杉晋作 天翔ける若鷲』 1988.5 264p
〈『天翔ける若鷲』(1978年刊) の改題〉
①4-569-26148-5

『反逆の系譜 権力に立ち向かった男たち』 1989.9 253p
①4-569-56219-1
〔内容〕神の子の首—天草四郎, 最後の賭—由比正雪, 短慮暴発—大塩平八郎, 奔馬空を行く—中山忠光, 憤怒の生涯—江藤新平, 無言参議の死—前原一誠

『怒濤の人 幕末・維新の英傑たち』 1990.2 269p
①4-569-56246-9
〔内容〕政変の策謀家・井上毅, 鉄血の公卿・岩倉具視, 憂鬱な英傑・木戸孝允, 北門の奇将・榎本武揚, 痛恨の藩主・松平容保, 遊蕩の人・頼山陽

『風雲を呼ぶ志士』 1990.8 229p
①4-569-56272-8
〔内容〕江戸ッ子旗本—山岡鉄舟, 京洛の風雲, みちよ日記, 粉糠組と甚六組, 森の茂みを抜けて, 御聞番方とお袋, 坂を上って行った男, 反逆児—稲津渉の手記

南原 幹雄
なんばら・みきお
1938～

東京生まれ。本名・安井幹雄。早大卒。日活在職中に「女絵地獄」で小説現代新人賞を受賞し、以後時代小説を多数執筆。「付き馬屋おえん」シリーズの他、「銭五の海」「鴻池一族の野望」などがある。

旺文社文庫 (旺文社)

『いろの罠 大江戸おんな暦』 1986.11 324p
①4-01-061671-7

『廓祝言 心中浮世草紙』 1987.1 317p
①4-01-061672-5
〔内容〕信濃死春歌, 密通浜町川岸, 美女獄門, 残酷な薮入, 心中千鳥塚, 中洲無理心中, 水子寺心中, 廓祝言

『箱崎別れ船』 1987.3 358p
①4-01-061673-3
〔内容〕両国水子船, 箱崎別れ船, 木更津女中船, 深川駆落船, 房州五大力船, 南部女郎船, 浅草密通船, 大川勘当船, 潮来からきた女, 浜町夫婦船, 江戸川女衒船

『商道の覇者』 1987.5 283p
①4-01-061674-1

学研M文庫 (学研パブリッシング)

『情炎くノ一系図』 2002.9 449p
①4-05-900187-2

『情炎くノ一殺法』 2003.3 453p
①4-05-900229-1

『大奥十八景』 2003.6 514p
①4-05-900239-9

『新選組情婦伝』 2003.11 296p

①4-05-900264-X
〔内容〕血汐首―芹沢鴨の女, 女間者おつな―山南敬助の女, 血染め友禅―藤堂平助の女, 壬生心中―松原忠司の女, おいてけぼり、お京―原田左之助の女, 総司が惚れた女―沖田総司の女

『吉原おんな繁昌記』 2004.8 395p 〈『吉原繁昌記』(角川書店1993年刊) の改題〉
①4-05-900306-9

『吉原おんな市場』 2004.11 354p
①4-05-900318-2

『江戸妻お紺』 2005.7 308p
①4-05-900361-1
〔内容〕張形供養, 木馬づくりの名人, お役者ごろし, 江戸妻お紺, 湯島駆落坂, 売色女中宿, 売色女中宿, 宿場の女郎花, お玉ケ池慕情

『幕府隠密帳』 2007.5 317p
①978-4-05-900481-3
〔内容〕甲賀の挑戦, 三月の風に散る, 決闘増上寺, 顔のない男, 伊賀忍法空蟬, 忍法<花の匂い>, 御庭番秘伝

『烈風疾る 見廻組暗殺録』 2008.4 369p 〈『見廻組暗殺録』(1998年刊) の改題〉
①978-4-05-900525-4

角川文庫 (角川書店)

◇付き馬屋おえん

『暗闇始末 付き馬屋おえん』 2002.10 347p
①4-04-163339-7
〔内容〕付き馬屋おえん, 爪の代金五十両, 暗闇始末, 鉤縄地獄, かまいたち, 新造あらし, 首吊り女郎, はらみ文殊

『吉原御法度 付き馬屋おえん』 2003.3 324p
①4-04-163340-0
〔内容〕初春一番手柄, 遊客ウタマロ, 鉤縄仁義, 女郎蜘蛛は嗤う, 吉原御法度, 裏茶屋の客, 賭場荒らし

『女郎蜘蛛の挑戦 付き馬屋おえん』 2004.2 318p
①4-04-163341-9
〔内容〕おいらん地獄, 吉原枕さがし, 親指三百両, 女郎蜘蛛の挑戦, 足抜き師, 赤馬は疾った, 美男の悪党

『吉原水鏡 付き馬屋おえん』 2004.2 318p 〈『乳房千両』(双葉社1999年刊) の改題〉
①4-04-163343-5
〔内容〕吉原女衒宿, 吉原水鏡, 乳房千両, 浅草売色宿, 女郎蜘蛛は死なず, おいらん殺し, 吉原爪商人

『おんな三十六景 付き馬屋おえん』 2006.3 334p
①4-04-163346-X
〔内容〕女郎蜘蛛妖変, 難波の大尽, 馬屋子守唄, 吉原布団部屋, 武州一の宮, おんな三十六景

『御庭番十七家』 1985.9 357p
①4-04-163301-X

『天保悪の華』 1986.1 2冊
①4-04-163302-8

『大奥十八景 上』 1986.4
①4-04-163304-4

『大奥十八景 下』 1986.4 310p
①4-04-163305-2

『おんな忠臣蔵』 1986.7 377p
①4-04-163306-0

『御三家の犬たち 上 赤犬の巻』 1987.9
①4-04-163307-9a

『御三家の犬たち 下 黒犬の巻』 1987.9 356p
①4-04-163308-7

『疾風来り去る 上』 1988.7
①4-04-163309-5

『疾風来り去る 下』 1988.7 284p
①4-04-163310-9

『天地燃える 上』 1988.9
①4-04-163311-7

『天地燃える　中』 1988.9　270p
①4-04-163312-5
『天地燃える　下』 1988.9　293p
①4-04-163313-3
『吉原大尽舞』 1989.7　328p〈『吉原乱れ舞』(昭和60年刊) の改題〉
①4-04-163315-X
『新選組情婦伝』 1989.11　278p
①4-04-163316-8
〔内容〕血汐音―芹沢鴨の女, 女間者おつな―山南敬助の女, 血染め友禅―藤堂平助の女, 壬生心中―松原忠司の女, おいてけぼり、お京―原田左之助の女, 総司が惚れた女―沖田総司の女
『情炎くノ一系図』 1990.6　442p
①4-04-163317-6
『情炎くノ一殺法』 1990.7　449p
①4-04-163318-4
『御三家の黄金　上』 1991.6　335p
①4-04-163319-2
『御三家の黄金　下』 1991.6　351p
①4-04-163320-6
『暗殺剣　上　陰謀』 1992.4　366p
①4-04-163321-4
『暗殺剣　下　決戦』 1992.4　383p
①4-04-163322-2
『吉原繁昌記』 1993.11　394p
①4-04-163323-0
『黄菊白菊』 1994.3　333p
①4-04-163324-9
〔内容〕小江戸の桜, 今年の朝顔, 寒椿落ちた, 浅草寺藤娘, 蓮花亭おりく, 黄菊白菊, 霧の大川橋, 世話情浮名別離, かげろう絵師, 萩の間の客, 吉原菊人形
『御三家の反逆　上』 1995.2　368p
①4-04-163325-7
『御三家の反逆　下』 1995.2　381p
①4-04-163326-5
『吉原おんな市場』 1995.6　332p
①4-04-163327-3
『闇の剣士麝香猫』 1996.6　357p〈『闇の麝香猫』(平成5年刊) の改題〉
①4-04-163328-1
『謀将直江兼続　上』 1997.2　413p
①4-04-163329-X
『謀将直江兼続　下』 1997.2　423p
①4-04-163330-3
『徳川御三卿　上』 1998.1　327p
①4-04-163331-1
『徳川御三卿　下』 1998.1　357p
①4-04-163332-X
『謀将真田昌幸　上』 1998.11　429p
①4-04-163333-8
『謀将真田昌幸　下』 1998.11　434p
①4-04-163334-6
『名将大谷刑部』 1999.5　509p
①4-04-163335-4
『城取りの家』 2000.3　345p〈『戦国武将伝虎之助一代』(新人物往来社1996年刊) の改題〉
①4-04-163336-2
〔内容〕虎之助一代, あばれ市松, 直江兼続参上, 城取りの家, 大月一族, 赤い軍旗, 寝返りの陣
『札差平十郎』 2001.3　301p
①4-04-163337-0
『隠密太平記』 2001.11　409p
①4-04-163338-9
『鉄砲三国志　大坂の陣外伝』 2004.11　404p〈『天下が揺いだ日』(2000年刊) の改題〉
①4-04-163342-7
『謀将北条早雲　上』 2005.12　331p
①4-04-163344-3
『謀将北条早雲　下』 2005.12　347p
①4-04-163345-1
『謀将山本勘助　上』 2006.10　395p
①4-04-163347-8
『謀将山本勘助　下』 2006.10　408p〈著作目録あり〉
①4-04-163348-6
『徳川四天王　上』 2007.2　525p〈発売：角川グループパブリッシング〉
①978-4-04-163349-6

『徳川四天王　下』 2007.2　513p〈発売：角川グループパブリッシング〉
①978-4-04-163350-2

『豪商伝　薩摩・指宿の太平次』 2007.10　508p〈発売：角川グループパブリッシング〉
①978-4-04-163351-9

『天皇家の忍者』 2008.8　454p〈発売：角川グループパブリッシング〉
①978-4-04-163352-6

『名将佐竹義宣』 2009.5　494p〈文献あり　発売：角川グループパブリッシング〉
①978-4-04-163353-3

『天皇家の戦士』 2009.12　494p〈『王城の忍者』(新潮社2005年刊) の改題　文献あり　発売：角川グループパブリッシング〉
①978-4-04-163354-0

『名将山中鹿之助』 2010.12　441p〈文献あり　発売：角川グループパブリッシング〉
①978-4-04-163355-7

『吉原芸者心中』 2011.8　383p〈『手拭い弁之助』(新人物往来社2008年刊) の改題　発売：角川グループパブリッシング〉
①978-4-04-163356-4
〔内容〕吉原芸者心中, 日の出屋後家, 空の一枚絵, 好色江戸小町, ひさご亭仲居, 夜嵐おきぬ, 手拭い弁之助, 控え櫓, 留場の五郎次, *解説 (末國善己〔著〕)

ケイブンシャ文庫 (勁文社)

『暗殺者の神話』 1998.8　407p
①4-7669-3016-9

廣済堂文庫 (廣済堂出版)

『美女盗り　憂色むすめ流れ唄　特選時代小説』 1989.4　408p
①4-331-60178-1

『残菊燃ゆ　江戸おんな絵巻　ミステリー&ハードノベルス』 1989.5　315p
①4-331-60167-6
〔内容〕情炎黄八丈, 憂色深川唄, 柳橋かよい妻, 情艶茶摘み唄, 姦通地獄, 妾小路の惨劇, 廓姉妹, 残菊燃ゆ

『徳川水滸伝　天下取りの陰謀　特選時代小説』 1990.10　356p
①4-331-60241-9

『いろの罠　特選時代小説』 2004.7　342p
①4-331-61104-3

講談社文庫 (講談社)

『首一万両』 1985.6　258p
①4-06-183530-0
〔内容〕闇の張形師, 寝宿祭り, 俺は蔵宿師, 秘伝毒の華, 秘戯図を彫る女, 首一万両

『修羅の絵師』 1985.12　309p
①4-06-183645-5

『北の黙示録』 1987.11　2冊
①4-06-184103-3

『北の黙示録　下』 1987.11　316p
①4-06-184104-1

『謎の団十郎』 1989.11　300p
①4-06-184566-7

『神々の賭け』 1990.10　399p
①4-06-184437-7

時代小説文庫 (富士見書房)

『暗殺者の神話』 1995.5　435p
①4-8291-1268-9

『徳川水滸伝』 1996.12　366p
①4-8291-1278-6

集英社文庫（集英社）

『鴻池一族の野望』 1982.12 370p

『暗殺者の神話』 1985.6 407p
①4-08-749001-7

『闇と影の百年戦争』 1985.12 383p
①4-08-749063-7

『幕末おんな恋歌』 1986.12 305p
①4-08-749170-6
〔内容〕二条河原に死す, 斬って候え, 血風おんな坂, たった一度だけ, 君死に給うことなかれ, 唐丸籠がくる, 乳房と白刃, 人斬り子守唄

『灼熱の要塞』 1995.12 349p
①4-08-748417-3

小学館文庫（小学館）

『番町牢屋敷』 2000.11 389p
①4-09-404831 6
〔内容〕番町牢屋敷, 根岸牢, 六月の、赤い月, 美女の寺, 春嵐駆ける, 女人蔵, 賄賂千両, 掏摸の銀蔵, 札差大島屋

祥伝社文庫（祥伝社）

『江戸おんな八景』 菊池仁〔編〕 2011.4 419p
①978-4-396-33666-0
〔内容〕浅草密通船, 廓祝言, たった一度だけ, 憂色深川唄, 黄菊白菊, 血染め友禅―藤堂平助の女, お玉ヶ池慕情, 付き馬屋おえんおんな三十六景, *解説 南原幹雄の世界（菊池仁〔著〕）

新人物文庫（中経出版）

『覇者の決まる日』 2009.6 542p
①978-4-404-03710-7

新潮文庫（新潮社）

◇付き馬屋おえん

『暗闇始末 付き馬屋おえん』 1988.9 342p
①4-10-110011-X

『吉原御法度 付き馬屋おえん』 1992.12 317p
①4-10-110015-2
〔内容〕初春一番手柄, 遊客ウタマロ, 鉤縄仁義, 女郎蜘蛛は嗤う, 吉原御法度, 裏茶屋の客, 賭場荒らし

『吉原大黒天 付き馬屋おえん』 1996.11 593p
①4-10-110019-5

『寛永風雲録』 1989.12 373p
①4-10-110012-8

『覇者の決まる日』 1991.12 534p
①4-10-110013-6

『天下の旗に叛いて』 1992.9 345p
①4-10-110014-4

『抜け荷百万石』 1994.7 418p
①4-10-110016-0

『幕府隠密帳』 1995.7 314p
①4-10-110017-9

『百万石太平記』 1996.2 373p
①4-10-110018-7

『銭五の海 上巻』 1998.6 500p
①4-10-110020-9

『銭五の海 下巻』 1998.6 506p
①4-10-110021-7

『芝居茶屋弁之助』 1999.9 357p〈『江戸吉凶帳』（平成9年刊）の改題〉
①4-10-110022-5
〔内容〕芝居茶屋亭主, お役者買い, ことぶき興行, 夫婦道成寺, お蘭の方騒動, 鳥居派五代目, 料理八百善, 名家の陰謀

『謀将山本勘助 上巻』 2001.3 382p

①4-10-110023-3
『謀将山本勘助　下巻』 2001.3　396p
①4-10-110024-1
『天皇家の忍者』 2001.11　462p
①4-10-110025-X
『名将大谷刑部』 2004.10　568p
①4-10-110026-8
『信長を撃いた男』 2005.8　411p
①4-10-110027-6
『謀将石川数正』 2006.7　509p
①4-10-110028-4

人物文庫（学陽書房）

『疾風来り去る　幕末の豪商中居屋重兵衛　上巻』 1998.11　308p
①4-313-75060-6
『疾風来り去る　幕末の豪商中居屋重兵衛　下巻』 1998.11　289p
①4-313-75061-4
『天下の旗に叛いて　結城氏朝・持朝』 1999.2　386p〈1986年サイマル出版会刊の増訂〉
①4-313-75072-X
『元禄吉原大尽舞　奈良茂と紀文』 1999.3　361p〈『吉原大尽舞』(角川書店1989年刊) の改題〉
①4-313-75074-6
『修羅の絵師　鳥居清元』 2000.7　350p
①4-313-75110-6
『本阿弥一門　光悦と家康 小説　上』 南原幹雄〔編〕 2002.1　429p
①4-313-75143-2
『本阿弥一門　光悦と家康 小説　下』 南原幹雄〔編〕 2002.1　437p
①4-313-75144-0
『銭五の海　上巻』 2005.6　499p
①4-313-75199-8
『銭五の海　下巻』 2005.6　504p
①4-313-75200-5

青樹社文庫（青樹社）

『大奥十八景』 1995.5　526p
①4-7913-0884-0
『いろの罠』 1995.11　317p
①4-7913-0914-6
『北の黙示録』 1996.5　605p
①4-7913-0952-9
『幕末おんな恋歌』 1996.9　314p
①4-7913-0980-4
〔内容〕二条河原に死す, 斬って候え, 血風おんな坂, たった一度だけ, 君死に給うことなかれ, 唐丸籠がくる, 乳房と白刃, 人斬り子守唄
『首獲り』 1996.12　348p
①4-7913-1004-7
『美女盗り』 1997.4　413p
①4-7913-1024-1
『天保悪の華』 1997.8　605p
①4-7913-1048-9
『情炎くノ一系図』 1998.2　437p
①4-7913-1074-8
『情炎くノ一殺法』 1998.4　444p
①4-7913-1083-7

大洋時代文庫 時代小説（ミリオン出版）

『徳川忍法系図』 2005.4　382p〈東京 大洋図書(発売)〉
①4-8130-7026-4

徳間文庫（徳間書店）

『伊達藩征服』 1989.5　282p〈『商道の覇者』(ダイヤモンド社1978年刊) の改題〉
①4-19-598777-6
『いろの罠』 1989.10　314p
①4-19-598907-8

『箱崎別れ船』 1990.2 349p
①4-19-599003-3
〔内容〕両国水子船, 箱崎別れ船, 木更津女中船, 深川駆落船, 房州五大力船, 南部女郎船, 浅草密通船, 大川勘当船, 潮来からきた女, 浜町夫婦船, 江戸川女衒船

『江戸妻お紺』 1990.5 317p
①4-19-599082-3
〔内容〕張形供養, 木馬づくりの名人, お役者ごろし, 江戸妻お紺, 湯島駆落坂, 売色女中宿, 宿場の女郎花, お玉ケ池慕情

『廓祝言』 1990.9 314p
①4-19-599174-9
〔内容〕信濃死春歌, 密通浜町川岸, 美女獄門, 残酷な藪入, 心中千鳥塚, 中洲無理心中, 水子寺心中, 廓祝言

『薩摩藩乗っ取り』 1991.9 316p
①4-19-599386-5
〔内容〕厠の鶴, 手鎖五十日, 仮面の絵師, 献上鋳物師, 喧嘩凧, 禁教の門, おいら札差, 薩摩藩乗っ取り

『無法おんな市場』 1992.10 442p
①4-19-567330-5

『女絵地獄』 1993.5 377p
①4-19-597581-6
〔内容〕女絵地獄, 女医者あらし, 美女火あぶり, 札差退治, 産土伝奇, 明神坂の暁, 京しぐれ, 裏切りのやつら

『徳川忍法系図』 1994.3 379p
①4-19-890092-2

『天下分け目』 1995.1 282p〈『それぞれの関ケ原』(祥伝社1990年刊)の改題〉
①4-19-890253-4

『御庭番十七家』 1995.8 381p
①4-19-890348-4

『神々の賭け』 1996.1 444p
①4-19-890451-0

『新選組情婦伝』 1996.6 312p
①4-19-890520-7
〔内容〕血汐首―芹沢鴨の女, 女間者おつな―山南敬助の女, 血染め友禅―藤堂平助の女, 壬生心中―松原忠司の女, おいてけぼり、お京―原田左之助の女, 総司が惚れた女―沖田総司の女

『鴻池一族の野望』 1996.10 379p
①4-19-890581-9

『闇と影の百年戦争』 1997.6 381p
①4-19-890708-0

『謎の団十郎』 1998.2 346p
①4-19-890842-7

『見廻組暗殺録』 1998.8 392p
①4-19-890945-8

『江戸おんな坂』 1999.5 397p〈『江戸の女坂』(実業之日本社1994年刊)の改題〉
①4-19-891103-7
〔内容〕本所離縁坂, 下谷思案坂, 百日坂の夕映え, 雨の道行坂, 相州もどり坂, 暗闇坂十三夜, 女の坂道, 江戸初時雨, 星月夜, おつな憂愁, 富坂春雨傘

『秘伝毒の華』 1999.12 316p
①4-19-891229-7
〔内容〕闇の張形師, 寝宿祭り, 俺は蔵宿師, 秘伝毒の華, 秘戯図を彫る女, 首一万両

『八郎疾風録』 2000.11 541p
①4-19-891409-5

『暗殺剣 上』 2001.7 366p
①4-19-891539-3
〔内容〕陰謀

『暗殺剣 下』 2001.7 392p
①4-19-891540-7
〔内容〕決戦

『江戸おんな時雨』 2002.5 407p〈『菊五郎の女』(実業之日本社1999年刊)の改題〉
①4-19-891706-X
〔内容〕春の雪, 夫婦簪, 五月闇の匂い, 菊五郎の女, 幸運を呼ぶ女, 夕霧坂, 風の如く, 二番花, 待つ女, 鹿子の手絡

『おんな用心棒』 2003.1 411p
①4-19-891825-2

『おんな用心棒異人斬り』 2003.5 425p
①4-19-891890-2

『御三家の黄金』 2004.1 664p
①4-19-892003-6

『御三家の犬たち』 2004.7 697p
①4-19-892097-4

『御三家の反逆』 2004.12 684p
①4-19-892172-5
『残月隠密帳 将軍家の刺客』 2005.4 455p〈『将軍家の刺客』(2003年刊)の改題〉
①4-19-892230-6
『徳川御三卿』 2005.8 716p
①4-19-892291-8
『謀将直江兼続 上』 2006.2 439p
①4-19-892384-1
『謀将直江兼続 下』 2006.2 449p
①4-19-892385-X
『謀将真田昌幸 上』 2009.8 454p
①978-4-19-893025-7
『謀将真田昌幸 下』 2009.8 443p〈文献あり〉
①978-4-19-893026-4

福武文庫
(ベネッセコーポレーション)

『天下の旗に叛いて』 1996.1 345p
①4-8288-5759-1
『覇者の決まる日』 1996.2 561p
①4-8288-5763-X
『寛永風雲録』 1996.6 377p
①4-8288-5777-X
『新選組探偵方』 1996.12 311p
①4-8288-5795-8

双葉文庫(双葉社)

◇付き馬屋おえん

『女郎蜘蛛の挑戦 付き馬屋おえん』 1993.2 300p
①4-575-66079-5
〔内容〕おいらん地獄, 吉原枕さがし, 親指三百両, 女郎蜘蛛の挑戦, 足抜き師, 赤馬は疾った, 美男の悪党
『乳房千両 付き馬屋おえん』 1999.1 341p
①4-575-66100-7
〔内容〕吉原女衒宿, 吉原水鏡, 乳房千両, 浅草売色宿, 女郎蝦蛛は死なず, おいらん殺し, 吉原爪商人
『おんな三十六景 付き馬屋おえん』 1999.11 349p
①4-575-66103-1
〔内容〕女郎蜘蛛妖変, 難波の大尽, 馬屋子守唄, 吉原布団部屋, 武州一の宮, おんな三十六景

『首獲り』 1990.1 318p
①4-575-66053-1
『新選組探偵方』 1992.1 307p
①4-575-66071-X
〔内容〕総司が見た, 残菊一刀流, 風雲六角獄, 祇園石段下の暗殺, 銭取橋の斬撃, よく似た2人, 耳のない男

ベスト時代文庫
(ベストセラーズ)

『柳橋かよい妻』 2004.5 333p〈『残菊燃ゆ』(1989年刊)の改題〉
①4-584-36503-2
〔内容〕情炎黄八丈, 憂色深川唄, 柳橋かよい妻, 情艶茶摘み唄, 姦通地獄, 妾小路の惨劇, 廓姉妹, 残菊燃ゆ

ワンツー時代小説文庫
(ワンツーマガジン社)

『箱崎別れ船』 2005.12 333p
①4-903012-27-1
〔内容〕両国水子船, 箱崎別れ船, 木更津女中船, 深川駆落船, 房州五大力船, 南部女郎

船, 浅草密通船, 大川勘当船, 潮来からきた女, 浜町夫婦船, 江戸川女衒船

PHP文庫（PHP研究所）

『太陽を斬る』 1989.6 221p
①4-569-56205-1
〔内容〕太陽を斬る―真田父子想剋の愛憎劇, 火の縄戦記―信長を脅かした鉄砲集団の策謀, 落城女塚―女鉄砲隊長・雑賀小つるの最期, 鉄砲間者―家康の懐刀・本田正純失脚の真相, 忍法わすれ形見―伊賀服部家まぼろしの3代目の正体, 権謀の家―徳川家の至宝・土井利勝出生の謎, 小説鴻池伝説―長州藩を追いつめた鴻池屋の執念

西野 辰吉
にしの・たつきち
1916～1999

北海道生まれ。高小卒。様々な職業を経て作家となり、1956年「秩父困民党」で毎日出版文化賞を受賞。ノンフィクションや児童書が中心だが、時代小説も発表した。

時代小説文庫（富士見書房）

『独眼竜伊達政宗』 1986.10 286p
①4-8291-1121-6

西村 京太郎
にしむら・きょうたろう
1930～

東京生まれ。本名・矢島喜八郎。様々な職を転々としたのち推理小説作家としてデビュー。1978年「寝台特急殺人事件」を発表してトラベルミステリーを開拓、以後「十津川警部シリーズ」で驚異的なベストセラー作家となった。

角川文庫（角川書店）

『無明剣、走る』 1984.8 467p
①4-04-152705-8

祥伝社文庫（祥伝社）

『無明剣、走る 長編時代小説』 2005.10 509p
①4-396-33256-4

西村 望

にしむら・ぼう

1926～

香川県生まれ。本名は望（のぞむ）。大連市乙種工卒。新聞記者、テレビレポーターなどを経て、1978年「鬼畜」で作家デビュー。推理小説の他、時代小説も執筆。作家・西村寿行の兄。

学研M文庫（学研パブリッシング）

『風の大菩薩峠　文政わけあり道中』 2003.9　325p
①4-05-900253-4

廣済堂文庫（廣済堂出版）

『義士の群れ　第1巻　特選時代小説 忠臣蔵銘々伝』 1998.8　321p
①4-331-60680-5
〔内容〕不破数右衛門正種, 勝田新左衛門武堯, 茅野和助常成, 神崎与五郎則休, 矢頭右衛門七教兼, 赤埴源蔵重賢, 堀部弥兵衛金丸, 潮田又之丞高教

『義士の群れ　第2巻　特選時代小説 忠臣蔵銘々伝』 1998.9　312p
①4-331-60690-2

『義士の群れ　第3巻　特選時代小説 忠臣蔵銘々伝』 1999.1　322p
①4-331-60715-1

講談社文庫（講談社）

『無宿人の墨縄』 1985.3　342p
①4-06-183466-5

光文社文庫（光文社）

◇茛屋文蔵御用帳

『裏稼ぎ　茛屋文蔵御用帳』 1996.11　345p
①4-334-72319-5

『後家鞘　連作時代小説　茛屋文蔵御用帳』 1997.8　360p
①4-334-72454-X
〔内容〕化生の者, 河童の屁, 後家鞘, 大師の御神籤

『贋妻敵　連作時代小説　茛屋文蔵御用帳』 1999.1　341p
①4-334-72744-1
〔内容〕お紺入札, 二人のお町, 贋妻敵, 婿の年季, 屋根船の女

『蜥蜴市　連作時代小説　茛屋文蔵御用帳』 2001.6　331p
①4-334-73167-8
〔内容〕十両仲人, 酒呑童子, 蜥蜴市, 泥の海, 浮いたか瓢箪, 薮を睨む

『茶立虫　連作時代小説　茛屋文蔵御用帳』 2002.11　341p
①4-334-73401-4
〔内容〕下手人籤, 庚申の夜, 茶立虫

◇川ばた同心御用扣

『風の宿　連作時代小説　川ばた同心御用扣』 2003.4　363p
①4-334-73476-6
〔内容〕おまんが紅, 鍋を被る女, さすらへの月, オランダの海, 帰る雁, 風の宿

『置いてけ堀　連作時代小説　川ばた同心御用扣　2』 2004.9　328p
①4-334-73753-6
〔内容〕借銭船, 風の一札, 乳余りっ子, 馬六の犬, 置いてけ堀

『左文字の馬　連作時代小説　川ばた同心御用扣　3』 2005.4　328p
①4-334-73868-0
〔内容〕秋の蚊帳, 左文字の馬, 四十二の二つ

子, 行灯の辻

『梟の宿　連作時代小説　川ばた同心御用扣　4』　2006.1　332p
①4-334-74010-3
〔内容〕かぶろ屋敷, 下谷の戻り駕篭, 雨の本所割下水, 梟の宿

『江戸の黒椿　連作時代小説　川ばた同心御用扣　5』　2008.1　314p
①978-4-334-74372-7
〔内容〕町芸者おつま, 江戸育ち, 手桶の月, 切支丹坂の猫, 女を捨てる藪, 江戸の黒椿

『唐人笛　連作時代小説　川ばた同心御用扣　6　〔光文社時代小説文庫〕』　2009.12　331p
①978-4-334-74703-9
〔内容〕迷子, 浮き骸, 唐人笛, *解説(小梛治宣〔著〕)

『辻の宿　長編時代小説　川ばた同心御用扣　7　〔光文社時代小説文庫〕』　2011.6　339p
①978-4-334-74964-4

『刃差しの街』　1991.11　426p
①4-334-71425-0

祥伝社文庫(祥伝社)

『密通不義　江戸犯姦録 時代小説』　1999.9　323p
①4-396-32708-0
〔内容〕張りつめた糸, ゆきずり河岸, 化かし鉤, 空のおんな, 深川の隠し町, お裾分, 天保おんな歌留多

『八州廻り御用録　時代小説』　2001.3　341p
①4-396-32852-4
〔内容〕塩梅好しお市, 送り捨てる女, 京へはまだ三里, 手点しの灯, 丸腰の武士

『逃げた以蔵　長編時代小説』　2003.4　331p
①4-396-33103-7

徳間文庫(徳間書店)

『風分けて時次郎』　1992.5　318p
①4-19-597166-7
〔内容〕中仙道は戻の時雨, 中仙道は昼の月, 中仙道ははぐれ風, 中仙道は黄楊小櫛, 中仙道は目篭旅, 中仙道は秋あざみ, 風分けて時次郎

『目明し文吉』　1993.9　376p
①4-19-587711-3

『妻敵討ち綺談　一椀の水のゆえに』　1996.4　349p
①4-19-890494-4
〔内容〕泡を討つ, 駒鳥が鳴いた, 風、鈴を打つ, 葦切は渡ったが, 闇夜の鴉, 一椀の水のゆえに

『元禄四谷怪談』　1997.12　310p〈『元禄15年の亡霊』(1994年徳間書店刊)の改題〉
①4-19-890804-4

『人斬り新兵衛』　1998.8　357p
①4-19-890946-6

『隠密鴉』　1998.12　334p〈『御用銀隠密』(徳間書店1996年刊)の改題〉
①4-19-891016-2

『姦にて候　妻敵討ち綺談』　1999.10　348p
①4-19-891195-9
〔内容〕霧の辻—狂いの夜, 青蚨の怪—位牌間男, こけ猿—怨み旅, 相腰始末—悪い友, 思案橋—禁忌の柔肌, 隠し町の女—妻と妻

『血戦!　遺恨・鍵屋ノ辻』　2000.9　340p
①4-19-891374-9

ノン・ポシェット(祥伝社)

『還らぬ鴉　直心影流孤殺剣 長編時代小説』　1997.12　675p

①4-396-32602-5

新田 次郎
にった・じろう
1912～1980

長野県生まれ。本名・藤原寛人。無線電信講習所卒。1955年「強力伝」で直木賞を受賞。以後、山岳小説でベストセラー作家となった。代表作は「八甲田山死の彷徨」。「武田信玄」など歴史小説も多い。妻は作家の藤原てい。

講談社文庫（講談社）

『武田勝頼　1　陽の巻』 1983.1　444p
①4-06-131813-6
『武田勝頼　2　水の巻』 1983.2　420p
①4-06-131814-4
『武田勝頼　3　空の巻』 1983.3　429p
〈参考文献：p410 年譜：p417～429〉
①4-06-131815-2
『武田勝頼　1（陽の巻）』 新装版　2009.9
509p
①978-4-06-276386-8
『武田勝頼　2（水の巻）』 新装版　2009.9
488p
①978-4-06-276387-5
『武田勝頼　3（空の巻）』 新装版　2009.9
487p〈文献あり〉
①978-4-06-276388-2

新潮文庫（新潮社）

『梅雨将軍信長』 1979.11　371p
〔内容〕梅雨将軍信長, 鳥人伝, 算士秘伝, 灯明堂物語, 時の日, 21万石の数学者, 女人禁制, 赤毛の司天台, 隠密海を渡る
『新田義貞』 1981.11　2冊
①4-10-112222-9
『六合目の仇討』 1984.9　352p

①4-10-112225-3
〔内容〕六合目の仇討, 近藤富士, 関の小万, 生人形, 賄賂, 冬田の鶴, 指, 島名主, 伊賀越え, 太田道灌の最期, 仁田四郎忠常異聞, 意地ぬ出んじら

『からかご大名』 1985.9 346p
①4-10-112226-1

『きびだんご侍』 1988.9 296p
①4-10-112227-X
〔内容〕豪雪に敗けた柴田勝家, 佐々成政の北アルプス越え, 黍団子侍, 凶年の梟雄, 明智光秀の母, 妖尼, 最後の叛乱

中公文庫(中央公論新社)

『赤毛の司天台』 1987.10 299p
①4-12-201459-X
〔内容〕赤毛の司天台, 明智光秀の母, 凶年の梟雄, 元寇秘話, 妖尼, 諏訪二の丸騒動

文春文庫(文藝春秋)

『武田信玄 1 風の巻』 1974 503p

『武田信玄 2 林の巻』 1974 424p

『武田信玄 3 火の巻』 1974 392p

『武田信玄 4 山の巻』 1974 510p

『芙蓉の人』 1975 254p

『槍ケ岳開山』 1977.7 365p

『富士に死す』 1978.5 217p

『怒る富士』 1980.5 2冊

『武田三代』 1980.11 246p
〔内容〕信虎の最期, 異説晴信初陣記, 消えた伊勢物語, まぼろしの軍師, 孤高の武人, 火術師, 武田金山秘史

『小笠原始末記』 1981.4 249p
〔内容〕増上寺焼打, 異人斬り, 小笠原始末記, 葉鶏頭, 訴人, 弱い奴, 旗本奴, 佐久間象山, 口

『陽炎』 1981.7 237p
〔内容〕ぬけ参り, 筍茶屋, 信長の悪夢, 天狗火事, 着流し同心, 流された人形, 北条早雲秘録, 陽炎

『富士に死す』 新装版 2004.5 221p
①4-16-711229-9

『武田信玄 風の巻』 新装版 2005.4 546p
①4-16-711230-2

『武田信玄 林の巻』 新装版 2005.4 463p
①4-16-711231-0

『武田信玄 火の巻』 新装版 2005.5 426p
①4-16-711232-9

『武田信玄 山の巻』 新装版 2005.5 543p
①4-16-711233-7

『武田三代』 新装版 2006.10 263p
①4-16-711235-3
〔内容〕信虎の最期, 異説 晴信初陣記, 消えた伊勢物語, まぼろしの軍師, 孤高の武人, 火術師, 武田金山秘史

『怒る富士 上』 新装版 2007.9 365p
①978-4-16-711236-3

『怒る富士 下』 新装版 2007.9 365p
①978-4-16-711237-0

『槍ケ岳開山』 新装版 2010.3 399p
①978-4-16-711238-7

『芙蓉の人』 新装版 2014.6 283p
①978-4-16-790122-6

仁田 義男

にった・よしお

1922～2006

兵庫県生まれ。本名・寺田義男。大阪外語中退。武田薬品に勤務後小説家となる。代表作に「大老の首」「画狂一代・小説葛飾北斎」など。

集英社文庫（集英社）

『大老の首』 1989.12　335p
Ⓘ4-08-749533-7
〔内容〕大老の首, 暗殺の腑, 子竜と小吉, 小吉と朝右衛門, 藤馬が笑う, 主水くどき節, 刺青降誕, 次郎吉しぐれ

徳間文庫（徳間書店）

◇剣聖伊藤一刀斎

『剣聖伊藤一刀斎　われ開眼せり』 1990.9　344p
Ⓘ4-19-599176-5

『剣聖伊藤一刀斎　神剣払捨刀』 1991.4　347p
Ⓘ4-19-599303-2

『剣聖伊藤一刀斎　秘剣見山』 1991.10　348p
Ⓘ4-19-599404-7

『剣聖伊藤一刀斎　殺人剣修羅』 1992.2　313p
Ⓘ4-19-599466-7

『剣聖伊藤一刀斎　無想活人剣』 1992.7　345p
Ⓘ4-19-567240-6

◇柳生花妖剣

『柳生花妖剣』 1994.7　310p
Ⓘ4-19-890157-0

『殺法松の葉　柳生花妖剣』 1994.9　314p
Ⓘ4-19-890192-9

『捨心十兵衛杖　柳生花妖剣』 1995.7　316p
Ⓘ4-19-890350-6

『非常の人徳川吉宗』 1995.1　318p
Ⓘ4-19-890255-0

丹羽 文雄
にわ・ふみお
1904～2005

三重県生まれ。早大卒。戦前に“マダムもの”の作品で作家的地位を確立、戦後も風俗作家として活躍、「厭がらせの年齢」は流行語にもなった。晩年は宗教的作品を発表、代表作に「親鸞」「蓮如」などがある。

新潮文庫（新潮社）

『菩提樹　上巻』 1957　343p
『菩提樹　下巻』 1957　344p
『親鸞　1　叡山の巻』 1981.9　412p
①4-10-101714-X
『親鸞　2　法難の巻』 1981.9　533p
①4-10-101715-8
『親鸞　3　越後・東国の巻』 1981.10　549p
①4-10-101716-6
『親鸞　4　善鸞の巻』 1981.10　499p
①4-10-101717-4

中公文庫（中央公論新社）

『魔身』 1980.3　261p
『蓮如　1　覚信尼の巻』 1985.9　278p
①4-12-201257-0
『蓮如　2　覚如と存覚の巻』 1985.9　301p
①4-12-201258-9
『蓮如　3　本願寺衰退の巻』 1985.10　328p
①4-12-201267-8
『蓮如　4　蓮如誕生の巻』 1985.10　286p
①4-12-201268-6
『蓮如　5　蓮如妻帯の巻』 1985.11　301p
①4-12-201277-5
『蓮如　6　最初の一向一揆の巻』 1985.11　304p
①4-12-201278-3
『蓮如　7　山科御坊の巻』 1985.12　300p
①4-12-201279-1
『蓮如　8　蓮如遷化の巻』 1985.12　337p
①4-12-201280-5
『蓮如　1　覚信尼の巻』 改版　1997.12　345p
①4-12-203009-9
『蓮如　2　覚如と存覚の巻』 改版　1998.1　374p
①4-12-203033-1
『蓮如　3　本願寺衰退の巻』 改版　1998.2　410p
①4-12-203073-0
『蓮如　4　蓮如誕生の巻』 改版　1998.3　355p
①4-12-203100-1
『蓮如　5　蓮如妻帯の巻』 改版　1998.4　375p
①4-12-203123-0
『蓮如　6　最初の一向一揆の巻』 改版　1998.5　379p
①4-12-203149-4
『蓮如　7　山科御坊の巻』 改版　1998.6　375p
①4-12-203174-5
『蓮如　8　蓮如遷化の巻』 改版　1998.7　419p
①4-12-203199-0

野上 弥生子

のがみ・やえこ

1885～1985

大分県生まれ。本名・野上ヤヱ。明治女学校卒。1907年「縁」で文壇にデビュー。代表作は読売文学賞の「迷路」と、女流文学賞の「秀吉と利休」。他に「大石良雄」など。

岩波文庫（岩波書店）

『大石良雄』 1953 92p

『大石良雄 笛』 1998.6 195p
①4-00-310498-6

中公文庫（中央公論新社）

『秀吉と利休』 1973 454p

野村 胡堂

のむら・こどう

1882～1963

岩手県生まれ。本名・野村長一。東大中退。1931年から「銭形平次捕物控」の連載を開始、57年まで実に26年間続いた。あらえびす名義の音楽評論でも知られる。他に「美男狩」など。

岡倉文庫（岡倉文庫刊行会）

『池田大助捕物日記』 1952 225p〈表紙標題には「池田大助捕物帖」とあり〉

角川文庫（角川書店）

◇銭形平次捕物控

『銭形平次捕物控 第1』 1957 280p

『銭形平次捕物控 第2』 1957 274p

『銭形平次捕物控 第3』 1957 269p

『銭形平次捕物控 第4』 1958 267p

『銭形平次捕物控 第5』 1958 260p

『銭形平次捕物控 第6』 1958 255p

『銭形平次捕物控 第7』 1958 267p

『銭形平次捕物控 第8』 1958 260p

『銭形平次捕物控 第9』 1958 259p

『銭形平次捕物控 第10』 1958 285p

光文社文庫（光文社）

◇銭形平次捕物控

『銭形平次捕物控 時代小説傑作選』

1985.11　302p
①4-334-70255-4
『銭形平次捕物控　時代推理小説傑作選』
新装版　2004.4　359p
①4-334-73670-X
〔内容〕小便組貞女, 八五郎の恋人, 濡れた千両箱, 刑場の花嫁, 仏喜三郎, 雪の夜, 花見の仇討, 弱い浪人, 遺書の罪, 尼が紅

時代小説文庫（富士見書房）

◇銭形平次捕物控

『銭形平次捕物控　1』 1981.7　281p
『銭形平次捕物控　2　花見の果て』 1981.9　274p
『銭形平次捕物控　3　濡れた千両箱』 1981.12　269p
『銭形平次捕物控　4　刑場の花嫁』 1982.3　267p
『銭形平次捕物控　5　幽霊の手紙』 1982.5　260p
『銭形平次捕物控　6　雪の精』 1982.8　255p
『銭形平次捕物控　7　雛の別れ』 1982.11　267p
『銭形平次捕物控　8　花見の仇討』 1982.12　260p
『銭形平次捕物控　9　十手の道』 1983.1　259p
『銭形平次捕物控　10　鉄砲の音』 1983.2　285p
『銭形平次捕物控　1　赤い紐』 1986.12　281p
①4-8291-1025-2
〔内容〕赤い紐, 傀儡名臣, お藤は解く, 玉の輿の呪, 金の鯉, 瓢箪供養, 金の茶釜, 活き仏, 権八の罪

嶋中文庫（嶋中書店）

◇銭形平次捕物控

『銭形平次捕物控　1　平次屠蘇機嫌』
2004.5　413p
①4-86156-300-3
〔内容〕買った遺書, 平次屠蘇機嫌, 蟬丸の香炉, 人形の誘惑, 辻斬綺談, 花見の仇討, 碁敵, お藤は解く, 双生児の呪, 御落胤殺し, 随筆銭形平次（一）平次身の上話
『銭形平次捕物控　2　八人芸の女』 2004.6　389p
①4-86156-301-1
〔内容〕庚申横丁, 一枚の文銭, 大村兵庫の眼玉, 綾吉殺し, 招く骸骨, 赤い紐, 二服の薬, 八人芸の女, 雪の足跡, お民の死
『銭形平次捕物控　3　酒屋火事』 2004.7　373p
①4-86156-302-X
〔内容〕欄干の死骸, 酒屋火事, 血潮の浴槽, 地獄から来た男, 傀儡名臣, 謎の鍵穴, 南蛮秘法箋, 竹光の殺人, 死の矢文, 人肌地蔵, 随筆銭形平次
『銭形平次捕物控　4　城の絵図面』 2004.8　365p
①4-86156-303-8
〔内容〕くるい咲き, 兵糧丸秘聞, 人魚の死, 美女を洗い出す, 城の絵図面, 黒い巾着, 大盗懺悔, 十手の道, どんど焼き, 十七の娘
『銭形平次捕物控　5　金の鯉』 2004.9　357p
①4-86156-304-6
〔内容〕路地の小判, 二度死んだ男, 二本の脇差, 金の鯉, 殺され半蔵, 幽霊にされた女, 呪いの銀簪, 江戸阿呆宮, 赤い痣, 幻の民五郎
『銭形平次捕物控　6　結納の行方』 2004.10　365p
①4-86156-305-4
〔内容〕和蘭カルタ, たぬき囃子, 捕物仁義, 歎きの菩薩, 迷子札, 小唄お政, 結納の行方, 八五郎の恋, 麝香の匂い, 富籤政談

『銭形平次捕物控　7　平次女難』 2004.11　389p
①4-86156-306-2
〔内容〕瓢箪供養, 平次女難, 玉の輿の呪い, 血潮と糠, 名馬罪あり, 受難の通人, 巾着切りの娘, 振袖源太, お局お六, 九百九十両

『銭形平次捕物控　8　お珊文身調べ』 2004.12　373p
①4-86156-307-0
〔内容〕鈴を慕う女, 路地の足跡, 濡れた千両箱, 怪伝白い鼠, 朱塗の筐, お珊文身調べ, 鉄砲汁, お染の歎き, 雪の精, 縁結び

『銭形平次捕物控　9　不死の霊薬』 2005.1　373p
①4-86156-308-9
〔内容〕死相の女, 金の茶釜, 敵討果てて, 三千両異変, 百四十四夜, 身投げする女, 不死の霊薬, 復讐鬼の姿, 七人の花嫁, 永楽銭の謎, コント初姿銭形平次八五郎手柄始め

『銭形平次捕物控　10　金色の処女』 2005.2　373p〈年譜あり〉
①4-86156-309-7
〔内容〕百物語, 南蛮仏, 忍術指南, 笑い茸, 許嫁の死, 紅筆願文, 金色の処女, お篠姉妹, 禁制の賦, ガラッ八祝言

『銭形平次捕物控　11　懐ろ鏡』 2005.5　365p
①4-86156-327-5
〔内容〕お秀の父, 金蔵の行方, 巨盗還る, 活き仏, 刑場の花嫁, 懐ろ鏡, 梅吉殺し, ガラッ八手柄話, 二人浜路, 十万両の行方

『銭形平次捕物控　12　狐の嫁入』 2005.6　349p
①4-86156-328-3
〔内容〕火遁の術, 狐の嫁入, 北冥の魚, 遺書の罪, 二階の娘, 女の足跡, 雪の夜, 吹矢の紅, 白紙の恐怖, 六軒長屋

『銭形平次捕物控　13　青い帯』 2005.7　317p
①4-86156-329-1
〔内容〕土への愛着, お由良の罪, 矢取娘, 啞娘, 青い帯, 辻斬, 弥惣の死, 月の隈, お吉お雪, 仏敵

『銭形平次捕物控　14　雛の別れ』 2005.8　285p
①4-86156-330-5
〔内容〕駕篭の行方, 雛の別れ, 井戸の茶碗, 仏師の娘, 火の呪い, 鐘五郎の死, 紅い扱帯, 第廿七吉, 父の遺書, 五つの命

『銭形平次捕物控　15　茶碗割り』 2005.9　275p
①4-86156-331-3
〔内容〕二枚の小判, 権八の罪, 仏喜三郎, 茶碗割り, 蜘蛛の巣, 秤座政談, 縞の財布, 彦徳の面, 遺言状, 槍の折れ

春陽文庫（春陽堂書店）

◇銭形平次捕物控

『銭形平次捕物控　第4』 1951　157p

『銭形平次捕物控　第5』 1951　158p

『銭形平次捕物控　第6』 1951　144p

『隠密縁起　前篇』 1953　236p

『隠密縁起　中篇』 1955　229p

『隠密縁起　後篇』 1955　214p

『三万両五十三次　第1　愛憎篇』 1957　263p

『三万両五十三次　第2　情炎篇』 1957　274p

『三万両五十三次　第3　流転篇』 1957　234p

『三万両五十三次　第4　狂瀾篇』 1957

『三万両五十三次　第5　解決篇』 1957

新潮文庫（新潮社）

◇銭形平次捕物控

『銭形平次捕物控　珠玉百選　第1』 1959

322p
『銭形平次捕物控　珠玉百選　第2』 1959　356p
『銭形平次捕物控　珠玉百選　第3』 1960　346p
『銭形平次捕物控　珠玉百選　第4』 1960　325p
『銭形平次捕物控　珠玉百選　第5』 1960　302p
『銭形平次捕物控　珠玉百選　第6』 1960　279p
『銭形平次捕物控　珠玉百選　第7』 1960　310p
『銭形平次捕物控　珠玉百選　第8』 1960　325p
『銭形平次捕物控　珠玉百選　第9』 1960　314p
『銭形平次捕物控　珠玉百選　第10』 1960　268p

『三万両五十三次　上巻』 1959　516p
『三万両五十三次　中巻』 1959　511p
『三万両五十三次　下巻』 1959　499p

大衆文学館（講談社）

『美男狩　上』 1995.10　532p
①4-06-262023-5
『美男狩　下』 1995.10　517p
①4-06-262024-3

中公文庫（中央公論新社）

『三万両五十三次　巻1』 1982.6　357p
『三万両五十三次　巻2』 1982.6　368p
『三万両五十三次　巻3』 1982.7　358p
『三万両五十三次　巻4』 1982.7　343p
『銭形平次　時代小説英雄列伝』 縄田一男〔編〕　2002.10　219p〈年譜あり〉
①4-12-204109-0
〔内容〕平次屠蘇機嫌, 五月人形, 赤い紐, 迷子札, 鉄砲の音, 平次身の上話, 捕物帖談義, 捕物小説は楽し

中公文庫ワイド版

（中央公論新社）

『銭形平次　時代小説英雄列伝』 縄田一男〔編〕　2003.12　219p〈年譜あり〉
①4-12-551431-3
〔内容〕銭形平次捕物控：平次屠蘇機嫌, 五月人形, 赤い紐, 迷子札, 鉄砲の音, 随筆銭形平次より：平次身の上話, 捕物帖談義, 捕物小説は楽し

文春文庫（文藝春秋）

◇銭形平次捕物控傑作選

『銭形平次捕物控傑作選　1　金色の処女』 2014.5　314p〈底本：『銭形平次捕物全集 1〜26巻』（河出書房 1956年〜1958年）〉
①978-4-16-790100-4
〔内容〕金色の処女, お珊文身調べ, 南蛮秘法箋, 名馬罪あり, 平次女難, 兵粮丸秘聞, お藤は解く, 迷子札, 平次身の上話
『銭形平次捕物控傑作選　2　花見の仇討』 2014.6　308p〈底本：『銭形平次捕物全集 1〜26巻』（河出書房 1956年〜1958年）〉
①978-4-16-790123-3
〔内容〕身投げする女, 花見の仇討, 九百九十両, 刑場の花嫁, 火遁の術, 遺書の罪, 第廿七吉, 五つの命, 銭形平次打明け話
『銭形平次捕物控傑作選　3　八五郎子守唄』 2014.7　292p〈底本：『銭形平次

捕物全集 1〜26巻』(河出書房 1956年〜1958年刊) 作品目録あり 年譜あり〉
①978-4-16-790143-1
〔内容〕権八の罪, 縞の財布, 荒神箒, 二つの刺青, 小便組貞女, 花見の留守, 死の秘薬, 八五郎子守唄, 『胡堂百話』より

PHP文庫(PHP研究所)

『奇譚銭形平次 「銭形平次捕物控」傑作選』 末國善己〔編〕 2008.10 372p
①978-4-569-67106-2
〔内容〕金色の処女, 呪いの銀簪, 人肌地蔵, 七人の花嫁, 南蛮秘法箋, 江戸阿呆宮, 火遁の術, 遠眼鏡の殿様, 密室

野村 敏雄

のむら・としお

1926〜2009

東京生まれ。明治学院大卒。処女作「老眼鏡と土性骨」が直木賞候補となり、以後ノンフィクションや史伝を中心に執筆。代表作に「秋山好古」「伊庭八郎」など。

春陽文庫(春陽堂書店)

『異聞忍者列伝』 1975 222p
『幻十郎鷹 聖岳伝奇』 1983.11 346p
『鮎之介颯爽記』 1984.5 259p
『盗泉の獅子』 1985.11 379p
『異聞忍者列伝』 新装版 1994.5 222p
①4-394-14002-1

双葉文庫(双葉社)

『慶長群盗陣』 1986.8 316p
①4-575-66022-1

PHP文庫(PHP研究所)

『宇喜多秀家 秀吉が夢を託した男』 1996.9 332p〈付:関係年表〉
①4-569-56929-3
『大谷吉継 「関ケ原」に散った仁将』 2000.4 372p
①4-569-57395-9
『小早川隆景 毛利を支えた知謀の将』 2000.8 373p
①4-569-57437-8
『伊庭八郎 遊撃隊隊長 戊辰戦争に散った伝説の剣士』 2004.6 378p〈年譜あ

り〉
①4-569-66206-4
『武田三代記　小説 信虎・信玄・勝頼、戦国最強軍団の光と影』 2007.8　475p
①978-4-569-66885-7

土師 清二
はじ・せいじ
1893〜1977

岡山県生まれ。本名・深谷静太。大阪朝日新聞在職中の1922年に「水野十郎左衛門」でデビュー。27年に発表した「砂絵呪縛」で一躍流行作家となった。

春陽文庫（春陽堂書店）

『妖説延命院』 1951　211p
『旗本伝法』 1972　444p
『大久保彦左衛門』 1973　471p
『無頼三十万石』 1975　314p
『濡れ髪権八』 1977.3　444p
『大久保彦左衛門』 改装版　1988.9　471p
①4-394-13802-7
『無頼三十万石　若き日の水戸黄門』 新装版　1989.10　314p
①4-394-13803-5

新小説文庫（新小説社）

『朱唇捕物帖』 1951　242p
〔内容〕朱唇捕物帖, 朱次郎捕物帖
『ひなどり将軍』 1951　213p

新潮文庫（新潮社）

『砂絵呪縛』 1958　2冊

大衆文学館（講談社）

『砂絵呪縛　上』 1997.1　334p

Ⓘ4-06-262070-7

『砂絵呪縛　下』 1997.2　328p

Ⓘ4-06-262071-5

中公文庫（中央公論新社）

『砂絵呪縛』 1980.7　2冊

長谷川 伸

はせがわ・しん

1884〜1963

神奈川県生まれ。「都新聞」でデビューし、「夜もすがら検校」で作家としての地位を確立。以後、「沓掛時次郎」「瞼の母」「一本刀土俵入」と次々と股旅物の戯曲を発表した。新鷹会を主催し、多くの後進を育てた。

旺文社文庫（旺文社）

『夜もすがら検校』 1976　342p

〔内容〕夜もすがら検校, 天正殺人鬼, 田舎小僧新助, 入墨者の死, 討たせてやらぬ敵討, 敵討たれに, 稲荷町中蔵, 母を討つ敵討, 戦国行状, 三梃駕籠, 笹喜三郎主従, 鷹庄吉田平三郎, 越路の手紙, 涙痕二代, 地獄の口, *解説（村上元三）, *年譜：p.328–342

『狼　足尾九兵衛の懺悔』 1977.6　364p

〈年譜：p.350〜364〉

岡倉文庫（岡倉文庫刊行会）

『関の弥太ッペ　他二篇』 1952　192p

〔内容〕関の弥太ッペ, 源太時雨, 直八こども旅

光文社文庫（光文社）

『股旅新八景　傑作時代小説』 1987.10　374p

Ⓘ4-334-70624-X

〔内容〕八丁浜太郎, 頼まれ多九蔵, 旅の馬鹿安, 小枕の伝八, 八郎兵衛狐, 獄門お蝶, 髯題目の政, 三ツ角段平

時代小説文庫（富士見書房）

『一本刀土俵入　長谷川伸名作選』 1984.2 294p
〔内容〕沓掛時次郎, 瞼の母, 雪の渡り鳥, 一本刀土俵入, 暗闇の丑松

市民文庫（河出書房）

『荒木又右衛門　上巻』 1951 350p
『荒木又右衛門　下巻』 1951 329p

春陽文庫（春陽堂書店）

『一本刀土俵入』 1951 175p
『国定忠次』 1956 2冊

新小説文庫（新小説社）

『源太とぴん介』 1951 135p
『捕物・おかめの面』 1951 177p
〔内容〕捕物・おかめの面, 講談伝兵衛
『地獄極楽　稲葉の新介鬼神のお松　上, 下』 1951 2冊
『股旅新八景　第1』 1951 152p
『股旅新八景　第2』 1952 171p
『股旅新八景　第3』 1952 167p

人物文庫（学陽書房）

『荒木又右衛門　上』 2002.3 380p
①4-313-75152-1
『荒木又右衛門　下』 2002.3 352p
①4-313-75153-X

大衆文学館（講談社）

『股旅新八景』 1995.3 392p
①4-06-262001-4
〔内容〕八丁浜太郎, 頼まれ多九蔵, 旅の馬鹿安, 小枕の伝八, 八郎兵衛狐, 獄門お蝶, 髯題目の政, 三ツ角段平
『荒木又右衛門　上』 1996.9 368p
①4-06-262056-1
『荒木又右衛門　下』 1996.10 354p
①4-06-262059-6

ちくま文庫（筑摩書房）

『瞼の母・沓掛時次郎』 1994.10 409p
①4-480-02909-5
〔内容〕瞼の母, 沓掛時次郎, 関の弥太ッぺ, 一本刀土俵入, 雪の渡り鳥, 暗闇の丑松

徳間文庫（徳間書店）

『荒木又右衛門　上』 1986.10 375p
①4-19-598159-X
『荒木又右衛門　下』 1986.10 350p
①4-19-598160-3
『上杉太平記』 1987.1 285p
①4-19-598215-4
『相馬大作と津軽頼母』 1987.3 413p
①4-19-598248-0
『紅蝙蝠』 1987.9 510p
①4-19-598356-8
『戸並長八郎』 1987.12 535p
①4-19-598419-X
『殴られた石松』 1988.9 345p
①4-19-598601-X
〔内容〕殴られた石松, 人斬り伊太郎, 飛び吉道中, 引返し百太郎
『国姓爺　上』 1989.9 316p
①4-19-598876-4

『国姓爺　下』 1989.9　318p
①4-19-598877-2

長谷川 卓

はせがわ・たく

1949～

神奈川県生まれ。早大卒。1981年「昼と夜」で群像新人賞を受賞してデビュー、81年「百舌が啼いてから」で芥川賞候補となる。代表作に「獄神」「戻り舟同心」など。

学研M文庫（学研パブリッシング）

◇戻り舟同心

『戻り舟同心』 2007.2　324p
①978-4-05-900439-4
『夕凪　戻り舟同心』 2008.4　348p
①978-4-05-900526-1
『逢魔刻　戻り舟同心』 2010.1　340p
〈文献あり　発売：学研マーケティング〉
①978-4-05-900619-0
『更待月　戻り舟同心』 2012.3　246p
〈文献あり　発売：学研マーケティング〉
①978-4-05-900743-2

講談社文庫（講談社）

『嶽神　上　白銀渡り』 2012.5　495p
〈『嶽神忍風 1～3』（中央公論新社 2004年刊）の加筆・訂正、上下巻に分冊〉
①978-4-06-277255-6
『嶽神　下　湖底の黄金』 2012.5　442p
〈『嶽神忍風 1～3』（中央公論新社 2004年刊）に加筆・訂正し、上下巻に分冊〉
①978-4-06-277256-3
『嶽神伝無坂　上』 2013.10　310p
①978-4-06-277663-9

『嶽神伝無坂　下』 2013.10　305p
①978-4-06-277664-6
『嶽神伝孤猿　上』 2015.5　354p
①978-4-06-293111-3
『嶽神伝孤猿　下』 2015.5　351p
①978-4-06-293112-0
『嶽神列伝 逆渡り』 2016.3　308p〈『逆渡り』(毎日新聞社 2011年刊) の改題〉
①978-4-06-293342-1

祥伝社文庫 (祥伝社)

◇高積見廻り同心御用控

『百まなこ　長編時代小説　高積見廻り同心御用控』 2007.10　371p
①978-4-396-33389-8
『犬目　高積見廻り同心御用控　2』 2010.9　314p
①978-4-396-33611-0
『日目連　高積見廻り同心御用控　3』 2014.6　458p
①978-4-396-34032-2

◇戻り舟同心

『戻り舟同心』 2016.2　362p〈学研M文庫 2007年刊を大幅に加筆・修正　文献あり〉
①978-4-396-34182-4
〔内容〕一番手柄, 嫌な奴, 何も聞かねえ
『戻り舟同心　夕凪』 2016.6　391p〈学研M文庫 2008年刊を大幅に加筆・修正〉
①978-4-396-34218-0
〔内容〕“布目屋”お近, 島流し, 暖簾
『戻り舟同心　逢魔刻』 2016.10　387p
①978-4-396-34256-2

竹書房時代小説文庫 (竹書房)

『私雨　峰蔵捕物歳時記』 2011.1　266p
①978-4-8124-4426-9
〔内容〕夜鷹殺し, 私雨, 討っ手, 夕日, お悠

徳間文庫 (徳間書店)

『雨乞の左右吉捕物話』 2009.4　315p
①978-4-19-892966-4
〔内容〕掏摸殺し, 壁どなり, 商売敵, 脅し, 修羅
『狐森　雨乞の左右吉捕物話』 2011.7　361p〈文献あり〉
①978-4-19-893398-2
〔内容〕豊松,《多嶋屋》倫, 鬼の丙左, 深川《櫓下》, 落着

ハルキ文庫 (角川春樹事務所)

◇南稜七ツ家秘録

『死地　南稜七ツ家秘録　時代小説文庫』 2002.9　357p
①4-7584-3005-5
『血路　南稜七ツ家秘録　時代小説文庫』 2005.4　378p
①4-7584-3166-3

◇北町奉行所捕物控

『風刃の舞　北町奉行所捕物控　時代小説文庫』 2005.8　289p
①4-7584-3191-4
『黒太刀　北町奉行所捕物控　時代小説文庫』 2006.4　274p
①4-7584-3227-9
『空舟　北町奉行所捕物控　時代小説文

庫』 2006.9　289p
Ⓘ4-7584-3256-2

『毒虫　北町奉行所捕物控　時代小説文庫』 2007.3　268p
Ⓘ978-4-7584-3279-5

『雨燕（アマツバメ）　北町奉行所捕物控　時代小説文庫』 2008.9　231p
Ⓘ978-4-7584-3370-9

『寒の辻　北町奉行所捕物控　時代小説文庫』 2009.6　264p〈文献あり〉
Ⓘ978-4-7584-3405-8

『明屋敷番始末　北町奉行所捕物控　時代小説文庫』 2009.9　242p
Ⓘ978-4-7584-3432-4

『野伏間の治助　北町奉行所捕物控　時代小説文庫』 2012.4　270p〈文献あり〉
Ⓘ978-4-7584-3630-4

『柳生七星剣　時代小説文庫』 2003.6　253p
Ⓘ4-7584-3052-7

『柳生双龍剣　時代小説文庫』 2004.11　225p
Ⓘ4-7584-3144-2

『柳生神妙剣　時代小説文庫』 2005.2　225p
Ⓘ4-7584-3155-8

浜野 卓也

はまの・たくや

1926〜2003

静岡県生まれ。早大卒。山口女子大教授の傍ら、児童文学や文芸評論家として活躍。とくに児童文学の歴史小説で知られる。代表作に「吉川元春」「佐々木小次郎」など。

PHP文庫（PHP研究所）

『北条時宗　元寇に挑んだ若き宰相』 1995.11　425p
Ⓘ4-569-56819-X

『黒田官兵衛　秀吉も一目おいた天下人の器』 1996.6　381p
Ⓘ4-569-56903-X

『吉川元春　毛利を支えた勇将』 1997.8　347p
Ⓘ4-569-57044-5

『蜂須賀小六　秀吉の天下取りを支えた男』 2001.8　284p
Ⓘ4-569-57529-3

『細川忠興　ギリギリの決断を重ねた戦国武将』 2002.7　275p
Ⓘ4-569-57765-2

『佐々木小次郎　秘剣「つばめ返し」を編み出した剣豪』 2003.8　243p
Ⓘ4-569-57980-9

林 不忘
はやし・ふぼう

1900～1935

新潟県生まれ。本名・長谷川海太郎。函館中中退。谷譲次名義で“めりけんじゃっぷもの”、林不忘名義で時代小説を執筆した。代表作は、大河内伝次郎主演の映画で人気を博した「丹下左膳」。

光文社文庫（光文社）

『丹下左膳　長編時代小説　1　乾雲坤竜の巻』 2004.5　736p
①4-334-73690-4
『丹下左膳　長編時代小説　2　こけ猿の巻』 2004.6　539p
①4-334-73704-8
『丹下左膳　長編時代小説　3　日光の巻』 2004.7　452p
①4-334-73721-8

時代小説文庫（富士見書房）

『丹下左膳　1　乾雲坤竜の巻　〔1〕』 1984.12　350p
①4-8291-1106-2
『丹下左膳　2　乾雲坤竜の巻　〔2〕』 1984.12　334p
①4-8291-1107-0
『丹下左膳　3　こけ猿の巻　〔1〕』 1984.12　258p
①4-8291-1108-9
『丹下左膳　4　こけ猿の巻　〔2〕』 1984.12　262p
①4-8291-1109-7
『丹下左膳　5　日光の巻』 1985.2　414p
①4-8291-1110-0

新潮文庫（新潮社）

『丹下左膳　第1巻　乾雲坤竜の巻』 1959　336p
『丹下左膳　第2巻　乾雲坤竜の巻　続』 1959　327p
『丹下左膳　第3巻　こけ猿の巻』 1959　473p
『丹下左膳　第4巻　日光の巻』 1959　402p

大衆文学館（講談社）

『丹下左膳　乾雲坤竜の巻 上』 1996.3　363p
①4-06-262038-3
『丹下左膳　乾雲坤竜の巻 下』 1996.4　381p
①4-06-262041-3

林 真理子
はやし・まりこ
1954〜

山梨県生まれ。本名・東郷真理子。日大卒。コピーライターを経て、1982年エッセイ集「ルンルンを買っておうちに帰ろう」を出版、大ベストセラーとなる。86年直木賞を受賞。時代小説の代表作に「正妻」「白蓮れんれん」など。

集英社文庫（集英社）

『白蓮れんれん』 2005.9 430p
①4-08-747860-2

小学館文庫（小学館）

『六条御息所源氏がたり 上』 2016.9
397p〈2010〜2011年刊の再編集〉
①978-4-09-406337-0

『六条御息所源氏がたり 下』 2016.9
493p〈2011〜2012年刊の再編集〉
①978-4-09-406338-7

中公文庫（中央公論新社）

『白蓮れんれん』 1998.10 431p
①4-12-203255-5

文春文庫（文藝春秋）

『本朝金瓶梅』 2009.7 282p
①978-4-16-747633-5

『本朝金瓶梅 お伊勢篇』 2010.7 311p
①978-4-16-747635-9
〔内容〕おきん、武松と出逢うの巻, 慶左衛門、花壺遊びをするの巻, 慶左衛門、お姫さまと寝るの巻, お花、間男の嫌疑がかかるの巻, お六、登場するの巻, おきん、水天宮で暴れるの巻, お六、赤ん坊を取り替えるの巻, 慶左衛門、女ふたりと旅に出るの巻, 慶左衛門、お六におじけづくの巻, 慶左衛門、美少年を吟味するの巻, 慶左衛門、訳あり男女にからむの巻, 慶左衛門、古市で試みるの巻, 慶左衛門、筆おろしの神さまに会うの巻, 本当の筆おろしの神さまの巻

『本朝金瓶梅 西国漫遊篇』 2013.10
300p
①978-4-16-747643-4
〔内容〕東男に京女の巻, 島原の怪の巻, 曾根崎心中の巻, 娘浄瑠璃、色合戦の巻, 娘浄瑠璃、金毘羅さまで泣くの巻, 金毘羅騒動の巻, 慶左衛門、赤亀でさんざんな目にあうの巻, 旅の終わりに赤ん坊の巻, 慶左衛門、娘の見合いに出るの巻, 慶左衛門、武家の娘を預かるの巻, おきん、髪結いの女を罠にはめるの巻, 慶左衛門、後家の姑に挑むの巻, 慶左衛門、唐人女郎とお床入りの巻, 紫式部の微笑み

羽山 信樹
はやま・のぶき

1944〜1997

東京生まれ。武蔵工大卒。1983年長編時代小説「流され者」でデビュー。他に「幕末刺客列伝」「第六天魔王信長」など。

角川文庫（角川書店）

『流され者　1　壬生宗十郎・狂神の章』 1985.12　389p
①4-04-162101-1

『流され者　2　壬生宗十郎・木端微塵剣』 1985.12　327p
①4-04-162102-X

『流され者　3　壬生宗十郎・怒濤の章』 1985.12　337p
①4-04-162103-8

『流され者　5　壬生宗十郎・断骨の章』 1985.12　306p
①4-04-162105-4

『流され者　6　壬生宗十郎・死生の章』 1986.1　385p
①4-04-162106-2

『幕末刺客列伝』 1987.9　285p
①4-04-162107-0
〔内容〕以蔵の指―岡田以蔵, 新兵衛の肚―田中新兵衛, 信吾の歯―那須信吾, 半次郎の腕―中村半次郎, 総司の眸―沖田総司, 唯三郎のふぐり―佐々木唯三郎, 次左衛門の掌―有村次左衛門, 彦斎のつむじ―川上彦斎, 歳三の瞼―土方歳三, 博文の貌―伊藤博文

『第六天魔王信長　織田信長　上』 1987.9　262p
①4-04-162108-9

『第六天魔王信長　織田信長　下』 1987.12　266p
①4-04-162109-7

時代小説文庫（富士見書房）

『滅びの将　信長に敗れた男たち』 1993.11　308p
①4-8291-1247-6

『夢狂いに候』 1994.8　309p
①4-8291-1256-5

小学館文庫（小学館）

◇信長シリーズ

『光秀の十二日　信長シリーズ　4』 2000.8　297p
①4-09-403584-2

『是非に及ばず　異聞信長記　信長シリーズ　3』 2000.9　459p
①4-09-403585-0

『夢狂いに候　信長シリーズ　2』 2000.10　326p
①4-09-403586-9

『滅びの将　信長シリーズ　1』 2000.11　306p
①4-09-403587-7
〔内容〕今はただ恨みもあらず―別所長治, 我やさき、人やさき―荒木村重, ものがたり、御ききあるべく候―吉川経家, おみなえし、藤袴―松永久秀, 名を高松の苔に残して―清水宗治

『邪しき者　上　柳生秘剣』 1999.8　347p
①4-09-403581-8

『邪しき者　中　血涙剣』 1999.8　289p
①4-09-403582-6

『邪しき者　下　生々流転剣』 1999.8　302p
①4-09-403583-4

原田 康子
はらだ・やすこ
1928～2009

東京生まれ。本名・佐々木康子。釧路高女卒。同人誌に連載した「挽歌」が大ベストセラーとなり、流行作家に。北海道を舞台とした作品が多く、時代小説に「風の砦」など。

講談社文庫（講談社）

『風の砦　上』 1995.9　414p
①4-06-263061-3
『風の砦　下』 1995.9　376p
①4-06-263062-1

新潮文庫（新潮社）

『風の砦　上』 1987.2　379p
①4-10-111405-6
『風の砦　下』 1987.2　347p
①4-10-111406-4

半村 良
はんむら・りょう
1933～2002

東京生まれ。本名・清野平太郎。両国高卒。SF作家としてデビューし、1974年に「雨やどり」で直木賞を受賞。79年には「戦国自衛隊」が映画化されて話題となった。時代小説の代表作は、柴田錬三郎賞を受賞した「かかし長屋」。

角川文庫（角川書店）

『産霊山秘録』 1975　528p

廣済堂文庫（廣済堂出版）

『どぶどろ　特選時代小説』 2015.5　548p
①978-4-331-61635-2
〔内容〕いも虫, あまったれ, 役たたず, くろうと, ぐず, おこもさん, おまんま, どぶどろ

講談社文庫（講談社）

『妖星伝　1　鬼道の巻』 1977.7　378p
『妖星伝　2　外道の巻』 1978.2　371p
『妖星伝　3　神道の巻』 1978.10　391p
『妖星伝　4　黄道の巻』 1979.9　417p
『妖星伝　5　天道の巻』 1980.9　406p
『妖星伝　6　人道の巻』 1981.7　396p
『講談碑夜十郎　上』 1992.4　463p
①4-06-185162-4
『講談碑夜十郎　下』 1992.4　386p
①4-06-185163-2
『妖星伝　7　魔道の巻』 1995.3　250p
①4-06-185908-0

『飛雲城伝説』 2002.5 812p
①4-06-273446-X
〔内容〕孤児記, 女神記, 東西記, 神代記

光文社文庫（光文社）

『講談大久保長安　長編時代小説　上』 1998.4 349p
①4-334-72590-2
『講談大久保長安　長編時代小説　下』 1998.4 349p
①4-334-72591-0
『獄門首　長編時代小説　〔光文社時代小説文庫〕』 2009.2 427p
①978-4-334-74550-9

集英社文庫（集英社）

『講談碑夜十郎　上』 1998.8 472p
①4-08-748843-8
『講談碑夜十郎　下』 1998.8 398p
①4-08-748844-6
『江戸打入り』 1999.12 373p
①4-08-747139-X
『かかし長屋』 2001.12 397p
①4-08-747391-0
〔内容〕土左衛門, 宿六たち, 後家と娘, 扇職人, 盗人仁義, 身の上ばなし, 浪人者, 足洗い稲荷, お節介, 後家屋の為吉, さぐり合い, 悪い相談, 捕り物支度, 盗みのあとさき, 勘助無常, 長屋のざわめき, 雨の大川端, 魚屋市助, 貧乏徳利, 松倉玄之丞, もやい舟, すっ飛び和尚
『すべて辛抱　上』 2003.8 381p
①4-08-747606-5
『すべて辛抱　下』 2003.8 359p
①4-08-747607-3
『江戸群盗伝』 2008.12 311p
①978-4-08-746383-5
〔内容〕夜がらす五兵衛, じべたの甚六, 桔梗屋四郎兵衛, 扇屋おりく, 賽銭吉右衛門, 犬走りの長吉, 先達貫太郎, なおし屋富蔵, 沖の六兵衛

祥伝社文庫（祥伝社）

『完本妖星伝　長編伝奇小説　3（終巻 天道の巻・人道の巻・魔道の巻）』 1998.12 1044p
①4-396-32657-2
『夢中人　長編奇想小説』 1999.9 236p
〈『夢中街』（1993年刊）の改題〉
①4-396-32712-9
『黄金の血脈　長編時代小説　天の巻』 2005.2 400p
①4-396-33214-9
『黄金の血脈　長編時代小説　地の巻』 2005.4 391p〈『彷徨える黄金慶長太平記』（平成10年刊）の改題〉
①4-396-33221-1
『黄金の血脈　長編時代小説　人の巻』 2005.6 411p〈『黄金郷伝説』（平成10年刊）の改題〉
①4-396-33231-9
『晴れた空　長編小説　上』 2005.7 720p
①4-396-33234-3
『晴れた空　長編小説　下』 2005.7 754p
①4-396-33235-1

新潮文庫（新潮社）

『どぶどろ』 1980.10 442p

人物文庫（学陽書房）

『講談大久保長安　上』 2004.11 354p
①4-313-75189-0
『講談大久保長安　下』 2004.11 346p
①4-313-75190-4

ノン・ポシェット（祥伝社）

『産霊山秘録』 1992.6 502p〈早川書房昭和48年刊に加筆・修正したもの〉
①4-396-32261-5

『黄金奉行』 1994.7 459p
①4-396-32383-2

『鈴河岸物語』 1995.7 556p
①4-396-32449-9

『かかし長屋 浅草人情物語』 1996.7 383p
①4-396-32511-8

『完本妖星伝 長編伝奇小説 1（鬼道の巻・外道の巻）』 1998.9 757p
①4-396-32644-0

『完本妖星伝 長編伝奇小説 2（神道の巻・黄道の巻）』 1998.10 818p
①4-396-32651-3

ハヤカワ文庫（早川書房）

『産霊山秘録』 1975 520p（図共）

ハルキ文庫（角川春樹事務所）

『産霊山秘録』 1999.10 554p
①4-89456-581-1

扶桑社文庫（扶桑社）

『どぶどろ 昭和ミステリ秘宝』 2001.12 492p
①4-594-03288-5
〔内容〕いも虫, あまったれ, 役たたず, くろうと, ぐず, おこもさん, おまんま, どぶどろ

文春文庫（文藝春秋）

『江戸群盗伝』 1996.6 294p
①4-16-716314-4
〔内容〕夜がらす五兵衛, じべたの甚六, 桔梗屋四郎兵衛, 扇屋おりく, 賽銭吉右衛門, 犬走りの長吉, 先達貫太, なおし屋富蔵, 沖の六兵衛

『暗殺春秋』 1999.12 316p
①4-16-716315-2

樋口 茂子

ひぐち・しげこ

1928～2013

静岡県生まれ。本名・樋口茂。堀川高女卒。病気と闘いながら小説を執筆、1957年処女作「非情の庭」がベストセラーとなる。古代をテーマとした作品を書き、代表作に長編「小説壬申の乱」がある。

PHP文庫（PHP研究所）

『小説壬申の乱 星空の帝王』 1996.5 445p
①4-569-56894-7

久生 十蘭

ひさお・じゅうらん

1902～1957

北海道生まれ。本名・阿部正雄。探偵小説でデビューし、1951年「鈴木主水」で直木賞を受賞。時代小説の代表作は「顎十郎捕物帳」。他に「平賀源内捕物帳」など。

朝日文芸文庫（朝日新聞社）

『平賀源内捕物帳』 1996.2 295p
①4-02-264098-7

『顎十郎捕物帳』 1998.5 676p
①4-02-264147-9

現代教養文庫（社会思想社）

『無月物語 久生十蘭傑作選 5』 1977.2 338p〈久生十蘭著作年表：p.331～338〉
〔内容〕遣米日記, 犬, 亜墨利加討, 湖畔, 無月物語, 鈴木主水, 玉取物語, うすゆき抄, 無惨やな, 奥の海

春陽文庫（春陽堂書店）

『顎十郎評判捕物帳 第1』 1951 178p

平岩 弓枝

ひらいわ・ゆみえ

1932～

東京生まれ。本名・伊東弓枝。日本女子大卒。長谷川伸に師事し、1959年「鏨師」で直木賞を受賞。代表作はドラマ化もされ、連載中の「御宿かわせみ」シリーズ。他に「はやぶさ新八御用帳」シリーズや、「水鳥の関」など。

学研M文庫（学研パブリッシング）

『椿説弓張月』 2002.5 220p
①4-05-902059-1

角川文庫（角川書店）

『ちっちゃなかみさん』 1987.1 334p
①4-04-163003-7
〔内容〕ちっちゃなかみさん, 邪魔っけ, お比佐とよめさん, 親なし子なし, なんでも八文, かみなり, 猩々乱, 遣り櫛, 赤絵獅子, 女ぶり

『密通』 1987.6 243p
①4-04-163005-3
〔内容〕密通, おこう, 居留地の女, 心中未遂, 夕映え, 江戸は夏, 露のなさけ, 菊散る

『江戸の娘』 1987.7 277p
①4-04-163006-1
〔内容〕狂歌師, 絵島の恋, 日野富子, 鬼盗夜ばなし, 出島阿蘭陀屋敷, 奏者斬り, 江戸の娘

『火宅の女 春日局』 1992.1 254p
①4-04-163013-4

『千姫様』 1992.12 321p
①4-04-163014-2

『江戸の娘』 新装版 2008.1 328p〈発売：角川グループパブリッシング〉

①978-4-04-163015-0
〔内容〕狂歌師, 絵島の恋, 日野富子, 鬼盗夜ばなし, 出島阿蘭陀屋敷, 奏者斬り, 江戸の娘

『密通』 新装版　2008.2　287p〈発売：角川グループパブリッシング〉
①978-4-04-163016-7
〔内容〕密通, おこう, 居留地の女, 心中未遂, 夕映え, 江戸は夏, 露のなさけ, 菊散る

『ちっちゃなかみさん』 新装版　2008.9　369p〈発売：角川グループパブリッシング〉
①978-4-04-163017-4
〔内容〕ちっちゃなかみさん, 邪魔っけ, お比佐とよめさん, 親なし子なし, なんでも八文, かみなり, 猩々乱, 遣り櫛, 赤絵獅子, 女ぶり

講談社文庫 (講談社)

◇はやぶさ新八御用帳

『はやぶさ新八御用帳　1　大奥の恋人』　1992.11　338p
①4-06-185283-3
〔内容〕淀橋の殺人, 大奥, 闇の中の声, 鬼子母神, 椿, お犬, 鷹野, お志賀の方, 篭の鳥, 雛の日, 無月, あの男, 御代参, 春の影, 庵崎にて, 心中

『はやぶさ新八御用帳　2　江戸の海賊』　1993.9　297p
①4-06-185492-5

『はやぶさ新八御用帳　3　又右衛門の女房』　1994.9　286p
①4-06-185770-3

『はやぶさ新八御用帳　4　鬼勘の娘』　1995.9　303p
①4-06-263064-8
〔内容〕箱根七湯, 白い殺人鬼, 御老女様の恋文, 鬼勘の娘, お化け女郎, 金唐革の財布, 新堀川慕情, さいかち坂上の恋人

『はやぶさ新八御用帳　5　御守殿おたき』　1996.9　283p
①4-06-263321-3
〔内容〕赤い廻り燈籠, 御守殿おたき, 雪日和, 多度津から来た娘, 男と女の雪違い, 三下り半の謎, 女密偵・お鯉, 女嫌いの医者

『はやぶさ新八御用帳　6　春月の雛』　1997.9　304p
①4-06-263605-0

『はやぶさ新八御用帳　7　寒椿の寺』　1999.9　293p
①4-06-264699-4
〔内容〕吉原大門の殺人, 出刃打ち花蝶, 寒椿の寺, 桜草売りの女, 青山百人町の傘, 奥右筆の用人, 墨河亭の客

『はやぶさ新八御用帳　8　春怨根津権現』　2000.9　301p
①4-06-264969-1
〔内容〕聖天宮の殺人, 梅屋敷の女, 春怨根津権現, 世間の噂, 牛天神の女, 秋風の門, 老武士

『はやぶさ新八御用帳　9』　2001.9　300p
①4-06-273254-8
〔内容〕王子稲荷の女, 寒紅梅, 里神楽の殺人, 柳と蛙, 夕顔観音堂, あやかし舟, 虫売りの男

『はやぶさ新八御用帳　10』　2002.9　272p
①4-06-273550-4
〔内容〕江戸の盆踊り, 郁江の危難, 大口屋の三人娘, 幽霊屋敷の女, 江戸の狼, 小町踊り

『はやぶさ新八御用帳　1　大奥の恋人』　新装版　2016.10　403p
①978-4-06-293510-4

◇はやぶさ新八御用旅

『はやぶさ新八御用旅　1　東海道五十三次』　2004.3　269p
①4-06-273979-8
〔内容〕江戸より箱根二十四里二十八丁, 箱根より江尻十七里七丁, 江尻より藤枝八里四丁, 藤枝より浜松十四里三十四丁, 浜松より二川六里, 二川より宮十五里十七丁, 宮より四日市十里八丁（内、海上七里）, 四日市より京二十六里十八丁（但し途中追分より白子まで廻り道を除く）

『はやぶさ新八御用旅　2　中仙道六十九次』 2005.12　381p
①4-06-275276-X
〔内容〕京の夢, 近江路にて, 美濃路を行く, 木曾路の秋, 信濃路追分節, 新八郎女難

『はやぶさ新八御用旅　3　日光例幣使道の殺人』 2007.12　295p
①978-4-06-275923-6

『はやぶさ新八御用旅　4　北前船の事件』 2009.11　326p〈文献あり〉
①978-4-06-276514-5

『はやぶさ新八御用旅　5　諏訪の妖狐』 2014.5　237p〈『諏訪の妖狐』(2011年刊) の改題〉
①978-4-06-277837-4

『はやぶさ新八御用旅　6　紅花染め秘帳』 2016.1　200p〈『紅花染め秘帳』(2014年刊) の改題〉
①978-4-06-293307-0

◇　◇　◇

『五人女捕物くらべ　上』 1997.6　277p
①4-06-263535-6
〔内容〕太公望のおせん, 琉球屋おまん, 七化けおさん, 猫姫おなつ, 花和尚お七

『五人女捕物くらべ　下』 1997.6　245p
①4-06-263536-4
〔内容〕遊女殺し—太公望のおせん, 雪の夜ばなし—七化けおさん, 江戸の毒蛇—琉球屋おまん, 文珠院の僧—花和尚お七, まんだらげ—猫姫おなつ

集英社文庫（集英社）

◇花房一平捕物夜話

『釣女　花房一平捕物夜話』 1983.12　246p〈『呪いの家』(東京文芸社昭和56年刊) の改題〉
①4-08-750699-1

『女櫛　花房一平捕物夜話』 1984.2　245p〈『呪いの家』(東京文芸社昭和56年刊) の改題〉
①4-08-750717-3
〔内容〕女櫛, 霧の中の舟, 夜の桜, さんま焼く, たんぽぽが咲いた, 泥棒が笑った

『女櫛　花房一平捕物夜話』 2007.12　269p
①978-4-08-746250-0
〔内容〕女櫛, 霧の中の舟, 夜の桜, さんま焼く, たんぽぽが咲いた, 泥棒が笑った

新潮文庫（新潮社）

『風の墓標』 1983.3　301p
①4-10-124103-1

『花影の花　大石内蔵助の妻』 1993.11　307p
①4-10-124109-0

『平安妖異伝』 2002.10　366p
①4-10-124115-5
〔内容〕花と楽人, 源頼光の姫, 樹下美人, 孔雀に乗った女, 狛笛を吹く女, 催馬楽を歌う男, 狛磨の鼓, 蛙人, 象太鼓, 春の館

『魚の棲む城』 2004.10　622p
①4-10-124116-3

『道長の冒険　平安妖異伝』 2006.10　256p
①4-10-124117-1

『聖徳太子の密使』 2012.5　376p
①978-4-10-124118-0

中公文庫（中央公論新社）

『南総里見八犬伝』 佐多芳郎〔画〕 1995.9　341p
①4-12-202415-3

文春文庫（文藝春秋）

◇御宿かわせみ

『御宿かわせみ』 1979.3 284p

『江戸の子守唄 御宿かわせみ 2』 1979.4 254p

『水郷から来た女 御宿かわせみ 3』 1980.10 316p

『山茶花は見た 御宿かわせみ 4』 1980.11 253p

『幽霊殺し 御宿かわせみ 5』 1985.9 244p
①4-16-716834-0

『狐の嫁入り 御宿かわせみ 6』 1986.6 232p
①4-16-716837-5

『酸漿は殺しの口笛 御宿かわせみ 7』 1988.10 234p
①4-16-716842-1

『白萩屋敷の月 御宿かわせみ 8』 1989.10 259p
①4-16-716844-8
〔内容〕美男の医者, 恋娘, 絵馬の文字, 水戸の梅, 持参嫁, 幽霊亭の女, 藤屋の火事, 白萩屋敷の月

『一両二分の女 御宿かわせみ 9』 1990.5 261p
①4-16-716847-2
〔内容〕むかし昔の, 黄菊白菊, 猫屋敷の怪, 藍染川, 美人の女中, 白藤検校の娘, 川越から来た女, 一両二分の女

『閻魔まいり 御宿かわせみ 10』 1991.6 254p
①4-16-716852-9
〔内容〕蛍沢の怨霊, 金魚の怪, 露月町・白菊蕎麦, 源三郎祝言, 橋づくし, 星の降る夜, 閻魔まいり, 蜘蛛の糸

『二十六夜待の殺人 御宿かわせみ 11』 1991.9 253p
①4-16-716853-7
〔内容〕神霊師・於とね, 二十六夜待の殺人, 女同士, 牡丹屋敷の人々, 源三郎子守歌, 犬の話, 虫の音, 錦秋中仙道

『夜鴉おきん 御宿かわせみ 12』 1992.5 283p
①4-16-716856-1
〔内容〕西の市の殺人, 春の摘み草, 岸和田の姫, 筆屋の女房, 夜鴉おきん, 江戸の田植歌, 息子, 源太郎誕生

『鬼の面 御宿かわせみ 13』 1992.10 286p
①4-16-716857-X
〔内容〕夕涼みの女, 大川の河童, 麻布の秋, 忠三郎転生, 雪の夜ばなし, 鬼の面, 春の寺

『神かくし 御宿かわせみ 14』 1993.6 268p
①4-16-716859-6
〔内容〕梅若塚に雨が降る, みずすまし, 天下祭の夜, 目黒川の蛍, 六阿弥陀道しるべ, 時雨降る夜, 神かくし, 麻生家の正月

『恋文心中 御宿かわせみ 15』 1993.10 263p
①4-16-716860-X
〔内容〕雪女郎, 浅草天文台の怪, 恋文心中, わかれ橋, 祝言, お富士さんの蛇, 八朔の雪, 浮世小路の女

『八丁堀の湯屋 御宿かわせみ 16』 1994.11 260p
①4-16-716861-8
〔内容〕ひゆたらり, びいどろ正月, 黒船稲荷の狐, 吉野屋の女房, 花御堂の決闘, 煙草屋小町, 八丁堀の湯屋, 春や、まぼろし

『雨月 御宿かわせみ 17』 1995.10 278p
①4-16-716863-4

『秘曲 御宿かわせみ 18』 1996.11 264p
①4-16-716865-0
〔内容〕念仏踊りの殺人, 松風の唄, おたぬきさん, 江戸の馬市, 冬の鴉, 目籠ことはじめ, 秘曲, 菜の花月夜

『かくれんぼ 御宿かわせみ 19』 1997.10 283p
①4-16-716866-9
〔内容〕マンドラゴラ奇聞, 花世の冒険, 残月,

かくれんぼ, 薬研堀の猫, 江戸の節分, 福の湯, 一ツ目弁財天の殺人

『お吉の茶碗　御宿かわせみ　20』 1998.4　258p
①4-16-716867-7
〔内容〕花嫁の仇討, お吉の茶碗, 池の端七軒町, 汐浜の殺人, 春桃院門前, さかい屋万助の犬, 怪盗みずたがらし, 夢殺人

『犬張子の謎　御宿かわせみ　21』 1998.11　285p
①4-16-716868-5
〔内容〕独楽と羽子板, 柿の木の下, 犬張子の謎, 鯉魚の仇討, 十軒店人形市, 愛宕まいり, 蓮の花, 富貴蘭の殺人

『清姫おりょう　御宿かわせみ　22』 1999.11　283p
①4-16-716871-5
〔内容〕横浜から出て来た男, 蝦蟇の油売り, 穴八幡の虫封じ, 阿蘭陀正月, 月と狸, 春の雪, 清姫おりょう, 猿若町の殺人

『源太郎の初恋　御宿かわせみ　23』 2000.5　279p
①4-16-716872-3
〔内容〕虹のおもかげ, 笹舟流し, 迷子の鶏, 月夜の雁, 狸穴坂の医者, 冬の海, 源太郎の初恋, 立春大吉

『春の高瀬舟　御宿かわせみ　24』 2001.3　265p
①4-16-716873-1
〔内容〕花の雨, 春の高瀬舟, 日暮里の殺人, 伝通院の僧, 二軒茶屋の女, 名月や, 紅葉散る, 金波楼の姉妹

『宝船まつり　御宿かわせみ　25』 2002.4　280p
①4-16-716876-6
〔内容〕冬鳥の恋, 西行法師の短冊, 宝船まつり, 神明ノ原の血闘, 大力お石, 女師匠, 長崎から来た女, 大山まいり

『長助の女房　御宿かわせみ　26』 2002.8　275p
①4-16-716877-4
〔内容〕老いの坂道, 江戸の湯舟, 千手観音の謎, 長助の女房, 嫁入り舟, 人魚の宝珠, 玉川の鵜飼, 唐獅子の産着

『横浜慕情　御宿かわせみ　27』 2003.4　283p
①4-16-716878-2
〔内容〕三婆, 鬼ごっこ, 烏頭坂今昔, 浦島の妙薬, 横浜慕情, 鬼女の息子, 有松屋の娘, 橋姫づくし

『御宿かわせみ』 新装版　2004.3　299p
①4-16-716880-4
〔内容〕初春の客, 花冷え, 卯の花匂う, 秋の蛍, 倉の中, 師走の客, 江戸は雪, 玉屋の紅

『江戸の子守唄　御宿かわせみ　2』 新装版　2004.3　272p
①4-16-716881-2
〔内容〕江戸の子守唄, お役者松, 迷子石, 幼なじみ, 宵節句, ほととぎす啼く, 七夕の客, 王子の滝

『佐助の牡丹　御宿かわせみ　28』 2004.4　294p
①4-16-716882-0
〔内容〕江戸の植木市, 梅屋の兄弟, 佐助の牡丹, 江戸の蚊帳売り, 三日月紋の印籠, 水売り文三, あちゃという娘, 冬の桜

『水郷から来た女　御宿かわせみ　3』 新装版　2004.7　332p
①4-16-716883-9
〔内容〕秋の七福神, 江戸の初春, 湯の宿, 桐の花散る, 水郷から来た女, 風鈴が切れた, 女がひとり, 夏の夜ばなし, 女主人殺人事件

『山茶花は見た　御宿かわせみ　4』 新装版　2004.8　267p
①4-16-716884-7
〔内容〕山茶花は見た, 女難剣難, 江戸の怪猫, 鴉を飼う女, 鬼女, ぼてふり安, 人は見かけに, 夕涼み殺人事件

『幽霊殺し　御宿かわせみ　5』 新装版　2004.9　253p
①4-16-716885-5
〔内容〕恋ふたたび, 奥女中の死, 川のほとり, 幽霊殺し, 源三郎の恋, 秋色佃島, 三つ橋渡った

『初春弁才船　御宿かわせみ　29』 2004.10　271p
①4-16-716886-3
〔内容〕宮戸川の夕景, 初春弁才船, 辰巳屋お

しゅん, 丑の刻まいり, 桃の花咲く寺, メキシコ銀貨, 猫一匹

『狐の嫁入り　御宿かわせみ　6』 新装版 2004.10　222p
①4-16-716887-1
〔内容〕師走の月, 迎春忍川, 梅一輪, 千鳥が啼いた, 狐の嫁入り, 子はかすがい

『酸漿は殺しの口笛　御宿かわせみ　7』 新装版　2004.11　244p
①4-16-716888-X
〔内容〕春色大川端, 酸漿は殺しの口笛, 玉菊燈篭の女, 能役者、清大夫, 冬の月, 雪の朝

『白萩屋敷の月　御宿かわせみ　8』 新装版　2004.12　268p
①4-16-716889-8
〔内容〕美男の医者, 恋娘, 絵馬の文字, 水戸の梅, 持参嫁, 幽霊亭の女, 藤屋の火事, 白萩屋敷の月

『一両二分の女　御宿かわせみ　9』 新装版　2005.1　273p
①4-16-716890-1
〔内容〕むかし昔の, 黄菊白菊, 猫屋敷の怪, 藍染川, 美人の女中, 白藤検校の娘, 川越から来た女, 一両二分の女

『閻魔まいり　御宿かわせみ　10』 新装版　2005.2　266p
①4-16-716891-X
〔内容〕蛍沢の怨霊, 金魚の怪, 露月町・白菊蕎麦, 源三郎祝言, 橋づくし, 星の降る夜, 閻魔まいり, 蜘蛛の糸

『二十六夜待の殺人　御宿かわせみ　11』 新装版　2005.3　254p
①4-16-716892-8
〔内容〕神霊師・於とね, 二十六夜待の殺人, 女同士, 牡丹屋敷の人々, 源三郎子守歌, 犬の話, 虫の音, 錦秋中仙道

『夜鴉おきん　御宿かわせみ　12』 新装版　2005.6　268p
①4-16-716893-6
〔内容〕酉の市の殺人, 春の摘み草, 岸和田の姫, 筆屋の女房, 夜鴉おきん, 江戸の田植歌, 息子, 源太郎誕生

『鬼の面　御宿かわせみ　13』 新装版 2005.7　285p
①4-16-716894-4
〔内容〕夕涼みの女, 大川の河童, 麻布の秋, 忠三郎転生, 雪の夜ばなし, 鬼の面, 春の寺

『鬼女の花摘み　御宿かわせみ　30』 2005.8　315p
①4-16-716895-2
〔内容〕鬼女の花摘み, 浅草寺の絵馬, 吉松殺し, 白鷺城の月, 初春夢づくし, 招き猫, 蓑虫の唄

『神かくし　御宿かわせみ　14』 新装版 2005.9　268p
①4-16-716896-0
〔内容〕梅若塚に雨が降る, みずすまし, 天下祭の夜, 目黒川の蛍, 六阿弥陀道しるべ, 時雨降る夜, 神かくし, 麻生家の正月

『恋文心中　御宿かわせみ　15』 新装版 2005.10　263p
①4-16-716897-9
〔内容〕雪女郎, 浅草天文台の怪, 恋文心中, わかれ橋, 祝言, お富士さんの蛇, 八朔の雪, 浮世小路の女

『八丁堀の湯屋　御宿かわせみ　16』 新装版　2005.11　261p
①4-16-716898-7
〔内容〕ひゆたらり, びいどろ正月, 黒船稲荷の狐, 吉野屋の女房, 花御堂の決闘, 煙草屋小町, 八丁堀の湯屋, 春や、まぼろし

『雨月　御宿かわせみ　17』 新装版 2005.12　278p
①4-16-716899-5
〔内容〕尾花茶屋の娘, 雨月, 伊勢屋の子守, 白い影法師, 梅の咲く日, 矢大臣殺し, 春の鬼, 百千鳥の琴

『秘曲　御宿かわせみ　18』 新装版 2006.1　264p
①4-16-771001-3
〔内容〕念仏踊りの殺人, 松風の唄, おたぬきさん, 江戸の馬市, 冬の鴉, 目籠ことはじめ, 秘曲, 菜の花月夜

『かくれんぼ　御宿かわせみ　19』 新装版　2006.2　283p
①4-16-771002-1
〔内容〕マンドラゴラ奇聞, 花世の冒険, 残月, かくれんぼ, 薬研堀の猫, 江戸の節分, 福

の湯, 一ツ目弁財天の殺人

『江戸の精霊流し　御宿かわせみ　31』 2006.4　287p
①4-16-771003-X
〔内容〕夜鷹そばや五郎八, 野老沢の肝っ玉おっ母あ, 昼顔の咲く家, 江戸の精霊流し, 亥の子まつり, 北前船から来た男, 猫絵師勝太郎, 梨の花の咲く頃

『十三歳の仲人　御宿かわせみ　32』 2007.4　281p
①978-4-16-771005-7
〔内容〕十八年目の春, 浅妻船さわぎ, 成田詣での旅, お石の縁談, 代々木野の金魚まつり, 芋嵐の吹く頃, 猫芸者おたま, 十三歳の仲人

『小判商人　御宿かわせみ　33』 2008.4　284p
①978-4-16-771008-8
〔内容〕稲荷橋の飴屋, 青江屋の若旦那, 明石玉のかんざし, 手妻師千糸大夫, 文三の恋人, 小判商人, 初卯まいりの日

『浮かれ黄蝶　御宿かわせみ　34』 2009.9　312p
①978-4-16-771014-9
〔内容〕浮かれ黄蝶, 捨てられた娘, 清水屋の人々, 猫と小判, わいわい天王の事件, 二人伊三郎, さんさ時雨, 公孫樹の葉の黄ばむ頃

◇新・御宿かわせみ

『新・御宿かわせみ』 2010.8　381p
①978-4-16-771015-6
〔内容〕築地居留地の事件, 蝶丸屋おりん, 桜十字の紋章, 花世の縁談, 江利香という女, 天が泣く

『華族夫人の忘れもの　新・御宿かわせみ　2』 2011.8　349p
①978-4-16-771017-0
〔内容〕華族夫人の忘れもの, 士族の娘, 牛鍋屋あんじゅ, 麻太郎の休日, 春風の殺人, 西洋宿館の亡霊

『花世の立春　新・御宿かわせみ　3』 2012.12　296p
①978-4-16-771020-0
〔内容〕明石橋の殺人, 俥宿の女房, 花世の立春, 糸屋の女たち, 横浜不二山商会, 抱卵の子

『蘭陵王の恋　新・御宿かわせみ　4』 2015.10　324p
①978-4-16-790461-6
〔内容〕イギリスから来た娘, 麻太郎の友人, 姨捨山幻想, 西から来た母娘, 殺人鬼, 松前屋の事件, 蘭陵王の恋

◇御宿かわせみ傑作選

『初春(はる)の客　御宿かわせみ傑作選　1』 2014.2　293p
①978-4-16-790030-4
〔内容〕初春の客, 江戸の子守唄, 美男の医者, 白萩屋敷の月, 源三郎祝言, 虫の音, 岸和田の姫

『祝言　御宿かわせみ傑作選　2』 2014.2　317p
①978-4-16-790031-1
〔内容〕忠三郎転生, 春の寺, 麻生家の正月, 祝言, 矢大臣殺し, 松風の唄, 花世の冒険

『源太郎の初恋　御宿かわせみ傑作選　3』 2014.3　290p 〈『千手観音の謎』(2006年刊)の改題、再編集〉
①978-4-16-790052-6
〔内容〕お吉の茶碗, 十軒店人形市, 虹のおもかげ, 源太郎の初恋, 立春大吉, 紅葉散る, 神明ノ原の血闘

『長助の女房　御宿かわせみ傑作選　4』 2014.4　328p 〈『千手観音の謎』(2006年刊)の改題〉
①978-4-16-790053-3
〔内容〕大力お石, 千手観音の謎, 長助の女房, 水売り文三, 初春弁才船, 北前船から来た男, 代々木野の金魚まつり, 十三歳の仲人

『かまくら三国志　上』 1990.2　286p
①4-16-716845-6

『かまくら三国志　下』 1990.2　286p
①4-16-716846-4

『水鳥の関　上』 1999.4　325p

Ⓘ4-16-716869-3
『水鳥の関　下』 1999.4　325p
Ⓘ4-16-716870-7
『妖怪』 2001.10　487p
Ⓘ4-16-716875-8
『獅子の座　足利義満伝』 2003.10　404p
Ⓘ4-16-716879-0

広瀬 仁紀
ひろせ・にき

1931〜1995

東京生まれ。本名・広瀬満。成城大卒。デビュー作「適塾の維新」が直木賞候補となり、以後経済小説を相次いで発表。「天正十年夏・本能寺炎上」「忠臣蔵外伝・大野九郎兵衛始末」など歴史小説作品もある。

講談社文庫（講談社）

『薩南の鷹　人斬り半次郎異伝』 1987.3　349p
Ⓘ4-06-183950-0

時代小説文庫（富士見書房）

◇新選組風雲録

『新選組風雲録　洛中篇』 1990.1　284p
Ⓘ4-8291-1196-8
『新選組風雲録　激斗篇』 1990.2　290p
Ⓘ4-8291-1197-6
『新選組風雲録　落日篇』 1990.3　308p
Ⓘ4-8291-1198-4
『新選組風雲録　戊辰篇』 1990.4　269p
Ⓘ4-8291-1199-2
『新選組風雲録　函館篇』 1990.5　286p
Ⓘ4-8291-1200-X

『沖田総司恋唄』 1981.9　261p
『土方歳三散華』 1982.10　252p
『適塾の維新』 1983.11　2冊
『洛陽の死神』 1984.2　253p

〔内容〕洛陽の死神, 河原町三条下ル, 薩南の鷹

『青蓮院の獅子』 1984.10 360p
①4-8291-1094-5

『乱世の知恵者 三井財閥創設者・三野村利左衛門』 1988.5 290p
①4-8291-1142-9

『薩南の鷹 人斬り半次郎異伝』 1989.10 335p
①4-8291-1180-1

『幕末鬼骨伝』 1993.6 279p
①4-8291-1243-3
〔内容〕高台寺の鵺―伊東甲子太郎, 最後の御典医―松本良順, 青嵐独歩録―山岡鉄舟, 松籟颯々―頭山満

『田沼意次』 1994.7 330p
①4-8291-1255-7

小学館文庫 (小学館)

『沖田総司恋唄』 1999.12 290p
①4-09-404111-7

『土方歳三散華』 2001.4 260p
①4-09-404112-5

文春文庫 (文藝春秋)

◇新選組風雲録

『新選組風雲録 洛中篇』 2004.4 295p
①4-16-767907-8

『新選組風雲録 激闘篇』 2004.5 308p
①4-16-767908-6

『新選組風雲録 落日篇』 2004.6 330p
①4-16-767909-4

『新選組風雲録 戊辰篇』 2004.7 291p
①4-16-767915-9

『新選組風雲録 函館篇』 2004.8 316p
①4-16-767921-3

藤沢 周平

ふじさわ・しゅうへい

1927〜1997

山形県生まれ。本名・小菅留治。山形師範卒。1973年「暗殺の年輪」で直木賞を受賞。以後、市井ものを中心に時代小説、歴史小説を発表。代表作は「用心棒日月抄」シリーズ。他に「回天の門」「三屋清左衛門残日録」など。

角川文庫 (角川書店)

『天保悪党伝』 1993.11 295p
①4-04-190501-X
〔内容〕蚊喰鳥, 闇のつぶて, 赤い狐, 泣き虫小僧, 三千歳たそがれ, 悪党の秋

『春秋山伏記』 2001.11 327p
①4-04-190502-8

『天保悪党伝』 新装版 2011.5 318p 〈発売:角川グループパブリッシング〉
①978-4-04-190503-6
〔内容〕蚊喰鳥, 闇のつぶて, 赤い狐, 泣き虫小僧, 三千歳たそがれ, 悪党の秋, *解説(佐高信〔著〕)

講談社文庫 (講談社)

◇獄医立花登手控え

『春秋の檻 獄医立花登手控え』 1982.5 295p 〈年譜:p287〜295〉
①4-06-131763-6

『風雪の檻 獄医立花登手控え 2』 1983.11 272p 〈年譜:p263〜272〉
①4-06-183130-5

『愛憎の檻 獄医立花登手控え 3』 1984.11 294p 〈年譜:p284〜294〉
①4-06-183386-3

『人間の檻　獄医立花登手控え　4』 1985.11　333p〈年譜：p323～333〉
①4-06-183626-9

『春秋の檻　獄医立花登手控え　1』 新装版　2002.12　345p〈肖像あり　年譜あり〉
①4-06-273586-5
〔内容〕雨上がり, 善人長屋, 女牢, 返り花, 風の道, 落葉降る, 牢破り

『風雪の檻　獄医立花登手控え　2』 新装版　2002.12　303p〈肖像あり　年譜あり〉
①4-06-273587-3
〔内容〕老賊, 幻の女, 押し込み, 化粧する女, 処刑の日

『愛憎の檻　獄医立花登手控え　3』 新装版　2002.12　321p〈肖像あり　年譜あり〉
①4-06-273588-1
〔内容〕秋風の女, 白い骨, みな殺し, 片割れ, 奈落のおあき, 影法師

『人間の檻　獄医立花登手控え　4』 新装版　2002.12　366p〈肖像あり　年譜あり〉
①4-06-273589-X
〔内容〕戻って来た罪, 見張り, 待ち伏せ, 影の男, 女の部屋, 別れゆく季節

『雪明かり』 1979.2　367p
〔内容〕恐喝.入墨.潮田伝五郎置文.穴熊.冤罪.暁のひかり.遠方より来る.雪明かり, 年譜：p362～367

『闇の歯車』 1981.12　227p〈年譜：p220～227〉
①4-06-131734-2

『決闘の辻　藤沢版新剣客伝』 1988.11　301p〈年譜：p289～301〉
①4-06-184343-5
〔内容〕二天の窟―宮本武蔵, 死闘―神子上典膳, 夜明けの月影―柳生但馬守宗矩, 師弟剣―諸岡一羽斎と弟子たち, 飛ぶ猿―愛洲移香斎

『市塵　上』 1991.11　263p
①4-06-185030-X

『市塵　下』 1991.11　248p
①4-06-185031-8

『義民が駆ける』 1998.9　386p
①4-06-263931-9

『闇の歯車』 新装版　2005.1　282p〈年譜あり〉
①4-06-274989-0
〔内容〕誘う男, 酒亭おかめ, 押し込み, ちぎれた鎖

『市塵　上』 新装版　2005.5　320p
①4-06-275075-9

『市塵　下』 新装版　2005.5　300p
①4-06-275076-7

『決闘の辻』 新装版　2006.1　364p〈年譜あり〉
①4-06-275300-6
〔内容〕二天の窟（宮本武蔵）, 死闘（神子上典膳）, 夜明けの月影（柳生但馬守宗矩）, 師弟剣（諸岡一羽斎と弟子たち）, 飛ぶ猿（愛洲移香斎）

『雪明かり』 新装版　2006.11　438p
①4-06-275565-3
〔内容〕恐喝, 入墨, 潮田伝五郎置文, 穴熊, 冤罪, 暁のひかり, 遠方より来る, 雪明かり

『義民が駆ける　レジェンド歴史時代小説』 2015.10　459p〈1998年刊の改訂　文献あり〉
①978-4-06-293221-9

実業之日本社文庫

（実業之日本社）

『初つばめ　「松平定知の藤沢周平をよむ」選』 2011.12　350p
①978-4-408-55063-3
〔内容〕驟り雨, 遅いしあわせ, 運の尽き, 泣かない女, 踊る手, 消息, 初つばめ, 夜の道, おさんが呼ぶ, 時雨みち, *解説（松平定知〔著〕）

新潮文庫（新潮社）

◇用心棒日月抄

『用心棒日月抄』 1981.3 402p
①4–10–124701–3

『孤剣 用心棒日月抄』 1984.9 392p
①4–10–124710–2

『刺客 用心棒日月抄』 1987.2 347p
①4–10–124716–1

『凶刃 用心棒日月抄』 1994.9 375p
①4–10–124722–6

◇彫師伊之助捕物覚え

『消えた女 彫師伊之助捕物覚え』 1983.8 363p
①4–10–124707–2

『漆黒の霧の中で 彫師伊之助捕物覚え』 1986.9 274p
①4–10–124715–3

『ささやく河 彫師伊之助捕物覚え』 1988.9 433p
①4–10–124719–6

『竹光始末』 1981.11 270p
①4–10–124702–1
〔内容〕竹光始末, 恐妻の剣, 石を抱く, 冬の終りに, 乱心, 遠方より来る

『時雨のあと』 1982.6 258p
①4–10–124703–X
〔内容〕雪明かり, 闇の顔, 時雨のあと, 意気地なし, 秘密, 果し合い, 鱗雲

『冤罪』 1982.9 426p
①4–10–124704–8
〔内容〕証拠人, 唆す, 潮田伝五郎置文, 密夫の顔, 夜の城, 臍曲がり新左, 一顆の瓜, 十四人目の男, 冤罪

『橋ものがたり』 1983.4 334p
①4–10–124705–6

『神隠し』 1983.9 309p
①4–10–124706–4
〔内容〕拐し, 昔の仲間, 疫病神, 告白, 三年目, 鬼, 桃の木の下で, 小鶴, 暗い渦, 夜の雷雨, 神隠し

『春秋山伏記』 1984.2 284p〈付：参考書〉
①4–10–124708–0

『時雨みち』 1984.5 316p
①4–10–124709–9
〔内容〕帰還せず, 飛べ、佐五郎, 山桜, 盗み喰い, 滴る汗, 幼い声, 夜の道, おばさん, 亭主の仲間, おさんが呼ぶ, 時雨みち

『驟り雨』 1985.2 306p
①4–10–124711–0
〔内容〕贈り物, うしろ姿, ちきしょう！ 驟り雨, 人殺し, 朝焼け, 遅いしあわせ, 運の尽き, 捨てた女, 泣かない女

『密謀』 1985.9 2冊
①4–10–124712–9

『闇の穴』 1985.9 260p
①4–10–124714–5
〔内容〕木綿触れ, 小川の辺, 闇の穴, 閉ざされた口, 狂気, 荒れ野, 夜が軋む

『霜の朝』 1987.2 308p
①4–10–124717–X
〔内容〕報復, 泣く母, 嚔, 密告, おとくの神, 虹の空, 禍福, 追われる男, 怠け者, 霜の朝, 歳月

『竜を見た男』 1987.9 313p
①4–10–124718–8
〔内容〕帰ってきた女, おつぎ, 龍を見た男, 逃走, 弾む声, 女下駄, 遠い別れ, 失踪, 切腹

『本所しぐれ町物語』 1990.9 323p
①4–10–124720–X

『たそがれ清兵衛』 1991.9 327p
①4–10–124721–8
〔内容〕たそがれ清兵衛, うらなり与右衛門, ごますり甚内, ど忘れ万六, だんまり弥助, かが泣き半平, 日和見与次郎, 祝い人助八

『静かな木』 2000.9 123p
①4–10–124724–2
〔内容〕岡安家の犬, 静かな木, 偉丈夫

『天保悪党伝』 2001.11 309p

①4-10-124725-0

『竹光始末』 改版　2002.6　304p

①4-10-124702-1

〔内容〕竹光始末, 恐妻の剣, 石を抱く, 冬の終りに, 乱心, 遠方より来る

中公文庫（中央公論新社）

『義民が駆ける』 1980.3　349p

『夜の橋』 1984.2　329p

①4-12-201096-9

〔内容〕鬼気, 夜の橋, 裏切り, 一夢の敗北, 冬の足音, 梅薫る, 孫十の逆襲, 泣くな、けい, 暗い鏡

『夜の橋』 改版　1995.3　335p

①4-12-202266-5

〔内容〕鬼気, 夜の橋, 裏切り, 一夢の敗北, 冬の足音, 梅薫る, 孫十の逆襲

『義民が駆ける』 改版　1995.6　426p

①4-12-202337-8

『闇の歯車』 1998.11　256p

①4-12-203280-6

『雲奔る　小説・雲井龍雄』 2012.5　329p〈文春文庫 1982年刊の再刊　文献あり〉

①978-4-12-205643-5

文春文庫（文藝春秋）

『暗殺の年輪』 1978.2　300p

〔内容〕黒い縄, 暗殺の年輪, ただ一撃, 溟い海, 囮

『一茶』 1981.12　332p

『喜多川歌麿女絵草紙』 1982.7　246p

①4-16-719203-9

『雲奔る　小説・雲井龍雄』 1982.11　293p

①4-16-719204-7

『長門守の陰謀』 1983.9　219p

①4-16-719205-5

〔内容〕夢ぞ見し, 春の雪, 夕べの光, 遠い少女, 長門守の陰謀

『隠し剣孤影抄』 1983.11　348p

①4-16-719206-3

〔内容〕邪剣竜尾返し, 臆病剣松風, 暗殺剣虎ノ眼, 必死剣鳥刺し, 隠し剣鬼ノ爪, 女人剣さざ波, 悲運剣芦刈り, 宿命剣鬼走り

『隠し剣秋風抄』 1984.5　333p

①4-16-719207-1

〔内容〕酒乱剣石割り, 汚名剣双燕, 女難剣雷切り, 陽狂剣かげろう, 偏屈剣蟇ノ舌, 好色剣流水, 暗黒剣千鳥, 孤立剣残月, 盲目剣谺返し

『闇の傀儡師』 1984.7　2冊

『又蔵の火』 1984.11　320p

①4-16-719210-1

〔内容〕又蔵の火, 帰郷, 賽子無宿, 割れた月, 恐喝

『逆軍の旗』 1985.3　269p

①4-16-719211-X

〔内容〕逆軍の旗, 上意改まる, 二人の失踪人, 幻にあらず

『霧の果て　神谷玄次郎捕物控』 1985.6　345p〈『出合茶屋』(双葉社昭和57年刊)の改題〉

①4-16-719212-8

『よろずや平四郎活人剣』 1985.12　2冊

①4-16-719213-6

『暁のひかり』 1986.3　288p

①4-16-719215-2

〔内容〕暁のひかり, 馬五郎焼身, おふく, 穴熊, しぶとい連中, 冬の潮

『回天の門』 1986.10　566p〈主な参考書：p566〉

①4-16-719216-0

『闇の梯子』 1987.2　290p

①4-16-719217-9

〔内容〕父と呼べ, 闇の梯子, 入墨, 相模守は無害, 紅の記憶

『海鳴り　上』 1987.10　315p

①4-16-719218-7

『海鳴り　下』 1987.10　296p

①4-16-719219-5

『風の果て　上』 1988.1　318p

①4-16-719220-9
『風の果て　下』 1988.1　256p
①4-16-719221-7
『花のあと』 1989.3　277p
①4-16-719223-3
〔内容〕鬼ごっこ, 雪間草, 寒い灯, 疑惑, 旅の誘い, 冬の日, 悪癖, 花のあと
『蟬しぐれ』 1992.2　470p
①4-16-719225-X
『麦屋町昼下がり』 1992.3　318p
①4-16-719226-8
〔内容〕麦屋町昼下がり, 三ノ丸広場下城どき, 山姥橋夜五ツ, 榎屋敷宵の春月
『三屋清左衛門残日録』 1992.9　443p
①4-16-719227-6
『玄鳥』 1994.3　232p
①4-16-719228-4
〔内容〕玄鳥, 三月の鮠, 闇討ち, 鶺鴒, 浦島
『夜消える』 1994.3　235p
①4-16-719229-2
〔内容〕夜消える, にがい再会, 永代橋, 踊る手, 消息, 初つばめ, 遠ざかる声
『秘太刀馬の骨』 1995.11　318p
①4-16-719230-6
『漆の実のみのる国　上』 2000.2　285p
①4-16-719232-2
『漆の実のみのる国　下』 2000.2　315p
①4-16-719233-0
『日暮れ竹河岸』 2000.9　267p
①4-16-719234-9
〔内容〕夜の雪, うぐいす, おぼろ月, つばめ, 梅雨の傘, 朝顔, 晩夏の光, 十三夜, 明烏, 枯野, 年の市, 三日の暮色, 日暮れ竹河岸, 飛鳥山, 雪の比丘尼橋, 大はし夕立少女, 猿若町月あかり, 桐畑に雨のふる日, 品川洲崎の男
『早春　その他』 2002.2　199p
①4-16-719235-7
〔内容〕深い霧, 野菊守り, 早春
『よろずや平四郎活人剣　上』 新装版　2003.12　463p
①4-16-719236-5
『よろずや平四郎活人剣　下』 新装版　2003.12　494p
①4-16-719237-3
〔内容〕消えた娘, 嫉妬, 過去の男, 密通, 家出女房, 走る男, 逆転, 襲う蛇, 暁の決闘, 浮草の女, 宿敵, 燃える落日
『隠し剣孤影抄』 新装版　2004.6　409p
①4-16-719238-1
〔内容〕邪剣竜尾返し, 臆病剣松風, 暗殺剣虎ノ眼, 必死剣鳥刺し, 隠し剣鬼ノ爪, 女人剣さざ波, 悲運剣芦刈り, 宿命剣鬼走り
『隠し剣秋風抄』 新装版　2004.6　384p
①4-16-719239-X
〔内容〕酒乱剣石割り, 汚名剣双燕, 女難剣雷切り, 陽狂剣かげろう, 偏屈剣蟇ノ舌, 好色剣流水, 暗黒剣千鳥, 孤立剣残月, 盲目剣谺返し
『又蔵の火』 新装版　2006.4　346p
①4-16-719240-3
〔内容〕又蔵の火, 帰郷, 賽子無宿, 割れた月, 恐喝
『暁のひかり』 新装版　2007.2　315p
①978-4-16-719241-9
〔内容〕暁のひかり, 馬五郎焼身, おふく, 穴熊, しぶとい連中, 冬の潮
『一茶』 新装版　2009.4　390p〈文献あり〉
①978-4-16-719242-6
『長門守の陰謀』 新装版　2009.7　230p
①978-4-16-719243-3
〔内容〕夢ぞ見し, 春の雪, 夕べの光, 遠い少女, 長門守の陰謀
『無用の隠密　未刊行初期短篇』 2009.9　542p〈『藤沢周平未刊行初期短篇』(2006年刊)の改題、追加〉
①978-4-16-719244-0
〔内容〕暗闘風の陣, 如月伊十郎, 木地師宗吉, 霧の壁, 老彫刻師の死, 木曾の旅人, 残照十五里ケ原, 忍者失格, 空蟬の女, 佐賀屋喜七, 浮世絵師, 待っている, 上意討, ひでこ節, 無用の隠密, *解説(阿部達二〔著〕)
『暗殺の年輪』 新装版　2009.12　345p
①978-4-16-719245-7
〔内容〕黒い繩, 暗殺の年輪, ただ一撃, 溟い海, 囮, *解説(駒田信二〔著〕)

『霧の果て　神谷玄次郎捕物控』 新装版
2010.9　381p
Ⓘ978-4-16-719247-1
〔内容〕針の光, 虚ろな家, 春の闇, 酔いどれ死体, 青い卵, 日照雨, 出合茶屋, 霧の果て, *解説（児玉清〔著〕）

『闇の傀儡師　上』 新装版　2011.1　341p
Ⓘ978-4-16-719248-8

『闇の傀儡師　下』 新装版　2011.1　361p
Ⓘ978-4-16-719249-5

『闇の梯子』 新装版　2011.5　335p
Ⓘ978-4-16-719251-8
〔内容〕父と呼べ, 闇の梯子, 入墨, 相模守は無害, 紅の記憶, *解説（関川夏央〔著〕）

『夜の橋』 2011.7　345p
Ⓘ978-4-16-719252-5
〔内容〕鬼気, 夜の橋, 裏切り, 一夢の敗北, 冬の足音, 梅薫る, 孫十の逆襲, 泣くな、けい, 暗い鏡

『喜多川歌麿女絵草紙』 新装版　2012.7
268p〈1982年刊の再刊〉
Ⓘ978-4-16-719254-9

『風の果て　上』 新装版　2013.2　340p
Ⓘ978-4-16-719256-3

『風の果て　下』 新装版　2013.2　277p
Ⓘ978-4-16-719257-0

『海鳴り　上』 新装版　2013.7　363p
Ⓘ978-4-16-719258-7

『海鳴り　下』 新装版　2013.7　338p
Ⓘ978-4-16-719259-4

『逆軍の旗』 新装版　2014.2　314p
Ⓘ978-4-16-790032-8
〔内容〕逆軍の旗, 上意改まる, 二人の失踪人, 幻にあらず

『雲奔る　小説・雲井龍雄』 新装版
2014.5　333p〈文献あり〉
Ⓘ978-4-16-790097-7

『回天の門　上』 新装版　2016.3　411p
Ⓘ978-4-16-790575-0

『回天の門　下』 新装版　2016.3　337p
〈文献あり〉
Ⓘ978-4-16-790576-7

舟橋 聖一

ふなはし・せいいち

1904～1976

東京生まれ。東大卒。1940年戯曲「白い腕」で文壇にデビュー、以後明大教授の傍ら小説を発表した。「花の生涯」「新・忠臣蔵」はともにNHK大河ドラマの原作となっている。他に「悉皆屋康吉」「絵島生島」など。

角川文庫（角川書店）

『顔師　他5篇』 1959　164p

『黒い花紛　上巻』 1959　362p

『黒い花粉　下巻』 1959　367p

『お市御寮人』 1972　402p

『元禄繚乱　上』 中島丈博〔著〕;舟橋聖一〔原作〕　2001.11　628p
Ⓘ4-04-179202-9

『元禄繚乱　下』 中島丈博〔著〕;舟橋聖一〔原作〕　2001.11　648p
Ⓘ4-04-179203-7

講談社文庫（講談社）

『太閤秀吉　1』 1979.4　370p

『太閤秀吉　2』 1979.4　369p

『太閤秀吉　3』 1979.5　367p

『太閤秀吉　4』 1979.6　388p

『太閤秀吉　5』 1979.7　402p

『太閤秀吉　6』 1979.8　342p

『太閤秀吉　7』 1979.9　367p

『太閤秀吉　8』 1979.11　361p

光文社文庫（光文社）

『太閤秀吉　1』 1995.10　379p
①4-334-72133-8
『太閤秀吉　2』 1995.10　372p
①4-334-72134-6
『太閤秀吉　3』 1995.10　370p
①4-334-72135-4
『太閤秀吉　4』 1995.11　390p
①4-334-72149-4
『太閤秀吉　5』 1995.11　406p
①4-334-72150-8
『太閤秀吉　6』 1995.11　343p
①4-334-72151-6
『太閤秀吉　7』 1995.12　368p
①4-334-72166-4
『太閤秀吉　8』 1995.12　358p
①4-334-72167-2

祥伝社文庫（祥伝社）

『花の生涯　長編歴史小説　上』 新装版 2007.4　441p
①978-4-396-33351-5
『花の生涯　長編歴史小説　下』 新装版 2007.4　448p
①978-4-396-33352-2

新潮文庫（新潮社）

『老茄子・裾野』 1958　277p
『女めくら双紙』 1959　231p
『絵島生島　前篇』 1959　424p
『絵島生島　後篇』 1959　424p
『花の生涯』 1961　740p
『絵島生島　上巻』 13刷改版　2007.10 527p
①978-4-10-101106-6
『絵島生島　下巻』 12刷改版　2007.10 477p
①978-4-10-101107-3

ノン・ポシェット（祥伝社）

『お市御寮人　信長兄妹・波瀾の生涯』 1991.12　413p
①4-396-32240-2
『花の生涯　上』 1992.12　401p
①4-396-32292-5
『花の生涯　下』 1992.12　350p
①4-396-32293-3

文春文庫（文藝春秋）

『新・忠臣蔵　第1巻』 1998.3　449p
①4-16-753603-X
『新・忠臣蔵　第2巻』 1998.3　408p
①4-16-753604-8
『新・忠臣蔵　第3巻』 1998.4　426p
①4-16-753605-6
『新・忠臣蔵　第4巻』 1998.4　413p
①4-16-753606-4
『新・忠臣蔵　第5巻』 1998.5　449p
①4-16-753607-2
『新・忠臣蔵　第6巻』 1998.5　413p
①4-16-753608-0
『新・忠臣蔵　第7巻』 1998.6　433p
①4-16-753609-9
『新・忠臣蔵　第8巻』 1998.6　413p
①4-16-753610-2

船山 馨

ふなやま・かおる

1914～1981

北海道生まれ。明大中退。戦時中から作家として活動、1967年に刊行した「石狩平野」がベストセラーとなる。他に「お登勢」「放浪家族」など。

角川文庫（角川書店）

『お登勢』 1970 575p

『続お登勢』 1977.10 516p

河出文庫（河出書房新社）

『幕末剣士伝』 1981.8 266p

『幕末の女たち』 1981.10 261p

『落日の門』 1985.1 232p
①4-309-40103-1

講談社文庫（講談社）

『お登勢』 2001.4 639p
①4-06-273164-9

大衆文学館（講談社）

『お登勢 上』 1997.6 339p
①4-06-262082-0

『お登勢 下』 1997.7 308p
①4-06-262088-X

フランキー堺

ふらんきーさかい

1929～1996

鹿児島県生まれ。本名・堺正俊。慶大卒。俳優の傍ら大阪芸大教授として演劇論を講じ、写楽の謎を追求。1985年に小説「写楽道行」を発表、1994年には映画「写楽」も製作している。

文春文庫（文藝春秋）

『写楽道行』 1989.7 203p
①4-16-750701-3

古川 薫

ふるかわ・かおる

1925～

山口県生まれ。山口大卒。1965年以来10回目の候補となった「漂泊者のアリア」で91年に直木賞を受賞。地元山口県を舞台とした歴史小説を多く発表している。代表作に「高杉晋作」「誰が広沢参議を殺したか」など。

河出文庫（河出書房新社）

『吉田松陰』 2014.10 226p〈創隆社1983年刊の再刊 年譜あり〉
①978-4-309-41320-4

講談社文庫（講談社）

『高杉晋作奔る』 1989.3 248p
①4-06-184432-6
〔内容〕栄光は遠きにあり, 夢魂独り飛ぶ, 疾風来り去る, 発すれば風雨, 命なりけり晋作様

『失楽園の武者 小説・大内義隆』 1990.8 315p
①4-06-184736-8

『獅子の廊下の陰謀』 1992.11 268p
①4-06-185284-1
〔内容〕裏庭からの客, 擦れ違う殺気, 流れるを斬る, 雪の峠, 黒兵衛行きなさい, 彗星の軍師, サンフランシスコの晩餐会, 瀬戸の海賊, 獅子の廊下の陰謀, 故園の花, 女人の霧

『雪に舞う剣 維新小説集』 1995.9 289p
①4-06-263065-6
〔内容〕春雪の門, 玉かんざし, 夜叉と名君, 冬の花, 青梅, 春雨の笛, 歳月の鏡

光文社文庫（光文社）

『吉田松陰 長編歴史小説』 1989.6 235p〈吉田松陰略年譜：p212～219〉
①4-334-70943-5

『さらば風雲海峡』 1993.11 265p
①4-334-71791-8

『秘剣「出撃」 連作時代小説』 2001.11 277p
①4-334-73235-6
〔内容〕流れるを斬る, 浮雲の剣, 秘剣「出撃」, 雨, 孤島の花, 湖畔の風, 切支丹坂の闇討ち, 帰郷

『影武者 傑作時代小説』 2002.7 273p〈『奇謀の島』(新人物往来社1996年刊)の増補〉
①4-334-73353-0
〔内容〕影武者, 奇謀の島, 遠雷, 謀臣亡ぶ, 鯨波海峡を揺がす, 武者の十字架, 白露記, 奇巌の庭, 小京都山口燃ゆ

『宮本武蔵 幻談二天光芒 長編歴史フィクション』 2003.6 345p
①4-334-73508-8

『海潮寺境内の仇討ち 傑作時代小説』 2004.2 248p
①4-334-73643-2
〔内容〕夜叉と名君, ぐみの実, 殿中松の廊下, 海潮寺境内の仇討ち, 摩利支天に祈れ, カペレン海峡の絵馬, 汚名, 婿入りの夜

新潮文庫（新潮社）

『高杉晋作 戦闘者の愛と死』 1985.9 264p
①4-10-141701-6

『きらめき侍 郡司八平礼法指南』 1987.4 266p
①4-10-141702-4

『狂雲われを過ぐ』 1991.9 231p
①4-10-141704-0
〔内容〕狂雲われを過ぐ, 三条河原町の遭遇,

秋霜の隼人

『覇道の鷲毛利元就』 1993.8 313p
①4-10-141705-9

人物文庫（学陽書房）

『松陰と晋作　維新の夜明けを戦った師弟』 2004.10 321p〈『維新の烈風』（徳間書店1990年刊）の増訂〉
①4-313-75187-4

中公文庫（中央公論新社）

『留魂の翼　憂国の吟遊詩人吉田松陰』 2000.1 339p
①4-12-203568-6

徳間文庫（徳間書店）

『維新の烈風　吉田松陰と高杉晋作』 1990.1 312p〈小峰書店1977年刊と『松下村塾』（偕成社1979年刊）を合わせ加筆したもの〉
①4-19-598982-5

文春文庫（文藝春秋）

『桂小五郎』 1984.11 2冊〈『炎と青春—桂小五郎篇』（昭和52年刊）の改題〉
①4-16-735701-1

『吉田松陰の恋』 1986.7 234p〈『野山獄相聞抄』（文藝春秋昭和56年刊）の改題〉
①4-16-735703-8
〔内容〕見事な御最期, 吉田松陰の恋, お絹と男たち, 後裔たちの海程, 刀痕記

『だれが広沢参議を殺したか』 1987.7 318p
①4-16-735704-6
〔内容〕だれが広沢参議を殺したか, 狼群消ゆ, 遺書と牢名主, 討賊始末, 橋を渡ってくる灯, 女体蔵志, 塞翁の虹, 走狗

『炎の塔　小説大内義弘』 1991.6 211p
①4-16-735706-2

『花冠の志士　小説久坂玄瑞』 1991.12 318p
①4-16-735707-0

『閉じられた海図』 1992.6 244p
①4-16-735708-9

『高杉晋作　わが風雲の詩』 1995.6 685p〈『わが風雲の詩』（平成3年刊）の改題〉
①4-16-735710-0

『ザビエルの謎』 1997.2 270p
①4-16-735713-5
〔内容〕ザビエルの謎, コロジオン伯爵の行状, ナイアガラの滝, 運河の国に遺る日本史, 大陸の地下宮殿

『花冠の志士　小説久坂玄瑞』 新装版 2014.9 359p〈文献あり〉
①978-4-16-790182-0

『志士の風雪』 2015.8 248p〈文献あり 年譜あり〉
①978-4-16-790419-7

PHP文庫（PHP研究所）

『吉田松陰　独り、志に生きる』 1993.12 221p〈吉田松陰年譜：p202〜208〉
①4-569-56603-0

星 新一
ほし・しんいち

1926～1997

東京生まれ。東大卒。本名・星親一。1957年SF作家としてデビュー、以後ショーショートの第一人者として活躍した。一方、「城のなかの人」など時代小説も書いている。

角川文庫（角川書店）

『城のなかの人』 1977.5 284p

〔内容〕城のなかの人, 春風のあげく, 正雪と弟子, すずしい夏, はんぱもの維新

『城のなかの人』 改版 2008.11 278p〈発売：角川グループパブリッシング〉

①978-4-04-130326-9

〔内容〕城のなかの人, 春風のあげく, 正雪と弟子, すずしい夏, はんぱもの維新

新潮文庫（新潮社）

『殿さまの日』 1983.10 399p

①4-10-109829-8

〔内容〕殿さまの日, ねずみ小僧次郎吉, 江戸から来た男, 薬草の栽培法, 元禄お犬さわぎ, ああ吉良家の忠臣, かたきの首, 厄よけ吉兵衛, 島からの三人, 道中すごろく, 藩医三代記, 紙の城

星 亮一
ほし・りょういち

1935～

宮城県生まれ。東北大卒。福島中央テレビ報道制作局長を経て歴史作家に転じ、幕末・明治維新をテーマにした作品を多数発表。代表作に「修羅の都」「会津藩燃ゆ」など。

学研M文庫（学研パブリッシング）

『蜂須賀小六正勝』 2001.11 302p〈肖像あり〉

①4-05-901082-0

『九鬼嘉隆』 2002.2 270p

①4-05-901112-6

『徳川秀忠とお江』 2010.10 239p〈発売：学研マーケティング〉

①978-4-05-900657-2

角川文庫（角川書店）

『会津藩燃ゆ 戊辰の残照』 1987.7 255p

①4-04-169601-1

『会津藩燃ゆ 続 ああ白虎隊』 1987.8 256p

①4-04-169602-X

『王城の守護職 会津藩上洛』 1988.9 325p

①4-04-169603-8

『王城の守護職 続 会津藩無念』 1988.9 331p

①4-04-169604-6

『箱館戦争 榎本艦隊北へ』 1988.12 285p

①4-04-169605-4

『箱館戦争 続 碧血の碑』 1989.4 291p

①4-04-169606-2

『長崎海軍伝習所』 1989.9 376p
①4-04-169607-0

廣済堂文庫（廣済堂出版）

『会津農兵隊始末記 書下ろし長篇時代小説 特選時代小説』 1998.2 290p
①4-331-60635-X
『会津藩燃ゆ 長篇歴史小説 特選時代小説』 1999.1 476p
①4-331-60719-4
『榎本艦隊北へ 特選歴史小説』 2003.6 282p
①4-331-61018-7

人物文庫（学陽書房）

『松平容保 悲運の会津藩主』 2004.6 303p
①4-313-75181-5

成美文庫（成美堂出版）

『松平容保』 1997.11 281p〈『至誠の人 松平容保』（新人物往来社刊）の増訂〉
①4-415-06481-7

ちくま文庫（筑摩書房）

『山川健次郎の生涯 明治を生きた会津人 白虎隊士から帝大総長へ』 2007.11 340p〈『山川健次郎伝』（平凡社2003年刊）の改題 肖像あり 年譜あり〉
①978-4-480-42383-2
〔内容〕遠雷, 会津城下の戦い, 降参の白旗, 奥平謙輔の手紙, お家再興, 斗南藩誕生, エール大学に入学, 帰国後の日々, 清貧の暮らし, 東京帝国大学, 会津人の悲しみ, 徳目と千里眼事件, 巨星の生涯

『最後の幕臣小栗上野介』 2008.8 239p〈年譜あり 文献あり〉
①978-4-480-42459-4
〔内容〕倉渕町で, 権田の六十五日, 不気味な存在, 罪なくして斬らる, 会津逃避行, 越後路, 会津戦争, 小栗一族の明治, 日本という国, 国家改造計画, 小栗失脚, 大英雄にあらず, 上州路

中公文庫（中央公論新社）

『京都守護職 会津藩の光と陰』 1998.5 379p〈『修羅の都』（1992年3月教育書籍刊）〉
①4-12-203144-3
『最後の幕臣小栗上野介』 2000.8 222p〈文献あり〉
①4-12-203703-4

PHP文庫（PHP研究所）

『山中鹿之介 毛利に挑んだ不屈の武将』 1997.1 444p
①4-569-56977-3
『井伊直弼 己れの信念を貫いた鉄の宰相』 1997.12 420p
①4-569-57089-5
『ジョン万次郎 日本を開国に導いた陰の主役』 1999.9 334p〈年表あり〉
①4-569-57319-3
『浅井長政 信長に反旗を翻した勇将』 2001.11 286p
①4-569-57649-4
『上杉景勝 越後の雄としての誇りに生きた名将』 2003.1 299p〈年譜あり〉
①4-569-57875-6
『朝倉義景 信長を窮地に追い詰めた越前の雄 〔大きな字〕』 2011.3 249p〈文献あり 年譜あり〉
①978-4-569-67613-5

堀 和久

ほり・かずひさ

1931～

福岡県生まれ。本名・堀江和男。日大中退。シナリオライター、映像ディレクターなどを経て作家となり、1977年「享保貢象始末」でオール読物新人賞を受賞。代表作に「大久保長安」「春日局」「夢空幻」「長い道程」がある。

講談社文庫（講談社）

『大久保長安　上』 1990.10　336p
①4-06-184810-0

『大久保長安　下』 1990.10　323p〈参考文献：p313～316〉
①4-06-184811-9

『夢空幻』 1994.8　382p〈参考文献：p376～377〉
①4-06-185749-5

『織田有楽斎』 1997.9　427p
①4-06-263591-7

『中岡慎太郎』 1997.12　766p
①4-06-263674-3

『長い道程』 1999.6　313p
①4-06-264633-1

『大岡越前守忠相』 1999.12　366p〈『大岡越前守』(1994年刊)の改題〉
①4-06-263945-9

新人物文庫（中経出版）

『死にとうない　仙厓和尚伝』 2010.6　334p〈文献あり〉
①978-4-404-03862-3

新潮文庫（新潮社）

『死にとうない　仙厓和尚伝』 1996.4　288p
①4-10-145421-3

人物文庫（学陽書房）

『天海』 1998.5　363p
①4-313-75048-7

『中岡慎太郎　上』 2009.10　359p
①978-4-313-75251-1

『中岡慎太郎　下』 2009.10　391p〈文献あり〉
①978-4-313-75252-8

文春文庫（文藝春秋）

『春日局』 1988.10　333p〈参考文献：p332～333〉
①4-16-749501-5

『八代将軍吉宗』 1995.1　238p
①4-16-749503-1

『享保貢象始末』 1995.9　302p
①4-16-749504-X
〔内容〕巡見使異聞, 廃藩奇話, 元禄犬侍, 据え膳, 享保仙人茶屋, 享保貢象始末, 貧乏神

『徳川慶喜』 1998.2　269p〈年表あり〉
①4-16-749505-8

本庄 慧一郎
ほんじょう・けいいちろう
1932〜

東京生まれ。本名・望田市郎。コピーライターとして活躍したのち、小説家に転身。文庫魔書き下ろしシリーズを多数執筆している。代表作に「死楽孤十郎」シリーズ

学研M文庫（学研パブリッシング）

◇死楽孤十郎

『斬妖剣　死楽孤十郎』 2001.10　292p
①4-05-900085-X
『修羅魔道　死楽孤十郎　2』 2002.4　315p
①4-05-900132-5
『鬼剣地獄舞　死楽孤十郎』 2002.12　301p
①4-05-900206-2

◇内藤新宿

『殺め暦　内藤新宿』 2001.12　350p
①4-05-900096-5
『血の花暦　内藤新宿　2』 2002.2　343p
①4-05-900113-9
『闇の血祭り　内藤新宿　3』 2002.6　326p
①4-05-900160-0

◇慚鬼死事帖

『残月無明剣　慚鬼死事帖』 2003.8　303p
①4-05-900252-6
『刃風多情剣　慚鬼死事帖』 2004.2　291p
①4-05-900279-8
『花嵐悲愴剣　慚鬼死事帖』 2004.10　282p
①4-05-900309-3
『紅蓮怨魔剣　慚鬼死事帖』 2005.7　267p
①4-05-900360-3

◇死込人一蝶

『吉原白刃舞い　死込人一蝶』 2006.6　298p
①4-05-900396-4
『冥土へのいのち花　死込人一蝶』 2006.11　286p
①4-05-900441-3

◇夢見屋世直し帳

『落花の舞い　夢見屋世直し帳』 2007.12　318p
①978-4-05-900510-0
『月下の狂宴　夢見屋世直し帳』 2008.7　298p
①978-4-05-900538-4

◇奈落の銀次始末帖

『夢追い川暮色　奈落の銀次始末帖』 2009.1　281p
①978-4-05-900566-7
『しぐれ月　奈落の銀次始末帖』 2009.12　292p〈発売：学研マーケティング〉
①978-4-05-900611-4

◇はぐれ同心御免帖

『勝手斬り　はぐれ同心御免帖』 2010.10　293p〈発売：学研マーケティング〉
①978-4-05-900659-6
『残党狩り　はぐれ同心御免帖』 2011.5　286p〈発売：学研マーケティング〉
①978-4-05-900692-3

ケイブンシャ文庫（勁文社）

『悪党死末帳　紅家十七美・殺しの花かんざし』 2002.4　323p

①4-7669-4091-1

①978-4-331-61402-0

廣済堂文庫（廣済堂出版）

◇内藤新宿

『殺め暦　傑作長篇時代小説　内藤新宿　特選時代小説』 1998.6　393p
①4-331-60664-3

『血の花暦　傑作長篇時代小説　内藤新宿 2　特選時代小説』 1999.3　383p
①4-331-60730-5

◇幻九郎死留帳

『影流！ 怨み斬り　幻九郎死留帳　特選時代小説』 2005.8　347p
①4-331-61181-7

『影流！ 野獣狩り　幻九郎死留帳　特選時代小説』 2006.12　296p
①4-331-61256-2

『影流！ 必誅剣疾る　幻九郎死留帳　特選時代小説』 2007.9　327p
①978-4-331-61295-8

◇華屋与兵衛人情鮨

『両国月の縁　華屋与兵衛人情鮨　特選時代小説』 2009.9　309p
①978-4-331-61372-6
〔内容〕名残りの雪, 行徳の俎板, 裏山の一本桜, 枡落とし, おけらの仇討ち

『川千鳥夕千鳥　華屋与兵衛人情鮨　特選時代小説』 2010.3　283p
①978-4-331-61389-4

『闇の血祭り　傑作長篇時代小説　特選時代小説』 1999.10　342p
①4-331-60783-6

『風の迷い道　口入れ屋新八江戸暦　特選時代小説』 2010.7　301p

コスミック・時代文庫（コスミック出版）

◇早房秀人斬魔剣

『人間狩り死掛帳　早房秀人斬魔剣』 2003.9　286p〈東京 コスミックインターナショナル（発売）〉
①4-7747-0734-1

『妖剣修羅を疾る　早房秀人斬魔剣 2　書下ろし長編時代小説』 2004.4　303p〈東京 コスミックインターナショナル（発売）〉
①4-7747-0770-8

『殺しの花かんざし　紅屋十七美・悪党死末帳』 2003.6　302p〈発売：コスミックインターナショナル〉
①4-7747-0718-X

大洋時代文庫（ミリオン出版）

『闇の匂い花　時代小説』 2005.5　309p〈東京 大洋図書（発売）〉
①4-8130-7029-9
〔内容〕濡れそぼる, 十三夜の月が哭いた, 坩堝の花, 闇ン中の子守唄, 花筏, 無惨の浜, 女坂男坂

徳間文庫（徳間書店）

◇余之介色遍路

『女体、目覚める　余之介色遍路』 2004.1　283p

①4-19-892005-2

〔内容〕真昼の闇―余之介十三歳 梅花の頃, 腹に棲む蛇―余之介十三歳 初午の頃, 花淫の渦―余之介十三歳 白魚漁の頃, 畜生の暦―余之介十三歳 桜の頃, 妖かしのあかり―余之介十三歳 蛍の頃, 天空に散る花―余之介十三歳 川開きの頃

『女体、震える！　余之介色遍路』 2004.11　348p

①4-19-892159-8

〔内容〕緋いろまんだら―余之介十三歳 金魚売りのくる頃, しばられ弁天―余之介十三歳 萩の花の頃, 花芯の露―余之介十三歳 菊花の頃, みだら二重底―余之介十三歳 歳の市の頃, 春告げ鳥―余之介十四歳 女正月の頃, 女人旅立ち―余之介十四歳 春の淡雪の頃

『色枕　歌麿死置帳』 2002.10　344p

①4-19-891783-3

ベスト時代文庫

（ベストセラーズ）

◇死斬人鬼怒玄三郎

『死斬人鬼怒玄三郎』 2005.4　318p

①4-584-36525-3

『寒中の花　死斬人鬼怒玄三郎』 2006.8　309p

①4-584-36569-5

『札差始末　死斬人鬼怒玄三郎』 2007.4　301p

①978-4-584-36595-3

◇闇のお江戸の松竹梅

『闇のお江戸の松竹梅』 2007.9　283p

①978-4-584-36610-3

『逆襲　闇のお江戸の松竹梅』 2008.4　315p

①978-4-584-36631-8

『赤い雪　闇のお江戸の松竹梅』 2008.10　286p

①978-4-584-36648-6

松永 義弘
まつなが・よしひろ
1928～2016

佐賀県生まれ。日大卒。山手樹一郎の「新樹会」同人を経て、時代小説作家としてデビュー。代表作に「柳生一族の陰謀」など。

時代小説文庫（富士見書房）

『柳生一族の陰謀』 1983.4 254p〈原著：野上龍雄ほか〉
『真田一族の陰謀』 1988.10 260p
①4-8291-1157-7
『柳生一族の陰謀 続』 1988.12 312p
①4-8291-1161-5
『地獄の車輪梅 埋御門番衆控』 1989.4 322p
①4-8291-1167-4
『おんな太閤記 おねねと秀吉 上巻』 1989.11 521p
①4-8291-1190-9
『おんな太閤記 おねねと秀吉 下巻』 1990.4 261p
①4-8291-1191-7
『北条政子』 1990.10 273p
①4-8291-1212-3
『蜂須賀秘聞』 1991.7 444p
①4-8291-1223-9

春陽文庫（春陽堂書店）

『柳生無刀剣』 1977.5 324p
『天保あばれ振袖』 1979.11 242p
『覇者徳川家康』 1987.10 213p
『剣豪宮本武蔵』 1988.8 223p〈『その後の武蔵』（日本文華社1984年刊）の改題〉
①4-394-15104-X
『剣聖宮本武蔵』 1988.10 216p〈『人間宮本武蔵』（日本文華社1984年刊）の改題〉
①4-394-15105-8

人物文庫（学陽書房）

『毛利元就』 1996.12 322p
①4-313-75019-3
『独眼竜政宗』 1997.8 292p〈『智将独眼竜政宗』（日本文華社1986年刊）の増訂〉
①4-313-75034-7
『上杉謙信』 1998.9 339p
①4-313-75056-8
『大石内蔵助』 1998.12 281p
①4-313-75062-2
『柳生但馬守宗矩 無刀の剣』 2007.1 430p〈『柳生無刀剣』（春陽堂書店1977年刊）の改題〉
①978-4-313-75222-1
『真田昌幸と真田幸村』 2007.5 291p〈『真田一族の陰謀』（櫂書房1979年刊）の改題〉
①978-4-313-75225-2
『毛利元就』 2008.10 358p〈1996年刊の新装版〉
①978-4-313-75240-5
『独眼竜政宗』 2010.11 292p〈1997年刊の新装版〉
①978-4-313-75266-5

飛天文庫（飛天出版）

『おんな太閤記 上』 1996.6 274p
①4-89440-025-1
『おんな太閤記 下』 1996.7 464p
①4-89440-033-2

PHP文庫（PHP研究所）

『土方歳三　「剣」に生き、「誠」に殉じた生涯』 1993.6　445p
①4-569-56558-1
〔内容〕多摩の若鮎, 試衛館の剣士, 尊王攘夷, 新選組, 粛清, 池田屋襲撃, 暗殺・切腹, 勇の降伏, 東北戦争, 硝煙の蝦夷島, 箱館に死す

松本 清張

まつもと・せいちょう

1909～1992

福岡県生まれ。小卒。1953年「或る『小倉日記』伝」で芥川賞を受賞、以後日本を代表する社会派推理小説作家として活躍した。傍ら、ノンフィクションや時代小説も執筆、「西海道談綺」「かげろう絵図」などがある。

朝日文庫（朝日新聞出版）

『天保図録　上』 1993.11　505p
①4-02-264020-0
『天保図録　中』 1993.11　492p
①4-02-264021-9
『天保図録　下』 1993.11　499p
①4-02-264022-7

角川文庫（角川書店）

『無宿人別帳』 1960　356p
『かげろう絵図　前編』 1962　506p
『かげろう絵図　後編』 1962　504p
『佐渡流人行』 1963　230p
『徳川家康』 1964　202p
『軍師の境遇』 1987.7　285p
①4-04-122743-7
〔内容〕軍師の境遇, 逃亡者, 板元画譜
『乱灯江戸影絵　上巻』 1987.9　303p
〈『大岡政談』加筆・改題書〉
①4-04-122744-5
『乱灯江戸影絵　中巻』 1987.9　301p
〈『大岡政談』加筆・改題書〉
①4-04-122745-3
『乱灯江戸影絵　下巻』 1987.9　284p
〈『大岡政談』加筆・改題書〉

①4-04-122746-1

『野盗伝奇』 1988.12 288p
①4-04-122748-8

『信玄戦旗』 1989.11 308p
①4-04-122750-X

『乱灯江戸影絵 上』 2008.8 441p〈発売：角川グループパブリッシング〉
①978-4-04-122763-3

『乱灯江戸影絵 下』 2008.8 462p〈発売：角川グループパブリッシング〉
①978-4-04-122764-0

『夜の足音 短篇時代小説選』 2009.3 221p〈発売：角川グループパブリッシング〉
①978-4-04-122765-7
〔内容〕夜の足音, 噂始末, 三人の留守居役, 破談変異, 廃物, 背伸び, *解説（郷原宏〔著〕）

『蔵の中 短篇時代小説選』 2009.5 319p〈発売：角川グループパブリッシング〉
①978-4-04-122766-4
〔内容〕蔵の中, 酒井の刃傷, 西蓮寺の参詣人, 七種粥, 大黒屋, *解説（郷原宏〔著〕）

『軍師の境遇』 新装版 2013.8 294p〈発売：KADOKAWA〉
①978-4-04-100971-0
〔内容〕軍師の境遇, 逃亡者, 板元画譜—耕書堂手代喜助の覚書

河出文庫（河出書房新社）

『信玄軍記』 2007.8 226p
①978-4-309-40862-0

『軍師の境遇』 2013.8 209p〈角川文庫1987年刊の抜粋〉
①978-4-309-41235-1

講談社文庫（講談社）

『火の縄』 1974 316p

『彩色江戸切絵図』 1975 334p

『紅刷り江戸噂』 1975 276p

『大奥婦女記』 1981.2 242p〈年譜：p233〜242〉

『天保図録 1』 1982.1 322p
①4-06-131737-7

『天保図録 2』 1982.2 291p
①4-06-131738-5

『天保図録 3』 1982.3 324p
①4-06-131739-3

『天保図録 4』 1982.4 289p
①4-06-131740-7

『天保図録 5』 1982.5 299p〈年譜：p290〜299〉
①4-06-131741-5

『奥羽の二人』 1986.11 259p
①4-06-183875-X
〔内容〕背伸び, 三位入道, 細川幽斎, 奥羽の二人, 群疑, 英雄愚心, 転変, 武将不信, 脱出, 葛

『増上寺刃傷』 1987.1 235p
①4-06-183907-1
〔内容〕願望, 奉公人組, 増上寺刃傷, 乱気, 雀一羽, 疑惑, 西蓮寺の参詣人, 贋札つくり, 明治金沢事件

『異変街道 上』 1989.11 329p
①4-06-184568-3

『異変街道 下』 1989.11 344p〈年譜：p324〜344〉
①4-06-184569-1

『大奥婦女記』 新装版 1999.12 444p〈年譜あり〉
①4-06-264766-4
〔内容〕乳母将軍, 矢島局の計算, 京から来た女, 予言僧, 献妻, 女と僧正と犬, 元禄女合戦, 転変, 絵島・生島, ある寺社奉行の死, 米の値段, 天保の初もの

『火の縄』 新装版 2001.2 522p〈年譜あり〉
①4-06-273081-2

『増上寺刃傷』 新装版 2003.1 324p〈年譜あり〉
①4-06-273650-0

〔内容〕願望, 奉公人組, 増上寺刃傷, 乱気, 雀一羽, 疑惑, 西蓮寺の参詣人, 贋札つくり, 明治金沢事件

『彩色江戸切絵図』 新装版 2010.12 394p
①978-4-06-276842-9
〔内容〕大黒屋, 大山詣で, 山椒魚, 三人の留守居役, 蔵の中, 女義太夫, *解説(山前譲〔著〕)

『紅刷り江戸噂』 新装版 2011.1 325p
①978-4-06-276843-6
〔内容〕七種粥, 虎, 突風, 見世物師, 術, 役者絵

『大奥婦女記 レジェンド歴史時代小説』 新装版 2015.11 332p 〈1999年刊の改訂〉
①978-4-06-293242-4
〔内容〕乳母将軍, 矢島局の計算, 京から来た女, 予言僧, 献妻, 女と僧正と犬, 元禄女合戦, 転変, 絵島・生島, ある寺社奉行の死, 米の値段, 天保の初もの

光文社文庫 (光文社)

『柳生一族 傑作時代小説』 1986.10 237p
①4-334-70435-2
〔内容〕柳生一族, 通訳, 廃物, 破談変異, 栄落不測, 蓆, 五十四万石の嘘, 疵

『逃亡 長編時代小説 上』 1990.10 430p
①4-334-71227-4

『逃亡 長編時代小説 下』 1990.10 474p
①4-334-71228-2

『逃亡 長編時代小説 上』 新装版 2002.1 474p
①4-334-73271-2

『逃亡 長編時代小説 下』 新装版 2002.1 518p
①4-334-73272-0

『西郷札 松本清張短編全集 1』 2008.9 317p 〈下位シリーズの責任表示：松本清張〔著〕〉
①978-4-334-74476-2
〔内容〕西郷札, くるま宿, 或る「小倉日記」伝, 火の記憶, 啾々吟, 戦国権謀, 白梅の香, 情死傍観

小学館文庫 (小学館)

『山中鹿之助』 2016.8 205p
①978-4-09-406332-5

小説文庫 (新潮社)

『乱世』 1956 210p
〔内容〕山師, 他7篇

『佐渡流人行』 1957 242p
〔内容〕佐渡流人伝, 他6篇

新潮文庫 (新潮社)

『小説日本芸譚』 1961 232p
〔内容〕運慶, 世阿弥, 千利休, 雪舟, 古田織部, 岩佐又兵衛, 小堀遠州, 光悦, 写楽, 止利仏

『かげろう絵図 上巻』 1962 514p

『かげろう絵図 下巻』 1962 519p

『傑作短編集 第3 西郷札 他11篇』 1965 397p

『傑作短編集 第4 佐渡流人行』 1965 401p

大衆文学館 (講談社)

『彩色江戸切絵図』 1996.7 392p
①4-06-262051-0
〔内容〕大黒屋, 大山詣で, 山椒魚, 三人の留

守居役, 蔵の中, 女義太夫

『紅刷り江戸噂』 1997.8 320p
①4-06-262092-8
〔内容〕七種粥, 虎, 突風, 見世物師, 術, 役者絵

中公文庫 (中央公論新社)

『野盗伝奇』 1974 271p

『五十四万石の嘘』 1980.6 222p
〔内容〕二すじの道, 五十四万石の嘘, 疵, 白梅の香, 廓, 酒井の刃傷, 武士くずれ, くるま宿

『眩人』 1983.4 495p

『武士くずれ 松本清張歴史短篇選』 2009.9 155p
①978-4-12-205199-7
〔内容〕転変, 武将不信, 二すじの道, 武士くずれ, *自家薬籠中の四篇 (阿刀田高〔著〕)

中公文庫ワイド版 (中央公論新社)

『武士くずれ 松本清張歴史短篇選 Chuko bunko wide-print edition』 2012.3 144p
①978-4-12-553191-5
〔内容〕転変, 武将不信, 二すじの道, 武士くずれ

双葉文庫 (双葉社)

『松本清張ジャンル別作品集 1 武将列伝』 2016.7 310p
①978-4-575-51909-9
〔内容〕調略, 三位入道, 陰謀将軍, 腹中の敵, 群疑, 武将不信, 特技, 面貌, 戦国権謀, 柳生一族

『松本清張ジャンル別作品集 2 捕物帖』 2016.8 318p
①978-4-575-51916-7
〔内容〕大黒屋, 三人の留守居役, 七種粥, 虎, 見世物師

文春文庫 (文藝春秋)

『私説・日本合戦譚』 1977.11 350p

『西海道談綺 1』 1981.1

『西海道談綺 2』 1981.1

『西海道談綺 3』 1981.2 301p

『西海道談綺 4』 1981.2 298p

『西海道談綺 5』 1981.3 318p

『西海道談綺 6』 1981.3 302p

『西海道談綺 7』 1981.4 308p

『西海道談綺 8』 1981.4 285p

『象徴の設計』 1982.4 297p

『鬼火の町』 1987.10 293p
①4-16-710672-8

『西海道談綺 1』 新装版 1990.10 573p
①4-16-710676-0

『西海道談綺 2』 新装版 1990.10 595p
①4-16-710677-9

『西海道談綺 3』 新装版 1990.11 616p
①4-16-710678-7

『西海道談綺 4』 新装版 1990.11 589p
①4-16-710679-5

『無宿人別帳』 1996.8 365p
①4-16-710683-3
〔内容〕町の島帰り, 海嘯, おのれの顔, 逃亡, 俺は知らない, 夜の足音, 流人騒ぎ, 赤猫, 左の腕, 雨と川の音

『象徴の設計』 2003.8 321p
①4-16-710690-6

『鬼火の町』 新装版 2003.11 310p
①4-16-710691-4

『かげろう絵図 上』 2004.8 551p
①4-16-710692-2

『かげろう絵図 下』 2004.8 555p

Ⓘ4–16–710693–0
『私説・日本合戦譚』 新装版　2008.7　447p
Ⓘ978–4–16–769713–6
〔内容〕長篠合戦, 姉川の戦, 山崎の戦, 川中島の戦, 厳島の戦, 九州征伐, 島原の役, 関ヶ原の戦, 西南戦争

三浦 綾子
みうら・あやこ
1922～1999

北海道生まれ。本名・堀田綾子。旭川市立高女卒。1964年から「氷点」を連載してベストセラー作家となった。代表作は「塩狩峠」。歴史小説作品には「細川ガラシヤ夫人」「海嶺」などがある。

朝日文庫（朝日新聞出版）

『海嶺』 1983.10　3冊

角川文庫（角川書店）

『海嶺　上』 1986.11　402p
Ⓘ4–04–143709–1
『海嶺　中』 1986.11　398p
Ⓘ4–04–143710–5
『海嶺　下』 1986.11　356p
Ⓘ4–04–143711–3
『海嶺　下』 改版　2012.8　369p〈文献あり　発売：角川グループパブリッシング〉
Ⓘ978–4–04–100431–9
『海嶺　上』 改版　2012.8　419p〈発売：角川グループパブリッシング〉
Ⓘ978–4–04–100432–6
『海嶺　中』 改版　2012.8　415p〈発売：角川グループパブリッシング〉
Ⓘ978–4–04–100433–3

新潮文庫（新潮社）

『細川ガラシャ夫人　上巻』 1986.3　293p
Ⓘ4–10–116214–X

『細川ガラシャ夫人　下巻』1986.3　327p
①4-10-116215-8
『千利休とその妻たち　上』1988.3　290p
①4-10-116218-2
『千利休とその妻たち　下』1988.3　313p
①4-10-116219-0
『千利休とその妻たち　上』改版　2014.1
322p
①978-4-10-116218-8
『千利休とその妻たち　下』改版　2014.1
350p
①978-4-10-116219-5

三上 於菟吉
みかみ・おときち
1891～1944

埼玉県生まれ。早大中退。1916年の長編小説「悪魔の恋」で作家として認められ、多くの時代小説・現代小説を発表、大衆文学の流行作家となった。代表作は「雪之丞変化」。

春陽文庫（春陽堂書店）

『雪之丞変化　前篇』1951　216p
『雪之丞変化　中篇』1951　201p
『雪之丞変化　後篇』1951　176p

新潮文庫（新潮社）

『雪之丞変化』1960　2冊

大衆文学館（講談社）

『雪之丞変化　上』1995.7　380p
①4-06-262014-6
『雪之丞変化　下』1995.7　388p
①4-06-262015-4

三田 誠広
みた・まさひろ
1948～

大阪府生まれ。早大卒。1977年「僕って何」で芥川賞を受賞。以後、現代小説、時代小説、評論など幅広く活躍。時代小説の代表作には「親鸞」「道元」などがある。

学研M文庫（学研パブリッシング）

『天神菅原道真』 2001.9 282p
①4-05-900080-9
『碧玉の女帝推古天皇』 2002.1 362p
①4-05-900115-5
『炎の女帝持統天皇』 2002.3 384p〈年表あり〉
①4-05-900122-8
『天翔ける女帝孝謙天皇』 2002.5 313p〈『天翔ける女帝』（廣済堂出版1999年刊）の改題〉
①4-05-900147-3

廣済堂文庫（廣済堂出版）

『霧隠れ雲隠れ スーパー忍者小説・真田十勇士 特選時代小説』 1997.1 321p
①4-331-60561-2

PHP文芸文庫（PHP研究所）

『清盛』 2011.12 397p〈集英社2000年刊の加筆・修正〉
①978-4-569-67752-1
『夢将軍頼朝』 2012.8 380p〈集英社2002年刊の加筆・修正 文献あり〉
①978-4-569-67866-5

光瀬 龍
みつせ・りゅう
1928～1999

東京生まれ。本名。飯塚喜美雄。東京教育大卒。理科教師を経てSF作家となり、SFと時代小説の融合した作品を多く書いた。

角川文庫（角川書店）

『寛永無明剣』 1982.7 348p
『歌麿さま参る』 1982.11 280p
〔内容〕関ケ原始末, 三浦縦横斎異聞, ペニシリン一六一一大江戸プラス, 勝軍明王まいる, 紺屋町御用聞異聞, 歌麿さま参る一笙子夜噺
『所は何処、水師営 SF<西郷隆盛と日露戦争>』 1987.3 352p
①4-04-139515-1
『平家物語 巻之1』 1987.7 235p
①4-04-139517-8
『平家物語 巻之2』 1987.8 231p
①4-04-139518-6
『平家物語 巻之3』 1989.4 234p
①4-04-139519-4
『平家物語 巻之4』 1989.6 248p
①4-04-139520-8
『平家物語 巻之5』 1989.8 245p
①4-04-139521-6
『平家物語 巻之6』 1989.12 283p
①4-04-139522-4
『平家物語 巻之7』 1990.2 288p
①4-04-139523-2
『平家物語 巻之8』 1990.4 279p
①4-04-139524-0

廣済堂文庫（廣済堂出版）

『宮本武蔵　特選歴史小説』 2002.4 532p〈『宮本武蔵血戦録』(光風社出版 1992年刊) の改題〉
①4-331-60931-6

徳間文庫（徳間書店）

『秘伝・宮本武蔵』 1982.7　2冊
①4-19-577331-8
『新宮本武蔵』 1984.3　2冊
①4-19-577611-2

ハルキ文庫（角川春樹事務所）

『寛永無明剣』 2000.10　368p
①4-89456-786-5

扶桑社文庫（扶桑社）

『多聞寺討伐』 2009.4　503p
①978-4-594-05922-4
〔内容〕追う―徳二郎捕物控, 弘安四年, 雑司ヶ谷めくらまし, 餌鳥夜草子, 多聞寺討伐, 紺屋町御用聞異聞, 大江戸打首異聞, 三浦縦横斎異聞, 瑞聖寺異聞, 天の空舟忌記, 歌麿さま参る―笙子夜噺, *解説 時代小説への熱い想いにあふれたSF作品集（星敬〔著〕）

皆川 博子
みながわ・ひろこ
1929～

旧朝鮮生まれ。東京女子大中退。1973年小説現代新人賞を受賞してデビュー。86年には「恋紅」で直木賞を受賞した。時代小説の代表作に「薔薇忌」「阿国」など。

講談社文庫（講談社）

『会津恋い鷹』 1993.8　241p
①4-06-185465-8
『乱世玉響　蓮如と女たち』 1995.10 270p
①4-06-263085-0
『戦国幻野　新・今川記』 1998.9　685p
①4-06-263879-7
『花櫓』 1999.9　519p
①4-06-264698-6
『冬の旅人　上』 2005.4　519p
①4-06-275058-9
『冬の旅人　下』 2005.4　421p
①4-06-275059-7

集英社文庫（集英社）

『花闇』 2002.12　348p
①4-08-747520-4

新潮文庫（新潮社）

『みだら英泉』 1991.9　221p
①4-10-113613-0

中公文庫（中央公論新社）

『花闇』 1992.12 356p
①4-12-201956-7

文春文庫（文藝春秋）

『妖桜記　上』 1997.2 434p
①4-16-744003-2
『妖桜記　下』 1997.2 476p
①4-16-744004-0
『笑い姫』 2000.8 362p
①4-16-744007-5

PHP文芸文庫（PHP研究所）

『妖恋』 2013.7 246p
①978-4-569-76045-2
〔内容〕心中薄雪桜, 螢沢, 十六夜鏡, 春禽譜, 妖恋, 夕紅葉, 濡れ千鳥

峰 隆一郎

みね・りゅういちろう
1931～2000

長崎県生まれ。本名・峰松隆。日大中退。1979年「流れ灌頂」で問題小説新人賞受賞して作家となり、時代小説とミステリーを多数執筆した。時代小説の代表作は「人斬り弥介」シリーズ。

学研M文庫（学研パブリッシング）

◇幕末御用盗

『幕末御用盗　人斬り多門』 2005.4 319p
①4-05-900348-4
『幕末御用盗　凶賊疾る』 2005.11 295p
①4-05-900364-6
『幕末御用盗　咬む狼』 2006.1 315p
①4-05-900397-2

『剣鬼・佐々木只三郎　京都見廻組与頭』 2001.3 323p
①4-05-900035-3
『剣鬼・仏生寺弥助　幕末人斬り伝』 2001.4 309p
①4-05-900039-6
『白狼の牙　上』 2001.5 339p
①4-05-900042-6
『白狼の牙　下』 2001.5 314p
①4-05-900047-7
『修羅の爪』 2001.6 418p
①4-05-900046-9
『白蛇斬殺剣』 2001.7 453p
①4-05-900050-7
『蝙蝠の剣　剣鬼・松林蝙也斎』 2001.8 315p
①4-05-900053-1

『信玄女地獄』 2001.10 381p
①4-05-900056-6
『江戸仇討慚鬼伝』 2003.2 321p
①4-05-900224-0
〔内容〕いちずな女, 契りの代償, 腿の青痣, 抜いた懐剣, 因果な果し状, 不義妻と忠義下女, 甘い餌, 侍廃業, 手ごめの返礼, 女犯寺炎上, 人質娘凌辱, 夢枕, 囲われ女, 身代り操, 淫女遁走, 妹二人自害, 娘の浅知恵, 恥辱の上塗り, 宿場の用心棒, 手ごめは本望, 交悦剃刀, 矢場の女, 三度めの正直, 痺れ鞘, 懐妊悲哀
『織田信長女色絵巻』 2003.9 297p
①4-05-900257-7
『足利尊氏女太平記』 2004.9 373p
①4-05-900314-X

角川文庫（角川書店）

『蝙蝠の剣 剣鬼・松林蝙也斎』 1996.7 311p
①4-04-198801-2
『蟹足の剣 剣鬼・樋口又七郎定次』 1996.11 326p
①4-04-198802-0

ケイブンシャ文庫（勁文社）

『元禄斬鬼伝 1』 2001.11 290p
①4-7669-3964-6
〔内容〕奈落
『元禄斬鬼伝 2』 2001.12 283p
①4-7669-3993-X
〔内容〕羅利

幻冬舎文庫（幻冬舎）

◇幕末御用盗

『幕末御用盗 人斬り多門』 1997.4 345p
①4-87728-443-5
『凶族疾る 幕末御用盗』 1997.11 318p
①4-87728-527-X
『咬む狼 幕末御用盗』 1999.11 334p
①4-87728-804-X

『唐丸破り 血しぶき三国街道』 2000.4 344p
①4-87728-868-6

廣済堂文庫（廣済堂出版）

◇ごろつき狼凶状旅

『ごろつき狼凶状旅 傑作長篇時代小説 特選時代小説』 1998.12 493p
①4-331-60710-0

『餓鬼が斬る 必殺・草薙ぎ殺法』 1989.3 327p〈『餓鬼転生』改題書〉
①4-331-60171-4
『孤狼が斬る』 1990.3 314p
①4-331-60213-3
『白狼の牙』 1990.12 555p
①4-331-60250-8
『修羅の爪』 1992.8 375p
①4-331-60323-7
『邪鬼が斬る 特選時代小説』 1993.1 310p
①4-331-60346-6
『修羅の爪 特選時代小説』 1993.3 375p
①4-331-60323-7

『白蛇斬殺剣』 1993.6 406p
①4-331-60362-8
『青狼が斬る 無頼浪人必殺剣』 1994.1 326p
①4-331-60393-8
『魅鬼が斬る』 1994.9 342p
①4-331-60422-5
『織田信長 一妻六妾伝』 1994.11 311p
①4-331-60431-4
『魅鬼が斬る 無頼浪人斬殺剣 特選時代小説』 1995.2 342p
①4-331-60422-5
『足利尊氏女太平記 特選時代小説』 1995.4 363p
①4-331-60455-1
『大奥秘交絵巻春日局 特選時代小説』 1995.8 357p
①4-331-60466-7
『妖姫が斬る 刀根又四郎無頼剣』 1995.8 309p
①4-331-60473-X
『剣鬼・仏生寺弥助 幕末人斬り伝』 1995.12 293p
①4-331-60489-6
『妖姫が斬る 刀根又四郎無頼剣 特選時代小説』 1996.1 309p
①4-331-60473-X
『恋鬼が斬る 無頼浪人殺人剣』 1996.3 303p
①4-331-60508-6
『剣鬼・仏生寺弥助 幕末人斬り伝 特選時代小説』 1996.4 293p
①4-331-60489-6
『円四郎斬鬼剣 特選時代小説』 1996.6 438p
①4-331-60522-1
『用心棒が斬る 刀根又四郎斬殺剣 特選時代小説』 1996.9 309p
①4-331-60539-6
『剣鬼・佐々木只三郎 京都見廻組与頭 特選時代小説』 1996.12 309p
①4-331-60557-4
『戦国忍者残酷帖 連作短篇忍者小説 特選時代小説』 1998.3 388p
①4-331-60642-2
〔内容〕女人精移し, 女肌絵図面, 白忍法・小判鮫, 忍法一つ身, 傀儡女犯, 抜け忍女狂い, 孕み侍女, 忍法・女枯し, くノ一変化, 忍者・泥仮面〔ほか〕
『虚陰十郎必殺剣 傑作長篇時代小説 特選時代小説』 1998.9 666p
①4-331-60691-0
『江戸暗闇犯科帳 痛快連作短篇小説 特選時代小説』 1999.3 206p
①4-331-60733-X
〔内容〕島がえり, 水茶屋のお縞, 娘を売る旗本, 佐官娘の股火鉢, 惚れた女は盗賊の情女, 目赤の伊太郎親分, 小間物問屋の姉妹, 殺し稼業の八海坊主, 歓喜お島と成仏弥十郎, 別れた女房, 娘盛り・女盛り, 裸念仏, のぞき新吉首かんざし, 伊太郎の大手柄, 手つかず女房, 縛られお香, 密通お登美, 囲われ女・お駒, 添い寝の生娘
『富札を斬る 書下ろし長篇時代小説 特選時代小説』 1999.6 296p
①4-331-60752-6
『阿修羅の女族 元禄妖魔譚 特選時代小説』 1999.9 447p
①4-331-60776-3
『江戸仇討点鬼簿 傑作仇討短篇小説 特選時代小説』 1999.12 314p
①4-331-60792-5
〔内容〕十年目の剣鬼, 女中の色香, 女犯斬罪, 乳房くらべ, 淫雨無情, 尻軽女, 裸女の一閃, 図太い間男, 血染めの快楽, 怨恨の簪, 淫靡な烙印, 女用心棒情交死, 囮女懐妊, 情交討ち, 初夜心中, 姉妹淫蕩, 首無し女体交情, 肌狂い侍, だまされ藩士, 娘三百両, 妊んだ寵妾, 無用者!, 助太刀
『奸賊を斬る 書下ろし長篇時代小説 特選時代小説』 2000.3 311p
①4-331-60808-5
『江戸仇討慚鬼伝 傑作仇討短篇小説 特選時代小説』 2001.2 315p
①4-331-60857-3
〔内容〕いちずな女, 契りの代償, 腿の青痣,

抜いた懐刀, 因果な果し状, 不義妻と忠義下女, 甘い餌, 侍廃業, 手ごめの返礼, 女犯寺炎上, 人質娘凌辱, 夢枕, 囲われの女, 身代わり操, 淫女遁走, 妹二人自害, 娘の浅知恵, 恥辱の上塗り, 宿場の用心棒, 手ごめは本望, 校悦剃刀, 矢場の女, 三度目の正直, 痺れ鞘, 懐妊悲哀

『阿修羅の女族　元禄妖魔譚　特選時代小説』 改訂版　2011.7　492p〈初版：広済堂出版1999年刊〉
①978-4-331-61435-8

『戦国忍者残酷帖　特選時代小説』 改訂版　2011.10　417p〈初版：広済堂出版平成10年刊〉
①978-4-331-61445-7
〔内容〕女人精移し, 女肌絵図面, 白忍法・小判鮫, 忍法一つ身, 傀儡女犯, 抜け忍女狂い, 孕み侍女, 忍法・女枯し, くノ一変化, 忍法・泥仮面, 淫情姫城落ち, 女忍つぼ破り, 忍者くずれ血蜘蛛, 明智忍法・眠り水, 秀吉暗殺団, 追放忍者生地獄, くノ一恋狂い, 根来残党犬死に, 姫はらみ, くノ一密書秘蔵, 用心棒淫ら問い, 生娘種宿し, 忍法・血のろし, おぼろ忍者色じかけ, 酔いどれ忍法狼藉, 破れたり千人斬り

『妖姫が斬る　刀根又四郎無頼剣　特選時代小説』 2012.3　331p〈1995年刊の新装版〉
①978-4-331-61465-5

『修羅の爪　特選時代小説』 〔新装版〕 2012.10　440p
①978-4-331-61495-2

講談社文庫（講談社）

『暗殺密書街道』 2000.6　320p
①4-06-264924-1

光文社文庫（光文社）

『素浪人宮本武蔵　1』 1993.9　302p
①4-334-71758-6

『素浪人宮本武蔵　2　青狼の篇』 1993.11　308p
①4-334-71790-X

『素浪人宮本武蔵　3（修羅の篇）』 1994.1　307p
①4-334-71830-2

『素浪人宮本武蔵　4（剣鬼の篇）』 1994.3　304p
①4-334-71857-4

『素浪人宮本武蔵　5（斬狼の篇）』 1994.5　307p
①4-334-71885-X

『素浪人宮本武蔵　6（餓虎の篇）』 1994.7　316p
①4-334-71911-2

『素浪人宮本武蔵　7（竜祥の篇）』 1994.9　316p
①4-334-71942-2

『素浪人宮本武蔵　8（腥血の篇）』 1994.11　316p
①4-334-71972-4

『素浪人宮本武蔵　9（牙狼の篇）』 1995.1　316p
①4-334-71990-2

『素浪人宮本武蔵　10（無常の篇）』 1995.3　316p
①4-334-72029-3

『幕末斬鬼伝　大老の首』 1995.9　325p
①4-334-72107-9

『異人斬り　幕末斬鬼伝』 1996.1　314p
①4-334-72169-9

『秋月の牙』 1996.9　310p
①4-334-72286-5

『相馬の牙』 1997.1　320p
①4-334-72289-X

『会津の牙　長編時代小説』 1997.9　327p
①4-334-72469-8

『越前の牙　長編時代小説』 1998.1　318p
①4-334-72530-9

『剣鬼・根岸兎角　長編時代小説』 1998.5　316p
①4-334-72609-7

『飛騨の牙　長編時代小説』 2000.1　310p
①4-334-72938-X
『加賀の牙　長編時代小説』 2000.7　312p
①4-334-73034-5
『奥州の牙　傑作時代小説』 2001.1　313p
①4-334-73098-1
〔内容〕奥州の牙, 天保斬刃帖
『秋月の牙　長編時代小説　〔光文社時代小説文庫〕』 新装版　2011.3　346p
①978-4-334-74921-7

コスミック・時代文庫
（コスミック出版）

『餓鬼が斬る　刀根又四郎・必殺草薙ぎ殺法』 2003.5　318p〈東京 コスミックインターナショナル（発売）〉
①4-7747-0712-0
『青狼が斬る　刀根又四郎・無頼浪人必殺剣』 2003.11　332p〈東京 コスミックインターナショナル（発売）〉
①4-7747-0747-3
『牙狼の剣　超痛快！ 時代小説』 2013.1　707p〈『白狼の牙 上・下』（学研M文庫 2001年刊）の改題、合本〉
①978-4-7747-2588-8

時代小説文庫（富士見書房）

『修羅の系譜』 1993.12　345p
①4-8291-1250-6
『剣鬼・針ケ谷夕雲』 1994.12　330p
①4-8291-1265-4
『土方歳三　1　試斬』 1995.6　302p
①4-8291-1269-7
『新撰組局長主座芹沢鴨』 1995.12　296p
①4-8291-1273-5
『土方歳三　2　壬生狼』 1996.5　277p
①4-8291-1276-X
『土方歳三　3　新撰組』 1996.10　294p
①4-8291-1277-8

集英社文庫（集英社）

◇人斬り弥介

『人斬り弥介』 1992.12　366p
①4-08-749880-8
『平三郎の首　人斬り弥介　その2』 1993.2　361p
①4-08-749899-9
〔内容〕走狗, 淫女, 暗鬼, 焦燥, 斬伐
『暗鬼の剣　人斬り弥介　その3』 1993.6　355p
①4-08-748041-0
『修羅が疾る　人斬り弥介　その4』 1993.12　360p
①4-08-748109-3
『斬刃　人斬り弥介　その5』 1994.2　299p
①4-08-748132-8
『非情の牙　人斬り弥介　その6』 1994.6　280p
①4-08-748176-X
『埋蔵金の罠　人斬り弥介　その7』 1994.8　297p〈『白刃』（大陸書房1991年刊）の改題〉
①4-08-748197-2
『殺刃　人斬り弥介　その8』 1994.12　290p
①4-08-748252-9

◇新・人斬り弥介

『密書　新・人斬り弥介』 1995.8　306p
①4-08-748370-3
『凶賊　新・人斬り弥介』 1995.12　298p
①4-08-748390-8
『狼たち　新・人斬り弥介』 1996.8　301p
①4-08-748506-4

『白蛇　新・人斬り弥介』 1996.12　298p
①4-08-748545-5
『暗殺　新・人斬り弥介』 1997.8　292p
①4-08-748667-2
『牙と芽　新・人斬り弥介』 1997.12 302p
①4-08-748723-7
『翁党　新・人斬り弥介』 1999.8　283p
①4-08-747088-1
『化粧鬼　新・人斬り弥介』 1999.12 288p
①4-08-747135-7
『甲州金　新・人斬り弥介』 峰隆一郎〔著〕;宮里洸〔補筆〕 2000.12　286p
①4-08-747273-6

◇人斬り弥介秘録

『幽鬼　人斬り弥介秘録』 宮里洸〔著〕;峰隆一郎〔原案〕 2002.4　316p
①4-08-747393-7
『鬼神　人斬り弥介秘録　其ノ2』 宮里洸〔著〕;峰隆一郎〔原案〕 2002.12 262p
①4-08-747528-X
『沈む町　人斬り弥介秘録』 宮里洸〔著〕;峰隆一郎〔原案〕 2003.12　251p
①4-08-747650-2
『茜雪　人斬り弥介秘録』 宮里洸〔著〕;峰隆一郎〔原案〕 2005.3　230p
①4-08-747802-5

『新撰組局長首座芹沢鴨』 1998.8　276p
①4-08-748841-1
『流れ灌頂』 1998.12　278p
①4-08-748886-1
〔内容〕流れ灌頂, 夜叉神堂, 欠け目, かどわかし, お鳥目, 血染めの恋情, 閻魔堂橋, 浪士改め, 体中剣殺法

祥伝社文庫（祥伝社）

◇人斬り俊策

『明治凶襲刀　書下ろし長編時代小説　人斬り俊策』 2000.2　349p
①4-396-32742-0

『三日殺し　千切良十内必殺針 時代小説』 1999.7　290p
①4-396-32699-8
『餓狼の剣　長編時代小説』 2000.7　352p
①4-396-32781-1
『明治暗殺伝　人斬り弦三郎 長編時代小説』 新装版　2003.4　339p
①4-396-33105-3
『日本剣鬼伝宮本武蔵』 新装版　2015.6 340p〈文献あり〉
①978-4-396-34128-2

青樹社文庫（青樹社）

『信玄女地獄』 1994.10　347P
①4-7913-0849-2
『御用盗疾る』 1996.4　284p
①4-7913-0946-4
『剣鬼・岡田以蔵』 1996.11　557p
①4-7913-0999-5
『元禄斬鬼伝』 1997.3　299p〈『刺客狩り』(飛天出版1993年刊) の改題〉
①4-7913-1019-5
『元禄斬鬼伝　2　羅刹』 1997.7　285p〈『女狩り』(飛天出版1993年刊) の改題〉
①4-7913-1040-3
『元禄斬鬼伝　3　阿修羅』 1997.11 285p〈『犬同心狩り』(飛天出版1993年刊) の改題〉
①4-7913-1059-4
『元禄斬鬼伝　4　夜叉』 1998.3　325p

〈『旗本狩り』(飛天出版1994年刊)の改題〉
①4-7913-1078-0
『野良犬の群れ　葉月六郎太斬人覚』1999.12　334p
①4-7913-1186-8

大洋時代文庫 時代小説 (ミリオン出版)

『修羅の系譜』 2005.7　357p〈東京 大洋図書(発売)〉
①4-8130-7035-3

大陸文庫 (大陸書房)

◇人斬り弥介

『人斬り弥介』 1988.8　349p
①4-8033-1607-4

『平三郎の首』 1989.3　342p
①4-8033-1909-X
『暗鬼の剣』 1989.8　333p
①4-8033-2082-9
『修羅が疾る』 1990.2　335p
①4-8033-2483-2
『斬刃　御落胤暗殺』 1990.4　283p
①4-8033-2760-2
『非情の牙』 1991.6　277p
①4-8033-3408-0
『白刃　埋蔵金の罠』 1991.12　287p
①4-8033-3794-2
『殺刃　若殿誘拐』 1992.8　287p
①4-8033-4239-3

天山文庫 (天山出版)

◇元禄斬鬼伝

『元禄斬鬼伝』 1992.5　312p〈発売：大陸書房〉
①4-8033-3508-7

徳間文庫 (徳間書店)

◇柳生十兵衛

『柳生十兵衛』 1989.5　285p
①4-19-598778-4
『柳生十兵衛　竜尾の剣』 1990.1　313p
①4-19-598980-9
『柳生十兵衛　逆風の太刀』 1990.7　312p
①4-19-599129-3
『柳生十兵衛　剣術猿飛』 1990.11　285p
①4-19-599219-2
『柳生十兵衛　兵法八重垣』 1991.4　311p
①4-19-599302-4
『柳生十兵衛　月影の剣』 1991.10　317p
①4-19-599405-5
『柳生十兵衛　無刀取り、四十八人斬り』1992.2　285p
①4-19-599468-3
『柳生十兵衛　斬馬剣』 1992.11　318p
①4-19-597384-8
『柳生十兵衛　極意転』 1993.6　318p
①4-19-587613-3
『柳生十兵衛　無拍子』 1994.5　318p
①4-19-890128-7

◇殺し稼業千切良十内

『殺し稼業千切良十内』 1995.3　316p
①4-19-890285-2
『殺し金千両　殺し稼業千切良十内』1997.2　331p

①4–19–890643–2

『殺し人別帳　殺し稼業千切良十内』 1998.1　318p〈『千切良十内殺し控』（実業之日本社1995年刊）の改題〉
①4–19–890824–9

◇慶安素浪人伝

『白狼の剣　慶安素浪人伝　1』 1996.8　318p
①4–19–890551–7

『青狼の剣　慶安素浪人伝　2』 1996.10　314p
①4–19–890583–5

『赤狼の剣　慶安素浪人伝　3』 1996.12　286p
①4–19–890611–4

◇蛇目孫四郎人斬り控

『修羅の悪女　蛇目孫四郎人斬り控』 1997.5　349p
①4–19–890693–9

『修羅の首　蛇目孫四郎人斬り控』 1997.9　350p
①4–19–890758–7

『修羅の手籠め　蛇目孫四郎人斬り控』 1999.7　315p
①4–19–891146–0

『修羅の緑石　蛇目孫四郎人斬り控』 2000.5　334p
①4–19–891314–5

◇元禄斬鬼伝

『元禄斬鬼伝　奈落』 2003.9　315p
①4–19–891949–6

『元禄斬鬼伝　2』 2003.10　301p〈『女狩り』（飛天出版1993年刊）の改題〉
①4–19–891961–5
〔内容〕羅刹

『元禄斬鬼伝　3』 2003.11　301p〈『犬同心狩り』（飛天出版1993年刊）の改題〉
①4–19–891979–8
〔内容〕阿修羅

『元禄斬鬼伝　4』 2003.12　345p
①4–19–891989–5
〔内容〕夜叉

◇蛇目孫四郎斬刃帖

『蛇目孫四郎斬刃帖　殺し稼業・十五屋』 2011.9　317p
①978–4–19–893433–0

『孤狼の牙』 1994.1　284p
①4–19–890063–9

『孤狼の剣』 1994.10　285p
①4–19–890207–0

『信長秘記　兵助が斬る』 1995.5　318p
①4–19–890322–0

『信長秘記　2　城主を殺せ』 1995.10　318p
①4–19–890407–3

『信長秘記　3　髑髏』 1996.4　317p
①4–19–890495–2

『剣鬼、疾走す　小野次郎右衛門伝』 1998.11　340p
①4–19–891003–0

『御用盗疾る』 1999.4　318p
①4–19–891091–X
〔内容〕仮面の悪女, 吹矢の毒, 鼠頭巾の暗殺者, 斬られた組士の謎, 御用盗疾る, 久美が刺した

『用心棒石動十三郎』 1999.10　310p
①4–19–891196–7
〔内容〕用心棒, 桶川の女, 熊谷・六斎市, 縄張り, 遊という女, 雪の碓氷峠, 女は魔物, 洗馬の仇討ち

『烏川　用心棒石動十三郎』 2000.2　283p
①4–19–891265–3

『土方歳三　1　試斬』 2000.8　317p
①4–19–891363–3

『土方歳三　2　壬生狼』 2000.9　285p
①4–19–891380–3

『土方歳三　3　新撰組』 2000.10　301p
①4-19-891396-X
『修羅の系譜』 2001.2　334p
①4-19-891461-3
『剣鬼・針ケ谷夕雲』 2001.5　345p
①4-19-891509-1
『剣鬼・岡田以蔵』 2001.11　555p
①4-19-891612-8
『野良犬の群れ　葉月六郎太斬人覚』
2003.2　313p
①4-19-891842-2

ノン・ポシェット（祥伝社）

◇日本剣鬼伝

『宮本武蔵　日本剣鬼伝』 1991.2　299p
①4-396-32211-9
『伊東一刀斎　日本剣鬼伝』 1991.7　306p
①4-396-32229-1
『柳生兵庫助　日本剣鬼伝』 1992.3　303p
①4-396-32253-4
『塚原卜伝　日本剣鬼伝』 1993.3　297p
①4-396-32308-5

◇日本仇討ち伝

『邪剣　日本仇討ち伝』 1994.2　305p
①4-396-32367-0
『烈剣 江戸浄瑠璃坂の対決　日本仇討ち伝』 1994.7　330p
①4-396-32389-1
『凶剣 崇禅寺馬場の死闘　日本仇討ち伝』
1995.3　328p
①4-396-32427-8

◇人斬り俊策

『明治暗殺刀　長編時代小説　人斬り俊策』 1998.2　345p
①4-396-32622-X

◇　◇　◇

『明治暗殺伝　人斬り弦三郎 長編時代小説』 1987.9　284p
①4-396-32069-8
『明治・人斬り伝　秘剣・二階堂流 長編時代小説』 1987.12　304p
①4-396-32079-5
『明治剣鬼伝　妖剣・無眼流 長編時代小説』 1988.5　306p
①4-396-32089-2
『明治讐鬼伝　魔剣・神陰流 長編時代小説』 1988.9　307p
①4-396-32103-1
『明治殺人剣　餓鬼・不破亮之介伝 長編時代小説』 1988.12　305p〈付：参考資料〉
①4-396-32114-7
『新幕末風雲録　ある天才剣士の青春 長編時代小説』 1989.4　308p〈参考資料：p308〉
①4-396-32128-7
『新幕末風雲録　長編時代小説　2　清河八郎暗殺編』 1989.7　310p〈参考資料：p310〉
①4-396-32144-9
『新幕末風雲録　長編時代小説　3　桂小五郎襲撃』 1989.12　300p
①4-396-32162-7
『新幕末風雲録　長編時代小説　4　西郷隆盛の密命』 1990.4　298p
①4-396-32177-5
『新幕末風雲録　長編時代小説　完結編　勝海舟と西郷隆盛』 1990.10　307p
①4-396-32195-3
『夜叉の剣』 1992.7　297p〈『復讐鬼』（講談社昭和61年刊）の改題〉
①4-396-32270-4
『鬼神の剣』 1992.12　342p〈『讐鬼の剣』（講談社昭和61年刊）の改題〉
①4-396-32288-7
『人斬り善鬼　小野次郎右衛門 日本剣鬼

伝』 1993.10 316p
①4-396-32342-5
『炎鬼の剣 高柳又四郎伝』 1994.10 297p
①4-396-32400-6

飛天文庫（飛天出版）

◇元禄斬鬼伝

『女狩り 元禄斬鬼伝』 1993.6 263p
①4-938742-15-2
『犬同心狩り 元禄斬鬼伝』 1993.10 263p
①4-938742-25-X
『刺客狩り 元禄斬鬼伝』 1993.11 306p
①4-938742-33-0
『犬同心狩り 元禄斬鬼伝』 1994.11 263p
①4-938742-25-X
『旗本狩り 元禄斬鬼伝』 1994.11 297p
①4-938742-70-5

◇蛇目孫四郎斬刃帖

『老中斬り 蛇目孫四郎斬刃帖』 1995.11 267p
①4-89440-008-1

『剣鬼岡田以蔵 修羅の編』 1993.1 306p
①4-938742-04-7
『剣鬼岡田以蔵 獄門編』 1993.8 279p
①4-938742-20-9
『剣鬼、疾走す 小野次郎右衛門伝』 1996.10 310p
①4-89440-043-X

双葉文庫（双葉社）

◇蛇目孫四郎斬刃帖

『殺し稼業・十五屋 蛇目孫四郎斬刃帖』 1992.9 294p
①4-575-66075-2
『女人連綿 蛇目孫四郎斬刃帖』 1993.6 270p
①4-575-66082-5
〔内容〕お袖殺し, 春の幽霊, 白山権現の仇討ち, 腹裂き旗本, 女郎蜘蛛, 御落胤
『正雪の黄金 蛇目孫四郎斬刃帖』 新訂 1994.10 271p
①4-575-66088-4
『桃色寺 蛇目孫四郎斬刃帖』 1995.8 271p
①4-575-66091-4
『修羅の悪女 蛇目孫四郎斬刃帖』 1999.9 334p
①4 575-66102-3
『修羅の首 蛇目孫四郎斬刃帖』 2000.5 335p
①4-575-66106-6
『殺し稼業・十五屋 蛇目孫四郎斬刃帖』 2002.8 337p
①4-575-66132-5
『女人連綿 蛇目孫四郎斬刃帖』 2002.10 326p
①4-575-66135-X
〔内容〕お袖殺し, 春の幽霊, 白山権現の仇討ち, 腹裂き旗本, 女郎蜘蛛, 御落胤
『正雪の黄金 蛇目孫四郎斬刃帖』 2002.11 314p
①4-575-66136-8
『桃色寺 蛇目孫四郎斬刃帖』 2002.12 309p
①4-575-66137-6
『修羅の悪女 蛇目孫四郎斬刃帖』 2003.1 364p
①4-575-66138-4

『修羅の首　蛇目孫四郎斬刃帖』 2003.2　366p
①4-575-66141-4
『老中斬り　蛇目孫四郎斬刃帖』 2003.3　324p
①4-575-66143-0
『首切り　蛇目孫四郎斬刃帖』 2003.7　381p
①4-575-66148-1

◇蛇目孫四郎人斬り控

『正雪の黄金　蛇目孫四郎人斬り控』 1994.7　271p
①4-575-66088-4

◇刀根又四郎必殺剣

『餓鬼が斬る　刀根又四郎必殺剣』 2001.2　397p
①4-575-66111-2
『孤狼が斬る　刀根又四郎必殺剣』 2001.3　342p
①4-575-66112-0
『邪鬼が斬る　刀根又四郎必殺剣』 2001.4　339p
①4-575-66113-9
『青狼が斬る　刀根又四郎必殺剣』 2001.5　349p
①4-575-66116-3
『魅鬼が斬る　刀根又四郎必殺剣』 2001.6　359p
①4-575-66117-1
『妖姫が斬る　刀根又四郎必殺剣』 2001.7　347p
①4-575-66119-8
『恋鬼が斬る　刀根又四郎必殺剣』 2001.8　338p
①4-575-66120-1
『富札を斬る　刀根又四郎必殺剣』 2001.10　343p
①4-575-66122-8
『奸賊を斬る　刀根又四郎必殺剣』 2001.12　350p
①4-575-66124-4

◇ごろつき狼凶状旅

『孤影の白刃　ごろつき狼凶状旅　上』 2003.8　335p
①4-575-66150-3
『漆黒の妖牙　ごろつき狼凶状旅　下』 2003.8　269p
①4-575-66151-1

『剣鬼、疾走す』 1989.7　297p
①4-575-66047-7
『御用盗疾る』 1991.12　286p
①4-575-66070-1
〔内容〕仮面の悪女, 吹矢の毒, 鼠頭巾の暗殺者, 斬られた組士の謎, 御用盗疾る, 久美が刺した
『用心棒が斬る　刀根又四郎斬殺剣』 2001.9　357p
①4-575-66121-X
『円四郎斬鬼剣　妖艶時代小説』 2002.5　487p
①4-575-66127-9
『冥府の妖鬼　虚陰十郎必殺剣　上』 2002.6　426p
①4-575-66128-7
『虚陰十郎必殺剣　下　斬人無慙』 2002.7　383p
①4-575-66131-7
『江戸暗闇犯科帳』 2003.10　237p
①4-575-66155-4
〔内容〕島がえり, 水茶屋のお縞, 娘を売る旗本, 佐官娘の股火鉢, 惚れた女は盗賊の情女, 目赤の伊太郎親分, 小間物問屋の姉妹, 殺し稼業の八海坊主, 歓喜お島と成仏弥十郎, 別れた女房, 娘盛り・女盛り, 裸念仏, のぞき新吉首かんざし, 伊太郎の大手柄, 手つかず女房, 縛られお香, 密通お登美, 囲われ女・お駒, 添い寝の生娘
『阿修羅の女族　元禄妖魔譚　上　慙愧の巻』 2004.1　266p

Ⓘ4-575-66160-0

『阿修羅の女族　元禄妖魔譚　下　幻影の巻』 2004.1　261p
Ⓘ4-575-66161-9

『江戸仇討点鬼簿』 2004.2　353p
Ⓘ4-575-66163-5
〔内容〕十年目の剣鬼, 女中の色香, 女犯斬罪, 乳房くらべ, 淫雨無情, 尻軽女, 裸女の一閃, 図太い間男, 血染めの快楽, 怨恨の簪, 淫靡な烙印, 女用心棒情交死, 囮女懐妊, 情交討ち, 初夜心中, 姉妹淫蕩, 首無し女体交情, 肌狂い侍, だまされ藩士, 娘三百両, 妊んだ寵妾, 無用者！, 助太刀

『戦国忍者残酷帖　特選時代小説連作短編集』 2004.3　421p
Ⓘ4-575-66166-X
〔内容〕女人精移し, 女肌絵図面, 白忍法・小判鮫, 忍法・一つ身, 傀儡女犯, 抜け忍女狂い, 孕み侍女, 忍法・女枯し, くノ一変化, 忍法・泥仮面, 淫情姫城落ち, 女忍つぼ破り, 忍者くずれ血蜘蛛, 明智忍法・眠り水, 秀吉暗殺団, 追放忍者生地獄, くノ一恋狂い, 根来残党犬死に, 姫はらみ, くノ一密書秘蔵, 用心棒淫ら問い, 生娘種宿し, 忍法血狼煙, おぼろ忍者色じかけ, 酔いどれ忍者狼藉, 破れたり千人切り

『大奥秘交絵巻春日局』 2004.7　413p
Ⓘ4-575-66175-9

ベスト時代文庫

(ベストセラーズ)

『御用盗疾る』 2004.4　302p
Ⓘ4-584-36501-6
〔内容〕仮面の悪女, 吹矢の毒, 鼠頭巾の暗殺者, 斬られた組士の謎, 御用盗疾る, 久美が刺した

『剣鬼、疾走す』 2004.8　341p
Ⓘ4-584-36509-1

宮尾 登美子

みやお・とみこ

1926〜2014

高知県生まれ。高坂高女卒。1973年「櫂」で太宰治賞を受賞し、作家としての地位を築く。「一絃の琴」で直木賞を受賞し、「陽暉楼」「鬼龍院花子の生涯」はベストセラーとなった。代表作はNHK大河ドラマ原作「天璋院篤姫」。

朝日文庫 (朝日新聞出版)

『宮尾本平家物語　1(青龍之巻)』 2006.4　625p
Ⓘ4-02-264361-7

『宮尾本平家物語　2(白虎之巻)』 2006.5　637p
Ⓘ4-02-264362-5

『宮尾本平家物語　3(朱雀之巻)』 2006.6　605p
Ⓘ4-02-264363-3

『宮尾本平家物語　4(玄武之巻)』 2006.7　638p
Ⓘ4-02-264364-1

角川文庫 (角川書店)

『岩伍覚え書』 2000.1　284p
Ⓘ4-04-171805-8

講談社文庫 (講談社)

『一絃の琴』 1982.7　402p 〈年譜：p399〜402〉
Ⓘ4-06-131778-4

『天璋院篤姫　上』 1987.11　368p
Ⓘ4-06-184071-1

『天璋院篤姫　下』 1987.11　361p
①4-06-184072-X
『東福門院和子の涙』 1996.9　529p
①4-06-263322-1
『天璋院篤姫　上』 新装版　2007.3　419p
①978-4-06-275684-6
『天璋院篤姫　下』 新装版　2007.3　414p
①978-4-06-275685-3
『一絃の琴』 新装版　2008.4　516p
①978-4-06-276028-7
『東福門院和子の涙　上　レジェンド歴史時代小説』 2016.2　340p〈1996年刊の改訂、上下2分冊〉
①978-4-06-293316-2
『東福門院和子の涙　下　レジェンド歴史時代小説』 2016.2　293p〈1996年刊の改訂、上下2分冊〉
①978-4-06-293317-9

集英社文庫（集英社）

『岩伍覚え書』 1979.9　256p
『岩伍覚え書』 改訂新版　2016.2　333p
①978-4-08-745415-4
〔内容〕三日月次郎一件について，すぼ抜きについて，満州往来について，博徒あしらいについて

新潮文庫（新潮社）

『義経』 2007.5　279p
①978-4-10-129318-9

ちくま文庫（筑摩書房）

『陽暉楼』 1987.12　445p
①4-480-02185-X

中公文庫（中央公論新社）

『陽暉楼』 1979.9　408p

文春文庫（文藝春秋）

『陽暉楼』 1998.3　473p
①4-16-728707-2
『宮尾本平家物語　1　青龍之巻』 2008.10　588p
①978-4-16-728709-2
『宮尾本平家物語　2　白虎之巻』 2008.11　594p
①978-4-16-728710-8
『宮尾本平家物語　3　朱雀之巻』 2008.12　566p
①978-4-16-728711-5
『宮尾本平家物語　4（玄武之巻）』 2009.1　598p〈年表あり〉
①978-4-16-728712-2

三好 京三
みよし・きょうぞう

1931～2007

岩手県生まれ。本名・佐々木久雄。慶大卒。教師を経て、1977年「子育てごっこ」で直木賞を受賞。歴史時代小説には「朱の流れ」「生きよ義経」「吉次黄金街道」などがある。

人物文庫（学陽書房）

『陸奥黄金街道　小説金売り吉次』 1999.5 417p〈『吉次黄金街道』(新潮社1991年刊)の改題〉
①4-313-75080-0

PHP文庫（PHP研究所）

『女人平泉　藤原四代の妻たち』 1993.6 317p〈『朱の流れー女人平泉』(中央公論社1985年刊)の改題〉
①4-569-56554-9

『源義経　東下りに秘められた謎』 1995.6 438p〈『生きよ義経』(新潮社1990年刊)の改題〉
①4-569-56773-8

三好 徹
みよし・とおる

1931～

東京生まれ。本名・河上雄三。横浜高商卒。1959年「遠い声」が文学界新人賞の次席となり、推理小説に転じて68年には「聖少女」で直木賞を受賞した。「史伝伊藤博文」など史伝作品もある。

学研M文庫（学研パブリッシング）

『高杉晋作』 2002.4 331p
①4-05-900135-X

『沖田総司　六月は真紅の薔薇　上巻』 2003.1 388p〈学陽書房1997年刊の増訂〉
①4-05-900137-6

『沖田総司　六月は真紅の薔薇　下巻』 2003.1 385p〈学陽書房1997年刊の増訂〉
①4-05-900138-4

『土方歳三　戦士の賦　上』 2003.11 482p〈学陽書房1998年刊の増補〉
①4-05-900265-8

『土方歳三　戦士の賦　下』 2003.12 471p〈学陽書房1998年刊の増補〉
①4-05-900266-6

講談社文庫（講談社）

『六月は真紅の薔薇　小説沖田総司』 1978.3 2冊

『孤雲去りて　上』 1990.8 249p
①4-06-184737-6

『孤雲去りて　下』 1990.8 322p
①4-06-184738-4

『政商伝』 1996.3 287p
①4-06-263201-2

〔内容〕覆面の政商, 薩摩の鉅商, 王国の鍵, 冒険商人, ちょんまげ政商, 走狗の怒り

光文社文庫（光文社）

『さらば新選組　傑作歴史小説』 1989.10 320p
①4-334-71035-2

『誰が竜馬を殺したか　幕末秘史 長編歴史ミステリー』 2000.2　259p
①4-334-72961-4

『幕末水滸伝　剣客たちの青春 連作時代小説』 2001.9　471p
①4-334-73211-9
〔内容〕咸臨丸余聞, 夷人斬り, 若き志士たち, 新選組誕生, 人斬り稼業, 無情の剣, メリンスお梶, 拍音の隻手, 薩摩の刺客, 晦まし道中, 武士に二言, 無窮の剣

『史伝新選組　〔光文社時代小説文庫〕』 2009.3　311p
①978-4-334-74557-8
〔内容〕剣士、京へ, 選ばれしものたち, 暗殺の背景, 池田屋の変, 油小路前夜, 生も死も, 流山の近藤勇, 歳三、五稜郭に死す

『誰が龍馬を殺したか　衝撃秘史』 新装版 2010.2　245p〈文献あり〉
①978-4-334-74739-8

『侍たちの異郷の夢　幕末長崎物語』 2010.7　383p
①978-4-334-74819-7
〔内容〕嘘つき小次郎の夢, 最後の幕臣, 不運な先駆者, 死ぬな、良順, 二度の岐路に立つ, 真の咸臨丸艦長, 幸運な外交官, 浦賀から五稜郭へ, 天命の人, 虚舟の如く

集英社文庫（集英社）

『戦士の賦　土方歳三の生と死　上』 1993.2　422p
①4-08-748001-1

『戦士の賦　土方歳三の生と死　下』 1993.2　416p
①4-08-748002-X

『青雲を行く　上』 1993.12　330p
①4-08-748115-8

『青雲を行く　下』 1993.12　356p
①4-08-748116-6

人物文庫（学陽書房）

『高杉晋作』 1996.9　330p
①4-313-75014-2

『沖田総司　六月は真紅の薔薇　上巻』 1997.3　393p
①4-313-75023-1

『沖田総司　六月は真紅の薔薇　下巻』 1997.3　390p
①4-313-75024-X

『板垣退助　孤雲去りて　上巻』 1997.6 385p
①4-313-75027-4

『板垣退助　孤雲去りて　下巻』 1997.6 353p
①4-313-75028-2

『徳川慶喜』 1997.12　288p
①4-313-75039-8

『土方歳三　戦士の賦　上巻』 1998.2 478p
①4-313-75045-2

『土方歳三　戦士の賦　下巻』 1998.2 475p
①4-313-75046-0

『桐野利秋　青雲を行く　上』 1998.7 358p〈『青雲を行く』(三一書房1990年刊) の改題〉
①4-313-75052-5

『桐野利秋　青雲を行く　下』 1998.7 381p〈『青雲を行く』(三一書房1990年刊) の改題〉
①4-313-75053-3

『大江卓　叛骨の人』 1998.10　321p〈『叛骨の人』(新潮社1980年刊) の改題〉

①4-313-75059-2

〔内容〕政治の季節, 日清戦争, 列強の影, 宿命のライバル, 呉越同舟, 利害と打算, 陰の功労者, 開戦前夜, 勝利の裏方, ポーツマスの真実, 鮮満の地, 統監, 死への旅

中公文庫（中央公論新社）

『まむしの周六　万朝報物語』 1979.11 426p

『私説・沖田総司』 1981.3　247p

〔内容〕私説・沖田総司, 人斬り彦斎, 暗殺始末, 参議暗殺

徳間文庫（徳間書店）

『竜馬暗殺異聞』 1985.4　216p

①4-19-567826-9

〔内容〕竜馬暗殺異聞, 博文暗殺, お茶の水事件, ナポレオンの遺髪

『源三郎武辺帖』 1986.2　2冊

①4-19-568012-3

『沖田総司　六月は真紅の薔薇　上』 1989.11　379p〈『六月は真紅の薔薇』（講談社1975年刊）の改題〉

①4-19-568914-7

『沖田総司　六月は真紅の薔薇　下』 1989.11　349p〈『六月は真紅の薔薇』（講談社1975年刊）の改題〉

①4-19-568915-5

『幸運な志士　日本宰相伝　1』 1995.7 312p

①4-19-890351-4

〔内容〕幸運な志士―伊藤博文, 孤独な宰相―黒田清隆, 最後の元勲―山県有朋, 葉隠嫌い―大隈重信, 最後の元老―西園寺公望, 不貞の妻―原敬

『史伝伊藤博文　上』 2000.9　654p

①4-19-891378-1

〔内容〕草莽, 維新前夜, 米欧使節団, 征韓論, 秘密, 周旋の才, 三傑の死, 政争, 憲法調査, 総理への道, 鹿鳴館, 大隈の遭難, 大津事件, 黒幕内閣

『史伝伊藤博文　下』 2000.9　651p

①4-19-891379-X

睦月 影郎

むつき・かげろう

1956～

神奈川県生まれ。三崎高卒。様々な職業を転々とし、1980年に作家デビュー。以後多くの時代官能小説を執筆した。

悦の森文庫（無双舎）

『掟 くノ一淫法帖』 2011.4 270p
①978-4-86408-051-4

学研M文庫（学研パブリッシング）

◇蜜猟人朧十三郎

『色時雨 蜜猟人朧十三郎』 2004.10 250p
①4-05-900315-8

『艶残月 蜜猟人朧十三郎』 2005.5 251p
①4-05-900351-4

『秘悦花 蜜猟人朧十三郎』 2005.9 252p
①4-05-900373-5

『恋淡雪 蜜猟人朧十三郎』 2006.3 250p
①4-05-900404-9

『愛染螢 蜜猟人朧十三郎』 2006.7 248p
①4-05-900426-X

『紅夕風 蜜猟人朧十三郎』 2006.11 249p
①4-05-900444-8

『化粧鳥 蜜猟人朧十三郎』 2007.3 250p
①978-4-05-900468-4

『淫気楼 蜜猟人朧十三郎』 2007.7 250p
①978-4-05-900484-4

『面影星 蜜猟人朧十三郎』 2007.11 246p
①978-4-05-900506-3

『夢暮色 蜜猟人朧十三郎』 2008.3 250p
①978-4-05-900523-0

◇玉泉堂みだら暦

『紫の一刻（とき） 玉泉堂みだら暦』 2009.3 249p
①978-4-05-900574-2

『白の淫獄 玉泉堂みだら暦』 2010.4 250p〈発売：学研マーケティング〉
①978-4-05-900633-6

『山吹の艶 玉泉堂みだら暦』 2011.4 251p〈発売：学研マーケティング〉
①978-4-05-900688-6

『瑠璃の瞳 玉泉堂みだら暦』 2012.4 250p〈発売：学研マーケティング〉
①978-4-05-900750-0

◇手籠め人源之助秘帖

『みだらくずし 手籠め人源之助秘帖』 2013.11 250p〈発売：学研マーケティング〉
①978-4-05-900863-7

『若後家ねぶり 手籠め人源之助秘帖』 2014.5 250p〈発売：学研マーケティング〉
①978-4-05-900882-8

『とろけ姫君 手籠め人源之助秘帖』 2014.12 250p〈発売：学研マーケティング〉
①978-4-05-900894-1

幻冬舎アウトロー文庫（幻冬舎）

◇おぼろ淫法帖

『蜜命 おぼろ淫法帖』 2011.10 251p
①978-4-344-41762-5

『秘蜜 おぼろ淫法帖』 2012.6 252p
①978-4-344-41883-7

廣済堂文庫（廣済堂出版）

◇かがり淫法帖

『情艶　かがり淫法帖　特選時代小説』
2004.5　249p
①4-331-61089-6

『蜜謀　かがり淫法帖　特選時代小説』
2004.9　248p
①4-331-61114-0

『邪淫　かがり淫法帖　特選時代小説』
2005.1　249p
①4-331-61142-6

『禁戯　かがり淫法帖　特選時代小説』
2005.5　247p
①4-331-61168-X

『悦虐　かがり淫法帖　特選時代小説』
2005.10　244p
①4-331-61189-2

『妖華　かがり淫法帖　特選時代小説』
2006.2　250p
①4-331-61212-0

『萌肌　かがり淫法帖　特選時代小説』
2006.6　250p
①4-331-61230-9

『猟乱　かがり淫法帖　特選時代小説』
2006.10　248p
①4-331-61246-5

『恋闇　かがり淫法帖　特選時代小説』
2007.2　254p
①978-4-331-61266-8

『炎情　かがり淫法帖　特選時代小説』
2007.6　254p
①978-4-331-61282-8

◇さやか淫法帖

『人恋時雨　さやか淫法帖　特選時代小説』 2008.2　249p
①978-4-331-61316-0

『振袖淫鬼　さやか淫法帖　特選時代小説』 2008.6　249p
①978-4-331-61334-4

『蜜色月夜　さやか淫法帖　特選時代小説』 2008.10　250p
①978-4-331-61345-0

『宵待御寮　さやか淫法帖　特選時代小説』 2009.2　250p
①978-4-331-61356-6

『色艶秘剣　さやか淫法帖　特選時代小説』 2009.8　250p
①978-4-331-61371-9

『夢幻道中　さやか淫法帖　特選時代小説』 2010.2　250p
①978-4-331-61385-6

『夏草余情　さやか淫法帖　特選時代小説』 2010.8　250p
①978-4-331-61406-8

『柔肌目付　さやか淫法帖　特選時代小説』 2011.3　250p
①978-4-331-61425-9

『九重化粧　さやか淫法帖　特選時代小説』 2011.9　250p
①978-4-331-61443-3

『冬人夏虫　さやか淫法帖　特選時代小説』 2012.3　250p
①978-4-331-61466-2

◇さくや淫法帖

『濡れ蕾　さくや淫法帖　特選時代小説』
2013.3　248p
①978-4-331-61520-1

『淫ら花　さくや淫法帖　特選時代小説』
2013.9　253p
①978-4-331-61548-5

『香り蜜　さくや淫法帖　特選時代小説』
2014.3　250p
①978-4-331-61576-8

『悶え螢　さくや淫法帖　特選時代小説』
2014.9　250p
①978-4-331-61599-7

『契り枕　さくや淫法帖　特選時代小説』
2015.3　250p
①978-4-331-61627-7

◇尼姫お褥帖

『ふたつ巴　尼姫お褥帖　特選時代小説』
2015.6　253p
Ⓘ978-4-331-61639-0
『しのび悦　尼姫お褥帖　特選時代小説』
2015.8　250p
Ⓘ978-4-331-61645-1
『おんな獄　尼姫お褥帖　特選時代小説』
2015.10　250p
Ⓘ978-4-331-61649-9
『ぬめり蜜　尼姫お褥帖　特選時代小説』
2016.1　250p
Ⓘ978-4-331-61654-3

講談社文庫（講談社）

◇武芸者冴木澄香

『義姉　武芸者冴木澄香』 2008.1　250p
Ⓘ978-4-06-275957-1
『有情　武芸者冴木澄香』 2008.10　261p
Ⓘ978-4-06-276108-6

『忍萌（しのびもえ）』 2009.5　251p
Ⓘ978-4-06-276345-5
『変萌（かわりもえ）』 2009.11　252p
Ⓘ978-4-06-276475-9
『甘蜜三昧』 2010.4　301p
Ⓘ978-4-06-276620-3
〔内容〕渋柿, 詰腹, 刀と鞘, 淫謀, 甘美なる淫獄, よろめき秘帖
『卍萌』 2010.7　252p
Ⓘ978-4-06-276697-5
『武家娘　明暦江戸隠密控』 2011.6　251p
Ⓘ978-4-06-276826-9
『密通妻』 2012.4　252p
Ⓘ978-4-06-277135-1
『肌褥』 2013.6　252p
Ⓘ978-4-06-277582-3
『傀儡舞』 2015.1　252p
Ⓘ978-4-06-277996-8

コスミック・時代文庫

（コスミック出版）

◇淫導師・流一朗太

『流れ星魔性剣　書下ろし長編官能時代小説　淫導師・流一朗太』 2004.12
255p〈東京 コスミックインターナショナル（発売）〉
Ⓘ4-7747-2004-6
『流れ星外道剣　書下ろし長編官能時代小説　淫導師・流一朗太』 2006.3　271p
〈発売：コスミックインターナショナル〉
Ⓘ4-7747-2071-2
『流れ星純情剣　書下ろし長編官能時代小説　淫導師・流一朗太』 2006.12　260p
Ⓘ4-7747-2114-X
『流れ星斬妖剣　書下ろし長編官能時代小説　淫導師・流一朗太』 2008.1　253p
Ⓘ978-4-7747-2177-4

◇鬼姫おぼろ草紙

『あやかし秘剣　書下ろし長編官能時代小説　鬼姫おぼろ草紙』 2008.7　255p
Ⓘ978-4-7747-2203-0
『あやかし淫香　書下ろし長編官能時代小説　鬼姫おぼろ草紙』 2009.1　255p
Ⓘ978-4-7747-2235-1
『あやかし天女　書下ろし長編官能時代小説　鬼姫おぼろ草紙』 2009.7　255p
Ⓘ978-4-7747-2266-5
『あやかし淫鬼　書下ろし長編官能時代小説　鬼姫おぼろ草紙』 2010.1　255p
Ⓘ978-4-7747-2307-5
『あやかし秘香　書下ろし長編官能時代小

説　鬼姫おぼろ草紙』 2010.7　255p
①978-4-7747-2342-6

◇摩利支天あやし剣

『かげろう蜜書　書下ろし長編官能時代小説　摩利支天あやし剣』 2011.1　255p
①978-4-7747-2379-2
『かげろう夢幻　書下ろし長編官能時代小説　摩利支天あやし剣』 2011.7　255p
①978-4-7747-2419-5
『かげろう淫花　書下ろし長編官能時代小説　摩利支天あやし剣』 2012.1　255p
①978-4-7747-2472-0
『かげろう秘苑　書下ろし長編官能時代小説　摩利支天あやし剣』 2012.7　255p
①978-4-7747-2529-1
『かげろう艶火　書下ろし長編官能時代小説　摩利支天あやし剣』 2013.1　255p
①978-4-7747-2585-7

◇もののけ沙耶淫気帖

『つくもがみ情炎　書下ろし長編官能時代小説　もののけ沙耶淫気帖』 2013.7　255p
①978-4-7747-2638-0
『つくもがみ蜜乱　書下ろし長編官能時代小説　もののけ沙耶淫気帖』 2014.1　255p
①978-4-7747-2691-5
『つくもがみ爛辱　書下ろし長編官能時代小説　もののけ沙耶淫気帖』 2014.7　255p
①978-4-7747-2747-9
『つくもがみ蜜楽　書下ろし長編官能時代小説　もののけ沙耶淫気帖』 2015.1　255p
①978-4-7747-2796-7
『つくもがみ艶香　書下ろし長編官能時代小説　もののけ沙耶淫気帖』 2015.7　255p
①978-4-7747-2841-4

『流星刀みだら蜜　書下ろし長編官能時代小説』 2016.1　255p
①978-4-7747-2891-9
『流星刀ぬめり花　書下ろし長編官能時代小説』 2016.7　255p
①978-4-7747-2943-5

コスミック文庫

（コスミック出版）

◇淫導師・流一朗太

『流れ星邪淫剣　書下ろし長編官能時代小説　淫導師・流一朗太　コスミック・時代文庫』 2007.7　254p
①978-4-7747-2145-3

祥伝社文庫（祥伝社）

『おんな秘帖　長編時代官能小説』 2003.6　248p
①4-396-33111-8
『みだら秘帖　書下ろし長編時代官能小説』 2003.12　239p
①4-396-33140-1
『やわはだ秘帖　長編時代官能小説』 2004.6　243p
①4-396-33169-X
『はだいろ秘図　長編時代官能小説』 2004.10　251p
①4-396-33193-2
『おしのび秘図　長編時代官能』 2005.6　251p
①4-396-33232-7
『寝みだれ秘図　書下ろし長編時代官能小説』 2005.10　248p
①4-396-33258-0
『おんな曼陀羅　長編時代官能小説』

2006.2　248p
①4-396-33274-2
『ふしだら曼陀羅　長編時代官能小説』
2006.10　250p
①4-396-33319-6
『あやかし絵巻　長編時代官能小説』
2007.2　252p
①978-4-396-33337-9
『うたかた絵巻　長編時代官能小説』
2007.4　252p
①978-4-396-33354-6
『うれどき絵巻　長編時代官能小説』
2007.9　257p
①978-4-396-33382-9
『ほてり草紙　書下ろし長編時代官能小説』 2008.2　251p
①978-4-396-33412-3
『のぞき草紙　長編時代官能小説』 2008.6
252p
①978-4-396-33436-9
『寝とられ草紙　長編時代官能小説 書下ろし』 2008.10　251p
①978-4-396-33464-2
『ももいろ奥義　長編時代官能小説』
2009.3　251p
①978-4-396-33489-5
『のぞき見指南』 2010.10　252p
①978-4-396-33622-6
『よろめき指南』 2011.3　252p
①978-4-396-33660-8
『熟れはだ開帳』 2012.3　252p
①978-4-396-33747-6
『蜜双六』 2014.3　252p
①978-4-396-34025-4
『蜜しぐれ』 2014.10　252p
①978-4-396-34074-2
『みだれ桜』 2015.3　252p
①978-4-396-34103-9
『とろけ桃』 2015.10　257p
①978-4-396-34158-9
『美女百景　夕立ち新九郎・ひめ唄道中』
2016.10　251p
①978-4-396-34257-9

大洋時代文庫（ミリオン出版）

『艶めしべ　時代小説』 2009.2　238p
〈発売：大洋図書〉
①978-4-8130-7085-6
『若様みだら帖』 2010.2　251p〈発売：大洋図書〉
①978-4-8130-7090-0
『おんな枕絵師』 2010.12　250p〈発売：大洋図書〉
①978-4-8130-7091-7
『みだら剣法　時代小説』 2012.1　250p
〈発売：大洋図書〉
①978-4-8130-7092-4

大洋時代文庫 時代小説（ミリオン出版）

『みだら人形師』 2005.8　263p〈東京 大洋図書（発売）〉
①4-8130-7038-8
『まぐわい指南』 2006.12　246p〈発売：大洋図書〉
①4-8130-7065-5
『濡れぼっくい』 2008.2　246p〈発売：大洋図書〉
①978-4-8130-7076-4

宝島社文庫（宝島社）

『月夜に蕩けて』 2014.3　265p〈『濡れぼっくい』（大洋時代文庫 2008年刊）の改題、改訂〉
①978-4-8002-2463-7
『おんな快々淫書』 2014.5　269p
①978-4-8002-2526-9
『みだら寝盗物帖』 2014.9　270p〈『おん

な寝盗物帖』(ベスト時代文庫 2010年刊)の改題、改訂〉
①978-4-8002-3198-7

竹書房文庫(竹書房)

『身代り淫楽　長編小説』 新装版　2015.9　294p
①978-4-8019-0472-9

竹書房ラブロマン文庫

(竹書房)

『身代り淫楽　長編時代官能小説』 2008.9　325p
①978-4-8124-3600-4

『天女の淫香　長編官能小説』 2010.4　317p
①978-4-8124-4140-4

徳間文庫(徳間書店)

『艶色ひとつ褥』 2005.2　285p
①4-19-892206-3

『妖色ふたつ枕』 2005.5　252p
①4-19-892248-9

『炎色よがり声』 2005.11　249p
①4-19-892342-6

『色は匂えど』 2006.2　269p
①4-19-892387-6

『みだら人形師』 2013.4　253p〈大洋時代文庫 2005年刊の再刊〉
①978-4-19-893681-5

二見文庫(二見書房)

『淫刀　新撰組秘譚』 2008.7　205p
①978-4-576-08078-9

『女人天狗剣　書き下ろし時代官能小説』 2011.4　251p
①978-4-576-11040-0

『双子くノ一　忍法仙界流し』 2013.6　253p
①978-4-576-13076-7

ベスト時代文庫

(ベストセラーズ)

『みぶろ』 奈良谷隆　2004.8　250p
①4-584-36510-5

『さみだれ淫法』 2006.10　323p
①4-584-36573-3

『おんな寝盗物帖』 2010.5　247p
①978-4-584-36686-8

『おんな虎ノ巻』 2011.4　259p
①978-4-584-36699-8

『おんな淫別帖』 2012.5　270p
①978-4-584-36707-0
〔内容〕生娘の羞じらい, 淫ら小町の匂い, 新造の熟れ果肉, 女武者たちの宴, 町娘たちの淫欲, 果てしなき快楽

『蜜盗人』 2012.10　253p
①978-4-584-36718-6

村上 元三
むらかみ・げんぞう
1910〜2006

旧朝鮮生まれ。青山学院卒。1941年「上総風土記」で直木賞を受賞。戦後、「佐々木小次郎」を連載して一躍流行作家となった。ドラマ化した「松平長七郎」シリーズの原作者。他に「次郎長三国志」「水戸黄門」「三界飛脚」など。

角川文庫（角川書店）

『次郎長三国志　上』 2008.7　379p〈発売：角川グループパブリッシング〉
①978-4-04-390601-7
〔内容〕桶屋の鬼吉, 関東綱五郎, 清水の大政, 法印大五郎, 増川の仙右衛門, 相撲常, 大野の鶴吉, 森の石松, 追分三五郎, 投げ節お仲, 三保の豚松, 小川の勝五郎

『次郎長三国志　下』 2008.7　372p〈発売：角川グループパブリッシング〉
①978-4-04-390602-4
〔内容〕森の八五郎, 形ノ原斧八, 小松村七五郎, 七栗の初五郎, 小松村お園, 清水の小政, 二代目お蝶, 神戸の長吉, 吉良の仁吉, 天田五郎, 神田伯山

講談社文庫（講談社）

『佐々木小次郎　上』 1978.2　395p
『佐々木小次郎　下』 1978.3　423p〈年譜 磯貝勝太郎編：p406〜423〉
『源義経　1』 1979.2　417p
『源義経　2』 1979.2　404p
『源義経　3』 1979.3　415p
『源義経　4』 1979.3　440p
『源義経　5』 1979.4　418p
『水戸黄門　1　葵獅子　上』 1980.1　426p
『水戸黄門　2　葵獅子　下』 1980.1　399p
『水戸黄門　3　中将鷹　上』 1980.2　390p
『水戸黄門　4　中将鷹　下』 1980.2　416p
『水戸黄門　5　右近龍　上』 1980.3　404p
『水戸黄門　6　右近龍　下』 1980.3　348p
『水戸黄門　7　梅里記　上』 1980.4　402p
『水戸黄門　8　梅里記　下』 1980.4　438p
『田沼意次　上』 1990.10　506p
①4-06-184793-7
『田沼意次　中』 1990.11　512p
①4-06-184794-5
『田沼意次　下』 1990.12　539p〈年譜：p514〜539〉
①4-06-184795-3

光文社時代小説文庫（光文社）

『平賀源内　上』 1989.10　419p
①4-334-71033-6
『平賀源内　下』 1989.10　394p
①4-334-71034-4
『陣幕つむじ風』 2016.10　650p
①978-4-334-77372-4

光文社文庫（光文社）

『加賀騒動　長編歴史小説』 1986.1　450p
①4-334-70290-2
『仙石騒動　長編歴史小説』 1986.8　538p
①4-334-70397-6

『松平長七郎旅日記　長編時代小説　東海・西海編』 1987.3　449p
①4-334-70519-7
『松平長七郎旅日記　傑作時代小説　江戸・山陽編』 1987.10　450p
①4-334-70623-1
『浜田騒動　傑作時代小説』 1988.10　244p
①4-334-70830-7
〔内容〕滝山騒動, 浜田騒動, お庭番状, 黄門様御遺訓, 終の栖, 此ノ件〈くだり〉厳秘ノ事, 尾張様の長煙管〈ながきせる〉, 暑い一日
『平賀源内　長編時代小説』 1989.10　2冊
①4-334-71033-6
『ある侍の生涯　長編時代小説』 2015.3　434p〈毎日新聞社 1988年刊の再刊〉
①978-4-334-76891-1
『加賀騒動　長編歴史小説』 新装版　2015.11　502p
①978-4-334-77203-1

コスミック・時代文庫（コスミック出版）

『葵の若さま捕物帳　松平長七郎江戸日記：超痛快！ 時代小説』 2012.10　347p〈『松平長七郎江戸日記』（桃源社 1963年刊）の改題〉
①978-4-7747-2561-1
〔内容〕変幻五三の桐, 山王死人祭, 明月あづま歌, 馬斬り三千両, 敵討当り狂言, 怪盗みだれ囃子, 風流春雨剣法, 鬼斬り念仏, 風流編笠節
『葵の若さま捕物帳　超痛快！ 時代小説〔2〕　松平長七郎浪花日記』 2013.12　547p〈『松平長七郎浪花日記』（桃源社 1963年刊）の改題〉
①978-4-7747-2686-1

時代小説文庫（富士見書房）

『大坂城物語』 1984.4　2冊
①4-8291-1095-3
『新選組』 1984.6　3冊
①4-8291-1097-X
『戦国一切経　上』 1984.11　356p
①4-8291-1103-8
『戦国一切経　中』 1984.11　354p
①4-8291-1104-6
『戦国一切経　下』 1984.11　358p
①4-8291-1105-4
『虹の女』 1987.4　254p
①4-8291-1124-0
『切られお富　上』 1987.5　350p
①4-8291-1125-9
『切られお富　下』 1987.5　391p
①4-8291-1126-7
『松平長七郎江戸日記』 1988.6　278p
①4-8291-1147-X
〔内容〕変幻五三の桐, 山王死人祭, 明月あづま歌, 馬斬り三千両, 敵討当り狂言, 怪盗みだれ囃子, 風流春雨剣法, 鬼斬り念仏, 風流編笠節
『松平長七郎東海日記』 1988.9　225p
①4-8291-1148-8
『松平長七郎京・大阪日記』 1989.8　188p
①4-8291-1149-6
『松平長七郎長崎日記』 1990.8　244p
①4-8291-1150-X

市民文庫（河出書房）

『上総風土記』 1951　233p
〔内容〕上総風土記, 他5篇

春陽文庫（春陽堂書店）

『飈風の門　前篇』 1951　195p

『捕物そばや 〔第1〕 時代篇』 1951
『捕物そばや 〔第2〕 明治篇』 1951
『颶風の門 中篇』 1951 203p
『颶風の門 後篇』 1951 230p
『次郎長三国志 前篇』 1957 262p
『次郎長三国志 後篇』 1957 264p
『新選組 第1』 1959 253p
『新選組 第3』 1959 248p
『新選組 第4』 1959 247p
『上総風土記』 1962 205p
『風流剣士』 1963 245p
『天保六道銭』 1968 352p
『風流あじろ笠』 1969 378p
『次郎長三国志』 新装 1999.9 527p
①4-394-10301-0

新小説文庫（新小説社）

『鼠小僧恋八景』 1951 138p
『緋鹿子捕物草紙 第1, 2』 1951 2冊

新潮文庫（新潮社）

『佐々木小次郎 上巻』 1958 423p
『佐々木小次郎 下巻』 1958 421p
『新選組 上巻』 1960
『新選組 中巻』 1960
『新選組 下巻』 1960 459p

人物文庫（学陽書房）

『加藤清正 1』 2000.1 313p
①4-313-75101-7
〔内容〕母と子の巻
『加藤清正 2』 2000.1 292p
①4-313-75102-5
〔内容〕手がら者の巻
『加藤清正 3』 2000.2 385p
①4-313-75103-3
〔内容〕昇龍の巻 上
『加藤清正 4』 2000.2 399p
①4-313-75104-1
〔内容〕昇龍の巻 下
『加藤清正 5』 2000.3 344p
①4-313-75105-X
〔内容〕妙法の巻
『加藤清正 6』 2000.4 387p
①4-313-75106-8
〔内容〕鬼将軍の巻
『加藤清正 7』 2000.5 382p
①4-313-75107-6
〔内容〕蓮華の巻
『水戸光圀 上』 2000.9 404p
①4-313-75112-2
『水戸光圀 中』 2000.9 389p
①4-313-75113-0
『水戸光圀 下』 2000.9 398p
①4-313-75114-9
『平賀源内 上』 2000.12 433p
①4-313-75117-3
『平賀源内 下』 2000.12 407p
①4-313-75118-1
『岩崎弥太郎 上』 2001.6 414p
①4-313-75136-X
『岩崎弥太郎 下』 2001.6 394p〈『岩崎彌太郎』(1964年朝日新聞社刊)の増訂〉
①4-313-75137-8
『新選組 上』 2002.9 470p
①4-313-75155-6
『新選組 中』 2002.10 458p
①4-313-75156-4
『新選組 下』 2002.11 485p〈年表あり 文献あり〉
①4-313-75157-2
『戦国風流 前田慶次郎』 2004.3 345p
①4-313-75173-4
『源義経 1』 2004.5 567p

①4-313-75177-7

『源義経　2』 2004.5　580p
①4-313-75178-5

『源義経　3』 2004.6　572p
①4-313-75179-3

『源義経　4』 2004.6　588p
①4-313-75180-7

『勝海舟』 2004.9　560p
①4-313-75182-3

『真田十勇士』 2005.2　348p
①4-313-75195-5
〔内容〕穴山小介, 海野六郎, 猿飛佐助, 筧十蔵, 三好清海入道, 由利鎌之助, 根津甚八, 望月六郎, 霧隠才蔵, 三好伊三入道, 真田幸村

『加賀騒動』 2005.7　455p
①4-313-75201-3

『松平長七郎浪花日記』 2005.12　488p
①4-313-75210-2
〔内容〕竜虎剣, ぎやまん燈籠, 黄金鬼, 箱根八里, 海坊主, 獅子ヶ嶽, 国姓爺旋風

『松平長七郎江戸日記』 2005.12　299p
①4-313-75211-0
〔内容〕変幻五三の桐, 山王死人祭, 明月あづま歌, 馬斬り三千両, 敵討当り狂言, 怪盗みだれ囃子, 風流春雨剣法, 鬼斬り念仏, 風流編笠節

『松平長七郎旅日記』 2006.5　411p
①4-313-75216-1
〔内容〕松平長七郎旅日記, 白妖鬼

『松平長七郎西海日記』 2006.10　267p
①4-313-75220-X

『加田三七捕物帳』 2007.4　354p〈『八丁堀同心加田三七』(徳間書店1988年刊) の改題〉
①978-4-313-75224-5
〔内容〕犬と猫と鼠と, 色餓鬼亡者, 夜鷹三味線, 犬, ぼうふら, 雪駄一足首三つ, いやなやつ, 忘れ霜, 生き損ないの女, 米を食う狐, 本所狸, 片腕の骸骨, 鬼灯遊女

『加田三七捕物帳　2』 2007.8　370p〈『八丁堀同心加田三七』(徳間書店1988年刊) の改題〉
①978-4-313-75227-6
〔内容〕師走の湯, ひとり萬歳, 八丁堀貧乏小路, おぼろ月, 幽霊三味線, 琉球の簪, 今戸焼の猫, 親の心子知らず, 夏祭宵宮の酒, 黄金仏, 尺八一千両, 因果小僧, 角兵衛獅子

『藤堂高虎』 2008.2　251p
①978-4-313-75233-7

『維新回天高杉晋作』 2008.6　567p〈『高杉晋作』(光風社出版1984年刊) の改題〉
①978-4-313-75237-5

『岩崎弥太郎　上』 2009.4　414p〈2001年刊の新装版〉
①978-4-313-75244-3

『岩崎弥太郎　下』 2009.4　394p〈2001年刊の新装版〉
①978-4-313-75245-0

『真田十勇士』 2010.10　346p〈2005年刊の新装版〉
①978-4-313-75265-8
〔内容〕穴山小介, 海野六郎, 猿飛佐助, 筧十蔵, 三好清海入道, 由利鎌之助, 根津甚八, 望月六郎, 霧隠才蔵, 三好伊三入道, 真田幸村

『平清盛』 2011.4　546p
①978-4-313-75269-6

大衆文学館（講談社）

『佐々木小次郎　上』 1995.8　445p
①4-06-262017-0

『佐々木小次郎　下』 1995.8　429p
①4-06-262018-9

中公文庫（中央公論新社）

『大久保彦左衛門』 1976　2冊

『五彩の図絵　上巻』 1977.11　385p

『五彩の図絵　下巻』 1977.12　361p

徳間文庫（徳間書店）

『風流あじろ笠』 1986.10 542p
①4-19-598158-1

『鎮西八郎為朝 上 火の巻』 1987.2 541p
①4-19-598233-2

『鎮西八郎為朝 下 水の巻』 1987.2 478p
①4-19-598234-0

『千姫』 1987.4 542p
①4-19-598270-7

『天保六道銭』 1987.9 412p
①4-19-598355-X

『千両鯉』 1988.1 567p
①4-19-598440-8

『八丁堀同心 加田三七 上』 1988.5 343p
①4-19-598523-4
〔内容〕犬と猫と鼠と, 色餓鬼亡者, 夜鷹三味線, 犬, ぼうふら, 雪駄一足首三つ, いやなやつ, 忘れ霜, 生き損ないの女, 米を食う狐, 本所狸, 片腕の骸骨, 鬼灯〈ほおずき〉遊女

『八丁堀同心 加田三七 下』 1988.5 382p
①4-19-598524-2
〔内容〕師走の湯, ひとり万歳, 八丁堀貧乏小路, おぼろ月, 幽霊三味線, 琉球の簪, 今戸焼の猫, 親の心子知らず, 夏祭宵宮の酒, 黄金仏, 尺八一千両, 因果小僧, 角兵衛獅子

『加田三七捕物そば屋』 1988.9 475p
①4-19-598600-1
〔内容〕馬鹿な女, 地獄人形, 幻の像, 子盗り湯騒動, 艶説鴨南蛮, 岡蒸気の女, 餅菓子心中, むかしの夢, 小唄念仏, 1本足の鐘つき男, 写し絵の女, からくり行燈, 萩の夜の秘密, 夢の淡雪, 毒の花束, 軽気球の殺人, 不忍池新景, 赤い湯煙り

『三界飛脚 上』 1989.5 414p
①4-19-598770-9

『三界飛脚 中』 1989.5 382p
①4-19-598771-7

『三界飛脚 下』 1989.5 379p
①4-19-598772-5

『海を飛ぶ鷹 上』 1989.9 379p
①4-19-598874-8

『海を飛ぶ鷹 下』 1989.9 349p
①4-19-598875-6

『天馬往来 高杉晋作』 1989.12 507p
①4-19-598950-7

『加田三七捕物帖』 1990.5 318p
①4-19-599085-8
〔内容〕いのちの吹替え, 浮世うどん, 比翼塚, 江戸の荒熊, 二人の老女, 幽霊の仇討, 茨木の腕, コレラ騒動, 人肌菩薩, 政岡人形, 白い蘭, 火焔琵琶

『足利尊氏 上』 1990.9 227p
①4-19-599179-X

『足利尊氏 下』 1990.9 285p
①4-19-599180-3

『勝海舟 上』 1991.1 309p
①4-19-599254-0

『勝海舟 下』 1991.2 312p
①4-19-599269-9

『足利尊氏 上』 1991.4 277p
①4-19-599179-X

『足利尊氏 下』 1991.4 285p
①4-19-599180-3

『からす天狗 上』 1992.1 504p
①4-19-599449-7

『からす天狗 下』 1992.1 441p
①4-19-599450-0

『藤堂高虎』 1992.10 217p
①4-19-577347-4

『平清盛』 1993.6 535p
①4-19-587614-1

『西行』 1993.10 350p
①4-19-890015-9
〔内容〕西行, お市の後生, お伊勢みやげ, 三人寄れば, 札差杉屋大福帳, はばかり藤五郎, 河童武者, 河童役者, 狸の仇討, 戦国夢物語, 紙衣の天狗

『真田十勇士』 1994.7 317p
①4-19-890160-0

『顔のない侍』 2007.1 473p
①978-4-19-892546-8
〔内容〕読後火中の事, 赤い黄金, 股旅音頭, 伏見の狐屋敷, 鯱の茶碗

文春文庫（文藝春秋）

『次郎長三国志　上』 1983.2 381p
①4-16-730001-X
『次郎長三国志　下』 1983.3 381p
①4-16-730002-8
『次郎長三国志』 新装版 1990.12 621p
①4-16-730003-6
『新本忠臣蔵』 1998.9 251p
①4-16-730004-4

弥生叢書（国鉄厚生事業協会）

『蓮華草　村上元三短篇集　上』 1980.6 330p
〔内容〕泉岳寺の白明, 越後の法界坊, 仁王禅の無関, 堀部妙海尼, 熊谷蓮生坊, 延命院日潤, 虚無僧寺の敵討, 吉岡妙麟尼, 乞食寺の狸和尚, 慈恩寺十一勝, 八十七歳の童子, 袈裟塚の僧, 祐生夢物語, 天狗の千乗坊, 土手節坊主, 妹背山名物焼餅, 再法庵の自貞尼
『蓮華草　村上元三短篇集　下』 1980.7 318p
〔内容〕賽ころ坊主, 常念仏堂の西蓮, 飛騨の山唄, 高尾塚の道哲, おさん地蔵, 万霊碑の僧, 東司坊主, 朝露成仏, 夕顔寺, 実盛塚, 壮士の墓, 琵琶法師の歌, 碧眼の唐僧, 臼井本覚, 吉野塚, 宇治の茶摘歌, 羅漢和尚

PHP文庫（PHP研究所）

『戦国風流　乱世の異端児・前田慶次郎の生涯』 1988.12 324p
①4-569-26180-9

村上 浪六
むらかみ・なみろく
1865〜1944

大阪府生まれ。本名・村上信。郵便報知新聞社に入社し、1891年「三日月」を発表して文壇にデビュー。通俗小説を多く発表した。

朝日文庫（朝日新聞出版）

『鬼奴　他』 伊東圭一郎〔解題〕 1951 269p 図版

村雨 退二郎
むらさめ・たいじろう
1903〜1959

鳥取県生まれ。本名・坂本俊一郎。高小中退。1935年「泣くなルヴィニア」が「サンデー毎日」の懸賞に入選してデビュー。海音寺潮五郎らと「文学建設」を創刊し、以後多数の歴史小説を発表した。代表作に「応天門」など。

中公文庫（中央公論新社）

『明治巌窟王　上』 1986.12 414p
①4-12-201379-8
『明治巌窟王　下』 1986.12 370p
①4-12-201380-1

村松 梢風
むらまつ・しょうふう
1889～1961

静岡県生まれ。本名・村松義一。慶大中退。1917年「琴姫物語」で作家としてデビュー。主に人物評伝を執筆した。代表作に「人間飢饉」「桃中軒雲右エ門」など。

春陽文庫（春陽堂書店）

『清水の次郎長　前篇』 1951　220p
『清水の次郎長　後篇』 1951　210p
『清水の次郎長　前篇』 1962　210p
『清水の次郎長　後篇』 1962　199p

村松 友視
むらまつ・ともみ
1940～

東京生まれ。慶大卒。編集者を経て、1982年「時代屋の女房」で直木賞を受賞。評伝を多く手がけた。時代小説作品には「由比正雪」などがある。

講談社文庫（講談社）

『灰左様なら』 1993.3　237p
Ⓘ4-06-185338-4

道草文庫（小池書院）

『由比正雪　上』 1996.10　288p
Ⓘ4-88315-731-8
『由比正雪　中』 1996.10　310p
Ⓘ4-88315-732-6
『由比正雪　下』 1996.10　289p
Ⓘ4-88315-733-4

森 鷗外
もり・おうがい
1862～1922

島根県生まれ。本名・森林太郎。東大卒。陸軍軍医の傍ら小説を書き、「即興詩人」「キタ・セクスアリス」「青年」「雁」を発表して明治を代表する文豪の一人となった。「阿部一族」「大塩平八郎」「山椒大夫」など史伝作品も多い。

岩波文庫（岩波書店）

『大塩平八郎・堺事件』 1940.1

『渋江抽斎』 1940.8 332p

『阿部一族 他二篇』 1948 107p〈初版昭和23〉

『山椒大夫・高瀬舟 他四篇』 10版 1950 152p

潮文庫（潮出版社）

『阿部一族・高瀬舟』 1970 284p〈豪華特装限定版〉
〔内容〕興津弥五衛門の遺書, 阿部一族, 佐橋甚五郎, 護持院原の敵討, 堺事件, 山椒太夫, 魚玄機, じいさんばあさん, 最後の一句, 高瀬舟, 寒山拾得, 注釈（三好行雄）, *解説（山本健吉）

旺文社文庫（旺文社）

『阿部一族・雁・高瀬舟』 1965 237p

『舞姫・山椒大夫』 1966 231p

海王社文庫（海王社）

『高瀬舟/山椒大夫』 2016.7 157p〈朗読：鈴木達央〉
①978-4-7964-0878-3
〔内容〕高瀬舟, 高瀬舟縁起, 山椒大夫, 阿部一族, 心中

角川文庫（角川書店）

『阿部一族 他三篇』 1954 98p
〔内容〕興津弥五右衛門の遺書, 阿部一族, 佐橋甚五郎, 最後の一句

『大塩平八郎・堺事件』 1959 112p

『山椒大夫・高瀬舟』 1967

『山椒大夫・阿部一族』 1967 246p

河出文庫（河出書房新社）

『阿部一族 他三篇』 1954 110p 図版
〔内容〕興津弥五衛門の遺書, 阿部一族, 佐橋甚五郎, 護持院ケ原の敵討

集英社文庫（集英社）

『高瀬舟』 1992.9 278p〈著者の肖像あり〉
①4-08-752028-5
〔内容〕じいさんばあさん, 高瀬舟, 山椒大夫, 寒山拾得, 最後の一句, 堺事件, 阿部一族, 歴史其侭と歴史離れ, 遺言

小学館文庫（小学館）

『高瀬舟』 2000.1 236p
①4-09-404102-8
〔内容〕堺事件, 最後の一句, 山椒大夫, 高瀬舟, じいさんばあさん

新潮ピコ文庫（新潮社）

『山椒大夫・最後の一句』 1996.3 93p
①4-10-940000-7
〔内容〕山椒大夫, 最後の一句, 高瀬舟, 高瀬舟縁起, 余興

新潮文庫（新潮社）

『阿部一族』 1950 230p
〔内容〕護持院ケ原の敵討, 大塩平八郎, 堺事件, 魚玄機, 興津弥五右衛門の遺書, 阿部一族

『山椒大夫・高瀬舟』 1951 118p
〔内容〕ぢいさんばあさん, 最後の一句, 山椒大夫, 高瀬舟

『阿部一族・舞姫』 1968 239p

創元文庫（創元社）

『高瀬舟 他』 1952 140p 図版
〔内容〕安井夫人, 山椒大夫, 魚玄機, ぢいざんばあさん, 最後の一句, 高瀬舟, 高瀬舟縁起, 寒山拾得, 寒山拾縁起

『阿部一族 他』 1953 110p 図版
〔内容〕興津弥五右衛門の遺書, 阿部一族, 佐橋甚五郎, 護持院ケ原の敵討

ちくま文庫（筑摩書房）

『森鷗外全集 5 山椒大夫・高瀬舟』 1995.10 366p
①4-480-02925-7
〔内容〕大塩平八郎, 堺事件, 安井夫人, 山椒大夫, 魚玄機, じいさんばあさん, 最後の一句, 高瀬舟, 寒山拾得, 玉篋両浦嶼, 日蓮聖人辻説法, 仮面

『森鷗外全集 6 栗山大膳・渋江抽斎』 1996.1 634p
①4-480-02926-5
〔内容〕栗山大膳, 津下四郎左衛門, 椙原品, 渋江抽斎, 寿阿弥の手紙, 都甲太兵衛, 鈴木藤吉郎, 細木香以, 小嶋宝素

『森鷗外全集 7 伊沢蘭軒 上』 1996.4 529p
①4-480-02927-3

『森鷗外全集 8 伊沢蘭軒 下』 1996.5 433p
①4-480-02928-1

中公文庫（中央公論新社）

『渋江抽斎』 1988.11 380p
①4-12-201563-4

必読名作シリーズ（旺文社）

『山椒大夫・舞姫』 1990.3 247p
①4-01-066032-5
〔内容〕山椒大夫, 最後の一句, 高瀬舟, 阿部一族, 舞姫

文春文庫（文藝春秋）

『舞姫 雁 阿部一族 山椒大夫―外八篇』 1998.5 492p〈肖像あり 年譜あり〉

ⓘ4-16-760101-X
〔内容〕舞姫, 妄想, 雁, かのように, 阿部一族, 護持院原の敵討, 山椒大夫, 魚玄機, じいさんばあさん, 高瀬舟, 寒山拾得, 都甲太兵衛, 森鷗外伝(小島政次郎著)

森鷗外著作集

(北九州森鷗外記念会)

『阿部一族』 2013.2 277p〈年譜あり〉

ワイド版岩波文庫(岩波書店)

『阿部一族 他二篇』 2001.1 98p
ⓘ4-00-007174-2
〔内容〕興津弥五右衛門の遺書, 阿部一族, 佐橋甚五郎

SDP bunko(SDP)

『高瀬舟』 2008.11 124p
ⓘ978-4-903620-36-7
〔内容〕高瀬舟, 最後の一句, じいさんばあさん, 山椒大夫

森村 誠一

もりむら・せいいち

1933〜

埼玉県生まれ。青山学院大卒。1969年「高層の死角」で江戸川乱歩賞を受賞。76年の「人間の証明」は映画化かされベストセラーとなった。また時代小説も書き、代表作に「忠臣蔵」「太平記」「悪道」など。

朝日文芸文庫(朝日新聞社)

『新選組 上』 1995.1 554p
ⓘ4-02-264056-1
『新選組 下』 1995.1 545p
ⓘ4-02-264057-X

朝日文庫(朝日新聞出版)

『忠臣蔵 上』 1993.11 604p
ⓘ4-02-264015-4
『忠臣蔵 下』 1993.11 605p
ⓘ4-02-264016-2
『虹の刺客 小説・伊達騒動 上』 1999.11 490p
ⓘ4-02-264210-6
『虹の刺客 小説・伊達騒動 下』 1999.11 462p
ⓘ4-02-264211-4
『派遣刺客』 2009.10 286p
ⓘ978-4-02-264518-0

角川文庫(角川書店)

『忠臣蔵 1 運命の廊下』 1988.9 259p
ⓘ4-04-136593-7

『忠臣蔵　2　大義の計画』 1988.9　276p
①4-04-136594-5
『忠臣蔵　3　武士の商魂』 1988.10　284p
①4-04-136595-3
『忠臣蔵　4　対決の期限』 1988.10　286p
①4-04-136596-1
『忠臣蔵　5　歴史の瓦版』 1988.11　286p
①4-04-136597-X
『吉良忠臣蔵　上』 1991.11　300p
①4-04-175312-0
『吉良忠臣蔵　下』 1991.11　304p
①4-04-175313-9
『太平記　1』 2004.12　285p
①4-04-175365-1
『太平記　2』 2004.12　298p
①4-04-175366-X
『太平記　3』 2005.1　299p
①4-04-175367-8
『太平記　4』 2005.1　333p
①4-04-175368-6
『太平記　5』 2005.2　341p
①4-04-175369-4
『太平記　6』 2005.2　349p
①4-04-175370-8
『吉良忠臣蔵　上』 2015.3　318p〈集英社文庫 1995年刊に書き下ろし「人生のB・C」を加え再刊〉
①978-4-04-102927-5
〔内容〕吉良忠臣蔵 上, 人生のB・C
『吉良忠臣蔵　下』 2015.3　318p〈集英社文庫 1995年刊に書き下ろし「遠い洋燈」を加え再刊〉
①978-4-04-102928-2
〔内容〕吉良忠臣蔵 下, 遠い洋燈

幻冬舎時代小説文庫（幻冬舎）

『武士の尾』 2011.12　446p
①978-4-344-41786-1

幻冬舎文庫（幻冬舎）

◇暗殺請負人

『刺客街　暗殺請負人』 2008.7　278p
①978-4-344-41160-9
『刺客往来　暗殺請負人』 2009.3　342p
①978-4-344-41280-4

講談社文庫（講談社）

『忠臣蔵　上』 1991.11　679p
①4-06-185032-6
『忠臣蔵　下』 1991.12　660p
①4-06-185033-4
『刺客の花道』 2005.11　413p
①4-06-275251-4
〔内容〕刺客の花道, 大道の花, 猫の仇討ち, 魔犬斬り, 陰火の武士, 鯉刑, 鶯替え勝負, 水切りの妖剣, とどめ香, 罠の生き餌
『虹の刺客　小説・伊達騒動　上』 2007.12　547p
①978-4-06-275896-3
『虹の刺客　小説・伊達騒動　下』 2007.12　515p
①978-4-06-275897-0
『真説忠臣蔵』 2011.11　394p
①978-4-06-277093-4
〔内容〕死面皮, 犬死碑, 不義士の荊門, 怯者の武士道, 末代の武士, *解説（縄田一男〔著〕）
『悪道』 2012.10　536p
①978-4-06-277393-5
『悪道　西国謀反』 2013.11　393p
①978-4-06-277691-2
『悪道　御三家の刺客』 2015.10　405p
①978-4-06-293217-2

光文社文庫（光文社）

『真説忠臣蔵　連作時代小説』 1984.10 319p
①4-334-70054-3

集英社文庫（集英社）

『吉良忠臣蔵　上』 1995.11　294p
①4-08-748405-X
『吉良忠臣蔵　下』 1995.11　298p
①4-08-748406-8

小学館文庫（小学館）

『平家物語　第1巻』 2000.10　974p
①4-09-404781-6
『平家物語　第2巻』 2000.11　970p
①4-09-404782-4
『平家物語　第3巻』 2000.12　939p
①4-09-404783-2

祥伝社文庫（祥伝社）

『新選組　長編時代小説　上』 2003.10 566p
①4-396-33133-9
『新選組　長編時代小説　下』 2003.10 547p
①4-396-33134-7
『刺客長屋』 2012.4　381p
①978-4-396-33753-7

新潮文庫（新潮社）

『士魂の音色』 1994.9　307p
①4-10-117715-5
〔内容〕飯怨, 計勅, 恩走, 一針の稗史, 魂無き暗殺者, 魔剣, 膿殺, 剣菓, 土の魂

中公文庫（中央公論新社）

◇人間の剣

『本能寺の首　人間の剣　戦国編 1』 2003.12　298p
①4-12-204301-8
『関ケ原の雨　人間の剣　戦国編 2』 2004.1　289p
①4-12-204312-3
『天草の死戦　人間の剣　江戸編 1』 2004.2　247p
①4-12-204324-7
〔内容〕無銘の犬死, 叛臣の賭け, 伊賀の血煙り, 天草の死戦, 愚かさの犠牲, 慶安の反骨
『大奥情炎　人間の剣　江戸編 2』 2004.3 263p
①4-12-204338-7
『天下の落胤　人間の剣　江戸編 3』 2004.4　331p
①4-12-204349-2
『血煙り新選組　人間の剣　幕末維新編 1』 2004.6　290p
①4-12-204380-8
『無銘剣対狂剣　人間の剣　幕末維新編 2』 2004.7　311p
①4-12-204391-3
『新選組残夢剣　人間の剣　幕末維新編 3』 2004.8　271p
①4-12-204404-9
『西郷斬首剣　人間の剣　幕末維新編 4』 2004.9　322p
①4-12-204416-2

◇刺客請負人

『刺客請負人』 2006.3　330p
①4-12-204661-0
〔内容〕孤臣, 刺客請負人, 柳の下の野望, 神

奴, 源氏斬り, 付け人の死所, 武士と人間の間, 犬難

『死神の町　刺客請負人』 2006.5　267p
①4–12–204683–1
〔内容〕野良犬の道理, 死神の町, 親馬鹿の仇討ち, 落札した駆け落ち, 妻の武士道, 闇の根, 妻の鬼道

『闇の処刑人　刺客請負人』 2006.7　277p
①4–12–204709–9
〔内容〕闇の意地, 無念腹異聞, 妖猫譜, 未熟な葬列, 看板守り人, 外道の債務

『闇の陽炎衆　刺客請負人』 2012.3　321p
①978–4–12–205615–2

『江戸悪党改め役　刺客請負人』 2012.6　321p
①978–4–12–205651–0
〔内容〕雲の下の自由, 女郎蜘蛛の餌, 江戸悪党改め役, 神に隠された悪法, 武士の尾情け, お上の煙幕, 子連れ狼の最期

『休眠用心棒　武士の本分』 2008.7　322p
①978–4–12–205088–4
〔内容〕禁じられた剣, 休眠用心棒, 泥中の間合い, 虫食い忠義, この首八百万石, ためらい腹, 剣菓, 土の魂

『虹の生涯　新選組義勇伝　上』 2008.10　402p
①978–4–12–205055–6

『虹の生涯　新選組義勇伝　下』 2008.10　390p
①978–4–12–205056–3

『魂無き刺客　士魂の音色』 2009.6　270p
①978–4–12–205160–7
〔内容〕飯怨, 計勅, 恩走, 一針の稗史, 魂無き暗殺者, 魔剣, 膿殺, 吉良上野介御用足, *解説(縄田一男〔著〕)

中公文庫ワイド版

(中央公論新社)

◇刺客請負人

『江戸悪党改め役　刺客請負人』〔オンデマンド〕 2012.11　314p〈印刷・製本：デジタルパブリッシングサービス〉
①978–4–12–553725–2
〔内容〕雲の下の自由, 女郎蜘蛛の餌, 江戸悪党改め役, 神に隠された悪法, 武士の尾情け, お上の煙幕, 子連れ狼の最期

『休眠用心棒　武士の本分』〔オンデマンド〕 2012.11　313p〈印刷・製本：デジタルパブリッシングサービス〉
①978–4–12–552967–7
〔内容〕禁じられた剣, 休眠用心棒, 泥中の間合い, 虫食い忠義, この首八百万石, ためらい腹, 剣菓, 土の魂

『魂無き刺客　士魂の音色』〔オンデマンド〕 2012.11　261p〈印刷・製本：デジタルパブリッシングサービス〉
①978–4–12–553115–1
〔内容〕飯怨, 計勅, 恩走, 一針の稗史, 魂無き暗殺者, 魔剣, 膿殺, 吉良上野介御用足

徳間文庫(徳間書店)

『忠臣蔵　上』 2007.11　702p
①978–4–19–892697–7

『忠臣蔵　下』 2007.11　701p
①978–4–19–892698–4

ハルキ文庫(角川春樹事務所)

『新選組　上　時代小説文庫』 2009.11　583p

①978-4-7584-3446-1

『新選組　下　時代小説文庫』 2009.11 558p〈文献あり〉
①978-4-7584-3447-8

『新選組剣客伝　時代小説文庫』 2016.5 212p
①978-4-7584-4004-2

文春文庫（文藝春秋）

◇非道人別帳

『悪の狩人　非道人別帳　1』 2000.4 300p
①4-16-719112-1
〔内容〕悪の狩人, 供養千両, 猫のご落胤, 怨み茸, 女神の焚殺, 誘死香

『毒の鎖　非道人別帳　2』 2000.8　290p
①4-16-719113-X

『邪恋寺　非道人別帳　3』 2001.2　280p
①4-16-719114-8
〔内容〕水の柩, 猿刑, 邪恋寺, 臥煙忠臣蔵, 魔矢, 怨み染料

『悪夢の使者　非道人別帳　4』 2001.8 309p
①4-16-719115-6
〔内容〕石の罰, 悪夢の使者, 逆縁の因果, 火魔, 禁じられた宴, 夜鷹新造

『紅毛天狗　非道人別帳　5』 2002.5 316p
①4-16-719116-4
〔内容〕死出参り, 金隠し不動, 化け犬祝言, 悪の面目, 猫の自殺, 紅毛天狗, 邪神符

『流行心中　非道人別帳　6』 2003.1 325p
①4-16-719117-2
〔内容〕水神の破片, 行きずりの悪魔, 生きた死に金, 仏誅, 鈴刑, 犬猫の仲, 流行心中

『敗者の武士道　非道人別帳　8』 2004.2 439p
①4-16-719119-9
〔内容〕悪の割符, 鳥罰, 魔道の十字路, 雨の枕, 地獄船, 三途の枝, お腹様事件, 敗者の武士道, 朝顔の怨恨

『刺客の花道』 1991.10　342p
①4-16-719109-1

森本 繁
もりもと・しげる
1926〜

愛媛県生まれ。九大卒。高校教師の傍ら歴史研究に没頭、退職後歴史作家となった。代表作に「岩柳佐々木小次郎」「細川幽斎」など。

学研M文庫（学研パブリッシング）

『明石掃部』 2006.12 269p
①4-05-900453-7

『細川幽斎』 2007.8 318p
①978-4-05-901201-6

『小西行長』 2010.4 314p 〈発売：学研マーケティング〉
①978-4-05-901260-3
〔内容〕弥九郎行長の出自, 政商小西隆佐, お福さまと弥九郎, 備前の梟雄宇喜多直家, 疑心暗鬼の戦略外交, 情報屋小西弥九郎, 現形の橋渡し, 弥九郎の初陣, 秀吉の水軍部将として, 紀州攻めと兵站の武功〔ほか〕

聖母文庫（聖母の騎士社）

『南蛮キリシタン女医明石レジーナ』 2012.8 387p
①978-4-88216-337-4

八剣 浩太郎
やつるぎ・こうたろう
1926〜2009

北海道生まれ。本名・岡田稔。明大専門部卒。教師、新聞記者を経て、時代風俗小説家としてデビューした。「大江戸」シリーズがある。

学研M文庫（学研パブリッシング）

『孤剣風来帖　街道の刺客』 2001.10 285p
①4-05-900081-7

『孤剣奥の細道　斬殺の一刃』 2001.12 394p
①4-05-900095-7

『孤剣奥の細道　続』 2002.2 443p
①4-05-900112-0
〔内容〕旅枕の女たち

『孤剣木曽街道　百万両の番人』 2002.4 443p
①4-05-900130-9

『孤剣九州街道　雲仙地獄旅』 2002.6 417p
①4-05-900157-0

『孤剣九州街道　続　秘境に咲く花』 2002.8 424p
①4-05-900182-1

『孤剣山陰道　隠密絵師女地獄』 2002.10 494p
①4-05-900193-7

『孤剣東海道　春怨の女賊』 2003.1 454p
①4-05-900218-6

『大江戸閻魔帳　灯雨近秘命録』 2003.4 321p
①4-05-900235-6

『大江戸閻魔帳　灯雨近秘命録　続』 2003.6 371p
①4-05-900243-7

『大江戸枕ごよみ　夢野幻十郎色供養』
2003.12　269p
①4-05-900270-4
〔内容〕東海道中, 大江戸模様, 大坂八軒家

『江戸艶色草紙』 2004.4　269p
①4-05-900284-4
〔内容〕機会を逃がすな, およねの肉饅頭, 魔が谷の脱走, 相良の鬼女, 悪女の深なさけ, 刺客, 白い狼

『閨まくら万華鏡』 2004.11　294p
①4-05-900321-2
〔内容〕孝謙天皇と道鏡, 浦島太郎, 在原業平と二条ノ后, 小野小町と業平, 平清盛と常葉御前, 義経と建礼門院, 一寸法師, 桃太郎, 間男・牛之助

『大江戸逢魔帖』 2005.2　446p
①4-05-900339-5
〔内容〕凸凹二足わらじ, むじな, 黒い霧の火, 一難去って…, 外法の首, 初夢を売る, 尼供養, 縁は異なもの, 春の夜の夢

ケイブンシャ文庫（勁文社）

『隠密目明し箝参次郎　大江戸百鬼伝』
2001.1　325p
①4-7669-3692-2

『盗人由兵衛犯科帖』 2001.5　315p〈『大江戸盗艶伝』(飛天出版1994年刊) の増訂〉
①4-7669-3808-9

廣済堂文庫（廣済堂出版）

『孤剣風来帖　街道の刺客　特選時代小説』 1989.11　293p
①4-331-60203-6

『孤剣奥の細道　斬殺の一刃　特選時代小説』 1990.9　363p〈『春色・奥の細道』(双葉社1978年刊) の増訂〉
①4-331-60235-4

『大江戸閻魔帳　灯雨近秘命録　特選時代小説』 1991.2　325p〈『大江戸艶魔伝』(双葉社昭和62年刊) の増訂〉
①4-331-60258-3
〔内容〕死魚の目, 妖怪ももんがァ, 面影の女, 妖刀村正, 鷹ノ爪の女, 塀に穴あり, 蛸の好きな女, 穴に目あり

『孤剣 奥の細道　続　旅枕の女たち』
1991.9　403p〈『春色・奥の細道 PART2』加筆・訂正・改題書〉
①4-331-60281-8

『孤剣奥の細道　続　旅枕の女たち　特選時代小説』 1992.5　403p〈『春色・奥の細道 part 2』(双葉社1982年刊) の増訂〉
①4-331-60281-8

『孤剣木曽街道　百万両の番人』 1993.2
403p
①4-331-60349-0

『孤剣木曽街道　百万両の番人　特選時代小説』 1993.3　403p
①4-331-60349-0

『孤剣 九州街道　雲仙地獄旅』 1993.6
383p
①4-331-60359-8

『孤剣九州街道　雲仙地獄旅　特選時代小説』 1993.11　383p
①4-331-60359-8

『孤剣九州街道　続　秘境に咲く花　特選時代小説』 1993.12　395p
①4-331-60377-6

『孤剣 山陰道　隠密絵師女地獄』 1994.4
451p
①4-331-60406-3

『孤剣東海道　春怨の女賊　特選時代小説』 1994.8　423p
①4-331-60419-5

『孤剣山陰道　隠密絵師女地獄　特選時代小説』 1994.11　451p
①4-331-60406-3

『大江戸閻魔帳　灯雨近秘命録　続　特選時代小説』 1995.2　365p
①4-331-60447-0

『大江戸紅蓮帳　特選時代小説』 1995.8

384p
①4-331-60462-4
〔内容〕八百屋お七, 徳川桂昌院, 千姫, 江島

『大江戸蓮華帳　特選時代小説』 1995.11 383p
①4-331-60488-8
〔内容〕奴ノ小万, 白子屋お熊, 加賀ノ千代女, 一茶, 渋紙婆ァ, 小児殺しの鬼女, 筒屋の女房ひさ, 白い狼, 刺客, 悪女の深なさけ

『大江戸悪女伝　特選時代小説』 1996.1 375p
①4-331-60502-7
〔内容〕国定忠次の情婦トク―亭主を売った好きもの, 女郎グモの館―生命保険詐欺グループ, 浮気妻が得たもの―「肉屋一家殺し」事件, 吸血尼・春蓮―名古屋「宝蔵院」の惨劇, 「かちん染」の女怪―血ぬられた石ダタミ, 看護婦「大日方百合子」―強盗の子をみごもって, 鬼神のお松―奥州奥入瀬の惨劇, 妲妃のお百―作られた妖婦, 幕末芸者「堀ノ小万」―ノーパン逆立ちの元祖, 役人妻「疋田くま」―インテリ女の強姦詐欺〔ほか〕

『平安秘艶帳　長篇時代小説　特選時代小説』 1998.3 420p
①4-331-60646-5

『大江戸四十八帳　表の巻　特選時代小説』 1998.6 260p
①4-331-60667-8
〔内容〕貧乏医者の下男, まんじゅう怖い, 二十九歳の童貞, 豪傑相, センチメンタル・エレジー, やぶ入り, ポーカー・フェイス, ひょう六の特技, 尼さんと坊さんと, 負けるが勝ち〔ほか〕

『大江戸四十八帳　裏の巻　特選時代小説』 1998.6 260p
①4-331-60668-6
〔内容〕淫獣, 間男、見つけた, 江戸のコール・ボーイ, 針だこ, マジメ女房, 旦那とメカケとツバメ, 質入れ, 棚からボタ餅, 魔性, ほれぐすり〔ほか〕

『大江戸犯科帳　傑作時代小説　特選時代小説』 1998.8 296p
①4-331-60681-3
〔内容〕大江戸犯科帳, 禍福の門, 蠟燭鬼, 地獄極楽紙一重, 凸凹二人三脚立志伝, 松次郎の上げまん奉公

『大江戸女犯帳　傑作時代小説　特選時代小説』 1999.3 305p
①4-331-60738-0
〔内容〕凹陰吸血鬼, 色道指南仕り候, あばばばば剣士, 妖刀奇伝, 大奥枕の草子, 秘境の白百合, 孤島の女狐, 悲恋駒ヶ岳, 明治五右衛門風呂

『大江戸閨説法　特選時代小説』 2003.10 269p〈青樹社1998年刊の増訂〉
①4-331-61043-8
〔内容〕大江戸閨説法, 外法首, 妖しい絆の物語, 侍後家とよじり木, 流雲, 濁流に飛ぶ火, かいくじん

『大江戸浮世草紙　特選時代小説』 2004.2 299p
①4-331-61070-5
〔内容〕粉糠三合あるならば, 元禄黒茎譚, ひと味、得！, チン真ン乗合船, 棚ぼたリクルート, 佐原の血煙り後家, 恋しくば訪ねきてみよ, 亡者の石枕

『隠密討ち　江戸忍秘帖　特選時代小説』 2004.10 317p
①4-331-61121-3
〔内容〕闇の鬼, 消えた長慶金山, 宇都宮城釣天井, 流氓の花, 怒涛のはて, 炎の行方, 隠密討ち

『用心棒風来剣　東国篇　特選時代小説』 2005.2 308p
①4-331-61149-3
〔内容〕死に水は俺がとる, 呪い, 安達ケ原の鬼, 人喰い明神さま, 野ざらし谷, 風流畜生剣, 猿ケ京の狒狒, 妄執の狂刃

『用心棒風来剣　西国篇　特選時代小説』 2005.5 310p
①4-331-61167-1
〔内容〕黒部の美女, 東尋坊の血しぶき, 天の橋立股のぞき, 砂丘の血闘, 松江の一夜妻, 温泉津情話, 盲女二重奏, 錦帯橋の仇刃

祥伝社文庫（祥伝社）

『大江戸艶魔帖　時代小説』 2000.2　293p
①4-396-32743-9
〔内容〕春恨黙しがたく, 春怨梅雨の闇, 春愁かげろうの行方, 春艶覆水盆に返らず, 視姦の美学, 牡丹餅＆いそぎんちゃく, 凝華洞の怨霊, 下蕨もえし煙の

青樹社文庫（青樹社）

『大江戸閨説法』 1998.9　270p
①4-7913-1109-4
〔内容〕大江戸閨説法, 外法首, 妖しい絆の物語, 侍後家とよじり木, 流雲, 濁流に飛ぶ火

『秘艶枕草子』 1999.1　268p
①4-7913-1131-0
〔内容〕秘艶枕草子, 小栗上野介, 切腹ハ末、凹陰ハ本ナリ, 幻鷹

『大江戸忍秘帖』 1999.7　286p
①4-7913-1162-0
〔内容〕闇の鬼, 消えた長慶金山, 宇都宮城釣天井, 刺客, 白い狼, 怒濤のはて, 炎の行方, 隠密討ち

大洋時代文庫 時代小説（ミリオン出版）

『艶まくら浮世草子』 2005.7　302p〈発売：大洋図書〉
①4-8130-7036-1
〔内容〕大江戸犯科帳, 南無妙法蓮華経, 凸凹二人三脚立志伝, 毛雪駄, 秘艶枕草子

『盗人由兵衛犯科帖』 2006.1　334p〈発売：大洋図書〉
①4-8130-7049-3

徳間文庫（徳間書店）

『浮かぶ瀬もなし』 1998.7　308p
①4-19-890930-X
〔内容〕浮かぶ瀬もなし, 真菰の春風, 情の釣り針, 比翼の鳥, 宝くじ, 首代七両二分, 下蕨もえし煙の, 狐, 炎をつつむ黒い霧

ノン・ポシェット（祥伝社）

『大江戸逢魔帖』 1993.12　418p
①4-396-32348-4

『大江戸艶夜帖』 1994.4　369p
①4-396-32373-5
〔内容〕腎虚, おなまみだんぶつ, 窮すれば…, 損して得とれ, あるご落胤の話, 世間知らず, 貞女の間男, 遠くて近きは, 見合い結婚, 情けは人のためならず, 七福神宝船, 髪結いの亭主, ふにゃふにゃ妙丹, 学者の妻, 家庭教育, 名医, ずいずいずっころばし

『大江戸情炎帖』 1994.12　308p
①4-396-32412-X

『大江戸閨花帖』 1995.10　370p
①4-396-32466-9

『大江戸仇刃帖　真相忠臣蔵』 1995.12　320p
①4-396-32475-8

飛天文庫（飛天出版）

『大江戸百鬼伝』 1994.5　301p
①4-938742-49-7

『大江戸盗艶伝』 1994.9　303p〈『由兵衛犯科帖』(日本文華社昭和46年刊)の改題〉
①4-938742-62-4

『大江戸愛怨伝』 1994.12　230p
①4-938742-71-3

『仇枕浮世草紙』 1995.5　274p
①4-938742-89-6

『大江戸枕暦』 1996.2 255p
Ⓘ4-89440-018-9

ベスト時代文庫

（ベストセラーズ）

『大江戸秘閨帖』 2004.7 342p
Ⓘ4-584-36507-5
〔内容〕巨根の禍福, 巨陰の禍福, 男女さま奇譚, マックロケの毛!?, スイスイスーダララッタ, Oh!!五右衛門風呂, 元服, 暗殺者, 上げまん奉公の因果, 地獄極楽紙一重

『大江戸色ごよみ』 2005.1 318p
Ⓘ4-584-36519-9
〔内容〕密告者はだれだ, 青炎鬼, 枕ごよみ菊弥一代, 枕中・色の道指南, 番外の刺客, 鶏と蛸とナムアミダ, 呪いの雪おんな, 普賢菩薩出現す, 抜討ち三之介

八尋 舜右

やひろ・しゅんすけ

1935～

旧朝鮮生まれ。早大卒。「歴史読本」編集長や、朝日新聞出版局部長を経て詩人・作家としてデビュー。主な作品に「軍師竹中半兵衛」「小説立花宗茂」など。

中公文庫（中央公論新社）

『慶喜残暦』 1997.9 408p
Ⓘ4-12-202938-4
〔内容〕黎明の六連銭, 影武者願人坊, 伊賀の忍敵, 火の器, 生涯一軍師にて候, 秘太刀一羽流異聞, 狂気にあらず, 火車の華, 賊子の勲章, 慶喜残暦

PHP文庫（PHP研究所）

『風よ軍師よ落日よ 戦国挽歌』 1992.5 308p
Ⓘ4-569-56471-2
〔内容〕夏焼城―歴史詩, 霧の篝火, 悪名こそわが紋章, かげろう菩薩, 黄昏は敗走の色, 鬼籍の証人, 密書まぼろし, 逃げ首―歴史詩, 風よ軍師よ落日よ, イゼベルの河, 尼の夢, 鴬の城, オルガン信長―歴史詩

『竹中半兵衛 秀吉を天下人にした軍師』 1996.4 456p〈『軍師竹中半兵衛』（1994年刊）の改題〉
Ⓘ4-569-56890-4

『森蘭丸 乱世を駆け抜けた青春』 1998.12 525p
Ⓘ4-569-57221-9

『立花宗茂 秀吉が天下無双と讃えた戦国武将』 2000.6 479p〈『小説立花宗茂』（1997年刊）の改題〉
Ⓘ4-569-57421-1

『森蘭丸 乱世を駆け抜けた青春』 新装

版　2009.9　533p
①978-4-569-67362-2

山岡 荘八
やまおか・そうはち
1907～1978

新潟県生まれ。本名・藤野庄蔵。逓信官吏講習所卒。戦前から時代小説を発表。戦後、1950年から17年がかりで大作「徳川家康」を発表した。他に「新太平記」「柳生宗矩」や、NHK大河ドラマの原作「春の坂道」など。

講談社文庫（講談社）

『豊臣秀吉　異本太閤記　1』 1977.12　358p
『豊臣秀吉　異本太閤記　2』 1978.1　372p
『豊臣秀吉　異本太閤記　3』 1978.2　376p
『豊臣秀吉　異本太閤記　4』 1978.3　345p
『豊臣秀吉　異本太閤記　5』 1978.4　420p
『豊臣秀吉　異本太閤記　6』 1978.5　369p
『源頼朝　上』 1978.11　339p
『源頼朝　下』 1978.12　350p
『日蓮』 1979.4　270p
『頼朝勘定』 1989.11　378p
①4-06-184571-3
〔内容〕松風童子, 疾風浪人, 頼朝勘定, 本阿弥辻の盗賊, 五両金心中, 安土の密譚, おふうの賭け, おせんと沢庵, 八弥の忠義, 親鸞の末裔たち, 月の輪鼻毛

光文社文庫（光文社）

『伊達政宗　長編歴史小説　1』 1986.1

334p
①4-334-70289-9
『伊達政宗　長編歴史小説　2』　1986.2
334p
①4-334-70298-8
『伊達政宗　長編歴史小説　3』　1986.3
336p
①4-334-70322-4
『伊達政宗　長編歴史小説　4』　1986.3
333p
①4-334-70323-2
『伊達政宗　長編歴史小説　5』　1986.4
330p
①4-334-70332-1
『伊達政宗　長編歴史小説　6』　1986.4
339p
①4-334-70333-X
『徳川家光　長編歴史小説　1』　1987.1
351p
①4-334-70488-3
『徳川家光　長編歴史小説　2』　1987.2
342p
①4-334-70503-0
『徳川家光　長編歴史小説　3』　1987.3
331p
①4-334-70518-9
『越後騒動　長編時代小説　上』　1989.11
336p
①4-334-71050-6
『越後騒動　長編時代小説　下』　1989.11
327p
①4-334-71051-4
『柳生三天狗　長編時代小説　天の巻』
1990.6　540p
①4-334-71162-6
『柳生三天狗　長編時代小説　地の巻』
1990.6　518p
①4-334-71163-4
『柳生石舟斎』　1991.8　459p〈『柳生一族』の改題〉
①4-334-71383-1

春陽文庫（春陽堂書店）

『桃源の鬼』　1956　178p
『水戸黄門』　1968　336p
『水戸黄門』　新装　1998.10　336p
①4-394-11302-4

徳間文庫（徳間書店）

『風流奉行』　2006.10　313p
①4-19-892504-6
〔内容〕添い寝篭, 業平灯篭, かけおち奇薬, おいらん裁き, 美人そろばん

山岡荘八歴史文庫（講談社）

『新太平記　1　笠置山の巻　山岡荘八歴史文庫　5』　1986.8　470p〈関係年表（1317～1332）：p467～470〉
①4-06-195005-3
『新太平記　2　鎌倉攻めの巻　山岡荘八歴史文庫　6』　1986.8　478p〈関係年表（1317～1333）：p474～478〉
①4-06-195006-1
『毛利元就　1　山岡荘八歴史文庫　49』
1986.8　356p
①4-06-195049-5
『毛利元就　2　山岡荘八歴史文庫　50』
1986.8　366p
①4-06-195050-9
『伊達政宗　1　朝明けの巻　山岡荘八歴史文庫　51』　1986.8　307p〈伊達政宗年譜（1534～1585年）：p303～307〉
①4-06-195051-7
『伊達政宗　2　人取られの巻　山岡荘八歴史文庫　52』　1986.8　308p〈伊達政宗年譜（1586～1591年）：p304～308〉

①4-06-195052-5
『伊達政宗　3　夢は醍醐の巻　山岡荘八歴史文庫　53』 1986.8　310p〈伊達政宗年譜（1592～1594年）：p309～310〉
①4-06-195053-3
『伊達政宗　4　黄金日本島の巻　山岡荘八歴史文庫　54』 1986.8　310p〈伊達政宗年譜（1595～1602年）：p307～310〉
①4-06-195054-1
『高杉晋作　1　山岡荘八歴史文庫　77』 1986.8　347p〈高杉晋作年譜（1839～1867年）：p342～347〉
①4-06-195077-0
『高杉晋作　2　山岡荘八歴史文庫　78』 1986.8　349p〈高杉晋作年譜（1839～1863年）：p347～349〉
①4-06-195078-9
『伊達政宗　5　蒼穹の鷹の巻　山岡荘八歴史文庫　55』 1986.9　310p〈伊達政宗年譜（1603～1613）：p305～310〉
①4-06-195055-X
『伊達政宗　6　大坂攻めの巻　山岡荘八歴史文庫　56』 1986.9　308p〈伊達政宗年譜（1613～1615）：p305～308〉
①4-06-195056-8
『伊達政宗　7　平和戦略の巻　山岡荘八歴史文庫　57』 1986.9　308p〈伊達政宗年譜（1615～1623年）：p302～308〉
①4-06-195057-6
『伊達政宗　8　旅情大悟の巻　山岡荘八歴史文庫　58』 1986.9　334p〈伊達政宗年譜（1624～1636年）：p332～334〉
①4-06-195058-4
『新太平記　3　建武中興の巻　山岡荘八歴史文庫　7』 1986.10　478p〈関係年表（1317～1335）：p474～478〉
①4-06-195007-X
『新太平記　4　湊川の巻　山岡荘八歴史文庫　8』 1986.10　477p〈関係年表（1317～1336）：p472～477〉
①4-06-195008-8
『柳生宗矩　春の坂道　1　鷹と蛙の巻　山岡荘八歴史文庫　61』 1986.10　403p〈柳生宗矩年譜（1571～1598年）：p400～403〉
①4-06-195061-4
『柳生宗矩　春の坂道　2　柳生の桃の巻　山岡荘八歴史文庫　62』 1986.10　374p〈柳生宗矩年譜（1599～1610年）：p372～374〉
①4-06-195062-2
『高杉晋作　3　山岡荘八歴史文庫　79』 1986.10　366p〈高杉晋作年譜（1862～1867年）：p363～366〉
①4-06-195079-7
『徳川慶喜　1　山岡荘八歴史文庫　80』 1986.10　356p〈徳川慶喜年譜（1837～1858年）：p354～356〉
①4-06-195080-0
『徳川慶喜　2　山岡荘八歴史文庫　81』 1986.10　339p〈徳川慶喜年譜（1856～1860年）：p337～339〉
①4-06-195081-9
『新太平記　5　義貞戦死の巻　山岡荘八歴史文庫　9』 1986.11　470p〈関係年表（1317～1338）：p465～470〉
①4-06-195009-6
『柳生宗矩　春の坂道　3　人間曼陀羅の巻　山岡荘八歴史文庫　63』 1986.11　366p〈柳生宗矩年譜（1611～1620年）：p364～366〉
①4-06-195063-0
『柳生宗矩　春の坂道　4　散る花咲く花の巻　山岡荘八歴史文庫　64』 1986.11　358p〈柳生宗矩年譜（1621～1646年）：p353～358〉
①4-06-195064-9
『坂本竜馬　1　黒船の巻　山岡荘八歴史文庫　74』 1986.11　334p〈坂本竜馬年譜（1835～1860年）：p333～334〉
①4-06-195074-6
『坂本竜馬　2　胎動の巻　山岡荘八歴史文庫　75』 1986.11　315p〈坂本竜馬年譜（1835～1860年）：p314～315〉
①4-06-195075-4
『徳川慶喜　3　山岡荘八歴史文庫　82』

1986.11　332p〈徳川慶喜年譜(1858〜1862年)：p330〜332〉
①4-06-195082-7

『徳川慶喜　4　山岡荘八歴史文庫　83』
1986.11　348p〈徳川慶喜年譜(1860〜1865年)：p345〜348〉
①4-06-195083-5

『坂本竜馬　3　狂風の巻　山岡荘八歴史文庫　76』 1986.12　318p〈坂本竜馬年譜(1835〜1860年)：p317〜318〉
①4-06-195076-2

『徳川慶喜　5　山岡荘八歴史文庫　84』
1986.12　340p〈徳川慶喜年譜(1863〜1913年)：p332〜340〉
①4-06-195084-3

『徳川慶喜　6　山岡荘八歴史文庫　85』
1986.12　332p〈徳川慶喜年譜(1863〜1913年)：p324〜332〉
①4-06-195085-1

『豊臣秀吉　1　山岡荘八歴史文庫　15』
1987.1　355p〈豊臣秀吉年譜(1534〜1583)：p353〜355〉
①4-06-195015-0

『豊臣秀吉　2　山岡荘八歴史文庫　16』
1987.1　358p〈豊臣秀吉年譜(1534〜1583)：p356〜358〉
①4-06-195016-9

『豊臣秀吉　3　山岡荘八歴史文庫　17』
1987.2　358p〈豊臣秀吉年譜(1534〜1583)：p356〜358〉
①4-06-195017-7

『豊臣秀吉　4　山岡荘八歴史文庫　18』
1987.2　333p〈豊臣秀吉年譜(1534〜1583)：p331〜333〉
①4-06-195018-5

『水戸光圀　山岡荘八歴史文庫　69』
1987.2　500p〈水戸光圀年譜：p497〜500〉
①4-06-195069-X

『豊臣秀吉　5　山岡荘八歴史文庫　19』
1987.3　357p〈豊臣秀吉年譜(1534〜1587)：p354〜357〉
①4-06-195019-3

『豊臣秀吉　6　山岡荘八歴史文庫　20』
1987.3　342p〈豊臣秀吉年譜(1534〜1587)：p339〜342〉
①4-06-195020-7

『柳生石舟斎　柳生一族　山岡荘八歴史文庫　60』 1987.3　494p〈柳生石舟斎年譜：p485〜494〉
①4-06-195060-6

『豊臣秀吉　7　山岡荘八歴史文庫　21』
1987.4　350p〈豊臣秀吉年譜(1534〜1598)：p346〜350〉
①4-06-195021-5

『豊臣秀吉　8　山岡荘八歴史文庫　22』
1987.4　333p〈豊臣秀吉年譜(1534〜1598)：p329〜333〉
①4-06-195022-3

『明治天皇　1　山岡荘八歴史文庫　86』
1987.4　278p〈明治天皇関係年譜(1831年〜1858年)：p274〜278〉
①4-06-195086-X

『明治天皇　2　山岡荘八歴史文庫　87』
1987.4　278p〈明治天皇関係年譜(1852年〜1858年)：p275〜278〉
①4-06-195087-8

『徳川家光　1　山岡荘八歴史文庫　65』
1987.5　302p〈徳川家光年譜：p296〜302〉
①4-06-195065-7

『徳川家光　2　山岡荘八歴史文庫　66』
1987.5　300p〈徳川家光年譜：p294〜300〉
①4-06-195066-5

『明治天皇　3　山岡荘八歴史文庫　88』
1987.5　294p〈明治天皇関係年譜(1854年〜1858年)：p292〜294〉
①4-06-195088-6

『明治天皇　4　山岡荘八歴史文庫　89』
1987.5　278p〈明治天皇関係年譜(1854年〜1865年)：p270〜278〉
①4-06-195089-4

『徳川家光　3　山岡荘八歴史文庫　67』
1987.6　300p〈徳川家光年譜(1604年〜1651年)：p294〜300〉

①4-06-195067-3
『徳川家光　4　山岡荘八歴史文庫　68』1987.6　294p〈徳川家光年譜(1604年～1651年)：p288～294〉
①4-06-195068-1
『明治天皇　5　山岡荘八歴史文庫　90』1987.6　302p〈明治天皇関係年譜(1854年～1865年)：p294～302〉
①4-06-195090-8
『明治天皇　6　山岡荘八歴史文庫　91』1987.6　286p〈明治天皇関係年譜(1862年～1912年)：p282～286〉
①4-06-195091-6
『源頼朝　1　山岡荘八歴史文庫　1』1987.7　300p〈源頼朝年譜：p297～300〉
①4-06-195001-0
『源頼朝　2　山岡荘八歴史文庫　2』1987.7　301p〈源頼朝年譜：p298～301〉
①4-06-195002-9
『吉田松陰　1　山岡荘八歴史文庫　72』1987.7　372p
①4-06-195072-X
『吉田松陰　2　山岡荘八歴史文庫　73』1987.7　308p
①4-06-195073-8
『源頼朝　3　山岡荘八歴史文庫　3』1987.8　307p〈源頼朝年譜：p304～307〉
①4-06-195003-7
『日蓮　山岡荘八歴史文庫　4』1987.8　342p〈日蓮関係年譜：p340～342〉
①4-06-195004-5
『千葉周作　山岡荘八歴史文庫　70, 71』1987.8　2冊
①4-06-195070-3
『千葉周作　1　山岡荘八歴史文庫　70』1987.8　310p
①4-06-195070-3
『千葉周作　2　山岡荘八歴史文庫　71』1987.8　302p
①4-06-195071-1
『織田信長　1　無門三略の巻　山岡荘八歴史文庫　10』1987.9　446p〈織田信長年譜(1534年～1571年)：p440～446〉
①4-06-195010-X
『織田信長　2　桶狭間の巻　山岡荘八歴史文庫　11』1987.9　438p〈織田信長年譜(1534年～1571年)：p432～438〉
①4-06-195011-8
『織田信長　3　侵略怒濤の巻　山岡荘八歴史文庫　12』1987.9　446p〈織田信長年譜(1534年～1571年)：p440～446〉
①4-06-195012-6
『山田長政　他　山岡荘八歴史文庫　59』1987.9　334p
①4-06-195059-2
〔内容〕山田長政, 頼朝勘定, 親鸞の末裔たち, 黒船懐胎
『織田信長　4　天下布武の巻　山岡荘八歴史文庫　13』1987.10　446p〈織田信長年譜(1561年～1582年)：p441～446〉
①4-06-195013-4
『織田信長　5　本能寺の巻　山岡荘八歴史文庫　14』1987.10　444p〈織田信長年譜(1561年～1582年)：p439～444〉
①4-06-195014-2
『徳川家康　1　出世乱離の巻　山岡荘八歴史文庫　23』1987.10　502p〈徳川家康関係年譜(1534年～1547年)：p499～502〉
①4-06-195023-1
『徳川家康　2　獅子の座の巻　山岡荘八歴史文庫　24』1987.10　500p〈徳川家康関係年譜(1534年～1554年)：p494～500〉
①4-06-195024-X
『徳川家康　3　朝露の巻　山岡荘八歴史文庫　25』1987.11　510p〈徳川家康年譜(1550年～1561年)：p506～510〉
①4-06-195025-8
『徳川家康　4　葦かびの巻　山岡荘八歴史文庫　26』1987.11　478p〈徳川家

康年譜(1562年～1567年):p476～478〉
①4-06-195026-6

『徳川家康　5　うず潮の巻　山岡荘八歴史文庫　27』1987.11　518p〈徳川家康年譜(1568年～1573年):p515～518〉
①4-06-195027-4

『徳川家康　6　燃える土の巻　山岡荘八歴史文庫　28』1987.11　517p〈徳川家康年譜(1570年～1575年):p513～517〉
①4-06-195028-2

『徳川家康　7　颶風の巻　山岡荘八歴史文庫　29』1987.12　494p〈徳川家康関係年譜(1575年～1581年):p489～494〉
①4-06-195029-0

『徳川家康　8　心火の巻　山岡荘八歴史文庫　30』1987.12　467p〈徳川家康関係年譜(1579年～1583年):p461～467〉
①4-06-195030-4

『徳川家康　9　碧雲の巻　山岡荘八歴史文庫　31』1987.12　462p〈徳川家康関係年譜(1582年～1583年):p459～462〉
①4-06-195031-2

『徳川家康　10　無相門の巻　山岡荘八歴史文庫　32』1987.12　509p〈徳川家康関係年譜(1582年～1584年):p503～509〉
①4-06-195032-0

『徳川家康　11　竜虎の巻　山岡荘八歴史文庫　33』1988.1　526p〈徳川家康関係年譜(1584年～1586年):p523～526〉
①4-06-195033-9

『徳川家康　12　華厳の巻　山岡荘八歴史文庫　34』1988.1　509p〈徳川家康関係年譜(1586年～1590年):p504～509〉
①4-06-195034-7

『徳川家康　13　侘茶の巻　山岡荘八歴史文庫　35』1988.1　486p〈徳川家康関係年譜(1587年～1591年):p482～486〉
①4-06-195035-5

『徳川家康　14　明星またたくの巻　山岡荘八歴史文庫　36』1988.1　493p〈徳川家康関係年譜(1590年～1594年):p485～493〉
①4-06-195036-3

『徳川家康　15　難波の夢の巻　山岡荘八歴史文庫　37』1988.2　478p〈徳川家康関係年譜(1593年～1596年):p475～478〉
①4-06-195037-1

『徳川家康　16　日蝕月蝕の巻　山岡荘八歴史文庫　38』1988.2　486p〈徳川家康関係年譜(1597年～1600年):p483～486〉
①4-06-195038-X

『徳川家康　17　軍荼利の巻　山岡荘八歴史文庫　39』1988.2　477p〈徳川家康関係年譜(1600年～1601年):p471～477〉
①4-06-195039-8

『徳川家康　18　関ケ原の巻　山岡荘八歴史文庫　40』1988.2　494p〈徳川家康関係年譜(1600年～1601年):p488～494〉
①4-06-195040-1

『徳川家康　19　泰平胎動の巻　山岡荘八歴史文庫　41』1988.3　485p〈徳川家康関係年譜(1601年～1605年):p479～485〉
①4-06-195041-X

『徳川家康　20　江戸・大坂の巻　山岡荘八歴史文庫　42』1988.3　454p〈徳川家康関係年譜(1603年～1605年):p452～454〉
①4-06-195042-8

『徳川家康　21　春雷遠雷の巻　山岡荘八歴史文庫　43』1988.3　515p〈徳川家康関係年譜(1604年～1609年):p509～515〉
①4-06-195043-6

『徳川家康　22　百雷落つるの巻　山岡荘八歴史文庫　44』1988.3　478p〈徳川家康関係年譜(1609年～1614年):p471

〜478〉
①4-06-195044-4

『徳川家康　23　蕭風城の巻　山岡荘八歴史文庫　45』 1988.4　478p〈徳川家康関係年譜(1614年)：p473〜478〉
①4-06-195045-2

『徳川家康　24　戦争と平和の巻　山岡荘八歴史文庫　46』 1988.4　470p〈徳川家康関係年譜(1614年〜1615年)：p465〜470〉
①4-06-195046-0

『徳川家康　25　孤城落月の巻　山岡荘八歴史文庫　47』 1988.4　494p〈徳川家康関係年譜(1615年)：p486〜494〉
①4-06-195047-9

『徳川家康　26　立命往生の巻　山岡荘八歴史文庫　48』 1988.4　510p〈徳川家康関係年譜(1615年〜1617年)：p501〜510〉
①4-06-195048-7

山田 智彦

やまだ・ともひこ

1936〜2001

神奈川県生まれ。早大卒。銀行勤務の傍ら「重役室25時」「銀行頭取」などの経済小説を執筆。一方歴史小説も書き、代表作に「天狗藤吉郎」「秀吉暗殺」などがある。

角川文庫（角川書店）

『蒙古襲来　上巻　日蓮の密使』 1991.6　472p
①4-04-138713-2

『蒙古襲来　中巻　放たれた矢』 1991.7　472p
①4-04-138714-0

『蒙古襲来　下巻　恐怖の軍団』 1991.8　494p
①4-04-138715-9

講談社文庫（講談社）

『天狗藤吉郎　上』 2000.5　503p
①4-06-264864-4

『天狗藤吉郎　下』 2000.5　525p
①4-06-264865-2

『城盗り秀吉』 2000.7　435p
①4-06-264941-1

『蒙古襲来　上』 2000.9　753p
①4-06-264655-2

『蒙古襲来　下』 2000.9　774p
①4-06-264656-0

文春文庫（文藝春秋）

『秀吉暗殺　上』 1996.2　638p
①4-16-721104-1
『秀吉暗殺　下』 1996.2　653p
①4-16-721105-X

山田 風太郎
やまだ・ふうたろう
1922～2001

兵庫県生まれ。本名・山田誠也。東京医大卒。推理作家としてデビューしたが、1958年に発表した「甲賀忍法帖」が話題となって時代小説に転向、“忍法帖”ブームを巻き起こした。また明治時代初期を舞台とした“明治もの”の作品も多い。

朝日文庫（朝日新聞出版）

『八犬伝　上』 1986.3　382p
①4-02-260366-6
『八犬伝　下』 1986.3　410p
①4-02-260367-4

旺文社文庫（旺文社）

『笊ノ目万兵衛門外へ』 1984.8　284p
①4-01-061463-3
〔内容〕笊ノ目万兵衛門外へ, 首, からすがね検校, ヤマトフの逃亡, 伝馬町から今晩は
『剣鬼と遊女』 1984.10　286p
①4-01-061464-1
〔内容〕虫臣蔵, 殺人蔵, 俺も四十七士, 売色奴刑, 妖剣林田左文, 蕭蕭くるわ噺, 剣鬼と遊女
『山屋敷秘図』 1984.12　265p
①4-01-061465-X
〔内容〕スピロヘータ氏来朝記, 山屋敷秘図, 奇蹟屋, 姫君何処におらすか, みささぎ盗賊, 蓮華盗賊, 万人坑, 降倭変
『不知火軍記』 1985.6　278p
①4-01-061468-4
〔内容〕不知火軍記, 盲僧秘帖, 幻妖桐の葉おとし

『明治かげろう俥』 1985.8 279p
①4-01-061469-2
〔内容〕明治かげろう俥, 明治忠臣蔵, 絞首刑第一番

『怪異投込寺』 1985.10 279p
①4-01-061497-8
〔内容〕怪異投込寺, 芍薬屋夫人, 獣人の獄, お江戸英雄坂, 大谷刑部は幕末に死ぬ

『赤穂飛脚』 1985.12 323p
①4-01-061621-0
〔内容〕赤穂飛脚, 起きろ一心斎, 山田真竜軒, 宗俊烏鷺合戦, 夜ざくら大名

『踏絵の軍師』 1986.2 277p
①4-01-061622-9
〔内容〕踏絵の軍師, 地獄太夫, 姦臣今川状, 生きている上野介, 売色使徒行伝, 殿様

『白波五人帖』 1986.7 372p
①4-01-061623-7

『東京南町奉行』 1987.3 350p
①4-01-061624-5
〔内容〕斬奸状は馬車に乗って, 明治暗黒星, 天衣無縫, 首の座, おれは不知火, 東京南町奉行

角川文庫（角川書店）

『風来忍法帖』 1976.12 600p

『銀河忍法帖』 1977.7 468p〈『天の川を斬る』改題〉

『忍法魔界転生　上（熊野山岳篇）, 下（伊勢波濤篇）』 1978.4 2冊

『忍法笑い陰陽師』 1978.8 354p

『忍法封印いま破る』 1978.11 410p

『忍者月影抄』 1979.5 310p

『海鳴り忍法帖』 1979.8 428p

『くノ一紅騎兵』 1979.10 336p
〔内容〕くノ一紅騎兵, 忍法聖千姫, 倒の忍法帖, くノ一地獄変, 捧げつつ試合, 忍法幻羅吊り, 忍法穴ひとつ

『伊賀の聴恋器』 1980.1 442p
〔内容〕伊賀の聴恋器, 剣鬼喇嘛仏, 嗚呼益羅男, 読淫術, さまよえる忍者, 怪異二挺根銃, 呂の忍法帖, 忍法小塚ッ原

『忍者六道銭』 1980.6 324p
〔内容〕忍者六道銭, 摸牌試合, 武蔵忍法旅, 膜試合, 逆艪試合, 麺棒試合, かまきり試合, 忍法甲州路

『忍法破倭兵状』 1980.7 368p
〔内容〕忍法破倭兵状, 甲賀南蛮寺領, 忍法おだまき, 忍法ガラシヤの棺, 忍法天草灘, ガリヴァー忍法島, お庭番地球を回る

『忍法双頭の鷲』 1980.12 331p

『自来也忍法帖』 1981.4 339p

『忍者黒白草紙』 1981.4 376p

『忍法鞘飛脚』 1981.4 376p
〔内容〕忍法鞘飛脚, つばくろ試合, 濡れ仏試合, 伊賀の散歩者, 天明の隠密, 春夢兵, 忍者枝垂七十郎, 忍者死籤

『忍法女郎屋戦争』 1981.6 306p
〔内容〕忍法女郎屋戦争, 忍者服部半蔵, 忍法瞳録, 忍法肉太鼓, 忍法阿呆宮, 忍法花盗人, 妻の忍法帖

『魔群の通過』 1981.6 338p

『忍法行雲抄』 1982.12 344p

『忍法流水抄』 1983.1 320p

『忍法落花抄』 1983.10 266p
①4-04-135631-8

『忍法陽炎抄』 1983.12 323p
①4-04-135632-6

『おんな牢秘抄』 1984.3 570p
①4-04-135633-4

『叛旗兵』 1984.7 675p
①4-04-135634-2

『修羅維新牢』 1985.2 340p
①4-04-135635-0

『外道忍法帖』 1985.9 307p
①4-04-135636-9

『軍艦忍法帖』 1986.2 381p
①4-04-135637-7

『忍法剣士伝』 1986.7 477p
①4-04-135638-5

『秘戯書争奪』 1986.12 415p〈『秘書』

〈新潮社昭和43年刊〉の改題〉
①4-04-135639-3
『信玄忍法帖』 1987.11 334p
①4-04-135606-7
『八犬伝 上』 1989.11 381p
①4-04-135640-7
『八犬伝 下』 1989.11 409p
①4-04-135641-5
『明治十手架 上』 1991.11 359p
①4-04-135642-3
『明治十手架 下』 1991.11 371p
①4-04-135643-1
『魔界転生 上』 2002.11 486p
①4-04-135648-2
『魔界転生 下』 2002.11 516p
①4-04-135649-0
『甲賀忍法帖』 2002.12 326p
①4-04-135646-6
『伊賀忍法帖』 2003.1 363p
①4-04-135647-4
『くノ一忍法帖』 2003.2 301p
①4-04-135650-4
〔内容〕忍法「くノ一化粧」, 忍法「天女貝」, 忍法「やどかり」, 忍法「筒涸らし」, 忍法「百夜ぐるま」, 忍法「鞘おとこ」, 忍法「人鳥黐」, 忍法「羅生門」, 忍法「夢幻泡影」
『柳生忍法帖 上』 2003.3 458p
①4-04-135651-2
『柳生忍法帖 下』 2003.3 452p
①4-04-135652-0

角川文庫 - 山田風太郎ベストコレクション

（角川書店）

『甲賀忍法帖 角川文庫 - 山田風太郎ベストコレクション』 2010.7 341p〈年表あり 発売：角川グループパブリッシング〉
①978-4-04-135653-1
『警視庁草紙 上 角川文庫 - 山田風太郎ベストコレクション』 2010.8 525p〈発売：角川グループパブリッシング〉
①978-4-04-135655-5
〔内容〕明治牡丹燈籠, 黒暗淵の警視庁, 人も獣も天地の虫, 幻談大名小路, 開化写真鬼図, 残月剣士伝, 幻燈煉瓦街, 数奇屋橋門外の変, 最後の牢奉行
『警視庁草紙 下 角川文庫 - 山田風太郎ベストコレクション』 2010.8 516p〈年表あり 発売：角川グループパブリッシング〉
①978-4-04-135656-2
〔内容〕痴女の用心棒, 春愁 雁のゆくえ, 天皇お庭番, 妖恋高橋お伝, 東京神風連, 吉五郎流恨録, 皇女の駅馬車, 川路大警視, 泣く子も黙る抜刀隊
『伊賀忍法帖 角川文庫 - 山田風太郎ベストコレクション』 2010.10 382p〈年表あり 発売：角川グループパブリッシング〉
①978-4-04-135657-9
『幻燈辻馬車 上 角川文庫 - 山田風太郎ベストコレクション』 2010.11 411p〈発売：角川グループパブリッシング〉
①978-4-04-135661-6
『幻燈辻馬車 下 角川文庫 - 山田風太郎ベストコレクション』 2010.11 306p〈年表あり 発売：角川グループパブリッシング〉
①978-4-04-135662-3
『忍びの卍 角川文庫 - 山田風太郎ベストコレクション』 2010.12 542p〈発売：角川グループパブリッシング〉
①978-4-04-135664-7
『忍法八犬伝 角川文庫 - 山田風太郎ベストコレクション』 2010.12 466p〈発売：角川グループパブリッシング〉
①978-4-04-135665-4
『妖説太閤記 上 角川文庫 - 山田風太郎ベストコレクション』 2011.1 472p〈発売：角川グループパブリッシング〉
①978-4-04-135666-1

『妖説太閤記　下　角川文庫 - 山田風太郎ベストコレクション』 2011.1　467p〈発売：角川グループパブリッシング〉
①978-4-04-135667-8

『地の果ての獄　上　角川文庫 - 山田風太郎ベストコレクション』 2011.3　339p〈発売：角川グループパブリッシング〉
①978-4-04-135668-5

『地の果ての獄　下　角川文庫 - 山田風太郎ベストコレクション』 2011.3　358p〈発売：角川グループパブリッシング〉
①978-4-04-135669-2

『魔界転生　下　角川文庫 - 山田風太郎ベストコレクション』 2011.7　514p〈発売：角川グループパブリッシング〉
①978-4-04-135670-8

『魔界転生　上　角川文庫 - 山田風太郎ベストコレクション』 2011.7　499p〈発売：角川グループパブリッシング〉
①978-4-04-135671-5

『風来忍法帖　角川文庫 - 山田風太郎ベストコレクション』 2011.12　670p〈発売：角川グループパブリッシング〉
①978-4-04-100077-9

『柳生忍法帖　下　角川文庫 - 山田風太郎ベストコレクション』 2012.3　494p〈発売：角川グループパブリッシング〉
①978-4-04-100203-2

『柳生忍法帖　上　角川文庫 - 山田風太郎ベストコレクション』 2012.3　461p〈発売：角川グループパブリッシング〉
①978-4-04-100204-9

『明治断頭台　角川文庫 - 山田風太郎ベストコレクション』 2012.6　478p〈年表あり　発売：角川グループパブリッシング〉
①978-4-04-100342-8

『おんな牢秘抄　角川文庫 - 山田風太郎ベストコレクション』 2012.9　579p〈底本：角川文庫 1984年刊　発売：角川グループパブリッシング〉
①978-4-04-100464-7

『くノ一忍法帖　角川文庫 - 山田風太郎ベストコレクション』 2012.9　318p〈底本：角川文庫 2003年刊　発売：角川グループパブリッシング〉
①978-4-04-100465-4

河出文庫（河出書房新社）

◇忍法帖シリーズ

『信玄忍法帖　忍法帖シリーズ　1』 2005.2　376p
①4-309-40737-4

『外道忍法帖　忍法帖シリーズ　2』 2005.4　339p
①4-309-40740-4

『忍者月影抄　忍法帖シリーズ　3』 2005.6　376p
①4-309-40746-3

河出文庫 - 山田風太郎コレクション（河出書房新社）

『伝馬町から今晩は　河出文庫 - 山田風太郎コレクション　幕末編』 1993.10　283p
①4-309-40388-3
〔内容〕からすがね検校, 芍薬屋夫人, 獣人の獄, ヤマトフの逃亡, 伝馬町から今晩は

『おれは不知火　河出文庫 - 山田風太郎コレクション　維新編』 1993.10　261p
①4-309-40389-1
〔内容〕首, 笊ノ目万兵衛門外へ, 大谷刑部は幕末に死ぬ, おれは不知火, 絞首刑第一番

『幻灯辻馬車　上　河出文庫 - 山田風太郎コレクション』 1993.12　343p
①4-309-40398-0

『幻灯辻馬車　下　河出文庫 - 山田風太郎コレクション』 1993.12　342p
①4-309-40399-9

『明治忠臣蔵　河出文庫 - 山田風太郎コレ

クション　明治編』 1994.1　321p
①4-309-40404-9
〔内容〕東京南町奉行, 天衣無縫, 首の座, 斬奸状は馬車に乗って, 明治忠臣蔵, 明治暗黒星

『警視庁草紙　上　河出文庫 - 山田風太郎コレクション』 1994.3　486p
①4-309-40411-1
〔内容〕明治牡丹灯籠, 黒暗淵の警視庁, 人も獣も天地の虫, 幻談大名小路, 開化写真鬼図, 残月剣士伝, 幻灯煉瓦街, 数寄屋橋門外の変, 最後の牢奉行

『警視庁草紙　下　河出文庫 - 山田風太郎コレクション』 1994.3　465p
①4-309-40412-X
〔内容〕痴女の用心棒, 春愁 雁のゆくえ, 天皇お庭番, 妖恋高橋お伝, 東京神風連, 吉五郎流恨録, 皇女の駅馬車, 川路大警視, 泣く子も黙る抜刀隊

『明治波濤歌　上　河出文庫 - 山田風太郎コレクション』 1994.6　353p
①4-309-40417-0
〔内容〕それからの咸臨丸, 巴里に雪のふるごとく, 風の中の蝶

『明治波濤歌　下　河出文庫 - 山田風太郎コレクション』 1994.6　414p
①4-309-40418-9
〔内容〕築地西洋軒, からゆき草紙, 横浜オッペケペ

現代教養文庫 - 山田風太郎傑作選（社会思想社）

『棺の中の悦楽　現代教養文庫 - 山田風太郎傑作選　3』 1977.8　398p
〔内容〕虚像淫楽, 万太郎の耳, 満員島, 棺の中の悦楽, わが愛しの妻よ

廣済堂文庫（廣済堂出版）

『修羅維新牢　特選時代小説 山田風太郎傑作大全 3』 1996.7　347p
①4-331-60529-9

『売色使徒行伝　特選時代小説 山田風太郎傑作大全　5』 1996.9　229p
①4-331-60537-X
〔内容〕姫君何処におらすか, スピロヘータ氏来朝記, 邪宗門仏, 奇蹟屋, 山屋敷秘図, 売色使徒行伝

『叛旗兵　特選時代小説 山田風太郎傑作大全　7』 1996.11　674p
①4-331-60545-0

『剣鬼と遊女　特選時代小説 山田風太郎傑作大全』 1997.1　291p
①4-331-60560-4
〔内容〕剣鬼と遊女, 元禄おさめの方, 姦臣今川状, 筒なし呆兵衛, 紅閨の神方医, 陰萎将軍伝

『切腹禁止令　特選時代小説 山田風太郎傑作大全　11』 1997.3　316p
①4-331-60572-8
〔内容〕殿様, 一、二、三！, 三剣鬼, 嗚呼益羅男, 妖剣林田左文, 南無殺生三万人, 切腹禁止令

『いだ天百里　特選時代小説 山田風太郎傑作大全　13』 1997.8　303p
①4-331-60594-9

『長脇差枯野抄　特選時代小説 山田風太郎傑作大全　14』 1997.9　329p
①4-331-60600-7
〔内容〕妖僧, 宗俊烏鷺合戦, 山童伝, 起きろ一心斎, 死顔を見せるな, 売色奴刑, 長脇差枯野抄, 盗作忠臣蔵

『旅人国定龍次　上　特選時代小説 山田風太郎傑作大全　15』 1997.10　388p
①4-331-60607-4

『旅人国定龍次　下　特選時代小説 山田風太郎傑作大全　16』 1997.10　378p
①4-331-60608-2

『死なない剣豪　特選時代小説 山田風太郎傑作大全　17』 1997.11　302p
①4-331-60616-3
〔内容〕降倭変, 幽霊船棺桶丸, お玄関拝借, 国貞源氏, 慶長大食漢, 死なない剣豪, お江戸英雄坂

『魔群の通過　特選時代小説 山田風太郎傑作大全　18』 1998.1　338p
①4-331-60627-9

『ヤマトフの逃亡　特選時代小説 山田風太郎傑作大全　19』 1998.2　344p
①4-331-60634-1
〔内容〕からすがね検校, 大谷刑部は幕末に死ぬ, 笊ノ目万兵衛門外へ, 伝馬町から今晩は, ヤマトフの逃亡, 新選組の道化師

『八犬傳　上　特選時代小説 山田風太郎傑作大全　20』 1998.4　370p
①4-331-60653-8

『八犬傳　下　特選時代小説 山田風太郎傑作大全　21』 1998.4　396p
①4-331-60654-6

『江戸にいる私　特選時代小説 山田風太郎傑作大全　22』 1998.5　301p
①4-331-60658-9

『八犬傳　上　特選時代小説』 改訂版 2010.7　446p〈初版：広済堂出版平成10年刊〉
①978-4-331-61403-7

『八犬傳　下　特選時代小説』 改訂版 2010.7　477p〈初版：広済堂出版平成10年刊〉
①978-4-331-61404-4

講談社文庫（講談社）

『妖説太閤記　上』 1978.10　410p

『妖説太閤記　下』 1978.11　402p

『旅人国定竜次』 1989.5　2冊
①4-06-184469-5

『婆沙羅』 1993.9　213p
①4-06-185493-3

『妖説太閤記　上』 2003.11　467p
①4-06-273895-3

『妖説太閤記　下』 2003.11　468p
①4-06-273896-1

講談社文庫 - 山田風太郎忍法帖（講談社）

『甲賀忍法帖　講談社文庫 - 山田風太郎忍法帖　1』 1998.12　359p
①4-06-263944-0

『忍法忠臣蔵　講談社文庫 - 山田風太郎忍法帖　2』 1998.12　327p
①4-06-264503-3

『伊賀忍法帖　講談社文庫 - 山田風太郎忍法帖　3』 1999.1　405p
①4-06-263988-2

『忍法八犬伝　講談社文庫 - 山田風太郎忍法帖　4』 1999.2　478p
①4-06-264513-0

『くノ一忍法帖　講談社文庫 - 山田風太郎忍法帖　5』 1999.3　336p
①4-06-264559-9

『魔界転生　上　講談社文庫 - 山田風太郎忍法帖　6』 1999.4　526p
①4-06-264542-4

『魔界転生　下　講談社文庫 - 山田風太郎忍法帖　7』 1999.4　542p
①4-06-264543-2

『江戸忍法帖　講談社文庫 - 山田風太郎忍法帖　8』 1999.5　402p
①4-06-264576-9

『柳生忍法帖　上　講談社文庫 - 山田風太郎忍法帖　9』 1999.6　486p
①4-06-264607-2

『柳生忍法帖　下　講談社文庫 - 山田風太郎忍法帖　10』 1999.6　494p
①4-06-264608-0

『風来忍法帖　講談社文庫 - 山田風太郎忍法帖　11』 1999.7　708p
①4-06-264627-7

『かげろう忍法帖　講談社文庫 - 山田風太郎忍法帖　12』 1999.8　390p
①4-06-264654-4
〔内容〕忍者明智十兵衛, 忍者仁木弾正, 忍者石川五右衛門, 忍者枝垂七十郎, 忍者車兵

五郎, 忍者向坂甚内, 忍者本多佐渡守, 忍者玉虫内膳, 「今昔物語集」の忍者

『野ざらし忍法帖　講談社文庫 - 山田風太郎忍法帖　13』 1999.9　280p
①4-06-264671-4
〔内容〕忍者服部半蔵, 忍者枯葉塔九郎, 忍者梟無左衛門, 忍者帷子万助, 忍者野晒銀四郎, 忍者撫子甚五郎, 忍者傀儡歓兵衛, 忍者鶉留五郎, 「甲子夜話」の忍者

『忍法関ヶ原　講談社文庫 - 山田風太郎忍法帖　14』 1999.10　568p
①4-06-264680-3
〔内容〕忍法関ヶ原, 忍法天草灘, 忍法甲州路, 忍法小塚ッ原, 忍法聖千姫, 忍法ガラシヤの棺, 忍法幻羅吊り, 忍法瞳録, 忍法死のうは一定

光文社文庫 - 山田風太郎ミステリー傑作選（光文社）

『棺の中の悦楽　光文社文庫 - 山田風太郎ミステリー傑作選　4（悽愴篇）』 2001.7　679p
①4-334-73183-X
〔内容〕女死刑囚, 30人の3時間, 新かぐや姫, 赤い蠟人形, わが愛しの妻よ, 誰も私を愛さない, 祭壇, 二人, 棺の中の悦楽

時代小説文庫（富士見書房）

『伊賀忍法帖』 1990.1　347p
①4-8291-1195-X

『柳生忍法帖　上　江戸花地獄篇』 1990.5　440p
①4-8291-1205-0

『柳生忍法帖　下　会津雪地獄篇』 1990.6　425p
①4-8291-1206-9

『江戸忍法帖』 1990.9　368p
①4-8291-1211-5

『忍法忠臣蔵』 1990.12　297p
①4-8291-1219-0

『風来忍法帖』 1991.6　610p
①4-8291-1221-2

『魔界転生　上　熊野山岳篇』 1991.11　483p
①4-8291-1233-6

『魔界転生　下　伊勢波濤篇』 1992.3　497p
①4-8291-1234-4

『海鳴り忍法帖』 1992.8　443p
①4-8291-1239-5

『甲賀忍法帖』 1993.3　337p
①4-8291-1242-5

『くノ一忍法帖』 1993.9　320p
①4-8291-1244-1

『武蔵野水滸伝　上』 1993.11　314p
①4-8291-1248-4

『武蔵野水滸伝　下』 1993.12　355p
①4-8291-1249-2

『柳生十兵衛死す　上』 1994.12　386p
①4-8291-1263-8

『柳生十兵衛死す　下』 1994.12　391p
①4-8291-1264-6

『信玄忍法帖』 1995.3　354p
①4-8291-1267-0

『ありんす国伝奇』 1996.12　317p
①4-8291-1279-4
〔内容〕傾城将棋, 剣鬼と遊女, ゆびきり地獄, 蕭蕭くるわ噺, 怪異投込寺, 夜ざくら大名

集英社文庫（集英社）

『不知火軍記』 1991.1　271p
①4-08-749674-0
〔内容〕不知火軍記, 盲僧秘帖, 幻妖桐の葉おとし

『妖説忠臣蔵』 1991.12　270p
①4-08-749762-3
〔内容〕赤穂飛脚, 殺人蔵, 虫臣蔵, 俺も四十七士, 生きている上野介

『白波五人帖』 1993.2　342p

①4-08-749898-0

『怪異投込寺』 1994.12 239p

①4-08-748258-8

〔内容〕踏絵の軍師, 怪異投込寺, 獣人の獄, 芍薬屋夫人, 地獄太夫

『秀吉妖話帖』 1995.12 278p

①4-08-748387-8

〔内容〕忍法死のうは一定, 叛の忍法帖, おちゃちゃ忍法腹, 忍者石川五右衛門, 虫の忍法帖, 忍法おだまき

小学館文庫（小学館）

『柳生十兵衛死す 上』 1999.3 405p

①4-09-403561-3

『柳生十兵衛死す 下』 1999.3 413p

①4-09-403562-1

『武蔵野水滸伝 上』 1999.12 313p

①4-09-403563-X

『武蔵野水滸伝 下』 1999.12 349p

①4-09-403564-8

『御用俠』 2000.11 349p

①4-09-403565-6

〔内容〕牧童立志伝, 全然現実的な同心, 二足草鞋の物語, 河内山枕絵草紙, 人間万事いすかのはし, 善に強きは悪にもと, 無惨破れ草鞋

『忍法創世記』 2005.11 532p

①4-09-408053-8

『幕末妖人伝 時代短篇選集 1』 日下三蔵〔編〕 2013.2 441p〈講談社 1974年刊に「新選組の道化師」と「伝馬町から今晩は」の二篇を加えて再編集〉

①978-4-09-408798-7

〔内容〕からすがね検校, ヤマトフの逃亡, おれは不知火, 首の座, 東京南町奉行, 新選組の道化師, 伝馬町から今晩は

『斬奸状は馬車に乗って 時代短篇選集 2』 日下三蔵〔編〕 2013.3 438p〈講談社 1973年刊に「陰萎将軍伝」と「明治暗黒星」を加えて再編集〉

①978-4-09-408804-5

〔内容〕斬奸状は馬車に乗って, 笊ノ目万兵衛門外へ, 獣人の獄, 切腹禁止令, 大谷刑部は幕末に死ぬ, 陰萎将軍伝, 明治暗黒星

『明治かげろう俥 時代短篇選集 3』 日下三蔵〔編〕 2013.4 460p〈旺文社文庫 1985年刊に「首」「天衣無縫」ほかを加えて再編集〉

①978-4-09-408813-7

〔内容〕首, 明治忠臣蔵, 天衣無縫, 絞首刑第一番, 明治かげろう俥, 三剣鬼, *山田風太郎明治小説〈人物事典〉(日下三蔵〔編〕)

新潮文庫（新潮社）

『明治波濤歌』 1984.9 2冊

①4-10-136801-5

『室町お伽草紙 青春！ 信長・謙信・信玄卍ともえ』 1994.9 573p

①4-10-136803-1

大衆文学館（講談社）

『妖説太閤記 上』 1995.11 442p

①4-06-262026-X

『妖説太閤記 下』 1995.11 445p

①4-06-262027-8

『忍者枯葉塔九郎』 1997.6 355p

①4-06-262090-1

〔内容〕忍者 枝垂七十郎, 忍者 枯葉塔九郎, 忍者 本多佐渡守, 忍者 明智十兵衛, 忍者車兵五郎, 忍者 服部半蔵, 忍者 撫子甚五郎, 忍者 傀儡歓兵衛

『忍法甲州路』 1997.8 390p

①4-06-262093-6

〔内容〕忍法甲州路, 忍法肉太鼓, 忍法鞘飛脚, 麺棒試合, 転の忍法帖, 忍者六道銭, 天明の判官, 羅妖の秀康

大陸文庫（大陸書房）

『笊ノ目万兵衛門外へ』 1989.10 287p
①4-8033-2371-2
〔内容〕笊ノ目万兵衛門外へ, 首, からすがね検校, ヤマトフの逃亡, 伝馬町から今晩は

『東京南町奉行』 1989.12 341p
①4-8033-2458-1
〔内容〕斬奸状は馬車に乗って, 明治暗黒星, 天衣無縫, 首の座, おれは不知火, 東京南町奉行

ちくま文庫（筑摩書房）

『修羅維新牢 山田風太郎幕末小説集』 2011.4 394p
①978-4-480-42811-0
〔内容〕江戸・明治元年, 一人目・沼田万八, 二人目・橋戸善兵衛, 三人目・寒河右京, 四人目・曾我小四郎、五人目・大谷十郎左衛門, 六人目・桑山軍次郎、七人目・早瀬半之丞、八人目・鰻谷左内, 九人目・久保寺民部、十人目・田代主水, 牢の中・いのち十人, 牢の外・いのち一人

『魔群の通過 天狗党叙事詩 山田風太郎幕末小説集』 2011.5 391p
①978-4-480-42812-7

『旅人国定龍次 山田風太郎幕末小説集 上』 2011.6 434p
①978-4-480-42813-4

『旅人国定龍次 山田風太郎幕末小説集 下』 2011.6 429p
①978-4-480-42814-1

ちくま文庫－山田風太郎忍法帖短篇全集（筑摩書房）

『かげろう忍法帖 ちくま文庫－山田風太郎忍法帖短篇全集 1』 2004.4 361p
①4-480-03951-1
〔内容〕忍者明智十兵衛, 忍者石川五右衛門, 忍者向坂甚内, 忍者撫子甚五郎, 忍者本多佐渡守, 忍者服部半蔵, 『今昔物語集』の忍者, 忍者帷子乙五郎

『野ざらし忍法帖 ちくま文庫－山田風太郎忍法帖短篇全集 2』 2004.5 365p
①4-480-03952-X
〔内容〕忍者車兵五郎, 忍者仁木弾正, 忍者玉虫内膳, 忍者傀儡歓兵衛, 忍者枯葉塔九郎, 忍者梟無左衛門, 忍者帷子万助, 忍者野晒銀四郎, 忍者枝垂七十郎, 「甲子夜話」の忍者, 忍者鶉留五郎

『忍法破倭兵状 ちくま文庫－山田風太郎忍法帖短篇全集 3』 2004.6 383p
①4-480-03953-8
〔内容〕忍法鞘飛脚, 忍法肉太鼓, 忍法花盗人, 忍法しだれ桜, 忍法おだまき, 忍法破倭兵状, 忍法相伝64

『くノ一死ににゆく ちくま文庫－山田風太郎忍法帖短篇全集 4』 2004.7 415p
①4-480-03954-6
〔内容〕捧げつつ試合, 濡れ仏試合, 逆艪試合, 膜試合, かまきり試合, 麺棒試合, つばくろ試合, 摸牌試合, 絵物語 忍者石川五右衛門（画：矢野徳）, *解題（日下三蔵著）

『姦の忍法帖 ちくま文庫－山田風太郎忍法帖短篇全集 5』 2004.8 383p
①4-480-03955-4
〔内容〕姦の忍法帖, 胎の忍法帖, 笊の忍法帖, 転の忍法帖, 牢の忍法帖, 〆の忍法帖, 絵物語・忍者向坂甚内

『くノ一忍法勝負 ちくま文庫－山田風太郎忍法帖短篇全集 6』 2004.9 445p
①4-480-03956-2
〔内容〕倒の忍法帖, 叛の忍法帖, 虫の忍法帖, 呂の忍法帖, 妻の忍法帖, 淫の忍法帖, 絵物語 忍者撫子甚五郎

『忍法関ヶ原 ちくま文庫－山田風太郎忍法帖短篇全集 7』 2004.10 335p
①4-480-03957-0
〔内容〕忍法関ヶ原, 忍法天草灘, 忍法甲州路, 忍法小塚ッ原, 忍法と剣のふるさと

『武蔵忍法旅 ちくま文庫－山田風太郎忍法帖短篇全集 8』 2004.11 319p

①4-480-03958-9

〔内容〕武蔵忍法旅, おちゃちゃ忍法腹, 刑部忍法陣, 近衛忍法暦, 彦左衛門忍法盥, ガリヴァー忍法島, “忍法小説”はなぜうけるか

『忍法聖千姫　ちくま文庫 - 山田風太郎忍法帖短篇全集　9』 2004.12　351p
①4-480-03959-7
〔内容〕忍法聖千姫, 忍法ガラシヤの棺, 忍法とりかえばや, 忍法幻羅吊り, 忍法穴ひとつ, 忍法瞳録, 忍法阿呆宮, 首斬り浅右衛門（エッセイ）

『忍者六道銭　ちくま文庫 - 山田風太郎忍法帖短篇全集　10』 2005.1　405p
①4-480-03960-0
〔内容〕忍者六道銭, 忍者死籤, くノ一地獄変, くノ一紅騎兵, 天明の判官, 天明の隠密, 大いなる伊賀者, TV忍法帖（エッセイ）

『お庭番地球を回る　ちくま文庫 - 山田風太郎忍法帖短篇全集　11』 2005.2　405p
①4-480-03961-9
〔内容〕お庭番地球を回る, 怪談厠鬼, さまよえる忍者, 読淫術, 忍法死のうは一定, 怪異二挺根銃, 忍法金メダル作戦

『剣鬼喇嘛仏　ちくま文庫 - 山田風太郎忍法帖短篇全集　12』 2005.3　477p
①4-480-03962-7
〔内容〕忍法女郎屋戦争, 伊賀の散歩者, 伊賀の聴恋器, 羅妖の秀康, 剣鬼喇嘛仏, 春夢兵, 甲賀南蛮寺領, 筒なし呆兵衛, 開化の忍者

ちくま文庫 - 山田風太郎明治小説全集（筑摩書房）

『警視庁草紙　上　ちくま文庫 - 山田風太郎明治小説全集　1』 1997.5　490p〈関連年表：p489～490〉
①4-480-03341-6

『警視庁草紙　下　ちくま文庫 - 山田風太郎明治小説全集　2』 1997.5　474p〈関連年表：p464～465〉
①4-480-03342-4

『幻灯辻馬車　上　ちくま文庫 - 山田風太郎明治小説全集　3』 1997.6　387p〈関連年表：p386～387〉
①4-480-03343-2

『幻灯辻馬車　下　ちくま文庫 - 山田風太郎明治小説全集　4』 1997.6　394p〈関連年表：p388～389〉
①4-480-03344-0
〔内容〕明治忠臣蔵, 天衣無縫, 紋首刑第一番

『地の果ての獄　上　ちくま文庫 - 山田風太郎明治小説全集　5』 1997.7　444p
①4-480-03345-9

『地の果ての獄　下　ちくま文庫 - 山田風太郎明治小説全集　6』 1997.7　462p
①4-480-03346-7
〔内容〕地の果ての獄・下, 斬奸状は馬車に乗って, 東京南町奉行, 首の座, 切腹禁止令, おれは不知火

『明治断頭台　ちくま文庫 - 山田風太郎明治小説全集　7』 1997.8　441p
①4-480 03347-5

『エドの舞踏会　ちくま文庫 - 山田風太郎明治小説全集　8』 1997.8　429p
①4-480-03348-3

『明治波濤歌　上　ちくま文庫 - 山田風太郎明治小説全集　9』 1997.9　398p〈年表あり〉
①4-480-03349-1
〔内容〕それからの咸臨丸, 風の中の蝶, からゆき草紙

『明治波濤歌　下　ちくま文庫 - 山田風太郎明治小説全集　10』 1997.9　387p〈年表あり〉
①4-480-03350-5
〔内容〕巴里に雪のふるごとく, 築地西洋軒, 横浜オッペケペ, *解説（関川夏央著）

『ラスプーチンが来た　ちくま文庫 - 山田風太郎明治小説全集　11』 1997.10　508p〈年表あり〉
①4-480-03351-3

『明治バベルの塔　ちくま文庫 - 山田風太郎明治小説全集　12』 1997.10　350p

〈年表あり〉
①4-480-03352-1
〔内容〕明治バベルの塔（明治バベルの塔, 牢屋の坊っちゃん, いろは大王の火葬場, 四分割秋水伝）, 明治暗黒星

『明治十手架　上　ちくま文庫 - 山田風太郎明治小説全集　13』 1997.12　456p
〈年表あり〉
①4-480-03353-X

『明治十手架　下　ちくま文庫 - 山田風太郎明治小説全集　14』 1997.12　432p
〈年表あり〉
①4-480-03354-8
〔内容〕明治十手架・下, 明治かげろう俥, 黄色い下宿人

『幻燈辻馬車　下　ちくま文庫 - 山田風太郎明治小説全集　4』 2011.10　394p
〈第4刷（第1刷1997年）〉
①978-4-480-03344-4
〔内容〕幻燈辻馬車 下（赤い盟約書, その男, 刑法第百二十六条, 明治叛臣伝）, 明治忠臣蔵, 天衣無縫, 絞首刑第一番

徳間文庫（徳間書店）

『魔天忍法帖』 1980.10　318p

『忍法八犬伝』 1982.2　382p
①4-19-597276-0

『剣鬼喇嘛仏』 2002.7　364p
①4-19-891712-4

『魔天忍法帖』 新版　2002.11　398p
①4-19-891799-X

『叛旗兵　妖説直江兼続　上』 2009.5　371p
①978-4-19-892982-4

『叛旗兵　妖説直江兼続　下』 2009.5　366p
①978-4-19-892983-1

徳間文庫 - 山田風太郎妖異小説コレクション

（徳間書店）

『地獄太夫　初期短篇集　徳間文庫 - 山田風太郎妖異小説コレクション』 2003.10　491p
①4-19-891964-X
〔内容〕みささぎ盗賊, 芍薬屋夫人, 宗俊烏鷺合戦, 地獄太夫, 妖僧, 山童伝, 悲恋華陣, 幽霊船棺桶丸, 山田真竜軒, 死顔を見せるな, 起きろ一心斎, 数珠かけ伝法, お玄関拝借, 明智太閤, 国貞源氏, 殿様, 一、二、三！

『山屋敷秘図　切支丹・異国小説集　徳間文庫 - 山田風太郎妖異小説コレクション』 2003.12　597p
①4-19-891991-7
〔内容〕スピロヘータ氏来朝記, 邪宗門仏, 奇蹟屋, 姫君何処におらすか, 伴天連地獄, 邪宗門頭巾, 山屋敷秘図, 不知火軍記, 盲僧秘帖, 踏絵の軍師, 売色使徒行伝, 万人坑, 蓮華盗賊, 降倭変

『妖説忠臣蔵　女人国伝奇　徳間文庫 - 山田風太郎妖異小説コレクション』 2004.2　621p
①4-19-892027-3
〔内容〕妖説忠臣蔵, 女人国伝奇

『白波五人帖　いだてん百里　徳間文庫 - 山田風太郎妖異小説コレクション』 2004.4　636p
①4-19-892052-4
〔内容〕白波五人帖, いだてん百里

ハルキ文庫（角川春樹事務所）

『幻妖桐の葉おとし　山田風太郎奇想コレクション』 1997.7　333p
①4-89456-333-9
〔内容〕幻妖桐の葉おとし, 数珠かけ伝法, 行燈浮世之介, 変化城, 乞食八万騎, 首

『みささぎ盗賊　山田風太郎奇想コレク

ション』 1997.9 341p
①4-89456-348-7
〔内容〕みささぎ盗賊, 蓮華盗賊, 盲僧秘帖, 不知火軍記, 踏絵の軍師

文春文庫（文藝春秋）

『姦の忍法帖』 1977.2 267p
〔内容〕姦の忍法帖, 胎の忍法帖, 笊の忍法帖, 転の忍法帖, 牢の忍法帖, 〆の忍法帖
『警視庁草紙』 1978.11 2冊
『幻燈辻馬車』 1980.1 2冊
『地の果ての獄』 1983.9 2冊
①4-16-718306-4
『明治断頭台』 1984.2 427p
①4-16-718308-0
『エドの舞踏会』 1986.1 395p
①4-16-718309-9
『ラスプーチンが来た』 1988.1 462p
①4-16-718311-0
『忍法関ケ原』 1989.9 300p
①4-16-718312-9
〔内容〕忍法関ヶ原, 忍法天草灘, 忍法甲州路, 忍法小塚ッ原
『魔群の通過 天狗党叙事詩』 1990.4 312p
①4-16-718313-7
『明治バベルの塔 万朝報暗号戦』 1992.8 317p
①4-16-718314-5
〔内容〕明治バベルの塔, 牢屋の坊っちゃん, いろは大王の火葬場, 四分割秋水伝
『室町少年倶楽部』 1998.8 254p
①4-16-718315-3
〔内容〕室町の大予言, 室町少年倶楽部

ポケット文春（文藝春秋）

『天の川を斬る』 1968.10 296p

山手 樹一郎

やまて・きいちろう

1899～1978

栃木県生まれ。本名・井口長次。明治中卒。1940年の「桃太郎侍」で作家としての地位を固める。戦後、48年「夢介千両みやげ」以降大衆作家として活躍、"貸本屋のベストセラー作家"といわれた。他に「江戸名物からす堂」など。

現代小説文庫（富士見書房）

『はだか大名』 1982.1 2冊

廣済堂文庫（廣済堂出版）

『隠密三国志 特選時代小説』 2012.7 460p
①978-4-331-61483-9
『江戸の朝風 特選時代小説』 2012.12 674p
①978-4-331-61505-8
『恋風街道 特選時代小説』 2013.3 681p
①978-4-331-61518-8
『千石鶴 特選時代小説』 2013.7 916p 〈底本：1971年刊〉
①978-4-331-61535-5
『夢介千両みやげ 特選時代小説』 2014.2 821p
①978-4-331-61571-3

光風社文庫（光風社出版）

『いろは剣法・のっそりと参上』 1996.11 369p
①4-87519-979-1
『朝霧峠 紫忠兵衛』 1998.9 324p 〈東

京 成美堂出版（発売）〉
①4-415-08703-5
〔内容〕朝霧峠, 紫忠兵衛

『うどん屋剣法　おせん』 1999.8　322p
〈東京 成美堂出版（発売）〉
①4-415-08770-1
〔内容〕うどん屋剣法, 貞女, 二度目の花嫁, 槍, おせん, げんこつ青春記, 薩摩浪士, 品川砲台, 牝犬, 春ふたたび

『腕一本の春　花の雨』 2000.2　335p
〈東京 成美堂出版（発売）〉
①4-415-08784-1
〔内容〕腕一本の春, 土の花嫁, 夕立の女, 薫風の旅, 梅の雨, 夜の花道, 花の雨, 仇討ごよみ, 一年余日, めおと春秋, 五十両の夢

『振り出し三両　恋名月』 2000.8　338p
〈東京 成美堂出版（発売）〉
①4-415-08794-9
〔内容〕密使合戦, 念流中興の人々, 振り出し三両, 将棋主従, 恋名月, 天の火, 恋慕酒, 辻斬り未遂, 生命の灯, 夜馬車

『めおと雪　春の虹』 2000.12　340p〈東京 成美堂出版（発売）〉
①4-415-08802-3
〔内容〕お国流皆伝, 兵助夫婦, 百姓宗太, 暴れ姫君, 唐人一揆, 月の路地, 尺八乞食, 財布の命, 女のよそおい, 新妻, めおと雪, 春の虹

『うぐいす侍　梅の宿』 2001.4　326p
〈東京 成美堂出版（発売）〉
①4-415-08809-0
〔内容〕うぐいす侍, 槍一筋, 下郎の夢, 紅だすき無頼, 後家の春, 梅の宿, 戸塚の夜雨, 竹光と女房と, 香代女おぼえ書, 久楽屋の娘, おぼろ月, うなされる女

『浪人まつり　恋の酒』 2001.8　341p
〈東京 成美堂出版（発売）〉
①4-415-08818-X
〔内容〕さくら餅, 約束, 残暑の道, ばかむこの記, 舞鶴屋お鶴, 櫛, 秋しぐれ, 浪人まつり, 貞女ざんげ, 笊医者, 恋の酒, 借りた蚊帳

『喧嘩大名/木枯の旅』 2001.12　327p
〈東京 成美堂出版（発売）〉
①4-415-08825-2
〔内容〕喧嘩大名, 霧の中, 女房というもの, 女郎ぐも, 月に濡れる女, 群盲, 木枯の旅, 天狗くずれ, 泥人形, 蛙の子, 女菩薩, おいらん倖

『拾った女房/矢一筋』 2002.4　328p〈東京 成美堂出版（発売）〉
①4-415-08833-3
〔内容〕恋討手, 矢一筋, 開発奉行, 藪うぐいす, 紺屋の月, 藤の茶屋, 夜潮, 拾った女房, 恋がたき, 花嫁太平記, 五月雨供養, 明日の風

『隠密返上/剣客八景』 2002.8　330p〈東京 成美堂出版（発売）〉
①4-415-08841-4
〔内容〕隠密返上, 土こね記, 微禄お長屋, 五十両騒動, 春待月, 雪の駕篭, 柔（やわら）, やん八弁天, 倖, 剣客八景, 死神, 流れ雲

コスミック・時代文庫

（コスミック出版）

『殿さま浪人　超痛快！ 時代小説』 2010.1　846p
①978-4-7747-2303-7
〔内容〕人間のくずたち, 慈母観音, 江戸の秋風, 木枯らしの辻, おぼろ夜の女, 十八年前の夢, 若いおおかみたち, 夜舟は下る

『はだか大名　超痛快！ 時代小説』 2010.1　783p
①978-4-7747-2309-9

『変化大名　超痛快！ 時代小説』 2010.4　723p
①978-4-7747-2321-1

『浪人若殿　超痛快！ 時代小説』 2010.4　653p
①978-4-7747-2329-7

『青空剣法　超痛快！ 時代小説　上巻』 2010.6　482p
①978-4-7747-2338-9

『青空剣法　超痛快！ 時代小説　下巻』 2010.7　485p

①978-4-7747-2339-6

『浪人八景　超痛快！　時代小説』 2010.8　875p
①978-4-7747-2350-1

『江戸名物からす堂　八辻ガ原人情占い　超痛快！　時代小説』 2010.10　698p
①978-4-7747-2363-1
〔内容〕十六文からす堂, お紺からす堂

『江戸桜金四郎　人情つむじ風 超痛快！　時代小説』 2010.12　810p〈『遠山の金さん』（春陽堂書店1977年刊）の改題〉
①978-4-7747-2376-1

『恋染め浪人　超痛快！　時代小説』 2010.12　666p〈『恋染め笠』（春陽堂書店1978年刊）の改題〉
①978-4-7747-2377-8

『おたすけ浪人源八　超痛快！　時代小説　上巻』 2011.2　739p〈『たのまれ源八』（春陽堂書店1978年刊）の改題〉
①978-4-7747-2386-0

『おたすけ浪人源八　超痛快！　時代小説　下巻』 2011.2　618p〈『たのまれ源八』（春陽堂書店1978年刊）の改題、増補〉
①978-4-7747-2387-7
〔内容〕おたすけ浪人源八, 柳橋お仙

『世直し若さま　超痛快！　時代小説』 2011.4　747p〈『わんぱく公子』（春陽堂書店1977年刊）の改題〉
①978-4-7747-2400-3

『さむらい山脈　超痛快！　時代小説』 2011.8　843p
①978-4-7747-2432-4

『浪人市場　超痛快！　時代小説　1』 2011.9　879p
①978-4-7747-2439-3

『浪人市場　超痛快！　時代小説　2』 2011.10　963p
①978-4-7747-2449-2
〔内容〕非情の星, 花散る里

『浪人市場　超痛快！　時代小説　3』 2011.11　939p
①978-4-7747-2458-4
〔内容〕去る者残る者, 黒髪の生命

『浪人剣法　超痛快！　時代小説』 2011.12　875p〈『天の火柱』（春陽堂書店1978年刊）の改題〉
①978-4-7747-2468-3

『若さま人情剣　超痛快！　時代小説』 2012.1　596p〈『大名囃子』（春陽堂書店1979年刊）の改題〉
①978-4-7747-2475-1

『素浪人若さま　超痛快！　時代小説』 2012.2　780p〈『素浪人日和』（春陽堂書店1978年刊）の改題〉
①978-4-7747-2486-7

『若さま恋桜始末　超痛快！　時代小説』 2012.2　571p〈『若殿ばんざい』（春陽堂書店1979年刊）の改題、増補〉
①978-4-7747-2487-4
〔内容〕若さま恋桜始末, 紅梅行燈

『隠れ与力三五郎　めおと船：超痛快！　時代小説』 2012.4　882p〈『女人の砦』（春陽堂書店 1979年刊）の改題、『地獄ごよみ』（広済堂出版 1975年刊）の併収〉
①978-4-7747-2505-5
〔内容〕隠れ与力三五郎, 地獄ごよみ

『姫さま変化　疾風剣：超痛快！　時代小説』 2012.5　514p〈『紅顔夜叉』（春陽堂書店 1979年刊）の改題〉
①978-4-7747-2513-0

『身がわり若さま　超痛快！　時代小説』 2012.6　805p〈『江戸へ百七十里』（春陽堂 1978年刊）の改題〉
①978-4-7747-2523-9

『又四郎行状記　超痛快！　時代小説　上巻』 2012.8　646p〈春陽堂書店 1978年刊の再刊〉
①978-4-7747-2541-3

『又四郎行状記　超痛快！　時代小説　下巻』 2012.8　628p〈春陽堂書店 1978年刊の再刊〉
①978-4-7747-2542-0

『世直し京介　浪人横丁：超痛快！　時代

小説』 2012.10 488p〈『浪人横丁』(春陽堂書店 1970年刊)の改題〉
①978-4-7747-2560-4
『万之助無勝手剣 さむらい読本:超痛快! 時代小説』 2012.12 530p〈『さむらい読本』(春陽堂書店 1978年刊)の改題〉
①978-4-7747-2579-6
『姫さま初恋剣法 おすねと狂介:超痛快! 時代小説』 2013.2 526p〈『おすねと狂介』(春陽堂書店 1979年刊)の改題〉
①978-4-7747-2597-0
『恋しぐれ浪人剣 超痛快! 時代小説』 2013.4 390p〈『江戸の顔役』(春陽堂書店 1978年刊)の改題〉
①978-4-7747-2614-4
『おたすけ町医者恋情剣 超痛快! 時代小説』 2013.6 516p〈『江戸の暴れん坊』(桃源社 1958年刊)の改題〉
①978-4-7747-2633-5
『若さま浪人人情剣 超痛快! 時代小説』 2013.7 431p〈『幸福を売る侍』(双葉社 1967年刊)の改題〉
①978-4-7747-2647-2
『貧乏旗本恋情剣法 超痛快! 時代小説』 2013.9 510p〈『江戸に夢あり』(新潮社 1966年刊)の改題〉
①978-4-7747-2658-8
『姫さま純情剣 超痛快! 時代小説』 2013.11 389p〈『野ざらし姫』(春陽堂 1979年刊)の改題〉
①978-4-7747-2675-5
『浪人若さま颯爽剣 超痛快! 時代小説 上』 2014.1 484p〈『虹に立つ侍 上』(春陽堂 1979年刊)の改題〉
①978-4-7747-2694-6
『浪人若さま颯爽剣 超痛快! 時代小説 下』 2014.1 533p〈『虹に立つ侍 下』(春陽堂 1979年刊)の改題〉
①978-4-7747-2695-3
『江戸っ子奉行始末剣 超痛快! 時代小説』 2014.3 469p〈『鉄火奉行』(春陽堂 1979年刊)の改題〉
①978-4-7747-2712-7
『恋風千両剣 超痛快! 時代小説』 2014.4 334p〈『ぼんくら千両』(春陽文庫 1972年刊)の改題〉
①978-4-7747-2720-2
『姫さま恋慕剣 超痛快! 時代小説』 2014.8 325p〈『春秋あばれ獅子』(桃源社 1955年刊)の改題〉
①978-4-7747-2758-5
『恋斬り恩情剣 超痛快! 時代小説』 2015.3 422p〈『恋天狗』(春陽堂 1978年刊)の改題〉
①978-4-7747-2813-1

時代小説文庫(富士見書房)

『わんぱく公子』 1982.3 2冊
『素浪人日和』 1982.6 2冊
『鉄火奉行』 1982.8 382p
『若殿ばんざい』 1982.11 252p
『又四郎行状記 第1部』 1989.5 296p
①4-8291-1170-4
『又四郎行状記 第2部』 1989.5 294p
①4-8291-1171-2
『恋風街道 上』 1989.5 319p
①4-8291-1175-5
『恋風街道 下』 1989.5 368p
①4-8291-1176-3
『遠山の金さん 上』 1989.5 343p
①4-8291-1177-1
『遠山の金さん 下』 1989.5 323p
①4-8291-1178-X
『又四郎行状記 第3部 172』 1989.6 271p
①4-8291-1172-0
『又四郎行状記 第4部』 1989.6 306p
①4-8291-1173-9
『桃太郎侍 上』 1989.11 304p
①4-8291-1188-7

『桃太郎侍　下』 1989.11　302p
①4-8291-1189-5
『青雲燃える　上』 1990.3　290p
①4-8291-1201-8
『青雲燃える　中』 1990.4　259p
①4-8291-1202-6
『青雲燃える　下』 1990.5　293p
①4-8291-1203-4

嶋中文庫（嶋中書店）

『桃太郎侍　1』 2005.9　341p
①4-86156-341-0
『桃太郎侍　2』 2005.9　347p
①4-86156-342-9
『又四郎行状記　1』 2006.1　378p
①4-86156-354-2
『又四郎行状記　2』 2006.2　385p
①4-86156-355-0
『又四郎行状記　3』 2006.3　517p
①4-86156-356-9

春陽文庫（春陽堂書店）

『桃太郎侍　前篇』 1951　233p
『桃太郎侍　後篇』 1951　231p
『紅梅行灯』 1953　221p
『朝焼け富士　前篇』 1954　254p
『夢介千両みやげ　第1』 1954　183p
〔内容〕おらんだお銀, 他6篇
『朝焼け富士　後篇』 1954　230p
『又四郎行状記　第1, 2』 1955　2冊
『夢介千両みやげ　第2　若旦那の女難』 1955
『夢介千両みやげ　第3　鍋焼うどん屋』 1955
『又四郎行状記　第4』 1956　236p
『鳶のぼんくら松』 1957　169p
『恋風街道　上』 1959　239p
『恋風街道　下』 1959　268p
『二階堂万作』 1960　223p
『ぼんくら天狗』 1961　251p
『青空浪人』 1964　307p
『地獄ごよみ』 1966　238p
『素浪人日和』 1967　479p
『恋名月』 2005.9　310p
①4-394-10197-2
〔内容〕叱られ祝言, 恋名月, お女房さま, 貞女ざんげ, 道場小町, 小父さん志士, 月に濡れる女, 秋しぐれ, やん八弁天, 後家の春
『雪の駕籠』 2005.10　308p
①4-394-10198-0
〔内容〕男の土俵, 土こね記, 五十両騒動, 雪の駕篭, 恋慕酒, 梅の雨, 笊医者, 春雷, お荷物女房, 福の神だという女
『うぐいす侍』 2005.11　310p
①4-394-10199-9
〔内容〕将棋主従, 暴れ姫君, 一年余日, うぐいす侍, 仇討ごよみ, 約束, 槍一筋, 辻斬り未遂, 梅雨晴れ

新小説文庫（新小説社）

『夢介千両みやげ　第1』 1951　197p
『夢介千両みやげ　第2』 1951　194p
『夢介千両みやげ　第3』 1951　225p

新潮文庫（新潮社）

『又四郎行状記　第1部』 1959　321p
『又四郎行状記　第2部』 1959　323p
『又四郎行状記　第3部』 1959　411p
『桃太郎侍』 1962　542p
『朝晴れ鷹』 1965　711p
『江戸群盗記』 1966　418p

大衆文学館（講談社）

『夢介千両みやげ　上』 1995.12　445p
①4-06-262032-4
『夢介千両みやげ　下』 1995.12　420p
①4-06-262033-2

大陸文庫（大陸書房）

『夢介めおと旅』 1990.2　349p
①4-8033-2484-0
〔内容〕夢介めおと旅, 紫忠兵衛

桃園文庫（桃園書房）

『江戸隠密帳』 1986.6　301p
①4-8078-0061-2
『男の星座』 1986.8　294p
①4-8078-0066-3
『天の火柱　上巻』 1986.10　350p
①4-8078-0071-X
『天の火柱　下巻』 1986.10　355p
①4-8078-0072-8
『隠密三国志』 1987.3　350p
①4-8078-0080-9
『江戸の顔役』 1987.9　326p
①4-8078-0093-0
『青雲の鬼』 1988.2　334p
①4-8078-0101-5
『夢介千両みやげ　上巻』 1988.7　334p
①4-8078-0111-2
『夢介千両みやげ　下巻』 1988.7　334p
①4-8078-0112-0
『江戸の暴れん坊』 1988.12　350p
①4-8078-0122-8
『青空浪人』 1989.5　334p
①4-8078-0132-5
『野ざらし姫』 1989.7　308p
①4-8078-0136-8
『浪人八景　朝焼けの章』 1989.10　324p
①4-8078-0142-2
『浪人八景　夕映えの章』 1989.10　324p
①4-8078-0143-0
『侍の灯　上巻』 1990.2　414p
①4-8078-0151-1
『侍の灯　下巻』 1990.2　414p
①4-8078-0152-X
『わんぱく公子　上』 1990.6　334p
①4-8078-0160-0
『わんぱく公子　下』 1990.6　356p
①4-8078-0161-9
『素浪人案内　上巻』 1991.6　502p
①4-8078-0184-8
『素浪人案内　下巻』 1991.6　502p
①4-8078-0185-6
『曲りかどの女』 1991.10　334p
①4-8078-0193-7
〔内容〕矢一筋, 梅樹, 桑名入城, 花嫁太平記, お国流皆伝, うなされる女, 木枯しの関, 壁すがた, 槍一筋, 香代女おぼえ書, 曲りかどの女
『福の神だという女』 1992.2　333p
①4-8078-0201-1
〔内容〕一年余日, 道連れ色珊瑚, 弥生十四日, 女のよそおい, 剣客八景, お女房さま, 夕立の女, 生命の灯, 福の神だという女
『一夜明ければ』 1992.6　323p
①4-8078-0207-0
〔内容〕うぐいす侍, 白梅紅海, 月の路地, 死処, 2度目の花嫁, 50両の夢, 舞鶴屋お鶴, 小枯しの旅, 拾った女房, 1夜明ければ
『江戸の文』 1992.10　325p
①4-8078-0215-1
〔内容〕恋討手, 紅顔秘帖, げんこつ青春記, 小父さん志士, 流れ雲, 恋名月, 江戸の文, つがい鷗, 財布の命, 非情なる事情
『青春峠』 1993.4　314p
①4-8078-0229-1
〔内容〕青春峠, 手拭浪人, 叱られ祝言
『二十年目の熱情』 1994.3　334p
①4-8078-0252-6
〔内容〕喧嘩大名, 侍の道, 赤穂日記, 藤の茶

屋, 千両小町, 兵助夫婦, 借りた蚊帳, 土こね記, 櫛, 二十年目の熱情

『三郎兵衛の恋』 1995.4 310p
①4-8078-0280-1
〔内容〕将棋主従, 春風街道, 男の土俵, 群盲, 竹の市の娘, 梅の雨, 夜馬車, 三郎兵衛の恋, 秋しぐれ, 江戸へ逃げる女

『後家の春』 1996.4 334p
①4-8078-0305-0
〔内容〕紅だすき無頼, 師走十五日, 藪うぐいす, 泥人形, 天の火, 屋根の声, やん八弁天, 戸塚の夜雨, 後家の春

『紺屋の月』 1996.12 317p
①4-8078-0322-0
〔内容〕夜潮, 密使合戦, 明日の風, 女菩薩, 紺屋の月, ざんげ雨, 唐人一揆, 霧の中, 女房というもの, 隠密返上

『梅の宿』 1997.12 334p
①4-8078-0345-X
〔内容〕開発奉行, 梅雨晴れ, 山男が拾った娘, 余香抄, 叱られ祝言, ざんぎり, おせん, 夜の花道, 梅の宿, おぼろ月, 竹光と女房と

『春雷』 1999.3 325p
①4-8078-0378-6
〔内容〕仇討ごよみ, 海の恋, 手拭浪人, 女郎ぐも, きつね美女, 春の雪, 春雷, 牝犬, 念流中興の人々, 五十両騒動

『めおと雪』 2000.2 302p
①4-8078-0402-2
〔内容〕腕一本の春, むすめ伝法, 土の花嫁, 春の虹, 恋がたき, 月に濡れる女, めおと雪, 夜鷹, 尺八乞食, 下郎の夢

『浪人まつり』 2000.8 331p
①4-8078-0412-X
〔内容〕名君修行, 約束, 五月雨供養, 薫風の旅, 恋の酒, 浪人まつり, めおと春秋, 振り出し三両, 新妻, 笊医者

『花の雨』 2001.2 326p
①4-8078-0421-9
〔内容〕うどん屋剣法, 槍, 百姓宗太, 花の雨, さくら餅, 花魁やくざ, 天狗くずれ, 死神, 道場小町, 春侍月, 残暑の道

『品川砲台』 2002.1 318p
①4-8078-0443-X
〔内容〕品川砲台, 薩摩浪士, 茶商才助, 塙検校, 初恋の女, 蛙の子, 柔, 辻斬り未遂, 柳橋お仙

『おいらん伜』 2004.12 326p
①4-8078-0511-8
〔内容〕暴れ姫君, 久楽屋の娘, 伜, おいらん伜, 貞女ざんげ, 春ふたたび, 恋慕酒, お荷物女房, 貞女, 雪の駕篭, 微禄お長屋

双葉文庫（双葉社）

『若殿ばんざい』 1985.12 251p

『江戸に夢あり』 1986.6 369p
①4-575-66020-5

『春秋あばれ獅子』 1986.10 262p
①4-575-66024-8

『恋天狗』 1987.6 326p
①4-575-66029-9

『殿さま浪人』 1988.1 317p
①4-575-66034-5

『お助け河岸』 1988.12 313p
①4-575-66042-6

『遠山の金さん』 1989.6 326p
①4-575-66046-9
〔内容〕家出ざくら, 賭碁, 万年青（おもと）の秘密, 女難, 拗ね小町, 金さん二人, 所帯の金, 生き霊に追われる男, 柳原心中, 真夏の夜の夢, 毒の花

『遠山の金さん』 1989.8 298p
①4-575-66048-5
〔内容〕地獄屋敷, のろわれた花嫁, 恋占い, 除夜の鐘, 十八娘のなぞ, 長崎の娘, 愛情の青あざ, 小梅のねこ屋敷, 愛の黄八丈, 恋の女ぎつね, 夜鷹

『大名囃子』 1990.3 435p
①4-575-66055-8

『元禄いろは硯』 1990.12 294p
①4-575-66061-2

『花のお江戸で』 1991.4 314p
①4-575-66063-9
〔内容〕花のお江戸で, 江戸の恋風

『女人の砦』 1991.11 374p
①4-575-66069-8
『江戸ざくら金四郎』 1992.4 418p
①4-575-66073-6
『花笠浪太郎』 1992.11 419p
①4-575-66077-9
〔内容〕花笠浪太郎, 愉しからずや万作, 万作罷り帰る

双葉ポケット文庫（双葉社）

『幸福を売る侍』 1984.3 327p

山手樹一郎短編時代小説全集（春陽堂書店）

『将棋主従 他10編 山手樹一郎短編時代小説全集』 1980.5 314p
『矢一筋 他12編 山手樹一郎短編時代小説全集 1』 1980.5 322p〈第25刷：2001.7〉
①4-394-10185-9
〔内容〕矢一筋, 一年余日, うぐいす侍, 喧嘩大名, 恋討手, 紅だすき無頼, 道連れ色珊瑚, 二度目の花嫁, 小父さん志士, 恋名月, 千両小町, 男の土俵, 山男が拾った娘, 対談・さむらい人生(1)（井口秀, 石井富士弥著）
『暴れ姫君 他9編 山手樹一郎短編時代小説全集』 1980.6 314p
『春風街道 他10編 山手樹一郎短編時代小説全集』 1980.6 322p
『恋の酒 他13編 山手樹一郎短編時代小説全集』 1980.7 322p
『天の火 他11編 山手樹一郎短編時代小説全集』 1980.7 322p
『夕立の女 他10編 山手樹一郎短編時代小説全集』 1980.8 314p
『夜の花道 他10編 山手樹一郎短編時代小説全集』 1980.8 314p
『槍一筋 他11編 山手樹一郎短編時代小説全集』 1980.9 306p
『浪人まつり 他12編 山手樹一郎短編時代小説全集』 1980.9 322p
『秋しぐれ 他12編 山手樹一郎短編時代小説全集』 1980.10 322p
『下郎の夢 他10編 山手樹一郎短編時代小説全集』 1980.10 322p

山手樹一郎長編時代小説全集（春陽堂書店）

『江戸の虹 山手樹一郎長編時代小説全集』 1977.11 468p
『青年安兵衛 他一編 山手樹一郎長編時代小説全集』 1977.11 426p
『遠山の金さん 山手樹一郎長編時代小説全集』 1977.11 507p
『夢介千両みやげ 山手樹一郎長編時代小説全集』 1977.11 526p
『浪人八景 山手樹一郎長編時代小説全集』 1977.11 532p
『隠密三国志 他一編 山手樹一郎長編時代小説全集』 1977.12 410p
『侍の灯 山手樹一郎長編時代小説全集』 1977.12 2冊
『新編八犬伝 山手樹一郎長編時代小説全集』 1977.12 540p
『わんぱく公子 山手樹一郎長編時代小説全集』 1977.12 460p
『江戸群盗記 山手樹一郎長編時代小説全集』 1978.1 332p
『巷説荒木又右衛門 山手樹一郎長編時代小説全集』 1978.1 356p
『春秋あばれ獅子 他一編 山手樹一郎長編時代小説全集』 1978.1 410p
『素浪人案内 山手樹一郎長編時代小説全

集』 1978.1 2冊
『巷説水戸黄門 他一編 山手樹一郎長編時代小説全集』 1978.2 385p
『さむらい読本 山手樹一郎長編時代小説全集』 1978.2 332p
『青雲の鬼 他一編 山手樹一郎長編時代小説全集』 1978.2 450p
『又四郎行状記 山手樹一郎長編時代小説全集』 1978.2 2冊
『たのまれ源八 山手樹一郎長編時代小説全集』 1978.3 2冊
『天保紅小判 山手樹一郎長編時代小説全集』 1978.3 444p
『桃太郎侍 山手樹一郎長編時代小説全集』 1978.3 427p
『青空剣法 山手樹一郎長編時代小説全集』 1978.4 588p
『江戸の顔役 他一編 山手樹一郎長編時代小説全集』 1978.4 402p
『恋染め笠 山手樹一郎長編時代小説全集』 1978.4 406p
『素浪人日和 山手樹一郎長編時代小説全集』 1978.4 484p
『江戸の朝風 山手樹一郎長編時代小説全集』 1978.5 476p
『青雲燃える 山手樹一郎長編時代小説全集』 1978.5 2冊
『鳶のぼんくら松 他一編 山手樹一郎長編時代小説全集』 1978.5 362p
『江戸へ百七十里 山手樹一郎長編時代小説全集』 1978.6 485p
『はだか大名 山手樹一郎長編時代小説全集』 1978.6 473p
『ぼんくら天狗 他一編 山手樹一郎長編時代小説全集』 1978.6 410p
『浪人横丁 他一編 山手樹一郎長編時代小説全集』 1978.6 394p
『八幡鳩九郎 山手樹一郎長編時代小説全集』 1978.7 2冊
『浪人若殿 山手樹一郎長編時代小説全集』 1978.7 388p
『青空浪人 他一編 山手樹一郎長編時代小説全集』 1978.8 425p
『恋風街道 山手樹一郎長編時代小説全集』 1978.8 509p
『恋天狗 他一編 山手樹一郎長編時代小説全集』 1978.8 506p
『江戸の暴れん坊 他一編 山手樹一郎長編時代小説全集』 1978.9 414p
『鶴姫やくざ帖 他一編 山手樹一郎長編時代小説全集』 1978.9 338p
『天の火柱 山手樹一郎長編時代小説全集』 1978.9 524p
『崋山と長英 他一編 山手樹一郎長編時代小説全集』 1978.10 457p
『殿さま浪人 山手樹一郎長編時代小説全集』 1978.10 523p
『変化大名 山手樹一郎長編時代小説全集』 1978.10 444p
『江戸名物からす堂 1 山手樹一郎長編時代小説全集』 1978.11 440p
『江戸名物からす堂 2 山手樹一郎長編時代小説全集』 1978.11 610p
『江戸名物からす堂 3 山手樹一郎長編時代小説全集』 1978.12 450p
『江戸名物からす堂 4 山手樹一郎長編時代小説全集』 1978.12 378p
『朝晴れ鷹 山手樹一郎長編時代小説全集』 1979.1 596p
『鉄火奉行 他一編 山手樹一郎長編時代小説全集』 1979.1 466p
『江戸ざくら金四郎 山手樹一郎長編時代小説全集』 1979.2 356p
『大名囃子 山手樹一郎長編時代小説全集』 1979.2 356p
『浪人市場 1 山手樹一郎長編時代小説全集』 1979.3 538p
『浪人市場 2 山手樹一郎長編時代小説全集』 1979.3 585p

『浪人市場　3　山手樹一郎長編時代小説全集』 1979.4　586p
『浪人市場　4　山手樹一郎長編時代小説全集』 1979.4　553p
『朝焼け富士　山手樹一郎長編時代小説全集』 1979.5　460p
『青春の風　山手樹一郎長編時代小説全集』 1979.5　394p
『野ざらし姫　山手樹一郎長編時代小説全集』 1979.5　394p
『紅顔夜叉　山手樹一郎長編時代小説全集』 1979.6　316p
『花笠浪太郎　他二編　山手樹一郎長編時代小説全集』 1979.6　346p
『放れ鷹日記　他一編　山手樹一郎長編時代小説全集』 1979.6　370p
『さむらい山脈　山手樹一郎長編時代小説全集』 1979.7　507p
『千石鶴　山手樹一郎長編時代小説全集』 1979.7　2冊
『おすねと狂介　山手樹一郎長編時代小説全集』 1979.8　324p
『女人の砦　山手樹一郎長編時代小説全集』 1979.8　308p
『若殿ばんざい　他一編　山手樹一郎長編時代小説全集』 1979.8　338p
『お助け河岸　他一編　山手樹一郎長編時代小説全集』 1979.9　370p
『虹に立つ侍　山手樹一郎長編時代小説全集』 1979.9　2冊
『さむらい根性　山手樹一郎長編時代小説全集』 1979.10　2冊
『天保うき世硯　他一編　山手樹一郎長編時代小説全集』 1979.10　368p
『江戸に夢あり　山手樹一郎長編時代小説全集』 1979.11　324p
『男の星座　他一編　山手樹一郎長編時代小説全集』 1979.11　458p
『江戸隠密帖　他一編　山手樹一郎長編時代小説全集』 1979.12　346p
『三百六十五日　山手樹一郎長編時代小説全集』 1979.12　316p
『少年の虹　他二編　山手樹一郎長編時代小説全集　別巻』 1980.3　389p
『錦の旗風　他二編　山手樹一郎長編時代小説全集　別巻』 1980.3　358p

ロマン・ブックス（講談社）

『巷説水戸黄門』 1957　212p
『のっそりと参上』 1978.6　231p

山本 周五郎
やまもと・しゅうごろう
1903～1967

山梨県生まれ。本名・清水三十六。横浜一中中退。戦前から大衆小説を発表、1943年の「日本婦道記」では直木賞を辞退。戦後は市井の人物を扱った名作が多い。代表作に「樅ノ木は残った」「赤ひげ診療譚」「青べか物語」など。

角川文庫（角川書店）

『春いくたび』 2008.12 267p〈発売：角川グループパブリッシング〉
①978-4-04-129010-1
〔内容〕武道宵節句, 初午試合討ち, 花宵, 梟谷物語, 伝四郎兄妹, だんまり伝九, 義経の女, 峠の手毬唄, おもかげ, 春いくたび, *解説（齋藤愼爾〔著〕）

『美少女一番乗り』 2009.3 300p〈発売：角川グループパブリッシング〉
①978-4-04-129011-8
〔内容〕歔欷く仁王像, 和蘭人形, 身代わり金之助, 鳥刺しおくめ, 戦国会津唄, 半化け又平, 蒲生鶴千代, 誉れの競べ矢, 梅雨の出来事, 美少女一番乗り, *解説（齋藤愼爾〔著〕）

小学館文庫（小学館）

◇新編傑作選

『新編傑作選 1 青嵐』〔竹添敦子〕〔編〕 2010.1 380p
①978-4-09-408460-3
〔内容〕ひやめし物語, いさましい話, 城中の霜, 青嵐, 枕を三度たたいた, 月の松山, 桑の木物語, *編者解説（竹添敦子〔著〕), *収録作品解題, *父・山本周五郎の思い出（清水徹〔著〕）

『新編傑作選 2 山椿』〔竹添敦子〕〔編〕 2010.2 377p
①978-4-09-408475-7
〔内容〕若き日の摂津守, 饒舌り過ぎる, 屏風はたたまれた, 橋の下, 山椿, ゆだん大敵, 菊千代抄, 砦山の十七日, *収録作品解題, *山本周五郎の空（和田はつ子〔著〕）

『新編傑作選 3 夜の辛夷』〔竹添敦子〕〔編〕 2010.10 372p
①978-4-09-408555-6
〔内容〕嘘アつかねえ, 夜の辛夷, 鶴は帰りぬ, 榎物語, あとのない仮名, 人情裏長屋, 長屋天一坊, *収録作品解題, *「深川安楽亭」のことなど（仲代達矢〔著〕）

『新編傑作選 4 しづやしづ』〔竹添敦子〕〔編〕 2010.11 373p
①978-4-09-408565-5
〔内容〕夜の蝶, 凍てのあと, あすなろう, しづやしづ, 雪と泥, へちまの木, つゆのひぬま, ゆうれい貸屋, *収録作品解題, *周五郎さんの粋（山本一力〔著〕）

新潮ピコ文庫（新潮社）

『青竹・おさん』 1996.3 91p
①4-10-940003-1

新潮文庫（新潮社）

『日本婦道記 小説』 1958 223p
『樅ノ木は残った 上巻』 1963 498p
『樅ノ木は残った 下巻』 1963 551p
『青べか物語』 1964 291p
『赤ひげ診療譚』 1964 311p
『五弁の椿』 1964 267p
『柳橋物語・むかしも今も』 1964.3 288p
『大炊介始末』 1965 414p
『さぶ』 1965 369p
『日日平安』 1965 394p

『日日平安』 1965.6 394p

『虚空遍歴 上巻』 1966 328p

『虚空遍歴 下巻』 1966 352p

『おさん』 1970.10 349p

『おごそかな渇き』 1971.1 407p

『ながい坂 上巻』 1971.7 426p

『ながい坂 下巻』 1971.7 429p

『つゆのひぬま』 1972.2 383p

『ひとごろし』 1972.7 398p

『栄花物語』 1972.9 508p

『ちいさこべ』 1974.5 369p

『山彦乙女』 1974.10 248p

『あとのない仮名』 1975.10 400p

『四日のあやめ』 1978.8 399p
〔内容〕ゆだん大敵, 契りきぬ, はたし状, 貧窮問答, 初夜, 四日のあやめ, 古今集巻之五, 燕, 榎物語

『町奉行日記』 1979.3 396p
〔内容〕土佐の国柱, 晩秋, 金五十両, 落ち梅記, 寒橋, わたくしです物語, 修業綺譚, 法師川八景, 町奉行日記, 霜柱

『一人ならじ』 1980.2 367p
〔内容〕三十二刻, 殉死, 夏草戦記, さるすべり, 薯粥, 石ころ, 兵法者, 一人ならじ, 楯輿, 柘榴, 青嵐, おばな沢, 茶摘は八十八夜から始まる, 花の位置

『人情裏長屋』 1980.9 376p
〔内容〕おもかげ抄, 三年目, 風流化物屋敷, 人情裏長屋, 泥棒と若殿, 長屋天一坊, ゆうれい貸屋, 雪の上の霜, 秋の駕籠, 豹, 麦藁帽子

『花杖記』 1981.1 367p
①4–10–113433–2
〔内容〕武道無門, 良人の鎧, 御馬印拝借, 小指, 備前名弓伝, 似而非物語, 逃亡記, 肌匂う, 花杖記, 須磨寺附近

『扇野』 1981.6 401p
①4–10–113434–0
〔内容〕夫婦の朝, 合歓木の蔭, おれの女房, めおと蝶, つばくろ, 扇野, 三十ふり袖, 滝口, 超過勤務

『あんちゃん』 1981.8 379p
①4–10–113436–7
〔内容〕いさましい話, 菊千代抄, 思い違い物語, 七日七夜, 凌霄花, あんちゃん, ひとでなし, 藪落し

『彦左衛門外記』 1981.9 272p
①4–10–113437–5

『やぶからし』 1982.1 378p
①4–10–113438–3
〔内容〕入婿十万両, 抜打ち獅子兵衛, 蕗問答, 笠折半九郎, 避けぬ三左, 鉢の木, 孫七とずんど, 菊屋敷, 山だち問答,「こいそ」と「竹四郎」 やぶからし, ばちあたり

『花も刀も』 1982.4 390p
①4–10–113439–1
〔内容〕落武者日記, 若殿女難記, 古い樫木, 花も刀も, 枕を三度たたいた, 源蔵ケ原, 溜息の部屋, 正体

『楽天旅日記』 1982.7 317p
①4–10–113440–5

『雨の山吹』 1982.10 353p
①4–10–113441–3
〔内容〕暗がりの乙松, 喧嘩主従, 彩虹, 恋の伝七郎, 山茶花帖, 半之助祝言, 雨の山吹, いしが奢る, 花咲かぬリラの話, 四年間

『月の松山』 1983.2 365p
①4–10–113442–1
〔内容〕お美津簪, 羅利, 松林蝙也, 荒法師, 初蕾, 壱両千両, 追いついた夢, 月の松山, おたは嫌いだ, 失恋第六番

『花匂う』 1983.4 309p
①4–10–113443–X
〔内容〕宗太兄弟の悲劇, 秋風不帰, 矢押の樋, 愚鈍物語, 明暗嫁問答, 椿説女嫌い, 花匂う, 蘭, 渡の求婚, 出来ていた青, 酒・盃・徳利

『風流太平記』 1983.9 595p
①4–10–113444–8

『艶書』 1983.12 326p
①4–10–113445–6
〔内容〕だだら団兵衛, 槍術年代記, 本所霙河岸, 金作行状記, 憎いあん畜生, 城を守る者, 五月雨日記, 宵闇の義賊, 艶書, 可笑記, 花咲かぬリラ

『菊月夜』 1984.4 300p
①4-10-113446-4
〔内容〕其角と山賊と殿様, 柿, 花宵, おもかげ, 菊月夜, 一領一筋, 蜆谷, 忍術千一夜, 留さんとその女, 蛮人

『朝顔草紙』 1984.10 310p
①4-10-113447-2
〔内容〕無頼は討たず, 朝顔草紙, 違う平八郎, 粗忽評判記, 足軽奉公, 義理なさけ, 梅雨の出来事, 鍔鳴り平四郎, 青べかを買う, 秋風の記, お繁, うぐいす

『夜明けの辻』 1986.9 318p
①4-10-113452-9
〔内容〕嫁取り二代記, 遊行寺の浅, 夜明けの辻, 梅月夜, 熊野灘, 平八郎聞書, 御定法, 勘弁記, 葦, 荒涼の記

『髪かざり』 1987.9 305p
①4-10-113453-7
〔内容〕笄堀, 忍緒, 襖, 春三たび, 障子, 阿漕の浦, 頬, 横笛, 郷土, 雪しまく峠, 髪かざり, 菊の系図, 壱岐ノ島, 竹槍, 蜜柑畑, 二粒の飴, 萱笠

『生きている源八』 1988.9 331p
①4-10-113454-5
〔内容〕熊谷十郎左, 西品寺鮪介, 足軽槍一筋, 藤次郎の恋, 聞き違い, 新女峡祝言, 立春なみだ橋, 豪傑ばやり, 生きている源八, 虎を怖るる武士, 驢馬馴らし, 〈戯曲〉破られた画像

『人情武士道』 1989.12 359p
①4-10-113455-3
〔内容〕曾我平九郎, 癇癪料二十四万石, 竹槍念仏, 風車, 驕れる千鶴, 武道用心記, しぐれ傘, 竜と虎, 大将首, 人情武士道, 猿耳, 家常茶飯

『酔いどれ次郎八』 1990.7 333p
①4-10-113456-1
〔内容〕彦四郎実記, 浪人一代男, 牡丹花譜, 酔いどれ次郎八, 武道仮名暦, 烏, 与茂七の帰藩, あらくれ武道, 江戸の土圭師

『風雲海南記』 1992.2 581p
①4-10-113457-X

『与之助の花』 1992.9 341p
①4-10-113458-8
〔内容〕恋芙蓉, 孤島, 非常の剣, 礫又七, 武道宵節句, 一代恋娘, 奇縁無双, 春いくたび, 与之助の花, 万太郎船, 噴上げる花, 友のためではない, 世間

『ならぬ堪忍』 1996.4 361p
①4-10-113461-8
〔内容〕白魚橋の仇討, 新三郎母子, 悪伝七, 津山の鬼吹雪, 浪人走馬灯, 五十三右衛門, 千本仕合, 宗近新八郎, 米の武士道, 湖畔の人々, 鏡, ならぬ堪忍, 鴉片のパイプ

『明和絵暦』 1997.3 530p
①4-10-113462-6

『怒らぬ慶之助』 1999.9 379p
①4-10-113463-4
〔内容〕小さいミケル, 染血桜田門外, 如林寺の嫁, 茅寺由来, 黒襟飾組の魔手, 怒らぬ慶之助, 長州陣夜話, 猫眼レンズ事件, 翼ある復讐鬼, 縛られる権八, 千代紙行燈, 武道絵手本, 紀伊快男子, 雪崩, 挟箱・外二編, 女ごころ, 怒る新一郎

『樅ノ木は残った 上巻』 2003.2 448p
①4-10-113464-2

『樅ノ木は残った 中巻』 2003.2 416p
①4-10-113465-0

『樅ノ木は残った 下巻』 2003.2 464p
①4-10-113466-9

ハルキ文庫（角川春樹事務所）

『日日平安 青春時代小説 時代小説文庫』 2006.11 259p
①4-7584-3265-1
〔内容〕日日平安, しゅるしゅる, 鶴は帰りぬ, 糸車, 「こいそ」と「竹四郎」, あすなろう

『おたふく物語 時代小説文庫』 2008.2 252p
①978-4-7584-3323-5
〔内容〕おたふく物語（妹の縁談, 湯治, おたふく）, 凍てのあと, おさん

『かあちゃん 時代小説文庫』 2008.6 299p
①978-4-7584-3351-8

〔内容〕町奉行日記, かあちゃん, 末っ子, こんち午の日,「ひとごろし」, *エッセイ：他人を思いやる心（宇江佐真理〔著〕）

『雨あがる　時代小説文庫』 2008.8　262p
①978-4-7584-3365-5
〔内容〕深川安楽亭, よじょう, 義理なさけ, 雨あがる, 雪の上の霜, *エッセイ（児玉清〔著〕）

『赤ひげ診療譚　時代小説文庫』 2008.11　331p
①978-4-7584-3382-2
〔内容〕狂女の話, 駈込み訴え, むじな長屋, 三度目の正直, 徒労に賭ける, 鶯ばか, おくめ殺し, 氷の下の芽, *エッセイ（細谷正充〔著〕）, *編者解説（竹添敦子〔著〕）

『女は同じ物語　時代小説文庫』 2009.2　262p
①978-4-7584-3396-9
〔内容〕ちいさこべ, ちゃん, 女は同じ物語, 野分, 人情裏長屋, *エッセイ（今井絵美子〔著〕）, *編者解説（竹添敦子〔著〕）

『柳橋物語　時代小説文庫』 2009.12　266p
①978-4-7584-3451-5
〔内容〕柳橋物語, ひやめし物語, 風流化物屋敷, *エッセイ（あさのあつこ〔著〕）, *編者解説（竹添敦子〔著〕）

『さぶ　時代小説文庫』 2010.4　361p
①978-4-7584-3465-2

『五瓣の椿　時代小説文庫』 2011.1　298p
①978-4-7584-3513-0

ポケット・ライブラリ（新潮社）

『さぶ』 1963　283p

結城 昌治

ゆうき・しょうじ

1927～1996

東京生まれ。本名・田村幸雄。早稲田専門学校卒。1963年「夜の終る時」で日本推理作家協会賞を受賞して推理作家となり、70年には「軍旗はためく下に」で直木賞を受賞した。時代小説に「斬に処す」などがある。

小学館文庫（小学館）

『斬に処す　甲州遊侠伝』 2000.12　343p
①4-09-404851-0

中公文庫（中央公論新社）

『仕立屋銀次隠し台帳』 1983.12　296p
①4-12-201073-X

徳間文庫（徳間書店）

『始末屋卯三郎暗闇草紙』 1981.5　285p

『森の石松が殺された夜』 1988.2　219p
①4-19-568449-8
〔内容〕森の石松が殺された夜, 野州矢板の喜三郎, 下総我孫子の島吉

夢枕 獏
ゆめまくら・ばく
1951～

神奈川県生まれ。本名・米山峰夫。東海大卒。1977年作家デビューし、88年に開始した「陰陽師」シリーズで人気作家となった。代表作は「大江戸釣客伝」。他に「沙門空海 唐の国にて鬼と宴す」など。

朝日文庫（朝日新聞出版）

『天海の秘宝　上』 2013.6　378p
①978-4-02-264706-1
『天海の秘宝　下』 2013.6　364p
①978-4-02-264707-8
『宿神　第1巻』 2015.3　374p
①978-4-02-264769-6
『宿神　第2巻』 2015.3　381p
①978-4-02-264770-2
『宿神　第3巻』 2015.4　421p
①978-4-02-264775-7
『宿神　第4巻』 2015.4　429p〈文献あり〉
①978-4-02-264776-4

角川文庫（角川書店）

『大帝の剣　天魔の章 巻ノ1　天魔降臨編』 1992.3　281p
①4-04-162608-0
『大帝の剣　天魔の章 巻ノ2　妖魔復活編』 1992.11　236p
①4-04-162609-9
『大帝の剣　天魔の章 巻ノ3　神魔咆哮』 1993.3　258p
①4-04-162610-2
『大帝の剣　1』 2002.11　461p
①4-04-162613-7
〔内容〕天魔の章：天魔降臨編, 妖魔復活編
『大帝の剣　2』 2002.11　451p
①4-04-162614-5
〔内容〕天魔の章：神魔咆哮編, 凶魔襲来編
『沙門空海唐の国にて鬼と宴す　巻ノ1』 2011.10　490p〈発売：角川グループパブリッシング〉
①978-4-04-162616-0
『沙門空海唐の国にて鬼と宴す　巻ノ2』 2011.10　498p〈発売：角川グループパブリッシング〉
①978-4-04-162617-7
『沙門空海唐の国にて鬼と宴す　巻ノ3』 2011.11　484p〈発売：角川グループパブリッシング〉
①978-4-04-100016-8
『沙門空海唐の国にて鬼と宴す　巻ノ4』 2011.11　508p〈文献あり　発売：角川グループパブリッシング〉
①978-4-04-100017-5
〔内容〕沙門空海唐の国にて鬼と宴す, 巻ノ4, 戯曲 沙門空海日本国にて怒りの仏を彫らせる語
『翁　秘帖・源氏物語』 2011.12　306p〈他言語標題：OKINA　発売：角川グループパブリッシング〉
①978-4-04-100190-5
『大帝の剣　1』 2016.1　451p
①978-4-04-103168-1
『大帝の剣　2』 2016.1　447p
①978-4-04-103169-8
『大帝の剣　3』 2016.3　617p
①978-4-04-103167-4
『大帝の剣　4』 2016.3　693p
①978-4-04-103170-4

講談社文庫（講談社）

『大江戸釣客伝　上』 2013.5　425p
①978-4-06-277554-0

『大江戸釣客伝　下』 2013.5　414p〈文献あり〉
①978-4-06-277555-7

集英社文庫（集英社）

『慶応四年のハラキリ』 2000.10　241p〈『仰天文学大系』(1991年刊) の改題〉
①4-08-747254-X
〔内容〕上段の突きを喰らう獅子, わたくし未婚の地の文でございます, 極限の不快指数, 慶応四年のハラキリ―マル秘堺事件異聞, 異邦人「チャタリック」1―ウンベッキベキの村, 異邦人「チャタリック」2―ウンタルムーの祭り, 異邦人「チャタリック」3―おら神（かめ）様に会っただ

『黒塚』 2003.2　634p〈他言語標題：Kurozuka〉
①4-08-747541-7

小学館文庫（小学館）

『大江戸恐龍伝　1』 2015.11　364p〈『大江戸恐龍伝 第1巻～第5巻』(2013～2014年刊) の再編集〉
①978-4-09-406229-8

『大江戸恐龍伝　2』 2015.11　381p〈『大江戸恐龍伝 第1巻～第5巻』(2013～2014年刊) の再編集〉
①978-4-09-406230-4

『大江戸恐龍伝　3』 2015.12　380p〈『大江戸恐龍伝 第1巻～第5巻』(2013～2014年刊) の再編集〉
①978-4-09-406244-1

『大江戸恐龍伝　4』 2015.12　411p〈『大江戸恐龍伝 第1巻～第5巻』(2013～2014年刊) の再編集〉
①978-4-09-406245-8

『大江戸恐龍伝　5』 2016.1　405p〈『大江戸恐龍伝 第1巻～第5巻』(2013～2014年刊) の再編集〉
①978-4-09-406253-3

『大江戸恐龍伝　6』 2016.1　405p〈『大江戸恐龍伝 第1巻～第5巻』(2013～2014年刊) の再編集　文献あり〉
①978-4-09-406254-0

中公文庫（中央公論新社）

『平成講釈安倍晴明伝』 2003.5　433p
①4-12-204204-6

徳間文庫（徳間書店）

『沙門空海唐の国にて鬼と宴す　巻ノ1』 2010.2　525p
①978-4-19-893119-3

『沙門空海唐の国にて鬼と宴す　巻ノ2』 2010.2　531p
①978-4-19-893120-9

『沙門空海唐の国にて鬼と宴す　巻ノ3』 2010.3　517p
①978-4-19-893134-6

『沙門空海唐の国にて鬼と宴す　巻ノ4』 2010.3　524p〈文献あり〉
①978-4-19-893135-3

文春文庫（文藝春秋）

◇陰陽師

『陰陽師』 1991.2　333p
①4-16-752801-0
〔内容〕玄象といふ琵琶鬼のために盗らるること, 梔子の女, 黒川主, 蟇, 鬼のみちゆき, 白比丘尼

『陰陽師　飛天ノ巻』 1998.11　292p
①4-16-752804-5
〔内容〕天邪鬼, 下衆法師, 陀羅尼仙, 露と答へて, 鬼小町, 桃薗の柱の穴より児の手の

人を招くこと, 源博雅堀川橋にて妖しの女と出逢うこと

『陰陽師　付喪神ノ巻』 2000.11　348p
①4-16-752805-3
〔内容〕瓜仙人, 鉄輪, 這う鬼, 迷神, ものや思ふと…, 打臥の巫女, 血吸い女房

『陰陽師　鳳凰ノ巻』 2002.10　271p
①4-16-752807-X
〔内容〕泰山府君祭, 青鬼の背に乗りたる男の譚, 月見草, 漢神道士, 手をひく人, 髑髏譚, 晴明、道満と覆物の中身を占うこと

『陰陽師　生成り姫』 2003.7　389p
①4-16-752809-6

『陰陽師　龍笛ノ巻』 2005.3　267p
①4-16-752813-4
〔内容〕怪蛇, 首, むしめづる姫, 呼ぶ声の, 飛仙

『陰陽師　太極ノ巻』 2006.3　275p
①4-16-752815-0
〔内容〕二百六十二匹の黄金虫, 鬼小槌, 棗坊主, 東国より上る人、鬼にあうこと, 覚, 針魔童子

『陰陽師　瘤取り晴明』 村上豊　2008.1　157p
①978-4-16-752816-4

『陰陽師　瀧夜叉姫　上』 2008.9　424p
①978-4-16-752817-1

『陰陽師　瀧夜叉姫　下』 2008.9　418p
①978-4-16-752818-8

『陰陽師　首』 村上豊　2009.8　125p
①978-4-16-752819-5

『陰陽師　夜光杯ノ巻』 2009.12　344p
①978-4-16-752820-1
〔内容〕月琴姫, 花占の女, 龍神祭, 月突法師, 無呪, 蚓喰法師, 食客下郎, 魔鬼物小僧, 浄蔵恋始末

『陰陽師　鉄輪』 村上豊　2010.12　156p
〈タイトル：陰陽師鉄輪〉
①978-4-16-752822-5
〔内容〕陰陽師鉄輪, 鉄輪恋鬼孔雀舞

『陰陽師　天鼓ノ巻』 2012.7　255p
①978-4-16-752824-9
〔内容〕瓶博士, 器, 紛い菩薩, 炎情観音, 霹靂神, 逆髪の女, ものまね博雅, 鏡童子

『陰陽師　醍醐ノ巻』 2013.11　281p
①978-4-16-752825-6
〔内容〕笛吹き童子, はるかなるもろこしまでも, 百足小僧, きがかり道人, 夜光杯の女, いたがり坊主, 犬聖, 白蛇伝, 不言中納言

『陰陽師　酔月ノ巻』 2015.1　294p
①978-4-16-790270-4
〔内容〕銅酒を飲む女, 桜闇、女の首。, 首大臣, 道満、酒を馳走されて死人と添い寝する語, めなし, 新山月記, 牛怪, 望月の五位, 夜叉婆あ

『陰陽師 平成講釈安倍晴明伝』 2015.6　388p〈『平成講釈安倍晴明伝』(中央公論社 1998年刊) の改題〉
①978-4-16-790384-8

『よりぬき陰陽師』 2015.10　279p〈著作目録あり〉
①978-4-16-790464-7
〔内容〕瘤取り晴明, 絵になる文章 (村上豊〔著〕), 月突法師, 余白の妙 (渡辺真理〔著〕), 首,「百物語」と『陰陽師』(白石加代子〔著〕), 桃薗の柱の穴より児の手の人を招くこと, 王朝怪異譚の一大絵巻として (東雅夫〔著〕), 銅酒を飲む女, 物語が動き始める瞬間 (夢枕獏, 池井戸潤〔述〕)

『陰陽師　蒼猴ノ巻』 2016.6　286p
①978-4-16-790627-6
〔内容〕鬼市, 役君の橋, からくり道士, 蛇の道行, 月の路, 蝦蟇念仏, 仙桃奇譚, 安達原, 首をかたむける女, 舟

『おにのさうし』 2014.10　270p〈『鬼譚草紙』(朝日文庫 2006年刊) の改題〉
①978-4-16-790201-8
〔内容〕染殿の后鬼のため嬈乱せらるる物語, 紀長谷雄朱雀門にて女を争い鬼と双六をする物語, 篁物語

横溝 正史

よこみぞ・せいし

1902〜1981

兵庫県生まれ。大阪薬専卒。戦前から推理小説作家とし活躍したが、戦時中は推理小説が書けず「人形佐七捕物帳」を連載した。戦後は推理小説を再開し、金田一耕助もので戦後を代表する推理作家となった。

角川文庫（角川書店）

◇自選人形佐七捕物帳

『羽子板娘　自選人形佐七捕物帳　1』 1977.4　378p

〔内容〕羽子板娘, 恩愛の凧, 浮世絵師, 石見銀山, 吉様まいる, 水芸三姉妹, 色八卦, うかれ坊主

『神隠しにあった女　自選人形佐七捕物帳　2』 1977.5　382p

〔内容〕神隠しにあった女, 好色いもり酒, 百物語の夜, 彫物師の娘, ほおずき大尽, 青宵とんとんとん, 緋鹿の子娘, 三河万歳

『舟幽霊　自選人形佐七捕物帳　3』 1977.5　362p

〔内容〕舟幽霊, 万引き娘, くらやみ婿, 女難剣難, 遠眼鏡の殿様, 風流六歌仙, 夜毎来る男, 恋の通し矢

『髑髏検校』 2008.6　481p〈発売：角川グループパブリッシング〉

①978-4-04-355506-2

〔内容〕髑髏検校, 神変稲妻車

『人形佐七捕物帳傑作選』 縄田一男〔編〕 2015.12　360p

①978-4-04-102483-6

〔内容〕羽子板娘, 開かずの間, 歎きの遊女, 螢屋敷, お玉が池, 舟幽霊, 梅若水揚帳

光文社文庫（光文社）

◇人形佐七捕物帳

『人形佐七捕物帳　時代小説傑作選』 1985.11　374p

①4-334-70256-2

『人形佐七捕物帳　時代推理小説傑作選』 新装版　2003.1　442p

①4-334-73437-5

〔内容〕羽子板娘, 歎きの遊女, 笑い茸, 呪いの畳針, 蛍屋敷, 舟幽霊, 双葉将棋, 風流六歌仙, 万引き娘, 春宵とんとんとん

コスミック・時代文庫（コスミック出版）

◇人形佐七捕物帳

『人形佐七捕物帳　恋の通し矢 超痛快！時代小説』 2010.8　628p

①978-4-7747-2351-8

〔内容〕羽子板娘, 開かずの間, 嘆きの遊女, 音羽の猫, 螢屋敷, 雷の宿, 恋の通し矢, 双葉将棋, 夜毎来る男, 角兵衛獅子, 恩愛の凧, 吉様まいる, 武者人形の首, ほおずき大尽

時代小説文庫（富士見書房）

『髑髏検校』 1986.8　429p

①4-8291-1117-8

〔内容〕髑髏検校, 神変稲妻車

『羽子板娘　自選人形佐七捕物控』 1987.2　362p

①4-8291-1122-4

〔内容〕羽子板娘, 恩愛の凧, 浮世絵師, 石見

(いわみ)銀山, 吉様まいる, 水芸三姉妹, 色八卦(いろはっけ), うかれ坊主

嶋中文庫(嶋中書店)

◇人形佐七捕物帳

『人形佐七捕物帳 1(嘆きの遊女)』 2005.10 437p
①4-86156-344-5
〔内容〕羽子板娘, 謎坊主, 嘆きの遊女, 山雀供養, 宮芝居, 三本の矢, 幽霊山伏, 屠蘇機嫌女夫捕物, 座頭の鈴, 花見の仮面

『人形佐七捕物帳 2(音羽の猫)』 2005.11 419p
①4-86156-345-3
〔内容〕音羽の猫, 二枚短冊, 離魂病, 名月一夜狂言, 蛍屋敷, 黒蝶呪縛, 稚児地蔵, 敵討ち人形噺, 恩愛の凧, まぼろし役者

『人形佐七捕物帳 3(幽霊姉妹)』 2005.12 456p
①4-86156-346-1
〔内容〕いなり娘, 振袖幻之丞, 佐七の青春, 幽霊姉妹, 二人亀之助, 風流六歌仙, 生きている自来也, 漂流奇譚, 怪談五色猫, 本所七不思議

『人形佐七捕物帳 4(嵐の修験者)』 2006.9 501p
①4-86156-347-X
〔内容〕紅梅屋敷, からくり御殿, 嵐の修験者, 血屋敷, 敵討ち走馬灯, 捕物三つ巴, 清姫の帯, 鳥追い人形, まぼろし小町, 身代わり千之丞

春陽文庫(春陽堂書店)

◇人形佐七捕物帖

『人形佐七捕物帖 第1』 1957 184p
『人形佐七捕物帖 第2』 1957 196p
『人形佐七捕物帖 第3』 1957 193p
『人形佐七捕物帖 第4』 1957 202p
『人形佐七捕物帖 第5』 1957 201p
『人形佐七捕物帖 座頭の鈴』 改訂版 1965 385p
『人形佐七捕物帖 雪女郎』 1965 388p

◇人形佐七捕物帳全集

『人形佐七捕物帳全集 1』 1973 432p
『人形佐七捕物帳全集 2』 1973 431p
『人形佐七捕物帳全集 3』 1973 428p
『人形佐七捕物帳全集 4』 1974 421p
『人形佐七捕物帳全集 5』 1974 429p
『人形佐七捕物帳全集 6』 1974 432p
『人形佐七捕物帳全集 7』 1974 436p
『人形佐七捕物帳全集 8』 1974 436p
『人形佐七捕物帳全集 9』 1974 431p
『人形佐七捕物帳全集 10』 1974 424p
『人形佐七捕物帳全集 11』 1974 404p
『人形佐七捕物帳全集 12』 1974 426p
『人形佐七捕物帳全集 13』 1974 424p
『人形佐七捕物帳全集 14』 1975 419p
『人形佐七捕物帳全集 1 ほおずき大尽』 新装版 1984.3 432p
『人形佐七捕物帳全集 2 遠眼鏡の殿様』 新装版 1984.3 431p
『人形佐七捕物帳全集 3 地獄の花嫁』 新装版 1984.3 428p
『人形佐七捕物帳全集 4 好色いもり酒』 新装版 1984.4 421p
『人形佐七捕物帳全集 5 春宵とんとんとん』 新装版 1984.4 429p
『人形佐七捕物帳全集 6 坊主斬り貞宗』 新装版 1984.5 432p
『人形佐七捕物帳全集 7 くらやみ婿』 新装版 1984.5 436p
『人形佐七捕物帳全集 8 三人色若衆』 新装版 1984.6 436p

『人形佐七捕物帳全集　9　女刺青師』新装版　1984.7　431p

『人形佐七捕物帳全集　10　小倉百人一首』新装版　1984.8　424p

『人形佐七捕物帳全集　11　鼓狂言』新装版　1984.9　404p

『人形佐七捕物帳全集　12　梅若水揚帳』新装版　1984.10　426p

『人形佐七捕物帳全集　13　浮世絵師』新装版　1984.11　424p

『人形佐七捕物帳全集　14　緋牡丹狂女』新装版　1984.11　419p

大衆文学館（講談社）

『髑髏検校』1996.3　483p
①4-06-262039-1
〔内容〕髑髏検校, 神変稲妻車, われら華麗なる探偵貴族 vs都筑道夫

徳間文庫（徳間書店）

◇お役者文七捕物暦

『蜘蛛の巣屋敷　お役者文七捕物暦』2002.11　326p
①4-19-891801-5

『比丘尼御殿　お役者文七捕物暦』2002.11　279p
①4-19-891802-3

『花の通り魔　お役者文七捕物暦』2003.2　278p
①4-19-891846-5

『謎の紅蝙蝠　お役者文七捕物暦』2003.3　285p
①4-19-891863-5

『江戸の陰獣　お役者文七捕物暦』2003.8　269p
①4-19-891933-X
〔内容〕狒々と女, 江戸の陰獣, 恐怖の雪だるま

『髑髏検校』2006.6　509p
①4-19-892445-7
〔内容〕髑髏検校, 神変稲妻車

吉岡 道夫

よしおか・みちお

1933～

奈良県生まれ。学習院大卒。大映のシナリオライターを経て、推理小説作家となる。その後時代小説も執筆し、代表作に「ぶらり平蔵」シリーズがある。

コスミック・時代文庫

（コスミック出版）

◇ぶらり平蔵活人剣

『ぶらり平蔵活人剣　剣客参上　書下ろし長編時代小説』 2003.10　286p〈東京 コスミックインターナショナル（発売）〉
①4-7747-0741-4

『魔刃疾る　書下ろし長編時代小説　ぶらり平蔵活人剣　2』 2004.3　286p〈東京 コスミックインターナショナル（発売）〉
①4-7747-0765-1

『女敵討ち　書下ろし長編時代小説　ぶらり平蔵活人剣　3』 2004.9　301p〈東京 コスミックインターナショナル（発売）〉
①4-7747-0787-2

『人斬り地獄　書下ろし長編時代小説　ぶらり平蔵活人剣　4』 2005.1　284p〈東京 コスミックインターナショナル（発売）〉
①4-7747-2007-0

『椿の女　書下ろし長編時代小説　ぶらり平蔵活人剣　5』 2005.6　333p〈東京 コスミックインターナショナル（発売）〉
①4-7747-2028-3

『百鬼夜行　書下ろし長編時代小説　ぶらり平蔵活人剣　6』 2005.12　325p〈発売：コスミックインターナショナル〉
①4-7747-2053-4

◇ぶらり平蔵

『ぶらり平蔵　御定法破り　書下ろし長編時代小説』 2007.11　324p
①978-4-7747-2167-5

『ぶらり平蔵　風花ノ剣　書下ろし長編時代小説』 2009.5　303p
①978-4-7747-2258-0

『ぶらり平蔵　傑作長編時代小説　剣客参上』 2009.9　333p〈『ぶらり平蔵・活人剣』（2003年刊）の改訂・改題、新装版〉
①978-4-7747-2283-2

『ぶらり平蔵　傑作長編時代小説　魔刃疾る』 2009.9　311p〈『魔刃疾る』（2004年刊）の改訂・改題、新装版〉
①978-4-7747-2284-9

『ぶらり平蔵　傑作長編時代小説　女敵討ち』 2009.10　318p〈『女敵討ち』（2004年刊）の改訂・改題、新装版　文献あり〉
①978-4-7747-2287-0

『ぶらり平蔵　人斬り地獄　傑作長編時代小説』 2009.10　306p〈『人斬り地獄』（2005年刊）の改訂・改題、新装版　文献あり〉
①978-4-7747-2288-7

『ぶらり平蔵　傑作長編時代小説　椿の女』 2009.11　333p〈『椿の女』（2005年刊）の改訂・改題、新装版　文献あり〉
①978-4-7747-2295-5

『ぶらり平蔵　百鬼夜行　傑作長編時代小説』 2009.11　325p〈『百鬼夜行』（2005年刊）の改訂・改題、新装版　文献あり〉
①978-4-7747-2296-2

『ぶらり平蔵　伊皿子坂ノ血闘　書下ろし長編時代小説』 2010.3　301p〈文献あり〉
①978-4-7747-2318-1

『ぶらり平蔵　宿命剣　書下ろし長編時代小説』 2010.11　326p〈文献あり〉
①978-4-7747-2372-3

『ぶらり平蔵　心機奔る　書下ろし長編時代小説』 2011.6　340p〈文献あり〉
①978-4-7747-2415-7

『ぶらり平蔵　奪還　書下ろし長編時代小説』 2011.11　362p〈文献あり〉
①978-4-7747-2455-3

『ぶらり平蔵　霞ノ太刀　書下ろし長編時代小説』 2012.6　326p〈文献あり〉
①978-4-7747-2511-6

『ぶらり平蔵　上意討ち　書下ろし長編時代小説』 2012.11　285p〈文献あり〉
①978-4-7747-2566-6

『ぶらり平蔵　鬼牡丹散る　書下ろし長編時代小説』 2013.5　315p〈文献あり〉
①978-4-7747-2620-5

『ぶらり平蔵　蛍火　書下ろし長編時代小説』 2013.11　298p〈文献あり〉
①978-4-7747-2655-7

『ぶらり平蔵　刺客請負人　書下ろし長編時代小説』 2014.4　286p〈文献あり〉
①978-4-7747-2710-3

『ぶらり平蔵　雲霧成敗　書下ろし長編時代小説』 2014.11　249p〈文献あり〉
①978-4-7747-2782-0

『ぶらり平蔵　吉宗暗殺　書下ろし長編時代小説』 2015.5　261p
①978-4-7747-2824-7

『ぶらり平蔵　女衒狩り　書下ろし長編時代小説』 2016.6　261p
①978-4-7747-2873-5

『うっかり同心蕪十内　泪橋おえん 書下ろし長編時代小説』 2006.7　293p
①4-7747-2078-X
〔内容〕女運と男運, お多福の「福」, 泪橋おえん, 迷い蛍, 雨宿りの女

『うっかり同心蕪十内　ちゃんの弱虫 書下ろし長編時代小説』 2007.3　303p
①978-4-7747-2128-6
〔内容〕臍まがり庄助, ちゃんの弱虫, 口封じ

『うっかり同心蕪十内　傑作長編時代小説 泪橋おえん』 新装版　2010.6　293p
①978-4-7747-2341-9

吉川 英治
よしかわ・えいじ
1892～1962

神奈川県生まれ。本名・吉川英次。高小中退。「鳴門秘帖」で人気作家となり、1935年から連載した「宮本武蔵」で大衆文学作家としての地位を不動のものにし、国民文学作家といわれた。他に「親鸞」「新・平家物語」「私本太平記」など。

学研M文庫 - 吉川英治時代小説傑作選（学習研究社）

『坂東俠客陣　学研M文庫 - 吉川英治時代小説傑作選』 2003.1　387p
①4-05-900216-X

『燃える富士　学研M文庫 - 吉川英治時代小説傑作選』 2003.6　491p
①4-05-900234-8

角川文庫（角川書店）

『親鸞　第1』 1954

『親鸞　第2』 1954

『親鸞　第3』 1954

『親鸞　第4』 1954

『黒田如水』 2013.7　358p〈発売：KADOKAWA〉
①978-4-04-100950-5

『新編忠臣蔵　1』 2013.10　393p〈吉川英治歴史時代文庫 1990年刊の再刊〉
①978-4-04-101045-7

『新編忠臣蔵　2』 2013.10　428p〈吉川英治歴史時代文庫 1990年刊の再刊〉
①978-4-04-101046-4

『上杉謙信』 2015.1　333p〈吉川英治歴史時代文庫 1989年刊の再刊〉
①978-4-04-102597-0

『牢獄の花嫁』 2015.2　450p〈吉川英治歴史時代文庫 1990年刊の再刊〉
①978-4-04-102757-8

『檜山兄弟　上』 2016.9　509p
①978-4-04-104331-8

『檜山兄弟　下』 2016.9　477p
①978-4-04-104332-5

コスミック・時代文庫
（コスミック出版）

『黒田如水　超痛快！ 歴史小説』 2013.5　454p
①978-4-7747-2623-6

『新書太閤記　超痛快！ 歴史小説　1』 2013.5　550p〈新潮社 1941年刊の再刊〉
①978-4-7747-2624-3

『新書太閤記　超痛快！ 歴史小説　2』 2013.6　566p〈新潮社 1941年刊の再刊〉
①978-4-7747-2634-2

『上杉謙信　超痛快！ 歴史小説』 2013.8　381p〈朝日新聞社 1942年刊の再刊〉
①978-4-7747-2652-6

新潮文庫（新潮社）

『黒田如水』 1959　331p

『松のや露八』 1959　312p

『宮本武蔵　1』 2013.2　488p
①978-4-10-115461-9

『宮本武蔵　2』 2013.3　510p
①978-4-10-115462-6

『宮本武蔵　3』 2013.4　514p
①978-4-10-115463-3

『宮本武蔵　4』 2013.5　516p

①978-4-10-115464-0
『宮本武蔵　5』 2013.6　506p
①978-4-10-115465-7
『宮本武蔵　6』 2013.7　488p
①978-4-10-115466-4
『宮本武蔵　7』 2013.8　533p
①978-4-10-115467-1
『宮本武蔵　8』 2013.9　474p
①978-4-10-115468-8
『黒田如水』 2013.10　449p〈吉川英治歴史時代文庫 1989年刊の改訂　年譜あり〉
①978-4-10-115469-5
『新・平家物語　1』 2014.2　632p
①978-4-10-115470-1
『新・平家物語　2』 2014.2　669p
①978-4-10-115471-8
『新・平家物語　3』 2014.3　672p〈年表あり〉
①978-4-10-115472-5
『新・平家物語　4』 2014.4　351p
①978-4-10-115473-2
『新・平家物語　5』 2014.5　371p
①978-4-10-115474-9
『新・平家物語　6』 2014.6　364p〈年表あり〉
①978-4-10-115475-6
『新・平家物語　7』 2014.7　412p
①978-4-10-115476-3
『新・平家物語　8』 2014.8　356p
①978-4-10-115477-0
『新・平家物語　9』 2014.9　358p
①978-4-10-115478-7
『新・平家物語　10』 2014.10　626p
①978-4-10-115479-4
『新・平家物語　11』 2014.11　418p
①978-4-10-115480-0
『新・平家物語　12』 2014.12　426p〈年表あり〉
①978-4-10-115481-7
『新・平家物語　13』 2015.1　353p
①978-4-10-115482-4
『新・平家物語　14』 2015.2　380p
①978-4-10-115483-1
『新・平家物語　15』 2015.3　459p
①978-4-10-115484-8
『新・平家物語　16』 2015.4　454p
①978-4-10-115485-5
『新・平家物語　17』 2015.5　430p〈年表あり〉
①978-4-10-115486-2
『新・平家物語　18』 2015.6　449p
①978-4-10-115487-9
『新・平家物語　19』 2015.7　425p
①978-4-10-115488-6
『新・平家物語　20』 2015.8　445p
①978-4-10-115489-3

大衆文学館（講談社）

『貝殻一平　上』 1995.5　416p
①4-06-262009-X
『貝殻一平　下』 1995.5　392p
①4-06-262010-3
『江戸城心中』 1997.9　551p
①4-06-262101-0

宝島社文庫（宝島社）

『宮本武蔵　1』 2013.3　277p〈吉川英治歴史時代文庫 1989年刊の改訂　年表あり〉
①978-4-8002-0731-9
『宮本武蔵　2』 2013.3　379p〈吉川英治歴史時代文庫 1989年刊の改訂　年表あり〉
①978-4-8002-0733-3
『宮本武蔵　3』 2013.4　473p〈吉川英治歴史時代文庫 1989年刊の改訂　年表あり〉
①978-4-8002-0785-2
『宮本武蔵　4』 2013.4　365p〈吉川英治

歴史時代文庫 1989年刊の改訂　年表あり〉
①978-4-8002-0787-6
『宮本武蔵　5』 2013.5　355p〈吉川英治歴史時代文庫 1989年刊の改訂　年表あり〉
①978-4-8002-1130-9
『宮本武蔵　6』 2013.5　605p〈吉川英治歴史時代文庫 1990年刊の改訂　年表あり〉
①978-4-8002-1132-3
『宮本武蔵　7』 2013.6　421p〈吉川英治歴史時代文庫 1990年刊の改訂　年表あり〉
①978-4-8002-1138-5
『宮本武蔵　8』 2013.7　515p〈吉川英治歴史時代文庫 1990年刊の改訂　年表あり〉
①978-4-8002-1140-8

吉川英治文庫（講談社）

『貝殻一平　1　吉川英治文庫　14』 1977.1　365p
『天兵童子　1　吉川英治文庫　154』 1977.1　276p
『貝殻一平　2　吉川英治文庫　15』 1977.1　335p
『天兵童子　2　吉川英治文庫　155』 1977.1　273p
『江の島物語　初期作品集　吉川英治文庫 124』 1977.2　272p
『処女爪占師　吉川英治文庫　16』 1977.2　297p
『胡蝶陣　吉川英治文庫　150』 1977.2 289p
『女人曼陀羅　1　吉川英治文庫　34』 1977.2　360p
『女人曼陀羅　2　吉川英治文庫　35』 1977.2　350p
『朝顔夕顔　吉川英治文庫　152』 1977.3 276p
『江戸長恨歌　吉川英治文庫　63』 1977.3　257p
『坂東俠客陣　吉川英治文庫　2』 1977.3 339p
『紅騎兵　1　吉川英治文庫　29』 1977.3 298p
『紅騎兵　2　吉川英治文庫　30』 1977.3 281p
『きつね雨・彩情記　吉川英治文庫　38』 1977.4　328p
『剣の四君子・日本名婦伝　吉川英治文庫 88』 1977.4　348p
『恋ぐるま　吉川英治文庫　17〜18』 1977.4　2冊
『魔海の音楽師・風神門　吉川英治文庫 149』 1977.4　322p
『戯曲 新・平家物語　吉川英治文庫 133』 1977.5　271p
『新版天下茶屋　吉川英治文庫　77』 1977.5　364p
『遊戯菩薩・飢えたる彰義隊　吉川英治文庫　47』 1977.5　287p
『月笛日笛　2　吉川英治文庫　148』 1977.5　269p
『井伊大老　吉川英治文庫　158』 1977.6 297p
『やまどり文庫・母恋鳥　吉川英治文庫 153』 1977.6　421p
『剣魔俠菩薩　続・初期作品集　吉川英治文庫　159』 1977.7　279p
『讃母祭　吉川英治文庫　156〜157』 1977.7　2冊

吉川英治歴史時代文庫

（講談社）

『新・平家物語　1　吉川英治歴史時代文庫　47』 1989.4　457p
①4-06-196547-6
〔内容〕ちげぐさの巻, 九重の巻

『新・平家物語　2　吉川英治歴史時代文庫　48』 1989.4　433p
①4-06-196548-4
〔内容〕九重の巻（つづき） ほげんの巻, 六波羅行幸の巻

『平の将門　吉川英治歴史時代文庫』
1989.5　497p
①4-06-196546-8

『新・平家物語　3　吉川英治歴史時代文庫　49』 1989.5　421p
①4-06-196549-2
〔内容〕六波羅御幸の巻（つづき）, 常磐木の巻

『新・平家物語　4　吉川英治歴史時代文庫　50』 1989.5　461p
①4-06-196550-6
〔内容〕石船の巻, みちのくの巻

『新・平家物語　5　吉川英治歴史時代文庫　51』 1989.6　443p
①4-06-196551-4
〔内容〕みちのくの巻（つづき）, 火乃国の巻, 御産の巻

『新・平家物語　6　吉川英治歴史時代文庫　52』 1989.6　467p
①4-06-196552-2
〔内容〕御産の巻（つづき）, りんねの巻

『新・平家物語　7　吉川英治歴史時代文庫　53』 1989.6　457p
①4-06-196553-0
〔内容〕りんねの巻（つづき）, 断橋の巻, かまくら殿の巻

『新・平家物語　8　吉川英治歴史時代文庫　54』 1989.7　435p
①4-06-196554-9
〔内容〕かまくら殿の巻（つづき）, 三界の巻

『新・平家物語　9　吉川英治歴史時代文庫　55』 1989.7　448p
①4-06-196555-7
〔内容〕くりからの巻, 一門都落ちの巻

『大岡越前　吉川英治歴史時代文庫　45』
1989.8　481p
①4-06-196545-X

『新・平家物語　10　吉川英治歴史時代文庫　56』 1989.8　458p
①4-06-196556-5
〔内容〕一門都落ちの巻（つづき）, 京乃木曽殿の巻

『新・平家物語　11　吉川英治歴史時代文庫　57』 1989.8　437p
①4-06-196557-3
〔内容〕ひよどり越之の巻, 千手の巻

『新・平家物語　12　吉川英治歴史時代文庫　58』 1989.8　433p
①4-06-196558-1
〔内容〕千手の巻（つづき）, やしまの巻

『鳴門秘帖　1　吉川英治歴史時代文庫　2』 1989.9　429p
①4-06-196502-6

『鳴門秘帖　2　吉川英治歴史時代文庫　3』 1989.9　443p
①4-06-196503-4

『新・平家物語　13　吉川英治歴史時代文庫　59』 1989.9　437p
①4-06-196559-X
〔内容〕やしまの巻（つづき）, 浮巣の巻

『新・平家物語　14　吉川英治歴史時代文庫　60』 1989.9　456p
①4-06-196560-3
〔内容〕壇の浦の巻, 悲弟の巻

『鳴門秘帖　3　吉川英治歴史時代文庫　4』 1989.10　427p
①4-06-196504-2

『上杉謙信　吉川英治歴史時代文庫　43』
1989.10　335p
①4-06-196543-3

『新・平家物語　15　吉川英治歴史時代文庫　61』 1989.10　477p

①4-06-196561-1
〔内容〕悲弟の巻(つづき), 静の巻

『新・平家物語 16 吉川英治歴史時代文庫 62』 1989.10 445p
①4-06-196562-X
〔内容〕静の巻(つづき), 吉野雛の巻

『宮本武蔵 1 吉川英治歴史時代文庫 14』 1989.11 409p
①4-06-196514-X

『宮本武蔵 2 吉川英治歴史時代文庫 15』 1989.11 409p
①4-06-196515-8

『宮本武蔵 3 吉川英治歴史時代文庫 16』 1989.11 409p
①4-06-196516-6

『黒田如水 吉川英治歴史時代文庫 44』 1989.11 377p
①4-06-196544-1

『宮本武蔵 4 吉川英治歴史時代文庫 17』 1989.12 397p
①4-06-196517-4

『宮本武蔵 5 吉川英治歴史時代文庫 18』 1989.12 404p
①4-06-196518-2

『神州天馬侠 1 吉川英治歴史時代文庫 78』 1989.12 381p
①4-06-196578-6

『神州天馬侠 2 吉川英治歴史時代文庫 79』 1989.12 379p
①4-06-196579-4

『宮本武蔵 6 吉川英治歴史時代文庫 19』 1990.1 390p
①4-06-196519-0

『宮本武蔵 7 吉川英治歴史時代文庫 20』 1990.1 427p
①4-06-196520-4

『宮本武蔵 8 吉川英治歴史時代文庫 21』 1990.1 379p
①4-06-196521-2

『神州天馬侠 3 吉川英治歴史時代文庫 80』 1990.1 404p
①4-06-196580-8

『源頼朝 1 吉川英治歴史時代文庫 41』 1990.2 373p
①4-06-196541-7

『源頼朝 2 吉川英治歴史時代文庫 42』 1990.2 383p
①4-06-196542-5

『私本太平記 1 吉川英治歴史時代文庫 63』 1990.2 477p
①4-06-196563-8

『私本太平記 2 吉川英治歴史時代文庫 64』 1990.2 459p
①4-06-196564-6

『江戸三国志 1 吉川英治歴史時代文庫 5』 1990.3 445p
①4-06-196505-0

『江戸三国志 2 吉川英治歴史時代文庫 6』 1990.3 459p
①4-06-196506-9

『私本太平記 3 吉川英治歴史時代文庫 65』 1990.3 445p
①4-06-196565-4

『私本太平記 4 吉川英治歴史時代文庫 66』 1990.3 533p
①4-06-196566-2

『江戸三国志 3 吉川英治歴史時代文庫 7』 1990.4 419p
①4-06-196507-7

『私本太平記 5 吉川英治歴史時代文庫 67』 1990.4 403p
①4-06-196567-0

『私本太平記 6 吉川英治歴史時代文庫 68』 1990.4 403p
①4-06-196568-9

『私本太平記 7 吉川英治歴史時代文庫 69』 1990.4 392p
①4-06-196569-7

『新書太閤記 1 吉川英治歴史時代文庫 22』 1990.5 451p
①4-06-196522-0

『新書太閤記 2 吉川英治歴史時代文庫 23』 1990.5 459p
①4-06-196523-9

『新書太閤記　3　吉川英治歴史時代文庫　24』　1990.5　437p
①4-06-196524-7

『私本太平記　8　吉川英治歴史時代文庫　70』　1990.5　394p
①4-06-196570-0

『牢獄の花嫁　吉川英治歴史時代文庫　9』　1990.6　403p
①4-06-196509-3

『新書太閤記　4　吉川英治歴史時代文庫　25』　1990.6　433p
①4-06-196525-5

『新書太閤記　5　吉川英治歴史時代文庫　26』　1990.6　447p
①4-06-196526-3

『新書太閤記　6　吉川英治歴史時代文庫　27』　1990.6　439p
①4-06-196527-1

『松のや露八　吉川英治歴史時代文庫　10』　1990.7　373p
①4-06-196510-7

『新書太閤記　7　吉川英治歴史時代文庫　28』　1990.7　435p
①4-06-196528-X

『新書太閤記　8　吉川英治歴史時代文庫　29』　1990.7　415p
①4-06-196529-8

『新書太閤記　9　吉川英治歴史時代文庫　30』　1990.7　415p
①4-06-196530-1

『親鸞　1　吉川英治歴史時代文庫　11』　1990.8　419p
①4-06-196511-5

『親鸞　2　吉川英治歴史時代文庫　12』　1990.8　425p
①4-06-196512-3

『新書太閤記　10　吉川英治歴史時代文庫　31』　1990.8　389p
①4-06-196531-X

『新書太閤記　11　吉川英治歴史時代文庫　32』　1990.8　405p
①4-06-196532-8

『剣難女難　吉川英治歴史時代文庫　1』　1990.9　538p
①4-06-196501-8

『親鸞　3　吉川英治歴史時代文庫　13』　1990.9　407p
①4-06-196513-1

『治郎吉格子　吉川英治歴史時代文庫　75　名作短編集　1』　1990.9　460p
①4-06-196575-1
〔内容〕増長天王, 醬油仏, 八寒道中, 野槌の百, 銀河まつり, 治郎吉格子, 無宿人国記, 雲霧閻魔帳

『柳生月影抄　吉川英治歴史時代文庫　76　名作短編集　2』　1990.9　461p
①4-06-196576-X
〔内容〕下頭橋由来, 脚, べんがら炬燵, 大谷刑部, 鬼, 春の雁, 旗岡巡査, 柳生月影抄, 茶漬三略

『新編忠臣蔵　1　吉川英治歴史時代文庫　補1』　1990.10　401p
①4-06-196581-6

『新編忠臣蔵　2　吉川英治歴史時代文庫　補2』　1990.10　432p
①4-06-196582-4

『梅里先生行状記　吉川英治歴史時代文庫　補3』　1990.10　501p
①4-06-196583-2

Kodansha English library（講談社）

『宮本武蔵』　チャールズ・S.テリー〔訳〕　1984.2　231p〈書名は背・表紙による　標題紙等の書名：The best scenes from Musashi 本文は英語　共同刊行：講談社インターナショナル〉
①4-06-186001-1

吉村 昭

よしむら・あきら

1927～2006

東京生まれ。学習院大卒。「戦艦武蔵」で注目を集めて記録文学を開拓、「高熱隧道」などを発表。やがてその対象を歴史に広げて、忠実に史実を追う歴史小説に転じた。代表作に「長英逃亡」「間宮林蔵」「天狗争乱」など。

朝日文庫（朝日新聞出版）

『天狗争乱』 1999.11 586p
①4-02-264209-2

講談社文庫（講談社）

『北天の星』 1980.3 2冊

『ふぉん・しいほるとの娘 上』 1981.10 412p

『ふぉん・しいほるとの娘 中』 1981.11 428p
①4-06-131718-0

『ふぉん・しいほるとの娘 下』 1981.12 410p〈参考文献：p391～392 年譜：p404～410〉
①4-06-131719-9

『間宮林蔵』 1987.1 461p
①4-06-183912-8

『白い航跡 上』 1994.5 259p
①4-06-185679-0

『白い航跡 下』 1994.5 273p
①4-06-185680-4

『落日の宴 勘定奉行川路聖謨』 1999.4 539p
①4-06-264563-7

『北天の星 上』 新装版 2000.4 544p
①4-06-264840-7

『北天の星 下』 新装版 2000.4 507p
①4-06-264841-5

『吉村昭の平家物語』 2008.3 555p
①978-4-06-276008-9
〔内容〕平家全盛, 鹿の谷, 鬼界ケ島, 残された俊寛, 成経都へ帰る, 有王と俊寛, 重盛死す, 清盛怒る, 三歳の天皇, 高倉の宮の謀反〔ほか〕

『暁の旅人』 2008.8 347p
①978-4-06-276139-0

『白い航跡 上』 新装版 2009.12 306p
①978-4-06-276541-1

『白い航跡 下』 新装版 2009.12 316p〈文献あり〉
①978-4-06-276542-8

『間宮林蔵』 新装版 2011.10 509p
①978-4-06-277077-4

『落日の宴 勘定奉行川路聖謨 上』 新装版 2014.6 310p
①978-4-06-277852-7

『落日の宴 勘定奉行川路聖謨 下』 新装版 2014.6 303p〈文献あり〉
①978-4-06-277888-6

新潮文庫（新潮社）

『漂流』 1980.11 424p

『蜜蜂乱舞』 1987.4 235p
①4-10-111722-5

『雪の花』 1988.4 168p
①4-10-111723-3

『長英逃亡 上』 1989.9 394p
①4-10-111725-X

『長英逃亡 下』 1989.9 400p
①4-10-111726-8

『ふぉん・しいほるとの娘 上巻』 1993.3 632p
①4-10-111731-4

『ふぉん・しいほるとの娘 下巻』 1993.3 676p

①4-10-111732-2
『桜田門外ノ変　上巻』 1995.4　322p
①4-10-111733-0
『桜田門外ノ変　下巻』 1995.4　371p
①4-10-111734-9
『ニコライ遭難』 1996.11　379p
①4-10-111737-3
『天狗争乱』 1997.7　555p
①4-10-111738-1
『アメリカ彦蔵』 2001.8　562p
①4-10-111741-1
『生麦事件　上』 2002.6　312p
①4-10-111742-X
『生麦事件　下』 2002.6　316p
①4-10-111743-8
『島抜け』 2002.10　267p
①4-10-111744-6
〔内容〕島抜け, 欠けた椀, 梅の刺青
『敵討』 2003.12　217p
①4-10-111746-2
〔内容〕敵討, 最後の仇討
『大黒屋光太夫　上巻』 2005.6　308p
①4-10-111747-0
『大黒屋光太夫　下巻』 2005.6　301p
①4-10-111748-9
『天狗争乱』 2006.8　554p
①978-4-10-111738-6
『彰義隊』 2009.1　468p〈文献あり〉
①978-4-10-111750-8

中公文庫（中央公論新社）

『黒船』 1994.6　448p
①4-12-202102-2

文春文庫（文藝春秋）

『磔』 1987.4　295p
①4-16-716912-6
〔内容〕磔, 三色旗, コロリ, 動く牙, 洋船建造
『海の祭礼』 1989.11　411p〈参考文献：p410～411〉
①4-16-716917-7
『幕府軍艦「回天」始末』 1993.12　206p
①4-16-716927-4
〔内容〕幕府軍艦「回天」始末, 牛
『彦九郎山河』 1998.9　425p
①4-16-716933-9
『朱の丸御用船』 2000.7　233p
①4-16-716935-5
『夜明けの雷鳴　医師高松凌雲』 2003.1　359p
①4-16-716938-X
『海の祭礼』 新装版　2004.12　490p
①4-16-716942-8
『夜明けの雷鳴　医師高松凌雲』 新装版　2016.7　357p〈文献あり〉
①978-4-16-790656-6

吉屋 信子

よしや・のぶこ

1896〜1973

栃木県生まれ。栃木高女卒。大正時代に少女小説作家としての地位を確立。昭和に入ると大衆小説に転じ、戦後は「徳川の夫人たち」「女人平家」などの歴史小説を執筆した。

朝日文庫（朝日新聞出版）

『徳川の夫人たち』 1979.3 2冊

『徳川の夫人たち 続』 1979.4 2冊

『女人平家』 1979.5 3冊

『徳川の夫人たち 上』 2012.10 338p
〈1979年刊の新装版〉
①978-4-02-264681-1

『徳川の夫人たち 下』 2012.10 269p
〈1979年刊の新装版〉
①978-4-02-264682-8

角川文庫（角川書店）

『女人平家 上』 1988.9 365p
①4-04-173401-0

『女人平家 下』 1988.9 371p
①4-04-173402-9

河出文庫（河出書房新社）

『徳川秀忠の妻』 2010.10 179p
①978-4-309-41043-2

隆 慶一郎

りゅう・けいいちろう

1923〜1989

東京生まれ。本名・池田一朗。東大卒。中央大助教授から脚本家に転身、時代劇の脚本を執筆。60歳を超えてから「吉原御免状」を連載して小説家となった。代表作は「かくれさと苦界行」「一夢庵風流記」。

講談社文庫（講談社）

『柳生非情剣』 1991.11 202p
①4-06-185036-9

『捨て童子・松平忠輝 上』 1992.11 345p
①4-06-185285-X

『捨て童子・松平忠輝 中』 1992.12 357p
①4-06-185286-8

『捨て童子・松平忠輝 下』 1993.1 331p
①4-06-185321-X

『柳生刺客状』 1993.5 196p
①4-06-185404-6
〔内容〕柳生刺客状, 張りの吉原, 狼の眼, 銚子湊慕情, 死出の雪

『花と火の帝 上』 1993.9 428p
①4-06-185495-X

『花と火の帝 下』 1993.9 426p
①4-06-185496-8

『見知らぬ海へ』 1994.9 300p
①4-06-185774-6

『柳生非情剣』 新装版 2014.1 237p
①978-4-06-277730-8
〔内容〕慶安御前試合―柳生連也斎, 柳枝の剣―柳生友矩, ぼうふらの剣―柳生宗冬, 柳生の鬼―柳生十兵衛, 跛行の剣―柳生新次郎, 逆風の太刀―柳生五郎右衛門

『柳生刺客状』 新装版 2014.1 225p

Ⓘ978-4-06-277731-5
〔内容〕柳生刺客状, 張りの吉原, 狼の眼, 銚子湊慕情―中村座猿若町玄冶店, 死出の雪

『捨て童子・松平忠輝　上』 新装版 2015.4　418p
Ⓘ978-4-06-277997-5

『捨て童子・松平忠輝　中』 新装版 2015.4　431p
Ⓘ978-4-06-277998-2

『捨て童子・松平忠輝　下』 新装版 2015.4　405p
Ⓘ978-4-06-277999-9

『見知らぬ海へ　レジェンド歴史時代小説』 2015.11　389p〈1994年刊の改訂〉
Ⓘ978-4-06-293225-7
〔内容〕見知らぬ海へ, 隆慶一郎とフランス文学(羽生真名〔著〕)

光文社文庫(光文社)

『駆込寺蔭始末』 1992.4　211p〈隆慶一郎著書目録：p198～211〉
Ⓘ4-334-71509-5
〔内容〕畜生仲・うめ女, 幼な妻・おくに, 子連れ女・おるい, 欠け落ち者・おかね

『風の呪殺陣　長編伝奇時代小説』 2000.5 254p
Ⓘ4-334-73009-4

『駆込寺蔭始末　連作時代小説　光文社時代小説文庫』 新装版 2011.11　220p〈著作目録あり〉
Ⓘ978-4-334-76331-2
〔内容〕畜生仲・うめ女, 幼な妻・おくに, 子連れ女・おるい, 欠け落ち者・おかね

集英社文庫(集英社)

『一夢庵風流記』 1992.12　542p
Ⓘ4-08-749877-8

『かぶいて候』 1993.12　221p
Ⓘ4-08-748110-7
〔内容〕かぶいて候, 異説 猿ケ辻の変, わが幻の吉原, 対談・日本史逆転再逆転

新潮文庫(新潮社)

『吉原御免状』 1989.9　429p
Ⓘ4-10-117411-3

『鬼麿斬人剣』 1990.4　358p
Ⓘ4-10-117412-1

『かくれさと苦界行』 1990.9　450p
Ⓘ4-10-117413-X

『一夢庵風流記』 1991.9　564p
Ⓘ4-10-117414-8

『影武者徳川家康　上』 1993.8　544p
Ⓘ4-10-117415-6

『影武者徳川家康　中』 1993.8　564p
Ⓘ4-10-117416-4

『影武者徳川家康　下』 1993.8　535p
Ⓘ4-10-117417-2

『死ぬことと見つけたり　上巻』 1994.9 341p
Ⓘ4-10-117418-0

『死ぬことと見つけたり　下巻』 1994.9 343p
Ⓘ4-10-117419-9

『かくれさと苦界行』 改版 2007.12 532p
Ⓘ978-4-10-117413-6

『一夢庵風流記』 改版 2007.12　664p〈43刷〉
Ⓘ978-4-10-117414-3

『鬼麿斬人剣』 改版 2008.5　416p〈33刷〉
Ⓘ978-4-10-117412-9
〔内容〕氷柱折り, 古釣瓶, 片車, 面割り, 雁金, 潜り袈裟, 摺付け, 眉間割り, 解説(縄田一男〔著〕)

『影武者徳川家康　上』 改版 2008.11 639p〈31刷〉
Ⓘ978-4-10-117415-0

『影武者徳川家康　中』 改版 2008.11

670p〈28刷〉
①978-4-10-117416-7
『影武者徳川家康　下』改版　2008.11
635p〈28刷〉
①978-4-10-117417-4

徳間文庫（徳間書店）

『風の呪殺陣』1992.1　254p
①4-19-599452-7
『駆込寺蔭始末』2000.4　184p
①4-19-891299-8
〔内容〕畜生仲・うめ女, 幼な妻・おくに, 子連れ女・おるい, 欠け落ち者・おかね
『風の呪殺陣』新装版　2008.12　283p
①978-4-19-892904-6

日経文芸文庫（日本経済新聞出版社）

『花と火の帝　上』2013.10　456p〈日本経済新聞社 1990年刊の再刊〉
①978-4-532-28001-7
『花と火の帝　下』2013.10　440p〈日本経済新聞社 1990年刊の再刊〉
①978-4-532-28002-4
『隆慶一郎短編全集　1　柳生 美醜の剣』2014.12　279p〈『隆慶一郎短篇全集』(講談社 1995年刊) の改題、2分冊〉
①978-4-532-28047-5
〔内容〕柳生刺客状, 慶安御前試合, 柳枝の剣, ぼうふらの剣, 柳生の鬼, 跛行の剣, 逆風の太刀, 心の一方
『隆慶一郎短編全集　2　縁切り 女の無常』2014.12　274p〈『隆慶一郎短篇全集』(講談社 1995年刊) の改題、2分冊〉
①978-4-532-28048-2
〔内容〕畜生仲・うめ女, 幼な妻・おくに, 子連れ女・おるい, 欠け落ち者・おかね, 張りの吉原, 異説猿ケ辻の変, 死出の雪, 狼の眼

鷲尾 雨工
わしお・うこう

1892～1951

新潟県生まれ。本名・鷲尾浩。早大卒。1935年「吉野朝太平記」で文壇にデビューし、翌年直木賞を受賞。以後、大衆小説作家として活躍した。他の作品に「黒田官兵衛」「明智光秀」など。

河出文庫（河出書房新社）

『黒田官兵衛』 2013.7 204p〈『黒田如水』(アカツキ 1940年刊)の改題〉
①978-4-309-41231-3

時代小説文庫（富士見書房）

『吉野朝太平記　第1巻』 1990.11 376p
①4-8291-1213-1

『吉野朝太平記　第2巻』 1990.12 372p
①4-8291-1214-X

『吉野朝太平記　第3巻』 1991.1 398p
①4-8291-1215-8

『吉野朝太平記　第4巻』 1991.2 429p
①4-8291-1216-6

『吉野朝太平記　第5巻』 1991.3 423p
①4-8291-1217-4

『織田信長　第1巻』 1991.9 349p
①4-8291-1224-7

『織田信長　第2巻』 1991.10 364p
①4-8291-1225-5

『織田信長　第3巻』 1991.11 360p
①4-8291-1226-3

『織田信長　第4巻』 1991.12 360p
①4-8291-1227-1

『織田信長　第5巻』 1992.1 346p
①4-8291-1228-X

『織田信長　第6巻』 1992.2 386p
①4-8291-1229-8

『織田信長　続 第1巻』 1992.5 331p
①4-8291-1236-0

『織田信長　続 第2巻』 1992.6 297p
①4-8291-1237-9

『織田信長　続 第3巻』 1992.7 295p
①4-8291-1238-7

『日本剣豪伝』 1992.11 376p
①4-8291-1241-7
〔内容〕塚原卜伝, 伊藤一刀斎, 神子上典膳, 柳生宗厳, 荒木又右衛門, 諸岡一羽, 上泉信綱, 宮本武蔵

渡辺 淳一

わたなべ・じゅんいち

1933～2014

北海道生まれ。札幌医大卒。「小説・心臓移植」(のち「白い宴」)を発表して作家に専念。「光と影」で直木賞を受賞し、「失楽園」は大ベストセラーとなった。他に「化身」「愛の流刑地」など。時代小説には「天上紅蓮」などがある。

講談社文庫(講談社)

『長崎ロシア遊女館』 1982.11 247p
①4-06-131804-7
〔内容〕長崎ロシア遊女館, 項の貌, かさぶた宗建, 腑分け絵師甚平秘聞, 沃子誕生

『長崎ロシア遊女館』 2013.11 277p
①978-4-06-277692-9
〔内容〕長崎ロシア遊女館, 項の貌, かさぶた宗建, 腑分け絵師甚平秘聞, 沃子誕生

文春文庫(文藝春秋)

『天上紅蓮』 2013.10 382p〈文献あり〉
①978-4-16-714531-6

和巻 耿介

わまき・こうすけ

1926～1997

兵庫県生まれ。本名・和巻義一。明治学院大卒。役所勤務、教師などを経て、文筆に専念。代表作に「五二半捕物帳」シリーズの他、「天保漂流記」「江戸犯科絵図」「雲雀は鳴かず」「王道の門」などがある。

廣済堂文庫(廣済堂出版)

『女人魔艶帳 いろまち切絵図 特選時代小説』 1992.10 360p
①4-331-60330-X
〔内容〕曲水の盃, 世直し善左衛門, 女の船, ふたり拍毬, 女の鬼火, おぼろ夜宿場, 夜盗, 東海道三島宿, 天保ろくでなし, 遊女滝本, 鉄砲洲居留地

光文社文庫(光文社)

『王道の門 長編合気道小説 疾風編』 1989.10 314p
①4-334-71026-3

『王道の門 長編合気道小説 迅雷編』 1989.11 338p
①4-334-71048-4

春陽文庫(春陽堂書店)

『江戸犯科絵図』 1972 340p

『稲妻浪人』 1973 244p

『江戸ねずみ犯科帳』 1975 238p

『いろまち切絵図』 1981.12 290p

『鼠という奴』 1983.3 360p

『五二半捕物帳　御府内隠密廻り同心』
1983.12　262p

『鬼談御旅籠海豚屋』 1985.10　197p

『五二半捕物帳　御府内隠密廻り同心 続』 1985.12　282p

『五二半捕物帳　御府内隠密廻り同心 新』 1989.4　256p
①4-394-15708-0
〔内容〕泥の雛, 花狂いの女, 別れ道, 髯なし鍾馗, 生霊, 流人船, 大山詣り, おどろ髪

『五二半捕物帳　御府内隠密廻り同心　4』
1996.5　300p
①4-394-15709-9
〔内容〕五二半細工, 達磨返しの女, 狐と狸, 吹きだまりの女, 黄金仮面, 毛ほどの隙, 霊獣, 泥棒市

『五二半捕物帳　御府内隠密廻り同心　5』
1997.11　305p
①4-394-15710-2

徳間文庫（徳間書店）

『五右衛門新傳説』 1997.9　343p
①4-19-890761-7

作品名索引

【あ】

ああ！ 輝け真田六連銭（柴田錬三郎）集英社文庫（2016） …… 155
哀婉一代女 上（海音寺潮五郎）時代小説文庫（1988） …… 59
哀婉一代女 下（海音寺潮五郎）時代小説文庫（1988） …… 59
哀愁人肌恋路（大栗丹後）学研M文庫（2004） …… 40
会津恋い鷹（皆川博子）講談社文庫（1993） …… 328
会津士魂 1 会津藩京へ（早乙女貢）集英社文庫（1998） …… 100
会津士魂 2 京都騒乱（早乙女貢）集英社文庫（1998） …… 100
会津士魂 3 鳥羽伏見の戦い（早乙女貢）集英社文庫（1998） …… 100
会津士魂 4 慶喜脱出（早乙女貢）集英社文庫（1998） …… 100
会津士魂 5 江戸開城（早乙女貢）集英社文庫（1998） …… 100
会津士魂 6 炎の彰義隊（早乙女貢）集英社文庫（1998） …… 100
会津士魂 7 会津を救え（早乙女貢）集英社文庫（1999） …… 100
会津士魂 8 風雲北へ（早乙女貢）集英社文庫（1999） …… 100
会津士魂 9 二本松少年隊（早乙女貢）集英社文庫（1999） …… 100
会津士魂 10 越後の戦火（早乙女貢）集英社文庫（1999） …… 100
会津士魂 11 北越戦争（早乙女貢）集英社文庫（1999） …… 100
会津士魂 12 白虎隊の悲歌（早乙女貢）集英社文庫（1999） …… 100
会津士魂 13 鶴ヶ城落つ（早乙女貢）集英社文庫（1999） …… 100
会津啾々記（早乙女貢）講談社文庫（1996） …… 99
会津春秋（清水義範）集英社文庫（2012） …… 163
会津鶴ケ城（阿井景子）成美文庫（1995） …… 1
会津農兵隊始末記（星亮一）廣済堂文庫（1998） …… 315
会津の牙（峰隆一郎）光文社文庫（1997） …… 332
会津藩燃ゆ（星亮一）角川文庫（1987） …… 314
会津藩燃ゆ（星亮一）廣済堂文庫（1999） …… 315
会津藩燃ゆ 続 ああ白虎隊（星亮一）角川文庫（1987） …… 314
愛染灯籠 →愛の灯籠（安西篤子）講談社文庫（1985） …… 15
愛染螢（睦月影郎）学研M文庫（2006） …… 345
愛憎の檻（藤沢周平）講談社文庫（1984） …… 304
愛憎の檻（藤沢周平）講談社文庫（2002） …… 305
愛の灯籠（安西篤子）講談社文庫（1985） …… 15
◇相棒同心左近と伸吾（楠木誠一郎）コスミック・時代文庫 …… 75
相棒同心左近と伸吾（楠木誠一郎）コスミック・時代文庫（2010） …… 75
相棒同心左近と伸吾 同心の涙（楠木誠一郎）コスミック・時代文庫（2010） …… 75
相棒同心左近と伸吾 はつもの食い（楠木誠一郎）コスミック・時代文庫（2011） …… 76
無法者（佐藤雅美）講談社文庫（1996） …… 128
青嵐（山本周五郎）小学館文庫（2010） …… 398
青い帯（野村胡堂）嶋中文庫（2005） …… 281
◇葵の裏隠密二条左近（大栗丹後）学研M文庫 …… 40
葵の裏隠密二条左近 哀愁人肌恋路（大栗丹後）学研M文庫（2004） …… 40
葵の裏隠密二条左近 江戸恋闇路（大栗丹後）学研M文庫（2005） …… 40
葵の裏隠密二条左近 情炎関八州路（大栗丹後）学研M文庫（2003） …… 40
葵の裏隠密二条左近 悲恋伊勢桑名路（大栗丹後）学研M文庫（2004） …… 40
葵の裏隠密二条左近 慕情小夜時雨路（大栗丹後）学研M文庫（2004） …… 40
葵の浪人紋之介（早乙女貢）コスミック・時代文庫（2013） …… 99
葵の若さま捕物帳（村上元三）コスミック・時代文庫（2012） …… 352
葵の若さま捕物帳 〔2〕 松平長七郎浪花日記（村上元三）コスミック・時代文庫（2013） …… 352
蒼き蝦夷の血 1 藤原四代・清衡の巻（今東光）徳間文庫（1993） …… 95
蒼き蝦夷の血 2 藤原四代・基衡の巻（今東光）徳間文庫（1993） …… 95
蒼き蝦夷の血 3 藤原四代（今東光）徳間文庫（1993） …… 95
蒼き蝦夷の血 4 藤原四代（今東光）徳間文庫（1993） …… 95
蒼き信長 上巻（安部龍太郎）新潮文庫（2012） …… 10
蒼き信長 下巻（安部龍太郎）新潮文庫（2012） …… 10
青空剣法（山手樹一郎）山手樹一郎長編時代小説全集（1978） …… 396

青空剣法 上巻（山手樹一郎）コスミック・時代文庫（2010） …… *389*
青空剣法 下巻（山手樹一郎）コスミック・時代文庫（2010） …… *389*
青空浪人（山手樹一郎）春陽文庫（1964） …… *392*
青空浪人（山手樹一郎）桃園文庫（1989） …… *393*
青空浪人（山手樹一郎）山手樹一郎長編時代小説全集（1978） …… *396*
青竹・おさん（山本周五郎）新潮ピコ文庫（1996） …… *398*
青べか物語（山本周五郎）新潮文庫（1964） …… *398*
赤い影法師（柴田錬三郎）新潮文庫（1963） …… *158*
赤い金魚（梅本育子）徳間文庫（2001） …… *34*
赤い紐（野村胡堂）時代小説文庫（1986） …… *280*
赤い雪（本庄慧一郎）ベスト時代文庫（2008） …… *319*
赤毛の司天台（新田次郎）中公文庫（1987） …… *276*
明石掃部（森本繁）学研M文庫（2006） …… *365*
赤獅子秘文（木屋進）春陽文庫（1980） …… *74*
暁の群像 上（南條範夫）角川文庫（1972） …… *257*
暁の群像　上（南條範夫）時代小説文庫（1989） …… *260*
暁の群像 上（南條範夫）文春文庫（2010） …… *264*
暁の群像 下（南條範夫）角川文庫（1972） …… *257*
暁の群像　下（南條範夫）時代小説文庫（1989） …… *260*
暁の群像 下（南條範夫）文春文庫（2010） …… *264*
暁の旅人（吉村昭）講談社文庫（2008） …… *416*
暁のひかり（藤沢周平）文春文庫（1986） …… *307*
暁のひかり（藤沢周平）文春文庫（2007） …… *308*
茜に燃ゆ 上巻（黒岩重吾）中公文庫（1994） …… *82*
茜に燃ゆ 下巻（黒岩重吾）中公文庫（1994） …… *82*
茜雪（峰隆一郎）集英社文庫（2005） …… *334*
赤ひげ診療譚（山本周五郎）新潮文庫（1964） …… *398*
赤ひげ診療譚（山本周五郎）ハルキ文庫（2008） …… *401*
赤姫秘文（角田喜久雄）春陽文庫（1980） …… *218*
赤姫秘文（角田喜久雄）春陽文庫（1990） …… *219*
赤まんま（北原亞以子）新潮文庫（2008） …… *72*
秋しぐれ（山手樹一郎）山手樹一郎短編時代小説全集（1980） …… *395*
秋月の牙（峰隆一郎）光文社文庫（1996） …… *332*
秋月の牙（峰隆一郎）光文社文庫（2011） …… *333*
精姫様一条（杉本章子）講談社文庫（2014） …… *179*
商ン人侍（左近隆）春陽文庫（1983） …… *110*
悪源太郎 上（川口松太郎）徳間文庫（1990） …… *66*
悪源太郎 下（川口松太郎）徳間文庫（1990） …… *66*
悪女を斬るとき（笹沢左保）新潮文庫（2000） …… *118*
悪女の系譜（南條範夫）双葉文庫（1989） …… *263*
芥川龍之介 1 鼻　河童―ほか（芥川龍之介）ダイソー文学シリーズ 近代日本文学選（2004） …… *6*
芥川龍之介 2 羅生門　奉教人の死―ほか（芥川龍之介）ダイソー文学シリーズ 近代日本文学選（2004） …… *6*
芥川龍之介全集 1 羅生門・鼻・芋粥（芥川龍之介）ちくま文庫（1986） …… *6*
芥川龍之介全集 2 蜘蛛の糸・地獄変・奉教人の死（芥川龍之介）ちくま文庫（1986） …… *6*
芥川龍之介の「羅生門」「河童」（芥川龍之介）角川文庫（2006） …… *5*
芥川龍之介文庫 第1 羅生門・地獄変（芥川龍之介）中央公論社作品文庫（1953） …… *6*
芥川龍之介文庫 第2 枯野抄（芥川龍之介）中央公論社作品文庫（1954） …… *6*
悪道（森村誠一）講談社文庫（2012） …… *361*
悪道（森村誠一）講談社文庫（2013） …… *361*
悪道（森村誠一）講談社文庫（2015） …… *361*
悪党死末帳（本庄慧一郎）ケイブンシャ文庫（2002） …… *317*
悪党伝（早乙女貢）学研M文庫（2002） …… *98*
悪党の裔 上巻（北方謙三）中公文庫（1995） …… *69*
悪党の裔 下巻（北方謙三）中公文庫（1995） …… *69*
◇悪人列伝（海音寺潮五郎）文春文庫 …… *61*
悪人列伝 1（海音寺潮五郎）文春文庫（1975） …… *61*
悪人列伝　古代篇（海音寺潮五郎）文春文庫（2006） …… *61*
悪人列伝 2（海音寺潮五郎）文春文庫（1975） …… *61*
悪人列伝　中世篇（海音寺潮五郎）文春文庫（2006） …… *61*
悪人列伝 3（海音寺潮五郎）文春文庫（1976） …… *61*
悪人列伝　近世篇（海音寺潮五郎）文春文庫（2007） …… *61*
悪人列伝 4（海音寺潮五郎）文春文庫（1976） …… *61*
悪人列伝　近代篇（海音寺潮五郎）文春文庫（2007） …… *61*
悪の絵草紙（多岐川恭）徳間文庫（1991） …… *200*

悪の絵草紙（多岐川恭）徳間文庫（1991）…… 200
悪の狩人（森村誠一）文春文庫（2000）…… 364
悪の梯子（澤田ふじ子）徳間文庫（2006）…… 139
悪名の旗（滝口康彦）中公文庫（1987）…… 203
悪名の旗 →西の関ケ原（滝口康彦）人物文庫（2012）…… 203
悪夢の使者（森村誠一）文春文庫（2001）…… 364
悪霊（早乙女貢）新潮文庫（1989）…… 102
悪霊の城（角田喜久雄）春陽文庫（1978）…… 218
明智光秀（大栗丹後）学研M文庫（2007）…… 40
明智光秀（早乙女貢）文春文庫（1991）…… 104
明智光秀（榊山潤）時代小説文庫（1986）…… 106
明智光秀 上（桜田晋也）角川文庫（1989）…… 109
明智光秀 上（桜田晋也）人物文庫（1998）…… 109
明智光秀 中（桜田晋也）角川文庫（1989）…… 109
明智光秀 中（桜田晋也）人物文庫（1998）…… 109
明智光秀 下（桜田晋也）角川文庫（1989）…… 109
明智光秀 下（桜田晋也）人物文庫（1998）…… 109
明智光秀（嶋津義忠）PHP文庫（2005）…… 161
明智光秀（徳永真一郎）PHP文庫（1988）…… 236
揚羽の蝶 上（佐藤雅美）講談社文庫（2001）…… 126
揚羽の蝶 下（佐藤雅美）講談社文庫（2001）…… 126
明屋敷番始末（長谷川卓）ハルキ文庫（2009）…… 289
赤穂義士（海音寺潮五郎）講談社文庫（2009）…… 59
赤穂義士（海音寺潮五郎）文春文庫（1994）…… 62
赤穂飛脚（山田風太郎）旺文社文庫（1985）…… 378
赤穂浪士（江崎俊平）春陽文庫（1968）…… 35
赤穂浪士（江崎俊平）春陽文庫（1981）…… 36
赤穂浪士（大佛次郎）時代小説文庫（1981）…… 53
赤穂浪士（大佛次郎）新潮文庫（1979）…… 53
赤穂浪士 上巻（大佛次郎）角川文庫（1961）…… 53
赤穂浪士 上（大佛次郎）集英社文庫（1998）…… 53
赤穂浪士 上巻（大佛次郎）新潮文庫（1964）…… 53
赤穂浪士 上巻（大佛次郎）新潮文庫（1998）…… 53
赤穂浪士 上（大佛次郎）徳間文庫（1993）…… 55
赤穂浪士 下巻（大佛次郎）角川文庫（1961）…… 53
赤穂浪士 下（大佛次郎）集英社文庫（1998）…… 53
赤穂浪士 下巻（大佛次郎）新潮文庫（1964）…… 53
赤穂浪士 下巻（大佛次郎）新潮文庫（1998）…… 53
赤穂浪士 下（大佛次郎）徳間文庫（1993）…… 55
赤穂浪士伝　上（海音寺潮五郎）中公文庫（1988）…… 60
赤穂浪士伝　上（海音寺潮五郎）利根文庫（1960）…… 60
赤穂浪士伝　上（海音寺潮五郎）文春文庫（1998）…… 62
赤穂浪士伝　中巻（海音寺潮五郎）利根文庫（1960）…… 60
赤穂浪士伝　下（海音寺潮五郎）中公文庫（1988）…… 60
赤穂浪士伝　下巻（海音寺潮五郎）利根文庫（1960）…… 60
赤穂浪士伝　下（海音寺潮五郎）文春文庫（1998）…… 62
あこがれ（北原亞以子）文春文庫（2016）…… 73
顎十郎捕物帳（久生十蘭）朝日文芸文庫（1998）…… 296
顎十郎評判捕物帳 第1（久生十蘭）春陽文庫（1951）…… 296
浅井長政（徳永真一郎）光文社文庫（1990）…… 235
浅井長政（星亮一）PHP文庫（2001）…… 315
浅井長政の決断（笹沢左保）角川文庫（1990）…… 112
朝顔草紙（山本周五郎）新潮文庫（1984）…… 400
朝顔夕顔（吉川英治）吉川英治文庫（1977）…… 412
浅き夢見し（高橋和島）廣済堂文庫（2006）…… 195
朝霧峠　紫忠兵衛（山手樹一郎）光風社文庫（1998）…… 388
朝霧に消えた男 →文政・八州廻り秘録（笹沢左保）ノン・ポシェット（1988）…… 121
浅草無人寺の罠（大谷羊太郎）静山社文庫（2010）…… 45
朝倉義景（星亮一）PHP文庫（2011）…… 315
朝晴れ鷹（山手樹一郎）新潮文庫（1965）…… 392
朝晴れ鷹（山手樹一郎）山手樹一郎長編時代小説全集（1979）…… 396
朝姫夕姫（江崎俊平）春陽文庫（1974）…… 36
朝焼け富士（山手樹一郎）山手樹一郎長編時代小説全集（1979）…… 397
朝焼け富士　前篇（山手樹一郎）春陽文庫（1954）…… 392
朝焼け富士　後篇（山手樹一郎）春陽文庫（1954）…… 392
足音が聞えてきた（白石一郎）新潮文庫（1987）…… 172

足音が聞えてきた →風来坊（白石一郎）徳間文庫（1992） …… 173
足利高氏 →足利尊氏（桜田晋也）祥伝社文庫（1999） …… 109
足利高氏 上（桜田晋也）角川文庫（1988） …… 109
足利高氏 下（桜田晋也）角川文庫（1988） …… 109
足利尊氏（桜田晋也）祥伝社文庫（1999） …… 109
足利尊氏（童門冬二）時代小説文庫（1994） …… 230
足利尊氏 上（村上元三）徳間文庫（1990） …… 355
足利尊氏 上（村上元三）徳間文庫（1991） …… 355
足利尊氏 下（村上元三）徳間文庫（1990） …… 355
足利尊氏 下（村上元三）徳間文庫（1991） …… 355
足利尊氏女太平記（峰隆一郎）学研M文庫（2004） …… 330
足利尊氏女太平記（峰隆一郎）廣済堂文庫（1995） …… 331
葦が泣く（太田蘭三）講談社文庫（1994） …… 44
葦が泣く（太田蘭三）光文社文庫（2010） …… 44
葦が泣く（太田蘭三）祥伝社文庫（2001） …… 44
邪しき者 上 柳生秘剣（羽山信樹）小学館文庫（1999） …… 292
邪しき者 中 血涙剣（羽山信樹）小学館文庫（1999） …… 292
邪しき者 下 生々流転剣（羽山信樹）小学館文庫（1999） …… 292
あした（北原亞以子）新潮文庫（2014） …… 72
◇足引き寺閻魔帳（澤田ふじ子）徳間文庫 …… 139
足引き寺閻魔帳（澤田ふじ子）徳間文庫（2000） …… 139
足引き寺閻魔帳 悪の梯子（澤田ふじ子）徳間文庫（2006） …… 139
足引き寺閻魔帳 嵐山殺景（澤田ふじ子）徳間文庫（2005） …… 139
足引き寺閻魔帳 暗殺の牒状（澤田ふじ子）徳間文庫（2009） …… 139
足引き寺閻魔帳 聖護院の仇討（澤田ふじ子）徳間文庫（2003） …… 139
足引き寺閻魔帳 再びの海（澤田ふじ子）徳間文庫（2013） …… 139
足引き寺閻魔帳 妻敵にあらず（澤田ふじ子）徳間文庫（2011） …… 139
足引き寺閻魔帳 女狐の罠（澤田ふじ子）徳間文庫（2002） …… 139
足引き寺閻魔帳 亡者の銭（澤田ふじ子）徳間文庫（2010） …… 139
足引き寺閻魔帳 山姥の夜（澤田ふじ子）徳間文庫（2009） …… 139
阿修羅の女族（峰隆一郎）廣済堂文庫（2011） …… 332
阿修羅の女族 上 慙愧の巻（峰隆一郎）双葉文庫（2004） …… 339
阿修羅の女族 下 幻影の巻（峰隆一郎）双葉文庫（2004） …… 340
阿修羅の女族（峰隆一郎）廣済堂文庫（1999） …… 331
飛鳥残影（邦光史郎）徳間文庫（1988） …… 79
明日は維新だ（童門冬二）集英社文庫（1992） …… 230
仇討ち（池波正太郎）角川文庫（1977） …… 17
仇討群像（池波正太郎）文春文庫（1980） …… 25
仇討群像（池波正太郎）文春文庫（2010） …… 26
仇討ち御用帳（多岐川恭）コスミック・時代文庫（2012） …… 197
仇討小説全集（菊池寛）大衆文学館（1996） …… 67
仇討月夜（伊藤桂一）学研M文庫（2004） …… 29
仇討二十一話（直木三十五）大衆文学館（1995） …… 245
仇討ちの客（澤田ふじ子）中公文庫（2013） …… 137
仇討ちの客（澤田ふじ子）徳間文庫（2015） …… 140
仇討ち物語（池波正太郎）春陽文庫（1967） …… 19
仇討ち物語（池波正太郎）春陽文庫（1987） …… 19
仇枕浮世草紙（八剣浩太郎）飛天文庫（1995） …… 368
仇夢ごよみ（木屋進）春陽文庫（1979） …… 74
当たるも八卦の墨色占い（佐藤雅美）文春文庫（2011） …… 130
復讐党始末（神坂次郎）徳間文庫（2000） …… 86
艶女衣装競べ（有明夏夫）小学館文庫（2009） …… 12
艶女犬草紙（阿部牧郎）講談社文庫（2006） …… 8
あとのない仮名（山本周五郎）新潮文庫（1975） …… 399
亜智一郎の恐慌（泡坂妻夫）創元推理文庫（2004） …… 13
亜智一郎の恐慌（泡坂妻夫）双葉文庫（2000） …… 14
あとより恋の責めくれば（竹田真砂子）集英社文庫（2013） …… 204
義姉（睦月影郎）講談社文庫（2008） …… 347
あばれ狼（池波正太郎）新潮文庫（1989） …… 22
あばれ街道阿修羅剣（大栗丹後）コスミック・時代文庫（2006） …… 40
あばれ街道情艶剣（大栗丹後）コスミック・時代文庫（2005） …… 40

暴れ姫君（山手樹一郎）山手樹一郎短編時代小説全集（1980）…… 395
あばれ振袖（高木彬光）春陽文庫（1983）…… 186
油小路の血闘（安西篤子）小学館文庫（1999）…… 16
阿部一族（森鷗外）岩波文庫（1948）…… 358
阿部一族（森鷗外）角川文庫（1954）…… 358
阿部一族（森鷗外）河出文庫（1954）…… 358
阿部一族（森鷗外）新潮文庫（1950）…… 359
阿部一族（森鷗外）創元文庫（1953）…… 359
阿部一族（森鷗外）森鷗外著作集（2013）…… 360
阿部一族（森鷗外）ワイド版岩波文庫（2001）…… 360
阿部一族・雁・高瀬舟（森鷗外）旺文社文庫（1965）…… 358
阿部一族・高瀬舟（森鷗外）潮文庫（1970）…… 358
阿部一族・舞姫（森鷗外）新潮文庫（1968）…… 359
あほうがらす（池波正太郎）新潮文庫（1985）…… 22
天翔ける女帝 →天翔ける女帝孝謙天皇（三田誠広）学研M文庫（2002）…… 327
天翔ける女帝孝謙天皇（三田誠広）学研M文庫（2002）…… 327
天翔る白日（黒岩重吾）中公文庫（1986）…… 81
天翔る白日（黒岩重吾）中公文庫（1996）…… 82
天翔ける女（白石一郎）文春文庫（1985）…… 173
天翔ける若鷲 →高杉晋作（南條範夫）PHP文庫（1988）…… 264
天翔ける倭寇　上（津本陽）角川文庫（1993）…… 220
天翔ける倭寇　下（津本陽）角川文庫（1993）…… 220
天草（榊山潤）大陸文庫（1988）…… 107
天草の死戦（森村誠一）中公文庫（2004）…… 362
雨乞の左右吉捕物話（長谷川卓）徳間文庫（2009）…… 288
尼子経久（中村整史朗）PHP文庫（1997）…… 254
尼将軍 北条政子 2 頼家篇（桜田晋也）角川文庫（1993）…… 109
尼将軍北条政子 1 頼朝篇（桜田晋也）角川文庫（1993）…… 109
尼将軍北条政子 3 実朝篇（桜田晋也）角川文庫（1993）…… 109
尼将軍北条政子 4 承久大乱篇（桜田晋也）角川文庫（1993）…… 109
尼将軍政子 →尼将軍北条政子 1（桜田晋也）角川文庫（1993）…… 109
尼将軍政子 →尼将軍北条政子 3（桜田晋也）角川文庫（1993）…… 109
尼将軍政子 →尼将軍北条政子 4（桜田晋也）角川文庫（1993）…… 109
雨燕（アマツバメ）（長谷川卓）ハルキ文庫（2008）…… 289
天の川を斬る（山田風太郎）ポケット文春（1968）…… 388
天の川を斬る →銀河忍法帖（山田風太郎）角川文庫（1977）…… 378
天の川の太陽（黒岩重吾）中公文庫（1982）…… 81
天の川の太陽　上巻（黒岩重吾）中公文庫（1996）…… 82
天の川の太陽　下巻（黒岩重吾）中公文庫（1996）…… 82
天の鎖 第1部 延暦少年記（澤田ふじ子）中公文庫（2005）…… 138
天の鎖 第2部 応天門炎上（澤田ふじ子）中公文庫（2006）…… 138
天の鎖 第3部 けものみち（澤田ふじ子）中公文庫（2006）…… 138
◇尼姫お褥帖（睦月影郎）廣済堂文庫…… 347
尼姫お褥帖 おんな獄（睦月影郎）廣済堂文庫（2015）…… 347
尼姫お褥帖 しのび悦（睦月影郎）廣済堂文庫（2015）…… 347
尼姫お褥帖 ぬめり蜜（睦月影郎）廣済堂文庫（2016）…… 347
尼姫お褥帖 ふたつ巴（睦月影郎）廣済堂文庫（2015）…… 347
甘蜜三昧（睦月影郎）講談社文庫（2010）…… 347
編笠十兵衛（池波正太郎）新潮文庫（1977）…… 22
編笠十兵衛（池波正太郎）新潮文庫（1988）…… 22
アームストロング砲（司馬遼太郎）講談社文庫（1988）…… 145
アームストロング砲（司馬遼太郎）講談社文庫（2004）…… 145
雨あがる（山本周五郎）ハルキ文庫（2008）…… 401
雨女（澤田ふじ子）幻冬舎文庫（2008）…… 133
雨の音（子母沢寛）中公文庫（2006）…… 165
雨の底（北原亞以子）新潮文庫（2016）…… 72
雨の山吹（山本周五郎）新潮文庫（1982）…… 399
アメリカ彦蔵（吉村昭）新潮文庫（2001）…… 417
あやかし淫鬼（睦月影郎）コスミック・時代文庫（2010）…… 347
あやかし淫香（睦月影郎）コスミック・時代文庫（2009）…… 347
あやかし絵巻（睦月影郎）祥伝社文庫（2007）…… 349
あやかし裁き（楠木誠一郎）コスミック・時代文庫（2011）…… 76

あやかし砂絵（都筑道夫）角川文庫（1982） …… 214
あやかし砂絵（都筑道夫）光文社文庫（1996） …… 215
あやかし天女（睦月影郎）コスミック・時代文庫（2009） …… 347
あやかしの花（高橋義夫）中公文庫（2013） …… 193
あやかし秘剣（睦月影郎）コスミック・時代文庫（2008） …… 347
あやかし秘香（睦月影郎）コスミック・時代文庫（2010） …… 347
あやつり組由来記（南條範夫）角川文庫（1978） …… 257
殺め暦（本庄慧一郎）学研M文庫（2001） …… 317
殺め暦（本庄慧一郎）廣済堂文庫（1998） …… 318
年魚市の巻（つづき），畜生谷の巻（中里介山）角川文庫（1956） …… 251
鮎之介颯爽記（野村敏雄）春陽文庫（1984） …… 283
荒木又右衛門（黒部亨）PHP文庫（2004） …… 83
荒木又右衛門（直木三十五）春陽文庫（1955） …… 245
荒木又右衛門　上巻（長谷川伸）市民文庫（1951） …… 286
荒木又右衛門　上（長谷川伸）人物文庫（2002） …… 286
荒木又右衛門　上（長谷川伸）大衆文学館（1996） …… 286
荒木又右衛門　上（長谷川伸）徳間文庫（1986） …… 286
荒木又右衛門　下巻（長谷川伸）市民文庫（1951） …… 286
荒木又右衛門　下（長谷川伸）人物文庫（2002） …… 286
荒木又右衛門　下（長谷川伸）大衆文学館（1996） …… 286
荒木又右衛門　下（長谷川伸）徳間文庫（1986） …… 286
荒木村重（黒部亨）PHP文庫（1996） …… 83
荒木村重惜命記 →荒木村重（黒部亨）PHP文庫（1996） …… 83
嵐の日々（津本陽）徳間文庫（1987） …… 225
嵐山殺景（澤田ふじ子）徳間文庫（2005） …… 139
荒ぶる波濤（津本陽）PHP文芸文庫（2013） …… 228
有明の月（澤田ふじ子）廣済堂文庫（2001） …… 134
ありんす国伝奇（山田風太郎）時代小説文庫（1996） …… 383
ある侍の生涯（村上元三）光文社文庫（2015） …… 352
或日の大石内蔵之助・枯野抄（芥川龍之介）岩波文庫（1991） …… 4
或日の大石内蔵之助・枯野抄 他十二篇（芥川龍之介）岩波文庫（2004） …… 4
粟田口の狂女（滝口康彦）講談社文庫（1989） …… 203
粟田口の狂女（滝口康彦）講談社文庫（2016） …… 203
暗鬼の剣（峰隆一郎）集英社文庫（1993） …… 333
暗鬼の剣（峰隆一郎）大陸文庫（1989） …… 335
安吾史譚（坂口安吾）河出文庫（1988） …… 108
安吾史譚（坂口安吾）PHP文庫（1993） …… 108
安吾戦国痛快短編集（坂口安吾）PHP文庫（2009） …… 108
安西篤子の南総里見八犬伝（安西篤子）集英社文庫（1996） …… 15
暗殺（早乙女貢）集英社文庫（1988） …… 100
暗殺（峰隆一郎）集英社文庫（1997） …… 334
◇暗殺請負人（森村誠一）幻冬舎文庫 …… 361
暗殺請負人 刺客往来（森村誠一）幻冬舎文庫（2009） …… 361
暗殺請負人　刺客街（森村誠一）幻冬舎文庫（2008） …… 361
暗殺剣（早乙女貢）春陽文庫（1969） …… 101
暗殺剣 上（南原幹雄）徳間文庫（2001） …… 270
暗殺剣 上 陰謀（南原幹雄）角川文庫（1992） …… 266
暗殺剣 下（南原幹雄）徳間文庫（2001） …… 270
暗殺剣 下 決戦（南原幹雄）角川文庫（1992） …… 266
暗殺者（池波正太郎）新潮文庫（1996） …… 20
暗殺者（池波正太郎）新潮文庫（2003） …… 21
暗殺者の神話（南原幹雄）ケイブンシャ文庫（1998） …… 267
暗殺者の神話（南原幹雄）時代小説文庫（1995） …… 267
暗殺者の神話（南原幹雄）集英社文庫（1985） …… 268
暗殺春秋（半村良）文春文庫（1999） …… 295
暗殺の城 上（津本陽）幻冬舎文庫（2001） …… 222
暗殺の城 下（津本陽）幻冬舎文庫（2001） …… 222
暗殺の牒状（澤田ふじ子）徳間文庫（2009） …… 139
暗殺の年輪（藤沢周平）文春文庫（1978） …… 307
暗殺の年輪（藤沢周平）文春文庫（2009） …… 308
暗殺密書街道（峰隆一郎）講談社文庫（2000） …… 332
安政の大獄（大佛次郎）徳間文庫（1990） …… 55
あんちゃん（北原亞以子）文春文庫（2013） …… 73

あんちゃん（山本周五郎）新潮文庫（1981） …… 399
あんでらすの鐘（澤田ふじ子）中公文庫（2012） …… 137
あんでらすの鐘（澤田ふじ子）徳間文庫（2015） …… 140
暗闘斬魔の剣（風巻絃一）春陽文庫（1995） …… 64

【い】

異域の人（井上靖）角川文庫（1957） …… 32
井伊大老（吉川英治）吉川英治文庫（1977） …… 412
井伊直弼（星亮一）PHP文庫（1997） …… 315
井伊直政（高野澄）PHP文庫（1999） …… 187
言い触らし団右衛門（司馬遼太郎）中公文庫（1974） …… 147
家光謀殺（笹沢左保）光文社文庫（2000） …… 115
家光謀殺（笹沢左保）文春文庫（1996） …… 122
家康東下（池波正太郎）新潮文庫（1987） …… 21
家康東下（池波正太郎）新潮文庫（2005） …… 22
家康・十六武将（徳永真一郎）PHP文庫（1987） …… 236
家康と正信（童門冬二）PHP文庫（2003） …… 234
家康の母（安西篤子）集英社文庫（1988） …… 15
伊賀組同心（戸部新十郎）旺文社文庫（1985） …… 237
伊賀組同心（戸部新十郎）徳間文庫（1989） …… 240
伊賀忍び控え帖（津本陽）PHP文芸文庫（2014） …… 228
伊賀忍法（早乙女貢）春陽文庫（1969） …… 101
伊賀忍法（早乙女貢）春陽文庫（1999） …… 102
伊賀忍法（早乙女貢）双葉文庫（1985） …… 103
伊賀忍法帖（山田風太郎）角川文庫（2003） …… 379
伊賀忍法帖（山田風太郎）角川文庫 - 山田風太郎ベストコレクション（2010） …… 379
伊賀忍法帖（山田風太郎）講談社文庫 - 山田風太郎忍法帖（1999） …… 382
伊賀忍法帖（山田風太郎）時代小説文庫（1990） …… 383
伊賀の聴恋器（山田風太郎）角川文庫（1980） …… 378
伊賀者始末（戸部新十郎）廣済堂文庫（2002） …… 238
伊賀者始末（戸部新十郎）徳間文庫（1988） …… 240
怒らぬ慶之助（山本周五郎）新潮文庫（1999） …… 400
斑鳩王の慟哭（黒岩重吾）中公文庫（1998） …… 82
斑鳩宮始末記（黒岩重吾）文春文庫（2003） …… 82
怒る富士（新田次郎）文春文庫（1980） …… 276
怒る富士 上（新田次郎）文春文庫（2007） …… 276
怒る富士 下（新田次郎）文春文庫（2007） …… 276
生きざま（柴田錬三郎）集英社文庫（1983） …… 156
生きている源八（山本周五郎）新潮文庫（1988） …… 400
生きている義親（南條範夫）角川文庫（1979） …… 257
生きて候　上（安部龍太郎）集英社文庫（2006） …… 9
生きて候　下（安部龍太郎）集英社文庫（2006） …… 9
生きのびる（白石一郎）文春文庫（2006） …… 174
意休ごろし（高橋義夫）中公文庫（2000） …… 193
異郷の帆（多岐川恭）講談社文庫（1977） …… 196
生きよ義経 →源義経（三好京三）PHP文庫（1995） …… 342
生霊騒ぎ（多岐川恭）時代小説文庫（2008） …… 197
幾松という女（南條範夫）新潮文庫（1993） …… 261
幾世の橋（澤田ふじ子）幻冬舎文庫（2003） …… 133
幾世の橋（澤田ふじ子）新潮文庫（1999） …… 137
池田大助捕物日記（野村胡堂）岡倉文庫（1952） …… 279
遺恨の譜（滝口康彦）講談社文庫（1984） …… 202
遺恨の譜（滝口康彦）新潮文庫（1996） …… 203
十六夜小僧（高橋義夫）徳間文庫（1999） …… 194
伊皿子坂ノ血闘（吉岡道夫）コスミック・時代文庫（2010） …… 408
石川五右衛門　上（赤木駿介）光文社文庫（2005） …… 2
石川五右衛門　下（赤木駿介）光文社文庫（2005） …… 2
石川五右衛門　上巻（檀一雄）角川文庫（1955） …… 211
石川五右衛門　上巻（檀一雄）春陽文庫（1957） …… 211
石川五右衛門　上（檀一雄）大衆文学館（1996） …… 211
石川五右衛門　中巻（檀一雄）角川文庫（1955） …… 211
石川五右衛門　中巻（檀一雄）春陽文庫（1957） …… 211

石川五右衛門　下巻(檀一雄)角川文庫(1956) …… 211
石川五右衛門　下巻(檀一雄)春陽文庫(1957) …… 211
石川五右衛門　下(檀一雄)大衆文学館(1996) …… 211
石田三成(尾崎士郎)角川文庫(1955) …… 51
石田三成(尾崎士郎)光文社文庫(1988) …… 51
石田三成(童門冬二)人物文庫(2007) …… 232
石田三成(徳永真一郎)PHP文庫(1989) …… 236
いじめ刃傷(南條範夫)徳間文庫(1997) …… 262
異常の門(柴田錬三郎)講談社文庫(1978) …… 151
異常の門(柴田錬三郎)大衆文学館(1997) …… 159
維新回天高杉晋作(村上元三)人物文庫(2008) …… 354
異人館 上(白石一郎)朝日文庫(1999) …… 171
異人館 上(白石一郎)講談社文庫(2001) …… 172
異人館 下(白石一郎)朝日文庫(1999) …… 171
異人館 下(白石一郎)講談社文庫(2001) …… 172
異人斬り(峰隆一郎)光文社文庫(1996) …… 332
遺臣伝(子母沢寛)時代小説文庫(1981) …… 164
遺臣伝(子母沢寛)中公文庫(2006) …… 165
維新の御庭番(小松重男)廣済堂文庫(2004) …… 89
維新の女たち(童門冬二)春陽文庫(1982) …… 231
維新の旗風(早乙女貢)集英社文庫(1978) …… 100
遺臣の群(南條範夫)旺文社文庫(1987) …… 257
遺臣の群(南條範夫)徳間文庫(1996) …… 262
維新の烈風(古川薫)徳間文庫(1990) …… 313
維新の烈風 →松陰と晋作(古川薫)人物文庫(2004) …… 313
いじん幽霊(高橋克彦)集英社文庫(2006) …… 189
出雲の阿国　上(有吉佐和子)中公文庫(1974) …… 12
出雲の阿国　上(有吉佐和子)中公文庫(2002) …… 12
出雲の阿国　上(有吉佐和子)中公文庫(2014) …… 13
出雲の阿国　中(有吉佐和子)中公文庫(1974) …… 12
出雲の阿国　下(有吉佐和子)中公文庫(1974) …… 12
出雲の阿国　下(有吉佐和子)中公文庫(2002) …… 12
出雲の阿国　下(有吉佐和子)中公文庫(2014) …… 13
出雲の鷹(南條範夫)文春文庫(1984) …… 263
居座り侍(多岐川恭)光文社文庫(1990) …… 196
◇異説大岡政談(大栗丹後)春陽文庫 …… 42
異説大岡政談 極道隠密 東海道の巻(大栗丹後)春陽文庫(1998) …… 42
異説新撰組(童門冬二)春陽文庫(1968) …… 231
異説幕末伝(柴田錬三郎)講談社文庫(1998) …… 151
板垣退助 上巻(三好徹)人物文庫(1997) …… 343
板垣退助 下巻(三好徹)人物文庫(1997) …… 343
◇潮来の伊太郎(笹沢左保)徳間文庫 …… 119
潮来の伊太郎 1 大利根の闇に消えた(笹沢左保)徳間文庫(1988) …… 119
潮来の伊太郎 2 決闘・箱根山三枚橋(笹沢左保)徳間文庫(1988) …… 119
いだ天百里(山田風太郎)廣済堂文庫(1997) …… 381
異端の殺し屋(邦光史郎)光文社文庫(1992) …… 78
異端の三河武士 →叛臣(多岐川恭)光文社文庫(2000) …… 197
一絃の琴(宮尾登美子)講談社文庫(1982) …… 340
一絃の琴(宮尾登美子)講談社文庫(2008) …… 341
一十郎とお蘭さま(南條範夫)文春文庫(2003) …… 264
一族自刃、八百七十名(南條範夫)旺文社文庫(1985) …… 256
一人ならじ(山本周五郎)新潮文庫(1980) …… 399
一の太刀(柴田錬三郎)時代小説文庫(2008) …… 154
一の太刀(柴田錬三郎)新潮文庫(1987) …… 158
一夢庵風流記(隆慶一郎)集英社文庫(1992) …… 419
一夢庵風流記(隆慶一郎)新潮文庫(1991) …… 419
一夢庵風流記(隆慶一郎)新潮文庫(2007) …… 419
一命(滝口康彦)講談社文庫(2011) …… 203
一夜明ければ(山手樹一郎)桃園文庫(1992) …… 393
一夜官女(司馬遼太郎)中公文庫(1984) …… 148
一夜の客(杉本苑子)文春文庫(2001) …… 184
一両二分の女(平岩弓枝)文春文庫(1990) …… 299
一両二分の女(平岩弓枝)文春文庫(2005) …… 301
一休さんの道 上(川口松太郎)講談社文庫(1990) …… 65

一休さんの道 下（川口松太郎）講談社文庫（1990） …… 65
一休さんの門 上（川口松太郎）講談社文庫（1990） …… 65
一休さんの門 下（川口松太郎）講談社文庫（1990） …… 65
一剣立春 上（城昌幸）春陽文庫（1994） …… 168
一剣立春 下（城昌幸）春陽文庫（1994） …… 168
一茶（藤沢周平）文春文庫（1981） …… 307
一茶（藤沢周平）文春文庫（2009） …… 308
一殺多生剣（南條範夫）光文社時代小説文庫（1986） …… 258
一殺多生剣（南條範夫）光文社文庫（1986） …… 258
◇一心剣（田中光二）徳間文庫 …… 206
一心剣（田中光二）徳間文庫（2004） …… 206
一心剣 霧丸斬妖剣（田中光二）徳間文庫（2005） …… 206
一心剣 薩摩隠密行（田中光二）徳間文庫（2005） …… 206
一心剣 秘剣独眼竜（田中光二）徳間文庫（2005） …… 206
一心斎不覚の筆禍（佐藤雅美）講談社文庫（2011） …… 128
一石二鳥の敵討ち（佐藤雅美）講談社文庫（2015） …… 127
一千キロ、剣が疾る →直飛脚疾る（笹沢左保）光文社文庫（1999） …… 115
一刀斎忠臣蔵異聞（五味康祐）ケイブンシャ文庫（1988） …… 91
一刀斎忠臣蔵異聞（五味康祐）文春文庫（1998） …… 93
一刀両断（柴田錬三郎）新潮文庫（2013） …… 159
一本刀土俵入（長谷川伸）時代小説文庫（1984） …… 286
一本刀土俵入（長谷川伸）春陽文庫（1951） …… 286
偽りの刑場（多岐川恭）徳間文庫（1995） …… 199
伊東一刀斎 上 孤の章（戸部新十郎）光文社文庫（1989） …… 239
伊東一刀斎 中 念の章（戸部新十郎）光文社文庫（1989） …… 239
伊東一刀斎 下 絶の章（戸部新十郎）光文社文庫（1990） …… 239
伊東一刀斎（峰隆一郎）ノン・ポシェット（1991） …… 337
いなずま砂絵（都筑道夫）光文社文庫（1988） …… 214
稲妻浪人（和巻耿介）春陽文庫（1973） …… 422
犬を飼う武士（白石一郎）講談社文庫（1994） …… 171
犬同心狩り（峰隆一郎）飛天文庫（1993） …… 338
犬同心狩り（峰隆一郎）飛天文庫（1994） …… 338
犬同心狩り →元禄斬鬼伝 3（峰隆一郎）徳間文庫（2003） …… 336
犬同心狩り →元禄斬鬼伝 3（峰隆一郎）青樹社文庫（1997） …… 334
犬張子の謎（平岩弓枝）文春文庫（1998） …… 300
犬姫様（陣出達朗）春陽文庫（1977） …… 177
犬姫様（陣出達朗）春陽文庫（1992） …… 178
犬目（長谷川卓）祥伝社文庫（2010） …… 288
いねむり目付恩情裁き（白石一郎）コスミック・時代文庫（2013） …… 172
伊能忠敬（童門冬二）河出文庫（2014） …… 230
伊能忠敬（童門冬二）人物文庫（1999） …… 232
亥ノ子の誘拐（かどわかし）（中津文彦）光文社文庫（2009） …… 253
いのちの螢（澤田ふじ子）幻冬舎文庫（2003） …… 133
いのちの螢（澤田ふじ子）中公文庫（2010） …… 137
いのちの螢（澤田ふじ子）徳間文庫（2014） …… 140
命みょうが（佐藤雅美）講談社文庫（2005） …… 126
いのち燃ゆ（北原亞以子）角川文庫（2016） …… 70
命は一度捨てるもの（笹沢左保）光文社文庫（1997） …… 114
命は一度捨てるもの（笹沢左保）時代小説文庫（1983） …… 116
伊庭八郎（野村敏雄）PHP文庫（2004） …… 283
胆吹の巻（中里介山）時代小説文庫（1982） …… 251
ifの幕末（清水義範）集英社文庫（2013） …… 163
異聞・新撰組（童門冬二）朝日文庫（2008） …… 229
異聞忍者列伝（野村敏雄）春陽文庫（1975） …… 283
異聞忍者列伝（野村敏雄）春陽文庫（1994） …… 283
異変街道 上（松本清張）講談社文庫（1989） …… 322
異変街道 下（松本清張）講談社文庫（1989） …… 322
刺青の女（高木彬光）春陽文庫（1983） …… 186
刺青の女（高木彬光）春陽文庫（1999） …… 186
いれずみ若殿（左近隆）春陽文庫（1989） …… 110
色好み濡れ草紙（木屋進）飛天文庫（1997） …… 74
いろ暦四十八手（五味康祐）文春文庫（1989） …… 93
色懺悔鼠小僧盗み草紙（多岐川恭）徳間文庫（2001） …… 201

色仕掛深川あぶな絵地獄（多岐川恭）徳間文庫（2004） …… 201
色仕掛闇の絵草紙（多岐川恭）徳間文庫（2002） …… 201
色時雨（睦月影郎）学研M文庫（2004） …… 345
色艶秘剣（睦月影郎）廣済堂文庫（2009） …… 346
色に狂えば（安西篤子）光文社文庫（1991） …… 15
色に死にけり（早乙女貢）ケイブンシャ文庫（1990） …… 98
色の道教えます（五味康祐）集英社文庫（1978） …… 91
色の道教えます（五味康祐）徳間文庫（1990） …… 92
色の道教えます　続（五味康祐）徳間文庫（1990） …… 92
いろの罠（南原幹雄）旺文社文庫（1986） …… 264
いろの罠（南原幹雄）廣済堂文庫（2004） …… 267
いろの罠（南原幹雄）青樹社文庫（1995） …… 269
いろの罠（南原幹雄）徳間文庫（1989） …… 269
いろは剣法・のっそりと参上（山手樹一郎）光風社文庫（1996） …… 388
色枕（本庄慧一郎）徳間文庫（2002） …… 319
いろまち切絵図（和巻耿介）春陽文庫（1981） …… 422
色は匂えど（睦月影郎）徳間文庫（2006） …… 350
岩伍覚え書（宮尾登美子）角川文庫（2000） …… 340
岩伍覚え書（宮尾登美子）集英社文庫（1979） …… 341
岩伍覚え書（宮尾登美子）集英社文庫（2016） …… 341
岩崎弥太郎　上（村上元三）人物文庫（2001） …… 353
岩崎弥太郎　上（村上元三）人物文庫（2009） …… 354
岩崎弥太郎　下（村上元三）人物文庫（2001） …… 353
岩崎弥太郎　下（村上元三）人物文庫（2009） …… 354
岩崎彌太郎 →岩崎弥太郎 下（村上元三）人物文庫（2001） …… 353
磐舟の光芒　上（黒岩重吾）講談社文庫（1996） …… 81
磐舟の光芒　下（黒岩重吾）講談社文庫（1996） …… 81
隠々洞ききがき抄（杉本苑子）集英社文庫（1983） …… 182
隠々洞ききがき抄（杉本苑子）文春文庫（1992） …… 183
淫気楼（睦月影郎）学研M文庫（2007） …… 345
淫刀（睦月影郎）二見文庫（2008） …… 350
◇淫導師・流一朗太（睦月影郎）コスミック・時代文庫 …… 347
◇淫導師・流一朗太（睦月影郎）コスミック文庫 …… 348
淫導師・流一朗太 流れ星外道剣（睦月影郎）コスミック・時代文庫（2006） …… 347
淫導師・流一朗太 流れ星斬妖剣（睦月影郎）コスミック・時代文庫（2008） …… 347
淫導師・流一朗太 流れ星邪淫剣（睦月影郎）コスミック文庫（2007） …… 348
淫導師・流一朗太 流れ星純情剣（睦月影郎）コスミック・時代文庫（2006） …… 347
淫導師・流一朗太 流れ星魔性剣（睦月影郎）コスミック・時代文庫（2004） …… 347

【う】

上杉景勝（星亮一）PHP文庫（2003） …… 315
上杉謙信（永岡慶之助）青樹社文庫（1995） …… 250
上杉謙信 →上杉謙信と直江兼続（永岡慶之助）人物文庫（2006） …… 249
上杉謙信（南條範夫）光文社文庫（1993） …… 259
上杉謙信（松永義弘）人物文庫（1998） …… 320
上杉謙信（吉川英治）角川文庫（2015） …… 410
上杉謙信（吉川英治）コスミック・時代文庫（2013） …… 410
上杉謙信（吉川英治）吉川英治歴史時代文庫（1989） …… 413
上杉謙信と直江兼続（永岡慶之助）人物文庫（2006） …… 249
上杉三代記（嶋津義忠）PHP文庫（2008） …… 161
上杉太平記（長谷川伸）徳間文庫（1987） …… 286
上杉鷹山（嶋津義忠）PHP文庫（2002） …… 161
上杉鷹山の師細井平洲（童門冬二）集英社文庫（2011） …… 231
上田攻め（池波正太郎）新潮文庫（1987） …… 21
上田攻め（池波正太郎）新潮文庫（2005） …… 21
魚の棲む城（平岩弓枝）新潮文庫（2004） …… 298
浮かぶ瀬もなし（八剣浩太郎）徳間文庫（1998） …… 368
浮かれ黄蝶（平岩弓枝）文春文庫（2009） …… 302
浮草みれん（笹沢左保）光文社文庫（2006） …… 115
うきぐさ浪人（陣出達朗）春陽文庫（1981） …… 177
宇喜多直家（黒部亨）PHP文庫（2002） …… 83
宇喜多秀家（津本陽）文春文庫（2001） …… 227
宇喜多秀家（野村敏雄）PHP文庫（1996） …… 283
浮寝の花（梅本育子）集英社文庫（1994） …… 34

浮寝の花（梅本育子）双葉文庫（2003）……… 35
右京介巡察記（南條範夫）徳間文庫（1987）……… 261
右京局小夜がたり →寂光院残照（永井路子）集英社文庫（1985）……… 246
浮世絵師（横溝正史）春陽文庫（1984）……… 407
浮世絵の女（笹沢左保）時代小説文庫（1988）……… 117
浮世絵の女（笹沢左保）ノン・ポシェット（1998）……… 120
うぐいす侍（山手樹一郎）春陽文庫（2005）……… 392
うぐいす侍　梅の宿（山手樹一郎）光風社文庫（2001）……… 389
雨月（平岩弓枝）文春文庫（1995）……… 299
雨月（平岩弓枝）文春文庫（2005）……… 301
動かぬが勝（かち）（佐江衆一）新潮文庫（2011）……… 96
牛込御門余時（竹田真砂子）集英社文庫（2008）……… 204
失われた犯科帳（赤木駿介）大陸文庫（1989）……… 3
有情（睦月影郎）講談社文庫（2008）……… 347
埋み火（杉本苑子）文春文庫（1979）……… 183
うそ八万騎（尾崎士郎）大衆文学館（1996）……… 51
贋作天保六花撰（北原亞以子）講談社文庫（2000）……… 71
贋作天保六花撰（北原亞以子）徳間文庫（2004）……… 73
うたかた絵巻（睦月影郎）祥伝社文庫（2007）……… 349
うたかたの（永井路子）文春文庫（1996）……… 247
歌麿さま参る（光瀬龍）角川文庫（1982）……… 327
討たれざるもの（澤田ふじ子）中公文庫（1985）……… 137
討たれざるもの（澤田ふじ子）徳間文庫（2008）……… 142
討ちてしやまん物語（神坂次郎）PHP文庫（1989）……… 86
うっかり同心蕪十内 泪橋おえん（吉岡道夫）コスミック・時代文庫（2010）……… 409
うっかり同心蕪十内（吉岡道夫）コスミック・時代文庫（2007）……… 409
うっかり同心蕪十内（吉岡道夫）コスミック・時代文庫（2006）……… 409
うつせみ忍法 上（早乙女貢）時代小説文庫（1994）……… 100
うつせみ忍法 下（早乙女貢）時代小説文庫（1994）……… 100
うつせみ忍法帖（早乙女貢）双葉文庫（1988）……… 103
うつせみ忍法帳（早乙女貢）春陽文庫（1968）……… 101
うつせみ忍法帳（早乙女貢）春陽文庫（1998）……… 102
空蟬の花（澤田ふじ子）新潮文庫（1993）……… 137
空蟬の花（澤田ふじ子）中公文庫（2002）……… 138
移り香の秘密 →枕絵の陥し穴（中津文彦）光文社文庫（2010）……… 253
虚陰十郎必殺剣（峰隆一郎）廣済堂文庫（1998）……… 331
虚陰十郎必殺剣 下 斬人無慙（峰隆一郎）双葉文庫（2002）……… 339
空舟（長谷川卓）ハルキ文庫（2006）……… 288
腕一本の春　花の雨（山手樹一郎）光風社文庫（2000）……… 389
うどん屋剣法　おせん（山手樹一郎）光風社文庫（1999）……… 389
姥ざかり花の旅笠（田辺聖子）集英社文庫（2004）……… 207
馬よ波濤を飛べ 上（赤木駿介）時代小説文庫（1994）……… 2
馬よ波濤を飛べ 下（赤木駿介）時代小説文庫（1994）……… 3
海を飛ぶ鷹 上（村上元三）徳間文庫（1989）……… 355
海を飛ぶ鷹 下（村上元三）徳間文庫（1989）……… 355
海風山風（角田喜久雄）春陽文庫（1979）……… 218
海風山風 上（角田喜久雄）春陽文庫（1990）……… 219
海風山風 下（角田喜久雄）春陽文庫（1990）……… 219
海と風と虹と（海音寺潮五郎）時代小説文庫（1981）……… 59
海と風と虹と 上巻（海音寺潮五郎）角川文庫（1968）……… 57
海と風と虹と 下巻（海音寺潮五郎）角川文庫（1968）……… 57
海鳴り 上（藤沢周平）文春文庫（1987）……… 307
海鳴り 上（藤沢周平）文春文庫（2013）……… 309
海鳴り 下（藤沢周平）文春文庫（1987）……… 307
海鳴り 下（藤沢周平）文春文庫（2013）……… 309
海鳴り忍法帖（山田風太郎）角川文庫（1979）……… 378
海鳴り忍法帖（山田風太郎）時代小説文庫（1992）……… 383
海の稲妻 上（神坂次郎）講談社文庫（2001）……… 84
海の稲妻 下（神坂次郎）講談社文庫（2001）……… 84
海の街道 →銭屋五兵衛と冒険者たち（童門冬二）集英社文庫（2005）……… 231

海の街道 上（童門冬二）人物文庫（1997） …… 232
海の街道 下（童門冬二）人物文庫（1997） …… 232
海の伽耶琴 上（神坂次郎）講談社文庫（2000） …… 84
海の伽耶琴 下（神坂次郎）講談社文庫（2000） …… 84
海の琴 上（火焔城の章），下（恋渦巻の章）（早乙女貢）集英社文庫（1981） …… 100
海の祭礼（吉村昭）文春文庫（1989） …… 417
海の祭礼（吉村昭）文春文庫（2004） …… 417
海の翡翠（杉本苑子）旺文社文庫（1986） …… 180
海の翡翠（杉本苑子）角川文庫（1988） …… 181
海の螢（澤田ふじ子）廣済堂文庫（1998） …… 134
海の螢（澤田ふじ子）徳間文庫（2005） …… 142
梅一枝（柴田錬三郎）集英社文庫（2008） …… 156
梅の里兵法指南（高橋和島）廣済堂文庫（2011） …… 195
梅の宿（山手樹一郎）桃園文庫（1997） …… 394
梅若水揚帳（横溝正史）春陽文庫（1984） …… 407
埋もれ火（北原亞以子）文春文庫（2001） …… 73
埋もれ火の女（大栗丹後）学研M文庫（2006） …… 40
◇右門捕物帖（佐々木味津三）春陽文庫 …… 111
◇右門捕物帖（佐々木味津三）新潮文庫 …… 111
右門捕物帖（佐々木味津三）春陽文庫（1982） …… 111
右門捕物帖 第1巻（佐々木味津三）新潮文庫（1958） …… 111
右門捕物帖 第2巻（佐々木味津三）新潮文庫（1958） …… 111
右門捕物帖 第3（佐々木味津三）春陽文庫（1953） …… 111
右門捕物帖 第3巻（佐々木味津三）新潮文庫（1958） …… 111
右門捕物帖 第4（佐々木味津三）春陽文庫（1954） …… 111
右門捕物帖 第4巻（佐々木味津三）新潮文庫（1958） …… 111
右門捕物帖 第5（佐々木味津三）春陽文庫（1956） …… 111
裏隠密漂く（大栗丹後）春陽文庫（1998） …… 41
裏隠密撃つ（大栗丹後）春陽文庫（1996） …… 41
裏隠密笑む（大栗丹後）春陽文庫（2001） …… 42
裏隠密逐う（大栗丹後）春陽文庫（1993） …… 41
裏隠密活つ（大栗丹後）春陽文庫（1998） …… 41
裏隠密駆る（大栗丹後）春陽文庫（1989） …… 41
裏隠密斬る（大栗丹後）春陽文庫（1984） …… 41
裏隠密裂く（大栗丹後）春陽文庫（1995） …… 41
裏隠密射す（大栗丹後）春陽文庫（1998） …… 41
裏隠密冴ゆ（大栗丹後）春陽文庫（1990） …… 41
裏隠密澄む（大栗丹後）春陽文庫（1999） …… 42
裏隠密急く（大栗丹後）春陽文庫（1987） …… 41
裏隠密発つ（大栗丹後）春陽文庫（1984） …… 41
裏隠密繋ぐ（大栗丹後）春陽文庫（2000） …… 42
裏隠密衝く（大栗丹後）春陽文庫（1991） …… 41
裏隠密詰む（大栗丹後）春陽文庫（2002） …… 42
裏隠密照る（大栗丹後）春陽文庫（2000） …… 42
裏隠密解く（大栗丹後）春陽文庫（2002） …… 42
裏隠密翔ぶ（大栗丹後）春陽文庫（1997） …… 41
裏隠密貫く（大栗丹後）春陽文庫（1999） …… 42
裏隠密映ゆ（大栗丹後）春陽文庫（1997） …… 41
裏隠密牽く（大栗丹後）春陽文庫（1999） …… 42
裏隠密秘す（大栗丹後）春陽文庫（2000） …… 42
裏隠密踏む（大栗丹後）春陽文庫（2003） …… 42
裏隠密吼ゆ（大栗丹後）春陽文庫（1992） …… 41
裏隠密舞う（大栗丹後）春陽文庫（1985） …… 41
裏隠密魅す（大栗丹後）春陽文庫（2003） …… 42
裏隠密燃ゆ（大栗丹後）春陽文庫（1994） …… 41
裏隠密灼く（大栗丹後）春陽文庫（1999） …… 41
裏隠密徂く（大栗丹後）春陽文庫（1999） …… 41
裏街道片われ月 →嘉永二年の帝王切開（笹沢左保）徳間文庫（1990） …… 119
裏街道の男虚像の英雄 →侠客（戸部新十郎）廣済堂文庫（1998） …… 238
裏返し忠臣蔵（柴田錬三郎）時代小説文庫（1983） …… 154
裏返し忠臣蔵（柴田錬三郎）時代小説文庫（2008） …… 154
裏返し忠臣蔵（柴田錬三郎）春陽文庫（1980） …… 157
裏返し忠臣蔵（柴田錬三郎）文春文庫（1985） …… 159
裏稼ぎ（西村望）光文社文庫（1996） …… 273
裏切り街道（笹沢左保）ノン・ポシェット（1990） …… 121
恨み黒髪（滝口康彦）講談社文庫（1985） …… 202
恨み半蔵（高橋義夫）中公文庫（2010） …… 192
漆の実のみのる国 上（藤沢周平）文春文庫（2000） …… 308
漆の実のみのる国 下（藤沢周平）文春文庫（2000） …… 308
うれどき絵巻（睦月影郎）祥伝社文庫（2007） …… 349
熟れはだ開帳（睦月影郎）祥伝社文庫（2012） …… 349
うろつき夜太（柴田錬三郎）集英社文庫（1985） …… 156
噂の皇子（永井路子）文春文庫（1991） …… 247
雲霧成敗（吉岡道夫）コスミック・時代文庫（2014） …… 409
運命峠（柴田錬三郎）新潮文庫（1965） …… 158

運命峠 1 夕陽剣推参（柴田錬三郎）時代小説文庫（2008） …… 153
運命峠 2 一死一生（柴田錬三郎）時代小説文庫（2008） …… 153
運命峠 3 乱雲（柴田錬三郎）時代小説文庫（2008） …… 153
運命峠 4 暗夜剣（柴田錬三郎）時代小説文庫（2008） …… 153
運命の星が生れた（柴田錬三郎）集英社文庫（2016） …… 155

【え】

栄花物語（山本周五郎）新潮文庫（1972） …… 399
永代橋崩落（杉本苑子）中公文庫（1992） …… 183
影刀（黒岩重吾）文春文庫（1997） …… 82
英雄・生きるべきか死すべきか 上（柴田錬三郎）講談社文庫（1996） …… 152
英雄・生きるべきか死すべきか 上（柴田錬三郎）集英社文庫（1977） …… 155
英雄・生きるべきか死すべきか 中（柴田錬三郎）集英社文庫（1977） …… 155
英雄・生きるべきか死すべきか 下（柴田錬三郎）講談社文庫（1996） …… 152
英雄・生きるべきか死すべきか 下（柴田錬三郎）集英社文庫（1977） …… 155
英雄色を好む（南條範夫）文春文庫（1990） …… 263
英雄にっぽん（池波正太郎）角川文庫（1975） …… 17
英雄にっぽん（池波正太郎）集英社文庫（1979） …… 19
英雄にっぽん（池波正太郎）集英社文庫（2002） …… 19
絵師の首 →雪椿（澤田ふじ子）廣済堂文庫（1999） …… 134
絵島生島 前篇（舟橋聖一）新潮文庫（1959） …… 310
絵島生島 上巻（舟橋聖一）新潮文庫（2007） …… 310
絵島生島 後篇（舟橋聖一）新潮文庫（1959） …… 310
絵島生島 下巻（舟橋聖一）新潮文庫（2007） …… 310
絵島疑獄 上（杉本苑子）講談社文庫（1986） …… 181
絵島疑獄 下（杉本苑子）講談社文庫（1986） …… 181
絵図面盗難事件（有明夏夫）小学館文庫（2009） …… 12
蝦夷国まぼろし 上巻（夏堀正元）中公文庫（1998） …… 256
蝦夷国まぼろし 下巻（夏堀正元）中公文庫（1998） …… 256
越後騒動 上（山岡荘八）光文社文庫（1989） …… 371
越後騒動 下（山岡荘八）光文社文庫（1989） …… 371
越後太平記（綱淵謙錠）中公文庫（1983） …… 217
越前の牙（峰隆一郎）光文社文庫（1998） …… 332
悦虐（睦月影郎）廣済堂文庫（2005） …… 346
江戸悪党改め役（森村誠一）中公文庫（2012） …… 363
江戸悪党改め役（森村誠一）中公文庫ワイド版（2012） …… 363
江戸悪人帖（多岐川恭）徳間文庫（1994） …… 200
江戸悪人帖（多岐川恭）双葉文庫（1984） …… 201
江戸悪魔祭（高木彬光）春陽文庫（1985） …… 186
江戸仇討慚鬼伝（峰隆一郎）学研M文庫（2003） …… 330
江戸仇討慚鬼伝（峰隆一郎）廣済堂文庫（2001） …… 331
江戸仇討点鬼簿（峰隆一郎）廣済堂文庫（1999） …… 331
江戸仇討点鬼簿（峰隆一郎）双葉文庫（2004） …… 340
江戸打入り（半村良）集英社文庫（1999） …… 294
江戸へ百七十里（山手樹一郎）山手樹一郎長編時代小説全集（1978） …… 396
江戸へ百七十里 →身がわり若さま（山手樹一郎）コスミック・時代文庫（2012） …… 390
江戸艶色草紙（八剣浩太郎）学研M文庫（2004） …… 366
江戸を駆ける（神坂次郎）中公文庫（1994） …… 85
江戸おんな坂（南原幹雄）徳間文庫（1999） …… 270
江戸おんな時雨（南原幹雄）徳間文庫（2002） …… 270
江戸おんな八景（南原幹雄）祥伝社文庫（2011） …… 268
江戸隠密帖（山手樹一郎）山手樹一郎長編時代小説全集（1979） …… 397
江戸隠密帳（山手樹一郎）桃園文庫（1986） …… 393
江戸開城（海音寺潮五郎）新潮文庫（1987） …… 60
江戸怪盗伝（早乙女貢）双葉文庫（1992） …… 104
江戸上方同心双六（島田一男）春陽文庫（1986） …… 162
江戸上方同心双六 →ふたり同心捕物帳（島田一男）コスミック・時代文庫（2011） …… 161

江戸からの恋飛脚（佐藤雅美）文春文庫（2006） …… 129
江戸巌窟王（島田一男）春陽文庫（1983） …… 162
江戸巌窟王（島田一男）徳間文庫（2003） …… 162
江戸吉凶帳 →芝居茶屋弁之助（南原幹雄）新潮文庫（1999） …… 268
江戸暗闇犯科帳（峰隆一郎）廣済堂文庫（1999） …… 331
江戸暗闇犯科帳（峰隆一郎）双葉文庫（2003） …… 339
江戸群盗記（山手樹一郎）新潮文庫（1966） …… 392
江戸群盗記（山手樹一郎）山手樹一郎長編時代小説全集（1978） …… 395
江戸群盗伝（柴田錬三郎）コスミック・時代文庫（2013） …… 153
江戸群盗伝（柴田錬三郎）集英社文庫（2001） …… 156
江戸群盗伝（柴田錬三郎）新潮文庫（1960） …… 158
江戸群盗伝　続（柴田錬三郎）新潮文庫（1960） …… 158
江戸群盗伝（半村良）集英社文庫（2008） …… 294
江戸群盗伝（半村良）文春文庫（1996） …… 295
江戸剣花帖　上（邦光史郎）徳間文庫（1988） …… 79
江戸剣花帖　下（邦光史郎）徳間文庫（1988） …… 79
江戸恋闇路（大栗丹後）学研M文庫（2005） …… 40
江戸五人男（子母沢寛）徳間文庫（1995） …… 166
江戸御用帳（南條範夫）双葉文庫（1989） …… 263
江戸ざくら金四郎（山手樹一郎）双葉文庫（1992） …… 395
江戸ざくら金四郎（山手樹一郎）山手樹一郎長編時代小説全集（1979） …… 396
江戸桜金四郎（山手樹一郎）コスミック・時代文庫（2010） …… 390
江戸三国志 1（吉川英治）吉川英治歴史時代文庫（1990） …… 414
江戸三国志 2（吉川英治）吉川英治歴史時代文庫（1990） …… 414
江戸三国志 3（吉川英治）吉川英治歴史時代文庫（1990） …… 414
江戸三尺の空（多岐川恭）新潮文庫（1998） …… 198
江戸三尺の空（多岐川恭）大陸文庫（1988） …… 199
江戸三尺の空 →仇討ち御用帳（多岐川恭）コスミック・時代文庫（2012） …… 197
江戸城炎上（新宮正春）福武文庫（1995） …… 176
江戸城大奥列伝（海音寺潮五郎）講談社文庫（1988） …… 58
江戸城大奥列伝（海音寺潮五郎）講談社文庫（2008） …… 59
穢土荘厳（杉本苑子）文春文庫（1989） …… 183
江戸城心中（吉川英治）大衆文学館（1997） …… 411
江戸城風雲録（大栗丹後）春陽文庫（1986） …… 42
江戸城風雲録 →徳川風雲録（大栗丹後）春陽文庫（1998） …… 43
江戸情話集（岡本綺堂）光文社文庫（1993） …… 48
江戸情話集（岡本綺堂）光文社文庫（2010） …… 49
江戸職人綺譚（佐江衆一）新潮文庫（1998） …… 96
江戸職人綺譚　続（佐江衆一）新潮文庫（2003） …… 96
江戸妻お紺（南原幹雄）学研M文庫（2005） …… 265
江戸妻お紺（南原幹雄）徳間文庫（1990） …… 270
江戸大火・女人地獄（笹沢左保）ノン・ポシェット（1989） …… 121
江戸智能犯（多岐川恭）大陸文庫（1989） …… 199
江戸智能犯 →べらんめえ侍（多岐川恭）光文社文庫（1998） …… 197
江戸長恨歌（吉川英治）吉川英治文庫（1977） …… 412
江戸っ子侍（柴田錬三郎）集英社文庫（1982） …… 156
江戸っ子侍（柴田錬三郎）春陽文庫（1980） …… 157
江戸っ子侍　上（柴田錬三郎）講談社文庫（2004） …… 152
江戸っ子侍　上（柴田錬三郎）講談社文庫（2015） …… 152
江戸っ子侍　下（柴田錬三郎）講談社文庫（2004） …… 152
江戸っ子侍　下（柴田錬三郎）講談社文庫（2015） …… 152
江戸っ子大名（江崎俊平）春陽文庫（1971） …… 35
江戸っ子大名（江崎俊平）春陽文庫（1988） …… 36
江戸っ子大名 →江戸っ子大名纏の半次（江崎俊平）コスミック・時代文庫（2013） …… 35
江戸っ子大名纏の半次（江崎俊平）コスミック・時代文庫（2013） …… 35
江戸っ子奉行始末剣（山手樹一郎）コスミック・時代文庫（2014） …… 391

江戸っ子武士道（城昌幸）春陽文庫（1995） ……… 168
江戸にいる私（山田風太郎）廣済堂文庫（1998） ……… 382
江戸日記 上（大佛次郎）徳間文庫（1989） ……… 54
江戸日記 下（大佛次郎）徳間文庫（1989） ……… 54
江戸に夢あり（山手樹一郎）双葉文庫（1986） ……… 394
江戸に夢あり（山手樹一郎）山手樹一郎長編時代小説全集（1979） ……… 397
江戸に夢あり →貧乏旗本恋情剣法（山手樹一郎）コスミック・時代文庫（2013） ……… 391
江戸女人絵巻（笹沢左保）ノン・ポシェット（1987） ……… 121
江戸忍法帖（山田風太郎）講談社文庫 - 山田風太郎忍法帖（1999） ……… 382
江戸忍法帖（山田風太郎）時代小説文庫（1990） ……… 383
江戸ねずみ犯科帳（和巻耿介）春陽文庫（1975） ……… 422
江戸の朝風（山手樹一郎）廣済堂文庫（2012） ……… 388
江戸の朝風（山手樹一郎）山手樹一郎長編時代小説全集（1978） ……… 396
江戸の朝晴れ（木屋進）春陽文庫（1972） ……… 74
江戸の朝晴れ（木屋進）春陽文庫（1990） ……… 74
江戸の暴れん坊（山手樹一郎）桃園文庫（1988） ……… 393
江戸の暴れん坊（山手樹一郎）山手樹一郎長編時代小説全集（1978） ……… 396
江戸の暴れん坊 →おたすけ町医者恋情剣（山手樹一郎）コスミック・時代文庫（2013） ……… 391
江戸の暗黒街（池波正太郎）角川文庫（1979） ……… 17
江戸の暗黒街（池波正太郎）新潮文庫（2000） ……… 23
江戸の一夜（多岐川恭）新潮文庫（1995） ……… 198
江戸の陰獣（横溝正史）徳間文庫（2003） ……… 407
江戸の海（白石一郎）文春文庫（1995） ……… 173
江戸の女坂 →江戸おんな坂（南原幹雄）徳間文庫（1999） ……… 270
江戸の海賊（平岩弓枝）講談社文庫（1993） ……… 297
江戸の顔役（山手樹一郎）桃園文庫（1987） ……… 393
江戸の顔役（山手樹一郎）山手樹一郎長編時代小説全集（1978） ……… 396
江戸の顔役 →恋しぐれ浪人剣（山手樹一郎）コスミック・時代文庫（2013） ……… 391
江戸の敵（多岐川恭）新潮文庫（1997） ……… 198
江戸の敵（多岐川恭）徳間文庫（2004） ……… 201
江戸の黒椿（西村望）光文社文庫（2008） ……… 274
江戸の恋とんび（早乙女貢）春陽文庫（1979） ……… 101
江戸の恋とんび（早乙女貢）双葉文庫（1989） ……… 104
江戸の恋浪人（江崎俊平）春陽文庫（1991） ……… 36
江戸の小天狗（江崎俊平）春陽文庫（1977） ……… 36
江戸の小鼠（早乙女貢）春陽文庫（1976） ……… 101
江戸の子守唄（平岩弓枝）文春文庫（1979） ……… 299
江戸の子守唄（平岩弓枝）文春文庫（2004） ……… 300
江戸の残照（芝豪）学研M文庫（2010） ……… 144
江戸の商魂（佐江衆一）講談社文庫（2008） ……… 96
江戸の精霊流し（平岩弓枝）文春文庫（2006） ……… 302
江戸の人生論（笹沢左保）光文社文庫（1999） ……… 115
江戸の素浪人（江崎俊平）春陽文庫（1996） ……… 37
江戸の鼓（澤田ふじ子）徳間文庫（2006） ……… 142
江戸の虹（山手樹一郎）山手樹一郎長編時代小説全集（1977） ……… 395
江戸の野良犬（左近隆）春陽文庫（1990） ……… 110
江戸の風来坊（江崎俊平）春陽文庫（1976） ……… 36
江戸の風来坊（江崎俊平）春陽文庫（1993） ……… 37
エドの舞踏会（山田風太郎）ちくま文庫 - 山田風太郎明治小説全集（1997） ……… 386
エドの舞踏会（山田風太郎）文春文庫（1986） ……… 388
江戸の文（山手樹一郎）桃園文庫（1992） ……… 393
江戸の娘（平岩弓枝）角川文庫（1987） ……… 296
江戸の娘（平岩弓枝）角川文庫（2008） ……… 296
江戸の夜叉王（高木彬光）春陽文庫（1985） ……… 186
江戸の野獣たち（江崎俊平）春陽文庫（1974） ……… 36
江戸の野獣たち（江崎俊平）春陽文庫（1992） ……… 37
江戸の闇将軍（郡順史）コスミック・時代文庫（2003） ……… 87
江戸の闇将軍（郡順史）春陽文庫（1990） ……… 87
江戸の夕霧に消ゆ（笹沢左保）徳間文庫（1989） ……… 119
江戸の夕映（大佛次郎）朝日文庫（1981） ……… 52
江戸の夕映え（早乙女貢）講談社文庫（1997） ……… 99
江戸の落日（左近隆）春陽文庫（1986） ……… 110

江戸の若鷹（左近隆）春陽文庫（1996） 111
江戸八百八町物語（柴田錬三郎）講談社文庫（1993） 152
江戸八百八町物語（柴田錬三郎）時代小説文庫（2009） 154
江戸犯科絵図（和巻耿介）春陽文庫（1972） 422
江戸犯科帖（多岐川恭）徳間文庫（1999） 200
江戸繁昌記（佐藤雅美）講談社文庫（2007） 128
江戸風狂伝（北原亞以子）講談社文庫（2013） 71
江戸風狂伝（北原亞以子）中公文庫（2000） 72
江戸ぶし変化（江崎俊平）春陽文庫（1993） 37
江戸芙蓉堂医館（杉本苑子）講談社文庫（1983） 181
江戸鬼灯（高橋義夫）廣済堂文庫（1998） 191
江戸まだら蛇（早乙女貢）春陽文庫（1969） 101
江戸まだら蛇（早乙女貢）春陽文庫（1998） 102
江戸乱れ草紙（南條範夫）春陽文庫（1968） 260
江戸乱れ草紙（南條範夫）春陽文庫（1999） 261
江戸乱れ草紙（南條範夫）双葉文庫（1990） 263
江戸無情 上（富田常雄）徳間文庫（1990） 243
江戸無情 中（富田常雄）徳間文庫（1990） 243
江戸無情 下（富田常雄）徳間文庫（1990） 243
江戸紫絵巻源氏（井上ひさし）文春文庫（1985） 31
江戸名物からす堂 1（山手樹一郎）山手樹一郎長編時代小説全集（1978） 396
江戸名物からす堂 2（山手樹一郎）山手樹一郎長編時代小説全集（1978） 396
江戸名物からす堂 3（山手樹一郎）山手樹一郎長編時代小説全集（1978） 396
江戸名物からす堂 4（山手樹一郎）山手樹一郎長編時代小説全集（1978） 396
江戸名物からす堂（山手樹一郎）コスミック・時代文庫（2010） 390
江戸妖花帖（多岐川恭）光文社文庫（1993） 196
江戸妖花帖（多岐川恭）徳間文庫（1998） 200
江戸妖女伝（徳永真一郎）徳間文庫（1995） 236
江戸浪人街（早乙女貢）春陽文庫（1975） 101
江戸は花曇り（井口朝生）時代小説文庫（1988） 16
江戸は廻灯籠（佐江衆一）講談社文庫（2000） 96
江の島物語（吉川英治）吉川英治文庫（1977） 412
榎本艦隊北へ（星亮一）廣済堂文庫（2003） 315
恵比寿町火事（澤田ふじ子）幻冬舎文庫（2004） 132
えびす聖子（高橋克彦）幻冬舎文庫（2003） 188
えびす聖子（みこ）（高橋克彦）文春文庫（2010） 190
恵比寿屋喜兵衛手控え（佐藤雅美）講談社文庫（1996） 128
絵巻（永井路子）角川文庫（2000） 246
絵巻（永井路子）新潮文庫（1984） 246
偉物伝（童門冬二）講談社文庫（2001） 230
炎環（永井路子）文春文庫（1978） 247
炎環（永井路子）文春文庫（2012） 248
炎鬼の剣（峰隆一郎）ノン・ポシェット（1994） 338
縁切寺千一夜（陣出達朗）春陽文庫（1984） 178
冤罪（藤沢周平）新潮文庫（1982） 306
冤罪凶状（澤田ふじ子）幻冬舎時代小説文庫（2016） 132
艶書（山本周五郎）新潮文庫（1983） 399
炎情（睦月影郎）廣済堂文庫（2007） 346
艶色ひとつ褥（睦月影郎）徳間文庫（2005） 350
炎色よがり声（睦月影郎）徳間文庫（2005） 350
円四郎斬鬼剣（峰隆一郎）廣済堂文庫（1996） 331
円四郎斬鬼剣（峰隆一郎）双葉文庫（2002） 339
円朝（小島政二郎）旺文社文庫（1978） 88
円朝 上（小島政二郎）河出文庫（2008） 88
円朝 下（小島政二郎）河出文庫（2008） 88
婉という女（大原富枝）角川文庫（1964） 46
婉という女（大原富枝）新潮文庫（1963） 46
婉という女　正妻（大原富枝）講談社文芸文庫（2005） 46
役小角仙道剣（黒岩重吾）新潮文庫（2005） 81
艶福地獄（高橋義夫）中公文庫（2009） 193
閻魔王牒状（澤田ふじ子）徳間文庫（2004） 142
閻魔王牒状 →瀧桜（澤田ふじ子）廣済堂文庫（1998） 134
閻魔まいり（平岩弓枝）文春文庫（1991） 299
閻魔まいり（平岩弓枝）文春文庫（2005） 301

【お】

老いを斬る（左近隆）春陽文庫（2000） …… 111
お市御寮人（舟橋聖一）角川文庫（1972） …… 309
お市御寮人（舟橋聖一）ノン・ポシェット（1991） …… 310
置いてけ堀（西村望）光文社文庫（2004） …… 273
老茄子・裾野（舟橋聖一）新潮文庫（1958） …… 310
老いらくの恋（佐藤雅美）文春文庫（2012） …… 130
おいらん俥（山手樹一郎）桃園文庫（2004） …… 394
奥羽の二人（松本清張）講談社文庫（1986） …… 322
扇野（山本周五郎）新潮文庫（1981） …… 399
黄金海流（安部龍太郎）新潮文庫（1995） …… 9
黄金海流（安部龍太郎）日経文芸文庫（2013） …… 10
黄金郷伝説 →黄金の血脈 人の巻（半村良）祥伝社文庫（2005） …… 294
黄金谷秘録 →不老術（高橋義夫）中公文庫（2001） …… 192
黄金の海へ（津本陽）文春文庫（1992） …… 226
黄金の血脈　天の巻（半村良）祥伝社文庫（2005） …… 294
黄金の血脈　地の巻（半村良）祥伝社文庫（2005） …… 294
黄金の血脈　人の巻（半村良）祥伝社文庫（2005） …… 294
黄金の天馬（津本陽）文春文庫（1987） …… 226
黄金の天馬（津本陽）PHP文庫（2009） …… 228
黄金の日日（城山三郎）新潮文庫（1982） …… 174
黄金万花峡（陣出達朗）春陽文庫（1977） …… 177
黄金万花峡（陣出達朗）春陽文庫（1992） …… 178
黄金奉行（半村良）ノン・ポシェット（1994） …… 295
王事の悪徒（澤田ふじ子）徳間文庫（2005） …… 142
王者の妻（永井路子）講談社文庫（1978） …… 246
王者の妻 上巻（永井路子）PHP文庫（1996） …… 248
王者の妻 下巻（永井路子）PHP文庫（1996） …… 248
奥州路・七日の疾走（笹沢左保）光文社文庫（1997） …… 114
奥州路・七日の疾走（笹沢左保）時代小説文庫（1985） …… 116
奥州の牙（峰隆一郎）光文社文庫（2001） …… 333
王城の護衛者（司馬遼太郎）講談社文庫（1971） …… 145
王城の護衛者（司馬遼太郎）講談社文庫（2007） …… 146
王城の守護職（星亮一）角川文庫（1988） …… 314
王城の守護職 続 会津藩無念（星亮一）角川文庫（1988） …… 314
王城の忍者 →天皇家の戦士（南原幹雄）角川文庫（2009） …… 267
王朝（海音寺潮五郎）角川文庫（1965） …… 57
王朝（海音寺潮五郎）時代小説文庫（1987） …… 59
王朝小説集（芥川龍之介）ランダムハウス講談社文庫（2007） …… 7
王朝序曲 上（永井路子）角川文庫（1997） …… 246
王朝序曲 下（永井路子）角川文庫（1997） …… 246
王朝懶夢譚（田辺聖子）文春文庫（1998） …… 208
応天門の変（南條範夫）光文社文庫（2003） …… 259
王道の門　疾風編（和巻耿介）光文社文庫（1989） …… 422
王道の門　迅雷編（和巻耿介）光文社文庫（1989） …… 422
王の挽歌 上巻（遠藤周作）新潮文庫（1996） …… 39
王の挽歌 下巻（遠藤周作）新潮文庫（1996） …… 39
逢魔街道（左近隆）春陽文庫（1992） …… 110
逢魔刻（長谷川卓）学研M文庫（2010） …… 287
逢魔刻（長谷川卓）祥伝社文庫（2016） …… 288
逢魔天狗（陣出達朗）春陽文庫（1960） …… 177
逢魔天狗（陣出達朗）春陽文庫（1983） …… 178
逢魔の辻 上（大佛次郎）徳間文庫（1991） …… 55
逢魔の辻 下（大佛次郎）徳間文庫（1991） …… 55
近江商人（邦光史郎）集英社文庫（1986） …… 79
近江商人魂 上（童門冬二）人物文庫（1996） …… 231
近江商人魂 下（童門冬二）人物文庫（1997） …… 232
お怨み申しません（笹沢左保）光文社文庫（1986） …… 113
お江戸探索御用 上 迷路の巻（多岐川恭）徳間文庫（1994） …… 200
お江戸探索御用 下 悪道の巻（多岐川恭）徳間文庫（1994） …… 200
◇お江戸捕物絵図（多岐川恭）ノン・ポシェット …… 201
お江戸捕物絵図 →闇十手（多岐川恭）ノン・ポシェット（1994） …… 201
お江戸捕物絵図 →鬼十手（多岐川恭）ノン・ポシェット（1995） …… 201

お江戸捕物絵図 鬼十手（多岐川恭）ノン・ポシェット（1995）……201
お江戸捕物絵図 闇十手（多岐川恭）ノン・ポシェット（1994）……201
お江戸日本橋（柴田錬三郎）講談社文庫（1983）……151
お江戸日本橋 上巻（柴田錬三郎）コスミック・時代文庫（2012）……153
お江戸日本橋 下巻（柴田錬三郎）コスミック・時代文庫（2012）……153
大暴れ太閤記（風巻絃一）春陽文庫（1996）……64
大石内蔵助（佐竹申伍）PHP文庫（1988）……123
大石内蔵助（松永義弘）人物文庫（1998）……320
大石良雄（野上弥生子）岩波文庫（1953）……279
大石良雄　笛（野上弥生子）岩波文庫（1998）……279
大炊介始末（山本周五郎）新潮文庫（1965）……398
大江卓（三好徹）人物文庫（1998）……343
大江戸愛怨伝（八剣浩太郎）飛天文庫（1994）……368
大江戸悪女伝（八剣浩太郎）廣済堂文庫（1996）……367
大江戸暴れん坊（江崎俊平）春陽文庫（1989）……36
大江戸あぶれ者（高橋義夫）学研M文庫（2002）……191
大江戸色ごよみ（八剣浩太郎）ベスト時代文庫（2005）……369
大江戸浮世草紙（八剣浩太郎）廣済堂文庫（2004）……367
大江戸艶魔帖（八剣浩太郎）祥伝社文庫（2000）……368
大江戸閻魔帳（八剣浩太郎）学研M文庫（2003）……365
大江戸閻魔帳（八剣浩太郎）廣済堂文庫（1991）……366
大江戸閻魔帳 続（八剣浩太郎）学研M文庫（2003）……365
大江戸閻魔帳 続（八剣浩太郎）廣済堂文庫（1995）……366
大江戸艶魔伝 →大江戸閻魔帳（八剣浩太郎）廣済堂文庫（1991）……366
大江戸艶夜帖（八剣浩太郎）ノン・ポシェット（1994）……368
大江戸逢魔帖（八剣浩太郎）学研M文庫（2005）……366
大江戸逢魔帖（八剣浩太郎）ノン・ポシェット（1993）……368
大江戸火事秘録（笹沢左保）集英社文庫（1982）……117
大江戸火事秘録 →江戸大火・女人地獄（笹沢左保）ノン・ポシェット（1989）……121
大江戸からくり推理帖（楠木誠一郎）PHP文芸文庫（2011）……77
大江戸仇刃帖（八剣浩太郎）ノン・ポシェット（1995）……368
大江戸恐龍伝 1（夢枕獏）小学館文庫（2015）……403
大江戸恐龍伝 2（夢枕獏）小学館文庫（2015）……403
大江戸恐龍伝 3（夢枕獏）小学館文庫（2015）……403
大江戸恐龍伝 4（夢枕獏）小学館文庫（2015）……403
大江戸恐龍伝 5（夢枕獏）小学館文庫（2016）……403
大江戸恐龍伝 6（夢枕獏）小学館文庫（2016）……403
大江戸恐龍伝 第1巻～第5巻 →大江戸恐龍伝 1（夢枕獏）小学館文庫（2015）……403
大江戸恐龍伝 第1巻～第5巻 →大江戸恐龍伝 2（夢枕獏）小学館文庫（2015）……403
大江戸恐龍伝 第1巻～第5巻 →大江戸恐龍伝 3（夢枕獏）小学館文庫（2015）……403
大江戸恐龍伝 第1巻～第5巻 →大江戸恐龍伝 4（夢枕獏）小学館文庫（2015）……403
人江戸恐龍伝 第1巻～第5巻 →大江戸恐龍伝 5（夢枕獏）小学館文庫（2016）……403
大江戸恐龍伝 第1巻～第5巻 →大江戸恐龍伝 6（夢枕獏）小学館文庫（2016）……403
大江戸紅蓮帳（八剣浩太郎）廣済堂文庫（1995）……366
大江戸閨花帖（八剣浩太郎）ノン・ポシェット（1995）……368
大江戸豪商伝（童門冬二）徳間文庫（2001）……233
大江戸ゴミ戦争（杉本苑子）文春文庫（1994）……183
大江戸四十八帳 表の巻（八剣浩太郎）廣済堂文庫（1998）……367
大江戸四十八帳 裏の巻（八剣浩太郎）廣済堂文庫（1998）……367
大江戸情炎帖（八剣浩太郎）ノン・ポシェット（1994）……368
大江戸釣客伝　上（夢枕獏）講談社文庫（2013）……402
大江戸釣客伝　下（夢枕獏）講談社文庫（2013）……403
大江戸盗艶伝（八剣浩太郎）飛天文庫（1994）……368
大江戸盗艶伝 →盗人由兵衛犯科帖（八剣浩太郎）ケイブンシャ文庫（2001）……366

大江戸女犯帳(八剣浩太郎)廣済堂文庫(1999) …… 367
大江戸忍秘帖(八剣浩太郎)青樹社文庫(1999) …… 368
大江戸閨説法(八剣浩太郎)廣済堂文庫(2003) …… 367
大江戸閨説法(八剣浩太郎)青樹社文庫(1998) …… 368
大江戸花暦(早乙女貢)春陽文庫(1975) …… 101
大江戸花暦(早乙女貢)双葉文庫(1991) …… 104
大江戸犯科帳(八剣浩太郎)廣済堂文庫(1998) …… 367
大江戸秘閨帖(八剣浩太郎)ベスト時代文庫(2004) …… 369
大江戸百鬼伝(八剣浩太郎)飛天文庫(1994) …… 368
大江戸無頼 →旗本奴一代(笹沢左保)新潮文庫(1988) …… 118
大江戸枕ごよみ(八剣浩太郎)学研M文庫(2003) …… 366
大江戸枕暦(八剣浩太郎)飛天文庫(1996) …… 369
大江戸龍虎伝(笹沢左保)ノン・ポシェット(1998) …… 120
大江戸蓮華帳(八剣浩太郎)廣済堂文庫(1995) …… 367
大岡越前(吉川英治)吉川英治歴史時代文庫(1989) …… 413
大岡越前守 →大岡越前守忠相(堀和久)講談社文庫(1999) …… 316
大岡越前守忠相(堀和久)講談社文庫(1999) …… 316
大岡政談 →乱灯江戸影絵 下巻(松本清張)角川文庫(1987) …… 321
大岡政談 →乱灯江戸影絵 上巻(松本清張)角川文庫(1987) …… 321
大岡政談 →乱灯江戸影絵 中巻(松本清張)角川文庫(1987) …… 321
大奥十八景(南原幹雄)学研M文庫(2003) …… 264
大奥十八景(南原幹雄)青樹社文庫(1995) …… 269
大奥十八景 上(南原幹雄)角川文庫(1986) …… 265
大奥十八景 下(南原幹雄)角川文庫(1986) …… 265
大奥情炎(森村誠一)中公文庫(2004) …… 362
大奥追放(童門冬二)集英社文庫(2001) …… 230
大奥二人道成寺(杉本章子)講談社文庫(2011) …… 179
大奥の恋人(平岩弓枝)講談社文庫(1992) …… 297
大奥の恋人(平岩弓枝)講談社文庫(2016) …… 297
大奥秘交絵巻春日局(峰隆一郎)廣済堂文庫(1995) …… 331
大奥秘交絵巻春日局(峰隆一郎)双葉文庫(2004) …… 340
大奥秘図(早乙女貢)学研M文庫(2002) …… 98
大奥婦女記(松本清張)講談社文庫(1981) …… 322
大奥婦女記(松本清張)講談社文庫(1999) …… 322
大奥婦女記(松本清張)講談社文庫(2015) …… 323
狼(長谷川伸)旺文社文庫(1977) …… 285
狼たち(峰隆一郎)集英社文庫(1996) …… 333
狼奉行(高橋義夫)文春文庫(1995) …… 194
大久保利通(徳永真一郎)光文社文庫(1989) …… 235
大久保長安(斎藤吉見)PHP文庫(1996) …… 95
大久保長安 上(堀和久)講談社文庫(1990) …… 316
大久保長安 下(堀和久)講談社文庫(1990) …… 316
大久保彦左衛門 上(大佛次郎)徳間文庫(1988) …… 54
大久保彦左衛門 下(大佛次郎)徳間文庫(1988) …… 54
大久保彦左衛門(土師清二)春陽文庫(1973) …… 284
大久保彦左衛門(土師清二)春陽文庫(1988) …… 284
大久保彦左衛門(村上元三)中公文庫(1976) …… 354
大御所家康の策謀(童門冬二)日経ビジネス人文庫(2007) …… 233
大坂炎上(阿部牧郎)徳間文庫(2005) …… 8
大坂夏の陣(池波正太郎)新潮文庫(1988) …… 21
大坂夏の陣(池波正太郎)新潮文庫(2005) …… 22
大坂侍(司馬遼太郎)講談社文庫(1985) …… 145
大坂侍(司馬遼太郎)講談社文庫(2005) …… 146
大坂城炎上(早乙女貢)角川文庫(1988) …… 98
大坂城物語(村上元三)時代小説文庫(1984) …… 352
大坂入城(池波正太郎)新潮文庫(1988) …… 21
大坂入城(池波正太郎)新潮文庫(2005) …… 22
大塩平八郎・堺事件(森鷗外)岩波文庫(1940) …… 358
大塩平八郎・堺事件(森鷗外)角川文庫(1959) …… 358
大谷吉継(野村敏雄)PHP文庫(2000) …… 283

大利根任侠伝（赤木駿介）光文社文庫（1991） …… 2
大利根の闇に消えた（笹沢左保）徳間文庫（1988） …… 119
おおとりは空に（津本陽）講談社文庫（2004） …… 223
大原富枝の平家物語（大原富枝）集英社文庫（1996） …… 46
大峰の善鬼（柴田錬三郎）春陽文庫（1981） …… 157
大わらんじの男 1（津本陽）幻冬舎時代小説文庫（2011） …… 221
大わらんじの男 2（津本陽）幻冬舎時代小説文庫（2011） …… 221
大わらんじの男 3（津本陽）幻冬舎時代小説文庫（2011） …… 221
大わらんじの男 4（津本陽）幻冬舎時代小説文庫（2011） …… 221
大わらんじの男 5（津本陽）幻冬舎時代小説文庫（2011） …… 222
大わらんじの男 1（津本陽）文春文庫（1998） …… 227
大わらんじの男 2（津本陽）文春文庫（1998） …… 227
大わらんじの男 3（津本陽）文春文庫（1998） …… 227
大わらんじの男 4（津本陽）文春文庫（1998） …… 227
小笠原壱岐守（佐々木味津三）大衆文学館（1997） …… 112
小笠原始末記（新田次郎）文春文庫（1981） …… 276
おかしな侍たち（神坂次郎）河出文庫（1985） …… 84
おかしな大名たち（神坂次郎）中公文庫（1995） …… 86
岡っ引どぶ（柴田錬三郎）講談社文庫（2006） …… 152
岡っ引どぶ　続（柴田錬三郎）講談社文庫（1979） …… 151
岡っ引どぶ　続（柴田錬三郎）講談社文庫（2009） …… 152
岡っ引無宿（多岐川恭）光文社文庫（1998） …… 197
岡っ引無宿（多岐川恭）徳間文庫（1991） …… 200
岡場所の女（井口朝生）春陽文庫（1983） …… 17
岡本綺堂妖術伝奇集（岡本綺堂）学研M文庫（2002） …… 47
御聞番（高橋義夫）講談社文庫（1996） …… 192
お菊御料人（阿井景子）光文社文庫（2009） …… 1
沖田総司（早乙女貢）講談社文庫（1979） …… 98
沖田総司 上巻（三好徹）学研M文庫（2003） …… 342
沖田総司 上巻（三好徹）人物文庫（1997） …… 343
沖田総司 上（三好徹）徳間文庫（1989） …… 344
沖田総司 下巻（三好徹）学研M文庫（2003） …… 342
沖田総司 下巻（三好徹）人物文庫（1997） …… 343
沖田総司 下（三好徹）徳間文庫（1989） …… 344
沖田総司恋唄（広瀬仁紀）時代小説文庫（1981） …… 303
沖田総司恋唄（広瀬仁紀）小学館文庫（1999） …… 304
お吉写真帖（安部龍太郎）文春文庫（2004） …… 10
お吉の茶碗（平岩弓枝）文春文庫（1998） …… 300
掟（睦月影郎）悦の森文庫（2011） …… 345
翁（夢枕獏）角川文庫（2011） …… 402
翁党（峰隆一郎）集英社文庫（1999） …… 334
◇お狂言師歌吉うきよ暦（杉本章子）講談社文庫 …… 179
お狂言師歌吉うきよ暦（杉本章子）講談社文庫（2008） …… 179
お狂言師歌吉うきよ暦 精姫様一条（杉本章子）講談社文庫（2014） …… 179
お狂言師歌吉うきよ暦 大奥二人道成寺（杉本章子）講談社文庫（2011） …… 179
お吟さま（今東光）角川文庫（1960） …… 94
お吟さま（今東光）新潮文庫（1960） …… 94
お吟さま（今東光）大衆文学館（1996） …… 94
お国と五平・恐怖時代（谷崎潤一郎）角川文庫（1952） …… 209
小倉百人一首（横溝正史）春陽文庫（1984） …… 407
小栗上野介の秘宝（典厩五郎）時代小説文庫（1995） …… 229
おこう紅絵暦（高橋克彦）文春文庫（2006） …… 190
おごそかな渇き（山本周五郎）新潮文庫（1971） …… 399
お小夜悲願（角田喜久雄）春陽文庫（1980） …… 218
お小夜悲願（角田喜久雄）春陽文庫（1989） …… 219
おさん（山本周五郎）新潮文庫（1970） …… 399
お珊文身調べ（野村胡堂）嶋中文庫（2004） …… 281
おしどり大名（左近隆）春陽文庫（1992） …… 110
おしのび秘図（睦月影郎）祥伝社文庫（2005） …… 348
お白洲無情（佐藤雅美）講談社文庫（2006） …… 128
おすず（杉本章子）文春文庫（2003） …… 179

おすねと狂介（山手樹一郎）山手樹一郎長編時代小説全集（1979） …… 397
おすねと狂介 →姫さま初恋剣法（山手樹一郎）コスミック・時代文庫（2013） …… 391
おせん（池波正太郎）新潮文庫（1985） …… 22
恐山の巻（中里介山）時代小説文庫（1982） …… 251
織田有楽斎（堀和久）講談社文庫（1997） …… 316
お助け河岸（山手樹一郎）双葉文庫（1988） …… 394
お助け河岸（山手樹一郎）山手樹一郎長編時代小説全集（1979） …… 397
おたすけ侍活人剣（高橋和島）コスミック・時代文庫（2013） …… 195
お助け同心巡廻簿 →八丁堀・お助け同心秘聞 御定法破り編（笹沢左保）ノン・ポシェット（1996） …… 121
お助け同心巡廻簿 →八丁堀・お助け同心秘聞 不義密通編（笹沢左保）ノン・ポシェット（1995） …… 121
おたすけ町医者恋情剣（山手樹一郎）コスミック・時代文庫（2013） …… 391
おたすけ浪人源八 上巻（山手樹一郎）コスミック・時代文庫（2011） …… 390
おたすけ浪人源八 下巻（山手樹一郎）コスミック・時代文庫（2011） …… 390
お尋者（佐藤雅美）講談社文庫（2002） …… 127
織田信長 上（大佛次郎）人物文庫（2006） …… 53
織田信長 下（大佛次郎）人物文庫（2006） …… 53
織田信長（坂口安吾）時代小説文庫（1987） …… 108
織田信長 上（南條範夫）徳間文庫（1991） …… 262
織田信長 下（南條範夫）徳間文庫（1991） …… 262
織田信長 1 無門三略の巻（山岡荘八）山岡荘八歴史文庫（1987） …… 374
織田信長 2 桶狭間の巻（山岡荘八）山岡荘八歴史文庫（1987） …… 374
織田信長 3 侵略怒濤の巻（山岡荘八）山岡荘八歴史文庫（1987） …… 374
織田信長 4 天下布武の巻（山岡荘八）山岡荘八歴史文庫（1987） …… 374
織田信長 5 本能寺の巻（山岡荘八）山岡荘八歴史文庫（1987） …… 374
織田信長 第1巻（鷲尾雨工）時代小説文庫（1991） …… 421
織田信長 第2巻（鷲尾雨工）時代小説文庫（1991） …… 421
織田信長 第3巻（鷲尾雨工）時代小説文庫（1991） …… 421
織田信長 第4巻（鷲尾雨工）時代小説文庫（1991） …… 421
織田信長 第5巻（鷲尾雨工）時代小説文庫（1992） …… 421
織田信長 第6巻（鷲尾雨工）時代小説文庫（1992） …… 421
織田信長 続 第1巻（鷲尾雨工）時代小説文庫（1992） …… 421
織田信長 続 第2巻（鷲尾雨工）時代小説文庫（1992） …… 421
織田信長 続 第3巻（鷲尾雨工）時代小説文庫（1992） …… 421
織田信長 一妻六妾伝（峰隆一郎）廣済堂文庫（1994） …… 331
織田信長女色絵巻（峰隆一郎）学研M文庫（2003） …… 330
織田信長破壊と創造（童門冬二）日経ビジネス人文庫（2006） …… 233
おたふく物語（山本周五郎）ハルキ文庫（2008） …… 400
お丹浮寝旅（多岐川恭）光文社文庫（1991） …… 196
おちくぼ姫（田辺聖子）角川文庫（1990） …… 207
おちくぼ物語（田辺聖子）文春文庫（2015） …… 208
お艶殺し（谷崎潤一郎）中公文庫（1993） …… 210
お艶殺し・お才と巳之介（谷崎潤一郎）角川文庫（1960） …… 209
お伝地獄（邦枝完二）新潮文庫（1958） …… 77
お伝地獄 上（邦枝完二）大衆文学館（1996） …… 77
お伝地獄 下（邦枝完二）大衆文学館（1996） …… 77
男嫌いの姉と妹（佐藤雅美）角川文庫（2012） …… 126
おとこ新兵衛 →幕末の暗殺者田中新兵衛（邦光史郎）ケイブンシャ文庫（1986） …… 78
おとこ鷹 1（子母沢寛）嶋中文庫（2005） …… 164
おとこ鷹 上巻（子母沢寛）新潮文庫（1964） …… 165
おとこ鷹 上（子母沢寛）新潮文庫（2008） …… 165
おとこ鷹 上（子母沢寛）徳間文庫（1987） …… 166
おとこ鷹 2（子母沢寛）嶋中文庫（2005） …… 164
おとこ鷹 3（子母沢寛）嶋中文庫（2005） …… 164
おとこ鷹 下巻（子母沢寛）新潮文庫（1964） …… 165
おとこ鷹 下（子母沢寛）新潮文庫（2008） …… 165
おとこ鷹 下（子母沢寛）徳間文庫（1987） …… 166
男たちの戦国（柴田錬三郎）集英社文庫（2010） …… 157
男の一生 上（遠藤周作）日経文芸文庫（2014） …… 39
男の一生 下（遠藤周作）日経文芸文庫（2014） …… 39

男の系譜（池波正太郎）新潮文庫（1985） …… 22
男の星座（山手樹一郎）桃園文庫（1986） …… 393
男の星座（山手樹一郎）山手樹一郎長編時代小説全集（1979） …… 397
おとこの秘図（池波正太郎）新潮文庫（1983） …… 22
武士の紋章（池波正太郎）新潮文庫（1994） …… 23
男振（池波正太郎）新潮文庫（1978） …… 22
落とし穴（杉本苑子）PHP文庫（2003） …… 184
お才と巳之介（谷崎潤一郎）創元文庫（1951） …… 210
お登勢（船山馨）角川文庫（1970） …… 311
お登勢（船山馨）講談社文庫（2001） …… 311
お登勢 上（船山馨）大衆文学館（1997） …… 311
お登勢 下（船山馨）大衆文学館（1997） …… 311
◇音なし源捕物帳（笹沢左保）時代小説文庫 …… 116
音なし源捕物帳 1 花嫁狂乱（笹沢左保）時代小説文庫（1987） …… 116
音なし源捕物帳 2 湯治場の女（笹沢左保）時代小説文庫（1988） …… 116
音なし源捕物帳 3 盗まれた片腕（笹沢左保）時代小説文庫（1988） …… 116
音なし源捕物帳 4 猫の幽霊（笹沢左保）時代小説文庫（1988） …… 117
音なし源捕物帳 5 浮世絵の女（笹沢左保）時代小説文庫（1988） …… 117
おとぼけ侍（北園孝吉）春陽文庫（1971） …… 70
おとぼけ侍（北園孝吉）春陽文庫（1998） …… 70
お富の貞操・戯作三昧（芥川龍之介）角川文庫（1958） …… 4
処女爪占師（吉川英治）吉川英治文庫（1977） …… 412
囮なめくじ長屋（楠木誠一郎）ベスト時代文庫（2012） …… 77
踊る埋蔵金（大谷羊太郎）ベスト時代文庫（2013） …… 45
おどんな日本一（海音寺潮五郎）新潮文庫（1978） …… 60
女泣川ものがたり（都筑道夫）光文社文庫（2013） …… 216
女泣川ものがたり →べらぼう村正（都筑道夫）文春文庫（1988） …… 216
同じく人殺し（笹沢左保）新潮文庫（1998） …… 118
お夏太吉捕物控（多岐川恭）徳間文庫（1993） …… 200
鬼（高橋克彦）講談社文庫（2002） …… 188
鬼（高橋克彦）日経文芸文庫（2013） …… 190
鬼（高橋克彦）ハルキ文庫（1999） …… 190
鬼打ち猿丸（神坂次郎）中公文庫（1996） …… 86
鬼勘の娘（平岩弓枝）講談社文庫（1995） …… 297
鬼切丸（高橋義夫）中公文庫（2002） …… 192
鬼切丸（高橋義夫）中公文庫ワイド版（2004） …… 193
鬼九郎鬼草子（高橋克彦）新潮文庫（1998） …… 189
鬼九郎五結鬼灯（高橋克彦）新潮文庫（2001） …… 189
鬼九郎孤月剣（高橋克彦）新潮文庫（2013） …… 189
鬼十手（多岐川恭）ノン・ポシェット（1995） …… 201
鬼と人と 上（堺屋太一）PHP文庫（1993） …… 106
鬼と人と 下（堺屋太一）PHP文庫（1993） …… 106
鬼の冠（津本陽）新潮文庫（1991） …… 224
鬼の冠（津本陽）双葉文庫（2010） …… 225
鬼ノ剣（田中光二）ハルキ文庫（2005） …… 206
おにのさうし（夢枕獏）文春文庫（2014） …… 404
鬼の面（平岩弓枝）文春文庫（1992） …… 299
鬼の面（平岩弓枝）文春文庫（2005） …… 301
鬼火の町（松本清張）文春文庫（1987） …… 324
鬼火の町（松本清張）文春文庫（2003） …… 324
◇鬼姫おぼろ草紙（睦月影郎）コスミック・時代文庫 …… 347
鬼姫おぼろ草紙 あやかし淫鬼（睦月影郎）コスミック・時代文庫（2010） …… 347
鬼姫おぼろ草紙 あやかし淫香（睦月影郎）コスミック・時代文庫（2009） …… 347
鬼姫おぼろ草紙 あやかし天女（睦月影郎）コスミック・時代文庫（2009） …… 347
鬼姫おぼろ草紙 あやかし秘剣（睦月影郎）コスミック・時代文庫（2008） …… 347
鬼姫おぼろ草紙 あやかし秘香（睦月影郎）コスミック・時代文庫（2010） …… 347
鬼姫活人剣（陣出達朗）春陽文庫（1983） …… 177
鬼姫悲願（陣出達朗）春陽文庫（1976） …… 177
◇鬼平犯科帳（池波正太郎）文春文庫 …… 23
鬼平犯科帳 1（池波正太郎）文春文庫（1974） …… 23
鬼平犯科帳 1（池波正太郎）文春文庫（2000） …… 24
鬼平犯科帳 2（池波正太郎）文春文庫（1975） …… 24
鬼平犯科帳 2（池波正太郎）文春文庫（2000） …… 24
鬼平犯科帳 3（池波正太郎）文春文庫（1975） …… 24
鬼平犯科帳 3（池波正太郎）文春文庫（2000） …… 24
鬼平犯科帳 4（池波正太郎）文春文庫（1976） …… 24

鬼平犯科帳 4（池波正太郎）文春文庫（2000） …… 24
鬼平犯科帳 5（池波正太郎）文春文庫（1978） …… 24
鬼平犯科帳 5（池波正太郎）文春文庫（2000） …… 24
鬼平犯科帳 6（池波正太郎）文春文庫（1978） …… 24
鬼平犯科帳 6（池波正太郎）文春文庫（2000） …… 24
鬼平犯科帳 7（池波正太郎）文春文庫（1980） …… 24
鬼平犯科帳 7（池波正太郎）文春文庫（2000） …… 24
鬼平犯科帳 8（池波正太郎）文春文庫（1980） …… 24
鬼平犯科帳 8（池波正太郎）文春文庫（2000） …… 24
鬼平犯科帳 9（池波正太郎）文春文庫（1981） …… 24
鬼平犯科帳 9（池波正太郎）文春文庫（2000） …… 25
鬼平犯科帳 10（池波正太郎）文春文庫（1981） …… 24
鬼平犯科帳 10（池波正太郎）文春文庫（2000） …… 25
鬼平犯科帳 11（池波正太郎）文春文庫（1982） …… 24
鬼平犯科帳 11（池波正太郎）文春文庫（2000） …… 25
鬼平犯科帳 12（池波正太郎）文春文庫（1983） …… 24
鬼平犯科帳 12（池波正太郎）文春文庫（2000） …… 25
鬼平犯科帳 13（池波正太郎）文春文庫（1984） …… 24
鬼平犯科帳 13（池波正太郎）文春文庫（2000） …… 25
鬼平犯科帳 14（池波正太郎）文春文庫（1984） …… 24
鬼平犯科帳 14（池波正太郎）文春文庫（2000） …… 25
鬼平犯科帳 15（池波正太郎）文春文庫（1985） …… 24
鬼平犯科帳 15（池波正太郎）文春文庫（2000） …… 25
鬼平犯科帳 16（池波正太郎）文春文庫（1987） …… 24
鬼平犯科帳 16（池波正太郎）文春文庫（2000） …… 25
鬼平犯科帳 17（池波正太郎）文春文庫（1988） …… 24
鬼平犯科帳 17（池波正太郎）文春文庫（2000） …… 25
鬼平犯科帳 18（池波正太郎）文春文庫（1989） …… 24
鬼平犯科帳 18（池波正太郎）文春文庫（2000） …… 25
鬼平犯科帳 19（池波正太郎）文春文庫（1990） …… 24
鬼平犯科帳 19（池波正太郎）文春文庫（2000） …… 25
鬼平犯科帳 20（池波正太郎）文春文庫（1991） …… 24
鬼平犯科帳 20（池波正太郎）文春文庫（2000） …… 25
鬼平犯科帳 21（池波正太郎）文春文庫（1991） …… 24
鬼平犯科帳 21（池波正太郎）文春文庫（2001） …… 25
鬼平犯科帳 22（池波正太郎）文春文庫（2001） …… 25
鬼平犯科帳 22 迷路（池波正太郎）文春文庫（1992） …… 24
鬼平犯科帳 23（池波正太郎）文春文庫（2001） …… 25
鬼平犯科帳 23 炎の色（池波正太郎）文春文庫（1993） …… 24
鬼平犯科帳 24（池波正太郎）文春文庫（2001） …… 25
鬼平犯科帳 24 誘拐（池波正太郎）文春文庫（1994） …… 24
鬼牡丹散る（吉岡道夫）コスミック・時代文庫（2013） …… 409
鬼磨斬人剣（隆慶一郎）新潮文庫（1990） …… 419
鬼磨斬人剣（隆慶一郎）新潮文庫（2008） …… 419
鬼奴（村上浪六）朝日文庫（1951） …… 356
◇鬼悠市風信帖（高橋義夫）文春文庫 …… 194
鬼悠市風信帖 かげろう飛脚（高橋義夫）文春文庫（2006） …… 194
鬼悠市風信帖 どくろ化粧（高橋義夫）文春文庫（2008） …… 194
鬼悠市風信帖 眠る鬼（高橋義夫）文春文庫（2003） …… 194
鬼悠市風信帖 猿屋形（高橋義夫）文春文庫（2007） …… 194
鬼悠市風信帖 雪猫（高橋義夫）文春文庫（2010） …… 194
御庭番十七家（南原幹雄）角川文庫（1985） …… 265
御庭番十七家（南原幹雄）徳間文庫（1995） …… 270
お庭番地球を回る（山田風太郎）ちくま文庫 - 山田風太郎忍法帖短篇全集（2005） …… 386

御庭番秘聞（小松重男）廣済堂文庫（2003）………89
御庭番秘聞（小松重男）新潮文庫（1994）……90
御庭番秘聞外伝 →秘伝陰の御庭番（小松重男）新潮文庫（1995）……90
お庭番吹雪算長　上（津本陽）文春文庫（1993）……226
お庭番吹雪算長　上（津本陽）文春文庫（2012）……228
お庭番吹雪算長　下（津本陽）文春文庫（1993）……226
お庭番吹雪算長　下（津本陽）文春文庫（2012）……228
おのれ筑前、我敗れたり（南條範夫）文春文庫（2002）……263
お控さま始末（左近隆）春陽文庫（1983）……110
おひで（北原亞以子）新潮文庫（2002）……71
お火役凶状（澤田ふじ子）中公文庫（2009）……137
お火役凶状（澤田ふじ子）徳間文庫（2012）……140
お百度に心で詫びた紋次郎（笹沢左保）光文社文庫（1997）……114
お百度に心で詫びた紋次郎（笹沢左保）時代小説文庫（1984）……116
お不動さん絹蔵捕物帖（笹沢左保）光文社文庫（2005）……115
お文の魂（岡本綺堂）春陽文庫（1999）……49
お坊主天狗（子母沢寛）新潮文庫（1960）……165
お坊主天狗（子母沢寛）徳間文庫（1990）……166
◇おぼろ淫法帖（睦月影郎）幻冬舎アウトロー文庫……345
おぼろ淫法帖 秘蜜（睦月影郎）幻冬舎アウトロー文庫（2012）……345
おぼろ淫法帖 蜜命（睦月影郎）幻冬舎アウトロー文庫（2011）……345
おぼろ駕籠（大佛次郎）徳間文庫（1988）……55
おまん千両肌（木屋進）春陽文庫（1982）……74
お耳役秘帳（島田一男）春陽文庫（1983）……162
お耳役桧十三郎捕物帖（島田一男）光文社文庫（1985）……161
汚名（杉本苑子）講談社文庫（1995）……181
汚名（杉本苑子）中公文庫（1998）……183
おもかげ大名（江崎俊平）春陽文庫（1973）……35
面影星（睦月影郎）学研M文庫（2007）……345
おもしろ砂絵（都筑道夫）角川文庫（1986）……214
おもしろ砂絵（都筑道夫）光文社文庫（1991）……214
表裏源内蛙合戦（井上ひさし）新潮文庫（1975）……31
◇お役者文七捕物暦（横溝正史）徳間文庫……407
お役者文七捕物暦 江戸の陰獣（横溝正史）徳間文庫（2003）……407
お役者文七捕物暦 蜘蛛の巣屋敷（横溝正史）徳間文庫（2002）……407
お役者文七捕物暦 謎の紅蝙蝠（横溝正史）徳間文庫（2003）……407
お役者文七捕物暦 花の通り魔（横溝正史）徳間文庫（2003）……407
お役者文七捕物暦 比丘尼御殿（横溝正史）徳間文庫（2002）……407
父子鷹（子母沢寛）新潮文庫（1964）……165
父子鷹 上（子母沢寛）講談社文庫（1973）……164
父子鷹 上（子母沢寛）講談社文庫（2006）……164
父子鷹 1（子母沢寛）嶋中文庫（2005）……164
父子鷹 上（子母沢寛）徳間文庫（1987）……166
父子鷹 2（子母沢寛）嶋中文庫（2005）……164
父子鷹 下（子母沢寛）講談社文庫（1973）……164
父子鷹 下（子母沢寛）講談社文庫（2006）……164
父子鷹 下（子母沢寛）徳間文庫（1987）……166
おらんだ左近（柴田錬三郎）ケイブンシャ文庫（1990）……151
おらんだ左近（柴田錬三郎）集英社文庫（1984）……156
おらんだ左近（柴田錬三郎）春陽文庫（1982）……157
オランダの星（白石一郎）文春文庫（1991）……173
折鶴七変化（角田喜久雄）春陽文庫（1976）……218
折鶴七変化（角田喜久雄）春陽文庫（1990）……219
折鶴秘帖（高木彬光）春陽文庫（1983）……186
おりょう残夢抄（中津文彦）PHP文庫（2001）……254
おれが天一坊 青春篇, 怒濤篇（早乙女貢）徳間文庫（1982）……103
おれっちの「鬼平さん」（池波正太郎）文春文庫（2010）……26
おれの足音（池波正太郎）文春文庫（1977）……25
おれの足音　上（池波正太郎）文春文庫（2011）……26
おれの足音　下（池波正太郎）文春文庫（2011）……26
おれは伊賀者（早乙女貢）光文社文庫（1986）……99
おれは伊平次（神坂次郎）講談社文庫（2002）……84
おれは豪傑（神坂次郎）春陽文庫（1968）……84
おれは小次郎だ（颯手達治）春陽文庫（1982）……124

おれは権現(司馬遼太郎)講談社文庫(1982) …… 145
おれは権現(司馬遼太郎)講談社文庫(2005) …… 146
おれは侍だ(柴田錬三郎)講談社文庫(1984) …… 151
おれは侍だ(柴田錬三郎)集英社文庫(1998) …… 156
おれは不知火(山田風太郎)河出文庫 - 山田風太郎コレクション(1993) …… 380
おれは藤吉郎 →新太閤記 3(早乙女貢)人物文庫(1999) …… 102
おれは藤吉郎 上(早乙女貢)講談社文庫(1985) …… 98
おれは藤吉郎 中(早乙女貢)講談社文庫(1986) …… 98
おれは藤吉郎 下(早乙女貢)講談社文庫(1986) …… 98
おれは半次郎(南條範夫)徳間文庫(1988) …… 261
おれは日吉丸(早乙女貢)講談社文庫(1985) …… 98
おれは日吉丸 →新太閤記 1(早乙女貢)人物文庫(1999) …… 102
おれは日吉丸 →新太閤記 2(早乙女貢)人物文庫(1999) …… 102
おろしや国酔夢譚(井上靖)徳間文庫(1991) …… 33
おろしや国酔夢譚(井上靖)文春文庫(1974) …… 33
おろしや国酔夢譚(井上靖)文春文庫(2014) …… 33
大蛇の橋(澤田ふじ子)幻冬舎文庫(2003) …… 133
尾張春風伝 上(清水義範)幻冬舎文庫(2000) …… 163
尾張春風伝 下(清水義範)幻冬舎文庫(2000) …… 163
追われて中仙道(多岐川恭)新潮文庫(1996) …… 198
追われて中仙道(多岐川恭)大陸文庫(1988) …… 199
恩讐の彼方に(菊池寛)角川文庫(1957) …… 66
恩讐の彼方に(菊池寛)角川文庫(1968) …… 67
恩讐の彼方に(菊池寛)創元文庫(1952) …… 67
恩讐の彼方に・忠直卿行状記(菊池寛)岩波文庫(1952) …… 66
恩讐の彼方に・忠直卿行状記(菊池寛)岩波文庫(1970) …… 66
恩讐の彼方に・忠直卿行状記(菊池寛)河出文庫(1955) …… 67
恩讐の彼方に・忠直卿行状記 他八篇(菊池寛)岩波文庫(1993) …… 66
女 上(遠藤周作)文春文庫(1997) …… 39
女 下(遠藤周作)文春文庫(1997) …… 39
おんな淫別帖(睦月影郎)ベスト時代文庫(2012) …… 350
女恨みの中山道(大栗丹後)春陽文庫(1985) …… 42
女恨みの中山道(再)(大栗丹後)春陽文庫(1996) …… 42
女絵地獄(南原幹雄)徳間文庫(1993) …… 270
おんな快々淫書(睦月影郎)宝島社文庫(2014) …… 349
女哀しの東海道(大栗丹後)春陽文庫(1992) …… 42
女狩り(峰隆一郎)飛天文庫(1993) …… 338
女狩り →元禄斬鬼伝 2(峰隆一郎)徳間文庫(2003) …… 336
女狩り →元禄斬鬼伝 2(峰隆一郎)青樹社文庫(1997) …… 334
女櫛(平岩弓枝)集英社文庫(1984) …… 298
女櫛(平岩弓枝)集英社文庫(2007) …… 298
女剣士(佐江衆一)ハルキ文庫(2016) …… 97
おんな獄(睦月影郎)廣済堂文庫(2015) …… 347
女淋しの奥州道(大栗丹後)春陽文庫(1994) …… 42
おんな三十六景(南原幹雄)角川文庫(2006) …… 265
おんな三十六景(南原幹雄)双葉文庫(1999) …… 271
おんな刺客卍(風巻絃一)春陽文庫(1988) …… 64
女刺青師(横溝正史)春陽文庫(1984) …… 407
おんな太閤記 上巻(松永義弘)時代小説文庫(1989) …… 320
おんな太閤記 上(松永義弘)飛天文庫(1996) …… 320
おんな太閤記 下巻(松永義弘)時代小説文庫(1990) …… 320
おんな太閤記 下(松永義弘)飛天文庫(1996) …… 320
女たちの忠臣蔵(颯手達治)春陽文庫(1981) …… 124
おんな忠臣蔵(南原幹雄)角川文庫(1986) …… 265
おんな虎ノ巻(睦月影郎)ベスト時代文庫(2011) …… 350
女泣かせの甲州道(大栗丹後)春陽文庫(1986) …… 42
女泣かせの甲州道(再)(大栗丹後)春陽文庫(1996) …… 42
女情けの日光道(大栗丹後)春陽文庫(1993) …… 42

おんな七色(早乙女貢)ケイブンシャ文庫(1991) …… 98
おんな寝盗物帖(睦月影郎)ベスト時代文庫(2010) …… 350
おんな寝盗物帖 →みだら寝盗物帖(睦月影郎)宝島社文庫(2014) …… 349
女の一生(遠藤周作)新潮文庫(1986) …… 38
女の一生 1部 キクの場合(遠藤周作)新潮文庫(1986) …… 39
女の一生 1部 キクの場合(遠藤周作)新潮文庫(2013) …… 39
女の一生 2部 サチ子の場合(遠藤周作)新潮文庫(1986) …… 39
女の一生 2部 サチ子の場合(遠藤周作)新潮文庫(2013) …… 39
女の向こうは一本道(笹沢左保)光文社文庫(1998) …… 114
おんな秘帖(睦月影郎)祥伝社文庫(2003) …… 348
おんな舟(白石一郎)講談社文庫(2000) …… 171
おんな枕絵師(睦月影郎)大洋時代文庫(2010) …… 349
女魔術師(岡本綺堂)光文社文庫(2015) …… 49
おんな曼陀羅(睦月影郎)祥伝社文庫(2006) …… 348
女無宿人愛憎行(笹沢左保)祥伝社文庫(2001) …… 117
◇女無宿人・半身のお紺(笹沢左保)光文社文庫 …… 113
女無宿人・半身のお紺 →半身のお紺(笹沢左保)祥伝社文庫(2000) …… 117
女無宿人・半身のお紺 →半身のお紺(笹沢左保)祥伝社文庫(2001) …… 117
女無宿人・半身のお紺 お怨み申しません(笹沢左保)光文社文庫(1986) …… 113
女無宿人・半身のお紺 さだめが憎い(笹沢左保)光文社文庫(1986) …… 113
女無宿人・半身のお紺 醒めて疼きます(笹沢左保)光文社文庫(1987) …… 113
女無宿人・半身のお紺 さだめが憎い →半身のお紺(笹沢左保)祥伝社文庫(2000) …… 117
女無宿人非情旅(笹沢左保)祥伝社文庫(2000) …… 117
女無宿人無残剣(笹沢左保)祥伝社文庫(2000) …… 117
女めくら双紙(舟橋聖一)新潮文庫(1959) …… 310
おんな用心棒(南原幹雄)徳間文庫(2003) …… 270
おんな用心棒異人斬り(南原幹雄)徳間文庫(2003) …… 270
おんな牢秘抄(山田風太郎)角川文庫(1984) …… 378
おんな牢秘抄(山田風太郎)角川文庫 - 山田風太郎ベストコレクション(2012) …… 380
女は同じ物語(山本周五郎)ハルキ文庫(2009) …… 401
怨念の源平興亡(邦光史郎)祥伝社文庫(2000) …… 79
隠密愛染帖(高木彬光)春陽文庫(1985) …… 186
隠密討ち(八剣浩太郎)廣済堂文庫(2004) …… 367
隠密縁起 前篇(野村胡堂)春陽文庫(1953) …… 281
隠密縁起 中篇(野村胡堂)春陽文庫(1955) …… 281
隠密縁起 後篇(野村胡堂)春陽文庫(1955) …… 281
隠密鴉(西村望)徳間文庫(1998) …… 274
隠密くずれ(南條範夫)光文社文庫(1989) …… 259
隠密くずれ(南條範夫)光文社文庫(1989) …… 259
隠密くずれ(南條範夫)光文社文庫(1990) …… 259
隠密御用承り候(左近隆)春陽文庫(1986) …… 110
隠密三国志(山手樹一郎)廣済堂文庫(2012) …… 388
隠密三国志(山手樹一郎)桃園文庫(1987) …… 393
隠密三国志(山手樹一郎)山手樹一郎長編時代小説全集(1977) …… 395
隠密将軍と喧嘩大名(陣出達朗)春陽文庫(1975) …… 177
隠密将軍と喧嘩大名(陣出達朗)春陽文庫(1995) …… 178
隠密素浪人(左近隆)春陽文庫(1987) …… 110
隠密太平記(南原幹雄)角川文庫(2001) …… 266
隠密大名(左近隆)春陽文庫(1992) …… 110
隠密月影帖 影の巻(高木彬光)春陽文庫(1985) …… 186
隠密月影帖 月の巻(高木彬光)春陽文庫(1985) …… 186
隠密独眼竜(高木彬光)春陽文庫(1984) …… 186
◇隠密美剣士坂神姫治郎(大谷羊太郎)ベスト時代文庫 …… 45
隠密美剣士坂神姫治郎(大谷羊太郎)ベスト時代文庫(2012) …… 45
隠密美剣士坂神姫治郎 踊る埋蔵金(大谷羊太郎)ベスト時代文庫(2013) …… 45
隠密秘帖(左近隆)春陽文庫(1984) …… 110
隠密姫(陣出達朗)春陽文庫(1975) …… 177

隠密姫（陣出達朗）春陽文庫（1999） …… 178
隠密飛竜剣（高木彬光）春陽文庫（1984） …… 186
隠密奉行（陣出達朗）春陽文庫（1977） …… 177
隠密変化（小山龍太郎）春陽文庫（1977） …… 94
隠密変化（小山龍太郎）春陽文庫（1991） …… 94
隠密返上/剣客八景（山手樹一郎）光風社文庫（2002） …… 389
隠密目明し箍参次郎（八剣浩太郎）ケイブンシャ文庫（2001） …… 366
隠密柳生剣（高木彬光）Popular books（1981） …… 187
隠密利兵衛（柴田錬三郎）新潮文庫（1993） …… 158
隠密若さま（左近隆）春陽文庫（1997） …… 111
おんみつ若殿（左近隆）春陽文庫（1991） …… 110
◇陰陽師（夢枕獏）文春文庫 …… 403
陰陽師（夢枕獏）文春文庫（1991） …… 403
陰陽師 飛天ノ巻（夢枕獏）文春文庫（1998） …… 403
陰陽師 天鼓ノ巻（夢枕獏）文春文庫（2012） …… 404
陰陽師 付喪神ノ巻（夢枕獏）文春文庫（2000） …… 404
陰陽師 酔月ノ巻（夢枕獏）文春文庫（2015） …… 404
陰陽師 蒼猴ノ巻（夢枕獏）文春文庫（2016） …… 404
陰陽師 太極ノ巻（夢枕獏）文春文庫（2006） …… 404
陰陽師 醍醐ノ巻（夢枕獏）文春文庫（2013） …… 404
陰陽師 鳳凰ノ巻（夢枕獏）文春文庫（2002） …… 404
陰陽師 夜光杯ノ巻（夢枕獏）文春文庫（2009） …… 404
陰陽師 龍笛ノ巻（夢枕獏）文春文庫（2005） …… 404
陰陽師 鉄輪（夢枕獏）文春文庫（2010） …… 404
陰陽師 生成り姫（夢枕獏）文春文庫（2003） …… 404
陰陽師 首（夢枕獏）文春文庫（2009） …… 404
陰陽師 瘤取り晴明（夢枕獏）文春文庫（2008） …… 404
陰陽師 瀧夜叉姫（夢枕獏）文春文庫（2008） …… 404
陰陽師 平成講釈安倍晴明伝（夢枕獏）文春文庫（2015） …… 404
◇御宿かわせみ（平岩弓枝）文春文庫 …… 299
御宿かわせみ（平岩弓枝）文春文庫（1979） …… 299
御宿かわせみ（平岩弓枝）文春文庫（2004） …… 300
御宿かわせみ 2 江戸の子守唄（平岩弓枝）文春文庫（1979） …… 299
御宿かわせみ 2 江戸の子守唄（平岩弓枝）文春文庫（2004） …… 300
御宿かわせみ 3 水郷から来た女（平岩弓枝）文春文庫（1980） …… 299
御宿かわせみ 3 水郷から来た女（平岩弓枝）文春文庫（2004） …… 300
御宿かわせみ 4 山茶花は見た（平岩弓枝）文春文庫（1980） …… 299
御宿かわせみ 4 山茶花は見た（平岩弓枝）文春文庫（2004） …… 300
御宿かわせみ 5 幽霊殺し（平岩弓枝）文春文庫（1985） …… 299
御宿かわせみ 5 幽霊殺し（平岩弓枝）文春文庫（2004） …… 300
御宿かわせみ 6 狐の嫁入り（平岩弓枝）文春文庫（1986） …… 299
御宿かわせみ 6 狐の嫁入り（平岩弓枝）文春文庫（2004） …… 301
御宿かわせみ 7 酸漿は殺しの口笛（平岩弓枝）文春文庫（1988） …… 299
御宿かわせみ 7 酸漿は殺しの口笛（平岩弓枝）文春文庫（2004） …… 301
御宿かわせみ 8 白萩屋敷の月（平岩弓枝）文春文庫（1989） …… 299
御宿かわせみ 8 白萩屋敷の月（平岩弓枝）文春文庫（2004） …… 301
御宿かわせみ 9 一両二分の女（平岩弓枝）文春文庫（1990） …… 299
御宿かわせみ 9 一両二分の女（平岩弓枝）文春文庫（2005） …… 301
御宿かわせみ 10 閻魔まいり（平岩弓枝）文春文庫（1991） …… 299
御宿かわせみ 10 閻魔まいり（平岩弓枝）文春文庫（2005） …… 301
御宿かわせみ 11 二十六夜待の殺人（平岩弓枝）文春文庫（1991） …… 299
御宿かわせみ 11 二十六夜待の殺人（平岩弓枝）文春文庫（2005） …… 301
御宿かわせみ 12 夜鴉おきん（平岩弓枝）文春文庫（1992） …… 299
御宿かわせみ 12 夜鴉おきん（平岩弓枝）文春文庫（2005） …… 301
御宿かわせみ 13 鬼の面（平岩弓枝）文春文庫（1992） …… 299
御宿かわせみ 13 鬼の面（平岩弓枝）文春文庫（2005） …… 301
御宿かわせみ 14 神かくし（平岩弓枝）文春文庫（1993） …… 299
御宿かわせみ 14 神かくし（平岩弓枝）文春文庫（2005） …… 301

御宿かわせみ 15 恋文心中（平岩弓枝）文春文庫（1993） …… 299
御宿かわせみ 15 恋文心中（平岩弓枝）文春文庫（2005） …… 301
御宿かわせみ 16 八丁堀の湯屋（平岩弓枝）文春文庫（1994） …… 299
御宿かわせみ 16 八丁堀の湯屋（平岩弓枝）文春文庫（2005） …… 301
御宿かわせみ 17 雨月（平岩弓枝）文春文庫（1995） …… 299
御宿かわせみ 17 雨月（平岩弓枝）文春文庫（2005） …… 301
御宿かわせみ 18 秘曲（平岩弓枝）文春文庫（1996） …… 299
御宿かわせみ 18 秘曲（平岩弓枝）文春文庫（2006） …… 301
御宿かわせみ 19 かくれんぼ（平岩弓枝）文春文庫（1997） …… 299
御宿かわせみ 19 かくれんぼ（平岩弓枝）文春文庫（2006） …… 301
御宿かわせみ 20 お吉の茶碗（平岩弓枝）文春文庫（1998） …… 300
御宿かわせみ 21 犬張子の謎（平岩弓枝）文春文庫（1998） …… 300
御宿かわせみ 22 清姫おりょう（平岩弓枝）文春文庫（1999） …… 300
御宿かわせみ 23 源太郎の初恋（平岩弓枝）文春文庫（2000） …… 300
御宿かわせみ 24 春の高瀬舟（平岩弓枝）文春文庫（2001） …… 300
御宿かわせみ 25 宝船まつり（平岩弓枝）文春文庫（2002） …… 300
御宿かわせみ 26 長助の女房（平岩弓枝）文春文庫（2002） …… 300
御宿かわせみ 27 横浜慕情（平岩弓枝）文春文庫（2003） …… 300
御宿かわせみ 28 佐助の牡丹（平岩弓枝）文春文庫（2004） …… 300
御宿かわせみ 29 初春弁才船（平岩弓枝）文春文庫（2004） …… 300
御宿かわせみ 30 鬼女の花摘み（平岩弓枝）文春文庫（2005） …… 301
御宿かわせみ 31 江戸の精霊流し（平岩弓枝）文春文庫（2006） …… 302
御宿かわせみ 32 十三歳の仲人（平岩弓枝）文春文庫（2007） …… 302
御宿かわせみ 33 小判商人（平岩弓枝）文春文庫（2008） …… 302
御宿かわせみ 34 浮かれ黄蝶（平岩弓枝）文春文庫（2009） …… 302
◇御宿かわせみ傑作選（平岩弓枝）文春文庫 …… 302
御宿かわせみ傑作選 1 初春（はる）の客（平岩弓枝）文春文庫（2014） …… 302
御宿かわせみ傑作選 2 祝言（平岩弓枝）文春文庫（2014） …… 302
御宿かわせみ傑作選 3 源太郎の初恋（平岩弓枝）文春文庫（2014） …… 302
御宿かわせみ傑作選 4 長助の女房（平岩弓枝）文春文庫（2014） …… 302
怨霊伝奇（邦光史郎）ケイブンシャ文庫（1988） …… 78
怨霊の地（邦光史郎）ケイブンシャ文庫（1988） …… 78

【か】

かあちゃん（山本周五郎）ハルキ文庫（2008） …… 400
怪異投込寺（山田風太郎）旺文社文庫（1985） …… 378
怪異投込寺（山田風太郎）集英社文庫（1994） …… 384
怪異雛人形（角田喜久雄）大衆文学館（1995） …… 220
海王伝（白石一郎）文春文庫（1993） …… 173
海王伝（白石一郎）文春文庫（2016） …… 174
◇海音寺潮五郎短篇総集（海音寺潮五郎）講談社文庫 …… 58
海音寺潮五郎短篇総集 1（海音寺潮五郎）講談社文庫（1978） …… 58
海音寺潮五郎短篇総集 2（海音寺潮五郎）講談社文庫（1978） …… 58
海音寺潮五郎短篇総集 3（海音寺潮五郎）講談社文庫（1978） …… 58
海音寺潮五郎短篇総集 4（海音寺潮五郎）講談社文庫（1978） …… 58
海音寺潮五郎短篇総集 5（海音寺潮五郎）講談社文庫（1978） …… 58
海音寺潮五郎短篇総集 6（海音寺潮五郎）講談社文庫（1979） …… 58
海音寺潮五郎短篇総集 7（海音寺潮五郎）講談社文庫（1979） …… 58
海音寺潮五郎短篇総集 8（海音寺潮五郎）講談社文庫（1979） …… 58
開化怪盗団（多岐川恭）光文社文庫（2001） …… 197
開化乗合馬車（杉本苑子）文春文庫（1985） …… 183
開化回り舞台 →開化怪盗団（多岐川恭）光文社文庫（2001） …… 197

貝殻一平 上(吉川英治)大衆文学館(1995) ……411
貝殻一平 1(吉川英治)吉川英治文庫(1977) ……412
貝殻一平 2(吉川英治)吉川英治文庫(1977) ……412
貝殻一平 下(吉川英治)大衆文学館(1995) ……411
海峡の使者(白石一郎)文春文庫(1992) ……173
怪建築十二段返し(白井喬二)大陸文庫(1990) ……170
開国(佐藤雅美)講談社文庫(1997) ……128
開国(津本陽)幻冬舎文庫(2007) ……222
開国(津本陽)文春文庫(1996) ……227
開国ニッポン(清水義範)集英社文庫(2002) ……163
介錯人(郡順史)光文社文庫(1991) ……87
回春屋直右衛門秘薬絶頂丸(阿部牧郎)講談社文庫(2007) ……8
海将(白石一郎)新潮文庫(1996) ……172
海将 上(白石一郎)講談社文庫(1999) ……172
海将 下(白石一郎)講談社文庫(1999) ……172
海商岩橋万造の生涯(津本陽)中公文庫(1987) ……224
海賊商人(南條範夫)河出文庫(1986) ……257
海賊商人(南條範夫)光文社文庫(1990) ……259
海賊船幽霊丸(笹沢左保)光文社文庫(2006) ……115
海賊奉行(高橋義夫)文春文庫(2005) ……194
怪談累ケ淵(柴田錬三郎)光文社文庫(1992) ……153
海潮寺境内の仇討ち(古川薫)光文社文庫(2004) ……312
回天の門(藤沢周平)文春文庫(1986) ……307
回天の門 上(藤沢周平)文春文庫(2016) ……309
回天の門 下(藤沢周平)文春文庫(2016) ……309
怪盗暗闇吉三(郡順史)時代小説文庫(1982) ……87
怪盗暗闇吉三(郡順史)時代小説文庫(1990) ……87
怪塔伝(角田喜久雄)春陽文庫(1981) ……218
怪塔伝 上(角田喜久雄)春陽文庫(1989) ……219
怪塔伝 下(角田喜久雄)春陽文庫(1989) ……219
開陽丸、北へ(安部龍太郎)講談社文庫(2002) ……9
開陽丸、北へ →幕末開陽丸(安部龍太郎)角川文庫(2014) ……8
海嶺(三浦綾子)朝日文庫(1983) ……325
海嶺 上(三浦綾子)角川文庫(1986) ……325
海嶺 上(三浦綾子)角川文庫(2012) ……325
海嶺 中(三浦綾子)角川文庫(1986) ……325
海嶺 中(三浦綾子)角川文庫(2012) ……325
海嶺 下(三浦綾子)角川文庫(1986) ……325
海嶺 下(三浦綾子)角川文庫(2012) ……325
海狼伝(白石一郎)文春文庫(1990) ……173
海狼伝(白石一郎)文春文庫(2015) ……174
嘉永五年の人工呼吸(笹沢左保)徳間文庫(1990) ……119
嘉永三年の全身麻酔(笹沢左保)徳間文庫(1990) ……119
嘉永二年の帝王切開(笹沢左保)徳間文庫(1990) ……119
嘉永四年の予防接種(笹沢左保)徳間文庫(1990) ……119
嘉永六年のアルコール中毒(笹沢左保)徳間文庫(1990) ……119
帰って来た木枯し紋次郎(笹沢左保)新潮文庫(1997) ……118
◇帰って来た紋次郎(笹沢左保)新潮文庫 ……118
帰って来た紋次郎 悪女を斬るとき(笹沢左保)新潮文庫(2000) ……118
帰って来た紋次郎 同じく人殺し(笹沢左保)新潮文庫(1998) ……118
帰って来た紋次郎 かどわかし(笹沢左保)新潮文庫(1999) ……118
帰って来た紋次郎 最後の峠越え(笹沢左保)新潮文庫(2001) ……118
帰って来た紋次郎 さらば手鞠唄(笹沢左保)新潮文庫(1999) ……118
還らぬ鴉(西村望)ノン・ポシェット(1997) ……274
火怨 上(高橋克彦)講談社文庫(2002) ……188
火怨 下(高橋克彦)講談社文庫(2002) ……188
火炎城(白石一郎)講談社文庫(1978) ……171
火焔浄土(津本陽)角川文庫(1995) ……220
火怨の城(阿井景子)講談社文庫(1987) ……1
顔師(舟橋聖一)角川文庫(1959) ……309
顔十郎罷り通る(柴田錬三郎)講談社文庫(1986) ……151
顔十郎罷り通る 上(柴田錬三郎)講談社文庫(2006) ……152
顔十郎罷り通る 下(柴田錬三郎)講談社文庫(2006) ……152
顔のない侍(村上元三)徳間文庫(2007) ……356
香り蜜(睦月影郎)廣済堂文庫(2014) ……346
かかし長屋(半村良)集英社文庫(2001) ……294
かかし長屋(半村良)ノン・ポシェット(1996) ……295
加賀騒動(村上元三)光文社文庫(1986) ……351
加賀騒動(村上元三)光文社文庫(2015) ……352
加賀騒動(村上元三)人物文庫(2005) ……354
加賀の牙(峰隆一郎)光文社文庫(2000) ……333

加賀百万石（津本陽）講談社文庫（1999）…… 223
加賀風雲録（戸部新十郎）中公文庫（2001）…… 240
加賀風雲録（戸部新十郎）中公文庫ワイド版（2004）…… 240
屈み岩伝奇（南條範夫）角川文庫（1979）…… 257
◇かがり淫法帖（睦月影郎）廣済堂文庫 …… 346
かがり淫法帖 悦虐（睦月影郎）廣済堂文庫（2005）…… 346
かがり淫法帖 炎情（睦月影郎）廣済堂文庫（2007）…… 346
かがり淫法帖 禁戯（睦月影郎）廣済堂文庫（2005）…… 346
かがり淫法帖 恋閨（睦月影郎）廣済堂文庫（2007）…… 346
かがり淫法帖 邪淫（睦月影郎）廣済堂文庫（2005）…… 346
かがり淫法帖 情艶（睦月影郎）廣済堂文庫（2004）…… 346
かがり淫法帖 蜜謀（睦月影郎）廣済堂文庫（2004）…… 346
かがり淫法帖 萌肌（睦月影郎）廣済堂文庫（2006）…… 346
かがり淫法帖 妖華（睦月影郎）廣済堂文庫（2006）…… 346
かがり淫法帖 猥乱（睦月影郎）廣済堂文庫（2006）…… 346
篝火（尾崎士郎）角川文庫（1957）…… 51
篝火（尾崎士郎）光文社文庫（1990）…… 51
花冠の志士（古川薫）文春文庫（1991）…… 313
花冠の志士（古川薫）文春文庫（2014）…… 313
餓鬼が斬る（峰隆一郎）廣済堂文庫（1989）…… 330
餓鬼が斬る（峰隆一郎）コスミック・時代文庫（2003）…… 333
餓鬼が斬る（峰隆一郎）双葉文庫（2001）…… 339
餓鬼転生 →餓鬼が斬る（峰隆一郎）廣済堂文庫（1989）…… 330
覚悟の人（佐藤雅美）角川文庫（2009）…… 126
隠し金の絵図（伊藤桂一）学研M文庫（2005）…… 28
隠し金の絵図（伊藤桂一）新潮文庫（1994）…… 29
隠し剣孤影抄（藤沢周平）文春文庫（1983）…… 307
隠し剣孤影抄（藤沢周平）文春文庫（2004）…… 308
隠し剣秋風抄（藤沢周平）文春文庫（1984）…… 307
隠し剣秋風抄（藤沢周平）文春文庫（2004）…… 308
嶽神 上 白銀渡り（長谷川卓）講談社文庫（2012）…… 287
嶽神 下 湖底の黄金（長谷川卓）講談社文庫（2012）…… 287
嶽神伝孤猿 上（長谷川卓）講談社文庫（2015）…… 288
嶽神伝孤猿 下（長谷川卓）講談社文庫（2015）…… 288
嶽神伝無坂 上（長谷川卓）講談社文庫（2013）…… 287
嶽神伝無坂 下（長谷川卓）講談社文庫（2013）…… 288
嶽神忍風 1～3 →嶽神 下（長谷川卓）講談社文庫（2012）…… 287
嶽神忍風 1～3 →嶽神 上（長谷川卓）講談社文庫（2012）…… 287
嶽神列伝 逆渡り（長谷川卓）講談社文庫（2016）…… 288
かく戦い、かく死す（柴田錬三郎）集英社文庫（2007）…… 156
角兵衛獅子（大佛次郎）朝日文庫（1981）…… 52
角兵衛獅子（大佛次郎）小学館文庫（2000）…… 53
かくれさと苦界行（隆慶一郎）新潮文庫（1990）…… 419
かくれさと苦界行（隆慶一郎）新潮文庫（2007）…… 419
隠れ蓑（池波正太郎）新潮文庫（2002）…… 20
隠れ簑（池波正太郎）新潮文庫（1991）…… 20
隠れ与力三五郎（山手樹一郎）コスミック・時代文庫（2012）…… 390
かくれんぼ（平岩弓枝）文春文庫（1997）…… 299
かくれんぼ（平岩弓枝）文春文庫（2006）…… 301
かげゑ歌麿（高橋克彦）文春文庫（2016）…… 190
駈落ち（多岐川恭）光文社文庫（1995）…… 197
駆込寺蔭始末（隆慶一郎）光文社文庫（1992）…… 419
駆込寺蔭始末（隆慶一郎）光文社文庫（2011）…… 419
駆込寺蔭始末（隆慶一郎）徳間文庫（2000）…… 420
影裁き（勝目梓）小学館文庫（2005）…… 64
影帳（佐藤雅美）講談社文庫（1995）…… 126
陰の絵図 上（新宮正春）集英社文庫（2005）…… 175
陰の絵図 下（新宮正春）集英社文庫（2005）…… 175
影の系譜（杉本苑子）文春文庫（1984）…… 183
陰の剣譜（新宮正春）集英社文庫（1991）…… 175
影の将軍（徳永真一郎）光文社文庫（1988）…… 235

影の大老 上(徳永真一郎)光文社時代小説文庫(1988) …… 235
影の大老 下(徳永真一郎)光文社時代小説文庫(1988) …… 235
影の人形師(陣出達朗)春陽文庫(1977) …… 177
影の人・藤堂高虎 →藤堂高虎(徳永真一郎)PHP文庫(1990) …… 236
影姫参上(島田一男)春陽文庫(1982) …… 162
影姫参上 上巻(島田一男)コスミック・時代文庫(2011) …… 161
影姫参上 下巻(島田一男)コスミック・時代文庫(2011) …… 161
影法師推参(江崎俊平)春陽文庫(1975) …… 36
影法師推参(江崎俊平)春陽文庫(1992) …… 36
影丸極道帖(角田喜久雄)春陽文庫(1979) …… 218
影丸極道帖 上(角田喜久雄)春陽文庫(1989) …… 219
影丸極道帖 下(角田喜久雄)春陽文庫(1989) …… 219
影武者(古川薫)光文社文庫(2002) …… 312
影武者徳川家康 上(隆慶一郎)新潮文庫(1993) …… 419
影武者徳川家康 上(隆慶一郎)新潮文庫(2008) …… 419
影武者徳川家康 中(隆慶一郎)新潮文庫(1993) …… 419
影武者徳川家康 中(隆慶一郎)新潮文庫(2008) …… 419
影武者徳川家康 下(隆慶一郎)新潮文庫(1993) …… 419
影武者徳川家康 下(隆慶一郎)新潮文庫(2008) …… 420
影流! 怨み斬り(本庄慧一郎)廣済堂文庫(2005) …… 318
影流! 野獣狩り(本庄慧一郎)廣済堂文庫(2006) …… 318
影流! 必誅剣疾る(本庄慧一郎)廣済堂文庫(2007) …… 318
陽炎(新田次郎)文春文庫(1981) …… 276
かげろう淫花(睦月影郎)コスミック・時代文庫(2012) …… 348
かげろう絵図 前編(松本清張)角川文庫(1962) …… 321
かげろう絵図 上巻(松本清張)新潮文庫(1962) …… 323
かげろう絵図 上(松本清張)文春文庫(2004) …… 324
かげろう絵図 後編(松本清張)角川文庫(1962) …… 321
かげろう絵図 下巻(松本清張)新潮文庫(1962) …… 323
かげろう絵図 下(松本清張)文春文庫(2004) …… 324
かげろう艶火(睦月影郎)コスミック・時代文庫(2013) …… 348
かげろう使者(江崎俊平)春陽文庫(1985) …… 36
かげろう砂絵(都筑道夫)角川文庫(1982) …… 214
かげろう砂絵(都筑道夫)光文社文庫(1992) …… 214
かげろう伝奇(早乙女貢)旺文社文庫(1985) …… 97
かげろう伝奇(早乙女貢)時代小説文庫(1989) …… 100
かげろう伝奇(左近隆)春陽文庫(1981) …… 110
かげろう天狗(佐竹申伍)春陽文庫(1970) …… 123
かげろう天狗(佐竹申伍)春陽文庫(1987) …… 123
かげろう峠(江崎俊平)春陽文庫(1996) …… 37
かげろう忍法帖(山田風太郎)講談社文庫-山田風太郎忍法帖(1999) …… 382
かげろう忍法帖(山田風太郎)ちくま文庫-山田風太郎忍法帖短篇全集(2004) …… 385
陽炎の男(池波正太郎)新潮文庫(1986) …… 20
陽炎の男(池波正太郎)新潮文庫(2002) …… 20
陽炎の女(邦光史郎)ノン・ポシェット(1992) …… 80
陽炎の旗(北方謙三)新潮文庫(1995) …… 69
かげろう秘苑(睦月影郎)コスミック・時代文庫(2012) …… 348
かげろう飛脚(高橋義夫)文春文庫(2006) …… 194
かげろう蜜書(睦月影郎)コスミック・時代文庫(2011) …… 348
かげろう夢幻(睦月影郎)コスミック・時代文庫(2011) …… 348
駆けろ雑兵(多岐川恭)光文社文庫(1998) …… 197
影は走る →寛政・お庭番秘聞(笹沢左保)ノン・ポシェット(1988) …… 121
◇風車の浜吉・捕物綴(伊藤桂一)学研M文庫 …… 28
◇風車の浜吉・捕物綴(伊藤桂一)新潮文庫 …… 29
風車の浜吉・捕物綴 隠し金の絵図(伊藤桂一)学研M文庫(2005) …… 28
風車の浜吉・捕物綴 隠し金の絵図(伊藤桂一)新潮文庫(1994) …… 29

風車の浜吉・捕物綴 月夜駕籠(伊藤桂一)学研M文庫(2006) …… 28
風車の浜吉・捕物綴 月夜駕籠(伊藤桂一)新潮文庫(1998) …… 29
風車の浜吉・捕物綴 病みたる秘剣(伊藤桂一)学研M文庫(2005) …… 28
風車の浜吉・捕物綴 病みたる秘剣(伊藤桂一)新潮文庫(1991) …… 29
風花ノ剣(吉岡道夫)コスミック・時代文庫(2009) …… 408
傘張り侍恋情剣(太田蘭三)ノン・ポシェット(1994) …… 44
崋山と長英(山手樹一郎)山手樹一郎長編時代小説全集(1978) …… 396
河鹿の鳴く夜(伊藤桂一)徳間文庫(1990) …… 30
河岸の朝霧 →寛永独妙剣 下(富田常雄)徳間文庫(1988) …… 243
河岸の朝霧 →寛永独妙剣 上(富田常雄)徳間文庫(1988) …… 243
火城(高橋克彦)角川文庫(2001) …… 188
火城(高橋克彦)文春文庫(2010) …… 190
火城(高橋克彦)PHP文庫(1995) …… 191
花杖記(山本周五郎)新潮文庫(1981) …… 399
花神(司馬遼太郎)新潮文庫(1976) …… 147
果心居士の幻術(司馬遼太郎)新潮文庫(1977) …… 147
果心居士の幻術(司馬遼太郎)新潮文庫(2009) …… 147
春日局(早乙女貢)講談社文庫(1994) …… 99
春日局(杉本苑子)集英社文庫(1986) …… 182
春日局(杉本苑子)集英社文庫(2010) …… 182
春日局(杉本苑子)人物文庫(2001) …… 182
春日局(堀和久)文春文庫(1988) …… 316
上総風土記(村上元三)市民文庫(1951) …… 352
上総風土記(村上元三)春陽文庫(1962) …… 353
一豊と千代(大栗丹後)春陽文庫(2005) …… 43
一豊の妻(永井路子)文春文庫(1984) …… 247
和宮お側日記(阿井景子)光文社文庫(2008) …… 1
和宮様御留(有吉佐和子)講談社文庫(1981) …… 12
和宮様御留(有吉佐和子)講談社文庫(2014) …… 12
霞ノ太刀(吉岡道夫)コスミック・時代文庫(2012) …… 409
霞の半兵衛(柴田錬三郎)春陽文庫(1981) …… 157
風と雲と砦(井上靖)角川文庫(1960) …… 32
風と雲と砦(井上靖)角川文庫(2007) …… 32
風の群像 上(杉本苑子)講談社文庫(2000) …… 182
風の群像 下(杉本苑子)講談社文庫(2000) …… 182
風の如く水の如く(安部龍太郎)集英社文庫(1999) …… 9
風の如く水の如く(安部龍太郎)集英社文庫(2013) …… 9
風の呪殺陣(隆慶一郎)光文社文庫(2000) …… 419
風の呪殺陣(隆慶一郎)徳間文庫(1992) …… 420
風の呪殺陣(隆慶一郎)徳間文庫(2008) …… 420
風の陣 天命篇(高橋克彦)PHP文庫(2007) …… 191
風の陣 大望篇(高橋克彦)PHP文庫(2004) …… 191
風の陣 風雲篇(高橋克彦)PHP文芸文庫(2010) …… 191
風の陣 立志篇(高橋克彦)PHP文庫(2001) …… 191
風の陣 裂心篇(高橋克彦)PHP文芸文庫(2012) …… 191
風の大菩薩峠(西村望)学研M文庫(2003) …… 273
風の峠 →一豊と千代(大栗丹後)春陽文庫(2005) …… 43
風の砦 上(原田康子)講談社文庫(1995) …… 293
風の砦 上(原田康子)新潮文庫(1987) …… 293
風の砦 下(原田康子)講談社文庫(1995) …… 293
風の砦 下(原田康子)新潮文庫(1987) …… 293
風の果て 上(藤沢周平)文春文庫(1988) …… 307
風の果て 上(藤沢周平)文春文庫(2013) …… 309
風の果て 下(藤沢周平)文春文庫(1988) …… 308
風の果て 下(藤沢周平)文春文庫(2013) …… 309
風の武士(司馬遼太郎)講談社文庫(1983) …… 145
風の武士 上(司馬遼太郎)講談社文庫(2007) …… 146
風の武士 下(司馬遼太郎)講談社文庫(2007) …… 146
風の墓標(平岩弓枝)新潮文庫(1983) …… 298
風の迷い道(本庄慧一郎)廣済堂文庫(2010) …… 318
風の宿(西村望)光文社文庫(2003) …… 273
風のように走った →天保・怪盗鼠小僧次郎吉(笹沢左保)ノン・ポシェット(1988) …… 121
風姫八天狗(島田一男)春陽文庫(1982) …… 162
風よ聞け 雲の巻(北原亞以子)講談社文庫(1996) …… 71
風よ軍師よ落日よ(八尋舜右)PHP文庫(1992) …… 369

風分けて時次郎(西村望)徳間文庫(1992) …… 274
花僧(澤田ふじ子)中公文庫(1989) …… 138
華族夫人の忘れもの(平岩弓枝)文春文庫(2011) …… 302
片腕の男 →月影兵庫(南條範夫)光文社文庫(1986) …… 258
敵討(吉村昭)新潮文庫(2003) …… 417
火宅の女(平岩弓枝)角川文庫(1992) …… 296
火宅の坂(澤田ふじ子)光文社文庫(2010) …… 136
火宅の坂(澤田ふじ子)徳間文庫(2004) …… 142
片倉小十郎と伊達政宗(永岡慶之助)人物文庫(2011) …… 250
加田三七捕物そば屋(村上元三)徳間文庫(1988) …… 355
加田三七捕物帖(村上元三)徳間文庫(1990) …… 355
加田三七捕物帳(村上元三)人物文庫(2007) …… 354
加田三七捕物帳 2(村上元三)人物文庫(2007) …… 354
片手斬り同心(多岐川恭)徳間文庫(1996) …… 199
片手斬り同心(多岐川恭)双葉文庫(1989) …… 201
刀(白石一郎)講談社文庫(1990) …… 171
刀の錆(多岐川恭)時代小説文庫(2008) …… 198
勝海舟 第1巻 黒船渡来(子母沢寛)新潮文庫(1968) …… 165
勝海舟 第2巻 咸臨丸渡米(子母沢寛)新潮文庫(1968) …… 165
勝海舟 第3巻 長州征伐(子母沢寛)新潮文庫(1968) …… 165
勝海舟 第4巻 大政奉還(子母沢寛)新潮文庫(1968) …… 165
勝海舟 第5巻 江戸開城(子母沢寛)新潮文庫(1969) …… 165
勝海舟 第6巻 明治新政(子母沢寛)新潮文庫(1969) …… 165
勝海舟(高野澄)徳間文庫(1989) …… 187
勝海舟 上(津本陽)幻冬舎文庫(2007) …… 222
勝海舟 下(津本陽)幻冬舎文庫(2007) …… 222
勝海舟(村上元三)人物文庫(2004) …… 354
勝海舟 上(村上元三)徳間文庫(1991) …… 355
勝海舟 下(村上元三)徳間文庫(1991) …… 355
勝海舟捕物帖(坂口安吾)人物文庫(2006) …… 108
葛飾北斎(小島政二郎)旺文社文庫(1979) …… 88
◇甲子夜話秘録(楠木誠一郎)だいわ文庫 …… 76
甲子夜話秘録 狐狩り(楠木誠一郎)だいわ文庫(2008) …… 76
甲子夜話秘録 天狗狩り(楠木誠一郎)だいわ文庫(2009) …… 76
甲子夜話秘録 鼠狩り(楠木誠一郎)だいわ文庫(2008) …… 76
勝手斬り(本庄慧一郎)学研M文庫(2010) …… 317
河童 戯作三昧(芥川龍之介)角川文庫(2008) …… 5
勝頼(武田八洲満)光文社文庫(1987) …… 205
桂小五郎(古川薫)文春文庫(1984) …… 313
活路(北方謙三)講談社文庫(1998) …… 68
活路 上(北方謙三)講談社文庫(2009) …… 68
活路 下(北方謙三)講談社文庫(2009) …… 68
火盗改特命同心一網打尽(大谷羊太郎)静山社文庫(2011) …… 45
火盗改特命同心怪盗仁義(大谷羊太郎)静山社文庫(2011) …… 45
加藤清正 上(海音寺潮五郎)文春文庫(1986) …… 61
加藤清正 下(海音寺潮五郎)文春文庫(1986) …… 62
加藤清正(佐竹申伍)PHP文庫(1994) …… 123
加藤清正 1(村上元三)人物文庫(2000) …… 353
加藤清正 2(村上元三)人物文庫(2000) …… 353
加藤清正 3(村上元三)人物文庫(2000) …… 353
加藤清正 4(村上元三)人物文庫(2000) …… 353
加藤清正 5(村上元三)人物文庫(2000) …… 353
加藤清正 6(村上元三)人物文庫(2000) …… 353
加藤清正 7(村上元三)人物文庫(2000) …… 353
加藤清正虎の夢見し(津本陽)幻冬舎時代小説文庫(2013) …… 222
かどわかし(笹沢左保)新潮文庫(1999) …… 118
かどわかし(多岐川恭)徳間文庫(1998) …… 200
金沢城嵐の間(安部龍太郎)文春文庫(2000) …… 10
鉄輪(夢枕獏)文春文庫(2010) …… 404
蟹足の剣(峰隆一郎)角川文庫(1996) …… 330
かぶいて候(隆慶一郎)集英社文庫(1993) …… 419
かぶき大名(海音寺潮五郎)文春文庫(2003) …… 62
かまくら三国志 上(平岩弓枝)文春文庫(1990) …… 302
かまくら三国志 下(平岩弓枝)文春文庫(1990) …… 302
髪(瀬戸内寂聴)新潮文庫(2002) …… 185
上泉伊勢守信綱 →上泉(かみいずみ)信綱(永岡慶之助)人物文庫(2009) …… 250

上泉(かみいずみ)信綱(永岡慶之助)人物文庫(2009) …… 250
神かくし(平岩弓枝)文春文庫(1993) …… 299
神かくし(平岩弓枝)文春文庫(2005) …… 301
神隠し(藤沢周平)新潮文庫(1983) …… 306
神隠しにあった女(横溝正史)角川文庫(1977) …… 405
髪かざり(山本周五郎)新潮文庫(1987) …… 400
上方武士道(司馬遼太郎)春陽文庫(1966) …… 147
神々に告ぐ　上(安部龍太郎)角川文庫(2002) …… 8
神々に告ぐ　下(安部龍太郎)角川文庫(2002) …… 8
神々の賭け(南原幹雄)講談社文庫(1990) …… 267
神々の賭け(南原幹雄)徳間文庫(1996) …… 270
咬む狼(峰隆一郎)幻冬舎文庫(1999) …… 330
かむろ蛇(岡本綺堂)春陽文庫(2000) …… 49
仮面の花嫁(島田一男)春陽文庫(1961) …… 162
仮面の花嫁(島田一男)春陽文庫(1982) …… 162
仮面の人(南條範夫)徳間文庫(1985) …… 261
蒲生氏郷(佐竹申伍)PHP文庫(1990) …… 123
蒲生氏郷 上(童門冬二)人物文庫(2008) …… 233
蒲生氏郷 下(童門冬二)人物文庫(2008) …… 233
鴨川物語(子母沢寛)大陸文庫(1990) …… 165
鴨川物語(子母沢寛)徳間文庫(2003) …… 166
花妖譚(司馬遼太郎)文春文庫(2009) …… 150
からかご大名(新田次郎)新潮文庫(1985) …… 276
唐傘一本(小松重男)ベスト時代文庫(2011) …… 90
からくり砂絵(都筑道夫)角川文庫(1982) …… 214
からくり砂絵(都筑道夫)光文社文庫(1996) …… 215
からくり砂絵　あやかし砂絵(都筑道夫)光文社文庫(2010) …… 215
からくり東海道(泡坂妻夫)光文社文庫(1999) …… 13
からくり富(泡坂妻夫)徳間文庫(1999) …… 14
からくり紅花(永井路子)新潮文庫(1985) …… 246
烏が啼けば人が死ぬ(颯手達治)春陽文庫(1988) …… 125
烏川(峰隆一郎)徳間文庫(2000) …… 336
からす組(早乙女貢)講談社文庫(1995) …… 99
からす組 上(子母沢寛)徳間文庫(1987) …… 166
からす組 下(子母沢寛)徳間文庫(1987) …… 166
鴉浄土(澤田ふじ子)幻冬舎時代小説文庫(2013) …… 132
からす天狗　上(村上元三)徳間文庫(1992) …… 355
からす天狗　下(村上元三)徳間文庫(1992) …… 355
鴉婆(澤田ふじ子)光文社文庫(2005) …… 135
からたちの記(佐江衆一)講談社文庫(2001) …… 96
からたちの記 →女剣士(佐江衆一)ハルキ文庫(2016) …… 97
唐船番(高橋義夫)中公文庫(2005) …… 192
からみ合い(南條範夫)徳間文庫(1981) …… 261
花嵐悲愴剣(本庄慧一郎)学研M文庫(2004) …… 317
雁のたより(大佛次郎)小学館文庫(2000) …… 53
雁の橋 上(澤田ふじ子)幻冬舎文庫(2007) …… 133
雁の橋 下(澤田ふじ子)幻冬舎文庫(2007) …… 133
かるわざ剣法(伊藤桂一)徳間文庫(1988) …… 30
華麗なる割腹(南條範夫)光文社文庫(1998) …… 259
牙狼の剣(峰隆一郎)コスミック・時代文庫(2013) …… 333
餓狼の剣(峰隆一郎)祥伝社文庫(2000) …… 334
河井継之助(芝豪)PHP文庫(1999) …… 144
川越夜舟(梅本育子)集英社文庫(1990) …… 34
川千鳥夕千鳥(本庄慧一郎)廣済堂文庫(2010) …… 318
◇川ばた同心御用扣(西村望)光文社文庫 …… 273
川ばた同心御用扣 2 置いてけ堀(西村望)光文社文庫(2004) …… 273
川ばた同心御用扣 3 左文字の馬(西村望)光文社文庫(2005) …… 273
川ばた同心御用扣 4 梟の宿(西村望)光文社文庫(2006) …… 274
川ばた同心御用扣 5 江戸の黒椿(西村望)光文社文庫(2008) …… 274
川ばた同心御用扣 6 唐人笛(西村望)光文社文庫(2009) …… 274
川ばた同心御用扣 7 辻の宿(西村望)光文社文庫(2011) …… 274
川ばた同心御用扣 風の宿(西村望)光文社文庫(2003) …… 273
変萌(かわりもえ)(睦月影郎)講談社文庫(2009) …… 347
寛永御前試合 →剣豪対剣客(郡順史)春陽文庫(1987) …… 87
寛永独妙剣 上(富田常雄)徳間文庫(1988) …… 243

寛永独妙剣 下（富田常雄）徳間文庫（1988） …… 243
寛永風雲録（南原幹雄）新潮文庫（1989） …… 268
寛永風雲録（南原幹雄）福武文庫（1996） …… 271
寛永無明剣（光瀬龍）角川文庫（1982） …… 327
寛永無明剣（光瀬龍）ハルキ文庫（2000） …… 328
寒山剣（戸部新十郎）光文社文庫（2007） …… 239
◇完四郎広目手控（高橋克彦）集英社文庫 …… 189
完四郎広目手控（高橋克彦）集英社文庫（2001） …… 189
完四郎広目手控 4 文明怪化（高橋克彦）集英社文庫（2010） …… 189
完四郎広目手控 5 不惑剣（高橋克彦）集英社文庫（2014） …… 189
完四郎広目手控 いじん幽霊（高橋克彦）集英社文庫（2006） …… 189
完四郎広目手控 天狗殺し（高橋克彦）集英社文庫（2003） …… 189
寛政・お庭番秘聞（笹沢左保）ノン・ポシェット（1988） …… 121
寛政・お庭番秘聞 →豪剣お庭番竜之介（笹沢左保）コスミック・時代文庫（2014） …… 116
奸賊を斬る（峰隆一郎）廣済堂文庫（2000） …… 331
奸賊を斬る（峰隆一郎）双葉文庫（2001） …… 339
寒中の花（本庄慧一郎）ベスト時代文庫（2006） …… 319
間諜 上（杉本章子）中公文庫（1997） …… 179
間諜 上（杉本章子）文春文庫（2004） …… 180
間諜 下（杉本章子）中公文庫（1997） …… 179
間諜 下（杉本章子）文春文庫（2004） …… 180
寒椿の寺（平岩弓枝）講談社文庫（1999） …… 297
姦にて候（西村望）徳間文庫（1999） …… 274
雁のたより（大佛次郎）朝日文庫（1981） …… 52
寒の辻（長谷川卓）ハルキ文庫（2009） …… 289
姦の忍法帖（山田風太郎）ちくま文庫 - 山田風太郎忍法帖短篇全集（2004） …… 385
姦の忍法帖（山田風太郎）文春文庫（1977） …… 388
観音妖女（白石一郎）講談社文庫（1988） …… 171
完本直江山城守（井口朝生）河出文庫（2008） …… 16
完本妖星伝 1（鬼道の巻・外道の巻）（半村良）ノン・ポシェット（1998） …… 295
完本妖星伝 2（神道の巻・黄道の巻）（半村良）ノン・ポシェット（1998） …… 295
完本妖星伝 3（終巻 天道の巻・人道の巻・魔道の巻）（半村良）祥伝社文庫（1998） …… 294
巌流（新宮正春）祥伝社文庫（2000） …… 175
巌流島（津本陽）角川文庫（2006） …… 221
官僚川路聖謨の生涯（佐藤雅美）文春文庫（2000） …… 130

【き】

帰雲旅（高橋和島）廣済堂文庫（2009） …… 195
消えた女（藤沢周平）新潮文庫（1983） …… 306
消えた人達（北原亞以子）文春文庫（2010） …… 73
消えた義経（中津文彦）PHP文庫（1996） …… 254
消えた若殿（江崎俊平）春陽文庫（1969） …… 35
消えた若殿（江崎俊平）春陽文庫（1988） …… 36
◇祇園社神灯事件簿（澤田ふじ子）中公文庫 …… 137
◇祇園社神灯事件簿（澤田ふじ子）徳間文庫 …… 140
祇園社神灯事件簿 2 夜の腕（澤田ふじ子）中公文庫（2004） …… 137
祇園社神灯事件簿 2 夜の腕（澤田ふじ子）徳間文庫（2012） …… 140
祇園社神灯事件簿 3 真葛ヶ原の決闘（澤田ふじ子）徳間文庫（2012） …… 140
祇園社神灯事件簿 3 真葛ヶ原の決闘（澤田ふじ子）中公文庫（2006） …… 137
祇園社神灯事件簿 4 お火役凶状（澤田ふじ子）中公文庫（2009） …… 137
祇園社神灯事件簿 4 お火役凶状（澤田ふじ子）徳間文庫（2012） …… 140
祇園社神灯事件簿 5 神書板刻（澤田ふじ子）中公文庫（2010） …… 137
祇園社神灯事件簿 5 神書板刻（澤田ふじ子）徳間文庫（2013） …… 140
祇園社神灯事件簿 奇妙な刺客（澤田ふじ子）中公文庫（2001） …… 137
祇園社神灯事件簿 奇妙な刺客（澤田ふじ子）徳間文庫（2011） …… 140
黄菊白菊（南原幹雄）角川文庫（1994） …… 266
危機克服の名将武田信玄 →武田信玄（童門冬二）人物文庫（2005） …… 232
聞き耳地蔵（楠木誠一郎）講談社文庫（2012） …… 75
桔梗の旗風 上（南條範夫）文春文庫（1983） …… 263
桔梗の旗風 下（南條範夫）文春文庫（1983） …… 263
戯曲 新・平家物語（吉川英治）吉川英治文庫（1977） …… 412
菊五郎の女 →江戸おんな時雨（南原幹雄）徳間文庫（2002） …… 270
菊月夜（山本周五郎）新潮文庫（1984） …… 400

菊池寛(菊池寛)ダイソー文学シリーズ 近代日本文学選(2004) …… 67
菊池寛(菊池寛)ちくま日本文学(2008) …… 67
鬼剣(戸部新十郎)光文社文庫(1990) …… 239
鬼剣(戸部新十郎)徳間文庫(2000) …… 241
鬼剣地獄舞(本庄慧一郎)学研M文庫(2002) …… 317
鬼哭の剣(北方謙三)新潮文庫(2006) …… 69
鬼哭の城(滝口康彦)新潮文庫(1994) …… 203
鬼骨の人(津本陽)角川文庫(1995) …… 220
奇策神隠し(大谷羊太郎)二見時代小説文庫(2010) …… 45
如月剣士 上(五味康祐)徳間文庫(1986) …… 91
如月剣士 下(五味康祐)徳間文庫(1986) …… 91
偽史日本伝(清水義範)集英社文庫(2000) …… 163
義士の群れ　第1巻(西村望)廣済堂文庫(1998) …… 273
義士の群れ　第2巻(西村望)廣済堂文庫(1998) …… 273
義士の群れ　第3巻(西村望)廣済堂文庫(1999) …… 273
紀州九度山(池波正太郎)新潮文庫(1987) …… 21
紀州九度山(池波正太郎)新潮文庫(2005) …… 22
鬼女の鱗(泡坂妻夫)文春文庫(1992) …… 14
鬼女の花摘み(平岩弓枝)文春文庫(2005) …… 301
鬼神(峰隆一郎)集英社文庫(2002) …… 334
鬼神の剣(峰隆一郎)ノン・ポシェット(1992) …… 337
傷(北原亞以子)新潮文庫(2001) …… 71
きずな(杉本章子)文春文庫(2007) …… 179
北風に起つ(黒岩重吾)中公文庫(1991) …… 82
喜多川歌麿女絵草紙(藤沢周平)文春文庫(1982) …… 307
喜多川歌麿女絵草紙(藤沢周平)文春文庫(2012) …… 309
北の海明け(佐江衆一)新潮文庫(1996) …… 96
北の王国 →直江兼続 下(童門冬二)人物文庫(2007) …… 232
北の王国 →直江兼続 上(童門冬二)人物文庫(2007) …… 232
北の王国 上巻(童門冬二)人物文庫(1996) …… 232
北の王国 下巻(童門冬二)人物文庫(1996) …… 231
北の狼(津本陽)集英社文庫(1989) …… 223
北の黙示録(南原幹雄)講談社文庫(1987) …… 267
北の黙示録(南原幹雄)青樹社文庫(1996) …… 269
北の黙示録　下(南原幹雄)講談社文庫(1987) …… 267
北前船の事件(平岩弓枝)講談社文庫(2009) …… 298
◇北町裏同心(楠木誠一郎)静山社文庫 …… 76
北町裏同心 謀略斬り(楠木誠一郎)静山社文庫(2010) …… 76
北町裏同心 老中斬り(楠木誠一郎)静山社文庫(2010) …… 76
北町裏同心 賄賂斬り(楠木誠一郎)静山社文庫(2010) …… 76
北町奉行・定廻り同心(笹沢左保)コスミック・時代文庫(2013) …… 116
北町奉行・定廻り同心控(笹沢左保)ノン・ポシェット(1988) …… 121
◇北町奉行所捕物控(長谷川卓)ハルキ文庫 …… 288
北町奉行所捕物控 明屋敷番始末(長谷川卓)ハルキ文庫(2009) …… 289
北町奉行所捕物控 雨燕(アマツバメ)(長谷川卓)ハルキ文庫(2008) …… 289
北町奉行所捕物控 空舟(長谷川卓)ハルキ文庫(2006) …… 288
北町奉行所捕物控 寒の辻(長谷川卓)ハルキ文庫(2009) …… 289
北町奉行所捕物控 黒太刀(長谷川卓)ハルキ文庫(2006) …… 288
北町奉行所捕物控 毒虫(長谷川卓)ハルキ文庫(2007) …… 289
北町奉行所捕物控 野伏間の治助(長谷川卓)ハルキ文庫(2012) …… 289
北町奉行所捕物控 風刃の舞(長谷川卓)ハルキ文庫(2005) …… 288
鬼談御旅籠海豚屋(和巻耿介)春陽文庫(1985) …… 423
奇譚銭形平次(野村胡堂)PHP文庫(2008) …… 283
鬼譚草紙 →おにのさうし(夢枕獏)文春文庫(2014) …… 404
吉次黄金街道 →陸奥黄金街道(三好京三)人物文庫(1999) …… 342
吉川元春(浜野卓也)PHP文庫(1997) …… 289
きつね雨・彩情記(吉川英治)吉川英治文庫(1977) …… 412
狐狩り(楠木誠一郎)だいわ文庫(2008) …… 76
狐官女(澤田ふじ子)光文社文庫(2008) …… 135
狐釣り(杉本章子)文春文庫(2005) …… 179
狐の嫁入(野村胡堂)嶋中文庫(2005) …… 281
狐の嫁入り(平岩弓枝)文春文庫(1986) …… 299
狐の嫁入り(平岩弓枝)文春文庫(2004) …… 301

狐火の町（澤田ふじ子）廣済堂文庫（2000）……134
狐火の町（澤田ふじ子）中公文庫（2003）……138
狐武者（岡本綺堂）光文社文庫（2016）……49
狐森（長谷川卓）徳間文庫（2011）……288
鬼道の女王卑弥呼　上（黒岩重吾）文春文庫（1999）……82
鬼道の女王卑弥呼　下（黒岩重吾）文春文庫（1999）……82
木戸の椿（澤田ふじ子）幻冬舎文庫（2000）……132
木戸の椿（澤田ふじ子）廣済堂文庫（1996）……133
木戸のむこうに（澤田ふじ子）幻冬舎文庫（2000）……133
木戸のむこうに（澤田ふじ子）徳間文庫（2008）……142
着流し若殿（左近隆）春陽文庫（1997）……111
生成り姫（夢枕獏）文春文庫（2003）……404
昨日の恋（北原亞以子）文春文庫（1999）……73
紀伊国屋文左衛門（邦光史郎）徳間文庫（1991）……80
紀伊国屋文左衛門（武田八洲満）光文社文庫（1988）……205
牙と芽（峰隆一郎）集英社文庫（1997）……334
◇騎馬奉行まかり通る（陣出達朗）春陽文庫……177
騎馬奉行まかり通る（陣出達朗）春陽文庫（1978）……177
騎馬奉行まかり通る（陣出達朗）春陽文庫（1997）……177
騎馬奉行まかり通る 七人の武士（陣出達朗）春陽文庫（1982）……177
騎馬奉行まかり通る 七人の武士（陣出達朗）春陽文庫（1997）……177
騎馬奉行まかり通る 盗賊奉行（陣出達朗）春陽文庫（1982）……177
騎馬奉行まかり通る 盗賊奉行（陣出達朗）春陽文庫（1997）……177
きびだんご侍（新田次郎）新潮文庫（1988）……276
奇兵隊の叛乱（早乙女貢）集英社文庫（1977）……100
奇兵隊の叛乱（早乙女貢）集英社文庫（2015）……101
奇兵隊燃ゆ（童門冬二）ノン・ポシェット（1992）……233
奇謀の島　→影武者（古川薫）光文社文庫（2002）……312
きまぐれ剣士（早乙女貢）春陽文庫（1975）……101
きまぐれ剣士（早乙女貢）春陽文庫（1999）……102
きまぐれ剣士（早乙女貢）双葉文庫（1989）……104
気まぐれ侍（江崎俊平）春陽文庫（1991）……36
きまぐれ砂絵（都筑道夫）角川文庫（1982）……214
きまぐれ砂絵（都筑道夫）光文社文庫（1996）……214
きまぐれ砂絵　かげろう砂絵（都筑道夫）光文社文庫（2010）……215
気まぐれ大名（江崎俊平）春陽文庫（1972）……35
気まぐれ大名（江崎俊平）春陽文庫（1988）……36
気まぐれ奉行（左近隆）春陽文庫（1994）……110
気まぐれ若殿（左近隆）春陽文庫（1988）……110
奇妙な賽銭（澤田ふじ子）幻冬舎時代小説文庫（2011）……131
奇妙な刺客（澤田ふじ子）中公文庫（2001）……137
奇妙な刺客（澤田ふじ子）徳間文庫（2011）……140
義民が駆ける（藤沢周平）講談社文庫（1998）……305
義民が駆ける（藤沢周平）講談社文庫（2015）……305
義民が駆ける（藤沢周平）中公文庫（1980）……307
義民が駆ける（藤沢周平）中公文庫（1995）……307
鬼面同心隠剣家斉御落胤（楠木誠一郎）静山社文庫（2011）……76
鬼面同心隠剣家慶幽閉（楠木誠一郎）静山社文庫（2011）……76
鬼面の辻（江崎俊平）春陽文庫（1997）……37
鬼面の老女（大佛次郎）朝日文庫（1981）……52
逆軍の旗（藤沢周平）文春文庫（1985）……307
逆軍の旗（藤沢周平）文春文庫（2014）……309
逆襲（本庄慧一郎）ベスト時代文庫（2008）……319
ぎやまん波止場　→長崎ぎやまん波止場（白石一郎）文春文庫（1991）……173
ぎやまん物語（北原亞以子）文春文庫（2015）……73
九官鳥侍（陣出達朗）春陽文庫（1963）……177
九官鳥侍（陣出達朗）春陽文庫（1988）……178
休眠用心棒（森村誠一）中公文庫（2008）……363
休眠用心棒（森村誠一）中公文庫ワイド版（2012）……363
狂雲われを過ぐ（古川薫）新潮文庫（1991）……312

競艶八剣伝(島田一男)春陽文庫(1982) ····· 162
競艶八犬伝 →月姫八賢伝(島田一男)徳間文庫(1988) ····· 162
京女の義理立て(大栗丹後)学研M文庫(2005) ····· 40
京街道を走る(有明夏夫)講談社文庫(1988) ····· 11
俠客(池波正太郎)角川文庫(1999) ····· 18
俠客(池波正太郎)新潮文庫(1979) ····· 22
俠客 上巻(池波正太郎)新潮文庫(2002) ····· 23
俠客 下巻(池波正太郎)新潮文庫(2002) ····· 23
俠客(戸部新十郎)廣済堂文庫(1998) ····· 238
凶剣 崇禅寺馬場の死闘(峰隆一郎)ノン・ポシェット(1995) ····· 337
俠骨(陣出達朗)春陽文庫(1986) ····· 178
凶刃(藤沢周平)新潮文庫(1994) ····· 306
凶賊(峰隆一郎)集英社文庫(1995) ····· 333
凶族疾る(峰隆一郎)幻冬舎文庫(1997) ····· 330
京伝怪異帖(高橋克彦)文春文庫(2009) ····· 190
京伝怪異帖 巻の上(高橋克彦)講談社文庫(2003) ····· 188
京伝怪異帖 巻の下(高橋克彦)講談社文庫(2003) ····· 188
京伝店の烟草入れ(井上ひさし)講談社文芸文庫(2009) ····· 30
仰天文学大系 →慶応四年のハラキリ(夢枕獏)集英社文庫(2000) ····· 403
◇京都市井図絵(澤田ふじ子)光文社文庫 ····· 135
◇京都市井図絵(澤田ふじ子)徳間文庫 ····· 140
京都市井図絵 青玉の笛(澤田ふじ子)光文社文庫(2016) ····· 135
京都市井図絵 花籠の櫛(澤田ふじ子)徳間文庫(2006) ····· 140
京都市井図絵 花籠の櫛(澤田ふじ子)光文社文庫(2011) ····· 135
京都市井図絵 短夜の髪(澤田ふじ子)光文社文庫(2014) ····· 135
京都市井図絵 やがての螢(澤田ふじ子)光文社文庫(2012) ····· 135
京都市井図絵 やがての螢(澤田ふじ子)徳間文庫(2008) ····· 140
京都守護職(星亮一)中公文庫(1998) ····· 315
京の夢おう坂の夢の巻(中里介山)時代小説文庫(1982) ····· 251
享保貢象始末(堀和久)文春文庫(1995) ····· 316
狂乱(池波正太郎)新潮文庫(1992) ····· 20
狂乱(池波正太郎)新潮文庫(2002) ····· 20
狂乱春の夜の夢 →狂恋(笹沢左保)徳間文庫(2000) ····· 120
狂恋(笹沢左保)徳間文庫(2000) ····· 120
清河八郎(柴田錬三郎)ケイブンシャ文庫(1986) ····· 151
清河八郎(柴田錬三郎)集英社文庫(1989) ····· 156
巨眼の男西郷隆盛 1(津本陽)集英社文庫(2010) ····· 224
巨眼の男西郷隆盛 上巻(津本陽)新潮文庫(2006) ····· 224
巨眼の男西郷隆盛 2(津本陽)集英社文庫(2010) ····· 224
巨眼の男西郷隆盛 中巻(津本陽)新潮文庫(2006) ····· 224
巨眼の男西郷隆盛 3(津本陽)集英社文庫(2010) ····· 224
巨眼の男西郷隆盛 下巻(津本陽)新潮文庫(2006) ····· 224
巨眼の男西郷隆盛 4(津本陽)集英社文庫(2010) ····· 224
◇玉泉堂みだら暦(睦月影郎)学研M文庫 ····· 345
玉泉堂みだら暦 白の淫獄(睦月影郎)学研M文庫(2010) ····· 345
玉泉堂みだら暦 紫の一刻(とき)(睦月影郎)学研M文庫(2009) ····· 345
玉泉堂みだら暦 山吹の艶(睦月影郎)学研M文庫(2011) ····· 345
玉泉堂みだら暦 瑠璃の瞳(睦月影郎)学研M文庫(2012) ····· 345
清姫おりょう(平岩弓枝)文春文庫(1999) ····· 300
清盛(三田誠広)PHP文芸文庫(2011) ····· 327
鬼来也(高木彬光)春陽文庫(1984) ····· 186
斬らずの若殿(早乙女貢)コスミック・時代文庫(2012) ····· 99
斬らずの若殿(早乙女貢)春陽文庫(1971) ····· 101
斬らずの若殿(早乙女貢)春陽文庫(1998) ····· 101
斬らずの若殿(早乙女貢)双葉文庫(1992) ····· 104
吉良忠臣蔵 上(森村誠一)角川文庫(1991) ····· 361
吉良忠臣蔵 上(森村誠一)角川文庫(2015) ····· 361
吉良忠臣蔵 上(森村誠一)集英社文庫(1995) ····· 362
吉良忠臣蔵 下(森村誠一)角川文庫(1991) ····· 361
吉良忠臣蔵 下(森村誠一)角川文庫(2015) ····· 361
吉良忠臣蔵 下(森村誠一)集英社文庫(1995) ····· 362
吉良の仁吉(尾崎士郎)春陽文庫(1967) ····· 51

綺羅の女（井口朝生）春陽文庫（1984）……… 17
きらめき侍（古川薫）新潮文庫（1987）……… 312
切られお富　上（村上元三）時代小説文庫（1987）……… 352
切られお富　下（村上元三）時代小説文庫（1987）……… 352
霧隠れ雲隠れ（三田誠広）廣済堂文庫（1997）……… 327
斬り捨て御免（島田一男）コスミック・時代文庫（2014）……… 162
斬り捨て御免（島田一男）春陽文庫（1986）……… 162
斬り捨て御免（島田一男）天山文庫（1992）……… 162
斬りすて浪人（風巻絃一）春陽文庫（1983）……… 64
霧に消えた影（池波正太郎）PHP文庫（1992）……… 26
桐野利秋 上（三好徹）人物文庫（1998）……… 343
桐野利秋 下（三好徹）人物文庫（1998）……… 343
霧の中（田宮虎彦）新潮文庫（1956）……… 211
霧の果て（藤沢周平）文春文庫（1985）……… 307
霧の果て（藤沢周平）文春文庫（2010）……… 309
霧の罠（澤田ふじ子）光文社文庫（2007）……… 135
霧の罠（澤田ふじ子）徳間文庫（2003）……… 139
霧ふかき宇治の恋 上巻（田辺聖子）新潮文庫（1993）……… 207
霧ふかき宇治の恋　上（田辺聖子）新潮文庫（2015）……… 208
霧ふかき宇治の恋 下巻（田辺聖子）新潮文庫（1993）……… 207
霧ふかき宇治の恋　下（田辺聖子）新潮文庫（2015）……… 208
霧丸霧がくれ（角田喜久雄）春陽文庫（1977）……… 218
霧丸霧がくれ（角田喜久雄）春陽文庫（1988）……… 218
霧丸斬妖剣（田中光二）徳間文庫（2005）……… 206
斬るな彦斎 →人斬り彦斎（五味康祐）ケイブンシャ文庫（1985）……… 90
斬るな彦斎 →人斬り彦斎（五味康祐）徳間文庫（1993）……… 92
疑惑（佐藤雅美）講談社文庫（2006）……… 126
銀河忍法帖（山田風太郎）角川文庫（1977）……… 378
銀河祭りのふたり（杉本章子）文春文庫（2011）……… 179
禁戯（睦月影郎）廣済堂文庫（2005）……… 346
金鯱の夢（清水義範）集英社文庫（1992）……… 163
金さん事件帳（木屋進）春陽文庫（1992）……… 74
金の鯉（野村胡堂）嶋中文庫（2004）……… 280
銀之介活殺剣（芝豪）学研M文庫（2003）……… 144
銀の猫（杉本苑子）中公文庫（1998）……… 183
銀の館（永井路子）文春文庫（1983）……… 247
吟遊直九郎内探記（赤木駿介）光文社文庫（1991）……… 2
禁裏御付武士事件簿（澤田ふじ子）徳間文庫（1997）……… 141
禁裏御付武士事件簿（澤田ふじ子）徳間文庫（1997）……… 141

【く】

空海の風景　上巻（司馬遼太郎）中公文庫（1978）……… 147
空海の風景　下巻（司馬遼太郎）中公文庫（1978）……… 147
空中鬼 →空中鬼・妄執鬼（高橋克彦）日経文芸文庫（2014）……… 190
空中鬼（高橋克彦）祥伝社文庫（2000）……… 189
空中鬼・妄執鬼（高橋克彦）日経文芸文庫（2014）……… 190
九鬼嘉隆（星亮一）学研M文庫（2002）……… 314
傀儡一族 →陽炎の女（邦光史郎）ノン・ポシェット（1992）……… 80
傀儡忍法帖（早乙女貢）双葉文庫（1988）……… 104
傀儡舞（睦月影郎）講談社文庫（2015）……… 347
◇草侍のほほん功名控（高橋和島）廣済堂文庫……… 195
草侍のほほん巧妙控（高橋和島）廣済堂文庫（2010）……… 195
草侍のほほん功名控 梅の里兵法指南（高橋和島）廣済堂文庫（2011）……… 195
草侍のほほん功名控 春愁姫（高橋和島）廣済堂文庫（2014）……… 195
草侍のほほん功名控 ばさら姫（高橋和島）廣済堂文庫（2012）……… 195
草侍のほほん功名控 破れ寺用心棒（高橋和島）廣済堂文庫（2012）……… 195
草笛旅（高橋和島）廣済堂文庫（2008）……… 195
草笛の剣 上（津本陽）文春文庫（2000）……… 227
草笛の剣 下（津本陽）文春文庫（2000）……… 227
孔雀駕籠（陣出達朗）春陽文庫（1974）……… 177
孔雀茶屋心中（杉本苑子）集英社文庫（1985）……… 182
孔雀大名（左近隆）春陽文庫（1993）……… 110
◇公事宿事件書留帳（澤田ふじ子）幻冬舎時代小説文庫……… 131
◇公事宿事件書留帳（澤田ふじ子）幻冬舎文庫……… 132

◇公事宿事件書留帳（澤田ふじ子）廣済堂文庫 …… 133
公事宿事件書留帳 1 闇の掟（澤田ふじ子）幻冬舎文庫（2000） …… 132
公事宿事件書留帳 2 木戸の椿（澤田ふじ子）幻冬舎文庫（2000） …… 132
公事宿事件書留帳 2 木戸の椿（澤田ふじ子）廣済堂文庫（1996） …… 133
公事宿事件書留帳 3 拷問蔵（澤田ふじ子）幻冬舎文庫（2001） …… 132
公事宿事件書留帳 3 拷問蔵（澤田ふじ子）廣済堂文庫（1996） …… 134
公事宿事件書留帳 4 奈落の水（澤田ふじ子）幻冬舎文庫（2001） …… 132
公事宿事件書留帳 5 背中の髑髏（澤田ふじ子）幻冬舎文庫（2001） …… 132
公事宿事件書留帳 6 ひとでなし（澤田ふじ子）幻冬舎文庫（2002） …… 132
公事宿事件書留帳 7 にたり地蔵（澤田ふじ子）幻冬舎文庫（2003） …… 132
公事宿事件書留帳 8 恵比寿町火事（澤田ふじ子）幻冬舎文庫（2004） …… 132
公事宿事件書留帳 9 悪い棺（澤田ふじ子）幻冬舎文庫（2005） …… 132
公事宿事件書留帳 10 釈迦の女（澤田ふじ子）幻冬舎文庫（2005） …… 132
公事宿事件書留帳 11 無頼の絵師（澤田ふじ子）幻冬舎文庫（2006） …… 132
公事宿事件書留帳 12 比丘尼茶碗（澤田ふじ子）幻冬舎文庫（2007） …… 132
公事宿事件書留帳 13 雨女（澤田ふじ子）幻冬舎文庫（2008） …… 133
公事宿事件書留帳 14 世間の辻（澤田ふじ子）幻冬舎文庫（2008） …… 133
公事宿事件書留帳 15 女衒の供養（澤田ふじ子）幻冬舎文庫（2009） …… 133
公事宿事件書留帳 16 千本雨傘（澤田ふじ子）幻冬舎時代小説文庫（2010） …… 131
公事宿事件書留帳 17 遠い椿（澤田ふじ子）幻冬舎時代小説文庫（2011） …… 131
公事宿事件書留帳 18 奇妙な賽銭（澤田ふじ子）幻冬舎時代小説文庫（2011） …… 131
公事宿事件書留帳 19 血は欲の色（澤田ふじ子）幻冬舎時代小説文庫（2012） …… 132
公事宿事件書留帳 20 鴉浄土（澤田ふじ子）幻冬舎時代小説文庫（2013） …… 132
公事宿事件書留帳 21 虹の見えた日（澤田ふじ子）幻冬舎時代小説文庫（2015） …… 132
公事宿事件書留帳 22 冤罪凶状（澤田ふじ子）幻冬舎時代小説文庫（2016） …… 132
公事宿事件書留帳 闇の掟（澤田ふじ子）廣済堂文庫（1995） …… 133
楠木正成 上（北方謙三）中公文庫（2003） …… 69
楠木正成 下（北方謙三）中公文庫（2003） …… 69
楠木正成　上　青雲篇（邦光史郎）徳間文庫（1990） …… 80
楠木正成　下　風雲篇（邦光史郎）徳間文庫（1990） …… 80
楠木正成（土橋治重）PHP文庫（1991） …… 236
楠木正成と足利尊氏（嶋津義忠）PHP文庫（2009） …… 161
葛の葉抄（永井路子）文春文庫（2016） …… 248
葛の葉抄（永井路子）PHP文庫（1996） …… 248
曲者時代（柴田錬三郎）集英社文庫（1979） …… 156
口は禍いの門（佐藤雅美）角川文庫（2011） …… 126
ぐでん流剣士（風巻絃一）春陽文庫（1971） …… 64
ぐでん流剣士（風巻絃一）春陽文庫（1990） …… 64
国枝史郎ベスト・セレクション（国枝史郎）学研M文庫（2001） …… 78
国定忠次（長谷川伸）春陽文庫（1956） …… 286
国定忠治（子母沢寛）新潮文庫（1959） …… 165
国戸団左衛門の切腹（五味康祐）ケイブンシャ文庫（1987） …… 91
国戸団左衛門の切腹（五味康祐）徳間文庫（1995） …… 92
国盗り物語 第1巻 斎藤道三（司馬遼太郎）新潮文庫（1971） …… 147
国盗り物語 第2巻 斎藤道三（司馬遼太郎）新潮文庫（1971） …… 147
国盗り物語 第3巻 織田信長（司馬遼太郎）新潮文庫（1971） …… 147
国盗り物語 第4巻 織田信長（司馬遼太郎）新潮文庫（1971） …… 147
五二半捕物帳（和巻耿介）春陽文庫（1983） …… 423
五二半捕物帳　続（和巻耿介）春陽文庫（1985） …… 423
五二半捕物帳 4（和巻耿介）春陽文庫（1996） …… 423
五二半捕物帳 5（和巻耿介）春陽文庫（1997） …… 423
五二半捕物帳　新（和巻耿介）春陽文庫（1989） …… 423
くノ一紅騎兵（山田風太郎）角川文庫（1979） …… 378
くノ一死ににゆく（山田風太郎）ちくま文庫 - 山田風太郎忍法帖短篇全集（2004） …… 385
くノ一忍法勝負（山田風太郎）ちくま文庫 - 山田風太郎忍法帖短篇全集（2004） …… 385

くノ一忍法帖 (山田風太郎) 角川文庫 (2003) …… 379
くノ一忍法帖 (山田風太郎) 角川文庫 - 山田風太郎ベストコレクション (2012) …… 380
くノ一忍法帖 (山田風太郎) 講談社文庫 - 山田風太郎忍法帖 (1999) …… 382
くノ一忍法帖 (山田風太郎) 時代小説文庫 (1993) …… 383
くノ一秘図 (早乙女貢) 時代小説文庫 (1991) …… 100
首 (夢枕獏) 文春文庫 (2009) …… 404
首一万両 (南原幹雄) 講談社文庫 (1985) …… 267
首打人・偽りの刑場 (多岐川恭) 双葉文庫 (1988) …… 201
首打人左源太 (多岐川恭) 双葉文庫 (1985) …… 201
首打人左源太 →首打人左源太事件帖 (多岐川恭) 徳間文庫 (1995) …… 199
◇首打人左源太事件帖 (多岐川恭) 徳間文庫 …… 199
首打人左源太事件帖 (多岐川恭) 徳間文庫 (1995) …… 199
首打人左源太事件帖 偽りの刑場 (多岐川恭) 徳間文庫 (1995) …… 199
首打人左源太事件帖 片手斬り同心 (多岐川恭) 徳間文庫 (1996) …… 199
首を斬られにきたの御番所 (佐藤雅美) 文春文庫 (2007) …… 130
首切り (峰隆一郎) 双葉文庫 (2003) …… 339
首斬り浅右衛門 (柴田錬三郎) 講談社文庫 (1997) …… 152
首獲り (南原幹雄) 青樹社文庫 (1996) …… 269
首獲り (南原幹雄) 双葉文庫 (1990) …… 271
颶風の門 前篇 (村上元三) 春陽文庫 (1951) …… 352
颶風の門 中篇 (村上元三) 春陽文庫 (1951) …… 353
颶風の門 後篇 (村上元三) 春陽文庫 (1951) …… 353
熊田十兵衛の仇討ち (池波正太郎) 双葉文庫 (2000) …… 23
熊田十兵衛の仇討ち 人情編 (池波正太郎) 双葉文庫 (2013) …… 23
熊田十兵衛の仇討ち 本懐編 (池波正太郎) 双葉文庫 (2013) …… 23
熊野風濤歌 (神坂次郎) 徳間文庫 (1991) …… 86
雲霧仁左衛門 (池波正太郎) 新潮文庫 (1982) …… 22
雲と風と (永井路子) 中公文庫 (1990) …… 247
雲ながれゆく (池波正太郎) 文春文庫 (1986) …… 26
雲ながれゆく (池波正太郎) 文春文庫 (2006) …… 26
蜘蛛の糸 (芥川龍之介) SDP bunko (2008) …… 7
蜘蛛の糸・地獄変 (芥川龍之介) 角川文庫 (1968) …… 5
蜘蛛の糸・地獄変 (芥川龍之介) 角川文庫 (1989) …… 5
蜘蛛の糸・杜子春・トロッコ他十七篇 (芥川龍之介) 岩波文庫 (1990) …… 4
蜘蛛の糸・杜子春・トロッコ他十七篇 (芥川龍之介) ワイド版岩波文庫 (2013) …… 7
蜘蛛の巣殺人事件 (颯手達治) 春陽文庫 (1990) …… 124
蜘蛛の巣屋敷 (横溝正史) 徳間文庫 (2002) …… 407
雲の峰 (池波正太郎) 新潮文庫 (1988) …… 21
雲の峰 (池波正太郎) 新潮文庫 (2005) …… 22
蜘蛛の夢 (岡本綺堂) 光文社文庫 (1990) …… 48
雲奔る (藤沢周平) 中公文庫 (2012) …… 307
雲奔る (藤沢周平) 文春文庫 (1982) …… 307
雲奔る (藤沢周平) 文春文庫 (2014) …… 309
蔵の中 (松本清張) 角川文庫 (2009) …… 322
◇鞍馬天狗 (大佛次郎) 朝日文庫 …… 52
◇鞍馬天狗 (大佛次郎) 小学館文庫 …… 53
◇鞍馬天狗 (大佛次郎) 中公文庫 …… 54
◇鞍馬天狗 (大佛次郎) 中公文庫ワイド版 …… 54
◇鞍馬天狗 (大佛次郎) 徳間文庫 …… 54
鞍馬天狗 (大佛次郎) 中公文庫 (2002) …… 54
鞍馬天狗 (大佛次郎) 中公文庫ワイド版 (2003) …… 54
鞍馬天狗 1 角兵衛獅子 (大佛次郎) 小学館文庫 (2000) …… 53
鞍馬天狗 1 鬼面の老女 (大佛次郎) 朝日文庫 (1981) …… 52
鞍馬天狗 2 御用盗異聞 (大佛次郎) 朝日文庫 (1981) …… 52
鞍馬天狗 2 地獄の門 宗十郎頭巾 (大佛次郎) 小学館文庫 (2000) …… 53
鞍馬天狗 3 小鳥を飼う武士 (大佛次郎) 朝日文庫 (1981) …… 52
鞍馬天狗 3 新東京絵図 (大佛次郎) 小学館文庫 (2000) …… 53
鞍馬天狗 4 角兵衛獅子 (大佛次郎) 朝日文庫 (1981) …… 52
鞍馬天狗 4 雁のたより (大佛次郎) 小学館文庫 (2000) …… 53
鞍馬天狗 5 山岳党奇談 (大佛次郎) 朝日文庫 (1981) …… 52
鞍馬天狗 5 地獄太平記 (大佛次郎) 小学館文庫 (2000) …… 53

鞍馬天狗 6 雁のたより（大佛次郎）朝日文庫（1981） …… 52
鞍馬天狗 7 天狗廻状（大佛次郎）朝日文庫（1981） …… 52
鞍馬天狗 8 女郎蜘蛛（大佛次郎）朝日文庫（1981） …… 52
鞍馬天狗 9 地獄の門（大佛次郎）朝日文庫（1981） …… 52
鞍馬天狗 10 江戸の夕映（大佛次郎）朝日文庫（1981） …… 52
鞍馬天狗 江戸日記（大佛次郎）徳間文庫（1989） …… 54
鞍馬天狗 鞍馬の火祭り（大佛次郎）徳間文庫（1988） …… 54
鞍馬天狗 御用盗異聞（大佛次郎）徳間文庫（1990） …… 54
鞍馬天狗 地獄太平記（大佛次郎）徳間文庫（1988） …… 54
鞍馬天狗 新東京絵図（大佛次郎）徳間文庫（1990） …… 54
鞍馬天狗 天狗廻状（大佛次郎）徳間文庫（1989） …… 54
鞍馬天狗 夕立の武士（大佛次郎）徳間文庫（1989） …… 54
鞍馬の火祭り（大佛次郎）徳間文庫（1988） …… 54
蔵屋敷の怪事件（有明夏夫）講談社文庫（1988） …… 11
暗闇始末（南原幹雄）角川文庫（2002） …… 265
暗闇始末（南原幹雄）新潮文庫（1988） …… 268
暗闇心中（澤田ふじ子）ワンツー時代小説文庫（2005） …… 143
くらやみ砂絵（都筑道夫）角川文庫（1982） …… 214
くらやみ砂絵（都筑道夫）光文社文庫（1997） …… 215
暗闇草紙（多岐川恭）新潮文庫（1992） …… 198
くらやみ婿（横溝正史）春陽文庫（1984） …… 406
クリスタルの戦士（白石一郎）徳間文庫（1991） …… 173
廓祝言（南原幹雄）旺文社文庫（1987） …… 264
廓祝言（南原幹雄）徳間文庫（1990） …… 270
紅蓮怨魔剣（本庄慧一郎）学研M文庫（2005） …… 317
紅蓮鬼（高橋克彦）角川文庫（2008） …… 188
紅蓮鬼（高橋克彦）角川ホラー文庫（2003） …… 188
紅蓮鬼（高橋克彦）日経文芸文庫（2013） …… 190
紅蓮亭の狂女（陳舜臣）徳間文庫（1989） …… 213
紅蓮の女王（黒岩重吾）中公文庫（1981） …… 81
紅蓮の女王（黒岩重吾）中公文庫（1995） …… 82
黒い花粉 下巻（舟橋聖一）角川文庫（1959） …… 309
黒い花紛 上巻（舟橋聖一）角川文庫（1959） …… 309
◇黒い炎の戦士（白石一郎）徳間文庫 …… 173
黒い炎の戦士 1 謎の虹彩剣（白石一郎）徳間文庫（1991） …… 173
黒い炎の戦士 2 田沼暗殺計画（白石一郎）徳間文庫（1991） …… 173
黒い炎の戦士 3 黒白の死闘（白石一郎）徳間文庫（1991） …… 173
黒い炎の戦士 4 太陽丸出帆（白石一郎）徳間文庫（1991） …… 173
黒い炎の戦士 5 クリスタルの戦士（白石一郎）徳間文庫（1991） …… 173
黒風組秘文（江崎俊平）春陽文庫（1981） …… 36
黒髪の月（澤田ふじ子）光文社文庫（2009） …… 136
黒髪の月（澤田ふじ子）徳間文庫（2000） …… 141
くろかみ秘蝶（陣出達朗）春陽文庫（1979） …… 177
くろかみ秘蝶（陣出達朗）春陽文庫（1991） …… 178
黒雲街道（島田一男）春陽文庫（1983） …… 162
黒雲岳秘帖（江崎俊平）春陽文庫（1982） …… 36
黒潮鬼（角田喜久雄）春陽文庫（1988） …… 218
黒潮鬼 前篇（角田喜久雄）岡倉文庫（1951） …… 218
黒潮の岸辺（神坂次郎）中公文庫（1985） …… 85
黒潮のろまん →黒潮の岸辺（神坂次郎）中公文庫（1985） …… 85
黒潮姫（早乙女貢）春陽文庫（1975） …… 101
黒十字秘文（江崎俊平）春陽文庫（1980） …… 36
黒十字秘文（江崎俊平）春陽文庫（1994） …… 37
黒塚（夢枕獏）集英社文庫（2003） …… 403
黒染の剣（澤田ふじ子）ケイブンシャ文庫（2000） …… 131
黒染の剣（澤田ふじ子）徳間文庫（1987） …… 141
黒染の剣 上（澤田ふじ子）幻冬舎文庫（2002） …… 133
黒染の剣 下（澤田ふじ子）幻冬舎文庫（2002） …… 133
黒田官兵衛（高橋和島）人物文庫（2006） …… 196
黒田官兵衛（浜野卓也）PHP文庫（1996） …… 289
黒田官兵衛（鷲尾雨工）河出文庫（2013） …… 421
黒岳の魔人（角田喜久雄）中公文庫（1983） …… 220
黒岳の魔人（角田喜久雄）中公文庫（2007） …… 220
黒田如水（童門冬二）小学館文庫（1999） …… 231
黒田如水 →軍師黒田如水（童門冬二）河出文庫（2013） …… 229

黒田如水（吉川英治）角川文庫（2013）…… 410
黒田如水（吉川英治）コスミック・時代文庫（2013）…… 410
黒田如水（吉川英治）新潮文庫（1959）…… 410
黒田如水（吉川英治）新潮文庫（2013）…… 411
黒田如水（吉川英治）吉川英治歴史時代文庫（1989）…… 414
黒田如水 →黒田官兵衛（鷲尾雨工）河出文庫（2013）…… 421
黒太刀（長谷川卓）ハルキ文庫（2006）…… 288
黒田長政（徳永真一郎）光文社文庫（1989）…… 235
黒田長政（徳永真一郎）人物文庫（2012）…… 235
黒谷夜話（中里介山）JP文庫（2010）…… 252
黒猫侍（五味康祐）徳間文庫（1987）…… 92
黒船（吉村昭）中公文庫（1994）…… 417
黒船擾乱（笹沢左保）祥伝社文庫（2002）…… 117
黒幕（池波正太郎）新潮文庫（1991）…… 23
黒虫忍法帖（早乙女貢）双葉文庫（1987）…… 103
黒百合秘帖（江崎俊平）春陽文庫（1973）…… 35
黒百合秘帖（江崎俊平）春陽文庫（1991）…… 36
軍艦忍法帖（山田風太郎）角川文庫（1986）…… 378
軍師黒田如水（童門冬二）河出文庫（2013）…… 229
軍師真田幸村（井口朝生）成美文庫（1996）…… 17
軍師竹中半兵衛（笹沢左保）角川文庫（1988）…… 112
軍師竹中半兵衛　上（笹沢左保）角川文庫（2013）…… 112
軍師竹中半兵衛　下（笹沢左保）角川文庫（2013）…… 112
軍師竹中半兵衛　→竹中半兵衛（八尋舜右）PHP文庫（1996）…… 369
軍師の境遇（松本清張）角川文庫（1987）…… 321
軍師の境遇（松本清張）角川文庫（2013）…… 322
軍師の境遇（松本清張）河出文庫（2013）…… 322
軍師二人（司馬遼太郎）講談社文庫（1985）…… 145
軍師二人（司馬遼太郎）講談社文庫（2006）…… 146
勲章幻影（夏堀正元）中公文庫（1996）…… 256

【け】

刑（綱淵謙錠）文春文庫（1992）…… 217
◇慶安素浪人伝（峰隆一郎）徳間文庫 …… 336
慶安素浪人伝 1 白狼の剣（峰隆一郎）徳間文庫（1996）…… 336
慶安素浪人伝 2 青狼の剣（峰隆一郎）徳間文庫（1996）…… 336
慶安素浪人伝 3 赤狼の剣（峰隆一郎）徳間文庫（1996）…… 336
慶安太平記（南條範夫）旺文社文庫（1986）…… 257
慶安太平記（南條範夫）光文社文庫（2005）…… 259
慶応四年のハラキリ（夢枕獏）集英社文庫（2000）…… 403
慶喜残暦（八尋舜右）中公文庫（1997）…… 369
警視庁草紙（山田風太郎）文春文庫（1978）…… 388
警視庁草紙 上（山田風太郎）角川文庫 - 山田風太郎ベストコレクション（2010）…… 379
警視庁草紙 上（山田風太郎）河出文庫 - 山田風太郎コレクション（1994）…… 381
警視庁草紙 上（山田風太郎）ちくま文庫 - 山田風太郎明治小説全集（1997）…… 386
警視庁草紙 下（山田風太郎）角川文庫 - 山田風太郎ベストコレクション（2010）…… 379
警視庁草紙 下（山田風太郎）河出文庫 - 山田風太郎コレクション（1994）…… 381
警視庁草紙 下（山田風太郎）ちくま文庫 - 山田風太郎明治小説全集（1997）…… 386
啓順凶状旅（佐藤雅美）講談社文庫（2003）…… 128
啓順地獄旅（佐藤雅美）講談社文庫（2006）…… 128
啓順純情旅（佐藤雅美）講談社文庫（2007）…… 128
刑場の花嫁（野村胡堂）時代小説文庫（1982）…… 280
◇慶次郎縁側日記（北原亞以子）新潮文庫 …… 71
慶次郎縁側日記 赤まんま（北原亞以子）新潮文庫（2008）…… 72
慶次郎縁側日記 あした（北原亞以子）新潮文庫（2014）…… 72
慶次郎縁側日記 雨の底（北原亞以子）新潮文庫（2016）…… 72
慶次郎縁側日記 おひで（北原亞以子）新潮文庫（2002）…… 71
慶次郎縁側日記 傷（北原亞以子）新潮文庫（2001）…… 71
慶次郎縁側日記 隅田川（北原亞以子）新潮文庫（2005）…… 72
慶次郎縁側日記 月明かり（北原亞以子）新潮文庫（2011）…… 72
慶次郎縁側日記 峠（北原亞以子）新潮文庫（2003）…… 71
慶次郎縁側日記 白雨（北原亞以子）新潮文庫（2013）…… 72

慶次郎縁側日記 蜩（北原亞以子）新潮文庫（2004） ……… 72
慶次郎縁側日記 ほたる（北原亞以子）新潮文庫（2011） ……… 72
慶次郎縁側日記 祭りの日（北原亞以子）新潮文庫（2015） ……… 72
慶次郎縁側日記 やさしい男（北原亞以子）新潮文庫（2007） ……… 72
慶次郎縁側日記 夢のなか（北原亞以子）新潮文庫（2009） ……… 72
慶長群盗陣（野村敏雄）双葉文庫（1986） ……… 283
慶長水滸伝（早乙女貢）春陽文庫（1977） ……… 101
敬天愛人西郷隆盛 1（海音寺潮五郎）学研M文庫（2001） ……… 57
敬天愛人西郷隆盛 2（海音寺潮五郎）学研M文庫（2001） ……… 57
敬天愛人西郷隆盛 3（海音寺潮五郎）学研M文庫（2001） ……… 57
敬天愛人西郷隆盛 4（海音寺潮五郎）学研M文庫（2001） ……… 57
劇盗二代目日本左衛門（佐藤雅美）文春文庫（2003） ……… 129
激流（大佛次郎）徳間文庫（1989） ……… 55
袈裟斬り怪四郎（太田蘭三）祥伝社文庫（2005） ……… 44
戯作者銘々伝（井上ひさし）光文社文庫（2016） ……… 31
戯作者銘々伝（井上ひさし）ちくま文庫（1999） ……… 31
戯作者銘々伝（井上ひさし）中公文庫（1982） ……… 31
化粧鬼（峰隆一郎）集英社文庫（1999） ……… 334
月下の狂宴（本庄慧一郎）学研M文庫（2008） ……… 317
月下の剣法者（伊藤桂一）新潮文庫（1997） ……… 29
月宮の人 上（杉本苑子）朝日文庫（1992） ……… 180
月宮の人 下（杉本苑子）朝日文庫（1992） ……… 180
傑作短編集 第3 西郷札（松本清張）新潮文庫（1965） ……… 323
傑作短編集 第4 佐渡流人行（松本清張）新潮文庫（1965） ……… 323
血臭の男 →文久・清水の小政無頼剣（笹沢左保）ノン・ポシェット（1989） ……… 121
血笑の辻（左近隆）春陽文庫（1987） ……… 110
血刃街道（早乙女貢）徳間文庫（1992） ……… 103
血戦！（西村望）徳間文庫（2000） ……… 274
決戦・関ガ原（邦光史郎）ケイブンシャ文庫（1987） ……… 78
決戦の時 上（遠藤周作）講談社文庫（1994） ……… 38
決戦の時 下（遠藤周作）講談社文庫（1994） ……… 38
奇妙な侍たち（神坂次郎）中公文庫（2008） ……… 86
決闘者宮本武蔵 上巻（柴田錬三郎）新潮文庫（1992） ……… 158
決闘者宮本武蔵 1 修業虫（柴田錬三郎）時代小説文庫（2008） ……… 154
決闘者宮本武蔵 中巻（柴田錬三郎）新潮文庫（1992） ……… 158
決闘者宮本武蔵 2 残党（柴田錬三郎）時代小説文庫（2008） ……… 154
決闘者宮本武蔵 下巻（柴田錬三郎）新潮文庫（1992） ……… 158
決闘者宮本武蔵 3 阿修羅（柴田錬三郎）時代小説文庫（2008） ……… 154
決闘者宮本武蔵 4 慟哭（柴田錬三郎）時代小説文庫（2008） ……… 154
決闘者宮本武蔵 5 不意撃ち（柴田錬三郎）時代小説文庫（2008） ……… 154
決闘者宮本武蔵 6 剣二道（柴田錬三郎）時代小説文庫（2008） ……… 154
決闘の辻（藤沢周平）講談社文庫（1988） ……… 305
決闘の辻（藤沢周平）講談社文庫（2006） ……… 305
決闘・箱根山三枚橋（笹沢左保）徳間文庫（1988） ……… 119
血風峠（南條範夫）光文社文庫（1995） ……… 259
血路（長谷川卓）ハルキ文庫（2005） ……… 288
下天を謀る 上巻（安部龍太郎）新潮文庫（2013） ……… 10
下天を謀る 下巻（安部龍太郎）新潮文庫（2013） ……… 10
下天は夢か 1（津本陽）角川文庫（2008） ……… 221
下天は夢か 1（津本陽）講談社文庫（1992） ……… 223
下天は夢か 1（津本陽）集英社文庫（2014） ……… 224
下天は夢か 2（津本陽）角川文庫（2008） ……… 221
下天は夢か 2（津本陽）講談社文庫（1992） ……… 223
下天は夢か 2（津本陽）集英社文庫（2014） ……… 224
下天は夢か 3（津本陽）角川文庫（2008） ……… 221
下天は夢か 3（津本陽）講談社文庫（1992） ……… 223
下天は夢か 3（津本陽）集英社文庫（2014） ……… 224
下天は夢か 4（津本陽）角川文庫（2008） ……… 221
下天は夢か 4（津本陽）講談社文庫（1992） ……… 223
下天は夢か 4（津本陽）集英社文庫（2014） ……… 224
外道忍法帖（山田風太郎）河出文庫（2005） ……… 380
外道忍法帖（山田風太郎）角川文庫（1985） ……… 378
けもの谷（澤田ふじ子）光文社文庫（2001） ……… 135
けもの谷（澤田ふじ子）徳間文庫（1990） ……… 141

下郎の夢（山手樹一郎）山手樹一郎短編時代小説全集（1980） …… 395
化粧鳥（睦月影郎）学研M文庫（2007） …… 345
剣　其の弐（五味康祐）ケイブンシャ文庫（1985） …… 90
剣（綱淵謙錠）中公文庫（1995） …… 217
玄界灘（白石一郎）文春文庫（2000） …… 174
剣客往来（早乙女貢）春陽文庫（1976） …… 101
剣客群像（池波正太郎）文春文庫（1979） …… 25
剣客群像（池波正太郎）文春文庫（2009） …… 26
剣客物語（子母沢寛）文春文庫（1988） …… 166
喧嘩侍勝小吉（小松重男）光文社文庫（2004） …… 89
喧嘩侍勝小吉（小松重男）新潮文庫（1997） …… 90
◇けんか茶屋お蓮（高橋義夫）中公文庫 …… 193
けんか茶屋お蓮（高橋義夫）中公文庫（2013） …… 193
けんか茶屋お蓮 あやかしの花（高橋義夫）中公文庫（2013） …… 193
けんか茶屋お蓮 江東美人競（高橋義夫）中公文庫（2014） …… 193
けんか茶屋お蓮 深川おんな祭り（高橋義夫）中公文庫（2013） …… 193
喧嘩大名/木枯の旅（山手樹一郎）光風社文庫（2001） …… 389
けんか奉行（陣出達朗）春陽文庫（1978） …… 177
喧嘩奉行（陣出達朗）春陽文庫（1962） …… 177
剣鬼（柴田錬三郎）新潮文庫（1976） …… 158
剣鬼（柴田錬三郎）新潮文庫（1996） …… 159
剣鬼葵紋之介（早乙女貢）ケイブンシャ文庫（1999） …… 98
剣鬼葵紋之介 →葵の浪人紋之介（早乙女貢）コスミック・時代文庫（2013） …… 99
剣鬼・岡田以蔵（峰隆一郎）青樹社文庫（1996） …… 334
剣鬼・岡田以蔵（峰隆一郎）徳間文庫（2001） …… 337
剣鬼岡田以蔵 獄門編（峰隆一郎）飛天文庫（1993） …… 338
剣鬼岡田以蔵 修羅の編（峰隆一郎）飛天文庫（1993） …… 338
剣鬼・佐々木只三郎（峰隆一郎）学研M文庫（2001） …… 329
剣鬼・佐々木只三郎（峰隆一郎）廣済堂文庫（1996） …… 331
剣鬼、疾走す（峰隆一郎）徳間文庫（1998） …… 336
剣鬼、疾走す（峰隆一郎）飛天文庫（1996） …… 338
剣鬼、疾走す（峰隆一郎）双葉文庫（1989） …… 339
剣鬼、疾走す（峰隆一郎）ベスト時代文庫（2004） …… 340
剣鬼啾々（笹沢左保）徳間文庫（2002） …… 120
剣鬼啾々（笹沢左保）文春文庫（1987） …… 122
剣鬼と遊女（山田風太郎）旺文社文庫（1984） …… 377
剣鬼と遊女（山田風太郎）廣済堂文庫（1997） …… 381
剣鬼・根岸兎角（峰隆一郎）光文社文庫（1998） …… 332
剣鬼・針ケ谷夕雲（峰隆一郎）時代小説文庫（1994） …… 333
剣鬼・針ケ谷夕雲（峰隆一郎）徳間文庫（2001） …… 337
剣鬼秘伝（早乙女貢）春陽文庫（1976） …… 101
剣鬼・仏生寺弥助（峰隆一郎）学研M文庫（2001） …… 329
剣鬼・仏生寺弥助（峰隆一郎）廣済堂文庫（1995） …… 331
剣鬼・仏生寺弥助（峰隆一郎）廣済堂文庫（1996） …… 331
剣鬼宮本無三四（柴田錬三郎）講談社文庫（2000） …… 152
剣客参上（吉岡道夫）コスミック・時代文庫（2003） …… 408
剣客参上（吉岡道夫）コスミック・時代文庫（2009） …… 408
◇剣客商売（池波正太郎）新潮文庫 …… 20
剣客商売（池波正太郎）新潮文庫（1985） …… 20
剣客商売 1 剣客商売（池波正太郎）新潮文庫（2002） …… 20
剣客商売 2 辻斬り（池波正太郎）新潮文庫（2002） …… 20
剣客商売 3 陽炎の男（池波正太郎）新潮文庫（2002） …… 20
剣客商売 4 天魔（池波正太郎）新潮文庫（2002） …… 20
剣客商売 5 白い鬼（池波正太郎）新潮文庫（2002） …… 20
剣客商売 6 新妻（池波正太郎）新潮文庫（2002） …… 20
剣客商売 7 隠れ蓑（池波正太郎）新潮文庫（2002） …… 20
剣客商売 8 狂乱（池波正太郎）新潮文庫（2002） …… 20
剣客商売 9 待ち伏せ（池波正太郎）新潮文庫（2003） …… 20
剣客商売 10 春の嵐（池波正太郎）新潮文庫（2003） …… 21
剣客商売 11 勝負（池波正太郎）新潮文庫（2003） …… 21
剣客商売 12 十番斬り（池波正太郎）新潮文庫（2003） …… 21

剣客商売 13 波紋(池波正太郎)新潮文庫(2003) …… 21
剣客商売 14 暗殺者(池波正太郎)新潮文庫(2003) …… 21
剣客商売 15 二十番斬り(池波正太郎)新潮文庫(2003) …… 21
剣客商売 16 浮沈(池波正太郎)新潮文庫(2003) …… 21
剣客商売 暗殺者(池波正太郎)新潮文庫(1996) …… 20
剣客商売 隠れ簑(池波正太郎)新潮文庫(1991) …… 20
剣客商売 陽炎の男(池波正太郎)新潮文庫(1986) …… 20
剣客商売 狂乱(池波正太郎)新潮文庫(1992) …… 20
剣客商売 十番斬り(池波正太郎)新潮文庫(1994) …… 20
剣客商売 勝負(池波正太郎)新潮文庫(1994) …… 20
剣客商売 白い鬼(池波正太郎)新潮文庫(1989) …… 20
剣客商売 辻斬り(池波正太郎)新潮文庫(1985) …… 20
剣客商売 天魔(池波正太郎)新潮文庫(1988) …… 20
剣客商売 新妻(池波正太郎)新潮文庫(1990) …… 20
剣客商売 二十番斬り(池波正太郎)新潮文庫(1997) …… 20
剣客商売 波紋(池波正太郎)新潮文庫(1995) …… 20
剣客商売 春の嵐(池波正太郎)新潮文庫(1993) …… 20
剣客商売 浮沈(池波正太郎)新潮文庫(1998) …… 20
剣客商売 待ち伏せ(池波正太郎)新潮文庫(1993) …… 20
◇剣客商売番外編(池波正太郎)新潮文庫 …… 21
剣客商売番外編 黒白(こくびゃく) 上(池波正太郎)新潮文庫(1987) …… 21
剣客商売番外編 黒白(こくびゃく) 下(池波正太郎)新潮文庫(1987) …… 21
剣客商売番外編 黒白 下巻(池波正太郎)新潮文庫(2003) …… 21
剣客商売番外編 黒白 上巻(池波正太郎)新潮文庫(2003) …… 21
剣客商売番外編 ないしょないしょ(池波正太郎)新潮文庫(1992) …… 21
剣客商売番外編 ないしょないしょ(池波正太郎)新潮文庫(2003) …… 21
◇剣客列伝(新宮正春)廣済堂文庫 …… 175
剣客列伝 秘剣影法師(新宮正春)廣済堂文庫(1998) …… 175
剣客列伝 柳生殺法帳(新宮正春)廣済堂文庫(1999) …… 175
剣俠阿ノ一番 上(富田常雄)徳間文庫(1988) …… 243
剣俠阿ノ一番 下(富田常雄)徳間文庫(1988) …… 243
剣俠一代(江崎俊平)春陽文庫(1996) …… 37
剣鬼喇嘛仏(山田風太郎)ちくま文庫 - 山田風太郎忍法帖短篇全集(2005) …… 386
剣鬼喇嘛仏(山田風太郎)徳間文庫(2002) …… 387
◇幻九郎死留帳(本庄慧一郎)廣済堂文庫 …… 318
幻九郎死留帳 影流! 怨み斬り(本庄慧一郎)廣済堂文庫(2005) …… 318
幻九郎死留帳 影流! 野獣狩り(本庄慧一郎)廣済堂文庫(2006) …… 318
幻九郎死留帳 影流! 必誅剣疾る(本庄慧一郎)廣済堂文庫(2007) …… 318
源九郎義経 下(邦光史郎)徳間文庫(1986) …… 79
幻剣蜻蛉(戸部新十郎)祥伝社文庫(2000) …… 240
元寇(伴野朗)講談社文庫(1996) …… 244
剣豪血風録(津本陽)PHP文芸文庫(2012) …… 228
剣豪対剣客(郡順史)春陽文庫(1987) …… 87
拳豪伝(津本陽)講談社文庫(1988) …… 222
剣光斜めに飛べば(南條範夫)徳間文庫(1987) …… 261
剣豪にっぽん(柴田錬三郎)春陽文庫(1980) …… 157
剣豪宮本武蔵(松永義弘)春陽文庫(1988) …… 320
乾坤の夢 上(津本陽)徳間文庫(2009) …… 225
乾坤の夢 上(津本陽)文春文庫(1999) …… 227
乾坤の夢 中(津本陽)徳間文庫(2009) …… 225
乾坤の夢 中(津本陽)文春文庫(1999) …… 227
乾坤の夢 下(津本陽)徳間文庫(2009) …… 225
乾坤の夢 下(津本陽)文春文庫(1999) …… 227
源三郎武辺帖(三好徹)徳間文庫(1986) …… 344
源氏がたり 1(田辺聖子)新潮文庫(2002) …… 208
源氏がたり 2(田辺聖子)新潮文庫(2003) …… 208
源氏がたり 3(田辺聖子)新潮文庫(2003) …… 208
源氏がたり 1 →光源氏ものがたり 上(田辺聖子)角川文庫(2009) …… 207
源氏がたり 2 →光源氏ものがたり 中(田辺聖子)角川文庫(2009) …… 207

源氏がたり 3 →光源氏ものがたり 下(田辺聖子)角川文庫(2009) …… 207
源氏九郎颯爽記(柴田錬三郎)講談社文庫(1980) …… 151
源氏九郎颯爽記(柴田錬三郎)集英社文庫(1994) …… 156
源氏九郎颯爽記 秘剣揚羽蝶の巻(柴田錬三郎)集英社文庫(1994) …… 156
剣士燃え尽きて死す(笹沢左保)新潮文庫(1984) …… 118
剣士燃え尽きて死す(笹沢左保)徳間文庫(2003) …… 120
幻十郎鷹(野村敏雄)春陽文庫(1983) …… 283
剣士流転 上(南條範夫)徳間文庫(1990) …… 262
剣士流転 下(南條範夫)徳間文庫(1990) …… 262
眩人(松本清張)中公文庫(1983) …… 324
謙信暗殺(中津文彦)光文社文庫(2005) …… 253
◇剣聖伊藤一刀斎(仁田義男)徳間文庫 …… 277
剣聖伊藤一刀斎(仁田義男)徳間文庫(1990) …… 277
剣聖伊藤一刀斎 殺人剣修羅(仁田義男)徳間文庫(1992) …… 277
剣聖伊藤一刀斎 無想活人剣(仁田義男)徳間文庫(1992) …… 277
剣聖伊藤一刀斎 神剣払捨刀(仁田義男)徳間文庫(1991) …… 277
剣聖伊藤一刀斎 秘剣見山(仁田義男)徳間文庫(1991) …… 277
剣聖深草新十郎(五味康祐)徳間文庫(1990) …… 92
剣聖宮本武蔵(松永義弘)春陽文庫(1988) …… 320
源太とぴん介(長谷川伸)新小説文庫(1951) …… 286
源太郎の初恋(平岩弓枝)文春文庫(2000) …… 300
源太郎の初恋(平岩弓枝)文春文庫(2014) …… 302
玄鳥(藤沢周平)文春文庫(1994) …… 308
幻島記(白石一郎)文春文庫(1987) …… 173
幻灯辻馬車 上(山田風太郎)河出文庫 - 山田風太郎コレクション(1993) …… 380
幻灯辻馬車 上(山田風太郎)ちくま文庫 - 山田風太郎明治小説全集(1997) …… 386
幻灯辻馬車 下(山田風太郎)河出文庫 - 山田風太郎コレクション(1993) …… 380
幻灯辻馬車 下(山田風太郎)ちくま文庫 - 山田風太郎明治小説全集(1997) …… 386
幻燈辻馬車(山田風太郎)文春文庫(1980) …… 388
幻燈辻馬車 上(山田風太郎)角川文庫 - 山田風太郎ベストコレクション(2010) …… 379
幻燈辻馬車 下(山田風太郎)角川文庫 - 山田風太郎ベストコレクション(2010) …… 379
幻燈辻馬車 下(山田風太郎)ちくま文庫 - 山田風太郎明治小説全集(2011) …… 387
剣と旗と城 旗の巻(柴田錬三郎)講談社文庫(1988) …… 152
剣と旗と城 剣の巻(柴田錬三郎)講談社文庫(1988) …… 151
剣と旗と城 剣の巻, 旗の巻, 城の巻(柴田錬三郎)時代小説文庫(1982) …… 154
剣と旗と城 城の巻(柴田錬三郎)講談社文庫(1989) …… 152
剣と笛(海音寺潮五郎)文春文庫(2002) …… 62
源内なかま講(高橋克彦)文春文庫(2013) …… 190
源内万華鏡(清水義範)講談社文庫(2001) …… 163
剣難女難(吉川英治)吉川英治歴史時代文庫(1990) …… 415
剣に賭ける(津本陽)幻冬舎文庫(1997) …… 222
剣に夢あり(井口朝生)春陽文庫(1970) …… 17
剣に夢あり(井口朝生)春陽文庫(1986) …… 17
剣には花を(五味康祐)河出文庫(1984) …… 90
剣には花を 上(五味康祐)徳間文庫(1991) …… 92
剣には花を 下(五味康祐)徳間文庫(1991) …… 92
剣のいのち(津本陽)文春文庫(1988) …… 226
剣のいのち(津本陽)文春文庫(2010) …… 227
剣の四君子・日本名婦伝(吉川英治)吉川英治文庫(1977) …… 412
剣の天地(池波正太郎)新潮文庫(1979) …… 22
剣の天地 上巻(池波正太郎)新潮文庫(2002) …… 23
剣の天地 下巻(池波正太郎)新潮文庫(2002) …… 23
玄白歌麿捕物帳(笹沢左保)光文社文庫(1993) …… 115
剣風長七郎(北園孝吉)春陽文庫(1970) …… 70
剣風長七郎(北園孝吉)春陽文庫(1988) …… 70
権謀(早乙女貢)文春文庫(1979) …… 104
剣法一羽流(池波正太郎)講談社文庫(1993) …… 19
剣法一羽流(池波正太郎)講談社文庫(2007) …… 19
剣法奥儀(五味康祐)徳間文庫(2000) …… 93
剣法奥儀(五味康祐)文春文庫(1985) …… 93
剣法奥儀(五味康祐)文春文庫(2004) …… 93
権謀の裏(滝口康彦)新潮文庫(1992) …… 203
剣法秘伝(五味康祐)徳間文庫(1989) …… 92

剣魔稲妻刀（柴田錬三郎）時代小説文庫（2008） …… 154
剣魔稲妻刀（柴田錬三郎）新潮文庫（1994） …… 159
剣魔侠菩薩（吉川英治）吉川英治文庫（1977） …… 412
幻妖桐の葉おとし（山田風太郎）ハルキ文庫（1997） …… 387
建礼門院右京大夫（大原富枝）朝日文芸文庫（1996） …… 46
建礼門院右京大夫（大原富枝）講談社文庫（1979） …… 46
元禄葵秘聞 上（多岐川恭）徳間文庫（1992） …… 200
元禄葵秘聞 下（多岐川恭）徳間文庫（1992） …… 200
元禄一刀流（池波正太郎）双葉文庫（2007） …… 23
元禄いろは硯（山手樹一郎）双葉文庫（1990） …… 394
元禄討入り異聞（中津文彦）ケイブンシャ文庫（1990） …… 253
元禄絵巻（南條範夫）光文社文庫（1998） …… 259
元禄小源太 上（南條範夫）徳間文庫（1986） …… 261
元禄小源太 下（南條範夫）徳間文庫（1986） …… 261
元禄歳時記（杉本苑子）講談社文庫（1983） …… 181
◇元禄斬鬼伝（峰隆一郎）天山文庫 …… 335
◇元禄斬鬼伝（峰隆一郎）徳間文庫 …… 336
◇元禄斬鬼伝（峰隆一郎）飛天文庫 …… 338
元禄斬鬼伝（峰隆一郎）天山文庫（1992） …… 335
元禄斬鬼伝（峰隆一郎）徳間文庫（2003） …… 336
元禄斬鬼伝 2（峰隆一郎）徳間文庫（2003） …… 336
元禄斬鬼伝 3（峰隆一郎）徳間文庫（2003） …… 336
元禄斬鬼伝 4（峰隆一郎）徳間文庫（2003） …… 336
元祿斬鬼伝（峰隆一郎）青樹社文庫（1997） …… 334
元祿斬鬼伝 1（峰隆一郎）ケイブンシャ文庫（2001） …… 330
元祿斬鬼伝 2（峰隆一郎）ケイブンシャ文庫（2001） …… 330
元祿斬鬼伝 2 羅刹（峰隆一郎）青樹社文庫（1997） …… 334
元祿斬鬼伝 3 阿修羅（峰隆一郎）青樹社文庫（1997） …… 334
元祿斬鬼伝 4 夜叉（峰隆一郎）青樹社文庫（1998） …… 334
元禄斬鬼伝 犬同心狩り（峰隆一郎）飛天文庫（1993） …… 338
元禄斬鬼伝 犬同心狩り（峰隆一郎）飛天文庫（1994） …… 338
元禄斬鬼伝 女狩り（峰隆一郎）飛天文庫（1993） …… 338
元禄斬鬼伝 刺客狩り（峰隆一郎）飛天文庫（1993） …… 338
元禄斬鬼伝 旗本狩り（峰隆一郎）飛天文庫（1994） …… 338
元禄15年の亡霊 →元禄四谷怪談（西村望）徳間文庫（1997） …… 274
元禄惜春譜（永岡慶之助）春陽文庫（1988） …… 249
元禄太平記（角田喜久雄）春陽文庫（1977） …… 218
元禄太平記（角田喜久雄）春陽文庫（1988） …… 219
元禄太平記（南條範夫）角川文庫（1980） …… 257
元禄太平記 前編（南條範夫）徳間文庫（1992） …… 262
元禄太平記 前篇（南條範夫）徳間文庫（1998） …… 262
元禄太平記 後編（南條範夫）徳間文庫（1992） …… 262
元禄太平記 後篇（南條範夫）徳間文庫（1998） …… 262
元禄魔胎伝（篠田達明）文春文庫（1990） …… 143
元禄吉原大尽舞（南原幹雄）人物文庫（1999） …… 269
元禄四谷怪談（西村望）徳間文庫（1997） …… 274
元禄繚乱 上（舟橋聖一）角川文庫（2001） …… 309
元禄繚乱 下（舟橋聖一）角川文庫（2001） …… 309
剣は湖都に燃ゆ（黒岩重吾）文春文庫（1993） …… 82
剣は知っていた 1（柴田錬三郎）時代小説文庫（2008） …… 154
剣は知っていた 上巻（柴田錬三郎）新潮文庫（1958） …… 158
剣は知っていた 2（柴田錬三郎）時代小説文庫（2008） …… 154
剣は知っていた 3（柴田錬三郎）時代小説文庫（2008） …… 154
剣は知っていた 下巻（柴田錬三郎）新潮文庫（1958） …… 158
剣は知っていた 4（柴田錬三郎）時代小説文庫（2008） …… 154
剣は流れる（江崎俊平）春陽文庫（1980） …… 36

【こ】

恋淡雪（睦月影郎）学研M文庫（2006） …… 345

恋風街道（山手樹一郎）廣済堂文庫（2013）……388
恋風街道（山手樹一郎）山手樹一郎長編時代小説全集（1978）……396
恋風街道　上（山手樹一郎）時代小説文庫（1989）……391
恋風街道　上（山手樹一郎）春陽文庫（1959）……392
恋風街道　下（山手樹一郎）時代小説文庫（1989）……391
恋風街道　下（山手樹一郎）春陽文庫（1959）……392
恋風無明剣（江崎俊平）春陽文庫（1984）……36
恋かぜ浪人（左近隆）春陽文庫（1990）……110
恋斬り恩情剣（山手樹一郎）コスミック・時代文庫（2015）……391
恋ぐるま（吉川英治）吉川英治文庫（1977）……412
恋残月（江崎俊平）春陽文庫（1977）……36
恋しぐれ浪人剣（山手樹一郎）コスミック・時代文庫（2013）……391
恋七夜（安部龍太郎）集英社文庫（2009）……9
鯉四郎事件帖（太田蘭三）ノン・ポシェット（1988）……44
恋月江戸暦（江崎俊平）春陽文庫（1983）……36
恋する罪びと（田辺聖子）PHP文庫（2003）……209
恋染め笠（山手樹一郎）山手樹一郎長編時代小説全集（1978）……396
恋染め笠 →恋染め浪人（山手樹一郎）コスミック・時代文庫（2010）……390
恋染め浪人（山手樹一郎）コスミック・時代文庫（2010）……390
恋天狗（山手樹一郎）双葉文庫（1987）……394
恋天狗（山手樹一郎）山手樹一郎長編時代小説全集（1978）……396
恋天狗 →恋斬り恩情剣（山手樹一郎）コスミック・時代文庫（2015）……391
恋に散りぬ（安西篤子）講談社文庫（1997）……15
恋のうき世（永井路子）集英社文庫（1986）……246
恋のうき世（永井路子）文春文庫（1992）……247
恋のからたち垣の巻（田辺聖子）集英社文庫（1990）……207
恋のからたち垣の巻（田辺聖子）集英社文庫（2011）……207
恋の酒（山手樹一郎）山手樹一郎短編時代小説全集（1980）……395
恋の濡れ刃（梅本育子）双葉文庫（2001）……35
恋ぶみ侍（郡順史）春陽文庫（1977）……87
恋文心中（平岩弓枝）文春文庫（1993）……299
恋文心中（平岩弓枝）文春文庫（2005）……301
恋名月（山手樹一郎）春陽文庫（2005）……392
恋闇（睦月影郎）廣済堂文庫（2007）……346
恋忘れ草（北原亞以子）文春文庫（1995）……73
◇御隠居忍法（高橋義夫）中公文庫……192
◇御隠居忍法（高橋義夫）中公文庫ワイド版……193
御隠居忍法（高橋義夫）中公文庫（2001）……192
御隠居忍法（高橋義夫）中公文庫ワイド版（2004）……193
御隠居忍法　恨み半蔵（高橋義夫）中公文庫（2010）……192
御隠居忍法　鬼切丸（高橋義夫）中公文庫（2002）……192
御隠居忍法 鬼切丸（高橋義夫）中公文庫ワイド版（2004）……193
御隠居忍法　唐船番（高橋義夫）中公文庫（2005）……192
御隠居忍法　刺客百鬼（高橋義夫）中公文庫（2014）……193
御隠居忍法　しのぶ恋（高橋義夫）中公文庫（2015）……193
御隠居忍法　振袖一揆（高橋義夫）中公文庫（2012）……192
御隠居忍法 振袖一揆（高橋義夫）中公文庫ワイド版（2012）……193
御隠居忍法　不老術（高橋義夫）中公文庫（2001）……192
御隠居忍法 不老術（高橋義夫）中公文庫ワイド版（2004）……193
御隠居忍法　魔物（高橋義夫）中公文庫（2012）……192
御隠居忍法 魔物（高橋義夫）中公文庫ワイド版（2012）……193
御隠居忍法　亡者の鐘（高橋義夫）中公文庫（2008）……192
幸運な志士（三好徹）徳間文庫（1995）……344
航海者 上（白石一郎）幻冬舎文庫（2001）……171
航海者 上（白石一郎）文春文庫（2005）……174
航海者 下（白石一郎）幻冬舎文庫（2001）……171
航海者 下（白石一郎）文春文庫（2005）……174
甲賀くノ一　上（早乙女貢）時代小説文庫（1989）……99
甲賀くノ一　下（早乙女貢）時代小説文庫（1989）……99
甲賀忍法帖（山田風太郎）角川文庫（2002）……379
甲賀忍法帖（山田風太郎）角川文庫 - 山田風太郎ベストコレクション（2010）……379
甲賀忍法帖（山田風太郎）講談社文庫 - 山田風太郎忍法帖（1998）……382

甲賀忍法帖（山田風太郎）時代小説文庫（1993） …… 383
甲賀問答（池波正太郎）新潮文庫（1987） …… 21
甲賀問答（池波正太郎）新潮文庫（2005） …… 22
紅顔夜叉（山手樹一郎）山手樹一郎長編時代小説全集（1979） …… 397
紅顔夜叉 →姫さま変化（山手樹一郎）コスミック・時代文庫（2012） …… 390
紅騎兵 1（吉川英治）吉川英治文庫（1977） …… 412
紅騎兵 2（吉川英治）吉川英治文庫（1977） …… 412
豪傑組（海音寺潮五郎）文春文庫（2004） …… 62
甲源一刀流の巻（中里介山）時代小説文庫（1981） …… 251
豪剣お庭番竜之介（笹沢左保）コスミック・時代文庫（2014） …… 116
高札の顔（澤田ふじ子）徳間文庫（2007） …… 142
甲州街道しぐれ笠 →嘉永六年のアルコール中毒（笹沢左保）徳間文庫（1990） …… 119
甲州金（峰隆一郎）集英社文庫（2000） …… 334
豪商伝（南原幹雄）角川文庫（2007） …… 267
皇女和の宮（川口松太郎）徳間文庫（1988） …… 65
好色いもり酒（横溝正史）春陽文庫（1984） …… 406
庚申信仰密事（大谷羊太郎）静山社文庫（2010） …… 45
上野介の忠臣蔵（清水義範）文春文庫（2002） …… 163
巷説荒木又右衛門（山手樹一郎）山手樹一郎長編時代小説全集（1978） …… 395
巷説水戸黄門（山手樹一郎）山手樹一郎長編時代小説全集（1978） …… 396
巷説水戸黄門（山手樹一郎）ロマン・ブックス（1957） …… 397
高台院おね（阿井景子）光文社文庫（2006） …… 1
講談碑夜十郎　上（半村良）講談社文庫（1992） …… 293
講談碑夜十郎　上（半村良）集英社文庫（1998） …… 294
講談碑夜十郎　下（半村良）講談社文庫（1992） …… 293
講談碑夜十郎　下（半村良）集英社文庫（1998） …… 294
講談大久保長安　上（半村良）光文社文庫（1998） …… 294
講談大久保長安　上（半村良）人物文庫（2004） …… 294
講談大久保長安　下（半村良）光文社文庫（1998） …… 294
講談大久保長安　下（半村良）人物文庫（2004） …… 294
河内山宗俊（子母沢寛）徳間文庫（1989） …… 166
江東美人競（高橋義夫）中公文庫（2014） …… 193
鴻池一族の野望（南原幹雄）集英社文庫（1982） …… 268
鴻池一族の野望（南原幹雄）徳間文庫（1996） …… 270
紅梅行灯（山手樹一郎）春陽文庫（1953） …… 392
幸福を売る侍（山手樹一郎）双葉ポケット文庫（1984） …… 395
幸福を売る侍 →若さま浪人人情剣（山手樹一郎）コスミック・時代文庫（2013） …… 391
降魔の剣（北方謙三）新潮文庫（2000） …… 69
功名が辻 1（司馬遼太郎）文春文庫（1976） …… 148
功名が辻 1（司馬遼太郎）文春文庫（2005） …… 150
功名が辻 2（司馬遼太郎）文春文庫（1976） …… 148
功名が辻 2（司馬遼太郎）文春文庫（2005） …… 150
功名が辻 3（司馬遼太郎）文春文庫（1976） …… 148
功名が辻 3（司馬遼太郎）文春文庫（2005） …… 150
功名が辻 4（司馬遼太郎）文春文庫（1976） …… 148
功名が辻 4（司馬遼太郎）文春文庫（2005） …… 150
紅毛天狗（森村誠一）文春文庫（2002） …… 364
蝙蝠の剣（峰隆一郎）学研M文庫（2001） …… 329
蝙蝠の剣（峰隆一郎）角川文庫（1996） …… 330
黄門廻国記（直木三十五）春陽文庫（1961） …… 245
黄門廻国記　前篇（直木三十五）春陽文庫（1951） …… 245
黄門廻国記　中篇（直木三十五）春陽文庫（1951） …… 245
拷問蔵（澤田ふじ子）幻冬舎文庫（2001） …… 132
拷問蔵（澤田ふじ子）廣済堂文庫（1996） …… 134
黄門東海道を行く（佐竹申伍）春陽文庫（1987） …… 123
剛勇塙団右衛門　→塙団右衛門（佐竹申伍）PHP文庫（1994） …… 123
孤雲去りて　上（三好徹）講談社文庫（1990） …… 342
孤雲去りて　下（三好徹）講談社文庫（1990） …… 342
孤影立つ →白鳥の王子ヤマトタケル 終焉の巻（黒岩重吾）角川文庫（2003） …… 81
孤影の白刃（峰隆一郎）双葉文庫（2003） …… 339
五右衛門処刑（多岐川恭）徳間文庫（2000） …… 201
五右衛門新傳説（和巻耿介）徳間文庫（1997） …… 423
◇木枯し紋次郎（笹沢左保）時代小説文庫 …… 116
木枯し紋次郎 命は一度捨てるもの（笹沢左保）時代小説文庫（1983） …… 116
木枯し紋次郎 奥州路・七日の疾走（笹沢左保）時代小説文庫（1985） …… 116

木枯し紋次郎 お百度に心で詫びた紋次郎（笹沢左保）時代小説文庫（1984） …… 116
木枯し紋次郎 木枯しは三度吹く（笹沢左保）時代小説文庫（1983） …… 116
木枯し紋次郎 虚空に賭けた賽一つ（笹沢左保）時代小説文庫（1984） …… 116
木枯し紋次郎 三途の川は独りで渡れ（笹沢左保）時代小説文庫（1984） …… 116
木枯し紋次郎 赦免花は散った（笹沢左保）時代小説文庫（1981） …… 116
木枯し紋次郎 上州新田郡三日月村（笹沢左保）時代小説文庫（1983） …… 116
木枯し紋次郎 女人講の闇を裂く（笹沢左保）時代小説文庫（1981） …… 116
木枯し紋次郎 人斬りに紋日は暮れた（笹沢左保）時代小説文庫（1985） …… 116
木枯し紋次郎 無縁仏に明日をみた（笹沢左保）時代小説文庫（1983） …… 116
木枯し紋次郎 六地蔵の影を斬る（笹沢左保）時代小説文庫（1981） …… 116
◇木枯し紋次郎（笹沢左保）光文社文庫 …… 113
木枯し紋次郎 1 赦免花は散った（笹沢左保）光文社文庫（1997） …… 113
木枯し紋次郎 上 生国は上州新田郡三日月村（笹沢左保）光文社文庫（2012） …… 114
木枯し紋次郎 2 女人講の闇を裂く（笹沢左保）光文社文庫（1997） …… 113
木枯し紋次郎 下 長脇差（ながどす）一閃！修羅の峠道（笹沢左保）光文社文庫（2012） …… 114
木枯し紋次郎 3 六地蔵の影を斬る（笹沢左保）光文社文庫（1997） …… 113
木枯し紋次郎 4 無縁仏に明日をみた（笹沢左保）光文社文庫（1997） …… 113
木枯し紋次郎 5 夜泣石は霧に濡れた（笹沢左保）光文社文庫（1997） …… 114
木枯し紋次郎 6 上州新田郡三日月村（笹沢左保）光文社文庫（1997） …… 114
木枯し紋次郎 7 木枯しは三度吹く（笹沢左保）光文社文庫（1997） …… 114
木枯し紋次郎 8 命は一度捨てるもの（笹沢左保）光文社文庫（1997） …… 114
木枯し紋次郎 9 三途の川は独りで渡れ（笹沢左保）光文社文庫（1997） …… 114
木枯し紋次郎 10 虚空に賭けた賽一つ（笹沢左保）光文社文庫（1997） …… 114
木枯し紋次郎 11 お百度に心で詫びた紋次郎（笹沢左保）光文社文庫（1997） …… 114
木枯し紋次郎 12 奥州路・七日の疾走（笹沢左保）光文社文庫（1997） …… 114
木枯し紋次郎 13 人斬りに紋日は暮れた（笹沢左保）光文社文庫（1998） …… 114
木枯し紋次郎 14 女の向こうは一本道（笹沢左保）光文社文庫（1998） …… 114
木枯し紋次郎 15 さらば峠の紋次郎（笹沢左保）光文社文庫（1998） …… 114
◇木枯し紋次郎中山道を往く（笹沢左保）中公文庫 …… 118
木枯し紋次郎中山道を往く 上（笹沢左保）中公文庫（1983） …… 118
木枯し紋次郎中山道を往く 1（倉賀野～長久保）（笹沢左保）中公文庫（2007） …… 118
木枯し紋次郎中山道を往く 2（塩尻～妻籠）（笹沢左保）中公文庫（2008） …… 119
木枯し紋次郎中山道を往く 下（笹沢左保）中公文庫（1983） …… 118
木枯し紋次郎中山道を往く 3（大井～今須）（笹沢左保）中公文庫（2008） …… 119
木枯しは三度吹く（笹沢左保）光文社文庫（1997） …… 114
木枯しは三度吹く（笹沢左保）時代小説文庫（1983） …… 116
孤雁一刀流（一色次郎）春陽文庫（1986） …… 28
故郷忘じがたく候（司馬遼太郎）文春文庫（2004） …… 150
◇獄医立花登手控え（藤沢周平）講談社文庫 …… 304
獄医立花登手控え 1 春秋の檻（藤沢周平）講談社文庫（2002） …… 305
獄医立花登手控え 2 風雪の檻（藤沢周平）講談社文庫（1983） …… 304
獄医立花登手控え 2 風雪の檻（藤沢周平）講談社文庫（2002） …… 305
獄医立花登手控え 3 愛憎の檻（藤沢周平）講談社文庫（1984） …… 304
獄医立花登手控え 3 愛憎の檻（藤沢周平）講談社文庫（2002） …… 305
獄医立花登手控え 4 人間の檻（藤沢周平）講談社文庫（1985） …… 305
獄医立花登手控え 4 人間の檻（藤沢周平）講談社文庫（2002） …… 305
獄医立花登手控え 春秋の檻（藤沢周平）講談社文庫（1982） …… 304
極意飛竜剣（南條範夫）光文社時代小説文庫（1986） …… 258
極意飛竜剣（南條範夫）光文社文庫（1986） …… 258
虚空を風が吹く（杉本苑子）講談社文庫（1984） …… 181
虚空を風が吹く（杉本苑子）文春文庫（1995） …… 184
虚空に賭けた賽一つ（笹沢左保）光文社文庫（1997） …… 114

虚空に賭けた賽一つ(笹沢左保)時代小説文庫(1984) …… 116
虚空遍歴　上巻(山本周五郎)新潮文庫(1966) …… 399
虚空遍歴　下巻(山本周五郎)新潮文庫(1966) …… 399
国士無双(伴野朗)祥伝社文庫(1999) …… 244
国姓爺 上(長谷川伸)徳間文庫(1989) …… 286
国姓爺 下(長谷川伸)徳間文庫(1989) …… 287
国僧日蓮 上(童門冬二)学研M文庫(2002) …… 229
国僧日蓮 下(童門冬二)学研M文庫(2002) …… 229
極道隠密 東海道の巻(大栗丹後)春陽文庫(1998) …… 42
黒白 上巻(池波正太郎)新潮文庫(2003) …… 21
黒白 下巻(池波正太郎)新潮文庫(2003) …… 21
黒白(こくびゃく) 上(池波正太郎)新潮文庫(1987) …… 21
黒白(こくびゃく) 下(池波正太郎)新潮文庫(1987) …… 21
黒白の死闘(白石一郎)徳間文庫(1991) …… 173
獄門首(半村良)光文社文庫(2009) …… 294
黒龍の柩 上(北方謙三)幻冬舎文庫(2005) …… 68
黒龍の柩 下(北方謙三)幻冬舎文庫(2005) …… 68
後家鞘(西村望)光文社文庫(1997) …… 273
後家長屋(阿部牧郎)講談社文庫(2002) …… 8
御家人斬九郎(柴田錬三郎)集英社文庫(2015) …… 157
御家人斬九郎(柴田錬三郎)新潮文庫(1984) …… 158
御家人無頼(早乙女貢)春陽文庫(1980) …… 101
御家人無頼 →塔十郎無頼剣(早乙女貢)ケイブンシャ文庫(1999) …… 98
後家の春(山手樹一郎)桃園文庫(1996) …… 394
孤剣(藤沢周平)新潮文庫(1984) …… 306
孤剣 奥の細道 続 旅枕の女たち(八剣浩太郎)廣済堂文庫(1991) …… 366
孤剣奥の細道(八剣浩太郎)学研M文庫(2001) …… 365
孤剣奥の細道(八剣浩太郎)廣済堂文庫(1990) …… 366
孤剣奥の細道 続(八剣浩太郎)学研M文庫(2002) …… 365
孤剣奥の細道 続 旅枕の女たち(八剣浩太郎)廣済堂文庫(1992) …… 366
孤剣街道(江崎俊平)春陽文庫(1977) …… 36
孤剣街道(江崎俊平)春陽文庫(1998) …… 37
孤剣木曽街道(八剣浩太郎)学研M文庫(2002) …… 365
孤剣木曽街道(八剣浩太郎)廣済堂文庫(1993) …… 366
孤剣木曽街道(八剣浩太郎)廣済堂文庫(1993) …… 366
孤剣　九州街道(八剣浩太郎)廣済堂文庫(1993) …… 366
孤剣九州街道(八剣浩太郎)学研M文庫(2002) …… 365
孤剣九州街道(八剣浩太郎)廣済堂文庫(1993) …… 366
孤剣九州街道 続 秘境に咲く花(八剣浩太郎)学研M文庫(2002) …… 365
孤剣九州街道 続 秘境に咲く花(八剣浩太郎)廣済堂文庫(1993) …… 366
孤剣　山陰道(八剣浩太郎)廣済堂文庫(1994) …… 366
孤剣山陰道(八剣浩太郎)学研M文庫(2002) …… 365
孤剣山陰道(八剣浩太郎)廣済堂文庫(1994) …… 366
孤剣士峠(江崎俊平)春陽文庫(1979) …… 36
孤剣東海道(八剣浩太郎)学研M文庫(2003) …… 365
孤剣東海道(八剣浩太郎)廣済堂文庫(1994) …… 366
孤剣二十六万石　上(南條範夫)徳間文庫(1988) …… 261
孤剣二十六万石　下(南條範夫)徳間文庫(1988) …… 261
孤剣風来帖(八剣浩太郎)学研M文庫(2001) …… 365
孤剣風来帖(八剣浩太郎)廣済堂文庫(1989) …… 366
孤剣は折れず(柴田錬三郎)新潮文庫(1962) …… 158
孤高の剣鬼(南條範夫)徳間文庫(1994) …… 262
九重化粧(睦月影郎)廣済堂文庫(2011) …… 346
五彩の図絵　上巻(村上元三)中公文庫(1977) …… 354
五彩の図絵　下巻(村上元三)中公文庫(1977) …… 354
御三家の犬たち(南原幹雄)徳間文庫(2004) …… 270
御三家の犬たち 上 赤犬の巻(南原幹雄)角川文庫(1987) …… 265
御三家の犬たち 下 黒犬の巻(南原幹雄)角川文庫(1987) …… 265
御三家の黄金(南原幹雄)徳間文庫(2004) …… 270

御三家の黄金 上(南原幹雄)角川文庫(1991) …… 266
御三家の黄金 下(南原幹雄)角川文庫(1991) …… 266
御三家の反逆(南原幹雄)徳間文庫(2004) …… 271
御三家の反逆 上(南原幹雄)角川文庫(1995) …… 266
御三家の反逆 下(南原幹雄)角川文庫(1995) …… 266
腰掛茶屋お銀事件帖(大栗丹後)大洋時代文庫 時代小説(2005) …… 43
乞食大将(大佛次郎)角川文庫(1952) …… 52
乞食大将 →乞食大将後藤又兵衛(大佛次郎)徳間文庫(1987) …… 54
乞食大将後藤又兵衛(大佛次郎)徳間文庫(1987) …… 54
孤愁の岸(杉本苑子)講談社文庫(1982) …… 181
五十四万石の嘘(松本清張)中公文庫(1980) …… 324
御守殿おたき(平岩弓枝)講談社文庫(1996) …… 297
古城秘話(南條範夫)河出文庫(1985) …… 257
御定法破り(吉岡道夫)コスミック・時代文庫(2007) …… 408
古城物語(南條範夫)時代小説文庫(1990) …… 260
古城物語(南條範夫)集英社文庫(1977) …… 260
古城物語 続(南條範夫)時代小説文庫(1990) …… 260
古城物語 続(南條範夫)集英社文庫(1979) …… 260
後白河院(井上靖)新潮文庫(1975) …… 33
湖水の疾風 →平将門 下(童門冬二)人物文庫(1996) …… 232
湖水の疾風 →平将門 上(童門冬二)人物文庫(1996) …… 232
子づれ兵法者(佐江衆一)ハルキ文庫(2016) …… 97
子づれ兵法者(佐江衆一)講談社文庫(1996) …… 96
巨勢入道河童平清盛(童門冬二)集英社文庫(2012) …… 231
後醍醐天皇(徳永真一郎)徳間文庫(1991) …… 236
後醍醐復権の野望(邦光史郎)祥伝社文庫(2000) …… 79
五代将軍(南條範夫)双葉文庫(1986) …… 262
五代友厚(佐江衆一)ハルキ文庫(2016) …… 97
胡蝶陣(吉川英治)吉川英治文庫(1977) …… 412
胡蝶の剣(津本陽)角川文庫(2000) …… 221
胡蝶の夢 第1巻(司馬遼太郎)新潮文庫(1983) …… 147
胡蝶の夢 第2巻(司馬遼太郎)新潮文庫(1983) …… 147
胡蝶の夢 第3巻(司馬遼太郎)新潮文庫(1983) …… 147
胡蝶の夢 第4巻(司馬遼太郎)新潮文庫(1983) …… 147
御殿孔雀(梅本育子)集英社文庫(1993) …… 34
御当家七代お祟り申す(佐藤雅美)講談社文庫(2013) …… 127
後藤又兵衛(黒部亨)PHP文庫(2000) …… 83
孤島物語(白石一郎)光文社文庫(2004) …… 172
孤島物語(白石一郎)新潮文庫(1998) …… 172
孤独な剣客(柴田錬三郎)新潮文庫(1987) …… 158
小鳥を飼う武士(大佛次郎)朝日文庫(1981) …… 52
小名路の巻(中里介山)時代小説文庫(1981) …… 251
小西行長(森本繁)学研M文庫(2010) …… 365
五人女捕物くらべ 上(平岩弓枝)講談社文庫(1997) …… 298
五人女捕物くらべ 下(平岩弓枝)講談社文庫(1997) …… 298
五人武蔵(田中光二)ベスト時代文庫(2007) …… 206
此村大吉無頼帖(早乙女貢)春陽文庫(1973) …… 101
この世をば 上(永井路子)新潮文庫(1986) …… 246
この世をば 下(永井路子)新潮文庫(1986) …… 246
ご破算侍(多岐川恭)光文社文庫(1993) …… 196
こはだの鮓(北原亞以子)PHP文芸文庫(2016) …… 73
小早川隆景(童門冬二)人物文庫(2001) …… 232
小早川隆景(童門冬二)人物文庫(2012) …… 233
小早川隆景(野村敏雄)PHP文庫(2000) …… 283
小早川秀秋の悲劇(笹沢左保)双葉文庫(2000) …… 122
小林一茶(童門冬二)人物文庫(2000) …… 232
小判商人(平岩弓枝)文春文庫(2008) …… 302
瘤取り晴明(夢枕獏)文春文庫(2008) …… 404
子分は将軍様〔2〕天下無双剣(楠木誠一郎)コスミック・時代文庫(2015) …… 76
子分は将軍様〔3〕因縁の血闘(楠木誠一郎)コスミック・時代文庫(2015) …… 76
子分は将軍様(楠木誠一郎)コスミック・時代文庫(2014) …… 76
五弁の椿(山本周五郎)新潮文庫(1964) …… 398

五瓣の椿（山本周五郎）ハルキ文庫（2011） …… 401
五峰の鷹（安部龍太郎）小学館文庫（2016） …… 9
虚無僧変化（城昌幸）春陽文庫（1966） …… 168
虚無僧変化（城昌幸）春陽文庫（1986） …… 168
御用侠（山田風太郎）小学館文庫（2000） …… 384
御用銀隠密 →隠密鴉（西村望）徳間文庫（1998） …… 274
御用盗異聞（大佛次郎）朝日文庫（1981） …… 52
御用盗異聞（大佛次郎）徳間文庫（1990） …… 54
御用盗疾る（峰隆一郎）青樹社文庫（1996） …… 334
御用盗疾る（峰隆一郎）徳間文庫（1999） …… 336
御用盗疾る（峰隆一郎）双葉文庫（1991） …… 339
御用盗疾る（峰隆一郎）ベスト時代文庫（2004） …… 340
御用盗変化（高木彬光）春陽文庫（1983） …… 186
御用留秘帖（左近隆）春陽文庫（1982） …… 110
御用飛脚（大谷羊太郎）二見時代小説文庫（2011） …… 45
五稜郭の兄弟（高橋義夫）廣済堂文庫（2003） …… 191
五稜郭の兄弟（高橋義夫）新人物文庫（2009） …… 192
これからの橋　花（澤田ふじ子）中公文庫（2012） …… 139
これからの橋　月（澤田ふじ子）中公文庫（2012） …… 138
これからの橋　雪（澤田ふじ子）中公文庫（2011） …… 138
孤狼が斬る（峰隆一郎）廣済堂文庫（1990） …… 330
孤狼が斬る（峰隆一郎）双葉文庫（2001） …… 339
孤狼の牙（峰隆一郎）徳間文庫（1994） …… 336
孤狼の剣（峰隆一郎）徳間文庫（1994） …… 336
虎狼は空に（津本陽）文春文庫（1989） …… 226
虎狼は空に 上（津本陽）角川文庫（2009） …… 221
虎狼は空に 下（津本陽）角川文庫（2009） …… 221
殺された道案内（佐藤雅美）文春文庫（2001） …… 129
殺し稼業・十五屋（峰隆一郎）双葉文庫（2002） …… 338
◇殺し稼業千切良十内（峰隆一郎）徳間文庫 …… 335
殺し稼業千切良十内（峰隆一郎）徳間文庫（1995） …… 335
殺し稼業千切良十内 殺し金千両（峰隆一郎）徳間文庫（1997） …… 335
殺し稼業千切良十内 殺し人別帳（峰隆一郎）徳間文庫（1998） …… 336
殺し金千両（峰隆一郎）徳間文庫（1997） …… 335
殺し人別帳（峰隆一郎）徳間文庫（1998） …… 336
殺しの掟（池波正太郎）講談社文庫（1985） …… 18
殺しの掟（池波正太郎）講談社文庫（2007） …… 19
殺しの花かんざし（本庄慧一郎）コスミック・時代文庫（2003） …… 318
殺しの四人（池波正太郎）講談社文庫（1980） …… 18
殺しの四人（池波正太郎）講談社文庫（2001） …… 18
殺し稼業・十五屋（峰隆一郎）双葉文庫（1992） …… 338
◇ごろつき狼凶状旅（峰隆一郎）廣済堂文庫 …… 330
◇ごろつき狼凶状旅（峰隆一郎）双葉文庫 …… 339
ごろつき狼凶状旅（峰隆一郎）廣済堂文庫（1998） …… 330
ごろつき狼凶状旅 上 孤影の白刃（峰隆一郎）双葉文庫（2003） …… 339
ごろつき狼凶状旅 下 漆黒の妖牙（峰隆一郎）双葉文庫（2003） …… 339
ごろつき船　上（大佛次郎）小学館文庫（2010） …… 53
ごろつき船 上（大佛次郎）徳間文庫（1992） …… 55
ごろつき船　下（大佛次郎）小学館文庫（2010） …… 53
ごろつき船 下（大佛次郎）徳間文庫（1992） …… 55
金色の処女（野村胡堂）嶋中文庫（2005） …… 281
金色の処女（野村胡堂）文春文庫（2014） …… 282
今昔おかね物語（神坂次郎）新潮文庫（1994） …… 85
今昔物語ふぁんたじあ 続（杉本苑子）講談社文庫（1978） …… 181
今昔物語ふぁんたじあ 続々（杉本苑子）講談社文庫（1980） …… 181
近藤勇白書（池波正太郎）角川文庫（1972） …… 17
近藤勇白書（池波正太郎）講談社文庫（1979） …… 18
近藤勇白書　上（池波正太郎）講談社文庫（2003） …… 19
近藤勇白書　上（池波正太郎）講談社文庫（2016） …… 19
近藤勇白書　下（池波正太郎）講談社文庫（2003） …… 19
近藤勇白書　下（池波正太郎）講談社文庫（2016） …… 19
紺屋の月（山手樹一郎）桃園文庫（1996） …… 394

【さ】

西海道談綺 1（松本清張）文春文庫（1981） … 324
西海道談綺 1（松本清張）文春文庫（1990） … 324
西海道談綺 2（松本清張）文春文庫（1981） … 324
西海道談綺 2（松本清張）文春文庫（1990） … 324
西海道談綺 3（松本清張）文春文庫（1981） … 324
西海道談綺 3（松本清張）文春文庫（1990） … 324
西海道談綺 4（松本清張）文春文庫（1981） … 324
西海道談綺 4（松本清張）文春文庫（1990） … 324
西海道談綺 5（松本清張）文春文庫（1981） … 324
西海道談綺 6（松本清張）文春文庫（1981） … 324
西海道談綺 7（松本清張）文春文庫（1981） … 324
西海道談綺 8（松本清張）文春文庫（1981） … 324
雑賀六字の城（津本陽）文春文庫（1987） …… 226
雑賀六字の城（津本陽）文春文庫（2011） …… 228
西行（村上元三）徳間文庫（1993） …… 355
西行・山家集（井上靖）学研M文庫（2001） …… 32
西行法師北行抄（長尾宇迦）PHP文庫（2004） …… 249
歳月（司馬遼太郎）講談社文庫（1971） …… 145
歳月 上（司馬遼太郎）講談社文庫（2005） …… 146
歳月 下（司馬遼太郎）講談社文庫（2005） …… 146
西郷暗殺行（新宮正春）徳間文庫（1995） …… 176
西郷家の女たち（阿井景子）文春文庫（1989） …… 2
西郷札（松本清張）光文社文庫（2008） …… 323
西郷斬首剣（森村誠一）中公文庫（2004） …… 362
西郷隆盛（池波正太郎）角川文庫（1979） …… 17
西郷隆盛 →敬天愛人西郷隆盛 1（海音寺潮五郎）学研M文庫（2001） …… 57
西郷隆盛 →敬天愛人西郷隆盛 4（海音寺潮五郎）学研M文庫（2001） …… 57
西郷隆盛 1（海音寺潮五郎）角川文庫（1988） …… 57
西郷隆盛 1 島津斉彬（海音寺潮五郎）朝日文庫（1980） …… 56
西郷隆盛 2（海音寺潮五郎）角川文庫（1988） …… 57
西郷隆盛 2 井伊大老登場（海音寺潮五郎）朝日文庫（1980） …… 56
西郷隆盛 3（海音寺潮五郎）角川文庫（1988） …… 57
西郷隆盛 3 大弾圧（海音寺潮五郎）朝日文庫（1980） …… 56
西郷隆盛 4（海音寺潮五郎）角川文庫（1988） …… 57
西郷隆盛 4 寺田屋の惨劇（海音寺潮五郎）朝日文庫（1980） …… 56
西郷隆盛 5（海音寺潮五郎）角川文庫（1988） …… 57
西郷隆盛 5 血風の季節（海音寺潮五郎）朝日文庫（1980） …… 56
西郷隆盛 6 公使館焼打ち（海音寺潮五郎）朝日文庫（1980） …… 56
西郷隆盛 7 大政奉還の初声（海音寺潮五郎）朝日文庫（1980） …… 56
西郷隆盛 8 薩英戦争（海音寺潮五郎）朝日文庫（1980） …… 56
西郷隆盛 9 奉勅始末記（海音寺潮五郎）朝日文庫（1980） …… 56
西郷隆盛 10 高杉挙兵（海音寺潮五郎）朝日文庫（1980） …… 56
西郷隆盛 11 薩長連合成る（海音寺潮五郎）朝日文庫（1980） …… 56
西郷隆盛 12 岩倉の策謀（海音寺潮五郎）朝日文庫（1980） …… 56
西郷隆盛 13 鳥羽・伏見の戦い（海音寺潮五郎）朝日文庫（1980） …… 56
西郷隆盛 14 江戸城受け渡し（海音寺潮五郎）朝日文庫（1980） …… 56
西郷と大久保（海音寺潮五郎）新潮文庫（1973） …… 60
西郷と大久保と久光（海音寺潮五郎）朝日文庫（1989） …… 57
細香日記（南條範夫）講談社文庫（1986） …… 257
最後の伊賀者（司馬遼太郎）講談社文庫（1986） …… 145
最後の伊賀者（司馬遼太郎）講談社文庫（2007） …… 146
最後の御大将平重衡（中津文彦）PHP文庫（2005） …… 254
最後の刺客（戸部新十郎）光文社文庫（1992） …… 239
最後の忍び（戸部新十郎）光文社文庫（2015） …… 239
最後の殉教者（遠藤周作）講談社文庫（1984） …… 38
最後の将軍（司馬遼太郎）文春文庫（1974） …… 148
最後の将軍（司馬遼太郎）文春文庫（1997） …… 148
最後の勝利者（柴田錬三郎）時代小説文庫（1982） …… 155
最後の勝利者 上巻（柴田錬三郎）新潮文庫（1989） …… 158
最後の勝利者 下巻（柴田錬三郎）新潮文庫（1989） …… 158
最後の峠越え（笹沢左保）新潮文庫（2001） …… 118

最後の幕臣小栗上野介(星亮一)ちくま文庫(2008) …… 315
最後の幕臣小栗上野介(星亮一)中公文庫(2000) …… 315
最後の武士道(津本陽)集英社文庫(2010) …… 224
彩色江戸切絵図(松本清張)講談社文庫(1975) …… 322
彩色江戸切絵図(松本清張)講談社文庫(2010) …… 323
彩色江戸切絵図(松本清張)大衆文学館(1996) …… 323
斎藤道三(高橋和島)PHP文庫(1996) …… 196
斎藤道三(中山義秀)光文社文庫(1988) …… 255
逆髪(杉本苑子)集英社文庫(1991) …… 182
逆髪(澤田ふじ子)光文社文庫(2009) …… 135
坂口安吾全集 10(坂口安吾)ちくま文庫(1991) …… 108
さかしま砂絵　うそつき砂絵(都筑道夫)光文社文庫(2011) …… 215
さかしま砂絵(都筑道夫)光文社文庫(1999) …… 215
逆立ち大名(陣出達朗)春陽文庫(1978) …… 177
◇逆手斬り隠密無頼(大栗丹後)コスミック・時代文庫 …… 40
逆手斬り隠密無頼 2 血煙宿無道剣(大栗丹後)コスミック・時代文庫(2004) …… 40
逆手斬り隠密無頼 3 あばれ街道情艶剣(大栗丹後)コスミック・時代文庫(2005) …… 40
逆手斬り隠密無頼 4 あばれ街道阿修羅剣(大栗丹後)コスミック・時代文庫(2006) …… 40
逆手斬り隠密無頼 逆手斬り隠密無頼(大栗丹後)コスミック・時代文庫(2004) …… 40
逆手斬り隠密無頼(大栗丹後)コスミック・時代文庫(2004) …… 40
坂の上の雲 1(司馬遼太郎)文春文庫(1978) …… 148
坂の上の雲 1(司馬遼太郎)文春文庫(1999) …… 149
坂の上の雲 2(司馬遼太郎)文春文庫(1978) …… 148
坂の上の雲 2(司馬遼太郎)文春文庫(1999) …… 149
坂の上の雲 3(司馬遼太郎)文春文庫(1978) …… 148
坂の上の雲 3(司馬遼太郎)文春文庫(1999) …… 149
坂の上の雲 4(司馬遼太郎)文春文庫(1978) …… 148
坂の上の雲 4(司馬遼太郎)文春文庫(1999) …… 149
坂の上の雲 5(司馬遼太郎)文春文庫(1978) …… 148
坂の上の雲 5(司馬遼太郎)文春文庫(1999) …… 149
坂の上の雲 6(司馬遼太郎)文春文庫(1978) …… 148
坂の上の雲 6(司馬遼太郎)文春文庫(1999) …… 149
坂の上の雲 7(司馬遼太郎)文春文庫(1978) …… 148
坂の上の雲 7(司馬遼太郎)文春文庫(1999) …… 149
坂の上の雲 8(司馬遼太郎)文春文庫(1978) …… 148
坂の上の雲 8(司馬遼太郎)文春文庫(1999) …… 149
坂本竜馬(邦光史郎)集英社文庫(1993) …… 79
坂本竜馬(富田常雄)時代小説文庫(1991) …… 243
坂本竜馬 1 黒船の巻(山岡荘八)山岡荘八歴史文庫(1986) …… 372
坂本竜馬 2 胎動の巻(山岡荘八)山岡荘八歴史文庫(1986) …… 372
坂本竜馬 3 狂風の巻(山岡荘八)山岡荘八歴史文庫(1986) …… 373
坂本龍馬(邦光史郎)集英社文庫(2010) …… 79
坂本竜馬の写真(伴野朗)新潮文庫(1987) …… 244
酒屋火事(野村胡堂)嶋中文庫(2004) …… 280
逆渡り →嶽神列伝 逆渡り(長谷川卓)講談社文庫(2016) …… 288
◇さくや淫法帖(睦月影郎)廣済堂文庫 …… 346
さくや淫法帖 香り蜜(睦月影郎)廣済堂文庫(2014) …… 346
さくや淫法帖 契り枕(睦月影郎)廣済堂文庫(2015) …… 346
さくや淫法帖 濡れ蕾(睦月影郎)廣済堂文庫(2013) …… 346
さくや淫法帖 淫ら花(睦月影郎)廣済堂文庫(2013) …… 346
さくや淫法帖 悶え螢(睦月影郎)廣済堂文庫(2014) …… 346
桜子(大佛次郎)徳間文庫(1991) …… 55
桜田御用屋敷(小松重男)廣済堂文庫(2004) …… 89
桜田御用屋敷(小松重男)新潮文庫(1997) …… 90
桜田門外ノ変　上巻(吉村昭)新潮文庫(1995) …… 417
桜田門外ノ変　下巻(吉村昭)新潮文庫(1995) …… 417

桜の森の満開の下（坂口安吾）講談社文芸文庫（1989） …… 108
桜の森の満開の下　白痴—他十二篇（坂口安吾）岩波文庫（2008） …… 107
錯乱（池波正太郎）春陽文庫（1968） …… 19
錯乱（池波正太郎）春陽文庫（1996） …… 19
佐々木小次郎（高橋義夫）集英社文庫（2003） …… 192
佐々木小次郎（浜野卓也）PHP文庫（2003） …… 289
佐々木小次郎　上（村上元三）講談社文庫（1978） …… 351
佐々木小次郎　上巻（村上元三）新潮文庫（1958） …… 353
佐々木小次郎　上（村上元三）大衆文学館（1995） …… 354
佐々木小次郎　下（村上元三）講談社文庫（1978） …… 351
佐々木小次郎　下巻（村上元三）新潮文庫（1958） …… 353
佐々木小次郎　下（村上元三）大衆文学館（1995） …… 354
ささやく河（藤沢周平）新潮文庫（1988） …… 306
篠山早春譜（澤田ふじ子）幻冬舎文庫（2006） …… 133
篠山早春譜（澤田ふじ子）中公文庫（2010） …… 137
篠山早春譜（澤田ふじ子）徳間文庫（2015） …… 140
山茶花は見た（平岩弓枝）文春文庫（1980） …… 299
山茶花は見た（平岩弓枝）文春文庫（2004） …… 300
佐助の牡丹（平岩弓枝）文春文庫（2004） …… 300
さすらい街道（笹沢左保）光文社文庫（1988） …… 114
さすらい若殿（左近隆）春陽文庫（1989） …… 110
さだめが憎い（笹沢左保）光文社文庫（1986） …… 113
殺（綱淵謙錠）文春文庫（1985） …… 217
佐々成政（郡順史）PHP文庫（1996） …… 88
殺刃（峰隆一郎）集英社文庫（1994） …… 333
殺刃（峰隆一郎）大陸文庫（1992） …… 335
薩南示現流（津本陽）文春文庫（1986） …… 226
薩南示現流（津本陽）文春文庫（2006） …… 227
薩南の鷹（広瀬仁紀）講談社文庫（1987） …… 303
薩南の鷹（広瀬仁紀）時代小説文庫（1989） …… 304
殺法松の葉（仁田義男）徳間文庫（1994） …… 277
薩摩隠密行（田中光二）徳間文庫（2005） …… 206
薩摩軍法（滝口康彦）講談社文庫（1981） …… 202
薩摩藩経済官僚（佐藤雅美）講談社文庫（1989） …… 128
薩摩藩経済官僚 →調所笑左衛門（佐藤雅美）人物文庫（2001） …… 129
薩摩藩乗っ取り（南原幹雄）徳間文庫（1991） …… 270
薩摩飛脚 上（大佛次郎）徳間文庫（1989） …… 55
薩摩飛脚 下（大佛次郎）徳間文庫（1989） …… 55
薩摩燃ゆ（安部龍太郎）小学館文庫（2007） …… 9
薩摩夜叉雛（津本陽）文春文庫（1987） …… 226
薩摩夜叉雛（津本陽）文春文庫（2008） …… 227
茶道太閤記（海音寺潮五郎）文春文庫（2012） …… 63
佐渡流人行（松本清張）角川文庫（1963） …… 321
佐渡流人行（松本清張）小説文庫（1957） …… 323
真田一族の陰謀（松永義弘）時代小説文庫（1988） …… 320
真田一族の陰謀 →真田昌幸と真田幸村（松永義弘）人物文庫（2007） …… 320
真田軍記（井上靖）角川文庫（1958） …… 32
真田軍団はゆく（佐竹申伍）春陽文庫（1980） …… 123
真田三代記（土橋治重）PHP文庫（1989） …… 236
真田三代記（土橋治重）PHP文庫（2015） …… 237
真田残党奔る（五味康祐）文春文庫（1987） …… 93
◇真田十勇士（柴田錬三郎）集英社文庫 …… 155
◇真田十勇士（柴田錬三郎）文春文庫 …… 159
真田十勇士　巻の1（笹沢左保）光文社文庫（1989） …… 114
真田十勇士 巻の1 猿飛佐助諸国漫遊（笹沢左保）双葉文庫（1997） …… 121
真田十勇士　巻の2（笹沢左保）光文社文庫（1989） …… 114
真田十勇士 巻の2 大暴れ三好清海入道（笹沢左保）双葉文庫（1997） …… 121
真田十勇士　巻の3（笹沢左保）光文社文庫（1989） …… 114
真田十勇士 巻の3 才蔵宮本武蔵を破る（笹沢左保）双葉文庫（1997） …… 121
真田十勇士　巻の4（笹沢左保）光文社文庫（1989） …… 114
真田十勇士 巻の4 真田幸村大坂城入城（笹沢左保）双葉文庫（1997） …… 121
真田十勇士　巻の5（笹沢左保）光文社文庫（1989） …… 114
真田十勇士 巻の5 戦場に散った勇士たち（笹沢左保）双葉文庫（1997） …… 122
真田十勇士 1 運命の星が生れた（柴田錬三郎）集英社文庫（2016） …… 155

真田十勇士 2 烈風は凶雲を呼んだ(柴田錬三郎)集英社文庫(2016) …… *155*
真田十勇士 3 ああ! 輝け真田六連銭(柴田錬三郎)集英社文庫(2016) …… *155*
真田十勇士(村上元三)人物文庫(2005) …… *354*
真田十勇士(村上元三)人物文庫(2010) …… *354*
真田十勇士(村上元三)徳間文庫(1994) …… *355*
真田十勇士 真田幸村(柴田錬三郎)文春文庫(2014) …… *159*
真田十勇士 猿飛佐助(柴田錬三郎)文春文庫(2014) …… *160*
真田十勇士 巻の1〜巻の5 →真田十勇士 1(柴田錬三郎)集英社文庫(2016) …… *155*
真田十勇士 巻の1〜巻の5 →真田十勇士 2(柴田錬三郎)集英社文庫(2016) …… *155*
真田十勇士 巻の1〜巻の5 →真田十勇士 3(柴田錬三郎)集英社文庫(2016) …… *155*
真田騒動(池波正太郎)新潮文庫(1984) …… *22*
◇真田太平記(池波正太郎)新潮文庫 …… *21*
真田太平記 第1巻 天魔の夏(池波正太郎)新潮文庫(1987) …… *21*
真田太平記 第1巻 天魔の夏(池波正太郎)新潮文庫(2005) …… *21*
真田太平記 第2巻 秘密(池波正太郎)新潮文庫(1987) …… *21*
真田太平記 第2巻 秘密(池波正太郎)新潮文庫(2005) …… *21*
真田太平記 第3巻 上田攻め(池波正太郎)新潮文庫(1987) …… *21*
真田太平記 第3巻 上田攻め(池波正太郎)新潮文庫(2005) …… *21*
真田太平記 第4巻 甲賀問答(池波正太郎)新潮文庫(1987) …… *21*
真田太平記 第4巻 甲賀問答(池波正太郎)新潮文庫(2005) …… *22*
真田太平記 第5巻 秀頼誕生(池波正太郎)新潮文庫(1987) …… *21*
真田太平記 第5巻 秀頼誕生(池波正太郎)新潮文庫(2005) …… *22*
真田太平記 第6巻 家康東下(池波正太郎)新潮文庫(1987) …… *21*
真田太平記 第6巻 家康東下(池波正太郎)新潮文庫(2005) …… *22*
真田太平記 第7巻 関ケ原(池波正太郎)新潮文庫(1987) …… *21*
真田太平記 第7巻 関ケ原(池波正太郎)新潮文庫(2005) …… *22*
真田太平記 第8巻 紀州九度山(池波正太郎)新潮文庫(1987) …… *21*
真田太平記 第8巻 紀州九度山(池波正太郎)新潮文庫(2005) …… *22*
真田太平記 第9巻 二条城(池波正太郎)新潮文庫(1988) …… *21*
真田太平記 第9巻 二条城(池波正太郎)新潮文庫(2005) …… *22*
真田太平記 第10巻 大坂入城(池波正太郎)新潮文庫(1988) …… *21*
真田太平記 第10巻 大坂入城(池波正太郎)新潮文庫(2005) …… *22*
真田太平記 第11巻 大坂夏の陣(池波正太郎)新潮文庫(1988) …… *21*
真田太平記 第11巻 大坂夏の陣(池波正太郎)新潮文庫(2005) …… *22*
真田太平記 第12巻 雲の峰(池波正太郎)新潮文庫(1988) …… *21*
真田太平記 第12巻 雲の峰(池波正太郎)新潮文庫(2005) …… *22*
真田忍俠記 上(津本陽)PHP文芸文庫(2015) …… *228*
真田忍俠記 下(津本陽)PHP文芸文庫(2015) …… *228*
真田忍俠記 上(津本陽)講談社文庫(2000) …… *223*
真田忍俠記 下(津本陽)講談社文庫(2000) …… *223*
真田昌幸と真田幸村(松永義弘)人物文庫(2007) …… *320*
真田幸村(井口朝生)人物文庫(2015) …… *17*
真田幸村 →軍師真田幸村(井口朝生)成美文庫(1996) …… *17*
真田幸村 上(井口朝生)時代小説文庫(1989) …… *16*
真田幸村 下(井口朝生)時代小説文庫(1989) …… *16*
真田幸村(尾崎士郎)河出文庫(2015) …… *51*
真田幸村(尾崎士郎)春陽文庫(1966) …… *51*
真田幸村 上(海音寺潮五郎)角川文庫(1989) …… *57*
真田幸村 上(海音寺潮五郎)人物文庫(2005) …… *60*
真田幸村 下(海音寺潮五郎)角川文庫(1989) …… *57*
真田幸村 下(海音寺潮五郎)人物文庫(2005) …… *60*
真田幸村(佐竹申伍)PHP文庫(1992) …… *123*
真田幸村(柴田錬三郎)文春文庫(2014) …… *159*
真田幸村の妻(阿井景子)講談社文庫(2016) …… *1*
真田幸村の妻(阿井景子)光文社文庫(2001) …… *1*
真田幸村の謀略(笠原和夫)時代小説文庫(1985) …… *63*

裁きの石牢（南條範夫）光文社文庫（1991） …… *259*
ザビエルとその弟子（加賀乙彦）講談社文庫（2008） …… *63*
ザビエルの謎（古川薫）文春文庫（1997） …… *313*
さぶ（山本周五郎）新潮文庫（1965） …… *398*
さぶ（山本周五郎）ハルキ文庫（2010） …… *401*
さぶ（山本周五郎）ポケット・ライブラリ（1963） …… *401*
三郎兵衛の恋（山手樹一郎）桃園文庫（1995） …… *394*
彷徨える黄金慶長太平記 →黄金の血脈 地の巻（半村良）祥伝社文庫（2005） …… *294*
彷徨える帝（安部龍太郎）新潮文庫（1997） …… *10*
彷徨える帝 上（安部龍太郎）角川文庫（2005） …… *8*
彷徨える帝 下（安部龍太郎）角川文庫（2005） …… *8*
寂野（澤田ふじ子）講談社文庫（1987） …… *134*
寂野（澤田ふじ子）徳間文庫（1999） …… *141*
さみだれ淫法（睦月影郎）ベスト時代文庫（2006） …… *350*
五月雨ごろし（城昌幸）春陽文庫（1963） …… *168*
五月雨ごろし（城昌幸）春陽文庫（1985） …… *168*
さみだれ無頼（早乙女貢）春陽文庫（1970） …… *101*
侍（遠藤周作）新潮文庫（1986） …… *39*
さむらい一匹（南條範夫）光文社文庫（1989） …… *259*
さむらい一匹 上（南條範夫）光文社時代小説文庫（1989） …… *258*
さむらい一匹 上巻（南條範夫）コスミック・時代文庫（2012） …… *260*
さむらい一匹 下（南條範夫）光文社時代小説文庫（1989） …… *258*
さむらい一匹 下巻（南條範夫）コスミック・時代文庫（2012） …… *260*
さむらい鴉（早乙女貢）春陽文庫（1974） …… *101*
さむらい鴉（早乙女貢）双葉文庫（1990） …… *104*
さむらい劇場（池波正太郎）新潮文庫（1982） …… *22*
さむらい根性（山手樹一郎）山手樹一郎長編時代小説全集（1979） …… *397*
さむらい山脈（山手樹一郎）コスミック・時代文庫（2011） …… *390*
さむらい山脈（山手樹一郎）山手樹一郎長編時代小説全集（1979） …… *397*
侍たちの異郷の夢（三好徹）光文社文庫（2010） …… *343*
さむらい読本（山手樹一郎）山手樹一郎長編時代小説全集（1978） …… *396*
さむらい読本 →万之助無勝手剣（山手樹一郎）コスミック・時代文庫（2012） …… *391*
侍ニッポン（群司次郎正）春陽文庫（1998） …… *83*
侍ニッポン（群司次郎正）大衆文学館（1997） …… *83*
さむらいの詩（早乙女貢）春陽文庫（1980） …… *101*
サムライの海（白石一郎）文春文庫（1987） …… *173*
さむらいの巣（池波正太郎）PHP文庫（1995） …… *26*
侍の灯（山手樹一郎）山手樹一郎長編時代小説全集（1977） …… *395*
侍の灯 上巻（山手樹一郎）桃園文庫（1990） …… *393*
侍の灯 下巻（山手樹一郎）桃園文庫（1990） …… *393*
さむらいの本懐（海音寺潮五郎）文春文庫（1988） …… *62*
侍八方やぶれ 上（南條範夫）徳間文庫（1991） …… *262*
侍八方やぶれ 下（南條範夫）徳間文庫（1991） …… *262*
侍はこわい（司馬遼太郎）光文社文庫（2005） …… *146*
醒めて疼きます（笹沢左保）光文社文庫（1987） …… *113*
◇さやか淫法帖（睦月影郎）廣済堂文庫 …… *346*
さやか淫法帖 色艶秘剣（睦月影郎）廣済堂文庫（2009） …… *346*
さやか淫法帖 九重化粧（睦月影郎）廣済堂文庫（2011） …… *346*
さやか淫法帖 冬人夏虫（睦月影郎）廣済堂文庫（2012） …… *346*
さやか淫法帖 夏草余情（睦月影郎）廣済堂文庫（2010） …… *346*
さやか淫法帖 人恋時雨（睦月影郎）廣済堂文庫（2008） …… *346*
さやか淫法帖 振袖淫鬼（睦月影郎）廣済堂文庫（2008） …… *346*
さやか淫法帖 蜜色月夜（睦月影郎）廣済堂文庫（2008） …… *346*
さやか淫法帖 夢幻道中（睦月影郎）廣済堂文庫（2010） …… *346*
さやか淫法帖 柔肌目付（睦月影郎）廣済堂文庫（2011） …… *346*
さやか淫法帖 宵待御寮（睦月影郎）廣済堂文庫（2009） …… *346*
さらば新選組（三好徹）光文社文庫（1989） …… *343*

さらば手鞠唄(笹沢左保)新潮文庫(1999) …… 118
さらば峠の紋次郎(笹沢左保)光文社文庫(1998) …… 114
さらば風雲海峡(古川薫)光文社文庫(1993) …… 312
猿ケ辻風聞(滝口康彦)講談社文庫(1990) …… 203
猿飛佐助(神坂次郎)ケイブンシャ文庫(1999) …… 84
猿飛佐助(柴田錬三郎)文春文庫(2014) …… 160
猿飛佐助(富田常雄)春陽文庫(1951) …… 243
猿飛佐助漫遊記(木屋進)春陽文庫(1985) …… 74
笊ノ目万兵衛門外へ(山田風太郎)旺文社文庫(1984) …… 377
笊ノ目万兵衛門外へ(山田風太郎)大陸文庫(1989) …… 385
佐和山炎上(安部龍太郎)角川文庫(2015) …… 9
斬(綱淵謙錠)文春文庫(2011) …… 217
斬(ざん)(綱淵謙錠)文春文庫(1975) …… 217
残映(早乙女貢)徳間文庫(1985) …… 103
残映 →新選組原田左之助(早乙女貢)人物文庫(2001) …… 102
残映(杉本章子)文春文庫(1998) …… 180
山河在り 上(陳舜臣)講談社文庫(2002) …… 212
山河在り 中(陳舜臣)講談社文庫(2002) …… 212
山河在り 下(陳舜臣)講談社文庫(2002) …… 212
三界飛脚 上(村上元三)徳間文庫(1989) …… 355
三界飛脚 中(村上元三)徳間文庫(1989) …… 355
三界飛脚 下(村上元三)徳間文庫(1989) …… 355
山岳党奇談(大佛次郎)朝日文庫(1981) …… 52
山河寂寥 上(杉本苑子)文春文庫(2002) …… 184
山河寂寥 下(杉本苑子)文春文庫(2002) …… 184
斬奸状は馬車に乗って(山田風太郎)小学館文庫(2013) …… 384
残菊燃ゆ(南原幹雄)廣済堂文庫(1989) …… 267
残菊燃ゆ →柳橋かよい妻(南原幹雄)ベスト時代文庫(2004) …… 271
◇慚鬼死事帖(本庄慧一郎)学研M文庫 …… 317
慚鬼死事帖 花嵐悲愴剣(本庄慧一郎)学研M文庫(2004) …… 317
慚鬼死事帖 紅蓮怨魔剣(本庄慧一郎)学研M文庫(2005) …… 317
慚鬼死事帖 残月無明剣(本庄慧一郎)学研M文庫(2003) …… 317
慚鬼死事帖 刃風多情剣(本庄慧一郎)学研M文庫(2004) …… 317
ザンギリ愚連隊(早乙女貢)講談社文庫(1994) …… 99
散華 上(杉本苑子)中公文庫(1994) …… 183
散華 下(杉本苑子)中公文庫(1994) …… 183
残月隠密帳(南原幹雄)徳間文庫(2005) …… 271
残月旅(高橋和島)廣済堂文庫(2008) …… 195
残月無明剣(本庄慧一郎)学研M文庫(2003) …… 317
残月浪人街(早乙女貢)双葉文庫(1991) …… 104
残酷の河(早乙女貢)春陽文庫(1971) …… 101
残酷の系譜(南條範夫)青樹社文庫(1996) …… 261
残酷物語(南條範夫)中公文庫(1975) …… 261
斬首ただ一人(南條範夫)旺文社文庫(1986) …… 257
残照(杉本苑子)旺文社文庫(1987) …… 180
残照(杉本苑子)文春文庫(1989) …… 183
山椒魚 上巻(今東光)角川文庫(1959) …… 94
山椒魚 下巻(今東光)角川文庫(1959) …… 94
山椒大夫・阿部一族(森鷗外)角川文庫(1967) …… 358
山椒大夫・最後の一句(森鷗外)新潮ピコ文庫(1996) …… 359
山椒大夫・高瀬舟(森鷗外)岩波文庫(1950) …… 358
山椒大夫・高瀬舟(森鷗外)角川文庫(1967) …… 358
山椒大夫・高瀬舟(森鷗外)新潮文庫(1951) …… 359
山椒大夫・舞姫(森鷗外)必読名作シリーズ(1990) …… 359
斬刃(峰隆一郎)集英社文庫(1994) …… 333
斬刃(峰隆一郎)大陸文庫(1990) …… 335
三途の川は独りで渡れ(笹沢左保)光文社文庫(1997) …… 114
三途の川は独りで渡れ(笹沢左保)時代小説文庫(1984) …… 116
三世沢村田之助(南條範夫)文春文庫(1992) …… 263
三千世界の烏を殺し →志士の女(竹田真砂子)祥伝社文庫(1998) …… 204
三代将軍家光(徳永真一郎)徳間文庫(1989) …… 236
残党狩り(本庄慧一郎)学研M文庫(2011) …… 317
さんど笠(子母沢寛)春陽文庫(1951) …… 164
さんど笠(子母沢寛)春陽文庫(1959) …… 164
斬に処す(結城昌治)小学館文庫(2000) …… 401
三人色若衆(横溝正史)春陽文庫(1984) …… 406
三匹の鼠(江崎俊平)春陽文庫(1985) …… 36
三百年のベール(南條範夫)学研M文庫(2002) …… 257

三百六十五日（山手樹一郎）山手樹一郎長編時代小説全集（1979）……397
讃母祭（吉川英治）吉川英治文庫（1977）……412
三万両五十三次 上巻（野村胡堂）新潮文庫（1959）……282
三万両五十三次 巻1（野村胡堂）中公文庫（1982）……282
三万両五十三次 第1 愛憎篇（野村胡堂）春陽文庫（1957）……281
三万両五十三次 中巻（野村胡堂）新潮文庫（1959）……282
三万両五十三次 巻2（野村胡堂）中公文庫（1982）……282
三万両五十三次 第2 情炎篇（野村胡堂）春陽文庫（1957）……281
三万両五十三次 下巻（野村胡堂）新潮文庫（1959）……282
三万両五十三次 巻3（野村胡堂）中公文庫（1982）……282
三万両五十三次 第3 流転篇（野村胡堂）春陽文庫（1957）……281
三万両五十三次 巻4（野村胡堂）中公文庫（1982）……282
三万両五十三次 第4 狂瀾篇（野村胡堂）春陽文庫（1957）……281
三万両五十三次 第5 解決篇（野村胡堂）春陽文庫（1957）……281
斬妖剣（本庄慧一郎）学研M文庫（2001）……317

【し】

士、意気に感ず（郡順史）春陽文庫（1995）……88
刺客（藤沢周平）新潮文庫（1987）……306
◇刺客請負人（森村誠一）中公文庫……362
刺客請負人（森村誠一）中公文庫（2006）……362
刺客往来（森村誠一）幻冬舎文庫（2009）……361
刺客街（森村誠一）幻冬舎文庫（2008）……361
刺客狩り（峰隆一郎）飛天文庫（1993）……338
刺客長屋（森村誠一）祥伝社文庫（2012）……362
刺客（しきゃく）の海（楠木誠一郎）二見時代小説文庫（2009）……76
刺客の花道（森村誠一）講談社文庫（2005）……361
刺客の花道（森村誠一）文春文庫（1991）……364
刺客百鬼（高橋義夫）中公文庫（2014）……193
◇仕掛人・藤枝梅安（池波正太郎）講談社文庫……18
仕掛人・藤枝梅安 1 殺しの四人（池波正太郎）講談社文庫（2001）……18
仕掛人・藤枝梅安 2 梅安蟻地獄（池波正太郎）講談社文庫（2001）……18
仕掛人・藤枝梅安 3 梅安最合傘（池波正太郎）講談社文庫（2001）……18
仕掛人・藤枝梅安 4 梅安針供養（池波正太郎）講談社文庫（2001）……18
仕掛人・藤枝梅安 5 梅安乱れ雲（池波正太郎）講談社文庫（2001）……18
仕掛人・藤枝梅安 6 梅安影法師（池波正太郎）講談社文庫（2001）……18
仕掛人・藤枝梅安 7 梅安冬時雨（池波正太郎）講談社文庫（2001）……18
仕掛人・藤枝梅安 殺しの四人（池波正太郎）講談社文庫（1980）……18
仕掛人・藤枝梅安 梅安蟻地獄（池波正太郎）講談社文庫（1980）……18
仕掛人・藤枝梅安 梅安影法師（池波正太郎）講談社文庫（1990）……18
仕掛人・藤枝梅安 梅安針供養（池波正太郎）講談社文庫（1983）……18
仕掛人・藤枝梅安 梅安冬時雨（池波正太郎）講談社文庫（1993）……18
仕掛人・藤枝梅安 梅安乱れ雲（池波正太郎）講談社文庫（1986）……18
仕掛人・藤枝梅安 梅安最合傘（池波正太郎）講談社文庫（1982）……18
私学校蜂起（尾崎士郎）河出文庫（1989）……51
◇直参旗本裏御用（大栗丹後）学研M文庫……40
直参旗本裏御用 埋もれ火の女（大栗丹後）学研M文庫（2006）……40
直参旗本裏御用 京女の義理立て（大栗丹後）学研M文庫（2005）……40
直参旗本裏御用 氷雨肌の女（大栗丹後）学研M文庫（2006）……40
直飛脚疾る（笹沢左保）光文社文庫（1999）……115
◇刺客請負人（森村誠一）中公文庫ワイド版……363
刺客請負人（吉岡道夫）コスミック・時代文庫（2014）……409
刺客請負人 江戸悪党改め役（森村誠一）中公文庫（2012）……363
刺客請負人 江戸悪党改め役（森村誠一）中公文庫ワイド版（2012）……363
刺客請負人 死神の町（森村誠一）中公文庫（2006）……363
刺客請負人 闇の陽炎衆（森村誠一）中公文庫（2012）……363
刺客請負人 闇の処刑人（森村誠一）中公文庫（2006）……363
刺客狩り →元禄斬鬼伝（峰隆一郎）青樹社文庫（1997）……334

◇死斬人鬼怒玄三郎（本庄慧一郎）ベスト時代文庫 …… 319
死斬人鬼怒玄三郎（本庄慧一郎）ベスト時代文庫（2005） …… 319
死斬人鬼怒玄三郎 寒中の花（本庄慧一郎）ベスト時代文庫（2006） …… 319
死斬人鬼怒玄三郎 札差始末（本庄慧一郎）ベスト時代文庫（2007） …… 319
◇縮尻鏡三郎（佐藤雅美）文春文庫 …… 130
縮尻鏡三郎 上（佐藤雅美）文春文庫（2002） …… 130
縮尻鏡三郎 下（佐藤雅美）文春文庫（2002） …… 130
縮尻鏡三郎 当たるも八卦の墨色占い（佐藤雅美）文春文庫（2011） …… 130
縮尻鏡三郎 老いらくの恋（佐藤雅美）文春文庫（2012） …… 130
縮尻鏡三郎 首を斬られにきたの御番所（佐藤雅美）文春文庫（2007） …… 130
縮尻鏡三郎 捨てる神より拾う鬼（佐藤雅美）文春文庫（2010） …… 130
縮尻鏡三郎 頼みある仲の酒宴かな（佐藤雅美）文春文庫（2016） …… 130
縮尻鏡三郎 浜町河岸の生き神様（佐藤雅美）文春文庫（2008） …… 130
縮尻鏡三郎 夢に見た娑婆（佐藤雅美）文春文庫（2014） …… 130
しぐれ茶屋おりく（川口松太郎）大衆文学館（1997） …… 65
しぐれ茶屋おりく（川口松太郎）中公文庫（1980） …… 65
しぐれ月（本庄慧一郎）学研M文庫（2009） …… 317
時雨のあと（藤沢周平）新潮文庫（1982） …… 306
時雨みち（藤沢周平）新潮文庫（1984） …… 306
重籐の弓 →将監さまの橋（澤田ふじ子）徳間文庫（2001） …… 141
地獄を嗤う日光路（笹沢左保）文春文庫（1982） …… 122
地獄を嗤う日光路 →地獄街道（笹沢左保）ノン・ポシェット（1990） …… 121
地獄街道（笹沢左保）ノン・ポシェット（1990） …… 121
地獄極楽 上，下（長谷川伸）新小説文庫（1951） …… 286
地獄ごよみ（山手樹一郎）春陽文庫（1966） …… 392
地獄ごよみ →隠れ与力三五郎（山手樹一郎）コスミック・時代文庫（2012） …… 390
地獄太平記（大佛次郎）小学館文庫（2000） …… 53
地獄太平記 上（大佛次郎）徳間文庫（1988） …… 54
地獄太平記 下（大佛次郎）徳間文庫（1988） …… 54
地獄太夫（山田風太郎）徳間文庫 - 山田風太郎妖異小説コレクション（2003） …… 387
地獄の女殺し（笹沢左保）光文社文庫（1995） …… 115
地獄の始末（澤田ふじ子）光文社文庫（2007） …… 135
地獄の始末（澤田ふじ子）徳間文庫（2004） …… 139
地獄の車輪梅（松永義弘）時代小説文庫（1989） …… 320
地獄の走狗（早乙女貢）ケイブンシャ文庫（1990） …… 98
地獄の辰犯科帳（笹沢左保）祥伝社文庫（1999） …… 117
地獄の辰非道帳（笹沢左保）祥伝社文庫（1999） …… 117
地獄の辰無残帳（笹沢左保）祥伝社文庫（1999） …… 117
◇地獄の辰・無残捕物控（笹沢左保）光文社文庫 …… 113
地獄の辰・無惨捕物控 →地獄の辰非道帳（笹沢左保）祥伝社文庫（1999） …… 117
地獄の辰・無残捕物控 →地獄の辰無残帳（笹沢左保）祥伝社文庫（1999） …… 117
地獄の辰・無残捕物控 首なし地蔵は語らず（笹沢左保）光文社文庫（1985） …… 113
地獄の辰・無残捕物控 岡っ引きが十手を捨てた（笹沢左保）光文社文庫（1985） …… 113
地獄の辰・無残捕物控 明日は冥土か京の夢（笹沢左保）光文社文庫（1986） …… 113
地獄の辰無残捕物控（笹沢左保）徳間文庫（2008） …… 120
地獄の辰・無残捕物控―首なし地蔵は語らず →地獄の辰犯科帳（笹沢左保）祥伝社文庫（1999） …… 117
地獄の花嫁（横溝正史）春陽文庫（1984） …… 406
地獄の門（大佛次郎）朝日文庫（1981） …… 52
地獄の門　宗十郎頭巾（大佛次郎）小学館文庫（2000） …… 53
地獄の館（柴田錬三郎）集英社文庫（1979） …… 155
地獄飛脚 →若さま地獄旅（颯手達治）春陽文庫（1978） …… 124
地獄変（芥川龍之介）岩波文庫（1946） …… 3
地獄変（芥川龍之介）岩波文庫（1949） …… 3
地獄変（芥川龍之介）集英社文庫（1991） …… 5
地獄変（芥川龍之介）ハルキ文庫（2012） …… 7

地獄変・戯作三昧（芥川龍之介）旺文社文庫（1966）…… *4*
地獄変・邪宗門・好色・藪の中（芥川龍之介）岩波文庫（1956）…… *3*
地獄変・邪宗門・好色・藪の中（芥川龍之介）岩波文庫（1980）…… *4*
地獄変・邪宗門・好色・藪の中（芥川龍之介）ワイド版岩波文庫（2013）…… *7*
地獄変・偸盗（芥川龍之介）新潮文庫（1974）…… *6*
地獄変・奉教人の死（芥川龍之介）新潮文庫（1960）…… *6*
◇死込人一蝶（本庄慧一郎）学研M文庫 …… *317*
死込人一蝶 冥土へのいのち花（本庄慧一郎）学研M文庫（2006）…… *317*
死込人一蝶 吉原白刃舞い（本庄慧一郎）学研M文庫（2006）…… *317*
士魂商才（佐江衆一）講談社文庫（2009）…… *96*
士魂商才 →五代友厚（佐江衆一）ハルキ文庫（2016）…… *97*
士魂の海 →銀之介活殺剣（芝豪）学研M文庫（2003）…… *144*
士魂の音色（森村誠一）新潮文庫（1994）…… *362*
士魂魔道（南條範夫）光文社文庫（1987）…… *259*
士魂魔道 上（南條範夫）光文社時代小説文庫（1987）…… *258*
士魂魔道 下（南條範夫）光文社時代小説文庫（1987）…… *258*
刺殺（南條範夫）旺文社文庫（1985）…… *256*
獅子（池波正太郎）新潮文庫（2016）…… *23*
獅子（池波正太郎）中公文庫（1975）…… *23*
志士の女（竹田真砂子）祥伝社文庫（1998）…… *204*
志士の女たち（早乙女貢）春陽文庫（1979）…… *101*
志士の海峡 →奇兵隊燃ゆ（童門冬二）ノン・ポシェット（1992）…… *233*
獅子の系譜（津本陽）文春文庫（2010）…… *227*
獅子の座（平岩弓枝）文春文庫（2003）…… *303*
志士の肖像　上（早乙女貢）集英社文庫（1995）…… *100*
志士の肖像　下（早乙女貢）集英社文庫（1995）…… *100*
志士の風雪（古川薫）文春文庫（2015）…… *313*
獅子の廊下の陰謀（古川薫）講談社文庫（1992）…… *312*
◇寺社方諸国目付（島田一男）春陽文庫 …… *162*
寺社方諸国目付 黒雲街道（島田一男）春陽文庫（1983）…… *162*
寺社方諸国目付 竜巻街道（島田一男）春陽文庫（1983）…… *162*
四十八人目の男（大佛次郎）中公文庫（1991）…… *54*
四十八人目の男　上（大佛次郎）徳間文庫（1988）…… *54*
四十八人目の男　下（大佛次郎）徳間文庫（1988）…… *55*
市塵 上（藤沢周平）講談社文庫（1991）…… *305*
市塵 上（藤沢周平）講談社文庫（2005）…… *305*
市塵 下（藤沢周平）講談社文庫（1991）…… *305*
市塵 下（藤沢周平）講談社文庫（2005）…… *305*
賤ケ岳七本槍（嶋津義忠）PHP文芸文庫（2011）…… *160*
賤ケ岳七本槍（徳永真一郎）PHP文庫（1992）…… *236*
静かな木（藤沢周平）新潮文庫（2000）…… *306*
沈む町（峰隆一郎）集英社文庫（2003）…… *334*
しづやしづ（山本周五郎）小学館文庫（2010）…… *398*
至誠の人松平容保 →松平容保（星亮一）成美文庫（1997）…… *315*
私説大岡政談 →柴錬大岡政談（柴田錬三郎）講談社文庫（1995）…… *152*
私説・沖田総司（三好徹）中公文庫（1981）…… *344*
私説国定忠治（笹沢左保）中公文庫（1980）…… *119*
私説国定忠治 →天保・国定忠治無頼録（笹沢左保）ノン・ポシェット（1989）…… *121*
私説・日本合戦譚（松本清張）文春文庫（1977）…… *324*
私説・日本合戦譚（松本清張）文春文庫（2008）…… *325*
◇自選人形佐七捕物帳（横溝正史）角川文庫 …… *405*
自選人形佐七捕物帳 1 羽子板娘（横溝正史）角川文庫（1977）…… *405*
自選人形佐七捕物帳 2 神隠しにあった女（横溝正史）角川文庫（1977）…… *405*
自選人形佐七捕物帳 3 舟幽霊（横溝正史）角川文庫（1977）…… *405*
仕立屋銀次隠し台帳（結城昌治）中公文庫（1983）…… *401*
死地（長谷川卓）ハルキ文庫（2002）…… *288*
七人の武士（陣出達朗）春陽文庫（1982）…… *177*
七人の武士（陣出達朗）春陽文庫（1997）…… *177*
七人目の刺客（早乙女貢）小学館文庫（2006）…… *102*
七福盗奇伝（澤田ふじ子）廣済堂文庫（1999）…… *134*
七福盗奇伝（澤田ふじ子）中公文庫（2003）…… *138*
七福盗奇伝（澤田ふじ子）徳間文庫（1988）…… *141*

日月剣士（江崎俊平）春陽文庫（1995）…… 37
漆黒の霧の中で（藤沢周平）新潮文庫（1986）…… 306
漆黒の妖牙（峰隆一郎）双葉文庫（2003）…… 339
疾走の志士高杉晋作 →高杉晋作（童門冬二）PHP文庫（2014）…… 234
十手を磨く男（島田一男）春陽文庫（1982）…… 162
十手の道（野村胡堂）時代小説文庫（1983）…… 280
疾風来り去る　上（南原幹雄）角川文庫（1988）…… 265
疾風来り去る　上巻（南原幹雄）人物文庫（1998）…… 269
疾風来り去る　下（南原幹雄）角川文庫（1988）…… 265
疾風来り去る　下巻（南原幹雄）人物文庫（1998）…… 269
疾病神呑太 →疫病神捕物帳（笹沢左保）徳間文庫（1997）…… 119
失楽園の武者（古川薫）講談社文庫（1990）…… 312
実録西郷隆盛（一色次郎）春陽文庫（1987）…… 28
史伝伊藤博文 上（三好徹）徳間文庫（2000）…… 344
史伝伊藤博文 下（三好徹）徳間文庫（2000）…… 344
史伝楠木正成 →楠木正成（土橋治重）PHP文庫（1991）…… 236
史伝西郷隆盛（海音寺潮五郎）旺文社文庫（1985）…… 57
史伝西郷隆盛（海音寺潮五郎）文春文庫（1989）…… 62
史伝新選組（三好徹）光文社文庫（2009）…… 343
私闘なり、敵討ちにあらず（佐藤雅美）文春文庫（2014）…… 130
品川砲台（山手樹一郎）桃園文庫（2002）…… 394
死なない剣豪（山田風太郎）廣済堂文庫（1997）…… 381
死神伝奇（早乙女貢）旺文社文庫（1985）…… 97
死神伝奇（早乙女貢）時代小説文庫（1989）…… 100
死神の町（森村誠一）中公文庫（2006）…… 363
死にとうない（堀和久）新人物文庫（2010）…… 316
死にとうない（堀和久）新潮文庫（1996）…… 316
死ぬことと見つけたり 上巻（隆慶一郎）新潮文庫（1994）…… 419
死ぬことと見つけたり 下巻（隆慶一郎）新潮文庫（1994）…… 419
しのび悦（睦月影郎）廣済堂文庫（2015）…… 347
忍び殺法（陣出達朗）春陽文庫（1984）…… 178
忍びの女（池波正太郎）講談社文庫（1978）…… 18
忍びの女　上（池波正太郎）講談社文庫（2007）…… 19
忍びの女　下（池波正太郎）講談社文庫（2007）…… 19
忍びの風 1（池波正太郎）文春文庫（1979）…… 25
忍びの風 1（池波正太郎）文春文庫（2003）…… 26
忍びの風 2（池波正太郎）文春文庫（1979）…… 25
忍びの風 2（池波正太郎）文春文庫（2003）…… 26
忍びの風 3（池波正太郎）文春文庫（1979）…… 25
忍びの風 3（池波正太郎）文春文庫（2003）…… 26
忍びの旗（池波正太郎）新潮文庫（1983）…… 22
忍の人・滝川一益 →滝川一益（徳永真一郎）PHP文庫（1993）…… 236
忍びの卍（山田風太郎）角川文庫 - 山田風太郎ベストコレクション（2010）…… 379
忍萌（しのびもえ）（睦月影郎）講談社文庫（2009）…… 347
芝居茶屋弁之助（南原幹雄）新潮文庫（1999）…… 268
柴田勝家（安西篤子）学研M文庫（2002）…… 15
柴錬大岡政談（柴田錬三郎）講談社文庫（1995）…… 152
◇柴錬立川文庫（柴田錬三郎）講談社文庫 …… 151
◇柴錬立川文庫（柴田錬三郎）時代小説文庫 …… 154
◇柴錬立川文庫（柴田錬三郎）集英社文庫 …… 155
◇柴錬立川文庫（柴田錬三郎）春陽文庫 …… 157
◇柴錬立川文庫（柴田錬三郎）文春文庫 …… 159
柴錬立川文庫 異説幕末伝（柴田錬三郎）講談社文庫（1998）…… 151
柴錬立川文庫 裏返し忠臣蔵（柴田錬三郎）時代小説文庫（1983）…… 154
柴錬立川文庫 裏返し忠臣蔵（柴田錬三郎）文春文庫（1985）…… 159
柴錬立川文庫 毒婦伝奇（柴田錬三郎）時代小説文庫（1983）…… 154
柴錬立川文庫 毒婦伝奇（柴田錬三郎）集英社文庫（1987）…… 155
柴錬立川文庫 毒婦伝奇（柴田錬三郎）春陽文庫（1983）…… 157
柴錬立川文庫 毒婦伝奇（柴田錬三郎）文春文庫（1995）…… 159
柴錬立川文庫 日本男子物語（柴田錬三郎）時代小説文庫（1983）…… 154
柴錬立川文庫 日本男子物語（柴田錬三郎）集英社文庫（1988）…… 155
柴錬立川文庫 日本男子物語（柴田錬三郎）春陽文庫（1983）…… 157

柴錬立川文庫 忍者からす（柴田錬三郎）時代小説文庫（1983） ……… 154
柴錬立川文庫 忍者からす（柴田錬三郎）集英社文庫（1989） ……… 155
柴錬立川文庫 風魔鬼太郎（柴田錬三郎）時代小説文庫（1983） ……… 154
柴錬立川文庫 柳生但馬守（柴田錬三郎）文春文庫（1992） ……… 159
◇柴錬痛快文庫（柴田錬三郎）講談社文庫 ……… 151
柴錬痛快文庫 由井正雪（柴田錬三郎）講談社文庫（2001） ……… 151
渋江抽斎（森鷗外）岩波文庫（1940） ……… 358
渋江抽斎（森鷗外）中公文庫（1988） ……… 359
渋沢栄一（童門冬二）人物文庫（1998） ……… 232
渋沢栄一人生意気に感ず（童門冬二）PHP文庫（2004） ……… 234
私本・源氏物語（田辺聖子）文春文庫（1985） ……… 208
私本・源氏物語（田辺聖子）文春文庫（2011） ……… 208
私本太平記 1（吉川英治）吉川英治歴史時代文庫（1990） ……… 414
私本太平記 2（吉川英治）吉川英治歴史時代文庫（1990） ……… 414
私本太平記 3（吉川英治）吉川英治歴史時代文庫（1990） ……… 414
私本太平記 4（吉川英治）吉川英治歴史時代文庫（1990） ……… 414
私本太平記 5（吉川英治）吉川英治歴史時代文庫（1990） ……… 414
私本太平記 6（吉川英治）吉川英治歴史時代文庫（1990） ……… 414
私本太平記 7（吉川英治）吉川英治歴史時代文庫（1990） ……… 414
私本太平記 8（吉川英治）吉川英治歴史時代文庫（1990） ……… 415
島左近（佐竹申伍）PHP文庫（1990） ……… 123
島津斉彬（綱淵謙錠）文春文庫（1995） ……… 217
島津義弘（徳永真一郎）光文社文庫（1992） ……… 235
島津義弘（徳永真一郎）人物文庫（2010） ……… 235
始末屋卯三郎暗闇草紙（結城昌治）徳間文庫（1981） ……… 401
島抜け（吉村昭）新潮文庫（2002） ……… 417
島原軍記海鳴りの城 上（新宮正春）集英社文庫（2006） ……… 175
島原軍記海鳴りの城 下（新宮正春）集英社文庫（2006） ……… 175
島原大変（白石一郎）文春文庫（1989） ……… 173
島原大変（白石一郎）文春文庫（2007） ……… 174
清水の次郎長 前篇（村松梢風）春陽文庫（1951） ……… 357
清水の次郎長 前篇（村松梢風）春陽文庫（1962） ……… 357
清水の次郎長 後篇（村松梢風）春陽文庫（1951） ……… 357
清水の次郎長 後篇（村松梢風）春陽文庫（1962） ……… 357
清水次郎長 →修羅海道 下（津本陽）角川文庫（1988） ……… 220
清水次郎長 →修羅海道 上（津本陽）角川文庫（1988） ……… 220
自鳴琴からくり人形 →江戸職人綺譚 続（佐江衆一）新潮文庫（2003） ……… 96
霜の朝（藤沢周平）新潮文庫（1987） ……… 306
邪淫（睦月影郎）廣済堂文庫（2005） ……… 346
釈迦の女（澤田ふじ子）幻冬舎文庫（2005） ……… 132
邪鬼が斬る（峰隆一郎）廣済堂文庫（1993） ……… 330
邪鬼が斬る（峰隆一郎）双葉文庫（2001） ……… 339
灼熱の要塞（南原幹雄）集英社文庫（1995） ……… 268
寂滅の剣（北方謙三）新潮文庫（2012） ……… 69
捨剣（佐江衆一）新潮文庫（1995） ……… 96
邪剣（峰隆一郎）ノン・ポシェット（1994） ……… 337
邪宗門・杜子春（芥川龍之介）新潮文庫（1960） ……… 6
邪宗門・奉教人の死（芥川龍之介）角川文庫（1954） ……… 4
捨心十兵衛杖（仁田義男）徳間文庫（1995） ……… 277
寂光院残照（永井路子）集英社文庫（1985） ……… 246
◇蛇目孫四郎斬刃帖（峰隆一郎）徳間文庫 ……… 336
◇蛇目孫四郎斬刃帖（峰隆一郎）飛天文庫 ……… 338
◇蛇目孫四郎斬刃帖（峰隆一郎）双葉文庫 ……… 338
蛇目孫四郎斬刃帖（峰隆一郎）徳間文庫（2011） ……… 336
蛇目孫四郎斬刃帖 首切り（峰隆一郎）双葉文庫（2003） ……… 339
蛇目孫四郎斬刃帖 殺し稼業・十五屋（峰隆一郎）双葉文庫（2002） ……… 338
蛇目孫四郎斬刃帖 殺し稼業・十五屋（峰隆一郎）双葉文庫（1992） ……… 338
蛇目孫四郎斬刃帖 修羅の悪女（峰隆一郎）双葉文庫（1999） ……… 338
蛇目孫四郎斬刃帖 修羅の悪女（峰隆一郎）双葉文庫（2003） ……… 338
蛇目孫四郎斬刃帖 修羅の首（峰隆一郎）双葉文庫（2000） ……… 338

蛇目孫四郎斬刃帖 修羅の首（峰隆一郎）双葉文庫（2003） …… 339
蛇目孫四郎斬刃帖 正雪の黄金（峰隆一郎）双葉文庫（1994） …… 338
蛇目孫四郎斬刃帖 正雪の黄金（峰隆一郎）双葉文庫（2002） …… 338
蛇目孫四郎斬刃帖 女人連綿（峰隆一郎）双葉文庫（1993） …… 338
蛇目孫四郎斬刃帖 女人連綿（峰隆一郎）双葉文庫（2002） …… 338
蛇目孫四郎斬刃帖 桃色寺（峰隆一郎）双葉文庫（1995） …… 338
蛇目孫四郎斬刃帖 桃色寺（峰隆一郎）双葉文庫（2002） …… 338
蛇目孫四郎斬刃帖 老中斬り（峰隆一郎）飛天文庫（1995） …… 338
蛇目孫四郎斬刃帖 老中斬り（峰隆一郎）双葉文庫（2003） …… 339
◇蛇目孫四郎人斬り控（峰隆一郎）徳間文庫 …… 336
◇蛇目孫四郎人斬り控（峰隆一郎）双葉文庫 …… 339
蛇目孫四郎人斬り控 修羅の悪女（峰隆一郎）徳間文庫（1997） …… 336
蛇目孫四郎人斬り控 修羅の緑石（峰隆一郎）徳間文庫（2000） …… 336
蛇目孫四郎人斬り控 修羅の首（峰隆一郎）徳間文庫（1997） …… 336
蛇目孫四郎人斬り控 修羅の手籠め（峰隆一郎）徳間文庫（1999） …… 336
蛇目孫四郎人斬り控 正雪の黄金（峰隆一郎）双葉文庫（1994） …… 339
邪法剣（柴田錬三郎）新潮文庫（1985） …… 158
赦免花は散った（笹沢左保）光文社文庫（1997） …… 113
赦免花は散った（笹沢左保）時代小説文庫（1981） …… 116
沙門空海唐の国にて鬼と宴す 巻ノ1（夢枕獏）角川文庫（2011） …… 402
沙門空海唐の国にて鬼と宴す 巻ノ1（夢枕獏）徳間文庫（2010） …… 403
沙門空海唐の国にて鬼と宴す 巻ノ2（夢枕獏）角川文庫（2011） …… 402
沙門空海唐の国にて鬼と宴す 巻ノ2（夢枕獏）徳間文庫（2010） …… 403
沙門空海唐の国にて鬼と宴す 巻ノ3（夢枕獏）角川文庫（2011） …… 402
沙門空海唐の国にて鬼と宴す 巻ノ3（夢枕獏）徳間文庫（2010） …… 403
沙門空海唐の国にて鬼と宴す 巻ノ4（夢枕獏）角川文庫（2011） …… 402
沙門空海唐の国にて鬼と宴す 巻ノ4（夢枕獏）徳間文庫（2010） …… 403
写楽百面相（泡坂妻夫）新潮文庫（1996） …… 13
写楽百面相（泡坂妻夫）文春文庫（2005） …… 14
写楽まぼろし（杉本章子）文春文庫（1989） …… 180
写楽道行（フランキー堺）文春文庫（1989） …… 311
邪恋梅雨（梅本育子）双葉文庫（2000） …… 35
邪恋寺（森村誠一）文春文庫（2001） …… 364
十一番目の志士（司馬遼太郎）文春文庫（1974） …… 148
十一番目の志士 上（司馬遼太郎）文春文庫（2009） …… 150
十一番目の志士 下（司馬遼太郎）文春文庫（2009） …… 150
終焉（杉本苑子）中公文庫（1981） …… 182
讐鬼の剣 →鬼神の剣（峰隆一郎）ノン・ポシェット（1992） …… 337
祝言（平岩弓枝）文春文庫（2014） …… 302
十五代将軍 →十五代将軍徳川慶喜 下（南條範夫）文春文庫（1998） …… 263
十五代将軍 →十五代将軍徳川慶喜 上（南條範夫）文春文庫（1998） …… 263
十五代将軍 上（南條範夫）旺文社文庫（1987） …… 257
十五代将軍 上（南條範夫）徳間文庫（1989） …… 261
十五代将軍 下（南條範夫）旺文社文庫（1987） …… 257
十五代将軍 下（南條範夫）徳間文庫（1989） …… 261
十五代将軍徳川慶喜 上（南條範夫）文春文庫（1998） …… 263
十五代将軍徳川慶喜 下（南條範夫）文春文庫（1998） …… 263
十五万両の代償（佐藤雅美）講談社文庫（2010） …… 128
十五夜御用心（岡本綺堂）春陽文庫（2000） …… 49
十三歳の仲人（平岩弓枝）文春文庫（2007） …… 302
十二人の剣豪（五味康祐）文春文庫（1986） …… 93
執念谷の物語（海音寺潮五郎）新人物文庫（2009） …… 60
執念の家譜（永井路子）講談社文庫（1985） …… 246
十番斬り（池波正太郎）新潮文庫（1994） …… 20
十番斬り（池波正太郎）新潮文庫（2003） …… 21
秋蘭という女（杉本苑子）講談社文庫（1992） …… 181

主家滅ぶべし（滝口康彦）文春文庫（1985）……203
宿神 第1巻（夢枕獏）朝日文庫（2015）……402
宿神 第2巻（夢枕獏）朝日文庫（2015）……402
宿神 第3巻（夢枕獏）朝日文庫（2015）……402
宿神 第4巻（夢枕獏）朝日文庫（2015）……402
宿敵 上（遠藤周作）角川文庫（1987）……38
宿敵 下（遠藤周作）角川文庫（1987）……38
宿命剣（吉岡道夫）コスミック・時代文庫（2010）……409
朱鞘安兵衛（津本陽）光文社文庫（1996）……223
朱唇捕物帖（土師清二）新小説文庫（1951）……284
手跡指南神山慎吾（佐藤雅美）講談社文庫（1999）……128
修禅寺物語（岡本綺堂）光文社文庫（1992）……48
入内遺聞（嶋津義忠）小学館文庫（2002）……160
出世長屋（白石一郎）講談社文庫（1996）……171
朱なる十字架（永井路子）文春文庫（1978）……247
朱なる十字架（永井路子）文春文庫（2004）……248
朱の流れ―女人平泉 →女人平泉（三好京三）PHP文庫（1993）……342
朱の丸御用船（吉村昭）文春文庫（2000）……417
朱帆（高橋和島）小学館文庫（1999）……196
朱房の鷹（泡坂妻夫）文春文庫（2002）……14
修羅維新牢（山田風太郎）角川文庫（1985）……378
修羅維新牢（山田風太郎）廣済堂文庫（1996）……381
修羅維新牢（山田風太郎）ちくま文庫（2011）……385
修羅海道 上（津本陽）角川文庫（1988）……220
修羅海道 下（津本陽）角川文庫（1988）……220
修羅が疾る（峰隆一郎）集英社文庫（1993）……333
修羅が疾る（峰隆一郎）大陸文庫（1990）……335
修羅剣魂（郡順史）時代小説文庫（1992）……87
修羅の藍 →小説蜂須賀重喜（童門冬二）講談社文庫（1996）……230
修羅の悪女（峰隆一郎）徳間文庫（1997）……336
修羅の悪女（峰隆一郎）双葉文庫（1999）……338
修羅の悪女（峰隆一郎）双葉文庫（2003）……338
修羅の緑石（峰隆一郎）徳間文庫（2000）……336
修羅の器（澤田ふじ子）光文社文庫（2003）……136
修羅の器（澤田ふじ子）集英社文庫（1988）……136
修羅の絵師（南原幹雄）講談社文庫（1985）……267
修羅の絵師（南原幹雄）人物文庫（2000）……269
修羅の首（峰隆一郎）徳間文庫（1997）……336
修羅の首（峰隆一郎）双葉文庫（2000）……338
修羅の首（峰隆一郎）双葉文庫（2003）……339
修羅の系譜（峰隆一郎）時代小説文庫（1993）……333
修羅の系譜（峰隆一郎）大洋時代文庫 時代小説（2005）……335
修羅の系譜（峰隆一郎）徳間文庫（2001）……337
修羅の剣 上（津本陽）講談社文庫（1989）……222
修羅の剣 上（津本陽）PHP文庫（2009）……228
修羅の剣 下（津本陽）講談社文庫（1989）……222
修羅の剣 下（津本陽）PHP文庫（2009）……228
修羅の爪（峰隆一郎）学研M文庫（2001）……329
修羅の爪（峰隆一郎）廣済堂文庫（1992）……330
修羅の爪（峰隆一郎）廣済堂文庫（1993）……330
修羅の爪（峰隆一郎）廣済堂文庫（2012）……332
修羅の手籠め（峰隆一郎）徳間文庫（1999）……336
修羅の都 →京都守護職（星亮一）中公文庫（1998）……315
修羅魔道（本庄慧一郎）学研M文庫（2002）……317
潤一郎ラビリンス 16 戯曲傑作集（谷崎潤一郎）中公文庫（1999）……210
春怨根津権現（平岩弓枝）講談社文庫（2000）……297
春画を拾った男（楠木誠一郎）ベスト時代文庫（2009）……77
春月の雛（平岩弓枝）講談社文庫（1997）……297
殉死（司馬遼太郎）文春文庫（1978）……148
殉死（司馬遼太郎）文春文庫（2009）……150
春秋あばれ獅子（山手樹一郎）双葉文庫（1986）……394
春秋あばれ獅子（山手樹一郎）山手樹一郎長編時代小説全集（1978）……395
春秋あばれ獅子 →姫さま恋慕剣（山手樹一郎）コスミック・時代文庫（2014）……391
春秋の檻（藤沢周平）講談社文庫（1982）……304
春秋の檻（藤沢周平）講談社文庫（2002）……305
春愁姫（高橋和島）廣済堂文庫（2014）……195
春秋山伏記（藤沢周平）角川文庫（2001）……304
春秋山伏記（藤沢周平）新潮文庫（1984）……306
春情おかげ参り（阿部牧郎）徳間文庫（2008）……8
春宵とんとんとん（横溝正史）春陽文庫（1984）……406
春情浜町川（梅本育子）双葉文庫（2000）……35
春色江戸巷談（富田常雄）徳間文庫（1991）……243

春色・奥の細道 →孤剣奥の細道（八剣浩太郎）廣済堂文庫（1990） …… 366
春色・奥の細道 PART2 →孤剣 奥の細道 続（八剣浩太郎）廣済堂文庫（1991） …… 366
春色・奥の細道 part 2 →孤剣奥の細道 続（八剣浩太郎）廣済堂文庫（1992） …… 366
春色天保政談（多岐川恭）新潮文庫（1993） …… 198
春色天保政談（多岐川恭）徳間文庫（2003） …… 201
春潮記（赤木駿介）大陸文庫（1989） …… 3
春泥尼抄（今東光）角川文庫（1962） …… 94
春泥尼抄（今東光）新潮文庫（1961） …… 94
春風あばれ街道（木屋進）春陽文庫（1992） …… 74
春風街道（山手樹一郎）山手樹一郎短編時代小説全集（1980） …… 395
春風まぼろし谷（角田喜久雄）春陽文庫（1976） …… 218
春風まぼろし谷 上（角田喜久雄）春陽文庫（1990） …… 219
春風まぼろし谷 下（角田喜久雄）春陽文庫（1990） …… 219
春風無刀流（津本陽）中公文庫（1990） …… 224
春風無刀流（津本陽）文春文庫（2004） …… 227
春雷（山手樹一郎）桃園文庫（1999） …… 394
春朗合わせ鏡（高橋克彦）文春文庫（2009） …… 190
情愛（阿井景子）光文社文庫（2012） …… 1
咲庵（中山義秀）中公文庫（2012） …… 255
上意討ち（池波正太郎）新潮文庫（1981） …… 22
上意討ち（郡順史）光文社文庫（2001） …… 87
上意討ち（五味康祐）徳間文庫（1988） …… 92
上意討ち（吉岡道夫）コスミック・時代文庫（2012） …… 409
上意討ち心得（滝口康彦）新潮文庫（1995） …… 203
松陰と晋作（古川薫）人物文庫（2004） …… 313
情艶（睦月影郎）廣済堂文庫（2004） …… 346
情炎関八州路（大栗丹後）学研M文庫（2003） …… 40
情炎くノ一系図（南原幹雄）学研M文庫（2002） …… 264
情炎くノ一系図（南原幹雄）角川文庫（1990） …… 266
情炎くノ一系図（南原幹雄）青樹社文庫（1998） …… 269
情炎くノ一殺法（南原幹雄）学研M文庫（2003） …… 264
情炎くノ一殺法（南原幹雄）角川文庫（1990） …… 266
情炎くノ一殺法（南原幹雄）青樹社文庫（1998） …… 269
情炎冷えず（梅本育子）双葉文庫（1999） …… 35
生涯青春 →伊能忠敬（童門冬二）人物文庫（1999） …… 232
杖下に死す（北方謙三）文春文庫（2006） …… 69
城下の少年（南條範夫）中公文庫（1980） …… 261
将棋主従（山手樹一郎）山手樹一郎短編時代小説全集（1980） …… 395
彰義隊（吉村昭）新潮文庫（2009） …… 417
将棋大名（角田喜久雄）春陽文庫（1975） …… 218
将棋大名（角田喜久雄）春陽文庫（1992） …… 219
将棋若様 →若様侍隠密行（太田蘭三）祥伝社文庫（2004） …… 44
将軍暗殺（新宮正春）角川文庫（2004） …… 175
将軍家の刺客 →残月隠密帳（南原幹雄）徳間文庫（2005） …… 271
将軍盗り（大栗丹後）春陽文庫（1994） …… 43
将軍要撃 →将軍暗殺（新宮正春）角川文庫（2004） …… 175
将軍吉宗の陰謀（笹沢左保）祥伝社文庫（2002） …… 117
将監さまの橋（澤田ふじ子）光文社文庫（2008） …… 136
将監さまの橋（澤田ふじ子）徳間文庫（2001） …… 141
聖護院の仇討（澤田ふじ子）徳間文庫（2003） …… 139
生国は上州新田郡三日月村（笹沢左保）光文社文庫（2012） …… 114
商魂 →江戸の商魂（佐江衆一）講談社文庫（2008） …… 96
城塞（司馬遼太郎）新潮文庫（1976） …… 147
勝者こそわが主君（神坂次郎）新潮文庫（1998） …… 85
上州新田郡三日月村（笹沢左保）光文社文庫（1997） …… 114
上州新田郡三日月村（笹沢左保）時代小説文庫（1983） …… 116
少将滋幹の母（谷崎潤一郎）角川文庫（1953） …… 209
少将滋幹の母（谷崎潤一郎）新潮文庫（1953） …… 210
少将滋幹の母（谷崎潤一郎）新潮文庫（1967） …… 210
少将滋幹の母（谷崎潤一郎）新潮文庫（2001） …… 210
少将滋幹の母（谷崎潤一郎）中公文庫（2006） …… 210
嫋々の剣（澤田ふじ子）中公文庫（2007） …… 138
嫋々の剣（澤田ふじ子）徳間文庫（1995） …… 141

小説石田三成（童門冬二）成美文庫（1999） …… 233
小説石田三成 →石田三成（童門冬二）人物文庫（2007） …… 232
小説伊藤博文（童門冬二）集英社文庫（2004） …… 231
小説伊藤博文 上（童門冬二）人物文庫（1996） …… 231
小説伊藤博文 下（童門冬二）人物文庫（1996） …… 232
小説上杉鷹山（童門冬二）集英社文庫（1996） …… 230
小説上杉鷹山 上（童門冬二）人物文庫（1996） …… 231
小説上杉鷹山 下（童門冬二）人物文庫（1996） …… 231
小説江戸の犯科帳 →江戸犯科帖（多岐川恭）徳間文庫（1999） …… 200
小説大久保彦左衛門（童門冬二）集英社文庫（1997） …… 230
小説太田道灌（童門冬二）PHP文庫（1994） …… 234
小説小栗上野介（童門冬二）集英社文庫（2006） …… 231
小説海舟独言（童門冬二）講談社文庫（1997） …… 230
小説春日局（北原亞以子）角川文庫（1993） …… 70
小説蒲生氏郷（童門冬二）集英社文庫（2000） …… 230
小説河井継之助（童門冬二）人物文庫（1996） …… 232
小説北畠親房（童門冬二）成美文庫（1998） …… 233
小説近藤勇 →新撰組近藤勇（童門冬二）人物文庫（2009） …… 233
小説西郷隆盛（童門冬二）人物文庫（2010） …… 233
小説子規（邦枝完二）河出文庫（2010） …… 77
小説渋沢栄一 上（津本陽）幻冬舎文庫（2007） …… 222
小説渋沢栄一 下（津本陽）幻冬舎文庫（2007） …… 222
小説・十五世羽左衛門（竹田真砂子）集英社文庫（1995） …… 204
小説信玄と諏訪姫（中島道子）PHP文庫（2006） …… 252
小説壬申の乱（樋口茂子）PHP文庫（1996） …… 295
小説新撰組（童門冬二）集英社文庫（2003） …… 231
小説千利休（童門冬二）PHP文庫（1999） …… 234
小説平将門（童門冬二）集英社文庫（2002） …… 231
小説立花宗茂（童門冬二）集英社文庫（2006） …… 231
小説立花宗茂 上巻（童門冬二）人物文庫（2001） …… 232
小説立花宗茂 下巻（童門冬二）人物文庫（2001） …… 232
小説立花宗茂 →立花宗茂（八尋舜右）PHP文庫（2000） …… 369
小説田中久重（童門冬二）集英社文庫（2013） …… 231
小説徳川家康 →覇者の条件（童門冬二）徳間文庫（1999） …… 233
小説徳川秀忠（童門冬二）人物文庫（2004） …… 232
小説徳川秀忠（童門冬二）人物文庫（2010） …… 233
小説徳川秀忠（童門冬二）成美文庫（1999） …… 233
小説徳川吉宗（童門冬二）人物文庫（1997） …… 232
小説直江兼続（童門冬二）集英社文庫（1999） …… 230
小説中江藤樹 上（童門冬二）人物文庫（2001） …… 232
小説中江藤樹 下（童門冬二）人物文庫（2001） …… 232
小説二宮金次郎（童門冬二）集英社文庫（2001） …… 230
小説二宮金次郎 上（童門冬二）人物文庫（1996） …… 231
小説二宮金次郎 下（童門冬二）人物文庫（1996） …… 231
小説日本芸譚（松本清張）新潮文庫（1961） …… 323
◇小説日本通史（邦光史郎）祥伝社文庫 …… 79
小説日本通史 鎌倉開幕 怨念の源平興亡（邦光史郎）祥伝社文庫（2000） …… 79
小説日本通史 鎌倉幕府―室町幕府 後醍醐復権の野望（邦光史郎）祥伝社文庫（2000） …… 79
小説日本通史 黒船来航―維新騒擾 明治大帝の決断（邦光史郎）祥伝社文庫（2001） …… 79
小説日本通史 戦国―元禄の繁栄 信長三百年の夢（邦光史郎）祥伝社文庫（2001） …… 79
小説日本通史 飛鳥―平安遷都 聖徳太子の密謀（邦光史郎）祥伝社文庫（2000） …… 79
小説日本通史 武士の抬頭 呪われた平安朝（邦光史郎）祥伝社文庫（2000） …… 79
小説日本通史 黎明―飛鳥時代 黄昏の女王卑弥呼（邦光史郎）祥伝社文庫（2000） …… 79
正雪の黄金（峰隆一郎）双葉文庫（1994） …… 339

正雪の黄金(峰隆一郎)双葉文庫(1994) ····· 338
正雪の黄金(峰隆一郎)双葉文庫(2002) ····· 338
小説葉隠(童門冬二)PHP文庫(2004) ······· 234
小説蜂須賀重喜(童門冬二)講談社文庫(1996) ······ 230
小説松平三代記(嶋津義忠)PHP文庫(2007) ······ 161
小説・水戸光圀 →副将軍天下を糾す(大栗丹後)春陽文庫(1995) ······ 43
小説毛利元就 →毛利元就(童門冬二)PHP文庫(2009) ······ 234
小説山中鹿介(童門冬二)人物文庫(2001) ······ 232
小説山中鹿介 →山中鹿介(童門冬二)人物文庫(2009) ······ 233
小説山本常朝(童門冬二)人物文庫(2002) ······ 232
小説横井小楠 →慶喜を動かした男(童門冬二)ノン・ポシェット(1998) ······ 233
小説吉田松陰(童門冬二)集英社文庫(2008) ······ 231
上段霞切り(南條範夫)光文社文庫(1985) ······ 258
象徴の設計(松本清張)文春文庫(1982) ····· 324
象徴の設計(松本清張)文春文庫(2003) ····· 324
商道の覇者(南原幹雄)旺文社文庫(1987) ······ 264
商道の覇者 →伊達藩征服(南原幹雄)徳間文庫(1989) ······ 269
聖徳太子 1(黒岩重吾)文春文庫(1990) ······ 82
聖徳太子 2(黒岩重吾)文春文庫(1990) ······ 82
聖徳太子 3(黒岩重吾)文春文庫(1990) ······ 82
聖徳太子 4(黒岩重吾)文春文庫(1990) ······ 82
聖徳太子の密使(平岩弓枝)新潮文庫(2012) ······ 298
聖徳太子の密謀(邦光史郎)祥伝社文庫(2000) ······ 79
浄土の帝(安部龍太郎)角川文庫(2008) ······· 8
情なしお源(多岐川恭)双葉文庫(1996) ····· 201
情なしお源金貸し捕物帖(多岐川恭)徳間文庫(1999) ······ 200
商人龍馬(津本陽)日経ビジネス人文庫(2009) ······ 225
少年の虹(山手樹一郎)山手樹一郎長編時代小説全集(1980) ······ 397
城之介非情剣(早乙女貢)集英社文庫(1982) ······ 100
勝負(池波正太郎)新潮文庫(1994) ··········· 20
勝負(池波正太郎)新潮文庫(2003) ··········· 21
定町回り同心事件帖(島田一男)コスミック・時代文庫(2013) ······ 161
定廻り同心(笹沢左保)祥伝社文庫(2001) ······ 117
定廻り同心(笹沢左保)祥伝社文庫(2002) ······ 118
浄瑠璃坂の仇討ち(高橋義夫)文春文庫(2001) ······ 194
青蓮院の獅子(広瀬仁紀)時代小説文庫(1984) ······ 304
女剣 →からたちの記(佐江衆一)講談社文庫(2001) ······ 96
女子と小人の巻(中里介山)時代小説文庫(1981) ······ 251
女龍王神功皇后 上巻(黒岩重吾)新潮文庫(2002) ······ 81
女龍王神功皇后 下巻(黒岩重吾)新潮文庫(2002) ······ 81
女郎蜘蛛(大佛次郎)朝日文庫(1981) ········· 52
女郎蜘蛛の挑戦(南原幹雄)角川文庫(2004) ······ 265
女郎蜘蛛の挑戦(南原幹雄)双葉文庫(1993) ······ 271
ジョン万次郎(童門冬二)人物文庫(1997) ······ 232
ジョン万次郎(童門冬二)人物文庫(2009) ······ 233
ジョン万次郎(星亮一)PHP文庫(1999) ····· 315
自来也小町(泡坂妻夫)文春文庫(1997) ······ 14
自来也忍法帖(山田風太郎)角川文庫(1981) ······ 378
◇死楽孤十郎(本庄慧一郎)学研M文庫 ······ 317
死楽孤十郎 2 修羅魔道(本庄慧一郎)学研M文庫(2002) ······ 317
死楽孤十郎 鬼剣地獄舞(本庄慧一郎)学研M文庫(2002) ······ 317
死楽孤十郎 斬妖剣(本庄慧一郎)学研M文庫(2001) ······ 317
白波五人帖(山田風太郎)旺文社文庫(1986) ······ 378
白波五人帖(山田風太郎)集英社文庫(1993) ······ 383
白波五人帖 いだてん百里(山田風太郎)徳間文庫 - 山田風太郎妖異小説コレクション(2004) ······ 387
不知火軍記(山田風太郎)旺文社文庫(1985) ······ 377
不知火軍記(山田風太郎)集英社文庫(1991) ······ 383
不知火殺法(新宮正春)集英社文庫(1987) ······ 175
不知火抄 →剣俠阿ノ一番 下(富田常雄)徳間文庫(1988) ······ 243
不知火抄 →剣俠阿ノ一番 上(富田常雄)徳間文庫(1988) ······ 243

不知火の化粧まわし（有明夏夫）講談社文庫（1988） …… 11
不知火隼人武辺帖 上（五味康祐）徳間文庫（1988） …… 92
不知火隼人武辺帖 下（五味康祐）徳間文庫（1988） …… 92
白萩屋敷の月（平岩弓枝）文春文庫（1989） …… 299
白萩屋敷の月（平岩弓枝）文春文庫（2004） …… 301
尻啖え孫市（司馬遼太郎）角川文庫（1969） …… 144
尻啖え孫市（司馬遼太郎）講談社文庫（1974） …… 145
尻啖え孫市 上（司馬遼太郎）角川文庫（2008） …… 145
尻啖え孫市 上（司馬遼太郎）講談社文庫（2007） …… 146
尻啖え孫市 下（司馬遼太郎）角川文庫（2008） …… 145
尻啖え孫市 下（司馬遼太郎）講談社文庫（2007） …… 146
四両二分の女（佐藤雅美）講談社文庫（2005） …… 127
白い息（佐藤雅美）講談社文庫（2008） …… 127
白い鬼（池波正太郎）新潮文庫（1989） …… 20
白い鬼（池波正太郎）新潮文庫（2002） …… 20
白い航跡 上（吉村昭）講談社文庫（1994） …… 416
白い航跡 上（吉村昭）講談社文庫（2009） …… 416
白い航跡 下（吉村昭）講談社文庫（1994） …… 416
白い航跡 下（吉村昭）講談社文庫（2009） …… 416
城をとる話（司馬遼太郎）光文社文庫（2002） …… 146
治郎吉格子（吉川英治）吉川英治歴史時代文庫（1990） …… 415
次郎長三国志（村上元三）春陽文庫（1999） …… 353
次郎長三国志（村上元三）文春文庫（1990） …… 356
次郎長三国志 上（村上元三）角川文庫（2008） …… 351
次郎長三国志 前篇（村上元三）春陽文庫（1957） …… 353
次郎長三国志 上（村上元三）文春文庫（1983） …… 356
次郎長三国志 下（村上元三）角川文庫（2008） …… 351
次郎長三国志 後篇（村上元三）春陽文庫（1957） …… 353
次郎長三国志 下（村上元三）文春文庫（1983） …… 356
城取りの家（南原幹雄）角川文庫（2000） …… 266
城盗り秀吉（山田智彦）講談社文庫（2000） …… 376
白の淫獄（睦月影郎）学研M文庫（2010） …… 345
城の絵図面（野村胡堂）嶋中文庫（2004） …… 280
城のなかの人（星新一）角川文庫（1977） …… 314
城のなかの人（星新一）角川文庫（2008） …… 314
白蛇（峰隆一郎）集英社文庫（1996） …… 334
新顎十郎捕物帳（都筑道夫）講談社文庫（1988） …… 214
新顎十郎捕物帳 2（都筑道夫）講談社文庫（1988） …… 214
新・一茶捕物帳（笹沢左保）角川文庫（1993） …… 112
新・一茶捕物帳（笹沢左保）角川文庫（1993） …… 112
刃影青葉城（島田一男）春陽文庫（1983） …… 162
新大岡政談（笹沢左保）新潮文庫（1984） …… 118
◇新・御宿かわせみ（平岩弓枝）文春文庫 …… 302
新・御宿かわせみ（平岩弓枝）文春文庫（2010） …… 302
新・御宿かわせみ 2 華族夫人の忘れもの（平岩弓枝）文春文庫（2011） …… 302
新・御宿かわせみ 3 花世の立春（平岩弓枝）文春文庫（2012） …… 302
新・御宿かわせみ 4 蘭陵王の恋（平岩弓枝）文春文庫（2015） …… 302
新陰流小笠原長治（津本陽）新潮文庫（1990） …… 224
◇真贋控帳（澤田ふじ子）光文社文庫 …… 135
◇真贋控帳（澤田ふじ子）徳間文庫 …… 139
これからの松（澤田ふじ子）徳間文庫（1999） …… 139
真贋控帳 2 霧の罠（澤田ふじ子）光文社文庫（2007） …… 135
真贋控帳 3 地獄の始末（澤田ふじ子）光文社文庫（2007） …… 135
真贋控帳 霧の罠（澤田ふじ子）徳間文庫（2003） …… 139
真贋控帳 地獄の始末（澤田ふじ子）徳間文庫（2004） …… 139
真贋控帳 これからの松（澤田ふじ子）徳間文庫（1999） …… 139
真贋控帳 これからの松（澤田ふじ子）光文社文庫（2006） …… 135
これからの松（澤田ふじ子）光文社文庫（2006） …… 135
心機奔る（吉岡道夫）コスミック・時代文庫（2011） …… 409
心形刀（柴田錬三郎）新潮文庫（1996） …… 159
真紅の瞳（柴田錬三郎）Tokyo books（1968） …… 160
信玄（武田八洲満）光文社文庫（1987） …… 205

信玄女地獄（峰隆一郎）学研M文庫（2001） …… 330
信玄女地獄（峰隆一郎）青樹社文庫（1994） …… 334
信玄軍記（松本清張）河出文庫（2007） …… 322
新剣豪伝（中山義秀）小説文庫（1955） …… 255
新剣豪伝（中山義秀）新潮文庫（1958） …… 255
新剣豪伝（中山義秀）徳間文庫（1990） …… 255
新剣豪伝 続（中山義秀）小説文庫（1956） …… 255
新源氏物語（田辺聖子）新潮文庫（1984） …… 207
新源氏物語 上（田辺聖子）新潮文庫（2015） …… 208
新源氏物語 中（田辺聖子）新潮文庫（2015） …… 208
新源氏物語 下（田辺聖子）新潮文庫（2015） …… 208
信玄戦旗（松本清張）角川文庫（1989） …… 322
信玄狙撃（新宮正春）徳間文庫（1992） …… 176
信玄忍法帖（山田風太郎）角川文庫（1987） …… 379
信玄忍法帖（山田風太郎）河出文庫（2005） …… 380
信玄忍法帖（山田風太郎）時代小説文庫（1995） …… 383
信玄の正室（阿井景子）光文社文庫（2007） …… 1
真剣兵法（津本陽）光文社文庫（1991） …… 223
新吾十番勝負 1（美女丸の巻）（川口松太郎）嶋中文庫（2005） …… 65
新吾十番勝負 上巻（川口松太郎）新潮文庫（1965） …… 65
新吾十番勝負 2（お鯉の巻）（川口松太郎）嶋中文庫（2005） …… 65
新吾十番勝負 中巻（川口松太郎）新潮文庫（1965） …… 65
新吾十番勝負 3（流離の巻）（川口松太郎）嶋中文庫（2006） …… 65
新吾十番勝負 下巻（川口松太郎）新潮文庫（1965） …… 65
新吾十番勝負 4（柳生の巻）（川口松太郎）嶋中文庫（2006） …… 65
新吾十番勝負 5（剣聖の巻）（川口松太郎）嶋中文庫（2006） …… 65
新五捕物帳（陣出達朗）春陽文庫（1982） …… 177
新今昔物語（菊池寛）文春文庫（1988） …… 68
新今昔物語 →恋のうき世（永井路子）集英社文庫（1986） …… 246
新今昔物語 →恋のうき世（永井路子）文春文庫（1992） …… 247
真三郎捕物帖（太田蘭三）ノン・ポシェット（1993） …… 44
新史黒田官兵衛 →黒田官兵衛（高橋和島）人物文庫（2006） …… 196
新史太閤記（司馬遼太郎）新潮文庫（1973） …… 147
心中くずし（多岐川恭）双葉文庫（1994） …… 201
神州纐纈城（国枝史郎）河出文庫（2007） …… 78
神州纐纈城（国枝史郎）大衆文学館（1995） …… 78
神州天馬侠 1（吉川英治）吉川英治歴史時代文庫（1989） …… 414
神州天馬侠 2（吉川英治）吉川英治歴史時代文庫（1989） …… 414
神州天馬侠 3（吉川英治）吉川英治歴史時代文庫（1990） …… 414
深重の海（津本陽）集英社文庫（2012） …… 224
深重の海（津本陽）新潮文庫（1982） …… 224
深重の海（津本陽）新潮文庫（2006） …… 224
深重の橋 上（澤田ふじ子）中公文庫（2013） …… 139
深重の橋 下（澤田ふじ子）中公文庫（2013） …… 139
神州魔風伝（佐江衆一）講談社文庫（1997） …… 96
神州魔法陣（都筑道夫）時代小説文庫（1981） …… 216
新十郎捕物帳 第1（城昌幸）春陽文庫（1951） …… 168
新十郎捕物帳 第2（城昌幸）春陽文庫（1951） …… 168
新春初手柄（有明夏夫）小学館文庫（2008） …… 12
新書太閤記 1（吉川英治）コスミック・時代文庫（2013） …… 410
新書太閤記 1（吉川英治）吉川英治歴史時代文庫（1990） …… 414
新書太閤記 2（吉川英治）コスミック・時代文庫（2013） …… 410
新書太閤記 2（吉川英治）吉川英治歴史時代文庫（1990） …… 414
新書太閤記 3（吉川英治）吉川英治歴史時代文庫（1990） …… 415
新書太閤記 4（吉川英治）吉川英治歴史時代文庫（1990） …… 415
新書太閤記 5（吉川英治）吉川英治歴史時代文庫（1990） …… 415
新書太閤記 6（吉川英治）吉川英治歴史時代文庫（1990） …… 415
新書太閤記 7（吉川英治）吉川英治歴史時代文庫（1990） …… 415
新書太閤記 8（吉川英治）吉川英治歴史時代文庫（1990） …… 415

新書太閤記 9（吉川英治）吉川英治歴史時代文庫（1990） …… 415
新書太閤記 10（吉川英治）吉川英治歴史時代文庫（1990） …… 415
新書太閤記 11（吉川英治）吉川英治歴史時代文庫（1990） …… 415
神書板刻（澤田ふじ子）中公文庫（2010） …… 137
神書板刻（澤田ふじ子）徳間文庫（2013） …… 140
信西（谷崎潤一郎）朝日文庫（1950） …… 209
人生を二度生きる（童門冬二）祥伝社文庫（2000） …… 231
真説石川五右衛門　上（檀一雄）徳間文庫（1989） …… 212
真説石川五右衛門　下（檀一雄）徳間文庫（1989） …… 212
新説国定忠治（檀一雄）河出文庫（1984） …… 211
新説国定忠治 上（檀一雄）徳間文庫（1990） …… 212
新説国定忠治 下（檀一雄）徳間文庫（1990） …… 212
真説忠臣蔵（森村誠一）講談社文庫（2011） …… 361
真説忠臣蔵（森村誠一）光文社文庫（1984） …… 362
真説遠山金四郎（早乙女貢）ケイブンシャ文庫（1988） …… 98
真説宮本武蔵（司馬遼太郎）講談社文庫（1983） …… 145
真説宮本武蔵（司馬遼太郎）講談社文庫（2006） …… 146
新撰組 上（白井喬二）大衆文学館（1995） …… 170
新撰組 下（白井喬二）大衆文学館（1995） …… 170
新選組（村上元三）時代小説文庫（1984） …… 352
新選組 第1（村上元三）春陽文庫（1959） …… 353
新選組 上巻（村上元三）新潮文庫（1960） …… 353
新選組 上（村上元三）人物文庫（2002） …… 353
新選組 中巻（村上元三）新潮文庫（1960） …… 353
新選組 中（村上元三）人物文庫（2002） …… 353
新選組 第3（村上元三）春陽文庫（1959） …… 353
新選組 下巻（村上元三）新潮文庫（1960） …… 353
新選組 下（村上元三）人物文庫（2002） …… 353
新選組 第4（村上元三）春陽文庫（1959） …… 353
新選組 上（森村誠一）朝日文芸文庫（1995） …… 360
新選組 上（森村誠一）祥伝社文庫（2003） …… 362
新選組 上（森村誠一）ハルキ文庫（2009） …… 363
新選組 下（森村誠一）朝日文芸文庫（1995） …… 360
新選組 下（森村誠一）祥伝社文庫（2003） …… 362
新選組 下（森村誠一）ハルキ文庫（2009） …… 364
新選組遺聞（子母沢寛）中公文庫（1977） …… 165
新選組遺聞（子母沢寛）中公文庫（1997） …… 165
新撰組が行く →小説新撰組（童門冬二）集英社文庫（2003） …… 231
新撰組が行く　上（童門冬二）旺文社文庫（1987） …… 229
新撰組が行く　上（童門冬二）集英社文庫（1994） …… 230
新撰組が行く　下（童門冬二）旺文社文庫（1987） …… 229
新撰組が行く　下（童門冬二）集英社文庫（1994） …… 230
新撰組局長主座芹沢鴨（峰隆一郎）時代小説文庫（1995） …… 333
新撰組局長首座芹沢鴨（峰隆一郎）集英社文庫（1998） …… 334
新選組血風録（司馬遼太郎）角川文庫（1969） …… 144
新選組血風録（司馬遼太郎）角川文庫（2003） …… 144
新選組血風録（司馬遼太郎）中公文庫（1996） …… 148
新選組剣客伝（森村誠一）ハルキ文庫（2016） …… 364
新撰組近藤勇（童門冬二）人物文庫（2009） …… 233
新選組斬人剣（早乙女貢）講談社文庫（1998） …… 99
新選組残夢剣（森村誠一）中公文庫（2004） …… 362
新選組始末記（子母沢寛）時代小説文庫（1982） …… 164
新選組始末記（子母沢寛）新人物文庫（2013） …… 164
新選組始末記（子母沢寛）中公文庫（1977） …… 165
新選組始末記（子母沢寛）中公文庫（1996） …… 165
新選組情婦伝（南原幹雄）学研M文庫（2003） …… 264
新選組情婦伝（南原幹雄）角川文庫（1989） …… 266
新選組情婦伝（南原幹雄）徳間文庫（1996） …… 270
新選組探偵方（南原幹雄）福武文庫（1996） …… 271
新選組探偵方（南原幹雄）双葉文庫（1992） …… 271
新撰組の女たち（童門冬二）旺文社文庫（1985） …… 229
新選組原田左之助（早乙女貢）人物文庫（2001） …… 102
◇新選組風雲録（広瀬仁紀）時代小説文庫 …… 303
◇新選組風雲録（広瀬仁紀）文春文庫 …… 304

新選組風雲録 洛中篇(広瀬仁紀)時代小説文庫(1990) …… 303
新選組風雲録 洛中篇(広瀬仁紀)文春文庫(2004) …… 304
新選組風雲録 戊辰篇(広瀬仁紀)時代小説文庫(1990) …… 303
新選組風雲録 戊辰篇(広瀬仁紀)文春文庫(2004) …… 304
新選組風雲録 激斗篇(広瀬仁紀)時代小説文庫(1990) …… 303
新選組風雲録 激闘篇(広瀬仁紀)文春文庫(2004) …… 304
新選組風雲録 函館篇(広瀬仁紀)時代小説文庫(1990) …… 303
新選組風雲録 函館篇(広瀬仁紀)文春文庫(2004) …… 304
新選組風雲録 落日篇(広瀬仁紀)時代小説文庫(1990) …… 303
新選組風雲録 落日篇(広瀬仁紀)文春文庫(2004) …… 304
新選組銘々伝(早乙女貢)徳間文庫(1987) …… 103
新選組物語(子母沢寛)中公文庫(1977) …… 165
新選組物語(子母沢寛)中公文庫(1997) …… 165
新撰組山南敬助(童門冬二)人物文庫(2007) …… 232
新太閤記 1(海音寺潮五郎)角川文庫(1987) …… 57
新太閤記 1(海音寺潮五郎)文春文庫(1979) …… 61
新太閤記 2(海音寺潮五郎)角川文庫(1987) …… 57
新太閤記 2(海音寺潮五郎)文春文庫(1979) …… 61
新太閤記 3(海音寺潮五郎)角川文庫(1987) …… 57
新太閤記 3(海音寺潮五郎)文春文庫(1979) …… 61
新太閤記 4(海音寺潮五郎)角川文庫(1987) …… 57
新太閤記 4(海音寺潮五郎)文春文庫(1979) …… 61
新太閤記 1 おれは日吉丸(早乙女貢)人物文庫(1999) …… 102
新太閤記 2 おれは日吉丸(早乙女貢)人物文庫(1999) …… 102
新太閤記 3 おれは藤吉郎(早乙女貢)人物文庫(1999) …… 102
新太閤記 4 おれは藤吉郎(早乙女貢)人物文庫(1999) …… 102
新太閤記 5 おれは藤吉郎(早乙女貢)人物文庫(1999) …… 102
新太平記 1 笠置山の巻(山岡荘八)山岡荘八歴史文庫(1986) …… 371
新太平記 2 鎌倉攻めの巻(山岡荘八)山岡荘八歴史文庫(1986) …… 371
新太平記 3 建武中興の巻(山岡荘八)山岡荘八歴史文庫(1986) …… 372
新太平記 4 湊川の巻(山岡荘八)山岡荘八歴史文庫(1986) …… 372
新太平記 5 義貞戦死の巻(山岡荘八)山岡荘八歴史文庫(1986) …… 372
◇信太郎人情始末帖(杉本章子)文春文庫 …… 179
信太郎人情始末帖 おすず(杉本章子)文春文庫(2003) …… 179
信太郎人情始末帖 きずな(杉本章子)文春文庫(2007) …… 179
信太郎人情始末帖 狐釣り(杉本章子)文春文庫(2005) …… 179
信太郎人情始末帖 銀河祭りのふたり(杉本章子)文春文庫(2011) …… 179
信太郎人情始末帖 水雷屯(杉本章子)文春文庫(2004) …… 179
信太郎人情始末帖 その日(杉本章子)文春文庫(2010) …… 179
信太郎人情始末帖 火喰鳥(杉本章子)文春文庫(2009) …… 179
新地橋(北原亞以子)講談社文庫(1998) …… 71
新・忠臣蔵 第1巻(舟橋聖一)文春文庫(1998) …… 310
新・忠臣蔵 第2巻(舟橋聖一)文春文庫(1998) …… 310
新・忠臣蔵 第3巻(舟橋聖一)文春文庫(1998) …… 310
新・忠臣蔵 第4巻(舟橋聖一)文春文庫(1998) …… 310
新・忠臣蔵 第5巻(舟橋聖一)文春文庫(1998) …… 310
新・忠臣蔵 第6巻(舟橋聖一)文春文庫(1998) …… 310
新・忠臣蔵 第7巻(舟橋聖一)文春文庫(1998) …… 310
新・忠臣蔵 第8巻(舟橋聖一)文春文庫(1998) …… 310
新忠臣蔵(津本陽)光文社文庫(1994) …… 223
信長秘記(峰隆一郎)徳間文庫(1995) …… 336
信長秘記 2 城主を殺せ(峰隆一郎)徳間文庫(1995) …… 336
信長秘記 3 髑髏(峰隆一郎)徳間文庫(1996) …… 336
新東京絵図(大佛次郎)小学館文庫(2000) …… 53
新東京絵図(大佛次郎)徳間文庫(1990) …… 54

新とはずがたり(杉本苑子)講談社文庫(1993) …… 181
新幕末風雲録(峰隆一郎)ノン・ポシェット(1989) …… 337
新幕末風雲録 2 清河八郎暗殺編(峰隆一郎)ノン・ポシェット(1989) …… 337
新幕末風雲録 3 桂小五郎襲撃(峰隆一郎)ノン・ポシェット(1989) …… 337
新幕末風雲録 4 西郷隆盛の密命(峰隆一郎)ノン・ポシェット(1990) …… 337
新幕末風雲録 完結編 勝海舟と西郷隆盛(峰隆一郎)ノン・ポシェット(1990) …… 337
新版天下茶屋(吉川英治)吉川英治文庫(1977) …… 412
◇新・人斬り弥介(峰隆一郎)集英社文庫 …… 333
新・人斬り弥介 暗殺(峰隆一郎)集英社文庫(1997) …… 334
新・人斬り弥介 狼たち(峰隆一郎)集英社文庫(1996) …… 333
新・人斬り弥介 翁党(峰隆一郎)集英社文庫(1999) …… 334
新・人斬り弥介 牙と芽(峰隆一郎)集英社文庫(1997) …… 334
新・人斬り弥介 凶賊(峰隆一郎)集英社文庫(1995) …… 333
新・人斬り弥介 化粧鬼(峰隆一郎)集英社文庫(1999) …… 334
新・人斬り弥介 甲州金(峰隆一郎)集英社文庫(2000) …… 334
新・人斬り弥介 白蛇(峰隆一郎)集英社文庫(1996) …… 334
新・人斬り弥介 密書(峰隆一郎)集英社文庫(1995) …… 333
刃風多情剣(本庄慧一郎)学研M文庫(2004) …… 317
新・平家物語 1(吉川英治)新潮文庫(2014) …… 411
新・平家物語 1(吉川英治)吉川英治歴史時代文庫(1989) …… 413
新・平家物語 2(吉川英治)新潮文庫(2014) …… 411
新・平家物語 2(吉川英治)吉川英治歴史時代文庫(1989) …… 413
新・平家物語 3(吉川英治)新潮文庫(2014) …… 411
新・平家物語 3(吉川英治)吉川英治歴史時代文庫(1989) …… 413
新・平家物語 4(吉川英治)新潮文庫(2014) …… 411
新・平家物語 4(吉川英治)吉川英治歴史時代文庫(1989) …… 413
新・平家物語 5(吉川英治)新潮文庫(2014) …… 411
新・平家物語 5(吉川英治)吉川英治歴史時代文庫(1989) …… 413
新・平家物語 6(吉川英治)新潮文庫(2014) …… 411
新・平家物語 6(吉川英治)吉川英治歴史時代文庫(1989) …… 413
新・平家物語 7(吉川英治)新潮文庫(2014) …… 411
新・平家物語 7(吉川英治)吉川英治歴史時代文庫(1989) …… 413
新・平家物語 8(吉川英治)新潮文庫(2014) …… 411
新・平家物語 8(吉川英治)吉川英治歴史時代文庫(1989) …… 413
新・平家物語 9(吉川英治)新潮文庫(2014) …… 411
新・平家物語 9(吉川英治)吉川英治歴史時代文庫(1989) …… 413
新・平家物語 10(吉川英治)新潮文庫(2014) …… 411
新・平家物語 10(吉川英治)吉川英治歴史時代文庫(1989) …… 413
新・平家物語 11(吉川英治)新潮文庫(2014) …… 411
新・平家物語 11(吉川英治)吉川英治歴史時代文庫(1989) …… 413
新・平家物語 12(吉川英治)新潮文庫(2014) …… 411
新・平家物語 12(吉川英治)吉川英治歴史時代文庫(1989) …… 413
新・平家物語 13(吉川英治)新潮文庫(2015) …… 411
新・平家物語 13(吉川英治)吉川英治歴史時代文庫(1989) …… 413
新・平家物語 14(吉川英治)新潮文庫(2015) …… 411
新・平家物語 14(吉川英治)吉川英治歴史時代文庫(1989) …… 413
新・平家物語 15(吉川英治)新潮文庫(2015) …… 411
新・平家物語 15(吉川英治)吉川英治歴史時代文庫(1989) …… 413
新・平家物語 16(吉川英治)新潮文庫(2015) …… 411
新・平家物語 16(吉川英治)吉川英治歴史時代文庫(1989) …… 414
新・平家物語 17(吉川英治)新潮文庫(2015) …… 411
新・平家物語 18(吉川英治)新潮文庫(2015) …… 411

新・平家物語 19（吉川英治）新潮文庫（2015） …… 411
新・平家物語 20（吉川英治）新潮文庫（2015） …… 411
神変きらら頭巾（木屋進）春陽文庫（1981） …… 74
◇新編傑作選（山本周五郎）小学館文庫 …… 398
新編傑作選 1 青嵐（山本周五郎）小学館文庫（2010） …… 398
新編傑作選 2 山椿（山本周五郎）小学館文庫（2010） …… 398
新編傑作選 3 夜の辛夷（山本周五郎）小学館文庫（2010） …… 398
新編傑作選 4 しづやしづ（山本周五郎）小学館文庫（2010） …… 398
新篇座頭市（童門冬二）時代小説文庫（1991） …… 230
新編忠臣蔵 1（吉川英治）角川文庫（2013） …… 410
新編忠臣蔵 1（吉川英治）吉川英治歴史時代文庫（1990） …… 415
新編忠臣蔵 2（吉川英治）角川文庫（2013） …… 410
新編忠臣蔵 2（吉川英治）吉川英治歴史時代文庫（1990） …… 415
神変天狗剣（江崎俊平）春陽文庫（1983） …… 36
新篇眠狂四郎京洛勝負帖（柴田錬三郎）集英社文庫（2006） …… 156
神変白雲城（角田喜久雄）中公文庫（1993） …… 220
新編八犬伝（山手樹一郎）山手樹一郎長編時代小説全集（1977） …… 395
神変武甲伝奇（都筑道夫）角川文庫（1989） …… 214
神変八咫烏（角田喜久雄）春陽文庫（1980） …… 218
神変八咫烏（角田喜久雄）春陽文庫（1991） …… 219
新本忠臣蔵（村上元三）文春文庫（1998） …… 356
陣幕つむじ風（村上元三）光文社時代小説文庫（2016） …… 351
新・水戸黄門異聞 →水戸黄門異聞（童門冬二）講談社文庫（2000） …… 230
新宮本武蔵（光瀬龍）徳間文庫（1984） …… 328
神妙剣音無しの構え（五味康祐）徳間文庫（1990） …… 92
身命を惜しまず（津本陽）徳間文庫（2011） …… 225
新名将言行録（海音寺潮五郎）河出文庫（2009） …… 58
新門辰五郎伝（早乙女貢）中公文庫（1998） …… 102
親鸞 上（五木寛之）講談社文庫（2011） …… 27
親鸞　激動篇上（五木寛之）講談社文庫（2013） …… 27
親鸞　完結篇上（五木寛之）講談社文庫（2016） …… 27
親鸞 下（五木寛之）講談社文庫（2011） …… 27
親鸞　激動篇下（五木寛之）講談社文庫（2013） …… 27
親鸞　完結篇下（五木寛之）講談社文庫（2016） …… 27
親鸞　1　叡山の巻（丹羽文雄）新潮文庫（1981） …… 278
親鸞　2　法難の巻（丹羽文雄）新潮文庫（1981） …… 278
親鸞 3 越後・東国の巻（丹羽文雄）新潮文庫（1981） …… 278
親鸞　4　善鸞の巻（丹羽文雄）新潮文庫（1981） …… 278
親鸞 第1（吉川英治）角川文庫（1954） …… 410
親鸞　1（吉川英治）吉川英治歴史時代文庫（1990） …… 415
親鸞 第2（吉川英治）角川文庫（1954） …… 410
親鸞　2（吉川英治）吉川英治歴史時代文庫（1990） …… 415
親鸞 第3（吉川英治）角川文庫（1954） …… 410
親鸞　3（吉川英治）吉川英治歴史時代文庫（1990） …… 415
親鸞 第4（吉川英治）角川文庫（1954） …… 410

【す】

水郷から来た女（平岩弓枝）文春文庫（1980） …… 299
水郷から来た女（平岩弓枝）文春文庫（2004） …… 300
水雷屯（杉本章子）文春文庫（2004） …… 179
姿三四郎（富田常雄）市民文庫（1953） …… 243
姿三四郎 第1（富田常雄）春陽文庫（1953） …… 243
姿三四郎 第1（富田常雄）新潮文庫（1959） …… 243
姿三四郎　天の巻（富田常雄）大衆文学館（1996） …… 243
姿三四郎 第2（富田常雄）春陽文庫（1953） …… 243
姿三四郎 第2（富田常雄）新潮文庫（1959） …… 243
姿三四郎　地の巻（富田常雄）大衆文学館（1996） …… 243
姿三四郎 第3（富田常雄）新潮文庫（1959） …… 243

姿三四郎　人の巻（富田常雄）大衆文学館（1996）……243
姿見ずの橋（杉本苑子）中公文庫（1987）……183
姿見橋魔の女（大谷羊太郎）静山社文庫（2010）……45
数奇の織部（永岡慶之助）PHP文芸文庫（2012）……250
挿替奈落の殺人（颯手達治）春陽文庫（1988）……124
助左衛門四代記（有吉佐和子）新潮文庫（2014）……12
助左衛門四代記（有吉佐和子）新潮文庫（1965）……12
助太刀（郡順史）光文社文庫（1993）……87
調所笑左衛門（佐藤雅美）人物文庫（2001）……129
鈴河岸物語（半村良）ノン・ポシェット（1995）……295
鈴姫異変（柴田錬三郎）講談社文庫（1991）……152
鈴虫供養（伊藤桂一）光文社文庫（1991）……29
ずっこけ侍（小松重男）廣済堂文庫（2001）……89
ずっこけ侍（小松重男）新潮文庫（1986）……89
すっ飛び駕（子母沢寛）光文社文庫（1987）……164
すっとび奉行（陣出達朗）春陽文庫（1970）……177
すっとび若殿（左近隆）春陽文庫（1990）……110
捨て童子・松平忠輝 上（隆慶一郎）講談社文庫（1992）……418
捨て童子・松平忠輝 上（隆慶一郎）講談社文庫（2015）……419
捨て童子・松平忠輝 中（隆慶一郎）講談社文庫（1992）……418
捨て童子・松平忠輝 中（隆慶一郎）講談社文庫（2015）……419
捨て童子・松平忠輝 下（隆慶一郎）講談社文庫（1993）……418
捨て童子・松平忠輝 下（隆慶一郎）講談社文庫（2015）……419
捨扶持一万石（江崎俊平）春陽文庫（1981）……36
捨てる神より拾う鬼（佐藤雅美）文春文庫（2010）……130
砂絵くずし（都筑道夫）中公文庫（1979）……216
砂絵呪縛（土師清二）新潮文庫（1958）……284
砂絵呪縛（土師清二）中公文庫（1980）……285
砂絵呪縛 上（土師清二）大衆文学館（1997）……284
砂絵呪縛 下（土師清二）大衆文学館（1997）……285
スパイ武士道（池波正太郎）集英社文庫（1977）……19
すべて辛抱 上（半村良）集英社文庫（2003）……294
すべて辛抱 下（半村良）集英社文庫（2003）……294
隅田川（北原亞以子）新潮文庫（2005）……72
すみだ川余情（井口朝生）春陽文庫（1982）……17
掏摸名人地蔵の助（五味康祐）徳間文庫（1991）……92
駿河城御前試合（南條範夫）河出文庫（1983）……257
駿河城御前試合（南條範夫）徳間文庫（1993）……262
駿河城御前試合（南條範夫）徳間文庫（2005）……262
駿河遊侠伝 上（子母沢寛）徳間文庫（1988）……166
駿河遊侠伝 中（子母沢寛）徳間文庫（1988）……166
駿河遊侠伝 下（子母沢寛）徳間文庫（1988）……166
素浪人案内（山手樹一郎）山手樹一郎長編時代小説全集（1978）……395
素浪人案内　上巻（山手樹一郎）桃園文庫（1991）……393
素浪人案内　下巻（山手樹一郎）桃園文庫（1991）……393
素浪人江戸姿（柴田錬三郎）時代小説文庫（1986）……155
素浪人大名（江崎俊平）コスミック・時代文庫（2012）……35
素浪人大名（江崎俊平）春陽文庫（1969）……35
素浪人大名（江崎俊平）春陽文庫（1986）……36
素浪人只今推参（江崎俊平）春陽文庫（1987）……36
素浪人月影兵庫（南條範夫）徳間文庫（2008）……262
素浪人峠（左近隆）春陽文庫（1986）……110
素浪人日和（山手樹一郎）時代小説文庫（1982）……391
素浪人日和（山手樹一郎）春陽文庫（1967）……392
素浪人日和（山手樹一郎）山手樹一郎長編時代小説全集（1978）……396
素浪人日和 →素浪人若さま（山手樹一郎）コスミック・時代文庫（2012）……390
素浪人奉行（高木彬光）春陽文庫（1999）……187
素浪人宮本武蔵 1（峰隆一郎）光文社文庫（1993）……332

素浪人宮本武蔵 2 青狼の篇(峰隆一郎)光文社文庫(1993) …… 332
素浪人宮本武蔵 3(修羅の篇)(峰隆一郎)光文社文庫(1994) …… 332
素浪人宮本武蔵 4(剣鬼の篇)(峰隆一郎)光文社文庫(1994) …… 332
素浪人宮本武蔵 5(斬狼の篇)(峰隆一郎)光文社文庫(1994) …… 332
素浪人宮本武蔵 6(餓虎の篇)(峰隆一郎)光文社文庫(1994) …… 332
素浪人宮本武蔵 7(竜祥の篇)(峰隆一郎)光文社文庫(1994) …… 332
素浪人宮本武蔵 8(腥血の篇)(峰隆一郎)光文社文庫(1994) …… 332
素浪人宮本武蔵 9(牙狼の篇)(峰隆一郎)光文社文庫(1995) …… 332
素浪人宮本武蔵 10(無常の篇)(峰隆一郎)光文社文庫(1995) …… 332
素浪人無惨帖(島田一男)春陽文庫(1983) …… 162
素浪人屋敷(高木彬光)春陽文庫(1983) …… 186
素浪人若さま(山手樹一郎)コスミック・時代文庫(2012) …… 390
諏訪の妖狐(平岩弓枝)講談社文庫(2014) …… 298
諏訪の妖狐 →はやぶさ新八御用旅 5(平岩弓枝)講談社文庫(2014) …… 298

【せ】

青雲を指す剣(南條範夫)春陽文庫(1964) …… 260
青雲を指す剣(南條範夫)春陽文庫(1998) …… 260
青雲を指す剣(南條範夫)双葉文庫(1988) …… 262
青雲を行く →桐野利秋 下(三好徹)人物文庫(1998) …… 343
青雲を行く →桐野利秋 上(三好徹)人物文庫(1998) …… 343
青雲を行く 上(三好徹)集英社文庫(1993) …… 343
青雲を行く 下(三好徹)集英社文庫(1993) …… 343
青雲士魂録(津本陽)文春文庫(2002) …… 227
青雲の鬼(山手樹一郎)桃園文庫(1988) …… 393
青雲の鬼(山手樹一郎)山手樹一郎長編時代小説全集(1978) …… 396
青雲遥かに(佐藤雅美)講談社文庫(2009) …… 128
青雲燃える(山手樹一郎)山手樹一郎長編時代小説全集(1978) …… 396
青雲燃える 上(山手樹一郎)時代小説文庫(1990) …… 392
青雲燃える 中(山手樹一郎)時代小説文庫(1990) …… 392
青雲燃える 下(山手樹一郎)時代小説文庫(1990) …… 392
青雲乱雲 →直江山城守(井口朝生)春陽文庫(1999) …… 17
青玉の笛(澤田ふじ子)光文社文庫(2016) …… 135
生死の門(柴田錬三郎)集英社文庫(1978) …… 155
青春坂本竜馬(風巻絃一)春陽文庫(1990) …… 64
青春峠(山手樹一郎)桃園文庫(1993) …… 393
青春の風(山手樹一郎)山手樹一郎長編時代小説全集(1979) …… 397
青春の剣(早乙女貢)春陽文庫(1975) …… 101
聖将上杉謙信 →迷走大将上杉謙信(小松重男)小学館文庫(1999) …… 89
政商伝(三好徹)講談社文庫(1996) …… 342
青年安兵衛(山手樹一郎)山手樹一郎長編時代小説全集(1977) …… 395
晴嵐旅(高橋和島)廣済堂文庫(2009) …… 195
青竜の剣(高木彬光)春陽文庫(1985) …… 187
青狼が斬る(峰隆一郎)廣済堂文庫(1994) …… 331
青狼が斬る(峰隆一郎)コスミック・時代文庫(2003) …… 333
青狼が斬る(峰隆一郎)双葉文庫(2001) …… 339
青狼の剣(峰隆一郎)徳間文庫(1996) …… 336
上方武士道(司馬遼太郎)春陽文庫(1996) …… 147
関ケ原(池波正太郎)新潮文庫(1987) …… 21
関ケ原(池波正太郎)新潮文庫(2005) …… 22
関ケ原 上巻(司馬遼太郎)新潮文庫(1974) …… 147
関ケ原 中巻(司馬遼太郎)新潮文庫(1974) …… 147
関ケ原 下巻(司馬遼太郎)新潮文庫(1974) …… 147
関ケ原の雨(森村誠一)中公文庫(2004) …… 362
関ケ原連判状 上巻(安部龍太郎)集英社文庫(2011) …… 9
関ケ原連判状 下巻(安部龍太郎)集英社文庫(2011) …… 9
関ヶ原連判状 上巻(安部龍太郎)新潮文庫(1999) …… 10
関ヶ原連判状 下巻(安部龍太郎)新潮文庫(1999) …… 10

隻眼柳生十兵衛(永岡慶之助)春陽文庫(1987) …… 249
関の弥太ツペ(長谷川伸)岡倉文庫(1952) …… 285
惜別(太宰治)新潮文庫(1973) …… 205
惜別の海　上(澤田ふじ子)幻冬舎文庫(2002) …… 133
惜別の海 上(澤田ふじ子)中公文庫(2008) …… 138
惜別の海　中(澤田ふじ子)幻冬舎文庫(2002) …… 133
惜別の海 中(澤田ふじ子)中公文庫(2008) …… 138
惜別の海　下(澤田ふじ子)幻冬舎文庫(2002) …… 133
惜別の海 下(澤田ふじ子)中公文庫(2008) …… 138
赤狼の剣(峰隆一郎)徳間文庫(1996) …… 336
女衒狩り(吉岡道夫)コスミック・時代文庫(2016) …… 409
女衒の供養(澤田ふじ子)幻冬舎文庫(2009) …… 133
世間の辻(澤田ふじ子)幻冬舎文庫(2008) …… 133
絶影の剣(北方謙三)新潮文庫(2002) …… 69
絶海にあらず　上(北方謙三)中公文庫(2008) …… 69
絶海にあらず　下(北方謙三)中公文庫(2008) …… 69
刺客(五味康祐)文春文庫(1989) …… 93
雪山冥府図(澤田ふじ子)光文社文庫(2010) …… 135
雪中松梅図(杉本苑子)集英社文庫(1985) …… 182
雪中松梅図(杉本苑子)文春文庫(1991) …… 183
切腹(白石一郎)文春文庫(1996) …… 173
切腹禁止令(山田風太郎)廣済堂文庫(1997) …… 381
背中の髑髏(澤田ふじ子)幻冬舎文庫(2001) …… 132
銭形平次(野村胡堂)中公文庫(2002) …… 282
銭形平次(野村胡堂)中公文庫ワイド版(2003) …… 282
◇銭形平次捕物控(野村胡堂)時代小説文庫 …… 280
◇銭形平次捕物控(野村胡堂)角川文庫 …… 279
◇銭形平次捕物控(野村胡堂)光文社文庫 …… 279
◇銭形平次捕物控(野村胡堂)嶋中文庫 …… 280
◇銭形平次捕物控(野村胡堂)春陽文庫 …… 281
◇銭形平次捕物控(野村胡堂)新潮文庫 …… 281
銭形平次捕物控(野村胡堂)光文社文庫(1985) …… 279
銭形平次捕物控(野村胡堂)光文社文庫(2004) …… 280
銭形平次捕物控　第1(野村胡堂)角川文庫(1957) …… 279
銭形平次捕物控 1(野村胡堂)時代小説文庫(1981) …… 280
銭形平次捕物控　第1(野村胡堂)新潮文庫(1959) …… 281
銭形平次捕物控 1 赤い紐(野村胡堂)時代小説文庫(1986) …… 280
銭形平次捕物控 1 平次屠蘇機嫌(野村胡堂)嶋中文庫(2004) …… 280
銭形平次捕物控　第2(野村胡堂)角川文庫(1957) …… 279
銭形平次捕物控　第2(野村胡堂)新潮文庫(1959) …… 282
銭形平次捕物控 2 花見の果て(野村胡堂)時代小説文庫(1981) …… 280
銭形平次捕物控 2 八人芸の女(野村胡堂)嶋中文庫(2004) …… 280
銭形平次捕物控　第3(野村胡堂)角川文庫(1957) …… 279
銭形平次捕物控　第3(野村胡堂)新潮文庫(1960) …… 282
銭形平次捕物控 3 酒屋火事(野村胡堂)嶋中文庫(2004) …… 280
銭形平次捕物控 3 濡れた千両箱(野村胡堂)時代小説文庫(1981) …… 280
銭形平次捕物控　第4(野村胡堂)角川文庫(1958) …… 279
銭形平次捕物控　第4(野村胡堂)春陽文庫(1951) …… 281
銭形平次捕物控　第4(野村胡堂)新潮文庫(1960) …… 282
銭形平次捕物控 4 刑場の花嫁(野村胡堂)時代小説文庫(1982) …… 280
銭形平次捕物控 4 城の絵図面(野村胡堂)嶋中文庫(2004) …… 280
銭形平次捕物控　第5(野村胡堂)角川文庫(1958) …… 279
銭形平次捕物控　第5(野村胡堂)春陽文庫(1951) …… 281
銭形平次捕物控　第5(野村胡堂)新潮文庫(1960) …… 282
銭形平次捕物控 5 金の鯉(野村胡堂)嶋中文庫(2004) …… 280
銭形平次捕物控 5 幽霊の手紙(野村胡堂)時代小説文庫(1982) …… 280
銭形平次捕物控　第6(野村胡堂)角川文庫(1958) …… 279
銭形平次捕物控　第6(野村胡堂)春陽文庫(1951) …… 281

銭形平次捕物控　第6（野村胡堂）新潮文庫（1960） …… 282
銭形平次捕物控 6 結納の行方（野村胡堂）嶋中文庫（2004） …… 280
銭形平次捕物控 6 雪の精（野村胡堂）時代小説文庫（1982） …… 280
銭形平次捕物控　第7（野村胡堂）角川文庫（1958） …… 279
銭形平次捕物控　第7（野村胡堂）新潮文庫（1960） …… 282
銭形平次捕物控 7 雛の別れ（野村胡堂）時代小説文庫（1982） …… 280
銭形平次捕物控 7 平次女難（野村胡堂）嶋中文庫（2004） …… 281
銭形平次捕物控　第8（野村胡堂）角川文庫（1958） …… 279
銭形平次捕物控　第8（野村胡堂）新潮文庫（1960） …… 282
銭形平次捕物控 8 お珊文身調べ（野村胡堂）嶋中文庫（2004） …… 281
銭形平次捕物控 8 花見の仇討（野村胡堂）時代小説文庫（1982） …… 280
銭形平次捕物控　第9（野村胡堂）角川文庫（1958） …… 279
銭形平次捕物控　第9（野村胡堂）新潮文庫（1960） …… 282
銭形平次捕物控 9 十手の道（野村胡堂）時代小説文庫（1983） …… 280
銭形平次捕物控 9 不死の霊薬（野村胡堂）嶋中文庫（2005） …… 281
銭形平次捕物控　第10（野村胡堂）角川文庫（1958） …… 279
銭形平次捕物控　第10（野村胡堂）新潮文庫（1960） …… 282
銭形平次捕物控 10 金色の処女（野村胡堂）嶋中文庫（2005） …… 281
銭形平次捕物控 10 鉄砲の音（野村胡堂）時代小説文庫（1983） …… 280
銭形平次捕物控 11 懐ろ鏡（野村胡堂）嶋中文庫（2005） …… 281
銭形平次捕物控 12 狐の嫁入（野村胡堂）嶋中文庫（2005） …… 281
銭形平次捕物控 13 青い帯（野村胡堂）嶋中文庫（2005） …… 281
銭形平次捕物控 14 雛の別れ（野村胡堂）嶋中文庫（2005） …… 281
銭形平次捕物控 15 茶碗割り（野村胡堂）嶋中文庫（2005） …… 281
◇銭形平次捕物控傑作選（野村胡堂）文春文庫 …… 282
銭形平次捕物控傑作選 1 金色の処女（野村胡堂）文春文庫（2014） …… 282
銭形平次捕物控傑作選 2 花見の仇討（野村胡堂）文春文庫（2014） …… 282
銭形平次捕物控傑作選 3 八五郎子守唄（野村胡堂）文春文庫（2014） …… 282
銭五の海　上巻（南原幹雄）新潮文庫（1998） …… 268
銭五の海　上巻（南原幹雄）人物文庫（2005） …… 269
銭五の海　下巻（南原幹雄）新潮文庫（1998） …… 268
銭五の海　下巻（南原幹雄）人物文庫（2005） …… 269
銭とり橋（澤田ふじ子）幻冬舎文庫（2004） …… 133
銭とり橋（澤田ふじ子）中公文庫（2010） …… 137
銭とり橋（澤田ふじ子）徳間文庫（2015） …… 140
銭の城（白石一郎）講談社文庫（1983） …… 171
銭屋五兵衛と冒険者たち（童門冬二）集英社文庫（2005） …… 231
是非に及ばず（羽山信樹）小学館文庫（2000） …… 292
蟬しぐれ（藤沢周平）文春文庫（1992） …… 308
ゼーランジャ城の侍（新宮正春）集英社文庫（1993） …… 175
戦雲の夢（司馬遼太郎）講談社文庫（1984） …… 145
戦雲の夢（司馬遼太郎）講談社文庫（2006） …… 146
戦雲の夢（司馬遼太郎）講談社文庫（2016） …… 146
前科持ち（津本陽）文春文庫（1985） …… 226
戦鬼たちの海（白石一郎）文春文庫（1995） …… 173
戦国一切経　上（村上元三）時代小説文庫（1984） …… 352
戦国一切経　中（村上元三）時代小説文庫（1984） …… 352
戦国一切経　下（村上元三）時代小説文庫（1984） …… 352
戦国艶将伝（榊山潤）時代小説文庫（1987） …… 106
戦国を駆ける（神坂次郎）中公文庫（1993） …… 85
戦国を斬る（白石一郎）講談社文庫（1992） …… 171
戦国海商伝　上（陳舜臣）講談社文庫（1992） …… 212
戦国海商伝　下（陳舜臣）講談社文庫（1992） …… 212
戦国幻想曲（池波正太郎）角川文庫（1974） …… 17
戦国幻想曲（池波正太郎）新潮文庫（2000） …… 23

戦国幻野（皆川博子）講談社文庫（1998） ····· 328
戦国恋編笠（早乙女貢）春陽文庫（1976） ····· 101
戦国恋編笠（早乙女貢）双葉文庫（1991） ····· 104
戦国残酷物語（南條範夫）角川文庫（1974） ······ 257
戦国残酷物語（南條範夫）時代小説文庫（1988） ······ 260
戦国史記―斎藤道三（中山義秀）大衆文学館（1995） ······ 255
戦国史譚徳川家康（戸部新十郎）PHP文庫（1990） ······ 241
戦国城砦群（井上靖）文春文庫（1980） ········· 33
千石鶴（山手樹一郎）廣済堂文庫（2013） ····· 388
千石鶴（山手樹一郎）山手樹一郎長編時代小説全集（1979） ······ 397
戦国青春記（早乙女貢）角川文庫（1989） ······ 98
戦国旋風記（柴田錬三郎）光文社文庫（1992） ······ 153
仙石騒動（村上元三）光文社文庫（1986） ····· 351
戦国女人抄おんなのみち（佐藤雅美）実業之日本社文庫（2011） ······ 129
戦国忍者残酷帖（峰隆一郎）廣済堂文庫（1998） ······ 331
戦国忍者残酷帖（峰隆一郎）廣済堂文庫（2011） ······ 332
戦国忍者残酷帖（峰隆一郎）双葉文庫（2004） ······ 340
戦国の尼城主井伊直虎（楠木誠一郎）河出文庫（2016） ······ 75
戦国の女たち（司馬遼太郎）PHP文庫（2006） ······ 150
戦国の忍び（司馬遼太郎）PHP文庫（2007） ······ 150
戦国はぐれ獅子（井口朝生）春陽文庫（1985） ······ 17
戦国秘曲信玄と女（早乙女貢）だいわ文庫（2008） ······ 102
戦国秘曲信虎と女（早乙女貢）だいわ文庫（2008） ······ 102
戦国風流（村上元三）人物文庫（2004） ········ 353
戦国風流（村上元三）PHP文庫（1988） ······· 356
戦国風流武士（海音寺潮五郎）時代小説文庫（1990） ······ 59
戦国風流武士前田慶次郎（海音寺潮五郎）文春文庫（2003） ······ 62
戦国武州むらさき帳（井口朝生）時代小説文庫（1988） ······ 16
戦国武将国盗り秘話（早乙女貢）PHP文庫（1989） ······ 104
戦国武将伝虎之助一代 →城取りの家（南原幹雄）角川文庫（2000） ······ 266
戦国武将まんだら（大栗丹後）春陽文庫（1999） ······ 43
戦国無頼（井上靖）角川文庫（1955） ··········· 32
戦国無頼（井上靖）角川文庫（1958） ··········· 32
戦国無頼（井上靖）角川文庫（2009） ··········· 32
戦国無頼 前篇（井上靖）春陽文庫（1953） ····· 32
戦国無頼 中篇（井上靖）春陽文庫（1954） ····· 32
戦国無頼 後篇（井上靖）春陽文庫（1954） ····· 32
戦国夢幻帖（邦光史郎）ケイブンシャ文庫（1987） ······ 78
戦国夢幻帖 →信長を操った男（邦光史郎）光文社文庫（1991） ······ 78
戦国無情（江崎俊平）春陽文庫（1996） ········· 37
戦国無情（榊山潤）時代小説文庫（1987） ····· 106
戦国無双剣 上（中山義秀）徳間文庫（1993） ······ 256
戦国無双剣 下（中山義秀）徳間文庫（1993） ······ 256
戦国名将伝（檀一雄）徳間文庫（1988） ········ 212
戦国若衆（南條範夫）徳間文庫（1989） ········ 261
戦士の賦 上（三好徹）集英社文庫（1993） ···· 343
戦士の賦 下（三好徹）集英社文庫（1993） ···· 343
千手観音の謎 →源太郎の初恋（平岩弓枝）文春文庫（2014） ······ 302
千手観音の謎 →長助の女房（平岩弓枝）文春文庫（2014） ······ 302
千人斬り（神坂次郎）新潮文庫（1996） ········· 85
千利休とその妻たち 上（三浦綾子）新潮文庫（1988） ······ 326
千利休とその妻たち 上（三浦綾子）新潮文庫（2014） ······ 326
千利休とその妻たち 下（三浦綾子）新潮文庫（2014） ······ 326
千姫（村上元三）徳間文庫（1987） ············ 355
千姫絵姿（澤田ふじ子）ケイブンシャ文庫（2002） ······ 131
千姫絵姿（澤田ふじ子）光文社文庫（2005） ······ 136
千姫絵姿（澤田ふじ子）新潮文庫（1990） ····· 137
千姫様（平岩弓枝）角川文庫（1992） ·········· 296
千姫微笑（安西篤子）講談社文庫（1983） ······ 15
旋風に告げよ →鄭成功 下巻（陳舜臣）中公文庫（1999） ······ 213
旋風に告げよ →鄭成功 上巻（陳舜臣）中公文庫（1999） ······ 213
千本雨傘（澤田ふじ子）幻冬舎時代小説文庫（2010） ······ 131
戦乱軍記頸を獲る →西郷暗殺行（新宮正春）徳間文庫（1995） ······ 176
千里眼（大谷羊太郎）学研M文庫（2012） ····· 45

千利休とその妻たち 下（三浦綾子）新潮文庫（1988） …… 326
川柳侍（小松重男）光文社文庫（2003） …… 89
川柳侍（小松重男）新潮文庫（1992） …… 90
千両鯉（村上元三）徳間文庫（1988） …… 355
千両鷹（江崎俊平）春陽文庫（1980） …… 36
千両鷹（江崎俊平）春陽文庫（1993） …… 37
千両旅（高橋和島）廣済堂文庫（2007） …… 195
◇千両文七捕物帳（高木彬光）春陽文庫 …… 186
千両文七捕物帳 刺青の女（高木彬光）春陽文庫（1983） …… 186
千両文七捕物帳 刺青の女（高木彬光）春陽文庫（1999） …… 186
千両文七捕物帳 どくろ観音（高木彬光）春陽文庫（1983） …… 186
千両文七捕物帳 どくろ観音（高木彬光）春陽文庫（1998） …… 186

【そ】

総司残英抄（戸部新十郎）河出文庫（1985） …… 237
総司残英抄（戸部新十郎）中公文庫（2003） …… 240
総司残英抄（戸部新十郎）中公文庫ワイド版（2003） …… 240
総司残英抄（戸部新十郎）徳間文庫（1990） …… 241
早春（藤沢周平）文春文庫（2002） …… 308
増上寺刃傷（松本清張）講談社文庫（1987） …… 322
増上寺刃傷（松本清張）講談社文庫（2003） …… 322
双色渦巻（城昌幸）春陽文庫（1951） …… 168
草書本猿飛佐助 熊野篇（神坂次郎）中公文庫（1986） …… 85
総司はひとり（戸部新十郎）徳間文庫（1990） …… 241
総司はひとり（戸部新十郎）双葉文庫（1984） …… 241
総司はひとり（戸部新十郎）中公文庫（2002） …… 240
総司はひとり（戸部新十郎）中公文庫ワイド版（2003） …… 240
◇爽太捕物帖（北原亞以子）文春文庫 …… 73
爽太捕物帖 消えた人達（北原亞以子）文春文庫（2010） …… 73
爽太捕物帖 昨日の恋（北原亞以子）文春文庫（1999） …… 73
宗旦狐（澤田ふじ子）徳間文庫（2005） …… 142
宗旦狐（澤田ふじ子）光文社文庫（2013） …… 136
相馬大作と津軽頼母（長谷川伸）徳間文庫（1987） …… 286
相馬の牙（峰隆一郎）光文社文庫（1997） …… 332
草莽枯れ行く（北方謙三）集英社文庫（2002） …… 69
続会津士魂 1（早乙女貢）集英社文庫（2002） …… 100
続会津士魂 2（早乙女貢）集英社文庫（2002） …… 101
続会津士魂 3（早乙女貢）集英社文庫（2002） …… 101
続会津士魂 4（早乙女貢）集英社文庫（2002） …… 101
続会津士魂 5（早乙女貢）集英社文庫（2002） …… 101
続会津士魂 6（早乙女貢）集英社文庫（2002） …… 101
続会津士魂 7（早乙女貢）集英社文庫（2002） …… 101
続会津士魂 8（早乙女貢）集英社文庫（2003） …… 101
続お登勢（船山馨）角川文庫（1977） …… 311
賊将（池波正太郎）角川文庫（1999） …… 18
賊将（池波正太郎）新潮文庫（1992） …… 23
続たつまき街道 上（高木彬光）春陽文庫（1985） …… 186
続たつまき街道 下（高木彬光）春陽文庫（1985） …… 186
続・鉄砲無頼記 →信長の傭兵（津本陽）角川文庫（2006） …… 221
粗忽活人剣（陣出達朗）春陽文庫（1965） …… 177
粗忽活人剣 →鬼姫活人剣（陣出達朗）春陽文庫（1983） …… 177
その男（池波正太郎）文春文庫（1981） …… 26
その後の武蔵 →剣豪宮本武蔵（松永義弘）春陽文庫（1988） …… 320
その日（杉本章子）文春文庫（2010） …… 179
その人最後の旗本（大佛次郎）徳間文庫（1990） …… 55
その夜の雪（北原亞以子）講談社文庫（2010） …… 71
その夜の雪（北原亞以子）新潮文庫（1997） …… 72
そよかぜ若殿（左近隆）春陽文庫（1994） …… 110
空を駆ける盗賊（神坂次郎）春陽文庫（1966） …… 84
空を駆ける盗賊（神坂次郎）春陽文庫（1999） …… 84
それぞれの関ケ原 →天下分け目（南原幹雄）徳間文庫（1995） …… 270

【た】

苔（綱淵謙錠）中公文庫（1977）…… 217
大改革 →長州藩大改革（童門冬二）人物文庫（2004）…… 232
大化の改新（海音寺潮五郎）河出文庫（2008）…… 58
大吉無頼帖（早乙女貢）双葉文庫（1990）…… 104
退屈ざむらい →旗本けんか侍（太田蘭三）祥伝社文庫（2005）…… 44
大軍師黒田官兵衛（桜田晋也）祥伝社文庫（2000）…… 109
大君の通貨（佐藤雅美）講談社文庫（1987）…… 128
大君の通貨（佐藤雅美）文春文庫（2003）…… 130
大剣豪（清水義範）講談社文庫（2000）…… 163
太閤記の女たち（佐竹申伍）光風社文庫（1995）…… 123
太閤さまの虎（杉本苑子）中公文庫（1995）…… 183
太閤の城（安部龍太郎）PHP文庫（1996）…… 10
太閤秀吉（徳永真一郎）徳間文庫（1992）…… 236
太閤秀吉 1（舟橋聖一）講談社文庫（1979）…… 309
太閤秀吉 1（舟橋聖一）光文社文庫（1995）…… 310
太閤秀吉 2（舟橋聖一）講談社文庫（1979）…… 309
太閤秀吉 2（舟橋聖一）光文社文庫（1995）…… 310
太閤秀吉 3（舟橋聖一）講談社文庫（1979）…… 309
太閤秀吉 3（舟橋聖一）光文社文庫（1995）…… 310
太閤秀吉 4（舟橋聖一）講談社文庫（1979）…… 309
太閤秀吉 4（舟橋聖一）光文社文庫（1995）…… 310
太閤秀吉 5（舟橋聖一）講談社文庫（1979）…… 309
太閤秀吉 5（舟橋聖一）光文社文庫（1995）…… 310
太閤秀吉 6（舟橋聖一）講談社文庫（1979）…… 309
太閤秀吉 6（舟橋聖一）光文社文庫（1995）…… 310
太閤秀吉 7（舟橋聖一）講談社文庫（1979）…… 309
太閤秀吉 7（舟橋聖一）光文社文庫（1995）…… 310
太閤秀吉 8（舟橋聖一）講談社文庫（1979）…… 309
太閤秀吉 8（舟橋聖一）光文社文庫（1995）…… 310
大黒屋光太夫　上巻（吉村昭）新潮文庫（2005）…… 417
大黒屋光太夫　下巻（吉村昭）新潮文庫（2005）…… 417
第三の陰武者（南條範夫）旺文社文庫（1984）…… 256
第三の陰武者（南條範夫）青樹社文庫（1997）…… 261
第三の浪士　上（南條範夫）旺文社文庫（1986）…… 257
第三の浪士 上（南條範夫）徳間文庫（1990）…… 261
第三の浪士　下（南條範夫）旺文社文庫（1986）…… 257
第三の浪士 下（南條範夫）徳間文庫（1990）…… 262
大将（柴田錬三郎）集英社文庫（1978）…… 155
狼（神坂次郎）徳間文庫（1990）…… 86
大脱出（田中光二）徳間文庫（2007）…… 206
大帝の剣 1（夢枕獏）角川文庫（2002）…… 402
大帝の剣 1（夢枕獏）角川文庫（2016）…… 402
大帝の剣 2（夢枕獏）角川文庫（2002）…… 402
大帝の剣 2（夢枕獏）角川文庫（2016）…… 402
大帝の剣 3（夢枕獏）角川文庫（2016）…… 402
大帝の剣 4（夢枕獏）角川文庫（2016）…… 402
大帝の剣 天魔の章 巻ノ1 天魔降臨編（夢枕獏）角川文庫（1992）…… 402
大帝の剣 天魔の章 巻ノ2 妖魔復活編（夢枕獏）角川文庫（1992）…… 402
大帝の剣 天魔の章 巻ノ3 神魔咆哮（夢枕獏）角川文庫（1993）…… 402
大導寺信輔の半生・一塊の土（芥川龍之介）新潮文庫（1961）…… 6
大導寺信輔の半生・手巾・湖南の扇（芥川龍之介）岩波文庫（1990）…… 4
大盗禅師（司馬遼太郎）文春文庫（2003）…… 149
大盗の夜（澤田ふじ子）光文社文庫（2004）…… 135
大盗乱世を奔る（大栗丹後）春陽文庫（1995）…… 43
大浪花諸人往来（有明夏夫）角川文庫（1980）…… 11
大浪花諸人往来 →大浪花別嬪番付（有明夏夫）小学館文庫（2008）…… 12
大浪花別嬪番付（有明夏夫）小学館文庫（2008）…… 12
大楠公楠木正成（大佛次郎）徳間文庫（1990）…… 55
大悲の海に（津本陽）新潮文庫（1999）…… 224
太平記 1（今東光）徳間文庫（1987）…… 95
太平記 2（今東光）徳間文庫（1987）…… 95
太平記 3（今東光）徳間文庫（1987）…… 95
太平記 4（今東光）徳間文庫（1987）…… 95
太平記（永井路子）文春文庫（1990）…… 247
太平記 1（森村誠一）角川文庫（2004）…… 361
太平記 2（森村誠一）角川文庫（2004）…… 361
太平記 3（森村誠一）角川文庫（2005）…… 361
太平記 4（森村誠一）角川文庫（2005）…… 361
太平記 5（森村誠一）角川文庫（2005）…… 361
太平記 6（森村誠一）角川文庫（2005）…… 361
泰平の底（早乙女貢）集英社文庫（1981）…… 100

◇大菩薩峠（中里介山）角川文庫 …… 250
◇大菩薩峠（中里介山）時代小説文庫 …… 251
◇大菩薩峠（中里介山）ちくま文庫 …… 251
大菩薩峠 第1巻（中里介山）角川文庫（1955） …… 250
大菩薩峠 1（中里介山）ちくま文庫（1995） …… 251
大菩薩峠 1 甲源一刀流の巻（中里介山）時代小説文庫（1981） …… 251
大菩薩峠 第2巻（中里介山）角川文庫（1955） …… 250
大菩薩峠 2（中里介山）ちくま文庫（1995） …… 251
大菩薩峠 2 龍神の巻（中里介山）時代小説文庫（1981） …… 251
大菩薩峠 第3巻（中里介山）角川文庫（1955） …… 250
大菩薩峠 3（中里介山）ちくま文庫（1996） …… 251
大菩薩峠 3 女子と小人の巻（中里介山）時代小説文庫（1981） …… 251
大菩薩峠 第4巻（中里介山）角川文庫（1955） …… 250
大菩薩峠 4（中里介山）ちくま文庫（1996） …… 251
大菩薩峠 4 如法闇夜の巻（中里介山）時代小説文庫（1981） …… 251
大菩薩峠 第5巻（中里介山）角川文庫（1955） …… 250
大菩薩峠 5（中里介山）ちくま文庫（1996） …… 251
大菩薩峠 5 道庵と鰡八の巻（中里介山）時代小説文庫（1981） …… 251
大菩薩峠 第6巻（中里介山）角川文庫（1955） …… 250
大菩薩峠 6（中里介山）ちくま文庫（1996） …… 251
大菩薩峠 6 小名路の巻（中里介山）時代小説文庫（1981） …… 251
大菩薩峠 第7巻（中里介山）角川文庫（1955） …… 250
大菩薩峠 7（中里介山）ちくま文庫（1996） …… 251
大菩薩峠 7 無明の巻（中里介山）時代小説文庫（1981） …… 251
大菩薩峠 第8巻（中里介山）角川文庫（1955） …… 250
大菩薩峠 8（中里介山）ちくま文庫（1996） …… 252
大菩薩峠 8 他生の巻（中里介山）時代小説文庫（1981） …… 251
大菩薩峠 第9巻（中里介山）角川文庫（1955） …… 250
大菩薩峠 9（中里介山）ちくま文庫（1996） …… 252
大菩薩峠 9 流転の巻（中里介山）時代小説文庫（1981） …… 251
大菩薩峠 第10巻（中里介山）角川文庫（1955） …… 250
大菩薩峠 10（中里介山）ちくま文庫（1996） …… 252
大菩薩峠 10 めいろの巻（中里介山）時代小説文庫（1981） …… 251
大菩薩峠 11（中里介山）ちくま文庫（1996） …… 252
大菩薩峠 第11巻 他生の巻（中里介山）角川文庫（1955） …… 250
大菩薩峠 11 鈴慕の巻（中里介山）時代小説文庫（1982） …… 251
大菩薩峠 12（中里介山）ちくま文庫（1996） …… 252
大菩薩峠 12 畜生谷の巻（中里介山）時代小説文庫（1982） …… 251
大菩薩峠 第12巻 流転の巻（中里介山）角川文庫（1955） …… 250
大菩薩峠 13（中里介山）ちくま文庫（1996） …… 252
大菩薩峠 第13巻 大菩薩峠既刊別梗概, みちりやの巻（中里介山）角川文庫（1956） …… 250
大菩薩峠 13 勿来の巻（中里介山）時代小説文庫（1982） …… 251
大菩薩峠 14（中里介山）ちくま文庫（1996） …… 252
大菩薩峠 第14巻 めいろの巻（中里介山）角川文庫（1956） …… 250
大菩薩峠 14 不破の関の巻（中里介山）時代小説文庫（1982） …… 251
大菩薩峠 15（中里介山）ちくま文庫（1996） …… 252
大菩薩峠 15 白雲の巻（中里介山）時代小説文庫（1982） …… 251
大菩薩峠 第15巻 鈴慕の巻, Oceanの巻（中里介山）角川文庫（1956） …… 250
大菩薩峠 第16巻（中里介山）角川文庫（1956） …… 250
大菩薩峠 16（中里介山）ちくま文庫（1996） …… 252
大菩薩峠 16 胆吹の巻（中里介山）時代小説文庫（1982） …… 251
大菩薩峠 17（中里介山）ちくま文庫（1996） …… 252
大菩薩峠 17 恐山の巻（中里介山）時代小説文庫（1982） …… 251
大菩薩峠 第17巻 年魚市の巻（つづき）, 畜生谷の巻（中里介山）角川文庫（1956） …… 251
大菩薩峠 18（中里介山）ちくま文庫（1996） …… 252
大菩薩峠 18 農奴の巻（中里介山）時代小説文庫（1982） …… 251
大菩薩峠 第18巻 勿来の巻, 弁信の巻（中里介山）角川文庫（1956） …… 251
大菩薩峠 第19巻（中里介山）角川文庫（1956） …… 251

大菩薩峠 19（中里介山）ちくま文庫（1996） …… 252
大菩薩峠 19 京の夢おう坂の夢の巻（中里介山）時代小説文庫（1982） …… 251
大菩薩峠　第20巻（中里介山）角川文庫（1956） …… 251
大菩薩峠 20（中里介山）ちくま文庫（1996） …… 252
大菩薩峠 20 椰子林の巻（中里介山）時代小説文庫（1982） …… 251
大菩薩峠　第21巻（中里介山）角川文庫（1956） …… 251
大菩薩峠　第22巻（中里介山）角川文庫（1956） …… 251
大菩薩峠　第23巻（中里介山）角川文庫（1956） …… 251
大菩薩峠　第24巻（中里介山）角川文庫（1956） …… 251
大菩薩峠　第25巻（中里介山）角川文庫（1956） …… 251
大菩薩峠　第26巻（中里介山）角川文庫（1956） …… 251
大菩薩峠　第27巻（中里介山）角川文庫（1956） …… 251
大名囃子（山手樹一郎）双葉文庫（1990） …… 394
大名囃子（山手樹一郎）山手樹一郎長編時代小説全集（1979） …… 396
大名囃子 →若さま人情剣（山手樹一郎）コスミック・時代文庫（2012） …… 390
太陽を斬る（南原幹雄）PHP文庫（1989） …… 272
太陽丸出帆（白石一郎）徳間文庫（1991） …… 173
大予言者の秘密 →「横浜」をつくった男（高木彬光）光文社文庫（2009） …… 186
平清盛（村上元三）人物文庫（2011） …… 354
平清盛（村上元三）徳間文庫（1993） …… 355
平の将門（吉川英治）吉川英治歴史時代文庫（1989） …… 413
平将門　上巻（海音寺潮五郎）新潮文庫（1967） …… 60
平将門　中巻（海音寺潮五郎）新潮文庫（1967） …… 60
平将門　下巻（海音寺潮五郎）新潮文庫（1967） …… 60
平将門 →小説平将門（童門冬二）集英社文庫（2002） …… 231
平将門 上（童門冬二）人物文庫（1996） …… 232
平将門 下（童門冬二）人物文庫（1996） …… 232
大乱妖花伝（風巻絃一）春陽文庫（1994） …… 64
大老の首（仁田義男）集英社文庫（1989） …… 277
第六天魔王信長　上（羽山信樹）角川文庫（1987） …… 292
第六天魔王信長　下（羽山信樹）角川文庫（1987） …… 292
高杉晋作（童門冬二）PHP文庫（2014） …… 234
高杉晋作（南條範夫）PHP文庫（1988） …… 264
高杉晋作（古川薫）新潮文庫（1985） …… 312
高杉晋作（古川薫）文春文庫（1995） …… 313
高杉晋作（三好徹）学研M文庫（2002） …… 342
高杉晋作（三好徹）人物文庫（1996） …… 343
高杉晋作 →維新回天高杉晋作（村上元三）人物文庫（2008） …… 354
高杉晋作　1（山岡荘八）山岡荘八歴史文庫（1986） …… 372
高杉晋作　2（山岡荘八）山岡荘八歴史文庫（1986） …… 372
高杉晋作　3（山岡荘八）山岡荘八歴史文庫（1986） …… 372
高杉晋作奔る（古川薫）講談社文庫（1989） …… 312
◇高積見廻り同心御用控（長谷川卓）祥伝社文庫 …… 288
高積見廻り同心御用控 2 犬目（長谷川卓）祥伝社文庫（2010） …… 288
高積見廻り同心御用控 3 目目連（長谷川卓）祥伝社文庫（2014） …… 288
高積見廻り同心御用控 百まなこ（長谷川卓）祥伝社文庫（2007） …… 288
◇高瀬川女船歌（澤田ふじ子）幻冬舎文庫 …… 133
◇高瀬川女船歌（澤田ふじ子）新潮文庫 …… 136
◇高瀬川女船歌（澤田ふじ子）中公文庫 …… 137
◇高瀬川女船歌（澤田ふじ子）徳間文庫 …… 140
高瀬川女船歌（澤田ふじ子）幻冬舎文庫（2003） …… 133
高瀬川女船歌（澤田ふじ子）新潮文庫（2000） …… 136
高瀬川女船歌（澤田ふじ子）中公文庫（2010） …… 137
高瀬川女船歌（澤田ふじ子）徳間文庫（2014） …… 140
高瀬川女船歌 2 いのちの螢（澤田ふじ子）幻冬舎文庫（2003） …… 133
高瀬川女船歌 2 いのちの螢（澤田ふじ子）中公文庫（2010） …… 137
高瀬川女船歌 2 いのちの螢（澤田ふじ子）徳間文庫（2014） …… 140
高瀬川女船歌 3 銭とり橋（澤田ふじ子）幻冬舎文庫（2004） …… 133
高瀬川女船歌 3 銭とり橋（澤田ふじ子）中公文庫（2010） …… 137
高瀬川女船歌 3 銭とり橋（澤田ふじ子）徳間文庫（2015） …… 140

高瀬川女船歌 4 篠山早春譜(澤田ふじ子)幻冬舎文庫(2006) …… 133
高瀬川女船歌 4 篠山早春譜(澤田ふじ子)中公文庫(2010) …… 137
高瀬川女船歌 4 篠山早春譜(澤田ふじ子)徳間文庫(2015) …… 140
高瀬川女船歌 5 あんでらすの鐘(澤田ふじ子)中公文庫(2012) …… 137
高瀬川女船歌 5 あんでらすの鐘(澤田ふじ子)徳間文庫(2015) …… 140
高瀬川女船歌 6 仇討ちの客(澤田ふじ子)中公文庫(2013) …… 137
高瀬川女船歌 6 仇討ちの客(澤田ふじ子)徳間文庫(2015) …… 140
高瀬川女船歌 7 奈落の顔(澤田ふじ子)徳間文庫(2015) …… 140
高瀬川女船歌 8 偸盗の夜(澤田ふじ子)徳間文庫(2015) …… 140
高瀬舟(森鷗外)集英社文庫(1992) …… 358
高瀬舟(森鷗外)小学館文庫(2000) …… 359
高瀬舟(森鷗外)創元文庫(1952) …… 359
高瀬舟(森鷗外)SDP bunko(2008) …… 360
高瀬舟/山椒大夫(森鷗外)海王社文庫(2016) …… 358
鷹たちの砦(新宮正春)集英社文庫(1986) …… 175
鷹ノ羽の城(白石一郎)講談社文庫(1981) …… 171
高橋克彦自選短編集 3(時代小説編)(高橋克彦)講談社文庫(2010) …… 189
高山右近(加賀乙彦)講談社文庫(2003) …… 63
高山右近(加賀乙彦)講談社文庫(2016) …… 63
宝船まつり(平岩弓枝)文春文庫(2002) …… 300
たからもの(北原亞以子)講談社文庫(2015) …… 71
滝川一益(徳永真一郎)PHP文庫(1993) …… 236
瀧桜(澤田ふじ子)廣済堂文庫(1998) …… 134
滝沢馬琴(杉本苑子)文春文庫(1983) …… 183
滝沢馬琴 上(杉本苑子)講談社文庫(1989) …… 181
滝沢馬琴 下(杉本苑子)講談社文庫(1989) …… 181
瀧夜叉姫 上(夢枕獏)文春文庫(2008) …… 404
瀧夜叉姫 下(夢枕獏)文春文庫(2008) …… 404
武田勝頼 1(陽の巻)(新田次郎)講談社文庫(2009) …… 275
武田勝頼 1 陽の巻(新田次郎)講談社文庫(1983) …… 275
武田勝頼 2(水の巻)(新田次郎)講談社文庫(2009) …… 275
武田勝頼 2 水の巻(新田次郎)講談社文庫(1983) …… 275
武田勝頼 3(空の巻)(新田次郎)講談社文庫(2009) …… 275
武田勝頼 3 空の巻(新田次郎)講談社文庫(1983) …… 275
武田勝頼の正室(阿井景子)光文社文庫(2002) …… 1
武田騎兵団玉砕す(多岐川恭)光文社文庫(2001) …… 197
武田三代(新田次郎)文春文庫(1980) …… 276
武田三代(新田次郎)文春文庫(2006) …… 276
武田三代記(野村敏雄)PHP文庫(2007) …… 284
武田信玄(佐竹申伍)PHP文庫(1992) …… 123
武田信玄 →猛虎武田信玄(佐竹申伍)人物文庫(2006) …… 123
武田信玄 上(津本陽)講談社文庫(1996) …… 223
武田信玄 中(津本陽)講談社文庫(1996) …… 223
武田信玄 下(津本陽)講談社文庫(1996) …… 223
武田信玄(童門冬二)人物文庫(2005) …… 232
武田信玄(土橋治重)時代小説文庫(1987) …… 236
武田信玄 上 春秋篇(土橋治重)知的生きかた文庫(1987) …… 236
武田信玄 下 戦国篇(土橋治重)知的生きかた文庫(1987) …… 236
武田信玄 1 風の巻(新田次郎)文春文庫(1974) …… 276
武田信玄 2 林の巻(新田次郎)文春文庫(1974) …… 276
武田信玄 3 火の巻(新田次郎)文春文庫(1974) …… 276
武田信玄 4 山の巻(新田次郎)文春文庫(1974) …… 276
武田信玄　火の巻(新田次郎)文春文庫(2005) …… 276
武田信玄　山の巻(新田次郎)文春文庫(2005) …… 276
武田信玄　風の巻(新田次郎)文春文庫(2005) …… 276
武田信玄　林の巻(新田次郎)文春文庫(2005) …… 276
武田雑兵伝(井口朝生)時代小説文庫(1989) …… 16
竹中半兵衛(高橋和島)学研M文庫(2005) …… 195
竹中半兵衛(八尋舜右)PHP文庫(1996) …… 369
竹中半兵衛と黒田官兵衛(嶋津義忠)PHP文庫(2006) …… 161
竹ノ御所鞠子(杉本苑子)中公文庫(1994) …… 183

竹のしずく →木戸のむこうに（澤田ふじ子）幻冬舎文庫（2000） …… 133
竹久夢二（梅本育子）双葉文庫（2002） …… 35
竹光始末（藤沢周平）新潮文庫（1981） …… 306
竹光始末（藤沢周平）新潮文庫（2002） …… 307
凧をみる武士（泡坂妻夫）文春文庫（1999） …… 14
太宰治全集 6（太宰治）ちくま文庫（1989） …… 205
太宰治全集 第9巻 右大臣実朝（太宰治）近代文庫（1955） …… 205
他生の巻（中里介山）角川文庫（1955） …… 250
他生の巻（中里介山）時代小説文庫（1981） …… 251
たそがれ清兵衛（藤沢周平）新潮文庫（1991） …… 306
黄昏の女王卑弥呼（邦光史郎）祥伝社文庫（2000） …… 79
忠直卿行状記（菊池寛）新潮文庫（1948） …… 67
忠直卿御座船（安部龍太郎）講談社文庫（2001） …… 9
忠直卿御座船 →佐和山炎上（安部龍太郎）角川文庫（2015） …… 9
◇立ち退き長屋顚末記（楠木誠一郎）講談社文庫 …… 75
立ち退き長屋顚末記 聞き耳地蔵（楠木誠一郎）講談社文庫（2012） …… 75
立ち退き長屋顚末記 火除け地蔵（楠木誠一郎）講談社文庫（2012） …… 75
立花宗茂（海音寺潮五郎）人物文庫（2015） …… 60
立花宗茂（八尋舜右）PHP文庫（2000） …… 369
奪還（吉岡道夫）コスミック・時代文庫（2011） …… 409
脱獄囚を追え（有明夏夫）講談社文庫（1988） …… 11
韃靼疾風録 上巻（司馬遼太郎）中公文庫（1991） …… 148
韃靼疾風録 下巻（司馬遼太郎）中公文庫（1991） …… 148
たつまき街道（高木彬光）春陽文庫（1985） …… 186
竜巻街道（島田一男）春陽文庫（1983） …… 162
たつまき奉行（陣出達朗）春陽文庫（1960） …… 177
たつまき奉行（陣出達朗）春陽文庫（1978） …… 177
伊達藩征服（南原幹雄）徳間文庫（1989） …… 269
伊達政宗（井口朝生）時代小説文庫（1990） …… 16
伊達政宗（海音寺潮五郎）人物文庫（2006） …… 60
伊達政宗 上（永岡慶之助）青樹社文庫（1996） …… 250
伊達政宗 上（永岡慶之助）文春文庫（1986） …… 250
伊達政宗 下（永岡慶之助）青樹社文庫（1996） …… 250
伊達政宗 下（永岡慶之助）文春文庫（1986） …… 250
伊達政宗 1（山岡荘八）光文社文庫（1986） …… 370
伊達政宗 1 朝明けの巻（山岡荘八）山岡荘八歴史文庫（1986） …… 371
伊達政宗 2（山岡荘八）光文社文庫（1986） …… 371
伊達政宗 2 人取られの巻（山岡荘八）山岡荘八歴史文庫（1986） …… 371
伊達政宗 3（山岡荘八）光文社文庫（1986） …… 371
伊達政宗 3 夢は醍醐の巻（山岡荘八）山岡荘八歴史文庫（1986） …… 372
伊達政宗 4（山岡荘八）光文社文庫（1986） …… 371
伊達政宗 4 黄金日本島の巻（山岡荘八）山岡荘八歴史文庫（1986） …… 372
伊達政宗 5（山岡荘八）光文社文庫（1986） …… 371
伊達政宗 5 蒼穹の鷹の巻（山岡荘八）山岡荘八歴史文庫（1986） …… 372
伊達政宗 6（山岡荘八）光文社文庫（1986） …… 371
伊達政宗 6 大坂攻めの巻（山岡荘八）山岡荘八歴史文庫（1986） …… 372
伊達政宗 7 平和戦略の巻（山岡荘八）山岡荘八歴史文庫（1986） …… 372
伊達政宗 8 旅情大悟の巻（山岡荘八）山岡荘八歴史文庫（1986） …… 372
たどりそこねた芭蕉の足跡（佐藤雅美）文春文庫（2012） …… 129
谷崎潤一郎文庫 第10 少将滋幹の母（谷崎潤一郎）中央公論社作品文庫（1953） …… 210
田沼暗殺計画（白石一郎）徳間文庫（1991） …… 173
田沼意次（佐藤雅美）人物文庫（2003） …… 129
田沼意次（広瀬仁紀）時代小説文庫（1994） …… 304
田沼意次 上（村上元三）講談社文庫（1990） …… 351
田沼意次 中（村上元三）講談社文庫（1990） …… 351
田沼意次 下（村上元三）講談社文庫（1990） …… 351
たのまれ源八（山手樹一郎）山手樹一郎長編時代小説全集（1978） …… 396
たのまれ源八 →おたすけ浪人源八 下巻（山手樹一郎）コスミック・時代文庫（2011） …… 390
たのまれ源八 →おたすけ浪人源八 上巻（山手樹一郎）コスミック・時代文庫（2011） …… 390

頼みある仲の酒宴かな(佐藤雅美)文春文庫(2016) ………… 130
煙草と悪魔(芥川龍之介)芥川龍之介文学館名著複刻(1977) ………… 3
◇莨屋文蔵御用帳(西村望)光文社文庫 …… 273
莨屋文蔵御用帳 裏稼ぎ(西村望)光文社文庫(1996) ………… 273
莨屋文蔵御用帳 後家鞘(西村望)光文社文庫(1997) ………… 273
莨屋文蔵御用帳 茶立虫(西村望)光文社文庫(2002) ………… 273
莨屋文蔵御用帳 蜥蜴市(西村望)光文社文庫(2001) ………… 273
莨屋文蔵御用帳 贋妻敵(西村望)光文社文庫(1999) ………… 273
田原坂(海音寺潮五郎)文春文庫(1990) …… 62
田原坂(海音寺潮五郎)文春文庫(2011) …… 62
旅鴉(笹沢左保)光文社文庫(1993) …… 115
旅路(池波正太郎)文春文庫(1982) …… 26
旅人国定竜次(山田風太郎)講談社文庫(1989) ………… 382
旅人国定龍次 上(山田風太郎)廣済堂文庫(1997) ………… 381
旅人国定龍次 上(山田風太郎)ちくま文庫(2011) ………… 385
旅人国定龍次 下(山田風太郎)廣済堂文庫(1997) ………… 381
旅人国定龍次 下(山田風太郎)ちくま文庫(2011) ………… 385
立花宗茂と立花道雪(滝口康彦)人物文庫(2008) ………… 203
旅枕の女たち →孤剣奥の細道 続(八剣浩太郎)廣済堂文庫(1992) ………… 366
旅ゆく剣芸師 →仇討月夜(伊藤桂一)学研M文庫(2004) ………… 29
玉川兄弟(杉本苑子)文春文庫(1994) …… 184
玉川兄弟 上(杉本苑子)講談社文庫(1979) ………… 181
玉川兄弟 下(杉本苑子)講談社文庫(1979) ………… 181
魂無き刺客(森村誠一)中公文庫(2009) …… 363
魂無き刺客(森村誠一)中公文庫ワイド版(2012) ………… 363
だましゑ歌麿(高橋克彦)文春文庫(2002) ………… 190
だまってすわれば(神坂次郎)小学館文庫(1999) ………… 85
だまってすわれば(神坂次郎)新潮文庫(1992) ………… 85
珠の段(杉本苑子)旺文社文庫(1987) …… 180
多聞寺討伐(光瀬龍)扶桑社文庫(2009) …… 328
だれが広沢参議を殺したか(古川薫)文春文庫(1987) ………… 313
誰が竜馬を殺したか(三好徹)光文社文庫(2000) ………… 343
誰が龍馬を殺したか(三好徹)光文社文庫(2010) ………… 343
丹下左膳 1 乾雲坤竜の巻(林不忘)光文社文庫(2004) ………… 290
丹下左膳 1 乾雲坤竜の巻(林不忘)時代小説文庫(1984) ………… 290
丹下左膳 第1巻 乾雲坤竜の巻(林不忘)新潮文庫(1959) ………… 290
丹下左膳 2 こけ猿の巻(林不忘)光文社文庫(2004) ………… 290
丹下左膳 2 乾雲坤竜の巻(林不忘)時代小説文庫(1984) ………… 290
丹下左膳 第2巻 乾雲坤竜の巻(林不忘)新潮文庫(1959) ………… 290
丹下左膳 3 こけ猿の巻(林不忘)時代小説文庫(1984) ………… 290
丹下左膳 第3巻 こけ猿の巻(林不忘)新潮文庫(1959) ………… 290
丹下左膳 3 日光の巻(林不忘)光文社文庫(2004) ………… 290
丹下左膳 4 こけ猿の巻(林不忘)時代小説文庫(1984) ………… 290
丹下左膳 第4巻 日光の巻(林不忘)新潮文庫(1959) ………… 290
丹下左膳 5 日光の巻(林不忘)時代小説文庫(1985) ………… 290
丹下左膳 乾雲坤竜の巻 上(林不忘)大衆文学館(1996) ………… 290
丹下左膳 乾雲坤竜の巻 下(林不忘)大衆文学館(1996) ………… 290
壇の浦残花抄(安西篤子)集英社文庫(1995) ………… 15
檀林皇后私譜(杉本苑子)中公文庫(1984) ………… 182

【ち】

ちいさこべ(山本周五郎)新潮文庫(1974) ………… 399
地球上自由人(神坂次郎)中公文庫(1997) ………… 86
千切良十内殺し控 →殺し人別帳(峰隆一郎)徳間文庫(1998) ………… 336
契り枕(睦月影郎)廣済堂文庫(2015) …… 346
畜生谷の巻(中里介山)時代小説文庫(1982) ………… 251

ちくま日本文学全集 48 海音寺潮五郎（海音寺潮五郎）ちくま日本文学全集（1993）…… 60
ちくま日本文学全集 50 白井喬二（白井喬二）ちくま日本文学全集（1993）…… 170
血煙宿無道剣（大栗丹後）コスミック・時代文庫（2004）…… 40
血煙り新選組（森村誠一）中公文庫（2004）…… 362
血汐絵図（江崎俊平）春陽文庫（1996）…… 37
血汐笛（柴田錬三郎）講談社文庫（1982）…… 151
智将独眼竜政宗 →独眼竜政宗（松永義弘）人物文庫（1997）…… 320
血太郎孤独雲（柴田錬三郎）講談社文庫（1990）…… 152
血太郎孤独雲（柴田錬三郎）春陽文庫（1982）…… 157
父帰る・恩讐の彼方に（菊池寛）旺文社文庫（1966）…… 66
父帰る・藤十郎の恋（菊池寛）角川文庫（1953）…… 66
父帰る・藤十郎の恋（菊池寛）角川文庫（1968）…… 67
ちっちゃなかみさん（平岩弓枝）角川文庫（1987）…… 296
ちっちゃなかみさん（平岩弓枝）角川文庫（2008）…… 297
血どくろ組（高木彬光）春陽文庫（1983）…… 186
知の巨人（佐藤雅美）角川文庫（2016）…… 126
血の日本史（安部龍太郎）新潮文庫（1993）…… 9
地の果ての獄（山田風太郎）文春文庫（1983）…… 388
地の果ての獄 上（山田風太郎）角川文庫－山田風太郎ベストコレクション（2011）…… 380
地の果ての獄 上（山田風太郎）ちくま文庫－山田風太郎明治小説全集（1997）…… 386
地の果ての獄 下（山田風太郎）角川文庫－山田風太郎ベストコレクション（2011）…… 380
地の果ての獄 下（山田風太郎）ちくま文庫－山田風太郎明治小説全集（1997）…… 386
血の花暦（本庄慧一郎）学研M文庫（2002）…… 317
血の花暦（本庄慧一郎）廣済堂文庫（1999）…… 318
地の日天の海　上（内田康夫）角川文庫（2011）…… 34
地の日天の海　下（内田康夫）角川文庫（2011）…… 34
千葉周作 上（津本陽）角川文庫（1998）…… 221
千葉周作 上（津本陽）講談社文庫（1991）…… 222
千葉周作 下（津本陽）角川文庫（1998）…… 221
千葉周作 下（津本陽）講談社文庫（1991）…… 222
千葉周作（山岡荘八）山岡荘八歴史文庫（1987）…… 374
千葉周作 1（山岡荘八）山岡荘八歴史文庫（1987）…… 374
千葉周作 2（山岡荘八）山岡荘八歴史文庫（1987）…… 374
千葉周作不敗の剣（津本陽）光文社文庫（1991）…… 223
千葉の小天狗（早乙女貢）双葉文庫（1990）…… 104
千葉の小天狗 →青春の剣（早乙女貢）春陽文庫（1975）…… 101
乳房（池波正太郎）文春文庫（1987）…… 26
乳房（池波正太郎）文春文庫（2008）…… 26
乳房千両 →吉原水鏡（南原幹雄）角川文庫（2004）…… 265
乳房千両（南原幹雄）双葉文庫（1999）…… 271
血卍忍法帖（早乙女貢）双葉文庫（1987）…… 103
血みどろ砂絵（都筑道夫）角川文庫（1981）…… 214
血みどろ砂絵（都筑道夫）光文社文庫（1997）…… 215
ちみどろ砂絵　くらやみ砂絵（都筑道夫）光文社文庫（2010）…… 215
茶立虫（西村望）光文社文庫（2002）…… 273
茶道太閤記（海音寺潮五郎）新潮文庫（1959）…… 60
茶道太閤記（海音寺潮五郎）文春文庫（1990）…… 62
血槍三代　青春編（早乙女貢）集英社文庫（1980）…… 100
血槍三代　愛欲編（早乙女貢）集英社文庫（1980）…… 100
血槍三代　風雲編（早乙女貢）集英社文庫（1980）…… 100
茶碗割り（野村胡堂）嶋中文庫（2005）…… 281
チャンバラもどき（都筑道夫）文春文庫（1988）…… 216
忠臣蔵 上（森村誠一）朝日文庫（1993）…… 360
忠臣蔵 上（森村誠一）講談社文庫（1991）…… 361
忠臣蔵 上（森村誠一）徳間文庫（2007）…… 363
忠臣蔵 1 運命の廊下（森村誠一）角川文庫（1988）…… 360
忠臣蔵 2 大義の計画（森村誠一）角川文庫（1988）…… 361
忠臣蔵 下（森村誠一）朝日文庫（1993）…… 360
忠臣蔵 下（森村誠一）講談社文庫（1991）…… 361
忠臣蔵 下（森村誠一）徳間文庫（2007）…… 363
忠臣蔵 3 武士の商魂（森村誠一）角川文庫（1988）…… 361

忠臣蔵 4 対決の期限(森村誠一)角川文庫(1988) …… 361
忠臣蔵 5 歴史の瓦版(森村誠一)角川文庫(1988) …… 361
忠臣蔵悲恋記(澤田ふじ子)徳間文庫(1991) …… 141
忠臣蔵悲恋記(澤田ふじ子)徳間文庫(1998) …… 141
偸盗・蜘蛛の糸(芥川龍之介)新潮文庫(1960) …… 6
偸盗・戯作三昧(芥川龍之介)角川文庫(1968) …… 5
偸盗の夜(澤田ふじ子)徳間文庫(2015) …… 140
長英逃亡 上(吉村昭)新潮文庫(1989) …… 416
長英逃亡 下(吉村昭)新潮文庫(1989) …… 416
鳥影の関 上(杉本苑子)中公文庫(1986) …… 182
鳥影の関 下(杉本苑子)中公文庫(1986) …… 183
長州藩大改革(童門冬二)人物文庫(2004) …… 232
長勝院の萩 上(杉本苑子)講談社文庫(1981) …… 181
長勝院の萩 中(杉本苑子)講談社文庫(1981) …… 181
長勝院の萩 下(杉本苑子)講談社文庫(1981) …… 181
長人鬼(高橋克彦)日経文芸文庫(2014) …… 190
長人鬼(高橋克彦)ハルキ・ホラー文庫(2000) …… 190
長助の女房(平岩弓枝)文春文庫(2002) …… 300
長助の女房(平岩弓枝)文春文庫(2014) …… 302
長宗我部元親(荒川法勝)PHP文庫(1995) …… 11
長宗我部元親(徳永真一郎)光文社文庫(1992) …… 235
蝶の戦記(池波正太郎)文春文庫(1977) …… 25
蝶の戦記 上(池波正太郎)文春文庫(2001) …… 26
蝶の戦記 下(池波正太郎)文春文庫(2001) …… 26
蝶の谷(杉本苑子)旺文社文庫(1987) …… 180
千世と与一郎の関ケ原(佐藤雅美)講談社文庫(2012) …… 129
ちよの負けん気、実の父親(佐藤雅美)講談社文庫(2014) …… 128
血は欲の色(澤田ふじ子)幻冬舎時代小説文庫(2012) …… 132
鎮西八郎為朝(津本陽)講談社文庫(1992) …… 223
鎮西八郎為朝 上(南條範夫)文春文庫(1990) …… 263
鎮西八郎為朝 下(南條範夫)文春文庫(1990) …… 263
鎮西八郎為朝 上 火の巻(村上元三)徳間文庫(1987) …… 355
鎮西八郎為朝 下 水の巻(村上元三)徳間文庫(1987) …… 355
椿説弓張月(平岩弓枝)学研M文庫(2002) …… 296
沈黙(遠藤周作)新潮文庫(1981) …… 38
沈黙(遠藤周作)新潮文庫(2003) …… 39

【つ】

◇追放者・九鬼真十郎(笹沢左保)徳間文庫 …… 119
追放者・九鬼真十郎 1 江戸の夕霧に消ゆ(笹沢左保)徳間文庫(1989) …… 119
追放者・九鬼真十郎 2 美女か狐か峠みち(笹沢左保)徳間文庫(1989) …… 119
塚原卜伝(中山義秀)徳間文庫(1989) …… 255
塚原卜伝(峰隆一郎)ノン・ポシェット(1993) …… 337
塚原卜伝十二番勝負(津本陽)講談社文庫(1985) …… 222
塚原卜伝十二番勝負(津本陽)PHP文庫(2010) …… 228
津軽風雲録(長部日出雄)時代小説文庫(1988) …… 52
月明かり(北原亞以子)新潮文庫(2011) …… 72
◇付き馬屋おえん(南原幹雄)角川文庫 …… 265
◇付き馬屋おえん(南原幹雄)新潮文庫 …… 268
◇付き馬屋おえん(南原幹雄)双葉文庫 …… 271
付き馬屋おえん おんな三十六景(南原幹雄)角川文庫(2006) …… 265
付き馬屋おえん おんな三十六景(南原幹雄)双葉文庫(1999) …… 271
付き馬屋おえん 暗闇始末(南原幹雄)角川文庫(2002) …… 265
付き馬屋おえん 暗闇始末(南原幹雄)新潮文庫(1988) …… 268
付き馬屋おえん 女郎蜘蛛の挑戦(南原幹雄)角川文庫(2004) …… 265
付き馬屋おえん 女郎蜘蛛の挑戦(南原幹雄)双葉文庫(1993) …… 271
付き馬屋おえん 乳房千両(南原幹雄)双葉文庫(1999) …… 271
付き馬屋おえん 吉原御法度(南原幹雄)角川文庫(2003) …… 265
付き馬屋おえん 吉原御法度(南原幹雄)新潮文庫(1992) …… 268
付き馬屋おえん 吉原大黒天(南原幹雄)新潮文庫(1996) …… 268

付き馬屋おえん 吉原水鏡（南原幹雄）角川文庫（2004） …… 265
◇月影兵庫（南條範夫）光文社時代小説文庫 …… 258
◇月影兵庫（南條範夫）光文社文庫 …… 258
月影兵庫 一殺多生剣（南條範夫）光文社時代小説文庫（1986） …… 258
月影兵庫 一殺多生剣（南條範夫）光文社文庫（1986） …… 258
月影兵庫 極意飛竜剣（南條範夫）光文社時代小説文庫（1986） …… 258
月影兵庫 極意飛竜剣（南條範夫）光文社文庫（1986） …… 258
月影兵庫 上段霞切り（南條範夫）光文社文庫（1985） …… 258
月影兵庫 秘剣縦横（南條範夫）光文社時代小説文庫（1986） …… 258
月影兵庫 秘剣縦横（南條範夫）光文社文庫（1986） …… 258
月影兵庫 独り旅（南條範夫）光文社時代小説文庫（1986） …… 258
月影兵庫 独り旅（南條範夫）光文社文庫（1986） …… 258
月影兵庫 放浪帖（南條範夫）光文社文庫（1987） …… 259
月影兵庫旅を行く →月影兵庫（南條範夫）光文社時代小説文庫（1986） …… 258
月影兵庫旅を行く →月影兵庫（南條範夫）光文社文庫（1986） …… 258
月とよしきり（津本陽）集英社文庫（2008） …… 223
月の素浪人（江崎俊平）春陽文庫（1971） …… 35
月の素浪人（江崎俊平）春陽文庫（1982） …… 36
月の人 豊臣秀頼 下（大佛次郎）徳間文庫（1988） …… 55
月の人豊臣秀頼 上（大佛次郎）徳間文庫（1988） …… 55
月の松山（山本周五郎）新潮文庫（1983） …… 399
月の輪草子（瀬戸内寂聴）講談社文庫（2015） …… 185
月姫系図（角田喜久雄）春陽文庫（1977） …… 218
月姫系図（角田喜久雄）春陽文庫（1988） …… 218
月姫血笑記（島田一男）春陽文庫（1982） …… 162
月姫八賢伝（島田一男）徳間文庫（1988） …… 162
月笛日笛 2（吉川英治）吉川英治文庫（1977） …… 412
築山殿行状 →戦国無情（榊山潤）時代小説文庫（1987） …… 106
築山殿無残（阿井景子）講談社文庫（1986） …… 1
月夜駕籠（伊藤桂一）学研M文庫（2006） …… 28
月夜駕籠（伊藤桂一）新潮文庫（1998） …… 29
月夜に来た男（江崎俊平）春陽文庫（1977） …… 36
月夜に蕩けて（睦月影郎）宝島社文庫（2014） …… 349
月夜の使者（江崎俊平）春陽文庫（1994） …… 37
つくもがみ艶香（睦月影郎）コスミック・時代文庫（2015） …… 348
つくもがみ情炎（睦月影郎）コスミック・時代文庫（2013） …… 348
つくもがみ蜜楽（睦月影郎）コスミック・時代文庫（2015） …… 348
つくもがみ蜜乱（睦月影郎）コスミック・時代文庫（2014） …… 348
つくもがみ爛辱（睦月影郎）コスミック・時代文庫（2014） …… 348
柘植七忍衆（郡順史）春陽文庫（1988） …… 87
辻斬り（池波正太郎）新潮文庫（1985） …… 20
辻斬り（池波正太郎）新潮文庫（2002） …… 20
辻の宿（西村望）光文社文庫（2011） …… 274
蔦葛木曽桟 上（国枝史郎）大衆文学館（1996） …… 78
蔦葛木曽桟 下（国枝史郎）大衆文学館（1997） …… 78
◇土御門家・陰陽事件簿（澤田ふじ子）光文社文庫 …… 135
土御門家・陰陽事件簿 2 鴉婆（澤田ふじ子）光文社文庫（2005） …… 135
土御門家・陰陽事件簿 3 狐官女（澤田ふじ子）光文社文庫（2008） …… 135
土御門家・陰陽事件簿 4 逆髪（澤田ふじ子）光文社文庫（2009） …… 135
土御門家・陰陽事件簿 5 雪山冥府図（澤田ふじ子）光文社文庫（2010） …… 135
土御門家・陰陽事件簿 6 冥府小町（澤田ふじ子）光文社文庫（2013） …… 135
土御門家・陰陽事件簿 大盗の夜（澤田ふじ子）光文社文庫（2004） …… 135
鼓狂言（横溝正史）春陽文庫（1984） …… 407
椿と花水木 上（津本陽）幻冬舎文庫（2009） …… 222
椿と花水木 上巻（津本陽）新潮文庫（1996） …… 224
椿と花水木 下（津本陽）幻冬舎文庫（2009） …… 222
椿と花水木 下巻（津本陽）新潮文庫（1996） …… 224
椿の女（吉岡道夫）コスミック・時代文庫（2005） …… 408
椿の女（吉岡道夫）コスミック・時代文庫（2009） …… 408
椿の女 →ぶらり平蔵（吉岡道夫）コスミック・時代文庫（2009） …… 408

椿の散るとき（伊藤桂一）新潮文庫（1987） …… 29
鍔鳴り剣士（左近隆）春陽文庫（1987） …… 110
鍔鳴り天狗（陣出達朗）春陽文庫（1964） …… 177
鍔鳴り天狗（陣出達朗）春陽文庫（1983） …… 177
鍔鳴り抜刀流（江崎俊平）春陽文庫（1986） …… 36
鍔鳴美剣士（陣出達朗）春陽文庫（1980） …… 177
鍔鳴美剣士（陣出達朗）春陽文庫（1991） …… 178
鍔鳴浪人（角田喜久雄）春陽文庫（1996） …… 219
鍔鳴浪人　後篇（角田喜久雄）春陽文庫（1951） …… 218
妻を怖れる剣士（南條範夫）光文社文庫（1992） …… 259
妻恋坂（北原亞以子）文春文庫（2007） …… 73
妻たちの明治維新（邦光史郎）大陸文庫（1988） …… 79
艶残月（睦月影郎）学研M文庫（2005） …… 345
艶まくら浮世草子（八剣浩太郎）大洋時代文庫 時代小説（2005） …… 368
艶めしべ（睦月影郎）大洋時代文庫（2009） …… 349
梅雨将軍信長（新田次郎）新潮文庫（1979） …… 275
つゆのひぬま（山本周五郎）新潮文庫（1972） …… 399
つららの宿（多岐川恭）時代小説文庫（2008） …… 198
釣女（平岩弓枝）集英社文庫（1983） …… 298
鶴が舞う湊（高橋義夫）廣済堂文庫（2003） …… 191
剣の舞（南條範夫）旺文社文庫（1986） …… 257
剣の舞（南條範夫）徳間文庫（1995） …… 262
鶴千之介（南條範夫）徳間文庫（1990） …… 262
鶴千之介（南條範夫）徳間文庫（1991） …… 262
鶴千代血笑（早乙女貢）春陽文庫（1978） …… 101
鶴八鶴次郎（川口松太郎）中公文庫（1979） …… 65
鶴八鶴次郎・明治一代女（川口松太郎）新潮文庫（1962） …… 65
鶴姫やくざ帖（山手樹一郎）山手樹一郎長編時代小説全集（1978） …… 396
つるべ心中の怪（中津文彦）光文社文庫（2010） …… 253
鶴屋南北の死（杉本苑子）文春文庫（1990） …… 183
鶴渡る（杉本苑子）集英社文庫（1988） …… 182
鶴渡る（杉本苑子）双葉文庫（1985） …… 183
つわものの賦（永井路子）文春文庫（1983） …… 247

【て】

出合茶屋（阿部牧郎）講談社文庫（2003） …… 8
出合茶屋　→霧の果て（藤沢周平）文春文庫（1985） …… 307
鄭成功 上巻（陳舜臣）中公文庫（1999） …… 213
鄭成功 下巻（陳舜臣）中公文庫（1999） …… 213
定本おかしな侍たち（神坂次郎）徳間文庫（1994） …… 86
狄（綱淵謙錠）中公文庫（1979） …… 217
適塾の維新（広瀬仁紀）時代小説文庫（1983） …… 303
手鎖心中（井上ひさし）文春文庫（1975） …… 31
手鎖心中（井上ひさし）文春文庫（2009） …… 31
◇手籠め人源之助秘帖（睦月影郎）学研M文庫 …… 345
手籠め人源之助秘帖 とろけ姫君（睦月影郎）学研M文庫（2014） …… 345
手籠め人源之助秘帖 みだらくずし（睦月影郎）学研M文庫（2013） …… 345
手籠め人源之助秘帖 若後家ねぶり（睦月影郎）学研M文庫（2014） …… 345
手助け桜（楠木誠一郎）学研M文庫（2011） …… 75
鉄火奉行（山手樹一郎）時代小説文庫（1982） …… 391
鉄火奉行（山手樹一郎）山手樹一郎長編時代小説全集（1979） …… 396
鉄火奉行　→江戸っ子奉行始末剣（山手樹一郎）コスミック・時代文庫（2014） …… 391
鉄の首枷（遠藤周作）中公文庫（1979） …… 39
鉄の首枷（遠藤周作）中公文庫（2016） …… 39
鉄の首枷（遠藤周作）ぶんか社文庫（2009） …… 39
鉄砲三国志（南原幹雄）角川文庫（2004） …… 266
鉄砲商人（南條範夫）時代小説文庫（1991） …… 260
鉄砲の音（野村胡堂）時代小説文庫（1983） …… 280
鉄砲無頼記　→信長の傭兵（津本陽）角川文庫（2006） …… 221
鉄砲無頼記　→鉄砲無頼伝（津本陽）角川文庫（2000） …… 221
鉄砲無頼伝（津本陽）角川文庫（2000） …… 221
手拭い弁之助　→吉原芸者心中（南原幹雄）角川文庫（2011） …… 267
手毬（瀬戸内寂聴）新潮文庫（1994） …… 185
出戻り侍（多岐川恭）光文社文庫（1994） …… 196
出戻り侍（多岐川恭）光文社文庫（2016） …… 197

寺田屋おとせ（徳永真一郎）光文社文庫（1989）……235
寺田屋騒動（海音寺潮五郎）文春文庫（1987）……62
寺田屋騒動（海音寺潮五郎）文春文庫（2007）……62
照る日くもる日　上巻（大佛次郎）新潮文庫（1959）……53
照る日くもる日　上（大佛次郎）徳間文庫（1989）……55
照る日くもる日　下巻（大佛次郎）新潮文庫（1959）……53
照る日くもる日　下（大佛次郎）徳間文庫（1989）……55
天を衝く 1（高橋克彦）講談社文庫（2004）……188
天を衝く 2（高橋克彦）講談社文庫（2004）……188
天を衝く 3（高橋克彦）講談社文庫（2004）……189
天を行く女（城昌幸）春陽文庫（1985）……168
天海（堀和久）人物文庫（1998）……316
天涯の花（澤田ふじ子）中公文庫（1994）……138
天海の秘宝 上（夢枕獏）朝日文庫（2013）……402
天海の秘宝 下（夢枕獏）朝日文庫（2013）……402
天下が揺いだ日 →鉄砲三国志（南原幹雄）角川文庫（2004）……266
天駆け地徂く（嶋津義忠）講談社文庫（1998）……160
天下の糸平　上（早乙女貢）文春文庫（1989）……104
天下の糸平　下（早乙女貢）文春文庫（1989）……104
天下の旗に叛いて（南原幹雄）新潮文庫（1992）……268
天下の旗に叛いて（南原幹雄）人物文庫（1999）……269
天下の旗に叛いて（南原幹雄）福武文庫（1996）……271
天下の落胤（森村誠一）中公文庫（2004）……362
天下布武　上（安部龍太郎）角川文庫（2009）……8
天下布武　下（安部龍太郎）角川文庫（2009）……8
天下分け目（南原幹雄）徳間文庫（1995）……270
天鬼秘剣（笹沢左保）新潮文庫（1991）……118
天鬼秘剣（笹沢左保）徳間文庫（2002）……120
天空の橋（澤田ふじ子）中公文庫（2009）……138
天空の橋（澤田ふじ子）徳間文庫（2002）……141
天狗往来（富田常雄）徳間文庫（1987）……243
天狗廻状（大佛次郎）朝日文庫（1981）……52
天狗廻状（大佛次郎）徳間文庫（1989）……54
天狗狩り（楠木誠一郎）だいわ文庫（2009）……76
◇天狗剣ご隠居捕物帖（大谷羊太郎）学研M文庫……45
天狗剣ご隠居捕物帖 千里眼（大谷羊太郎）学研M文庫（2012）……45
天狗剣ご隠居捕物帖 花道（大谷羊太郎）学研M文庫（2012）……45
天狗剣法（津本陽）PHP文芸文庫（2013）……228
天狗殺し（高橋克彦）集英社文庫（2003）……189
天狗争乱（吉村昭）朝日文庫（1999）……416
天狗争乱（吉村昭）新潮文庫（1997）……417
天狗争乱（吉村昭）新潮文庫（2006）……417
天狗藤吉郎　上（山田智彦）講談社文庫（2000）……376
天狗藤吉郎　下（山田智彦）講談社文庫（2000）……376
でんぐり侍（小松重男）光文社文庫（2002）……89
でんぐり侍（小松重男）新潮文庫（1991）……90
天鼓鳴りやまず（神坂次郎）中公文庫（1994）……85
天才絵師と幻の生首（佐藤雅美）講談社文庫（2011）……127
◇伝七捕物帳（陣出達朗）光文社文庫……176
◇伝七捕物帳（陣出達朗）春陽文庫……176
◇伝七捕物帳（陣出達朗）徳間文庫……178
伝七捕物帳（陣出達朗）光文社文庫（1986）……176
伝七捕物帳（陣出達朗）光文社文庫（2003）……176
伝七捕物帳（陣出達朗）春陽文庫（1968）……176
伝七捕物帳（陣出達朗）徳間文庫（2007）……178
伝七捕物帳 1（陣出達朗）春陽文庫（1976）……176
伝七捕物帳 1（陣出達朗）春陽文庫（1985）……176
伝七捕物帳 2（陣出達朗）春陽文庫（1976）……176
伝七捕物帳 2（陣出達朗）春陽文庫（1985）……176
伝七捕物帳 3（陣出達朗）春陽文庫（1976）……176
伝七捕物帳 3（陣出達朗）春陽文庫（1985）……176
天璋院篤姫　上（宮尾登美子）講談社文庫（1987）……340
天璋院篤姫　上（宮尾登美子）講談社文庫（2007）……341
天璋院篤姫　下（宮尾登美子）講談社文庫（1987）……341
天璋院篤姫　下（宮尾登美子）講談社文庫（2007）……341
天璋院敬子（梅本育子）双葉文庫（2001）……35
天正女合戦（海音寺潮五郎）春陽文庫（1954）……59
天上紅蓮（渡辺淳一）文春文庫（2013）……422
天上の露（白石一郎）光文社文庫（2003）……172
天上の露（白石一郎）新潮文庫（1986）……172

天神菅原道真（三田誠広）学研M文庫（2001） …… 327
天智帝をめぐる七人（杉本苑子）文春文庫（1997） …… 184
天地燃える 上（南原幹雄）角川文庫（1988） …… 265
天地燃える 中（南原幹雄）角川文庫（1988） …… 266
天地燃える 下（南原幹雄）角川文庫（1988） …… 266
天と地と（海音寺潮五郎）角川文庫（1966） …… 57
天と地と 1（海音寺潮五郎）角川文庫（1986） …… 57
天と地と 上（海音寺潮五郎）文春文庫（2004） …… 62
天と地と 2（海音寺潮五郎）角川文庫（1986） …… 57
天と地と 中（海音寺潮五郎）文春文庫（2004） …… 62
天と地と 3（海音寺潮五郎）角川文庫（1986） …… 57
天と地と 下（海音寺潮五郎）文春文庫（2004） …… 62
天と地と 4（海音寺潮五郎）角川文庫（1986） …… 57
天と地と 5（海音寺潮五郎）角川文庫（1986） …… 57
天女の淫香（睦月影郎）竹書房ラブロマン文庫（2010） …… 350
天皇家の忍者（南原幹雄）角川文庫（2008） …… 267
天皇家の忍者（南原幹雄）新潮文庫（2001） …… 269
天皇家の戦士（南原幹雄）角川文庫（2009） …… 267
◇天皇の世紀（大佛次郎）文春文庫 …… 55
天皇の世紀 1（大佛次郎）文春文庫（2010） …… 55
天皇の世紀 2（大佛次郎）文春文庫（2010） …… 55
天皇の世紀 3（大佛次郎）文春文庫（2010） …… 55
天皇の世紀 4（大佛次郎）文春文庫（2010） …… 55
天皇の世紀 5（大佛次郎）文春文庫（2010） …… 55
天皇の世紀 6（大佛次郎）文春文庫（2010） …… 55
天皇の世紀 7（大佛次郎）文春文庫（2010） …… 55
天皇の世紀 8（大佛次郎）文春文庫（2010） …… 55
天皇の世紀 9（大佛次郎）文春文庫（2010） …… 56
天皇の世紀 10（大佛次郎）文春文庫（2010） …… 56
天皇の世紀 11（大佛次郎）文春文庫（2010） …… 56
天皇の世紀 12（大佛次郎）文春文庫（2010） …… 56
天の火（山手樹一郎）山手樹一郎短編時代小説全集（1980） …… 395
天の火柱（山手樹一郎）山手樹一郎長編時代小説全集（1978） …… 396
天の火柱 →浪人剣法（山手樹一郎）コスミック・時代文庫（2011） …… 390
天の火柱 上巻（山手樹一郎）桃園文庫（1986） …… 393
天の火柱 下巻（山手樹一郎）桃園文庫（1986） …… 393
天平大仏記（澤田ふじ子）講談社文庫（1985） …… 134
天平大仏記（澤田ふじ子）中公文庫（2005） …… 138
天平の甍（井上靖）新潮文庫（1964） …… 32
天平の甍（井上靖）正進社名作文庫（1970） …… 33
天平の甍（井上靖）必読名作シリーズ（1990） …… 33
天風の彩王 上（黒岩重吾）講談社文庫（2000） …… 81
天風の彩王 下（黒岩重吾）講談社文庫（2000） …… 81
天兵童子 1（吉川英治）吉川英治文庫（1977） …… 412
天兵童子 2（吉川英治）吉川英治文庫（1977） …… 412
天保悪党伝（藤沢周平）角川文庫（1993） …… 304
天保悪党伝（藤沢周平）角川文庫（2011） …… 304
天保悪党伝（藤沢周平）新潮文庫（2001） …… 306
天保悪の華（南原幹雄）角川文庫（1986） …… 265
天保悪の華（南原幹雄）青樹社文庫（1997） …… 269
天保あばれ振袖（松永義弘）春陽文庫（1979） …… 320
天保うき世硯（山手樹一郎）山手樹一郎長編時代小説全集（1979） …… 397
天保・怪盗鼠小僧次郎吉（笹沢左保）ノン・ポシェット（1988） …… 121
天保・国定忠治無頼録（笹沢左保）ノン・ポシェット（1989） …… 121
天保九年の少年群（南條範夫）講談社文庫（1994） …… 258
天保図録 上（松本清張）朝日文庫（1993） …… 321
天保図録 1（松本清張）講談社文庫（1982） …… 322
天保図録 中（松本清張）朝日文庫（1993） …… 321
天保図録 2（松本清張）講談社文庫（1982） …… 322
天保図録 下（松本清張）朝日文庫（1993） …… 321
天保図録 3（松本清張）講談社文庫（1982） …… 322
天保図録 4（松本清張）講談社文庫（1982） …… 322
天保図録 5（松本清張）講談社文庫（1982） …… 322

天保美剣士録　上（富田常雄）徳間文庫（1992）……244
天保美剣士録　下（富田常雄）徳間文庫（1992）……244
天保紅小判（山手樹一郎）山手樹一郎長編時代小説全集（1978）……396
天保枕絵秘聞（勝目梓）双葉文庫（2004）……64
天保世なおし廻状（高橋義夫）文春文庫（2005）……194
天保六道銭（村上元三）春陽文庫（1968）……353
天保六道銭（村上元三）徳間文庫（1987）……355
天魔（池波正太郎）新潮文庫（1988）……20
天魔（池波正太郎）新潮文庫（2002）……20
天馬往来（村上元三）徳間文庫（1989）……355
天馬、翔ける　上巻（安部龍太郎）新潮文庫（2007）……10
天馬、翔ける　下巻（安部龍太郎）新潮文庫（2007）……10
天馬、翔ける源義経 上（安部龍太郎）集英社文庫（2012）……9
天馬、翔ける源義経 中（安部龍太郎）集英社文庫（2012）……9
天馬、翔ける源義経 下（安部龍太郎）集英社文庫（2012）……9
天馬、翔ける 上, 下 →天馬、翔ける源義経 下（安部龍太郎）集英社文庫（2012）……9
天馬、翔ける 上, 下 →天馬、翔ける源義経 上（安部龍太郎）集英社文庫（2012）……9
天馬、翔ける 上, 下 →天馬、翔ける源義経 中（安部龍太郎）集英社文庫（2012）……9
天馬空をゆく（神坂次郎）小学館文庫（1999）……85
天馬空をゆく（神坂次郎）新潮文庫（1992）……85
伝馬町から今晩は（山田風太郎）河出文庫 - 山田風太郎コレクション（1993）……380
天魔の夏（池波正太郎）新潮文庫（1987）……21
天魔の夏（池波正太郎）新潮文庫（2005）……21
天明の密偵（中津文彦）PHP文芸文庫（2013）……254
天明むざん絵図（島田一男）春陽文庫（1982）……162
天目山に桜散る（滝口康彦）PHP文庫（1989）……204

【と】

道庵と鰡八の巻（中里介山）時代小説文庫（1981）……251
東海道をつっ走れ →血刃街道（早乙女貢）徳間文庫（1992）……103
東海道をゆく（白石一郎）講談社文庫（2006）……171
東海道五十三次（平岩弓枝）講談社文庫（2004）……297
東海道つむじ風 →嘉永三年の全身麻酔（笹沢左保）徳間文庫（1990）……119
東海道星取表（有明夏夫）文春文庫（1984）……12
東海の暴れん坊（木屋進）春陽文庫（1993）……74
東海の顔役（陣出達朗）春陽文庫（1972）……177
東海の顔役（陣出達朗）春陽文庫（1984）……178
道鏡・家康（坂口安吾）時代小説文庫（1987）……108
東京影同心（杉本章子）講談社文庫（2013）……179
東京新大橋雨中図（杉本章子）文春文庫（1991）……180
東京南町奉行（山田風太郎）旺文社文庫（1987）……378
東京南町奉行（山田風太郎）大陸文庫（1989）……385
道鏡・二流の人（坂口安吾）角川文庫（1957）……107
峠（北原亞以子）新潮文庫（2003）……71
峠 上巻（司馬遼太郎）新潮文庫（2003）……147
峠 中巻（司馬遼太郎）新潮文庫（2003）……147
峠 下巻（司馬遼太郎）新潮文庫（2003）……147
東慶寺花だより（井上ひさし）文春文庫（2013）……31
峠の群像 1（堺屋太一）文春文庫（1986）……105
峠の群像 2（堺屋太一）文春文庫（1986）……105
峠の群像 3（堺屋太一）文春文庫（1987）……105
峠の群像 4（堺屋太一）文春文庫（1987）……105
桃源の鬼（山岡荘八）春陽文庫（1956）……371
道元の冒険（井上ひさし）新潮文庫（1976）……31
東国竜虎伝（島田一男）春陽文庫（1982）……162
湯治場の女（笹沢左保）時代小説文庫（1988）……116
藤十郎の恋（菊池寛）春陽堂文庫（1949）……67
藤十郎の恋　恩讐の彼方に（菊池寛）新潮文庫（1970）……67
藤十郎の恋　忠直卿行状記（菊池寛）小学館文庫（2000）……67
塔十郎無頼剣（早乙女貢）ケイブンシャ文庫（1999）……98
闘将織田信長（風巻紘一）春陽文庫（1992）……64

闘将島左近 →島左近（佐竹申伍）PHP文庫（1990） …… 123
闘将福島正則 →福島正則（高橋和島）PHP文庫（2000） …… 196
同心暁蘭之介 →北町奉行・定廻り同心（笹沢左保）コスミック・時代文庫（2013） …… 116
同心暁蘭之介 →北町奉行・定廻り同心控（笹沢左保）ノン・ポシェット（1988） …… 121
冬人夏虫（睦月影郎）廣済堂文庫（2012） …… 346
同心の涙（楠木誠一郎）コスミック・時代文庫（2010） …… 75
唐人笛（西村望）光文社文庫（2009） …… 274
同心部屋御用帳（島田一男）春陽文庫（1983） …… 162
同心部屋御用帳（島田一男）徳間文庫（2007） …… 162
同心部屋御用帳 1 →定町回り同心事件帖（島田一男）コスミック・時代文庫（2013） …… 161
盗人由兵衛犯科帖（八剣浩太郎）ケイブンシャ文庫（2001） …… 366
盗人由兵衛犯科帖（八剣浩太郎）大洋時代文庫 時代小説（2006） …… 368
盗泉の獅子（野村敏雄）春陽文庫（1985） …… 283
盗賊大将軍（海音寺潮五郎）時代小説文庫（1987） …… 59
盗賊奉行（陣出達朗）春陽文庫（1982） …… 177
盗賊奉行（陣出達朗）春陽文庫（1997） …… 177
灯台鬼（南條範夫）光文社文庫（1991） …… 259
燈台鬼（南條範夫）文春文庫（1983） …… 263
藤堂高虎（高野澄）学研M文庫（2002） …… 187
藤堂高虎（徳永真一郎）PHP文庫（1990） …… 236
藤堂高虎（村上元三）人物文庫（2008） …… 354
藤堂高虎（村上元三）徳間文庫（1992） …… 355
等伯 上（安部龍太郎）文春文庫（2015） …… 10
等伯 下（安部龍太郎）文春文庫（2015） …… 10
東福門院和子（徳永真一郎）光文社文庫（1993） …… 235
東福門院和子の涙（宮尾登美子）講談社文庫（1996） …… 341
東福門院和子の涙 上（宮尾登美子）講談社文庫（2016） …… 341
東福門院和子の涙 下（宮尾登美子）講談社文庫（2016） …… 341
逃亡 上（松本清張）光文社文庫（1990） …… 323
逃亡 上（松本清張）光文社文庫（2002） …… 323
逃亡 下（松本清張）光文社文庫（1990） …… 323
逃亡 下（松本清張）光文社文庫（2002） …… 323
唐丸破り（峰隆一郎）幻冬舎文庫（2000） …… 330
道誉なり 上巻（北方謙三）中公文庫（1999） …… 69
道誉なり 下巻（北方謙三）中公文庫（1999） …… 69
遠い海（井上靖）文春文庫（1982） …… 33
遠い椿（澤田ふじ子）幻冬舎時代小説文庫（2011） …… 131
遠い螢（澤田ふじ子）徳間文庫（1998） …… 141
遠眼鏡の殿様（横溝正史）春陽文庫（1984） …… 406
遠山金四郎（童門冬二）PHP文庫（1997） …… 234
遠山金四郎女難旅（太田蘭三）ノン・ポシェット（1993） …… 44
遠山の金さん（山手樹一郎）双葉文庫（1989） …… 394
遠山の金さん（山手樹一郎）双葉文庫（1989） …… 394
遠山の金さん（山手樹一郎）山手樹一郎長編時代小説全集（1977） …… 395
遠山の金さん →江戸桜金四郎（山手樹一郎）コスミック・時代文庫（2010） …… 390
遠山の金さん 上（山手樹一郎）時代小説文庫（1989） …… 391
遠山の金さん 下（山手樹一郎）時代小説文庫（1989） …… 391
蜥蜴市（西村望）光文社文庫（2001） …… 273
時宗 巻の1（高橋克彦）講談社文庫（2003） …… 188
時宗 巻の2（高橋克彦）講談社文庫（2003） …… 188
時宗 巻の3（高橋克彦）講談社文庫（2003） …… 188
時宗 巻の4（高橋克彦）講談社文庫（2003） …… 188
刻謎宮 3（渡穹篇）（高橋克彦）講談社文庫（2006） …… 189
ときめき砂絵 いなずま砂絵（都筑道夫）光文社文庫（2011） …… 215
徳川家光 1（山岡荘八）光文社文庫（1987） …… 371
徳川家光 1（山岡荘八）山岡荘八歴史文庫（1987） …… 373
徳川家光 2（山岡荘八）光文社文庫（1987） …… 371
徳川家光 2（山岡荘八）山岡荘八歴史文庫（1987） …… 373
徳川家光 3（山岡荘八）光文社文庫（1987） …… 371
徳川家光 3（山岡荘八）山岡荘八歴史文庫（1987） …… 373
徳川家光 4（山岡荘八）山岡荘八歴史文庫（1987） …… 374
徳川家康（南條範夫）徳間文庫（1995） …… 262
徳川家康（松本清張）角川文庫（1964） …… 321
徳川家康 1 出世乱離の巻（山岡荘八）山岡荘八歴史文庫（1987） …… 374

徳川家康 2 獅子の座の巻（山岡荘八）山岡荘八歴史文庫（1987） …… 374
徳川家康 3 朝露の巻（山岡荘八）山岡荘八歴史文庫（1987） …… 374
徳川家康 4 葦かびの巻（山岡荘八）山岡荘八歴史文庫（1987） …… 374
徳川家康 5 うず潮の巻（山岡荘八）山岡荘八歴史文庫（1987） …… 375
徳川家康 6 燃える土の巻（山岡荘八）山岡荘八歴史文庫（1987） …… 375
徳川家康 7 颶風の巻（山岡荘八）山岡荘八歴史文庫（1987） …… 375
徳川家康 8 心火の巻（山岡荘八）山岡荘八歴史文庫（1987） …… 375
徳川家康 9 碧雲の巻（山岡荘八）山岡荘八歴史文庫（1987） …… 375
徳川家康 10 無相門の巻（山岡荘八）山岡荘八歴史文庫（1987） …… 375
徳川家康 11 竜虎の巻（山岡荘八）山岡荘八歴史文庫（1988） …… 375
徳川家康 12 華厳の巻（山岡荘八）山岡荘八歴史文庫（1988） …… 375
徳川家康 13 侘茶の巻（山岡荘八）山岡荘八歴史文庫（1988） …… 375
徳川家康 14 明星またたくの巻（山岡荘八）山岡荘八歴史文庫（1988） …… 375
徳川家康 15 難波の夢の巻（山岡荘八）山岡荘八歴史文庫（1988） …… 375
徳川家康 16 日蝕月蝕の巻（山岡荘八）山岡荘八歴史文庫（1988） …… 375
徳川家康 17 軍荼利の巻（山岡荘八）山岡荘八歴史文庫（1988） …… 375
徳川家康 18 関ケ原の巻（山岡荘八）山岡荘八歴史文庫（1988） …… 375
徳川家康 19 泰平胎動の巻（山岡荘八）山岡荘八歴史文庫（1988） …… 375
徳川家康 20 江戸・大坂の巻（山岡荘八）山岡荘八歴史文庫（1988） …… 375
徳川家康 21 春雷遠雷の巻（山岡荘八）山岡荘八歴史文庫（1988） …… 375
徳川家康 22 百雷落つるの巻（山岡荘八）山岡荘八歴史文庫（1988） …… 375
徳川家康 23 蕭風城の巻（山岡荘八）山岡荘八歴史文庫（1988） …… 376
徳川家康 24 戦争と平和の巻（山岡荘八）山岡荘八歴史文庫（1988） …… 376
徳川家康 25 孤城落月の巻（山岡荘八）山岡荘八歴史文庫（1988） …… 376
徳川家康 26 立命往生の巻（山岡荘八）山岡荘八歴史文庫（1988） …… 376
徳川御三卿（南原幹雄）徳間文庫（2005） …… 271
徳川御三卿 上（南原幹雄）角川文庫（1998） …… 266
徳川御三卿 下（南原幹雄）角川文庫（1998） …… 266
徳川三国志（柴田錬三郎）旺文社文庫（1986） …… 151
徳川三国志（柴田錬三郎）時代小説文庫（1988） …… 155
徳川三国志（柴田錬三郎）集英社文庫（2009） …… 157
徳川三国志（柴田錬三郎）文春文庫（1989） …… 160
徳川四天王 上（南原幹雄）角川文庫（2007） …… 266
徳川四天王 下（南原幹雄）角川文庫（2007） …… 267
徳川水滸伝（南原幹雄）廣済堂文庫（1990） …… 267
徳川水滸伝（南原幹雄）時代小説文庫（1996） …… 267
徳川太平記（柴田錬三郎）文春文庫（1977） …… 160
徳川太平記 上（柴田錬三郎）集英社文庫（2003） …… 156
徳川太平記 下（柴田錬三郎）集英社文庫（2003） …… 156
徳川忍法系図（南原幹雄）大洋時代文庫 時代小説（2005） …… 269
徳川忍法系図（南原幹雄）徳間文庫（1994） …… 270
徳川の夫人たち（吉屋信子）朝日文庫（1979） …… 418
徳川の夫人たち 上（吉屋信子）朝日文庫（2012） …… 418
徳川の夫人たち 続（吉屋信子）朝日文庫（1979） …… 418
徳川の夫人たち 下（吉屋信子）朝日文庫（2012） …… 418
◇徳川幕閣盛衰記（笹沢左保）祥伝社文庫 …… 117
徳川幕閣盛衰記 上巻 野望の下馬将軍（笹沢左保）祥伝社文庫（2002） …… 117
徳川幕閣盛衰記 中巻 将軍吉宗の陰謀（笹沢左保）祥伝社文庫（2002） …… 117
徳川幕閣盛衰記 下巻 黒船擾乱（笹沢左保）祥伝社文庫（2002） …… 117
徳川秀忠 上（戸部新十郎）徳間文庫（1995） …… 241
徳川秀忠 上（戸部新十郎）徳間文庫（2010） …… 241
徳川秀忠 中（戸部新十郎）徳間文庫（1995） …… 241
徳川秀忠 下（戸部新十郎）徳間文庫（1995） …… 241

徳川秀忠 下(戸部新十郎)徳間文庫(2010) …… 241
徳川秀忠とお江(星亮一)学研M文庫(2010) …… 314
徳川秀忠の妻(吉屋信子)河出文庫(2010) …… 418
徳川風雲録(大栗丹後)春陽文庫(1998) …… 43
徳川慶喜(堀和久)文春文庫(1998) …… 316
徳川慶喜(三好徹)人物文庫(1997) …… 343
徳川慶喜 1(山岡荘八)山岡荘八歴史文庫(1986) …… 372
徳川慶喜 2(山岡荘八)山岡荘八歴史文庫(1986) …… 372
徳川慶喜 3(山岡荘八)山岡荘八歴史文庫(1986) …… 372
徳川慶喜 4(山岡荘八)山岡荘八歴史文庫(1986) …… 373
徳川慶喜 5(山岡荘八)山岡荘八歴史文庫(1986) …… 373
徳川慶喜 6(山岡荘八)山岡荘八歴史文庫(1986) …… 373
徳川慶喜評判記(高野澄)徳間文庫(1997) …… 187
徳川吉宗(徳永真一郎)PHP文庫(1990) …… 236
徳川浪人伝(柴田錬三郎)新潮文庫(1983) …… 158
独眼竜伊達政宗(西野辰吉)時代小説文庫(1986) …… 272
独眼竜政宗 上(早乙女貢)講談社文庫(1986) …… 98
独眼竜政宗 下(早乙女貢)講談社文庫(1986) …… 99
独眼竜政宗(松永義弘)人物文庫(1997) …… 320
独眼竜政宗(松永義弘)人物文庫(2010) …… 320
独眼龍政宗 上(津本陽)角川文庫(2009) …… 221
独眼龍政宗 上(津本陽)文春文庫(1999) …… 227
独眼龍政宗 下(津本陽)角川文庫(2009) …… 221
独眼龍政宗 下(津本陽)文春文庫(1999) …… 227
毒の鎖(森村誠一)文春文庫(2000) …… 364
毒婦伝奇(柴田錬三郎)時代小説文庫(1983) …… 154
毒婦伝奇(柴田錬三郎)集英社文庫(1987) …… 155
毒婦伝奇(柴田錬三郎)春陽文庫(1983) …… 157
毒婦伝奇(柴田錬三郎)文春文庫(1995) …… 159
毒婦四千年(柴田錬三郎)講談社文庫(1994) …… 152
毒虫(長谷川卓)ハルキ文庫(2007) …… 289
どくろ観音(高木彬光)春陽文庫(1983) …… 186
どくろ観音(高木彬光)春陽文庫(1998) …… 186
どくろ化粧(高橋義夫)文春文庫(2008) …… 194
髑髏検校(横溝正史)角川文庫(2008) …… 405
髑髏検校(横溝正史)時代小説文庫(1986) …… 405
髑髏検校(横溝正史)大衆文学館(1996) …… 407
髑髏検校(横溝正史)徳間文庫(2006) …… 407
髑髏銭(角田喜久雄)時代小説文庫(1985) …… 218
髑髏銭(角田喜久雄)春陽文庫(1999) …… 219
髑髏銭(角田喜久雄)大衆文学館(1997) …… 220
髑髏銭 前篇(角田喜久雄)春陽文庫(1952) …… 218
髑髏銭 後篇(角田喜久雄)春陽文庫(1952) …… 218
所は何処、水師営(光瀬龍)角川文庫(1987) …… 327
土佐兵の勇敢な話(中山義秀)講談社文芸文庫(1999) …… 255
歳三からの伝言(北原亞以子)講談社文庫(2004) …… 71
閉じられた海図(古川薫)文春文庫(1992) …… 313
土壇場の言葉(多岐川恭)時代小説文庫(2008) …… 197
怒濤のごとく 上(白石一郎)文春文庫(2001) …… 174
怒濤のごとく 下(白石一郎)文春文庫(2001) …… 174
怒濤の人(南條範夫)PHP文庫(1990) …… 264
◇十時半睡事件帖(白石一郎)講談社文庫 …… 171
十時半睡事件帖 犬を飼う武士(白石一郎)講談社文庫(1994) …… 171
十時半睡事件帖 おんな舟(白石一郎)講談社文庫(2000) …… 171
十時半睡事件帖 刀(白石一郎)講談社文庫(1990) …… 171
十時半睡事件帖 観音妖女(白石一郎)講談社文庫(1988) …… 171
十時半睡事件帖 出世長屋(白石一郎)講談社文庫(1996) …… 171
十時半睡事件帖 東海道をゆく(白石一郎)講談社文庫(2006) …… 171
十時半睡事件帖 庖丁ざむらい(白石一郎)講談社文庫(1987) …… 171
十時半睡事件帖 庖丁ざむらい(白石一郎)講談社文庫(2016) …… 171
戸並長八郎(長谷川伸)徳間文庫(1987) …… 286
斗南藩子弟記(永岡慶之助)文春文庫(1986) …… 250
◇刀根又四郎必殺剣(峰隆一郎)双葉文庫 …… 339
刀根又四郎必殺剣 餓鬼が斬る(峰隆一郎)双葉文庫(2001) …… 339

刀根又四郎必殺剣 奸賊を斬る（峰隆一郎）双葉文庫（2001） …… 339
刀根又四郎必殺剣 孤狼が斬る（峰隆一郎）双葉文庫（2001） …… 339
刀根又四郎必殺剣 邪鬼が斬る（峰隆一郎）双葉文庫（2001） …… 339
刀根又四郎必殺剣 青狼が斬る（峰隆一郎）双葉文庫（2001） …… 339
刀根又四郎必殺剣 富札を斬る（峰隆一郎）双葉文庫（2001） …… 339
刀根又四郎必殺剣 魅鬼が斬る（峰隆一郎）双葉文庫（2001） …… 339
刀根又四郎必殺剣 妖姫が斬る（峰隆一郎）双葉文庫（2001） …… 339
刀根又四郎必殺剣 恋鬼が斬る（峰隆一郎）双葉文庫（2001） …… 339
殿さまの日（星新一）新潮文庫（1983） …… 314
殿さま浪人（山手樹一郎）コスミック・時代文庫（2010） …… 389
殿さま浪人（山手樹一郎）双葉文庫（1988） …… 394
殿さま浪人（山手樹一郎）山手樹一郎長編時代小説全集（1978） …… 396
主殿の税（佐藤雅美）講談社文庫（1991） …… 128
主殿の税 →田沼意次（佐藤雅美）人物文庫（2003） …… 129
怒帆（高橋和島）小学館文庫（1999） …… 196
鳶のぼんくら松（山手樹一郎）春陽文庫（1957） …… 392
鳶のぼんくら松（山手樹一郎）山手樹一郎長編時代小説全集（1978） …… 396
飛奴（泡坂妻夫）徳間文庫（2005） …… 14
翔ぶが如く 1（司馬遼太郎）文春文庫（1980） …… 148
翔ぶが如く 1（司馬遼太郎）文春文庫（2002） …… 149
翔ぶが如く 2（司馬遼太郎）文春文庫（1980） …… 148
翔ぶが如く 2（司馬遼太郎）文春文庫（2002） …… 149
翔ぶが如く 3（司馬遼太郎）文春文庫（1980） …… 148
翔ぶが如く 3（司馬遼太郎）文春文庫（2002） …… 149
翔ぶが如く 4（司馬遼太郎）文春文庫（1980） …… 148
翔ぶが如く 4（司馬遼太郎）文春文庫（2002） …… 149
翔ぶが如く 5（司馬遼太郎）文春文庫（1980） …… 148
翔ぶが如く 5（司馬遼太郎）文春文庫（2002） …… 149
翔ぶが如く 6（司馬遼太郎）文春文庫（1980） …… 148
翔ぶが如く 6（司馬遼太郎）文春文庫（2002） …… 149
翔ぶが如く 7（司馬遼太郎）文春文庫（1980） …… 148
翔ぶが如く 7（司馬遼太郎）文春文庫（2002） …… 149
翔ぶが如く 8（司馬遼太郎）文春文庫（1980） …… 148
翔ぶが如く 8（司馬遼太郎）文春文庫（2002） …… 149
翔ぶが如く 9（司馬遼太郎）文春文庫（1980） …… 148
翔ぶが如く 9（司馬遼太郎）文春文庫（2002） …… 149
翔ぶが如く 10（司馬遼太郎）文春文庫（1980） …… 148
翔ぶが如く 10（司馬遼太郎）文春文庫（2002） …… 149
どぶどろ（半村良）廣済堂文庫（2015） …… 293
どぶどろ（半村良）新潮文庫（1980） …… 294
どぶどろ（半村良）扶桑社文庫（2001） …… 295
富島松五郎伝（岩下俊作）中公文庫（1981） …… 33
富札を斬る（峰隆一郎）廣済堂文庫（1999） …… 331
富札を斬る（峰隆一郎）双葉文庫（2001） …… 339
弔い師（石森史郎）ベスト時代文庫（2010） …… 27
豊臣家の人々（司馬遼太郎）角川文庫（1971） …… 144
豊臣家の人々（司馬遼太郎）角川文庫（2008） …… 144
豊臣家の人々（司馬遼太郎）中公文庫（1973） …… 147
豊臣秀長（堺屋太一）PHP文庫（1988） …… 106
豊臣秀長（堺屋太一）PHP文庫（2015） …… 106
豊臣秀長 上（堺屋太一）文春文庫（1993） …… 105
豊臣秀長 下（堺屋太一）文春文庫（1993） …… 105
豊臣秀長 下巻（堺屋太一）PHP文庫（1988） …… 106
豊臣秀吉 →太閤秀吉（徳永真一郎）徳間文庫（1992） …… 236
豊臣秀吉（南條範夫）徳間文庫（1992） …… 262
豊臣秀吉 1（山岡荘八）講談社文庫（1977） …… 370
豊臣秀吉 1（山岡荘八）山岡荘八歴史文庫（1987） …… 373
豊臣秀吉 2（山岡荘八）講談社文庫（1978） …… 370
豊臣秀吉 2（山岡荘八）山岡荘八歴史文庫（1987） …… 373
豊臣秀吉 3（山岡荘八）講談社文庫（1978） …… 370

豊臣秀吉 3(山岡荘八)山岡荘八歴史文庫(1987) …… 373
豊臣秀吉 4(山岡荘八)講談社文庫(1978) …… 370
豊臣秀吉 4(山岡荘八)山岡荘八歴史文庫(1987) …… 373
豊臣秀吉 5(山岡荘八)講談社文庫(1978) …… 370
豊臣秀吉 5(山岡荘八)山岡荘八歴史文庫(1987) …… 373
豊臣秀吉 6(山岡荘八)講談社文庫(1978) …… 370
豊臣秀吉 6(山岡荘八)山岡荘八歴史文庫(1987) …… 373
豊臣秀吉 7(山岡荘八)山岡荘八歴史文庫(1987) …… 373
豊臣秀吉 8(山岡荘八)山岡荘八歴史文庫(1987) …… 373
豊臣秀長 上巻・下巻 →豊臣秀長(堺屋太一)PHP文庫(2015) …… 106
鳥居の赤兵衛(泡坂妻夫)文春文庫(2007) …… 14
捕物・おかめの面(長谷川伸)新小説文庫(1951) …… 286
捕物そばや 〔第1〕 時代篇(村上元三)春陽文庫(1951) …… 353
捕物そばや 〔第2〕 明治篇(村上元三)春陽文庫(1951) …… 353
捕物帳もどき(都筑道夫)文春文庫(1984) …… 216
とろけ姫君(睦月影郎)学研M文庫(2014) …… 345
とろけ桃(睦月影郎)祥伝社文庫(2015) …… 349
◇呑蝮念仏破戒旅(大栗丹後)春陽文庫 …… 42
呑蝮念仏破戒旅 2 女泣かせの甲州道(大栗丹後)春陽文庫(1986) …… 42
呑蝮念仏破戒旅 3 女哀しの東海道(大栗丹後)春陽文庫(1992) …… 42
呑蝮念仏破戒旅 4 女情けの日光道(大栗丹後)春陽文庫(1993) …… 42
呑蝮念仏破戒旅 5 女淋しの奥州道(大栗丹後)春陽文庫(1994) …… 42
呑蝮念仏破戒旅 6 女恨みの中山道(再)(大栗丹後)春陽文庫(1996) …… 42
呑蝮念仏破戒旅 7 女泣かせの甲州道(再)(大栗丹後)春陽文庫(1996) …… 42
呑蝮念仏破戒旅 女恨みの中山道(大栗丹後)春陽文庫(1985) …… 42

【な】

ないしょないしょ(池波正太郎)新潮文庫(1992) …… 21
ないしょないしょ(池波正太郎)新潮文庫(2003) …… 21
◇内藤新宿(本庄慧一郎)学研M文庫 …… 317
◇内藤新宿(本庄慧一郎)廣済堂文庫 …… 318
内藤新宿 2 血の花暦(本庄慧一郎)学研M文庫(2002) …… 317
内藤新宿 2 血の花暦(本庄慧一郎)廣済堂文庫(1999) …… 318
内藤新宿 3 闇の血祭り(本庄慧一郎)学研M文庫(2002) …… 317
内藤新宿 殺め暦(本庄慧一郎)学研M文庫(2001) …… 317
内藤新宿 殺め暦(本庄慧一郎)廣済堂文庫(1998) …… 318
直江兼続 上(童門冬二)人物文庫(2007) …… 232
直江兼続 下(童門冬二)人物文庫(2007) …… 232
直江山城守(井口朝生)春陽文庫(1999) …… 17
ながい坂 上巻(山本周五郎)新潮文庫(1971) …… 399
ながい坂 下巻(山本周五郎)新潮文庫(1971) …… 399
長い道程(堀和久)講談社文庫(1999) …… 316
中岡慎太郎(堀和久)講談社文庫(1997) …… 316
中岡慎太郎 上(堀和久)人物文庫(2009) …… 316
中岡慎太郎 下(堀和久)人物文庫(2009) …… 316
長崎隠密坂 →びいどろの城(白石一郎)講談社文庫(1985) …… 171
長崎海軍伝習所(星亮一)角川文庫(1989) …… 315
長崎ぎやまん波止場(白石一郎)文春文庫(1991) …… 173
長崎犯科帳(永井路子)文春文庫(1993) …… 247
長崎犯科帳・青苔記(永井路子)講談社文庫(1979) …… 246
長崎ロシア遊女館(渡辺淳一)講談社文庫(1982) …… 422
長崎ロシア遊女館(渡辺淳一)講談社文庫(2013) …… 422
流され者 1 壬生宗十郎・狂神の章(羽山信樹)角川文庫(1985) …… 292
流され者 2 壬生宗十郎・木端微塵剣(羽山信樹)角川文庫(1985) …… 292
流され者 3 壬生宗十郎・怒濤の章(羽山信樹)角川文庫(1985) …… 292
流され者 5 壬生宗十郎・断骨の章(羽山信樹)角川文庫(1985) …… 292
流され者 6 壬生宗十郎・死生の章(羽山信樹)角川文庫(1986) …… 292
中仙道はぐれ鳥 →嘉永四年の予防接種(笹沢左保)徳間文庫(1990) …… 119

中仙道六十九次(平岩弓枝)講談社文庫(2005) …… 298
長脇差(ながどす)一閃! 修羅の峠道(笹沢左保)光文社文庫(2012) …… 114
長脇差大名(高木彬光)春陽文庫(1983) …… 186
長脇差大名(高木彬光)春陽文庫(1998) …… 187
長脇差奉行(陣出達朗)春陽文庫(1961) …… 177
長脇差奉行(陣出達朗)春陽文庫(1978) …… 177
長門守の陰謀(藤沢周平)文春文庫(1983) …… 307
長門守の陰謀(藤沢周平)文春文庫(2009) …… 308
中大兄皇子伝 上(黒岩重吾)講談社文庫(2004) …… 81
中大兄皇子伝 下(黒岩重吾)講談社文庫(2004) …… 81
流れ灌頂(峰隆一郎)集英社文庫(1998) …… 334
流れ星外道剣(睦月影郎)コスミック・時代文庫(2006) …… 347
流れ星斬妖剣(睦月影郎)コスミック・時代文庫(2008) …… 347
流れ星邪淫剣(睦月影郎)コスミック文庫(2007) …… 348
流れ星純情剣(睦月影郎)コスミック・時代文庫(2006) …… 347
流れ星魔性剣(睦月影郎)コスミック・時代文庫(2004) …… 347
長脇差枯野抄(山田風太郎)廣済堂文庫(1997) …… 381
泣き夜叉(高橋義夫)講談社文庫(1996) …… 192
泣く子と小三郎(佐藤雅美)講談社文庫(2009) …… 127
殴られた石松(長谷川伸)徳間文庫(1988) …… 286
投げ縄お銀捕物帳(陣出達朗)春陽文庫(1981) …… 177
投げ節弥之(子母沢寛)春陽文庫(1951) …… 164
投げ銛千吉廻船帖(白石一郎)文春文庫(1997) …… 173
勿来の巻(中里介山)時代小説文庫(1982) …… 251
勿来の巻, 弁信の巻(中里介山)角川文庫(1956) …… 251
謎の虹彩剣(白石一郎)徳間文庫(1991) …… 173
謎の団十郎(南原幹雄)講談社文庫(1989) …… 267
謎の団十郎(南原幹雄)徳間文庫(1998) …… 270
謎の紅蝙蝠(横溝正史)徳間文庫(2003) …… 407
夏草の賦(司馬遼太郎)文春文庫(1977) …… 148
夏草の賦 上(司馬遼太郎)文春文庫(2005) …… 150
夏草の賦 下(司馬遼太郎)文春文庫(2005) …… 150
夏草余情(睦月影郎)廣済堂文庫(2010) …… 346
◇なにわの源蔵事件帳(有明夏夫)講談社文庫 …… 11
◇なにわの源蔵事件帳(有明夏夫)小学館文庫 …… 12
なにわの源蔵事件帳 1 大浪花別嬪番付(有明夏夫)小学館文庫(2008) …… 12
なにわの源蔵事件帳 2 新春初手柄(有明夏夫)小学館文庫(2008) …… 12
なにわの源蔵事件帳 3 艶女衣装競べ(有明夏夫)小学館文庫(2009) …… 12
なにわの源蔵事件帳 4 絵図面盗難事件(有明夏夫)小学館文庫(2009) …… 12
なにわの源蔵事件帳 京街道を走る(有明夏夫)講談社文庫(1988) …… 11
なにわの源蔵事件帳 蔵屋敷の怪事件(有明夏夫)講談社文庫(1988) …… 11
なにわの源蔵事件帳 不知火の化粧まわし(有明夏夫)講談社文庫(1988) …… 11
なにわの源蔵事件帳 脱獄囚を追え(有明夏夫)講談社文庫(1988) …… 11
名主の裔(杉本章子)文春文庫(1992) …… 180
菜の花の沖 1(司馬遼太郎)文春文庫(1987) …… 148
菜の花の沖 1(司馬遼太郎)文春文庫(2000) …… 149
菜の花の沖 2(司馬遼太郎)文春文庫(1987) …… 148
菜の花の沖 2(司馬遼太郎)文春文庫(2000) …… 149
菜の花の沖 3(司馬遼太郎)文春文庫(1987) …… 148
菜の花の沖 3(司馬遼太郎)文春文庫(2000) …… 149
菜の花の沖 4(司馬遼太郎)文春文庫(1987) …… 148
菜の花の沖 4(司馬遼太郎)文春文庫(2000) …… 149
菜の花の沖 5(司馬遼太郎)文春文庫(1987) …… 148
菜の花の沖 5(司馬遼太郎)文春文庫(2000) …… 149
菜の花の沖 6(司馬遼太郎)文春文庫(1987) …… 148
菜の花の沖 6(司馬遼太郎)文春文庫(2000) …… 149
鍋島直茂(童門冬二)人物文庫(2004) …… 232
なまみこ物語 源氏物語私見(円地文子)講談社文芸文庫(2004) …… 38
生麦事件 上(吉村昭)新潮文庫(2002) …… 417

生麦事件 下(吉村昭)新潮文庫(2002) …… 417
涙、らんかんたり →武田勝頼の正室(阿井景子)光文社文庫(2002) …… 1
波のかたみ(永井路子)中公文庫(1989) …… 247
◇なめくじ長屋捕物さわぎ(都筑道夫)角川文庫 …… 214
◇なめくじ長屋捕物さわぎ(都筑道夫)光文社文庫 …… 214
なめくじ長屋捕物さわぎ 1 ちみどろ砂絵　くらやみ砂絵(都筑道夫)光文社文庫(2010) …… 215
なめくじ長屋捕物さわぎ 2 からくり砂絵　あやかし砂絵(都筑道夫)光文社文庫(2010) …… 215
なめくじ長屋捕物さわぎ 3 きまぐれ砂絵　かげろう砂絵(都筑道夫)光文社文庫(2010) …… 215
なめくじ長屋捕物さわぎ 4 まぼろし砂絵　おもしろ砂絵(都筑道夫)光文社文庫(2011) …… 215
なめくじ長屋捕物さわぎ 5 ときめき砂絵　いなずま砂絵(都筑道夫)光文社文庫(2011) …… 215
なめくじ長屋捕物さわぎ 6 さかしま砂絵　うそつき砂絵(都筑道夫)光文社文庫(2011) …… 215
なめくじ長屋捕物さわぎ あやかし砂絵(都筑道夫)角川文庫(1982) …… 214
なめくじ長屋捕物さわぎ あやかし砂絵(都筑道夫)光文社文庫(1996) …… 215
なめくじ長屋捕物さわぎ いなずま砂絵(都筑道夫)光文社文庫(1988) …… 214
なめくじ長屋捕物さわぎ おもしろ砂絵(都筑道夫)角川文庫(1986) …… 214
なめくじ長屋捕物さわぎ おもしろ砂絵(都筑道夫)光文社文庫(1991) …… 214
なめくじ長屋捕物さわぎ かげろう砂絵(都筑道夫)角川文庫(1982) …… 214
なめくじ長屋捕物さわぎ かげろう砂絵(都筑道夫)光文社文庫(1992) …… 214
なめくじ長屋捕物さわぎ からくり砂絵(都筑道夫)角川文庫(1982) …… 214
なめくじ長屋捕物さわぎ からくり砂絵(都筑道夫)光文社文庫(1996) …… 215
なめくじ長屋捕物さわぎ きまぐれ砂絵(都筑道夫)角川文庫(1982) …… 214
なめくじ長屋捕物さわぎ きまぐれ砂絵(都筑道夫)光文社文庫(1996) …… 214
なめくじ長屋捕物さわぎ くらやみ砂絵(都筑道夫)角川文庫(1982) …… 214
なめくじ長屋捕物さわぎ くらやみ砂絵(都筑道夫)光文社文庫(1997) …… 215
なめくじ長屋捕物さわぎ さかしま砂絵(都筑道夫)光文社文庫(1999) …… 215
なめくじ長屋捕物さわぎ 血みどろ砂絵(都筑道夫)角川文庫(1981) …… 214
なめくじ長屋捕物さわぎ 血みどろ砂絵(都筑道夫)光文社文庫(1997) …… 215
なめくじ長屋捕物さわぎ まぼろし砂絵(都筑道夫)角川文庫(1985) …… 214
なめくじ長屋捕物さわぎ まぼろし砂絵(都筑道夫)光文社文庫(1992) …… 214
奈落の顔(澤田ふじ子)徳間文庫(2015) …… 140
◇奈落の銀次始末帖(本庄慧一郎)学研M文庫 …… 317
奈落の銀次始末帖 しぐれ月(本庄慧一郎)学研M文庫(2009) …… 317
奈落の銀次始末帖 夢追い川暮色(本庄慧一郎)学研M文庫(2009) …… 317
奈落の水(澤田ふじ子)幻冬舎文庫(2001) …… 132
ならぬ堪忍(山本周五郎)新潮文庫(1996) …… 400
なりひら侍(江崎俊平)春陽文庫(1995) …… 37
なりひら盗賊(高木彬光)春陽文庫(1983) …… 186
鳴門血風記(白石一郎)徳間文庫(1990) …… 173
鳴門太平記 上(富田常雄)徳間文庫(1986) …… 243
鳴門太平記 中(富田常雄)徳間文庫(1986) …… 243
鳴門太平記 下(富田常雄)徳間文庫(1986) …… 243
鳴門美女剣(陣出達朗)春陽文庫(1979) …… 177
鳴門秘帖 1(吉川英治)吉川英治歴史時代文庫(1989) …… 413
鳴門秘帖 2(吉川英治)吉川英治歴史時代文庫(1989) …… 413
鳴門秘帖 3(吉川英治)吉川英治歴史時代文庫(1989) …… 413
南海血風録(高橋義夫)光文社文庫(1999) …… 192
南海に叫ぶ(早乙女貢)時代小説文庫(1984) …… 99
南海の風雲児・鄭成功(伴野朗)講談社文庫(1994) …… 244
南海の竜(津本陽)中公文庫(1986) …… 224
南海の竜 →南海の竜若き吉宗(津本陽)中公文庫(1995) …… 225
南海の竜若き吉宗(津本陽)中公文庫(1995) …… 225
南海放浪記(白石一郎)集英社文庫(1999) …… 172

南国回天記（海音寺潮五郎）角川文庫（1990） …… 58
南国群狼伝（柴田錬三郎）ケイブンシャ文庫（1985） …… 151
南国群狼伝（柴田錬三郎）時代小説文庫（1989） …… 155
南国群狼伝（柴田錬三郎）時代小説文庫（2009） …… 154
南国群狼伝（柴田錬三郎）新潮文庫（1996） …… 159
南国群狼伝/私説大岡政談（柴田錬三郎）集英社文庫（1989） …… 156
南国太平記（直木三十五）角川文庫（1979） …… 245
南国太平記　第1（直木三十五）春陽文庫（1953） …… 245
南国太平記　上巻（直木三十五）新潮文庫（1960） …… 245
南国太平記　上（直木三十五）大衆文学館（1997） …… 245
南国太平記　第2（直木三十五）春陽文庫（1953） …… 245
南国太平記　中巻（直木三十五）新潮文庫（1960） …… 245
南国太平記　下巻（直木三十五）新潮文庫（1960） …… 245
南国太平記　下（直木三十五）大衆文学館（1997） …… 245
南国太平記　第4（直木三十五）春陽文庫（1953） …… 245
南国太平記　第5（直木三十五）春陽文庫（1953） …… 245
南国武道（南條範夫）徳間文庫（1986） …… 261
南総里見八犬伝（平岩弓枝）中公文庫（1995） …… 298
南蛮キリシタン女医明石レジーナ（森本繁）聖母文庫（2012） …… 365
南蛮馬春砂（赤木駿介）光文社文庫（1993） …… 2
難風 →忠直卿御座船（安部龍太郎）講談社文庫（2001） …… 9
南北朝の梟 →小説北畠親房（童門冬二）成美文庫（1998） …… 233
◇南稜七ツ家秘録（長谷川卓）ハルキ文庫 …… 288
南稜七ツ家秘録 血路（長谷川卓）ハルキ文庫（2005） …… 288
南稜七ツ家秘録 死地（長谷川卓）ハルキ文庫（2002） …… 288

【に】

新妻（池波正太郎）新潮文庫（1990） …… 20
新妻（池波正太郎）新潮文庫（2002） …… 20
二階堂万作（山手樹一郎）春陽文庫（1960） …… 392
逃がし屋（楠木誠一郎）二見時代小説文庫（2008） …… 76
逃げた以蔵（西村望）祥伝社文庫（2003） …… 274
逃げ水 1（子母沢寛）嶋中文庫（2005） …… 164
逃げ水 上巻（子母沢寛）中公文庫（1996） …… 165
逃げ水 上（子母沢寛）徳間文庫（1986） …… 166
逃げ水 2（子母沢寛）嶋中文庫（2005） …… 164
逃げ水 下巻（子母沢寛）中公文庫（1996） …… 165
逃げ水 下（子母沢寛）徳間文庫（1986） …… 166
逃げる侍（南條範夫）双葉文庫（1988） …… 263
逃げる修次郎 →逃げる侍（南條範夫）双葉文庫（1988） …… 263
ニコライ遭難（吉村昭）新潮文庫（1996） …… 417
錦の旗風（山手樹一郎）山手樹一郎長編時代小説全集（1980） …… 397
虹太郎活殺剣（左近隆）春陽文庫（1983） …… 110
虹に立つ侍（角田喜久雄）春陽文庫（1978） …… 218
虹に立つ侍（角田喜久雄）春陽文庫（1988） …… 219
虹に立つ侍（山手樹一郎）山手樹一郎長編時代小説全集（1979） …… 397
虹に立つ侍 上 →浪人若さま颯爽剣 上（山手樹一郎）コスミック・時代文庫（2014） …… 391
虹に立つ侍 下 →浪人若さま颯爽剣 下（山手樹一郎）コスミック・時代文庫（2014） …… 391
虹の女（村上元三）時代小説文庫（1987） …… 352
虹の刺客 上（森村誠一）朝日文庫（1999） …… 360
虹の刺客 上（森村誠一）講談社文庫（2007） …… 361
虹の刺客 下（森村誠一）朝日文庫（1999） …… 360
虹の刺客 下（森村誠一）講談社文庫（2007） …… 361
虹の生涯 上（森村誠一）中公文庫（2008） …… 363
虹の生涯 下（森村誠一）中公文庫（2008） …… 363
虹之介乱れ刃（南條範夫）春陽文庫（1964） …… 260
虹之介乱れ刃（南條範夫）春陽文庫（1999） …… 260
虹之介乱れ刃（南條範夫）双葉文庫（1987） …… 262
西の関ケ原（滝口康彦）人物文庫（2012） …… 203
虹の橋（澤田ふじ子）中公文庫（1993） …… 138

虹の橋（澤田ふじ子）徳間文庫（2009）…… 142
虹の見えた日（澤田ふじ子）幻冬舎時代小説文庫（2015）…… 132
二十年目の熱情（山手樹一郎）桃園文庫（1994）…… 393
二十番斬り（池波正太郎）新潮文庫（1997）…… 20
二十番斬り（池波正太郎）新潮文庫（2003）…… 21
二十六夜待の殺人（平岩弓枝）文春文庫（1991）…… 299
二十六夜待の殺人（平岩弓枝）文春文庫（2005）…… 301
二条院ノ讃岐（杉本苑子）中公文庫（1985）…… 182
◇二条左近無生剣（大栗丹後）春陽文庫 …… 41
二条左近無生剣 裏隠密漂く（大栗丹後）春陽文庫（1998）…… 41
二条左近無生剣 裏隠密撃つ（大栗丹後）春陽文庫（1996）…… 41
二条左近無生剣 裏隠密笑む（大栗丹後）春陽文庫（2001）…… 42
二条左近無生剣 裏隠密逐う（大栗丹後）春陽文庫（1993）…… 41
二条左近無生剣 裏隠密活つ（大栗丹後）春陽文庫（1998）…… 41
二条左近無生剣 裏隠密駆る（大栗丹後）春陽文庫（1989）…… 41
二条左近無生剣 裏隠密斬る（大栗丹後）春陽文庫（1984）…… 41
二条左近無生剣 裏隠密裂く（大栗丹後）春陽文庫（1995）…… 41
二条左近無生剣 裏隠密射す（大栗丹後）春陽文庫（1998）…… 41
二条左近無生剣 裏隠密冴ゆ（大栗丹後）春陽文庫（1990）…… 41
二条左近無生剣 裏隠密澄む（大栗丹後）春陽文庫（1999）…… 42
二条左近無生剣 裏隠密急く（大栗丹後）春陽文庫（1987）…… 41
二条左近無生剣 裏隠密発つ（大栗丹後）春陽文庫（1984）…… 41
二条左近無生剣 裏隠密繋ぐ（大栗丹後）春陽文庫（2000）…… 42
二条左近無生剣 裏隠密衝く（大栗丹後）春陽文庫（1991）…… 41
二条左近無生剣 裏隠密詰む（大栗丹後）春陽文庫（2002）…… 42
二条左近無生剣 裏隠密照る（大栗丹後）春陽文庫（2000）…… 42
二条左近無生剣 裏隠密解く（大栗丹後）春陽文庫（2002）…… 42
二条左近無生剣 裏隠密翔ぶ（大栗丹後）春陽文庫（1997）…… 41
二条左近無生剣 裏隠密貫く（大栗丹後）春陽文庫（1999）…… 42
二条左近無生剣 裏隠密映ゆ（大栗丹後）春陽文庫（1997）…… 41
二条左近無生剣 裏隠密牽く（大栗丹後）春陽文庫（1999）…… 42
二条左近無生剣 裏隠密秘す（大栗丹後）春陽文庫（2000）…… 42
二条左近無生剣 裏隠密踏む（大栗丹後）春陽文庫（2003）…… 42
二条左近無生剣 裏隠密吼ゆ（大栗丹後）春陽文庫（1992）…… 41
二条左近無生剣 裏隠密舞う（大栗丹後）春陽文庫（1985）…… 41
二条左近無生剣 裏隠密魅す（大栗丹後）春陽文庫（2003）…… 42
二条左近無生剣 裏隠密燃ゆ（大栗丹後）春陽文庫（1994）…… 41
二条左近無生剣 裏隠密灼く（大栗丹後）春陽文庫（1999）…… 41
二条左近無生剣 裏隠密徂く（大栗丹後）春陽文庫（1999）…… 41
二条城（池波正太郎）新潮文庫（1988）…… 21
二条城（池波正太郎）新潮文庫（2005）…… 22
二条の后（杉本苑子）集英社文庫（1989）…… 182
贋妻敵（西村望）光文社文庫（1999）…… 273
にたり地蔵（澤田ふじ子）幻冬舎文庫（2003）…… 132
日日平安（山本周五郎）新潮文庫（1965）…… 399
日日平安（山本周五郎）新潮文庫（1965）…… 399
日日平安（山本周五郎）ハルキ文庫（2006）…… 400
日蓮 上（大佛次郎）徳間文庫（1988）…… 54
日蓮 下（大佛次郎）徳間文庫（1988）…… 54
日蓮（高野澄）PHP文庫（2000）…… 187
日蓮（山岡荘八）講談社文庫（1979）…… 370
日蓮（山岡荘八）山岡荘八歴史文庫（1987）…… 374
日光道狂い花 →嘉永五年の人工呼吸（笹沢左保）徳間文庫（1990）…… 119
日光例幣使道の殺人（平岩弓枝）講談社文庫（2007）…… 298
新田義貞（新田次郎）新潮文庫（1981）…… 275
にっぽん怪盗伝（池波正太郎）角川文庫（1972）…… 17
にっぽん怪盗伝（池波正太郎）角川文庫（2012）…… 18
新渡戸稲造（杉森久英）人物文庫（2000）…… 184

◇日本仇討ち伝(峰隆一郎)ノン・ポシェット …… 337
日本仇討ち伝 凶剣 崇禅寺馬場の死闘(峰隆一郎)ノン・ポシェット(1995) …… 337
日本仇討ち伝 邪剣(峰隆一郎)ノン・ポシェット(1994) …… 337
日本仇討ち伝 烈剣 江戸浄瑠璃坂の対決(峰隆一郎)ノン・ポシェット(1994) …… 337
日本異譚太平記(戸部新十郎)徳間文庫(2004) …… 241
日本剣客列伝(津本陽)講談社文庫(1987) …… 222
◇日本剣鬼伝(峰隆一郎)ノン・ポシェット …… 337
日本剣鬼伝 伊東一刀斎(峰隆一郎)ノン・ポシェット(1991) …… 337
日本剣鬼伝 塚原卜伝(峰隆一郎)ノン・ポシェット(1993) …… 337
日本剣鬼伝 宮本武蔵(峰隆一郎)ノン・ポシェット(1991) …… 337
日本剣鬼伝 柳生兵庫助(峰隆一郎)ノン・ポシェット(1992) …… 337
日本剣鬼伝宮本武蔵(峰隆一郎)祥伝社文庫(2015) …… 334
日本剣豪譚 維新編(戸部新十郎)光文社文庫(1995) …… 239
日本剣豪譚 江戸編(戸部新十郎)光文社時代小説文庫(1989) …… 238
日本剣豪譚 戦国編(戸部新十郎)光文社時代小説文庫(1989) …… 238
日本剣豪譚 戦国編, 江戸編(戸部新十郎)光文社文庫(1989) …… 239
日本剣豪譚 幕末編(戸部新十郎)光文社文庫(1993) …… 239
日本剣豪伝(鷲尾雨工)時代小説文庫(1992) …… 421
日本剣豪列伝(直木三十五)河出文庫(1986) …… 245
日本大変(高橋義夫)集英社文庫(1999) …… 192
日本男子物語(柴田錬三郎)時代小説文庫(1983) …… 154
日本男子物語(柴田錬三郎)集英社文庫(1988) …… 155
日本男子物語(柴田錬三郎)春陽文庫(1983) …… 157
日本男子物語 →異説幕末伝(柴田錬三郎)講談社文庫(1998) …… 151
日本武将譚(菊池寛)文春文庫(1986) …… 67
日本婦道記(山本周五郎)新潮文庫(1958) …… 398
日本遊侠伝(笹沢左保)光文社文庫(1988) …… 114
女悦犯科帳(木屋進)飛天文庫(1996) …… 74
女体、震える!(本庄慧一郎)徳間文庫(2004) …… 319
女体、目覚める(本庄慧一郎)徳間文庫(2004) …… 318
女人絵巻(澤田ふじ子)徳間文庫(2004) …… 142
女人狂乱(笹沢左保)徳間文庫(2000) …… 120
女人源氏物語 第1巻(瀬戸内寂聴)集英社文庫(1992) …… 185
女人源氏物語 第2巻(瀬戸内寂聴)集英社文庫(1992) …… 185
女人源氏物語 第3巻(瀬戸内寂聴)集英社文庫(1992) …… 185
女人源氏物語 第4巻(瀬戸内寂聴)集英社文庫(1992) …… 185
女人源氏物語 第5巻(瀬戸内寂聴)集英社文庫(1992) …… 185
女人講の闇を裂く(笹沢左保)光文社文庫(1997) …… 113
女人講の闇を裂く(笹沢左保)時代小説文庫(1981) …… 116
女人切腹(笹沢左保)光文社文庫(1995) …… 115
女人天狗剣(睦月影郎)二見文庫(2011) …… 350
女人の砦(山手樹一郎)双葉文庫(1991) …… 395
女人の砦(山手樹一郎)山手樹一郎長編時代小説全集(1979) …… 397
女人の砦 →隠れ与力三五郎(山手樹一郎)コスミック・時代文庫(2012) …… 390
女人平泉(三好京三)PHP文庫(1993) …… 342
女人平家(吉屋信子)朝日文庫(1979) …… 418
女人平家 上(吉屋信子)角川文庫(1988) …… 418
女人平家 下(吉屋信子)角川文庫(1988) …… 418
女人魔艶帳(和巻耿介)廣済堂文庫(1992) …… 422
女人曼陀羅 1(吉川英治)吉川英治文庫(1977) …… 412
女人曼陀羅 2(吉川英治)吉川英治文庫(1977) …… 412
女人武蔵 上(川口松太郎)徳間文庫(1989) …… 65
女人武蔵 下(川口松太郎)徳間文庫(1989) …… 66
女人用心帖 上(多岐川恭)徳間文庫(1989) …… 199
女人用心帖 下(多岐川恭)徳間文庫(1989) …… 199
女人連綿(峰隆一郎)双葉文庫(1993) …… 338
女人連綿(峰隆一郎)双葉文庫(2002) …… 338
如法闇夜の巻(中里介山)時代小説文庫(1981) …… 251
俄(司馬遼太郎)講談社文庫(1972) …… 145

俄 上（司馬遼太郎）講談社文庫（2007） ……… 146
俄 下（司馬遼太郎）講談社文庫（2007） ……… 146
にわか産婆・漱石（篠田達明）新人物文庫（2009） ……… 143
にわか産婆・漱石（篠田達明）文春文庫（1989） ……… 143
◇人形佐七捕物帖（横溝正史）春陽文庫 ……… 406
◇人形佐七捕物帳（横溝正史）光文社文庫 ……… 405
◇人形佐七捕物帳（横溝正史）コスミック・時代文庫 ……… 405
◇人形佐七捕物帳（横溝正史）嶋中文庫 ……… 406
人形佐七捕物帖 第1（横溝正史）春陽文庫（1957） ……… 406
人形佐七捕物帖 第2（横溝正史）春陽文庫（1957） ……… 406
人形佐七捕物帖 第3（横溝正史）春陽文庫（1957） ……… 406
人形佐七捕物帖 第4（横溝正史）春陽文庫（1957） ……… 406
人形佐七捕物帖 第5（横溝正史）春陽文庫（1957） ……… 406
人形佐七捕物帖 座頭の鈴（横溝正史）春陽文庫（1965） ……… 406
人形佐七捕物帖 雪女郎（横溝正史）春陽文庫（1965） ……… 406
人形佐七捕物帳（横溝正史）光文社文庫（1985） ……… 405
人形佐七捕物帳（横溝正史）光文社文庫（2003） ……… 405
人形佐七捕物帳 1（嘆きの遊女）（横溝正史）嶋中文庫（2005） ……… 406
人形佐七捕物帳 2（音羽の猫）（横溝正史）嶋中文庫（2005） ……… 406
人形佐七捕物帳 3（幽霊姉妹）（横溝正史）嶋中文庫（2005） ……… 406
人形佐七捕物帳 4（嵐の修験者）（横溝正史）嶋中文庫（2006） ……… 406
人形佐七捕物帳傑作選（横溝正史）角川文庫（2015） ……… 405
人形佐七捕物帳（横溝正史）コスミック・時代文庫（2010） ……… 405
◇人形佐七捕物帳全集（横溝正史）春陽文庫 ……… 406
人形佐七捕物帳全集 1（横溝正史）春陽文庫（1973） ……… 406
人形佐七捕物帳全集 1 ほおずき大尽（横溝正史）春陽文庫（1984） ……… 406
人形佐七捕物帳全集 2（横溝正史）春陽文庫（1973） ……… 406
人形佐七捕物帳全集 2 遠眼鏡の殿様（横溝正史）春陽文庫（1984） ……… 406
人形佐七捕物帳全集 3（横溝正史）春陽文庫（1973） ……… 406
人形佐七捕物帳全集 3 地獄の花嫁（横溝正史）春陽文庫（1984） ……… 406
人形佐七捕物帳全集 4（横溝正史）春陽文庫（1974） ……… 406
人形佐七捕物帳全集 4 好色いもり酒（横溝正史）春陽文庫（1984） ……… 406
人形佐七捕物帳全集 5（横溝正史）春陽文庫（1974） ……… 406
人形佐七捕物帳全集 5 春宵とんとんとん（横溝正史）春陽文庫（1984） ……… 406
人形佐七捕物帳全集 6（横溝正史）春陽文庫（1974） ……… 406
人形佐七捕物帳全集 6 坊主斬り貞宗（横溝正史）春陽文庫（1984） ……… 406
人形佐七捕物帳全集 7（横溝正史）春陽文庫（1974） ……… 406
人形佐七捕物帳全集 7 くらやみ婿（横溝正史）春陽文庫（1984） ……… 406
人形佐七捕物帳全集 8（横溝正史）春陽文庫（1974） ……… 406
人形佐七捕物帳全集 8 三人色若衆（横溝正史）春陽文庫（1984） ……… 406
人形佐七捕物帳全集 9（横溝正史）春陽文庫（1974） ……… 406
人形佐七捕物帳全集 9 女刺青師（横溝正史）春陽文庫（1984） ……… 407
人形佐七捕物帳全集 10（横溝正史）春陽文庫（1974） ……… 406
人形佐七捕物帳全集 10 小倉百人一首（横溝正史）春陽文庫（1984） ……… 407
人形佐七捕物帳全集 11（横溝正史）春陽文庫（1974） ……… 406
人形佐七捕物帳全集 11 鼓狂言（横溝正史）春陽文庫（1984） ……… 407
人形佐七捕物帳全集 12（横溝正史）春陽文庫（1974） ……… 406
人形佐七捕物帳全集 12 梅若水揚帳（横溝正史）春陽文庫（1984） ……… 407
人形佐七捕物帳全集 13（横溝正史）春陽文庫（1974） ……… 406
人形佐七捕物帳全集 13 浮世絵師（横溝正史）春陽文庫（1984） ……… 407
人形佐七捕物帳全集 14（横溝正史）春陽文庫（1975） ……… 406
人形佐七捕物帳全集 14 緋牡丹狂女（横溝正史）春陽文庫（1984） ……… 407
人形屋お仙（多岐川恭）時代小説文庫（2008） ……… 198
人魚鬼（城昌幸）徳間文庫（2009） ……… 169

人間狩り死掛帳（本庄慧一郎）コスミック・時代文庫（2003） …… 318
人間勝負（柴田錬三郎）廣済堂文庫（2014） …… 151
人間勝負（柴田錬三郎）春陽文庫（1982） …… 157
人間勝負 上（柴田錬三郎）新潮文庫（1987） …… 158
人間勝負 下（柴田錬三郎）新潮文庫（1987） …… 158
人間の檻（藤沢周平）講談社文庫（1985） …… 305
人間の檻（藤沢周平）講談社文庫（2002） …… 305
◇人間の剣（森村誠一）中公文庫 …… 362
人間の剣 幕末維新編 1 血煙り新選組（森村誠一）中公文庫（2004） …… 362
人間の剣 江戸編 1 天草の死戦（森村誠一）中公文庫（2004） …… 362
人間の剣 戦国編 1 本能寺の首（森村誠一）中公文庫（2003） …… 362
人間の剣 戦国編 2 関ケ原の雨（森村誠一）中公文庫（2004） …… 362
人間の剣 江戸編 2 大奥情炎（森村誠一）中公文庫（2004） …… 362
人間の剣 幕末維新編 2 無銘剣対狂剣（森村誠一）中公文庫（2004） …… 362
人間の剣 幕末維新編 3 新選組残夢剣（森村誠一）中公文庫（2004） …… 362
人間の剣 江戸編 3 天下の落胤（森村誠一）中公文庫（2004） …… 362
人間の剣 幕末維新編 4 西郷斬首剣（森村誠一）中公文庫（2004） …… 362
人間宮本武蔵 →剣聖宮本武蔵（松永義弘）春陽文庫（1988） …… 320
忍者往来（江崎俊平）春陽文庫（1971） …… 35
忍者往来（江崎俊平）春陽文庫（1991） …… 36
忍者月輪（津本陽）中公文庫（2016） …… 225
忍者からす（柴田錬三郎）時代小説文庫（1983） …… 154
忍者からす（柴田錬三郎）時代小説文庫（2008） …… 153
忍者からす（柴田錬三郎）集英社文庫（1989） …… 155
忍者からす（柴田錬三郎）新潮文庫（1997） …… 159
忍者枯葉塔九郎（山田風太郎）大衆文学館（1997） …… 384
忍者霧隠才蔵（木屋進）春陽文庫（1970） …… 74
忍者霧隠才蔵（木屋進）春陽文庫（1990） …… 74
忍者群像（池波正太郎）文春文庫（1979） …… 25
忍者群像（池波正太郎）文春文庫（2009） …… 26
忍者黒白草紙（山田風太郎）角川文庫（1981） …… 378
忍者 猿飛佐助 上（富田常雄）徳間文庫（1989） …… 243
忍者 猿飛佐助 下（富田常雄）徳間文庫（1989） …… 243
忍者丹波大介（池波正太郎）角川文庫（2001） …… 18
忍者丹波大介（池波正太郎）新潮文庫（1978） …… 22
忍者月影抄（山田風太郎）角川文庫（1979） …… 378
忍者月影抄（山田風太郎）河出文庫（2005） …… 380
忍者と忍術（戸部新十郎）中公文庫ワイド版（2004） …… 240
忍者の履歴書（戸部新十郎）朝日文庫（1989） …… 237
忍者六道銭（山田風太郎）ちくま文庫 - 山田風太郎忍法帖短篇全集（2005） …… 386
忍者六道銭（山田風太郎）角川文庫（1980） …… 378
人情裏長屋（山本周五郎）新潮文庫（1980） …… 399
人情おぼろ風（井口朝生）春陽文庫（1981） …… 17
人情武士道（山本周五郎）新潮文庫（1989） …… 400
忍法赤い城（早乙女貢）双葉文庫（1987） …… 103
忍法おぼろ陣（木屋進）春陽文庫（1978） …… 74
忍法女笛（早乙女貢）春陽文庫（1972） …… 101
忍法女笛（早乙女貢）徳間文庫（1994） …… 103
忍法女笛（早乙女貢）双葉文庫（1986） …… 103
忍法鍵屋の辻（新宮正春）集英社文庫（1989） …… 175
忍法かげろう斬り（早乙女貢）徳間文庫（1991） …… 103
忍法かげろう斬り 2 不知火の忍者（早乙女貢）徳間文庫（1991） …… 103
忍法かげろう斬り 3 忍びの鷹（早乙女貢）徳間文庫（1992） …… 103
忍法陽炎抄（山田風太郎）角川文庫（1983） …… 378
忍法川中島（早乙女貢）時代小説文庫（1984） …… 99
忍法くノ一（早乙女貢）時代小説文庫（1988） …… 99
忍法くノ一 続（早乙女貢）時代小説文庫（1988） …… 99
忍法車一族（早乙女貢）春陽文庫（1976） …… 101
忍法車一族（早乙女貢）春陽文庫（1999） …… 102
忍法車一族（早乙女貢）双葉文庫（1986） …… 103
忍法紅絵図（早乙女貢）春陽文庫（1975） …… 101
忍法紅絵図（早乙女貢）徳間文庫（1996） …… 103

忍法紅絵図（早乙女貢）双葉文庫（1986）…… 103
忍法系図（早乙女貢）春陽文庫（1970）…… 101
忍法系図（早乙女貢）徳間文庫（1994）…… 103
忍法系図（早乙女貢）双葉文庫（1985）…… 103
忍法剣士伝（山田風太郎）角川文庫（1986）…… 378
忍法行雲抄（山田風太郎）角川文庫（1982）…… 378
忍法甲州路（山田風太郎）大衆文学館（1997）…… 384
忍法五三の桐（戸部新十郎）春陽文庫（1971）…… 240
忍法梢飛脚（山田風太郎）角川文庫（1981）…… 378
しのぶ恋（高橋義夫）中公文庫（2015）…… 193
忍法女郎屋戦争（山田風太郎）角川文庫（1981）…… 378
忍法新選組（戸部新十郎）光文社文庫（2004）…… 239
忍法聖千姫（山田風太郎）ちくま文庫 - 山田風太郎忍法帖短篇全集（2004）…… 386
忍法関ガ原（早乙女貢）春陽文庫（1972）…… 101
忍法関ケ原（早乙女貢）徳間文庫（1994）…… 103
忍法関ケ原（早乙女貢）双葉文庫（1986）…… 103
忍法関ケ原（山田風太郎）文春文庫（1989）…… 388
忍法関ヶ原（山田風太郎）講談社文庫 - 山田風太郎忍法帖（1999）…… 383
忍法関ヶ原（山田風太郎）ちくま文庫 - 山田風太郎忍法帖短篇全集（2004）…… 385
忍法雪月花（早乙女貢）春陽文庫（1973）…… 101
忍法雪月花（早乙女貢）徳間文庫（1995）…… 103
忍法雪月花（早乙女貢）双葉文庫（1986）…… 103
忍法創世記（山田風太郎）小学館文庫（2005）…… 384
忍法双頭の鷲（山田風太郎）角川文庫（1980）…… 378
忍法忠臣蔵（山田風太郎）講談社文庫 - 山田風太郎忍法帖（1998）…… 382
忍法忠臣蔵（山田風太郎）時代小説文庫（1990）…… 383
◇忍法帖シリーズ（山田風太郎）河出文庫 …… 380
忍法帖シリーズ 1 信玄忍法帖（山田風太郎）河出文庫（2005）…… 380
忍法帖シリーズ 2 外道忍法帖（山田風太郎）河出文庫（2005）…… 380
忍法帖シリーズ 3 忍者月影抄（山田風太郎）河出文庫（2005）…… 380
忍法八犬伝（山田風太郎）角川文庫 - 山田風太郎ベストコレクション（2010）…… 379
忍法八犬伝（山田風太郎）講談社文庫 - 山田風太郎忍法帖（1999）…… 382
忍法八犬伝（山田風太郎）徳間文庫（1982）…… 387
忍法破倭兵状（山田風太郎）角川文庫（1980）…… 378
忍法破倭兵状（山田風太郎）ちくま文庫 - 山田風太郎忍法帖短篇全集（2004）…… 385
忍法秘巻（早乙女貢）春陽文庫（1969）…… 101
忍法秘巻（早乙女貢）春陽文庫（1999）…… 102
忍法秘巻（早乙女貢）徳間文庫（1993）…… 103
忍法秘巻（早乙女貢）双葉文庫（1985）…… 103
忍法封印いま破る（山田風太郎）角川文庫（1978）…… 378
忍法魔界転生 上（熊野山岳篇），下（伊勢波濤篇）（山田風太郎）角川文庫（1978）…… 378
忍法乱れ雲（早乙女貢）双葉文庫（1986）…… 103
忍法水戸漫遊記（郡順史）時代小説文庫（1990）…… 87
忍法無惨帖（早乙女貢）双葉文庫（1987）…… 103
忍法無情（早乙女貢）春陽文庫（1969）…… 101
忍法無情（早乙女貢）春陽文庫（1999）…… 102
忍法無情（早乙女貢）徳間文庫（1993）…… 103
忍法無情（早乙女貢）双葉文庫（1985）…… 103
忍法落花抄（山田風太郎）角川文庫（1983）…… 378
忍法流水抄（山田風太郎）角川文庫（1983）…… 378
忍法笑い陰陽師（山田風太郎）角川文庫（1978）…… 378

【ぬ】

抜打ち侍（柴田錬三郎）ケイブンシャ文庫（1987）…… 151
抜打ち侍（柴田錬三郎）時代小説文庫（1988）…… 155
抜打ち庄五郎（新宮正春）講談社文庫（2005）…… 175
抜討ち半九郎（池波正太郎）講談社文庫（1992）…… 19
抜討ち半九郎（池波正太郎）講談社文庫（2007）…… 19
抜け荷百万石（南原幹雄）新潮文庫（1994）…… 268
盗まれた片腕（笹沢左保）時代小説文庫（1988）…… 116
ぬめり蜜（睦月影郎）廣済堂文庫（2016）…… 347
濡れ髪剣士（佐竹申伍）春陽文庫（1968）…… 123
濡れ髪剣士（佐竹申伍）春陽文庫（1985）…… 123
濡れ髪権八（土師清二）春陽文庫（1977）…… 284
濡れがみ若殿（左近隆）春陽文庫（1989）…… 110

濡れた千両箱（野村胡堂）時代小説文庫（1981） …… 280
濡れ蕾（睦月影郎）廣済堂文庫（2013） …… 346
濡れぼっくい（睦月影郎）大洋時代文庫 時代小説（2008） …… 349
濡れぼっくい →月夜に蕩けて（睦月影郎）宝島社文庫（2014） …… 349

【ね】

猫大名（神坂次郎）中公文庫（2009） …… 86
猫男爵 →猫大名（神坂次郎）中公文庫（2009） …… 86
猫の幽霊（笹沢左保）時代小説文庫（1988） …… 117
猫魔岳伝奇（早乙女貢）旺文社文庫（1985） …… 97
猫魔岳伝奇（早乙女貢）時代小説文庫（1990） …… 100
鼠狩り（楠木誠一郎）だいわ文庫（2008） …… 76
鼠小僧恋八景（村上元三）新小説文庫（1951） …… 353
鼠小僧次郎吉（大佛次郎）徳間文庫（1988） …… 55
◇鼠小僧と遠山金四郎（笹沢左保）光文社文庫 …… 113
◇鼠小僧と遠山金四郎（笹沢左保）ノン・ポシェット …… 120
鼠小僧と遠山金四郎 大江戸龍虎伝（笹沢左保）ノン・ポシェット（1998） …… 120
鼠小僧と遠山金四郎 夢と承知で 下（笹沢左保）光文社文庫（1991） …… 113
鼠小僧と遠山金四郎 夢と承知で 上（笹沢左保）光文社文庫（1991） …… 113
鼠小僧盗み草紙（多岐川恭）新潮文庫（1991） …… 198
鼠小僧の冒険 →鼠小僧盗み草紙（多岐川恭）新潮文庫（1991） …… 198
鼠という奴（和巻耿介）春陽文庫（1983） …… 422
寝とられ草紙（睦月影郎）祥伝社文庫（2008） …… 349
子麻呂が奔る（黒岩重吾）文春文庫（2004） …… 82
寝みだれ秘図（睦月影郎）祥伝社文庫（2005） …… 348
寝みだれ夜叉（角田喜久雄）春陽文庫（1975） …… 218
寝みだれ夜叉 上（角田喜久雄）春陽文庫（1990） …… 219
寝みだれ夜叉 下（角田喜久雄）春陽文庫（1990） …… 219
眠狂四郎異端状（柴田錬三郎）集英社文庫（2013） …… 157
眠狂四郎異端状（柴田錬三郎）新潮文庫（1982） …… 158
眠狂四郎虚無日誌（柴田錬三郎）新潮文庫（1979） …… 158
眠狂四郎虚無日誌 上巻（柴田錬三郎）新潮文庫（2006） …… 159
眠狂四郎虚無日誌 下巻（柴田錬三郎）新潮文庫（2006） …… 159
眠狂四郎京洛勝負帖（柴田錬三郎）新潮文庫（1991） …… 158
眠狂四郎孤剣五十三次（柴田錬三郎）新潮文庫（1978） …… 158
眠狂四郎孤剣五十三次 上巻（柴田錬三郎）新潮文庫（2003） …… 159
眠狂四郎孤剣五十三次 下巻（柴田錬三郎）新潮文庫（2003） …… 159
眠狂四郎殺法帖 上巻（柴田錬三郎）新潮文庫（1970） …… 158
眠狂四郎殺法帖 下巻（柴田錬三郎）新潮文庫（1970） …… 158
眠狂四郎独歩行 上巻（柴田錬三郎）新潮文庫（1968） …… 158
眠狂四郎独歩行 下巻（柴田錬三郎）新潮文庫（1968） …… 158
◇眠狂四郎無頼控（柴田錬三郎）新潮文庫 …… 157
眠狂四郎無頼控 第5（柴田錬三郎）新潮文庫（1960） …… 157
眠狂四郎無頼控 第1（柴田錬三郎）新潮文庫（1960） …… 157
眠狂四郎無頼控 第2（柴田錬三郎）新潮文庫（1960） …… 157
眠狂四郎無頼控 2（柴田錬三郎）新潮文庫（2009） …… 157
眠狂四郎無頼控 第3（柴田錬三郎）新潮文庫（1960） …… 157
眠狂四郎無頼控 第4（柴田錬三郎）新潮文庫（1960） …… 157
眠狂四郎無頼控 第6（柴田錬三郎）新潮文庫（1965） …… 157
眠狂四郎無情控（柴田錬三郎）新潮文庫（1981） …… 158
眠狂四郎無情控 上巻（柴田錬三郎）新潮文庫（2006） …… 159
眠狂四郎無情控 下巻（柴田錬三郎）新潮文庫（2006） …… 159
ねむり姫（高橋和島）廣済堂文庫（2006） …… 195
眠る鬼（高橋義夫）文春文庫（2003） …… 194
閨まくら万華鏡（八剣浩太郎）学研M文庫（2004） …… 366

練塀小路の悪党ども（多岐川恭）新潮文庫（1992）……198
練塀小路の悪党ども（多岐川恭）徳間文庫（2001）……201
練塀小路のやつら →練塀小路の悪党ども（多岐川恭）新潮文庫（1992）……198
念流合掌くずし（南條範夫）春陽文庫（1968）……260
念流合掌くずし（南條範夫）春陽文庫（1998）……260
念流合掌くずし（南條範夫）双葉文庫（1985）……262

【の】

農奴の巻（中里介山）時代小説文庫（1982）……251
濃姫孤愁（阿井景子）講談社文庫（1996）……1
野ざらし忍法帖（山田風太郎）講談社文庫-山田風太郎忍法帖（1999）……383
野ざらし忍法帖（山田風太郎）ちくま文庫-山田風太郎忍法帖短篇全集（2004）……385
野ざらし姫（山手樹一郎）桃園文庫（1989）……393
野ざらし姫（山手樹一郎）山手樹一郎長編時代小説全集（1979）……397
野ざらし姫 →姫さま純情剣（山手樹一郎）コスミック・時代文庫（2013）……391
のぞき草紙（睦月影郎）祥伝社文庫（2008）……349
のぞき見指南（睦月影郎）祥伝社文庫（2010）……349
望みしは何ぞ（永井路子）中公文庫（1999）……247
のっそりと参上（山手樹一郎）ロマン・ブックス（1978）……397
野伏間の治助（長谷川卓）ハルキ文庫（2012）……289
信虎（武田八洲満）光文社文庫（1987）……205
信長（坂口安吾）宝島社文庫（2008）……108
信長 上（佐藤雅美）文春文庫（2006）……130
信長 下（佐藤雅美）文春文庫（2006）……131
信長 →織田信長破壊と創造（童門冬二）日経ビジネス人文庫（2006）……233
信長・イノチガケ（坂口安吾）講談社文芸文庫（1989）……108
信長を操った男（邦光史郎）光文社文庫（1991）……78
信長を撃いた男（南原幹雄）新潮文庫（2005）……269
信長影絵 上（津本陽）文春文庫（2015）……228
信長影絵 下（津本陽）文春文庫（2015）……228
信長三百年の夢（邦光史郎）祥伝社文庫（2001）……79
◇信長シリーズ（羽山信樹）小学館文庫……292
信長シリーズ 1 滅びの将（羽山信樹）小学館文庫（2000）……292
信長シリーズ 2 夢狂いに候（羽山信樹）小学館文庫（2000）……292
信長シリーズ 3 是非に及ばず（羽山信樹）小学館文庫（2000）……292
信長シリーズ 4 光秀の十二日（羽山信樹）小学館文庫（2000）……292
信長と秀吉と家康（池波正太郎）PHP文庫（1992）……26
信長の女（清水義範）集英社文庫（2011）……163
信長の野望（童門冬二）歴史ポケットシリーズ（1999）……234
信長の傭兵（津本陽）角川文庫（2006）……221
信長燃ゆ　上巻（安部龍太郎）新潮文庫（2004）……10
信長燃ゆ　下巻（安部龍太郎）新潮文庫（2004）……10
信之と幸村（嶋津義忠）PHP文庫（2010）……161
蚤さわぐ →雪中松梅図（杉本苑子）集英社文庫（1985）……182
蚤さわぐ →雪中松梅図（杉本苑子）文春文庫（1991）……183
蚤とり侍（小松重男）光文社文庫（2002）……89
蚤とり侍（小松重男）新潮文庫（1989）……89
野山獄相聞抄 →吉田松陰の恋（古川薫）文春文庫（1986）……313
野良犬の群れ（峰隆一郎）青樹社文庫（1999）……335
野良犬の群れ（峰隆一郎）徳間文庫（2003）……337
のらねこ侍（小松重男）光文社文庫（2000）……89
のるかそるか（津本陽）文春文庫（1994）……226
呪いの家　→女櫛（平岩弓枝）集英社文庫（1984）……298
呪いの家　→釣女（平岩弓枝）集英社文庫（1983）……298
狼煙（檀一雄）春陽文庫（1951）……211
呪われた平安朝（邦光史郎）祥伝社文庫（2000）……79
野分旅（高橋和島）廣済堂文庫（2007）……195

【は】

梅安蟻地獄（池波正太郎）講談社文庫（1980） …… 18
梅安蟻地獄（池波正太郎）講談社文庫（2001） …… 18
梅安影法師（池波正太郎）講談社文庫（1990） …… 18
梅安影法師（池波正太郎）講談社文庫（2001） …… 18
梅安針供養（池波正太郎）講談社文庫（1983） …… 18
梅安針供養（池波正太郎）講談社文庫（2001） …… 18
梅安冬時雨（池波正太郎）講談社文庫（1993） …… 18
梅安冬時雨（池波正太郎）講談社文庫（2001） …… 18
梅安乱れ雲（池波正太郎）講談社文庫（1986） …… 18
梅安乱れ雲（池波正太郎）講談社文庫（2001） …… 18
梅安最合傘（池波正太郎）講談社文庫（1982） …… 18
梅安最合傘（池波正太郎）講談社文庫（2001） …… 18
梅花の契（海音寺潮五郎）時代小説文庫（1988） …… 59
灰左様なら（村松友視）講談社文庫（1993） …… 357
敗者の武士道（森村誠一）文春文庫（2004） …… 364
廃城奇譚（南條範夫）河出文庫（1984） …… 257
廃城奇譚（南條範夫）双葉文庫（1993） …… 263
売色使徒行伝（山田風太郎）廣済堂文庫（1996） …… 381
◇俳人一茶捕物帳（笹沢左保）ケイブンシャ文庫 …… 113
◇俳人一茶捕物帳（笹沢左保）廣済堂文庫 …… 113
◇俳人一茶捕物帳（笹沢左保）光文社文庫 …… 113
俳人一茶捕物帳 痩蛙の巻（笹沢左保）ケイブンシャ文庫（2001） …… 113
俳人一茶捕物帳 痩蛙の巻（笹沢左保）廣済堂文庫（2004） …… 113
俳人一茶捕物帳 痩蛙の巻（笹沢左保）光文社文庫（1995） …… 113
俳人一茶捕物帳 名月の巻（笹沢左保）光文社文庫（1996） …… 113
梅里先生行状記（吉川英治）吉川英治歴史時代文庫（1990） …… 415
拝領妻始末（滝口康彦）角川文庫（1974） …… 202
拝領妻始末（滝口康彦）講談社文庫（1982） …… 202
覇王の家（司馬遼太郎）新潮文庫（1979） …… 147
覇王の家　上巻（司馬遼太郎）新潮文庫（2002） …… 147
覇王の家　下巻（司馬遼太郎）新潮文庫（2002） …… 147
波王の秋（北方謙三）集英社文庫（1998） …… 69
覇王の夢（津本陽）幻冬舎文庫（2008） …… 222
葉隠士魂死狂い（郡順史）春陽文庫（1991） …… 87
葉隠の人生訓 →小説葉隠（童門冬二）PHP文庫（2004） …… 234
葉隠無残（滝口康彦）講談社文庫（1983） …… 202
葉隠物語（安部龍太郎）日経文芸文庫（2014） …… 10
葉菊の露 上（澤田ふじ子）中公文庫（1987） …… 138
葉菊の露 下（澤田ふじ子）中公文庫（1987） …… 138
萩灯籠（梅本育子）双葉文庫（2002） …… 35
白雨（北原亞以子）新潮文庫（2013） …… 72
白雲の巻（中里介山）時代小説文庫（1982） …… 251
薄桜記（五味康祐）新潮文庫（1965） …… 91
薄桜記（五味康祐）新潮文庫（2007） …… 91
白蛇斬殺剣（峰隆一郎）学研M文庫（2001） …… 329
白蛇斬殺剣（峰隆一郎）廣済堂文庫（1993） …… 331
白刃（峰隆一郎）大陸文庫（1991） …… 335
白刃 →埋蔵金の罠（峰隆一郎）集英社文庫（1994） …… 333
幕臣列伝（綱淵謙錠）中公文庫（1984） …… 217
爆弾可楽（杉本章子）文春文庫（1993） …… 180
白蝶怪（岡本綺堂）春陽文庫（2000） …… 49
◇白鳥の王子ヤマトタケル（黒岩重吾）角川文庫 …… 81
白鳥の王子ヤマトタケル 西戦の巻 上（黒岩重吾）角川文庫（2001） …… 81
白鳥の王子ヤマトタケル 東征の巻 上（黒岩重吾）角川文庫（2002） …… 81
白鳥の王子ヤマトタケル 西戦の巻 下（黒岩重吾）角川文庫（2001） …… 81
白鳥の王子ヤマトタケル 東征の巻 下（黒岩重吾）角川文庫（2002） …… 81
白鳥の王子ヤマトタケル 終焉の巻（黒岩重吾）角川文庫（2003） …… 81
白鳥の王子ヤマトタケル 大和の巻（黒岩重吾）角川文庫（2000） …… 81
白髪鬼（岡本綺堂）光文社文庫（1989） …… 48

白髪鬼(岡本綺堂)光文社文庫(2006) ……… 48
幕府隠密帳(南原幹雄)学研M文庫(2007) ……… 265
幕府隠密帳(南原幹雄)新潮文庫(1995) ……… 268
幕府軍艦「回天」始末(吉村昭)文春文庫(1993) ……… 417
幕府パリで戦う(南條範夫)光文社文庫(1994) ……… 259
幕末裏返史 →ifの幕末(清水義範)集英社文庫(2013) ……… 163
幕末(司馬遼太郎)文春文庫(1977) ……… 148
幕末(司馬遼太郎)文春文庫(2001) ……… 149
幕末維新列伝(綱淵謙錠)人物文庫(1998) ……… 217
幕末を駆ける(神坂次郎)中公文庫(1989) ……… 85
幕末おんな恋歌(南原幹雄)集英社文庫(1986) ……… 268
幕末おんな恋歌(南原幹雄)青樹社文庫(1996) ……… 269
幕末怪商伝(高橋義夫)時代小説文庫(1995) ……… 192
幕末怪商伝(高橋義夫)大陸文庫(1990) ……… 192
幕末開陽丸(安部龍太郎)角川文庫(2014) ……… 8
幕末鬼骨伝(広瀬仁紀)時代小説文庫(1993) ……… 304
幕末奇談(子母沢寛)文春文庫(1989) ……… 166
幕末巨竜伝(津本陽)新潮文庫(1987) ……… 224
幕末巨龍伝(津本陽)双葉文庫(2009) ……… 225
幕末愚連隊(早乙女貢)文春文庫(1991) ……… 104
幕末剣客伝(津本陽)講談社文庫(1994) ……… 223
幕末剣客(けんきゃく)伝(津本陽)双葉文庫(2009) ……… 225
幕末剣士伝(船山馨)河出文庫(1981) ……… 311
◇幕末御用盗(峰隆一郎)学研M文庫 ……… 329
◇幕末御用盗(峰隆一郎)幻冬舎文庫 ……… 330
幕末御用盗(津本陽)講談社文庫(2006) ……… 223
幕末御用盗(峰隆一郎)学研M文庫(2005) ……… 329
幕末御用盗(峰隆一郎)学研M文庫(2005) ……… 329
幕末御用盗(峰隆一郎)学研M文庫(2006) ……… 329
幕末御用盗(峰隆一郎)幻冬舎文庫(1997) ……… 330
幕末御用盗 咬む狼(峰隆一郎)幻冬舎文庫(1999) ……… 330
幕末御用盗 凶族疾る(峰隆一郎)幻冬舎文庫(1997) ……… 330
幕末斬鬼伝(峰隆一郎)光文社文庫(1995) ……… 332
幕末刺客列伝(羽山信樹)角川文庫(1987) ……… 292
幕末新人類伝(津本陽)文春文庫(1991) ……… 226
幕末新選組(池波正太郎)文春文庫(1979) ……… 25
幕末新選組(池波正太郎)文春文庫(2004) ……… 26
幕末水滸伝(三好徹)光文社文庫(2001) ……… 343
幕末「住友」参謀(佐藤雅美)講談社文庫(1990) ……… 128
幕末「住友」参謀(佐藤雅美)人物文庫(2003) ……… 129
幕末青春児 →小説伊藤博文 下(童門冬二)人物文庫(1996) ……… 232
幕末青春児 →小説伊藤博文 上(童門冬二)人物文庫(1996) ……… 231
幕末早春賦(有明夏夫)文春文庫(1986) ……… 12
幕末創世記 1 黒船来航(邦光史郎)徳間文庫(1989) ……… 80
幕末創世記 2 安政の大獄(邦光史郎)徳間文庫(1989) ……… 80
幕末創世記 3 桜田門外の変(邦光史郎)徳間文庫(1989) ……… 80
幕末創世記 4 新選組光芒(邦光史郎)徳間文庫(1989) ……… 80
幕末大盗賊(津本陽)光文社文庫(1992) ……… 223
幕末動乱の男たち 上巻(海音寺潮五郎)新潮文庫(1975) ……… 60
幕末動乱の男たち 下巻(海音寺潮五郎)新潮文庫(1975) ……… 60
幕末の暗殺者田中新兵衛(邦光史郎)ケイブンシャ文庫(1986) ……… 78
幕末の女たち(船山馨)河出文庫(1981) ……… 311
幕末の刺客(早乙女貢)春陽文庫(1980) ……… 101
幕末遊撃隊(池波正太郎)集英社文庫(1977) ……… 19
幕末遊撃隊(池波正太郎)集英社文庫(2009) ……… 19
幕末妖人伝(山田風太郎)小学館文庫(2013) ……… 384
幕末列藩流血録(徳永真一郎)光文社文庫(1990) ……… 235
白面剣士(江崎俊平)春陽文庫(1976) ……… 36
白妖鬼(高橋克彦)講談社文庫(1996) ……… 188
白妖鬼(高橋克彦)日経文芸文庫(2013) ……… 190
はぐれ鷹(永岡慶之助)学研M文庫(2007) ……… 249
◇はぐれ同心御免帖(本庄慧一郎)学研M文庫 ……… 317
はぐれ同心御免帖 勝手斬り(本庄慧一郎)学研M文庫(2010) ……… 317

はぐれ同心御免帖 残党狩り(本庄慧一郎)学研M文庫(2011) …… 317
はぐれ鳥の唄(郡順史)時代小説文庫(1982) …… 87
はぐれの刺客(澤田ふじ子)光文社文庫(2012) …… 136
はぐれの刺客(澤田ふじ子)徳間文庫(2002) …… 141
白狼の牙(峰隆一郎)廣済堂文庫(1990) …… 330
白狼の牙 上(峰隆一郎)学研M文庫(2001) …… 329
白狼の牙 下(峰隆一郎)学研M文庫(2001) …… 329
白狼の牙 上・下 →牙狼の剣(峰隆一郎)コスミック・時代文庫(2013) …… 333
白狼の剣(峰隆一郎)徳間文庫(1996) …… 336
馬喰八十八伝(井上ひさし)朝日文庫(1989) …… 30
馬喰八十八伝(井上ひさし)光文社文庫(2016) …… 31
破軍の星(北方謙三)集英社文庫(1993) …… 69
派遣刺客(森村誠一)朝日文庫(2009) …… 360
羽子板娘(横溝正史)角川文庫(1977) …… 405
羽子板娘(横溝正史)時代小説文庫(1987) …… 405
箱入り娘(楠木誠一郎)ベスト時代文庫(2012) …… 77
箱崎別れ船(南原幹雄)旺文社文庫(1987) …… 264
箱崎別れ船(南原幹雄)徳間文庫(1990) …… 270
箱崎別れ船(南原幹雄)ワンツー時代小説文庫(2005) …… 271
箱館戦争 続 碧血の碑(星亮一)角川文庫(1989) …… 314
箱館戦争 榎本艦隊北へ(星亮一)角川文庫(1988) …… 314
箱根の坂 上(司馬遼太郎)講談社文庫(1987) …… 145
箱根の坂 上(司馬遼太郎)講談社文庫(2004) …… 145
箱根の坂 中(司馬遼太郎)講談社文庫(1987) …… 145
箱根の坂 中(司馬遼太郎)講談社文庫(2004) …… 145
箱根の坂 下(司馬遼太郎)講談社文庫(1987) …… 145
箱根の坂 下(司馬遼太郎)講談社文庫(2004) …… 145
刃差しの街(西村望)光文社文庫(1991) …… 274
婆沙羅(山田風太郎)講談社文庫(1993) …… 382
ばさらい奴(早乙女貢)PHP文庫(1991) …… 105
バサラ将軍(安部龍太郎)文春文庫(1998) …… 10
婆娑羅大名(徳永真一郎)光文社文庫(1990) …… 235
ばさらの群れ(童門冬二)PHP文庫(1993) …… 234
ばさら姫(高橋和島)廣済堂文庫(2012) …… 195
橋のたもと(杉本苑子)集英社文庫(1992) …… 182
橋ものがたり(藤沢周平)新潮文庫(1983) …… 306
覇者徳川家康(松永義弘)春陽文庫(1987) …… 320
覇者の決まる日(南原幹雄)新人物文庫(2009) …… 268
覇者の決まる日(南原幹雄)新潮文庫(1991) …… 268
覇者の決まる日(南原幹雄)福武文庫(1996) …… 271
覇者の条件(童門冬二)徳間文庫(1999) …… 233
芭蕉庵桃青(中山義秀)講談社文芸文庫(2002) …… 255
芭蕉庵桃青(中山義秀)中公文庫(2012) …… 255
芭蕉庵捕物帳(新宮正春)福武文庫(1996) …… 176
馬上少年過ぐ(司馬遼太郎)新潮文庫(1978) …… 147
波上の館(津本陽)中公文庫(1999) …… 225
驟り雨(藤沢周平)新潮文庫(1985) …… 306
走れ乗合馬車(神坂次郎)朝日文芸文庫(1995) …… 84
走れ！ 藤吉郎(大栗丹後)春陽文庫(1996) …… 43
はだいろ秘図(睦月影郎)祥伝社文庫(2004) …… 348
はだか侍 →遠山金四郎女難旅(太田蘭三)ノン・ポシェット(1993) …… 44
はだか大名(山手樹一郎)現代小説文庫(1982) …… 388
はだか大名(山手樹一郎)コスミック・時代文庫(2010) …… 389
はだか大名(山手樹一郎)山手樹一郎長編時代小説全集(1978) …… 396
肌褥(睦月影郎)講談社文庫(2013) …… 347
裸足の皇女(永井路子)文春文庫(1992) …… 247
旗本狩り(峰隆一郎)飛天文庫(1994) …… 338
旗本狩り →元禄斬鬼伝 4(峰隆一郎)青樹社文庫(1998) …… 334
旗本けんか侍(太田蘭三)祥伝社文庫(2005) …… 44
旗本退屈男(佐々木味津三)春陽文庫(1959) …… 111

旗本退屈男（佐々木味津三）春陽文庫（1982） …… 111
旗本退屈男（佐々木味津三）新潮文庫（1958） …… 111
旗本退屈男（佐々木味津三）文春文庫（2011） …… 112
旗本退屈男 後篇（佐々木味津三）春陽文庫（1951） …… 111
旗本伝法（土師清二）春陽文庫（1972） …… 284
旗本奴一代（笹沢左保）新潮文庫（1988） …… 118
八五郎子守唄（野村胡堂）文春文庫（2014） …… 282
八丈流人帖（早乙女貢）徳間文庫（1990） …… 103
蜂須賀小六（大栗丹後）学研M文庫（2009） …… 40
蜂須賀小六 上（戸部新十郎）人物文庫（2010） …… 240
蜂須賀小六 1 草賊の章（戸部新十郎）光文社文庫（1987） …… 238
蜂須賀小六 2 卍旗の章（戸部新十郎）光文社文庫（1987） …… 238
蜂須賀小六 下（戸部新十郎）人物文庫（2010） …… 240
蜂須賀小六 3 西海の章（戸部新十郎）光文社文庫（1987） …… 238
蜂須賀小六（浜野卓也）PHP文庫（2001） …… 289
蜂須賀小六正勝（星亮一）学研M文庫（2001） …… 314
蜂須賀秘聞（松永義弘）時代小説文庫（1991） …… 320
八代将軍吉宗（堀和久）文春文庫（1995） …… 316
八人芸の女（野村胡堂）嶋中文庫（2004） …… 280
八幡鳩九郎（山手樹一郎）山手樹一郎長編時代小説全集（1978） …… 396
八郎疾風録（南原幹雄）徳間文庫（2000） …… 270
八犬伝 上（山田風太郎）朝日文庫（1986） …… 377
八犬伝 上（山田風太郎）角川文庫（1989） …… 379
八犬伝 下（山田風太郎）朝日文庫（1986） …… 377
八犬伝 下（山田風太郎）角川文庫（1989） …… 379
八犬傳 上（山田風太郎）廣済堂文庫（1998） …… 382
八犬傳 上（山田風太郎）廣済堂文庫（2010） …… 382
八犬傳 下（山田風太郎）廣済堂文庫（1998） …… 382
八犬傳 下（山田風太郎）廣済堂文庫（2010） …… 382
初しぐれ（北原亞以子）文春文庫（2016） …… 73
◇八州廻り桑山十兵衛（佐藤雅美）文春文庫 …… 129
八州廻り桑山十兵衛（佐藤雅美）文春文庫（1999） …… 129
八州廻り桑山十兵衛 江戸からの恋飛脚（佐藤雅美）文春文庫（2006） …… 129
八州廻り桑山十兵衛 劇盗二代目日本左衛門（佐藤雅美）文春文庫（2003） …… 129
八州廻り桑山十兵衛 殺された道案内（佐藤雅美）文春文庫（2001） …… 129
八州廻り桑山十兵衛 私闘なり、敵討ちにあらず（佐藤雅美）文春文庫（2014） …… 130
八州廻り桑山十兵衛 たどりそこねた芭蕉の足跡（佐藤雅美）文春文庫（2012） …… 129
八州廻り桑山十兵衛 花輪茂十郎の特技（佐藤雅美）文春文庫（2008） …… 129
八州廻り桑山十兵衛 六地蔵河原の決闘（佐藤雅美）文春文庫（2009） …… 129
八州廻り御用録（西村望）祥伝社文庫（2001） …… 274
八丁堀お助け同心（笹沢左保）コスミック・時代文庫（2013） …… 116
八丁堀・お助け同心秘聞 御定法破り編（笹沢左保）ノン・ポシェット（1996） …… 121
八丁堀・お助け同心秘聞 不義密通編（笹沢左保）ノン・ポシェット（1995） …… 121
八丁堀・お助け同心秘聞 不義密通編 →八丁堀お助け同心（笹沢左保）コスミック・時代文庫（2013） …… 116
八丁堀同心 加田三七 上（村上元三）徳間文庫（1988） …… 355
八丁堀同心 加田三七 下（村上元三）徳間文庫（1988） …… 355
八丁堀同心加田三七 →加田三七捕物帳（村上元三）人物文庫（2007） …… 354
八丁堀同心加田三七 →加田三七捕物帳 2（村上元三）人物文庫（2007） …… 354
八丁堀の湯屋（平岩弓枝）文春文庫（1994） …… 299
八丁堀の湯屋（平岩弓枝）文春文庫（2005） …… 301
初つばめ（藤沢周平）実業之日本社文庫（2011） …… 305
抜刀剣流れ旅（郡順史）春陽文庫（1993） …… 88
服部半蔵 1 花の章（戸部新十郎）光文社文庫（1987） …… 238
服部半蔵 2 草の章（戸部新十郎）光文社文庫（1987） …… 238
服部半蔵 3 石の章（戸部新十郎）光文社文庫（1988） …… 238
服部半蔵 4 木の章（戸部新十郎）光文社文庫（1988） …… 238
服部半蔵 5 風の章（戸部新十郎）光文社文庫（1988） …… 238
服部半蔵 6 波の章（戸部新十郎）光文社文庫（1988） …… 238

服部半蔵 7 雲の章（戸部新十郎）光文社文庫（1988） …… 238
服部半蔵 8 月の章（戸部新十郎）光文社文庫（1988） …… 238
服部半蔵 9 炎の章（戸部新十郎）光文社文庫（1989） …… 238
服部半蔵 10 空の章（戸部新十郎）光文社文庫（1989） …… 239
初春弁才船（平岩弓枝）文春文庫（2004） …… 300
はつもの食い（楠木誠一郎）コスミック・時代文庫（2011） …… 76
覇道の鷲毛利元就（古川薫）新潮文庫（1993） …… 313
鳩笛を吹く剣士（南條範夫）河出文庫（1983） …… 257
鳩笛を吹く剣士（南條範夫）双葉文庫（1992） …… 263
鼻（芥川龍之介）芥川龍之介文学館 名著複刻（1977） …… 3
花あざ伝奇（安西篤子）講談社文庫（2000） …… 15
花落ちる（笹沢左保）新潮文庫（1989） …… 118
花隠密（岩井護）講談社文庫（1979） …… 33
花篝（澤田ふじ子）中公文庫（1989） …… 138
花篝（澤田ふじ子）光文社文庫（2002） …… 136
花影の刺客（高橋義夫）時代小説文庫（1994） …… 192
花影の刺客（高橋義夫）大陸文庫（1989） …… 192
花影の花（平岩弓枝）新潮文庫（1993） …… 298
花籠の櫛（澤田ふじ子）徳間文庫（2006） …… 140
花籠の櫛（澤田ふじ子）光文社文庫（2011） …… 135
花笠浪太郎（山手樹一郎）双葉文庫（1992） …… 395
花笠浪太郎（山手樹一郎）山手樹一郎長編時代小説全集（1979） …… 397
花暦（澤田ふじ子）廣済堂文庫（1997） …… 134
花暦（澤田ふじ子）徳間文庫（2007） …… 142
花ざかりの渡し場（伊藤桂一）新潮文庫（1996） …… 29
花咲ける上方武士道（司馬遼太郎）中公文庫（1999） …… 148
花咲ける武士道（神坂次郎）河出文庫（1985） …… 84
花咲ける武士道（神坂次郎）春陽文庫（1999） …… 84
花菖蒲 →情炎冷えず（梅本育子）双葉文庫（1999） …… 35
花と火の帝 上（隆慶一郎）講談社文庫（1993） …… 418
花と火の帝 上（隆慶一郎）日経文芸文庫（2013） …… 420
花と火の帝 下（隆慶一郎）講談社文庫（1993） …… 418
花と火の帝 下（隆慶一郎）日経文芸文庫（2013） …… 420
花匂う（山本周五郎）新潮文庫（1983） …… 399
花のあと（藤沢周平）文春文庫（1989） …… 308
花の雨（子母沢寛）徳間文庫（1988） …… 166
花の雨（山手樹一郎）桃園文庫（2001） …… 394
花の一万石（陣出達朗）春陽文庫（1982） …… 177
花のお江戸で（山手樹一郎）双葉文庫（1991） …… 394
花の十郎太（柴田錬三郎）集英社文庫（1986） …… 156
花の生涯（舟橋聖一）新潮文庫（1961） …… 310
花の生涯 上（舟橋聖一）祥伝社文庫（2007） …… 310
花の生涯 上（舟橋聖一）ノン・ポシェット（1992） …… 310
花の生涯 下（舟橋聖一）祥伝社文庫（2007） …… 310
花の生涯 下（舟橋聖一）ノン・ポシェット（1992） …… 310
花の素浪人（江崎俊平）春陽文庫（1979） …… 36
花の通り魔（横溝正史）徳間文庫（2003） …… 407
華の碑文（杉本苑子）中公文庫（1977） …… 182
花の武士道（江崎俊平）春陽文庫（1986） …… 36
花の無頼剣（江崎俊平）春陽文庫（1990） …… 36
花の無法剣（佐竹申伍）春陽文庫（1971） …… 123
花の館・鬼灯（司馬遼太郎）中公文庫（1981） …… 147
花冷え（北原亞以子）ケイブンシャ文庫（1994） …… 70
花冷え（北原亞以子）講談社文庫（2002） …… 71
花開く千姫（南條範夫）旺文社文庫（1986） …… 257
花笛伝奇（早乙女貢）旺文社文庫（1986） …… 97
花笛伝奇（早乙女貢）時代小説文庫（1990） …… 100
◇花房一平捕物夜話（平岩弓枝）集英社文庫 …… 298
花房一平捕物夜話 女櫛（平岩弓枝）集英社文庫（1984） …… 298
花房一平捕物夜話 女櫛（平岩弓枝）集英社文庫（2007） …… 298
花房一平捕物夜話 釣女（平岩弓枝）集英社文庫（1983） …… 298
花道（大谷羊太郎）学研M文庫（2012） …… 45
花見の仇討（野村胡堂）時代小説文庫（1982） …… 280
花見の仇討（野村胡堂）文春文庫（2014） …… 282
花見の果て（野村胡堂）時代小説文庫（1981） …… 280

花も刀も（山本周五郎）新潮文庫（1982）…… 399
華燃ゆ（大栗丹後）春陽文庫（1988）…… 43
花櫓（皆川博子）講談社文庫（1999）…… 328
花闇（皆川博子）集英社文庫（2002）…… 328
花闇（皆川博子）中公文庫（1992）…… 329
◇華屋与兵衛人情鮨（本庄慧一郎）廣済堂文庫 …… 318
華屋与兵衛人情鮨 川千鳥夕千鳥（本庄慧一郎）廣済堂文庫（2010）…… 318
華屋与兵衛人情鮨 両国月の縁（本庄慧一郎）廣済堂文庫（2009）…… 318
花世の立春（平岩弓枝）文春文庫（2012）…… 302
花嫁狂乱（笹沢左保）時代小説文庫（1987）…… 116
放れ鷹日記（山手樹一郎）山手樹一郎長編時代小説全集（1979）…… 397
花は桜木（柴田錬三郎）集英社文庫（2011）…… 157
花は橘 →小説・十五世羽左衛門（竹田真砂子）集英社文庫（1995）…… 204
◇塙保己一推理帖（中津文彦）光文社文庫 …… 253
塙保己一推理帖 →亥ノ子の誘拐（かどわかし）（中津文彦）光文社文庫（2009）…… 253
塙保己一推理帖 亥ノ子の誘拐（かどわかし）（中津文彦）光文社文庫（2009）…… 253
塙保己一推理帖 つるべ心中の怪（中津文彦）光文社文庫（2010）…… 253
塙保己一推理帖 枕絵の陥し穴（中津文彦）光文社文庫（2010）…… 253
花輪茂十郎の特技（佐藤雅美）文春文庫（2008）…… 129
八幡船伝奇（早乙女貢）旺文社文庫（1985）…… 97
八幡船伝奇（早乙女貢）春陽文庫（1978）…… 101
浜田騒動（村上元三）光文社文庫（1988）…… 352
浜町河岸の生き神様（佐藤雅美）文春文庫（2008）…… 130
波紋（池波正太郎）新潮文庫（1995）…… 20
波紋（池波正太郎）新潮文庫（2003）…… 21
隼人魔道剣（左近隆）春陽文庫（1985）…… 110
隼小僧異聞（佐藤雅美）講談社文庫（1999）…… 127
◇はやぶさ新八御用旅（平岩弓枝）講談社文庫 …… 297
はやぶさ新八御用旅 1 東海道五十三次（平岩弓枝）講談社文庫（2004）…… 297
はやぶさ新八御用旅 2 中仙道六十九次（平岩弓枝）講談社文庫（2005）…… 298
はやぶさ新八御用旅 3 日光例幣使道の殺人（平岩弓枝）講談社文庫（2007）…… 298
はやぶさ新八御用旅 4 北前船の事件（平岩弓枝）講談社文庫（2009）…… 298
はやぶさ新八御用旅 5 諏訪の妖狐（平岩弓枝）講談社文庫（2014）…… 298
はやぶさ新八御用旅 6 紅花染め秘帳（平岩弓枝）講談社文庫（2016）…… 298
◇はやぶさ新八御用帳（平岩弓枝）講談社文庫 …… 297
はやぶさ新八御用帳 1 大奥の恋人（平岩弓枝）講談社文庫（1992）…… 297
はやぶさ新八御用帳 1 大奥の恋人（平岩弓枝）講談社文庫（2016）…… 297
はやぶさ新八御用帳 2 江戸の海賊（平岩弓枝）講談社文庫（1993）…… 297
はやぶさ新八御用帳 3 又右衛門の女房（平岩弓枝）講談社文庫（1994）…… 297
はやぶさ新八御用帳 4 鬼勘の娘（平岩弓枝）講談社文庫（1995）…… 297
はやぶさ新八御用帳 5 御守殿おたき（平岩弓枝）講談社文庫（1996）…… 297
はやぶさ新八御用帳 6 春月の雛（平岩弓枝）講談社文庫（1997）…… 297
はやぶさ新八御用帳 7 寒椿の寺（平岩弓枝）講談社文庫（1999）…… 297
はやぶさ新八御用帳 8 春怨根津権現（平岩弓枝）講談社文庫（2000）…… 297
はやぶさ新八御用帳 9（平岩弓枝）講談社文庫（2001）…… 297
はやぶさ新八御用帳 10（平岩弓枝）講談社文庫（2002）…… 297
◇早房秀人斬魔剣（本庄慧一郎）コスミック・時代文庫 …… 318
早房秀人斬魔剣 2 妖剣修羅を疾る（本庄慧一郎）コスミック・時代文庫（2004）…… 318
早房秀人斬魔剣 人間狩り死掛帳（本庄慧一郎）コスミック・時代文庫（2003）…… 318
はやぶさ奉行（陣出達朗）春陽文庫（1961）…… 177
はやぶさ奉行（陣出達朗）春陽文庫（1978）…… 177
隼別王子の叛乱（田辺聖子）中公文庫（1978）…… 208
隼別王子の叛乱（田辺聖子）中公文庫（1994）…… 208
流行心中（森村誠一）文春文庫（2003）…… 364
波瀾万丈（邦光史郎）大陸文庫（1989）…… 79
波瀾万丈 →おれは伊平次（神坂次郎）講談社文庫（2002）…… 84
磔（吉村昭）文春文庫（1987）…… 417
播磨灘物語 1（司馬遼太郎）講談社文庫（1978）…… 145

播磨灘物語 1(司馬遼太郎)講談社文庫(2004) …… 145
播磨灘物語 2(司馬遼太郎)講談社文庫(1978) …… 145
播磨灘物語 2(司馬遼太郎)講談社文庫(2004) …… 145
播磨灘物語 3(司馬遼太郎)講談社文庫(1978) …… 145
播磨灘物語 3(司馬遼太郎)講談社文庫(2004) …… 145
播磨灘物語 4(司馬遼太郎)講談社文庫(1978) …… 145
播磨灘物語 4(司馬遼太郎)講談社文庫(2004) …… 145
春いくたび(山本周五郎)角川文庫(2008) …… 398
春告鳥(杉本章子)文春文庫(2013) …… 180
春の嵐(池波正太郎)新潮文庫(1993) …… 20
春の嵐(池波正太郎)新潮文庫(2003) …… 21
初春(はる)の客(平岩弓枝)文春文庫(2014) …… 302
春の鷹(風巻紘一)春陽文庫(1993) …… 64
春の高瀬舟(平岩弓枝)文春文庫(2001) …… 300
春のめざめは紫の巻(田辺聖子)集英社文庫(1987) …… 207
春のめざめは紫の巻(田辺聖子)集英社文庫(2011) …… 207
晴れ曇り八丁堀(多岐川恭)双葉文庫(1991) …… 201
晴れ曇り八丁堀 →かどわかし(多岐川恭)徳間文庫(1998) …… 200
晴れた空 上(半村良)祥伝社文庫(2005) …… 294
晴れた空 下(半村良)祥伝社文庫(2005) …… 294
叛旗兵(山田風太郎)角川文庫(1984) …… 378
叛旗兵(山田風太郎)廣済堂文庫(1996) …… 381
叛旗兵 上(山田風太郎)徳間文庫(2009) …… 387
叛旗兵 下(山田風太郎)徳間文庫(2009) …… 387
反逆の系譜(南條範夫)PHP文庫(1989) …… 264
半九郎闇日記(角田喜久雄)春陽文庫(1975) …… 218
半九郎闇日記 上(角田喜久雄)春陽文庫(1990) …… 219
半九郎闇日記 上(角田喜久雄)小学館文庫(2010) …… 219
半九郎闇日記 下(角田喜久雄)春陽文庫(1990) …… 219
半九郎闇日記 下(角田喜久雄)小学館文庫(2010) …… 220
盤獄の一生(白井喬二)新潮文庫(1960) …… 170
叛骨の人 →大江卓(三好徹)人物文庫(1998) …… 343
◇半七捕物帳(岡本綺堂)旺文社文庫 …… 47
◇半七捕物帳(岡本綺堂)角川文庫 …… 47
◇半七捕物帳(岡本綺堂)光文社文庫 …… 47
◇半七捕物帳(岡本綺堂)春陽文庫 …… 49
◇半七捕物帳(岡本綺堂)大衆文学館 …… 49
◇半七捕物帳(岡本綺堂)ハルキ文庫 …… 50
半七捕物帳(岡本綺堂)大衆文学館(1995) …… 49
半七捕物帳 1(岡本綺堂)旺文社文庫(1977) …… 47
半七捕物帳 第1(岡本綺堂)角川文庫(1957) …… 47
半七捕物帳 1(岡本綺堂)光文社文庫(1985) …… 47
半七捕物帳 1(岡本綺堂)光文社文庫(2001) …… 48
半七捕物帳 1 お文の魂(岡本綺堂)春陽文庫(1999) …… 49
半七捕物帳 2(岡本綺堂)旺文社文庫(1977) …… 47
半七捕物帳 第2(岡本綺堂)角川文庫(1957) …… 47
半七捕物帳 2(岡本綺堂)光文社文庫(1986) …… 47
半七捕物帳 2(岡本綺堂)光文社文庫(2001) …… 48
半七捕物帳 続(岡本綺堂)大衆文学館(1997) …… 50
半七捕物帳 2 半鐘の怪(岡本綺堂)春陽文庫(1999) …… 49
半七捕物帳 3(岡本綺堂)旺文社文庫(1977) …… 47
半七捕物帳 第3(岡本綺堂)角川文庫(1957) …… 47
半七捕物帳 3(岡本綺堂)光文社文庫(1986) …… 47
半七捕物帳 3(岡本綺堂)光文社文庫(2001) …… 48
半七捕物帳 3 筆屋の娘(岡本綺堂)春陽文庫(2000) …… 49
半七捕物帳 4(岡本綺堂)旺文社文庫(1977) …… 47
半七捕物帳 第4(岡本綺堂)角川文庫(1957) …… 47
半七捕物帳 4(岡本綺堂)光文社文庫(1986) …… 47
半七捕物帳 4(岡本綺堂)光文社文庫(2001) …… 48
半七捕物帳 4 十五夜御用心(岡本綺堂)春陽文庫(2000) …… 49
半七捕物帳 5(岡本綺堂)旺文社文庫(1977) …… 47

半七捕物帳 第5（岡本綺堂）角川文庫（1957） …… 47
半七捕物帳 5（岡本綺堂）光文社文庫（1986） …… 47
半七捕物帳 5（岡本綺堂）光文社文庫（2001） …… 48
半七捕物帳 5 河豚太鼓（岡本綺堂）春陽文庫（2000） …… 49
半七捕物帳 6（岡本綺堂）旺文社文庫（1977） …… 47
半七捕物帳 第6（岡本綺堂）角川文庫（1957） …… 47
半七捕物帳 6（岡本綺堂）光文社文庫（1986） …… 47
半七捕物帳 6（岡本綺堂）光文社文庫（2001） …… 48
半七捕物帳 6 かむろ蛇（岡本綺堂）春陽文庫（2000） …… 49
半七捕物帳 第7（岡本綺堂）角川文庫（1957） …… 47
半七捕物帳 7 白蝶怪（岡本綺堂）春陽文庫（2000） …… 49
半七捕物帳 初手柄編（岡本綺堂）ハルキ文庫（2014） …… 50
◇半七捕物帳傑作選（岡本綺堂）ちくま文庫 …… 50
半七捕物帳傑作選 1 読んで、「半七」！（岡本綺堂）ちくま文庫（2009） …… 50
半七捕物帳傑作選 2 もっと、「半七」！（岡本綺堂）ちくま文庫（2009） …… 50
半七捕物帳リミックス！（岡本綺堂）白泉社招き猫文庫（2015） …… 50
◇半次捕物控（佐藤雅美）講談社文庫 …… 126
半次捕物控 揚羽の蝶 下（佐藤雅美）講談社文庫（2001） …… 126
半次捕物控 揚羽の蝶 上（佐藤雅美）講談社文庫（2001） …… 126
半次捕物控 一石二鳥の敵討ち（佐藤雅美）講談社文庫（2015） …… 127
半次捕物控 命みょうが（佐藤雅美）講談社文庫（2005） …… 126
半次捕物控 影帳（佐藤雅美）講談社文庫（1995） …… 126
半次捕物控 疑惑（佐藤雅美）講談社文庫（2006） …… 126
半次捕物控 御当家七代お祟り申す（佐藤雅美）講談社文庫（2013） …… 127
半次捕物控 天才絵師と幻の生首（佐藤雅美）講談社文庫（2011） …… 127
半次捕物控 泣く子と小三郎（佐藤雅美）講談社文庫（2009） …… 127
半次捕物控 髻塚不首尾一件始末（佐藤雅美）講談社文庫（2010） …… 127
半次捕物控泣く子と小三郎 →泣く子と小三郎（佐藤雅美）講談社文庫（2009） …… 127
叛将明智光秀 →明智光秀 下（桜田晋也）角川文庫（1989） …… 109
叛将明智光秀 →明智光秀 上（桜田晋也）角川文庫（1989） …… 109
叛将明智光秀 →明智光秀 中（桜田晋也）角川文庫（1989） …… 109
半鐘の怪（岡本綺堂）春陽文庫（1999） …… 49
叛臣（多岐川恭）光文社文庫（2000） …… 197
叛臣伝（早乙女貢）光文社文庫（1987） …… 99
半蔵幻視（嶋津義忠）小学館文庫（1999） …… 160
半蔵の槍（嶋津義忠）講談社文庫（1996） …… 160
塙団右衛門（佐竹申伍）PHP文庫（1994） …… 123
番町牢屋敷（南原幹雄）小学館文庫（2000） …… 268
坂東侠客陣（吉川英治）学研M文庫 - 吉川英治時代小説傑作選（2003） …… 410
坂東侠客陣（吉川英治）吉川英治文庫（1977） …… 412
◇半身のお紺（笹沢左保）祥伝社文庫 …… 117
半身のお紺 女無宿人愛憎行（笹沢左保）祥伝社文庫（2001） …… 117
半身のお紺 女無宿人非情旅（笹沢左保）祥伝社文庫（2000） …… 117
半身のお紺 女無宿人無残剣（笹沢左保）祥伝社文庫（2000） …… 117

【ひ】

びいどろの城（白石一郎）講談社文庫（1985） …… 171
びいどろの筆（泡坂妻夫）徳間文庫（1992） …… 13
飛雲城伝説（半村良）講談社文庫（2002） …… 294
非運の果て（滝口康彦）文春文庫（2011） …… 203
秘悦花（睦月影郎）学研M文庫（2005） …… 345
秘艶枕草子（八剣浩太郎）青樹社文庫（1999） …… 368
緋鹿子伝法（角田喜久雄）春陽文庫（1977） …… 218
緋鹿子伝法（角田喜久雄）春陽文庫（1988） …… 218
緋鹿子捕物草紙 第1, 2（村上元三）新小説文庫（1951） …… 353
光源氏ものがたり 上（田辺聖子）角川文庫（2009） …… 207

光源氏ものがたり 中（田辺聖子）角川文庫（2009） …… 207
光源氏ものがたり 下（田辺聖子）角川文庫（2009） …… 207
悲願千人斬 上（下村悦夫）大衆文学館（1997） …… 167
悲願千人斬 後篇（下村悦夫）春陽文庫（1952） …… 167
悲願千人斬 下（下村悦夫）大衆文学館（1997） …… 167
秘戯書争奪（山田風太郎）角川文庫（1986） …… 378
秘境に咲く花 →孤剣九州街道 続（八剣浩太郎）学研M文庫（2002） …… 365
秘境に咲く花 →孤剣九州街道 続（八剣浩太郎）廣済堂文庫（1993） …… 366
秘曲（戸部新十郎）大陸文庫（1988） …… 240
秘曲（戸部新十郎）徳間文庫（1994） …… 241
秘曲（平岩弓枝）文春文庫（1996） …… 299
秘曲（平岩弓枝）文春文庫（2006） …… 301
秘玉の剣（五味康祐）ケイブンシャ文庫（1987） …… 91
秘玉の剣（五味康祐）徳間文庫（1997） …… 93
火喰鳥（杉本章子）文春文庫（2009） …… 179
比丘尼御殿（横溝正史）徳間文庫（2002） …… 407
比丘尼茶碗（澤田ふじ子）幻冬舎文庫（2007） …… 132
蜩（北原亞以子）新潮文庫（2004） …… 72
日暮妖之介流れ星破れ編笠（笹沢左保）集英社文庫（1981） …… 117
日暮れ竹河岸（藤沢周平）文春文庫（2000） …… 308
悲劇の風雲児（杉本苑子）講談社文庫（1994） …… 181
秘剣揚羽蝶（柴田錬三郎）講談社文庫（1981） …… 151
秘剣揚羽蝶 →源氏九郎颯爽記 秘剣揚羽蝶の巻（柴田錬三郎）集英社文庫（1994） …… 156
秘剣埋火（戸部新十郎）徳間文庫（2000） …… 241
秘剣鱗返し（早乙女貢）時代小説文庫（1984） …… 99
秘剣影法師（新宮正春）廣済堂文庫（1998） …… 175
秘剣花車（戸部新十郎）新潮文庫（1998） …… 240
秘剣花車（戸部新十郎）徳間文庫（2002） …… 241
秘剣 虎乱（戸部新十郎）徳間文庫（2003） …… 241
秘剣縦横（南條範夫）光文社時代小説文庫（1986） …… 258
秘剣縦横（南條範夫）光文社文庫（1986） …… 258
秘剣「出撃」（古川薫）光文社文庫（2001） …… 312
秘剣独眼竜（田中光二）徳間文庫（2005） …… 206
秘剣流れ星（南條範夫）春陽文庫（1961） …… 260
秘剣流れ星（南條範夫）春陽文庫（1999） …… 260
秘剣流れ星（南條範夫）双葉文庫（1990） …… 263
秘剣波の千鳥 →剣鬼葵紋之介（早乙女貢）ケイブンシャ文庫（1999） …… 98
秘剣・飛蝶斬り（伊藤桂一）新潮文庫（1989） …… 29
秘剣水鏡（戸部新十郎）徳間文庫（1998） …… 241
秘剣柳生十兵衛（早乙女貢）講談社文庫（1996） …… 99
秘剣・柳生連也斎（五味康祐）新潮文庫（1958） …… 91
秘剣 柳生連也斎（五味康祐）新潮文庫（2003） …… 91
秘剣やませみ（伊藤桂一）講談社文庫（1993） …… 29
秘剣龍牙（戸部新十郎）徳間文庫（1999） …… 241
彦九郎山河（吉村昭）文春文庫（1998） …… 417
彦左衛門外記（山本周五郎）新潮文庫（1981） …… 399
彦左、まかり通る（大栗丹後）春陽文庫（1996） …… 43
緋ざくら若殿（左近隆）春陽文庫（1994） …… 110
氷雨肌の女（大栗丹後）学研M文庫（2006） …… 40
土方歳三（松永義弘）PHP文庫（1993） …… 321
土方歳三 1 試斬（峰隆一郎）時代小説文庫（1995） …… 333
土方歳三 1 試斬（峰隆一郎）徳間文庫（2000） …… 336
土方歳三 2 壬生狼（峰隆一郎）時代小説文庫（1996） …… 333
土方歳三 2 壬生狼（峰隆一郎）徳間文庫（2000） …… 336
土方歳三 3 新撰組（峰隆一郎）時代小説文庫（1996） …… 333
土方歳三 3 新撰組（峰隆一郎）徳間文庫（2000） …… 337
土方歳三 上（三好徹）学研M文庫（2003） …… 342
土方歳三 上巻（三好徹）人物文庫（1998） …… 343
土方歳三 下（三好徹）学研M文庫（2003） …… 342
土方歳三 下巻（三好徹）人物文庫（1998） …… 343
土方歳三散華（広瀬仁紀）時代小説文庫（1982） …… 303
土方歳三散華（広瀬仁紀）小学館文庫（2001） …… 304
悲愁中宮（安西篤子）集英社文庫（1987） …… 15
秘書 →秘戯書争奪（山田風太郎）角川文庫（1986） …… 378
美少女一番乗り（山本周五郎）角川文庫（2009） …… 398

非情の牙(峰隆一郎)集英社文庫(1994) ····· 333
非情の牙(峰隆一郎)大陸文庫(1991) ········ 335
非常の人徳川吉宗(仁田義男)徳間文庫(1995) ···· 277
美女か狐か峠みち(笹沢左保)徳間文庫(1989) ···· 119
美女系図(江崎俊平)春陽文庫(1993) ········· 37
美女盗り(南原幹雄)廣済堂文庫(1989) ····· 267
美女盗り(南原幹雄)青樹社文庫(1997) ····· 269
美女百景(睦月影郎)祥伝社文庫(2016) ····· 349
秘説妖雲の辻 →密命—魔性剣—(佐竹申伍)コスミック・時代文庫(2012) ············ 123
秘説妖雲の辻 →妖説魔性の剣 下(佐竹申伍)春陽文庫(1994) ················ 123
秘説妖雲の辻 →妖説魔性の剣 上(佐竹申伍)春陽文庫(1994) ················ 123
秘太刀馬の骨(藤沢周平)文春文庫(1995) ···· 308
飛騨の牙(峰隆一郎)光文社文庫(2000) ····· 333
左文字の馬(西村望)光文社文庫(2005) ····· 273
棺の中の悦楽(山田風太郎)現代教養文庫 - 山田風太郎傑作選(1977) ················ 381
棺の中の悦楽(山田風太郎)光文社文庫 - 山田風太郎ミステリー傑作選(2001) ········· 383
引越し大名の笑い(杉本苑子)講談社文庫(1991) ···· 181
秀衡の征旗 →義経の征旗 下(中津文彦)光文社文庫(2004) ················ 253
秀衡の征旗 →義経の征旗 上(中津文彦)光文社文庫(2004) ················ 253
秀吉 1(堺屋太一)文春文庫(1998) ·········· 105
秀吉 上(堺屋太一)NHKライブラリー(1998) ···· 106
秀吉 2(堺屋太一)文春文庫(1998) ·········· 105
秀吉 中(堺屋太一)NHKライブラリー(1998) ···· 106
秀吉 3(堺屋太一)文春文庫(1998) ·········· 105
秀吉 下(堺屋太一)NHKライブラリー(1998) ···· 106
秀吉 4(堺屋太一)文春文庫(1998) ·········· 105
秀吉暗殺 上(山田智彦)文春文庫(1996) ···· 377
秀吉暗殺 下(山田智彦)文春文庫(1996) ···· 377
秀吉と武吉(城山三郎)新潮文庫(1990) ····· 174
秀吉と利休(野上弥生子)中公文庫(1973) ···· 279
秀吉の野望(阿井景子)光文社文庫(2000) ···· 1
秀吉覇権への道 →豊臣秀吉(南條範夫)徳間文庫(1992) ················ 262
秀吉・見果てぬ夢(戸部新十郎)廣済堂文庫(1996) ···· 238
秀吉妖話帖(山田風太郎)集英社文庫(1995) ···· 384
秀頼誕生(池波正太郎)新潮文庫(1987) ······ 21
秀頼誕生(池波正太郎)新潮文庫(2005) ······ 22
秘伝陰の御庭番(小松重男)廣済堂文庫(2003) ···· 89
秘伝陰の御庭番(小松重男)新潮文庫(1995) ···· 90
秘伝毒の華(南原幹雄)徳間文庫(1999) ····· 270
秘伝の声 上巻(池波正太郎)新潮文庫(1990) ···· 22
秘伝の声 下巻(池波正太郎)新潮文庫(1990) ···· 22
秘伝・宮本武蔵(光瀬龍)徳間文庫(1982) ··· 328
秘伝洩らすべし(神坂次郎)河出文庫(1986) ···· 84
秘伝洩らすべし(神坂次郎)ケイブンシャ文庫(1999) ···· 84
秘刀(中津文彦)祥伝社文庫(2002) ·········· 254
◇非道人別帳(森村誠一)文春文庫 ··········· 364
非道人別帳 1 悪の狩人(森村誠一)文春文庫(2000) ···· 364
非道人別帳 2 毒の鎖(森村誠一)文春文庫(2000) ···· 364
非道人別帳 3 邪恋寺(森村誠一)文春文庫(2001) ···· 364
非道人別帳 4 悪夢の使者(森村誠一)文春文庫(2001) ···· 364
非道人別帳 5 紅毛天狗(森村誠一)文春文庫(2002) ···· 364
非道人別帳 6 流行心中(森村誠一)文春文庫(2003) ···· 364
非道人別帳 8 敗者の武士道(森村誠一)文春文庫(2004) ···· 364
人斬り以蔵(司馬遼太郎)新潮文庫(1969) ···· 147
人斬り剣奥儀(津本陽)新潮文庫(1992) ····· 224
人斬り剣奥儀(津本陽)PHP文芸文庫(2015) ···· 228
人斬り彦斎(五味康祐)ケイブンシャ文庫(1985) ···· 90
人斬り彦斎(五味康祐)徳間文庫(1993) ······ 92
人斬り彦斎 →北斎秘画(今東光)徳間文庫(1986) ···· 95
人斬り地獄(吉岡道夫)コスミック・時代文庫(2005) ···· 408
人斬り地獄(吉岡道夫)コスミック・時代文庫(2009) ···· 408
人斬り地獄 →ぶらり平蔵(吉岡道夫)コスミック・時代文庫(2009) ················ 408
◇人斬り俊策(峰隆一郎)祥伝社文庫 ········· 334

◇人斬り俊策（峰隆一郎）ノン・ポシェット …… 337
人斬り俊策 明治暗殺刀（峰隆一郎）ノン・ポシェット（1998） …… 337
人斬り俊策 明治凶襲刀（峰隆一郎）祥伝社文庫（2000） …… 334
人斬り新兵衛（西村望）徳間文庫（1998） …… 274
人斬り善鬼（峰隆一郎）ノン・ポシェット（1993） …… 337
人斬りに紋日は暮れた（笹沢左保）光文社文庫（1998） …… 114
人斬りに紋日は暮れた（笹沢左保）時代小説文庫（1985） …… 116
人斬り半次郎 賊将編（池波正太郎）角川文庫（1972） …… 17
人斬り半次郎 賊将編（池波正太郎）新潮文庫（1999） …… 23
人斬り半次郎 幕末編（池波正太郎）角川文庫（1972） …… 17
人斬り半次郎 幕末編（池波正太郎）新潮文庫（1999） …… 23
人斬り斑平（柴田錬三郎）春陽文庫（1981） …… 157
人斬り魔剣（高木彬光）春陽文庫（1984） …… 186
◇人斬り弥介（峰隆一郎）集英社文庫 …… 333
◇人斬り弥介（峰隆一郎）大陸文庫 …… 335
人斬り弥介（峰隆一郎）集英社文庫（1992） …… 333
人斬り弥介（峰隆一郎）大陸文庫（1988） …… 335
人斬り弥介 その2 平三郎の首（峰隆一郎）集英社文庫（1993） …… 333
人斬り弥介 その3 暗鬼の剣（峰隆一郎）集英社文庫（1993） …… 333
人斬り弥介 その4 修羅が疾る（峰隆一郎）集英社文庫（1993） …… 333
人斬り弥介 その5 斬刃（峰隆一郎）集英社文庫（1994） …… 333
人斬り弥介 その6 非情の牙（峰隆一郎）集英社文庫（1994） …… 333
人斬り弥介 その7 埋蔵金の罠（峰隆一郎）集英社文庫（1994） …… 333
人斬り弥介 その8 殺刃（峰隆一郎）集英社文庫（1994） …… 333
◇人斬り弥介秘録（峰隆一郎）集英社文庫 …… 334
人斬り弥介秘録 其ノ2 鬼神（峰隆一郎）集英社文庫（2002） …… 334
人斬り弥介秘録 茜雪（峰隆一郎）集英社文庫（2005） …… 334
人斬り弥介秘録 沈む町（峰隆一郎）集英社文庫（2003） …… 334
人斬り弥介秘録 幽鬼（峰隆一郎）集英社文庫（2002） …… 334
人恋時雨（睦月影郎）廣済堂文庫（2008） …… 346
ひとごろし（山本周五郎）新潮文庫（1972） …… 399
ひとでなし（澤田ふじ子）幻冬舎文庫（2002） …… 132
人化け狸（城昌幸）春陽文庫（1985） …… 168
人肌変化（高木彬光）春陽文庫（1984） …… 186
ひとびとの跫音 上（司馬遼太郎）中公文庫（1983） …… 148
ひとびとの跫音 下（司馬遼太郎）中公文庫（1983） …… 148
独り群せず（北方謙三）文春文庫（2010） …… 69
ひとり鷹（江崎俊平）春陽文庫（1978） …… 36
独り旅（南條範夫）光文社時代小説文庫（1986） …… 258
独り旅（南條範夫）光文社文庫（1986） …… 258
◇日向景一郎シリーズ（北方謙三）新潮文庫 …… 69
日向景一郎シリーズ 1 風樹の剣（北方謙三）新潮文庫（1996） …… 69
日向景一郎シリーズ 3 絶影の剣（北方謙三）新潮文庫（2002） …… 69
日向景一郎シリーズ 4 鬼哭の剣（北方謙三）新潮文庫（2006） …… 69
日向景一郎シリーズ 5 寂滅の剣（北方謙三）新潮文庫（2012） …… 69
ひなどり将軍（土師清二）新小説文庫（1951） …… 284
雛の別れ（野村胡堂）時代小説文庫（1982） …… 280
雛の別れ（野村胡堂）嶋中文庫（2005） …… 281
美男狩 上（野村胡堂）大衆文学館（1995） …… 282
美男狩 下（野村胡堂）大衆文学館（1995） …… 282
美男城（柴田錬三郎）時代小説文庫（2009） …… 154
美男城（柴田錬三郎）新潮文庫（1960） …… 158
ひねくれ一茶（田辺聖子）講談社文庫（1995） …… 207
檜山兄弟 上（吉川英治）角川文庫（2016） …… 410
檜山兄弟 下（吉川英治）角川文庫（2016） …… 410
火の国の城（池波正太郎）文春文庫（1978） …… 25
火の国の城　上（池波正太郎）文春文庫（2002） …… 26
火の国の城　下（池波正太郎）文春文庫（2002） …… 26
火の玉奉行（陣出達朗）春陽文庫（1961） …… 177
火の玉奉行（陣出達朗）春陽文庫（1978） …… 177
火の縄（松本清張）講談社文庫（1974） …… 322
火の縄（松本清張）講談社文庫（2001） …… 322
美貌の女帝（永井路子）文春文庫（1988） …… 247

美貌の女帝（永井路子）文春文庫（2012）…… 248
緋牡丹狂女（横溝正史）春陽文庫（1984）…… 407
緋ぼたん大名（左近隆）春陽文庫（1993）…… 110
緋牡丹伝奇（早乙女貢）旺文社文庫（1986）…… 97
緋牡丹伝奇（早乙女貢）時代小説文庫（1990）…… 100
緋牡丹盗賊（角田喜久雄）春陽文庫（1977）…… 218
緋ぼたんの女（早乙女貢）ケイブンシャ文庫（1993）…… 98
卑弥呼狂乱（安西篤子）光文社文庫（1991）…… 15
秘密（池波正太郎）新潮文庫（1987）…… 21
秘密（池波正太郎）新潮文庫（2005）…… 21
秘密（池波正太郎）文春文庫（1990）…… 26
秘密（池波正太郎）文春文庫（2013）…… 26
秘蜜（睦月影郎）幻冬舎アウトロー文庫（2012）…… 345
姫さま純情剣（山手樹一郎）コスミック・時代文庫（2013）…… 391
姫さま初恋剣法（山手樹一郎）コスミック・時代文庫（2013）…… 391
姫さま変化（山手樹一郎）コスミック・時代文庫（2012）…… 390
姫さま恋慕剣（山手樹一郎）コスミック・時代文庫（2014）…… 391
◇姫四郎医術道中（笹沢左保）徳間文庫 …… 119
姫四郎医術道中 1 嘉永二年の帝王切開（笹沢左保）徳間文庫（1990）…… 119
姫四郎医術道中 2 嘉永三年の全身麻酔（笹沢左保）徳間文庫（1990）…… 119
姫四郎医術道中 3 嘉永四年の予防接種（笹沢左保）徳間文庫（1990）…… 119
姫四郎医術道中 4 嘉永五年の人工呼吸（笹沢左保）徳間文庫（1990）…… 119
姫四郎医術道中 5 嘉永六年のアルコール中毒（笹沢左保）徳間文庫（1990）…… 119
姫四郎流れ旅 中仙道はぐれ鳥（笹沢左保）コスミック・時代文庫（2011）…… 116
姫四郎流れ旅（笹沢左保）コスミック・時代文庫（2010）…… 116
姫道中（高橋和島）廣済堂文庫（2005）…… 195
姫人形絵図（江崎俊平）春陽文庫（1981）…… 36
姫の戦国 上（永井路子）文春文庫（1997）…… 247
姫の戦国 下（永井路子）文春文庫（1997）…… 247
姫夜叉行状記（角田喜久雄）春陽文庫（1977）…… 218
白衣の剣士（柴田錬三郎）さくら文庫（1951）…… 153
百助嘘八百物語（佐藤雅美）講談社文庫（2004）…… 128
白道（瀬戸内寂聴）講談社文庫（1998）…… 185
百まなこ（長谷川卓）祥伝社文庫（2007）…… 288
百万石太平記（南原幹雄）新潮文庫（1996）…… 268
百万両伝奇（早乙女貢）集英社文庫（1985）…… 100
「百物語」殺人事件（颯手達治）春陽文庫（1989）…… 124
白蓮れんれん（林真理子）集英社文庫（2005）…… 291
白蓮れんれん（林真理子）中公文庫（1998）…… 291
白蠟小町（角田喜久雄）春陽文庫（1980）…… 218
白蠟小町（角田喜久雄）春陽文庫（1988）…… 218
百鬼夜行 上（城昌幸）光文社文庫（1990）…… 167
百鬼夜行 下（城昌幸）光文社文庫（1990）…… 167
百鬼夜行（吉岡道夫）コスミック・時代文庫（2005）…… 408
百鬼夜行（吉岡道夫）コスミック・時代文庫（2009）…… 408
百鬼夜行 →ぶらり平蔵（吉岡道夫）コスミック・時代文庫（2009）…… 408
白鬼屋敷（高木彬光）春陽文庫（1984）…… 186
白虎 前編（富田常雄）春陽文庫（1951）…… 243
白虎 中篇（富田常雄）春陽文庫（1951）…… 243
白虎 後篇（富田常雄）春陽文庫（1952）…… 243
兵衛介見参（南條範夫）徳間文庫（1988）…… 261
兵庫頭の叛乱（神坂次郎）新潮文庫（1996）…… 85
ひょうたん侍（颯手達治）春陽文庫（1971）…… 124
ひょうたん侍（颯手達治）春陽文庫（1988）…… 125
兵之介闇問答（角田喜久雄）春陽文庫（1978）…… 218
兵之介闇問答 上（角田喜久雄）春陽文庫（1989）…… 219
兵之介闇問答 下（角田喜久雄）春陽文庫（1989）…… 219
兵法柳生新陰流（五味康祐）徳間文庫（1989）…… 92
漂流（吉村昭）新潮文庫（1980）…… 416
氷輪（永井路子）中公文庫（1984）…… 247
火除け地蔵（楠木誠一郎）講談社文庫（2012）…… 75
平賀源内（村上元三）光文社文庫（1989）…… 352
平賀源内 上（村上元三）光文社時代小説文庫（1989）…… 351
平賀源内 上（村上元三）人物文庫（2000）…… 353
平賀源内 下（村上元三）光文社時代小説文庫（1989）…… 351
平賀源内 下（村上元三）人物文庫（2000）…… 353

平賀源内捕物帳（久生十蘭）朝日文芸文庫（1996）……296
平手造酒（中山義秀）春陽文庫（1955）……255
飛竜無双（陣出達朗）春陽文庫（1957）……177
昼の月（子母沢寛）徳間文庫（1988）……166
悲恋伊勢桑名路（大栗丹後）学研M文庫（2004）……40
拾った女房/矢一筋（山手樹一郎）光風社文庫（2002）……389
貧乏同心御用帳（柴田錬三郎）講談社文庫（2005）……152
貧乏同心御用帳（柴田錬三郎）時代小説文庫（1989）……155
貧乏同心御用帳（柴田錬三郎）集英社文庫（1981）……156
貧乏同心御用帳（柴田錬三郎）集英社文庫（2014）……157
貧乏旗本恋情剣法（山手樹一郎）コスミック・時代文庫（2013）……391

【ふ】

風雲稲葉城（柴田錬三郎）時代小説文庫（1987）……155
風雲織田信長（童門冬二）時代小説文庫（1995）……230
風雲を呼ぶ志士（南條範夫）PHP文庫（1990）……264
風雲海南記（山本周五郎）新潮文庫（1992）……400
風雲真田軍記　上（富田常雄）徳間文庫（1987）……243
風雲真田軍記　下（富田常雄）徳間文庫（1987）……243
風雲児 上（白石一郎）文春文庫（1998）……174
風雲児 下（白石一郎）文春文庫（1998）……174
風雲将棋谷（角田喜久雄）時代小説文庫（1981）……218
風雲将棋谷（角田喜久雄）春陽文庫（1994）……219
風雲の旗（高木彬光）春陽文庫（1986）……187
風狂活法杖（佐江衆一）徳間文庫（1998）……97
風狂鬼譜（永岡慶之助）春陽文庫（1985）……249
風樹の剣（北方謙三）新潮文庫（1996）……69
風塵（早乙女貢）講談社文庫（1978）……98
風刃の舞（長谷川卓）ハルキ文庫（2005）……288
風神の門（司馬遼太郎）春陽文庫（1968）……147
風神の門（司馬遼太郎）春陽文庫（1996）……147
風神の門　上巻（司馬遼太郎）新潮文庫（2005）……147
風神の門　下巻（司馬遼太郎）新潮文庫（2005）……147
風雪の檻（藤沢周平）講談社文庫（1983）……304
風雪の檻（藤沢周平）講談社文庫（2002）……305
風盗（戸部新十郎）旺文社文庫（1987）……237
風盗（戸部新十郎）廣済堂文庫（2003）……238
風盗（戸部新十郎）徳間文庫（1989）……241
風盗伝奇（木屋進）春陽文庫（1984）……74
風魔鬼太郎（柴田錬三郎）時代小説文庫（1983）……154
風魔鬼太郎（柴田錬三郎）春陽文庫（1980）……157
風魔小太郎 →風魔忍法帖 下（早乙女貢）学研M文庫（2003）……98
風魔小太郎 →風魔忍法帖 上（早乙女貢）学研M文庫（2003）……98
風魔小太郎 上（早乙女貢）人物文庫（1999）……102
風魔小太郎 下（早乙女貢）人物文庫（1999）……102
風魔山嶽党（高橋義夫）文春文庫（2000）……194
風魔忍法帖 →風魔小太郎 下（早乙女貢）人物文庫（1999）……102
風魔忍法帖 →風魔小太郎 上（早乙女貢）人物文庫（1999）……102
風魔忍法帖　上（早乙女貢）学研M文庫（2003）……98
風魔忍法帖 上（早乙女貢）角川文庫（1989）……98
風魔忍法帖　下（早乙女貢）学研M文庫（2003）……98
風魔忍法帖 下（早乙女貢）角川文庫（1989）……98
風来忍法帖（山田風太郎）角川文庫（1976）……378
風来忍法帖（山田風太郎）角川文庫 - 山田風太郎ベストコレクション（2011）……380
風来忍法帖（山田風太郎）講談社文庫 - 山田風太郎忍法帖（1999）……382
風来忍法帖（山田風太郎）時代小説文庫（1991）……383
風来坊（白石一郎）徳間文庫（1992）……173
風来坊侍（陣出達朗）春陽文庫（1981）……177
風来坊事件控（左近隆）春陽文庫（2000）……111
風来坊奉行（左近隆）春陽文庫（1995）……110
風来浪人 上（高木彬光）春陽文庫（1986）……187
風来浪人 下（高木彬光）春陽文庫（1986）……187
風流あじろ笠（村上元三）春陽文庫（1969）……353
風流あじろ笠（村上元三）徳間文庫（1986）……355
風流剣士（早乙女貢）春陽文庫（1979）……101

風流剣士（早乙女貢）双葉文庫（1988）……… 104
風流剣士（村上元三）春陽文庫（1963）……… 353
風流才媛伝（海音寺潮五郎）時代小説文庫（1988）……… 59
風流使者（五味康祐）集英社文庫（1979）……… 91
風流使者 上（五味康祐）徳間文庫（1989）……… 92
風流使者 下（五味康祐）徳間文庫（1989）……… 92
風流太平記（山本周五郎）新潮文庫（1983）……… 399
風流天狗剣（郡順史）春陽文庫（1975）……… 87
風流天狗剣（郡順史）春陽文庫（1988）……… 87
風流天狗剣（郡順史）ワンツー時代小説文庫（2008）……… 88
風流奉行（山岡荘八）徳間文庫（2006）……… 371
風流武辺（津本陽）朝日文庫（2002）……… 220
風流べらぼう剣（都筑道夫）文春文庫（1990）……… 216
風林火山（井上靖）新潮文庫（1958）……… 32
風浪の海（澤田ふじ子）廣済堂文庫（2001）……… 134
武王の門 上巻（北方謙三）新潮文庫（1993）……… 69
武王の門 下巻（北方謙三）新潮文庫（1993）……… 69
ふぉん・しいほるとの娘 上（吉村昭）講談社文庫（1981）……… 416
ふぉん・しいほるとの娘 上巻（吉村昭）新潮文庫（1993）……… 416
ふぉん・しいほるとの娘 中（吉村昭）講談社文庫（1981）……… 416
ふぉん・しいほるとの娘 下（吉村昭）講談社文庫（1981）……… 416
ふぉん・しいほるとの娘 下巻（吉村昭）新潮文庫（1993）……… 416
深川あぶな絵地獄（多岐川恭）新潮文庫（1990）……… 198
深川おんな祭り（高橋義夫）中公文庫（2013）……… 193
深川売女宿 →出戻り侍（多岐川恭）光文社文庫（1994）……… 196
深川売女宿（多岐川恭）ポピュラー・ブックス（1972）……… 202
◇深川澪通り木戸番小屋（北原亞以子）講談社文庫……… 70
深川澪通り木戸番小屋（北原亞以子）講談社文庫（1993）……… 70
深川澪通り木戸番小屋 新地橋（北原亞以子）講談社文庫（1998）……… 71
深川澪通り木戸番小屋 たからもの（北原亞以子）講談社文庫（2015）……… 71
深川澪通り木戸番小屋 澪つくし（北原亞以子）講談社文庫（2013）……… 71
深川澪通り木戸番小屋 夜の明けるまで（北原亞以子）講談社文庫（2007）……… 71
深川澪通り燈ともし頃（北原亞以子）講談社文庫（1997）……… 71
深川女狐妖艶（大谷羊太郎）静山社文庫（2011）……… 45
富岳秘帖 上（陣出達朗）春陽文庫（1959）……… 177
富岳秘帖 中（陣出達朗）春陽文庫（1959）……… 177
富岳秘帖 下（陣出達朗）春陽文庫（1959）……… 177
武器商人（高橋義夫）徳間文庫（1992）……… 194
吹きだまり陣屋（高橋義夫）廣済堂文庫（2004）……… 191
不義にあらず（安西篤子）講談社文庫（1995）……… 15
福沢諭吉（笠原和夫）集英社文庫（1991）……… 63
福島事件の悲劇 →歴史 続（榊山潤）時代小説文庫（1990）……… 106
福島正則（高橋和島）PHP文庫（2000）……… 196
復讐鬼（南條範夫）旺文社文庫（1985）……… 256
復讐鬼 →夜叉の剣（峰隆一郎）ノン・ポシェット（1992）……… 337
復讐・志士（柴田錬三郎）時代小説文庫（1987）……… 155
復讎四十七士 上（柴田錬三郎）集英社文庫（1996）……… 156
復讎四十七士 下（柴田錬三郎）集英社文庫（1996）……… 156
復讐の美女鬼（陣出達朗）春陽文庫（1973）……… 177
副将軍天下を糾す（大栗丹後）春陽文庫（1995）……… 43
河豚太鼓（岡本綺堂）春陽文庫（2000）……… 49
福の神だという女（山手樹一郎）桃園文庫（1992）……… 393
梟の城（司馬遼太郎）春陽文庫（1967）……… 147
梟の城（司馬遼太郎）春陽文庫（1996）……… 147
梟の城（司馬遼太郎）新潮文庫（1965）……… 147
梟の宿（西村望）光文社文庫（2006）……… 274
◇武芸者冴木澄香（睦月影郎）講談社文庫……… 347
武芸者冴木澄香 義姉（睦月影郎）講談社文庫（2008）……… 347
武芸者冴木澄香 有情（睦月影郎）講談社文庫（2008）……… 347
武家盛衰記（南條範夫）文春文庫（1989）……… 263
武家盛衰記（南條範夫）文春文庫（2010）……… 264
更待月（長谷川卓）学研M文庫（2012）……… 287
武家娘（睦月影郎）講談社文庫（2011）……… 347
武家女夫録（安西篤子）講談社文庫（1993）……… 15
武魂絵巻 上（南條範夫）光文社文庫（1992）……… 259

武魂絵巻 下（南條範夫）光文社文庫（1992） …… 259
武士くずれ（松本清張）中公文庫（2009） …… 324
武士くずれ（松本清張）中公文庫ワイド版（2012） …… 324
藤沢周平未刊行初期短篇 →無用の隠密（藤沢周平）文春文庫（2009） …… 308
ふしだら曼陀羅（睦月影郎）祥伝社文庫（2006） …… 349
藤壺（瀬戸内寂聴）講談社文庫（2008） …… 185
武士道残酷物語（南條範夫）時代小説文庫（1988） …… 260
富士に死す（新田次郎）文春文庫（1978） …… 276
富士に死す（新田次郎）文春文庫（2004） …… 276
◇富士に立つ影（白井喬二）時代小説文庫 …… 169
◇富士に立つ影（白井喬二）新潮文庫 …… 169
◇富士に立つ影（白井喬二）ちくま文庫 …… 170
富士に立つ影　第1巻（白井喬二）新潮文庫（1958） …… 169
富士に立つ影 1（裾野篇）（白井喬二）ちくま文庫（1998） …… 170
富士に立つ影 1 裾野篇（白井喬二）時代小説文庫（1981） …… 169
富士に立つ影　第2巻（白井喬二）新潮文庫（1958） …… 169
富士に立つ影 2（江戸篇）（白井喬二）ちくま文庫（1998） …… 170
富士に立つ影 2 主人公篇（白井喬二）時代小説文庫（1981） …… 169
富士に立つ影　第3巻（白井喬二）新潮文庫（1958） …… 169
富士に立つ影 3（主人公篇）（白井喬二）ちくま文庫（1998） …… 170
富士に立つ影 3 新闘篇（白井喬二）時代小説文庫（1981） …… 169
富士に立つ影　第4巻（白井喬二）新潮文庫（1958） …… 170
富士に立つ影 4（新闘篇）（白井喬二）ちくま文庫（1998） …… 170
富士に立つ影 4 帰来篇（白井喬二）時代小説文庫（1982） …… 169
富士に立つ影　第5巻（白井喬二）新潮文庫（1959） …… 170
富士に立つ影 5（神曲篇）（白井喬二）ちくま文庫（1998） …… 170
富士に立つ影 5 運命篇（白井喬二）時代小説文庫（1982） …… 169
富士に立つ影　第6巻（白井喬二）新潮文庫（1959） …… 170
富士に立つ影 6（帰来篇）（白井喬二）ちくま文庫（1998） …… 170
富士に立つ影 6 幕末篇（白井喬二）時代小説文庫（1982） …… 169
富士に立つ影　第7巻（白井喬二）新潮文庫（1959） …… 170
富士に立つ影 7（運命篇）（白井喬二）ちくま文庫（1999） …… 170
富士に立つ影 7 明治篇（白井喬二）時代小説文庫（1982） …… 169
富士に立つ影 8（孫代篇）（白井喬二）ちくま文庫（1999） …… 170
富士に立つ影 9（幕末篇）（白井喬二）ちくま文庫（1999） …… 170
富士に立つ影 10（明治篇）（白井喬二）ちくま文庫（1999） …… 170
武士の尾（森村誠一）幻冬舎時代小説文庫（2011） …… 361
藤の咲くころ（伊藤桂一）新潮文庫（1988） …… 29
富士の月魄（津本陽）文春文庫（1990） …… 226
不死の霊薬（野村胡堂）嶋中文庫（2005） …… 281
武州公秘話（谷崎潤一郎）角川文庫（1956） …… 209
武州公秘話（谷崎潤一郎）新潮文庫（1953） …… 210
武州公秘話・聞書抄（谷崎潤一郎）中公文庫（1984） …… 210
武将の階段（永岡慶之助）春陽文庫（1988） …… 249
◇武将列伝（海音寺潮五郎）文春文庫 …… 61
武将列伝 1（海音寺潮五郎）文春文庫（1975） …… 61
武将列伝 2（海音寺潮五郎）文春文庫（1975） …… 61
武将列伝 3（海音寺潮五郎）文春文庫（1975） …… 61
武将列伝 4（海音寺潮五郎）文春文庫（1975） …… 61
武将列伝 5（海音寺潮五郎）文春文庫（1975） …… 61
武将列伝 6（海音寺潮五郎）文春文庫（1975） …… 61
武将列伝　源平篇（海音寺潮五郎）文春文庫（2008） …… 61
武将列伝　江戸篇（海音寺潮五郎）文春文庫（2008） …… 61
武将列伝 戦国終末篇（海音寺潮五郎）文春文庫（2008） …… 61
武将列伝 戦国揺籃篇（海音寺潮五郎）文春文庫（2008） …… 61
武将列伝 戦国爛熟篇（海音寺潮五郎）文春文庫（2008） …… 61
武神（桜田晋也）人物文庫（1997） …… 109

武神の階（津本陽）角川文庫（1997）……221
武神の階 上（津本陽）角川文庫（2006）……221
武神の階 下（津本陽）角川文庫（2006）……221
双色渦巻（城昌幸）春陽文庫（1985）……168
双子くノ一（睦月影郎）二見文庫（2013）……350
札差始末（本庄慧一郎）ベスト時代文庫（2007）……319
札差平十郎（南原幹雄）角川文庫（2001）……266
再びの海（澤田ふじ子）徳間文庫（2013）……139
ふたつ巴（睦月影郎）廣済堂文庫（2015）……347
二本の銀杏（海音寺潮五郎）新潮文庫（1979）……60
二本の銀杏 上（海音寺潮五郎）文春文庫（1998）……62
二本の銀杏 下（海音寺潮五郎）文春文庫（1998）……62
補陀落渡海記（井上靖）講談社文芸文庫（2000）……32
ふたり写楽（楠木誠一郎）二見時代小説文庫（2008）……76
ふたり同心捕物帳（島田一男）コスミック・時代文庫（2011）……161
二人の武蔵（五味康祐）ケイブンシャ文庫（1986）……91
二人の武蔵 上巻（五味康祐）角川文庫（1959）……90
二人の武蔵 上（五味康祐）徳間文庫（1992）……92
二人の武蔵 上（五味康祐）文春文庫（2002）……93
二人の武蔵 下巻（五味康祐）角川文庫（1960）……90
二人の武蔵 下（五味康祐）徳間文庫（1992）……92
二人の武蔵 下（五味康祐）文春文庫（2002）……93
淵の底（伊藤桂一）新潮文庫（1986）……29
不忠臣蔵（井上ひさし）集英社文庫（1988）……31
不忠臣蔵（井上ひさし）集英社文庫（2012）……31
浮沈（池波正太郎）新潮文庫（1998）……20
浮沈（池波正太郎）新潮文庫（2003）……21
腹鼓記（井上ひさし）新潮文庫（1988）……31
降って来た赤ン坊（笹沢左保）徳間文庫（1998）……120
筆屋の娘（岡本綺堂）春陽文庫（2000）……49
武道伝来記（海音寺潮五郎）光文社文庫（1990）……59
埠頭の風（杉本苑子）講談社文庫（1992）……181
懐ろ鏡（野村胡堂）嶋中文庫（2005）……281
舟姫潮姫（角田喜久雄）春陽文庫（1980）……218
舟姫潮姫（角田喜久雄）春陽文庫（1989）……219
舟幽霊（横溝正史）角川文庫（1977）……405
踏絵の軍師（山田風太郎）旺文社文庫（1986）……378
冬の刺客（澤田ふじ子）徳間文庫（1999）……141
冬の蟬（杉本苑子）文春文庫（1988）……183
冬の蟬（杉本苑子）文春文庫（2006）……184
冬の旅人 上（皆川博子）講談社文庫（2005）……328
冬の旅人 下（皆川博子）講談社文庫（2005）……328
冬のつばめ（澤田ふじ子）新潮文庫（1992）……137
冬のつばめ（澤田ふじ子）中公文庫（2010）……138
冬のつばめ（澤田ふじ子）徳間文庫（2001）……141
冬の火花（童門冬二）講談社文庫（1998）……230
芙蓉の人（新田次郎）文春文庫（1975）……276
芙蓉の人（新田次郎）文春文庫（2014）……276
無頼三十万石（土師清二）春陽文庫（1975）……284
無頼三十万石（土師清二）春陽文庫（1989）……284
無頼の絵師（澤田ふじ子）幻冬舎文庫（2006）……132
無頼の残光（多岐川恭）ポピュラー・ブックス（1969）……202
無頼の残光 →駈落ち（多岐川恭）光文社文庫（1995）……197
無頼の灯（江崎俊平）春陽文庫（1997）……37
無頼武士道（南條範夫）光文社文庫（1988）……259
無頼武士道 上（南條範夫）光文社時代小説文庫（1988）……258
無頼武士道 下（南條範夫）光文社時代小説文庫（1988）……258
◇ぶらり平蔵（吉岡道夫）コスミック・時代文庫……408
ぶらり平蔵 伊皿子坂ノ血闘（吉岡道夫）コスミック・時代文庫（2010）……408
ぶらり平蔵 風花ノ剣（吉岡道夫）コスミック・時代文庫（2009）……408
ぶらり平蔵 霞ノ太刀（吉岡道夫）コスミック・時代文庫（2012）……409
ぶらり平蔵 剣客参上（吉岡道夫）コスミック・時代文庫（2009）……408
ぶらり平蔵 宿命剣（吉岡道夫）コスミック・時代文庫（2010）……409
ぶらり平蔵 上意討ち（吉岡道夫）コスミック・時代文庫（2012）……409

ぶらり平蔵 心機奔る（吉岡道夫）コスミック・時代文庫（2011） …… 409
ぶらり平蔵 奪還（吉岡道夫）コスミック・時代文庫（2011） …… 409
ぶらり平蔵 椿の女（吉岡道夫）コスミック・時代文庫（2009） …… 408
ぶらり平蔵 人斬り地獄（吉岡道夫）コスミック・時代文庫（2009） …… 408
ぶらり平蔵 百鬼夜行（吉岡道夫）コスミック・時代文庫（2009） …… 408
ぶらり平蔵 魔刃疾る（吉岡道夫）コスミック・時代文庫（2009） …… 408
ぶらり平蔵 女敵討ち（吉岡道夫）コスミック・時代文庫（2009） …… 408
ぶらり平蔵 鬼牡丹散る（吉岡道夫）コスミック・時代文庫（2013） …… 409
◇ぶらり平蔵活人剣（吉岡道夫）コスミック・時代文庫 …… 408
ぶらり平蔵・活人剣 →ぶらり平蔵（吉岡道夫）コスミック・時代文庫（2009） …… 408
ぶらり平蔵活人剣 2 魔刃疾る（吉岡道夫）コスミック・時代文庫（2004） …… 408
ぶらり平蔵活人剣 3 女敵討ち（吉岡道夫）コスミック・時代文庫（2004） …… 408
ぶらり平蔵活人剣 4 人斬り地獄（吉岡道夫）コスミック・時代文庫（2005） …… 408
ぶらり平蔵活人剣 5 椿の女（吉岡道夫）コスミック・時代文庫（2005） …… 408
ぶらり平蔵活人剣 6 百鬼夜行（吉岡道夫）コスミック・時代文庫（2005） …… 408
ぶらり平蔵活人剣 剣客参上（吉岡道夫）コスミック・時代文庫（2003） …… 408
ぶらり平蔵 雲霧成敗（吉岡道夫）コスミック・時代文庫（2014） …… 409
ぶらり平蔵 御定法破り（吉岡道夫）コスミック・時代文庫（2007） …… 408
ぶらり平蔵 刺客請負人（吉岡道夫）コスミック・時代文庫（2014） …… 409
ぶらり平蔵 女衒狩り（吉岡道夫）コスミック・時代文庫（2016） …… 409
ぶらり平蔵 蛍火（吉岡道夫）コスミック・時代文庫（2013） …… 409
ぶらり平蔵 吉宗暗殺（吉岡道夫）コスミック・時代文庫（2015） …… 409
降りしきる（北原亞以子）講談社文庫（1995） …… 71
振袖一揆（高橋義夫）中公文庫（2012） …… 192
振袖一揆（高橋義夫）中公文庫ワイド版（2012） …… 193
振袖淫鬼（睦月影郎）廣済堂文庫（2008） …… 346
振袖おんな大名（江崎俊平）春陽文庫（1983） …… 36
振袖剣光録（高木彬光）春陽文庫（1983） …… 186
振袖地獄（角田喜久雄）春陽文庫（1977） …… 218
振袖地獄（角田喜久雄）春陽文庫（1990） …… 219
振袖伝奇（江崎俊平）春陽文庫（1978） …… 36
振袖変化（高木彬光）春陽文庫（1984） …… 186
振袖夜叉（高木彬光）春陽文庫（1983） …… 186
振り出し三両　恋名月（山手樹一郎）光風社文庫（2000） …… 389
ふるあめりかに袖はぬらさじ（有吉佐和子）中公文庫（1982） …… 12
ふるあめりかに袖はぬらさじ（有吉佐和子）中公文庫（2012） …… 13
故里の鏡（井上靖）中公文庫（1982） …… 33
故郷忘じがたく候（司馬遼太郎）文春文庫（1976） …… 148
不老術（高橋義夫）中公文庫（2001） …… 192
不老術（高橋義夫）中公文庫ワイド版（2004） …… 193
不惑剣（高橋克彦）集英社文庫（2014） …… 189
不破の関の巻（中里介山）時代小説文庫（1982） …… 251
文久・清水の小政無頼剣（笹沢左保）ノン・ポシェット（1989） …… 121
文政・八州廻り秘録（笹沢左保）ノン・ポシェット（1988） …… 121
文政八州廻り秘録（笹沢左保）双葉文庫（2012） …… 122
文明怪化（高橋克彦）集英社文庫（2010） …… 189

【へ】

平安秘艶帳（八剣浩太郎）廣済堂文庫（1998） …… 367
平安妖異伝（平岩弓枝）新潮文庫（2002） …… 298
平家武人伝（嶋津義忠）PHP文芸文庫（2012） …… 160
平家慕情 →最後の御大将平重衡（中津文彦）PHP文庫（2005） …… 254
平家物語 巻之1（光瀬龍）角川文庫（1987） …… 327
平家物語 巻之2（光瀬龍）角川文庫（1987） …… 327
平家物語 巻之3（光瀬龍）角川文庫（1989） …… 327
平家物語 巻之4（光瀬龍）角川文庫（1989） …… 327
平家物語 巻之5（光瀬龍）角川文庫（1989） …… 327
平家物語 巻之6（光瀬龍）角川文庫（1989） …… 327

平家物語 巻之7(光瀬龍)角川文庫(1990) …… 327
平家物語 巻之8(光瀬龍)角川文庫(1990) …… 327
平家物語 第1巻(森村誠一)小学館文庫(2000) …… 362
平家物語 第2巻(森村誠一)小学館文庫(2000) …… 362
平家物語 第3巻(森村誠一)小学館文庫(2000) …… 362
兵鼓(井上靖)文春文庫(1982) …… 33
平三郎の首(峰隆一郎)集英社文庫(1993) …… 333
平三郎の首(峰隆一郎)大陸文庫(1989) …… 335
平次女難(野村胡堂)嶋中文庫(2004) …… 281
平次屠蘇機嫌(野村胡堂)嶋中文庫(2004) …… 280
へいしゅうせんせえ →上杉鷹山の師細井平洲(童門冬二)集英社文庫(2011) …… 231
平成講釈安倍晴明伝(夢枕獏)中公文庫(2003) …… 403
平成講釈安倍晴明伝 →陰陽師 平成講釈安倍晴明伝(夢枕獏)文春文庫(2015) …… 404
碧玉の女帝推古天皇(三田誠広)学研M文庫(2002) …… 327
へこたれない人(佐藤雅美)講談社文庫(2016) …… 128
紅蝙蝠(長谷川伸)徳間文庫(1987) …… 286
紅刷り江戸噂(松本清張)講談社文庫(1975) …… 322
紅刷り江戸噂(松本清張)講談社文庫(2011) …… 323
紅刷り江戸噂(松本清張)大衆文学館(1997) …… 324
紅だすき若殿(左近隆)春陽文庫(1992) …… 110
紅花(井上靖)文春文庫(1980) …… 33
紅花染め秘帳(平岩弓枝)講談社文庫(2016) …… 298
紅花染め秘帳 →はやぶさ新八御用旅 6(平岩弓枝)講談社文庫(2016) …… 298
紅屋お乱捕物秘帖(多岐川恭)徳間文庫(1998) …… 200
紅屋お乱捕物秘帖(多岐川恭)徳間文庫(1999) …… 200
紅屋お乱捕物秘帖(多岐川恭)双葉文庫(1994) …… 201
紅夕風(睦月影郎)学研M文庫(2006) …… 345
蛇神様(高木彬光)角川文庫(1979) …… 186
蛇神様(高木彬光)春陽文庫(1987) …… 187
蛇姫様 上(川口松太郎)春陽文庫(1958) …… 65
蛇姫様 上(川口松太郎)春陽文庫(1998) …… 65
蛇姫様 下(川口松太郎)春陽文庫(1998) …… 65
べらぼう村正(都筑道夫)文春文庫(1988) …… 216
べらぼう村正 →女泣川ものがたり(都筑道夫)光文社文庫(2013) …… 216
べらんめえ侍(多岐川恭)光文社文庫(1998) …… 197
ペルシャの幻術師(司馬遼太郎)文春文庫(2001) …… 149
◇変化侍柳之介(大谷羊太郎)二見時代小説文庫 …… 45
変化侍柳之介 1 奇策神隠し(大谷羊太郎)二見時代小説文庫(2010) …… 45
変化侍柳之介 2 御用飛脚(大谷羊太郎)二見時代小説文庫(2011) …… 45
変化若君(佐竹申伍)春陽文庫(1988) …… 123
変化大名(山手樹一郎)コスミック・時代文庫(2010) …… 389
変化大名(山手樹一郎)山手樹一郎長編時代小説全集(1978) …… 396
変化如来(角田喜久雄)春陽文庫(1977) …… 218
変化如来(角田喜久雄)春陽文庫(1988) …… 219
変化若君(佐竹申伍)春陽文庫(1974) …… 123
変幻黄金鬼(都筑道夫)時代小説文庫(1982) …… 216
変幻去来坂(江崎俊平)春陽文庫(1988) …… 36
遍照の海(澤田ふじ子)中公文庫(1998) …… 138
遍照の海(澤田ふじ子)徳間文庫(2007) …… 142
変人武士道(南條範夫)光文社文庫(1988) …… 259
変人武士道 上(南條範夫)光文社時代小説文庫(1988) …… 258
変人武士道 下(南條範夫)光文社時代小説文庫(1988) …… 258

【ほ】

宝永・富士大噴火(芝豪)光文社文庫(2001) …… 144
奉教人の死(芥川龍之介)河出文庫(1955) …… 5
奉教人の死(芥川龍之介)新潮文庫(1968) …… 6
奉教人の死・邪宗門(芥川龍之介)旺文社文庫(1967) …… 4
奉教人の死・煙草と悪魔(芥川龍之介)岩波文庫(1991) …… 4
奉教人の死・煙草と悪魔・他十一篇(芥川龍之介)岩波文庫(2002) …… 4
望郷のとき(城山三郎)文春文庫(1989) …… 174

望郷の道 上（北方謙三）幻冬舎文庫（2013） …… 68
望郷の道 下（北方謙三）幻冬舎文庫（2013） …… 68
謀殺（滝口康彦）講談社文庫（1987） …… 203
傍若無人剣（南條範夫）河出文庫（1986） …… 257
傍若無人剣（南條範夫）春陽文庫（1960） …… 260
傍若無人剣（南條範夫）春陽文庫（1998） …… 260
傍若無人剣（南條範夫）双葉文庫（1991） …… 263
謀将石川数正（南原幹雄）新潮文庫（2006） …… 269
北条氏康（永岡慶之助）学研M文庫（2001） …… 249
北条氏康（永岡慶之助）人物文庫（2007） …… 250
謀将真田昌幸 上（南原幹雄）角川文庫（1998） …… 266
謀将真田昌幸 上（南原幹雄）徳間文庫（2009） …… 271
謀将真田昌幸 下（南原幹雄）角川文庫（1998） …… 266
謀将真田昌幸 下（南原幹雄）徳間文庫（2009） …… 271
北条早雲 1（早乙女貢）文春文庫（1980） …… 104
北条早雲 2（早乙女貢）文春文庫（1980） …… 104
北条早雲 3（早乙女貢）文春文庫（1980） …… 104
北条早雲 4（早乙女貢）文春文庫（1980） …… 104
北条早雲 5（早乙女貢）文春文庫（1980） …… 104
北条早雲（高野澄）学研M文庫（2002） …… 187
北条時宗（浜野卓也）PHP文庫（1995） …… 289
謀将直江兼続 上（南原幹雄）角川文庫（1997） …… 266
謀将直江兼続 上（南原幹雄）徳間文庫（2006） …… 271
謀将直江兼続 下（南原幹雄）角川文庫（1997） …… 266
謀将直江兼続 下（南原幹雄）徳間文庫（2006） …… 271
謀将北条早雲 上（南原幹雄）角川文庫（2005） …… 266
謀将北条早雲 下（南原幹雄）角川文庫（2005） …… 266
北条政子（永井路子）文春文庫（1990） …… 247
北条政子（松永義弘）時代小説文庫（1990） …… 320
謀将山本勘助 上（南原幹雄）角川文庫（2006） …… 266
謀将山本勘助 上巻（南原幹雄）新潮文庫（2001） …… 268
謀将山本勘助 下（南原幹雄）角川文庫（2006） …… 266
謀将山本勘助 下巻（南原幹雄）新潮文庫（2001） …… 269
坊主斬り貞宗（横溝正史）春陽文庫（1984） …… 406
庖丁ざむらい（白石一郎）講談社文庫（1987） …… 171
庖丁ざむらい（白石一郎）講談社文庫（2016） …… 171
庖丁ざむらい 十時半睡事件帖 →いねむり目付恩情裁き（白石一郎）コスミック・時代文庫（2013） …… 172
法然行伝（中里介山）ちくま文庫（2011） …… 252
◇宝引の辰捕者帳（泡坂妻夫）文春文庫 …… 14
宝引の辰捕者帳 鬼女の鱗（泡坂妻夫）文春文庫（1992） …… 14
宝引の辰捕者帳 朱房の鷹（泡坂妻夫）文春文庫（2002） …… 14
宝引の辰捕者帳 自来也小町（泡坂妻夫）文春文庫（1997） …… 14
宝引の辰捕者帳 凧をみる武士（泡坂妻夫）文春文庫（1999） …… 14
宝引の辰捕者帳 鳥居の赤兵衛（泡坂妻夫）文春文庫（2007） …… 14
謀略斬り（楠木誠一郎）静山社文庫（2010） …… 76
亡霊剣法（伊藤桂一）徳間文庫（1989） …… 30
放浪帖（南條範夫）光文社文庫（1987） …… 259
ほおずき大尽（横溝正史）春陽文庫（1984） …… 406
酸漿は殺しの口笛（平岩弓枝）文春文庫（1988） …… 299
酸漿は殺しの口笛（平岩弓枝）文春文庫（2004） …… 301
北斎秘画（今東光）徳間文庫（1986） …… 95
北辰の旗（戸部新十郎）徳間文庫（1996） …… 241
北辰挽歌（辻真先）学研M文庫（2004） …… 213
卜伝最後の旅（池波正太郎）角川文庫（1980） …… 17
北天の星（吉村昭）講談社文庫（1980） …… 416
北天の星 上（吉村昭）講談社文庫（2000） …… 416
北天の星 下（吉村昭）講談社文庫（2000） …… 416
北斗の人（司馬遼太郎）角川文庫（1970） …… 144
北斗の人（司馬遼太郎）角川文庫（2004） …… 144
北斗の人（司馬遼太郎）講談社文庫（1972） …… 145
北斗の人 上（司馬遼太郎）講談社文庫（2006） …… 146
北斗の人 下（司馬遼太郎）講談社文庫（2006） …… 146
慕情小夜時雨路（大栗丹後）学研M文庫（2004） …… 40
戊辰落日（綱淵謙錠）文春文庫（1984） …… 217

細川ガラシャ夫人 上巻（三浦綾子）新潮文庫（1986） 325
細川ガラシャ夫人 下巻（三浦綾子）新潮文庫（1986） 326
細川重賢（童門冬二）人物文庫（2002） 232
細川忠興（浜野卓也）PHP文庫（2002） 289
細川幽斎（森本繁）学研M文庫（2007） 365
細谷十太夫 上（大佛次郎）徳間文庫（1990） 55
細谷十太夫 下（大佛次郎）徳間文庫（1990） 55
菩提樹 上巻（丹羽文雄）新潮文庫（1957） 278
菩提樹 下巻（丹羽文雄）新潮文庫（1957） 278
ほたる（北原亞以子）新潮文庫（2011） 72
螢の橋 上（澤田ふじ子）幻冬舎文庫（2002） 133
螢の橋 上（澤田ふじ子）徳間文庫（2010） 142
螢の橋 下（澤田ふじ子）幻冬舎文庫（2002） 133
螢の橋 下（澤田ふじ子）徳間文庫（2010） 142
蛍火（吉岡道夫）コスミック・時代文庫（2013） 409
渤海王の使者（高橋義夫）廣済堂文庫（2003） 191
北海道人（佐江衆一）講談社文庫（2002） 96
ほてり草紙（睦月影郎）祥伝社文庫（2008） 349
炎と青春―桂小五郎篇 →桂小五郎（古川薫）文春文庫（1984） 313
炎の色（池波正太郎）文春文庫（1993） 24
炎の女帝持統天皇（三田誠広）学研M文庫（2002） 327
炎の塔（古川薫）文春文庫（1991） 313
炎の柱 →炎の柱織田信長（大佛次郎）徳間文庫（1987） 54
炎の柱 →織田信長 下（大佛次郎）人物文庫（2006） 53
炎の柱 →織田信長 上（大佛次郎）人物文庫（2006） 53
炎の柱 織田信長 上（大佛次郎）徳間文庫（1987） 54
炎の柱 織田信長 下（大佛次郎）徳間文庫（1987） 54
炎の柱織田信長（大佛次郎）徳間文庫（1987） 54
炎の武士（池波正太郎）角川文庫（1979） 17
炎立つ 1 北の埋み火（高橋克彦）講談社文庫（1995） 188
炎立つ 2 燃える北天（高橋克彦）講談社文庫（1995） 188
炎立つ 3 空への炎（高橋克彦）講談社文庫（1995） 188
炎立つ 4 冥き稲妻（高橋克彦）講談社文庫（1995） 188
炎立つ 5 光彩楽土（高橋克彦）講談社文庫（1995） 188
◇彫師伊之助捕物覚え（藤沢周平）新潮文庫 306
彫師伊之助捕物覚え 消えた女（藤沢周平）新潮文庫（1983） 306
彫師伊之助捕物覚え ささやく河（藤沢周平）新潮文庫（1988） 306
彫師伊之助捕物覚え 漆黒の霧の中で（藤沢周平）新潮文庫（1986） 306
堀部安兵衛 上巻（池波正太郎）角川文庫（1973） 17
堀部安兵衛 上巻（池波正太郎）新潮文庫（1999） 23
堀部安兵衛 下巻（池波正太郎）角川文庫（1973） 17
堀部安兵衛 下巻（池波正太郎）新潮文庫（1999） 23
ぼるの太閤記（木屋進）ハード・ラブ・ストーリーズ（1982） 74
滅びの将（羽山信樹）時代小説文庫（1993） 292
滅びの将（羽山信樹）小学館文庫（2000） 292
本阿弥一門 上（南原幹雄）人物文庫（2002） 269
本阿弥一門 下（南原幹雄）人物文庫（2002） 269
本覚坊遺文（井上靖）講談社文芸文庫（2009） 32
本覚坊遺文（井上靖）講談社文庫（1984） 32
ぼんくら千両 →恋風千両剣（山手樹一郎）コスミック・時代文庫（2014） 391
ぼんくら天狗（山手樹一郎）春陽文庫（1961） 392
ぼんくら天狗（山手樹一郎）山手樹一郎長編時代小説全集（1978） 396
本所しぐれ町物語（藤沢周平）新潮文庫（1990） 306
本多正信（中村整史朗）PHP文庫（1995） 254
本朝女風俗（海音寺潮五郎）旺文社文庫（1987） 57
本朝金瓶梅（林真理子）文春文庫（2009） 291
本朝金瓶梅 お伊勢篇（林真理子）文春文庫（2010） 291
本朝金瓶梅 西国漫遊篇（林真理子）文春文庫（2013） 291
本能寺の首（森村誠一）中公文庫（2003） 362
本能寺の変（津本陽）講談社文庫（2005） 223

【ま】

埋蔵金の罠(峰隆一郎)集英社文庫(1994) …… 333
舞姫　雁　阿部一族　山椒大夫—外八篇(森鷗外)文春文庫(1998) …… 359
舞姫・山椒大夫(森鷗外)旺文社文庫(1966) …… 358
前田太平記 上(雪の章)(戸部新十郎)光文社文庫(1998) …… 239
前田太平記 中(月の章)(戸部新十郎)光文社文庫(1998) …… 239
前田太平記 下(花の章)(戸部新十郎)光文社文庫(1998) …… 239
前田利家 上(津本陽)講談社文庫(1997) …… 223
前田利家 中(津本陽)講談社文庫(1997) …… 223
前田利家 下(津本陽)講談社文庫(1997) …… 223
前田利家(童門冬二)小学館文庫(2006) …… 231
前田利家(戸部新十郎)光文社文庫(1986) …… 238
前田利家 上(戸部新十郎)光文社時代小説文庫(1986) …… 238
前田利家　上(戸部新十郎)光文社文庫(2001) …… 239
前田利家 下(戸部新十郎)光文社時代小説文庫(1986) …… 238
前田利家　下(戸部新十郎)光文社文庫(2001) …… 239
前田利家と妻まつ(中島道子)PHP文庫(2001) …… 252
前田利常　上(戸部新十郎)光文社文庫(2005) …… 239
前田利常　下(戸部新十郎)光文社文庫(2005) …… 239
舞え舞え蝸牛(田辺聖子)文春文庫(1979) …… 208
舞え舞え蝸牛 →おちくぼ物語(田辺聖子)文春文庫(2015) …… 208
間男三昧(小松重男)廣済堂文庫(2002) …… 89
間男三昧(小松重男)新潮文庫(1995) …… 90
魔界転生 上(山田風太郎)角川文庫(2002) …… 379
魔界転生 上(山田風太郎)角川文庫 - 山田風太郎ベストコレクション(2011) …… 380
魔界転生 上 熊野山岳篇(山田風太郎)時代小説文庫(1991) …… 383
魔界転生 下(山田風太郎)角川文庫(2002) …… 379
魔界転生 下(山田風太郎)角川文庫 - 山田風太郎ベストコレクション(2011) …… 380
魔界転生 下 伊勢波濤篇(山田風太郎)時代小説文庫(1992) …… 383
魔界転生 上(山田風太郎)講談社文庫 - 山田風太郎忍法帖(1999) …… 382
魔界転生 下(山田風太郎)講談社文庫 - 山田風太郎忍法帖(1999) …… 382
魔海の音楽師・風神門(吉川英治)吉川英治文庫(1977) …… 412
魔海風雲録(都筑道夫)光文社文庫(2003) …… 216
曲りかどの女(山手樹一郎)桃園文庫(1991) …… 393
真葛ヶ原の決闘(澤田ふじ子)徳間文庫(2012) …… 140
真葛ヶ原の決闘(澤田ふじ子)中公文庫(2006) …… 137
枕絵の陥し穴(中津文彦)光文社文庫(2010) …… 253
まぐわい指南(睦月影郎)大洋時代文庫 時代小説(2006) …… 349
魔群の通過(山田風太郎)角川文庫(1981) …… 378
魔群の通過(山田風太郎)廣済堂文庫(1998) …… 382
魔群の通過(山田風太郎)文春文庫(1990) …… 388
魔群の通過(山田風太郎)ちくま文庫(2011) …… 385
政宗の天下　上(中津文彦)光文社文庫(2000) …… 253
政宗の天下　下(中津文彦)光文社文庫(2000) …… 253
猿屋形(高橋義夫)文春文庫(2007) …… 194
魔身(丹羽文雄)中公文庫(1980) …… 278
魔刃疾る(吉岡道夫)コスミック・時代文庫(2004) …… 408
魔刃疾る(吉岡道夫)コスミック・時代文庫(2009) …… 408
魔刃疾る →ぶらり平蔵(吉岡道夫)コスミック・時代文庫(2009) …… 408
益満休之助(直木三十五)角川文庫(1979) …… 245
魔像殺法(陣出達朗)春陽文庫(1968) …… 177
魔像殺法(陣出達朗)春陽文庫(1983) …… 177
又右衛門の女房(平岩弓枝)講談社文庫(1994) …… 297
又四郎行状記(山手樹一郎)山手樹一郎長編時代小説全集(1978) …… 396
又四郎行状記 上巻(山手樹一郎)コスミック・時代文庫(2012) …… 390
又四郎行状記 第1部(山手樹一郎)時代小説文庫(1989) …… 391

又四郎行状記　1（山手樹一郎）嶋中文庫（2006）……392
又四郎行状記 第1, 2（山手樹一郎）春陽文庫（1955）……392
又四郎行状記 第1部（山手樹一郎）新潮文庫（1959）……392
又四郎行状記 第2部（山手樹一郎）時代小説文庫（1989）……391
又四郎行状記　2（山手樹一郎）嶋中文庫（2006）……392
又四郎行状記 第2部（山手樹一郎）新潮文庫（1959）……392
又四郎行状記 下巻（山手樹一郎）コスミック・時代文庫（2012）……390
又四郎行状記 第3部（山手樹一郎）時代小説文庫（1989）……391
又四郎行状記　3（山手樹一郎）嶋中文庫（2006）……392
又四郎行状記 第3部（山手樹一郎）新潮文庫（1959）……392
又四郎行状記 第4部（山手樹一郎）時代小説文庫（1989）……391
又四郎行状記　第4（山手樹一郎）春陽文庫（1956）……392
又蔵の火（藤沢周平）文春文庫（1984）……307
又蔵の火（藤沢周平）文春文庫（2006）……308
股旅新八景（長谷川伸）光文社文庫（1987）……285
股旅新八景（長谷川伸）大衆文学館（1995）……286
股旅新八景　第1（長谷川伸）新小説文庫（1951）……286
股旅新八景　第2（長谷川伸）新小説文庫（1952）……286
股旅新八景　第3（長谷川伸）新小説文庫（1952）……286
まだ見ぬ故郷　上巻（長部日出雄）新潮文庫（2002）……52
まだ見ぬ故郷　下巻（長部日出雄）新潮文庫（2002）……52
マダム貞奴（杉本苑子）集英社文庫（1980）……182
◇町医北村宗哲（佐藤雅美）角川文庫……126
町医北村宗哲（佐藤雅美）角川文庫（2008）……126
町医北村宗哲 男嫌いの姉と妹（佐藤雅美）角川文庫（2012）……126
町医北村宗哲 口は禍いの門（佐藤雅美）角川文庫（2011）……126
町医北村宗哲 やる気のない刺客（佐藤雅美）角川文庫（2010）……126
町奉行日記（山本周五郎）新潮文庫（1979）……399
待ち伏せ（池波正太郎）新潮文庫（1993）……20
待ち伏せ（池波正太郎）新潮文庫（2003）……20
松風の人（津本陽）幻冬舎時代小説文庫（2010）……221
◇松平右近事件帳（郡順史）時代小説文庫……87
松平右近事件帳 2 はぐれ鳥の唄（郡順史）時代小説文庫（1982）……87
松平右近事件帳 怪盗暗闇吉三（郡順史）時代小説文庫（1982）……87
松平右近事件帳 怪盗暗闇吉三（郡順史）時代小説文庫（1990）……87
松平容保（星亮一）人物文庫（2004）……315
松平容保（星亮一）成美文庫（1997）……315
松平春嶽（中島道子）PHP文庫（2003）……252
松平忠輝（中島道子）PHP文庫（2002）……252
松平長七郎江戸日記（村上元三）時代小説文庫（1988）……352
松平長七郎江戸日記（村上元三）人物文庫（2005）……354
松平長七郎江戸日記 →葵の若さま捕物帳（村上元三）コスミック・時代文庫（2012）……352
松平長七郎京・大阪日記（村上元三）時代小説文庫（1989）……352
松平長七郎西海日記（村上元三）人物文庫（2006）……354
松平長七郎青春記（下村悦夫）春陽文庫（1954）……167
松平長七郎青春記（下村悦夫）春陽文庫（1957）……167
松平長七郎青春記（下村悦夫）春陽文庫（1998）……167
松平長七郎旅日記（村上元三）人物文庫（2006）……354
松平長七郎旅日記 江戸・山陽編（村上元三）光文社文庫（1987）……352
松平長七郎旅日記 東海・西海編（村上元三）光文社文庫（1987）……352
松平長七郎東海日記（村上元三）時代小説文庫（1988）……352
松平長七郎長崎日記（村上元三）時代小説文庫（1990）……352
松平長七郎浪花日記（村上元三）人物文庫（2005）……354
松平長七郎浪花日記 →葵の若さま捕物帳〔2〕（村上元三）コスミック・時代文庫（2013）……352
松永弾正 上（戸部新十郎）中公文庫（2002）……240
松永弾正 上（戸部新十郎）中公文庫ワイド版（2004）……240

松永弾正 下（戸部新十郎）中公文庫（2002） …… 240
松永弾正 下（戸部新十郎）中公文庫ワイド版（2004） …… 240
松永弾正久秀（黒部亨）PHP文庫（2001） …… 83
松のや露八（吉川英治）新潮文庫（1959） …… 410
松のや露八（吉川英治）吉川英治歴史時代文庫（1990） …… 415
松本清張ジャンル別作品集 1 武将列伝（松本清張）双葉文庫（2016） …… 324
松本清張ジャンル別作品集 2 捕物帖（松本清張）双葉文庫（2016） …… 324
祭りの日（北原亞以子）新潮文庫（2015） …… 72
魔笛大名（早乙女貢）春陽文庫（1980） …… 101
魔笛大名（早乙女貢）双葉文庫（1988） …… 103
魔天忍法帖（山田風太郎）徳間文庫（1980） …… 387
魔天忍法帖（山田風太郎）徳間文庫（2002） …… 387
魔道犯科帳（木屋進）春陽文庫（1991） …… 74
招き猫（楠木誠一郎）学研M文庫（2011） …… 75
瞼の母・沓掛時次郎（長谷川伸）ちくま文庫（1994） …… 286
まぼろし絵図（江崎俊平）春陽文庫（1974） …… 36
まぼろし絵図（江崎俊平）春陽文庫（1992） …… 36
まぼろし砂絵（都筑道夫）角川文庫（1985） …… 214
まぼろし砂絵（都筑道夫）光文社文庫（1992） …… 214
まぼろし砂絵　おもしろ砂絵（都筑道夫）光文社文庫（2011） …… 215
まぼろし伝奇（早乙女貢）旺文社文庫（1986） …… 97
まぼろし伝奇（早乙女貢）時代小説文庫（1992） …… 100
まぼろし忍法帳（佐竹申伍）春陽文庫（1968） …… 123
まぼろし忍法帳（佐竹申伍）春陽文庫（1982） …… 123
幻の観音寺城（南條範夫）文春文庫（1986） …… 263
まぼろしの女王卑弥呼 上（邦光史郎）集英社文庫（1989） …… 79
まぼろしの女王卑弥呼 下（邦光史郎）集英社文庫（1989） …… 79
まぼろしの城（池波正太郎）講談社文庫（1983） …… 18
まぼろしの城（池波正太郎）講談社文庫（2007） …… 19
幻の百万石（南條範夫）青樹社文庫（1996） …… 261
まぼろし姫（高木彬光）春陽文庫（1985） …… 186
まぼろし姫（高木彬光）春陽文庫（1999） …… 187
まぼろし奉行（陣出達朗）春陽文庫（1970） …… 177
まぼろし若衆（角田喜久雄）春陽文庫（1977） …… 218
まぼろし若殿（早乙女貢）春陽文庫（1968） …… 101
まぼろし若殿（早乙女貢）春陽文庫（1998） …… 102
まぼろし若殿 →浪人若殿恭四郎（早乙女貢）コスミック・時代文庫（2013） …… 99
間宮林蔵（吉村昭）講談社文庫（1987） …… 416
間宮林蔵（吉村昭）講談社文庫（2011） …… 416
まむしの周六（三好徹）中公文庫（1979） …… 344
魔物（高橋義夫）中公文庫（2012） …… 192
魔物（高橋義夫）中公文庫ワイド版（2012） …… 193
魔物が棲む町（佐藤雅美）講談社文庫（2013） …… 128
◇摩利支天あやし剣（睦月影郎）コスミック・時代文庫 …… 348
摩利支天あやし剣 かげろう淫花（睦月影郎）コスミック・時代文庫（2012） …… 348
摩利支天あやし剣 かげろう艶火（睦月影郎）コスミック・時代文庫（2013） …… 348
摩利支天あやし剣 かげろう秘苑（睦月影郎）コスミック・時代文庫（2012） …… 348
摩利支天あやし剣 かげろう蜜書（睦月影郎）コスミック・時代文庫（2011） …… 348
摩利支天あやし剣 かげろう夢幻（睦月影郎）コスミック・時代文庫（2011） …… 348
まんがら茂平次（北原亞以子）新潮文庫（1995） …… 72
まんがら茂平次（北原亞以子）徳間文庫（2010） …… 73
卍萌（睦月影郎）講談社文庫（2010） …… 347
まんぞくまんぞく（池波正太郎）新潮文庫（1990） …… 22
曼陀羅の人 上（陳舜臣）集英社文庫（1997） …… 213
曼陀羅の人 上（陳舜臣）徳間文庫（1990） …… 213
曼陀羅の人 中（陳舜臣）徳間文庫（1990） …… 213
曼陀羅の人 下（陳舜臣）集英社文庫（1997） …… 213
曼陀羅の人 下（陳舜臣）徳間文庫（1990） …… 213
万之助無勝手剣（山手樹一郎）コスミック・時代文庫（2012） …… 391
まん姫様捕物控（五味康祐）徳間文庫（1993） …… 92

まん姫様捕物控 2（五味康祐）徳間文庫（1993） …… 92

【み】

ミイラ志願（高木彬光）角川文庫（1979） …… 186
ミイラ志願（高木彬光）大衆文学館（1996） …… 187
木乃伊館（柴田錬三郎）講談社文庫（1989） …… 152
三浦老人昔話（岡本綺堂）春陽文庫（1952） …… 49
三浦老人昔話（岡本綺堂）中公文庫（2012） …… 50
見えない鎖（南條範夫）徳間文庫（1985） …… 261
見えない橋（澤田ふじ子）新潮文庫（1996） …… 137
見えない橋（澤田ふじ子）徳間文庫（2003） …… 141
澪つくし（北原亞以子）講談社文庫（2013） …… 71
見かえり峠の落日（笹沢左保）大衆文学館（1996） …… 118
三日月悲帖（江崎俊平）春陽文庫（1979） …… 36
天皇（みかど）の刺客 上（澤田ふじ子）徳間文庫（2016） …… 142
天皇（みかど）の刺客 下（澤田ふじ子）徳間文庫（2016） …… 143
身代り淫楽（睦月影郎）竹書房文庫（2015） …… 350
身代り淫楽（睦月影郎）竹書房ラブロマン文庫（2008） …… 350
身がわり若さま（山手樹一郎）コスミック・時代文庫（2012） …… 390
蜜柑庄屋・金十郎（澤田ふじ子）集英社文庫（1985） …… 136
蜜柑庄屋・金十郎 →黒髪の月（澤田ふじ子）徳間文庫（2000） …… 141
魅鬼が斬る（峰隆一郎）廣済堂文庫（1994） …… 331
魅鬼が斬る（峰隆一郎）廣済堂文庫（1995） …… 331
魅鬼が斬る（峰隆一郎）双葉文庫（2001） …… 339
みささぎ盗賊（山田風太郎）ハルキ文庫（1997） …… 387
短夜の髪（澤田ふじ子）光文社文庫（2014） …… 135
見知らぬ海へ（隆慶一郎）講談社文庫（1994） …… 418
見知らぬ海へ（隆慶一郎）講談社文庫（2015） …… 419
水鳥の関 上（平岩弓枝）文春文庫（1999） …… 302
水鳥の関 下（平岩弓枝）文春文庫（1999） …… 303
水の天女 →亡霊剣法（伊藤桂一）徳間文庫（1989） …… 30
御台所江（阿井景子）光文社文庫（2011） …… 1
弥陀の橋は 上（津本陽）文春文庫（2004） …… 227
弥陀の橋は 下（津本陽）文春文庫（2004） …… 227
みだら英泉（皆川博子）新潮文庫（1991） …… 328
みだらくずし（睦月影郎）学研M文庫（2013） …… 345
みだら剣法（睦月影郎）大洋時代文庫（2012） …… 349
みだら人形師（睦月影郎）大洋時代文庫 時代小説（2005） …… 349
みだら人形師（睦月影郎）徳間文庫（2013） …… 350
みだら寝盗物帖（睦月影郎）宝島社文庫（2014） …… 349
淫ら花（睦月影郎）廣済堂文庫（2013） …… 346
みだら秘帖（睦月影郎）祥伝社文庫（2003） …… 348
乱れ恋（梅本育子）双葉文庫（1998） …… 34
みだれ桜（睦月影郎）祥伝社文庫（2015） …… 349
みだれ無念流（江崎俊平）春陽文庫（1990） …… 36
道長の冒険（平岩弓枝）新潮文庫（2006） …… 298
陸奥甲冑記（澤田ふじ子）講談社文庫（1985） …… 134
陸奥甲冑記（澤田ふじ子）中公文庫（2004） …… 138
大菩薩峠既刊別梗概，みちりやの巻（中里介山）角川文庫（1956） …… 250
蜜色月夜（睦月影郎）廣済堂文庫（2008） …… 346
三日殺し（峰隆一郎）祥伝社文庫（1999） …… 334
蜜しぐれ（睦月影郎）祥伝社文庫（2014） …… 349
密室大坂城（安部龍太郎）角川文庫（2014） …… 8
密室大阪城（安部龍太郎）講談社文庫（2000） …… 9
密使支倉常長（長部日出雄）文春文庫（1989） …… 52
密書（峰隆一郎）集英社文庫（1995） …… 333
蜜双六（睦月影郎）祥伝社文庫（2014） …… 349
密通（平岩弓枝）角川文庫（1987） …… 296
密通（平岩弓枝）角川文庫（2008） …… 297
密通妻（睦月影郎）講談社文庫（2012） …… 347
密通不義（西村望）祥伝社文庫（1999） …… 274
密偵（津本陽）角川文庫（1991） …… 220
密偵ワサが来た（五味康祐）文春文庫（1988） …… 93
蜜盗人（睦月影郎）ベスト時代文庫（2012） …… 350

蜜蜂乱舞（吉村昭）新潮文庫（1987） ………… 416
三菱王国 上 →弥太郎伝 上（邦光史郎）ベスト時代文庫（2010） ………… 80
三菱王国 上～下 →弥太郎伝 中（邦光史郎）ベスト時代文庫（2010） ………… 80
三菱王国 下 →弥太郎伝 下（邦光史郎）ベスト時代文庫（2010） ………… 80
光秀の十二日（羽山信樹）小学館文庫（2000） ………… 292
密謀（藤沢周平）新潮文庫（1985） ………… 306
蜜謀（睦月影郎）廣済堂文庫（2004） ………… 346
密命 →海賊奉行（高橋義夫）文春文庫（2005） ………… 194
蜜命（睦月影郎）幻冬舎アウトロー文庫（2011） ………… 345
密命―魔性剣―（佐竹申伍）コスミック・時代文庫（2012） ………… 123
密約（佐藤雅美）講談社文庫（2001） ………… 127
三屋清左衛門残日録（藤沢周平）文春文庫（1992） ………… 308
◇蜜猟人朧十三郎（睦月影郎）学研M文庫 ………… 345
蜜猟人朧十三郎 愛染螢（睦月影郎）学研M文庫（2006） ………… 345
蜜猟人朧十三郎 色時雨（睦月影郎）学研M文庫（2004） ………… 345
蜜猟人朧十三郎 淫気楼（睦月影郎）学研M文庫（2007） ………… 345
蜜猟人朧十三郎 面影星（睦月影郎）学研M文庫（2007） ………… 345
蜜猟人朧十三郎 化粧鳥（睦月影郎）学研M文庫（2007） ………… 345
蜜猟人朧十三郎 恋淡雪（睦月影郎）学研M文庫（2006） ………… 345
蜜猟人朧十三郎 艶残月（睦月影郎）学研M文庫（2005） ………… 345
蜜猟人朧十三郎 秘悦花（睦月影郎）学研M文庫（2005） ………… 345
蜜猟人朧十三郎 紅夕風（睦月影郎）学研M文庫（2006） ………… 345
蜜猟人朧十三郎 夢暮色（睦月影郎）学研M文庫（2008） ………… 345
水戸黄門（大佛次郎）徳間文庫（1987） ………… 54
水戸黄門 1 葵獅子（村上元三）講談社文庫（1980） ………… 351
水戸黄門 2 葵獅子（村上元三）講談社文庫（1980） ………… 351
水戸黄門 3 中将鷹（村上元三）講談社文庫（1980） ………… 351
水戸黄門 4 中将鷹（村上元三）講談社文庫（1980） ………… 351
水戸黄門 5 右近龍（村上元三）講談社文庫（1980） ………… 351
水戸黄門 6 右近龍（村上元三）講談社文庫（1980） ………… 351
水戸黄門 7 梅里記（村上元三）講談社文庫（1980） ………… 351
水戸黄門 8 梅里記（村上元三）講談社文庫（1980） ………… 351
水戸黄門（山岡荘八）春陽文庫（1968） ………… 371
水戸黄門（山岡荘八）春陽文庫（1998） ………… 371
水戸黄門異聞（童門冬二）講談社文庫（2000） ………… 230
水戸光圀 上（村上元三）人物文庫（2000） ………… 353
水戸光圀 中（村上元三）人物文庫（2000） ………… 353
水戸光圀 下（村上元三）人物文庫（2000） ………… 353
水戸光圀（山岡荘八）山岡荘八歴史文庫（1987） ………… 373
緑の風（富田常雄）春陽文庫（1951） ………… 243
源九郎義経 上巻（邦光史郎）人物文庫（2004） ………… 79
源九郎義経 上（邦光史郎）徳間文庫（1986） ………… 79
源九郎義経 下巻（邦光史郎）人物文庫（2004） ………… 79
源実朝（大佛次郎）徳間文庫（1997） ………… 55
源義経（長部日出雄）時代小説文庫（1990） ………… 52
源義経（永岡慶之助）人物文庫（1998） ………… 249
源義経（三好京三）PHP文庫（1995） ………… 342
源義経と静御前（中島道子）PHP文庫（2004） ………… 252
源義経 1（村上元三）人物文庫（2004） ………… 353
源義経 2（村上元三）人物文庫（2004） ………… 354
源義経 3（村上元三）人物文庫（2004） ………… 354
源義経 4（村上元三）人物文庫（2004） ………… 354
源頼朝 1（吉川英治）吉川英治歴史時代文庫（1990） ………… 414
源頼朝 2（吉川英治）吉川英治歴史時代文庫（1990） ………… 414
源義経 1（村上元三）講談社文庫（1979） ………… 351
源義経 2（村上元三）講談社文庫（1979） ………… 351
源義経 3（村上元三）講談社文庫（1979） ………… 351
源義経 4（村上元三）講談社文庫（1979） ………… 351
源義経 5（村上元三）講談社文庫（1979） ………… 351
源頼朝 上（山岡荘八）講談社文庫（1978） ………… 370
源頼朝 1（山岡荘八）山岡荘八歴史文庫（1987） ………… 374
源頼朝 2（山岡荘八）山岡荘八歴史文庫（1987） ………… 374
源頼朝 下（山岡荘八）講談社文庫（1978） ………… 370

源頼朝 3（山岡荘八）山岡荘八歴史文庫（1987） …… 374
見習い同心獄門帳（早乙女貢）徳間文庫（1985） …… 103
箕輪の心中（岡本綺堂）旺文社文庫（1978） …… 47
みぶろ（睦月影郎）ベスト時代文庫（2004） …… 350
見廻組暗殺録（南原幹雄）徳間文庫（1998） …… 270
見廻組暗殺録 →烈風疾る（南原幹雄）学研M文庫（2008） …… 265
耳姫三十五夜（角田喜久雄）春陽文庫（1978） …… 218
宮尾本平家物語 1（青龍之巻）（宮尾登美子）朝日文庫（2006） …… 340
宮尾本平家物語 1 青龍之巻（宮尾登美子）文春文庫（2008） …… 341
宮尾本平家物語 2（白虎之巻）（宮尾登美子）朝日文庫（2006） …… 340
宮尾本平家物語 2 白虎之巻（宮尾登美子）文春文庫（2008） …… 341
宮尾本平家物語 3（朱雀之巻）（宮尾登美子）朝日文庫（2006） …… 340
宮尾本平家物語 3 朱雀之巻（宮尾登美子）文春文庫（2008） …… 341
宮尾本平家物語 4（玄武之巻）（宮尾登美子）朝日文庫（2006） …… 340
宮尾本平家物語 4（玄武之巻）（宮尾登美子）文春文庫（2009） …… 341
深山の梅（伊藤桂一）新潮文庫（1989） …… 29
宮本武蔵 1 天の巻（笹沢左保）文春文庫（1996） …… 122
宮本武蔵 2 地の巻（笹沢左保）文春文庫（1996） …… 122
宮本武蔵 3 水の巻（笹沢左保）文春文庫（1996） …… 122
宮本武蔵 4 火の巻（笹沢左保）文春文庫（1996） …… 122
宮本武蔵 5 風の巻（笹沢左保）文春文庫（1996） …… 122
宮本武蔵 6 空の巻（笹沢左保）文春文庫（1996） …… 122
宮本武蔵 7 霊の巻（笹沢左保）文春文庫（1997） …… 122
宮本武蔵 8 玄の巻（笹沢左保）文春文庫（1997） …… 122
宮本武蔵（司馬遼太郎）朝日文庫（1999） …… 144
宮本武蔵（司馬遼太郎）朝日文庫（2011） …… 144
宮本武蔵 1（柴田錬三郎）集英社文庫（2000） …… 156
宮本武蔵 2（柴田錬三郎）集英社文庫（2000） …… 156
宮本武蔵 3（柴田錬三郎）集英社文庫（2000） …… 156
宮本武蔵（津本陽）文春文庫（1989） …… 226
宮本武蔵（津本陽）文春文庫（2012） …… 228
宮本武蔵（光瀬龍）廣済堂文庫（2002） …… 328
宮本武蔵（峰隆一郎）ノン・ポシェット（1991） …… 337
宮本武蔵（吉川英治）Kodansha English library（1984） …… 415
宮本武蔵 1（吉川英治）新潮文庫（2013） …… 410
宮本武蔵 1（吉川英治）宝島社文庫（2013） …… 411
宮本武蔵 1（吉川英治）吉川英治歴史時代文庫（1989） …… 414
宮本武蔵 2（吉川英治）新潮文庫（2013） …… 410
宮本武蔵 2（吉川英治）宝島社文庫（2013） …… 411
宮本武蔵 2（吉川英治）吉川英治歴史時代文庫（1989） …… 414
宮本武蔵 3（吉川英治）新潮文庫（2013） …… 410
宮本武蔵 3（吉川英治）宝島社文庫（2013） …… 411
宮本武蔵 3（吉川英治）吉川英治歴史時代文庫（1989） …… 414
宮本武蔵 4（吉川英治）新潮文庫（2013） …… 410
宮本武蔵 4（吉川英治）宝島社文庫（2013） …… 411
宮本武蔵 4（吉川英治）吉川英治歴史時代文庫（1989） …… 414
宮本武蔵 5（吉川英治）新潮文庫（2013） …… 411
宮本武蔵 5（吉川英治）宝島社文庫（2013） …… 412
宮本武蔵 5（吉川英治）吉川英治歴史時代文庫（1989） …… 414
宮本武蔵 6（吉川英治）新潮文庫（2013） …… 411
宮本武蔵 6（吉川英治）宝島社文庫（2013） …… 412
宮本武蔵 6（吉川英治）吉川英治歴史時代文庫（1990） …… 414
宮本武蔵 7（吉川英治）新潮文庫（2013） …… 411
宮本武蔵 7（吉川英治）宝島社文庫（2013） …… 412
宮本武蔵 7（吉川英治）吉川英治歴史時代文庫（1990） …… 414
宮本武蔵 8（吉川英治）新潮文庫（2013） …… 411
宮本武蔵 8（吉川英治）宝島社文庫（2013） …… 412
宮本武蔵 8（吉川英治）吉川英治歴史時代文庫（1990） …… 414
宮本武蔵血戦録 →宮本武蔵（光瀬龍）廣済堂文庫（2002） …… 328
宮本武蔵（古川薫）光文社文庫（2003） …… 312
三好長慶（徳永真一郎）光文社文庫（1996） …… 235
三好長慶（徳永真一郎）人物文庫（2010） …… 235

【む】

無縁仏に明日をみた（笹沢左保）光文社文庫（1997） …… 113
無縁仏に明日をみた（笹沢左保）時代小説文庫（1983） …… 116
向井帯刀の発心（佐藤雅美）講談社文庫（2010） …… 127
むかし・あけぼの 上（田辺聖子）角川文庫（1986） …… 207
むかし・あけぼの 上（田辺聖子）文春文庫（2016） …… 208
むかし・あけぼの 下（田辺聖子）角川文庫（1986） …… 207
むかし・あけぼの 下（田辺聖子）文春文庫（2016） …… 208
麦屋町昼下がり（藤沢周平）文春文庫（1992） …… 308
夢空幻（堀和久）講談社文庫（1994） …… 316
無月物語（久生十蘭）現代教養文庫（1977） …… 296
夢剣（笹沢左保）光文社文庫（1990） …… 115
夢幻道中（睦月影郎）廣済堂文庫（2010） …… 346
夢幻の城（早乙女貢）旺文社文庫（1987） …… 97
武蔵を斬る（早乙女貢）光文社文庫（1985） …… 99
武蔵を仆した男（新宮正春）福武文庫（1995） …… 176
武蔵と小次郎 →巌流島（津本陽）角川文庫（2006） …… 221
武蔵忍法旅（山田風太郎）ちくま文庫 - 山田風太郎忍法帖短篇全集（2004） …… 385
武蔵野水滸伝 上（山田風太郎）時代小説文庫（1993） …… 383
武蔵野水滸伝 上（山田風太郎）小学館文庫（1999） …… 384
武蔵野水滸伝 下（山田風太郎）時代小説文庫（1993） …… 383
武蔵野水滸伝 下（山田風太郎）小学館文庫（1999） …… 384
武蔵坊弁慶 1（今東光）徳間文庫（1985） …… 94
武蔵坊弁慶 2（今東光）徳間文庫（1985） …… 95
武蔵坊弁慶 3（今東光）徳間文庫（1985） …… 95
武蔵坊弁慶 4（今東光）徳間文庫（1985） …… 95
武蔵坊弁慶 1 玉虫の巻（富田常雄）講談社文庫（1986） …… 242
武蔵坊弁慶 2 女難の巻（富田常雄）講談社文庫（1986） …… 242
武蔵坊弁慶 3 疾風の巻（富田常雄）講談社文庫（1986） …… 242
武蔵坊弁慶 4 旅立の巻（富田常雄）講談社文庫（1986） …… 242
武蔵坊弁慶 5 一の谷の巻（富田常雄）講談社文庫（1986） …… 242
武蔵坊弁慶 6 扇の巻（富田常雄）講談社文庫（1986） …… 242
武蔵坊弁慶 7 二都の巻（富田常雄）講談社文庫（1986） …… 242
武蔵坊弁慶 8 流転の巻（富田常雄）講談社文庫（1986） …… 242
武蔵坊弁慶 9 静の巻（富田常雄）講談社文庫（1986） …… 242
武蔵坊弁慶 10 衣川の巻（富田常雄）講談社文庫（1986） …… 242
武蔵三十六番勝負 1（地之巻）激闘！ 関ケ原（楠木誠一郎）角川文庫（2010） …… 75
武蔵三十六番勝負 2（水之巻）孤闘！ 吉岡一門（楠木誠一郎）角川文庫（2010） …… 75
武蔵三十六番勝負 3（火之巻）暗闘！ 刺客の群れ（楠木誠一郎）角川文庫（2011） …… 75
武蔵三十六番勝負 4（風之巻）決闘！ 巌流島（楠木誠一郎）角川文庫（2011） …… 75
武蔵三十六番勝負 5（空之巻）死闘！ 大坂の陣（楠木誠一郎）角川文庫（2011） …… 75
無惨妻敵討（早乙女貢）ケイブンシャ文庫（1989） …… 98
無惨や二郎信康（南條範夫）旺文社文庫（1984） …… 256
無惨や二郎信康（南條範夫）双葉文庫（1991） …… 263
無鹿（遠藤周作）文春文庫（2000） …… 39
無宿千両男（太田蘭三）祥伝社文庫（2008） …… 44
無宿大名 →無宿若様剣風街道（太田蘭三）祥伝社文庫（2006） …… 44
無宿人の墨縄（西村望）講談社文庫（1985） …… 273
無宿人別帳（松本清張）角川文庫（1960） …… 321
無宿人別帳（松本清張）文春文庫（1996） …… 324
無宿人御子神の丈吉 1（笹沢左保）徳間文庫（1987） …… 120
無宿人御子神の丈吉 2（笹沢左保）徳間文庫（1987） …… 120
無宿人御子神の丈吉 3（笹沢左保）徳間文庫（1987） …… 120
無宿人御子神の丈吉 4（笹沢左保）徳間文庫（1988） …… 120
無宿若様剣風街道（太田蘭三）祥伝社文庫（2006） …… 44
産霊山秘録（半村良）角川文庫（1975） …… 293

産霊山秘録(半村良)ノン・ポシェット(1992) …… 295
産霊山秘録(半村良)ハヤカワ文庫(1975) …… 295
産霊山秘録(半村良)ハルキ文庫(1999) …… 295
夢中街 →夢中人(半村良)祥伝社文庫(1999) …… 294
夢中人(半村良)祥伝社文庫(1999) …… 294
陸奥黄金街道(三好京三)人物文庫(1999) …… 342
霧笛(大佛次郎)角川文庫(1955) …… 52
霧笛(大佛次郎)徳間文庫(1989) …… 55
霧笛・花火の街(大佛次郎)大衆文学館(1996) …… 53
無刀取り(五味康祐)河出文庫(1984) …… 90
胸に棲む鬼(杉本苑子)講談社文庫(1987) …… 181
宗春行状記(海音寺潮五郎)旺文社文庫(1987) …… 57
宗春行状記(海音寺潮五郎)時代小説文庫(1990) …… 59
宗春行状記 →吉宗と宗春(海音寺潮五郎)文春文庫(1995) …… 62
無念半平太(柴田錬三郎)新潮文庫(1990) …… 158
無念半平太 →剣鬼宮本無三四(柴田錬三郎)講談社文庫(2000) …… 152
無法おんな市場(南原幹雄)徳間文庫(1992) …… 270
無明斬り(五味康祐)河出文庫(1984) …… 90
無明剣、走る(西村京太郎)角川文庫(1984) …… 272
無明剣、走る(西村京太郎)祥伝社文庫(2005) …… 272
無明の巻(中里介山)時代小説文庫(1981) …… 251
無銘剣対狂剣(森村誠一)中公文庫(2004) …… 362
無用の隠密(藤沢周平)文春文庫(2009) …… 308
むらさき剣士(江崎俊平)春陽文庫(1982) …… 36
◇紫同心江戸秘帖(大谷羊太郎)静山社文庫 …… 45
紫同心江戸秘帖 浅草無人寺の罠(大谷羊太郎)静山社文庫(2010) …… 45
紫同心江戸秘帖 庚申信仰密事(大谷羊太郎)静山社文庫(2010) …… 45
紫同心江戸秘帖 姿見橋魔の女(大谷羊太郎)静山社文庫(2010) …… 45
紫同心江戸秘帖 深川女狐妖艶(大谷羊太郎)静山社文庫(2011) …… 45
紫同心江戸秘帖 吉原哀切の剣(大谷羊太郎)静山社文庫(2009) …… 45
紫同心江戸秘帖 両国秘仏開眼(大谷羊太郎)静山社文庫(2010) …… 45
紫の一刻(とき)(睦月影郎)学研M文庫(2009) …… 345
むらさき若殿(颯手達治)春陽文庫(1986) …… 125
村雨の首(澤田ふじ子)廣済堂文庫(2001) …… 134
◇夢裡庵先生捕物帳(泡坂妻夫)徳間文庫 …… 13
夢裡庵先生捕物帳 からくり富(泡坂妻夫)徳間文庫(1999) …… 14
夢裡庵先生捕物帳 飛奴(泡坂妻夫)徳間文庫(2005) …… 14
夢裡庵先生捕物帳 びいどろの筆(泡坂妻夫)徳間文庫(1992) …… 13
無量の光 上(津本陽)文春文庫(2011) …… 227
無量の光 下(津本陽)文春文庫(2011) …… 227
室町お伽草紙(山田風太郎)新潮文庫(1994) …… 384
室町抄(南條範夫)講談社文庫(1991) …… 258
室町少年倶楽部(山田風太郎)文春文庫(1998) …… 388

【め】

目明し文吉(西村望)徳間文庫(1993) …… 274
目明しやくざ(多岐川恭)光文社文庫(1992) …… 196
目明しやくざ(多岐川恭)徳間文庫(1997) …… 200
明治暗殺伝(峰隆一郎)ノン・ポシェット(1987) …… 337
明治暗殺伝(峰隆一郎)祥伝社文庫(2003) …… 334
明治暗殺刀(峰隆一郎)ノン・ポシェット(1998) …… 337
明治一代男(柴田錬三郎)講談社文庫(1992) …… 152
明治一代男(柴田錬三郎)春陽文庫(1980) …… 157
明治開化安吾捕物帖(坂口安吾)角川文庫(2008) …… 107
明治開化安吾捕物帖(坂口安吾)時代小説文庫(1988) …… 108
明治開化安吾捕物帖 続(坂口安吾)角川文庫(2012) …… 107
明治かげろう俥(山田風太郎)旺文社文庫(1985) …… 378

明治かげろう俥（山田風太郎）小学館文庫（2013） …… 384
明治兜割り（津本陽）講談社文庫（1986） …… 222
明治巌窟王　上（村雨退二郎）中公文庫（1986） …… 356
明治巌窟王　下（村雨退二郎）中公文庫（1986） …… 356
明治凶襲刀（峰隆一郎）祥伝社文庫（2000） …… 334
明治撃剣会（津本陽）文春文庫（2005） …… 227
明治撃剣会（津本陽）文春文庫（1984） …… 226
明治剣客伝（戸部新十郎）光文社文庫（1996） …… 239
明治剣鬼伝（峰隆一郎）ノン・ポシェット（1988） …… 337
明治剣俠伝（津本陽）徳間文庫（1986） …… 225
明治殺人剣（峰隆一郎）ノン・ポシェット（1988） …… 337
明治十手架　上（山田風太郎）角川文庫（1991） …… 379
明治十手架 上（山田風太郎）ちくま文庫 - 山田風太郎明治小説全集（1997） …… 387
明治十手架　下（山田風太郎）角川文庫（1991） …… 379
明治十手架 下（山田風太郎）ちくま文庫 - 山田風太郎明治小説全集（1997） …… 387
明治讐鬼伝（峰隆一郎）ノン・ポシェット（1988） …… 337
明治大帝の決断（邦光史郎）祥伝社文庫（2001） …… 79
明治太平記（海音寺潮五郎）角川文庫（1968） …… 57
明治太平記（海音寺潮五郎）時代小説文庫（1986） …… 59
明治断頭台（山田風太郎）角川文庫 - 山田風太郎ベストコレクション（2012） …… 380
明治断頭台（山田風太郎）ちくま文庫 - 山田風太郎明治小説全集（1997） …… 386
明治断頭台（山田風太郎）文春文庫（1984） …… 388
明治忠臣蔵（山田風太郎）河出文庫 - 山田風太郎コレクション（1994） …… 380
明治天皇 上巻（杉森久英）人物文庫（1997） …… 184
明治天皇 下巻（杉森久英）人物文庫（1997） …… 184
明治天皇　1（山岡荘八）山岡荘八歴史文庫（1987） …… 373
明治天皇　2（山岡荘八）山岡荘八歴史文庫（1987） …… 373
明治天皇　3（山岡荘八）山岡荘八歴史文庫（1987） …… 373
明治天皇　4（山岡荘八）山岡荘八歴史文庫（1987） …… 373
明治天皇　5（山岡荘八）山岡荘八歴史文庫（1987） …… 374
明治天皇　6（山岡荘八）山岡荘八歴史文庫（1987） …… 374
明治波濤歌（山田風太郎）新潮文庫（1984） …… 384
明治波濤歌 上（山田風太郎）河出文庫 - 山田風太郎コレクション（1994） …… 381
明治波濤歌 上（山田風太郎）ちくま文庫 - 山田風太郎明治小説全集（1997） …… 386
明治波濤歌 下（山田風太郎）河出文庫 - 山田風太郎コレクション（1994） …… 381
明治波濤歌 下（山田風太郎）ちくま文庫 - 山田風太郎明治小説全集（1997） …… 386
明治バベルの塔（山田風太郎）ちくま文庫 - 山田風太郎明治小説全集（1997） …… 386
明治バベルの塔（山田風太郎）文春文庫（1992） …… 388
明治叛臣伝（徳永真一郎）光文社文庫（1991） …… 235
明治・人斬り伝（峰隆一郎）ノン・ポシェット（1987） …… 337
名将大谷刑部（南原幹雄）角川文庫（1999） …… 266
名将大谷刑部（南原幹雄）新潮文庫（2004） …… 269
名将佐竹義宣（南原幹雄）角川文庫（2009） …… 267
名城物語（江崎俊平）春陽文庫（1969） …… 35
名将山中鹿之助（南原幹雄）角川文庫（2010） …… 267
名臣伝（津本陽）双葉文庫（2010） …… 225
名臣伝（津本陽）文春文庫（1995） …… 227
迷走大将上杉謙信（小松重男）小学館文庫（1999） …… 89
冥土へのいのち花（本庄慧一郎）学研M文庫（2006） …… 317
冥府回廊（杉本苑子）文春文庫（1985） …… 183
冥府小町（澤田ふじ子）光文社文庫（2013） …… 135
冥府の刺客（勝目梓）光文社文庫（1999） …… 64
冥府の妖鬼（峰隆一郎）双葉文庫（2002） …… 339
明暦群盗図（多岐川恭）徳間文庫（1990） …… 200
迷路（池波正太郎）文春文庫（1992） …… 24
めいろの巻（中里介山）角川文庫（1956） …… 250
めいろの巻（中里介山）時代小説文庫（1981） …… 251
明和絵暦（山本周五郎）新潮文庫（1997） …… 400
夫婦刺客（白石一郎）光文社文庫（1989） …… 172
めおと大名（風巻絃一）春陽文庫（1989） …… 64

めおと雪（山手樹一郎）桃園文庫（2000）…… 394
めおと雪　春の虹（山手樹一郎）光風社文庫（2000）…… 389
女敵討ち（吉岡道夫）コスミック・時代文庫（2004）…… 408
女敵討ち（吉岡道夫）コスミック・時代文庫（2009）…… 408
女敵討ち →ぶらり平蔵（吉岡道夫）コスミック・時代文庫（2009）…… 408
妻敵討ち綺談（西村望）徳間文庫（1996）…… 274
妻敵にあらず（澤田ふじ子）徳間文庫（2011）…… 139
女狐の罠（澤田ふじ子）徳間文庫（2002）…… 139
メリケンざむらい（高橋義夫）講談社文庫（1994）…… 192

【も】

蒙古来たる 上巻（流離の巻），下巻（円覚の巻）（海音寺潮五郎）角川文庫（1967）…… 57
蒙古来たる　1（海音寺潮五郎）角川文庫（1990）…… 57
蒙古来たる　上（海音寺潮五郎）文春文庫（2000）…… 62
蒙古来たる　2（海音寺潮五郎）角川文庫（1990）…… 57
蒙古来たる　3（海音寺潮五郎）角川文庫（1990）…… 57
蒙古来たる　下（海音寺潮五郎）文春文庫（2000）…… 62
蒙古来たる　4（海音寺潮五郎）角川文庫（1990）…… 58
蒙古襲来（白石一郎）講談社文庫（2003）…… 172
蒙古襲来 上（山田智彦）講談社文庫（2000）…… 376
蒙古襲来 上巻 日蓮の密使（山田智彦）角川文庫（1991）…… 376
蒙古襲来 中巻 放たれた矢（山田智彦）角川文庫（1991）…… 376
蒙古襲来 下（山田智彦）講談社文庫（2000）…… 376
蒙古襲来 下巻 恐怖の軍団（山田智彦）角川文庫（1991）…… 376
猛虎武田信玄（佐竹申伍）人物文庫（2006）…… 123
蒙古の槍（白石一郎）文春文庫（1991）…… 173
亡者の鐘（高橋義夫）中公文庫（2008）…… 192
亡者の銭（澤田ふじ子）徳間文庫（2010）…… 139
妄執鬼 →空中鬼・妄執鬼（高橋克彦）日経文芸文庫（2014）…… 190
もうひとつの忠臣蔵（童門冬二）光文社文庫（2000）…… 230
もう一つの忠臣蔵（木屋進）春陽文庫（1986）…… 74
盲目物語（谷崎潤一郎）中公文庫（1993）…… 210
盲目物語・聞書抄（谷崎潤一郎）角川文庫（1955）…… 209
盲目物語・春琴抄（谷崎潤一郎）岩波文庫（1951）…… 209
毛利元就 1（榊山潤）時代小説文庫（1983）…… 106
毛利元就 2（榊山潤）時代小説文庫（1983）…… 106
毛利元就 3（榊山潤）時代小説文庫（1983）…… 106
毛利元就 4（榊山潤）時代小説文庫（1983）…… 106
毛利元就 5（榊山潤）時代小説文庫（1983）…… 106
毛利元就（童門冬二）PHP文庫（2009）…… 234
毛利元就（徳永真一郎）光文社文庫（1991）…… 235
毛利元就（松永義弘）人物文庫（1996）…… 320
毛利元就（松永義弘）人物文庫（2008）…… 320
毛利元就　2（山岡荘八）山岡荘八歴史文庫（1986）…… 371
毛利元就　1（山岡荘八）山岡荘八歴史文庫（1986）…… 371
萌肌（睦月影郎）廣済堂文庫（2006）…… 346
燃えよ剣　上巻（司馬遼太郎）新潮文庫（1972）…… 147
燃えよ剣　下巻（司馬遼太郎）新潮文庫（1972）…… 147
燃える黄金王国（風巻絃一）春陽文庫（1993）…… 64
燃える富士（吉川英治）学研M文庫 - 吉川英治時代小説傑作選（2003）…… 410
最上義光（永岡慶之助）人物文庫（2009）…… 250
目目連（長谷川卓）祥伝社文庫（2014）…… 288
◇もぐら弦斎手控帳（楠木誠一郎）二見時代小説文庫 …… 76
もぐら弦斎手控帳 2 ふたり写楽（楠木誠一郎）二見時代小説文庫（2008）…… 76
もぐら弦斎手控帳 3 刺客（しきゃく）の海（楠木誠一郎）二見時代小説文庫（2009）…… 76
もぐら弦斎手控帳 逃がし屋（楠木誠一郎）二見時代小説文庫（2008）…… 76
◇もぐら同心（高橋和島）廣済堂文庫 …… 195
もぐら同心　帰雲旅（高橋和島）廣済堂文庫（2009）…… 195
もぐら同心　草笛旅（高橋和島）廣済堂文庫（2008）…… 195
もぐら同心　残月旅（高橋和島）廣済堂文庫（2008）…… 195
もぐら同心　晴嵐旅（高橋和島）廣済堂文庫（2009）…… 195

もぐら同心　千両旅（高橋和島）廣済堂文庫（2007）……195
もぐら同心　野分旅（高橋和島）廣済堂文庫（2007）……195
もぐら同心　姫道中（高橋和島）廣済堂文庫（2005）……195
悶え螢（睦月影郎）廣済堂文庫（2014）……346
もっと、「半七」！（岡本綺堂）ちくま文庫（2009）……50
髻塚不首尾一件始末（佐藤雅美）講談社文庫（2010）……127
元就軍記（桜田晋也）祥伝社文庫（2000）……109
元就、そして女たち（永井路子）中公文庫（2000）……247
もどり橋（澤田ふじ子）光文社文庫（2014）……136
もどり橋（澤田ふじ子）中公文庫（1998）……138
◇戻り舟同心（長谷川卓）学研M文庫……287
◇戻り舟同心（長谷川卓）祥伝社文庫……288
戻り舟同心（長谷川卓）学研M文庫（2007）……287
戻り舟同心（長谷川卓）祥伝社文庫（2016）……288
戻り舟同心　逢魔刻（長谷川卓）学研M文庫（2010）……287
戻り舟同心　更待月（長谷川卓）学研M文庫（2012）……287
戻り舟同心　夕凪（長谷川卓）学研M文庫（2008）……287
戻り舟同心　逢魔刻（長谷川卓）祥伝社文庫（2016）……288
戻り舟同心　夕凪（長谷川卓）祥伝社文庫（2016）……288
◇物書同心居眠り紋蔵（佐藤雅美）講談社文庫……127
物書同心居眠り紋蔵（佐藤雅美）講談社文庫（1997）……127
物書同心居眠り紋蔵 一心斎不覚の筆禍（佐藤雅美）講談社文庫（2011）……128
物書同心居眠り紋蔵 お尋者（佐藤雅美）講談社文庫（2002）……127
物書同心居眠り紋蔵　四両二分の女（佐藤雅美）講談社文庫（2005）……127
物書同心居眠り紋蔵　白い息（佐藤雅美）講談社文庫（2008）……127
物書同心居眠り紋蔵　ちよの負けん気、実の父親（佐藤雅美）講談社文庫（2014）……128
物書同心居眠り紋蔵　隼小僧異聞（佐藤雅美）講談社文庫（1999）……127
物書同心居眠り紋蔵　へこたれない人（佐藤雅美）講談社文庫（2016）……128
物書同心居眠り紋蔵　魔物が棲む町（佐藤雅美）講談社文庫（2013）……128
物書同心居眠り紋蔵　密約（佐藤雅美）講談社文庫（2001）……127
物書同心居眠り紋蔵　向井帯刀の発心（佐藤雅美）講談社文庫（2010）……127
物書同心居眠り紋蔵　老博奕打ち（佐藤雅美）講談社文庫（2004）……127
物語海の日本史　上（邦光史郎）徳間文庫（1993）……80
物語海の日本史　下（邦光史郎）徳間文庫（1993）……80
◇もののけ沙耶淫気帖（睦月影郎）コスミック・時代文庫……348
もののけ沙耶淫気帖　つくもがみ艶香（睦月影郎）コスミック・時代文庫（2015）……348
もののけ沙耶淫気帖　つくもがみ情炎（睦月影郎）コスミック・時代文庫（2013）……348
もののけ沙耶淫気帖　つくもがみ蜜楽（睦月影郎）コスミック・時代文庫（2015）……348
もののけ沙耶淫気帖　つくもがみ蜜乱（睦月影郎）コスミック・時代文庫（2014）……348
もののけ沙耶淫気帖　つくもがみ爛辱（睦月影郎）コスミック・時代文庫（2014）……348
もののふ（柴田錬三郎）時代小説文庫（2008）……153
もののふ（柴田錬三郎）新潮文庫（1999）……159
樅ノ木は残った　上巻（山本周五郎）新潮文庫（1963）……398
樅ノ木は残った　上巻（山本周五郎）新潮文庫（2003）……400
樅ノ木は残った　中巻（山本周五郎）新潮文庫（2003）……400
樅ノ木は残った　下巻（山本周五郎）新潮文庫（1963）……398
樅ノ木は残った　下巻（山本周五郎）新潮文庫（2003）……400
ももいろ奥義（睦月影郎）祥伝社文庫（2009）……349
桃色月夜（梅本育子）集英社文庫（1991）……34
桃色寺（峰隆一郎）双葉文庫（1995）……338
桃色寺（峰隆一郎）双葉文庫（2002）……338
桃太郎侍（山手樹一郎）新潮文庫（1962）……392
桃太郎侍（山手樹一郎）山手樹一郎長編時代小説全集（1978）……396
桃太郎侍　上（山手樹一郎）時代小説文庫（1989）……391
桃太郎侍 1（山手樹一郎）嶋中文庫（2005）……392
桃太郎侍　前篇（山手樹一郎）春陽文庫（1951）……392
桃太郎侍 2（山手樹一郎）嶋中文庫（2005）……392

桃太郎侍　下（山手樹一郎）時代小説文庫（1989）…… 392
桃太郎侍　後篇（山手樹一郎）春陽文庫（1951）…… 392
◇舫鬼九郎（高橋克彦）新潮文庫 …… 189
舫鬼九郎（高橋克彦）新潮文庫（1996）…… 189
舫鬼九郎 第2部 鬼九郎鬼草子（高橋克彦）新潮文庫（1998）…… 189
舫鬼九郎 第3部 鬼九郎五結鬼灯（高橋克彦）新潮文庫（2001）…… 189
森鷗外全集 5 山椒大夫・高瀬舟（森鷗外）ちくま文庫（1995）…… 359
森鷗外全集 6 栗山大膳・渋江抽斎（森鷗外）ちくま文庫（1996）…… 359
森鷗外全集 7 伊沢蘭軒（森鷗外）ちくま文庫（1996）…… 359
森鷗外全集 8 伊沢蘭軒（森鷗外）ちくま文庫（1996）…… 359
森の石松が殺された夜（結城昌治）徳間文庫（1988）…… 401
森蘭丸（澤田ふじ子）光文社文庫（2004）…… 136
森蘭丸（澤田ふじ子）徳間文庫（1990）…… 141
森蘭丸（八尋舜右）PHP文庫（1998）…… 369
森蘭丸（八尋舜右）PHP文庫（2009）…… 369
紋四郎の恋 →乱れ恋（梅本育子）双葉文庫（1998）…… 34
主水血笑録（柴田錬三郎）講談社文庫（1986）…… 151

【や】

焼刃のにおい（津本陽）光文社文庫（2010）…… 223
やがての螢（澤田ふじ子）光文社文庫（2012）…… 135
やがての螢（澤田ふじ子）徳間文庫（2008）…… 140
柳生一族（松本清張）光文社文庫（1986）…… 323
柳生一族 →柳生石舟斎（山岡荘八）光文社文庫（1991）…… 371
柳生一族の陰謀（松永義弘）時代小説文庫（1983）…… 320
柳生一族の陰謀 続（松永義弘）時代小説文庫（1988）…… 320
◇柳生花妖剣（仁田義男）徳間文庫 …… 277
柳生花妖剣（仁田義男）徳間文庫（1994）…… 277
柳生花妖剣 殺法松の葉（仁田義男）徳間文庫（1994）…… 277
柳生花妖剣 捨心十兵衛杖（仁田義男）徳間文庫（1995）…… 277
柳生殺法帳（新宮正春）廣済堂文庫（1999）…… 175
柳生三代記（嶋津義忠）PHP文庫（2008）…… 161
柳生三天狗　天の巻（山岡荘八）光文社文庫（1990）…… 371
柳生三天狗　地の巻（山岡荘八）光文社文庫（1990）…… 371
柳生刺客状（隆慶一郎）講談社文庫（1993）…… 418
柳生刺客状（隆慶一郎）講談社文庫（2014）…… 418
柳生七星剣（長谷川卓）ハルキ文庫（2003）…… 289
◇柳生十兵衛（峰隆一郎）徳間文庫 …… 335
柳生十兵衛（五味康祐）中公文庫（2003）…… 91
柳生十兵衛（五味康祐）中公文庫ワイド版（2003）…… 91
柳生十兵衛（永岡慶之助）青樹社文庫（1998）…… 250
柳生十兵衛 →隻眼柳生十兵衛（永岡慶之助）春陽文庫（1987）…… 249
柳生十兵衛（峰隆一郎）徳間文庫（1989）…… 335
柳生十兵衛 兵法八重垣（峰隆一郎）徳間文庫（1991）…… 335
柳生十兵衛 無刀取り、四十八人斬り（峰隆一郎）徳間文庫（1992）…… 335
柳生十兵衛 逆風の太刀（峰隆一郎）徳間文庫（1990）…… 335
柳生十兵衛　極意転（峰隆一郎）徳間文庫（1993）…… 335
柳生十兵衛　月影の剣（峰隆一郎）徳間文庫（1991）…… 335
柳生十兵衛　剣術猿飛（峰隆一郎）徳間文庫（1990）…… 335
柳生十兵衛　斬馬剣（峰隆一郎）徳間文庫（1992）…… 335
柳生十兵衛　無拍子（峰隆一郎）徳間文庫（1994）…… 335
柳生十兵衛　竜尾の剣（峰隆一郎）徳間文庫（1990）…… 335
柳生十兵衛死す 上（山田風太郎）時代小説文庫（1994）…… 383
柳生十兵衛死す 上（山田風太郎）小学館文庫（1999）…… 384
柳生十兵衛死す 下（山田風太郎）時代小説文庫（1994）…… 383
柳生十兵衛死す 下（山田風太郎）小学館文庫（1999）…… 384
柳生十兵衛七番勝負（津本陽）文春文庫（2007）…… 227
柳生十兵衛八番勝負（五味康祐）徳間文庫（1988）…… 92

柳生神妙剣（長谷川卓）ハルキ文庫（2005） …… 289
柳生石舟斎（山岡荘八）光文社文庫（1991） …… 371
柳生石舟斎（山岡荘八）山岡荘八歴史文庫（1987） …… 373
柳生石舟斎宗厳（中島道子）PHP文庫（2003） …… 252
柳生双龍剣（長谷川卓）ハルキ文庫（2004） …… 289
柳生但馬守（柴田錬三郎）ケイブンシャ文庫（1986） …… 151
柳生但馬守（柴田錬三郎）時代小説文庫（1988） …… 155
柳生但馬守（柴田錬三郎）文春文庫（1992） …… 159
柳生但馬守宗矩（松永義弘）人物文庫（2007） …… 320
柳生稚児帖（五味康祐）徳間文庫（1987） …… 92
柳生月影抄（吉川英治）吉川英治歴史時代文庫（1990） …… 415
柳生天狗党 上（五味康祐）徳間文庫（1987） …… 91
柳生天狗党 下（五味康祐）徳間文庫（1987） …… 91
柳生天誅剣（早乙女貢）ケイブンシャ文庫（2000） …… 98
柳生忍法帖 上（山田風太郎）角川文庫（2003） …… 379
柳生忍法帖 上（山田風太郎）角川文庫 - 山田風太郎ベストコレクション（2012） …… 380
柳生忍法帖 上（山田風太郎）講談社文庫 - 山田風太郎忍法帖（1999） …… 382
柳生忍法帖 上 江戸花地獄篇（山田風太郎）時代小説文庫（1990） …… 383
柳生忍法帖 下（山田風太郎）角川文庫（2003） …… 379
柳生忍法帖 下（山田風太郎）角川文庫 - 山田風太郎ベストコレクション（2012） …… 380
柳生忍法帖 下（山田風太郎）講談社文庫 - 山田風太郎忍法帖（1999） …… 382
柳生忍法帖 下 会津雪地獄篇（山田風太郎）時代小説文庫（1990） …… 383
柳生の剣（多岐川恭）徳間文庫（1989） …… 199
柳生非情剣（隆慶一郎）講談社文庫（1991） …… 418
柳生非情剣（隆慶一郎）講談社文庫（2014） …… 418
柳生兵庫助 1（津本陽）文春文庫（1991） …… 226
柳生兵庫助 1 刀閃の刻（とき）（津本陽）双葉文庫（2010） …… 225
柳生兵庫助 2（津本陽）文春文庫（1991） …… 226
柳生兵庫助 2 烈刃の刻（とき）（津本陽）双葉文庫（2011） …… 225
柳生兵庫助 3（津本陽）文春文庫（1991） …… 226
柳生兵庫助 3 桜斬の刻（とき）（津本陽）双葉文庫（2011） …… 225
柳生兵庫助 4（津本陽）文春文庫（1991） …… 226
柳生兵庫助 4 活眼の刻（とき）（津本陽）双葉文庫（2011） …… 225
柳生兵庫助 5（津本陽）文春文庫（1992） …… 226
柳生兵庫助 5 刃鳴の刻（とき）（津本陽）双葉文庫（2011） …… 225
柳生兵庫助 6（津本陽）文春文庫（1992） …… 226
柳生兵庫助 6 両雄の刻（とき）（津本陽）双葉文庫（2011） …… 225
柳生兵庫助 7（津本陽）文春文庫（1992） …… 226
柳生兵庫助 7 迅風の刻（とき）（津本陽）双葉文庫（2012） …… 226
柳生兵庫助 8（津本陽）文春文庫（1992） …… 226
柳生兵庫助 8 勇躍の刻（津本陽）双葉文庫（2012） …… 226
柳生兵庫助 9 斬照の刻（津本陽）双葉文庫（2012） …… 226
柳生兵庫助 10 翔天の刻（とき）（津本陽）双葉文庫（2013） …… 226
柳生兵庫助（峰隆一郎）ノン・ポシェット（1992） …… 337
柳生兵庫助 1 →柳生兵庫助 1（津本陽）双葉文庫（2010） …… 225
柳生兵庫助 1・2 →柳生兵庫助 2（津本陽）双葉文庫（2011） …… 225
柳生兵庫助 2～3 →柳生兵庫助 3（津本陽）双葉文庫（2011） …… 225
柳生兵庫助 3～4 →柳生兵庫助 4（津本陽）双葉文庫（2011） …… 225
柳生兵庫助 4 →柳生兵庫助 5（津本陽）双葉文庫（2011） …… 225
柳生兵庫助 5 →柳生兵庫助 6（津本陽）双葉文庫（2011） …… 225
柳生兵庫助 5～6 →柳生兵庫助 7（津本陽）双葉文庫（2012） …… 226
柳生兵庫助 6・7 →柳生兵庫助 8（津本陽）双葉文庫（2012） …… 226
柳生兵庫助 7, 8 →柳生兵庫助 9（津本陽）双葉文庫（2012） …… 226
柳生兵庫助 8 →柳生兵庫助 10（津本陽）双葉文庫（2013） …… 226
柳生武芸帳 上巻（五味康祐）新潮文庫（1962） …… 91
柳生武芸帳 上（五味康祐）文春文庫（2006） …… 93

柳生武芸帳　中巻（五味康祐）新潮文庫（1962） …… 91
柳生武芸帳　下巻（五味康祐）新潮文庫（1963） …… 91
柳生武芸帳 下（五味康祐）文春文庫（2006） …… 93
柳生無刀剣（松永義弘）春陽文庫（1977） …… 320
柳生無刀剣 →柳生但馬守宗矩（松永義弘）人物文庫（2007） …… 320
柳生宗矩 1 鷹と蛙の巻（山岡荘八）山岡荘八歴史文庫（1986） …… 372
柳生宗矩 2 柳生の桃の巻（山岡荘八）山岡荘八歴史文庫（1986） …… 372
柳生宗矩 3 人間曼陀羅の巻（山岡荘八）山岡荘八歴史文庫（1986） …… 372
柳生宗矩 4 散る花咲く花の巻（山岡荘八）山岡荘八歴史文庫（1986） …… 372
柳生宗矩と十兵衛（五味康祐）文春文庫（1984） …… 93
柳生連也斎（五味康祐）小説文庫（1955） …… 91
やくざ若様 →若様侍政太郎剣難旅（太田蘭三）祥伝社文庫（2000） …… 44
◇疫病神捕物帳（笹沢左保）徳間文庫 …… 119
疫病神捕物帳（笹沢左保）徳間文庫（1997） …… 119
疫病神捕物帳 降って来た赤ン坊（笹沢左保）徳間文庫（1998） …… 120
やさぐれ若殿（左近隆）春陽文庫（1991） …… 110
やさしい男（北原亞以子）新潮文庫（2007） …… 72
椰子林の巻（中里介山）時代小説文庫（1982） …… 251
夜叉街道（柴田錬三郎）集英社文庫（1991） …… 156
夜叉神堂の男（杉本苑子）集英社文庫（1990） …… 182
夜叉と菩薩（南條範夫）旺文社文庫（1985） …… 256
夜叉の剣（峰隆一郎）ノン・ポシェット（1992） …… 337
安兵衛桜（高橋和島）廣済堂文庫（2014） …… 195
安見隠岐の罪状（戸部新十郎）旺文社文庫（1986） …… 237
安見隠岐の罪状（戸部新十郎）徳間文庫（1991） …… 241
弥太郎笠（子母沢寛）光文社文庫（1988） …… 164
弥太郎笠（子母沢寛）春陽文庫（1951） …… 164
弥太郎笠（子母沢寛）春陽文庫（1961） …… 164
弥太郎笠・すっ飛び駕（子母沢寛）新潮文庫（1958） …… 165
弥太郎伝　上（邦光史郎）ベスト時代文庫（2010） …… 80
弥太郎伝　中（邦光史郎）ベスト時代文庫（2010） …… 80
弥太郎伝　下（邦光史郎）ベスト時代文庫（2010） …… 80
やっとこ侍（小松重男）廣済堂文庫（2002） …… 89
やっとこ侍（小松重男）新潮文庫（1993） …… 90
野盗伝奇（松本清張）角川文庫（1988） …… 322
野盗伝奇（松本清張）中公文庫（1974） …… 324
谷中・首ふり坂（池波正太郎）新潮文庫（1990） …… 22
柳沢騒動（海音寺潮五郎）旺文社文庫（1986） …… 57
柳沢騒動（海音寺潮五郎）時代小説文庫（1989） …… 59
柳橋かよい妻（南原幹雄）ベスト時代文庫（2004） …… 271
柳橋物語（山本周五郎）ハルキ文庫（2009） …… 401
柳橋物語・むかしも今も（山本周五郎）新潮文庫（1964） …… 398
矢一筋（山手樹一郎）山手樹一郎短編時代小説全集（1980） …… 395
やぶからし（山本周五郎）新潮文庫（1982） …… 399
藪の中（芥川龍之介）講談社文庫（2009） …… 5
破れ寺用心棒（高橋和島）廣済堂文庫（2012） …… 195
野望将軍　上（笹沢左保）集英社文庫（1986） …… 117
野望将軍　下（笹沢左保）集英社文庫（1986） …… 117
野望の下馬将軍（笹沢左保）祥伝社文庫（2002） …… 117
野望の峠（戸部新十郎）徳間文庫（2004） …… 241
野望の峠（戸部新十郎）PHP文庫（1989） …… 241
山岡荘八歴史文庫 1 源頼朝 1（山岡荘八）山岡荘八歴史文庫（1987） …… 374
山岡荘八歴史文庫 2 源頼朝 2（山岡荘八）山岡荘八歴史文庫（1987） …… 374
山岡荘八歴史文庫 3 源頼朝 3（山岡荘八）山岡荘八歴史文庫（1987） …… 374
山岡荘八歴史文庫 4 日蓮（山岡荘八）山岡荘八歴史文庫（1987） …… 374
山岡荘八歴史文庫 5 新太平記 1（山岡荘八）山岡荘八歴史文庫（1986） …… 371
山岡荘八歴史文庫 6 新太平記 2（山岡荘八）山岡荘八歴史文庫（1986） …… 371
山岡荘八歴史文庫 7 新太平記 3（山岡荘八）山岡荘八歴史文庫（1986） …… 372
山岡荘八歴史文庫 8 新太平記 4（山岡荘八）山岡荘八歴史文庫（1986） …… 372

山岡荘八歴史文庫 9 新太平記 5（山岡荘八）山岡荘八歴史文庫（1986） ……………… 372
山岡荘八歴史文庫 10 織田信長 1（山岡荘八）山岡荘八歴史文庫（1987） ……………… 374
山岡荘八歴史文庫 11 織田信長 2（山岡荘八）山岡荘八歴史文庫（1987） ……………… 374
山岡荘八歴史文庫 12 織田信長 3（山岡荘八）山岡荘八歴史文庫（1987） ……………… 374
山岡荘八歴史文庫 13 織田信長 4（山岡荘八）山岡荘八歴史文庫（1987） ……………… 374
山岡荘八歴史文庫 14 織田信長 5（山岡荘八）山岡荘八歴史文庫（1987） ……………… 374
山岡荘八歴史文庫 15 豊臣秀吉 1（山岡荘八）山岡荘八歴史文庫（1987） ……………… 373
山岡荘八歴史文庫 16 豊臣秀吉 2（山岡荘八）山岡荘八歴史文庫（1987） ……………… 373
山岡荘八歴史文庫 17 豊臣秀吉 3（山岡荘八）山岡荘八歴史文庫（1987） ……………… 373
山岡荘八歴史文庫 18 豊臣秀吉 4（山岡荘八）山岡荘八歴史文庫（1987） ……………… 373
山岡荘八歴史文庫 19 豊臣秀吉 5（山岡荘八）山岡荘八歴史文庫（1987） ……………… 373
山岡荘八歴史文庫 20 豊臣秀吉 6（山岡荘八）山岡荘八歴史文庫（1987） ……………… 373
山岡荘八歴史文庫 21 豊臣秀吉 7（山岡荘八）山岡荘八歴史文庫（1987） ……………… 373
山岡荘八歴史文庫 22 豊臣秀吉 8（山岡荘八）山岡荘八歴史文庫（1987） ……………… 373
山岡荘八歴史文庫 23 徳川家康 1（山岡荘八）山岡荘八歴史文庫（1987） ……………… 374
山岡荘八歴史文庫 24 徳川家康 2（山岡荘八）山岡荘八歴史文庫（1987） ……………… 374
山岡荘八歴史文庫 25 徳川家康 3（山岡荘八）山岡荘八歴史文庫（1987） ……………… 374
山岡荘八歴史文庫 26 徳川家康 4（山岡荘八）山岡荘八歴史文庫（1987） ……………… 374
山岡荘八歴史文庫 27 徳川家康 5（山岡荘八）山岡荘八歴史文庫（1987） ……………… 375
山岡荘八歴史文庫 28 徳川家康 6（山岡荘八）山岡荘八歴史文庫（1987） ……………… 375
山岡荘八歴史文庫 29 徳川家康 7（山岡荘八）山岡荘八歴史文庫（1987） ……………… 375
山岡荘八歴史文庫 30 徳川家康 8（山岡荘八）山岡荘八歴史文庫（1987） ……………… 375
山岡荘八歴史文庫 31 徳川家康 9（山岡荘八）山岡荘八歴史文庫（1987） ……………… 375
山岡荘八歴史文庫 32 徳川家康 10（山岡荘八）山岡荘八歴史文庫（1987） ……………… 375
山岡荘八歴史文庫 33 徳川家康 11（山岡荘八）山岡荘八歴史文庫（1988） ……………… 375
山岡荘八歴史文庫 34 徳川家康 12（山岡荘八）山岡荘八歴史文庫（1988） ……………… 375
山岡荘八歴史文庫 35 徳川家康 13（山岡荘八）山岡荘八歴史文庫（1988） ……………… 375
山岡荘八歴史文庫 36 徳川家康 14（山岡荘八）山岡荘八歴史文庫（1988） ……………… 375
山岡荘八歴史文庫 37 徳川家康 15（山岡荘八）山岡荘八歴史文庫（1988） ……………… 375
山岡荘八歴史文庫 38 徳川家康 16（山岡荘八）山岡荘八歴史文庫（1988） ……………… 375
山岡荘八歴史文庫 39 徳川家康 17（山岡荘八）山岡荘八歴史文庫（1988） ……………… 375
山岡荘八歴史文庫 40 徳川家康 18（山岡荘八）山岡荘八歴史文庫（1988） ……………… 375
山岡荘八歴史文庫 41 徳川家康 19（山岡荘八）山岡荘八歴史文庫（1988） ……………… 375
山岡荘八歴史文庫 42 徳川家康 20（山岡荘八）山岡荘八歴史文庫（1988） ……………… 375
山岡荘八歴史文庫 43 徳川家康 21（山岡荘八）山岡荘八歴史文庫（1988） ……………… 375
山岡荘八歴史文庫 44 徳川家康 22（山岡荘八）山岡荘八歴史文庫（1988） ……………… 375
山岡荘八歴史文庫 45 徳川家康 23（山岡荘八）山岡荘八歴史文庫（1988） ……………… 376
山岡荘八歴史文庫 46 徳川家康 24（山岡荘八）山岡荘八歴史文庫（1988） ……………… 376
山岡荘八歴史文庫 47 徳川家康 25（山岡荘八）山岡荘八歴史文庫（1988） ……………… 376
山岡荘八歴史文庫 48 徳川家康 26（山岡荘八）山岡荘八歴史文庫（1988） ……………… 376
山岡荘八歴史文庫 49 毛利元就 1（山岡荘八）山岡荘八歴史文庫（1986） ……………… 371
山岡荘八歴史文庫 50 毛利元就 2（山岡荘八）山岡荘八歴史文庫（1986） ……………… 371
山岡荘八歴史文庫 51 伊達政宗 1（山岡荘八）山岡荘八歴史文庫（1986） ……………… 371
山岡荘八歴史文庫 52 伊達政宗 2（山岡荘八）山岡荘八歴史文庫（1986） ……………… 371
山岡荘八歴史文庫 53 伊達政宗 3（山岡荘八）山岡荘八歴史文庫（1986） ……………… 372
山岡荘八歴史文庫 54 伊達政宗 4（山岡荘八）山岡荘八歴史文庫（1986） ……………… 372
山岡荘八歴史文庫 55 伊達政宗 5（山岡荘八）山岡荘八歴史文庫（1986） ……………… 372
山岡荘八歴史文庫 56 伊達政宗 6（山岡荘八）山岡荘八歴史文庫（1986） ……………… 372
山岡荘八歴史文庫 57 伊達政宗 7（山岡荘八）山岡荘八歴史文庫（1986） ……………… 372
山岡荘八歴史文庫 58 伊達政宗 8（山岡荘八）山岡荘八歴史文庫（1986） ……………… 372
山岡荘八歴史文庫 59 山田長政（山岡荘八）山岡荘八歴史文庫（1987） ……………… 374
山岡荘八歴史文庫 60 柳生石舟斎（山岡荘八）山岡荘八歴史文庫（1987） ……………… 373

山岡荘八歴史文庫 61 柳生宗矩 1（山岡荘八）山岡荘八歴史文庫（1986） …… 372
山岡荘八歴史文庫 62 柳生宗矩 2（山岡荘八）山岡荘八歴史文庫（1986） …… 372
山岡荘八歴史文庫 63 柳生宗矩 3（山岡荘八）山岡荘八歴史文庫（1986） …… 372
山岡荘八歴史文庫 64 柳生宗矩 4（山岡荘八）山岡荘八歴史文庫（1986） …… 372
山岡荘八歴史文庫 65 徳川家光 1（山岡荘八）山岡荘八歴史文庫（1987） …… 373
山岡荘八歴史文庫 66 徳川家光 2（山岡荘八）山岡荘八歴史文庫（1987） …… 373
山岡荘八歴史文庫 67 徳川家光 3（山岡荘八）山岡荘八歴史文庫（1987） …… 373
山岡荘八歴史文庫 68 徳川家光 4（山岡荘八）山岡荘八歴史文庫（1987） …… 374
山岡荘八歴史文庫 69 水戸光圀（山岡荘八）山岡荘八歴史文庫（1987） …… 373
山岡荘八歴史文庫 70, 71 千葉周作（山岡荘八）山岡荘八歴史文庫（1987） …… 374
山岡荘八歴史文庫 70 千葉周作 1（山岡荘八）山岡荘八歴史文庫（1987） …… 374
山岡荘八歴史文庫 71 千葉周作 2（山岡荘八）山岡荘八歴史文庫（1987） …… 374
山岡荘八歴史文庫 72 吉田松陰 1（山岡荘八）山岡荘八歴史文庫（1987） …… 374
山岡荘八歴史文庫 73 吉田松陰 2（山岡荘八）山岡荘八歴史文庫（1987） …… 374
山岡荘八歴史文庫 74 坂本竜馬 1（山岡荘八）山岡荘八歴史文庫（1986） …… 372
山岡荘八歴史文庫 75 坂本竜馬 2（山岡荘八）山岡荘八歴史文庫（1986） …… 372
山岡荘八歴史文庫 76 坂本竜馬 3（山岡荘八）山岡荘八歴史文庫（1986） …… 373
山岡荘八歴史文庫 77 高杉晋作 1（山岡荘八）山岡荘八歴史文庫（1986） …… 372
山岡荘八歴史文庫 78 高杉晋作 2（山岡荘八）山岡荘八歴史文庫（1986） …… 372
山岡荘八歴史文庫 79 高杉晋作 3（山岡荘八）山岡荘八歴史文庫（1986） …… 372
山岡荘八歴史文庫 80 徳川慶喜 1（山岡荘八）山岡荘八歴史文庫（1986） …… 372
山岡荘八歴史文庫 81 徳川慶喜 2（山岡荘八）山岡荘八歴史文庫（1986） …… 372
山岡荘八歴史文庫 82 徳川慶喜 3（山岡荘八）山岡荘八歴史文庫（1986） …… 372
山岡荘八歴史文庫 83 徳川慶喜 4（山岡荘八）山岡荘八歴史文庫（1986） …… 373
山岡荘八歴史文庫 84 徳川慶喜 5（山岡荘八）山岡荘八歴史文庫（1986） …… 373
山岡荘八歴史文庫 85 徳川慶喜 6（山岡荘八）山岡荘八歴史文庫（1986） …… 373
山岡荘八歴史文庫 86 明治天皇 1（山岡荘八）山岡荘八歴史文庫（1987） …… 373
山岡荘八歴史文庫 87 明治天皇 2（山岡荘八）山岡荘八歴史文庫（1987） …… 373
山岡荘八歴史文庫 88 明治天皇 3（山岡荘八）山岡荘八歴史文庫（1987） …… 373
山岡荘八歴史文庫 89 明治天皇 4（山岡荘八）山岡荘八歴史文庫（1987） …… 373
山岡荘八歴史文庫 90 明治天皇 5（山岡荘八）山岡荘八歴史文庫（1987） …… 374
山岡荘八歴史文庫 91 明治天皇 6（山岡荘八）山岡荘八歴史文庫（1987） …… 374
山岡鉄舟（南條範夫）文春文庫（1982） …… 263
山川健次郎伝 →山川健次郎の生涯（星亮一）ちくま文庫（2007） …… 315
山川健次郎の生涯（星亮一）ちくま文庫（2007） …… 315
山霧 上（永井路子）文春文庫（1995） …… 247
山霧 上（永井路子）文春文庫（2013） …… 248
山霧 下（永井路子）文春文庫（1995） …… 247
山霧 下（永井路子）文春文庫（2013） …… 248
山崎の電撃戦 →花落ちる（笹沢左保）新潮文庫（1989） …… 118
やまざる大名（颯手達治）春陽文庫（1969） …… 124
やまざる大名（颯手達治）春陽文庫（1988） …… 125
山鴫・藪の中（芥川龍之介）新潮文庫（1960） …… 6
山田長政（山岡荘八）山岡荘八歴史文庫（1987） …… 374
山田長政の密書（中津文彦）講談社文庫（1992） …… 253
山田長政の密書（中津文彦）人物文庫（2000） …… 254
山田風太郎傑作選 3 棺の中の悦楽（山田風太郎）現代教養文庫 - 山田風太郎傑作選（1977） …… 381
山田風太郎コレクション 維新編 おれは不知火（山田風太郎）河出文庫 - 山田風太郎コレクション（1993） …… 380
山田風太郎コレクション 幕末編 伝馬町から今晩は（山田風太郎）河出文庫 - 山田風太郎コレクション（1993） …… 380
山田風太郎コレクション 明治編 明治忠臣蔵（山田風太郎）河出文庫 - 山田風太郎コレクション（1994） …… 380
山田風太郎コレクション 警視庁草紙 下（山田風太郎）河出文庫 - 山田風太郎コレクション（1994） …… 381

山田風太郎コレクション 警視庁草紙 上（山田風太郎）河出文庫 - 山田風太郎コレクション（1994） …… *381*
山田風太郎コレクション 幻灯辻馬車 下（山田風太郎）河出文庫 - 山田風太郎コレクション（1993） …… *380*
山田風太郎コレクション 幻灯辻馬車 上（山田風太郎）河出文庫 - 山田風太郎コレクション（1993） …… *380*
山田風太郎コレクション 明治波濤歌 下（山田風太郎）河出文庫 - 山田風太郎コレクション（1994） …… *381*
山田風太郎コレクション 明治波濤歌 上（山田風太郎）河出文庫 - 山田風太郎コレクション（1994） …… *381*
山田風太郎忍法帖 1 甲賀忍法帖（山田風太郎）講談社文庫 - 山田風太郎忍法帖（1998） …… *382*
山田風太郎忍法帖 2 忍法忠臣蔵（山田風太郎）講談社文庫 - 山田風太郎忍法帖（1998） …… *382*
山田風太郎忍法帖 3 伊賀忍法帖（山田風太郎）講談社文庫 - 山田風太郎忍法帖（1999） …… *382*
山田風太郎忍法帖 4 忍法八犬伝（山田風太郎）講談社文庫 - 山田風太郎忍法帖（1999） …… *382*
山田風太郎忍法帖 5 くノ一忍法帖（山田風太郎）講談社文庫 - 山田風太郎忍法帖（1999） …… *382*
山田風太郎忍法帖 6 魔界転生 上（山田風太郎）講談社文庫 - 山田風太郎忍法帖（1999） …… *382*
山田風太郎忍法帖 7 魔界転生 下（山田風太郎）講談社文庫 - 山田風太郎忍法帖（1999） …… *382*
山田風太郎忍法帖 8 江戸忍法帖（山田風太郎）講談社文庫 - 山田風太郎忍法帖（1999） …… *382*
山田風太郎忍法帖 9 柳生忍法帖 上（山田風太郎）講談社文庫 - 山田風太郎忍法帖（1999） …… *382*
山田風太郎忍法帖 10 柳生忍法帖 下（山田風太郎）講談社文庫 - 山田風太郎忍法帖（1999） …… *382*
山田風太郎忍法帖 11 風来忍法帖（山田風太郎）講談社文庫 - 山田風太郎忍法帖（1999） …… *382*
山田風太郎忍法帖 12 かげろう忍法帖（山田風太郎）講談社文庫 - 山田風太郎忍法帖（1999） …… *382*
山田風太郎忍法帖 13 野ざらし忍法帖（山田風太郎）講談社文庫 - 山田風太郎忍法帖（1999） …… *383*
山田風太郎忍法帖 14 忍法関ヶ原（山田風太郎）講談社文庫 - 山田風太郎忍法帖（1999） …… *383*
山田風太郎忍法帖短篇全集 1 かげろう忍法帖（山田風太郎）ちくま文庫 - 山田風太郎忍法帖短篇全集（2004） …… *385*
山田風太郎忍法帖短篇全集 2 野ざらし忍法帖（山田風太郎）ちくま文庫 - 山田風太郎忍法帖短篇全集（2004） …… *385*
山田風太郎忍法帖短篇全集 3 忍法破倭兵状（山田風太郎）ちくま文庫 - 山田風太郎忍法帖短篇全集（2004） …… *385*
山田風太郎忍法帖短篇全集 4 くノ一死ににゆく（山田風太郎）ちくま文庫 - 山田風太郎忍法帖短篇全集（2004） …… *385*
山田風太郎忍法帖短篇全集 5 姦の忍法帖（山田風太郎）ちくま文庫 - 山田風太郎忍法帖短篇全集（2004） …… *385*
山田風太郎忍法帖短篇全集 6 くノ一忍法勝負（山田風太郎）ちくま文庫 - 山田風太郎忍法帖短篇全集（2004） …… *385*
山田風太郎忍法帖短篇全集 7 忍法関ヶ原（山田風太郎）ちくま文庫 - 山田風太郎忍法帖短篇全集（2004） …… *385*
山田風太郎忍法帖短篇全集 8 武蔵忍法旅（山田風太郎）ちくま文庫 - 山田風太郎忍法帖短篇全集（2004） …… *385*
山田風太郎忍法帖短篇全集 9 忍法聖千姫（山田風太郎）ちくま文庫 - 山田風太郎忍法帖短篇全集（2004） …… *386*
山田風太郎忍法帖短篇全集 10 忍者六道銭（山田風太郎）ちくま文庫 - 山田風太郎忍法帖短篇全集（2005） …… *386*
山田風太郎忍法帖短篇全集 11 お庭番地球を回る（山田風太郎）ちくま文庫 - 山田風太郎忍法帖短篇全集（2005） …… *386*
山田風太郎忍法帖短篇全集 12 剣鬼喇嘛仏（山田風太郎）ちくま文庫 - 山田風太郎忍法帖短篇全集（2005） …… *386*
山田風太郎ベストコレクション 伊賀忍法帖（山田風太郎）角川文庫 - 山田風太郎ベストコレクション（2010） …… *379*
山田風太郎ベストコレクション おんな牢秘抄（山田風太郎）角川文庫 - 山田風太郎ベストコレクション（2012） …… *380*
山田風太郎ベストコレクション くノ一忍法帖（山田風太郎）角川文庫 - 山田風太郎ベストコレクション（2012） …… *380*
山田風太郎ベストコレクション 警視庁草紙 下（山田風太郎）角川文庫 - 山田風太郎ベストコレクション（2010） …… *379*
山田風太郎ベストコレクション 警視庁草紙 上（山田風太郎）角川文庫 - 山田風太郎ベストコレクション（2010） …… *379*

山田風太郎ベストコレクション 幻燈辻馬車 下（山田風太郎）角川文庫 - 山田風太郎ベストコレクション（2010） …… 379
山田風太郎ベストコレクション 幻燈辻馬車 上（山田風太郎）角川文庫 - 山田風太郎ベストコレクション（2010） …… 379
山田風太郎ベストコレクション 甲賀忍法帖（山田風太郎）角川文庫 - 山田風太郎ベストコレクション（2010） …… 379
山田風太郎ベストコレクション 忍びの卍（山田風太郎）角川文庫 - 山田風太郎ベストコレクション（2010） …… 379
山田風太郎ベストコレクション 地の果ての獄 下（山田風太郎）角川文庫 - 山田風太郎ベストコレクション（2011） …… 380
山田風太郎ベストコレクション 地の果ての獄 上（山田風太郎）角川文庫 - 山田風太郎ベストコレクション（2011） …… 380
山田風太郎ベストコレクション 忍法八犬伝（山田風太郎）角川文庫 - 山田風太郎ベストコレクション（2010） …… 379
山田風太郎ベストコレクション 風来忍法帖（山田風太郎）角川文庫 - 山田風太郎ベストコレクション（2011） …… 380
山田風太郎ベストコレクション 魔界転生 下（山田風太郎）角川文庫 - 山田風太郎ベストコレクション（2011） …… 380
山田風太郎ベストコレクション 魔界転生 上（山田風太郎）角川文庫 - 山田風太郎ベストコレクション（2011） …… 380
山田風太郎ベストコレクション 明治断頭台（山田風太郎）角川文庫 - 山田風太郎ベストコレクション（2012） …… 380
山田風太郎ベストコレクション 柳生忍法帖 下（山田風太郎）角川文庫 - 山田風太郎ベストコレクション（2012） …… 380
山田風太郎ベストコレクション 柳生忍法帖 上（山田風太郎）角川文庫 - 山田風太郎ベストコレクション（2012） …… 380
山田風太郎ベストコレクション 妖説太閤記 下（山田風太郎）角川文庫 - 山田風太郎ベストコレクション（2011） …… 380
山田風太郎ベストコレクション 妖説太閤記 上（山田風太郎）角川文庫 - 山田風太郎ベストコレクション（2011） …… 379
山田風太郎ミステリー傑作選 4（悽愴篇） 棺の中の悦楽（山田風太郎）光文社文庫 - 山田風太郎ミステリー傑作選（2001） …… 383
山田風太郎明治小説全集 1 警視庁草紙 上（山田風太郎）ちくま文庫 - 山田風太郎明治小説全集（1997） …… 386
山田風太郎明治小説全集 2 警視庁草紙 下（山田風太郎）ちくま文庫 - 山田風太郎明治小説全集（1997） …… 386
山田風太郎明治小説全集 3 幻灯辻馬車 上（山田風太郎）ちくま文庫 - 山田風太郎明治小説全集（1997） …… 386
山田風太郎明治小説全集 4 幻灯辻馬車 下（山田風太郎）ちくま文庫 - 山田風太郎明治小説全集（1997） …… 386
山田風太郎明治小説全集 4 幻燈辻馬車 下（山田風太郎）ちくま文庫 - 山田風太郎明治小説全集（2011） …… 387
山田風太郎明治小説全集 5 地の果ての獄 上（山田風太郎）ちくま文庫 - 山田風太郎明治小説全集（1997） …… 386
山田風太郎明治小説全集 6 地の果ての獄 下（山田風太郎）ちくま文庫 - 山田風太郎明治小説全集（1997） …… 386
山田風太郎明治小説全集 7 明治断頭台（山田風太郎）ちくま文庫 - 山田風太郎明治小説全集（1997） …… 386
山田風太郎明治小説全集 8 エドの舞踏会（山田風太郎）ちくま文庫 - 山田風太郎明治小説全集（1997） …… 386
山田風太郎明治小説全集 9 明治波濤歌 上（山田風太郎）ちくま文庫 - 山田風太郎明治小説全集（1997） …… 386
山田風太郎明治小説全集 10 明治波濤歌 下（山田風太郎）ちくま文庫 - 山田風太郎明治小説全集（1997） …… 386
山田風太郎明治小説全集 11 ラスプーチンが来た（山田風太郎）ちくま文庫 - 山田風太郎明治小説全集（1997） …… 386
山田風太郎明治小説全集 12 明治バベルの塔（山田風太郎）ちくま文庫 - 山田風太郎明治小説全集（1997） …… 386
山田風太郎明治小説全集 13 明治十手架 上（山田風太郎）ちくま文庫 - 山田風太郎明治小説全集（1997） …… 387
山田風太郎明治小説全集 14 明治十手架 下（山田風太郎）ちくま文庫 - 山田風太郎明治小説全集（1997） …… 387
山田風太郎妖異小説コレクション 地獄太夫（山田風太郎）徳間文庫 - 山田風太郎妖異小説コレクション（2003） …… 387
山田風太郎妖異小説コレクション 白波五人帖 いだてん百里（山田風太郎）徳間文庫 - 山田風太郎妖異小説コレクション（2004） …… 387
山田風太郎妖異小説コレクション 山屋敷秘図（山田風太郎）徳間文庫 - 山田風太郎妖異小説コレクション（2003） …… 387

山田風太郎妖異小説コレクション 妖説忠臣蔵 女人国伝奇（山田風太郎）徳間文庫 - 山田風太郎妖異小説コレクション（2004） ……… 387
山椿（山本周五郎）小学館文庫（2010） ……… 398
山手樹一郎短編時代小説全集 1 矢一筋（山手樹一郎）山手樹一郎短編時代小説全集（1980） ……… 395
山手樹一郎短編時代小説全集 秋しぐれ（山手樹一郎）山手樹一郎短編時代小説全集（1980） ……… 395
山手樹一郎短編時代小説全集 暴れ姫君（山手樹一郎）山手樹一郎短編時代小説全集（1980） ……… 395
山手樹一郎短編時代小説全集 下郎の夢（山手樹一郎）山手樹一郎短編時代小説全集（1980） ……… 395
山手樹一郎短編時代小説全集 恋の酒（山手樹一郎）山手樹一郎短編時代小説全集（1980） ……… 395
山手樹一郎短編時代小説全集 春風街道（山手樹一郎）山手樹一郎短編時代小説全集（1980） ……… 395
山手樹一郎短編時代小説全集 将棋主従（山手樹一郎）山手樹一郎短編時代小説全集（1980） ……… 395
山手樹一郎短編時代小説全集 天の火（山手樹一郎）山手樹一郎短編時代小説全集（1980） ……… 395
山手樹一郎短編時代小説全集 槍一筋（山手樹一郎）山手樹一郎短編時代小説全集（1980） ……… 395
山手樹一郎短編時代小説全集 夕立の女（山手樹一郎）山手樹一郎短編時代小説全集（1980） ……… 395
山手樹一郎短編時代小説全集 夜の花道（山手樹一郎）山手樹一郎短編時代小説全集（1980） ……… 395
山手樹一郎短編時代小説全集 浪人まつり（山手樹一郎）山手樹一郎短編時代小説全集（1980） ……… 395
山手樹一郎長編時代小説全集 別巻 錦の旗風（山手樹一郎）山手樹一郎長編時代小説全集（1980） ……… 397
山手樹一郎長編時代小説全集 別巻 少年の虹（山手樹一郎）山手樹一郎長編時代小説全集（1980） ……… 397
山手樹一郎長編時代小説全集 青空剣法（山手樹一郎）山手樹一郎長編時代小説全集（1978） ……… 396
山手樹一郎長編時代小説全集 青空浪人（山手樹一郎）山手樹一郎長編時代小説全集（1978） ……… 396
山手樹一郎長編時代小説全集 朝晴れ鷹（山手樹一郎）山手樹一郎長編時代小説全集（1979） ……… 396
山手樹一郎長編時代小説全集 朝焼け富士（山手樹一郎）山手樹一郎長編時代小説全集（1979） ……… 397
山手樹一郎長編時代小説全集 江戸へ百七十里（山手樹一郎）山手樹一郎長編時代小説全集（1978） ……… 396
山手樹一郎長編時代小説全集 江戸隠密帖（山手樹一郎）山手樹一郎長編時代小説全集（1979） ……… 397
山手樹一郎長編時代小説全集 江戸群盗記（山手樹一郎）山手樹一郎長編時代小説全集（1978） ……… 395
山手樹一郎長編時代小説全集 江戸ざくら金四郎（山手樹一郎）山手樹一郎長編時代小説全集（1979） ……… 396
山手樹一郎長編時代小説全集 江戸に夢あり（山手樹一郎）山手樹一郎長編時代小説全集（1979） ……… 397
山手樹一郎長編時代小説全集 江戸の朝風（山手樹一郎）山手樹一郎長編時代小説全集（1978） ……… 396
山手樹一郎長編時代小説全集 江戸の暴れん坊（山手樹一郎）山手樹一郎長編時代小説全集（1978） ……… 396
山手樹一郎長編時代小説全集 江戸の顔役（山手樹一郎）山手樹一郎長編時代小説全集（1978） ……… 396
山手樹一郎長編時代小説全集 江戸の虹（山手樹一郎）山手樹一郎長編時代小説全集（1977） ……… 395
山手樹一郎長編時代小説全集 江戸名物からす堂 1（山手樹一郎）山手樹一郎長編時代小説全集（1978） ……… 396
山手樹一郎長編時代小説全集 江戸名物からす堂 2（山手樹一郎）山手樹一郎長編時代小説全集（1978） ……… 396
山手樹一郎長編時代小説全集 江戸名物からす堂 3（山手樹一郎）山手樹一郎長編時代小説全集（1978） ……… 396
山手樹一郎長編時代小説全集 江戸名物からす堂 4（山手樹一郎）山手樹一郎長編時代小説全集（1978） ……… 396
山手樹一郎長編時代小説全集 おすねと狂介（山手樹一郎）山手樹一郎長編時代小説全集（1979） ……… 397
山手樹一郎長編時代小説全集 お助け河岸（山手樹一郎）山手樹一郎長編時代小説全集（1979） ……… 397

山手樹一郎長編時代小説全集 男の星座（山手樹一郎）山手樹一郎長編時代小説全集（1979） …… 397
山手樹一郎長編時代小説全集 隠密三国志（山手樹一郎）山手樹一郎長編時代小説全集（1977） …… 395
山手樹一郎長編時代小説全集 崋山と長英（山手樹一郎）山手樹一郎長編時代小説全集（1978） …… 396
山手樹一郎長編時代小説全集 恋風街道（山手樹一郎）山手樹一郎長編時代小説全集（1978） …… 396
山手樹一郎長編時代小説全集 恋染め笠（山手樹一郎）山手樹一郎長編時代小説全集（1978） …… 396
山手樹一郎長編時代小説全集 恋天狗（山手樹一郎）山手樹一郎長編時代小説全集（1978） …… 396
山手樹一郎長編時代小説全集 紅顔夜叉（山手樹一郎）山手樹一郎長編時代小説全集（1979） …… 397
山手樹一郎長編時代小説全集 巷説荒木又右衛門（山手樹一郎）山手樹一郎長編時代小説全集（1978） …… 395
山手樹一郎長編時代小説全集 巷説水戸黄門（山手樹一郎）山手樹一郎長編時代小説全集（1978） …… 396
山手樹一郎長編時代小説全集 さむらい根性（山手樹一郎）山手樹一郎長編時代小説全集（1979） …… 397
山手樹一郎長編時代小説全集 さむらい山脈（山手樹一郎）山手樹一郎長編時代小説全集（1979） …… 397
山手樹一郎長編時代小説全集 さむらい読本（山手樹一郎）山手樹一郎長編時代小説全集（1978） …… 396
山手樹一郎長編時代小説全集 侍の灯（山手樹一郎）山手樹一郎長編時代小説全集（1977） …… 395
山手樹一郎長編時代小説全集 三百六十五日（山手樹一郎）山手樹一郎長編時代小説全集（1979） …… 397
山手樹一郎長編時代小説全集 春秋あばれ獅子（山手樹一郎）山手樹一郎長編時代小説全集（1978） …… 395
山手樹一郎長編時代小説全集 新編八犬伝（山手樹一郎）山手樹一郎長編時代小説全集（1977） …… 395
山手樹一郎長編時代小説全集 素浪人案内（山手樹一郎）山手樹一郎長編時代小説全集（1978） …… 395
山手樹一郎長編時代小説全集 素浪人日和（山手樹一郎）山手樹一郎長編時代小説全集（1978） …… 396
山手樹一郎長編時代小説全集 青雲の鬼（山手樹一郎）山手樹一郎長編時代小説全集（1978） …… 396
山手樹一郎長編時代小説全集 青雲燃える（山手樹一郎）山手樹一郎長編時代小説全集（1978） …… 396
山手樹一郎長編時代小説全集 青春の風（山手樹一郎）山手樹一郎長編時代小説全集（1979） …… 397
山手樹一郎長編時代小説全集 青年安兵衛（山手樹一郎）山手樹一郎長編時代小説全集（1977） …… 395
山手樹一郎長編時代小説全集 千石鶴（山手樹一郎）山手樹一郎長編時代小説全集（1979） …… 397
山手樹一郎長編時代小説全集 大名囃子（山手樹一郎）山手樹一郎長編時代小説全集（1979） …… 396
山手樹一郎長編時代小説全集 たのまれ源八（山手樹一郎）山手樹一郎長編時代小説全集（1978） …… 396
山手樹一郎長編時代小説全集 鶴姫やくざ帖（山手樹一郎）山手樹一郎長編時代小説全集（1978） …… 396
山手樹一郎長編時代小説全集 鉄火奉行（山手樹一郎）山手樹一郎長編時代小説全集（1979） …… 396
山手樹一郎長編時代小説全集 天の火柱（山手樹一郎）山手樹一郎長編時代小説全集（1978） …… 396
山手樹一郎長編時代小説全集 天保うき世硯（山手樹一郎）山手樹一郎長編時代小説全集（1979） …… 397
山手樹一郎長編時代小説全集 天保紅小判（山手樹一郎）山手樹一郎長編時代小説全集（1978） …… 396
山手樹一郎長編時代小説全集 遠山の金さん（山手樹一郎）山手樹一郎長編時代小説全集（1977） …… 395
山手樹一郎長編時代小説全集 殿さま浪人（山手樹一郎）山手樹一郎長編時代小説全集（1978） …… 396
山手樹一郎長編時代小説全集 鳶のぼんくら松（山手樹一郎）山手樹一郎長編時代小説全集（1978） …… 396
山手樹一郎長編時代小説全集 虹に立つ侍（山手樹一郎）山手樹一郎長編時代小説全集（1979） …… 397

山手樹一郎長編時代小説全集 女人の砦(山手樹一郎)山手樹一郎長編時代小説全集(1979) …… 397
山手樹一郎長編時代小説全集 野ざらし姫(山手樹一郎)山手樹一郎長編時代小説全集(1979) …… 397
山手樹一郎長編時代小説全集 はだか大名(山手樹一郎)山手樹一郎長編時代小説全集(1978) …… 396
山手樹一郎長編時代小説全集 八幡鳩九郎(山手樹一郎)山手樹一郎長編時代小説全集(1978) …… 396
山手樹一郎長編時代小説全集 花笠浪太郎(山手樹一郎)山手樹一郎長編時代小説全集(1979) …… 397
山手樹一郎長編時代小説全集 放れ鷹日記(山手樹一郎)山手樹一郎長編時代小説全集(1979) …… 397
山手樹一郎長編時代小説全集 変化大名(山手樹一郎)山手樹一郎長編時代小説全集(1978) …… 396
山手樹一郎長編時代小説全集 ぼんくら天狗(山手樹一郎)山手樹一郎長編時代小説全集(1978) …… 396
山手樹一郎長編時代小説全集 又四郎行状記(山手樹一郎)山手樹一郎長編時代小説全集(1978) …… 396
山手樹一郎長編時代小説全集 桃太郎侍(山手樹一郎)山手樹一郎長編時代小説全集(1978) …… 396
山手樹一郎長編時代小説全集 夢介千両みやげ(山手樹一郎)山手樹一郎長編時代小説全集(1977) …… 395
山手樹一郎長編時代小説全集 浪人市場 1(山手樹一郎)山手樹一郎長編時代小説全集(1979) …… 396
山手樹一郎長編時代小説全集 浪人市場 2(山手樹一郎)山手樹一郎長編時代小説全集(1979) …… 396
山手樹一郎長編時代小説全集 浪人市場 3(山手樹一郎)山手樹一郎長編時代小説全集(1979) …… 397
山手樹一郎長編時代小説全集 浪人市場 4(山手樹一郎)山手樹一郎長編時代小説全集(1979) …… 397
山手樹一郎長編時代小説全集 浪人八景(山手樹一郎)山手樹一郎長編時代小説全集(1977) …… 395
山手樹一郎長編時代小説全集 浪人横丁(山手樹一郎)山手樹一郎長編時代小説全集(1978) …… 396
山手樹一郎長編時代小説全集 浪人若殿(山手樹一郎)山手樹一郎長編時代小説全集(1978) …… 396
山手樹一郎長編時代小説全集 若殿ばんざい(山手樹一郎)山手樹一郎長編時代小説全集(1979) …… 397
山手樹一郎長編時代小説全集 わんぱく公子(山手樹一郎)山手樹一郎長編時代小説全集(1977) …… 395
ヤマトフの逃亡(山田風太郎)廣済堂文庫(1998) …… 382
やまどり文庫・母恋鳥(吉川英治)吉川英治文庫(1977) …… 412
山中鹿ノ介(中山義秀)徳間文庫(1988) …… 255
山中鹿介(童門冬二)人物文庫(2009) …… 233
山中鹿之介(星亮一)PHP文庫(1997) …… 315
山中鹿之助(松本清張)小学館文庫(2016) …… 323
山内一豊と妻千代(中島道子)PHP文庫(2005) …… 252
山彦乙女(山本周五郎)新潮文庫(1974) …… 399
山彦伝奇(早乙女貢)旺文社文庫(1986) …… 97
山姫隠密帖(島田一男)春陽文庫(1982) …… 162
山姫道中記(島田一男)春陽文庫(1982) …… 162
山姫道中記 →山姫隠密帖(島田一男)春陽文庫(1982) …… 162
山姫の砦(井口朝生)大陸文庫(1988) …… 17
山吹の艶(睦月影郎)学研M文庫(2011) …… 345
山本勘助(土橋治重)成美文庫(2006) …… 236
山本勘助(永岡慶之助)学研M文庫(2003) …… 249
山屋敷秘図(山田風太郎)旺文社文庫(1984) …… 377
山屋敷秘図(山田風太郎)徳間文庫 - 山田風太郎妖異小説コレクション(2003) …… 387
山姥の夜(澤田ふじ子)徳間文庫(2009) …… 139
◇闇狩り人犯科帳(笹沢左保)ノン・ポシェット …… 120
闇狩り人犯科帳(笹沢左保)ノン・ポシェット(1996) …… 120
闇狩り人犯科帳 浮世絵の女(笹沢左保)ノン・ポシェット(1998) …… 120
闇狩り人犯科帳 嘲笑う墓編(笹沢左保)ノン・ポシェット(1997) …… 120
闇狩り人犯科帳 盗まれた片腕編(笹沢左保)ノン・ポシェット(1997) …… 120
闇十手(多岐川恭)ノン・ポシェット(1994) …… 201
病みたる秘剣(伊藤桂一)学研M文庫(2005) …… 28
病みたる秘剣(伊藤桂一)新潮文庫(1991) …… 29

闇太郎変化（角田喜久雄）春陽文庫（1976）……218
闇太郎変化（角田喜久雄）春陽文庫（1991）……219
闇と影の百年戦争（南原幹雄）集英社文庫（1985）……268
闇と影の百年戦争（南原幹雄）徳間文庫（1997）……270
闇の穴（藤沢周平）新潮文庫（1985）……306
闇の天草四郎（中津文彦）徳間文庫（1994）……254
闇の絵草紙（多岐川恭）新潮文庫（1989）……198
闇の絵巻　上（澤田ふじ子）光文社文庫（2003）……136
闇の絵巻 上（澤田ふじ子）徳間文庫（1989）……141
闇の絵巻　下（澤田ふじ子）光文社文庫（2003）……136
闇の絵巻 下（澤田ふじ子）徳間文庫（1989）……141
◇闇のお江戸の松竹梅（本庄慧一郎）ベスト時代文庫……319
闇のお江戸の松竹梅（本庄慧一郎）ベスト時代文庫（2007）……319
闇のお江戸の松竹梅 赤い雪（本庄慧一郎）ベスト時代文庫（2008）……319
闇のお江戸の松竹梅 逆襲（本庄慧一郎）ベスト時代文庫（2008）……319
闇の掟（澤田ふじ子）幻冬舎文庫（2000）……132
闇の掟（澤田ふじ子）廣済堂文庫（1995）……133
闇の傀儡師（藤沢周平）文春文庫（1984）……307
闇の傀儡師 上（藤沢周平）文春文庫（2011）……309
闇の傀儡師 下（藤沢周平）文春文庫（2011）……309
闇の陽炎衆（森村誠一）中公文庫（2012）……363
闇の通い路（永井路子）文春文庫（1998）……248
闇の狩人（池波正太郎）新潮文庫（1980）……22
闇の狩人 上（池波正太郎）角川文庫（2000）……18
闇の狩人 下（池波正太郎）角川文庫（2000）……18
闇の剣士麝香猫（南原幹雄）角川文庫（1996）……266
闇の蛟竜（津本陽）文春文庫（1983）……226
闇の左大臣（黒岩重吾）集英社文庫（2006）……81
闇の麝香猫 →闇の剣士麝香猫（南原幹雄）角川文庫（1996）……266
闇の処刑人（森村誠一）中公文庫（2006）……363
闇の関ヶ原（中津文彦）PHP文庫（2000）……254
闇の葬列（高橋義夫）講談社文庫（1990）……191
闇の血祭り（本庄慧一郎）学研M文庫（2002）……317
闇の血祭り（本庄慧一郎）廣済堂文庫（1999）……318
闇の匂い花（本庄慧一郎）大洋時代文庫（2005）……318
闇の歯車（藤沢周平）講談社文庫（1981）……305
闇の歯車（藤沢周平）講談社文庫（2005）……305
闇の歯車（藤沢周平）中公文庫（1998）……307
闇の梯子（藤沢周平）文春文庫（1987）……307
闇の梯子（藤沢周平）文春文庫（2011）……309
闇の弁慶（中津文彦）ノン・ポシェット（1994）……254
闇の本能寺（中津文彦）光文社文庫（1993）……253
闇の竜馬（中津文彦）光文社文庫（1995）……253
闇姫伝奇（江崎俊平）春陽文庫（1979）……36
闇姫伝奇（江崎俊平）春陽文庫（1998）……37
闇変化（江崎俊平）春陽文庫（1987）……36
闇法師変化（江崎俊平）春陽文庫（1973）……35
闇法師変化（江崎俊平）春陽文庫（1987）……36
闇与力おんな秘帖（多岐川恭）光文社文庫（1997）……197
闇与力おんな秘帖（多岐川恭）徳間文庫（1991）……200
闇与力おんな秘帳（多岐川恭）徳間文庫（1990）……200
闇は知っている（池波正太郎）新潮文庫（1982）……22
槍ケ岳開山（新田次郎）文春文庫（1977）……276
槍ケ岳開山（新田次郎）文春文庫（2010）……276
槍一筋（山手樹一郎）山手樹一郎短編時代小説全集（1980）……395
槍持ち佐五平の首（佐藤雅美）文春文庫（2004）……130
やる気のない刺客（佐藤雅美）角川文庫（2010）……126
やわはだ秘帖（睦月影郎）祥伝社文庫（2004）……348
柔肌目付（睦月影郎）廣済堂文庫（2011）……346

【ゆ】

由井正雪（柴田錬三郎）講談社文庫（2001）……151
由比正雪 上（大佛次郎）徳間文庫（1995）……55
由比正雪 下（大佛次郎）徳間文庫（1995）……55
由比正雪（邦光史郎）徳間文庫（1986）……79
由比正雪 1（早乙女貢）文春文庫（1985）……104

由比正雪 2（早乙女貢）文春文庫（1985） …… 104
由比正雪 3（早乙女貢）文春文庫（1985） …… 104
由比正雪 4（早乙女貢）文春文庫（1985） …… 104
由比正雪 5（早乙女貢）文春文庫（1985） …… 104
由比正雪 6（早乙女貢）文春文庫（1985） …… 104
由比正雪 7（早乙女貢）文春文庫（1985） …… 104
由比正雪 8（早乙女貢）文春文庫（1985） …… 104
由比正雪 9（早乙女貢）文春文庫（1985） …… 104
由比正雪 10（早乙女貢）文春文庫（1985） …… 104
由比正雪 上（村松友視）道草文庫（1996） …… 357
由比正雪 中（村松友視）道草文庫（1996） …… 357
由比正雪 下（村松友視）道草文庫（1996） …… 357
結納の行方（野村胡堂）嶋中文庫（2004） …… 280
誘拐（池波正太郎）文春文庫（1994） …… 24
幽鬼（峰隆一郎）集英社文庫（2002） …… 334
幽鬼伝（都筑道夫）大陸文庫（1988） …… 216
遊戯菩薩・飢えたる彰義隊（吉川英治）吉川英治文庫（1977） …… 412
游侠奇談（子母沢寛）旺文社文庫（1981） …… 164
夕雲峠（江崎俊平）春陽文庫（1973） …… 35
夕雲峠（江崎俊平）春陽文庫（1990） …… 36
幽斎玄旨（佐藤雅美）文春文庫（2001） …… 130
勇将・後藤又兵衛 →後藤又兵衛（黒部亨）PHP文庫（2000） …… 83
幽四郎仇討ち帖（太田蘭三）ノン・ポシェット（1994） …… 44
夕鶴恋歌（澤田ふじ子）光文社文庫（2001） …… 136
夕鶴恋歌（澤田ふじ子）徳間文庫（1989） …… 141
夕立けんか旅（陣出達朗）春陽文庫（1980） …… 177
夕立けんか旅（陣出達朗）春陽文庫（1992） …… 178
夕立の女（山手樹一郎）山手樹一郎短編時代小説全集（1980） …… 395
夕立の武士（大佛次郎）徳間文庫（1989） …… 54
遊太郎巷談（柴田錬三郎）コスミック・時代文庫（2011） …… 153
遊太郎巷談（柴田錬三郎）集英社文庫（1982） …… 156
夕凪（長谷川卓）学研M文庫（2008） …… 287
夕凪（長谷川卓）祥伝社文庫（2016） …… 288
夕映えに死す（笹沢左保）徳間文庫（2007） …… 120
夕映えの剣（高橋義夫）ベスト時代文庫（2005） …… 194
幽霊殺し（平岩弓枝）文春文庫（1985） …… 299
幽霊殺し（平岩弓枝）文春文庫（2004） …… 300
ゆうれい船 上（大佛次郎）徳間文庫（1992） …… 55
ゆうれい船 下（大佛次郎）徳間文庫（1992） …… 55
幽霊船（白石一郎）新潮文庫（1988） …… 172
幽霊谷異聞（江崎俊平）春陽文庫（1986） …… 36
幽霊の手紙（野村胡堂）時代小説文庫（1982） …… 280
誘惑（北原亞以子）新潮文庫（2013） …… 72
雪明かり（藤沢周平）講談社文庫（1979） …… 305
雪明かり（藤沢周平）講談社文庫（2006） …… 305
雪太郎乳房（角田喜久雄）春陽文庫（1980） …… 218
雪太郎乳房（角田喜久雄）春陽文庫（1991） …… 219
雪椿（澤田ふじ子）廣済堂文庫（1999） …… 134
雪に花散る奥州路（笹沢左保）文春文庫（1982） …… 122
雪に花散る奥州路 →裏切り街道（笹沢左保）ノン・ポシェット（1990） …… 121
雪に舞う剣（古川薫）講談社文庫（1995） …… 312
雪猫（高橋義夫）文春文庫（2010） …… 194
雪の駕籠（山手樹一郎）春陽文庫（2005） …… 392
雪之丞変化（三上於菟吉）新潮文庫（1960） …… 326
雪之丞変化 上（三上於菟吉）大衆文学館（1995） …… 326
雪之丞変化 中篇（三上於菟吉）春陽文庫（1951） …… 326
雪之丞変化 後篇（三上於菟吉）春陽文庫（1951） …… 326
雪之丞変化 下（三上於菟吉）大衆文学館（1995） …… 326
雪の精（野村胡堂）時代小説文庫（1982） …… 280
雪の花（吉村昭）新潮文庫（1988） …… 416
雪の炎 →からくり紅花（永井路子）新潮文庫（1985） …… 246
雪姫絵図（高木彬光）春陽文庫（1986） …… 187
雪姫伝説（南條範夫）河出文庫（1985） …… 257
幸村（嶋津義忠）PHP文芸文庫（2015） …… 161
幸村去影（津本陽）徳間文庫（2015） …… 225
雪之丞変化 前篇（三上於菟吉）春陽文庫（1951） …… 326
行きゆきて峠あり 上（子母沢寛）大衆文学館（1995） …… 165
行きゆきて峠あり 下（子母沢寛）大衆文学館（1995） …… 165
弓削道鏡 上（黒岩重吾）文春文庫（1995） …… 82
弓削道鏡 下（黒岩重吾）文春文庫（1995） …… 82
弓削道鏡（今東光）徳間文庫（1985） …… 94
湯けむり浄土（高橋義夫）中公文庫（2006） …… 193

◇ゆっくり雨太郎捕物控(多岐川恭)時代小説文庫 …… 197
◇ゆっくり雨太郎捕物控(多岐川恭)徳間文庫 …… 199
ゆっくり雨太郎捕物控 1(多岐川恭)徳間文庫(1987) …… 199
ゆっくり雨太郎捕物控 1 土壇場の言葉(多岐川恭)時代小説文庫(2008) …… 197
ゆっくり雨太郎捕物控 2(多岐川恭)徳間文庫(1987) …… 199
ゆっくり雨太郎捕物控 2 生霊騒ぎ(多岐川恭)時代小説文庫(2008) …… 197
ゆっくり雨太郎捕物控 3(多岐川恭)徳間文庫(1987) …… 199
ゆっくり雨太郎捕物控 3 るりの恩人(多岐川恭)時代小説文庫(2008) …… 197
ゆっくり雨太郎捕物控 4(多岐川恭)徳間文庫(1988) …… 199
ゆっくり雨太郎捕物控 4 人形屋お仙(多岐川恭)時代小説文庫(2008) …… 198
ゆっくり雨太郎捕物控 5(多岐川恭)徳間文庫(1988) …… 199
ゆっくり雨太郎捕物控 5 つららの宿(多岐川恭)時代小説文庫(2008) …… 198
ゆっくり雨太郎捕物控 6(多岐川恭)徳間文庫(1988) …… 199
ゆっくり雨太郎捕物控 6 刀の錆(多岐川恭)時代小説文庫(2008) …… 198
弓は袋へ(白石一郎)新潮文庫(1991) …… 172
夢追い川暮色(本庄慧一郎)学研M文庫(2009) …… 317
夢狂いに候(羽山信樹)時代小説文庫(1994) …… 292
夢狂いに候(羽山信樹)小学館文庫(2000) …… 292
夢将軍頼朝(三田誠広)PHP文芸文庫(2012) …… 327
夢介千両みやげ(山手樹一郎)廣済堂文庫(2014) …… 388
夢介千両みやげ(山手樹一郎)山手樹一郎長編時代小説全集(1977) …… 395
夢介千両みやげ 第1(山手樹一郎)春陽文庫(1954) …… 392
夢介千両みやげ 第1(山手樹一郎)新小説文庫(1951) …… 392
夢介千両みやげ 上(山手樹一郎)大衆文学館(1995) …… 393
夢介千両みやげ 上巻(山手樹一郎)桃園文庫(1988) …… 393
夢介千両みやげ 第2(山手樹一郎)新小説文庫(1951) …… 392
夢介千両みやげ 第2 若旦那の女難(山手樹一郎)春陽文庫(1955) …… 392
夢介千両みやげ 第3(山手樹一郎)新小説文庫(1951) …… 392
夢介千両みやげ 下(山手樹一郎)大衆文学館(1995) …… 393
夢介千両みやげ 下巻(山手樹一郎)桃園文庫(1988) …… 393
夢介千両みやげ 第3 鍋焼うどん屋(山手樹一郎)春陽文庫(1955) …… 392
夢介めおと旅(山手樹一郎)大陸文庫(1990) …… 393
夢と承知で →大江戸龍虎伝(笹沢左保)ノン・ポシェット(1998) …… 120
夢と承知で 上(笹沢左保)光文社文庫(1991) …… 113
夢と承知で 下(笹沢左保)光文社文庫(1991) …… 113
夢に見た娑婆(佐藤雅美)文春文庫(2014) …… 130
夢の階段(池波正太郎)新潮文庫(1996) …… 23
夢のなか(北原亞以子)新潮文庫(2009) …… 72
夢のまた夢 1(津本陽)幻冬舎時代小説文庫(2012) …… 222
夢のまた夢 1(津本陽)文春文庫(1996) …… 227
夢のまた夢 2(津本陽)幻冬舎時代小説文庫(2012) …… 222
夢のまた夢 2(津本陽)文春文庫(1996) …… 227
夢のまた夢 3(津本陽)幻冬舎時代小説文庫(2012) …… 222
夢のまた夢 3(津本陽)文春文庫(1996) …… 227
夢のまた夢 4(津本陽)幻冬舎時代小説文庫(2012) …… 222
夢のまた夢 4(津本陽)文春文庫(1996) …… 227
夢のまた夢 5(津本陽)幻冬舎時代小説文庫(2013) …… 222
夢のまた夢 5(津本陽)文春文庫(1996) …… 227
夢暮色(睦月影郎)学研M文庫(2008) …… 345
夢幻の如く(南條範夫)徳間文庫(1993) …… 262
◇夢見屋世直し帳(本庄慧一郎)学研M文庫 …… 317
夢見屋世直し帳 月下の狂宴(本庄慧一郎)学研M文庫(2008) …… 317
夢見屋世直し帳 落花の舞い(本庄慧一郎)学研M文庫(2007) …… 317

【よ】

夜明けの辻(山本周五郎)新潮文庫(1986) …… 400

夜明けの星（池波正太郎）文春文庫（1983） …… 26
夜明けの星（池波正太郎）文春文庫（2007） …… 26
夜明けの雷鳴（吉村昭）文春文庫（2003） …… 417
夜明けの雷鳴（吉村昭）文春文庫（2016） …… 417
夜明け前の女たち（童門冬二）講談社文庫（2006） …… 230
酔いどれ次郎八（山本周五郎）新潮文庫（1990） …… 400
酔いどれ牡丹（角田喜久雄）春陽文庫（1977） …… 218
宵待御寮（睦月影郎）廣済堂文庫（2009） …… 346
妖異忠臣蔵（角田喜久雄）春陽文庫（1976） …… 218
妖異忠臣蔵（角田喜久雄）春陽文庫（1989） …… 219
妖雲　→三好長慶（徳永真一郎）光文社文庫（1996） …… 235
妖桜記 上（皆川博子）文春文庫（1997） …… 329
妖桜記 下（皆川博子）文春文庫（1997） …… 329
妖花（杉本章子）文春文庫（1995） …… 180
妖華（睦月影郎）廣済堂文庫（2006） …… 346
妖怪（司馬遼太郎）講談社文庫（1973） …… 145
妖怪 上（司馬遼太郎）講談社文庫（2007） …… 146
妖怪 下（司馬遼太郎）講談社文庫（2007） …… 146
妖怪（平岩弓枝）文春文庫（2001） …… 303
妖怪といわれた男（童門冬二）小学館文庫（2007） …… 231
妖花伝（角田喜久雄）春陽文庫（1981） …… 218
妖花伝（角田喜久雄）春陽文庫（1988） …… 218
妖花の城 →戦国青春記（早乙女貢）角川文庫（1989） …… 98
妖花乱魔剣 上（木屋進）春陽文庫（1994） …… 74
妖花乱魔剣 下（木屋進）春陽文庫（1994） …… 74
妖姫が斬る（峰隆一郎）廣済堂文庫（1995） …… 331
妖姫が斬る（峰隆一郎）廣済堂文庫（1996） …… 331
妖姫が斬る（峰隆一郎）廣済堂文庫（2012） …… 332
妖姫が斬る（峰隆一郎）双葉文庫（2001） …… 339
妖棋伝（角田喜久雄）時代小説文庫（1985） …… 218
妖棋伝（角田喜久雄）春陽文庫（1991） …… 219
妖棋伝　前，後篇（角田喜久雄）春陽文庫（1951） …… 218
陽気な殿様（五味康祐）文春文庫（1988） …… 93
陽暉楼（宮尾登美子）ちくま文庫（1987） …… 341
陽暉楼（宮尾登美子）中公文庫（1979） …… 341
陽暉楼（宮尾登美子）文春文庫（1998） …… 341
妖剣修羅を疾る（本庄慧一郎）コスミック・時代文庫（2004） …… 318
妖色ふたつ枕（睦月影郎）徳間文庫（2005） …… 350
用心棒（多岐川恭）新潮文庫（1988） …… 198
用心棒（多岐川恭）徳間文庫（2005） …… 201
用心棒石動十三郎（峰隆一郎）徳間文庫（1999） …… 336
用心棒が斬る（峰隆一郎）廣済堂文庫（1996） …… 331
用心棒が斬る（峰隆一郎）双葉文庫（2001） …… 339
用心棒日月抄（藤沢周平）新潮文庫（1981） …… 306
◇用心棒日月抄（藤沢周平）新潮文庫 …… 306
用心棒日月抄　凶刃（藤沢周平）新潮文庫（1994） …… 306
用心棒日月抄　孤剣（藤沢周平）新潮文庫（1984） …… 306
用心棒日月抄　刺客（藤沢周平）新潮文庫（1987） …… 306
用心棒風来剣 西国篇（八剣浩太郎）廣済堂文庫（2005） …… 367
用心棒風来剣 東国篇（八剣浩太郎）廣済堂文庫（2005） …… 367
用心棒若殿（左近隆）春陽文庫（1994） …… 110
妖星伝　1　鬼道の巻（半村良）講談社文庫（1977） …… 293
妖星伝　2　外道の巻（半村良）講談社文庫（1978） …… 293
妖星伝　3　神道の巻（半村良）講談社文庫（1978） …… 293
妖星伝　4　黄道の巻（半村良）講談社文庫（1979） …… 293
妖星伝　5　天道の巻（半村良）講談社文庫（1980） …… 293
妖星伝　6　人道の巻（半村良）講談社文庫（1981） …… 293
妖星伝　7　魔道の巻（半村良）講談社文庫（1995） …… 293
妖説延命院（土師清二）春陽文庫（1951） …… 284
妖説五三ノ桐（戸部新十郎）旺文社文庫（1986） …… 237
妖説五三ノ桐（戸部新十郎）時代小説文庫（1988） …… 239
妖説地獄谷（高木彬光）春陽文庫（1983） …… 186
妖説太閤記 上（山田風太郎）角川文庫 - 山田風太郎ベストコレクション（2011） …… 379
妖説太閤記　上（山田風太郎）講談社文庫（1978） …… 382
妖説太閤記　上（山田風太郎）講談社文庫（2003） …… 382

妖説太閤記　上（山田風太郎）大衆文学館（1995） …… 384
妖説太閤記 下（山田風太郎）角川文庫 - 山田風太郎ベストコレクション（2011） …… 380
妖説太閤記　下（山田風太郎）講談社文庫（1978） …… 382
妖説太閤記　下（山田風太郎）講談社文庫（2003） …… 382
妖説太閤記　下（山田風太郎）大衆文学館（1995） …… 384
妖説忠臣蔵（山田風太郎）集英社文庫（1991） …… 383
妖説忠臣蔵　女人国伝奇（山田風太郎）徳間文庫 - 山田風太郎妖異小説コレクション（2004） …… 387
妖説魔性の剣　上（佐竹申伍）春陽文庫（1994） …… 123
妖説魔性の剣　下（佐竹申伍）春陽文庫（1994） …… 123
妖刀伝奇（早乙女貢）旺文社文庫（1985） …… 97
妖刀伝奇（早乙女貢）時代小説文庫（1991） …… 100
妖刀伝奇（早乙女貢）徳間文庫（2004） …… 103
妖恋（皆川博子）PHP文芸文庫（2013） …… 329
夜鴉おきん（平岩弓枝）文春文庫（1992） …… 299
夜鴉おきん（平岩弓枝）文春文庫（2005） …… 301
横浜異人街事件帖（白石一郎）文春文庫（2003） …… 174
「横浜」をつくった男（高木彬光）光文社文庫（2009） …… 186
横浜慕情（平岩弓枝）文春文庫（2003） …… 300
よさこい奉行（陣出達朗）春陽文庫（1970） …… 177
吉川英治時代小説傑作選 坂東俠客陣（吉川英治）学研M文庫 - 吉川英治時代小説傑作選（2003） …… 410
吉川英治時代小説傑作選 燃える富士（吉川英治）学研M文庫 - 吉川英治時代小説傑作選（2003） …… 410
吉川英治文庫 2 坂東俠客陣（吉川英治）吉川英治文庫（1977） …… 412
吉川英治文庫 14 貝殻一平 1（吉川英治）吉川英治文庫（1977） …… 412
吉川英治文庫 15 貝殻一平 2（吉川英治）吉川英治文庫（1977） …… 412
吉川英治文庫 16 処女爪占師（吉川英治）吉川英治文庫（1977） …… 412
吉川英治文庫 29 紅騎兵 1（吉川英治）吉川英治文庫（1977） …… 412
吉川英治文庫 30 紅騎兵 2（吉川英治）吉川英治文庫（1977） …… 412
吉川英治文庫 34 女人曼陀羅 1（吉川英治）吉川英治文庫（1977） …… 412
吉川英治文庫 35 女人曼陀羅 2（吉川英治）吉川英治文庫（1977） …… 412
吉川英治文庫 38 きつね雨・彩情記（吉川英治）吉川英治文庫（1977） …… 412
吉川英治文庫 47 遊戯菩薩・飢えたる彰義隊（吉川英治）吉川英治文庫（1977） …… 412
吉川英治文庫 63 江戸長恨歌（吉川英治）吉川英治文庫（1977） …… 412
吉川英治文庫 77 新版天下茶屋（吉川英治）吉川英治文庫（1977） …… 412
吉川英治文庫 88 剣の四君子・日本名婦伝（吉川英治）吉川英治文庫（1977） …… 412
吉川英治文庫 124 江の島物語（吉川英治）吉川英治文庫（1977） …… 412
吉川英治文庫 133 戯曲 新・平家物語（吉川英治）吉川英治文庫（1977） …… 412
吉川英治文庫 148 月笛日笛 2（吉川英治）吉川英治文庫（1977） …… 412
吉川英治文庫 149 魔海の音楽師・風神門（吉川英治）吉川英治文庫（1977） …… 412
吉川英治文庫 150 胡蝶陣（吉川英治）吉川英治文庫（1977） …… 412
吉川英治文庫 152 朝顔夕顔（吉川英治）吉川英治文庫（1977） …… 412
吉川英治文庫 153 やまどり文庫・母恋鳥（吉川英治）吉川英治文庫（1977） …… 412
吉川英治文庫 154 天兵童子 1（吉川英治）吉川英治文庫（1977） …… 412
吉川英治文庫 155 天兵童子 2（吉川英治）吉川英治文庫（1977） …… 412
吉川英治文庫 158 井伊大老（吉川英治）吉川英治文庫（1977） …… 412
吉川英治文庫 159 剣魔俠菩薩（吉川英治）吉川英治文庫（1977） …… 412
吉川英治文庫 17～18 恋ぐるま（吉川英治）吉川英治文庫（1977） …… 412
吉川英治文庫 156～157 讃母祭（吉川英治）吉川英治文庫（1977） …… 412
吉川英治歴史時代文庫 1 剣難女難（吉川英治）吉川英治歴史時代文庫（1990） …… 415
吉川英治歴史時代文庫 補1 新編忠臣蔵 1（吉川英治）吉川英治歴史時代文庫（1990） …… 415
吉川英治歴史時代文庫 補2 新編忠臣蔵 2（吉川英治）吉川英治歴史時代文庫（1990） …… 415
吉川英治歴史時代文庫 2 鳴門秘帖 1（吉川英治）吉川英治歴史時代文庫（1989） …… 413
吉川英治歴史時代文庫 補3 梅里先生行状記（吉川英治）吉川英治歴史時代文庫（1990） …… 415

吉川英治歴史時代文庫 3 鳴門秘帖 2（吉川英治）吉川英治歴史時代文庫（1989） ……… *413*
吉川英治歴史時代文庫 4 鳴門秘帖 3（吉川英治）吉川英治歴史時代文庫（1989） ……… *413*
吉川英治歴史時代文庫 5 江戸三国志 1（吉川英治）吉川英治歴史時代文庫（1990） ……… *414*
吉川英治歴史時代文庫 6 江戸三国志 2（吉川英治）吉川英治歴史時代文庫（1990） ……… *414*
吉川英治歴史時代文庫 7 江戸三国志 3（吉川英治）吉川英治歴史時代文庫（1990） ……… *414*
吉川英治歴史時代文庫 9 牢獄の花嫁（吉川英治）吉川英治歴史時代文庫（1990） ……… *415*
吉川英治歴史時代文庫 10 松のや露八（吉川英治）吉川英治歴史時代文庫（1990） ……… *415*
吉川英治歴史時代文庫 11 親鸞 1（吉川英治）吉川英治歴史時代文庫（1990） ……… *415*
吉川英治歴史時代文庫 12 親鸞 2（吉川英治）吉川英治歴史時代文庫（1990） ……… *415*
吉川英治歴史時代文庫 13 親鸞 3（吉川英治）吉川英治歴史時代文庫（1990） ……… *415*
吉川英治歴史時代文庫 14 宮本武蔵 1（吉川英治）吉川英治歴史時代文庫（1989） ……… *414*
吉川英治歴史時代文庫 15 宮本武蔵 2（吉川英治）吉川英治歴史時代文庫（1989） ……… *414*
吉川英治歴史時代文庫 16 宮本武蔵 3（吉川英治）吉川英治歴史時代文庫（1989） ……… *414*
吉川英治歴史時代文庫 17 宮本武蔵 4（吉川英治）吉川英治歴史時代文庫（1989） ……… *414*
吉川英治歴史時代文庫 18 宮本武蔵 5（吉川英治）吉川英治歴史時代文庫（1989） ……… *414*
吉川英治歴史時代文庫 19 宮本武蔵 6（吉川英治）吉川英治歴史時代文庫（1990） ……… *414*
吉川英治歴史時代文庫 20 宮本武蔵 7（吉川英治）吉川英治歴史時代文庫（1990） ……… *414*
吉川英治歴史時代文庫 21 宮本武蔵 8（吉川英治）吉川英治歴史時代文庫（1990） ……… *414*
吉川英治歴史時代文庫 22 新書太閤記 1（吉川英治）吉川英治歴史時代文庫（1990） ……… *414*
吉川英治歴史時代文庫 23 新書太閤記 2（吉川英治）吉川英治歴史時代文庫（1990） ……… *414*
吉川英治歴史時代文庫 24 新書太閤記 3（吉川英治）吉川英治歴史時代文庫（1990） ……… *415*
吉川英治歴史時代文庫 25 新書太閤記 4（吉川英治）吉川英治歴史時代文庫（1990） ……… *415*
吉川英治歴史時代文庫 26 新書太閤記 5（吉川英治）吉川英治歴史時代文庫（1990） ……… *415*
吉川英治歴史時代文庫 27 新書太閤記 6（吉川英治）吉川英治歴史時代文庫（1990） ……… *415*
吉川英治歴史時代文庫 28 新書太閤記 7（吉川英治）吉川英治歴史時代文庫（1990） ……… *415*
吉川英治歴史時代文庫 29 新書太閤記 8（吉川英治）吉川英治歴史時代文庫（1990） ……… *415*
吉川英治歴史時代文庫 30 新書太閤記 9（吉川英治）吉川英治歴史時代文庫（1990） ……… *415*
吉川英治歴史時代文庫 31 新書太閤記 10（吉川英治）吉川英治歴史時代文庫（1990） ……… *415*
吉川英治歴史時代文庫 32 新書太閤記 11（吉川英治）吉川英治歴史時代文庫（1990） ……… *415*
吉川英治歴史時代文庫 41 源頼朝 1（吉川英治）吉川英治歴史時代文庫（1990） ……… *414*
吉川英治歴史時代文庫 42 源頼朝 2（吉川英治）吉川英治歴史時代文庫（1990） ……… *414*
吉川英治歴史時代文庫 43 上杉謙信（吉川英治）吉川英治歴史時代文庫（1989） ……… *413*
吉川英治歴史時代文庫 44 黒田如水（吉川英治）吉川英治歴史時代文庫（1989） ……… *414*
吉川英治歴史時代文庫 45 大岡越前（吉川英治）吉川英治歴史時代文庫（1989） ……… *413*
吉川英治歴史時代文庫 47 新・平家物語 1（吉川英治）吉川英治歴史時代文庫（1989） ……… *413*
吉川英治歴史時代文庫 48 新・平家物語 2（吉川英治）吉川英治歴史時代文庫（1989） ……… *413*
吉川英治歴史時代文庫 49 新・平家物語 3（吉川英治）吉川英治歴史時代文庫（1989） ……… *413*
吉川英治歴史時代文庫 50 新・平家物語 4（吉川英治）吉川英治歴史時代文庫（1989） ……… *413*
吉川英治歴史時代文庫 51 新・平家物語 5（吉川英治）吉川英治歴史時代文庫（1989） ……… *413*
吉川英治歴史時代文庫 52 新・平家物語 6（吉川英治）吉川英治歴史時代文庫（1989） ……… *413*
吉川英治歴史時代文庫 53 新・平家物語 7（吉川英治）吉川英治歴史時代文庫（1989） ……… *413*
吉川英治歴史時代文庫 54 新・平家物語 8（吉川英治）吉川英治歴史時代文庫（1989） ……… *413*
吉川英治歴史時代文庫 55 新・平家物語 9（吉川英治）吉川英治歴史時代文庫（1989） ……… *413*
吉川英治歴史時代文庫 56 新・平家物語 10（吉川英治）吉川英治歴史時代文庫（1989） ……… *413*
吉川英治歴史時代文庫 57 新・平家物語 11（吉川英治）吉川英治歴史時代文庫（1989） ……… *413*
吉川英治歴史時代文庫 58 新・平家物語 12（吉川英治）吉川英治歴史時代文庫（1989） ……… *413*
吉川英治歴史時代文庫 59 新・平家物語 13（吉川英治）吉川英治歴史時代文庫（1989） ……… *413*
吉川英治歴史時代文庫 60 新・平家物語 14（吉川英治）吉川英治歴史時代文庫（1989） ……… *413*
吉川英治歴史時代文庫 61 新・平家物語 15（吉川英治）吉川英治歴史時代文庫（1989） ……… *413*
吉川英治歴史時代文庫 62 新・平家物語 16（吉川英治）吉川英治歴史時代文庫（1989） ……… *414*
吉川英治歴史時代文庫 63 私本太平記 1（吉川英治）吉川英治歴史時代文庫（1990） ……… *414*
吉川英治歴史時代文庫 64 私本太平記 2（吉川英治）吉川英治歴史時代文庫（1990） ……… *414*

吉川英治歴史時代文庫 65 私本太平記 3（吉川英治）吉川英治歴史時代文庫（1990）····· 414
吉川英治歴史時代文庫 66 私本太平記 4（吉川英治）吉川英治歴史時代文庫（1990）····· 414
吉川英治歴史時代文庫 67 私本太平記 5（吉川英治）吉川英治歴史時代文庫（1990）····· 414
吉川英治歴史時代文庫 68 私本太平記 6（吉川英治）吉川英治歴史時代文庫（1990）····· 414
吉川英治歴史時代文庫 69 私本太平記 7（吉川英治）吉川英治歴史時代文庫（1990）····· 414
吉川英治歴史時代文庫 70 私本太平記 8（吉川英治）吉川英治歴史時代文庫（1990）····· 415
吉川英治歴史時代文庫 75 治郎吉格子（吉川英治）吉川英治歴史時代文庫（1990）······· 415
吉川英治歴史時代文庫 76 柳生月影抄（吉川英治）吉川英治歴史時代文庫（1990）······· 415
吉川英治歴史時代文庫 78 神州天馬俠 1（吉川英治）吉川英治歴史時代文庫（1989）····· 414
吉川英治歴史時代文庫 79 神州天馬俠 2（吉川英治）吉川英治歴史時代文庫（1989）····· 414
吉川英治歴史時代文庫 80 神州天馬俠 3（吉川英治）吉川英治歴史時代文庫（1990）····· 414
吉川英治歴史時代文庫 平の将門（吉川英治）吉川英治歴史時代文庫（1989）············· 413
吉田松陰 →小説吉田松陰（童門冬二）集英社文庫（2008）······························· 231
吉田松陰 上巻（童門冬二）人物文庫（2003）··· 232
吉田松陰 下巻（童門冬二）人物文庫（2003）··· 232
吉田松陰（古川薫）河出文庫（2014）·········· 312
吉田松陰（古川薫）光文社文庫（1989）········ 312
吉田松陰（古川薫）PHP文庫（1993）········· 313
吉田松陰 1（山岡荘八）山岡荘八歴史文庫（1987）····································· 374
吉田松陰 2（山岡荘八）山岡荘八歴史文庫（1987）····································· 374
吉田松陰の恋（古川薫）文春文庫（1986）····· 313
義経（司馬遼太郎）文春文庫（1977）·········· 148
義経 上（司馬遼太郎）文春文庫（2004）······· 150
義経 下（司馬遼太郎）文春文庫（2004）······· 150
義経（宮尾登美子）新潮文庫（2007）·········· 341
義経の征旗　上（中津文彦）光文社文庫（2004）····································· 253
義経の征旗　下（中津文彦）光文社文庫（2004）····································· 253
義経の母（安西篤子）集英社文庫（1989）······ 15
義経の野望 鎌倉攻略篇（楠木誠一郎）二見wai wai文庫（1992）·························· 77
吉野朝太平記 第1巻（鷲尾雨工）時代小説文庫（1990）····································· 421
吉野朝太平記 第2巻（鷲尾雨工）時代小説文庫（1990）····································· 421
吉野朝太平記 第3巻（鷲尾雨工）時代小説文庫（1991）····································· 421
吉野朝太平記 第4巻（鷲尾雨工）時代小説文庫（1991）····································· 421
吉野朝太平記 第5巻（鷲尾雨工）時代小説文庫（1991）····································· 421
慶喜を動かした男（童門冬二）ノン・ポシェット（1998）································· 233
由兵衛犯科帖 →大江戸盗艶伝（八剣浩太郎）飛天文庫（1994）························· 368
吉宗暗殺（吉岡道夫）コスミック・時代文庫（2015）····································· 409
吉宗と宗春（海音寺潮五郎）文春文庫（1995）··· 62
吉宗風雲録（小山龍太郎）廣済堂文庫（1995）··· 94
吉村昭の平家物語（吉村昭）講談社文庫（2008）····································· 416
吉原哀切の剣（大谷羊太郎）静山社文庫（2009）····································· 45
吉原おんな市場（南原幹雄）学研M文庫（2004）····································· 265
吉原おんな市場（南原幹雄）角川文庫（1995）··· 266
吉原おんな繁昌記（南原幹雄）学研M文庫（2004）····································· 265
吉原芸者心中（南原幹雄）角川文庫（2011）··· 267
吉原御法度（南原幹雄）角川文庫（2003）····· 265
吉原御法度（南原幹雄）新潮文庫（1992）····· 268
吉原御免状（隆慶一郎）新潮文庫（1989）····· 419
吉原大黒天（南原幹雄）新潮文庫（1996）····· 268
吉原大尽舞（南原幹雄）角川文庫（1989）····· 266
吉原大尽舞 →元禄吉原大尽舞（南原幹雄）人物文庫（1999）··························· 269
吉原白刃舞い（本庄慧一郎）学研M文庫（2006）····································· 317
吉原繁昌記（南原幹雄）角川文庫（1993）····· 266
吉原繁昌記 →吉原おんな繁昌記（南原幹雄）学研M文庫（2004）······················· 265
吉原水鏡（南原幹雄）角川文庫（2004）········ 265
吉原乱れ舞 →吉原大尽舞（南原幹雄）角川文庫（1989）································· 266
余燼 上（北方謙三）講談社文庫（1999）········ 68
余燼 上（北方謙三）講談社文庫（2010）········ 68
余燼 下（北方謙三）講談社文庫（1999）········ 68
余燼 下（北方謙三）講談社文庫（2010）········ 68
夜鷹大名（左近隆）春陽文庫（1992）·········· 110

四日のあやめ（山本周五郎）新潮文庫（1978） …… 399
酔って候（司馬遼太郎）文春文庫（1975） …… 148
酔って候（司馬遼太郎）文春文庫（2003） …… 150
四谷怪談（高橋克彦）講談社文庫（2000） …… 188
淀君（早乙女貢）講談社文庫（1999） …… 99
淀君（徳永真一郎）光文社文庫（1994） …… 235
淀どの哀楽　上（安西篤子）講談社文庫（1987） …… 15
淀どの哀楽　下（安西篤子）講談社文庫（1987） …… 15
淀どの覚書（澤田ふじ子）ケイブンシャ文庫（2001） …… 131
淀どの覚書（澤田ふじ子）光文社文庫（2006） …… 136
淀どの覚書（澤田ふじ子）徳間文庫（1987） …… 141
淀どの日記（井上靖）角川文庫（1964） …… 32
淀どの日記（井上靖）角川文庫（2007） …… 32
世直し京介（山手樹一郎）コスミック・時代文庫（2012） …… 390
世直し魔剣（陣出達朗）春陽文庫（1977） …… 177
世直し魔剣（陣出達朗）春陽文庫（1991） …… 178
世直し若さま（山手樹一郎）コスミック・時代文庫（2011） …… 390
夜泣石は霧に濡れた（笹沢左保）光文社文庫（1997） …… 114
世に棲む日日　1（司馬遼太郎）文春文庫（1975） …… 148
世に棲む日日　1（司馬遼太郎）文春文庫（2003） …… 149
世に棲む日日　2（司馬遼太郎）文春文庫（1975） …… 148
世に棲む日日　2（司馬遼太郎）文春文庫（2003） …… 149
世に棲む日日　3（司馬遼太郎）文春文庫（1975） …… 148
世に棲む日日　3（司馬遼太郎）文春文庫（2003） …… 150
世に棲む日日　4（司馬遼太郎）文春文庫（1975） …… 148
世に棲む日日　4（司馬遼太郎）文春文庫（2003） …… 150
米沢藩の経営学（童門冬二）PHP文庫（2009） …… 234
夜の明けるまで（北原亞以子）講談社文庫（2007） …… 71
◇余之介色遍路（本庄慧一郎）徳間文庫 …… 318
余之介色遍路 女体、震える！（本庄慧一郎）徳間文庫（2004） …… 319
余之介色遍路 女体、目覚める（本庄慧一郎）徳間文庫（2004） …… 318
与之助の花（山本周五郎）新潮文庫（1992） …… 400
四方吉捕物控 1 後家ごろし（多岐川恭）徳間文庫（1992） …… 200
四方吉捕物控 2 後家の愉しみ（多岐川恭）徳間文庫（1992） …… 200
四方吉捕物控 3 肌に覚えが（多岐川恭）徳間文庫（1993） …… 200
夜もすがら検校（長谷川伸）旺文社文庫（1976） …… 285
頼朝勘定（山岡荘八）講談社文庫（1989） …… 370
よりぬき陰陽師（夢枕獏）文春文庫（2015） …… 404
夜消える（藤沢周平）文春文庫（1994） …… 308
夜の足音（松本清張）角川文庫（2009） …… 322
夜の腕（澤田ふじ子）中公文庫（2004） …… 137
夜の腕（澤田ふじ子）徳間文庫（2012） …… 140
夜の蜘蛛は殺せ（早乙女貢）文春文庫（1988） …… 104
夜の辛夷（山本周五郎）小学館文庫（2010） …… 398
夜の戦士（池波正太郎）角川文庫（1976） …… 17
夜の橋（藤沢周平）中公文庫（1984） …… 307
夜の橋（藤沢周平）中公文庫（1995） …… 307
夜の橋（藤沢周平）文春文庫（2011） …… 309
夜の花道（山手樹一郎）山手樹一郎短編時代小説全集（1980） …… 395
鎧櫃の血（岡本綺堂）光文社文庫（1988） …… 48
鎧櫃の血（岡本綺堂）光文社文庫（2006） …… 49
よろず覚え帖（子母沢寛）中公文庫（1980） …… 165
◇よろず引受け同心事件帖（楠木誠一郎）学研M文庫 …… 75
よろず引受け同心事件帖 手助け桜（楠木誠一郎）学研M文庫（2011） …… 75
よろず引受け同心事件帖 招き猫（楠木誠一郎）学研M文庫（2011） …… 75
よろずや平四郎活人剣（藤沢周平）文春文庫（1985） …… 307
よろずや平四郎活人剣 上（藤沢周平）文春文庫（2003） …… 308
よろずや平四郎活人剣 下（藤沢周平）文春文庫（2003） …… 308
よろめき指南（睦月影郎）祥伝社文庫（2011） …… 349
弱虫兵蔵（柴田錬三郎）新潮文庫（1995） …… 159
四千万歩の男　1（井上ひさし）講談社文庫（1992） …… 30
四千万歩の男　2（井上ひさし）講談社文庫（1992） …… 30

四千万歩の男 3（井上ひさし）講談社文庫（1993）…… 30
四千万歩の男 4（井上ひさし）講談社文庫（1993）…… 30
四千万歩の男 5（井上ひさし）講談社文庫（1993）…… 30
読んで、「半七」！（岡本綺堂）ちくま文庫（2009）…… 50

【ら】

羅漢台 →のらねこ侍（小松重男）光文社文庫（2000）…… 89
落日の宴（吉村昭）講談社文庫（1999）…… 416
落日の宴 上（吉村昭）講談社文庫（2014）…… 416
落日の宴 下（吉村昭）講談社文庫（2014）…… 416
落日の王子（黒岩重吾）文春文庫（1985）…… 82
落日の鷹（滝口康彦）講談社文庫（1980）…… 202
落日の門（船山馨）河出文庫（1985）…… 311
落城（田宮虎彦）角川文庫（1953）…… 211
落城・足摺岬（田宮虎彦）新潮文庫（1953）…… 211
落城・霧の中（田宮虎彦）岩波文庫（1957）…… 211
落城無残（南條範夫）徳間文庫（1995）…… 262
落城ものがたり →落城無残（南條範夫）徳間文庫（1995）…… 262
楽天旅日記（山本周五郎）新潮文庫（1982）…… 399
洛陽の死神（広瀬仁紀）時代小説文庫（1984）…… 303
羅城門（澤田ふじ子）講談社文庫（1983）…… 134
羅城門（澤田ふじ子）徳間文庫（2001）…… 141
羅生門（芥川龍之介）海王社文庫（2014）…… 4
羅生門（芥川龍之介）春陽文庫（1966）…… 5
羅生門（芥川龍之介）新潮文庫（1949）…… 5
羅生門・蜘蛛の糸（芥川龍之介）新潮ピコ文庫（1996）…… 5
羅生門・蜘蛛の糸・杜子春（芥川龍之介）文春文庫（1997）…… 7
羅生門・地獄変（芥川龍之介）必読名作シリーズ（1989）…… 7
羅生門　地獄変（芥川龍之介）小学館文庫（2000）…… 5
羅生門・偸盗・地獄変（芥川龍之介）角川文庫（1950）…… 4
羅生門　鼻（芥川龍之介）新潮文庫（1968）…… 6
羅生門・鼻・芋粥（芥川龍之介）岩波文庫（1946）…… 3
羅生門・鼻・芋粥（芥川龍之介）岩波文庫（1949）…… 3
羅生門・鼻・芋粥（芥川龍之介）岩波文庫（1950）…… 3
羅生門・鼻・芋粥（芥川龍之介）角川文庫（1968）…… 5
羅生門・鼻・芋粥（芥川龍之介）角川文庫（1989）…… 5
羅生門・鼻・芋粥・偸盗（芥川龍之介）ワイド版岩波文庫（2012）…… 7
羅生門　鼻　芋粥　偸盗（芥川龍之介）岩波文庫（1960）…… 4
羅生門・鼻・侏儒の言葉（芥川龍之介）旺文社文庫（1965）…… 4
ラスプーチンが来た（山田風太郎）ちくま文庫‐山田風太郎明治小説全集（1997）…… 386
ラスプーチンが来た（山田風太郎）文春文庫（1988）…… 388
落花の舞い（本庄慧一郎）学研M文庫（2007）…… 317
乱 上巻（綱淵謙錠）中公文庫（2000）…… 217
乱 下巻（綱淵謙錠）中公文庫（2000）…… 217
乱菊の太刀（早乙女貢）ケイブンシャ文庫（1993）…… 98
乱菊物語（谷崎潤一郎）角川文庫（1951）…… 209
乱菊物語（谷崎潤一郎）河出文庫（1954）…… 209
乱菊物語（谷崎潤一郎）新潮文庫（1956）…… 210
乱菊物語（谷崎潤一郎）創元文庫（1953）…… 210
乱菊物語（谷崎潤一郎）中公文庫（1995）…… 210
乱世（松本清張）小説文庫（1956）…… 323
乱世群盗伝（五味康祐）ケイブンシャ文庫（1986）…… 91
乱世群盗伝（五味康祐）徳間文庫（1994）…… 92
乱世玉響（皆川博子）講談社文庫（1995）…… 328
乱世の知恵者（広瀬仁紀）時代小説文庫（1988）…… 304
乱世流転記（柴田錬三郎）集英社文庫（1980）…… 156
乱世、夢幻の如し 上（津本陽）講談社文庫（1997）…… 223
乱世、夢幻の如し 下（津本陽）講談社文庫（1997）…… 223
乱灯江戸影絵　上巻（松本清張）角川文庫（1987）…… 321
乱灯江戸影絵　上（松本清張）角川文庫（2008）…… 322
乱灯江戸影絵　中巻（松本清張）角川文庫（1987）…… 321
乱灯江戸影絵　下巻（松本清張）角川文庫（1987）…… 321
乱灯江戸影絵　下（松本清張）角川文庫（2008）…… 322

らんまん剣士(陣出達朗)春陽文庫(1975) …… 177
乱紋(永井路子)文春文庫(1979) …… 247
乱紋 上(永井路子)文春文庫(2010) …… 248
乱紋 下(永井路子)文春文庫(2010) …… 248
蘭陽きらら舞(高橋克彦)文春文庫(2011) …… 190
乱離の風(滝口康彦)文春文庫(1986) …… 203
蘭陵王の恋(平岩弓枝)文春文庫(2015) …… 302

【り】

利休啾々(澤田ふじ子)講談社文庫(1987) …… 134
利休啾々(澤田ふじ子)徳間文庫(2003) …… 142
利休と秀吉(邦光史郎)集英社文庫(1996) …… 79
利休と秀吉(邦光史郎)集英社文庫(2010) …… 79
利休破調の悲劇(杉本苑子)講談社文庫(1996) …… 181
竜を見た男(藤沢周平)新潮文庫(1987) …… 306
龍を見た女(安西篤子)講談社文庫(1997) …… 15
琉球の風 上(陳舜臣)講談社文庫(2016) …… 212
琉球の風 1 怒濤の巻(陳舜臣)講談社文庫(1995) …… 212
琉球の風 2 疾風の巻(陳舜臣)講談社文庫(1995) …… 212
琉球の風 下(陳舜臣)講談社文庫(2016) …… 212
琉球の風 3 雷雨の巻(陳舜臣)講談社文庫(1995) …… 212
琉球の風 1～3 →琉球の風 下(陳舜臣)講談社文庫(2016) …… 212
琉球の風 1～3 →琉球の風 上(陳舜臣)講談社文庫(2016) …… 212
隆慶一郎短篇全集 →隆慶一郎短編全集 1(隆慶一郎)日経文芸文庫(2014) …… 420
隆慶一郎短篇全集 →隆慶一郎短編全集 2(隆慶一郎)日経文芸文庫(2014) …… 420
隆慶一郎短編全集 1 柳生 美醜の剣(隆慶一郎)日経文芸文庫(2014) …… 420
隆慶一郎短編全集 2 縁切り 女の無常(隆慶一郎)日経文芸文庫(2014) …… 420
留魂の翼(古川薫)中公文庫(2000) …… 313
龍神の巻(中里介山)時代小説文庫(1981) …… 251
流星 上(永井路子)文春文庫(1982) …… 247
流星 上(永井路子)文春文庫(2005) …… 248
流星 下(永井路子)文春文庫(1982) …… 247
流星 下(永井路子)文春文庫(2005) …… 248
流星刀ぬめり花(睦月影郎)コスミック・時代文庫(2016) …… 348
流星刀みだら蜜(睦月影郎)コスミック・時代文庫(2016) …… 348
竜馬とその女(風巻絃一)春陽文庫(1990) …… 64
流離の海(澤田ふじ子)中公文庫(2000) …… 138
流離の剣(江崎俊平)春陽文庫(1992) …… 37
流離の譜(滝口康彦)講談社文庫(1988) …… 203
両国月の縁(本庄慧一郎)廣済堂文庫(2009) …… 318
両国秘仏開眼(大谷羊太郎)静山社文庫(2010) …… 45
龍馬 1(青雲篇)(津本陽)角川文庫(2005) …… 221
龍馬 1(青雲篇)(津本陽)集英社文庫(2009) …… 224
龍馬 2(脱藩篇)(津本陽)角川文庫(2005) …… 221
龍馬 2(脱藩篇)(津本陽)集英社文庫(2009) …… 224
龍馬 3(海軍篇)(津本陽)角川文庫(2005) …… 221
龍馬 3(海軍篇)(津本陽)集英社文庫(2009) …… 224
龍馬 4(薩長篇)(津本陽)角川文庫(2005) …… 221
龍馬 4(薩長篇)(津本陽)集英社文庫(2009) …… 224
龍馬 5(流星篇)(津本陽)角川文庫(2005) …… 221
龍馬 5(流星篇)(津本陽)集英社文庫(2009) …… 224
竜馬暗殺(早乙女貢)PHP文庫(1988) …… 104
竜馬暗殺異聞(三好徹)徳間文庫(1985) …… 344
竜馬暗殺集団(童門冬二)春陽文庫(1996) …… 231
竜馬を斬った男(早乙女貢)集英社文庫(2009) …… 101
竜馬を斬った男(早乙女貢)春陽文庫(1980) …… 101
竜馬を斬った男(早乙女貢)双葉文庫(1987) …… 103
竜馬がゆく 1(司馬遼太郎)文春文庫(1975) …… 148
竜馬がゆく 1(司馬遼太郎)文春文庫(1998) …… 148
竜馬がゆく 2(司馬遼太郎)文春文庫(1975) …… 148
竜馬がゆく 2(司馬遼太郎)文春文庫(1998) …… 149

竜馬がゆく 3(司馬遼太郎)文春文庫(1975) …… 148
竜馬がゆく 3(司馬遼太郎)文春文庫(1998) …… 149
竜馬がゆく 4(司馬遼太郎)文春文庫(1975) …… 148
竜馬がゆく 4(司馬遼太郎)文春文庫(1998) …… 149
竜馬がゆく 5(司馬遼太郎)文春文庫(1975) …… 148
竜馬がゆく 5(司馬遼太郎)文春文庫(1998) …… 149
竜馬がゆく 6(司馬遼太郎)文春文庫(1975) …… 148
竜馬がゆく 6(司馬遼太郎)文春文庫(1998) …… 149
竜馬がゆく 7(司馬遼太郎)文春文庫(1975) …… 148
竜馬がゆく 7(司馬遼太郎)文春文庫(1998) …… 149
竜馬がゆく 8(司馬遼太郎)文春文庫(1975) …… 148
竜馬がゆく 8(司馬遼太郎)文春文庫(1998) …… 149
龍馬残影(津本陽)文春文庫(2000) …… 227
竜馬とその女(風巻絃一)春陽文庫(1980) …… 64
龍馬の姉・乙女(阿井景子)光文社文庫(2004) …… 1
龍馬の妻(阿井景子)集英社文庫(1985) …… 1
龍馬の妻(阿井景子)ちくま文庫(1998) …… 1
龍馬の妻(阿井景子)ちくま文庫(2009) …… 1
龍馬の船(清水義範)集英社文庫(2009) …… 163
龍馬の明治 上(中津文彦)光文社文庫(2003) …… 253
龍馬の明治 下(中津文彦)光文社文庫(2003) …… 253
龍馬のもう一人の妻(阿井景子)文春文庫(1990) …… 2
龍馬の油断(津本陽)文春文庫(2013) …… 228
猟乱(睦月影郎)廣済堂文庫(2006) …… 346
林蔵の貌(北方謙三)新潮文庫(2003) …… 69
林蔵の貌 上(北方謙三)集英社文庫(1996) …… 69
林蔵の貌 下(北方謙三)集英社文庫(1996) …… 69

【る】

流転の巻(中里介山)角川文庫(1955) …… 250
流転の巻(中里介山)時代小説文庫(1981) …… 251
るりの恩人(多岐川恭)時代小説文庫(2008) …… 197
瑠璃の瞳(睦月影郎)学研M文庫(2012) …… 345

【れ】

鈴慕の巻(中里介山)時代小説文庫(1982) …… 251
鈴慕の巻, Oceanの巻(中里介山)角川文庫(1956) …… 250
レオン氏郷(安部龍太郎)PHP文芸文庫(2015) …… 10
歴史(榊山潤)時代小説文庫(1990) …… 106
歴史 続 福島事件の悲劇(榊山潤)時代小説文庫(1990) …… 106
歴史に舞った女たち(澤田ふじ子)廣済堂文庫(1993) …… 134
烈剣 江戸浄瑠璃坂の対決(峰隆一郎)ノン・ポシェット(1994) …… 337
列藩騒動録 上(海音寺潮五郎)講談社文庫(1976) …… 58
列藩騒動録 上(海音寺潮五郎)講談社文庫(2007) …… 58
列藩騒動録 上(海音寺潮五郎)講談社文庫(2016) …… 59
列藩騒動録 下(海音寺潮五郎)講談社文庫(1976) …… 58
列藩騒動録 下(海音寺潮五郎)講談社文庫(2007) …… 59
列藩騒動録 下(海音寺潮五郎)講談社文庫(2016) …… 59
烈風疾る(南原幹雄)学研M文庫(2008) …… 265
烈風は凶雲を呼んだ(柴田錬三郎)集英社文庫(2016) …… 155
恋鬼が斬る(峰隆一郎)廣済堂文庫(1996) …… 331
恋鬼が斬る(峰隆一郎)双葉文庫(2001) …… 339
蓮華草 上(村上元三)弥生叢書(1980) …… 356
蓮華草 下(村上元三)弥生叢書(1980) …… 356
恋情の果て(北原亞以子)光文社時代小説文庫(2016) …… 71
蓮如(五木寛之)中公文庫(1998) …… 27
蓮如 1 覚信尼の巻(丹羽文雄)中公文庫(1985) …… 278
蓮如 1 覚信尼の巻(丹羽文雄)中公文庫(1997) …… 278
蓮如 2 覚如と存覚の巻(丹羽文雄)中公文庫(1985) …… 278

蓮如 2 覚如と存覚の巻（丹羽文雄）中公文庫（1998） …… 278
蓮如 3 本願寺衰退の巻（丹羽文雄）中公文庫（1985） …… 278
蓮如 3 本願寺衰退の巻（丹羽文雄）中公文庫（1998） …… 278
蓮如 4 蓮如誕生の巻（丹羽文雄）中公文庫（1985） …… 278
蓮如 4 蓮如誕生の巻（丹羽文雄）中公文庫（1998） …… 278
蓮如 5 蓮如妻帯の巻（丹羽文雄）中公文庫（1985） …… 278
蓮如 5 蓮如妻帯の巻（丹羽文雄）中公文庫（1998） …… 278
蓮如 6 最初の一向一揆の巻（丹羽文雄）中公文庫（1985） …… 278
蓮如 6 最初の一向一揆の巻（丹羽文雄）中公文庫（1998） …… 278
蓮如 7 山科御坊の巻（丹羽文雄）中公文庫（1985） …… 278
蓮如 7 山科御坊の巻（丹羽文雄）中公文庫（1998） …… 278
蓮如 8 蓮如遷化の巻（丹羽文雄）中公文庫（1985） …… 278
蓮如 8 蓮如遷化の巻（丹羽文雄）中公文庫（1998） …… 278
蓮如物語（五木寛之）角川文庫（1997） …… 27
恋風千両剣（山手樹一郎）コスミック・時代文庫（2014） …… 391
恋慕奉行 上（角田喜久雄）春陽文庫（1975） …… 218
恋慕奉行 上（角田喜久雄）春陽文庫（1990） …… 219
恋慕奉行 下（角田喜久雄）春陽文庫（1975） …… 218
恋慕奉行 下（角田喜久雄）春陽文庫（1990） …… 219

【ろ】

老炎（左近隆）春陽文庫（1999） …… 111
牢獄（柴田錬三郎）集英社文庫（1992） …… 156
牢獄（南條範夫）講談社文庫（1991） …… 257
牢獄の花嫁（吉川英治）角川文庫（2015） …… 410
牢獄の花嫁（吉川英治）吉川英治歴史時代文庫（1990） …… 415
老中斬り（楠木誠一郎）静山社文庫（2010） …… 76
老中斬り（峰隆一郎）飛天文庫（1995） …… 338
老中斬り（峰隆一郎）双葉文庫（2003） …… 339
老虫は消えず →小説大久保彦左衛門（童門冬二）集英社文庫（1997） …… 230
浪人市場 1（山手樹一郎）コスミック・時代文庫（2011） …… 390
浪人市場 1（山手樹一郎）山手樹一郎長編時代小説全集（1979） …… 396
浪人市場 2（山手樹一郎）コスミック・時代文庫（2011） …… 390
浪人市場 2（山手樹一郎）山手樹一郎長編時代小説全集（1979） …… 396
浪人市場 3（山手樹一郎）コスミック・時代文庫（2011） …… 390
浪人市場 3（山手樹一郎）山手樹一郎長編時代小説全集（1979） …… 397
浪人市場 4（山手樹一郎）山手樹一郎長編時代小説全集（1979） …… 397
浪人街 →柳生天誅剣（早乙女貢）ケイブンシャ文庫（2000） …… 98
浪人街道（江崎俊平）春陽文庫（1992） …… 37
浪人鴉 →傘張り侍恋情剣（太田蘭三）ノン・ポシェット（1994） …… 44
浪人剣法（山手樹一郎）コスミック・時代文庫（2011） …… 390
浪人三国志（江崎俊平）春陽文庫（1996） …… 37
浪人釣り師 →鯉四郎事件帖（太田蘭三）ノン・ポシェット（1988） …… 44
浪人長屋 →幽四郎仇討ち帖（太田蘭三）ノン・ポシェット（1994） …… 44
浪人八景（山手樹一郎）コスミック・時代文庫（2010） …… 390
浪人八景（山手樹一郎）山手樹一郎長編時代小説全集（1977） …… 395
浪人八景 朝焼けの章（山手樹一郎）桃園文庫（1989） …… 393
浪人八景 夕映えの章（山手樹一郎）桃園文庫（1989） …… 393
浪人まつり（山手樹一郎）桃園文庫（2000） …… 394
浪人まつり（山手樹一郎）山手樹一郎短編時代小説全集（1980） …… 395
浪人まつり　恋の酒（山手樹一郎）光風社文庫（2001） …… 389
浪人横丁（山手樹一郎）山手樹一郎長編時代小説全集（1978） …… 396
浪人横丁 →世直し京介（山手樹一郎）コスミック・時代文庫（2012） …… 390
浪人列伝（柴田錬三郎）講談社文庫（1999） …… 152
浪人列伝（柴田錬三郎）時代小説文庫（2008） …… 154
浪人列伝（柴田錬三郎）新潮文庫（1988） …… 158

浪人若さま颯爽剣 上(山手樹一郎)コスミック・時代文庫(2014) …… 391
浪人若さま颯爽剣 下(山手樹一郎)コスミック・時代文庫(2014) …… 391
浪人若殿(山手樹一郎)コスミック・時代文庫(2010) …… 389
浪人若殿(山手樹一郎)山手樹一郎長編時代小説全集(1978) …… 396
浪人若殿恭四郎(早乙女貢)コスミック・時代文庫(2013) …… 99
樓岸夢一定(佐藤雅美)講談社文庫(2001) …… 128
老博奕打ち(佐藤雅美)講談社文庫(2004) …… 127
楼門(井上靖)角川文庫(1956) …… 32
楼門(井上靖)集英社文庫(1979) …… 32
六月は真紅の薔薇(三好徹)講談社文庫(1978) …… 342
六月は真紅の薔薇 →沖田総司 下(三好徹)徳間文庫(1989) …… 344
六月は真紅の薔薇 →沖田総司 上(三好徹)徳間文庫(1989) …… 344
六合目の仇討(新田次郎)新潮文庫(1984) …… 275
六地蔵河原の決闘(佐藤雅美)文春文庫(2009) …… 129
六地蔵の影を斬る(笹沢左保)光文社文庫(1997) …… 113
六地蔵の影を斬る(笹沢左保)時代小説文庫(1981) …… 116
六条御息所源氏がたり 上(林真理子)小学館文庫(2016) …… 291
六条御息所源氏がたり 下(林真理子)小学館文庫(2016) …… 291
六の宮の姫君(芥川龍之介)角川文庫(1958) …… 5
六の宮の姫君・お富の貞操(芥川龍之介)新潮文庫(1961) …… 6
露命・月魄(中山義秀)新潮文庫(1957) …… 255
論語とソロバン →渋沢栄一人生意気に感ず(童門冬二)PHP文庫(2004) …… 234

【わ】

賄賂斬り(楠木誠一郎)静山社文庫(2010) …… 76
わが屍は野に捨てよ(佐江衆一)新潮文庫(2005) …… 96
若き獅子(池波正太郎)講談社文庫(1994) …… 19
若き獅子(池波正太郎)講談社文庫(2007) …… 19
若き獅子たち 上巻(早乙女貢)新潮文庫(1991) …… 102
若き獅子たち 下巻(早乙女貢)新潮文庫(1991) …… 102
若き日の明智光秀(土橋治重)PHP文庫(1992) …… 236
若き日の家康 →戦国史譚徳川家康(戸部新十郎)PHP文庫(1990) …… 241
わかぎみ(永井路子)新潮文庫(1989) …… 246
若ぎみ暴れ剣法(小山龍太郎)春陽文庫(1993) …… 94
若ぎみ一刀流(小山龍太郎)春陽文庫(1992) …… 94
若ぎみ天狗殺法(小山龍太郎)春陽文庫(1992) …… 94
若ぎみ風来坊(小山龍太郎)春陽文庫(1991) …… 94
若ぎみ風流剣(小山龍太郎)春陽文庫(1992) …… 94
若草姫(高橋義夫)中公文庫(2007) …… 193
わが恋せし淀君(南條範夫)角川文庫(1978) …… 257
わが恋せし淀君(南條範夫)時代小説文庫(1989) …… 260
わが恋せし淀君(南條範夫)大衆文学館(1996) …… 261
若後家ねぶり(睦月影郎)学研M文庫(2014) …… 345
若さま居候(颯手達治)春陽文庫(1975) …… 124
若さま居候(颯手達治)春陽文庫(1991) …… 125
若さま居眠り将棋(颯手達治)春陽文庫(1986) …… 125
若さま運命峠(颯手達治)春陽文庫(1992) …… 125
若さま江戸姿(左近隆)春陽文庫(1996) …… 110
若さま江戸の一日(颯手達治)春陽文庫(1987) …… 125
若さま黄金絵図(左近隆)春陽文庫(1995) …… 110
若さま黄金大名(颯手達治)春陽文庫(1985) …… 124
若さま黄金伝奇(木屋進)春陽文庫(1996) …… 74
若さま奥州街道(颯手達治)春陽文庫(1983) …… 124
若さま隠密三代目(颯手達治)春陽文庫(1986) …… 125
若さま隠密帳(颯手達治)春陽文庫(1971) …… 124

若さま隠密帳（颯手達治）春陽文庫（1987） …… 125
若さま凱風快晴（颯手達治）春陽文庫（1984） …… 124
若さま隠れん坊（颯手達治）春陽文庫（1983） …… 124
若さま影法師（颯手達治）春陽文庫（1972） …… 124
若さま影法師（颯手達治）春陽文庫（1989） …… 125
若さま鬼面帳（颯手達治）春陽文庫（1975） …… 124
若さま鬼面帳（颯手達治）春陽文庫（1991） …… 125
若さま拳骨伝（颯手達治）春陽文庫（1983） …… 124
若さま幻魔帳（颯手達治）春陽文庫（1981） …… 124
若さま恋桜始末（山手樹一郎）コスミック・時代文庫（2012） …… 390
若さま恋しぐれ（左近隆）春陽文庫（1996） …… 111
若さま恋頭巾（颯手達治）春陽文庫（1972） …… 124
若さま恋頭巾（颯手達治）春陽文庫（1990） …… 125
若さま獄門帳（颯手達治）春陽文庫（1977） …… 124
若さま御朱印帳（颯手達治）春陽文庫（1978） …… 124
若さま御朱印帳（颯手達治）春陽文庫（1992） …… 125
若さま殺人事件帳（颯手達治）春陽文庫（1984） …… 124
若さま侍（城昌幸）中公文庫（2003） …… 168
若さま侍（城昌幸）中公文庫ワイド版（2003） …… 169
若様侍隠密行（太田蘭三）祥伝社文庫（2004） …… 44
◇若さま侍捕物手帖（城昌幸）光文社文庫 …… 167
◇若さま侍捕物手帖（城昌幸）時代小説文庫 …… 167
◇若さま侍捕物手帖（城昌幸）春陽文庫 …… 168
◇若さま侍捕物手帖（城昌幸）徳間文庫 …… 169
若さま侍捕物手帖（城昌幸）光文社文庫（1986） …… 167
若さま侍捕物手帖（城昌幸）光文社文庫（2003） …… 167
若さま侍捕物手帖（城昌幸）徳間文庫（2008） …… 169
若さま侍捕物手帖 1（城昌幸）時代小説文庫（2009） …… 167
若さま侍捕物手帖 第1（城昌幸）春陽文庫（1951） …… 168
若さま侍捕物手帖 2（城昌幸）時代小説文庫（2009） …… 168
若さま侍捕物手帖 第2（城昌幸）春陽文庫（1951） …… 168
若さま侍捕物手帖 3（城昌幸）時代小説文庫（2009） …… 168
若さま侍捕物手帖 第3（城昌幸）春陽文庫（1951） …… 168
若さま侍捕物手帖 人化け狸（城昌幸）春陽文庫（1963） …… 168
若さま侍捕物手帖 4（城昌幸）時代小説文庫（2009） …… 168
若さま侍捕物手帖 第4（城昌幸）春陽文庫（1951） …… 168
若さま侍捕物手帖 5（城昌幸）時代小説文庫（2009） …… 168
若さま侍捕物手帖 第5（城昌幸）春陽文庫（1951） …… 168
若さま侍捕物手帖 6（城昌幸）時代小説文庫（2009） …… 168
若さま侍捕物手帖 幽霊駕籠（城昌幸）春陽文庫（1963） …… 168
若さま侍捕物手帖 虚無僧変化（城昌幸）春陽文庫（1966） …… 168
若さま侍捕物手帖 虚無僧変化（城昌幸）春陽文庫（1986） …… 168
若さま侍捕物手帖 五月雨ごろし（城昌幸）春陽文庫（1963） …… 168
若さま侍捕物手帖 五月雨ごろし（城昌幸）春陽文庫（1985） …… 168
若さま侍捕物手帖 双色渦巻（城昌幸）春陽文庫（1951） …… 168
若さま侍捕物手帖 天を行く女（城昌幸）春陽文庫（1985） …… 168
若さま侍捕物手帖 人魚鬼（城昌幸）徳間文庫（2009） …… 169
若さま侍捕物手帖 人化け狸（城昌幸）春陽文庫（1985） …… 168
若さま侍捕物手帖 百鬼夜行 下（城昌幸）光文社文庫（1990） …… 167
若さま侍捕物手帖 百鬼夜行 上（城昌幸）光文社文庫（1990） …… 167
若さま侍捕物手帖 双色渦巻（城昌幸）春陽文庫（1985） …… 168
若様侍政太郎剣難旅（太田蘭三）祥伝社文庫（2000） …… 44
若さま刺客帳（颯手達治）春陽文庫（1998） …… 125
若さま地獄旅（颯手達治）春陽文庫（1978） …… 124

若さま地獄旅（颯手達治）春陽文庫（1995） …… 125
若さま死神帳（颯手達治）春陽文庫（1981） …… 124
若さま人生峠（颯手達治）春陽文庫（1982） …… 124
若さま陣太鼓（颯手達治）春陽文庫（1985） …… 124
若さま青春記（颯手達治）春陽文庫（1974） …… 124
若さま青春記（颯手達治）春陽文庫（1991） …… 125
若さま退屈帳（颯手達治）春陽文庫（1980） …… 124
若さま退屈帳（颯手達治）春陽文庫（1992） …… 125
若さま大福帳（颯手達治）春陽文庫（1982） …… 124
若さま太平記（江崎俊平）春陽文庫（1990） …… 36
若さま旅日記（颯手達治）春陽文庫（1991） …… 125
若さま伝法旅（颯手達治）春陽文庫（1990） …… 125
若さま東海道（颯手達治）春陽文庫（1977） …… 124
若さま東海道（颯手達治）春陽文庫（1992） …… 125
若さま独歩行（颯手達治）春陽文庫（1981） …… 124
若さま中山道（颯手達治）春陽文庫（1979） …… 124
若さま人情剣（山手樹一郎）コスミック・時代文庫（2012） …… 390
若さま人別帳（颯手達治）春陽文庫（1978） …… 124
若さま白昼堂々（颯手達治）春陽文庫（1983） …… 124
若さま箱根裏街道（左近隆）春陽文庫（1996） …… 110
若さま箱根八里（颯手達治）春陽文庫（1980） …… 124
若さま春街道（左近隆）春陽文庫（1995） …… 110
若さま犯科帳（颯手達治）春陽文庫（1975） …… 124
若さま犯科帳（颯手達治）春陽文庫（1992） …… 125
若さま秘殺帳（颯手達治）春陽文庫（1979） …… 124
若さま秘殺帳（颯手達治）春陽文庫（1994） …… 125
若さま昼寝隠密（颯手達治）春陽文庫（1986） …… 125
若さま風来坊（颯手達治）春陽文庫（1973） …… 124
若さま風来坊（颯手達治）春陽文庫（1990） …… 125
若さま紅変化（江崎俊平）春陽文庫（1985） …… 36
若さま包丁控（颯手達治）春陽文庫（1977） …… 124
若さま卍変化（颯手達治）春陽文庫（1990） …… 125
若様みだら帖（睦月影郎）大洋時代文庫（2010） …… 349
若さま名奉行（颯手達治）春陽文庫（1983） …… 124
◇若さま紋十郎事件帖（颯手達治）春陽文庫 …… 124
若さま紋十郎事件帖 蜘蛛の巣殺人事件（颯手達治）春陽文庫（1990） …… 124
若さま紋十郎事件帖 挿替奈落の殺人（颯手達治）春陽文庫（1988） …… 124
若さま紋十郎事件帖 「百物語」殺人事件（颯手達治）春陽文庫（1989） …… 124
若さま紋十郎伝奇（颯手達治）春陽文庫（1985） …… 124
若さま勇往邁進（颯手達治）春陽文庫（1987） …… 125
若さま幽霊帳（颯手達治）春陽文庫（1980） …… 124
若さま幽霊帳（颯手達治）春陽文庫（1993） …… 125
若さま妖怪退治（颯手達治）春陽文庫（1984） …… 124
若さま用心棒 →真三郎捕物帖（太田蘭三）ノン・ポシェット（1993） …… 44
若さま旅愁峠（颯手達治）春陽文庫（1995） …… 125
若さま恋慕剣（左近隆）春陽文庫（1995） …… 110
若さま浪人人情剣（山手樹一郎）コスミック・時代文庫（2013） …… 391
◇若衆髷同心推理帖（楠木誠一郎）ベスト時代文庫 …… 77
若衆髷同心推理帖 囮なめくじ長屋（楠木誠一郎）ベスト時代文庫（2012） …… 77
若衆髷同心推理帖 箱入り娘（楠木誠一郎）ベスト時代文庫（2012） …… 77
ワカタケル大王　上（黒岩重吾）文春文庫（2003） …… 82
ワカタケル大王　下（黒岩重吾）文春文庫（2003） …… 82
若殿恋しぐれ（江崎俊平）春陽文庫（1982） …… 36
若殿千両笠（江崎俊平）春陽文庫（1989） …… 36

若殿ばんざい（山手樹一郎）時代小説文庫（1982） …… 391
若殿ばんざい（山手樹一郎）双葉文庫（1985） …… 394
若殿ばんざい（山手樹一郎）山手樹一郎長編時代小説全集（1979） …… 397
若殿ばんざい →若さま恋桜始末（山手樹一郎）コスミック・時代文庫（2012） …… 390
若殿まかり通る（佐竹申伍）春陽文庫（1974） …… 123
わが風雲の詩 →高杉晋作（古川薫）文春文庫（1995） …… 313
脇役（北原亞以子）新潮文庫（2006） …… 72
脇役（子母沢寛）文春文庫（1989） …… 166
鷲（岡本綺堂）光文社文庫（1990） …… 48
鷲（岡本綺堂）光文社文庫（2006） …… 48
鷲の歌　上（海音寺潮五郎）大衆文学館（1995） …… 60
鷲の歌　下（海音寺潮五郎）大衆文学館（1995） …… 60
私雨（長谷川卓）竹書房時代小説文庫（2011） …… 288
海神（安部龍太郎）集英社文庫（2002） …… 9
笑い姫（皆川博子）文春文庫（2000） …… 329
嘲笑う墓編（笹沢左保）ノン・ポシェット（1997） …… 120
悪い棺（澤田ふじ子）幻冬舎文庫（2005） …… 132
吾、器に過ぎたるか →お白洲無情（佐藤雅美）講談社文庫（2006） …… 128
われら九人の戦鬼（柴田錬三郎）文春文庫（1976） …… 160
われら九人の戦鬼 上（柴田錬三郎）集英社文庫（2005） …… 156
われら九人の戦鬼 下（柴田錬三郎）集英社文庫（2005） …… 156
われら旗本愚連隊 上（柴田錬三郎）集英社文庫（1988） …… 156
われら旗本愚連隊 下（柴田錬三郎）集英社文庫（1988） …… 156
わんぱく剣士（陣出達朗）春陽文庫（1978） …… 177
わんぱく公子（山手樹一郎）時代小説文庫（1982） …… 391
わんぱく公子（山手樹一郎）山手樹一郎長編時代小説全集（1977） …… 395
わんぱく公子 →世直し若さま（山手樹一郎）コスミック・時代文庫（2011） …… 390
わんぱく公子　上（山手樹一郎）桃園文庫（1990） …… 393
わんぱく公子　下（山手樹一郎）桃園文庫（1990） …… 393
わんぱく三度笠（陣出達朗）春陽文庫（1969） …… 177
わんぱく三度笠（陣出達朗）春陽文庫（1988） …… 178
わんぱく将軍（陣出達朗）春陽文庫（1979） …… 177
わんぱく大名（陣出達朗）春陽文庫（1966） …… 177
わんぱく大名（陣出達朗）春陽文庫（1987） …… 178
わんぱく東海道（陣出達朗）春陽文庫（1980） …… 177
わんぱく東海道（陣出達朗）春陽文庫（1992） …… 178
わんぱく姫奉行（陣出達朗）春陽文庫（1986） …… 178

歴史時代小説文庫総覧 昭和の作家

2017年1月25日　第1刷発行

発 行 者／大高利夫
編集・発行／日外アソシエーツ株式会社
〒140-0013 東京都品川区南大井6-16-16 鈴中ビル大森アネックス
電話 (03)3763-5241(代表)　FAX(03)3764-0845
URL　http://www.nichigai.co.jp/

発 売 元／株式会社紀伊國屋書店
〒163-8636 東京都新宿区新宿 3-17-7
電話 (03)3354-0131(代表)
ホールセール部(営業)　電話 (03)6910-0519

電算漢字処理／日外アソシエーツ株式会社
印刷・製本／株式会社平河工業社

《中性紙三菱クリームエレガ使用》

ISBN978-4-8169-2641-9　Printed in Japan,2017

本書はディジタルデータでご利用いただくことができます。詳細はお問い合わせください。